Dieter Kühns berühmtes Buch über Oswald von Wolkenstein, den Tiroler Ritter und Abenteurer, den Dichter, Komponisten und Sänger, ist durch wissenschaftliche Forschung abgesichert und zugleich von erzählerischer Intensität. Oswald von Wolkenstein (1377–1445), der als einer der bedeutendsten deutschsprachigen Dichter des Mittelalters gilt, gewinnt an Präsenz als ruppige Person wie als virtuoser Künstler. Zudem wird etwa die Hälfte des lyrischen Werks vermittelt in Kühns Übertragungen, die »einem rote Ohren machen« (Adolf Muschg). Ein Lesevergnügen!
Die Biographie hat sich zu einem Longseller entwickelt mit einer Gesamtauflage von etwa 150 000 Exemplaren. In den drei Jahrzehnten dieser Buchkarriere sind allerdings wichtige Dokumente zu Oswalds Leben entdeckt und ediert worden, ist die Entschlüsselung der Liedtexte fortgeschritten, sind umfassende Untersuchungen zu seiner Ära erschienen, und so hat sich Kühn zu dieser (erheblich erweiterten) Neufassung des Buchs entschlossen. Das bisherige Bildnis des Wolkensteiners musste vielfach übermalt werden. Nur ein Beispiel: Der Liedermacher erweist sich nun, nach nordafrikanischem Beutezug, als schwerreicher Mann, bei dem selbst sein König erheblichen Kredit aufnimmt.

Dieter Kühn, 1935 geboren, lebt heute in Brühl bei Köln und in der Eifel. Für seine Romane, Erzählungen, Biographien, Hörspiele erhielt er diverse Auszeichnungen, etwa den Hermann-Hesse-Preis und den Großen Literaturpreis der Bayerischen Akademie der Schönen Künste. Seine Werke liegen vor im S. Fischer Verlag und im Fischer Taschenbuch Verlag: Das hochgerühmte ›Mittelalter-Quartett‹, die Biographien über Clara Schumann, Maria Sibylla Merian, Gertrud Kolmar, die Romane ›Die Präsidentin‹, ›Stanislaw der Schweiger‹, ›Beethoven und der schwarze Geiger‹, ›Der König von Grönland‹, ›Geheimagent Marlowe‹, die Erzählungsbände ›Und der Sultan von Oman‹, ›Der wilde Gesang der Kaiserin Elisabeth‹, die biographischen Skizzen ›N‹, ›Goethe zieht in den Krieg‹, ›Portraitstudien schwarz auf weiß‹. Zuletzt erschienen die beiden autobiographischen Bände ›Das Magische Auge‹ und ›Die siebte Woge‹.

Weitere Informationen, auch zu E-Book-Ausgaben, finden Sie bei www.fischerverlage.de

DIETER KÜHN

ICH WOLKENSTEIN

Die Biographie

FISCHER Taschenbuch

Das Mittelalter-Quartett: Viertes Buch

MIX
Papier aus verantwortungsvollen Quellen
FSC® C083411

2. Auflage: Januar 2015

Erweiterte Neufassung
Erschienen bei FISCHER Taschenbuch,
Frankfurt am Main, August 2011

Satz: Pinkuin Satz und Datentechnik, Berlin
Druck und Bindung: CPI books GmbH, Leck
Printed in Germany
ISBN 978-3-596-19008-9

Von Köln nach Wolkenstein – längst schon liegt die Reiseroute fest: von Köln nach München, von München nach Herrsching, von dort über Partenkirchen, Innsbruck ins Grödnertal, Val Gardena; am Ende dieses Tals der Ort Wolkenstein, italienisch Selva, und hier die Burgruine Wolkenstein – die Urburg der Wolkensteiner. Einen ersten Eindruck vermittelte mir eine alte Fotografie: Eine senkrechte, mehrere hundert Meter hohe Felswand, und am oberen Ende einer Schräge von Steingeröll, in eine Einwölbung hineingebaut: die kleine Burg. Als ich das Foto zum ersten Mal sah: Assoziationen an eine Pueblofestung.

Von Köln nach Wolkenstein: Flugsteigkopf B, Ausgang 4. Ich lehne mich an eine Leichtmetallbarriere vor der Glasfront, schaue auf das Heck des City-Jet, den Servicewagen, die Männer in Overalls. LH 622 nach München, abgekürzt MUC. Das grüne Lichtsignal über dem Ausgang des Warteraums noch nicht eingeschaltet, die Bordkarte in der Lederjacke. Ich fliege zu einer Lesung nach München, und weil ich dort etwa drei Viertel der Strecke Köln–Wolkenstein hinter mir habe, will ich per Auto weiterfahren nach Südtirol, Norditalien: in Oswalds Region. Im Bewusstsein längst schon das neue Buchprojekt, es fordert mehr und mehr Raum: eine Biographie über Oswald von Wolkenstein. Da ist es selbstverständlich, dass ich mir die Orte, die Burgen anschaue, die in seinem Leben wichtig waren: Burg Wolkenstein, Burg Hauenstein, Burg Schöneck, Burg Neuhaus, die Trostburg und Greifenstein. Weiter gäbe es noch die Burg Forst bei Meran, Vellenberg bei Innsbruck, aber in diesen Burgen ist Oswald nicht freiwillig gewesen, dorthin hatte man ihn überführt.

Zwei grüne Lichtpunkte, wechselweise an- und abgeschaltet; zweiter Aufruf, second calling. Durch den Teleskopgang zum Flugzeug; ein Fensterplatz. Die Betonplatten wasserstumpf, grellhell, gleich wieder stumpf – rasch und tief ziehende Wolkenballen. Böen drücken das kurze Gras flach neben der Piste. Die Beschleunigung, das Abheben, spürbare Einwirkung der Böen, schon sind die ersten Kilometer der Strecke Köln–Wolkenstein hinter mir. Unter mir: Grün wassersatt, Straßen und Dächer nassdunkel. Schon Wolkenbänke, die wir durchfliegen, Turbulenzen. Das Durchstoßen der Wolkenschicht, rasches Auflichten des diffusen Grau, letzte Wolkenschleier, Wolkenfetzen; Quellweiß. Einige Wolkenlöcher: jeweils ein Ausschnitt Feldmuster, Straßenlinien, Siedlungsformen; bald schon bleibt die Wolkendecke geschlossen.

Ich lese von einem alten Gasthaus, und stolz erkläre der Wirt den Gästen, aus einer Dachrinne laufe das Regenwasser ab zur Sill, damit letztlich ins Schwarze Meer, auf der anderen Seite in den Eisack, damit zum Mittelmeer. Ich lese von einem Brauch: War der Bauer gestorben, durchschritt der Hauptknecht alle Räume des Bauernhauses, sagte: Der Bauer ist tot, sagte auch in den Ställen: Der Bauer ist tot, sagte an den Bienenstöcken: Der Bauer ist tot. Und ich lese von Kornfeldern, die so steil sind, dass im Frühjahr die vom Schmelzwasser abgeschwemmte Erde in Körben wieder hinaufgetragen werden muss. Lese Wörter wie: Schnalser Nudeln und Innicher Sterz, wie: Sauerkraut-Türteln und Topfennocken. Und Beinschinken wurden eingelegt in eine Beize von Trester mit Salz, Pfeffer, Salpeter, Lorbeerblättern, Knoblauch, Wacholderbeeren; danach wurde der Schinken wochenlang geräuchert.

Ich lege die Zeitschrift weg, schaue hinaus: eingeebnetes Quellweiß, auf der Tragfläche ein gleißender Lichtreflex. Von Düren über Köln nach Wolkenstein ist auch Oswald gereist, auf dem Rückweg seiner Reise von Wolkenstein über Köln nach Aachen; er wird als Reiter für eine Strecke jeweils mehrere Wochen gebraucht haben; für mich ist es nur ein Tag – Zugfahrt, Flug, Autofahrt zusammengerechnet. Ich versuche mir vorzustellen, was es damals hieß, bis nach Litauen, auf die Krim, ins Heilige Land zu reisen, nach England, Schottland, Irland, nach Italien, Frankreich, Spanien, Nordafrika. So hat er einen weiten Kreis gezogen um eine Region, die sich mit wenigen Namen markieren lässt: Kastelruth, Seis, Ratzes. Und dort ein Punkt, der für Oswald zentral war: die Burg Hauenstein. Er hatte diese Burg besetzt, als sie ihm nur zu einem Drittel gehörte, danach jahrelanger Streit mit dem Besitzer, Oswald wurde schließlich gekidnappt, eingesperrt, gefoltert, aber seinen Anspruch auf die Burg gab er nicht auf. Ihre topographische Umgebung hat er in verschiedenen Liedtexten benannt: die Zuordnung dieser Namen auf einer Karte genügt mir freilich nicht, ich möchte wissen, wie lange man von der Burg bis nach Ratzes geht und ob man von Hauenstein aus Kastelruth sehen kann, das Oswald in Liedtexten genannt hat, und wie weit es ist hinauf zur Seiser Alm, auf der seine Rinder weideten.

Eine Durchsage: Wir überfliegen Frankfurt. Voraussichtlich der Publikationsort des Buchs. Das Erscheinungsjahr ist im Bewusstsein fixiert: 1977, da ließe sich Oswalds 600. Geburtstag feiern. Sechshundert Jahre – die Zahl kann eigentlich nur entmutigen, zugleich ist sie eine Herausforderung: Möglichst viele Informationen sammeln, sie zusammensetzen zu einem biographischen Bericht, zugleich zu einem Bild, wenigstens zu einer Skizze seiner Zeit. Dazu würde ich mich kaum aufraffen, wäre mir Oswald nicht seit längerem nah, beinah gegenwärtig in einigen seiner Liedtexte, vor allem im Hauenstein-Lied: Nach vielen Reisen sitzt er fest in Ratzes am Schlern, auf seinem »Kofel«, von dichtem Wald umschlossen, und er sieht nur hohe Berge, tiefe Täler, sieht Felsbrocken, Gesträuch, Baumstubben, Schneestangen, wörtlich: Schneestangen, und statt des gewohnten Umgangs mit Personen von Rang und Adel: Kälber, Geißen, Böcke, Rinder und »knospot leut«, also grobe, plumpe Leute, und die beschreibt Oswald als schwarz, hässlich, als verrußt oder verrotzt, je nach Lesart, und die eigenen Kinder fallen ihm in der Enge auf die Nerven, er wird aggressiv, und Eselschreien, Pfauenkreischen, ein tosender Wildbach – vor fünfzehn Jahren etwa hatte ich diesen Liedtext zum ersten Mal gelesen: einer der Anstöße, mich genauer mit Oswald zu beschäftigen, und nun, September 75, ist es so weit; das Bewusstsein fixiert auf diesen Mann, eine erste Mappe ist mit Manuskriptblättern gefüllt.

Auslösend auch das Porträtgemälde, das ich in kleiner Reproduktion seit langem schon kenne: Der massige Schädel, die gedrungene Nase, das rechte Auge geschlossen, die Narbe auf der Unterlippe, die pelzverbrämte Kappe, das prunkvolle Gewand mit Orden auf diagonalem Brustband – müsste man über jemand, den man so genau vor sich sieht, nicht Zutreffendes sagen und schreiben können, wenn man nur genügend Informationen sammelt? Dazu, als weitere Schreibmotivation: Beschäftigung mit einem Mann, der verschiedene, zuweilen gegensätzliche Möglichkeiten verwirklicht hat, in seinem Leben, in seinen Arbeiten. Und zugleich wieder: Bewusstsein der Distanz, die sich kaum überspringen lässt. Und wiederum: Herausforderung durch das Andersartige, das Fremde.

Die Reise nach Wolkenstein wird die Distanz zu Oswald von Wolkenstein kaum verkürzen. Zu sehen, was Oswald gesehen hat, als Kind, als Erwachsener: Landschaften, die ihn jahrelang umgaben und die mich für einige Tage umgeben werden – kann ich dort Rückschlüsse ziehen? Was hat er von diesen Landschaften gesehen? Wie weit war sein Sehen vorgeprägt von Wahrnehmungsweisen seiner Zeit? Beispielsweise Abgeschiedenheit, die uns heute aufatmen lässt in einer Welt, die enger und enger wird – hat ein Oswald sie gesucht, war sie ihm gleichgültig, hat er sie gemieden? Ich mache mir deutlich: ich reise nicht nach Südtirol, Norditalien, um aus Sichtbarem Rückschlüsse zu ziehen, ich will mir nur mal seine Umgebung anschauen.

Das Hinabschrägen zur Wolkenschicht, bald wischt es hellgrau am Fenster vorbei: Wolkenkuppen; die Lichtmulden schrumpfen. Diffuses Grau, Licht absorbierend. Das Flugzeug gerüttelt; ein paar Dutzend Köpfe an den Rücklehnen hin und her pendelnd. Druck in den Ohren, schlucken. Auf einem Baggersee Wellen, sogar Schaumkronen. Einzeln stehende Bäume von Böen gezaust; ausgleichende Klappenbewegungen an der Tragfläche. Ins Weidegrün werden Windmuster gepresst. Erste Leitlichter. Grasfläche, gesehen durch mein Fenster, durch das gegenüberliegende Fenster, durch mein Fenster. Hartes Aufsetzen. Ausrollen. Losschnallen.

Durch den langen Korridor gehend, auf die Rolltreppe zu, vorbei an Plakaten, die für bayerische Fremdenverkehrsorte werben, wünsche ich mir, die Plakatflächen wären mit Reproduktionen von Oswalds Porträtgemälde bedeckt, im Vierfarbendruck: Der massige, runde Schädel, das geschlossene rechte Auge, die kurze, gedrungene Nase, das Doppelkinn und wieder: Der massige, runde Schädel, das geschlossene rechte Auge, die kurze, gedrungene Nase, das Doppelkinn und wieder ...

Am frühen Nachmittag ein Gespräch im Bayerischen Rundfunk. Zwischendurch frage ich mich, ob ich zur Musikabteilung gehen soll, ich kenne einen der Redakteure, wenn auch nur flüchtig: anfragen, ob man für das nächste oder übernächste Jahr an einer Sendung über Oswald von Wolkenstein interessiert wäre, mit ausgewählten Liedbeispielen – einige seiner Lieder mittlerweile als Ohrwürmer: »Wach auff mein hort … Es fügt sich do ich was von zehen jaren alt …« Auch seine Musik als Auslöser der Biographie.

Kein Besuch in der Musikredaktion. Die Lesung. Bier, Doppelkorn. Mit der S-Bahn nach Herrsching. Am Wochenende arbeite ich weiter an der Übertragung eines Liedtextes.

Und dann, am Montagmorgen, der Aufbruch. Der Tag wie mit mächtigem Gongschlag eröffnet: WOLKENSTEIN! Aus dem Fenster blickend, weil das Wetter nun Reisewetter ist, registriere ich: föhnblauer Himmel, intensives Licht.

Die Tasche in den Wagen gelegt, die Autokarte. Die Route liegt fest: Weilheim, Partenkirchen, Mittenwald, Zirler Berg, Innsbruck, Brenner, Brixen, Abfahrt Grödnertal, Val Gardena. Wie auf Werbeprospekten von Fremdenverkehrsorten ist der Ortsname WOLKENSTEIN dick gedruckter Mittelpunkt in einem Netz von Linien, die heranführen von Zürich, Brüssel, Amsterdam, von Hamburg, Berlin, Wien, von Triest, Florenz, Genua: WOLKENSTEIN, SELVA.

Kreisstadt Weilheim. Gebirgskulisse, davor Dörfer, Wiesen, Fichten, Birken. Das Hinweisschild Mittenwald. Ortsumgehung Mittenwald, die Häuser rechts in einer Senke; links, wenn ich hochschaue, das Karwendelgebirge: Konturen wie frisch herausgebrochen. Grenzübergang. Zirler Berg, schon geht es nach Innsbruck – Straßenbauten für die Olympischen Winterspiele 76. Hier in Innsbruck ist Oswald mehrfach gewesen. Und außerhalb, oberhalb der Stadt, war er eingesperrt, in Vellenberg bei Axams; das muss irgendwo zur Rechten am Hang liegen, aber ich mache keinen Abstecher, im Bewusstsein wird der Ortsname WOLKENSTEIN immer größer.

Innsbruck rasch umfahren. Innsbruck ausschnittweise im Rückspiegel; wenn ich mich umschaue, sehe ich die Bergkulisse nordwärts, im linken Seitenfenster kurz die Sprungschanze Bergisel, wie der Pfeiler einer riesigen Autobahnbrücke, die einmal über Innsbruck hinweggeführt werden soll. Nach der Bergisel-Brücke der Bergisel-Tunnel, die Sonnenburgbrücke, die Europabrücke, die Hauptmautstelle Schönberg; ich zahle, erhalte einen Prospekt über die Brenner-Autobahn: Die wichtigste europäische Nord-Süd-Verbindung, offen auch bei extremen Witterungsbedingungen; vierzig Notrufsäulen; elektronische Glatteiswarnung; Kommandozentrale; TV-Kameras; von Psychologen bestimmte Farbabstufungen an den Leitplanken sollen das Unterbewusstsein der Fahrer so beeinflussen, dass sie die Geschwindigkeit verringern – wirkt sich bei mir nicht aus, ich will nach WOLKENSTEIN! Luft wummert durch das halb geöffnete Seitenfenster, staut sich im Gehäuse: es ist sommerlich warm, ich fahre ohne Schuhe, in Jeans und Hemd. Föhngereinigtes Blau. Bergzüge, Bergmassive rechts, Bergzüge, Bergmassive links. Die Gschleiers-Brücken, die Mützener-Brücken, die Gschnitztal-Brücke, die Autobahn fast völlig leer, kein winkender »Wachlsepp« macht mich ungeduldig, knallrot, mit einem Wimpel Vorsicht fordernd. Schon die Felperbrücke. Bergmassive, Burgen – Sichtmarkierungen auf dem Weg nach Wolkenstein! Abfahrt Nößlach, Gries, Obernberg, bald schon der LKW-Stauraum, Geldwechsel, der Obernberger Talübergang und Ausfahrt Brennersee, Brenner-Ort, der Brennerpass. Engführung: die Autobahntrasse nah an der Straße, in deren Verlauf Oswald geritten sein dürfte: »Von Wolkenstein brach ich nach Köln auf, gut gelaunt.« Südwärts bleiben Autobahntrasse, Eisenbahntrasse und Fluss nah beisammen, Verkehrsadern, gebündelt: pro Jahr überqueren rund 8 Millionen Reisende den Brenner – mein geringer Beitrag zur Statistik. Von Köln nach Wolkenstein reise ich, gutgelaunt.

Wieder zahlreiche Brücken, die Namen in den beiden Landessprachen der »Autonomen Provinz Bozen«: Jetzt kann es wirklich nicht mehr lange dauern, bis ich abbiege ins Grödnertal, Val Gardena. Schon ist Brixen, Bressanone, angezeigt. Dieses Brixen, dessen Domtürme auftauchen im Flirrlicht, ist für mich jetzt nur der Name des Orts, in dem die Gedenktafel steht aus dem Jahre 1408: Oswald lebensgroß als Rittersmann, mit Schwert und Fähnchen, mit Harnisch und Kampfrock, mit gepanzerten Schuhen auf den Wappen der Familien Wolkenstein und Villanders; sein rechtes Auge geschlossen, sein stattlicher Kinnbart kunstvoll geflochten, Löckchen auf dem Haupt; in seiner Linken ein Helm, Pfauenfederschmuck. Fotografien dieser Tafel habe ich mir genau angeschaut, neue Informationen wird mir die Marmortafel nicht bringen – dennoch, im Bewusstsein dehnt sie sich aus, überdeckt fast das Stadtbild: auf dieser Tafel hat Oswald sich selbst gesehen. Als er sie herstellen ließ, war er etwa dreißig Jahre alt, hatte noch knapp vier Jahrzehnte zu leben.

Nicht einmal wegen dieses Halbreliefs schwenke ich ab, ich werde es mir später anschauen, jetzt erst Wolkenstein, WOLKENSTEIN. Brixen im Seitenfenster, Brixen im Rückspiegel. Der Druck des Gedenksteins lässt nach, sein Volumen verringert sich, denn schon ist Klausen angezeigt und Waidbruck, damit wächst ein anderer Name im Bewusstsein, TROSTBURG; zugleich das Bild, das ich mir nach Fotos von dieser Burg gemacht habe.

Die Autobahnausfahrt, eine Brücke über den Eisack: Umleitung. Aber sie hat einen Vorteil: auf der anderen Seite des Tals sehe ich hoch am Hang eine Burg, erkenne sie sofort – die Trostburg! Ich halte, schaue hinauf: eine Schlossburg mit zahlreichen Fensterläden, rot und weiß gestrichen, der Turm mit Dachhaube. Ein mächtiger Akzent gesetzt in diese Landschaft: WIR VON WOLKENSTEIN! Das Besichtigen dieses Gebäudes verschiebe ich: erst Wolkenstein, Selva. Zurück über den Eisack, auf schmaler Brücke, über die Eisenbahntrasse, über den PLATZ OSWALD VON WOLKENSTEIN. Hier bin ich richtig, hier werden Plätze und Straßen nach Oswald benannt!

Ich fahre unter der Autobahn durch. Das Grödnertal: Felsen, nass von Sickerwasser; die Straße in Windungen am Wildbach entlang.

Bald weitet sich das Tal, St. Ulrich, Ortisei, St. Christina, S. Cristina, und nun ist es angezeigt: Wolkenstein, Selva. Ungeduld, obwohl es bloß noch ein paar Kilometer sind. Das Ortsschild WOLKENSTEIN, SELVA, blau und weiß. Mit diesem Schild rückt der Satz, der mich begleitet, in die Vergangenheitsform: Von Köln nach Wolkenstein reiste ich gutgelaunt. Während ich in den Ort hineinfahre, Staunen: ein Hochplateau, ringsum Berge. Vor mir, in Fahrtrichtung quergestellt, ein riesiges Bergmassiv.

Ein geschlossenes, vergammelt aussehendes Hotel, vor dem ich den Wagen abstelle. Aussteigend sehe ich den Namen ALBERGO OSVALDO. Na bitte. Wieder ein Rundblick: Hangflächen, Bergwände, Felsmassive – ja, *das* ist ein Herkunftsort!

Im Ort selbst, durch den ich gehe, um mir eine Regionalkarte zu kaufen, weist nichts auf Vergangenheit hin: eine Ansammlung von Hotels, weitere Hotels werden hinzugebaut; Wolkenstein, so habe ich gelesen, wurde in den sechziger Jahren zu einem der »Zentren der Winterurlaubsindustrie«. Hinweisschilder für Pensionen, Hotels, Wanderwege und Seilbahnen; Andenkenläden, Boutiquen. Kurz vor der Mittagspause kann ich noch eine Karte kaufen: Das quergestellte Massiv am Talende ist die Große Sella-Gruppe, höchste Spitze 3151 Meter; südwärts führt am Fuß des Massivs die Straße zum Sellajoch, nordwärts zum Grödner Joch; südlich vom Dorf der Langkofel, 3181 Meter. Das Dorf selbst in einer Höhe von etwa 1500 Metern. Eine Burg Wolkenstein ist nicht eingezeichnet.

Aber ganz in der Nähe der Albergo Osvaldo ein Wegweiser: Schloss Wolkenstein. Ich fahre vorbei an einem Feuerwehrhaus, auf dem riesig der Familienname-Ortsname steht: Oswald als gefeiertes Vorbild der Feuerwehr von Wolkenstein? Oswald gehörte zu denen, die eher Feuer legten als Feuer löschten: seine ruppigen, oft harten Methoden, beispielsweise im Kampf um die Burg Hauenstein – in einem der Bücher, die ich über ihn gelesen habe, wird er als abenteuerliche Verbrechernatur bezeichnet. Aufgepasst also: sich nicht bestechen lassen durch die Naturtheaterszene einiger seiner Auftritte!

Auf schmaler Straße fahrend, warte ich darauf, dass ein Bergmassiv an die Straße heranrückt; aber das Tal bleibt sanft, grün, weitgeschwungen. Ich frage. Ja, das Schloss sei ganz in der Nähe, in der Senke, man könne es nach wenigen hundert Metern schon sehen, von oben. In einer Wiesenmulde? Es ist die Fischburg, die, wie ich später lese, ein Nachkomme von Oswalds Bruder Michael gebaut hat, Engelhard Dietrich von Wolkenstein. Diese Burg schaue ich mir gar nicht erst an, ich frage nach der Burgruine Wolkenstein, und die liegt ganz woanders, drüben im Langental.

Ein weites Tal, abgeschlossen und eingefasst von bewaldeten Bergrücken, dahinter Karstschrägen, darüber Felsmassive. Ein Weg mit vielen Windungen; Felsbrocken, Fichtengruppen. In der Talsohle, rechts unten, ein breiter Weg, ein Sportplatz, eine Kaserne, die Auslauffläche einer Abfahrtsstrecke, leere Gehäuse der Zeitanzeiger. Wenn ich mich umdrehe, sehe ich den Ort und jenseits des Orts, südlich, über dem ersten, noch bewaldeten Bergzug das kahle Felsmassiv des Langkofel, des Sassolungo, und links davon das Sella-Massiv, wiederum links davon die Berge auf der anderen Seite des Tals: immer deutlicher die zeitweilige Umgebung Oswalds!

Endlich sehe ich die Burgruine, nach erneuter Wegkrümmung, und bleibe stehen: senkrecht die Stevia-Wand, und dort, wo die Geröllschräge, auf der ich stehe, an das Massiv stößt, das Gemäuer der Wolkensteinburg. Enttäuschend klein! Ob sehr viel Mauerwerk abgebrochen, ins Tal gerutscht ist?

Im Zickzack hinauf, nur die Andeutung eines Pfads. Eine Mauer mit Türbogen und Schießscharten in »Schlüssellochform«, also für Feuerwaffen: etwa fünfzehntes Jahrhundert, wie ich später lese. Zwischen Vormauer und Burgmauer der kleine Zwinger. Die Kulisse der turmartigen Burg; Fensteröffnungen zeigen vier Stockwerke an. Ich steige auf einen Felsblock, der sicherlich schon außerhalb der Fundamente lag, schaue hoch: Die Burg ist unter einen Felsüberhang gebaut, Fels zugleich als Dach. Die Türöffnung und die beiden größeren, schräg übereinanderliegenden Fenster der Frontmauer zeigen die Stärke des Mauerwerks an: etwa ein Meter. Seitenbänke aus Stein in diesen Fensternischen, größere Flächen Verputz: aus Oswalds Zeit?

Der Grundriss muss dreieckig gewesen sein: die Mauer südwärts steht noch; die zweite Mauer fehlt; der Fels als dritte Wand. Wahrhaftig ein Felsnest, wenigstens fünfzig Meter über der Talsohle – ich denke wieder an Pueblo-Indianer, an Verteidigungsbauten von Höhlenbewohnern.

Höhlenähnlich müssen die Räume der Burg gewesen sein; bei

diesem sehr kleinen Grundriss waren es vier Räume übereinander: nach oben kam man wohl nur auf Leitern, für eine Treppe war da kein Platz. Hatte man die Felswand verputzt? Spuren von Bearbeitung sind nicht zu sehen, nichts glattgehauen, abgeschliffen – wurden Felle oder Teppiche vor diese im Sommer kühle, im Winter kalte Felswand gehängt?

Die »Fenstersitze«: in diesen Nischen saß man wohl meist. Schaute man hinaus, ›genoss den Ausblick‹? Das wäre höchstens im Sommer möglich gewesen, im Winter wurden Fensteröffnungen zugemacht, durch geöltes Pergament in Holzrahmen, durch Bretter. Die Wolkensteiner als Höhlenbewohner, zumindest in dieser Burg: An der Felswand wohl Kondenswasser, von unten Küchendüfte und die Leitern rauf und runter: Kinder, Verwandte, Besucher – es muss ein ziemliches Gedrängel gewesen sein! Nichts also von der Ruhe, die mich jetzt umgibt: hier wird Oswald kaum an Liedern gearbeitet haben, der sonst so robuste Mann war sehr geräuschempfindlich – zumindest in Selbstdarstellungen.

Wiederholt schaue ich, von ›innen‹ her, an der Wand hoch: Risse im Mauerwerk – irgendwann mal könnte sich auch diese Südwand vom Fels lösen, könnte die Karstschräge hinabrutschen. So mache ich mehr Fotos als geplant, Detailaufnahmen: etwa, wie oben das Mauerwerk anschließt an den überkragenden Fels. Dort, im obersten Raum, musste man sich wohl bücken, um ans Fenster zu kommen.

Ich fotografiere die Mauer vom Zwinger aus, der überdacht war, wie Balkenlöcher anzeigen: gewiss war hier der Stall für Pferde und Maultiere, dazu der übliche Hühnerstall, Taubenschlag. Ich fotografiere von außen die Vormauer, obwohl sie nach Oswalds Zeit gebaut wurde. Geh durch beide Maueröffnungen zurück in den vormaligen Innenraum der Burg, fotografiere von hier aus die Umgebung: pompöse Bergregion, Panorama von 180 Grad.

Spektakuläres Ambiente! Wahrhaft einmalige Lage! Für die Verfilmung einer Raubritterstory sicherlich geeignet. Sonst sind Burgen in Hanglage gebaut, oder, noch besser, auf einem hochragenden Felsmassiv, einem steilen Felssporn, hier aber kauert sich die Burg gleichsam hinein in die Einhöhlung der Steilwand. Aufsehen erregend, aber nicht ansehnlich. Schon gar nicht als namengebender Stammsitz eines frisch ausgeschlagenen Familienzweiges, der sich erst noch etablieren, sich profilieren will. Diese Schlichtburg war wohl am ehesten geeignet als Quartier bei einer längeren Jagdpartie, als Fluchtburg bei einer innerfamiliären Auseinandersetzung der härteren Art, als Sitz eines Verwalters, eines Burghüters. Hingegen als Stammsitz einer Adelsfamilie: kaum repräsentativ genug.

Aber die Umgebung …! Wie zur Betonung des Außerordentlichen wächst hinter der Sella-Gruppe eine Gewitterwand auf, graublau; das Bergmassiv ist noch beleuchtet von der inzwischen recht tief stehenden Sonne: rotgrau die Bergwände, Karstschrägen. Wolken aufziehend auch am Langkofel, der Gipfel des Bergklotzes zeitweise verhüllt, die Wolken dann wieder als riesige Schleppe. Das Sella-Massiv über dem schwarzgrünen Fichtensockel stumpfgrau; die Gewitterfront quecksilberhell durchädert, fernes Grummeln. Und wieder, wie mit Scheinwerfern, die partielle Ausleuchtung des Felsmassivs, ein sattes Rot.

Ein Vorfahre der Mutter Oswalds, Randolt von Villanders, kaufte 1293 von den Gebrüdern Maulrapp Burg und Gericht Wolkenstein samt landwirtschaftlichen Liegenschaften. Und der Burgherr begann Anwohner zu überfallen, zu berauben.

Wohl im Jahre 1318 wurde ein Protokoll über seine Vergehen aufgenommen. Ich lese im vierten Band des *Tiroler Burgenbuchs*, dass er eigenmächtig Wald- und Weiderechte einschränkte, Gemeindegrund für neue Höfe rodete, lese von Beraubung, Misshandlung, Einkerkerung von Untertanen, von Überfällen auf Frauen und Mädchen.

Von der Burg aus hatte der eigenmächtige Grundherr sicherlich auch Kaufleute ausgeraubt. Denn sie lag am alten Hangweg (»Heiden-Weg«) zwischen zwei Pässen (Grödner Joch und Sellajoch) und dem Eisacktal; dieser Weg hatte in einer Schlinge (um dem feuchten oder sumpfigen Talgrund auszuweichen) bis in die Öffnung des Langentals geführt, und das hieß: er verlief unterhalb der Burg Wolkenstein. Kaufleute kamen mit ihren Waren auf den Saumtieren also fast bis ›vor die Tür‹.

Oswalds Großvater Konrad wurde 1319, nach dem Tod des räuberischen Vaters, vom Landesfürsten mit Burg und Gericht Wolkenstein belehnt. Doch erst für das Jahr 1370 lässt sich der Familienname »von Wolkenstein« zum ersten Mal urkundlich nachweisen.

Konrad wandelte den Zinnenschnitt im Wappen der Familie Maulrapp in das diagonale Wolkenband um. Allerdings, der Name Wolkenstein hat ursprünglich nichts mit Wolken zu tun; mit »Walchenstein« wurde die Gebirgsregion der Welschen bezeichnet – romanische Flüchtlingsgruppen, die sich im Langental angesiedelt hatten. Erst später die volksetymologische Umdeutung.

Oswalds Vater, Friedrich, hielt sich an den Familiennamen Wolkenstein, siegelte aber noch mit dem Wappen der Familie Villanders: Tiroler Landadel aus der Umgebung des Dorfes Villanders am Osthang des Ritten.

Vater Friedrich hatte zwar einen potentiell klangvollen Namen, kam so rasch aber nicht zu Rang und Ehren und schon gar nicht zu hinreichendem Besitz: ein paar Bauernhöfe gehörten zur Burg, doch die vertraglich vereinbarten Lieferungen und Zahlungen der Pächter dürften gering gewesen sein. Friedrich verwaltete gegen Salär die eine oder andere Burg, die von den Herrschaften zeitweilig nicht genutzt wurde; in solch einer Position wurde man als »Hauptmann« bezeichnet.

Erst die Heirat konnte den jungen Familienzweig aufwerten: Friedrich heiratete Katharina von Villanders. Sie dürfte eine Morgengabe eingebracht haben, die Gründung und Unterhalt der rasch wachsenden Familie ermöglichte, wenn auch in weiterhin bescheidenem Rahmen. Bruderlos hatte sie zwar Anspruch auf ein ansehnliches Erbe, doch ihr Vater wurde sehr alt. Erst 1382, wohl in Vorahnung seines Todes, setzte er sein Testament auf. »Ich, Ekhard von Villanders, genannt von Trostburg, (…) vermache meinen befestigten Wohnsitz Trostburg mit Vogtleuten und Liegenschaften und der gesamten Habe meiner lieben Tochter Katharina, Gattin des Friedrich von Wolkenstein, sowie deren Kindern.«

Willkommener Zuwachs! Nun konnte man dem Felsennest den Rücken kehren, offizieller Familiensitz wurde die (damals noch recht bescheidene) Trostburg, mit weitem Blick hinab ins Eisacktal, hinüber zu den Hängen des Ritten, einem Vorgebirgsmassiv.

Vier Jahre später – Vater Ekhard war gestorben, das Testament vollstreckt – wurde eine Urkunde ausgestellt: »Wir, Leopold, von Gottes Gnaden Herzog zu Österreich, zu Steier, zu Kärnten und zu Krain, Graf von Tirol, erklären und bekunden öffentlich mit diesem Dokument: Nachdem Ekhard von Villanders, genannt: von Trostburg, verstorben war, erbaten von Uns die Erbin Katharina, seine Tochter, und unser getreuer Friedrich von Wolkenstein, ihr Ehegatte, dass Wir ihnen alle Güter übertragen und verleihen, die Unsere Lehen sind.« Es folgte eine Auflistung von zehn landwirtschaftlichen Gütern und etwa dreißig Höfen. Deren Pächter, Erbpächter waren künftig zu Lieferungen von Naturalien, teilweise auch zu Zahlungen verpflichtet.

Die »Grundherrschaft« von Friedrich und Katharina: Lehnsgut und Gericht Wolkenstein, die Trostburg, Bauernhöfe und Ländereien, die zur Burg Hauenstein bei Seis gehörten, die Pfandherrschaft Kastelruth, Liegenschaften in den Pfarreien Rodeneck und Villanders – Gebiete zwischen Eisack und Dolomiten.

Sieben Kinder aus dieser Ehe, vier Töchter, drei Söhne. Die Namen der Töchter, in alphabetischer Reihenfolge: Anna, Barbara, Martha, Ursula. Der erstgeborene Sohn hieß Michael, es folgte Oswald, sodann Leonhard.

Keine präzisen Angaben, mit denen sich Oswalds Biographie eröffnen ließe; weder ist sein Geburtsjahr dokumentiert noch sein Geburtsort. Vorsichtige Autoren geben an, Oswald sei zwischen 1376 und 1378 geboren – am wahrscheinlichsten ist das Jahr 1377.

Und wo wurde er geboren? Bleibt man beim Geburtsjahr 1377, so dürfte das auf Burg Schöneck geschehen sein. Sie war im Besitz der Grafen von Görz, die sie aber kaum oder gar nicht nutzten. So setzten sie »Pfleger« ein. Zu jener Zeit siegelte Friedrich von Wolkenstein als »Hauptmann von Schöneck«. Das bedeutete: Oswalds Vater war Verwalter der Liegenschaften, war Obmann des Gerichtsbezirks.

Wolkenstein und Schöneck: deutlicher könnten die Unterschiede kaum sein! Die Burg Schöneck ist an einem Wiesenhang gebaut, auf kleiner Felskuppe, die von Büschen, von Bäumen fast völlig verdeckt wird; sanft geschwungene Höhenzüge ringsum. In das Pustertal blickend, ostwärts, sehe ich, was sich seit Oswalds Kindheit kaum verändert hat: ein paar Häuser in der Senke, Bauernhöfe, eine Mühle, von der zumindest der Name geblieben ist, und: Fichtenhänge, Fichtenhänge, weit geschwungen.

Was Natur ist – musste das Oswald als Kind in Schöneck nicht auf entschieden andere Weise erlebt haben als in Wolkenstein? Alles sanft hier, bewachsen, keine Felswand im Rücken, keine Felsmassive im Halbkreis des Blickfelds. Wie Oswalds emotionale Beziehungen zu diesen so unterschiedlichen Wohnsitzen, Umgebungen waren, ich weiß es nicht. Gefiel ihm das Felsennest Wolkenstein, oder war (auch) ihm jene Umgebung zu karg, zu schroff und er zog (bereits als Kind beeinflusst von Vorlieben seiner Zeit) mildere Regionen vor wie hier in Schöneck?

Ich würde die Burgruine gern näher beschauen. Doch der Besitzer hat ein offenbar ausgeprägtes Eigentumsbewusstsein: Lattenzaun, Stacheldraht, am Tor die Anschrift: Cani cattivi, böse Hunde. Die höre ich im Gemäuer röhren. Ich klingle nicht, sage nicht ins Sprechgerät, ich interessierte mich seit längerem für Oswald von Wolkenstein, würde gern mal die Burganlage besichtigen, ich lasse mich abschrecken. (Später, als der Besitzer dies in einem Zeitungsvorabdruck liest, lädt er mich zu einem Tiroler Weißen ein und zur Besichtigung.) Einen Viertelkreis gehe ich um den Besitz herum, bis zur kleinen Waldschlucht mit Bach, hinter der Burg. Der Turm ist restauriert, ein Dach aufgesetzt, darunter Schlagläden, rot und weiß gestrichen, alle geschlossen.

Und Hauenstein? Die Burg, deren Name mit dem Namen des Dichters und Komponisten Oswald von Wolkenstein scheinbar unauflöslich verbunden ist: noch ohne biographische Bedeutung zu jener Zeit? Damals wurde eine Konstellation geschaffen, die Oswald vor immer neue Probleme stellen wird, in der er wiederum andere vor immer neue Probleme stellen wird.

Die Familie Hauenstein hatte diese kleine Burg besessen – nicht, wie sonst üblich, auf einem Hügel, einem Felssporn dominierend, sondern in Hanglage, im Wald, am Fuße eines Bergmassivs. Die Hauensteiner gerieten in Zahlungsschwierigkeiten, mussten einen Teil ihres Besitzes verkaufen, und das hieß: einen Anteil an Burg und zugehörigen Liegenschaften. Ein Drittel des Besitzes, der Grundherrschaft wurde von Friedrich dem Wolkensteiner übernommen, zwei Drittel verblieben bei Anna Hauenstein, verheiratet mit Martin Jäger, einem Bürger, mit dem Oswald später erhebliche Schwierigkeiten kriegen wird, nachdem er dem Ehepaar erhebliche Schwierigkeiten bereitet hat. Kind Oswald hatte also wohl Zutritt zur Burg Hauenstein, dort gelebt hat er damals aber nicht, auch nicht zeitweilig.

Oswald als Kind auf Schöneck, auf Wolkenstein, auf der Trostburg: Felsen, Burgtürme, Kellerverliese; Wälder, Bäche, Wiesen – verbanden sich damit Kindheitserinnerungen? Kein Bericht darüber, kein Hinweis darauf – nur eine Lücke in der Überlieferung?

In einem französischen Lied des 14. Jahrhunderts werden die Lebensalter mit Jahreszeiten, mit Monaten verglichen; dabei werden die ersten sechs Jahre gleichgesetzt mit dem Januar. In einem französischen Lied des 13. Jahrhunderts heißt es denn, ein sechsjähriges Kind könne kaum etwas wert sein, doch solle man es gut versorgen, gut ernähren; wer keinen guten Anfang habe, werde auch kein gutes Ende finden.

Philippe Ariès zitiert in seiner *Geschichte der Kindheit* diese Liedtexte, zeigt vor allem an Gemälden des Mittelalters, wie man damals Kinder sah: als kleine Erwachsene – gleiche Physiognomie, gleiche Kleidung, nur Größenunterschiede. Ariès zieht den Schluss, dass man das Spezifische der Kindheit noch nicht realisierte; was nicht im Bewusstsein war, konnte auch nicht auf Bildern erscheinen. Kindheit war wie nicht vorhanden: Januar, der musste nur überstanden werden. Diese Neutralität wird motiviert durch die sehr hohe Kindersterblichkeit: man wusste, dass höchstens die Hälfte der Kinder durchkam. Das war so im Hohen Mittelalter, war immer noch so in Oswalds Zeit, blieb so bis ins siebzehnte, ja achtzehnte Jahrhundert. Montaigne: »Sie sterben mir alle als Säuglinge weg.« Starke emotionale Bindung an das neugeborene Kind konnte man sich kaum leisten: zu schwer wäre mit jedem Todesfall die Belastung geworden. Ein Kleinkind war wie ein Probestück einer Serie, war noch halb anonym, konnte jederzeit wieder verschwinden.

Erst ab sieben Jahren etwa begann man zu zählen und wurde auch gleich zu den Erwachsenen gezählt. Ein zehnjähriger Junge, zum Beispiel, war kein Kind mehr, sondern ein kleiner Erwachsener mit heller Stimme, und der musste beim Bauern auf dem Feld und im Stall arbeiten, beim Handwerker in der Werkstatt, und als Sohn eines Adligen erlernte er möglichst rasch das Kriegshandwerk.

Die ersten zehn Lebensjahre: ein kurzes Kapitel in Oswalds Biographie!

Es ließe sich erweitern durch Informationen über eine durchschnittliche Kindheit im Mittelalter, etwa wie folgt: Kinder und Erwachsene trugen meist ein langes, hemdartiges Gewand, dicker oder dünner je nach Jahreszeit; man hängte Kindern vielfach ein Amulett um, wegen der hohen Sterblichkeit; es gab auch in Burgen keine räumliche Trennung zwischen Kindern und Erwachsenen (›Kinderzimmer‹); kleine Kinder hatten zwar ihre eigenen Spiele, Reifentreiben und Kreiselschlagen, Ballspiel und Fangspiel, Reigen und Plumpsack, aber Kinderspiele wurden recht bald identisch mit Erwachsenen-Spielen, die allerdings, nach unserer Vorstellung, vielfach recht kindhaft, ja kindisch waren. Beliebt war im 14. Jahrhundert unter Erwachsenen und Kindern vor allem das Froschspiel: Der ›Frosch‹ saß auf dem Boden, die andren jagten um ihn herum, der ›Frosch‹ musste hüpfend versuchen, einen Mitspieler zu fangen. Ebenfalls beliebt bei Erwachsenen wie bei Kindern: Schneeballschlachten, Versteckspiele.

Das Einzige, was über Oswalds Kindheit berichtet wird: Bei einem Fastnachtstreiben auf der Trostburg sei ihm durch einen Pfeil oder Bolzen versehentlich das rechte Auge ausgeschossen worden. Keine dokumentierte Nachricht – also ein Familienhistörchen? Ich werde später darauf eingehen.

Ich stelle den Wagen ab auf der PIAZZA OSWALD VON WOLKENSTEIN, gehe den Schlossweg hinauf zur Trostburg. Reste einer Pflasterung, in mehreren Steinplatten sehe ich Radrinnen.

Steile Wiesenschräge, Obstbäume, einige Bauernhäuser; Wald oberhalb der Burg: mehrere Stockwerke hoch das Wohngebäude mit weiß und rot gestrichenen Schlagläden.

Die Trostburg ist nach Oswalds Zeit erheblich verändert worden, vor allem durch Engelhard Dietrich von Wolkenstein, zu Beginn des 17. Jahrhunderts. Lange Zeit, etwa ab 1500, war die Burg kaum noch bewohnt, war zeitweilig Waffendepot, doch der Nachkomme, wohl auch beeindruckt von der weithin beherrschenden Hanglage des befestigten Wohnbaus, leitete überfällige Reparatur- und Bauarbeiten ein.

Den Wohnturm, der auf dem vorgeschobenen Felskopf stand, baute er um in einen Bergfried. Schießscharten für Geschütze. Oberhalb der Burganlage ein kleiner Turm, ich sehe ihn zwischen Bäumen: Der »Römerturm«, zur Sicherung eines Felshügels, der die Burg überragt – von dort aus hätten Belagerer die Anlage leicht beschießen können. Freiherr Engelhard baute zudem einen Wehrgürtel mit drei Türmen und äußerem Turmzwinger, Kanonenscharten in den Türmen, Sturmpfähle an den Mauern.

Die Burg, die Oswald mehrfach besucht hat, sie wurde also weitgehend umgestaltet. Dennoch, ich steige hinauf, Äpfel essend, die ich von Ästen reiße: Diese Burg war wichtig in der Familiengeschichte der Wolkensteiner, schon Vater Friedrich hatte sie besessen, und Michael, als Ältester, hatte sie übernommen.

Der Pflasterweg führt zu einer Türöffnung. Auf einem Pfad gehe ich um das Schlossgebäude herum; links die Wehrmauer. Ein Weinfass, aufgestellt, ein Schlauch hängt hinein, Wasser läuft über den Rand. Eine Frau klammert Wäschestücke an die Leine, beachtet mich nicht, geht in den Bau, durch eine offen stehende, schwarz gestrichene Eisentür. Hühner, kein Hund. Ich gehe weiter, oberhalb des Schlossgebäudes, innerhalb des Wehrmauerrings: ein Wiesenpfad. Von den Fenstern des Wohntrakts wird man weiten Blick haben ins Eisacktal, vor allem südwärts, Richtung Bozen. Offenbar sind Besichtigungen der Burg nicht vorgesehen.

Ich gehe zu einem Turm, im Süden – es führt ein asphaltierter Weg hinauf. Einen Burgweg muss es hier schon zu Oswalds Zeit gegeben haben, denn im Turm hinter dem Michelstor sehe ich in halber Höhe den Rest einer Steinplatte: die stilisierten Wolkensäcke des Familienwappens, ein »chel von wolkenstain« – also dürfte Oswalds älterer Bruder den Turm erbaut haben, und sein Nachkomme Engelhard Dietrich hat diese Steinplatte nicht herausreißen oder mit Verputz überdecken lassen. So etwas wie eine Sichtverbindung zum Vorfahren, zum Stammvater des Trostburger Zweigs der Familie.

Um mehr zu sehen von alter Bausubstanz, müsste ich in den inneren Burgbereich kommen. Die einzige Öffnung zwischen Umfassungsmauer und Schlossgebäude ist die schwarz gestrichene Eisentür, die halb offen steht. Ein Gewölbedurchgang. Rechts einige Stufen hinab, eine Tür, auch sie steht halb offen; in einem ziemlich dunklen Raum sitzen zwei ältere Frauen, ein Mann, schweigend löffeln sie Suppe. Ich grüße, sie grüßen nicht zurück, hocken am Tisch, Wachstuch, sie löffeln. Ich sehe vor mir, was ich in manchen Filmsequenzen gesehen, wovon ich auch gelesen habe: verschlossene Landleute. Mich wundert also nicht, dass eine der Frauen auf meine Frage, ob ich mich hier ein wenig umschauen kann, nur mit einem Wort antwortet: Nein. Ein klares, ruhiges, entschiedenes Nein. Ich frage nicht weiter, sie sagen nichts weiter, stumm wird die Suppe gelöffelt. Ich steige zum Gewölbegang hoch, gehe ein paar Schritte burgeinwärts: ein schmaler Gang zwischen Mauern; Sensen an Holzstangen, Pferdehalfter. Hühner laufen herum. Ich nehme an, einer der stummen Suppenlöffler behält mich im Blick; ich gehe zurück zur Eisentür.

Vier Jahre später: der Bau erschließt sich mir vom windfauchenden Turmraum bis zu den stockfinsteren Verliesen. Ein Fernsehinterview, Thema Oswald, die Trostburg als Kulisse. Dann folge ich dem Team in die Burg; einige Innenaufnahmen, wohl für Zwischenschnitte.

Dominierend: der Renaissancesaal mit lebensgroßen stuckierten Statuen zur Familiengeschichte. Stammvater Randolt von Villanders. Michael von Wolkenstein, der zeitweilige Burgherr, mit einer Kreuzfahne. Und, wie zu erhoffen, doch anders als erwartet: Oswald, zweiäugig, als beinah ätherischer Jüngling, dekoriert mit zwei Orden. (Von Hans-Dieter Mück erfahre ich später, dass bei Rückzugsgefechten der Wehrmacht 1943 auch die Trostburg unter Beschuss geriet und dabei wurde, ausgerechnet, Oswalds Kopf getroffen und zerstört. Den hat man später rekonstruiert: nun leicht herabgesenkt zu einer Lyra in der Linken des Dichters und Musikers.) Weitere Sockel im Saal, freigehalten für Figuren künftiger Burgherren der Familie, aber die haben die Angebote nicht mehr wahrgenommen.

Helle Räume mit Blick westwärts und südwärts in das Eisacktal … Räume mit dunkelbrauner Holztäfelung, mit Fenstersitzen in den etwa zwei Meter starken Mauern … Ein Raum wie das Innere eines Blockhauses: Bohlen an den Wänden, Balken an der Decke – während einer Pestepidemie war das Holz gekalkt worden, zur Desinfektion, nun wurden von Restauratoren letzte Kalkreste entfernt, zuletzt aus Holzritzen, Wurmlöchern. Und genealogische Wappen wurden sichtbar … Ein kleines Nebenzimmer, von dem aus der bucklige Kachelofen beheizt, in dem vielleicht auch etwas aufgewärmt, rasch zubereitet wurde, eine gotische ›Teeküche‹ …

Die Kapelle, die Engelhard Dietrich anno 1604 ausgestalten und ausmalen ließ: rustikale Renaissance. Ein Nebenraum, leer: hier hatte Engelhard seine Reliquiensammlung aufbewahrt. In einem weiteren Zimmer, wohl der früheren Sakristei, ein bäuerlich bemalter Schrank, wandbreit und deckenhoch. Öffnet man die rechte Tür, löst man eine Arretierung, zieht man einige der Bodenbretter nach vorn, so zeigt sich ein Ausschlupf: ein gelenkiger Flüchtling konnte von hier aus durch einen Hohlraum zwischen dem Kapellenboden und der Decke des tieferen Stockwerks in den Speicher kriechen, konnte auf einer Seitentreppe, Nebenstiege nach unten, nach draußen entkommen.

Gespräch mit einem der Studenten, die noch Renovierungsarbeiten durchführen, er zeigt mir Räume und Bereiche, in die Besucher sonst nicht geführt werden. Wir steigen eine Wendeltreppe hoch zum Turmraum, einer der Fensterläden wird nach innen geöffnet, wir blicken ostwärts auf ein Wiesenplateau mit Grasrampen – der frühere Lustgarten. Diesem Wiesenplateau die Rücken zuwendend, sehen wir ein Fresko, arg verwittert: eine kahlköpfige Lady sitzt am Fenster, durch das wir hinausgeschaut haben, schaut auf den Lustgarten, dessen Grundfläche wir eben gesehen haben, jetzt wieder sehen, vergleichend hin- und herschauend zwischen dem gemalten und dem realen Fenster, zwischen dem bunt gemalten Lustgarten und der grasgrünen Lustgartenfläche.

Der Fensterladen wieder geschlossen, es geht die Wendeltreppe hinunter auf den Hof, der eng und feucht ist. Ein Fresko-Stammbaum auf einer der Galeriebrüstungen. Die Schlossküche, und hier sehen wir nun, was zu Oswalds Zeit kaum anders ausgesehen hat: ein Gewölberaum mit völlig schwarzer Decke – Ruß, der sich im Lauf von Jahrhunderten angesetzt und zu Kohlenstoff verwandelt hat, steinhart, lackglänzend.

Drei Plattformen: für das Braten in Pfannen, für das Kochen in Kesseln, für das Grillen am Spieß. Ein Ofen für die Brotfladen, die zweimal im Jahr gebacken wurden. Stapel von Brennholz, denn hier wird noch immer geräuchert – ein Metzger aus Waidbruck.

Die Nebenräume: helle Höhlen, in denen Nahrungsmittel gelagert wurden, vormals abgeliefert von Bauern der Umgebung. Hinter der Küche eine Treppe, die unter einer Decke endet; eine Öffnung in einem hohlen Tragpfeiler; Gewölbebogen; eine geheimnisvolle Inschrift auf einem Balkenstück.

Und weiter: ein Raum für die Burgwache. Eine Säule in der Mitte, an ihr Holzrahmen mit Zapfen, an denen wohl Helme, Rüstungsstücke, Waffen hingen; ein schmaler Fenstersitz. Jenseits eines kleinen Gangs der Gefängnisraum. Auch hier: nur ein Lichtschlitz. Eine Bodenklappe, eine Bodenöffnung – die beiden Verliese. Mit einer Taschenlampe hineinleuchten. Ins erste Verlies führen einige Stufen hinunter; der Grundriss so knapp, dass sich hier auch kleinwüchsige Gefangene nicht ausstrecken konnten, sie mussten kauern, auf dem Boden oder auf der ersten Stufe. Im zweiten Verlies konnten auch kleine Gefangene nicht stehen, hier konnte man nur liegen – vergrößerter Sarg, im Fels. Und früher noch dies: faulendes Stroh, Urin, Scheiße; völlige Finsternis unter der Bodenklappe des allenfalls dämmrigen Raums.

Mit dieser Besichtigung, aufrecht und gebückt, gehend und tappend, wird der Burgbau präsent: die hellen Wohnräume oben, die schwarze Räucherhöhle unten, die stockfinsteren Verliese, und all diese Gegensätze eingefasst von massigen, vielfach feuchten Mauern.

Marx Sittich von Wolkenstein beschreibt, Ende des 16. Jahrhunderts, das Land Tirol. Vieles von dem, was er registriert, dürfte auch für Oswalds Tirol charakteristisch gewesen sein.

So gebe es viele Bären im Lande Tirol, auch Wölfe – in besonders kalten Wintern kämen Bären und Wölfe von den Bergen herab in die Niederungen zu den menschlichen Siedlungen. Auch sei der Luchs nicht selten im Land, der Biber und der Dachs, der Otter und der Fuchs. Steinmarder seien zahlreich und Murmeltiere: »ein kurz wolliges Tierle«. Ausreichend Gämsen und Steinböcke. Und Schneehühner, Rebhühner, Haselhühner. Und Spielhennen und Schneegänse und Reiher und Enten und Gänse und drei Arten von Wildtauben. Und Finken, Amseln, Drosseln, Hirngrillen, Nachtigallen, Brandvögel, Zaunschlüpfer, Rohrdommeln, Sperlinge und so weiter. Es gebe auch zahlreiche giftige Tiere, vor allem Spinnen und Skorpione. Und Schlangen: die Blindschleichen, zu Unrecht als blind bezeichnet. Die Hauptfarben: schwarz, lederfarben, blau. Auch schneeweiße Schlangen. Und Vipern mit breiten Köpfen, schmalen Hälsen, aschfarben, mit schwarzen, viereckigen Flecken auf dem Rücken. Auch kleine Wasserschlangen.

Und weiter: Es gebe es in diesem Land genug Fleisch – Ochsen,

Kühe, Geißen, Lämmer, Böcke. Auch ausreichend Schmalz, Butter, Milch. Öl werde aus Italien eingeführt; Versuche mit Ölbäumen seien in Tirol nicht erfolgreich gewesen, zu frühe Kälteeinbrüche.

In der »von Gott mild gesegneten und löblichen Grafschaft Tirol« gebe es Wein in »Güte und Menge«; der Weinanbau beginne südlich von Brixen. Besonders gute Rebsorten werden aufgezählt. Und in Bozen werde Branntwein hergestellt, reichlich und von guter Qualität. Mit Getreide könne sich das Land knapp selbst versorgen – in einer Region wächst der beste Roggen, in einer anderen die beste Gerste, und im Pustertal gibt es reichlich Bohnen, Erbsen, Linsen. Viel Obstanbau: Erdbeeren, Äpfel, Kirschen, Pflaumen, Granatäpfel. Verschiedene Pfirsichsorten: bei einigen löst sich das Fleisch gut vom Kern, bei anderen nicht.

»Gott der Erschaffer« hat Tirol auch reichlich ausgestattet mit Wäldern und Wiesen. Verschiedentlich erreicht das Gebirge eine Höhe von »drei Meilen Wegs«; dort oben wächst freilich nichts mehr. Regnet es im Tal, so schneit es im Felsbereich. Doch wie zum Ausgleich: die »allergrößten« Tannen, Fichten und Lärchen an den Berghängen – vor allem Lärchen würden auf der Etsch bis ans Meer gebracht, zum Schiffsbau. Für die Landesbewohner freilich bleibe genügend Bauholz und Brennholz; »ganz zu schweigen von dem Holz, das in den höchsten Wäldern umgeworfen wird und dort liegend ohne Nutzen verfaulen muss. Ein ganzes Land hätte daran eine lange Weile genug zu brennen.« Aber es gibt ja auch noch Eichen-, Buchen-, Eschen-, Erlen-, Föhren- und Birkenwälder. Auch wilde Kirsch-, Apfel- und Birnbäume. Viele Esskastanien: »Die armen Leute nähren sich damit, machen Mehl und Brot daraus.«

Und der Chronist berichtet von »Bergwerken, Erzgruben, von Salz, Alaun, Vitriol und Steinen«. Im Salzbergwerk bei Hall arbeiten 5000 bis 6000 Menschen, das Feuer unter den Siedepfannen geht nur aus zu Ostern, Pfingsten, Weihnachten. Weiter die »herrlichen Bergwerke«, in denen Gold, Silber, Kupfer, Blei, Eisen gefördert werden. Die Schmelzhütten gehören teils den Landesfürsten, teils den Fuggern. Die »stattlichen Bergwerke in Taufers und Ahrn« gehören den Herren Wolkenstein-Rodenegg. Reichlich Kupfer, Schwefel, Vitriol. Jene Herren von Wolkenstein besitzen auch noch ein Bergwerk zu Kältenbach: eine Silbergrube mit etwa 100 Knappen.

An Gestein werde gefunden und abgebaut: Marmor, Alabaster, Porphyr, weißer Sandstein. Und man finde den grünen Jaspis und den roten Blutstein, zum Teil mit grünen Äderchen.

Die »von Gott edelbegabte Grafschaft Tirol« sei weiterhin ausgezeichnet durch reiches Wachstum von Heilkräutern: der weiße Nießwurz, dessen Saft unter anderem gegen Läuse schützt. Und der Meisterwurz, der Hl. Geistwurz, hilfreich gegen allerlei Gift und Pestilenz, gegen Gedächtnisschwäche und Steinbildung. Und der Rosenwurz oder Frauenwurz sei folgendermaßen anzuwenden bei Unfruchtbarkeit: in Milch aufkochen, trinken, den ehelichen Geschlechtsverkehr ausüben – da empfängt die Frau noch zur selbigen Stunde.

Weiter zählt er an Kräutern auf: Schlangenmord, auch Schmalwurz genannt, hilfreich bei Schwindelanfällen und Fallsucht; wenn man es kaut, »vertreibt es alle Melancholien«. Und der Enzian »ist gut für Gift, Bruch, Husten«, auch bei schwachem oder krankem Magen. Der Gäms- oder Schwindelwurz wird vielfach von Gämsjägern gekaut, so wird ihnen beim Klettern nicht schwindlig. Und: Engelfuß und Hammerwurz und Kreuzwurz und Hirschwurz und Haarstrang und Wintergrün und Weinraute und Wermut und Stabwurz und so weiter.

Im zwölften Kapitel äußert sich der Wolkensteiner über die Fruchtbarkeit der ›Weiber‹: nachdem er so viel über die Fruchtbarkeit der Grafschaft geschrieben hat, will er auch diesen Punkt nicht auslassen. Der Freiherr ist mit der Fruchtbarkeit der Frauen zufrieden; sie könnte allerdings noch höher sein, würden die Frauen nur mal auf Schleckwerk und übermäßigen Weinkonsum verzichten – dadurch werde die Leibesfrucht zumindest geschwächt. Es wird berichtet von Zwillingen, Drillingen, Vierlingen. Missgeburten gebe es »in dieser Grafschaft leider zu viel«, und zwar beim hohen wie beim niedrigen Stand, doch der Chronist meint, es gehöre sich nicht, auf diesen Punkt näher einzugehen.

Folgen Ausführungen über die Gesundheit Tirols, die gute Luft; es gibt zwar Gicht und Podagra, aber es ist offenbar nichts Außergewöhnliches, wenn jemand hundert Jahre alt wird; eine Frau, die gesund gelebt habe, nur von Kraut, Rüben, Nudeln, sie sei 104 geworden; das mache der Verzicht auf »delikate und schleckhafte Speisen«. Und Peter von Gerauch hat das 112. Jahr erreicht, geht noch immer seiner Wege und Stege, handelt und wandelt, kauft und verkauft, »ist bei guter Vernunft«, hat ein gutes Gedächtnis, kann viele alte Geschichten erzählen, kein Wunder.

Insgesamt aber: es wird nach dem Geschmack des Chronisten zu viel gefressen in Tirol. Beispielsweise bei Hochzeiten; früher sei man noch mit drei bis vier Gängen zufrieden gewesen, »heute« hingegen müsse alles fürstlich zugehn, auch bei ärmeren Leuten müssten es vierzig bis fünfzig Gänge sein, meint er. Ach, und all das Geschleck aus dem Welschland …

Weil schon mehrfach auf soziale Schichten hingewiesen wurde, will Marx Sittich nun auch die vier Landstände der Grafschaft beschreiben. Er benennt und beschreibt erstens den geistlichen Stand, zweitens den löblichen Ritterstand, aber danach bricht entweder die Aufzeichnung ab, oder ausgerechnet an dieser Stelle ist ein Stück des Manuskripts verloren gegangen: kein Wort über den Bürgerstand und den Bauernstand …

Im zweiten Hauptteil geht der Chronist regionsweise vor, beschreibt die einzelnen Fürstentümer und Hochstifte, beginnt bei Trient. Interessant ist für uns aber nur, was er über das Gericht Kastelruth, das Gericht Wolkenstein schreibt.

Das Kastelruther Gebiet bezeichnet er als schön groß; »wir von Wolkenstein« schon lange in dieser Region. Früher gab es dort die von Maulrapp und die von Hauenstein. Burg Hauenstein liege »mitten in einem großen Wald«, sei noch bewohnt, verschiedene Zinsgüter gehörten zum Besitz, eine »schöne große Waldung mit allerlei Holz, wie Lärchen, Fichten und Tannen«. Im Schloss gebe es auch eine Kapelle, für Sankt Martin und Sankt Sebastian.

Marx Sittich berichtet auch über die Trostburg, die sein Bruder Engelhard Dietrich schön ausgebaut habe, auch seien dort Gärten angelegt worden, die allerlei Früchte brächten. Und er weist hin auf die Seiser Alm: die schönste und größte Alm des Landes. Jährlich sind dort oben 1500 Kühe und 600 Ochsen, dennoch werden nicht weniger als 1800 Fuhren Heu herabgeschafft; vier bis fünf Wochen lang arbeiten etwa 4000 Menschen, um das beste und kräftigste Heu des Landes einzubringen. Und die allerköstlichsten Kräuter wachsen dort oben. Der Chronist weist auch hin auf »wilde Leute«: noch vor wenigen Jahren seien droben Waldmenschen bei Nacht gehört, bei Tag gesehen worden. Sogar bei Villanders habe man, nach einem glaubwürdigen Zeugen, einen wilden Mann gesehen, »ganz rauh, haarig und ungestalt«. Und bei Meran wurde ein »wildes Fräulein«, eine Waldnymphe gesichtet, und das am hellen Tag.

Das Gericht Wolkenstein schließe sich an das Gericht Kastelruth unmittelbar an. Der Chronist weist hin auf die Burg Wolkenstein: sie liege an einer jäh abfallenden Wand, sei nicht mehr bewohnt, »steht nur etliches Gemäuer«. Das Gericht Wolkenstein habe nur etwa 50 Feuerstätten, dafür aber gute und reiche Almgebiete, etwa die Stevia-Alm, die Puez-Alm, die Cawazes-Alm.

Wein und Weizen wüchsen nicht im Gericht Wolkenstein, wegen der Kälte, aber es gebe genügend Heu und Gerste, Mohn und Linsen, Rüben und Futter. Man lebe dort vom Vieh, das man aufziehe und verkaufe. An Wildbret gebe es Hirsche, Bären, Wölfe, Hasen, Füchse, Marder, Murmeltiere und an »Federwildbret«: Auerhähne, Haselhühner, Schneehühner, Steinhühner. Auch in diesem Gericht rede man eine »grobe und unverständliche Sprache«, weder italienisch noch deutsch: das Ladinische.

Wolkenstein gegenüber liege ein sehr hoher Kofel oder Berg, der Wolkenstein, mit vielen Zinnen und Spitzen; dieser Berg sei selten frei von Nebel oder Wolken; man höre vielfach Sausen und Rauschen, als würden sich Steine oder große Wände lösen. Dieser Berg sei sehr wild, hoch oben wachse weder Holz noch Heu, kein Mensch habe ihn bisher bestiegen, es gebe dort große Adler.

Dieser Wolkenstein ist der heutige Langkofel.

Angenommen, ich würde Oswald einen Brief schreiben, der ihn in einer phantastischen Raum-Zeit-Kurve erreicht, würde in diesem Brief ein Wort benutzen wie »Wald«, ein Wort, das damals in Gebrauch war, das heute weiter in Gebrauch ist, so gäbe es schon bei diesem scheinbar gemeinsamen, verbindenden Wort Schwierigkeiten. Denn was er sich beim Wort »Wald« dachte und was ich mir beim Wort »Wald« denke, es unterscheidet sich so sehr, dass wir eigentlich zwei verschiedene Wörter benutzen müssten.

Wald bedeckte zu seiner Zeit beinah ganz Europa, Wald war fast von jedem Weg, von jedem Feld, von jedem Dorf, von jeder Burg, auch von jeder Stadt aus zu sehen, fast immer bildete Wald den Horizont. Dieser Wald war etwas Weites, Dichtes, Dunkles, durch das nur einige Pisten, Wege, Pfade führten, und in diesem Weiten, Dichten, Dunklen gab es Tiere, vor denen man sich fürchtete, beispielsweise Wölfe, die hörte man vor den Burgen und vor den Städten heulen, nachts, vor allem im Winter, und wie oft geschah es und wie oft wurde davon berichtet, dass Menschen in diesem Weiten, Dichten, Dunklen von Wölfen angefallen wurden oder von Bären, die sehr behend waren? Und noch größer die Wahrscheinlichkeit, dass man in diesem Weiten, Dichten, Dunklen von Räuberbanden überfallen wurde: so was kennen wir nur noch in Kindergeschichten von Räubern im finsteren Tann, in dem Äste knacken und Käuzchen rufen, die nicht immer Käuzchen sind.

Aus dem Wald wollte man möglichst rasch wieder herauskommen, aber in welche Richtung man auch zog, es dauerte oft Tage, ehe man in gelichtetes Gebiet kam, mit einem Dorf, das stundenweit vom nächsten Dorf entfernt lag und vielleicht tageweit von der nächsten Stadt.

Was wir uns dagegen unter Wald vorstellen: forstwirtschaftliche Nutzflächen mit einem dichten Netz von Wirtschaftswegen, mit einer durch Zählungen und Abschussquoten ständig kontrollierten Zahl von Tieren. Was der gewohnten Waldordnung widerspricht, wird mit Polizei-Einsatz entfernt: »Waldmenschen« beispielsweise. Und als irgendwo in Bayern ein paar Wölfe aus einem Gehege ausbrachen, marschierten gegen die halb domestizierten Tiere Hundertschaften der Polizei auf, und bald schon wurde in der Bevölkerung der Einsatz gepanzerter Fahrzeuge gefordert.

Die Südtiroler Sage von *Eisenhand* beginnt mit einer Weissagung: Oswalds Mutter wird verkündet, ihr Sohn werde ein gefeierter Sänger, falls er das Harfenspiel erlerne, aber es werde dann kein Glück, keinen Frieden mehr für ihn geben. Davor möchte die Mutter den Sohn bewahren, wie die meisten Mütter ihre Söhne davor bewahren wollen, Sänger oder Dichter zu werden; sie trägt den noch kleinen Jungen hinauf ins Felsgebirge Kedùl, lässt dort von wilden Frauen seine Hände verzaubern: sie werden stark für Schwert und Lanze, zu grob für jedes Instrument.

Das zeigt sich, als Oswald, einige Jahre älter geworden, die Musik von Spielleuten hört: Begeisterung, er möchte ebenfalls musizieren; Spielleute versuchen, ihn zu unterrichten, aber den Fiedeln zerfetzt er, den Harfen zerreißt er die Saiten, Instrumente zerbrechen in seinen Händen. Man nennt ihn nun »Eisenhand«.

Und Eisenhand erlernt das Kriegshandwerk, wird Jäger. Meist pirscht er allein in Bergwäldern. Einmal steigt er hinauf in die Berge (südlich der Seiser Alm), wandert am Molignon-Massiv entlang, kommt zur Mittagsstunde an eine weite Bergwiese, hört Gesang und Saitenspiel. Seine Ohren sind nicht verzaubert, er schleicht sich näher heran: eine Elfe, in einem selbstverständlich silberglänzenden Gewand, spielt eine kleine Harfe, singt. Singt so betörend schön, dass Oswald atemlos lauscht. Stundenlang hört er ihr zu. Als Schatten in die Bergtäler wachsen, verschwindet die Sängerin, löst sich die Blumenwiese auf.

Am nächsten Tag ist Oswald wieder dort oben, und die Blumenwiese ist wieder da und die Elfensängerin auf der Blumenwiese, und sie spielt wieder Harfe, singt wieder, und Oswald ist wieder in Bann geschlagen, lauscht stundenlang, versteckt. Selbstverständlich hat ihn die Elfe längst bemerkt. An sechs Tagen singt sie, an sechs Tagen hört er ihr zu; am siebten Tag ruft sie zu ihm hinüber, sie habe ihn durchaus bemerkt. So kommt man ins Gespräch: Oswald gesteht ihr, wie gern er das Harfenspiel erlernen würde, aber seine Hände seien zu schwer, zu grob, zu hart. Die Elfe weiß, was Oswald noch nicht weiß, er hat es als kleiner Junge nicht bemerkt: dass seine Hände verzaubert wurden. Und die Elfe sagt ihm, dieser Zauber könne nur gebrochen werden durch großes Leid; sie wünscht ihm freilich, dass er dieses Leid niemals erfahre.

Als der junge Mann Oswald einige Zeit darauf seine Mutter besucht, erzählt er ihr vom sehr schönen Fräulein dort oben im Gebirge; er habe sich mit ihr verlobt. Natürlich möchte Mutter Wolkenstein wissen, wer dieses Fräulein ist, aber darüber kann Oswald nichts sagen, nicht einmal ihren Namen kann er nennen. Er steigt wieder in die Berge, wandert am Molignon entlang, trifft die Elfe, fragt sie nach dem Namen. Sie antwortet, er dürfe nie erfahren, wie sie heiße – sobald er ihren Namen besitze, müsse sie sich von ihm trennen.

Oswald berichtet dies bei nächster Gelegenheit seiner Mutter. Die weiß sofort, um welche Art Fräulein es sich handeln muss, und warnt den Sohn: es gebe keine wahre Gemeinschaft zwischen Menschen und Berggeistern.

Monate vergehen. Oswald streift allein durch die Wälder, durchs Gebirge. Einmal kehrt er spät zurück, es ist schon finster, er sieht Feuerschein in einer entlegenen Bergwaldregion, schleicht sich heran: Bergmenschen, wilde und weise Cristànes, sitzen am Feuer, sprechen aus, was Oswald nicht hören darf: Die alte Wolkenstein habe durchaus recht gehabt, als sie Sohn Oswald die Hände verzaubern ließ, aber nun, seit er Antermòya kennengelernt habe, bestehe Gefahr, dass der Zauber wieder gebrochen werde. Jetzt kennt, besitzt Oswald ihren Namen: Antermòya.

Und Oswald trifft Antermòya wieder, vergisst sich, spricht ihren Namen aus. Antermòya, auch sie verliebt, klagt und weint: Nun müsse sie sich von ihm trennen, müsse fort für immer. Sie sagt Lebewohl, schenkt ihm zum Abschied ihre Harfe, geht in die Mitte der Blumenwiese, singt das Lied, das Oswald als Erstes von ihr hörte, schon bricht der Boden auf, schon quillt Wasser hoch, schwarzes Wasser, in dem sie eintaucht, versinkt, und mit ihr die Blumenwiese: Ü te kash leek spari'l adüm la trónyora florida ü bèla tjantarina, heißt es in der Ladiner Mundart.

Was bleibt, ist ein Bergsee (Lago Antermoia). Drei Tage lang geht Oswald um den See herum, trauernd. Dann nimmt er die Harfe, beginnt wieder zu spielen, zu singen: ein Klagelied. Er spielt und singt vollendet: das Leid hat den Zauber gebrochen.

Aber damit erfüllt sich auch diese Weissagung: Dass er nun ruhelos in der Welt umherziehen muss, kein Glück, keinen Frieden findet.

Oswald mit etwa sieben: von nun an also zählte er! Denn nun war er nicht mehr, in Verständnis und Mentalität jener Zeit, so etwas wie ein Kind auf Probe, noch ohne Zukunft, nun konnte für ihn geplant werden. Und damit ein Stichwort, das uns Oswald nicht gibt, das sich aber wie von selbst einstellt im Kontext jener Zeit: Schule.

Kein Thema für Oswald, den Dichter, jedoch für uns. Die Eltern, standesbewusst und erfolgsorientiert, schauten nicht zu, wie Kind Oswald verwilderte, als Wolfsjunge in Waldungen oberhalb der Trostburg, auch er musste lernen.

In älteren Texten zum Wolkensteiner heißt es schon mal, auf der Trostburg hätte es einen Hausgeistlichen gegeben. Der wäre denn nicht nur zuständig gewesen für die Hauskapelle, sondern auch für das Unterrichten der Kinder, zumindest der Söhne. Nachweisen lässt sich ein Burgpädagoge allerdings nicht. Er ist offenbar interpoliert worden – während sich damals übliche Schulformen weithin dokumentieren lassen.

Es sah im Schulwesen nicht so finster aus, wie es für das Mittelalter oft postuliert wird. Seit Karl dem Großen gab es Schulen in Städten, sogar in Dörfern: Pfarrschulen, Küsterschulen.

In der (lateinischen) Vita des Paderborner Bischofs Meinwerk, (anonym) verfasst im 12. Jahrhundert, wird berichtet, dass bereits im Jahrhundert zuvor »an der Kirche in Paderborn die allgemein üblichen Studienfächer aufblühten, denn es gab dort Lehrer für Musik und Dialektik, derweil auch bedeutende Lehrer der Rhetorik und Grammatik; Magister der freien Künste übten dort das Trivium ein, während andere sich dem Quadrivium widmeten; dort glänzten Mathematiker und Astronomen, wurden Naturwissenschaftler und Geometrielehrer beschäftigt.« Höchstes Ansehen besaßen Horaz und Vergil. Und es galt für die Schüler als »Zeitvertreib [ludus], sich mit Versen, Spruchsammlungen und lustigen Liedern [iocundis cantibus] zu befassen.«

Bereits gegen Ende des zwölften Jahrhunderts wurde vom dritten Lateranischen Konzil dekretiert, dass auch Kinder armer Eltern in Schulen unterrichtet werden könnten, dürften, sollten; Mitte des dreizehnten Jahrhunderts wuchs die Zahl der Stadtschulen, in denen zumindest Elementarunterricht erfolgte.

Angebote gab es erst recht in Oswalds näherer Umgebung: die Domschule in Brixen, die Klosterschule Neustift etwas außerhalb der Stadt.

Martin Peintner, vormals Stiftskapellmeister, Bibliothekar, Archivar des Chorherrenstifts, hat einen Aufsatz über *Schreibkunst, Studium und Musikleben im mittelalterlichen Kloster* publiziert. Einleitend berichtet er hier, dass (bei allen lokalen Unterschieden) »die Ausbildung der Schüler in der Regel in drei Stufen verlief«.

Erste Stufe: Elementarunterricht (*scientia primitiva*) in Lesen und Schreiben. Benutzt wurden dazu handflächengroße Wachstafeln, in die Buchstaben mit Metallstiften eingeritzt wurden; die Schrift konnte mit einem »Streicher« wieder gelöscht werden. Als erste Lektüre: Psalter.

Zweite Stufe: das *Trivium*. Also Grammatik, Dialektik, Rhetorik. »Die Ausbildung in Musik und Gesang war von allem Anfang schon mit dabei.«

Für Grammatik wurde »der Donatus« herangezogen. Seine *Ars minor* musste sicherlich auch Oswald auswendig lernen. Ihr Umfang: etwa zehn Druckseiten.

Dritte Stufe: *Ars maior*, die Lehre für Fortgeschrittene. Fast ein halbes Jahrtausend blieb auch hier »der Donatus« Standardwerk des dominierenden Lateinunterrichts.

Normalerweise (aber noch nicht vorschriftsmäßig) ging ein Kind von sieben bis fünfzehn zur Schule. Bei Oswald war es anders – nach etwa drei Schuljahren ergab sich offenbar eine Zäsur.

Oswald berichtet in seinem berühmten Lebenslied (ich werde es bald vorstellen), er sei mit zehn Jahren aufgebrochen, um sich in der Welt umzuschauen. Die berühmte Intrada: »Es fügt sich, do ich was von zehen jaren alt, ich wolt besehen, wie die werlt wer gestalt.«

Die Welt an den Grenzen Europas, außerhalb Europas, sie war zu seiner Zeit weithin märchenhaft! Dies zeigt das Reisebuch des John Mandeville, im damaligen Europa überaus erfolgreich: zahlreiche Abschriften und Übersetzungen.

Eine der Übersetzungen stammte von Hans Vintler. Er dürfte in der Familie Wolkenstein bekannt gewesen sein. Vintler war ein angesehener Bürger der Stadt Bozen, war Zeitgenosse Oswalds. Weitere Angaben: Pfleger des Gerichtsbezirks Stein am Ritten; Amtmann des Herzogs Friedrich; Übersetzer weiterer Werke; 1413 verstorben. Oswald dürfte die neue Übersetzung des Reisebuchs früher oder später kennengelernt haben.

Wer Mandeville gewesen sein mochte (Jean de Bourgogne, Arzt in Lüttich?), wie weit er und ob er überhaupt die Welt erkundet hatte, diese Frage muss jetzt nicht erörtert werden. Wahrscheinlich war hier ein Kompendium diverser Reisebeschreibungen mit Geschick erstellt worden. Der Erfolg zeigt, welche Erwartungen in der Öffentlichkeit bestanden; die wurden nun bestätigt, bestärkt.

Märchenhaftes wird bereits im neunten Kapitel erzählt: Die Tochter des Hippokrates ist in einen Drachen verzaubert, einhundert Klafter lang – »sagen die Leute, denn ich habe es nicht gesehen«, schreibt Mandeville, aber ernsthaft erzählt er, wie alle zwei, drei Jahre dieser Drache aus seiner Höhle unter einer alten Burg herauskommt, und er möchte unbedingt einen Kuss, am liebsten von einem Ritter, dann wäre er standesgemäß erlöst, aber die Angst der Männer vor einem Drachen ist doch zu groß! Beispielsweise ein Johanniter, der will den erlösenden Kuss wagen, aber als er den riesigen Drachen sieht, fällt er vor lauter Schreck mit seinem Pferd vom hohen Fels ins tiefe Meer. Später kommt ein junger Mann auf die Insel, soll Süßwasser holen für das Schiff, und er trifft eine hübsche junge Frau, will gleich mit ihr schlafen, aber sie macht ihm die Spielregeln klar: am nächsten Tag wird sie ihm in Drachengestalt begegnen, dann soll er sie beherzt auf den Mund küssen, ihm werde dabei nichts zustoßen, sie aber werde dadurch erlöst, werde ihm gehören, und das Land noch dazu. Auf diesen Vorschlag geht der junge Mann ein, aber als er am nächsten Tag den Drachen sieht, graust es ihm, er reißt aus, der Drache hinter ihm her, jämmerlich schreiend.

Weiterhin Märchenhaftes, Wundersames. So gibt es auf Zypern Wein, der ist im ersten Jahr rot, im zweiten weiß. Und wenn der Sultan mit einem Fremden, einem Gast redet, so stehen ringsumher Diener mit erhobenen Schwertern, Äxten, Spießen, um den Gast sofort in Stücke zu hauen, falls er etwas sagt, das der Sultan nicht hören will. Und in Äthiopien gibt es Leute, die nur einen Fuß haben, aber mit diesem einen Fuß laufen sie schneller als die üblichen Zweibeiner; dieser Fuß ist sehr breit und sehr lang – wenn einer, der auf so großem Fuße lebt, sich auf den Rücken legt und ihn hochhebt, hat er ausreichend Schatten. Und auf der Insel Tschampa gibt es Schnecken mit so riesigen Schneckenhäusern, dass sie von Menschen bewohnt werden können, nachdem man sich am Schneckenfleisch sattgegessen hat. Auf der Insel Caffo werden Kranke einfach am nächsten Baum aufgeknüpft. Auf einer anderen Insel in jener Weltregion hetzt man Hunde auf die Siechen, sie werden totgebissen, aufgefressen – dies allerdings von Verwandten.

Und auf den Andamanen-Inseln, insgesamt vierundfünfzig, gibt es die absonderlichsten Erscheinungen: Menschen riesengroß, mit einem Auge mitten auf der Stirn; auch gibt es Menschen, die überhaupt keinen Kopf haben: ihre Augen an den Achseln und ihr Mund, hufeisenförmig, mitten auf der Brust; andere wiederum haben Augen und Mund auf dem Rücken.

Johann Schiltberger, Zeitgenosse Oswalds, bayerischer Adliger, Jahrgang etwa 1380, hat einen Bericht über seine Jahre der Gefangenschaft im osmanischen Reich geschrieben und weiß vieles von dem zu berichten, was er zu seiner Zeit in jener Welt gesehen hat, gesehen haben will: er stellt sich dar als Augenzeuge, der Authentisches vermittelt. (»Ich bin auch in Arabia gewesen, dessen Hauptstadt in heidnischer Sprache Missir heißt.«) Dieser Schiltberger weiß von einem zeitweiligen Bewohner jener Stadt Märchenhaftes zu berichten.

»In Ägypten lebte einmal ein Ritter, der in heidnischer Sprache Allenklaissar hieß. Dort gibt es auch die Stadt Missir, die von den Christen Kairo genannt wird. Sie ist die Hauptstadt des Sultanats. In ihr findet man zwölftausend Backöfen. Der erwähnte Ritter war so stark, dass er eines Tages eine Bürde Holz in die Stadt getragen hat, mit der man alle Öfen heizen konnte. Diese eine Bürde hat dafür ausgereicht. Zum Lohn hat ihm jeder Bäcker ein Brot aus seinem Ofen gegeben, insgesamt also zwölftausend Brote. Die aß der Ritter alle an einem Tag.

Das Schienbein dieses Ritters liegt in Arabien, in einem Gebirge zwischen zwei Bergen. Dort ist ein sehr tiefes Tal im Fels, in dem ein Fluss fließt, aber so tief unten, dass man ihn nicht sehen kann, man hört nur das Rauschen. Über dieses Tal hat man das Schienbein des Riesen gelegt, es dient als Brücke. Wer auch immer dorthin kommt, zu Pferd oder zu Fuß, muss durch das Schienbein hindurchziehen. (...) Ein unglaubliches Wunder, das Wirklichkeit ist. Wenn es nicht wahr wäre und ich es nicht selbst gesehen hätte, würde ich nicht davon berichten.«

Selbst ein so umfassend gebildeter und weitgereister Mann wie Enea Silvio Piccolomini, Autor und später Papst, vermittelt zuweilen pseudorealistische Darstellungen purer Fiktionen.

In den *Commentarii*, seiner Autobiographie (er schreibt von sich in der dritten Person), weist er hin auf ein wundersames Phänomen: »Enea hörte bisweilen sagen, bevor er nach Schottland gereist war, dass es dort am Flussufer Bäume gebe, deren Obst, wenn es auf die Erde falle, verfaule, wenn es aber ins Wasser falle, sich verlebendige und zu Vögeln werde.«

Das scheint ihn sehr beeindruckt zu haben, denn in seinem Werk *De Europa* beschreibt Piccolomini das Phantom noch genauer.

»Wir hatten gehört, dass es einst in Schottland einen Baum gab, der, über das Ufer eines Flusses hinauswachsend, Früchte hervorbrachte, die die Form des Dills haben, und auch solche, die, wenn sie der Reife nahe sind, von allein herunterfallen, die einen auf die Erde, die anderen ins Wasser; und die auf die Erde gefallenen Früchte verfaulen, die ins Wasser versunkenen retten sich bald beseelt durch Schwimmen unter Wasser, helfen sich und schwingen sich augenblicklich in die Lüfte empor mit Flaum und Federn. Als wir begierig nach dieser Sache forschten, lernten wir, dass die Wunder immer weiter fort fliehen und dass der berühmte Baum nicht in Schottland, sondern bei den Orkney-Inseln gefunden wird.«

So weit musste man allerdings nicht reisen, um Verwunderliches zu registrieren. Piccolomini, der fast das gesamte damalige Europa im Ritt erkundet hat, er weiß über das wilde Gebirgsvolk der Schweizer Folgendes zu berichten: Sie »hatten eine so große Grausamkeit und Wut gegen die besiegten Feinde [aus Zürich!], dass sie an eben demselben Ort, wo sie den Sieg errungen hatten, ein Mahl hielten: Sie trugen die Körper der Getöteten zusammen, machten aus ihnen Tische und Bänke, tranken das Blut und zerrissen die Herzen mit den Zähnen.«

Und gleich eine Variante vom Kampf des »wilden Bergvolks« gegen die Städter: »Der Bürgermeister von Zürich, ein ausgezeichneter Soldat, stürmte in Waffen daher und tötete mit eigener Hand 20 Männer; am Ende konnte er auch selbst getötet werden. Die Schweizer öffneten seinen Leichnam, warfen das Herz weg, steckten einen Kuhschwanz hinein und sagten: ›Als Toter sollst du verehren, was du als Lebender verachtet hast!‹ In den After steckten sie einen ›Pfauenschweif‹ (das sind nämlich Waffen der Österreicher) und sagten: ›Sieh da, was du geliebt hast! Da ist noch mehr Dreck!‹ Dort hatten damals die Schweizer, die den Platz behaupteten, eine solche Wut, dass sie aus den Leichen Bänke machten und von jenen aßen und Fleisch brieten, wie ich von denen gehört habe, die dabei gewesen sind.«

Wenn es Bergstämme der Schweiz gelegentlich nach Menschenfleisch gelüstet, roh und gebraten, so ist das unter Tataren brutalste (Un)Sitte. Bischof Ivo von Narbonne, 13. Jahrhundert, hatte sich dem Zugriff von Tataren entzogen; was er danach zu berichten hatte, machte sie wahrhaftig zu Bewohnern des *Tartaros*, der Hölle.

»Von den Leichen ihrer Opfer, welche die Anführer wie Brot verzehrten, ließen sie den Geiern nur noch die bloßen Knochen. Aber was noch erstaunlicher ist, die hungrigen und gefräßigen Geier zeigten nicht die geringste Lust, die Reste zu verzehren. Alte und hässliche Frauen gaben sie den Menschenfressern zur täglichen Nahrung, doch die wohlgestalteten fraßen sie nicht, sondern erstickten sie in unablässigem Beischlaf, ohne auf ihr Schreien und Jammern zu achten. Die Mädchen missbrauchten sie bis zur tödlichen Erschöpfung, schnitten ihnen schließlich die Brüste ab, um sie den Führern als Leckerbissen aufzusparen, und verzehrten die Mädchenkörper als köstliches Mahl.«

Wilhelm von Rubruk, ein Franziskaner, der gleichfalls Mitte des dreizehnten Jahrhunderts eine Missionsreise zu den Tataren, den Mongolen unternommen hatte, vermittelt neben nüchternen Angaben auch Märchenhaftes, etwa in der Beschreibung der Residenz des Großkhans: »Weil es am Eingang des Palastes keinen guten Eindruck machte, wenn man da die Schläuche mit Milch und anderen Getränken herumtrug, errichtete Meister Wilhelm aus Paris einen großen Baum aus Silber, zu dessen Wurzeln vier Löwen aus Silber liegen. In ihrem Inneren befindet sich eine Röhre, durch die weiße Stutenmilch geleitet wird. Im Baum selbst sind vier Röhren nach oben geführt. Ihre äußersten Ecken sind von oben wieder nach unten gebogen. Um jedes Ende dieser Röhren windet sich in gleicher Weise eine goldene Schlange, deren Schwanz um den Stamm des Baumes geschlungen ist. Aus einer dieser Röhren fließt Wein, aus der anderen vergorene Stutenmilch ohne Hefe, aus der dritten Bal, jenes Honiggetränk, und ein aus Reis gewonnener Wein. Für jedes Getränk steht am Fuß des Baumes ein silbernes Gerät zur Aufnahme bereit. Oben an der Spitze des Baumes hat der Künstler eine Engelsstatue angebracht, die eine Trompete hält. Außerhalb des Palastes befindet sich ein Vorratsraum, wo die Getränke aufbewahrt werden. Dort stehen Diener bereit, um die Getränke einzugießen, sobald sie den Engel blasen hören.«

Eigentlich möchte ich nur komplette Liedtexte des Wolkensteiners (in meiner Übertragung) vorstellen, in dieser frühen Phase des (noch nicht dichtenden) Oswald können aber nur Textzeichen gesetzt werden. Hier die erste von sieben Strophen des (späten) Lebensliedes.

Es kam dazu, dass ich, im Alter von zehn Jahren,
mir ansehn wollte, wie die Welt beschaffen sei.
In Not und Armut, manchem heißen, kalten Land
hab ich gehaust bei Christen, Heiden, Orthodoxen.
Drei Pfennige im Beutel und ein Stückchen Brot,
das nahm ich mit daheim, auf meinem Weg ins Elend.
Bei falschen Freunden ließ ich manchen Tropfen Blut,
ich glaubte mich zuweilen schon dem Tode nah.
Ich lief zu Fuß (ein Weg der Buße!) bis mein Vater
starb. Ich war schon vierzehn – noch kein eignes Pferd,
nur eins geraubt, halbwegs gestohlen – es war falb.
Auf gleiche Weise ward ichs leider wieder los!
War Laufbursch, war sogar mal Koch und Pferdeknecht,
und auch am Ruder zog ich, es war reichlich schwer,
bei Kreta und auch anderswo, und dann zurück.
So mancher Kittel war mein bestes Kleid.

Kann der Biograph hier ablesen, dass Oswald früh seine Eltern verließ, offenbar heimlich, weil er die Welt kennenlernen wollte, dass er länger als ein Jahrzehnt umhervagabundierte in verschiedenen Ländern, mehrere Tätigkeiten, Berufe ausübte, und es wird aufgezählt: Laufbursche, Koch, Pferdeknecht?

Um richtig zu verstehen, was Oswald schreibt, müssen wir uns fragen, wie seine Liedtexte von seinem Publikum verstanden wurden. Wer aber waren seine Zuhörer?

Diese Frage wird noch zu erörtern sein. Vorwegnehmen lässt sich: Oswald war kein Berufsdichter, kein fahrender Sänger, der sich sein Publikum suchen musste, Oswald bezog als Adliger keine Einkünfte als Vortragskünstler, er dichtete und komponierte Lieder, trug sie zumeist oder ausschließlich Mitgliedern der Nobilität vor. Da wurde applaudiert, aber nicht honoriert.

Und es wurde gruppenspezifisch interpretiert. So müssen wir uns an einen Informationsstand heranarbeiten, uns in einen Bewusstseinshorizont versetzen, der ungefähr dem Informationsstand, dem Bewusstseinshorizont seiner Zuhörer entsprach.

Dabei kann uns diese Untersuchung helfen: Norbert Mayr, *Die Reiselieder und Reisen Oswalds von Wolkenstein.* Wie wird hier der Aufbruch des Jungen interpretiert? Mayr weist darauf hin, dass es in adligen Familien jener Zeit üblich war, die Söhne im Alter von etwa vierzehn, fünfzehn Jahren hinauszuschicken zur Fortsetzung der bisherigen Erziehung und Ausbildung; sie wurden entweder Edelknaben bei Hof oder wurden einem fahrenden Ritter mitgegeben, dem die Eltern vertrauten.

Wenn Oswald nun erzählend sang, singend erzählte, er sei mit zehn Jahren in die Welt aufgebrochen, so werden das adlige Zuhörer als standesgemäßen Aufbruch verstanden haben.

Nun gibt es einige Details im Lied, die erst mal irritierend wirken. Vor allem Oswalds Angabe, er sei mit drei Pfennigen im Beutel und ein wenig (Hart)Brot losgezogen. Wer zu Hause so wenig Silbergeld lockermacht, der bricht wohl kaum offiziell auf! Wäre also denkbar, dass Oswald einem Ritter nachgelaufen war, obwohl die Eltern erklärt hatten, er sei noch zu jung für die erste Reise in die Fremde? Ließe sich auf diese Weise beides verbinden: Der offenbar frühe, demnach eigenwillige Aufbruch und die standesübliche Ausbildung durch einen fahrenden Ritter?

Solche Phantasie-Verbindungsstücke sind nicht notwendig, folgt man Mayrs Ausführungen: Oswald macht keine exakten Angaben über Bargeld und Wegzehrung, die drei Pfennige, das Stückchen Brot waren vielmehr Glücksgaben der Eltern an das hinausziehende Kind: der Notpfennig, das Heimwehbrot. Gerade die Hinweise auf symbolische Gaben signalisierten Standesgenossen, dass hier das Übliche geschah, auch bei Oswald, der verkürzend erzählt und mit einseitiger Betonung. Seinen Zuhörern wäre gewiss überflüssig erschienen, hätte Oswald seine Reiseausstattung aufgelistet: Hosen, Wämser, Brot und Schinken, den exakten Betrag der Reisekasse.

Ein Sohn einer Adelsfamilie zog in jungen Jahren statusgemäß los als Schildknappe im Gefolge eines Panzerreiters. Das gehörte zum Ausbildungsprogramm eines künftigen Ritters. Auf diesen Titel wird Oswald später entschieden Wert legen (in einer Zeit, in der sich der Nimbus, die Aura der Ritterschaft längst verflüchtigten).

Der instruierende Ritter dürfte aus der weitgefächerten Familie gestammt haben (einer der Herren von Villanders?), zumindest aber aus dem Kreis von Freunden oder Bekannten (aus dem Clan derer von Starkenberg?). Jedenfalls musste der Ritter das Vertrauen der Eltern besitzen. Auch mussten sie von seiner waffentechnischen Kompetenz überzeugt sein.

Der junge Begleiter wird auf einem langen Begleitweg (sporadisch? kontinuierlich?) eingewiesen in Tätigkeiten, die ein künftiger Ritter beherrschen muss – Umgang mit Waffen, Behandlung und Pflege des Reitpferds. Und er muss Feuer machen, muss kochen, braten. Muss gelegentlich wohl auch kleine Beiträge leisten zur Unterhaltung des hohen Herrn, etwa durch ein Lied. Und damit: Förderung, direkt oder indirekt, des musikalisch unüberhörbar begabten, dienstwilligen Begleiters?

Wenn Oswald später seinen Zuhörern vorsang, er sei Laufbursche, Koch und Pferdeknecht gewesen, so wurde das richtig verstanden: all das gehörte zu den Pflichten eines Edelknaben. Der musste jede Arbeit tun, die ihm aufgetragen wurde. Und wurde oft noch streng behandelt.

Oswald lag offenbar daran, zu zeigen, dass er zum harten Kern der Ritterschaft gehörte; deshalb wohl hat er Not, Entbehrung, Strapaze, Gefahr herausgestellt.

Abgesehen davon: Latein- und Musikunterricht lassen sich kaum mitreißend besingen, dann schon eher, dass man gekocht und Pferde gepflegt hat.

Nun zog ein Leit-Ritter nicht jahrelang durch Europa auf der Suche nach einem Kriegsschauplatz, auf dem er Ruhm erwerben und Beute machen konnte; ein Panzerreiter wusste am ehesten, welche Strapazen und Gefahren ihn auf Fernreisen erwarteten; er musste also ein klares, ein lohnendes Ziel haben, wenn er aufbrach – dies auch noch mit einem ihm anvertrauten Jungen.

Wenn Oswald den frühen Aufbruch besang, so war seinen Zuhörern klar: Es konnte sich nur um ein zeitlich begrenztes Unternehmen handeln, dies in der damals üblichen Saison von Reisen und Kriegszügen zwischen Frühling und Spätherbst. Im Winter wurde das Reisen weithin eingestellt, im Winter führte man generell keinen Krieg, im Winter blieben Könige, Kaiser in einer ihrer Pfalzen, im Winter stellte man den Seehandel ein, im Winter bezogen sogar Piraten ein festes Quartier. Die Winter konnten damals sehr streng sein, da wollte auch ein wetterfester Reiterkrieger zu Hause bleiben, in einer geheizten Stube der gewöhnlich eisig kalten Burg.

Was den Rückzug an den Ofen zusätzlich motivierte: Viele Ritter hatten nach diversen Turnieren und wohl auch Feldzügen Blessuren mit Langzeitwirkung, litten oft unter rheumatischen Beschwerden (kein Wunder bei langen Ritten auch unter ungünstigen Witterungsbedingungen und mit unzureichendem Wetterschutz), sie hatten (und das war fast die Regel) Gicht in schmerzhaften Schüben (wenig überraschend bei den damaligen Ernährungsformen, bei all dem gepökelten Fleisch, dem Salzfisch). Sich vorzustellen, Oswald sei mit zehn aufgebrochen und von da an ständig unterwegs gewesen, auf Schusters Rappen oder auf einem Leihpferd, dies wäre unwahrscheinlich. Er wird nach einem mehr oder weniger abenteuerlichen Unternehmen nach Hause zurückgekehrt sein – falls der erziehende und ausbildende Ritter nicht ein ausländisches Winterquartier bezog; dazu hätten die Gründe aber gravierend sein müssen.

Wo hätte die Welterkundung des Schildknappen ansetzen können? Die erste Strophe des Lebensliedes vermittelt keine klare Auskunft. Die Stichworte »Kriechen, haiden« lassen nicht darauf schließen, er sei damals Richtung Byzanz gezogen, dann bei Kreta gelandet. Auf chronologische Reihenfolge kam es Oswald offensichtlich nicht an. Er schreibt nicht: Und *dann* (oder: *später*) saß ich am Galeerenruder, er vermerkt nur: »*auch* an dem rüder zoch ich …« Er musste sich eher nach dem Schema des jeweils dreifachen Reimes richten als nach dem zeitlichen Ablauf vergangener Ereignisse.

So versuche ich gar nicht erst, Entwürfe von Lebensphasen zu koordinieren mit diesem Liedtext. Wir sind bei Oswald bis zum Beginn des fünfzehnten Jahrhunderts keinem chronologischen Schema verpflichtet – erst nach der Jahrhundertwende bieten sich dokumentierte Daten an. Zuvor bleibt viel Spielraum.

Zwei Angebote: Der mit der Familie befreundete oder verwandte Ritter zog auf dem Jakobsweg nach Santiago de Compostela, nahm den Jungen mit. Dabei konnte der Schildknappe (etwa in der gefürchteten Gegend von Burgos) erste Kampferfahrungen machen bei einem der Überfälle von Räuberbanden auf Pilgergrüppchen.

Ich werde das Szenario einer Pilgerreise auf dem berühmten *camino* später entwerfen, denn: für jene frühe Zeitphase scheint eine andere Möglichkeit näher zu liegen: Der Ritter nahm den Schildknappen Oswald mit auf eine »Sommerfahrt« zum Ordensland Preußen, zu einer der Aktionen gegen Litauen.

Fast ein Jahrhundert lang wurde dort Krieg geführt. Gelegenheiten genug für den exemplarischen Ritter, an einem der fast jährlich stattfindenden Feldzüge im (heutigen) Baltikum teilzunehmen.

Zwei Formen, zwei Muster: die »Sommerfahrt«, die »Winterfahrt«. Das Wort »Fahrt« war damals identisch mit: Feldzug, Kriegszug. Im Sommer waren die Teilnehmer eher als Pioniere tätig, im Winter als Kombattanten.

Im defensiven Sommerunternehmen wurden Festungsanlagen repariert, erweitert, verstärkt oder neu gebaut. Dies meist entlang der Memel, sicherheitshalber am westlichen Ufer. Auf der östlichen Seite konnte sich eine einzelne Burg schlecht behaupten, Litauer waren auch in Belagerungstechniken versiert, verfügten über Schleudermaschinen mit mauerbrechenden Steinbrocken.

Wurden neue Befestigungen angelegt, so bestanden sie freilich erst aus Holz und Erde. Holz wurde auf Schiffen herangeschafft, gebrauchsfertig zugeschnitten. Dann wurde geschaufelt, gerammt, verklammert. Eventuell fanden auch kleine Vorstöße statt, mit Schiffen über die Memel: im Grenzgebiet niederbrennen, niedermetzeln und zurück ans sichre Ufer! Weiterreichende Aktionen waren im überwiegend sumpfigen Gelände nicht möglich, also: Fortsetzung der Bauarbeiten. Die wurden zumeist von dienstverpflichteten Bauern, von Prussen, durchgeführt. Konnte auch ein Schildknappe abkommandiert werden zu ›Pionierarbeiten‹?

Sich hervortun, sich auszeichnen, sich bewähren konnte man nur bei einer »Winterfahrt«. Generell wurde, wie schon erwähnt, im Winter auf Kampfhandlungen verzichtet; einzige Ausnahme: der litauische Kriegsschauplatz. Denn es musste hier jeweils abgewartet werden, bis die Sümpfe zugefroren waren, bis Eis die Reiter, die Lastschlitten trug. Blank durfte das Eis nicht sein, das war schlecht für die Pferde – am besten war Eis mit dünner Schneeschicht. Wurde der Schnee zu tief, war Vormarsch erschwert. Dies könnte Jung-Oswald von seinem Ritter erzählt werden.

Und auch: Es gab Jahre, in denen die Winter zu »weich« waren, die Sümpfe nicht hinreichend vereisten – da fanden keine Feldzüge statt. Für Kriegsteilnehmer, die von weither kamen, war das ärgerlich, sie beschwerten sich, der Deutsche Orden arrangierte für prominente »Kriegsgäste« ein Ersatzunternehmen – das meist schiefging.

Die »Kriegsgäste« nannten sich zwar gern Ritter, doch ritterlich war die Kriegsführung in keinster Weise. Es kämpften Truppen gegen Trupps, es wurden Frauen und Kinder massakriert – Vernichtungsfeldzüge. Zwei Beispiele, in Chroniken verzeichnet.

Etwa ein Jahr nach Oswalds Geburt: »Neun Tage und Nächte tötete, brannte, verheerte und zerstörte der Landmeister [des Deutschen Ordens] von Livland alles. Die Zahl der Gefangenen beiderlei Geschlechts belief sich auf 521, der Pferde auf 723.«

Als Oswald etwa zwölf war: »Auch in diesem Zeitraum unternahmen sie einen guten Feldzug, denn sie verheerten das Land zwischen Nawesin und der Swintoppe, und erschlugen an die 3000 Menschen und führten von dort 700 Menschen gefangen fort und viele Pferde und Vieh.«

Die Truppen des kriegsführenden Deutschen Ordens waren europäisch formiert. Das garantierte freilich kein Gefühl von Solidarität. Unter den »Kriegsgästen« des Jahres 1391 waren zahlreiche Engländer und Schotten. Weil sie nicht rasch genug voneinander abgelenkt werden konnten durch gemeinsames Töten von Litauern, fielen sie übereinander her – Verwundete, Tote. Unter ihnen der Schwiegersohn des schottischen Königs. Die Franzosen, die ebenfalls eine alte Feindschaft mit den Engländern verband (der Hundertjährige Krieg war noch längst nicht beendet), sie mischten sich ein – Verwundete, Tote. Der Hochmeister musste den Aufbruch der ›Kreuzfahrer‹ forcieren.

Das Ziel der Kriegsführung, auch in den neunziger Jahren: durch Vernichtung unterwerfen. Die Taktik sah nicht nur bei Litauen-Feldzügen so aus: »Die Fußsoldaten hatten den Befehl, Weib und Kind totzuschlagen, was denn auch geschah. Wir (...) zertrümmerten, verbrannten und schlugen tot, was wir nur fanden. Besonders beim Rückzug ließen wir nichts aufrecht stehen. Es wurde alles verwüstet.«

Dazu passt eine Formulierung aus dem blutrünstigen zwanzigsten Jahrhundert: Verbrannte Erde.

Ob »Sommerfahrt« oder »Winterfahrt« – man rechnete mit etwa einem halben Jahr: zwei Monate Anreise, zwei Monate vorwiegend Wartezeit, zwei Monate Rückreise. Schildknappe Oswald dürfte, falls überhaupt, an einer »Sommerfahrt« teilgenommen haben – gleichsam als Vorübung zu seiner späteren Teilnahme an zwei der Litauenfeldzüge.

Oswald wieder in Tirol, auf der Trostburg: Überwintern vor dem nächsten Aufbruch, wohin auch immer? Und so geht das Jahr um Jahr weiter mit der abenteuerlichen Welterkundung? Ich vermute, ja bin fast sicher, dass erst wieder ein anderes Stichwort fällig wurde: Schule. Denn, wie schon angedeutet: Üblich war damals Schulzeit (wenn auch nicht Schulpflicht) zwischen sieben und fünfzehn.

Bei Oswald lassen beinah zwingende Rückschlüsse eine Fortsetzung der ersten Schuljahre plausibel erscheinen.

Erstens: Oswald wird wohl kaum unterwegs, auf Schusters Rappen oder im Sattel, den Umgang mit Noten erlernt haben. Später wird er sogar polyphone Liedsätze adaptieren, modifizieren, neu betexten, und dazu war nur ein solide ausgebildeter Musiker fähig.

Zweitens: Von Notationen seiner Lieder lässt sich ablesen, dass er ein sehr guter Sänger gewesen sein muss, dem weite Tonsprünge, dem intonierende oder ausklingende Melismen (mehrere Notenwerte auf einer Silbe) gesangstechnisch keine Schwierigkeiten bereitet haben dürften – schließlich hat er exklusiv für eigene Auftritte gedichtet und komponiert.

Drittens: In den (späten) Handschriften seiner Liedtexte finden sich zahlreiche lateinische Hinweise zur Aufführungspraxis, auch lateinische Anmerkungen. Und: Oswald hat zumindest zwei Hymnen aus dem Lateinischen übertragen. Mehr noch: er hat auch lateinisch gedichtet! Überliefert ist in seinem Werk eine Lauda, die höchste Souveränität im Umgang mit der lateinischen Sprache voraussetzt.

Wenn man Oswald die Übertragungen aus dem Lateinischen, ja das lateinische Marienlob nicht abspricht, lässt sich auch nicht in Frage stellen, dass er Latein gelernt hat, und zwar fundiert. Es reichte nicht aus, dass der Leit-Ritter dem Schildknappen unterwegs Lateinbrocken zuwarf. Oswald muss exzellenten Lateinunterricht auf einer gut geführten Schule genossen haben.

Auch wenn Oswald im Lebenslied besingt, wie er vom zehnten Jahr an die Welt inspizierte – die »curiositas« (von der Kirche eher gerügt als gefördert), mit der man sich (ohne den zwingenden Grund einer Pilgerreise oder eines ›Kreuzzugs‹) einfach die damalige Welt anschauen wollte, sie wird sich noch ein paar Jährchen bescheiden müssen. Erst mal wieder Schule! In Brixen? In Neustift?

Da die Familien Villanders und Wolkenstein dem Kloster Neustift zuweilen fromme Stiftungen zukommen ließen, wird man Söhne der Familien dort wohl vorzugsweise als Schüler angenommen, aufgenommen haben.

Hinzu kommt: Zumindest zeitweilig fühlte sich Oswald dem Kloster sehr verbunden; er wird später das Wohnrecht in einem Haus des Stiftsareals erwerben, vor allem mit Blick auf seine Altersversorgung. Noch später wird er so etwas wie Schirmherr des Klosters. Mit einem hohen Grad an Wahrscheinlichkeit also war Oswald Schüler im Augustiner-Kloster Neustift, zumindest in einer zweiten Phase. Wie sah dort das Curriculum, der Lehrplan aus für Fortgeschrittene? (In jener Phase sprach und schrieb man schon mal von Studium.)

Ich folge wieder Martin Peintner. Als Archivar von Neustift kann er bezeugen, dass in der Klosterschule »neben dem lateinischen Sprachunterricht und anderen Fächern der Allgemeinbildung vor allem auf den Musikunterricht großer Wert gelegt« wurde. Und er hält fest, dass nicht alle Klosterschüler für den Ordensstand vorgesehen waren, dass es zuweilen Eltern gab, »die sich die gründliche Ausbildung ihrer Söhne auch etwas kosten ließen«. Er weist hin auf Belege für die Aufnahme adliger Söhne in die Klosterschule, zumeist in Urkunden aus dem 15. und 16. Jahrhundert.

Ein Antrag aus dem 16. Jahrhundert könnte als Modell dienen: »Ich habe einen Sohn, der ist im elften Jahr, den bin ich willens, studieren zu lassen. Es ist meine freundliche Bitte, Ihr wollt denselben zu Euch nehmen und studieren lassen.«

Ein Modell sogleich für die erhoffte Antwort: »Wir sind bereit, dem besagten Knaben den Tisch bzw. die Kost in der Wohnung des Prälaten zu geben. Wir empfehlen den Knaben zugleich dem Leiter der Schule.«

Wiederum Peintner: »Solche adeligen Schüler wohnten meist im Pfründnerhaus des Stiftes oder bei verwandten Lehensleuten. Sie standen in den schulfreien Stunden im Dienste des Prälaten, aßen an seiner Tafel und hatten gegenüber den anderen Schülern einige Privilegien.« Die Gesamtzahl der Schüler lag bei etwa dreißig.

Musik war eins der beiden Hauptfächer. Das spiegelte sich wider am Lehrkörper: Zum Scholasticus, zum Rektor kam ein Kantor, meist unterstützt von einem Subkantor oder Rector chori. »In der Schulung und Übung im Choralgesang sahen die Neustifter Chorherren den vorrangigen Sinn und die erste Aufgabe.«

Dass das Erlernen der lateinischen Sprache gleichfalls »erste Aufgabe« war, verstand sich von selbst. Welche Texte wurden in der dritten Stufe gelesen? Führend im Kanon war der Spruchdichter Cato; lehrreiche Fabeln wurden von Aesop übernommen; gelesen wurden auch Cicero, Sallust, Horaz, Vergil, Juvenal, Ovid. Und die (gekürzte) *Ilias latina* des »Homerus«. Aus Ovids Werk die *Metamorphosen* und die *Remedia amoris*, die »Heilmittel gegen die Liebe«.

Dominierend jedoch der Musikunterricht, zumindest in Neustift. Zur Aufführungspraxis gehörten vor allem liturgische Gesänge; hinzu kam etwa das »Klöpfelsingen« zwischen Neujahrsabend und Dreikönigsfest. Klosterschüler zogen los in die Nachbarschaft; vorangetragen eine Papierlaterne an einer Stange; es folgten die ›heiligen drei Könige‹, kostümiert und gekrönt. Sie fanden Einlass in Stuben, schritten dort »gravitätisch auf und ab«, sangen Lieder, trugen selbstverfasste Texte vor. War Schüler Oswald mit von der Partie?

Seine musikalische Ausbildung führte allerdings nicht dazu, dass er Berufsmusiker wurde. Und Lateinlehrer an klerikaler Stätte wurde er schon gar nicht. Sesshaftigkeit entsprach nicht seiner Mentalität: sein Leben weithin als Folge von Aufbrüchen in Abenteuer.

Der Wolkensteiner nennt in seinem weithin autobiographischen Lied »Durch Barbarei, Arabia …« Länder- und Ortsnamen, die sich in seine dokumentierbare Lebenszeit nicht mehr oder kaum noch einfügen lassen. So könnte er in der Zeit *vor* der Jahrhundertwende im Gefolge des berittenen Mentors eine weitere Reise unternommen haben mit Zwischenzielen wie Provence und Marseille. Mit seinen Worten: »von Profenz gen Marsilie«. Damit war die Markgrafschaft Provence und die (noch nicht in Frankreich integrierte) Republik Marseille gemeint.

Was könnte den Leit-Ritter in die Provence gelockt, was könnte er in der Region von Marseille gesucht, vielleicht auch gefunden haben? Es lässt sich nicht eruieren, nicht rekonstruieren.

Vielleicht war dies auch nur ein Reiseabschnitt, und es ging weiter, westwärts. Und damit gleich ein weiteres Angebot zur Ausgestaltung des zweiten Lebensjahrzehnts: Der junge Mann Oswald könnte teilgenommen haben an einer Wallfahrt nach Santiago de Compostela.

Zumindest erwähnt er eine Reise »bis gen dem vinstern Steren« – der »finstere Stern« als volksetymologische Variante von: Finis terrae – dies dürfte der Lateiner herausgehört haben. Dennoch die Verballhornung in der Wiedergabe seines Liedtextes. Weil er den Namen in den Text aufnehmen wollte, wie er ihn im Ohr hatte? Weil er ein Wortspiel einbringen wollte: dunkler Stern, Ende der Welt? Topographie des Grusels: Dort hört die Welt auf … Bedrohlich nah der Eingang zur Hölle …

Wer nach Santiago pilgerte, wollte auch mal an diesem Endpunkt der damaligen Welt stehen. Andersherum: Oswald am Kap Finisterre, das hieß, im Verständnis der Zuhörer: er war auf dem St. Jakobsweg gezogen – »peregrinatio ad limina beati Jacobi«. Das Kap war bloß Nebenziel; man reiste nicht durch die iberischen Lande, um sich auf den Felssporn zu stellen und aufs Meer hinauszublicken.

Santiago galt, nach Jerusalem und Rom, lange Zeit als wichtigstes Pilgerziel. Besonders herausragend ist die Rolle des Jakobus in der Heilsgeschichte nicht, doch war seine Anbetung verbunden mit der (zumindest theoretischen) Verpflichtung zum Kampf gegen die Heiden, hier: gegen die Mauren.

Für einen Pilger oder Mitpilger dürfte dies der (durch Tradition und Pilgerführer vorgegebene) Weg gewesen sein: Arles ... Narbonne ... Toulouse ... Roncesvalles ...

Ein Ritter, der einige Jahrzehnte später nach Santiago pilgerte, Arnold von Harff, verfasste einen für damalige Verhältnisse ausführlichen Bericht über seine insgesamt zwei Jahre lange »pylgrymmacie«. Oktober 1496 erbat er im Kölner Dom am Schrein der Heiligen Drei Könige umfassenden Schutz für sich und seinen Diener auf der Reise nach Rom, Jerusalem, Santiago.

Penibel verzeichnete er Routen, notierte, soweit möglich, Entfernungen zwischen Orten, beschrieb kirchliche und weltliche Sehenswürdigkeiten (sein besonderes Interesse galt Festungsanlagen und neuentwickelten Feuerwaffen). Er versuchte sogar, jeweils ein wenig von der Sprache der durchquerten Gebiete zu lernen, rückte in den Bericht kleine Listen ein mit Sprachproben: Angebote für Pilger, die seinem Beispiel folgen wollten. Offeriert wurden Einzelwörter (wie Brot, Wein, Wasser, Fleisch, Salz, Käse, Eier) und Standardformulierungen (wobei sich zwei Sätze in verschiedenen Sprachen wiederholen: »Wasch mir mein Hemd.« Und: »Frau, kann ich mit dir schlafen?«).

Weiter im Reisebericht, der sich von Berichten im Jahrhundert zuvor kaum unterscheiden dürfte. »Orthez, eine Stadt mit einer schönen Bergfestung, die dem König von Navarra gehört, und wir ritten dort über eine Steinbrücke. Der Fluss heißt Lugane, er ist nicht breit, sondern seicht und steinig. Von Orthez an findest Du keine gute Herberge mehr bis nach Santiago für Dich und Deine Pferde. Wenn Du essen oder trinken willst, musst Du das auf der Straße kaufen, und Du findest für Deine Pferde weder Hafer, Heu noch Stroh, nur blanke Erde zum Schlafen und Gerstenfutter.«

So empfahl es sich, das Reitpferd (meist auch Lastpferd) gegen Bezahlung unterzustellen und auf Esel oder Maultier umzusatteln.

Der Pass zwischen Frankreich und Hispanien ... Pamplona ... Puente la Reina ... Burgos ... León ... Das zieht sich hin, zieht sich hin, vor allem in der Gegend von León ... Kein Wunder, dass (damalige) Pilgerlieder oft zahlreiche Strophen haben. Auch für den *Camino de Santiago*, hin und zurück, wurden Monate veranschlagt, wurde zuweilen sogar ein Jahr angesetzt.

Solch eine Pilgerreise darf nicht bloß erwähnt, sie sollte zumindest skizziert werden: Vermittlung auch von Atmosphärischem. Fortsetzung also des interpolierten Berichts: Oswald begleitet einen Kampfreiter auf einer der Fernreisen – zu Fuß, »ein Weg der Buße«. Ich bleibe bei der Leitfigur aus dem Clan derer von Villanders oder Starkenberg – rein hypothetisch, aber nicht ganz unwahrscheinlich.

Als Präambel eine der üblichen Begründungen für solch eine Wallfahrt: Hoffnung auf (beträchtlichen) Ablass vom Sündendeputat, Hoffnung zudem auf Bewährung und Ehrung als »miles christianus«. Denn: Könnte sich die Pilgerreise nicht verbinden mit einem Kampfeinsatz gegen die Heiden, die Mauren, die, trotz langer Reconquista, die Iberische Halbinsel noch immer nicht vollständig geräumt hatten, sich hinter der Sierra Nevada sicher fühlten im Sultanat Granada?

Es folgen Paraphrasen nach und Zitate aus Berichten jener Zeit: Mit einer festen Pilgergruppe reisen … unsägliche Hitze … betrügerische Dolmetscher, schröpfende Wirte, übervorteilende Händler … Wirtsmägde nähern sich Pilgerbetten: Hurerei, Geldschneiderei … Navarra: Land mit wenigen Brunnen … scheußliche Gegend … wüst … wild … schändliche Gebirge … Frauen, wunderhübsch gekleidet in heidnischer, in türkischer Art … Kleider eingefärbt mit hübschen Blumen oberhalb der Gürtel … blaue Tücher hoch zum Kinn … »Schöne Frau, ich bin überall in der Fremde allein, lass mich heute Nacht bei dir schlafen« … in den maurischen Kirchen zahlreiche Lampen, doch keine Gemälde … Empfang durch den Erzbischof von Burgos: Wenn man etwas braucht, Geld oder Proviant, soll man ihm das sagen … Straßenräuber zwischen Burgos und Santiago, man wird ausgeraubt, der Diener wird verprügelt, zwei Mitpilger werden totgeschlagen … Empfang durch die Königin auf einem Söller, dort ist die Luft besser … er verabschiedet sich von den Damen des Hofes, umarmt sie, reicht ihnen die Hand – das erscheint ihnen befremdlich … zur Nacht ein großer Tanz; die Königin schickt einen Diener zur Herberge: sie sollen kommen … und es geht weiter, immer weiter … Begegnungen mit boshaften Bewohnern … unchristliches Wesen … wie die Zigeuner … wie das Vieh … außerordentlich schlimme Herberge … Santiago de Compostela!

Hier soll wieder Konrad das Wort führen: »Compostela ist ein kleines, schönes, gefälliges Städtchen in Galicien, dem König von Kastilien unterworfen. Hier liegt eine schöne große Kirche. Auf dem Hochaltar steht ein großes hölzernes Heiltum zu Ehren von St. Jakob mit einer Silberkrone auf dem Haupt, und die Pilger steigen von hinten an den Altar und setzen die Krone auf ihre Häupter, weshalb die Einwohner über uns Deutsche spotten. Man sagt, dass der Leichnam des Apostels St. Jakobs des Älteren in dem Hochaltar sein oder liegen sollte. Viele streiten das offen ab, da er zu Toulouse im Languedoc liegt. Doch ich verlangte mit einem erheblichen Betrag, dass man mir den heiligen Körper zeigen möge. Man gab mir zur Antwort, wer nicht wirklich glaube, dass der heilige Körper St. Jakobs des älteren Apostels in dem Hochaltar liege und daran zweifele, dass der Körper dort sein werde, der müsse von Stund an verrückt werden wie ein tollwütiger Hund. Damit hatte ich Auskunft genug, und wir gingen weiter zur Sakristei. Dort zeigte man uns das Haupt des Apostels St. Jakob des Jüngeren und viele andere Heiltümer. Vor der Kirche siehst Du unzählige große und kleine Muscheln feilgeboten. Die kannst Du kaufen und Dir eine auf Deinen Mantel binden und sagen, Du seist dort gewesen. Von Compostela zogen wir zu dem Finsteren Stern.«

Dazu eine andere Stimme der Überlieferung: Sebastian Ilsung, 1446. Zwei Tagesreisen bis zum Kap Finisterre … eine der übelsten Pisten … ritten einen Tag lang am Ufer hin und her, bis sich endlich Bewohner zeigten, die den Weg weisen konnten … »Da ist ein hoher Berg und das große wilde Meer stößt auf allen Seiten daran. Der Berg ist wohl eine halbe Meile hoch. Man sieht dort im harten Fels Christi Fußspuren und einen Brunnen, den er gemacht hat. Der Fels hat sich da an einer Stelle so geneigt wie ein Sessel. Auch für die Mutter Gottes, Sankt Johann, Sankt Jakob und St. Peter stehen dort solche Sessel. Das Meer ist sehr ungestüm; wen der Wind von dieser Küste wegtreibt, der kehrt nie wieder zurück.«

Die Eltern Wolkenstein waren relativ wohlhabend, der Nachwuchs aber war erst mal arm dran, dem blieb nichts anderes übrig, als zu warten, bis der Vater stirbt und der ältere Bruder als Testamentsvollstrecker das Erbe aufteilt – abzüglich des Anteils, der ohnehin der Mutter zusteht.

Zu welchem Zeitpunkt der älteste Sohn schließlich das Erbe des Verblichenen aufteilt, das war nicht festgelegt, lag in dessen Befinden. Was sich als höchst prekär erweisen wird.

Keine Chance also für Oswald und Leonhard, für das Quartett der Schwestern? Die wohl einzige Möglichkeit, ihnen über die Durststrecke hinwegzuhelfen: eine Schenkung. Das war damals bereits Praxis, wurde auch in der Familie Wolkenstein realisiert, doch auf höchst einseitige Weise: Mutter Katharina machte Anfang 1392 ihrer Tochter Anna eine Schenkung, nur ihr ganz allein.

»Ich, Kathrein, Tochter des verstorbenen Ekhard von Villanders und derzeit Ehefrau des Friedrich von Wolkenstein, gebe mit dieser Urkunde allen, die sie lesen oder sie vorgelesen hören, kund und zu wissen, dass ich nach reiflicher Überlegung und im Vollbesitz meiner Sinne sowie bei guter Gesundheit (…) Anna, meiner lieben Tochter, derzeit Ehefrau des Georg Fraunberger vom Hag, aufgrund der besonderen Treue und Liebe, die sie mehr als alle meine Kinder mir gegenüber erwies und ich ihr gegenüber hegte«, dass sie ihr zweihundert Mark als Schenkung macht, und dies unwiderruflich.

Zweihundert Mark Meraner Prägung – eine bescheidene oder hohe Dotation für Mutters Liebling? Zur Umrechnung damaliger Geldangaben in heutige Kaufkraft äußere ich mich im Anhang mit aller notwendigen Ausführlichkeit, nehme hier nur vorweg: Einer Mark entsprach, mit geringen regionalen Varianten, etwa ein halbes Pfund Feinsilber in Barrenform. Die Silbermark besaß in etwa die Kaufkraft von (gering angesetzt:) 100 Euro, von (realistischer kalkuliert:) 150 Euro. Was die Mutter der Lieblingstochter schenkte, es würde heute etwa 20 000 bis 30 000 Euro entsprechen. Dies, laut Schenkungsurkunde, als »Morgengabe« an eine bereits verheiratete Tochter, also gleichsam nachgereicht.

Damals war Oswald etwa fünfzehn. Da hatte man in der Regel die Schulzeit beendet. Er hätte eine ›Anschubfinanzierung‹ gut brauchen können, doch so etwas blieb aus. Immerhin wird die Familie die Schulzeit (in Brixen?), die Zeit des ›Studiums‹ (in Neustift?) finanziert haben. Doch nun? Eine neue Lebensphase wurde begonnen mit leeren Händen, leeren Taschen.

Oswald von Wolkenstein *vor* der Jahrhundertwende: Nun mit einem überraschenden Stichwort, doch bei Oswald ist man vor Überraschungen ohnehin nie sicher: »Und ward ain halber beghart wohl zwai ganze jar«.

Versuchsweise könnte die Episode auch *nach* der Jahrhundertwende eingeordnet werden, jedoch: hier wird der Spielraum eng, die Wahrscheinlichkeit gering. Recht bald schon wird er in den Dienst des Bischofs von Brixen treten – der Mitarbeiter in der Administration der Diözese zugleich als säkularisierter Bettelmönch? Damit im Verdacht, Ketzer zu sein, oder zumindest: Sympathisant einer Form von Ketzerei? Eine derartige Engführung kann ich mir nicht einmal beim kontrastreichen Lebenslauf des Wolkensteiners vorstellen, das Begarden-Interludium scheint eher in die Lebensphase vor der Jahrhundertwende zu passen.

Wie auch immer: Verbindungslinien lassen sich nicht ziehen in der Vita des jungen Wolkensteiners, es kann lediglich nach Stichworten gereiht werden – wobei die Reihenfolge keineswegs chronologische Ordnung vortäuschen will.

Oswald als Begarde: Auftritt in der Rolle eines Außenseiters? Bewusster Affront gegen die Eltern? Etwa in dem Tenor: Wenn ich schon bettelarm bleiben soll, dies auch noch unbefristet, so schmeiß ich euch den Kram vor die Füße und werde Bettelmönch …?! Und das mit halbem Herzen, aber für zwei ganze Jahre!

Stichworte für einen Exkurs zum Stichwort »Begarde«. Gleich vorweg muss ich betonen: Oswald amalgamiert auch hier ein offenbar biographisches Faktum mit einer literarischen Fiktion – der vom Mann in der Kutte, der besonderen Erfolg bei Mädchen und Frauen hat.

Auch in der folgenden Strophe: Oswald vermittelt nicht den geringsten Hinweis, *wann* er sich der Laienbruderschaft angeschlossen hätte – er verzichtet weiterhin auf chronologische Anordnung, verwirbelt gleichsam.

Ich wollt mein wildes Leben ändern (ja, das stimmt!);
zwei volle Jahre war ich halbwegs ein Begarde.
Die Andacht machte hier den Anfang, ganz gewiss,
doch hielt ich hier nicht durch, Liebe kam dazwischen.
Ich zog sehr viel umher, war aus auf Ritterspiel
und diente willig einer Dame (verlier dazu kein Wort).
Sie wollte mir kein Quäntchen Gunst gewähren,
eh eine Kutte mich zum Narren machte.
Ich drehte denn so manches Ding – ging alles leicht,
solange ich den Lappen mit Kapuze trug.
Davor, danach hat kaum ein Mädchen mir so viel gewährt,
da fanden meine Worte nicht so freundliches Gehör.
Schnurstracks flog die Andacht aus dem Oberstübchen,
als ich die Kutte von mir warf, umnebelt.
In Liebesdingen ist seither mein Stand recht schwer;
mir ist die Lust, die Freude halbwegs abgekühlt.

Das alles wirkt eher grotesk als glaubwürdig, dennoch lege ich Oswald fest: Er war Mitglied jener Laienbruderschaft, die in ordensähnlichen Gemeinschaften lebte, mit jährlich erneuertem Gelöbnis. So bestand die formell korrekte Möglichkeit des Ausstiegs jeweils nach Jahresfrist.

Zwei Grundforderungen für Beginen wie für Begarden: apostolische Armut; Leben in Keuschheit. Schwestern wie Brüder bezogen ihren Lebensunterhalt vorwiegend durch handwerkliche Arbeiten, durch soziale Dienstleistungen, alternativ auch durch Bettelei. Vor allem deshalb waren sie nicht gern gesehen, wirkten verdächtig.

Oswald als Begarde – dies wäre in einer Zeit gewesen, in der die halbreligiöse Gemeinschaft von der Kirche kritisch beurteilt, ja bekämpft wurde. Bereits das Konzil von Vienne, 1311, hatte die Ordensgemeinschaft verboten. Doch war das nicht ihr Ende:

Der Bettelorden der Franziskaner stellte die Begarden unter seinen Schutz.

Auch unter dem Protektorat der Franziskaner – die Gemeinschaft blieb umstritten, ja umkämpft. Dass sie Krankenpflege, Totendienst leisteten, wurde sicherlich akzeptiert, nicht aber die Bettelei – hier erschien das Vagieren anstößig. Und es wiederholte sich der Vorwurf, Begarden wie Franziskaner seien Validi mendicantes, körperlich gesunde Bettler, sprich: Schmarotzer.

In den neunziger Jahren jenes Jahrhunderts wurde in Wien ein prominenter Begarde gemeinsam mit zwei seiner Schüler öffentlich verbrannt: Nikolaus von Basel. Er hatte wohl allzu sehr betont, dass man nicht dem Klerus, ja nicht einmal dem Papst gehorchen müsse; dass man *selbst*, ohne priesterliche Vermittlung, in der Lage sei, die Bibel zu deuten; dass man in apostolischer Armut dem Zustand der paradiesischen Unschuld näherkomme.

Oswald als Vagabund gehobener Kategorie: er war, er blieb auf Keuschheit eingeschworen, zumindest nominell, und das dürfte zum Problem geworden sein – er deutet das an. Wohl unter diesem Aspekt hatte er die Gemeinschaft der Begarden verlassen, monatelang vor dem Gelöbnis für ein drittes Jahr.

Als Oswald im siebenstrophigen Lebenslied das Stichwort Begarde aufgriff, lag die Verbrennung des Nikolaus von Basel zwei Jahrzehnte zurück, war die Gemeinschaft als Ansammlung von Ketzern gebrandmarkt, und dennoch: Oswald nahm den Hinweis auf diese Lebensepisode in den Liedtext auf, bestätigte damit erneut, dass er sich von Konventionen nicht verformen ließ, nicht verformen lassen wollte.

Oswald versucht, seinen Weg zu gehen, als Ausweg, Umweg, Fluchtweg – dabei gerät er auf so manchen Holzweg. Es wird sich lange hinziehen bis zur Erbteilung; die wird erst stattfinden, wenn sein Bruder Michael sich nach Protesten und Aktionen dazu herablässt – dann wird Oswald bereits um die dreißig sein. Bis dahin ist für ihn nicht viel zu holen in Tirol.

Bis zur Jahrhundertwende: keine Dokumente, die eine zuverlässige Rekonstruktion der frühen Lebensphase fördern könnten. Nur Anspielungen, Hinweise in Liedtexten – da heißt es, behutsam vorgehen, Schritte als Probierschritte auf Widerruf. In diesem Zeitraum befinden wir uns auf unsicherem, kaum tragfähigem Boden. Doch gibt es Trittstellen, die nicht sogleich nachgeben: Oswalds Benennungen von Städten und Ländern, zu denen er gereist ist, in denen er sich aufgehalten hat. Es wird sich zeigen, dass Oswald bei seinen stolzen Auflistungen nicht fingiert, nur stilisiert. Leider sind Stadt- und Ländernamen nicht mit chronologischen Hinweisen verbunden – hier setzt Spekulation ein. Dies aber, und das ist meine Leitkategorie: im *Spielraum der Wahrscheinlichkeit*.

Oswald bietet uns ein weiteres Stichwort an: »Ain koufman was ich.« Wenn er sich den Lebensunterhalt nicht (mehr) erbetteln wollte, musste er Geld verdienen. Beste Aussichten dazu bot der Fernhandel. Als Händler tätig zu sein, war nicht standesgemäß für einen Adligen, war sogar verpönt – für einen Querkopf wie Oswald wohl kaum ein Hindernis; die Verlockungen dürften größer gewesen sein als die Bedenken.

Ich bin (fast) sicher, dass auch diese Lebensepisode *vor* der Jahrhundertwende stattfand, *vor* dem Tod des Vaters. Drei Jahre später scheint Oswald bereits als »Gotteshausmann« der Diözese Brixen tätig zu sein, wenn auch noch ohne (dokumentierten) Dienstvertrag. Die Arbeit für den Bischof dürfte die Tätigkeit als Kaufmann ausschließen.

Oswald bietet ein geographisches Stichwort an für das Zwischenspiel als Kaufmann: »die swarzen see«. Metapher oder topographische Angabe?

Auf Probe und Widerruf bleibe ich beim Schwarzen Meer. In jener Region also könnte er als Händler tätig gewesen sein. Dies sicherlich unter genuesischer Flagge, denn hier besaß Genua das Handelsmonopol.

Die Konkurrenten Venedig und Genua hatten ihre Einzugsgebiete aufgeteilt. Venedig war mehr nach Kleinasien orientiert; als Zentren die Emirate Aydin und Menteshe, auf Landkarten leichter zu finden unter Ephesos und Milet. Die Handelspartner waren also überwiegend Osmanen, Türken. Für Genua hingegen waren es Tataren. Selbstverständlich wollten beide Handelsmächte expandieren: Genua suchte Zugang zur Hafenstadt Aydin.

Genuesen hatten Kolonien und Kontore gegründet auf der Krim wie auf Kreta – damit war eine der Haupthandelsrouten jener Zeit vorgegeben. Der wichtigste Hafen am Schwarzen Meer: Kaffa.

Schiltberger, »alle Länder der großen Tatarei« aufzählend, »in denen ich selbst gewesen bin«, liefert auch eine Beschreibung von Kaffa, wieder einmal mit Zahlen auftrumpfend: »Kaffa ist eine Stadt am Schwarzen Meer, die zwei Ringmauern hat. Innerhalb des einen Rings stehen sechstausend Häuser, in den Walchen [Genuesen?], Griechen und Armenier wohnen. Es ist eine richtige Stadt, und in ihrem zweiten, äußeren Ring stehen elftausend Häuser von Christen verschiedener Konfessionen, römischer, griechischer, armenischer und syrischer. Auch drei Bischöfe gibt es dort, einen römischen, einen griechischen und einen armenischen. Es leben dort aber auch viele Heiden mit ihren eigenen Tempeln. In der Stadt gibt es außerdem zweierlei Juden mit zwei Versammlungshäusern. In der Vorstadt stehen viertausend Häuser. Kaffa sind noch vier weitere Städte am Meer unterstellt.«

Handelshäfen also im Herrschaftsgebiet der Tataren, der Goldenen Horde. Ein nicht immer spannungsfreies Verhältnis, doch man profitierte voneinander. Die Genuesen zahlten den Tataren drei Prozent Zoll auf alle exportierten Artikel.

Die Tatarei als Gebiet, aus dem auch ein Händler namens Oswald die Waren bezogen haben dürfte, an deren Export er beteiligt war, oder, vorsichtiger formuliert: an deren Export er beteiligt gewesen sein könnte.

Das Reich der »Mongalorum quos Tartaros appellamus« reichte vom Schwarzen bis zum Gelben Meer. Durch dieses Gebiet zogen Kamelkarawanen mit Handelsprodukten aus China, vor allem mit Seide und Gewürzen – die »Seidenstraße«. Sie endete in Kaffa. Hier wurden auch Waren aus dem Tatarenreich angeliefert: Pelze aus dem Norden, Weine aus dem Süden, vor allem von der Krim. Weitere Handelsartikel: Getreide, Salzfische, Salz.

Und: es wurde mit Sklaven gehandelt – »Kaffa als der größte Sklavenmarkt der Levante«. Weiter lese ich in einer Dokumentation europäischer Expansion im Mittelalter: Die Sklaven seien meist zwischen zehn und sechzehn Jahren alt gewesen; für Mädchen in diesem Alter seien relativ hohe Preise erzielt worden; die Sklaven stammten aus dem südlichen Russland, dem Kaukasus, auch aus Persien, Indien. Sie seien – auf genuesischen Schiffen – überwiegend in das damalige Ägypten exportiert worden (für den Heeresdienst, für Harems), aber auch in das mediterrane Südeuropa (für Hausarbeiten, für Zuckerplantagen).

Weiträumige Vernetzungen, vor allem der Handelswege! Die Seidenstraße von China bis Kaffa ... Der Levantehandel auf dem Mittelmeer ... Genuesen »übernahmen zu einem erheblichen Teil auf Rechnung mohammedanischer Kaufleute das Transportgeschäft entlang der afrikanischen Küste« ... Dort führten von Häfen wie Tripolis und Tunis Karawanenpisten südwärts Richtung Sudan oder Timbuktu ...

In dieser Handelswelt *könnte* Oswald tätig gewesen sein: zwischen Krim und Kreta. Selbständig disponierend, Frachtraum mietend? Oder in genuesischen Diensten? Hier lässt sich nur der Aktionsraum skizzieren; wir wissen nicht, ob er am Salz- oder am Pelz- oder am Sklavenhandel beteiligt war. Oder am Weinhandel.

Mit welcher Handelsware er auch immer unterwegs war – Oswald erlitt Schiffbruch im Schwarzen Meer. Jedenfalls besang er das so im großen Lied der Lebensmitte und des Lebensrückblicks.

> Das Schwarze Meer, es lehrte mich ein Fass umklammern,
> als (großes Pech!) der Handelssegler unterging.
> Da war ich Kaufmann, konnte meine Haut noch retten,
> ich und ein Russ; mein Sachwert sank in dem Getose
> mitsamt Profit zum Meeresgrund. Ich schwamm zum Ufer.

Bei der Schiffbruch-Episode vor allem setzt eine Untersuchung von Ulrich Müller an: *›Dichtung und Wahrheit‹ in den Liedern Oswalds von Wolkenstein.* Müller sieht in der Lied-Version der Errettung durch das Fass eine Verbindung von tradiertem Darstellungsmuster und realer Erfahrung. Zu Berichten über Fahrten auf fernen Meeren gehörte damals fast zwangsläufig der Schiffbruch. Schiffbrüche kamen vergleichsweise häufig vor, mussten nicht erfunden werden; zugleich war Schiffbruch im Mittelalter ein Bild für das Scheitern des Menschen. Müller bezweifelt nicht, dass Oswald irgendwann, irgendwo einmal ein Sturmerlebnis hatte, vielleicht sogar Schiffbruch erlitt, aber: »Es lässt sich nicht feststellen, wieweit und ab wann es durch Vorbilder, eigene Phantasie und Tonlage des jeweiligen Berichtes umgeformt worden ist.«

Also Stilisierung? Amalgam von Fiktion und Faktum? Marx Sittich Freiherr von Wolkenstein-Trostburg beschreibt um 1600 in seiner Tirol-Chronik ein Oswald-Votivbild auf der Empore zwischen den beiden Westtürmen des Doms zu Brixen: »Er ist auf dem Meer vor der Berberei, als er einen Schiffbruch erlitten, sich drei Tage lang auf dem Meer auf einem Malvasierfass gehalten hat, und von der Heidenschaft wieder herausgeholt worden ist.« So habe Oswald das für die Portikuskapelle des Domes malen lassen.

Der Hinweis auf das Malvasierfass dürfte Familientradition gewesen sein – gestützt auf Lektüre von Liedtexten? Hier bieten sich diese Zeilen an:

> Ich hatte einen Schiffbruch
> auf wilder, hoher See,
> umarmte rasch ein Fass
> mit edlem Malvasier;
> das brachte mich zur Küste –
> fast wäre ich verzweifelt!

Dieses Weinfass dürfte doch wohl identisch sein mit dem Fass, an das sich der Wolkensteiner im Schwarzen Meer geklammert hat. Nun verweist der Nachkomme allerdings auf die Berberei. Womöglich ein zweiter Schiffbruch? Der erste im Schwarzen Meer, der zweite auf dem Mittelmeer? Solch eine Doppelung des (nicht nur metaphorischen) Schiffbruchs wäre recht unwahrscheinlich. Ich vermute: Zwei Jahrhunderte später wusste man in der Familie nicht mehr so genau, in welchem Meer der Schiffbruch erfolgt war. Da liegt es für uns nah, Oswalds Erwähnung zu folgen.

Stichwort Schiffbruch, Stichwort Fass. Es ist in Oswalds Lied gefüllt – nicht etwa mit Getreide oder Gepökeltem, sondern mit dem besonders beliebten Malvasier. Na klar, sollten die Zuhörer denken: Was hinter dem Holz gluckerte, es *konnte* nur Malvasier sein, dementsprechend die Qual – treibt im Salzwasser und kommt nicht heran ans kostbare Nass. Zusatzqualen, bis er schließlich von »Heiden« an Bord genommen wird.

Ob rettende Bohle, Planke oder Fass – man lässt kein Votivbild mit einer Fiktion an die Wand eines Domes malen! Also: Faktum Schiffbruch, Stilisierung Malvasierfass?

In einer der Auflistungen seiner gesungenen Itinerare nennt Oswald auch die »Romani«. Als Romania wurden die Anrainerländer der Ägäis bezeichnet, also Griechenland wie Kleinasien. Zentral hier: Byzanz. Damit konnte die Stadt wie der Staat gemeint sein.

Wenn er im Bereich des Schwarzen Meeres als Händler tätig war, so wird er wohl die Stadt Byzanz/Konstantinopel/Istanbul kennengelernt, zumindest mal besucht haben, nach oder vor einer Fahrt durch die Dardanellen. Jener Stadt wird man angesehen haben, wie sehr das einst weiträumige Kaiserreich Byzanz geschrumpft war: einige Stadtviertel waren nicht mehr bewohnt, zahlreiche Gebäude verfielen. Doch es gab noch Glanzpunkte, vor allem unter den Kirchen. Hier soll indes keine virtuelle Besichtigungstour ansetzen, dafür ist das Stichwort nicht gegeben.

Denn: Oswald war eventuell nur an byzantinischem Territorium gelandet. Dazu gehörten Gebiete westlich von Konstantinopel und nordwärts an der Küste des Schwarzen Meeres, dazu auf der Höhe von Thessaloniki und Berg Athos, ebenso auf dem Peloponnes zwischen Mistras und Monemvasía.

Der Inselhafen Monemvasía: einer der wichtigsten Umschlagplätze im Mittelmeer, Knotenpunkt und Stapelplatz. Auch Seehändler Oswald dürfte mit einiger Wahrscheinlichkeit dort mal gewesen sein.

Monemvasía (italienisch: Citta di Malvasia) ist topographisch höchst eindrucksvoll: ein Felsklotz, etwa dreihundert Meter hoch, wenige hundert Meter vor der Küste des südöstlichen Peloponnes. Dies in einer weiten Bucht, in der viele Schiffe ankern konnten; ein paar von ihnen legten jeweils am Ufer an, zum Verladen – eine Hafenanlage im heutigen Sinne gab es dort nicht.

Monemvasía in einem der Restgebiete von Byzanz: jahrhundertelang konnte das Städtchen nicht erobert worden. Noch heute ist die (kleine) Siedlung am Fuß der Felswand von einer Stadtmauer umgeben, auch meerwärts. Mittlerweile ist die Felsinsel durch Damm und Straße mit dem Festland verbunden. Ein befestigter Zickzackweg führt hinauf zur längst verschwundenen, früher spektakulären Oberstadt. Viel Platz zum Anbau von Malvasier gab es dort nicht, dafür umso mehr Anbaufläche auf dem nahen Festland.

Die Rebsorte Malvasier gedeiht vor allem auf kargen, kalkhaltigen Böden: sie verträgt Feuchtigkeit und Frost nur schlecht, hat im Südosten des Peloponnes also beste Konditionen; der Gehalt an Säure ist gering, der an Alkohol recht hoch. In Oswalds Zeit, in der man von zuckerhaltigen Produkten noch nicht überhäuft wurde, war süßer (oder mit Honig gesüßter) Wein überaus begehrt; Malvasier galt als Krönung des Genusses – auch in Brixen, in der Bischofsburg, wurde Malvasier kredenzt (von Oswald importiert?).

Der weithin hypothetische Aktionsraum des Wolkensteiners in der Rolle eines Händlers ließe sich erweitern bis zur nordafrikanischen Küste.

In einem Liedtext offeriert uns Oswald ein Stichwort: »Trippel in Barbarei«. In heutiger Schreibweise: Tripolis in der Berberei. Die Hafen- und Handelsstadt an der nordafrikanischen Küste wird zwar nicht als Reiseziel oder Aufenthaltsort bezeichnet, wird nur erwähnt in einer Auflistung von Städten, doch letztlich nennt Oswald nur Orte, Städte, die er nicht bloß vom Hörensagen kennt.

»Barbarei« wird vielfach verstanden als Metapher: barbarisch heidnischer oder heidnisch barbarischer Bereich … Doch die vag erscheinende Benennung lässt sich bestimmen; gemeint ist, auch im damaligen Sprachgebrauch: die Berberei.

Ein historischer Beitrag zu diesem Stichwort könnte den (hypothetisch) erweiterten Aktionsraum des Wolkensteiners markieren. Ich aktiviere eine antiquierte Form der Suchmaschine: das *Bilder-Conversations-Lexikon für das deutsche Volk* (»Handbuch zur Verbreitung gemeinnütziger Kenntnisse und zur Unterhaltung«). Fünf Jahre nach Goethes Tod war es vierbändig erschienen im Hause Brockhaus.

»Barbaresken oder Berberei nennt man den großen Landstrich, welcher sich auf der Nordküste von Afrika längs dem mittelländ. Meere hinzieht, westl. vom atlant. Ocean, südl. von der Saharawüste oder dem Dattellande, östl. von Ägypten begrenzt. (…) Der Boden ist, die vielen Sandgegenden abgerechnet, durchgehend sehr fruchtbar und es gedeihen daselbst fast alle Pflanzen der südl. Zone, namentlich wird viel Getreide angebaut. Zu den vorzüglichsten Produkten gehören die durch Schnelligkeit und Ausdauer berühmten schönen Pferde. (…) Den Namen Berberei erhielt das Land von seinen ältesten Bewohnern, den Berbern, einem kräftigen Volksstamme.«

Eine der Hafenstädte der Berberei ist denn Tripolis. Es gibt zwar noch ein Tripolis von Syrien, doch Oswald konkretisiert: Tripolis in der Berberei. Was könnte ihn nach Tripolis geführt haben?

Tripolis war einer der Außen(handels)posten des Deutschen Ordens – gelangte Oswald möglicherweise durch Vermittlung dieser Organisation dorthin?

Oswald von Wolkenstein und der Deutsche Orden …?! Jener Orden, der (neben Templern und Johannitern) Kreuzzüge zum Hauptpunkt seines Programms machte? Wie sollte, wie könnte der junge Mann Oswald mit dieser christlich-militärischen Organisation in Verbindung gekommen sein?

Recht einfach: Der Deutsche Orden war auch in Tirol präsent, seit bald zwei Jahrhunderten. Die Ordensgemeinschaft von Rittern und Geistlichen war vor allem von Kaiser Friedrich mit Ländereien südlich der Alpen reich beschenkt worden. Hier machte es sich der Orden zur Aufgabe, Pilgerrouten nach Italien auszubauen und zu sichern.

Die Hauptroute führte damals schon über den Brenner und weiter durch das Eisacktal. Es wurden kleine Hospize für Pilger angelegt, große Pilgerstationen mit Schlafsälen, Hospitalräumen – die Einrichtungen an den Reiserouten lagen jeweils eine Tagesroute voneinander entfernt. In Bozen wurde eine Kommende gegründet, ein Ordenskonvent (Kloster und Verwaltungssitz des Landkomturs). Auch Pfarrstellen wurden von Mitgliedern des Deutschen Ordens besetzt.

Bei derart dichter Präsenz der Organisation in der heimatlichen Region dürfte es leicht zum Kontakt zwischen Oswald und dem Orden gekommen sein. Vielleicht hat er sich einer Dienst- oder Geschäftsreise eines der leitenden Herren zum Außenposten Tripolis angeschlossen. Und wäre auf diese Weise ins Geschäft gekommen?

Das Hinterland der Stadt galt als wichtige Einnahmequelle für den Orden – vor allem durch Zuckerrohr-Plantagen. Damit: Zucker in Stauräumen von Schiffen mit Kurs nordwärts.

In einer der Länder- und Städtelisten nennt Oswald auch »Tennmarckh, Sweden«. Leider verrät kein weiteres Stichwort, wozu er sechs, sieben oder acht Wochen unterwegs war Richtung Skandinavien. Ich kann jedoch ein Angebot machen: Oswald nahm 1398 teil an der militärischen Aktion des Deutschen Ordens gegen Gotland.

Die Insel war seit 1361 dänisch; 1394 begann der Krieg zwischen Dänemark und Schweden; es ging vor allem um Gotland. Hier herrschten die Vitalienbrüder: Freibeuter, die den Schiffsverkehr der Ostsee mehr als nur gefährdeten, den Handel mehr als nur behinderten. Ihre Parole: »Gottes Freund, aller Welt Feind«. Sie kaperten Schiffe, plünderten sie aus. Und nahmen Seeleute als Geiseln; erst für hohes Lösegeld wurden sie freigelassen.

Aktionen einzelner Hansestädte gegen die Piraten blieben letztlich erfolglos. So entschloss sich Konrad von Jungingen, seit fünf Jahren Hochmeister des Deutschen Ordens, zu Eroberung, Besetzung, Aneignung Gotlands – eine weitere Phase der Expansion des Deutschordenslandes Preußen.

Die Aktion wurde im Winter durchgeführt, als der Schiffshandel weithin ruhte, die Piraten sich in ihre Quartiere zurückgezogen hatten. So waren an die zweitausend »Likedeeler« auf der Insel versammelt. Ihre befestigten Winterquartiere wurden erobert und geschleift. Ein Teil der Piraten konnte sich Richtung Nordsee absetzen; der Berühmteste unter ihnen war Klaus Störtebeker. In der Folgezeit wurden auch diese Freibeuter gefangen genommen und enthauptet.

Zwischenzeitlich mal in Tirol, könnte Oswald, nun über 20, erste Liedtexte geschrieben haben. In denen wird freilich (noch) nicht artikuliert, was er erlebt, erfahren, erlitten hat; seine frühen Liedtexte dürften weithin geprägt sein von literarischen Mustern, die Jahrzehnte, ja mittlerweile gut zwei Jahrhunderte lang das Verfassen von Texten beeinflusst, ja gesteuert hatten.

Zuerst ein Tagelied: Trennung eines Liebespaares zu früher Morgenstunde: Kl 101. (Das Kürzel »Kl« steht für Karl Kurt Klein, den Herausgeber der Liedtexte des Wolkensteiners in der ATB, der Altdeutschen Textbibliothek.)

Ich muss gleich betonen, dass die Datierung auch dieses Liedtextes völlig offen ist. Indem ich von nun an nach Möglichkeit komplette Liedtexte des Wolkensteiners in die Biographie aufnehme, will ich nicht suggerieren, sie seien im jeweiligen Zeitraum entstanden. Andererseits ist nicht ganz unwahrscheinlich, dass Oswald zwischen 20 und 25 Liedtexte wie den folgenden geschrieben haben könnte.

Ich insistiere hier schon auf dem Wort *Liedtexte*, denn Gedichte in unserem Sinne hat er nicht geschrieben; alle metrischen, alle gereimten Texte – bis auf späte Spruchdichtung – wurden vertont und von Oswald vorgetragen, sich selbst auf einem Instrument begleitend oder unter Mitwirkung von Musikern.

Dass ich als Erstes den folgenden Liedtext wähle, ist kein Zufall: Über die erste Aufnahme von Wolkenstein-Liedern (Langspielplatte der Archiv-Produktion der Deutschen Grammophon aus dem Jahre 1956) habe ich das Lied kennengelernt. Es hat sich eingeprägt, vor allem mit der Melodie, wurde damit zu einem der Auslöser dieser Biographie, die in meinen Übertragungen etwa die Hälfte seines Werkes vorstellt.

Wach auf, mein Schatz! Es leuchtet her
von Orient der lichte Tag!
Blick durch die Wimpern, sieh den Glanz:
Wie sich das Blau vom Himmelskranz
so fein ins Grau mischt, das uns barg.
Ich fürcht, es wird bald tagen.

»Dies kann ich auf den Tod nicht leiden:
Man hört die Vögel im Gehölz
mit reichem, hellem, schönem Klang.
Ach, Nachtigall, dein Ziergesang
bringt mir nur Qual, ich dank ihm nicht.
Kaum fraulich ist mein Klagen.«

Ich darf nicht bleiben, schick mich fort!
Dein Herzensspeer verwundet mich.
Abschiednehmen stimmt mich traurig.
Dein roter Mund weckt mein Verlangen –
der bittre Tod wär nicht so schlimm!
Mich loszureißen fällt mir schwer.

Der folgende Liedtext (Kl 73) könnte eine Variante des Tagelieds sein: wieder ein Abschied, diesmal werden Namen genannt, Nikolaus und Else. Biographische Realität wird dieser Liedtext höchstens in Spurenelementen enthalten. Zwar ist Oswald mehrfach zu Reisen aufgebrochen, mag sich dabei auch mal von einer Geliebten verabschiedet haben – der folgende Liedtext aber dürfte ohne biographischen Anlass entstanden sein.

»Ach, du mein herzgeliebter Nickl,
vergiss mich nicht, versprich es mir!«
Ja, heiahoh!
»Ist schon versprochen, schöne Els,
deine Liebe, sie bleibt groß.«
Ja, sei es so!
»Mein Herz wird schwer, weil du jetzt von mir scheidest.«
»Sei ruhig, mein Schatz, ich werd bald wiederkommen.«
  »Ach Nickl, Nickl, liebes schönes Kläuschen,
  umarm mich, küss mich, reich mir her das Kerlchen.«

»Versprich mir erst, du schöne Els,
dass du dir keinen andern nimmst.«
Ja, heiahoh!
»Eher stürz ich mich vom Fels,
eh ich mit einem andren schlaf.«
Ja, sei es so!
»Ich liebe dich, das wird sich niemals ändern …«
»Mein braver Nickl, liegst mir sehr am Herzen.
  Ach Nickl, Nickl, liebes schönes Kläuschen,
  umarm mich, küss mich, reich mir her das Kerlchen.«

»Der Herr mit dir, mein liebster Schatz!
Kein Abschied schmerzte mich so sehr!«
Ja, heiahoh!
»Du lässt mich hier und bist weit fort –
wann werden wir uns wiedersehn?«
Ja, sei es so!
»Nach kurzem Feldzug werd ich wiederkommen.«
»Mein lieber Nickl, lass es bald geschehn.
  Ach Nickl, Nickl, liebes schönes Kläuschen,
  umarm mich, küss mich, reich mir her das Kerlchen.«

Eine damals beliebte literarische Form war neben dem Tagelied die Pastourelle: Liebe im Grünen. Kl 92. Wiederum ein Duett.

Treib her, treib hier herüber,
mein sehr geliebtes Bärbelchen;
mit deinen Schäfchen komm zu mir,
mein schönes Bärbelchen, mach schnell!

»Ich merk, bemerk dich schon,
doch geh ich besser nicht drauf ein.
Denn deine Weide ist nichts wert,
und meine Weide strotzt vor Grün.«

Die Weide, meine Weide,
die ist ganz unvergleichlich gut,
voll Blättern, Blüten, Gras und Klee;
der Schnee schmilzt hier im Hütbezirk.

»Ich höre, höre hier
so manchen süßen Vogellaut,
da wird mir meine Zeit nicht lang.
Und locker schweifen die Gedanken.«

Ich hab, ich habe hier
auch eine Quelle, klar und kühl,
und Sonnenschatten ringsumher.
Mein Herzensliebchen, komm!

»An Durst, an Durst
da leide ich wahrhaftig nicht:
ich aß noch nichts vom Käsebrot,
das mir die Mutter eingepackt.«

Doch Schwammerln, Schwammerlchen,
die wachsen hier in dem Gebüsch.
Dazu gibts junge Vögel, reich im Flaum;
so komm – ich geb dir was davon!

»Wenn du, wenn du mir fest
versprichst, du lässt mich ganz in Ruh,
vielleicht, dass ich hinübertreib!
Ansonsten ziehn die Tiere fort.«

So fürchte, fürcht dich nicht,
mein Püppchen, unvergleichlich schön!
Ich flechte dir dein blondes Haar
und streich den roten Rock dir glatt.

»Du hast, du hast es mir
schon oft und feierlich gelobt,
dass du mich recht in Frieden lässt
und mir nicht an die Wäsche gehst.«

Der Schade, Schaden, der
dir zustieß, war doch nur gering!
Von deiner Schwester weiß ich das.
Von jetzt an lass ich dich in Ruh.

»Das fühlt, das spürt man erst,
wenn einer mich zur Braut erwählt,
ob mir das Häutchen ist verrutscht.
So schäm dich, triebst es gar zu wild!«

Sei will-, nun sei willkommen,
du allerliebster, schöner Schatz;
ich seh dich lieber nah als fern.
Komm, flüstre mir ein Wörtlein zu.

»Und wär, und wär ich fern,
wer wäre, Liebster, hier bei dir?
Verlassen habe ich dich niemals
ohne Schmerz; du weißt das sehr genau.«

Es macht, das macht
mich selig. Hunderttausendfach
schenkt dein roter Mund mir Glück,
befreit das Herz von schwerem Bann.

Viel Lust, viel Lust
hat sie denn beide übermannt,
bis rasch die Dämmerung eintrat.
Sie gingen glücklich ihrer Wege …

Endlich eine biographisch relevante Dokumentation: am 4. November 1399 wird, laut Rechnungsbuch des Deutschen Ordens, einem Wolkensteiner in Königsberg ein Betrag von 150 Mark ausgezahlt. Der Vorname des »Kriegsgastes« wird nicht genannt, die Eintragung lautet nur, übersetzt: »Item: 150 Mark Wolkensteiner gegeben.« Dies kann nur Oswald gewesen sein – er selbst erwähnt seine Teilnahme an einem der Feldzüge gegen Litauen. Brüder und Vettern hingegen weilten zu jener Zeit im Lande Tirol.

Einhundertfünfzig Mark: Mit diesen (etwa) 75 Pfund Barrensilber waren Reisekosten und Aufenthalt wohl hinreichend gedeckt. Generell wurden damals für die Reise zum Kriegsschauplatz Litauen zwischen 60 und 160 Mark veranschlagt, je nach Begleitung, Ausstattung, Anspruch.

Die Barauszahlung lässt darauf schließen: Oswald, nun als Söldner, musste die Reise vorfinanzieren. Meist half in solchen Fällen die Familie aus. Wie sich hinreichend erweisen wird, war man im Wolkenstein-Clan alles andere als solidarisch; es liegt denn auch keine familieninterne Quittung vor. Auch keine Quittung vom Bischof zu Brixen. Das besagt nicht viel, der Beleg kann im Lauf der Jahrhunderte verloren gegangen sein. Vielleicht, ich betone: *vielleicht* war es Oswald aber gelungen, nach dem Schiffbruch (wo auch immer) erneut Geld zu verdienen im Fernhandel. So hätte er vorstrecken können.

Falls er in Tirol aufbrach – ritt er in Begleitung eines Deutschordens-Ritters? Auf keinen Fall wird er allein losgezogen sein, man hat sich nach Mitreitern, Mitstreitern umgeschaut, umgehört – dies schon aus (höchst berechtigter) Furcht vor Straßenräubern.

Gegen die boten auch Geleitbriefe keinen rechten Schutz. Die waren aber notwendig, weil Territorien diverser Regionalherren durchquert werden mussten. Die Reiseurkunde war vorzuweisen bei Hütern an Stadttoren, bei Männern von Maut- und Zollstätten, bei Burgherren. Ein Geleitbrief wurde Oswald wohl in der Kommende Bozen ausgestellt. Oder vom Bischof zu Brixen? Am sichersten wäre ein königlicher Geleitbrief gewesen, hier aber war die Ausfertigung erschwert: zum König gab es damals einen Gegenkönig.

Auch wenn man in einer Gruppe ritt: der künftige Kriegsteilnehmer von etwa 22 (damit im erwünschten Alter zwischen 20 und 25) brauchte ein Reitpferd und ein zusätzliches Lastpferd, an der Leine mitgeführt. Es war mit dem obligatorischen Zelt beladen und, in der Regel, mit einem Fass: der einzige wasserdichte, stoßfeste Reisebehälter jener Zeit, bewährt auch noch in späteren Jahrhunderten. Darin wurde verstaut, was man unterwegs alles brauchte: Kleidungsstücke, Trinkgefäße, Geschirr, Lebensmittel, grobes Laken für Betten oder Strohsäcke. Nahkampfwaffen wie Dolch, Streitaxt, Schwert führte man wohl griffbereit mit sich, ein Überfall war jederzeit zu befürchten.

Und die Rüstung? Auf einem Langstreckenritt wird auch Oswald von Wolkenstein nicht ein Kettenhemd getragen haben und schon gar nicht Teile eines Plattenharnischs – so was gibt es nur in Spielfilmen. Ein Kettenhemd (auch: Ringpanzerhemd) wäre spätestens in Königsberg verrostet gewesen; diverse Teile eines Plattenharnischs hätten ebenfalls bearbeitet werden müssen. Also ein zweites Fass für Rüstungsteile? Und damit: ein zweites Lastpferd?

Für den Ritt von Brixen nach Königsberg wurden etwa zwei Monate veranschlagt. Die gesamte Zeitplanung sah, wie schon erwähnt, etwa so aus: Zwei Monate Anreise, zwei Monate Aufenthalt im Ordensland, acht bis vierzehn Tage Feldzug, wiederum zwei Monate Rückritt. Insgesamt also ein halbes Jahr, abgerundet oder aufgerundet.

Hier darf nicht nur konstatiert, hier muss reflektiert werden: Wie ging man in Oswalds Ära mit Zeit um?

Lebenszeit, über die man disponieren konnte, sie war entschieden kürzer als in unserer Ära. Als Beispiel das Zisterzienserkloster Le Thoronet im milden Süden Frankreichs: In einem begleitenden Text lese ich dort, dass die Mönche im Schnitt kaum älter als 27 wurden – denen setzte vor allem die Winterkälte zu, die Feuchtigkeit. Laien, die etwas bequemer hausten, sie konnten mit etwa 40 Lebensjahren rechnen. Erschreckend wenig, verglichen mit unseren demographischen Relationen, doch die vergleichsweise kurze Lebenszeit schien kaum Zeitdruck zu erzeugen: Ich werde vielleicht vierzig, fünfzig, und jetzt ein halbes Jahr allein für solch ein Unternehmen …?!

Das Grundgefühl von Vergänglichkeit, es wurde von der Kirche ständig souffliert, suggeriert, stimuliert, und doch: Trotz des (in unseren Augen) begrenzten Zeitbudgets ließ man sich viel Zeit. Dass man, wie Oswald, einen beträchtlichen Teil des Lebens im Sattel verbrachte, es schien weder Bedenken noch Fragen auszulösen. Ich vermute, es herrschte mehr Gelassenheit, man zeigte mehr Geduld.

Dieses Lebensgefühl lässt sich bestaunen, aber kaum übertragen. Bleibt ein ICE irgendwo stehen, weil ein Signal oder eine Weiche nicht funktioniert, so werde ich in langsamem Anlauf kribbelig und Mitreisende sinnen auf finanziellen Ausgleich. Das überträgt sich, teilt sich mit. Es hilft nicht viel, wenn ich mir sage: Und wie lange konnte man, musste man damals bei einem Langstreckenritt darauf warten, bis sich ein Schmied fand und einfand, der ein gelöstes Hufeisen wieder festnagelte oder, falls es gebrochen war, zusammenschmiedete? Und wenige Jahrhunderte später, im Zeitalter der Reisen mit Kutschen – wie viele Stunden verbrachte man oft auf Poststationen, bis endlich die Pferde gewechselt wurden? Rational kann ich bei solchen Rückblicksversuchen relativieren, emotional klappt das nicht immer.

Auch hier: Beschäftigung mit einer Person der Vergangenheit kann Selbstreflexion fördern, Selbsterfahrung intensivieren. Wozu sonst auch Exkursionen in vergangene Epochen?

Wiederum Oswald von Wolkenstein, unterwegs zum Feldzug – auf solch einem wochenlangen Ritt (und dies bei fast jeder Wetterlage!) hätte sich so mancher Cowboy den Wolf geritten, wäre womöglich erschöpft aus dem Sattel gerutscht. Zwei Monate Anreise, zwei Monate Rückreise – ›nur‹ vier Monate unter all den Jahren, die Oswald als Reiter unterwegs sein wird im Europa jener Zeit, südwärts, nordwärts, ostwärts, westwärts.

Für Oswald führte der Weg, mit einiger Sicherheit, über Wien und Prag nach Breslau, weiter nach Guben, Frankfurt an der Oder, Landsberg an der Warthe, nach Friedeberg, Köslin und Stolp, nach Danzig, nach Elbing, schließlich nach Königsberg, halleluja!

Königsberg war ein Konglomerat von drei befestigten Stadtteilen: der Altstadt, der Neustadt, dem Kneiphof (auf einer der Inseln der Pregel). Jeder Stadtteil mit eigener Kirche, eigenem Markt.

Es war offenbar nicht leicht, Quartier zu finden: die jährlich eintreffende Schar von »Kriegsgästen« war (beinah) gesamteuropäisch. Werner Paravicini weist im Standardwerk *Die Preußenfahrten des Europäischen Adels* darauf hin, dass seit etwa 1320 ziemlich genau ein Jahrhundert lang deutsche, böhmische, niederländische, französische, englische, schottische, sogar italienische und spanische Adlige nach Preußen zogen, um unter Führung des Deutschen Ordens gegen die ›Heiden‹ in Litauen zu kämpfen – »wie gegen die Mauren in Spanien, die Berber in Nordafrika, die Mamelucken in Ägypten oder gegen die Türken in Ungarn und Kleinasien«.

Sammelpunkt Königsberg. Hier wartete man auf das Zeichen zum Aufbruch – es erfolgte erfahrungsgemäß erst nach Weihnachten, zu Jahresbeginn. Man war aber meist frühzeitig aufgebrochen – der lange Ritt wurde lieber im Spätherbst als im Winter absolviert. So blieb nach der Ankunft viel Zeit. Die vertrieb man sich so gut wie möglich.

Hauptsächlicher Zeitvertreib: Würfelspiele. Hohe Herren trafen sich in einer heizbaren Stube der Herberge und würfelten, natürlich um Geld. Ein Spielgewinn konnte, laut Aufzeichnungen, schon mal 30 Schilde betragen. Ein »Schild« war eine geprägte Silberplatte mit, ungefähr, dem halben Gewicht einer Silbermark. Auch beim Schach, beim Kartenspiel: stets ging es um Geld.

Beim Spiel oft Streit. Ein hochrangiger Zeitzeuge, Kaiser Karl IV., berichtet in seiner Autobiographie von einem Vorfall in Preußen. »Während ihres Aufenthaltes brach unter ihnen neben allerlei Kurzweil, wie sie unter Fürsten beliebt ist, jene hassenswerte und verheerende Leidenschaft des Würfelspiels aus. Dabei spielten der König von Ungarn und der Graf von Holland so hitzig gegeneinander, dass der Graf beim König sechshundert Gulden gewann [zirka 30 000 Euro]. Als er sah, dass der König darüber zornig und aufgebracht war, ließ er sich in Erregung und Übermut zu den Worten hinreißen: ›Herr König, man muss sich wundern, dass Ihr, ein so prachtliebender Fürst, dessen Land von Gold überfließen soll, Euch wegen einer so armseligen Geldsumme derart aufgeregt zeigt und beunruhigt.‹«

Wartetage, Wartewochen … Man schaute sich um auf dem Waffenmarkt – falls man nicht schon in Breslau die Bestände komplettiert hatte, kostengünstiger. Das Angebot war jedenfalls reichhaltig: Schwerter, Helme, Eisenhandschuhe, Armbrüste, Pfeile, Lanzenschäfte, Tartschen, also kleine, leichte Schilde. Die meisten Kriegsgäste brachten ihre Waffen allerdings mit; die ließ man nun aufarbeiten – Streitäxte geschärft, Schwerter gefegt.

Und weiter vertrieb man sich die Zeit mit standesgemäßem, sprich: kostspieligem Amusement. Es wurde gespeist, getrunken, getanzt. Feste wurden arrangiert: Menestrels traten auf, auch Zwerge und Krüppel in Narrenrollen. Frauen wurden gemietet.

Woche um Woche: Warten, warten, warten, bis in Sumpfgebieten endlich das Eis trägt und trittfester Schnee fällt – wenn auch bitte nicht zu hoch!

Und Oswald von Wolkenstein: auf in den Kampf?! Der Dichterkomponist stellte sein Licht nie unter den metaphorischen Scheffel, er besang sich in den verschiedensten Rollen, erstaunlicherweise aber nie als Kampfreiter, als Reiterkrieger in Aktion. Und doch wird er sich später voller Stolz als *Ritter* bezeichnen.

Nur einmal, soweit ich sehe, besingt er sich als Teilnehmer an einem Schaukampf, einem Turnier. Aber auf welche Weise? Ich hebe eine Sequenz des Liedtextes Kl 29 hervor.

Es war ein Lanzenstechen
zu Ross, ich stieß daneben,
und eine Türe, klafterhoch
und drei Fuß breit,
durchsauste ich mit Schwung –
das führte dann noch weiter!
Rund vierundzwanzig Stufen,
die fiel ich mit Gepolter
hinab zum Kellergrund;
mein Ross brach sich den Hals.
Ich dacht, ich würd versaufen
in einem Fass voll Wein,
doch lud ich dann statt dessen
zum Trunk die Freunde ein.

Die Episode ist offensichtlich darauf angelegt, nicht ernst genommen zu werden: Slapstick!

Was die sicherlich amüsierten Zuhörer sofort assoziierten: Tjost, Schaukampf bei einem Turnier. Im ersten Buch des Mittelalter-Quartetts beschreibe ich Ausstattung, Vorbereitung, Durchführung recht detailliert; hier kann ich es so kurz machen, wie es die Vorlage verdient.

Ein Tjost, ein Lanzenstechen, fand selten statt in einem Burgareal, es wurde angesetzt auf freiem Feld: man brauchte eine größere Anlaufstrecke, um das schwergewichtige Kampfross auf 50 oder 60 km/h zu beschleunigen. Durch eine Barriere getrennt, die Frontalzusammenstöße verhindern sollte, galoppierten die Kontrahenten aufeinander los und versuchten, durch die »eingelegte«, sprich: waagrecht gehaltene Lanze den Gegner nicht nur aus dem Sattel zu stoßen, sondern aus dem Sattel zu *heben*, denn: ein Kampfsattel hatte vorn und hinten einen hohen Widerrist (»hochgezogener Zwiesel«) – vorn, um das Gemächte zu schützen, hinten, um ein Abrutschen zu verhindern. Gezielt wurde mit der Lanze (die bei Turnieren nicht mit einer Kriegsspitze, sondern mit einem abgestumpften »Krönig« versehen war) auf Kopf oder Brust, auf Schild oder Helm (bei geschlossenem Visier!).

Ein Vorgang von ungeheurer Wucht: als würden zwei junge Männer mit Motorrädern in vergleichbarer Geschwindigkeit so dicht wie möglich aneinander vorbeifahren und sich dabei mit einer massiven Stange einen Stoß versetzen – gegen eine kugelsichere Weste oder einen Integralhelm. So was kann, nicht nur metaphorisch, ins Auge gehn.

Nun hatte Oswald aber nur *ein* Auge: schweres Handicap! Heute würde er bei einer Musterung sofort freigestellt. Auch könnte er weder Tischtennis noch Federball spielen: einäugig sieht man nur zweidimensional, kann einen Punkt im dreidimensionalen Raum nicht präzis bestimmen – so beschreibt es ein Freund mit ähnlicher Behinderung.

Das heißt, mit Blick auf Oswald: er war für einen Tjost eigentlich nicht geeignet. Der Tjost gehörte aber nun mal zu den Kampfspielen, mit denen ein Ritter in Übung blieb für den Ernstfall im Gruppenkampf. Hier waren Konsequenz und Kontinuität erforderlich.

Oswald indes macht sich als Kampfreiter zur Witzfigur. Die galoppiert los, sticht total daneben, wird allerdings auch nicht getroffen, kann (offenbar wegen fehlender Übung) das Ross nicht durchparieren, Ross und Reiter könnten auf eine Gebäudemauer prallen, doch da öffnet sich rettend eine Tür, eher ein Tor, und das ist derart hoch, dass der Reiter durch die Öffnung passt, ohne aus dem Sattel geschleudert zu werden. Schon geht es zwei Dutzend Stufen abwärts, erstaunlicherweise immer gradeaus, ohne Treppenkehre, das Ross stürzt tödlich, der Reiter fliegt in vollem Schwung hinab ins zweite Tiefgeschoss mit Weinfässern. Und der Mann, der nicht kleinzukriegen ist, lädt sogleich Freunde zum Umtrunk ein.

Falls Oswald wild entschlossen war, sich trotz Handicap an Kampfhandlungen zu beteiligen: Wie *könnte* er in voller Rüstung ausgesehen haben?

Ich fange oben an: ein Helm. Hier gab es verschiedene Formen und Namen. Das Visier wurde entweder um seitliche Bolzen gedreht oder mit einem Scharnier hoch- und runtergeschwenkt – das Klappvisier. Also: Oswald, virtuell, mit einem Scharnier vor der Stirn oder mit Bolzen über den Schläfen. Unter dem Helm eine Polsterhaube. (Katalog-Beschreibung des GNM zur Ausstellung *Mythos Burg*: »Gestepptes Leinen mit Hanfbändern; Polsterung: Werg; Riemen: Leder.«)

Zum festen Bestand der Ausrüstung gehörte außerdem die Brustplatte, mit gekreuzten Riemen festgezurrt; als Rückenschutz vielfach kleine, stoffbezogene Eisenplatten. Die Arme eingefasst von Ober- und Unterarmröhren, die Schultergelenke von »Schwebescheiben« gedeckt. Ein Schurz aus Kettengeflecht; Panzerhandschuhe; Beinschutz.

Ich kann (oder mag) mir allerdings nicht vorstellen, dass Oswald so perfekt eingeschalt war, wie man das bei Ritterfiguren in Museen bestaunen kann – solch ein Kampfreiter muss bei jeder Bewegung geknirscht und gequietscht, gerappelt und geklappert haben: viele aneinanderstoßende, überkragende Metallflächen! Wahrscheinlich trug man, im Kriegseinsatz, eher einen Kettenschurz und einen Brustharnisch, darunter wiederum die (nun wärmende!) Polsterung, den Gambeson: »Mehrere Lagen Stoff, der vertikal abgesteppt und mit Wolle ausgestopft wurde. Ein derartiges Polstergewand mindert die Wucht feindlicher Waffen.«

Und die Waffen, die Oswald womöglich zu spüren bekam? Das war, vor allem, als »Blankwaffe«, das Kriegsschwert. Weil man mit einem Schwert bei hieb- und stichfest gewappneten Kontrahenten kaum noch was ausrichten konnte, wurde als harnischknackende

Waffe der Streitkolben geschwungen oder der Streithammer: der Streitkolben vielfach mit einem gefächerten Metallkopf; am langstieligen Streithammer der »Rabenschnabel«, zum Aufhacken von Metallflächen.

Weiter: Spieß, Speer oder Lanze. Als Feuerwaffen bereits Büchsen; sie gelangten zu jener Zeit freilich erst selten zum Einsatz, obwohl der Deutsche Orden sie favorisierte; Ritter benutzten als Fernwaffe gern die Armbrust.

Sie hatte den Vorteil, dass man sie schussbereit mitführen konnte. Die Sehne der Armbrust rastet in der Einkerbung eines drehbaren Zylinders ein, der Nuss; zum Spannen hat man am Gürtel vielfach einen Haken, hier wird die Sehne eingehängt, man setzt einen Fuß in den Armbrustbogen, tritt nach unten durch bis zum Einrasten. Die »Schussquote« der Armbrust lag im Schnitt bei drei Bolzen pro Minute.

Ein derart gewappneter und bewaffneter Kampfreiter: für Oswald eher Wunschbild als Abbild. So ausgerüstet hätte er sich wohl gern gesehen, so armiert wäre er sicherlich gern in den Kampf gezogen, doch das Handicap ließ das letztlich wohl kaum zu. Dennoch nahm er an mindestens zwei dieser Feldzüge teil.

Kurze Beschreibung des Kriegsschauplatzes Litauen. ›Jean de Mandeville‹ schreibt, diesmal erstaunlich konkret, in seinem Reisebuch von 1371: »Man kann diesen Weg nur im Winter gehen, wegen der unglücklichen Gewässer und wegen der Sümpfe, die es dort gibt; denn man kann nicht durchkommen, wenn es nicht sehr stark friert und wenn nicht viel Schnee daraufgefallen ist. Denn ohne Schnee kommt weder Mann noch Pferd über das Eis. Die Christen, die dorthin gehen, müssen ihre ganze Verpflegung mitnehmen, denn dort würden sie nichts finden. So lassen sie ihre Verpflegung über das Eis mit Wagen ohne Räder transportieren, die sie *scleues* nennen. Solange ihre Verpflegung reicht, können sie sich [im Lande] aufhalten, aber auch nicht länger, denn sie würden niemanden finden, der ihnen etwas verkaufte. Wenn die Kundschafter die Christen kommen sehen, laufen sie zu den Städten und Festungen und rufen *Quera, quera, quera*; alsbald bewaffnen, sammeln und erheben sie sich.«

Die Truppen, oder eher: Trupps stießen also vor in dünn besiedeltes, wiederholt verheertes Gebiet, in dem es nichts (mehr) zu fouragieren gab: Sobald Kampfreiter auf der Memel übersetzten, brachten Einwohner alles Vieh und sämtliche Nahrungsmittel in Sicherheit. Das bedeutete also: Futter für Pferde, Proviant für Kombattanten mussten mitgeführt werden. Eine Anweisung des Hochmeisters: »Die Dienstpflichtigen sollen haben: von der Memel an für acht Nächte Futter, vierzehn Tage Kost.«

So wurden in Königsberg Einkäufe getätigt, es wurde gehamstert – das führte zu Engpässen, die wiederum Preise hochtrieben. Also wich man vielfach ins Umland aus. Auch dort war man daran interessiert, so viel wie möglich am Dauerkrieg zu verdienen; die »Kriegsgäste« zahlten drauf.

Wichtig waren Eier – bis zu zweitausend Stück wurden in einem Fass eingelagert, für jeweils eine Gruppe. In weiteren Fässern: Fleisch, Schinken, Wurst – die Fleischwaren getrocknet, geräuchert, gepökelt. Weiter: Getrockneter Lachs, Stockfisch, eingesalzener Kabeljau. Und Erbsen, Käse, Gewürze. Hühner in Körben. Schweine, Hammel, Ochsen wurden mitgetrieben. Bei guter Organisation ging auf der Memel ein Backschiff vor Anker: frisches Brot auf verkürzten Nachschubwegen. Und frischer Fisch von einem »Wasserboot«.

Der übliche Ablauf eines Feldzugs: Übersetzen über die Memel … drei, vier Tage ostwärts ziehn … alle Litauer niedermachen, die man unterwegs antrifft … Häuser, Ställe, Scheunen abbrennen, die bei vorherigen Feldzügen noch nicht in Brand gesteckt worden waren … drei, vier Tage Rückzug – in der Hoffnung, dass in der Zwischenzeit kein Tauwetter einsetzt.

Wigand von Marburg zum Winterfeldzug 1352: »Es fiel ein großer Regen, so dass sie umgehend zurückkehren mussten, in der Befürchtung, das Eis könnte weich werden und sie könnten über die Flüsse nicht zurückkehren; so war der Abmarsch einer Flucht ähnlicher als der Victoria; die Gefangenen und was sie an Vieh erbeutet hatten, mussten sie fast alles zurücklassen; das Land war verheert und für die Rosse kein Futter vorhanden, so dass viele vermuckern und wegsterben; die Reiter, die in Ermangelung ihrer Pferde zu Fuß gehen mussten, starben großenteils an Frost und Hunger; auf den Flüssen brachen viele von ihnen ein, Männer und Pferde, und ertranken, so dass der verbliebene Haufe mit großer Not und großem Leid nach Hause kam.«

Und mit welchem Wetter wurde Oswald konfrontiert? Eine Chronik: »Im Jahre 1399 nach Christus herrschte im Winter ein derartiger Frost, wie wir das unser Lebtag nicht erfahren haben; man konnte in dieser Zeit auf dem Eis von Rostock nach Dänemark wandern, das Gleiche tat man von Lübeck aus nach Stralsund.«

Der Winter 1399 auf 1400 war offenbar milder – überhaupt wiederholte sich in den Annalen die Formulierung vom »weichen Winter«, und das bedeutete: kein tragfähiges Eis. Das schien 1400 jedoch belastbar: vom 23. Januar bis zum 24. Februar konnte unter Führung eines Herzogs von Geldern und eines Herzogs von Lothringen vorgerückt werden.

Obwohl es in Litauen auch trockene, lichte Wälder, offnes Gelände gab, schienen in den Einsatzgebieten des Ordensheeres Sümpfe und Urwälder zu dominieren. So mussten erst mal Hindernisse geräumt werden. Diese Arbeit übernahmen Räumtrupps dienstverpflichteter prussischer Bauern. Zu Hunderten mühten die sich ab, zerlegten querliegende Bäume, entfernten dichtes Gestrüpp, legten Knüppeldämme an, wo das Eis noch nicht trug.

Kombattanten beteiligten sich wohl kaum an der Knochenarbeit der Pioniere (wie wir heute sagen würden), die Kampfreiter waren hinreichend mit ihren Rössern beschäftigt, die vielfach bis zum Bauch im Schlamm versanken, wo das Eis nicht trug.

Gemordet, vernichtet, verheert wurde dann in Samaiten, dem Gebiet zwischen Livland und Preußen.

Trotz allen mitgeführten Proviants – vor allem für den Tross musste fouragiert werden. Das war im ausgepowerten Land äußerst schwierig. Die Truppe musste sich aufteilen in Trupps, die verschiedene Richtungen einschlugen. So konnten die Invasoren leichter angegriffen werden. Laut Paravicini reagierten die Litauer meist mit »Hit-and-Run-Angriffen«, frei nach der Devise: Attackieren und nichts wie ab in die Büsche. Verunsicherung, Panik: Man sah die geländekundigen Feinde erst im letzten Moment; kaum hatten die zugeschlagen, waren sie wieder weg.

Die Aktionen der Invasoren waren auch nicht eben ritterlich. Es war vielfach ein Kampf um Feuerstellen: Leute aus Häusern vertreiben, in denen es einen Ofen, einen Herd gibt ... Feuer legen, immer wieder Feuer legen, sich an den Bränden wärmen ... Und weiter: Lebensgrundlagen entziehen, vernichten!

Die Brutalisierung eskalierte. Wiederholt wurden gefangene Litauer an den Füßen aufgehängt und zu Tode gefoltert. Die »Kriegsgäste« konnten sich jede Untat leisten, sie waren von vornherein freigesprochen. Damalige theologische Argumentation: »Den Krieg Gottes führen. Dabei ist keine Sünde zu befürchten, solange sie nur Ungläubige töten.« Dschihad unter christlichen Vorzeichen!

Auch Litauer waren frei von Skrupeln. So wurden hochrangige Gefangene in voller Rüstung auf ihrem Ross verbrannt. Ein Chronist: Die Kriegsgäste »wollten lieber alle ins Gras beißen, als sich den Ungläubigen gefangen zu geben, weil sie daraufhin mit Ross und Harnisch lebendig verbrannt und den Teufeln aufgeopfert werden mussten«. Propaganda, schon damals: Der Gegner ist brutal, muss also brutal behandelt werden.

Nach einer Woche, spätestens nach zehn, vierzehn Tagen war der sogenannte Kreuzzug in der Regel vorbei. Feldschlachten fanden nicht statt, es waren eher, in heutiger Sprache, Stoßtruppunternehmen. Dies aber nicht von regulärer Truppe gegen reguläre Truppe, sondern von Kriegern überwiegend gegen Zivilisten. Litauen rächte sich mit militärischen Überfällen auf das verhasste Ordensland; dabei wurde nachvollzogen, was von Ordensrittern praktiziert wurde: Massakrieren, vergewaltigen, brandschatzen. Wer sich beim Niedermetzeln, Mordbrennen hervortat, konnte mit angemessener Ehrung rechnen. Sehr begehrt war der Ritterschlag im Feindesland. Nach der Rückkehr erging für ranghohe

Kriegsteilnehmer die Einladung zur »Ehrentafel« des Hochmeisters.

Aber auch sonst wurde nach dem Feldzug üppig aufgetischt. Aus einem Bericht über ein Festmahl im Jahre 1382: »Zu einer Zeit waren Graf Engelbert und viele andere weltliche Herren zu Königsberg versammelt, wo Graf Engelbert ein großes festliches Gastmahl zubereiten ließ, zu dem er sechshundert Herren zu Gast gebeten hatte. (...) Ein Gericht war köstlicher und besser als das andere; und da war viererlei Wein im Überfluss, und zum siebzehnten und letzten Gericht wurde Claret gereicht mit besonderem Gebäck von weißem, frischem Brot in großer Menge. Die Köche bereiteten diese Speise acht Tage lang vor.«

Gesättigt und geehrt ritt man wieder heimwärts. Mission (scheinbar) erfüllt: Soziale Aufwertung durch Bewährung im heiligen Krieg! Oswald dürfte, zurück in der Tirol, gewonnen haben an Renommee, zumindest in seiner Diözese.

Auch in der Familie, auch unter Brüdern? Die bevorstehenden Auseinandersetzungen wegen des väterlichen Erbes lassen kaum darauf schließen.

Im Sommer 1399 erkrankte Friedrich von Wolkenstein – Krankheit, die zum Tode führte. Erst im Frühjahr 1400 dürfte Oswald zurückgekehrt sein; da wird ihn der Weg erst mal zum Grab geführt haben.

Friedrich hinterließ ein ansehnliches Erbe, vor allem an Pachthöfen, von denen der Grundherr Einkünfte bezog, in Naturalien, womöglich in Bargeld.

Erbberechtigt waren die Söhne, aber es wird lange dauern, ehe Oswald mit Einkünften rechnen kann aus seinem Erbteil – auch er wird von Michael kleingehalten. Der übernimmt, als Ältester, die Verwaltung des Erbes und rückt nichts heraus.

Fast ein Jahr lang: Lücke in den Lebenszeugnissen. So wäre denkbar, dass Oswald sich zur Abwechslung doch mal wieder in Tirol aufhält, in welchem Wohnsitz auch immer. Und dass er eventuell an Liedtexten arbeitet, dazu Melodien entwickelnd, adaptierend, arrangierend.

Zumindest möchte ich die Dokumentenpause nutzen und den Dichter, den Musiker erneut heranzitieren. Dies auch, um so etwas wie einen Keil zwischen Leben und Werk zu treiben: Noch ist Oswald von Wolkenstein nicht der Dichter, der Erlebtes, Erfahrenes, Erlittenes literarisch umsetzt.

Ich rücke die Übertragung eines Liedtextes ein, der in einer frühen Phase entstanden sein *könnte*. Will also nicht suggerieren, hier werde der Anfang einer Entwicklung markiert: Relativ konventioneller Beginn, sodann, im Lauf der Jahre, sukzessive Befreiung von literarischen Konventionen … Mit Johannes Spicker bezweifle ich, dass sich Liedtexte Oswalds einordnen lassen in ein Entwicklungsschema – in verschiedenen Werkphasen finden sich Texte mit einem relativ hohen Anteil an literarischem Formelmaterial.

So auch hier: Kl 37. Ein Liedtext mit extrem kurzen Zeilen – sie werden vom Reim gegliedert, und der ist in der Regel dreifach. Das Reimschema muss in der Übertragung entfallen.

In der Leithandschrift (B) ist auch dieses ›Gedicht‹ als Fließtext niedergeschrieben; das wird hier ausnahmsweise übernommen. Dabei untergliedre ich nach Sinn-Sequenzen, nicht nach der Zeilenzählung.

> Die Himmelskuppel / hellt sich auf, / der Tag bricht an. / Mit süßen Tönen / wecken mich / die schönen Vöglein auf. / Geschmolzen ist der Schnee; / Laub, Gras und Klee / sprießen wunderschön.
>
> So recht von Herzen / und fröhlich will ich das / für die Geliebte singen. / Mein Begehren / kann sie stillen, / Drangsal von mir nehmen / mit ihren Händen, / liebevoll.
>
> Glücklich / macht mich die Schöne. / Gering / wird mein Kummer, / wenn ich dran denke, / wie sie mich unermüdlich / mit schlanken Armen / umfängt – / das kann sie

gut! / Völlig ergeben / bin ich / der zarten Frau – / wo immer ich auch bin.

So blas denn zum Tanz! / Die Linde ist grün, / der Wald zeigt neue Triebe. / Sei keck in diesem Mai / und unbeschwert, / Herzallerliebste!

Schau die hellen Blümchen an: / buntgefärbt, / schön im Wuchs – / sie sollen uns schmücken! / Verbreitet / ist der lichte Glanz. / In vielen Farben: / junge, zarte, / schlanke Gräser, / herbe Kräutlein, / vielgestaltig.

Neu und alt: / gefüllt mit Süße. / Willkommen / sei das Sprießen, Sprossen! / Zu zweit, zu viert, / geschart, gruppiert, / höchst animiert, / zur Lust formiert / ist alle Welt. / Schöne Frau, / sei mir gewogen, / wenn ich zu dir / zum Tanzen komme.

Zieht ab, ihr scharfen Winde, / lasst uns unbehelligt – / vorbei ist die Zeit, / da ihr meinem Mädchen / die roten Lippen / spröd gemacht! / Verschont nun / ihr Gesicht, / die weißen Hände, / wenn sie im Erlengrund / die feinen Schühchen / mit Tau benetzt.

Heraus, ihr Winterschläfer, / auf die Gassen! / Wer vorher wie ein nasser Sack / am Ofen hockte, / schlaff und schlapp, / der freue sich der Sonne, / des hellen Glitzerns / frischer Quellen.

Mai, du kannst / alles / auferwecken, / das lässt uns jubeln! / Fragt ihr, weshalb? / Darum, / weil uns der Eine Gott / rückhaltlos / Seine Gnade schenkt.

Anfang März 1401 muss Oswald bei den Herren von Schlandersberg (im Vinschgau) ein (offenbar bescheidenes) Darlehen aufnehmen. Wie in einem Rechnungsbuch vermerkt, geht es um 9 Pfund.

Er saß also noch immer auf dem Trocknen, musste sich Geld leihen. Um Schulden zu begleichen? Um weitere Aktivitäten abzusichern? Wie er im Lebenslied Kl 18 erwähnt, nahm er teil am Italien-Feldzug des Königs Ruprecht (von der Pfalz). Wir können, nach einer weiteren Andeutung Oswalds, voraussetzen: Er kam für Pferd und Ausrüstung auf. Dafür erwartete er aber wohl, dass er bezahlt wurde. Hinzu kam Hoffnung auf Beute.

Ruprechts Feldzug: ein jämmerliches Unternehmen. Auch wenn unklar bleibt, wann und wie Oswald an jenem »Italienzug« teilgenommen hat, so skizziere ich doch Vorgeschichte und erste Phase: Typisches für Oswalds Zeit!

Kurzer Rückblick. Im Jahre 1400 war in Lahnstein von Kurfürsten und Fürsten König Wenzel abgesetzt worden, wegen Unfähigkeit. Als Nachfolger wurde Pfalzgraf Ruprecht gewählt. Ein Mann, von dem man wusste, dass er arbeiten konnte, ein Mann, von dem man hoffte, er werde die vom Vorgänger vertagten und verschlampten Aufgaben lösen.

Doch Ruprechts Position blieb äußerst schwach. So war keineswegs selbstverständlich, dass er überall im Reich anerkannt wurde. Im Süden wurde ihm gehuldigt, im Norden kaum, im Osten gar nicht, im Westen hatte er Schwierigkeiten. Dies, beispielsweise, mit der Stadt Frankfurt: Mehr als sechs Wochen lang musste er vor verschlossenen Stadttoren ausharren (das »Königslager«), ehe die Stadtväter sich dazu durchringen konnten, ihn einzulassen, ihm zu huldigen. In Aachen wollte er sich sodann nach altem Brauch zum König krönen lassen, in der Nachfolge Karls des Großen, aber die Patrizier ließen ihn nicht in die Stadt. So musste die Krönung in Köln erfolgen.

Was Ruprecht brauchte, war Erfolg, der die Position der Opponenten schwächte. So plante er bald nach der Inthronisation seinen Feldzug. In Oberitalien, in der Lombardei, hatte sein Vorgänger Gebiete verloren, Ruprecht wollte sie zurückerobern, wollte sich sodann in Rom vom Papst zum Kaiser krönen lassen.

Diese Ziele blieben Fiktion. Als das deutsche Reich noch Römisches Reich hieß, eine neue, christliche Version des römischen Imperiums, da reichte es von der Nordsee bis Mittelitalien, schloss Rom ein – nominelles Zentrum auch des Reiches. Das italienische Territorium war indes schwer zu halten, es musste vom deutschsprachigen Reichsgebiet aus wiederholt zurückerobert werden. Schon Kaiser Friedrich war das Mitte des dreizehnten Jahrhunderts schwergefallen. Die immer reicheren Städte Oberitaliens konnten nur mit militärischen Mitteln gezwungen werden, dem deutschen Herrscher zu huldigen – und zu zahlen. Man sah nicht ein, weshalb man als königliches Lehen übernehmen sollte, was man ohnehin besaß. Die Lage wurde zunehmend schwieriger für die deutschen, nominell römischen Könige: die Entfernung nach Rom schien gelegentlich unüberwindlich. Dazu hatten auch jahrhundertelange Machtkämpfe zwischen Königen und Päpsten geführt: Durfte der König Bischöfe benennen, selbstherrlich, oder musste er den Steigbügel des jeweiligen Papstes halten, unterwürfig?

Zu Ruprechts Zeit war südlich der Alpen das deutsche Kaiserreich bloß noch Erinnerung. Hier dominierten (das weitaus mehr als provinzgroße) Mailand und (das mehr als provinzgroße) Venedig; beide Länder führten fast ständig Krieg miteinander, wollten sich territorial erweitern. Auch Florenz und Mantua forderten Raum und Anerkennung. Weiter südlich der Kirchenstaat: ein breiter Querriegel in der Mitte der Halbinsel.

Vor allem durch Verhandlungen musste sich König Ruprecht den Weg nach Rom bahnen – dichtes Geflecht gegensätzlicher Interessen und Ansprüche. Wer unter diesen Konditionen bis Rom vordrang, bewies, dass er ausreichende militärische, damit politische Macht besaß, somit ein Faktor war, den ein Papst in der Vatikanfestung berücksichtigen musste.

Nun gab es allerdings seit Oswalds Geburtsjahr zwei Heilige Stühle, den einen in Rom, den andren in Avignon. Auch im Fall Ruprecht wurde das zum Problem: Der nur teilweise anerkannte König wollte sich von einem nur teilweise anerkannten Papst zum Kaiser eines Reiches krönen lassen, das es bloß noch auf alten Landkarten und in den Köpfen einiger Träumer gab.

Der neue König nahm Verhandlungen auf mit Florenz: die reiche Handelsstadt sollte den Feldzug finanzieren; im Reich war Ruprecht nicht kreditwürdig, über eigene Geldmittel verfügte er nicht. Florenz erklärte sich bereit, 200 000 Dukaten zu zahlen, falls Ruprecht sich verpflichtete, von Anfang September bis Mitte Oktober mit seinem Heer in der Lombardei zu bleiben, was hieß: Im Machtbereich des Herzogs von Mailand, mit dem der Stadtstaat um die regionale Vormacht kämpfte. Ruprechts Anwesenheit musste, so rechnete man in Florenz, zur Auseinandersetzung und Entscheidung führen. Grob gesagt: Man kaufte den deutschen König als Söldnerführer ein. Dabei sicherte man sich ab: die erste Rate von 50 000 Dukaten sollte erst auf italienischem Boden ausgezahlt werden, im neutralen Venedig, die weiteren drei Raten in Städten, die Florenz noch bestimmen wollte. Der Feldzug sollte also abschnittweise finanziert werden.

Um überhaupt starten zu können, brauchte Ruprecht freilich schon vorher Geld für Sold, Proviant, Ausrüstung. Er bat Kaufleute von Mainz, ihm 50 000 Dukaten zu leihen, er werde sie zurückzahlen, sobald er in Italien den gleichlautenden Betrag erhalte. In ein derart fragwürdiges Unternehmen wollten die Kaufleute nicht investieren. Flehentlich bat der König daraufhin die florentinischen Verhandlungspartner, ihm wenigstens die Hälfte der ersten Rate auf deutschem Boden auszuzahlen, schließlich musste er überhaupt erst mal das Heer aufstellen! Außerdem musste er Herzog Leopold von Österreich den riesigen Betrag von 100 000 Dukaten zahlen, um durch Tirol marschieren zu dürfen, über den Brenner, durch die Salurner Klause – die Hälfte des gesamten Betrags, mit dem Florenz den Feldzug zu finanzieren gedachte! Der Habsburger wusste, dass Ruprecht nicht durch die Schweiz marschieren konnte, und nutzte die Notlage erpresserisch aus. Dennoch nahm Leopold mit eigenen Truppen an diesem Feldzug teil …

Außerordentlich schwierig auch Ruprechts Verhandlungen mit dem Papst in Rom. Bonifaz war nicht zufrieden mit dem üblichen Loyalitätseid, er stellte Forderungen: Päpstliches Recht zur Absetzung deutscher Könige; Koordinierung der Reichspolitik mit der Politik des Heiligen Stuhls; Zusicherung des Königs, er werde es unterlassen, das Kirchenschisma aufzuheben; falls er diesbezüglich doch aktiv zu werden gedenke, so nur in engster Absprache mit dem römischen Papst. Ja, Bonifaz forderte sogar, Ruprecht müsse den Gegenpapst in die Einheit der Kirche zurückführen, sprich: ihn absetzen, müsse Frankreich dem Willen des Heiligen Stuhls unterwerfen. Phantastische Forderungen! Ruprecht war vorsichtig mit Zusagen, wollte sich nicht festlegen; er hoffte, durch Erfolge in Oberitalien die Verhandlungsposition gegenüber dem Papst verbessern zu können.

Mit leerer Kasse kam König Ruprecht 1401 nach Augsburg, wo sich die Kriegsfreiwilligen sammelten. Alle Herbergen der Stadt, der umliegenden Dörfer überfüllt: unter den rund 20 000 Reitern wohl auch Oswald von Wolkenstein. Ahnte, ja erfuhr er etwas von den zähen Verhandlungen zwischen König und Handelsherren? Die blieben dabei: Erste Rate auf italienischem Boden. Ruprecht musste daraufhin 5000 Reiter entlassen, die kein Geld hatten; die anderen »Kriegsgäste« waren demnach bereit oder konnten es sich leisten, mit der Auszahlung des ersten Solds zu warten.

Einen Tag lang hielt König Ruprecht mit seinen Offizieren Kriegsrat: Das Unternehmen abblasen oder mit dem zu kleinen Heer losmarschieren? Er zögerte. Verhandelte wieder mit der Delegation aus Florenz: Die erste Rate sollte nicht in Venedig, sondern bereits in Trient ausgezahlt werden; dazu erklärten sich die Herren bereit. Nun wurde ein Vertrag unterzeichnet: Der König verpflichtete sich, die Freiheit der Stadt Florenz zu erhalten, ihre Herrschaft nach Kräften zu mehren; als Kaiser werde er die Privilegien dieser Stadt bestätigen. Weiter verpflichtete er sich, von Anfang September bis etwa Mitte Oktober gegen den Herzog von Mailand Krieg zu führen, mit dem Ziel: »Ruin, Vertilgung, Untergang und Verfall«. Begründung oder Vorwand: Der Herzog beanspruche Rechte des Kaisers, beleidige die Stadt Florenz, ja wolle sie in Besitz nehmen. Florenz verpflichtete sich, bei erfolgreichem Ausgang des Unternehmens dem künftigen Kaiser Ruprecht einen Stadtzins zu entrichten und die avisierten 200 000 Dukaten auszuzahlen; eine Anleihe in gleicher Höhe wurde ihm zu vergleichsweise günstigen Konditionen angeboten.

So musste der König hinter dem Geld hermarschieren, das er für den Feldzug brauchte. Wertvolle Zeit hatte er mit den Verhandlungen verloren, mit Zögern – schon wurde ihm Faulheit vorgeworfen. Am 16. September brach er auf, zog über Füssen nach Innsbruck. Dort forderte er den Herzog von Mailand auf, die besetzten

Reichsgebiete wieder herauszugeben; die Antwort des Herzogs war selbstverständlich abschlägig. Der Vormarsch wurde fortgesetzt, doch ziemlich langsam; nach fast einem Monat erreichte man endlich Trient.

So hatte der Herzog von Mailand Zeit genug, sich vorzubereiten; die Städte Verona und Brescia wurden von gut ausgebildeten und ausgerüsteten Soldtruppen in Verteidigungsbereitschaft versetzt. Der Kriegsrat schlug Ruprecht deshalb elegante Umgehungsmanöver vor, doch er traute sich nicht. In Trient erhielt er verabredungsgemäß die erste Rate – die 50 000 Dukaten waren rasch verteilt. Plündernd zogen Trupps durch die Umgebung von Brescia – bei ersten Scharmützeln zeigte sich die Überlegenheit der Mailänder Truppen. Das könnte, das dürfte auch Oswald miterlebt, zumindest aber erfahren haben.

Als es endlich zur Schlacht kam, waren schon der gesamte September und zwei Drittel des Oktobers vertan. Kein Futtergras mehr auf den Wiesen, statt Brot nur Rüben, Fleisch musste auf eigene Faust beschafft werden.

An der Schlacht von Brescia, am 21. Oktober, nahm Ruprecht gar nicht erst teil – er wagte sich nicht aus dem Gebirge heraus in die Ebene, verharrte in Trient.

Der Burggraf von Nürnberg, der zeigen wollte, was ein Burggraf von Nürnberg ist, wurde gleich beim ersten Anritt aus dem Sattel gehoben. Der Herzog von Österreich wurde gleichfalls beim ersten Angriff aus dem Sattel gestoßen und gefangen genommen. Für einen Teil des Heeres war damit der Krieg erledigt, Truppen setzten sich ab. Nur Franz von Carrara, der sich mit italienischen Truppen dem König angeschlossen hatte, verhinderte die Katastrophe.

Erst nach dieser Schlacht zeigte sich Ruprecht in der Ebene, hielt sich vier Tage in sicherer Distanz vor Brescia auf, zog sich wieder nach Trient zurück. Leopold von Österreich wurde freigelassen, und die Mailänder wussten, warum: Für diesen Verwandten des Herzogs von Mailand war der Krieg zu Ende, er marschierte nach Hause, mit seinen Truppen, soweit sie nicht sowieso schon zurückgekehrt waren. Auflösung des Heeres. Der König folgte den Truppen nach Bozen. Der größere Teil des Heeres zog über den verschneiten Brenner; was die abgerissenen Soldaten über Ruprecht erzählten, war nicht eben schmeichelhaft.

In Bozen, erst recht in Brixen hätte sich auch Oswald vom Restheer absetzen können. Wahrscheinlich hatte er nicht mal eine Abschlagzahlung auf den Sold erhalten, und die Aussichten darauf waren jetzt noch geringer als zuvor. Nun ist Oswald aber erst wieder im März folgenden Jahres urkundlich nachweisbar in Tirol. So könnte er beim Heeresrest geblieben sein, der durchs Pustertal marschierte und die Alpen diesmal auf dem Plöckenpass überquerte – ein Saumtierpfad.

Ruprecht blieb noch in Oberitalien. In der Ebene bei Friaul nahm er wieder Verhandlungen auf, mit Venedig, mit Florenz, mit dem Papst, aber man stellte Forderungen und hielt sich mit Zusagen zurück. Ein kurzfristiger Trost war für Ruprecht der glanzvolle Empfang in Padua: »Benedictus qui venit in nomine Domini«, sangen Bischof und Klerus am Stadttor, kniend küsste Ruprecht ein goldenes Kruzifix; man schnallte ihm goldene Sporen an; feierliche Schlüsselübergabe, feierliche Rückgabe des Schlüssels ... festlicher Umzug durch die Stadt ... ein Baldachin aus Goldtuch, mit Hermelin verziert ... die Königin auf vergoldetem Wagen hinterher, von vier Zeltern gezogen, dann allerlei Hofstaat und zahlreiche Ritter. Unter ihnen wohl auch Oswald – mit wieder verstärkter Hoffnung auf Sold und Beute? Gebet am Dom.

Und Fortsetzung der Verhandlungen mit den Herren aus Florenz. Die erklärten: Der noch ausstehende Restbetrag von 65 000 Dukaten werde erst ausgezahlt, wenn der König seine vertraglichen Verpflichtungen erfüllt hätte. Aber wie sollte Ruprecht nun im Winter, mit der verbliebenen Truppe den mächtigen Herzog von Mailand besiegen? Ruprecht richtete sich im Kastell von Padua aufs Überwintern ein, veranstaltete Feste, wartete, verhandelte. Der Papst ging von seinen Forderungen nicht ab, die Stadt Florenz wollte nicht noch mehr Geld in den Feldzug investieren. Repräsentanten der Stadt Venedig empfingen den König und sein Gefolge ehrenvoll, verhielten sich sonst aber zurückhaltend.

Im April verließ Ruprecht mit dem Rest seines Heeres die Stadt

Padua, musste auf einem östlichen Nebenpass die Alpen überqueren, zog über Bruneck und Innsbruck nach München, kam hier am 2. Mai 1402 an. Der Feldzug war gescheitert. Statt des Ansehens waren nur die Schulden des Königs gewachsen; er musste Kleinodien und Silbergeschirr versetzen. In Spottliedern nannte man ihn den »Goggelmann mit der leeren Tasche«.

Ende März 1402 ist Oswald wieder in Tirol. Auch er wird mit leerer Tasche zurückgekehrt sein.

Der mittellose Söldner übernimmt nun eine überraschende Aufgabe: Jakob von Völs überträgt ihm die Verwaltung seiner Liegenschaften und damit der Einkünfte. Ja, seinem »lieben, gnädigen Herrn, Herrn Oswald von Wolkenstein« vertraut er, auf dringliches Bitten, sein gesamtes Gut an, »es sei zinspflichtige Liegenschaft oder Lehen oder Pachtrecht, nichts ausgenommen«; der genannte Herr möge mit dem aufgeführten Besitz verfahren, wie es dessen Vertrauensstellung entspreche und für den Besitzer von Vorteil sei. Auch dies besiegelt in einem ausführlichen Schriftsatz.

Ein sechsmal so langes Dokument wird ein halbes Jahr später in Brixen ausgefertigt in einer Familienangelegenheit: Die Söhne garantieren Mutter Katharina, der Witwe, eine Rente (»Wittibliche Enntrichtung«) in Höhe von hundert Mark (Berner Währung, Meraner Münzung).

Die Rente wird allerdings nicht in bar ausgezahlt, vielmehr werden, und dies seitenlang, die Liegenschaften aufgelistet, deren Einkünfte addiert werden. »Item … item … item … item … item …« Da werden von einem Pächter zwanzig Eier, von einem anderen deren dreißig eingefordert, mal sind es soundsoviele Hühner, mal soundsoviel Scheffel Weizen, mal soundsoviel Star Roggen. Und wieder und weiter: mal soundsoviel Scheffel Gerste, mal soundsoviel Star Weizen, mal soundsoviel Scheffel Roggen, soundsoviel Star Gerste … und ein Kitz, ein Lamm, vier Hühner … mal neunundzwanzig Kreuzer, mal eine Schüssel Schmalz für sechs Kreuzer … und ein Schaf, ein Kitz, ein Lamm … ein Schaf, ein Kitz, ein Lamm … ein Schaf, ein Kitz, ein Lamm …

Was Mutter Katharina bis ins kleinste Detail festlegen ließ, das wurde in einer rechtsgültigen Bestätigung (»ain Ausrichtung«) der Brüder Michael und Leonhard Punkt für Punkt für Punkt (Item, item, item) noch einmal schriftlich festgehalten in jenem offenbar dokumentensüchtigen Zeitalter.

So wird doppelt gemoppelt zusammengestoppelt, was an Pachteinnahmen aufgelisteter Bauernhöfe akkumuliert werden muss zum gewünschten, zum geforderten Gesamtbetrag. Dafür wird man einen guten Verwalter gebraucht haben! Oder übernahmen das die Brüder selbst? Das wären zu jener Zeit Michael und Leonhard gewesen; bei Vertragsabschluss mussten sie ihren Bruder Oswald jedoch vertreten, der »dieczeit bey dem land nicht was«.

Ja, wo war er denn?! Oswald war schon wieder, Richtung Preußen, unterwegs zu einem weiteren Feldzug.

Eine Gruppe von Kampfreitern (mit Tross) wochenlang unterwegs zwischen Tirol und Preußen: reichlich Gelegenheit zu Gesprächen, Unterhaltungen. Thema eins dürfte Priorität gehabt haben.

Wie sprach man zu Oswalds Zeit von erotischen, von sexuellen Abenteuern? Auch hier darf ich nicht fingieren, mich über die Zeitdistanz hinwegmogelnd, und so zitiere ich aus dem umfangreichen Roman eines Katalanen, der (um 1410 geboren) fünfunddreißig Jahre lang Oswalds Zeitgenosse sein wird: Joanot Martorell, *Der Roman vom Weißen Ritter Tirant lo Blanc.*

»Unzählige Küsse ... Mieder aufnestelte ... Lippen auf die Brüste presste ... gründlich abgeküsst ... wollte mit der Hand unter den Rock fahren, um dort nach Flöhen zu suchen ... sie wollte das nicht zulassen ... doch sie wand ihre Arme um den Nacken wie Weinranken um einen Baumstamm ... allerlei zärtliche Berührungen ... lag auf dem Bett ... blank aufschimmernde Beine ... stöhnte wiederholt: ›Ach Herr, wie weh Ihr mir tut! Habt doch ein bisschen Mitleid mit mir.‹ ... ›Wozu dieses Geschrei? Wisst Ihr nicht, dass die Wände oftmals Ohren haben?‹ Da packte sie das Laken, stopfte sich einen Zipfel in den Mund und biss fest die Zähne zusammen, um nicht zu schreien. Aber sie hielt es nicht aus, und schon nach einer kleinen Weile stieß sie aufs neue einen Schrei aus …«

Zum Stichwort Frauen, mit Sicherheit, das Stichwort Kampf. Da wurde sicherlich mit Zweikämpfen renommiert, kaum hingegen mit der Teilnahme an Gruppenkämpfen, womöglich an Feldschlachten. Wieder Zitat-Angebote.

»Gingen aufeinander los, als wären sie von der Tollwut befallen … versetzte seinem Gegner einen Hieb aufs Ohr, dass es herabfiel auf die Schulter und fast das Hirn aus dem Schädel gequollen wäre … blitzschnell stieß er wieder zu, so dass der Stahl das Fleisch bis zum Knochen durchdrang … dass bei jedem Hieb oder Stoß, den sie einander versetzten, Blut hervorschoss … als er sah, dass der andere viel Blut verlor, tat er rasch das Schwert in die Zügelhand, zückte die Streitaxt und fing an, heftige Überraschungshiebe damit auszuteilen … deckte ihn mit so lebensgefährlichen Hieben ein, dass die Fetzen flogen, und wo auch immer er ihn traf, an den Unterarmschienen oder den Oberarmschienen, überall wurde das Blech in Stücke zerhackt, denn wahrlich, die übelste aller Waffen ist und bleibt die Streitaxt … der eine wie der andere wurde erheblich behindert durch den ständig verrutschenden Helm, der oftmals die Sicht unterbrach, so dass sie wieder und wieder nur aufs Geratewohl um sich schlugen … der letzte Hieb, der ihm verpasst wurde, traf den Kopf derart, dass der zerklumpte Helm ihm den Schädel eindrückte, das Hirn aus den Augen und Ohren quoll und er tot vom Pferd stürzte.« Potentielles Material für Reiseerzählungen …

Erneut »gen Preussen Littwan« reitend, rekapituliert Oswald ein jahrzehntealtes Aktionsmuster: Teilnahme an einem Vernichtungsfeldzug, propagandistisch hochstilisiert zum Kreuzzug. Der Historiker Henri Pirenne schrieb von »Menschenjagden im Winter in Litauen«.

In jenem Zeitraum der Anreise kommt es in Magdeburg zu einer Revolte unterprivilegierter Schichten: Signal für dramatische Veränderungen des Sozialgefüges.

Die Lebensgeschichte des Wolkensteiners kann allerdings nicht begleitet werden durch eine Sozialgeschichte jener Phase des Übergangs vom späten Mittelalter zur frühen Neuzeit. Ich will mich nicht zu einem Crashkurs der Wirtschaftswissenschaft verpflichten, mit Studien über die neue »Handwerker-Aristokratie« oder über Knochenhaueraufstände, ich kann nur pauschal darauf hinweisen, dass Oswald in einer Ära oft dramatischer Veränderungen lebte: Handwerker erhoben sich gegen Stadtadlige, Zünfte gegen Patrizier, Bauern gegen Ritter. Für einen Wolkensteiner besonders spürbare Veränderungen: bäuerliche Pächter und zielstrebige Bürger gewannen an Besitz, an Status. Doch Oswald, so wird sich zeigen, wollte die Veränderungen nicht wahrnehmen, nicht wahrhaben.

Als Autor kann ich nicht die Perspektive der Hauptfigur übernehmen und soziale Veränderungen gleichfalls ausblenden: hier lassen sich später Schlüsse ziehen von biographischer Relevanz. Dennoch: kein Extrakt von wirtschaftswissenschaftlichen, sozialwissenschaftlichen Diskursen, es soll lediglich ein Textsignal gesetzt werden für Vorgänge, die Oswald vielleicht als Fanal, als Menetekel registrieren – und bald darauf wohl ignorieren wird.

Kriegsteilnehmer, die von Westen heranritten, auf die gleiche Route einschwenkend wie die Gruppe mit dem Wolkensteiner, sie könnten von den Vorgängen in Magdeburg berichtet haben. Dabei könnten sie, in der Perspektive ihres sozialen Standes, das Geschehen so darstellen wie der Chronist, den ich gleich zitieren werde. Die Vehemenz, die Radikalität aber, die sich bei der Revolte zeigte, sie lässt erkennen, lässt zumindest ahnen, wie viel Zündstoff sich angesammelt haben muss in den Jahrzehnten zuvor. Nur scheinbar ging es in Magdeburg um einen (weiteren) Wertverlust der Pfennigmünzen, hier müssen vielmehr soziale Faktoren als Brandsätze, ja Brandbeschleuniger gewirkt haben. Ein paradigmatischer Vorgang in einer mehr als ein Jahrhundert langen Phase der Umbrüche, die noch nicht zu durchgreifenden Änderungen führten, zu einer neuen Gesellschaftsordnung. Eine Zeit, in der Tradiertes vielfach überaltert war, Neues aber verfrüht erschien, und damit: gefährdet.

Kurz noch zu den Münzen, um die es vordergründig ging. Der Silberpfennig war ein längst dubioses Zahlungsmittel: geprägtes, nicht immer völlig rundes Silberplättchen von etwa einem halben Gramm Gewicht – mal ein Zehntelgramm schwerer, mal ein Zehntelgramm leichter. Die sehr dünnen Plättchen waren rasch abgeschliffen, die fragilen Ränder bröckelten, und so wurden Pfennige kaum gezählt, eher gewogen. Eine Verschlechterung der Münzprägung war da kaum noch denkbar. Dennoch, hier war die zündende Parole für die Revolte in Magdeburg; soziale Defizite aber waren der Treibsatz für die Vehemenz, die Radikalität, die sich hier dokumentierte.

Ich übernehme Sequenzen aus der (bereits übersetzt vorliegenden) Magdeburger Schöffenchronik.

»Im Jahre 1402 begannen am Freitag, nach dem Tage des Heiligen Kreuzes, im Herbst in dieser Stadt ein großes Unheil und schwere innere Kämpfe. Das ging von den Beckenschlägern und den Schmieden aus, die in St. Jakob Sturm läuten ließen und sich sammelten. Dorthin kamen die Neustädter in einer großen Schar unter einem Banner. Ebenfalls sammelten sich die Fischer und Schiffsleute unten am Ufer. Sie alle zogen mit grässlichem Gebrüll und frevelhaften Gebärden auf den Markt. Dorthin liefen auch die Schuster und Kürschner. Wütend wandten sie sich gegen das Münz- und Wechselhaus, schlugen mit Äxten dagegen, drangen in die Münzwerkstätten und Münzkammern ein und rissen heraus, was darin an Werkzeugen, Geld und Geräten war. Als sie alles restlos ausgeplündert hatten, brachten sie Stroh herbei und brannten das Gebäude nieder. All das geschah wegen der Münze. (...)

Die Menge beschloss dann, das neue Gebäude der Gewandschneider zu stürmen. Sie schoben einen Wagen, auf dem Mulden [Holztröge] und Schaufeln geladen waren, davor und wollten ihn anstecken, unterließen es dann aber, sondern begannen, mit Äxten vorn und hinten auf das Gewandschneider-Gildehaus einzuschlagen, um Kleidung, Geld und alles andere, was sie in den Räumen fanden, zu plündern. (...)

Als das geschehen war, kam jemand in die Menge und behauptete, es seien etwa zweihundert Bewaffnete in den Möllenhof gekommen, um den Reichen zu Hilfe zu eilen. Da zogen alle zum Neuen Markt, aber sie fanden nicht bestätigt, dass dort Bewaffnete eingedrungen seien.

Es fielen ihnen jedoch wieder die Pfennige und die Münze ein, und sie kamen darauf, dass daran die Geistlichen schuld seien. Daher steckten sie zwei Höfe bei St. Paul an, verbrannten und plünderten alles, was darin war. Die Domherren und Pfaffen der anderen Kollegien fürchteten um ihr Leben, wurden flüchtig, entkamen durch den Möllenhof und ließen ihr Hab und Gut im Stich, denn die Stadt war geschlossen, und die Türme waren in der Gewalt der neuen Machthaber. Im ganzen wurden etwa zwanzig Höfe auf dem Neuen Markt ausgeraubt.«

Mitte November 1402 wird die Anwesenheit des Tiroler »Kriegsgastes« in der Marienburg dokumentiert. Im damaligen Preußen war die Festung an der Nogat das Verwaltungs- und Repräsentationszentrum des Deutschen Ordens.

In dieser weitläufigen Anlage wurde Kriegsteilnehmern allerdings keine Unterkunft angeboten, dafür mussten sie selber sorgen. Oswald hatte dort also nur einen Amtstermin, bezeugt durch einen Zahlungsbeleg im Rechnungsbuch des Deutschen Ordens: Erstattung von Herbergskosten für einen »wolkensteyner«. Das kann nur wieder Oswald gewesen sein – im Oktober wie im November dieses Jahres heißt es in Dokumenten, Oswald befinde sich nicht im Lande.

Ausgezahlt wurde ein Schillingsbetrag für die Herberge – also keine größere Summe für die Anreise. Musste Oswald Schulden machen? Von der Familie jedenfalls wird er auch diesmal keine Unterstützung erhalten haben, die war klamm. Noch im Februar hatte Michael von Wolkenstein, auch im Namen seiner Brüder, beim Bischof von Brixen ein Darlehen aufgenommen von 100 Dukaten. (Offenbar reichten ihm die akkumulierten Pachteinnahmen des Familienerbes nicht aus!) Die Kreditvergabe erfolgte zu üblichen Konditionen: Sollte es den Brüdern nicht möglich sein, den Betrag bis zum folgenden Pfingstfest zurückzuzahlen, kann sich der Bischof am Besitz der Familie in entsprechender Höhe schadlos halten.

Wie hoch die Aufwendungen waren für solche Kriegsexkursionen, hatte sich im November des Vorjahres gezeigt. Ekhard von Villanders, damals in Königsberg, hatte sich in einem Brief an einen offenbar befreundeten Bürger in Brixen gewendet mit der Bitte, einen Betrag von 400 Dukaten termingerecht an den Landkomtur des Deutschen Ordens zurückzuzahlen – er, Ekhard, könne nicht rechtzeitig in Bozen sein, er wolle an einem weiteren Feldzug teilnehmen.

In diesem Schreiben verwies der offenbar kriegssüchtige Onkel auf Oswald von Wolkenstein, der sei informiert. Was nur heißen konnte: Falls infolge höherer Gewalt (so würden wir heute sagen) die Rückzahlung nicht termingerecht erfolgen kann, soll Oswald das regeln.

Hier wird wieder einmal deutlich, wie viel Geld für solch ein Unternehmen aufgebracht werden musste – den 400 Dukaten würden heute mindestens 30 000 Euro entsprechen.

Trotz des enormen finanziellen Aufwands: Oswald war erneut im Deutschordensland. Nach dem Debakel in Italien das vorhersehbar nächste Debakel. »Reichlich Sinn für Katastrophen«, wird er später in einem Gedicht über Planeten und Tierkreiszeichen vermerken, sich selbst unter dem Zeichen des Löwen charakterisierend.

Im Winterfeldzug 1402/3 übernahmen Herren von Flandern die Führung. Wie schon immer dominierten Kriegsteilnehmer zwischen 20 und 25, dazu einige Veteranen, die (wie Ekhard) fast routinemäßig an den Vernichtungs-Feldzügen teilnahmen.

Schon drei Jahre zuvor dürfte Oswald klargeworden sein, was da ablief. Dennoch seine erneute Teilnahme an einem Feldzug gegen das »mächtige und überaus halsstarrige und kriegsgeübte Volk« – eine damals kursierende Formulierung.

Dies war, in etwa, die Situation, die Konstellation: Der Ordensstaat Preußen erstreckte sich von der Neumark bis zur Memel; Danzig, Marienburg, Königsberg als wichtige Markierungen; flächenmäßig war das Gebilde etwa so groß wie das heutige Litauen.

Dagegen das damalige Großfürstentum Litauen: Es reichte im Norden fast bis Riga, im Osten beinah bis Moskau, im Süden an einen weiten Küstenabschnitt des Schwarzen Meeres. Zwischen Polen, dem Tatarenreich der Goldenen Horde und den russischen Fürstentümern bedeckte es einen Großteil der heutigen Ukraine. Durch Heiratspolitik angegliedert: das Königreich Polen mit Posen und Warschau, Krakau und Lublin. Auf einer historischen Landkarte ist der Ordensstaat so etwas wie ein erweiterter Brückenkopf neben einem riesigen Flächenstaat. Das nach damaligen Relationen fast unermesslich weite Gebiet des Doppel-Landes konnte von den Leihtruppen des Ordenslandes nicht unterworfen, schon gar nicht besetzt werden, es musste bei militärischen Exkursionen und Expeditionen bleiben.

Dies unter dem Vorzeichen einer hartnäckig aufrecht erhaltenen Lüge: Die Feldzüge als fortgesetzter Kreuzzug gegen die Heiden im Osten. Die Beteiligung an einem der Feldzüge wurde gleichgesetzt mit der Teilnahme an einem Kreuzzug im Heiligen Land, ersatzweise mit einer Pilgerreise dorthin. Ablass lockte, Sündenrabatt. Und: Junge Kämpfer konnten sich im Baltikum bewähren, auszeichnen; der Ritterschlag an der Glaubensfront galt als besonders ehrenvoll.

Ein Gemenge unterschiedlicher Motivationen: Die fixe Idee von der Notwendigkeit des Kampfes gegen ›Heiden‹ in Litauen … Abenteuerlust … Kampfsport unter realen Bedingungen … Auswirkungen der Propaganda des Deutschen Ordens … Ein für Zeitgenossen schwer durchschaubares Gemisch von Versprechungen, Vortäuschungen, Fälschungen. Wortwörtlich wie metaphorisch: Kampfteilnehmer wurden aufs Eis gelockt.

Die alljährlich aufgefrischte Hauptlüge: In Litauen werden die letzten Heiden Europas bekämpft. Jedoch: Seit sich Litauen mit Polen liiert hatte, 1385, wurde das Großfürstentum von der nominell christlichen Regierung missioniert; die Hauptstadt Wilna war Zentrum der Diözese. Nowak: »Damit verlor der Deutsche Orden als Kreuzzugsorden für seinen weiteren Aufenthalt an der Ostsee die theoretische Legitimation. Doch er ignorierte die Tatsache der Christianisierung Litauens und führte weiter gegen dieses

Land Kreuzzüge.« Der Historiker bezeichnet das Ordensland als »rechtlich und ideologisch anachronistisches Staatsgebilde«.

Es kam so weit, dass der Vatikan dem Orden die Legitimation für die Feldzüge entzog: Litauen wurde als christliches Land anerkannt. Dennoch machte man weiter wie seit Jahrzehnten – woher sollte der Ordensstaat sonst auch die Legitimation nehmen für seinen Fortbestand? Man wollte den Anschein vermeiden, es sei mittlerweile ein Land wie andere Länder: Erst auf Expansion bedacht, dann auf Sicherung, auf Wahrung des Status quo. Also weitere Feldzüge. Heute würde man sagen: Damit fand fortgesetzte Völkerrechtsverletzung statt.

Die Litauenfeldzüge nicht nur als auslaufendes, sondern als längst überholtes Modell. Die Zahl der freiwillig anreisenden »Kriegsgäste« nahm deutlich ab. Sicherlich wurde die Gesamtlage Thema von Gesprächen, von Erörterungen in der langen Wartephase bis zum Beginn des neuen Jahres. War sich, wurde sich auch Oswald der Entwicklung bewusst? Blieb ihm der Kontext der Aktionen gleichgültig? Glaubte er der klerikalen Propaganda? Wollte er mal wieder einen Auftritt haben auf dem Kriegs-Schauplatz?

Das könnte in seinem Fall wörtlich genommen werden. Im späteren Inventar der Burg Hauenstein werden mit aufgelistet: eine Trompete und Pauken. Für einen Liedermacher, Liedersänger höchst verwunderliche Instrumente – weder begleitete man sich singend mit Paukenwirbeln, noch setzte man Akzente mit Fanfarenstößen, etwa zwischen Strophen.

Der *Ricercar-Leitfaden durch die historischen Instrumente*: »Die Verwendung der Trompete war an die Militärmusik gebunden.« Und zum zweiten Stichwort: Die Trompeten wurden begleitet von Pauken. Die Schlägel bestanden aus Holz, das verschärfte den Klang. Pauken hingen damals, wie heute bei Militärorchestern noch weithin üblich, rechts und links vor den Knien des schlägelschwingenden Reiters.

Dies ist vielfach bezeugt: Trompeten waren »felt trumeten« und Pauken wurden gespielt, wenn man »in dz felt zeucht«. Walter Salmen, resümierend, wenn auch mit Blick auf das 16. Jahrhundert: »Trompeten waren nur im Krieg, bei der Reiterei oder bei noblen

Festen erlaubt.« Auch Pauken galten als charakteristische Instrumente der Feldmusik, »die darauf abzielte, mittels lauter, rauer und rasch aufeinanderfolgender Töne den Zorn und die Streitlust zu wecken«. Feldmusik als »Anfeuerungs- und Abschreckungsmittel«.

In der damaligen Militärmusik waren Aufgaben wie Instrumente klar verteilt: für Fußtruppen spielten Pfeifer und Trommler auf, für Reitertrupps Trompeter und Paukisten. Wir können also ausgrenzen: Oswald ritt nicht vor einer gemischten Truppe einher, Pauken rührend, einige Naturtöne auf der ventillosen Trompete blasend, vielmehr: Die Reiter, die ihm in Litauen folgten, es waren junge, standes- oder statusbewusste Männer, die sich eine Kriegsexkursion finanziell leisten konnten. Pauken gaben hingegen nicht den Takt vor für Bewegung im Gleichschritt, das war bei einem Reitertrupp ohnehin nicht möglich, wäre in litauischer Wildnis auch absurd gewesen – mit Paukenschlägen sollten Gegner eingeschüchtert, mit Trompetenstößen sollte der Kampfgeist der eigenen Truppe stimuliert werden.

Sobald es zu einem Scharmützel, einem Gefecht kam – deponierte Oswald irgendwo die Trompete, schnallte die Doppelpauke los, schwenkte das Helmvisier herab, griff zum Schwert, ließ sich mitreißen von einer Attacke? Es wäre technisch schwer realisierbar, dass ein voll in Metall verschalter Kampfreiter einen militärmusikalischen Beitrag leistet. Schon römische Ikonographik zeigt: Ein Hornbläser der römischen Armee zieht in lockerem Textil vor Schwerbewaffneten einher – der Musiker wird abschwenken, sobald der Kampf beginnt, wird vorpreschenden Kombattanten akustisch die Rücken stärken. So stelle ich mir das jedenfalls vor, im Spielraum der Wahrscheinlichkeit.

Ja, ich beginne, mich an das Bild zu gewöhnen: Oswald von Wolkenstein hoch zu Ross, die Doppelpauke schlagend mit (holzharten) Schlägeln, zwischendurch die (eng mensurierte) Trompete ansetzend.

So mächtig der Wolkensteiner auch gedröhnt und getönt haben mag, er löste bei den Litauern keine Fluchtbewegungen aus. Der Feldzug endete sang- und klanglos im Februar 1403.

Rückkehr nach Tirol. An das Erbteil, das Oswald zustand, kam er noch immer nicht heran, Michael hielt die gepanzerte Faust drauf.

Mai 1403, offenbar recht bald nach der Heimkehr, besiegelt Oswald von Wolkenstein einen Pachtvertrag zwischen Hochwürden, dem Fürsten, dem gnädigen Herrn, dem Bischof Ulrich zu Brixen, und Hermann dem Esel (»Ich Herman der Esel vergih offenlich mit dem brief ...«). Betreff: Verpachtung einer Eisengrube – »Eysen Ertz gelegn in Velacher Alben«. Eine bischöfliche Exklave auf slowenischem Gebiet. Setzte die Besiegelung eine Dienstreise Oswalds in Richtung Jesenice voraus?

Als Möglichkeit auch dies: Oswald blieb erst mal in Tirol. Und er fand, eventuell, Unterschlupf in Brixen, in einem der Stadthäuser des Clans, oder, ersatzweise, in Wolkenstein, in der ›Pueblofestung‹ der Stevia-Wand. Und dort, und dann? Auf die Jagd gegangen? Liedtexte gedichtet? Zu romantisch, um wahr zu scheinen ...!

Bleibt als krudes Faktum: Februar 1404 musste Oswald ein Darlehen aufnehmen beim Bischof von Brixen – immerhin 45 Mark. Für solch einen Betrag konnte man seinerzeit zwei, drei Bauernhöfe samt Ländereien kaufen oder zwei Häuser in Brixen, in zentraler Lage.

So wird wieder einmal seine (auch) finanziell prekäre Lage präsent – drei Jahre nach Friedrichs Tod! Eigenwillig, eigenmächtig behielt sich Michael die Verwaltung des Gesamterbes vor, und das hieß konkret: er zog den gesamten Pachtzins ein. Da wurde nichts auf Seite gelegt oder gutgeschrieben. Ich nehme an, es wird zu lautstarken Auseinandersetzungen unter den Brüdern gekommen sein, doch Michael blieb hartnäckig. Er wahrte seine Position als Padre padrone.

Krach im Hause Wolkenstein und damit: Vermittlung der Atmosphäre, in der Oswald zeitweilig lebte, im sogenannten Familienkreis.

Mutter Katharina stand, verbrieft, die Witwenrente zu von

100 Mark jährlich. Dieser Betrag sollte anteilmäßig flüssiggemacht werden aus der Gesamterbschaft, die ihr Mann hinterlassen hatte. Michael aber kassierte auch die Einkünfte, die der Mutter zustanden.

Die Übermittlung der Rente war allerdings, wie bereits angedeutet, nur mühsam zu koordinieren, mühselig zu realisieren, es musste ständig gerechnet werden, um den Nominalwert zu erreichen – irgendwo fehlt wohl doch mal ein Schaf oder Eier treffen nicht in vereinbarter Zahl ein, der Eierpreis schwankt womöglich, und die Schafe, ja, wie hoch mag ihr jeweiliger Marktwert sein?

Übliche Schwierigkeiten; die konnte man respektieren, musste sie aber nicht akzeptieren. So erhob Mutter Katharina beim landesfürstlichen Gericht Klage gegen Sohn Michael. Unter dem formellen Vorsitz von Herzog Friedrich erfolgte der Schiedsspruch: Michael soll der Mutter jährlich die hundert Mark zukommen lassen, dazu zehn Mark »für ihre Morgengabe«; insgesamt also soll er ihr »aus seinem und seiner Brüder Besitz hundertundzehn Mark Berner« auszahlen.

Die Grazer Regeste zum Innsbrucker Urteilsspruch vom 8. Juli 1404: »Ausstehende Schulden an Katharina sollen unverzüglich beglichen, Tafelsilber und Schmuckstücke, die ihr zustehen, sollen ihr ausgehändigt werden. Die Nichteinhaltung des Schiedsspruchs wird mit 100 Mark Bußgeld belegt.« Bei einem so hartgesottenen Kontrahenten wie Michael musste die Strafandrohung in der Tat massiv sein. Hier war sie allerdings extrem hoch.

Mit Rechtsmitteln war ihm freilich kaum beizukommen – Mutter Katharina wird noch etliche Jahre auf ihren Forderungen beharren müssen. Und Oswald wird sich gezwungen sehen, zur Selbsthilfe zu greifen, um seinen Erbanspruch endlich mal durchzusetzen, gemeinsam mit dem jüngeren Bruder.

Über die Aktion, die wahrscheinlich zwischen 1404 und 1406 erfolgte, gibt es ein Gedächtnisprotokoll des Bartholomäus von Gufidaun. Es wurde allerdings erst 1430 verfasst – die Angelegenheit war nach etwa einem Vierteljahrhundert also noch immer nicht ad acta gelegt! Ich übersetze das wichtige und bezeichnende Dokument.

»Ich, Bartholomäus von Gufidaun, Ritter, bekunde vor aller Welt mit diesem Schriftsatz, was mir wahrheitsgemäß bekannt ist: Nämlich, was sich vor etlichen Jahren ereignet hat, als der wohlgeborene Ritter, Herr Michael von Wolkenstein, nicht zu Hause war. Damals wollte eines Tages die Gemahlin des Herrn Michael nach Meran reiten; als sie bei Blumau war, da erst fiel ihr ein, dass sie ein Kästchen, in dem Herrn Michaels und ihr Bargeld und die Kleinodien waren, nicht gründlich verschlossen, sondern vor ihrem Ausritt in einem Erker vergessen hatte. So schickte sie einen Knecht zurück und ließ ausrichten, falls Herr Michael früher zurückkehre als sie, so möge er das Kästchen an sich nehmen. Inzwischen hatten Oswald und Leonhard, die Brüder des oben genannten Herrn Michael, das Kästchen entdeckt, und sie ließen an einem Seilwindenstrick einen Knecht namens Schöberlin von oben herab und befahlen ihm, dass er ihnen das Kästchen mit heraufbringe. Dies tat er auch, wie er es später selbst ausgesagt und zu Protokoll gegeben hat.

Nun hatte Oswald gegenüber Herrn Michael erklärt, wenn er ihm eine Gegenleistung erbringe, so wolle er ihm vollständige Auskunft darüber geben, wie es mit den Kleinodien bestellt sei; und er bezichtigte die Frau des Herrn Michael, sie habe die Kleinodien mit ihrem Liebhaber auf liederliche Weise durchgebracht. Was aber nicht der Wahrheit entsprach, denn kein Mensch hat von ihr je anderes gehört oder gesehen, als was sich einer anständigen, ehrbaren Edelfrau schickt.

Nun fand Herr Michael bei einem Goldschmied etliche Ringe und erkundigte sich, wer sie ihm gegeben habe. Darauf antwortete der Goldschmied, sein Bruder Leonhard habe sie ihm zur Umarbeitung gegeben, er solle andere Ringe aus ihnen machen. Daraufhin stellte Herr Michael den Leonhard zur Rede, der leugnete es ab. Sobald aber Herr Michael den wahren Tatbestand erfuhr, war er seiner Frau gegenüber weniger aufgebracht, denn wahrhaftig, wäre sie daheim gewesen, er hätte sie aufgrund von Oswalds Aussage getötet.

Kurze Zeit darauf ritt Herr Michael in einer Landtagsangelegenheit nach Österreich, und als er zurückkehrte, stellte er fest, dass

Oswald an seiner Stelle alle seine Einkünfte vereinnahmte, und wer sie ihm nicht freiwillig gab, der wurde misshandelt und verletzt. Wegen dieser und auch anderer Angelegenheiten gerieten sie aneinander, und Herr Michael verletzte den Oswald lebensgefährlich, nahm ihn fest, zwang ihn, ihm zu zeigen, wo die Kleinodien seien. Das tat er auch.

Nun wollte sie Herr Michael nicht selbst übernehmen, und so forderte er mich auf, ich solle dabei sein, wie das auch der gnädige Herr Leopold seligen Angedenkens verfügt hatte. Ich tat das auch, machte Nikolaus von Rost zu meinem Begleiter und ritt nach Wolkenstein. Dort führte uns Oswald in einen Keller, er hatte dort das Geld und die Kleinodien in einem Fassuntersatz versteckt. Und er gab mir jedes Stück einzeln in die Hand. Als ich fragte, wo sonst noch etwas vom Geld und von den Kleinodien sei, gab er zur Antwort, das sei nicht alles; sein Bruder Leonhard hat die Hälfte an sich genommen. Nun gab ich sie ihm zurück.

Danach appellierten wir im Auftrag meines gnädigen Herrn, des Herzogs Leopold, an ein Schiedsgericht gerichtsfähiger Personen; Obmann war der selige Herr Ulrich von Säben. Als Urteilsfinder nahm sich Herr Michael den seligen Peter von Spaur, mich, Bartholomäus von Gufidaun, und den seligen Hans von Wolkenstein; Oswald nahm sich die seligen Herren Leonhard Löwenberg, Christian Fuchs und Hans Egger. Sie sprachen obengenanntem Herrn Michael sein Geld und die Kleinodien wieder zu. Oswald von Wolkenstein gab ihm denn auch in unserer und in der Gegenwart anderer gerichtsfähiger Leute, von denen viele gegenwärtig noch leben, die Kleinodien und die Gelder, die oben erwähnt wurden, heraus, musste dann aufstehen und die Ehre der allgemein geachteten Frau wiederherstellen und seine Anschuldigungen zurücknehmen. Dass dies den Tatsachen entspricht, das erkläre ich bei meiner Ehre an Eides statt und habe als Zeugnis dessen mein Siegel an diese Urkunde gehängt.

Und auch ich, Nikolaus von Rost, erkläre bei meiner Ehre und ebenfalls an Eides statt, dass ich mit dabei gewesen bin, als der obengenannte Herr Bartholomäus von Gufidaun nach Wolkenstein ritt und Herr Oswald von Wolkenstein die erwähnten Kleinodien und das Geld aus dem Fassuntersatz zog und sie Herrn Bartholomäus zeigte. Zum Zeugnis dessen habe ich mein eigenes Siegel an diese Urkunde gehängt.«

Es liegt nah, allzu nah, aus diesem Vorgang Rückschlüsse zu ziehen auf Oswalds Charakter: Raffgier, ohne Rücksicht auf familiäre Bindungen. Charakter aber lässt sich nur definieren in Relation zur jeweiligen Gesellschaft.

Anton Schwob schreibt, Streit um Kleinodien sei im Mittelalter »nicht gerade selten« gewesen; er verweist auf entsprechende Streitfälle unter den Habsburgern. Vor allem bei Erbstreitigkeiten war es beinah üblich, sich durch Diebstahl, durch Raub von Kleinodien zu »entschädigen«. So meint Schwob, Oswalds Tat sei »nicht als Raub, oder, was zu seiner Zeit noch schlimmer wäre, als Diebstahl anzusehen, sondern als ein Versuch, sich seinen Anteil am väterlichen Erbe zu erzwingen«.

Das Recht war damals noch nicht Domäne des Staates – der bestand in unserer Form noch nicht. Es gab für einen Adligen zwar die Schiedsgerichte von Standesgenossen, aber vielfach kam man nur zu seinem Recht, wenn man ›auf eigene Faust‹ vorging. Es gibt in diesem Gedächtnisprotokoll eine Formulierung, die andeuten könnte, dass Oswald ein taktisches Manöver durchgeführt hat: »Nun hatte der Oswald gegenüber Herrn Michael erklärt, wenn er ihm eine Gegenleistung erbringe, so wolle er ihm vollständige Auskunft darüber geben, wie es mit den Kleinodien bestellt sei.« Könnte damit gemeint sein: Sobald die Erbteilung durchgeführt ist, erhältst du die Kleinodien zurück?

Allerdings ist da ein Punkt, der bei einer so entgegenkommenden Auslegung stört: Dass Leonhard (doch wohl mit Oswalds Zustimmung) einen Teil der geraubten Ringe dem Goldschmied überbracht hat, zum Umarbeiten – er wollte die Beute also behalten. Oswald freilich hatte die Kleinodien nicht weggegeben, hatte sie versteckt – auf Widerruf? Der Diebstahl als rechts-taktisches Manöver: solch eine Interpretation trifft also nur teilweise zu. Bei allen Faustrecht-Gewohnheiten seiner Zeit: Oswald hat sich seiner Schwägerin gegenüber schäbig verhalten.

Erstaunlich, wie sehr Michael – zumindest im ersten Moment –

der Schutzbehauptung seines Bruders geglaubt hatte: Wäre seine Frau zu diesem Zeitpunkt auf der Trostburg gewesen, er hätte sie sofort getötet – der Gufidauner sagt es deutlich genug. Das wird keine Übertreibung gewesen sein, er kannte seine Wolkensteiner. Die Umgangsformen waren zu jener Zeit im Allgemeinen ohnehin sehr direkt, sehr hart; beim Wolkenstein-Clan kamen indes ein paar Erbanlagen, Temperamentfaktoren hinzu.

Zur zweiten Aktion Oswalds: Einziehen der Pachtzahlungen bei Michaels Bauern. Bartholomäus deutet an, mit welchen Methoden Oswald dabei vorging – freiwillig lieferten ihm die Bauern weder Naturalien noch Geld aus! So könnte Oswald mit ein paar Knechten bei Pächtern erschienen sein, und wenn man nicht bereit war, ihm auszuhändigen, was Michael zustand, so wurde Gewalt angedroht, angewendet.

Versuchte Oswald auch auf diese Weise, ›an sein Recht zu kommen‹? Sagte er sich: Was ich hier einziehe, zwangsweise, das steht mir ohnehin zu; Michael enthält mir schließlich meinen Besitz, somit meine Einnahmen vor?

Oswalds bisherige Bemühungen, an Geld zu kommen, waren gescheitert: Die Teilnahme an drei Feldzügen hatte offenbar nichts eingebracht, weder Ehrensold noch Beutegold – ein Oswald also mit der leeren Tasche? Und es war diese Zwangslage (vor allem von Michael verursacht), die zum Kleinodien-Diebstahl, zur Beraubung von Pächtern des älteren Bruders führte?

In Michael hatte Oswald einen starken Widerpart gefunden. Als der Ältere hatte er das Sagen in der Familie, sein gesellschaftlicher Rang war hoch, seine Macht erheblich: von 1406 bis 1411 war er Burggraf auf Tirol, der Burg bei Meran. Das hieß: Michael war der erste Beamte, war Stellvertreter des Landesfürsten, repräsentierte richterliche und polizeiliche Autorität, war nebenbei zuständig für den Schutz der Gewerbetreibenden, für die Aufrechterhaltung der Stadtordnung, der Marktordnung.

Oswald hat ein Dialoglied geschrieben, in dem ein junger Adliger und ein saturierter Bürger »disputieren«: Kl 25. Ein Genre, das im Mittelalter beliebt war: zahlreich die Streitlieder, Disputgedichte, etwa zwischen Leib und Seele, zwischen Lerche und Nachtigall, zwischen Ritter und Pfaffe, zwischen Herbst und Frühling, zwischen Liebe und Welt. Hier nun hat Oswald ein sehr beliebtes, ja das dominierende Thema solcher Auseinandersetzungen übernommen: Wer bei Frauen mehr Erfolg oder Aussicht auf Erfolg hat. Wer hier ein klares Eins-zu-Null für den Adligen erwartet, der wird von Oswald wieder einmal überrascht.

Bevor ich den Text (wie immer in meiner Übertragung) vorstelle, muss ich, mich wiederholend, betonen: Ob Oswald den Liedtext in diesem Zeitraum verfasst hat oder nicht, das muss offenbleiben. Später wird die Koordinierung von Lebenslauf und Liedtexten leichter werden, hier aber gibt es nur *einen* Grund für die Platzierung: Das Streitgedicht passt in den Kontext. Ein armer, jedoch lebenslustiger Junker als Kontrahent eines reichen, jedoch bornierten Bürgers – eine satirisch getönte Kontroverse mit überraschendem Ausgang.

Ein Edelmann, ein Bürger,
die wollten tisputiern;
zur Schlichtung wählten sie
eine alte Kupplerin.
Wer von beiden mehr
den Mädchen imponiert:
das Thema ihres Streits.
  Der Junker sprach als Erster:
»Ich bin ein kühner Jüngling,
gelockt und blond das Haar,
mein Kranz darauf ist grün,
trag ihn das ganze Jahr.
Sehr schön ist mein Gesang,
ich rufe froh: Juchhei!
Muss ich da nicht den Mädchen
weit mehr als du gefallen?«

»Ich bin ein kluger Bürger,
im Lebensstil dezent,
mit leisen, süßen Worten
erziel ich reichlich Liebe.
Hab einen schweren Sack,
der ist mit Geld gefüllt,
daran lass ich sie fingern,
das haben Frauen gern.
Fragt nur die alte Kuh
geradheraus und knapp.«
»Ich sag, bei meiner Ehre,
der Bürger hat ganz recht.
Ich habe lang verkuppelt
in Brixen und Umgebung,
manch Fässlein ausgesüffelt,
ich weiß schon, wie es läuft.«

»Ich bin nicht sehr brillant,
nur klein ist meine Barschaft,
dafür besitz ich Schönheit, Adel –
du alte Tittentante!
Das steigert meine Chancen.
Ich bin oft ganz erschlagen
vom Reiten und vom Tanzen
auf vielen grünen Wiesen.«
»Beim Werben zeig Niveau –
so lautet mein Prinzip.
Im Sattel sitz ich selten,
steh umso besser da
an Gut wie an Statur
als Sie – Sie Springinsfeld!
Empfehle mich den Damen
durch Gaben, die was kosten.«
»Die wohlgeborne Dame –
auf so was gibt sie nichts!
Ihr geht weit mehr zu Herzen:

Mir zuzuschauen, hochgestimmt,
wie ich in kühnem Sprung
den Graben überwinde.
Sie wird mich sicherlich erhören,
wenn ich mein Brieflein schick.«
»Da muss ich aber lachen!«
so rief die Schiedsmännin,
»Was soll das schon viel heißen?!
Bloß Liebe: bringt nichts ein!
Ich war mal reingefallen
auf einen feinen Junker –
da sprang für mich nichts raus
als nur ein Schluck Gesöff.«

»Herr Junker, zieht Euch warm an!
Zwei Runden sind verloren;
verspielt Ihr auch die dritte,
so haltet Euch an *die*.
Im Schleichschritt fang ich Mädchen,
die Ihr im Lauf nicht kriegt!
Ihr seid kein Konkurrent,
Euch fehlt die rechte Weihe!«
»Das ginge mit dem Teufel zu,
wenn ich nicht christlich wäre!
Der Pfarrer ist mein Zeuge,
der mich durch Taufe schützte.
Auch zahlt es sich weit mehr
bei jungen Damen aus,
dass ich die Lanze führe
bei ritterlichem Stechen.«
»Turniere, Lanzenstechen,
das ist mir völlig fremd.
Ich hab nen dicken Sack,
in den stoß ich die Hand,
Gold, Silber, Edelsteine
hol ich dort reichlich raus

und reiche es den Damen –
das spricht sie eher an!«
»Das stimmt«, rief da die Alte,
»bloß so kriegt man das hin.
Nur Silber oder Gold
verschafft die wahre Liebe.
Viel lieber nähm ich hin,
dass ich gevierteilt würde,
eh ich vermitteln täte,
wenn es den Junker juckt!«

»Dass ich verloren habe,
du altes, mieses Stück,
das nehme ich dir krumm!
Ich hau dir in die Fresse,
dass du ein Dutzend Zähne
sehr unschön von dir gibst!
Der Teufel soll dich holen –
hier meine Faust als Pfand!«
»Ich Bürger lös den Riemen
von einem dicken Sack –
hier nimm denn, liebe Diemut,
fünf Pfund als Schmerzensgeld.
Kauf Hühner, Eier, Würste,
dazu noch edlen Wein.
Und wenn dich wieder dürstet,
schau einfach bei mir rein.«
»Der Lohn, der wird mir sauer,
mir fehlen jetzt die Zähne –
den Junker treff der Blitz,
weil er sie ausgeschlagen.
Ich muss in Zukunft hungern,
kauft Ihr nicht eine Kuh,
damit ich sie denn melke,
zum Mus am frühen Morgen.«
»Ich kauf dir Kälber, Kühe,

und was du sonst noch brauchst,
weil ich den blonden Junker
nun ausgestochen habe.
Ich weiß ein hübsches Dirnchen
dort oben an der Ecke –
die mache mir gefügig,
dann kriegst du Würste, Wecken.«

Der Streit hat sich gelegt.
Ds Beste kommt zum Schluss:
Wer alte Fraun behaust,
hat ganz spezielle Gäste.
Die Vetteln wie die Enten
gehörn in einen See –
das ist wohl völlig klar!
Kein Viehzeug schnattert *mehr*!

Die hier miteinander streiten, sind Klischeefiguren: der affige Ritter und der eitle Bürger – Oswald schreibt »hofman« und »burger«. Der »hofman« ist aber nicht einfach ein Mann des Hofes, ein Höfling, er ist Adliger, ist Ritter. In diesem Streit gibt er keine gute Figur ab, der arrogante Luftikus.

Noch entschiedener durchbricht Oswald das literarische Muster des Ständestreits: Nicht der Adlige gewinnt den Wettstreit, wie es Oswalds adlige Zuhörer gewiss erwarteten, Sieger bleibt der Bürger. Kein Wunder, werden sich Oswalds Zuhörer gesagt haben: Nicht Hofdamen entscheiden hier, sondern eine alte Kupplerin, eine Figur außerhalb der ständischen Trias-Ordnung von arbeitenden Bauern, kämpfenden Rittern, betenden Geistlichen.

Oswald sieht zwar, dass nichtadlige Schichten an ökonomischer und damit an gesellschaftlicher Bedeutung gewinnen, aber damit kann er nicht einverstanden sein, also wendet er sich zum Schluss direkt an sein Publikum, verurteilt das Weibsbild, das im Streit entschieden hat, sagt damit: Eigentlich hätte, bei gerechter Beurteilung, der Ritter siegen müssen. Insofern ist, von der Schlusswendung her, auch dieser Text restaurativ.

In der Darstellung werden die klaren Konturen allerdings überspielt. Dem fast schon spinnert wirkenden Jungritter fällt nach seiner Schlappe nichts Besseres ein, als der alten Frau ein paar Zähne auszuschlagen – ein wahrhaftig schlagendes Argument. Mit diesem Fausthieb hat der Heißsporn bei der Kupplerin wie beim Bürgersmann verspielt. Als wäre er überhaupt nicht mehr vorhanden, kommen sie geschäftlich zur Sache: Fleisch- und Backwaren gegen Mädchenfleisch.

Der Dichter von Liedtexten hatte nichts zu lachen – der Streit mit Michael eskalierte und hätte Oswald fast das Leben gekostet: ein Zwischenfall, auf den er später anspielen wird. Genau zu datieren ist der Vorfall nicht, dürfte sich aber im Zeitraum der Konfiskation jenes Schmuckkästchens ereignet haben.

Nach späteren Aussagen des Dieners Hans Kraft war Folgendes geschehen: In einem der größeren Bauernhäuser bei Kastelruth, dem Hof des Hans Lächler, traf sich Oswald mit einigen der nominell zinspflichtigen Bauern. Möglicherweise spielte bei der Wahl des Treffpunkts mit, dass Hans Lächler in jenem Zeitraum als Landrichter fungierte, in Kastelruth. Suchte Oswald also Rechtsbeistand, zumindest Rechtsberatung?

Michael erfuhr vom Treffen und drehte durch! Er betrachtete auch diesen Hof als seinen Besitz – und nun so etwas wie Hausfriedensbruch?! Dass der jüngere Bruder sich im Haus des Landrichters mit Bauern der Umgebung traf, war für ihn offenbar ein Akt der Konspiration. Er ritt zum Hof, drang, sicherlich mörderisch brüllend, mit blankgezognem Schwert in die Bauernstube ein. Hier hätte er sofort sehen müssen, dass eher rekreiert als konspiriert wurde – Oswald saß in einem »Badehemd« am Tisch, und der war gewiss nicht leer. Lockeres, vielleicht sehr lockeres Gespräch nach dem Bad? Doch nun raste der notorisch jähzornige, offenbar blindwütige Michael herein, fragte nicht lange, rammte dem sichtlich Wehrlosen das Schwert in den Leib – »die halbe Länge«, wie Oswald später konstatieren wird.

Die halbe Schwertlänge? Da wäre die Schwertspitze an der anderen Körperseite fast wieder herausgekommen …! Doch selbst, wenn das Schwert ›nur‹ eine Spanne, ›nur‹ fingertief in den Körper eingedrungen wäre – man musste eine robuste Natur und viel Glück haben, um eine derartige Verwundung zu überstehen, beim damaligen Stand der Heilkunde.

Vielleicht hat Oswald, wie damals wohl üblich, den Wundsegen vor sich hin gesprochen, der – mehr als zufällig – im Anhang eines seiner (späteren) Geschäftsbücher notiert ist.

»Das Wasser möge Heilkraft haben wie der heilige Jordan, in dem Gott selbst getauft wurde. (Kreuzzeichen) Im Namen des Vaters, des Sohnes und des Heiligen Geistes, Amen. (Kreuzzeichen)

Ich segne dich heute, du böse Wunde, mit den rechten Zeichen, (Kreuzzeichen) dass du dein Schwären und dein Schwellen und dein Tropfen und dein Fließen und dein Faulen und dein Säuern und dein Stinken und dein Quälen und alle Schrecknis aufgibst. Seien es Fliegen, Würmer oder Spinnen oder sonstige Plagen: was den Wunden schädlich ist, das möge abgestorben sein mit diesen Worten, die ich soeben ausgesprochen habe, dazu verhelfe der wahre Gott. Das ist wahr, in Gottes Namen, Amen. (Kreuzzeichen, Paternoster, Ave-Maria)

Du geheiligter Gott, Jesus Christus: Deine heiligen Wunden, sie schwären nicht und schwellen nicht, sie tropfen nicht und fließen nicht und faulen nicht und säuern nicht, sie machen nicht wehrlos, sie verunstalten nicht, kein Unheil hat sie verschlimmert. (Kreuzzeichen) Also geschehe mit der Wunde, die ich soeben hier gesegnet habe, mit Hilfe des wahren Gottes. Das ist wahr, in Gottes Namen, Amen. (Kreuzzeichen, Paternoster, Ave-Maria)

Die geheiligten Wunden unseres lieben Herrn Jesus Christus, sie heilten rasch und für immer, und zwar gründlich. Kein Unheil hat sie verschlimmert. So möge es mit der Wunde sein, die ich hier besegnet habe mit der Hilfe des wahren Gottes. Das ist wahr, in Gottes Namen, Amen. (Kreuzzeichen, Paternoster, Ave-Maria, Kreuzzeichen)«

Zum Schluss eine Anweisung: »Diesen Segen soll man dreimal sprechen und soll frisches Quellwasser dabei anwenden.«

Wie auch immer sich die Ereignisse koordinieren, synchronisieren lassen – dokumentiert ist, dass Oswald im Februar 1406 ein Bauerngut kaufte, den Saalhof in der »Kastelruther Pfarre«, und zwar für 80 Mark Meraner Prägung, also, mal wieder umgerechnet, für mindestens 8000 oder eher: 12 000 Euro. Für heutige Verhältnisse ein bescheidener Betrag für »Haus und Hof, Baumgarten, Acker, Wiesen und was dazu gehört«. Waren die Immobilienpreise derart niedrig? Oder ist der Umrechnungsmodus selbst bei der zweiten Zahlenangabe noch zu gering angesetzt? Wie auch immer: Oswald kann nicht völlig mittellos gewesen sein vor der Erbteilung.

Wie aber konnte er sich plötzlich solch eine Akquisition leisten? Möglicherweise, ja höchst wahrscheinlich ist auch er der dominierenden Leidenschaft seiner Zeit und seiner Kreise verfallen und hat um Geld gespielt, mit Würfeln oder Karten. Und hat dabei Gewinn gemacht – Spielgewinne mussten wohl auch damals sofort ausgezahlt werden. So kaufte er das Bauerngut, das die Investition indirekt verzinste, über den vertraglich geregelten Pachtzins.

Ein weiteres Dokument aus dem Jahr 1406: Im August schließt sich Oswald einer neu gegründeten »gesellichen Pruederschaft« an, dem Elefantenbund. Als Emblem ein silberner Elefant, wie ein Orden getragen.

Adelsbünde wurden damals recht häufig gegründet. In jener Zeit, in der Kampfreiter mit ihrer perfektionierten Ausrüstung (Plattenharnisch statt Kettenhemd) unsere Vorstellungen von Rittern optisch erfüllten, gab es bereits so etwas wie Ritterromantik, kompensierend. Denn zum Verlust an Besitz und Macht kam belastend hinzu: Auch als Kriegerkaste verlor der Adel an Bedeutung; es wurden bereits Feuerwaffen produziert und eingesetzt; Fußtruppen besiegten Formationen von Schweren Reitern; es wuchs die Macht, auch ökonomisch, des Bürgertums.

Bei solchen als bedrohlich empfundenen Entwicklungen versuchte man mental auszugleichen: Bildete Ritterorden nach, setzte in Turnieren tradierte Kampftechniken fort, las und hörte Ritter-Epen des Hochmittelalters (oder die späteren Prosafassungen).

Selbstverständlich hatten die Bünde auch konkrete Ziele: Die Verteidigung von Privilegien, von verbrieften (also: urkundlich fixierten) Rechten. So wollte sich der Adel die höchsten Ämter im Lande vorbehalten – juristisch ausgebildete Bürger übernahmen jedoch mehr und mehr leitende Positionen, auch in der Entourage des Königs.

Diese Entwicklung sollte zumindest für Tirol gestoppt werden. Wichtig war den Adelsbündlern das Privileg, Rechtsstreitigkeiten nicht (wie Bürger und Bauern) vor Gerichten des Landes, vor dem Landesfürsten als Schiedssprecher austragen zu müssen, man wollte das weiterhin unter sich ausmachen.

Ebenso wichtig waren Besitzprivilegien. Schließlich gelobte man sich wechselseitige Hilfe bei Gefahr und Not.

Dies als Hintergrund des vordergründigen Geschehens, das auch Oswald einbeziehen wird: Der lang schon anhaltende Machtkampf zwischen König und Regionalherren.

So sah das Römische Reich nördlich der Alpen aus: Ein Flickenteppich von zwei Dutzend Fürstentümern, von einer Hundertschaft meist kleinerer Adelsherrschaften, von 70 geistlichen Gebieten, von 80 Reichsstädten. Das alles war schwer unter eine Krone zu bringen. Henri Pirenne in einer seiner pointierenden Formulierungen: »Das Reich war ein anarchisches Gebilde in monarchischer Form.« Und: »Das Reich als eine Summe von Teilen, die kein Ganzes bildeten.« Verglichen mit den zentralisierten Monarchien in Frankreich und England erscheint das Reich »gestaltlos, irrational«. Es fehlte Nationalgefühl, »jeder dachte nur an sich«. Wichtig waren jeweils nur die Grenzen des eigenen Gebietes.

Ob Kaiser, König oder Herzog – sie hatten keine festen, zentralen Residenzen, sie zogen umher in ihren Herrschaftsgebieten. Nur im Winter blieb man in der Pfalz, in der Burg; zu Beginn der Reisezeit brach man wieder auf, mit Gefolge.

Wie Aufzeichnungen von Reisen und Aufenthaltsorten zeigen,

ritten Könige und Kaiser des mittelalterlichen Römischen Reiches durch weite Gebiete des Imperiums nördlich und südlich der Alpen, setzten Hoftage an, hielten Hof. Am liebsten residierten Könige und Kaiser bei solchen »Umritten« in ihren Pfalzen, die in »Königslandschaften« standen, also in Regionen mit dominierendem Reichsbesitz. Diese Pfalzen dienten mehr der Verwaltung, der Repräsentation als militärischen Zwecken; wichtiger als der Burgturm und die Ringmauern war ein weitläufiger Wohntrakt mit einem Festsaal im oberen Geschoss, der aula regia, in der ein König regierte und repräsentierte.

Der Herrscher und sein Gefolge blieben in der jeweiligen Pfalz, bis alle anstehenden Aufgaben erledigt waren, dann zog man weiter. Die Abstände zwischen den Pfalzen waren groß, und so residierte ein König oder Kaiser vielfach in Reichsklöstern oder auf Bischofssitzen. Guido M. Berndt, Herausgeber und Übersetzer der *Vita Meinwerci episcopi*: »Sicherlich ein zweischneidiges Schwert: Auf der einen Seite stieg das Prestige der Bischofsstadt mit jedem Königs- bzw. Kaiserbesuch beträchtlich an, auf der anderen Seite verbrauchte der Tross des Herrschers die Ressourcen, so dass es Monate, in Ausnahmefällen sogar Jahre brauchte, bis sich eine Stadt von der Anwesenheit des Hofes wieder vollständig ›erholt‹ hatte.«

Dieses Umherziehen von Pfalz zu Burg zu Kloster zu Burg zu Pfalz wird definiert als »Reisekaisertum« oder »Reisekönigtum«. Pointierend: ein Kaiser oder König habe mehr vom Sattel als vom Thron aus regiert. Zumindest hatte er seine Füße häufiger in Steigbügeln als auf Thronstufen.

Hinter dem Rücken des umherreitenden Königs oder Kaisers drohte Machtverlust: Regionalherren, die sich selbständig machten. So suchten die Könige, vor allem im Spätmittelalter, Unterstützung, und die fanden sie vorwiegend beim niederen Adel; die Bildung von Adelsbünden wurde von Königen gefördert.

Gegen diese Gruppierungen opponierten Städtebünde; der Schwäbische Städtebund, zum Beispiel, war eine Vereinigung von rund vierzig Städten. Städtebünde und Adelsbünde bekämpften sich zwar, hatten aber auch ein gemeinsames Ziel: Man wollte sich den Territorialherren nicht unterwerfen, wollte »reichsunmittelbar« bleiben. Die Städte hatten vielfach ihr eigenes Recht, das Bannmeilenrecht, hatten ihre eigene Verwaltung, wollten ihren Machtbereich auf umliegende Ländereien ausdehnen. Solche Freizonen innerhalb ihrer Herrschaftsgebiete wollten Regionalherren nicht zulassen, sie setzten alles daran, Reichsstädte zu integrieren. Die Könige wiederum, die nicht bloß Marionetten von Kurfürsten und Fürsten sein wollten, unterstützten die Städtebünde. Das Reich, das regnum, bestand letztlich nur noch nominell.

So waren die Schwierigkeiten für einen König exorbitant. Zu allen politischen Problemen kamen Naturkatastrophen, kamen Hungersnöte, kamen Epidemien. Und Aufstände in Städten wie Magdeburg. Auch Bauern, übermäßig von Abgaben belastet, begannen zu revoltieren.

Laut Bundesbrief (der Gründungsurkunde) sollte der Tiroler Bund eine Laufzeit von fünf Jahren haben, doch er löste sich schon früher auf. Heinrich von Rottenburg, einer der Mächtigsten des Landes, Besitzer weiter Ländereien, Inhaber wichtiger Posten, er sorgte dafür, dass sich der Tiroler Adel 1407 neu formierte im Falkenbund (»Bündnis der Landschaft an der Etsch«). Das Bundeszeichen Falke sollte größere Wendigkeit, Schnelligkeit, Schärfe signalisieren.

Die Tiroler Neugründung war auch Reflex auf wachsende militärische Macht und soziale Gefahr im westlichen Grenzgebiet: Der Appenzeller Bauernbund kämpfte (siegreich) gegen den Adel, fand mit Proklamationen und Aktionen immer stärkere Resonanz bei Bauern der angrenzenden Länder, somit auch in Tirol. Der Falkenbund sollte (wie die schwäbische Rittervereinigung vom St. Jörgenschild) auch diese Gefahr bekämpfen. Selbstverständlich gehörte die Wahrung alter Land- und Herrenrechte mit zum Programm der Vereinigung. Oswald und seine Brüder zählten zu ihren aktivsten Mitgliedern.

Herzog Friedrich nutzte aus, dass die Organisation zugleich gegen ihn und gegen die rebellischen Schweizer Bauern gerichtet war – und ernannte sich, in geschicktem Schachzug, zum Mitglied des Bundes. Der musste sich nun vorrangig festlegen auf die Verteidigung des Landes gegen äußere Feinde.

Wo hat Oswald eigentlich gewohnt, wo könnte er gewohnt haben, wenn er sich mal wieder in Tirol aufhielt? Er konnte, wenn es ihm im Felsennest Wolkenstein zu eng und zu kalt wurde, Unterschlupf finden in einem Haus zu Brixen – städtische Immobilien der Familie werden in Dokumenten mehrfach genannt, allein Mutter Katharina verfügt über zwei Häuser in der Stadt, am Markt.

Mehr Immobilien, als genutzt werden können. So wird eins der Häuser in der Stadt von der Familie verpachtet. Der Pächter wird schriftlich verpflichtet, das Haus in Ordnung und als Herberge für Mitglieder der Familie Wolkenstein offen zu halten. »Ich, Michael von Wolkenstein, zur Zeit Burggraf von Tirol (…), ich und meine oben genannten Brüder und alle unsere Erben sollen im genannten Haus unsere Herberge haben samt unserem Gesinde, dazu die Stallung und Wartung für unsere Pferde, so oft wir dorthin kommen und so lange wir dort bleiben wollen, doch unsere Kost und Zehrung, die können wir selbst einkaufen.« Zudem wird Anspruch erhoben auf drei bis vier Betten mit Bezügen sowie auf Küchengeschirr.

Auch Brixen war befestigt – nur Gemeinwesen mit umschließendem Mauerwerk durften sich als Stadt bezeichnen. Brixen war relativ klein, aber reich: es lag an einer der wichtigsten Verkehrs-Trassen Europas. So war das Städtchen stark frequentiert; Gasthäuser waren sicherlich ausgelastet.

Sichtlich dominiert wurde die Stadt vom Klerus. Brixen seit Jahrhunderten als Bischofsstadt. Der Bischof auch als Arbeitgeber – es wurden weltliche Mitarbeiter in der Verwaltung gebraucht.

Die Bischöfe waren zugleich weltliche Herren des Hochstifts, waren Fürstbischöfe, waren oberste Richter und führende Militärs. Ihnen zugeordnet, untergeordnet das Domkapitel: ein Ratskollegium.

Der Klerus besaß zahlreiche Häuser und Güter in der Stadt – auch das bestimmte ihr Bild. Akzentuiert wurde Brixen vom Dom, 1237 geweiht: eine dreischiffige Kathedrale; Vierungskuppel, Querschiff, Krypta.

Der Dom wird später abgerissen und durch einen Neubau ersetzt – die beiden Westtürme bleiben freilich erhalten. Dies wahrscheinlich auch, weil Oswald finanziell zu ihrer Restaurierung, ihrer Konservierung beitragen wird: Sicherung der Bausubstanz durch ein neues Turmdach.

Am 22. April 1407 war es endlich so weit: Michael von Wolkenstein teilte das väterliche Erbe auf. Die Teilungsurkunde ist erhalten: ein Papierheft, etwa zehn mal dreißig Zentimeter, Hochformat. Es liegt im Nürnberger Wolkenstein-Archiv. Ich konnte den Text »xerokopieren« – ein damals noch übliches Verfahren, heute würde das Dokument eher eingescannt.

Einleitend heißt es: »Anno d[omi]ni Millesimo Quadrigentesimo Septimo haben die drei Brüder, Herr Michael, Herr Oswald und Leonhard von Wolkenstein, eine Teilung vollzogen, wie unten aufgeführt wird.« Zuerst genannt: »Teil des Herrn Oswald auf Hauenstein« – auf insgesamt vier Seiten werden Bauerngüter und damit Pachteinnahmen aufgelistet. Es folgt: »Teil des Herrn Michael auf Trostburg« – ebenfalls vier Seiten. Zuletzt: »Teil des Herrn Leonhard auf Aichach« – knapp sechs Seiten.

Der jüngste Bruder erhielt freilich kein besonders üppiges Erbe, es wurde eher ein Ausgleich dafür geschaffen, dass er nur landwirtschaftlichen Besitz übernahm. (Die Burg Aichach, auf einem Sporn in Sichtweite von Hauenstein, hatte er teuer bezahlen müssen.) Michael, als Familienoberhaupt, behielt die Trostburg und die Stammburg Wolkenstein. Oswald erhielt zwar keine Burg, aber (samt zugehörigen Ländereien) einen Drittel-Anspruch auf Burg und Liegenschaften Hauenstein – der Erbanteil der Familie Wolkenstein.

Und das war eine Sache mit Haken! Schon Jahrzehnte zuvor hatte sich Friedrich von Wolkenstein mit Martin Jäger um den Besitz dieser Burg und der zugehörenden Bauerngüter gestritten, dieser Streit wird von Oswald bald fortgesetzt. Die Vorgeschichte ist lang und vertrackt. Zur Erinnerung: Barbara von Hauenstein heiratete den Landedelmann Martin Jäger; als Erbe brachte sie Hauenstein'schen Besitz mit in die Ehe. Ihr Mann sollte später wenig Grund haben, sich daran zu erfreuen.

Schon Vater Friedrich wollte diesen Besitz kassieren – mit einer Barbara von Hauenstein und ihrem Martin Jäger werden wir schon fertig, wird sich Wolkenstein senior gesagt haben. Bereits 1394 musste sich Martin Jäger bei Herzog Albrecht von Österreich beschweren, schriftlich: Friedrich von Wolkenstein hatte die Burg Hauenstein besetzt, hatte sich zugehörige Wälder, umliegende Ländereien angeeignet, hatte Lehnsleute von Jäger gezwungen, fällige Abgaben *ihm* zu entrichten – Erpressung, sicherlich auch Gewaltanwendung.

Nun also erbte Oswald das Drittel von Burg und Liegenschaften Hauenstein. Er stand an Rücksichtslosigkeit und Härte seinem Vater nicht nach, wie sich vor allem gegenüber Martin Jäger zeigen wird. Dabei war Oswald nicht eben leer ausgegangen! Er übernahm, laut »Tailczedll«, die Pachteinnahmen, Lehen, Zahlungsverpflichtungen von etwa drei Dutzend Höfen, von sechs Wiesen, sieben Weingütern. Der (etwa) dreißigjährige Oswald von Wolkenstein – plötzlich ein reicher Mann?

Beispielsweise »der hof zum aindlein zinst fünf Pfund, vier Star Weizen, sechs Star Roggen, sechs Star Bohnen, acht Star Gerste«. Ein Star auch in jener Region als Hohlmaß von rund 30 Litern Inhalt – was, in etwa, 30 Pfund entspricht. Also 120 Pfund Weizen, 140 Pfund Gerste, fast zwei Zentner Roggen, dazu auch noch Bohnen.

»Der Hof Zifig zinst« fünf Pfund, ein Mut Weizen, zwei Mut Roggen, ein Mut Gerste. Einem Mut entsprechen 30 bis 40 Liter.

Zins und Pacht der Weinhöfe werden jeweils nach Yhren berechnet – eine Yhr: leicht abgerundet 100 Liter. So kommt, so fließt einiges zusammen: mal knapp 400 Liter, mal über 500 … Insgesamt, für dieses Rechnungsjahr: 56 Yhren. Also mehr als fünfeinhalbtausend Liter! Das alles für den Eigenbedarf?! Oder hat Oswald einen Teil (es war vorwiegend Weißwein) an Standesgenossen weiterverkauft?

Weitere Posten, wiederholt aufgeführt: Kitze – damit waren zumeist Jungziegen gemeint, Zicklein. Und Hühner, Hühner, Eier, Eier, Eier. Willkommen waren Barzahlungen. Zwischendurch wurde auch mal ein »Eisenstecken« abgeliefert – Roheisen regionaler Herkunft in gestreckter Form.

Die abgabepflichtigen Liegenschaften waren Streubesitz: hier ein Bauernhaus, dort ein Bauernhäuschen, hier ein Bauernhof, dort ein Bauernhöfchen, hier eine Wiese, dort ein Weinhang.

Die Grenzen der Pachtgebiete waren oft nicht klar genug voneinander abgegrenzt. Es gab keine Vorformen von Katasterkarten, und so waren Rechtsstreitigkeiten, Übergriffe ziemlich häufig, immer wieder musste interveniert werden. Und immer wieder musste aufgelistet werden: Wenn der Herr des Streubesitzes starb, musste die Familie wissen, welcher Bauer wie viele Eier abzuliefern hatte, wie viel Roggen oder Gerste, wie viel Münzgeld.

Manchmal war eine Wiese so weit entfernt oder so schwer zu erreichen in der Berglandschaft, dass man sie verkaufte. Aber so sehr man auch zu arrondieren versuchte – das Gebiet in Sichtnähe, Sichtweite einer Burg war nicht durchweg Besitz des Burgherrn, es war durchsetzt von punktuellen Besitzungen anderer Herren. Auf Karten in verschiedenen Farben hätte das bunt gescheckt ausgesehen, aber solche Karten wurden noch längst nicht angelegt.

Obwohl ich mir vorgenommen hatte, Oswald-Höfe nicht zu besichtigen – beim vierten Aufenthalt in Seis war die Neugier doch stärker als die kritische Zurückhaltung.

In der Teilungsurkunde war unter anderem der Fallerhof genannt (»der hof zu fall«). Der Pfarrer von Seis zeigte mir Mitte der siebziger Jahre (auch) diesen Hof – eins der ältesten Gebäude der Region.

Begrüßung der alten, hageren, gekrümmten Bäuerin; grauweiß

gestreiftes, knöchellanges Kleid, zerlatschte Turnschuhe. Nur einige Zahnstummel und ein Schneidezahn, der, ohne Gegenbiss, weit aus dem Oberkiefer herausgewachsen ist; wenn sie die Lippen schließt, ragt er noch zwei, drei Millimeter über die Unterlippe vor.

Die Bäuerin führt uns zuerst in die Küche, zugleich Räucherkammer: rußig düsterer Raum mit kleinem Fenster, die teerschwarze Decke ist nur zu ahnen. Ein Herd, Steingutbecken, altes Gerät. Hier kocht sie für sich und ihren Mann, der zu dieser Zeit auf der Seiser Alm ist, hier räuchert sie auch für Nachbarn: etwa drei Wochen hängen Schinken und Würste im Rauch.

Im Wohnzimmer der Ofen als weiß gekalktes, von kräftigem Holzgestell umgebenes Tonnengewölbe. Eine umlaufende Holzbank; herangeschoben ein abgewetztes Kanapee. Über der Ofenwölbung eine Bretterfläche mit Matratze, Kopfkissen; das karierte Bettzeug vergilbt. Hier liege sie im Winter, sagt die Bäuerin, aber nur nach dem Mittagessen oder wenn sie krank ist, sonst wird im Schlafzimmer nebenan geschlafen.

Wände und Decke des Wohnraums holzgetäfelt. Auf der blau, rot und weiß bemalten Tür die Jahreszahl 1851. Ein Bord mit Tellern; zwei aufgehängte Porzellankrüge, weiß mit schwarzer Aufschrift. Staubränder, Staubflächen zeigen, dass die Humpen seit Jahren nicht mehr angerührt wurden.

Ein Tisch in der Ecke; Bank, Stühle. Hier sitzen wir, unter Kruzifix und Heiligenbildern, trinken Obstler aus randvollen Stamperln. Eine alte, völlig verstaubte Nähmaschine. Zeitungen in Packen, staubgrau. Schuhe unter einer Bank, aufgehängte Kleidungsstücke, altersgrau. Das Tacken einer Wanduhr. Mich wundert beinah, dass der Minutenzeiger weiterrückt. Verschiedene Zeitmaße hier drinnen und dort draußen? Werden hier noch Zeitansagen aus dem Radio registriert? Vor der Stoffbespannung der Lautsprecheröffnung ein dickes Spinnengewebe.

Eine Zeitsonde angesetzt in diesem alten, holzgetäfelten Raum des noch älteren Bauernhofs, aber die Spitze dieser Sonde ist noch immer Jahrhunderte von der Zeit entfernt, in der ein Hof an der Stelle dieses Hofs unter gleichem Hofnamen zinspflichtig war einem Oswald von Wolkenstein, der drüben auf der Burg wohnte, die ich als Ruine durch das verstaubte, verschlierte Fensterglas sehe.

Mich über die damalige Wirtschaftslage informierend (mit Blick auf den neuen Grundherrn landwirtschaftlicher Liegenschaften), lerne ich neue Wörter kennen: Flurwüstung, Hofwüstung, Dorfwüstung, Wüstungsquotient. Ich finde diese Termini in einem Aufsatz über *Wüstungen und Preisfall im spätmittelalterlichen Europa* von Wilhelm Abel.

Hier wird, und das betrifft speziell Oswalds Zeit, von einer Agrarkrise geschrieben, von einem »wirtschaftlichen Niedergang der Kernländer Europas im Spätmittelalter«. Zeichen des Niedergangs sind die zahlreichen Wüstungen: aufgegebene, verlassene, verfallende Dörfer und Weiler in Europa, im Norden wie im Süden, im Westen wie im Osten – überall die gleiche Tendenz, nur unterscheiden sich regional die Zahlen: hier verfallen etwa ein Fünftel, dort zwei Drittel der Ortschaften. Grund dafür: der Bevölkerungsrückgang. Grund für den Bevölkerungsrückgang: vor allem die Pestepidemie Mitte des vierzehnten Jahrhunderts, die sich später wiederholenden »Seuchenwellen«, »Seuchenumzüge«. Als Folgen: Preis- und Lohnbewegungen, die, zusammen mit anderen Faktoren, »siebend und sichtend die Siedlungen schieden«. Diese Alliterationsequenz muss man zweimal lesen, laut: »siebend und sichtend die Siedlungen schieden.«

Zum Beispiel Frankreich: Weite Landstriche sind entvölkert, von Brombeergebüsch und anderem Gestrüpp überwuchert; Felder werden oft nur noch in unmittelbarer Umgebung von Städten, von Befestigungen bestellt, im Sichtbereich von Wächtern auf Türmen, so dass rechtzeitig gewarnt werden kann vor der Annäherung einer Räuberbande.

Und in Österreich: Siedlungen, vor allem in größeren Höhen, werden aufgegeben – statistisch relevantes Absinken der Siedlungsgrenze. Damit Reduzierung von Ackerflächen. Zugleich stetiges Sinken der Getreidepreise, und zwar in ganz Europa. So sehe ich drei Diagramme, eins für London, eins für Frankfurt, eins für Krakau, und auf allen dreien: der Kurvenverlauf der Preise für Weizen, für Roggen sinkend – innerhalb der Lebenszeit Oswalds fast um die Hälfte der Indexziffer. Dagegen zeigen die Löhne zu seiner Zeit überall steigende Tendenz, eine Nachwirkung der großen Pest: Arbeitskräfte waren rar geworden.

Insgesamt: der Kostenindex der Landwirtschaft stieg, die Erlöse fielen. Ich lese von Preiseinbruch, Preisfall, Preisabschwung, von einem Rückgang der Ertragsquoten in der Landwirtschaft, einem Sinken der Grundrente.

Gewiss hat die allgemeine Entwicklung der Preise eingewirkt auf Tirol, auch wenn es landwirtschaftlich ein Sonderfall war und ist: Getreide lässt sich im vorwiegend hügligen, bergigen, gebirgigen Land kaum anbauen – deshalb lagen die lokalen Getreidepreise über dem europäischen Schnitt. Relativ große Bedeutung dagegen hatte und hat in Tirol die Viehwirtschaft – die Lage auf dem Fleischmarkt war damals in Europa recht günstig, Vieh ließ sich, per Huf, recht leicht exportieren, Getreide hingegen nicht – miserable Verkehrsverhältnisse.

Ich werde mich später noch genauer mit Oswalds Bezügen aus landwirtschaftlichen Liegenschaften befassen, jetzt nur vorwegnehmend: Ein Teil seiner Naturalbezüge bestand aus Produkten der Viehwirtschaft (Oswald als Grundherr von ›Hörndlbauern‹) und einem – für die lokalen Verhältnisse erstaunlich hohen – Anteil an Getreidelieferungen (Oswald als Grundherr von ›Körndlbauern‹).

Es wäre in der Familienkonstellation Wolkenstein fast ein Wunder, wenn mit der Erbteilung sämtlicher Konfliktstoff neutralisiert worden wäre. Das heißt: Michael wäre nicht Michael, wenn er nicht *mehr* einbehalten hätte, als ihm bei gerechter Aufteilung zugestanden hätte. Der ältere Bruder behielt sich auch den größeren Anteil vor.

Da war erst einmal die Aufteilung der Herrensitze. Michael hatte sich, wie erwähnt, mit der repräsentativen Trostburg den

Hauptwohnsitz der Familie vorbehalten. Eigentlich aber, so Oswalds Meinung, stünde ihm ein Drittel auch an dieser Immobilie zu – statt nur dem Drittel der kleinen Burg Hauenstein. In diesem Punkt ließ Michael aber nicht mit sich reden: Er war und blieb Herr der Trostburg. Punkt!

Nun gab es aber auch Bauerngüter, die bei der Aufteilung nicht berücksichtigt worden waren, hier bestand Oswald auf Nachbesserung des Teilungsvertrags. Und setzte sich doch mal durch: noch im April 1407 wurde ein Ergänzungsvertrag beglaubigt über »die Güter, die noch ungeteilt sind« und die nun aufgelistet wurden – auch der Hof des Hans Lächler (oder »Lochler«) gehörte dazu, in dem Oswald fast das Leben verloren hätte.

Es wurde die feste Absicht dokumentiert, »getreulich und brüderlich miteinander [zu] teilen«. Indirekt zeigt sich, dass die Brüder dem Drängen Oswalds nachgegeben hatten: »Übergeben wir – ich, Michael, und Leonhard – unserem Bruder Oswald die Urkunde besiegelt mit unseren eigenen aufgedrückten Siegeln.«

Oswald demonstrierte selbstbewusst, standesbewusst seinen neuen Status durch fromme Stiftung und repräsentative Selbstdarstellung.

Fromme Stiftung: heute wäre das ein Geldbetrag, überreicht oder überwiesen. In jener bargeldarmen Zeit aber wurden Nutzungsrechte vergeben: Abgaben von Pächtern wurden an das Domkapitel zu Brixen weitergeleitet, rechtsverbindlich. Und hier gab Oswald mehr als die Hälfte des endlich errungenen Besitzes ab!

Im Kommentar der Grazer Edition von Lebenszeugnissen lese ich: Es waren »insgesamt 18 von 36 Höfen, über die er frei verfügen konnte. Die aufgelisteten Hofnamen zeigen außerdem, dass der Kirche eher die ergiebigeren Güter zufielen.« Da hat Oswald berechtigte Ansprüche doch mal durchsetzen können, verfügt endlich über eine Versorgungsgrundlage, und was tut er? Gibt die Hälfte, ja einen Großteil seines Erbteils, seines Erbanspruchs weiter.

Nun dürfte Oswald eher hartgesotten als weichherzig gewesen

sein – wieso diese Selbstlosigkeit? Wahrscheinlich hatte er in einer besonders gefährlichen Situation ein Gelübde abgelegt. Welche Todesgefahr das gewesen sein dürfte, dies könnte das Votivbild anzeigen, das Marx Sittich bezeugte und beschrieb: der Vorfahre in Seenot.

Hier könnte die Erklärung sein für die überreiche Dotation: Oswald wird seinem Namenspatron gelobt haben, ihm ein Benefizium zu widmen, falls er überlebe. Und er löste das Versprechen ein. Das Benefiz vielleicht auch als Absicherung für die Zukunft, die schließlich weitere Gefahren für Leib und Leben bringen konnte?

Wie wurde der Zufluss von neuen Einkünften für das Domkapitel umgesetzt? Oswald ließ, wie bereits angedeutet, Reparaturarbeiten an den Türmen des Doms ausführen, ließ einen Turm neu decken, ließ auf einer Empore zwischen den beiden Türmen des (damaligen) Doms einen Altar, eine Kapelle für den heiligen Oswald ausbauen, ausmalen, ausstatten.

Weiter: Oswald ließ, im Namen des heiligen Oswald, zwei Priester einstellen mit festem Gehalt und jeweils einem Haus als Dienst- und Wohnsitz. Diese Regelung galt noch, als der alte Dom abgerissen wurde und damit die St. Oswald-Kapelle verschwand, leider.

Die Stiftungsurkunde, ausgestellt Ende Mai 1407, ist so wichtig, dass einige Formulierungen hervorgehoben werden müssen.

»Ich, Oswald von Wolkenstein, bestimme öffentlich mit dieser Urkunde für mich und für alle meine Erben (…), dass ich nach freier eigener Entscheidung, nach klarer Überlegung und bei voller Gesundheit (…) das obere Gewölbe im Münster zwischen beiden Türmen wiederhergestellt, den Altar gewidmet und die Kapelle ausgemalt und den einen Turm mit einem Dach versehen habe.«

Es folgen Bestimmungen, Regelungen zur Etablierung des doppelten Priesteramtes für die Oswald-Kapelle, wie oft sie die Messe lesen müssen, wie die Kapelle zu beleuchten ist, und dass »mein Oswalds-Namenstag nach meinem Tode« weiterhin zelebriert werden soll. Es schließt sich an die vollständige Auflistung der künftigen Einnahmequellen für die Dotation, für das Benefizium.

Auf der Rückseite der Urkunde war wiederholend vermerkt, in

(hier etwas aufpoliertem) Latein: »Nova fundatio Capellae Sancti Oswaldi in monasterio Ecclesiae Brixinensis, facta per Oswaldum de Wolkenstein, militem, pro duobus cappellanis.«

Die Kapelle wurde noch im Jahr der Erbteilung eingeweiht, die beiden »cappellani« traten ihr Amt an.

Hier wurden zwei (wahrscheinlich junge) Priester nur dafür bezahlt, dass sie werktags abwechselnd und sonntags, in Gottes Namen, gemeinsam die Messe lasen. Und dass sie im Kirchenchor mitsangen. Sonst hatten sie nichts zu tun – jedenfalls nicht für das Geld, das Oswald für sie aufbrachte. Begrenzte Aufgaben unter angenehmen Konditionen – und es gab damals zahlreiche Benefizien, man ließ sich das Seelenheil viel, oft sehr viel kosten.

Waren die Kapläne geschickt, so beschafften sie sich weitere Pfründen – darauf angewiesen waren sie nicht. Man bezeichnete Geistliche in solchen Positionen als »Messpriester«, unterschied sie von »Leutpriestern«, die eine Gemeinde hatten, Amtstätigkeiten ausübten.

Jedem der beiden »Messpfaffen« wurde ein Haus zur Verfügung gestellt. In der *Brixner Häusergeschichte* von Ignaz Mader sind die Adressen angegeben. Das erste Haus in einer Gasse direkt am Eisack, in einer Häuserreihe, die durchweg Benefizien gewidmet war: Griesgasse Nr. 6. Noch anno 1842 wird dieses Haus als St. Oswald-Benefizium ausgewiesen – hier hatte Oswald in der Tat eine lange Tradition begründet! Das zweite Haus in der Runggadgasse, mit der heutigen Nummer 16. Dieses Haus war sogar noch 1895 St. Oswald-Benefizium!

Ein paar Zeilen über den heiligen Oswald, der Oswald so viel bedeutete.

Jener Oswald war ein Sohn des heidnischen Königs Ethelfrid von Northumbrien, wurde geboren um 600. Oswald ließ sich bekehren, taufen, christlich erziehen, unterrichten, wurde König, unterstützte die Missionierung Northumbriens, stiftete Kirchen,

Klöster, Benefizien. Gepriesen, gerühmt wurde seine Mildtätigkeit: täglich sollen Bettler an seiner Tafel gespeist haben. Wiederholte Kämpfe gegen heidnische Regionalherren der angrenzenden Gebiete, vor allem gegen König Penda. Oswald fiel in der Schlacht von Maserfelth, am 5. August 642. Penda ließ seinen Kopf und seinen rechten Arm abhacken, auf einen Pfahl spießen; diese Körperteile wurden später zu hochverehrten Reliquien.

Durch schottische Missionare wurde die Verehrung des heiligen Oswald verbreitet, auch im deutschsprachigen Bereich; schon im 8. Jahrhundert war er weithin populär. Als einer der vierzehn Nothelfer wurde er vor allem in den Alpenländern angebetet. Gemalt wurde er gewöhnlich als König mit Zepter in der einen, mit einem Raben auf der anderen Hand, im Rabenschnabel ein Ring oder Brief. Der heilige Oswald galt als Patron des Viehs und der Kreuzfahrer. Die Kurz- und Koseform seines Namens: Osi.

Vielleicht kann der hl. Oswald weiterhelfen bei der Ermittlung des Geburtsdatums unseres Oswald. Kinder wurden damals und bis in unsere Zeit oft nach dem Heiligen benannt, an dessen Namenstag sie geboren wurden – es ist also möglich, dass auch bei Oswald Namenstag und Geburtstag identisch waren. In diesem Fall wäre er an einem 5. August geboren worden.

Oswald gab 1408 einen Gedenkstein in Auftrag, wahrscheinlich bei einer Werkstatt in Brixen. Zweimeterfünfundreißig hoch, einen Meter breit – Oswald (in der Originalstatur etwa einssiebenundsechzig) nun in Übergröße. Dies in Marmor aus Ratsching (westlich von Sterzing, aus der Gilfenklamm).

Oswald ließ sich im Relief darstellen: »Er in ein Marblstain in Kyress. In der hendt ein Fan außgehaut neben dise Jar zal 1408«, notierte Nachfahre Engelhard Dietrich Freiherr von Wolkenstein-Trostburg. »Er im Kürass in Marmor, in der Hand eine Standarte, in Stein gehauen, daneben die Jahreszahl 1408.« Die ist abzulesen an der Inschrift, in den linken Rand der Marmorplatte gemeißelt: ANNO DNI M CCCC VIII OSBALD DE WOLKENSTAIN.

Zu sehen, zu bewundern: Ein Brustpanzer, Plattenharnisch, Kürass. Ein breiter Gürtel, dem Betrachter zugedreht ein appliziertes Wappen mit Kreuz. Ein Schwert, an den Gürtel gehängt: Griff mit abschließendem Knauf, breiter Parierstange; auch hier ist ein Wappen aufgesetzt: Herkunfts- oder Klingenschmiedzeichen?

Weiter: Ein knielanger, gleichmäßig gefälteter Rock – Textil ohne Metallverstärkung, kein Kettenschurz. Schuhe mit Stahlkappen in Lamellenstruktur: die Sporen nicht mit dem weithin üblichen Stachel, sondern mit gezackten Rädchen.

So steht Oswaldus auf den einander zugeschrägten Wappen der Familien Villanders (drei Spickel oder Zwickel) und Wolkenstein (drei stilisierte Wolkenschnitte). In der Rechten hält er die mannshohe Stange einer Standarte mit Kreuz – es soll die Zugehörigkeit zur »militia Christi« signalisieren. In der Linken ein Helm mit Zimier, und dieser Helmschmuck ist exorbitant: überragt, mit stilisierten Büffelhörnern und Pfauenspiegeln, vom Helm (in Gürtelhöhe) sogar den Lockenkopf des Wolkensteiners. Mehr Dekor als Erkennungszeichen; wegen der Übergröße für den Einsatz bei einem Schaukampf sicherlich ungeeignet, die Helmstatik gefährdend.

Glücklicherweise hatte dieser Mann von dreißig Jahren nicht den Auftrag erteilt, ihn mit aufgesetztem Helm, heruntergeklapptem Visier darzustellen, und so bleibt erkennbar: Das unveränderliche Kennzeichen des geschlossenen rechten Auges; der gezwirbelte Schnurrbart; der lange Kinnbart, in breiten Strängen dekorativ geflochten. Wohl kaum der Einfall des Steinmetzen, des Bildhauers, hier wurde sicherlich eine Anweisung ausgeführt.

Wie wollte Oswald von Wolkenstein hier gesehen, bewundert, gefeiert werden? Als Teilnehmer an Turnieren? Als veritabler Kampfreiter?

Als Reiterkrieger, der an regulierten Schaukämpfen wie an unberechenbaren Nahkämpfen beteiligt war, brauchte man zweifache Ausrüstung. Dabei war die Turnierrüstung meist doppelt so schwer wie der Feldharnisch. Mit der auf Hochglanz polierten Turnierrüstung musste man ja auch nur ein Stück geradeaus galoppieren und sich im Sattel halten beim Lanzenstechen. In der leichteren Kampfrüstung hingegen musste man nach allen Seiten hin beweglich bleiben im Gruppengetümmel. Dargestellt aber ist Oswald weder in Turnier- noch in Kriegsrüstung – nicht mal ein Schild ist zu sehen, weder als leichter Handschild (Tartsche) noch als schwerer Kampfschild.

Nur Brustharnisch und Eisenschuhe, das reichte nicht aus, weder für einen Schaukampf noch für den Ernstfall. Der sich hier darstellen ließ, er figurierte (noch) nicht als statusgemäß gewappneter, ausgerüsteter Ritter, vielmehr als ambivalente Erscheinung mit bauchbetonendem Harnisch und überdimensioniertem Helmschmuck. So präsentiert man sich wohl kaum, wenn man auf einem Kriegsschauplatz, etwa in Litauen, zum Ritter geschlagen worden war, so signalisiert man eher eine Option. Denn mit den Statussymbolen wurde zugleich das Handicap sichtbar gemacht auf dem Bildnisstein – mit nur *einem* Auge kann man kein veritabler Ritter werden.

Aber, wie bereits angedeutet: Die Zeit der glorifizierten Ritter war ohnehin vorbei. Die gesellschaftliche Elite der Reiterkrieger verlor an gesellschaftlicher, weil an ökonomischer Bedeutung. Und: schon kurz vor der Jahrhundertwende waren erste Feuerwaffen (»Handbüchsen«) zum Einsatz gelangt. Und: zusammengetrommelte Fußtruppen erwiesen sich gegenüber Formationen von Kampfreitern als überlegen, vor allem mit dem Einsatz von (mehr als zwei Meter langen) Stangenwaffen mit Spitzen zum Zustechen, mit Schneiden (zum Durchhacken von Pferdesehnen), mit Haken: mit denen wurden Ritter aus den Sätteln gerissen, dann (wie auf den Rücken gefallene Käfer) durch Rüstungsritzen abgestochen. Diese gefürchteten Mehrzweckwaffen hatten verschiedene Bezeichnungen: Hellebarde, Partisane, Ross-Schinder, Kriegs-Sense. Es wiederholten sich (in der Schweiz wie in Litauen) für die Ritterschaft traumatische Erfahrungen: schmählich verlorene Kämpfe, Gefechte, Schlachten. Kompensierend feierte man (literarisch kolorierte) Rittermären rund um König Artus.

Das Resümee, das Pirenne unter dem Stichwort Ritter zieht, fällt härter aus. Er schreibt von einer schweren Krise. Zwar hätte man noch die alten Formen des Rittertums bewahrt, der Geist des Idealismus aber wäre seit den Kreuzzügen verschwunden – was blieb, war »söldnerischer Militärdienst«. Pirenne setzte Ritter gleich mit Abenteurern. Charakteristisch: Tapferkeit und Beutegier. Am schlimmsten, am deutlichsten sei der »Niedergang« im deutschen Sprachraum. Dort nahm man die Fehde (»eine Art Privatkrieg«) zum Vorwand, um Gebiete zu brandschatzen, Kaufleute brutal auszurauben. Und, wieder pointiert: »Die deutschen Ritter waren gegenüber den Bauern in den Dörfern bei ihren Burgen Tyrannen, aber vor den Hussiten oder vor den Schweizer Bauern liefen sie davon.« Die Rolle des schwer gepanzerten Reiters, des »berittenen Militäradels« habe an Bedeutung verloren. »Es ist sehr bezeichnend, dass die militärisch bedeutendste Gestalt jener Zeit, Jeanne d'Arc, ein Bauernmädchen war.«

Oswald als junger Mann – hier stellt sich ein neues Stichwort ein: Liebe! Dies zumindest in literarischer Artikulation. Hier zwei Liedtexte zum Thema aller Themen. Als Erstes Kl 57.

Ein Mädchen, achtzehn, schön und klug,
hat mir die Lebenslust geraubt,
denn ich komm nicht mehr von ihm los,
seit ich es sah, mit *einem* Aug.
Ich finde wirklich keine Ruh:
früh und spät bannt mich ihr Mund,
der sich so lieblich öffnet, schließt,
von Wörtern zart gelenkt …

Bin ich ihr fern, in fremden Ländern –
ihr schönes Antlitz folgt mir nach,
ihr sanfter Blick hält mich gebannt,
in Liebe ist mein Herz entbrannt.
Ach Gott, könnt sie Gedanken lesen,

wenn ich so vor ihr, liebeskrank,
dasteh, regungslos, erstarrt,
und keine Regung zeigen darf.

So weiblich war noch keine Frau –
von solcher Anmut und Vollendung.
Ihre Schönheit setzt mir zu
vom Scheitel bis zur Sohle.
Wenn ich an ihre Maße denke
(üppig, schlank, füllig, rank),
wer könnt der Liebsten böse sein?
Ach, würd sie an mich denken …

Dass die Frau achtzehn Jahre alt war, als der Dichter sie kennenlernte oder sich in sie verliebte – keine Zahl, die Jugendlichkeit signalisieren sollte. Bei einer durchschnittlichen Lebenserwartung von Mitte dreißig oder von vierzig war man mit achtzehn eine Frau in reifem Alter; Mädchen wurden vielfach mit fünfzehn, schon mit vierzehn verheiratet.

Im Kontext überraschend: Das Ich des Liedtextes entdeckte die Achtzehnjährige mit seinem »*einen* Auge« und kam nicht mehr von ihr los – hier darf man doch wohl einen autobiographischen Bezug sehen, oder?

Ansonsten (damals weithin übliche) literarische Formeln: Dass die Geliebte schön, ja vollkommen ist, dass der Mann sie um Gnade, Milde, um zärtliches Entgegenkommen bitten muss. Ein Text also, in dem literarische Formeln vor biographischen Realitäten stehen – die aber schimmern durch, die werden, für einen Augen-Blick, präsent. Ein Text, der Erfahrung suggeriert und zugleich von Erfahrung abstrahiert. Was auch für das folgende Lied gilt, Kl 51.

Ach, Leid aus Liebe,
fern sein, fremd sein, feind sein, das tut weh –
besser wärs: versunken in der See!
Zart liebevolle Frau,
du treibst, verbannst mich ins Tal Josaphat.

Gemüt, Gedanken, Herz und Sinne: todesmatt.
Bin reif zum Tod,
wenn deine Liebe mir nicht hilft
aus großer Not.
Den Schmerz verschweig ich dir.
Dein roter Mund,
er hat in mir so starke Lust erweckt,
dass ich nun auf Erfüllung dränge.

Mein Herz im Kummer ficht
und bricht. So lindre, löse doch die Last!
Ich warte, Frau, auf freundlichen Bescheid;
ich bin wie ein Delphin,
den sein Gespür zum Meeresboden schickt
vor einem Sturm, und den danach
das Sonnenlicht beglänzt,
das sein Gemüt erquickt.
Geliebte, steh mir bei
in deiner großen Frauengüte!
Lass deinen Freund doch nicht
im Elend kraftlos wanken, kränkeln, sterben.
Schmerz der Trennung lässt mich toben, wüten!

Mein Kopf ist voller
Rangeln, Raufen, Ringen: gegen das Geschlecht.
Es quält mich stündlich tausendfach.
Wenn ich des Nachts bedenke, was mir fehlt,
wird mein Gemächte wach, jedoch nur schwach,
und ich besieg im Handstreich meine Lust.
Find keinen Trost im Bett,
obwohl mein Unglück alles überragt.
Gefoltert wird mein Herz
von wiederholtem Seufzerstoß.
Ach, wann werd ich nur erlöst
von dieser Qual? Warten nagt und Harren narrt,
das raubt mir völlig den Verstand.

Auch hier literarische Muster: Abhängigkeit, Hörigkeit des Mannes ... Liebesschmerz ... Bitte um Erlösung durch Liebe ... Allgemeine Hinweise auf einen Aufenthalt in einem fernen, fremden Land.

Durch Muster hingegen keineswegs vorgeprägt: die Beschreibung des sexuellen Notstands, der Selbstbefriedigung. Das hatte vor Oswald noch keiner zu besingen gewagt.

Ich, Anna, Tochter des verstorbenen, seligen Hans des Hausmann«: so wird eine Urkunde vom 25. Mai 1409 eröffnet. Hier wird eine Stiftung an das Spital der Laienbruderschaft zu Brixen dokumentiert. Interessant ist an diesem Schriftsatz folgende Feststellung, gegen Schluss: »Auf meine Bitte hat der Ritter, Herr Oswald von Wolkenstein, derzeit Hauptmann des ehrwürdigen Gotteshauses zu Brixen, sein Siegel an die Urkunde gehängt.«

Dies ist keine der zahlreich überlieferten Urkunden zu Oswalds Leben, die nur juristische Relevanz besitzen, hier wird – indirekt – Biographisches präsent. Denn: Anna Hausmann war offenbar eine Geliebte Oswalds, eine Frau jedenfalls von prekärer und nachhaltiger Bedeutung.

Ihr Vater, Hans Hausmann, war Schulmeister, nachweisbar für das Jahrzehnt 1370/80. Wahrscheinlich war er 1387 Bürgermeister von Brixen; auch war er tätig für das Hochstift. Oswald von Wolkenstein und Hans Hausmann lernten sich zuerst also wohl dienstlich kennen, und irgendwann wurde Oswald die Tochter vorgestellt: Anna.

Dies dürfte in Brixen geschehen sein. Wann ungefähr? In einem Liedtext, den Oswald Ende 1421/Anfang 1422 geschrieben haben dürfte, heißt es, er habe die Frau, die ihn quälte, seit dreizehn Jahren und noch länger geliebt. Über diese ›femme fatale‹ beklagt sich Oswald in diversen Liedtexten, nie aber wird ihr Name genannt; erst später, 1427, identifiziert er sie, im Rückblick, mit der »hausmannin«. Rechnen wir zurück, so dürfte Oswald sie etwa 1408 kennengelernt haben.

Als (vorerst wohl noch ehrenamtlicher?) »Hauptmann des ehrwürdigen Gotteshauses zu Brixen« war Oswald nicht zu vorbildlicher Lebensweise verpflichtet – die erlegte sich ja auch Bischof Ulrich nicht auf, falls Andeutungen zutreffen.

Ein Junggeselle und eine junge Frau – wo und wie konnten sie sich verabreden? Es dürfte schwierig gewesen sein: beengte Verhältnisse, dichte soziale Kontrolle in der von Mauern umgebenen Kleinstadt, die vom Klerus nicht nur optisch beherrscht wurde.

Auch ohne Liebschaft: Einengung allenthalben, beinah ständige Kontrolle. Da konnte sich in einem so aktiven Mann wie Oswald der Wunsch regen, sich all dem zu entziehen: aufbrechen, zu einem Feldzug, zu einer Wallfahrt, zu einer Reise. Beispielsweise zu einer Reise ins Heilige Land.

In einem der geistlichen Liedtexte wird er später hervorheben, er sei in Bethlehem, in der Grabeskirche gewesen, hätte dort den berühmten, vom Teufel hinterlassenen Mauerspalt gesehen: »zu Betlaheme ob der grufft/die spalt hab ich gesehen.« (Kl 35)

Ich sehe keinen Grund, das in Frage zu stellen – er hatte es nicht nötig, hier zu fingieren. Ein ergänzender Hinweis auf die ihm bekannte Stadt Bethlehem auch im Liedtext Kl 126: »In ainer stat ist mir wechannt/und haisset Betlehem genant.«

Wann könnte die Pilgerfahrt stattgefunden haben? Eine ausreichende Dokumentenlücke bietet sich an für das zweite Halbjahr 1409. Da hätte er allerdings im Juni aufbrechen müssen, was sich wegen der vielbeklagten Sommerhitze in jener Region kaum empfahl. Wäre er dennoch zu dieser Zeit aufgebrochen, so hätte er im Herbst zurückkehren müssen – vor der Zeit der Winterstürme über dem Mittelmeer. Weitaus eher wäre zu erwarten, dass er mit Beginn des Frühjahrs 1410 aufbrach.

Pilgerreisen ins Heilige Land hatten in der zweiten Hälfte des vierzehnten, in der ersten Hälfte des fünfzehnten Jahrhunderts (und auch später noch) fast stets den gleichen Ablauf: ungefähr dieselbe Route, meist das gleiche Programm. So lässt sich aus vielen Berichten damaliger Pilger der statistisch durchschnittliche Verlauf solch einer Pilgerreise »über Meer« kompilieren. Dies hat Reinhold Röhricht realisiert im Buch *Deutsche Pilgerreisen nach dem Heiligen Lande.* Ich ziehe freilich weitere Quellen hinzu.

Die Reisemotive der (jährlich etwa hundertfünfzig bis zweihundert deutschen) Pilger waren unterschiedlich: Es gab selbstverständlich Pilger, die Christus im Heiligen Land näher sein wollten, es gab auch Pilger, die mit solch einer Fahrt ein Gelübde erfüllten, andere kamen mit dieser Reise einer Wette nach, oder sie wollten den Spuren der Kreuzritter folgen, wollten den orientalischen Handelsmarkt erkunden, wollten Ritter am Heiligen Grab werden, wollten schlichtweg Abenteuer erleben. Zum Teil waren die Pilger auch Profis: Wem die Reise zu fernen Wallfahrtsorten zu umständlich, zu gefährlich war, der konnte stellvertretend einen Pilger auf den Weg schicken, das sollte ungefähr die gleiche Wirkung haben, Stichwort Ablass. So bildete sich mit dem System der stellvertretenden Pilgerschaft eine Organisation von Berufspilgern: Männer, die sich gegen Bezahlung auf die Reise schicken ließen – vielfach rüde Burschen.

Wer eine Pilgerfahrt plante, der sollte, der musste erst, gegen Gebühr, eine »päpstliche Erlaubnis einholen«, so Gerhard Wolf. Wer das unterließ, wurde in Palästina sogleich exkommuniziert; befreiende Wirkung hatte hier allerdings eine »nachträgliche Zahlung an den Guardian des Jerusalemer Franziskanerklosters«.

Die damalige Kirche schätzte Wallfahrten nicht sonderlich hoch ein – es ging eher lustig als fromm zu. Wollten Pfarrer und Mönche eine längere Wallfahrt unternehmen, so musste für geistliche Aufsicht gesorgt werden: zu rasch löste sich Klosterdisziplin auf, zu oft vergaßen Priester ihren Auftrag. Damalige Sprichwörter und Redensarten zeigen an, wie man über Pilgerfahrten dachte: Wallfahrten geschehen mehr aus Wollust denn aus Andacht … Wer oft wallfahren tut, wird selten gut … Als Pilgerin fortgehen, als Hure wiederkommen …

Neben der geistlichen Erlaubnis mussten die finanziellen Mittel für die Pilgerfahrt besorgt werden. Für ärmere Pilger legte oft die Verwandtschaft zusammen, ja zuweilen der ganze Ort; solch ein Pilger musste an den Heiligen Stätten entsprechend viel beten. Auch wurden von Bekannten, Verwandten, Freunden den Pilgern Ringe und Steine (für Rosenkränze) mitgegeben: die sollte man mit allen geweihten Orten, mit allen »Heiltümern« in Berührung bringen.

Mitglieder der höheren Klassen nahmen Darlehen auf, sofern sie nicht genug Bargeld besaßen, und übermittelten vor ihrer Abreise die Gelder an eine venezianische Bank. Die meisten Pilger versteckten ihre Reisegelder so gut wie möglich, um nicht schon vor Venedig von Straßenräubern ausgenommen zu werden – so etwas geschah alarmierend oft.

Fürsten legten vor dem Aufbruch zuweilen den Grundstein zu einer Votivkirche. Mönche ließen sich vom Abt segnen. Gewöhnlich machte man vor dem Aufbruch sein Testament. Glückwünsche; Tränen; Johannissegen.

Und auf ging's nach Venedig. Teils über die Alpen, teils auf Umwegen über andere Wallfahrtsorte, Gnadenorte, zur Sicherung des himmlischen Beistands für die Reise. In Treviso oder Pavia verkauften die berittenen Pilger gewöhnlich ihre Pferde oder gaben sie bis zur Rückkehr in Futter.

Vor Venedig warteten Scharen von Anreißern auf die Pilger, schleppten sie ab zu den Gasthäusern, von denen sie Provision erhielten. Reichere Pilger konnten es sich leisten, diese Anreißer abzuwimmeln, sie hatten sich schon vor der Reise eine Unterkunft in Venedig besorgen lassen, im »Weißen Löwen«, zum Beispiel, im »Schwarzen Adler« oder im »Deutschen Haus« – hier waren Wirt und Wirtin Deutsche, ebenso Knechte und Mägde, deutsch auch die Küche. Darauf wurde vielfach Wert gelegt.

Reiche Pilger hatten auch rechtzeitig durch Mittelsmänner einen Kontrakt mit einem Reeder geschlossen. Die meisten Pilger aber mussten sich auf dem Markusplatz mit Agenten und Reedern einigen; unter den Fahnen und Bannern der Schiffsgesellschaften wurde laut geworben und hart verhandelt.

Im Kontrakt, der schließlich von beiden Seiten unterschrieben wurde, waren gewöhnlich die folgenden Punkte festgelegt: Die Reisenden sollten sich »pilgerisch« verhalten, sollten die Autorität des Patrons, also des Kapitäns respektieren, sollten an Bord jede Form des Unrechts vermeiden. Der Patron wiederum wurde verpflichtet, die Pilger von Venedig nach Jaffa zu bringen und wieder zurück. Weitere Klauseln: Das Schiff soll in wenigen Tagen segelfertig sein, mit der nötigen Mannschaft und mit Waffen ausgerüstet; ein Chirurg und ein Arzt sollen sich an Bord befinden; das Schiff soll nur an den üblichen Hafenplätzen anlegen; jeder Pilger erhält täglich Essen und Trinkwasser, und zwar möglichst gut und frisch – vor jeder Mahlzeit ein Glas Malvasier; reiche Reisende dürfen sich einen eigenen Koch halten; jeder Pilger hat Anspruch auf genügend Platz, auch zur Unterbringung von zehn bis zwölf Hühnern. Der Patron verpflichtet sich, die Pilger vor jeder Unbill zu schützen, sie im Heiligen Land zu geleiten, persönlich oder durch Stellvertreter, die nötigen Abgaben und Tribute zu entrichten, ausgenommen die Zahlung der üblichen Trinkgelder. Zum Schluss gelobte man, allen Ausflüchten und Verdrehungen zu entsagen, die durch Auslassung oder unklare Formulierungen einer Klausel entstehen könnten. Der beiderseits unterschriebene Kontrakt wurde in der Dogenkanzlei von einem Notar ratifiziert.

Nun begannen die unmittelbaren Reisevorbereitungen, und dazu hatte man meist mehr Zeit, als im Vertrag festgelegt war – es konnte bis zu sechs oder acht Wochen dauern, ehe das Schiff endlich ablegte. Zeit genug, sich in Venedig umzuschauen. Auch für Einkäufe konnte man sich viel Zeit lassen. Der Nürnberger Hans Tucher, Jahrgang 1428, erteilt in einem Handbuch einige Ratschläge für Jerusalempilger, Ratschläge, die in ähnlicher Form schon zu Oswalds Zeit gegeben wurden, in Reisebeschreibungen und Pilgerbüchlein, erhältlich etwa im Franziskaner-Kloster della Vigna.

So wurde geraten, Butter (und zwar gesalzen), Käse, Zwieback, Stockfisch, Schinken, Erbsen und Gerste mitzunehmen. Besonders wichtig seien Hühner, man solle sie in einem verschließbaren Korb transportieren – so habe man Frischfleisch, könne sich auch mal eine kräftigende Brühe kochen (lassen), besonders nützlich bei Seekrankheit.

Ein anderer Pilger des 16. Jahrhunderts empfahl den Einkauf von Schiffszwieback, von getrockneten oder geräucherten Würsten, von Dörrfisch, von 40 Pfund Parmesankäse, von einem halben Dutzend Fässchen Rotwein.

Und wieder Herr Tucher: Das Gepäck solle man auf einen Sack und zwei Taschen verteilen, das sei am praktischsten für Eselsritte im Heiligen Land; außerdem solle man eine lange Truhe mitnehmen, in der man das Gepäck während der Schiffsreise diebstahlsicher verstaue, und auf der man nachts schlafe: viel Ungeziefer auf dem Schiffsboden. Diese sarggroßen Holzkästen waren schon zu Oswalds Zeit üblich. Und wer nicht gern die Schiffslatrine benutzte, erwarb sich einen Nachtstuhl.

Was Herr Tucher nicht erwähnte: es wurde auch Brennholz eingekauft, in Bündeln. Bessere Herrschaften, die auf die Schiffsverpflegung nicht angewiesen sein wollten, sich einen mitreisenden Koch leisten konnten, sie ließen an Deck kochen oder braten. Offene Feuer auf Schiffen aus Holz: höchste Gefahr! Auf byzantinischen Schiffen war die Praxis längst schon verboten – auf Pilgerschiffen wurde sie geduldet. Vertraute man auf himmlischen Schutz, nach all den Gebeten und Gesängen vor dem Start?

Man hatte sicherlich Zeit und Gelegenheit, sich im Hafen schon mal eins der (nur etwa vierundzwanzig, maximal dreißig Meter langen) Schiffe anzuschauen, die für Pilgertransporte vorgesehen waren: Galeen. So wurde die Kombination von Segelschiff und Galeere bezeichnet. Fachleute sprechen und schreiben da von »Riemenantrieb«: die Riemen wurden gezogen von Ruderknechten, vielfach von Galeerensklaven. Mindestens hundert, eher hundertfünfzig Mann wurden gebraucht, um eine Galee zu bewegen – die Ruderbänke zugleich als Schlafplätze.

Der Schiffsantrieb verlagerte sich indes mehr und mehr auf Segel: aus Hilfssegeln waren im Verlauf einer langsamen Entwicklung Großsegel geworden, in der Form, die sich seit der Antike bewährt hatte: dem Lateinersegel. Blick in den Duden: »An einer schräg gestellten Rah befestigtes dreieckiges oder trapezförmiges Segel«. Ja, eher trapezförmig, wie zahlreiche Abbildungen zeigen. Zusätzlich, in der Regel, ein Vormast und ein Heckmast. Gerudert wurde nur bei Einfahrten in Häfen, bei Ausfahrten, bei engen Passagen zwischen Inseln, in Gebieten, die auf Seekarten mit Warnzeichen versehen waren: Untiefen, Klippen, Felsriffe. Ansonsten wurden die Ruder eingezogen oder hochgestellt, und es wurde gesegelt.

Man hat auch damals hart kalkuliert: Je weniger Ruderknechte auf einem Schiff, desto mehr Platz für zahlende Passagiere. So wurde wohl ein Teil der Ruderbänke unter Deck freigehalten für Pilger. Nun kam es vor, dass Wind und Strömung die Ausfahrt aus einem Hafen erschwerten, ja verhinderten. Falls sich keine komplett besetzte Galeere fand, die eine Galee in Schlepp nahm (wie das bezeugt ist), so musste das Pilgerschiff auch bei widrigen Winden den Hafen verlassen können. Das schafften die in der Zahl reduzierten Ruderknechte nicht immer, und so wurden sicherlich schon mal jüngere Pilger an die Ruder gebeten, an die Ruder gerufen – die meist zu zweit gezogen wurden. Oswald vermerkt in seinem siebenstrophigen Lebenslied, dass er gerudert hat, bei Kreta und auch anderswo – das dürfte auf seiner Pilgerfahrt geschehen sein. (Handelsschiffe jener Zeit fuhren nur noch mit Segeln; allein Kriegsschiffe waren Galeeren – die ließen sich auf Befehl rascher und leichter navigieren, da war man auf den Wind nicht mehr angewiesen.)

Über dem Ruderdeck das Deck mit Reling: Arbeitsfläche für die Matrosen, die für die Besegelung zuständig waren. Und für die Ballistarier, die im Notfall Büchsen und Bombarden bedienen mussten zur Abwehr von Piraten. Auf dem Deck auch ein kubusförmiger Aufbau mit (sehr engen) Pferdeboxen.

Abschließend das Achterkastell. Auf der oberen Ebene, mit Segeltuch gegen Sonne und Regen geschützt, der Steuermann, der Schiffspatron. Ausgebreitet die Seekarte, auf der Küstenorte verzeichnet waren und die jeweiligen Haupt-Windrichtungen, kompassgerecht. Man fuhr längst schon nach Kompass und orientierte sich bei Dunkelheit an Sternen, soweit sichtbar. Karten hatten früher eher heilsgeschichtliche Zeichen gesetzt, mit Jerusalem als Mittelpunkt jener Welt, inzwischen aber wurde die geographische Topographie immer präziser.

Am Tag der Abfahrt wurde auf dem Schiff die Pilgerfahne gehisst: weiß mit rotem Kreuz, dann die Fahne des San Marco: roter Löwe auf weißem Feld, und das päpstliche Banner: grüner Eichenlaubzweig mit goldenen Eicheln und gekreuzten Schlüsseln auf himmelblauem Grund. Die Pilger sangen fromme Lieder; eine Messe wurde gelesen; Pilger und Schiffsbesatzung baten kniend um himmlischen Segen.

Im Lauf von Jahrzehnten, ja mittlerweile von Jahrhunderten fuhr man auf festgelegten Routen – mit bewährten Häfen für Zwischenlandungen. Übernachtungen an Bord nur als unerwünschte Ausnahmen; optimal waren Tagesfahrten mit anschließenden Übernachtungen auf dem Festland oder auf Inseln.

Wie eine Schiffsreise von Venedig nach Jaffa in der Regel verlief, das ist recht genau aufgezeichnet im *Tagebuch der Heilig Land-Reise des Grafen Gaudenz von Kirchberg, Vogt von Matsch/Südtirol im Jahre 1470*. Der Diener Friedrich Steigerwallder, der für seinen Herrn den Reisebericht verfasste, betont wiederholt, dass die Route vorgegeben, vorgezeichnet war: »unnser Straß«, die »rechte Stras«. Von widrigen, von »pösen« Winden konnte man auf eine »unrechte Straß« getrieben werden, aber das wurde möglichst bald korrigiert.

Erste Erfahrung: die »Weite des Golfs« zwischen Venedig und Istrien. Nach etwa zwei Tagen erreichte man, zur ersten Zwischenlandung, den Hafen von Parenzo. Am nächsten Abend legte man bei Zara an, am übernächsten Abend an der Insel Lesina – gesegelt wurde stets in Sichtnähe zur Küste. Als Zwischenstation sodann die Stadtrepublik Ragusa, das heutige Dubrovnik.

Im Kloster des Dominikaner-Ordens hörte man die Messe, zog anschließend zum Franziskanerkloster – in der Stadt selbst gab es keine Herbergen für Pilger und Handelsreisende. Im Kreuzgang des Klosters wurde eine Mahlzeit eingenommen, unter einer weiten Pergola mit Weinreben – gern wurde das im Rückblick gepriesen.

Etwa eine Woche später erreichte das Schiff Korfu. Am Tag darauf ging es weiter, mit einem Zwischenhalt an der Insel Zante. Ein wichtiger Anlaufpunkt sodann, in jener Zeit: Modon an der Westküste des heutigen Griechenland – der Hafen ist heute weithin versandet.

Kap Gallo, südöstlicher Peloponnes: Hier wurden meist »Steine« an Bord genommen. Es waren eher Steinbrocken. Wozu wurden die verladen? Erst mal wurde der Ballast verstärkt, bevor man in die offene See hinausfuhr, ohne Sichtverbindung zur Küste. Sodann: Steinmetze an Bord meißelten die Steinbrocken zu Kanonenkugeln zurecht, von denen man, zur Abwehr von Piraten, notfalls viele brauchte. Die noch unbehauenen Brocken dienten einem Nebenzweck. In jener Reisephase wurde mit ersten Toten an Bord gerechnet – Krankheiten breiteten sich aus, die Gefahr der Ansteckung war sehr hoch bei den katastrophalen sanitären Verhältnissen. Die Toten wurden jeweils in einen Sack gesteckt, ein Steinbrocken kam hinzu, der Sack mit Leiche und Stein wurde über Bord geworfen.

Dies womöglich schon während der längeren Seefahrt vom Peloponnes hinüber nach Kreta. Dort landete man bei Chania, dem heutigen Iraklion. Genauer: auch dort ankerte man im Hafenbecken oder vor der Mole – mit dem Beiboot wurden die Passagiere an Land gebracht. Anlegen an einem Kai war noch längst nicht die Regel – das hätten Galeerensklaven ausnutzen können.

Kreta wurde von Pilgern gepriesen: sehr fruchtbar. Und viel guter Wein wie Malvasier und Muskateller!

Im Golf von Antalya fühlte man sich meist nicht mehr so glücklich – meist wurde (spätestens hier) ein toter Passagier über Bord geworfen, womöglich am »Sannt Oswaldstag«.

Insgesamt zwei Monate dauerte, in der Regel, solch eine Schiffsreise. In der Planung inbegriffen: entweder eine längere Flaute oder man wurde von einem Sturm weggeblasen von der »rechten Straße«. Dann wurde rasch das Trinkwasser knapp. Bald schon zeigten sich die verhassten Würmchen in den Fässern. Wurde geseiht? Wohl kaum. Abgekocht wurde erst recht nicht. Um nicht bestohlen zu werden, schloss man seine Wasserreserve in der Truhe ein. Wenn auch die Reserven ausgingen, wurde, zuweilen, mit Malvasier gekocht.

Hunger, Durst, Krankheit, Langeweile. Die Passagiere vertrieben sich die Zeit vielfach mit Karten- oder Würfelspielen. Selbstverständlich ging es stets um Geld. Manchmal wurden Delphine gejagt. Von Galeoten wurde Seemannsgarn gesponnen.

Das wurde später gern weitergesponnen. Arnold von Harff, der Ritterpilger aus Köln: »Wir sahen dreimal zur Abendstunde zwei mächtige Tiere im Meer heftig miteinander kämpfen. Es wurde uns gesagt, das eine wäre ein Meerdrachen, Leviathan genannt, und das andere wäre ein Walfisch. So hat der Leviathan vier Füße mit Klauen wie ein Greif, auch große breite Flossen wie Flügel, mit denen er wohl einen weiten Sprung aus dem Wasser tut. Auch hat er einen dicken langen Schwanz, mit dem er ganz gewaltig schlägt, und einen großen Mund mit einem großen Gebiss, so dass er mit den langen Klauen, mit dem scharfen Gebiss, mit dem Schwanz und durch die Schläge der Flügel kraftvoll angreift und den Walfisch in große Bedrängnis bringt. So nahmen wir wiederum an diesem großen, fürchterlichen Walfisch wahr, dass er mehr als drei Tonnen Wasser in sich gesammelt oder aufgesaugt hat, die er auf einmal gegen den Meerdrachen ausblies, um ihn zu blenden, so dass wir sie dann lange Zeit aus den Augen verloren hatten.«

Zuweilen sah man wirklich Piratenschiffe, von denen so viel erzählt wurde: gewöhnlich wagten sie sich an die stark bewaffneten Pilgerschiffe nicht heran, lauerten eher auf Frachtsegler mit kleinerer Besatzung und größerer Beute. Manchmal erlebte man auch einen der Stürme, von denen ebenfalls viel erzählt wurde. Zog ein Unwetter auf, so versuchte man es durch Schüsse zu vertreiben.

Reibereien, Auseinandersetzungen, Schlägereien an Bord. Steigerwallder notierte: Ein Flame mit einem Korb mit Brot und Gläsern ... er gerät auf einer Schiffstreppe ins Stolpern, eins der Gläser fällt einem Herzog auf den Kopf ... blutige Platzwunde ... der Herzog schlägt brutal zu, durchsticht eine Wange des Flamen ... Landsmänner und Niederländer rotten sich zusammen, wollen den Herzog zusammenschlagen ... es bildet sich ein Gegentrupp, fährt dazwischen; Massenschlägerei. Als Schläger besonders verrufen waren Berufspilger und Niederländer. Im Jargon von Pilgern: Man hat eine gute Maultasche empfangen, hat dafür den Schläger gut abgeschmiert.

Nein, erholsam war solch eine Schiffsreise nicht. Enge unter Deck, Stickluft. Läuse, Wanzen, Mäuse, Ratten. Fast unaufhörlich stampften auf dem Deckaufbau die beengten Pferde. Es wurde bis spät in die Nacht geredet, gesungen, gegrölt, gebrüllt. Das Essen war mäßig bis miserabel. Kraut, Fleisch, Suppe, Suppe, Suppe. Das Brot hart, mit Würmern, das sogenannte Trinkwasser brackig, übelriechend.

Übelkeit erregend waren, in der Regel, die sanitären Verhältnisse an Bord. Auch Oswald hatte keine Kabine, auch Oswald musste zur Latrine – auf das Balkönchen am Heck, auf ein Brett vor dem Bug? Ein anrüchiges Kapitel, es darf nicht ausgespart bleiben.

Der Dominikanermönch Felix Faber aus Ulm hat einen (lateinischen) Bericht verfasst über seine Reisen in den Jahren 1480 und 1483; seine Erfahrungen dürften übertragbar sein auf ein Pilgerschiff zu Oswalds Zeit.

»Wie der Dichter sagt: Ein dringendes Bedürfnis ist eine unerträgliche Last. Einige Worte über die Art, sich an Bord zu erleichtern.

Jeder Pilger hat neben seiner Lagerstätte ein Urinal – ein Gefäß aus Terrakotta, eine kleine Flasche –, in das er uriniert und sich erbricht. Da aber die Unterkünfte bei der Fülle der Menschen sehr beengt und außerdem dunkel sind, und da ein ständiges Kommen und Gehen herrscht, kommt es selten vor, dass diese Gefäße nicht schon vor Abend umgestoßen werden. Ja, mit schöner Regelmäßigkeit stößt irgendein Tölpel, getrieben von einem dringenden Bedürfnis, das ihn aufstört, im Vorübergehen fünf oder sechs dieser Gefäße um und hinterlässt einen unerträglichen Gestank.

Wenn die Pilger morgens aufstehen und ihre Bäuche um Entladung bitten, erklettern sie die Brücke und streben zum Bug, wo zu beiden Seiten des Schiffsschnabels Abtritte eingerichtet sind. Manchmal warten dreizehn Leute oder mehr darauf, einen Sitz zu bekommen, und wenn einer zu lange braucht, herrscht nicht Verlegenheit, sondern eher Zorn. Ich würde dieses Warten mit dem vergleichen, das die Leute bei der Fastenbeichte zu erdulden haben, wenn sie anstehn müssen und zornig über die endlosen Beichten sind und übellaunig darauf warten, an die Reihe zu kommen.

Nachts ist es ein schwieriges Geschäft, zu den Latrinen vorzudringen, weil auf den Decks der Galee zahllose Menschen liegen und schlafen. Jeder, der dort hin will, muss über mehr als vierzig Menschen steigen und sie dabei notgedrungen stoßen; bei jedem Schritt läuft er Gefahr, einen Mitpilger zu treten oder auf einen Schlafenden zu fallen. Wenn er auf seinem Wege jemanden anrempelt, fliegen Flüche hin und her. Wer weder Angst noch Schwindel kennt, kann sich an der Außenwand des Schiffes von Tau zu Tau hangeln, was ich selber trotz der Gefahr oft getan habe. Man kann auch aus einer Ruderluke steigen und sich rittlings von Ruder zu Ruder vorarbeiten. Das ist aber nichts für Hasenfüße, und die Seeleute sehen es auch nicht gern.

Aber wirklich ernsthaft werden die Schwierigkeiten bei schlechtem Wetter, wenn die Aborte ständig von Wellen überspült werden und man die Ruder einholt und auf die Bänke legt. Will man also mitten in einem Sturm auf den Abort, läuft man Gefahr, von Kopf bis Fuß durchnässt zu werden, weshalb viele sich vorher ihrer Kleider entledigen und splitterfasernackt nach vorn gehen. Hierbei hat das Schamgefühl viel zu leiden, was die Schamteile umso mehr erregt. Wer sich nicht so sehen lassen möchte, hockt sich an irgendeiner anderen Stelle hin, die er verunreinigt, was die Wut reizt und zu Schlägereien führt, wobei sich sogar ehrbare Leute vergessen. Manche entleeren sogar in ihre Bettflasche, was abscheulich ist und die Nachbarn vergiftet und nur bei Schwerkranken geduldet werden kann, denen man daraus keinen Vorwurf machen darf. Wenige Worte reichen nicht aus, um zu schildern, was ich durch einen kranken Bettgefährten in dieser Hinsicht zu leiden hatte.«

Allgemeine Erregung, Jubelschreie, sobald die Küste des Heiligen Landes auftauchte. Die Pilger knieten nieder und sangen: Te Deum laudamus. Von einem der Wachtürme von Jaffa wurde ein Kanonenschuss abgegeben, ein Banner wurde aufgesteckt. Das Schiff musste vor der Küste ankern, bis alle Formalitäten erledigt waren. Und die waren zeitraubend, demütigend, erniedrigend.

Man war ja zu einem Feindesland gereist. Längst schon war das

Heilige Land Teil des Osmanischen Reiches. Und: türkische Truppen marschierten, ritten gegen das Abendland; im Gegenzug fanden Befreiungsfeldzüge statt. Dennoch der Pilgertourismus. Dies mit der schlichtesten aller Erklärungen: Die Türken nahmen die Pilger in Kauf; Wallfahrten ins Heilige Land als Einnahmequelle. So betrug die Grundgebühr für die Einreise 18 Dukaten, das waren, umgerechnet, etwa anderthalbtausend Euro. (Von Berichten früherer Pilger wusste man, was weiter auf einen zukam an finanziellen Belastungen: An zahlreichen heiligen Stätten wurde Eintrittsgeld erhoben, beinah abschreckend hoch. Lebensmittel, die den Pilgern verkauft wurden: vorsätzlich überteuert. Oft fanden Raubüberfälle statt und man musste sich vom Franziskanerpater Guardian Geld leihen zu ungünstigen Konditionen.)

Es dauerte nach dem Kanonenschuss bis zu sechs Tagen, ehe aus Ramleh und Jazur Vertreter der türkischen Behörden erschienen, begleitet von zahlreichen Kaufleuten. Auf dem Schiff verhandelte der Patron mit den türkischen Herren, bewirtete sie zuvorkommend, auch mit Wein. Alle Pilger mussten ihre Waffen ablegen, mussten Namen und Stand angeben, auch Namen und Stand der Eltern – reiche Pilger, namhafte Pilger reisten gewöhnlich unter Pseudonym, um nicht allzu sehr gerupft und womöglich erpresst zu werden; wiederholt Geiselnahmen. Zuweilen wurde denn auch der Rat befolgt, keine Pilgerkleidung zu tragen, sondern sich wie ein Kaufmann zu kostümieren – dieser Stand wurde anerkannt.

Kaum an Land, mussten sich die Pilger (wieder einmal) aufreihen und abzählen lassen – schon bei geringen Abweichungen setzte es Hiebe. Dann trieb man die Pilgerschar in eine Ruine mit weithin eingestürzten Gewölben; vor dem Eingang stellten sich Männer mit Knüppeln auf. Keine Ausgangserlaubnis. Zum Sitzen und Schlafen: völlig verschmutzter Boden. Hinzu kam beinah betäubender Gestank – es war nicht mal eine Latrine angelegt, man erleichterte sich irgendwo in der Ruine. Nur gegen Zahlung einer willkürlich angesetzten Gebühr durfte man, für jeweils eine Stunde, das unwirtliche Quartier verlassen – und wehe, man kehrte nicht pünktlich zurück.

Gestank und Hitze setzten den Pilgern zu; eine Delegation wendete sich an einen ranghohen Türken, erreichte, dass man am Ufer lagern und warten konnte – ein Streifen von der Länge eines Armbrustschusses und in der Breite von fünf oder sechs Schritten. Dort saß man im heißen Sand, im prallen Sonnenschein, wartete erst mal wieder drei Tage lang. Bewachung durch Knüppel- und Säbelträger. Auf jede erdenkliche Weise kriegten die Pilger zu spüren, dass sie unerwünscht, ja verhasst waren. Verlangt wurde Geld, Geld, Geld, gefordert war Geduld, Geduld, Geduld.

Das Erste, was der zuständige Franziskanerpater empfahl, nachdrücklich: Nur ja nicht aufbegehren, sich bloß nicht beschweren, sich schon gar nicht wehren – womit auch? Die Pilger hatten längst alle Waffen abliefern müssen; nur Brotmesser durften sie behalten. Wurde man angebrüllt, durfte man nicht zurückbrüllen; wurde man geschlagen, durfte man nicht zurückschlagen. Ich frage mich, wie der offenbar cholerische Oswald mit dieser Situation zurechtkam.

Vor dem Aufbruch nach Jerusalem erneute Instruktionen vom Pater Guardian: Stets in der Gruppe bleiben, nicht lachen und lärmen, nicht auf türkische Gräber treten, Mauern und Wände nicht beschmieren, nicht Stücke vom Heiligen Grab hacken, sich nicht mit Frauen einlassen, Türken keinen Wein geben, selbst auch keinen Wein trinken, nicht Moscheen aufsuchen, den Gruppenleiter nicht für Verzögerungen oder Verspätungen verantwortlich machen.

Aus dem Internierungslager befreit, traf man eventuell Pilger auf der Rückkehr. Die berichteten von Repressalien und Grausamkeiten, von zahlreichen Erkrankungen und etlichen Todesfällen unterwegs.

Endlich ging es los, Richtung Ramleh. Beschaulichkeit konnte sich unter den Pilgern kaum einstellen, zum Beten und Singen fand man wenig Gelegenheit, denn fast unablässig war man mit den Eseltreibern beschäftigt. Gewöhnlich waren mehr Esel als Pilger da, jeder Eseltreiber aber wollte etwas verdienen, so fing ein Gerangel an um die Pilger. Die reicheren Pilger waren von diesem Problem befreit, sie hatten aufs Schiffsdeck ihre Reittiere mitgebracht; den anderen Pilgern aber erging es vielfach so: Sie kamen mit einem Eseltreiber überein; der forderte Bakschisch für das Hinaufhelfen auf den Esel; nach oft recht kurzer Zeit schon sorgte der Treiber dafür, dass sein Esel den Pilger abwarf: neues Bakschisch für das Hinaufhelfen – das konnte sich mehrfach wiederholen. Blieb ein Pilger auf seinem Esel zurück, war der Eseltreiber einmal nicht in seiner Nähe, so wurde der Pilger von einem noch unbeschäftigten Treiber aus dem Sattel gerissen, auf sein eigenes Reittier gehoben; dafür wurde Bakschisch verlangt. Wer nicht zahlte, wurde verprügelt; zurückschlagen war verboten. Bis zu vier- oder fünfmal konnte man so gezwungen werden, sein Reittier zu wechseln. Und jedes Mal Bakschisch, auch für das Absteigen, endlich, an der Raststation. Dort waren dann schon etliche Gepäckstücke verschwunden. Und mit Vorliebe zerschlugen die Treiber die kleinen Weinfässchen der Pilger.

Endlich Jerusalem! Von Eseltreibern, Dieben, Händlern umkreist und bedrängt, kniete manch einer hin: die hochheilige Stadt mit Mauern und Türmen; Rührung, Dankgebet. Erneute Abgaben am Stadttor. Und das war erst der Beginn der langen Reihe von Zahlungsverpflichtungen. Ein Reisender des 16. Jahrhunderts: »In Summa, wir armen Pilger sind derart schändlich von Christen und Türken um unser Geld betrogen worden, dass es zum Erbarmen ist.«

Es wurde Quartier bezogen im Hospital. Auch hier eine Ruine, die Pilger mussten auf dem Boden schlafen, in Staub und Dreck. Auch hier: Notdurft wurde in einem Winkel der Ruine verrichtet.

Nachdem man sich von den Strapazen der Anreise ein wenig erholt hatte, versammelte man sich auf dem Zionsberg zur Prozession. Kurze Ansprache durch den Gruppenleiter: Hinweis auf die Heiligkeit des Ortes, Bitte um entsprechendes Benehmen. Sobald man, mit Kerzen in den Händen, den Leidensweg des Herrn abgeschritten hatte, ging es zur Grabeskirche. Sie war eigentlich nur zweimal im Jahr geöffnet, doch wenn Gebühren, und zwar sehr hohe, gezahlt wurden, entsiegelten türkische Beamte die Tür; wer nicht zahlte, kam nicht rein.

Erneute Anweisungen des Gruppenleiters: Nicht mit den Händlern in der Kirche feilschen; die Priester der Gruppe sollten sich nicht um das Messelesen zanken; die heiligen Stätten nicht durch Anmalen oder Abschlagen von Steinen verunglimpfen; beichten, das Abendmahl feiern.

In der Grabeskirche ging es bunt zu: Händler boten kostbare Stoffe an, Ketten, Ringe, Rosenkränze, Kreuze und vor allem: Reliquien. Trotz der Verbote beschrieben Edelleute die Wände, schlugen Nägel ein, hängten ihre Wappen auf. Pilgerinnen versuchten, sich in einem Winkel befruchten zu lassen, weil Kinder, die in einer Kirche, erst recht in dieser Kirche, gezeugt wurden, als Glückskinder galten. Priester zankten sich um die Alba, weil nur einer die Messe in der Grabeskirche lesen durfte. Das Abendmahl.

Feierlich sodann das Ritual des Ritterschlags – auch Ritter Arnold von Karff wollte Ritter vom Heiligen Grab werden. Er berichtet: »Da war ein alter Ritterbruder, der die Pilger, die danach verlangen, zu Rittern schlägt. Er trägt um die Zeit ein goldenes Schwert und goldene Sporen bei sich und fragte mich, ob ich Ritter werden wolle. Ich antwortete: ›Ja.‹ Er fragte, ob ich Ritters Genosse und ehelich von Vater und Mutter wäre, was ich ebenso zu sein hoffte. Er trug mir auf, einen Fuß nach dem anderen auf das Heilige Grab zu setzen. Dann spannte er mir die beiden Sporen um. Danach gürtete er mir das Schwert an meine linke Seite und sprach: ›Zieh das Schwert heraus, falle vor dem Heiligen Grab auf deine Knie, nimm dann das Schwert in die linke Hand und lege zwei Finger der rechten Hand darauf und sprich mir nach: Da ich edler Ritter einen weiten langen Weg gepilgert bin, großes Leid und Ungemach erduldet habe, um Ehre und das Heilige Land zu suchen und jetzt die Stätten der Martern unseres Herrn Jesu Christ und das Heilige Grab gefunden habe, um meine Sünden zu büßen und ein rechtschaffenes Leben beginnen will, begehre ich darum jetzt, hier, Gottes Ritter zu werden, und gelobe bei meiner Treue und Ehre, die Witwen, Waisen, Kirchen, Klöster und armen Leute zu beschützen und niemandem – weder um Geld noch um Gut noch um Freundschaft noch Verwandtschaft – Unrecht zu Recht machen zu helfen und mich verhalten werde, wie es einem ehrbaren Ritter geziemt, so mir Gott helfe und das Heilige Grab.‹ Nachdem ich dies getan und nachgesprochen hatte, nahm er mir das Schwert aus meiner Hand, schlug mich damit auf meinen Rücken und sprach: ›Steh auf, Ritter, zur Ehre des Heiligen Grabes und zur Ehre des Ritters St. Georg.‹«

Höchstwahrscheinlich ließ sich auch Oswald von Wolkenstein an dieser geheiligten Stätte zum Ritter schlagen. Das wäre ähnlich abgelaufen: eingespieltes Ritual.

Ein Ritter vom heiligen Grab wurde respektiert, wurde adoriert. Doch es muss, in der allgemeinen Einschätzung, ein Unterschied bestanden haben zum Ritterschlag auf einem Kriegsschauplatz, als Auszeichnung für erfolgreichen Kampfeinsatz. War man nach dem Routine-Ritual in der Grabeskirche eher ein Titular-Ritter?

Fortsetzung des Pilgerprogramms. Im Auftrag seines Herrn vermerkt Steigerwallder die üblichen Stätten. Die waren auf einem (heilsgeschichtlich stilisierten) Stadtplan mit einfachen oder doppelten Kreuzen markiert: Das einfache Kreuz verhieß Ablass von sieben Jahren, im Fegefeuer erspart, das Doppelkreuz versprach vollkommene Vergebung aller Sünden. (Die vollkommene Vergebung konnte wiederum akkumuliert werden!)

Es schlossen sich fromme Exkursionen an. So wurde Pilgern im Gelände die Stelle gezeigt, an der David den Goliath mit der Schleuder gefällt hatte ... Oder die Kapelle, punktgenau an der Stelle, an der Lazarus von den Toten auferweckt worden war ... Oder der Brunnen, in dem die Gottesmutter die Windeln des Jesuskindleins ausgewaschen hatte ...

Üblich war auch ein Gang von Jerusalem hinab in das Kidrontal, im tiefen Einschnitt zwischen Stadt und Ölberg: »Vallis Iosaphat«. Oswald wird später den Pfalzgrafen Ludwig bei Rhein vor Räubern in diesem Tal warnen; Konrad sieht hier, ein paar Jahrzehnte später, keine Gefahr mehr. Auch wenn sein Bericht sprachlich unbeholfen wirkt – hier ist ein Hauch Authentizität.

»Wir gingen dann abwärts in das Tal von Josaphat. Im Talgrund gingen wir über eine kleine, vier Schritte lange steinerne Brücke, obwohl doch zu dieser Jahreszeit kein Wasser unter ihr hindurchläuft und es ganz trocken war. (...)

Von dieser Brücke gingen wir das Tal Josaphat etwas hinauf und kamen zu einer schönen Kirche, ›Zu Unserer Lieben Frau‹ genannt. Diese Kirche liegt genau in der Mitte des Tals, da das Erdreich von beiden Seiten des Berges gegen die Mauer gesunken ist, so dass diese Kirche jetzt ganz unter der Erde liegt und man von den Bergen gerade auf die Spitze dieser Kirche gehen kann. In diese Kirche geht man eine steinerne Treppe 52 Stufen hinab bis unten in den Kirchraum. Ungefähr auf der Hälfte der Treppe stehen zwei schön gewölbte, aus Stein gehauene Gräber, eines auf jeder Seite. In dem einen, auf der rechten Seite, ist St. Joachim begraben worden, der Vater Unserer Lieben Frau, und in dem anderen, auf der linken Seite, ist St. Anna, Unserer Lieben Frau Mutter, begraben worden. Aber St. Helena hat die Leichname nach Konstantinopel überführen lassen. Dann gingen wir diese Treppe abwärts bis unten in die Kirche. Auf der rechten Seite ist ein kleines Kapellchen mit zwei Türen, dort drinnen steht ein aus Stein geschlagenes, sechs Fuß langes Grab, in dem die Apostel den Hl. Leichnam Unserer Lieben Frau begraben hatten. In dieser Kapelle gibt es Ablass, Vergebung aller Sünden, von Strafe und von Schuld.

Dann traten wir wieder aus dieser Kirche und gingen auf der linken Seite unten an den Fuß des Ölbergs. Ein wenig aufsteigend kamen wir an einen hohlen Fels, den man hinuntersteigen musste. Dort ist die Stelle, wo unser Herr Jesus Wasser und Blut geschwitzt hat, als er dreimal den himmlischen Vater anflehte, den Kelch der Martyrien von ihm zu nehmen. In dieser Höhle gibt es Ablass, Vergebung aller Sünden, von Strafe und Schuld. (…)

Dann gingen wir auf den rechten Gipfel des Ölbergs. Dort steht eine Kirche. An dem Eingang liegt auf der Erde ein großer Stein, auf dem zwei Fußabdrücke eingedrückt sind, von denen man den rechten besser erkennen kann als den linken. Die hat unser Herr Jesus uns von seinen Füßen zu einem Gedächtnis gelassen, dass er auf dieser Stelle im Beisein seiner Jünger in den Himmel aufgefahren ist. An dieser Stätte gibt es Ablass, Vergebung aller Sünden, von Strafe und von Schuld.

Von diesem Ölberg sahen wir wohl über ganz Jerusalem, da dieser Berg sehr viel höher liegt als Jerusalem und beide nicht mehr als der enge Grund, das Tal von Josaphat genannt, voneinander trennt.«

Und wieder übernimmt Steigenwallder die Führung. Ein Ritt nach Bethanien. Übernachtung in einer Ruine, in der auch Maultiere und Esel untergebracht waren. Und es gab in dieser Region nichts zu kaufen, weder Proviant noch Wasser; man blieb angewiesen auf sicherheitshalber mitgeführten Reiseproviant, doch der wurde knapp. Dazu extreme Hitze. Bei der Fortsetzung des Rittes fielen Pilger vor Erschöpfung von den Eseln, andere wurden vom Hitzschlag getroffen. Womöglich auch noch ein Überfall durch eine der lauernden Banden.

Bethlehem, von Oswald explizit erwähnt, muss gleichfalls Textpräsenz gewinnen. Hier greife ich (chronologisch) zurück auf einen Bericht des Pfarrers Ludolf von Sudheim, der 1341 im Auftrag des Bischofs von Paderborn beschrieb, was er 1336 »zum ersten Mal erblickte«.

»In Bethlehem steht eine große, schöne Kirche, die wie eine Burg mit Türmen und Brustwehren ausgestattet und befestigt ist. Sie ist besser mit Blei gedeckt, kunstvoller bemalt sowie mehr mit Marmor und Gold geschmückt als irgendeine andere Kirche unter der Sonne, wie ich glaube. So ist sie in jeder Hinsicht, wie ihr auch zukommt, reich, edel und kaiserlich. Sie ist fest gebaut und hat im Inneren siebzig schöne und große Pfeiler aus edlem Marmorgestein. Die Dachbalken sind nur aus dem Edelholz der Zedern; mit Sparren und mit Brettern ist sie unter dem Dach ausgeschmückt. Die Wände glänzen, sie sind vergoldet und außerordentlich kunstvoll bemalt.

In dieser Kirche geht man vor dem Chor auf einer Treppe in die steinerne Grotte hinab, die nicht ausgehauen, sondern von der Natur geschaffen wurde. In der Grotte zur rechten Hand ist unter dem Hochaltar die Stelle, an der unser Herrgott für uns von der Jungfrau Maria geboren werden wollte. An diesem Ort stehen ein Altar, und, nicht fern davon, die Krippe, in die die gebenedeite Magd Maria ihr Kind hineinlegte, in Tücher gewickelt. Bei der

Krippe sieht man eiserne Ringe oder Haken, die mit Blei in die Felsen gegossen sind und an die die Hausbewohner ihr Vieh zu bringen pflegten, wenn sie zum Markte gingen. Die Krippe ist aus Stein und etwa vier Spannen lang, wie es dort üblich ist.«

Ein besonders wichtiger Punkt im weiteren Programm: der Jordan. Der Patron versuchte meist, der Gruppe den Besuch des Jordan auszureden: der Weg dorthin zu gefährlich – räuberische Beduinen! Möglichst rasch sollte ja nun die Gruppe wieder an Bord des Schiffes und zurück nach Venedig verfrachtet werden; die Dauer des durchschnittlichen Aufenthalts zwischen Ausschiffung und Einschiffung lag bei zehn bis vierzehn Tagen. Weil der Besuch des Jordan als sehr wichtig galt, wurde er von den Pilgern vielfach erzwungen.

Das Bad im Jordan als zweiter Höhepunkt der Reise: vollkommener Ablass. Arnold von Harff: »Dieser Jordan ist ein edles, trübes Gewässer, das zwischen hohen Ufern auf beiden Seiten verläuft.« Pilger beteten und sangen im Jordanwasser, tauchten ihre Sterbehemden ins Jordanwasser, füllten Jordanwasser in Flaschen ab, zur Taufe der Kinder. Berichtet wird aber auch von »unzüchtigem Treiben« zwischen Pilgern und Pilgerinnen im Jordanwasser. Die Begleiter der Pilgergruppen mahnten durch Trommelschläge zum Aufbruch; wer das Wasser nicht rechtzeitig verließ, dem wurde mit der Peitsche nachgeholfen.

Zurück in Jerusalem, deckte man sich mit Reliquien ein: Stücke vom Heiligen Grab, Abdrücke von Fußspuren Christi, Steinchen vom Berg Zion oder vom Ölberg, Frauenmilch aus Bethlehem, Marienerde, Rosenkränze aus Bethlehem und Gethsemane, Stücke der Hebroneiche, Rosen von Jericho, Dornen aus der Dornenkrone Christi, Leinwandstreifen in der Länge des Heiligen Grabes; gelegentlich wurden auch tote Früh- und Fehlgeburten angeboten, als Leichen der unschuldigen Kindlein von Bethlehem.

Man konnte sich heilige Symbole tätowieren lassen, man besorgte sich, soweit man noch Geld dazu hatte, Hemden aus Baumwolle oder Seide, orientalische Schuhe, womöglich auch Juwelierarbeiten. Mit der letzten Barschaft musste eventuell noch die Ausreisegenehmigung bezahlt werden.

Auf dem Weg von Jerusalem nach Jaffa mussten sich die Pilger wieder einmal aufreihen; es wurde eine strenge Befragung durchgeführt: ob nicht der eine oder andere unter den Pilgern doch Graf oder Fürst sei. So jemand wurde zu Sonderkontributionen verpflichtet; wer zu dieser Zeit nicht mehr zahlungsfähig war, konnte zur Geisel genommen werden, bis Lösegeld aus dem Heimatland eintraf, und das konnte sehr lange dauern.

Endlich Jaffa! Draußen das Schiff! Pilger sprangen von den Eseln, rannten zum Beiboot, erstürmten die Galee: gerettet!

Während der Rückfahrt wieder Kartenspiele. Waren Frauen an Bord, so mussten sie tanzen. Es gab Kunstfechter und Gaukler. Lieder wurden gesungen. Man hielt Ausschau nach Piraten und dunklen Wolken. Souvenirs werden herumgezeigt; manche hatten Reliquien regelrecht gehamstert. Steigerwallder berichtet von einem Grafen, der einen erlesenen Kreis um sich versammelte, und er zeigte »ein großes Stück vom heiligen Kreuz, einen Dorn von der heiligen Krone, einen Arm von Sankt Johannes, einen Arm von Sankt Stephan, einen Arm vom heiligen Blasius, das Haupt der heiligen Eufemia, einer von den Pfennigen, für die unser lieber Herr verkauft worden ist, sowie andere Heiltümer, mehr als hundert Stück, kostbar in Silber gefasst, einige der Stücke sogar vergoldet.«

Wieder Zypern. Wieder Rhodos: erneut Bewunderung und Begeisterung für die Hafenanlage, die Stadtbefestigung, die Burg. Kreta; Peloponnes; dalmatinische Küste; der Golf zwischen Istrien und Venedig. Beim Anblick der Lagunenstadt knieten Pilger nieder und sangen: Te Deum laudamus.

Angenommen, ich würde einem Pilger des 15. Jahrhunderts das vorige Kapitel in einer phantastischen Raum-Zeit-Kurve zustellen, wie hätte der Adressat reagieren können? Zustimmend: Genauso ist es gewesen …?! Oder würde man vermissen, was einen wahren (!) Reisebericht charakterisiert?

Beispielsweise Bernhard von Breidenbach, »ecclesiae Moguntinae decanus, protonotarius apostolicus«, begleitet von Erhard Reuwich, einem niederländischen Zeichner und Maler: Bei einem Abstecher von der »terra sancta« durch die Sinai-Halbinsel zum Katharinen-Kloster sah der hohe Herr aus Mainz, sah ebenfalls der für Bilddokumentationen zuständige Begleiter ein fremdartiges Tier, das größer schien als ein Kamel; der arabische Führer bezeichnete es als Einhorn. Das wurde vom Dekan gleich übernommen und Reuwich stellte das phantasmagorische Einhorn dar als Pferd mit gedrehtem Horn auf der Stirn. Später sieht auch Felix Fabri, Lesemeister des Dominikaner-Klosters zu Ulm, im hitzeflirrenden Terrain eindeutig ein Einhorn. Andere Pilger sehen den Feuervogel Phoenix, sehen Menschen mit Hundeköpfen.

Gerhard Wolf, der diese Beispiele anführt, in einem Aufsatz über *Die deutschsprachigen Reiseberichte des Spätmittelalters*: »Damit drängt sich zwangsläufig die Frage auf, wie es denn überhaupt mit der Authentizität der Reiseberichte bestellt ist.« Eine Unterscheidung zwischen fiktionalen Epen und ›authentischen Reiseberichten‹ ist für das Spätmittelalter nicht möglich. Die Frage nach Realität und Stilisierung, die uns bei Oswalds Werk begleitet, sie weitet sich aus: Fakt und Fiktion. Noch gegen Ende des 15. Jahrhunderts vermischt sich beides.

Literarisches Ergebnis der Pilgerreise des Oswald von Wolkenstein ist einer der erstaunlichsten Liedtexte: Kl 17. Ein Gespräch zwischen einer jungen Dame und ihrem Liebhaber; er plant eine »unbewaffnete« Pilgerreise ins Heilige Land, um ihr seine Liebe zu beweisen; sie gibt ihm Ratschläge mit auf den Weg, ja, eröffnet antizipierend eine Reise in eine neue Wortwelt!

»Leg ab und lass das Segel frei,
bis ungefähr der Kurs anliegt –
gelingt dir das, bist du als Seemann gut.
Doch sag, was ist dein Reiseziel?

Vielleicht hilft dir mein Rat.
Halt dich hier nicht zurück, sonst reut es dich.«
Der junge Mann: »Bei dieser Fahrt
wär mir dein Rat willkommen, meine Liebste.
Du weißt ja, was ich mir vor allem wünsche ...
Nach Syrien richtet sich mein Sinn,
auf dein Geheiß will ich am Heiligen Grabe beten,
will täglich trachten, dass du mir gewogen bist.«
  Sie haben sich mit Lust
  umarmt, und das sehr oft.
  Und Küsse wechselweise.
  Das machte beiden Spaß.
  Sie sprach: »So brich denn auf,
  und achte auf die calamita,
  wenn ich dir raten soll.

Den Bug voran, nimm Kurs auf Ost
und kein Lavieren. Nutze gleich
den Wind ponente, an der poppa.
Das Segel ziehe hoch am Mast
zur Spitze, fang den Westwind ein.
Führ den timone, lass das Schiff nicht luven.
Maestro provenza hilft voran;
der tramontana: günstig ist auch er.
Beim greco, Steuermann: orzare!
Und: cazza poggia! Carica, rasch!
Bestimme Position und Kurs auf deiner Karte,
stell den compasso ein. Levante – non forzare!
  Basso alla banda! Springt!
  Und ihr da: unter Deck!
  Gib dich dem Sturm nicht preis,
  fahr vorher in den Hafen.
  Erreichst du seine Einfahrt,
  gib acht auf seichte Stellen
  und gehe dann vor Anker.

Doch widrig zeigt sich manchesmal
scirocco, macht das Segeln schwer,
bei starkem Seegang gibt es große Schäden –
der Bursche, der bringt gerne Sturm!
Halt einen Strich nach Norden dann!
Und wenn du seekrank wirst, so gib nichts drauf.
Cala la vela a piene, grosso! Schnell!
Weis das Schiffsvolk an, plausibile! Pass auf
vor starker Drift! Den Ausgleich schafft der austro,
er wird dir sehr von Nutzen sein
bei halbem Wind. (So hab ichs mal gehört …)
Und gute Fahrt, gaiola bringt voran!
Bleib auf dem Kurs,
berechne ihn genau.
Frischt dann der coro auf,
so bläst er dich direkt
in Richtung Orient.
Der Herr bring dich zurück,
mein sehr geliebter Freund!«

Sprachwissenschaftler einer früheren Generation standen diesem Text recht hilflos gegenüber. »Wassa alabanda«, heißt es beispielsweise in der Handschrift B – musste das für einen wilhelminischen Gelehrten nicht wie eine afrikanische Zauberformel klingen? Oder: »Challa potzu karga behend«? Freie Erfindung eines spätmittelalterlichen Sprach-Chaplin? Nein, Lautschrift für damalige Sprachformen. Gemeint ist: »Cala la vela a piene, grosso! Schnell!«

Ich kann hier nicht alles präsentieren, was von Oswald-Forschern, etwa von Bert Okken, zu diesem Liedtext erarbeitet wurde – vieles wurde mir vom niederländischen Segler in einem langen Gespräch vermittelt, Papierbögen wurden gefüllt mit Skizzen zu Einwirkungen diverser Winde auf einen Schiffskörper und zu angemessenen Reaktionen des Steuermanns.

Kein Stellenkommentar also zu diesem vertrackten Text: Oswald hat bewusst, hat vorsätzlich verzichtet auf höfliche Vermittlung, auf direkte oder indirekte Hilfestellung; was fremd klingt, soll fremd bleiben. Also nur ein paar Hinweise, stichprobenartig, auf seine Schreibstrategie – dies ist auch biographisch relevant.

Fangen wir an mit der »calamita«. Die brachte manchen Interpreten in Kalamitäten. Beispielsweise glaubte man hier den zynischen Wunsch eines schlimmen Weibes herauszuhören, er möge nicht in die Kalamitäten geraten, in die sie den offenbar über beide Ohren verliebten Partner hinausschickte. Aber mit Kalamitäten hat »calamita« nichts zu tun, damit ist der sagenhafte Magnetberg bezeichnet.

Die Bezeichnungen der Winde sodann hat Oswald in der Sprache der norditalienischen Seeleute wiedergegeben; die Termini wurden in heutiges Italienisch übertragen. Ebenso die Offiziers-Befehle; Oswald hat sie nicht einfach im Text ausgestreut, sie entsprechen jeweils den nautischen Situationen.

So heißt es beispielsweise, man solle beim levante aufpassen. Wie August Köster in seinem Buch *Das antike Seewesen* schreibt, nimmt bei auffrischendem Wind die Schräglage, »die Luvgierigkeit zu, so dass es schwer wird, ihr mit dem Steuer entgegenzuwirken und das Schiff auf seinem Kurs zu halten«. So wurde befohlen: »Basso alla banda!« Das bedeutet: Rüber auf die andre Schiffsseite! Köster: »Aufheben kann man die Luvgierigkeit dadurch, dass man das überliegende Schiff aufrichtet, indem die gesamte Mannschaft sich an die Luvseite begibt.« Wer bei diesem Manöver störte, musste von Deck, und das waren Pilger, denen der zweite Befehl galt: Ab in den Kielraum! Hier standen sie keinem im Weg, hier bildeten sie stabilisierenden Ballast.

Weitere Belege würden nur bestätigen, was sich schon klar genug zeigt: Oswald hat, bei aller Lust an fremdartig klingenden Wörtern, exakt die Bedeutung der nautischen Termini gewahrt. Der Dichter wirkt hier in seiner Schreibmethode erstaunlich modern! Dies wiederum in einem irritierend konventionellen Textmuster. Und dies mit kuriosem Vorzeichen: Die präzisen nautischen Anweisungen werden von einer jungen Frau vermittelt, die wohl nie auf dem Mittelmeer gesegelt ist, die jene Rufe und Befehle an Bord gar nicht im Ohr haben *kann*.

Oswald indes hatte (auch hier) ein offnes Ohr. Und setzte kunstvoll um, was er aufschnappte, pardon: erlauschte. Norbert Mayr: »Ein bisher verborgen gebliebener Kunstgriff des Dichters: Die acht Winde kommen nicht planlos an die Reihe, sondern sind fachmännisch genau nach der Windrose geordnet.« Höchste Präzision also in der Arbeit am Text.

Und hier gleich eine Frage, die sich wiederholen wird: Für wen hat Oswald Liedtexte gedichtet, für wen hat er kompositorisch gearbeitet, hat er gesungen?

In diesem Fall ist die Antwort klar: Für einen Kreis, in dem er Resonanz fand auch bei einer so hohen Sprachintensität. Hätte er dieses Lied Tiroler Landratten vorgetragen, er hätte eher Stirnrunzeln ausgelöst: Was soll das schon wieder heißen …?! An Bord jedoch war, in seinem ›Zielpublikum‹, Resonanz vorgegeben – selbst, wenn nautische Termini fremd wirkten (auch in der Übertragung fremd wirken müssen).

Der Liedvortrag könnte stattgefunden haben auf dem oberen Deck des Heckkastells. Dort sang Oswald wohl kaum für eine anonyme Pilgerschar, er wendete sich an einen engeren Kreis von Standesgenossen. Doch ließ sich da ausgrenzen? Kapitän und Steuermann durften sicherlich zuhören; Matrosen mussten sich nicht wie bei Sirenengesang die Ohren zuhalten; gewöhnliche Pilger mussten nicht weghören.

Ich deklariere dies nicht als Beschreibung, ich entwickle ein Modell. Dies im Spielraum der Wahrscheinlichkeit.

Dass Oswald mit Lust Fachausdrücke aufgriff, zeigt auch das folgende Beispiel: Kl 52, ein Jagdlied. Selbst bei noch so fleißigem Gebrauch von Wörterbüchern hätte ich den Liedtext kaum übersetzen können; glücklicherweise gibt es eine Untersuchung von Siegfried Beyschlag. Hier wurde herausgearbeitet, was ich bei der Übertragung einzuarbeiten versuchte: Oswald hat fachmännisch Termini der Hetzjagd benutzt – für das Ansetzen der Hunde auf Fährten, für das Aufnehmen von frischen Fährten, für das Lautgeben, für das »Abliebeln« von bewährten Hatzhunden.

Die meisten Hundenamen waren damals gebräuchlich; einige Namen wie Freud, Lieb, Trost hingegen wirken befremdlich. Beyschlag ist wohl auf der richtigen Fährte, wenn er vermutet, die exakte Beschreibung einer Hetzjagd sei zugleich Jagdallegorie: gehetzt, gejagt wird ein weibliches Wesen, eine Hirschkuh. Der alte Doppelsinn also des Auflauerns, des Heranpirschens an Frauen, der Jagd auf Mädchen.

Jones hebt in der Untersuchung *Oswald von Wolkenstein – Vogelsteller und Jäger* einen wichtigen Punkt hervor: Oswald hat eine Fachsprache benutzt, die seinen Zuhörern geläufig war, »Gemeinsprache« der »Mitglieder der oberen Klasse und ihrer Jäger«. Für diese Klasse war die Jagd Monopol; selbst bei erheblichen Wildschäden (Verbiss) durften Bauern nicht jagen; Jagdfrevel wurde geahndet, bestraft.

Das Jagdlied ist ein Wechselgesang, ein Duett; der Text wurde auf eine zweistimmige französische Balladenkomposition geschrieben, die Oswald übernahm. Weil hier beide Stimmen im Wechsel oder gleichzeitig singen, ist es schwierig, eine angemessene Textform vorzulegen. Ich habe versucht, eine Leseversion zusammenzustellen, die nicht allzu weit entfernt ist vom Liedtext, wie er hörbar wurde im Liedsatz.

Waidmannsheil! Wer jagen will,
»Waidmannsheil! Wer jagen will«,
wem das Jagdglück winken soll,
»stell sein Netz auf wie gelernt«,
muss besonders wachsam sein,
»leg Relais an, hoch am Hang«,
bringt damit viel Wild zur Strecke!
Hussa, Freud!
Ah, dein Fährtenlaut trägt weit!
Ich hör auch Lieb und Trost:
Das wird mich erlösen
von der Wartequal.
Hetzt, es ist noch früh!
»Aufgepasst! Lass Wunn und Heil

nicht vom Seil!
Machst es sonst dem Wild zu leicht!
Weg da von der alten Fährte!«
Geud und Meld
sollen bloß nicht stöbern!
Auf gehts, Lapp. Rennt schon,
Rügg und Trapp!
Folgt der Fährte, Gail und Gsund!
Kusch hier! Brav, der Hund!
Glück, schließ auf, bleib auf der Fährte!
»Vorwärts! Hundebellen, Hörnerblasen,
in Berg und Tal,
so haben das die Jäger gern!
Schlagt schon an! Die Klinge raus!
Gleich ist es geschafft!
Da läuft die stolze Hirschkuh!«
Hinterher, die ganze Meute!
Hussa, Schenk!
Folgt der Fährte, Stät und Wenck!
»Heuch, heuch, heuch!«
Los, wie Will und Harr!
»Heuch, heuch, heuch!«
Bist auf falscher Fährte!
»Heuch, huch, hauch!«
Lauf im Kreis, nimm auf die Fährte!
»Heuch, heuch, heuch!«
Trüb, hinterher!
»Heuch, huch, hauch!«
Das Wild ist müd.

Der Text einer polyphonen Komposition. Zugleich: Hier formuliert ein Kenner der Materie, es werden präzise Wortmarkierungen gesetzt. Lässt sich daraus schließen, dass Oswald auch Jäger war? Wie sonst hätte er an die fachspezifischen Termini kommen können? Soll ich mir etwa vorstellen, er hätte sich an einen jagdfreudigen Standesgenossen gewendet, etwa aus dem Clan der Starkenberger, und hätte ihm gesagt: Ich habe da eine schöne französische Vorlage für eine zweistimmige Komposition, ist auf eine Chasse angelegt, liefre mir ein paar konkrete Hinweise, ich bau die später ein?

Kein überzeugendes Szenario. Ich vermute: Oswald musste sich nicht beraten lassen, er kannte sich aus, hatte an standesüblichen Hetzjagden teilgenommen. Wusste also zu unterscheiden zwischen der sichtbaren Fährte und der unsichtbaren Spur, deren Geruch die »Finder« aufnahmen, zwischen Fährtenhund, Hatzhund, Meute.

Also, ich notiere (mit obligatorischer Bekundung möglichen Vorbehalts): Der Textdichter der polyphonen Komposition muss zur Zunft der Jäger gehört haben. Eine weitere Facette im Porträt des Dichterkomponisten.

Ich, Katharina von Trostburg, Witwe des verstorbenen, seligen Friedrich von Wolkenstein«. Mit dieser formelhaften Eröffnung lässt Oswalds Mutter August 1410 eine Zusatz-Stiftung für die St. Oswald-Kapelle rechtsverbindlich festschreiben: sieben Mark für die »zwei Kapläne von Sankt Oswald«. Als Gegenleistung sollen sie an den Jahrestagen ihres Todes »ein Seelenamt und drei gesprochene Messen« feiern. Dies soll immer und ewig fortgesetzt werden. Rechtzeitige Vorsorge einer klug disponierenden alten Dame? Vorahnung des nah bevorstehenden Todes?

Die Stiftungsurkunde ist in Brixen ausgestellt. Hier dürfte Frau Katharina auch gewohnt haben – in einem ihrer beiden Häuser am Alten Markt. War die nah gelegene Kapelle, »die Oswald, mein Sohn, gestiftet hat«, auch ihre Andachtsstätte? Es war auch im Tiroler Adel weithin üblich, in der Pfarrkirche eine private Kapelle einzurichten (oder einen Seitenaltar zu setzen).

Mutter Katharina legte freilich nicht sieben kleine Silberbarren vor, die Wertangabe erfolgte zur Verrechnung. In der Urkunde werden sämtliche Abgaben von Bauernhöfen aufgelistet, die sich zum Gesamtbetrag der Jahrtagsstiftung summieren: mal ist es ein Fuder Wein nach Klausener Maß, mal sind es fünfzehn Star Roggen oder Gerste, mal zwei Schulterstücke eines Kitz, mal dreißig, mal hundertzwanzig Eier. »Zur Beglaubigung habe ich, die oben genannte Katharina von Trostburg, dieses Dokument mit meinem eigenen, anhängenden Siegel versehen.«

Noch einmal: Oswald war (wie sein Vater) Lehnsträger des Fürstbischofs von Brixen – durch das Drittel am Hauenstein'schen Besitz. Somit waren erst der Vater, dann der Sohn Ministeriale, »Diener« des Fürstbischofs, hatten so dem geistlich-weltlichen Regionalherrn Dienste zu leisten. Das waren meist Verwaltungsarbeiten – wohl in gehobenen Positionen.

Anmerkung: ein Lehen war ursprünglich Besitz auf Zeit und Widerruf; Hofdienste und Kriegsdienste wurden im Mittelalter nicht in bar bezahlt, Geld war stets knapp gewesen, Dienste wurden honoriert durch Vergabe von Liegenschaften, und zwar als Lehen. Das wurde mit dem Tod des Lehnsträgers immer seltener eingezogen, Lehen wurden im Lauf der Zeit erblich. Dennoch blieb das Lehnsverhältnis bestehen, wurde vielfach zur formalen Bestätigung längst bestehender Besitzverhältnisse. Dienstleistungen des Lehnsträgers wurden dennoch gefordert, wurden zum Teil aber bezahlt.

Der Beginn seiner Tätigkeit für Bischof Ulrich lässt sich auf etwa 1403 ansetzen. Wie sah die Tätigkeit aus? Oswald hatte an die Stiftungsurkunde der Anna Hausmann sein Siegel gehängt als »Hauptmann des ehrwürdigen Gotteshauses zu Brixen«. Was hieß das? Laut Schwob war er damit »Statthalter der obersten weltlichen Gewalt« (in der Diözese), musste laufende Verwaltungsangelegenheiten erledigen, musste »anfallende Schiedsverhandlungen und lehnrechtliche Prozesse des Brixner Hofgerichts leiten«, musste, bei Bedarf, »seine Oberaufsicht über alle Richter des Hochstifts geltend machen«.

Doch das bedeutete für Oswald allerdings nicht: sich anzupassen, sich hochzudienen. Dazu war sein Selbstbewusstsein zu stark. So kam es schon recht bald zu Auseinandersetzungen zwischen dem Bischof und seinem zeitweiligen Stellvertreter in weltlichen Belangen. Handelte Oswald zu selbständig, nahm er sich zu viel heraus? Die Auseinandersetzungen eskalierten zu einer Fehde, Oswald nahm Geiseln, der Bischof revanchierte sich auf gleiche Weise – »woraus erhebliche Verstimmung entstand«. Herzog Friedrich sah sich genötigt, einzugreifen, und, gemeinsam mit seinen Räten, zu schlichten zwischen »Hochwürden, unserem lieben Freund, Herrn Ulrich, Bischof zu Brixen, und unserem lieben Gefolgsmann Oswald von Wolkenstein«. Das geschah im Januar 1411; die Sitzung des Schlichtungsgremius fand in Innsbruck statt.

»Wir, Friedrich, Herzog von Österreich, geben bekannt: Es bestanden etliche Streitigkeiten und Zwistigkeiten zwischen Ulrich, Bischof von Brixen, und Oswald von Wolkenstein. In dieser Sache haben Wir sie vor Uns geladen und beide Parteien angehört. Wir haben im Konflikt zwischen beiden ein Urteil gefunden und ausgesprochen, und zwar: Sämtliche Streitigkeiten, zu denen es zwischen ihnen gekommen ist, sollen hiermit geschlichtet sein, ohne jeden Vorbehalt. Der von Brixen soll der wohlwollende Herr des Oswald sein; Oswald wiederum soll als Gegenleistung erbringen, was dem Bischof genehm ist. Bezüglich der Gefangenen, die der Bischof in Haft hält, und der Küchenmaier, die Oswald im Görzer Krieg gefangen genommen hat (sie sollen niemand als Faustpfand dienen!), erklären Wir: die Küchenmaier und die vom Bischof von Brixen Inhaftierten sollen Uns unverzüglich ausgeliefert werden.«

Küchenmaier: kein Familienname, sondern Bezeichnung eines angesehenen Amtes. Küchenmaier waren bischöfliche Hoflieferanten, zuständig speziell für die Versorgung der Küche der Bischofsburg mit Nahrungsmitteln und Brennholz. Anbau und Einschlag erfolgten auf eigenen Gütern.

Hier hatte Oswald also gezielt zugegriffen: die Versorgung des Hochstifts sollte eingeschränkt, womöglich unterbrochen werden. Das ging, umgangssprachlich, ans Eingemachte. So sah sich der Bischof gezwungen, gleichfalls Geiseln zu nehmen.

Der Landesherr beendete die Fehde. Auf der Rückseite des Gerichtsbescheids wurde vermerkt (wobei hier Abkürzungen ausgeschrieben werden): »Concordia facta inter Episcopum Brixinensis et Oswaldum de Wolkenstein.«

Eher ein Scheinfriede – zwei Jahre später wird es erneut zu Auseinandersetzungen kommen. Oswald und Ulrich: sie verstanden und verständigten sich nicht.

Allerheiligen 1411 schloss Oswald von Wolkenstein einen Vertrag mit dem Kloster Neustift: gegen Einzahlung von 150 Mark (umgerechnet zwischen 15 000 und 22 000 Euro) erwarb er das Wohnrecht im Klosterbereich. Weil die Klosteranlage so schön gelegen ist? Weil er hier seine Schulzeit absolviert haben dürfte? Weil er weiterhin mit Ulrich, und Ulrich weiterhin Probleme mit seinem »Hauptmann« hatte und der sich im Stadthaus nicht mehr wohl, womöglich nicht mehr sicher fühlte? Andererseits: Oswald führte seine Amtstätigkeit fort im nahen Brixen. Also: Wohnsitz im Pfründnerhaus des Klosters und Amtssitz in der Bischofsburg – Oswald als Pendler?

Wahrscheinlich wurde die Entscheidung unter einem ganz anderen Aspekt getroffen: Der etwa 34-jährige Vertragspartner sorgte für sein Alter vor.

Der Text des Dokuments ist veröffentlicht im Urkundenbuch von Neustift. Ich übersetze: »Wir, Nikolaus, durch Gottes Willen Propst zu Neustift, Dechant Christian und das gesamte Konvent erklären und verkünden für Uns und Unsere Nachfolger mit dieser öffentlichen Urkunde allen, die sie sehen oder denen sie vorgelesen wird: In Anbetracht der Förderung und der Dienste, die Uns und dem Kloster durch ihn, seine Brüder und seinen Anhang erwiesen wurden und weiterhin erwiesen werden, haben Wir den edlen und aufrechten Oswald von Wolkenstein und zwei Knechte selbdritt als Pfründner aufgenommen und haben ihm auf Lebenszeit das Haus und den Hof überlassen, die gelegen sind zwischen der St.-Margareten-Kapelle und dem Haus des Herrn Georg von Säben, das seinerzeit von Peterle dem Schneider bewohnt worden ist. Für den obengenannten Oswald von Wolkenstein besteht das ständige Angebot, mit Uns, dem obengenannten Propst Nikolaus, oder wer sonst Propst ist, aus Unserer Schüssel zu essen; zusätzlich werden Wir ihm täglich zwei Maß Wein geben, zwischen den Mahlzeiten.

Seine beiden Knechte sollen mit Unserem Personal, Kämmerern und Dienern essen und trinken, und zwar völlig gleichberechtigt, ohne jede Zurücksetzung. Falls er selber aber nicht mit Uns zu speisen wünscht, so soll man ihm aus Unserer Küche täglich des Morgens vier Mahlzeiten reichen und ohne jede Minderung des Abends drei, dazu genügend Brot, außerdem drei Maß Wein am Tag. Seine Knechte dagegen sollen stets mit Unseren Kämmerern und Dienern essen, wie oben beschrieben. Weiterhin soll er ausreichend Brennholz erhalten für Herd und Ofen, auch dies ohne Abstriche. Für den Fall, dass der genannte Oswald das erwähnte Haus instand setzen oder ausbauen will, werden wir den Arbeitern ausreichend zu essen und zu trinken geben; er aber soll das Baumaterial und den Lohn bezahlen. Ferner sei bekanntgegeben: Wenn der genannte Herr Oswald nicht daheim im Kloster ist und die Pfründe nicht in eigener Person und durch seine beiden Knechte bezieht, so sind Wir nicht verpflichtet, ihm dafür irgendeinen Ausgleich zu leisten – solange er nicht daheim ist. Falls er wiederum einen seiner Knechte oder beide im Kloster lässt, während er selbst nicht daheim im Kloster ist, sollen Wir ihnen dennoch zu Lebzeiten ihre Pfründe geben, gleichberechtigt mit Unseren Kämmerern und Dienern, so, wie es oben beschrieben ist – auch dies ohne Abstriche. Als Gegenleistung haben Wir von ihm 150 Mark erhalten. Wir erklären ausdrücklich, dass Wir den Betrag anstandslos erhalten haben und damit voll zufriedengestellt sind. Wir haben den erwähnten Betrag bereits zu Nutz und Frommen Unseres Gotteshauses in Neustift angelegt.«

Chorherrenstift Neustift, Abbazia Novacella – weitläufige Klosteranlage wenige Kilometer nördlich von Brixen, nah am Eisack: gletschergrünes Wasser, rasch fließend. Weinhänge, Wiesen, Waldhänge. Nördlich schieben sich die Berge eng aneinander, voreinander; zum Süden hin öffnet sich das Brixener Tal. Dieses Augustiner-Kloster lag an der wichtigen Nord-Süd-Route; das verlieh ihm besondere Bedeutung.

Rund zwei Jahrhunderte alt war zu Oswalds Zeit der romanische Neubau des vorher abgebrannten Holzgebäudes; einige Jahrzehnte nach seinem Tod wurde die Kirche gotisiert, Mitte des achtzehnten Jahrhunderts barockisiert. Heute ist eigentlich nur noch der Grundriss identisch mit der Kirche, die Oswald gesehen hat, in der er begraben wurde.

Man weiß ungefähr, nach alten Aufzeichnungen, wo sein Grab gelegen hat. Der Grabstein ist nicht mehr erhalten, nur eine Skizze ist überliefert. Und verschollen ist das Gemälde über dem Grabstein: Oswald, seine Frau Margarete, ihre sieben Kinder.

1976 bin ich (zum zweiten Mal) in Neustift, spreche mit dem Pförtner, der eine der beiden Milchglasscheiben beiseite geschoben hat – hinter ihm, auf einem Tisch, Schneiderarbeiten. Ich sage, dass ich gern das Pfründnerhaus sehen würde, in dem Oswald von Wolkenstein gewohnt hat. Der Pförtner bezweifelt, ob das ohne weiteres möglich ist, will aber telefonisch anfragen, schiebt die Milchglasscheibe zu. Sehr bald wird die Milchglasscheibe wieder geöffnet, der Pförtner steckt wie ein Kasperl den Kopf heraus, zeigt mir, in welcher Richtung ich über den Hof gehen soll; die Milchglasscheibe wird wieder geschlossen.

Ein freundlicher, älterer Geistlicher, der bald erscheint, mit großem Schlüssel. Ich frage zuerst nach der Margaretenkapelle, unmittelbar am Haus, in dem Oswald wohnte. Die Margaretenkirche, die der Pfarrer mir aufschließt, ist allerdings erst nach Oswalds Tod gebaut worden, das sieht man sofort, aber an der gleichen Stelle mag früher eine andere Margaretenkirche oder Margaretenkapelle gestanden haben, direkt am Pfründnerhaus.

Ich sehe nach weiteren Schlüsseldrehungen dieses Haus vor mir: zweistöckig langgestreckt mit kleinen Fenstern, sehr steilem Dach. Hier habe sich so gut wie nichts geändert in den vergangenen Jahrhunderten, höre ich. Ich sehe massives Gemäuer, vor allem beim Aufgang, Eingang – hier wird schon die Masse der Bausubstanz Widerstand geleistet haben gegen Veränderungen. Ist dieses Haus also identisch mit dem Haus, in dem Oswald ab 1411 wohnen *konnte*?

Noch immer ist es bewohnt: Blumenkästen vor einigen der Fenster. Brennholzstapel an der Westseite – keine Zentralheizung, das

Haus stehe unter Denkmalschutz, deshalb wären solche Einbauten nicht möglich. Ich mag nicht fragen, ob man auch hineingehen, zumindest hineinschauen kann – hinterher ärgere ich mich über die Zurückhaltung, tröste mich aber damit, dass innen im Lauf der Jahrhunderte bestimmt viel geändert worden ist. Und: man weiß ja auch nicht, in welchem Raum, in welchen Räumen Oswald gewohnt hat – kein Steintäfelchen über einer der Türen.

Oswald hat auch geistliche Liedtexte geschrieben – sie machen etwa ein Drittel des Gesamtwerks aus. Ich stelle einige von ihnen vor, will damit aber nicht suggerieren, sie seien in dieser Zeit und womöglich an diesem Ort entstanden. Sie passen hier aber in den Kontext: einziges Kriterium der Einordnung.

Gesegnet sei das Mahl,
Trank, Speise, Brot und Wein
von Gott, den eine Jungfrau rein
für uns gebar:
dreifältig einer, litt für uns den Tod.
Der immer, ewig lebt,
der ohne jeden Anfang war,
der spende uns Sein Sakrament,
sobald es hier
mit uns zur Neige geht.
Königin des Himmels, steh uns bei!
Kyrie eleison.
Vater, Heiliger Geist,
und auch Dein Sohn –
gewähr uns Gnade,
verwehre es den Feinden,
dass sie uns ins Unglück stürzen.
Amen. Benedicite!

Solch ein Gebet (Kl 14) wurde vor dem Essen, das Gratias (Kl 15) nach dem Essen gesprochen.

Auf, auf, die ihr im Himmel seid,
in reinster Liebe wohnt bei Ihm,
dem Alpha et O, dem Jubelruf:
stimmt ein in unsern Dankgesang
mit süßem, engelreinem Klang,
dafür, dass Er mit Speis und Trank
die Menschen angemessen nährt,
die schwach und arm sind. Amen.

Dafür sei großes Lob Dir, Herrin,
und Deinem allerhöchsten Sohn,
der in Dir eine Freistatt schafft –
dort klage ich mich Sünder an,
weil ich in diesem Jammertal,
in dieser trügerischen Zeit
vergeudet hab so manchen Tag,
den mir Dein Sohn gewährte.

Doch ist es leider viel zu spät,
drum rufe ich, von Angst umfangen:
Hilf, Jungfrau, mit der trinitas,
verschon uns von der Höllenqual!
Und bist du, Herrin, meine Rettung,
so singen wir ein Deo gratias!
Mit Ruhe, Frieden, Herr, umhege
die Seelen, die da glauben. Amen.

Für wen könnte Oswald von Wolkenstein solche Liedtexte geschrieben haben? Welchem Kreis könnte er sie vorgetragen haben? Geistlichen Herren, mit denen er privat und dienstlich in Verbindung stand? Weiter gefragt: Folgte er mit solchen Texten Anregungen von Klerikern? Andererseits: dass der Gotteshausmann zu Brixen eine Wohnung in Neustift erworben und damit seine Altersversorgung gesichert hatte, dies war noch kein Grund, ihn zu bitten, geistliche Lieder zu schreiben. Vor allem: war die liturgische Sprache nicht ausschließlich das Latein? Und waren nicht allein ›clerici‹ berufen und befugt, hier Beiträge zu leisten?

Viele Fragen. Vielleicht hilft der folgende Liedtext weiter, ein Marienlob: Kl 13.

Wer ist sie, die da leuchtet
weit mehr als Sonnenglanz,
erquickend uns bewässert
den schon verdorrten Kranz?
Wer ist sie, die den Reigen führt beim Tanzen,
den frischen, jungen Mai beschenkt mit Pflanzen?
Es ist die Jungfrau, edel, schön,
die uns, fürwahr, den Sohn geschenkt,
der, keusch, zugleich ihr Vater war;
jungfräulich rein gebar sie ihn –
zur unitas, Dreifaltigkeit.
Darum sind wir befreit, erlöst
von scharfer Höllengier.

Wer kann die Magd so preisen,
wie es dem hohen Stand entspricht?
Kein bessres Mädchen wurde
auf dieser Welt geboren.
Ach, hochgeliebte, keusche Kreatur,
deine Schönheit überstrahlt noch die Kontur,
wie ein Rubin, erglühend,
aus sich heraus luziden Glanz erzeugt –
die goldne Fassung dient da nur.
Dein Ehrenzeichen will ich preisen
in aller Demut tremolierend, jubilierend.
Dafür will ich denn bei der Zarten
recht bald auf Gnade hoffen.

Wer ist die Rose ohne Dorn,
von der man liest und spricht,
und die auf ihren Schultern

den Zorn des Herren trägt?
Wenn sie am Jüngsten Tage uns befreit
von all dem Elend, das so furchtbar groß,
wem denn von ihrem Kleiderschoß
ein Seil zum Heil herabgelassen wird,
der hat Dich, Herrin, schon gefunden,
den führt der Weg nicht in die Hölle.
Du Reine, Gute, unser Schild:
zerbrich des Teufels Speer, wehr ab
den Wurfspieß, schöne Jungfrau. Amen.

Ein stellenweise krauser Text; es lässt sich vorstellen, dass ein Geistlicher bei mancher Formulierung die Stirn in Falten legte. Wurde Oswald als Produzent geistlicher Lieder vom Klerus akzeptiert?

Spechtler wies mich in einem Brief auf einige Punkte hin. Erst einmal: Dass ein mittelalterlicher Dichter, der vorwiegend weltliche Texte schrieb, auch geistliche Lieder verfasste, sei keineswegs ungewöhnlich – Spechtler nannte verschiedene Beispiele. Geistliche schrieben weltliche, Laien geistliche Lieder, hier wurde damals keine Trennlinie gezogen. »Leider wecken wir Philologen durch unsere thematischen Abgrenzungen diesen Eindruck.« Die Ausbildung im Schreiben, auch im Notenschreiben, Komponieren erfolgte damals nur in kirchlichen Institutionen; das hatte prägende Wirkung. Es war also eigentlich selbstverständlich, dass ein Dichter auch geistliche Lieder schrieb. Außerdem passen die geistlichen Lieder zum ›Programm‹ Oswalds: »Alles Liedkönnen seiner Zeit zu umfassen.«

Dies auch in der lateinischen Sprache? Die bereits avisierte Frage, hier wiederholt und präzisiert: War Oswald Lateiner? Das scheint schlecht zum Bild zu passen, das er von sich vermittelt, das sich leicht festschreibt: Oswald das Raubein. Doch er hat nicht nur Latein gelernt, er konnte mit der lateinischen Sprache souverän umgehen!

Und wieder die Vorbehaltsklausel: Möglicherweise passt auch der folgende Text nicht in den (überwiegend) chronologischen Ablauf dieses Buchs; es könnte sein, dass die Hymne etwas früher eingerückt werden müsste. Der Abstand zum Zeitraum, in dem Oswaldus Latein gelernt hatte, dürfte nicht allzu groß geworden sein, er wird in den wirren und wilden Jahren wohl kaum Lateinstudien betrieben, sie fortgesetzt haben. Also relativ frühe Texte? Bevor der lateinische Sprachfundus durch Vergessen eingeschränkt wurde? Wann auch immer erarbeitet: seine lateinischen Verse passen hier in den Kontext.

Die Marien-Hymne in neun Strophen wurde vom Wolkensteiner aufgenommen in die späte Werkausgabe. Das wäre kaum geschehen, würde der Text (Kl 109 a) nicht von ihm stammen. In der Wolkenstein-Philologie wird das nicht in Frage gestellt. Nur hat man es weithin vermieden, daraus Schlüsse zu ziehen auf Werk und Person.

Oswald hat den lateinischen Text silbengenau für eine Komposition erarbeitet: eine Lauda, offenbar aus Norditalien. (Dieses Marienlob wurde übrigens für mehrere Tonträger eingespielt, in Italien wie in Polen.) Hier die ersten zwei Strophen.

Ave mater, o Maria,
pietatis tota pia,
sine te non erat via
deploranti seculo.
Gracia tu nobis data,
quam fidelis advocata
celi thronis es prelata
in eterno solio.

O Maria, tu solaris
micans phebus stella maris
Christo rege colletaris
quam portasti utero.
Plena dulcis medicina
tu protegens a ruina,
tu es portus, tu carina
in omni periculo.

Grandios! In jeder Strophe zweimal ein dreifacher Reim. Und es reimen sich jeweils die Mittel- und die Endzeile. Keine Spur von Reimnot! Das Schema ändert sich erst mit der letzten Strophe und ihrem vier Zeilen lang ausklingenden Melisma.

Wer das Kunststück vollbringt, auf knappstem Raum in fremder Sprache derart virtuos zu dichten, ohne den Eindruck zu vermitteln, die Sprache werde einem Schema unterworfen – wer dies schafft, der muss die lateinische Sprache wahrlich beherrscht haben. Das kann nicht entschieden genug akzentuiert werden!

Er hat das auch selbst getan. In einem Liedtext (Kl 69) der so betitelt sein könnte: Ich und die Sprachen!, listet Oswald spielerisch auf, in wie vielen Sprachen er sich tummeln kann, dies aber mit spezieller Betonung; die letzte Zeile des Refrains lautet jeweils: »latein die sibend sprach«.

Oswald von Wolkenstein, Dichter, Komponist, Sänger, Gotteshausmann, Hauptmann des Hochstifts, Panzerreiter, er entwickelt sich sukzessiv auch noch zu einem Rechtsexperten, wird wiederholt als Urteiler in Schiedsgerichten herangezogen, wird (viele Jahre später) Richter.

Für diese Entwicklung ist ein frühes, fast unauffälliges Zeichen gesetzt: Oswald als einer von sechs adligen Urteilern in einer Gerichtsverhandlung, die Charakteristisches erkennbar macht für die Zeit, in der er lebt und wirkt.

Der Fall, um den es geht, im März 1412, muss nicht ausgeführt, braucht nur angedeutet zu werden: Zwei Bürger klagen gegen einen Ritter. Dem sollen sie 600 Dukaten schuldig gewesen sein, und so hat Kaspar von Schlandersberg diese Hanns Mülner und Peter Huber gefangen genommen, verschleppt, eingesperrt, hat sie »gemartert und geprent«, indem er »das haiss Eysen« auflegen ließ.

Selbstjustiz bis hin zur Folterung. Da musste geschlichtet werden und so wurde, mit Oswalds Beteiligung (»Ich Oswalt wolkenstain«), das Urteil gesprochen: Der Ritter musste die Arztkosten (»Artztlon«) übernehmen und seinen Opfern Schmerzensgeld (»fur Irn Smerczen«) zahlen.

Oswald als Zeitgenosse des ausgehenden Mittelalters: Können wir ihm näherkommen, indem wir versuchen, Bewusstseinsformen zu verstehen, die für seine Zeit bezeichnend waren?

Ich lese noch einmal Huizingas *Herbst des Mittelalters*. Zwar nimmt der Autor seine Beispiele vor allem aus Burgund, doch wird es im deutschen Sprachraum zumindest Entsprechungen gegeben haben, oft auch Gemeinsamkeiten. Huizinga führt meist über Oswalds Lebenszeit hinaus, aber Veränderungen des allgemeinen Bewusstseins gingen damals sehr langsam vor sich.

Wichtig schon der erste Satz dieses Buchs: »Als die Welt noch ein halbes Jahrtausend jünger war, hatten alle Geschehnisse im Leben der Menschen viel schärfer umrissene äußere Formen als heute.« Krankheiten beispielsweise: kaum wirksame Medikamente, kaum Spitäler; wer krank war, fand nur wenig Hilfe. Und Gebrechen versteckten sich nicht in isolierenden Heimen, die drängten sich auf – das Klappern und Rasseln der Aussätzigen, das schreiende Betteln der Krüppel.

Und der Tod: Volksprediger, die enormen Zulauf fanden, redeten vom Sterben, vom Verwesen – auf einem Friedhof, vor einem offenen Beinhaus, Knochen geschichtet, Schädel gestapelt. Eindringlich wurde hingewiesen auf das Verkrampfen der Hände, das Aufklaffen des Mundes, das Erkalten und Verwesen, Würmer in den Eingeweiden, der Mensch als Madensack, alle Schönheit nur äußerlich, unter der Haut nichts als Schleim, Blut, Galle, Kot! Und Weinen, Wehklagen unter den Zuhörern, ein Hinausschreien der Angst vor dem Sterben, dem Verwesen, ein Hinausschreien von Sündenbekenntnissen, man warf sich auf die Erde, Schluchzen, Weinen, Stammeln, Ächzen – man war rückhaltlos in seinen Äußerungen.

Immer wieder gemeinsame Emotion, öffentliches Hingerissenwerden: Scheiterhaufen, die nach zündenden Predigten errichtet wurden, und Frauen warfen Kopfputz hinein, der als eitel bezeichnet wurde, Männer warfen Spielkarten, Würfel, Spielbretter hinein, die als teuflisch bezeichnet wurden, und kurz darauf trug man wieder Kopfputz, vielleicht noch höher, glanzvoller, und bald wieder fortgesetzt das Kartenspielen, Brettspielen, Würfeln, und unablässig das Fluchen, das gotteslästerliche Fluchen, weil alles sanftere Fluchen ohne Würze war, einer versuchte den anderen zu übertrumpfen, ganze Fluch-Kataloge gab es, Fluch-Arien.

Dazu finde ich kaum Material bei Huizinga, lese aber hier und dort: Man wünschte einem das Fieber, die Krämpfe, den Veitstanz, man legte Schwüre ab bei Gottes Lunge oder Leber, bei Gottes Blut oder Darm, bei Gottes Laus oder Schweiß, bei Gottes Leichnam. Dass dich Gottes fünf Wunden schänden! Dass dich der Teufel schände! Dass dich Gottes Leichnam schände! Und dann wieder verfluchte man sein Fluchen, weinte während der öffentlichen Ekstase, die Wanderprediger herausreizten durch Predigten, in denen Schreien und Wimmern, Singen und Toben rasch abwechselten – nur so konnten sie ihr Publikum einfangen, bannen; alles musste krass sein, überdeutlich.

Krasse Deutlichkeit auch beim öffentlichen Bestrafen und Töten von Verurteilten: düstere Spektakel der veranstaltenden Justiz. Dazu wieder Details aus anderen Büchern: Wer mit falschen Würfeln spielte oder nachts Unfug trieb, Passanten behelligte, dem wurden die Augen ausgestochen oder ausgebrannt; Fälschern wurden die Wangen gebrandmarkt, oder sie wurden in kochendes Wasser geworfen; Dieben hackte man die Hände ab, oder man hängte sie auf; Schänder wurden gepfählt: auf den Rücken gelegt, Arme und Beine weggestreckt und festgebunden, ein Pflock auf die Bauchdecke gesetzt, das Opfer durfte die ersten drei Hammerschläge ausführen, dann wurde der Pflock durch den Körper in den Boden geschlagen. Und Vierteilen und Rädern. Das Enthaupten: der Verurteilte musste dabei hinknien vor dem Henker, der schlug mit dem Schwert zu. Dabei reichte normalerweise ein Schwerthieb nicht aus, oft drei, vier, fünf, sechs oder sieben Schwerthiebe, ehe der Kopf vom Rumpf war; es kam auch vor, dass man den Kopf schließlich absägte.

Wie wirkten die Lebensformen seiner Zeit auf Oswald ein? Was prägte ihn, was weckte Resonanz in ihm, was ließ ihn gleichgültig, was lehnte er ab?

Als zentralen Faktor sieht Huizinga die Religion, die Kirche: das Leben der mittelalterlichen Christenheit in jeder Beziehung durchdrungen von religiösen Vorstellungen. Gab es kirchliche Gewohnheiten, von denen Oswald sich Schutz erhoffte? Die wiederholte Teilnahme an Messen, und vielleicht auch bei ihm die Vorstellung, man könne an einem Tag, an dem man eine Messe höre, nicht blind werden oder einen Schlaganfall erleiden oder: man werde während der Messe nicht älter? Zeigte sich auch bei ihm religiöse Fixiertheit in tickhaften Kleinigkeiten: Immer fünf Schluck trinken wegen der fünf Wunden Jesu Christi? Oder gehörte er zu denen, die sich mit Vorliebe in den heiligen Nächten besoffen, und am schönsten das Saufen, Kartenspielen, Fluchen in der Christnacht? War es auch für ihn selbstverständlich, dass man in der Kirche während der Messe herumlief, schwatzte, Ausschau hielt nach Mädchen und Frauen, mit Dirnen verhandelte und dass man sich vom nächsten Wanderprediger wieder zu Tränen hinreißen ließ?

Der Fixpunkt Gott, der umfassende Bereich Kirche. Selbst der damals übliche Spott über Pfarrer und Mönche, das Verhöhnen dieser Männer, die nicht kämpfen und lieben durften, und die lustvollen Vorstellungen von prassenden, messerstechenden, saufenden, fickenden Mönchen – Affekte, die Bindungen anzeigten! Lachte auch Oswald, wenn von prassenden, saufenden, fickenden Mönchen erzählt wurde?

Und wiederum – fromme Gelöbnisse auch bei ihm? Drei Kerzen für die Mutter Gottes, wenn … Vierzehn Tage keine Frau, wenn … Vier Wochen keinen Alkohol, wenn … Zuckte er die Schulter, wenn er von Gesten äußerster Demut und Selbstbescheidung hörte, beeindruckte ihn das? Die Reichen, die barfuß laufen, im härenen Gewand? Der Sterbende, der sich eine schwere Kette um den Hals legen lässt, und wenn er tot ist, soll man ihn nackt an den Füßen zum Kirchentor schleifen, soll ihn nicht in einen Sarg legen, bloß auf ein Brett, das mit grobem, schwarzem Leinen überzogen ist, soll ihn darauf zur Grube schleppen wie ein Aas – von solchen Vorgängen hörte man damals wohl, so etwas wurde weitererzählt, davon wurde gepredigt, vieles sah man selbst.

Sich in Oswald hineindenken, das wird schwieriger, je mehr sich von solch fremdartigem, für mich fast exotischem Material ansammelt.

»Ich möchte nicht in seiner Haut stecken«: eine Sprachformel, die Identifikation ablehnt, zugleich Identifikation einbezieht: dass man aus seiner Haut heraus- und in die Haut einer anderen Person hineinschlüpft, und nun steckt man in dieser Haut, und das in einer Situation, die man sich nicht wünscht, deshalb das Abwinken, Abwehren: Ich möchte nicht in seiner Haut stecken.

Aber die Sprache hält auch Formulierungen bereit für Versuche der Identifikation, und dass sie zu Formeln wurden, zeigt an, wie häufig Versuche sind, sich in eine andere Person zu versetzen, wie häufig man dazu aufgefordert werden kann. »Versuch mal, dich in meine Lage zu versetzen«: hier die Erwartung, dass man in der Lage, in der Position eines anderen manches auch anders sieht, anders beurteilt; wer dieser Aufforderung folgt, macht den ersten, entscheidenden Schritt zur Identifikation.

Der versuchsweise durchgeführte Positionswechsel wird nicht nur als Aufforderung formuliert, hier liegt auch ein Sprach-Angebot vor: »Ich an deiner Stelle«. Nun folgt meist eine Ergänzung: würde etwas Bestimmtes tun oder unterlassen. Hier ist wohl mitgedacht: Man wechselt, wenigstens probeweise, von einer Ichposition hinüber in eine andere Ichposition und würde dann – seine Einstellung, Haltung, Entscheidung transferierend – an der Stelle des anderen dies tun oder jenes unterlassen.

Noch weiter gehend diese Formel: »Wenn ich du wäre.« Auch hier schließt sich meist ein Vorschlag an: Wenn ich du wäre, würde ich … Der Konjunktiv hält zugleich Distanz, zeigt an, dass dies nur ein Gedankenspiel ist; dieses Gedankenspiel aber ist schon so selbständig geworden, dass es zur Sprachformel wurde: Wenn ich du wäre. Bezeichnenderweise ist hier mitgedacht, dass dies ein zeitlich begrenzter Identitätswechsel wäre: Nachdem getan ist, was man an der Stelle des anderen tun würde, zieht man sich wohl wieder in seine eigene Haut zurück. Immerhin: die Sprache sieht solche kurzfristigen Identitätswechsel vor.

Hier sind vorbereitende, sind bestätigende Formeln für das Eingehen auf ein anderes Leben, für das Schreiben wie für das Lesen einer Biographie (oder eines erzählenden Textes). Identifikationsversuche setzen voraus, dass es Gemeinsames gibt, zumindest

Berührungspunkte, und hier setzt so etwas wie Osmose ein bei fortgesetzter Beschäftigung, schreibend oder lesend: wiederholtes Hineindenken in die andere Person, wiederholtes Sichhineinversetzen.

Das ist kein geradlinig fortschreitender Prozess, hier ist Wechselspiel von Abrücken und Annähern: Kein Verständnis für manche Verhaltensweisen, manche Aktionen und wiederum: Gemeinsames, das verbindet. Sonst gäbe es keinen Anlass, sich mit einer anderen, noch dazu längst verstorbenen Person zu beschäftigen. Schreibend und lesend erfahren, mitvollziehen, was ein anderer in einer anderen Situation, in einer anderen Zeit gedacht, erlebt, getan hat, und dabei Möglichkeiten kennenlernen, die man selbst nicht verwirklicht, und zugleich Wirklichkeiten erkennen, wiedererkennen, wie man sie selbst erfahren hat, und wiederum das ganz Andere, Fremde, das sich nicht aneignen, nicht einverleiben lässt: Herausforderungen, Konfrontationen. Ich in deiner Lage, an deiner Stelle, ich in deiner Haut und insgesamt: Wenn ich du wäre, wie wären dann meine Lebensformen, Bewusstseinsformen?

Es ist immer der gleiche Ablauf: Ein junger Mann und eine junge Frau im Bett, sie schlummern dicht nebeneinander, haben eine lange Nacht hinter sich; nun bläst der Nachtwächter die Morgenstunde ein, verkündet laut rufend das allererste Frühlicht; davon wird sie wach, sie sieht, dass es tatsächlich zu dämmern beginnt, hört erstes Vogelzwitschern; nun muss sie dafür sorgen, dass der Liebhaber verschwindet, im Schutz der Dämmerung, damit der Paarung nicht bekannt wird, rufschädigend; andererseits möchte sie gern noch mal, und das hält auf, wo er doch möglichst rasch weg sollte – so entsteht eine lustvoll-schmerzliche Situation, Verdichtung der Gegenwart durch nah bevorstehende Trennung; sie weckt ihn auf, weist hin auf das Hornblasen, auf die Rufe des Nachtwächters, auf das Vogelzwitschern; er blinzelt, sieht das erste Tageslicht, ein Graublau im Osten; Umarmung, die sich meist intensiviert, und dann, umso hastiger: der Abschied! Aber er will wiederkommen, soll wiederkommen.

Nach diesem Schema sind, mit Variationen und Modifikationen, etwa drei Jahrhunderte lang Liedtexte produziert worden; hier hat auch Oswald Muster und Schemata, Formen und Formeln übernommen, hat sie allerdings auf seine Weise modifiziert.

Ein Tagelied wurde bereits vorgestellt: »Wach auf, mein Schatz.« Der folgende Liedtext (Kl 16) führt dieses Muster sehr viel detaillierter aus.

»Ich spür ein Lüftchen, kühlen Hauch,
und bin ich völlig bei Verstand,
so wird er der Nordost genannt.
Ich, Wächter, ruf: Ich merk, der Tag
entsteigt recht bald dem finstren Wald!
Ich sehe, melde: Morgenröte glüht schon auf.
Die Vöglein singen überall:
die Haubenlerche, Drossel, Amsel, Nachtigall;
am Berg, im Tal ist ihr Gesang zu hören.
Wer jetzt noch wohlgeborgen liegt,
und wer die lange Nacht mit Lust verbracht,
der schau jetzt zu, dass er sich endlich trennt!«
  Sie hatte sich verschlafen,
  er wurde nach ihr wach.
  Sie riefen beide: Weh uns,
  wir sind dem Tag verhasst!
  Das Mädchen schalt ihn sehr:
  »Herr Tag, auf unsern Ruf
  gebt Ihr zu wenig acht!«

Und sie, recht emsig, bot dem jungen Mann
auf heller Hand ein Schlückchen Weiß.
»Steh auf und lauf. So schau, der Morgen graut!«
Den Fensterladen stieß er auf.
Der junge Mann zur jungen Frau:
»Bei Gott, es stimmt! Er kommt, bringt Leid mit sich.
Das Firmament durchdringt er schon,
der Morgenstern verlor vor ihm an Glanz,

die Nacht vergeht im Morgengrau.«
Er küsste ihren roten Mund:
»Ach Schatz, noch keine halbe Stunde ist es her,
seit wir uns in der Liebe fanden.«
  Sie seufzten und sie klagten,
  die Lippen pressten sich,
  weil sie das helle Licht
  nun auseinandertrieb.
  Sie sagte: »Mein Geliebter,
  es komme doch, was wolle,
  zu mir gehörst du ganz!«

Der Wächter bläst, lässt sich erneut
durchs Horn vernehmen; allzu hörbar
verkündet er den Wind, das Licht aus Orient.
Das Mädchen, sehr verliebt, es denkt:
»Ach Sonne, wer hat dich hierhergeholt?
Ich wünschte sehr, du wärst im Okzident;
auf deinen Glanz kann ich durchaus verzichten.
Willkommen wär mir, wer den Abendstern verkündet,
den ich liebe; würd sich nur mein Wunsch erfüllen …«
Der junge Mann, er lachte auf:
»Mein liebster Schatz, so wird das leider nicht geschehn.
Mit Liebeskummer muss ich von dir scheiden.
  Du machst mir Freude, Lust,
  versüßt mein Herz mit Glück,
  hast mir den Kopf verdreht,
  mir ganz den Sinn verwirrt.«
  So haben sich die beiden
  noch einmal nackt umarmt.
  »Mein Liebes, ich muss gehn.«

Es folgt eine Art Dramolett, dreistimmig: Kl 49. Wiederum ein Tagelied. Die beiden Stimmen, Ténor und Diskant, überlagern sich phasenweise, hinzu kommt, gleichsam intervenierend, die Stimme des Nachtwächters, der nicht rechtzeitig den Morgen anbläst. Dieses Stimmengeflecht kann im Druck nicht sinnvoll wiedergegeben werden – es müssten Sequenzen überdruckt werden. Ich versuche zumindest eine Annäherung, als Lesefassung. Damit kann das singende Paar im Bett doch wieder Präsenz gewinnen, wiederholt gestört durch den dreitönigen, verspäteten Weckruf des Wächters, der sich vom Nachtdienst verabschiedet, getutet und gesungen. Hier werden Hornsignale der Notation in Sprachsignale übertragen: Quin-ten-ruuf wird A-ha-hüü.

Also, noch einmal betont: eine Lesefassung, das Textmaterial organisierend, in Annäherung an die musikalische Struktur.

»Sag, mein Liebster, was verkündet uns
dies Getöne, dieses schreckliche Getöse?
Einziger Mann, darf uns der Störenfried denn so
ins Elend stürzen? Wem lieferst du mich aus?«
  »A-ha-hüü! A-ha-hüü!
  Auf gehts, ihr Nackedeis!«
Ja, Frau, du hörst den Klang des Horns,
er schwingt sich über Berg und Tal.
Zugleich hör ich die Nachtigall.
Die lichte Morgenröte
überblendet schon das Blau.
Ja, blas nur, Wächter!
Ich merk, du bist verstimmt, vergrätzt.
  »A-ha-hüü! A-ha-hüü!
  Wer gern noch läg –
  rasch auf den Weg!«
Ich spür den Hauch von Orient:
erhellt und löscht das Sternenfirmament.
Das raubt uns ganz und gar die Lust.
  »A-ha-hüü!
  Steh op, spring op, schnell op!«
Mein liebes, liebenswertes Mädchen,
das Horn, es schollert fürchterlich.
Jaja, ich hör dich! Betrübst mir die Geliebte!
  »A-ha-hüü!«

Hör, hör, hör, hör!
Sehnsuchtsklage ... Mördertag –
wie lang willst du uns leiden lassen?!
Die Vöglein singen schon im Wald,
Amsel, Drossel, Fink,
dazu ein kleiner Zeisig: Kuckuckskind ...
Leb wohl, mein Schatz. Rück her geschwind!

Zum ›Inventar‹ eines Tagelieds gehört neben dem Morgengrau der Wind von Orient. Wie Oswald ein Standardmotiv ausweitet, verändert, wie sich bei ihm Tradition und Innovation verbinden, das zeigt deutlich die erste Strophe des Tagelieds Kl 20: die Windbewegung wird mit weitem Atem beschrieben.

Es braust einher von Orient
ein Wind, den man »levante« nennt;
den Weg durch Indien kennt er gut,
in Syrien, dort ist er schnell,
an Griechenland streicht er vorbei,
durch das Gebiet der Berberei,
Granada hat er bald erstürmt,
glüht auf in Spanien, Portugal;
die ganze Welt, von Ost bis West
beherrscht dies edle Element.
Als Boten schickte ihn der Tag,
er folgt ihm nach durchs Firmament,
doch der »ponente« hält ihn auf –
so freuen sich im Okzident
die Leute von Narbonne.
  Ein Mädchen hörte dies Gebraus;
es lag im Bett, war fest umarmt,
von Liebe ganz umfasst. Es sprach:
»Ich höre, was uns feindlich ist!
Das Licht macht schon die Nacht zum Tag.
Wach auf, mein Schatz! Vertrieben sind
die Sterne bald vom Himmelsfeld.

He, Wächter, hast nicht aufgepasst,
ins Unglück stürzt du mich!
Sag an, du Wicht, mit welchem Recht
weckst du in mir den Liebesschmerz,
dass mir das Herz vor Leid erstarrt?
Die Reue wäre doch sehr groß,
wenn ihm der Absprung nicht gelänge!
Dein Verspäten ist dran schuld!«
Und sie begann zu kraulen,
ihn aus dem Schlaf zu rütteln,
sich fest an ihn zu schmiegen,
voll Lust an ihn zu pressen;
er kam zu sich, und gleich
begann das Liebesspiel!
Er ließ es richtig krachen.

Der Jüngling war ganz irritiert:
»Wie soll ich das verstehen, Liebste,
dass deine zärtliche Umarmung
mich wie ein wilder Racheakt
durch Vehemenz erschreckte?
Hab ich dir etwa nicht genügt?«
»Ach nein, du ragst heraus, als Mann!
Mir tut dein naher Abschied weh
und so verlor ich ganz die Fassung.
Nun hör die Wonnevöglein an,
sie melden unentwegt den Tag
in jeweils eigner Melodie
mit hellem Klang vom Baum herab.
Mein Herz, es möge den bestrafen,
der uns so hintergangen hat.«
»Deine Herzensqual, Geliebte,
raubt mir zuweilen alle Lust.
Mich hat dein Ehrgefühl schon öfter
erhöht und nicht zu Fall gebracht,
doch passt man auf uns auf, man redet,

vertriebe uns ringsum am liebsten
voll Missgunst in ein Tal der Schande.
Drum würd ich gern ein animal
und wäre wie die Nachtigall,
damit du, zärtliche Erscheinung,
ihn nicht verlierst, den Ehrengral.
Doch hoff ich, dass kein böser Sinn
dich, voller Neid, verkläffen wird.
Ach Wächter, dein zu spätes Blasen
vergeht sich an der Liebe!«
 Nun spitzte sie das Zünglein,
 schmitzte es in seinen Mund –
 blinder Liebe fehlt Vernunft.
 Heiße Tränen ließ sie
 aus den Äuglein fließen
 doch ließ sich das Genießen
 nicht verdrießen im Umschließen.

»Ach Trennung, ich gehorche dir«,
so sprach das liebe Mädchen.
»Große Lust, sie wurde klein,
seitdem ich dich, mein Ein und Alles,
verlassen muss im Tagesschein.
Ach ›tramontana‹, warum lässt du
mich hier zurück in meiner Qual,
und spielst dich mächtig auf,
lässt Süd- und Ostwind herspazieren?
›Ponente‹: dein Gesaus, Gebraus –
der helle jour, er dämpfte es.
Auch ›Luzifer‹, du schöner Morgenstern,
lässt dein Verdämmern überblenden.
Drum muss ich armes Mägdelein
mich aus der Liebesklammer lösen.«
 »Bewahr das Leuchten deiner Augen, Frau!
Mich hat dein schöngeformter Mund
entflammt zu wahrem Liebesakt.

Vor Unheil bin ich nun gefeit,
aufs Trauern geb ich nicht die Bohne.
Mein Herz, sei lieb zu deinem Leib,
er schützte mich vor Seitensprüngen.
Sankt Balthasar behüte deinen Ruf,
der nicht durch mich gelitten hat;
hier gibt es keinen Zweifel mehr,
da sind die Engel meine Zeugen.
Löse seine weißen Ärmchen,
ich wag nicht länger hierzubleiben.«
»Mein Freund, komm unbedingt zurück.
Sankt Peter möge dich beschützen.«
Sie ließ ihn nun geschickt
ergießen in den Schlund,
vorbei an weißen Zähnezinnen –
des Sankt Johannes Liebestrunk?
So kamen beide zweimal;
hautnah vollzog sich das
in raschem Auf und Ab.

Also Fellatio. Ging der Wolkensteiner in der Beschreibung erotischer, sexueller Lustbarkeiten weit über das hinaus, was vor ihm riskiert worden ist? Oder gab es da Entsprechungen?

Zwei Jahrhunderte zuvor ging Neidhart (früher: »von Reuental«) beim Artikulieren von Erotischem und Sexuellem mindestens so weit wie der Wolkensteiner. In diesem thematischen Bereich sind Oswald und Neidhart einander ähnlich. So kam es denn auch wiederholt zu falschen Zuschreibungen: Liedtexte Neidharts wurden Oswald zugeschrieben, Liedtexte des Wolkensteiners wiederum Neidhart. Das Problem der Zuschreibungen kann hier bloß erwähnt, muss nicht weiter ausgeführt werden: ein Thema für philologische Untersuchungen.

Relevant aber bleibt die Frage, ob Oswald in der Artikulation des Erotischen, des Sexuellen den Vorgänger überholt hat. Antwort gibt ein Liedtext des Neidhart. Ich überspringe das Vorspiel mit einem Godemiché, einem Kunstpenis, lasse das besungene Ich gleich zur Sache kommen.

»Könnt Ihr, Herr, das Spielchen ›Bengel stecken‹?«
»Ja, das kann ich! Legt Euch drunter.«
Seht, ich brachte es sogleich,
schob ihr, ganz nach ihrem Wunsch,
den Bengel zwischen ihre Beine.
Als sie das spürte, staunte sie!

Dieser Spaß wurd ihr zu dicke,
sie rief: »Hört auf!
Euer Spiel ist mir zu grob!
Weshalb stellt Ihr mich bloß?
Stößt mir etwas Schlimmes zu?«
»Dass ich, Herrin, meinen Bengel
fester reinschieb –
danach steht mir grad der Sinn!
Ich bring dir etwas Neues bei.«
Und die Liebste
sagte: »Nie kam mir ein Bengel unters Hemd.«
»Hohe Frau, ich zeig dir jetzt zwei neue Nummern«,
sagte ich der Schönen, »aufgepasst!«
Ich steckte ihr den Bengel rein,
und der schien ihr gar nicht schlecht.
Die Schöne, die nicht träge war,
sie bat mich nochmals um den Bengel.

Als das Spiel ein Ende fand,
sprach die Edle:
»Herr, Ihr seid mir wohl nicht böse
(ein wenig schäme ich mich ja) –
bei Eurer Ehre,
stellt mir Euren Bengel vor,
ich will sehen,
wie es um denselben steht.«

So gab ich ihn in ihre Hand …
Vor der Aue
bat sie mich um weitres Bengel-Stecken:
»Mein Herr, an Euer Spiel reicht nichts heran.
Mir ists, als würde sich die Erde drehn …
Das bringt mich ganz um den Verstand!
Der Himmel scheint mir kupferrot,
und die Sonne seh ich dreifach.
Das kann ich beschwören!«, rief das Gör.

Schon in meiner Neidhart-Biographie stellte ich die Frage: Wann wurden je zuvor (und danach) Halluzinationen bei einem Orgasmus so poetisch besungen?

Sexualität als Thema: nicht nur bei Neidhart und Oswald großgeschrieben! Besonders beliebt war es in Variationen zum Thema: Klerus und Sexus.

Etwa seit dem Jahre 1410 arbeitete Oswald (nach offenbar mehrjährigem Vorlauf) offiziell in der Administration der Diözese Brixen: bürokratisches und juristisches »Tätigkeitsfeld«. Der Bischof blieb dem ungeliebten Mitarbeiter allerdings das Gehalt schuldig, es musste eingeklagt werden. Unter dem Vorsitz des Probstes von Neustift tagte am 9. Oktober 1413 in Brixen ein Schiedsgericht.

Die Schlichtung zwei Jahre zuvor hatte Ulrich und Oswald nicht versöhnt, die Auseinandersetzungen zwischen ihnen spitzten sich zu, der Bischof entließ den Gotteshausmann des Hochstifts. Oswald bestand auf Auszahlung des rechtsgültig festgelegten Gehalts: 1000 Gulden für die vereinbarte zehnjährige Tätigkeit, von »der drei Jahre vergangen sind und deren andere ich willig war, noch abzudienen«.

Dass ein einseitiger Entschluss des Bischofs erfolgt war, darauf lässt Oswalds (wohl nicht nur rhetorische?) Äußerung schließen, er habe die sieben Jahre noch arbeiten wollen! Der Bischof aber sah nicht ein, weshalb er zehn Jahresgehälter zahlen sollte, wenn Oswald nur drei Jahre für ihn gearbeitet und ihm dabei etlichen Ärger bereitet hatte. Zusätzlich wurde Ulrichs Weigerung motiviert durch die bereits chronische Geldknappheit des Bistums.

Diese Diözese war, etwa zwei Jahrhunderte zuvor, groß und reich gewesen, hatte inzwischen aber die meisten Liegenschaften und damit Einkünfte verloren. Weil die geistlichen Herren irdischen Besitz nicht selbst verwalten durften, hatten sie die Aufgabe verschiedenen Adligen der Region übertragen, und die hatten diese Güter sukzessiv in Besitz genommen. So waren vom Bistum Brixen nur ein paar Restgebiete übrig geblieben, rund um die Stadt sowie im Pustertal. Eine Zahl: 1419 lagen die Gesamteinkünfte des Bistums bei nur noch 2750 Gulden. Das dürfte auch 1413 kaum mehr gewesen sein. Hätte Oswald seine Forderung nach insgesamt 1000 Gulden durchsetzen können, so wäre das ungefähr ein Drittel des Jahresbudgets gewesen.

Der Bischof konnte und wollte nicht zahlen. Also rief Oswald das Schiedsgericht an. Aus dem Protokoll: »Der edle und honorige Junker Oswald von Wolkenstein glaubt einen Anspruch zu haben gegenüber Hochwürden, unserem lieben Herrn Ulrich, Bischof zu Brixen, in Höhe von tausend Gulden für seine Dienstleistungen in zehn Jahren (für hundert Gulden jährlich), von denen drei Jahre vergangen sind, und er willens ist, die nachfolgenden Jahre abzudienen.«

Das Schiedsgericht befand: Der Bischof muss zahlen. Allerdings nicht für das gesamte, sondern für das halbe Jahrzehnt (die drei abgeleisteten Dienstjahre und »die nechsten zway Jar nach datum disz briefs«, sprich: nach dieser schriftlichen Urteilsbegründung).

Die beiden Herren sollen sich wieder verständigen und vertragen: »Unser Herr von Brixen soll dem Wolkensteiner ein gnädiger Herr sein und der Wolkensteiner soll, als Gotteshausmann in Erbfolge, unserem Herrn Bischof loyal dienen.«

Ulrich beugte sich dem Schiedsspruch, das zeigt ein zweites Dokument, ausgefertigt und besiegelt eine Woche später, am 15. Oktober: Oswald quittierte den Erhalt eines Schuldbriefs (»Geltbrief«) in Höhe von, nominell, 500 Gulden. Dafür versprach Oswald »mit guten trewen an aines aydes stat« die Fortführung seiner Tätigkeit als »getrewer diener« für die folgenden zwei Jahre.

Der Schuldbrief ließ sich allerdings nicht gleich einlösen. Erst im folgenden Jahr wird es Oswald gelingen, als erste Ratenzahlung 200 Dukaten einzutreiben.

Ob Oswald in turbulenten Zeitphasen auch gedichtet, komponiert, vorgetragen hat, weiß ich nicht. Wenn ich nun einen weiteren Liedtext vorstelle, so soll das (auch hier) nicht suggerieren, er sei in *diesem* Zeitraum entstanden. Das Maienlied (Kl 50) hat eine französische Vorlage: ein Virelais, ein Tanzlied, von Johannes (Jean) Vaillant, »Par maintes foys« (Überraschendes dazu im Anhang).

Der Mai: mit schöner Fülle
bedeckt er überall die Erde,
Hügel, Flachland, Berg und Tal.
Die Vöglein lassen den Gesang
ertönen, schwebend heller Klang:
Calendre, Lerche, Drossel, Nachtigall.
Der Kuckuck, der fliegt überall
und schikaniert voll Übermut
die sonst so frohe Vogelbrut.
Hört, wie er ruft und tut:
»Kuku, kuku, kuku,
der Zins, der steht mir zu,
den will ich von dir haben,
der will mir wohl behagen,
der Hunger knurrt im Magen.«
»O weh, o je, wohin mit mir?«,
so rief das kleine Federwild.
Zaunkönig, Zeisig, Meise, Lerche,
so kommt, wir wollen singen:
»Ozi, ich mache, mache, mache mit,
ozi ozi, ozi ozi, ozi ozi,

fi fideli, fideli, fideli fi,
zi zieriri, zi, zi zieriri,
zi ri ziwick, zidiwick, fizi fizi.«
Der Kuckuck aber unkte bloß:
»Kawa wa kuku.«
»Rako«, so rief der Rabe,
»ich singe recht gut auch,
doch nur mit vollem Bauch.
Mein Lied klingt fein:
Hau rein, schieb rein, stopf rein!«
»Liri liri, liri liri, lirilei«,
so sang die Lerche,
sang die Lerche,
sang die Lerche.
»Ich singe hell«, das Drösselchen,
»ich singe hell«, das Drösselchen,
»ich singe hell«, das Drösselchen,
»dass es im Walde klingt!«
Ihr tiriliert und jubiliert,
ihr krächzt und gäckert
hüben, drüben –
genau wie unser Pfarrer.
»Zidiwick, zidiwick, zidiwick,
zifizigo, zifizigo, zifizigo«: Nachtigall,
für den Gesang verdiente sie den Gral!

Beim folgenden Liedtext (Kl 53) können wir mit Lust verfolgen, wie der Dichter Sprachklang organisiert: Wörter als Klangkörper! »Lünzlot münzlot klünzlot und zisplot wisplot …« Für solche Wortklangfolgen müssen (wenigstens annähernd) adäquate Entsprechungen gesucht und gefunden werden in unserer Sprache.

Fröhlich, zärtlich, lieblich, lüstlich, sacht, gemach
und sanft und süß und frisch und rein erwach
du schönes, liebevolles Weib,
streck, reck, zeig den zarten, stolzen Leib,
mach deine strahlend hellen Augen auf,

und sieh, noch ganz geborgen,
wie sich der Sterne Schar verliert
im Glanz der hellen, heitren, klaren Sonne.
Wohlauf denn zum Tanz!
Wir binden einen schönen Kranz
aus blauem, bleuem, violem, violettem,
rotem, gelbem, weißem,
lichtem Blütenglanz.

Schmuslich, koslich, küsslich, zünglich, lüstlich sei die
  Sprache
für manche herrlich üppig schöne Sache:
nur davon sei dein schwellend roter Mund bewegt.
Er hat mein Herz in Liebesglut versetzt,
hat mich gewiss schon tausendfach erregt,
hat meine Lust erweckt
aus Schlaf und Traum: hier sah ich bald
den wohlgeformten, roten, schmalen Spalt,
zum Lächeln wie gemacht,
darin der Zähne Pracht:
füllig, rosig, lipplich, lecklich –
mit zartem Pinsel
dargebracht!

Wollt sie, möcht sie, tät sie, käm sie, nähm sie meinem Herz
den sehnsuchtsschweren, herben Schmerz,
ein weißes Brüstlein fest daran gedrückt –
so seht, das Leid wär fort, ich wär entzückt!
Welch Mädchen sonst, so zart und fein,
könnt so beglückend für mich sein,
für dieses Herz: es nimmt den Schmerz
und weckt die reinen, reichen, reifen Lüste –
Mund küsst Mündlein,
Zung an Zünglein, Brust an Brüstlein,
Bauch an Bäuchlein, Pelz an Pelzlein –
hurtig, feurig,
ständig fest umarmt!

Auch kund ich fidlen trummen paugken pfeiffen«: Stichworte zu einem Exkurs über das Instrumentarium des Wolkensteiners.

Ein Instrument wird hier merkwürdigerweise nicht erwähnt, auch wird in anderen Liedtexten nie darauf angespielt: die Harfe. Immerhin das Instrument Davids! Üblich war im Mittelalter die Schoßharfe – heute noch in Gebrauch in der Variante der »celtic harp«. Auf den Knien abgesetzt oder zwischen die Knie geklemmt, reicht sie etwa bis zum Kinn. Diese Harfe gehörte im Mittelalter zur Grundausstattung eines reisenden Liedermachers, war ungefähr so selbstverständlich wie die Gitarre bei heutigen Liedersängern. Dennoch, die Harfe müssen wir beim Wolkensteiner wohl ausklammern. Doch er nennt ein Instrument, das bei Liedermachern, Liedersängern gleichfalls Standard war: die Fiedel. Sie war sehr geeignet, sehr bewährt als Instrument, mit dem ein Sänger sich selbst begleitete, den Bordun spielend, repetierende Bass-Grundakkorde und zusätzliche Figurationen, vor allem zwischen Strophen. Ob Oswald das Instrument an der Schulter abstützte, vor die Brust hielt oder an einen Nackenriemen hängte, auf die Knie stützte oder zwischen die Waden klemmte, ob er den Bogen »untergriffig« oder »obergriffig« führte, wir wissen es nicht.

Stichwort *pfeiffen*. Das konnte auch heißen: den Dudelsack spielen. Ich kann mir zwar ausmalen, wie der kompakte Wolkensteiner einen prallen Dudelsack bespielt, aber das wird, das muss er Spielmännern überlassen haben, die zum (womöglich bäuerlichen) Tanz aufgespielt haben. In der Instrumentenkunde wird das Instrument speziell Hirten zugeschrieben. Der Dudelsack scheidet demnach aus. Er wäre ohnehin nicht geeignet zur Selbstbegleitung eines Sängers.

So kann Oswald in seiner Auflistung nur gemeint haben: Flöte spielen. Auch hier kann rasch eingegrenzt werden. Im Mittelalter war sehr beliebt die Einhandflöte (mit drei Bohrlöchern), die man mit der linken Hand hielt und spielte, während die rechte Hand mit dem Schlägel die kleine Trommel (»klein Päuklein«) am Gürtel schlug: Galoubet, la flûte à trois trous. Instrumentenkunde indes belehrt mich: »Die Verwendung dieser dreilöchrigen Flöte ist charakteristisch für die nicht polyphone Tanzmusik.« Scheidet damit aus.

Bleibt die Wahl zwischen Blockflöte und Querflöte. Bei der Blockflöte war besonders die Altblockflöte beliebt. Gleichfalls en vogue war die Traversflöte. »Diese ›Querflöte‹ wird in Frankreich ›Flûte d'Allemand‹ genannt. (...) Sie wurde ausdrücklich für die instrumentale Interpretation gewisser Lieder empfohlen.« Noch eine Anmerkung zum Instrument Flöte: »Die Ikonographie zeigt, dass sie zum aristokratischen Instrumentarium zählte.«

Damit ist ein wichtiges Stichwort gegeben: Für einen musizierenden Mann von Adel, auch vom niederen, gab es keine freie Wahl der Instrumente, man blieb hier standesgebunden. Einige der Instrumente, wie sie heute bei Einspielungen und Aufführungen der Musik (auch) des Wolkensteiners eingesetzt werden, sie wären für Oswald undenkbar gewesen: Der Dudelsack war sicherlich auch für ihn ein Instrument von Hirten; die Drehleier wurde später ein typisches Instrument von Bettlern; die Schalmei wurde gespielt beim Dorftanz. Nur die Flöte war standesgemäß.

Zur Fiedel und zur Block- oder Querflöte die Trompete und die Pauke. (Im Verb »trummen« steckt: tromba.) Ich erinnere an Oswald in der Rolle eines Militärmusikers in Gottes Namen, erinnere an die Trompete und die Pauken, die auf Hauenstein inventarisiert wurden. Trompeten, damals selbstverständlich noch ohne Ventile, etwa in der Form einer Fanfare: langes, meist gerades, eng mensuriertes Rohr. Für einen Liedermacher, Liedersänger völlig ungeeignet. Bleibt auch unter diesem Aspekt nur die Nutzung als Instrument der Militärmusik.

Und sein Hauptinstrument, die Stimme? Sang er Tenor, Bariton, Bass? Ich habe Wilfrid Jochims, Sänger und Hochschuldozent, gebeten, sich die Porträts des Wolkensteiners genauer anzuschauen – lassen sich Rückschlüsse ziehen aus der Konstitution? Ich weiß nur allgemein: Tenöre und Bassisten, beispielsweise, unterscheiden sich im Körperbau.

Jochims schrieb eine Expertise, aus der ich hervorhebe, was mir für die Biographie wichtig scheint. Zuerst, allgemein: von den »Maßverhältnissen eines Kopfes« in Beziehung zu Halsform und Rumpfform lässt sich auf »gewisse Qualitäten der Stimme schließen«; dabei werden Teilergebnisse der musikalischen Stimmforschung, der Anthropometrie, der Anatomie, der Phonetik, der Typologie benutzt. Ausschließlich aus Abbildungen (»ikonographisch«) Schlüsse zu ziehen auf die Stimme ist nicht üblich, ist auch nicht notwendig, man hat es stets mit lebenden »Stimmbesitzern« zu tun; dennoch, in diesem Fall sind – mit Vorsicht und Vorbehalt – einige Schlussfolgerungen möglich.

Wichtigste Grundlage dazu ist das Porträtgemälde der Handschrift B: hier zeigt sich »nach den Kennzeichnungen der Typologie« ein »athletischer Körperbau mit einer eurosomen Tendenz«. Was den eurosomen Konstitutionstyp charakterisiert, ist der weiche Übergang vom Rumpf zum Hals, die Neigung zum Fettansatz an Kinn und Hals; »der Wuchs ist mittelgroß und gedrungen«.

Dieser »athletisch-eurosome Mischtyp« lässt schließen auf einen »ausgeprägt hohen Bariton mit einer Neigung zur tenoralen Stimmfärbung«. Vom Konstitutionstyp her dürfte Oswalds Stimme kräftig, »füllig« gewesen sein.

Es lassen sich weitere Aussagen machen über Oswalds Stimme. Denn: er hat zumindest die einstimmigen Lieder für sich selbst geschrieben, also kann man Schlüsse auf den »Ambitus« seiner Stimme ziehen. Auch wenn die Tonhöhen bei der damaligen Notationsweise (innerhalb bestimmter Grenzen) relativ sind, es lässt sich doch ablesen, für welchen Tonumfang Oswald geschrieben hat: der erreicht die Undezime, also fast anderthalb Oktaven. Das ist beträchtlich, wenn man es vergleicht mit der (gregorianischen) Kirchenmusik jener Zeit, in der alle Musiker ausgebildet wurden: hier lag der Ambitus meist bei einer Sexte, konnte sich ausdehnen bis zu einer Oktave. Oswalds Tonumfang war also für die damalige Zeit sehr groß.

Weiter zeigen die Liedkompositionen, dass Oswald hohe technische Sicherheit besaß. So gibt es in seinen Liedern Quartsprünge, diffizile Intervallfolgen, sogar Septsprünge – hier muss der Sänger im »Springen« und »Treffen« sicher sein.

Wir können noch einen weiteren Schluss ziehen: Musik mit so hohen technischen Schwierigkeitsgraden konnte und wollte nicht volkstümlich sein.

Der Wolkensteiner als Dichter, Sänger, Instrumentalist: auf dem Konstanzer Konzil wird er den Höhepunkt seiner Entwicklung erreichen. In der Konzilsstadt wird Oswald zudem in das Gefolge von König Sigmund aufgenommen und bald darauf mit einer diplomatischen Mission betraut – Höhepunkt auch seiner administrativen und politischen Karriere.

Vor diesem gewichtigen Lebenskapitel muss auf Entwicklungen hingewiesen werden, die zur Einberufung des Konzils führten. Die Figur Oswald von Wolkenstein würde zu sehr isoliert in einer fast ausschließlich auf seine Person fokussierten Perspektive, es müssen auch Vorgänge skizziert werden, von denen er betroffen oder beeinflusst wurde, an denen er teilnahm oder denen er sich verweigerte: Oswald in seiner Zeit.

Das Kirchenschisma war fast genauso alt wie Oswald: seit 1378 gab es einen Heiligen Stuhl in Rom, einen Heiligen Stuhl in Avignon.

Zuvor, seit Beginn des Jahrhunderts, das »Avignonische Exil« der päpstlichen Kurie. Im desolaten Rom mit seinen zahlreichen (nicht nur antiken!) Ruinen, mit den Ackerbauflächen innerhalb der Stadtmauern, mit den verbissenen, blutigen Kämpfen zwischen Adelsfamilien konnte sich die Kurie nicht länger halten, sie ging ins französische Exil – noch ohne feste Residenz. Als der Erzbischof von Bordeaux Papst wurde (Clemens V.), wählte er Avignon als Sitz der Kurie. So begann 1309 das Avignonische Papsttum: sieben Päpste in Folge. Ab Mitte des Jahrhunderts wurde als Amtssitz ein neuer Palast erbaut »von märchenhafter Schönheit und ungemeiner Wucht mit seinen Mauern und Türmen« – so ein Zeitgenosse. Fast jeder Papst erweiterte den festungsähnlichen Bau.

Immer öfter, immer lauter wurde indes daran erinnert, dass Rom der Sitz der Kurie gewesen sei und wieder sein müsse. Urban V. wagte 1367 die Rückkehr. Doch er bereute das schnell. Banden entlassener Söldner zogen sengend und brennend, raubend und mordend durch den vormaligen, den späteren Kirchenstaat, die öffentliche Ordnung war kollabiert, es herrschte Chaos – der Papst kehrte 1370 nach Avignon zurück, starb dort im gleichen Jahr.

Sein Nachfolger, Gregor XI., ebenfalls Franzose, ebenfalls in Avignon geweiht, gekrönt, machte Ernst mit der Rückkehr zur *Cathedra Petri*, er blieb in Rom. Französische Kardinäle opponierten entschieden, ebenso der König von Frankreich – es drohte der Verlust von Prestige und Macht. So wurde in Avignon ein zusätzlicher Papst gewählt, ein Neapolitaner: Urban VI. Und es begann der Kampf um Priorität: Der eine Papst kritisierte, verurteilte, verketzerte den anderen Papst, Bannbullen hin und her. Das setzte sich fort unter den Nachfolgern Gregor XII., der in Rom residierte, und Benedikt XIII. (Pedro de Luna), der Avignon vorzog. Zum Rücktritt war keiner der beiden Seelenhirten bereit. In ihrer Haltung wurden sie jeweils bestärkt durch Parteigänger aus Frankreich und England – und deren Verbündete.

Das Problem konnte nur durch ein Konzil gelöst werden. Eigentlich wurde die allgemeine Kirchenversammlung vom jeweils amtierenden Papst einberufen und geleitet; da es nun aber deren zwei gab, konnte nicht ein päpstliches Duo die Leitung übernehmen, das Schisma sollte schließlich aufgehoben werden, und das setzte voraus: Das Konzil musste mehr Macht besitzen als ein Papst oder deren zwei. Theologen und Kirchenjuristen, vor allem von der Universität Paris, bereiteten Begründungen dafür vor, dass das allgemeine Konzil als Repräsentation der gesamten Kirche *über* einem Papst stehe, ihn also auch absetzen könne. So wurde das Konzil von Kardinälen einberufen – ein Novum.

Es fand in Paris statt, erklärte beide Päpste für abgesetzt, doch die hohen Herren in Rom und Avignon reagierten nicht weiter darauf.

Geradezu exemplarischen Starrsinn demonstrierte dabei Benedikt – noch 17 Jahre später wird König Sigmund an der Sturheit dieses Würdenträgers scheitern. Der Mann aus aragonesischem Adel galt, laut Kirchlichem Handlexikon, als »sittlich unbescholten, doch ehrgeizig u. starrköpfig, Lehrer des kanon. Rechts in Montpellier u. angesehener Jurist«. Man setzte hohe Erwartungen in ihn bei seiner Wahl zum Papst, doch er enttäuschte in der Amtsführung so sehr, dass ihm Länder wie Frankreich, Kastilien, Navarra bald schon den Gehorsam aufkündigten (Subtraktion) und sich ein Kardinal nach dem anderen von ihm abwendete. Doch Benedikt blieb hart. So wurde der Papstpalast zu Avignon belagert, wurde vier Jahre lang zum Gefängnis für Benedikt. Die Sturheit zahlte sich aus, die Obedienz wurde wiederhergestellt, wurde ihm 1408 von Frankreich jedoch erneut entzogen, auf dem Konzil von Pisa wurde der ebenso unfähige wie unnachgiebige Papst abgesetzt, doch das beeindruckte ihn nicht weiter, er verharrte im Amt.

Auf dem »Reformkonzil« von Pisa, 1413, sollte das Schisma endgültig beseitigt werden. Beide Päpste wurden vorgeladen; weil sie nicht erschienen, wurden sie für halsstarrig erklärt, auf lateinisch. Einige Sitzungen später kündigte man ihnen die Obedienz auf. Wiederum einige Sitzungen später bezeichnete man sie öffentlich als notorische Schismatiker und hartnäckige Häretiker, erklärte sie all ihrer Würden für verlustig, schloss sie aus der Kirche aus. Man wählte einen neuen Papst, Alexander V., mit Sitz in Pisa. Dessen Nachfolger wurde Johann XXIII. Er baute die Pisaner Machtposition aus.

Mit einem Papst in Pisa war das Problem nur formell gelöst, denn weder der Papst in Rom noch der Papst in Avignon akzeptierten den Konzilsbeschluss. Weil beide weiterhin politische Unterstützung fanden, hatte man nun drei Päpste: »Aus der verruchten Zweiheit ist eine verfluchte Dreiheit geworden.«

Gravierender Autoritätsverlust des Papsttums, damit auch der Kirche. In jener Zeit herrschten, wie in Chroniken zu lesen ist, im hohen wie im niederen Klerus Verschwendung und Luxus, Unwissenheit und Rohheit, Schwelgerei und Unzucht. Immer lauter wiederholte sich der Ruf nach einer Reform der Kirche.

Papst Johannes in Pisa und König Sigmund: beide waren an einem Konzil interessiert, wenn auch aus verschiedenen Gründen. Johannes, 44, hatte den stärksten Rückhalt, verspielte aber viel Kredit: seine Fähigkeiten lagen auf weltlichem Gebiet, er hatte sich hervorgetan beim Kapern von Schiffen und Frauen, war anerkannt als militärischer Experte und Verwaltungsfachmann, galt als verschlagen, habgierig, skrupellos, grausam, war wegen seiner Härte weithin verhasst. Selbst das Kirchliche Handlexikon verurteilt ihn: »Ein minderwertiger Charakter, dem es an Interesse für die Einheit der Christenheit u. an religiöser u. kirchlicher Gesinnung gebrach.« (Und doch: im Baptisterium zu Florenz wird ihn Donatello – nach dem Todesjahr 1419 – mit einer vielgerühmten Bronzefigur verewigen.)

Während Papst Benedikt weiterhin Starrsinn und Sturheit demonstrierte, setzte Johannes auf Stärke. Die beiden Konkurrenzpäpste sollten von einem Generalkonzil endgültig abgesetzt, er selbst wollte als einzig rechtmäßiges Kirchenoberhaupt anerkannt werden.

Und Sigmund? Er musste erst einmal ein Wahlversprechen einlösen, das er beispielsweise dem Kurfürsten von der Pfalz gegeben hatte: Falls er, Sigmund, zum Römischen König gewählt wird, will er das Schisma beenden. Als weitere Motivation: Sigmund hatte – als amtierender, aber noch immer nicht gekrönter Römischer König – bislang eher Misserfolge erlitten. Wenn unter seiner Schirmherrschaft das dringlichst gewünschte Konzil einberufen wurde, so war das zumindest ein Achtungserfolg für ihn. Irgendwann mal wollte er sich ohnehin zum Kaiser krönen lassen; das war nur sinnvoll, wenn es durch einen allseits anerkannten Papst geschah.

Sigmund wird in Oswalds Leben eine wichtige Rolle spielen, also ein Porträt, zumindest eine Skizze. Vorab eine Anmerkung zu seinem Namen.

Für einen prominenten Zeitgenossen wie Enea Silvio Piccolomini hieß der König: Sigismund. Auch einige Historiker (wie J. K. Hoensch) setzen auf Sigismund.

Für Oswald hingegen hieß sein Dienstherr: Sigmund. Und dabei bleibe ich, schon aus Gründen der Metrik – der Name wird in Liedtexten ein paarmal genannt. Auch die königliche Kanzlei schrieb: Sigmund. (»Wir Sigmund von gotes gnaden Romischer kunig zu allen tzijten …«).

Und gleich noch eine Vorbemerkung: Piccolomini wird im weiteren Verlauf mehrfach zitiert, als Zeitzeuge, so stelle ich ihn kurz vor.

Geboren 1405 in einem Dorf bei Siena … Begleitet, als Sekretär, einen Kardinal … Findet Anerkennung als Schreiber, auch als Redenschreiber für seinen hohen Herrn …Verfasst nicht nur Schriftsätze, schreibt auch Belletristisches … Wird 1442 zum Poeta laureatus gekrönt … Dreizehn Jahre nach Oswalds Tod wird er zum Papst gewählt: Pius II.

Piccolomini in seinem Buch *Europa*: »In Ungarn, durch das die Donau fließt, hat in unserer Zeit Sigismund, der Sohn Karls IV., des Kaisers der Römer, von seiner Nation her ein Böhme, von seinem Ursprung her ein Deutscher, mit wechselndem Schicksal mehr als 50 Jahre regiert, ein Herrscher, herausragend an einzigartiger Klugheit, an Größe des Geistes, an Wohltätigkeit und Güte. Er war berühmt durch Größe und Anmut des Körpers, im Krieg übrigens völlig erfolglos, ihn haben nicht nur die Türken, sondern auch die Böhmen oft in der Schlacht geschlagen.«

Piccolomini zum zweiten: »Sigismund war von herausragender Größe, er hatte helle Augen, eine hohe Stirn, Wangen, die sich anmutig röteten, einen langen und fülligen Bart, einen unersättlichen Geist, er war hochfliegend, dabei launisch, von eleganter Rede, auf Wein begierig, in Liebesdingen leidenschaftlich, wegen tausend Ehebrüchen beschuldigt, zum Zorn neigend, schnell zur Nachsicht bereit, keines Schatzes Hüter, ein verschwenderischer Schatzmeister, er versprach mehr als er hielt, er hat vieles ersonnen.«

Ergänzend der Verfasser der Klingenberger Chronik: »Dieser König war ein Herr der schönen Worte, er konnte zum Ausdruck bringen, was jedermann gern hörte; er verhieß, gab vor, redete und versprach viel, das er nicht hielt, und schämte sich dessen nicht.« In der Sprachform jener Zeit: »Sine wort warent suess, milt vnd guot, die werk kurz, schmal und klain.«

Jean de Montreuil, Sekretär des französischen Königs, ging 1417 in seiner Kritik am (damals 48-jährigen) König noch weiter. »Kein Land existiert, wo unser närrischer Greis sich nicht als Verehrer liederlicher Weibspersonen erweist oder, zwei Blütenkränze gleichzeitig übereinander auf seinem greisen Haupt tragend, den Verliebten spielt. Reitet er durch die Dörfer, so singt er mit seinen Begleitern, die an derartige Bräuche gewöhnt sind, als ob sie auf einer Hochzeit wären.«

Sigmund schlug als Tagungsort Konstanz vor: das liege günstig für alle Teilnehmer. Johannes opponierte sofort; außerhalb Italiens, so fürchtete er, werde sein Einfluss schwinden. Doch Sigmund ging nicht darauf ein, verschickte Einladungen an kirchliche und weltliche Oberhäupter: Tagungsort Konstanz, Eröffnungstermin Allerheiligen 1414. Er werde persönlich zum Konzil kommen, betonte er, werde allen Teilnehmern Schutz und Sicherheit gewähren.

Erst nachdem die Einladungen heraus waren, Ende November, trafen sich Johannes und Sigmund persönlich, in Lodi. Der Papst versuchte nachdrücklich, die Entscheidung für Konstanz rückgängig zu machen, doch Sigmund stellte klar: Johannes werde von ihm nur unterstützt und geschützt, wenn das Konzil in Konstanz stattfinde. Da half es nichts mehr, dass sich Johannes bei den Unterhandlungen in vollem päpstlichen Ornat auf einen Thron setzte, und Sigmund musste, als Diakon gekleidet, vor ihm hocken – die Entscheidung war gefallen, der König blieb hart. So feierte man denn gemeinsam Weihnachten.

Oswald von Wolkenstein musste seine Reise nach Konstanz, musste seinen Aufenthalt vorfinanzieren oder in vollem Umfang selbst bezahlen. Also brauchte er Bargeld.

März 1414 stellte er Bischof Ulrich von Brixen eine Quittung aus über den Empfang von 200 Gulden: erste Rate der weiterhin ausstehenden Gehaltszahlung. Die zweite Rate von 300 Gulden wurde am St. Michaelstag dieses Jahres fällig.

Im April verkaufte Oswald eine landwirtschaftliche Nutzfläche an einen Heinrich von Aichach »namleich vmb XV pern muran muns«, also für 15 Mark Berner Meraner Münze.

Einen Monat später veräußerte er die Nutzungsrechte seines Hofs Markadretsch beim Dorf Villanders an einen Pächter: das brachte weitere 11 Mark ein.

Die finanzielle Ausstattung für den voraussichtlich längeren Aufenthalt in Konstanz konsolidierte sich: Den 200 Gulden Nachzahlung entsprachen rund 100 Mark, also hatte er mittlerweile 126 Mark zurückgelegt.

Diesmal keine Umrechnung in heutige Kaufkraft, stattdessen eine Vergleichszahl: Hans Rofer, einer der beiden St.-Oswald-Kapläne, erwarb damals ein Haus mit Wirtschaftstrakt und Garten, und zwar für 40 Mark. Für Oswalds Reiseetat hätte man demnach in Brixen in zentraler Lage drei Häuser kaufen können, oder – bei geringeren Ansprüchen – eine kleine Häuserzeile.

Am 28. Oktober 1414 zog Papst Johannes in Konstanz ein, mit düsteren Vorahnungen – beim ersten Anblick der Stadt soll er von einer Fuchsfalle gesprochen haben.

Rechtzeitig hatte er Vorkehrungen getroffen, um auch in kritischer Lage aus der Konzilsstadt wieder herauszukommen, hatte geheime Verträge geschlossen mit dem Erzbischof von Mainz und mit Herzog Friedrich von Tirol. Den hatte er Mitte Oktober in Meran zum Generalkapitän der Römischen Kirche ernannt, für ein Jahresgehalt von immerhin 6000 Gulden; dafür hatte sich Friedrich verpflichtet, den Papst während des Konzils in jeder Hinsicht zu beschützen, notfalls mit Waffengewalt.

In den ersten Tagen freilich erschien alles günstig für Johannes. Repräsentanten der Konzilsstadt überreichten ihm zur Begrüßung einen goldenen Baldachin, die Bevölkerung zeigte Begeisterung, und das ist verständlich: Der erste repräsentative Einzug in die Stadt, ein Gefolge von 600 Personen, und immerhin ein Papst, wenn auch nur einer von dreien, aber offenbar der Papst, der unter den gleichzeitig amtierenden Päpsten am meisten Papst war.

Wenige Tage später, am 3. November, traf Jan Hus mit kleinem Gefolge in Konstanz ein. Der Prozess (eher Scheinprozess) gegen Hus: Oswald wird hier Stellung nehmen, dichtend, vertonend, singend; so gehört die Geschichte des Jan Hus in Konstanz in diese Biographie.

»Bevor wir vom Konzil berichten, sollt ihr erfahren, wie Hus und Hieronymus nach Konstanz kamen und dort verbrannt wurden. (...) Hus selbst hatte einen Wagen, auf dem er und sein Kaplan reisten. Sie stiegen im Pfistrinerhaus in der St.-Pauls-Gasse ab.« So Ulrich von Richenthal (ein bischöflicher Notar?) in seiner Chronik des Konzils.

Jan Hus: Nach dem Studium der Theologie 1400 zum Priester geweiht; 1401 Dekan der philosophischen Fakultät; ab 1409 Rektor der Prager Universität; als Anhänger John Wyclifs wurde er 1410 mit dem Kirchenbann belegt; Exkommunikation; Vertreibung aus Prag; er suchte und fand Schutz bei Freunden; weiterhin hielt er Predigten.

Sein Schüler, sein Adlatus Hieronymus hatte ihn auf Wyclif hingewiesen, hatte ihm Schriften des schottischen Theologen vermittelt. Vier von dessen philosophischen Traktaten wurden von Hus übersetzt.

John Wyclif lebte von etwa 1330 bis 1384. Der »Doctor evangelicus« fand im englischen Sprachbereich geringe, in Böhmen starke Resonanz, wurde dort gefeiert als Fünfter Evangelist.

Für Henri Pirenne ist Wyclif einer der Vorläufer der Reformation. Dies vor allem in seiner Opposition gegen die Kirche allgemein und das Papsttum speziell. Und in seiner Lehre: Allein

Christus kann die Kirche führen; der Bibel ist die Hierarchie der Kirche unbekannt; die Heilige Schrift kennt nicht den Unterschied zwischen Priester und Laie. Der Papst (mit all seinem Dekor von Macht) ist für Wyclif nicht der Stellvertreter Christi, sondern der Antichrist in Person. Konsequent die Forderung des Schotten, das Volk müsse vom Papsttum zur Bibel zurückkehren, nur hier sei die wahre Religion. So hat Wyclif die Bibel in die Volkssprache übersetzt.

Wyclif und Hus (ursprünglich: Husinec) wussten voneinander, auch wenn der Mann aus Böhmen fast vier Jahrzehnte nach dem Mann aus Schottland geboren wurde: um 1369. Die Verbindung wird beispielsweise dokumentiert durch einen Brief, den Wyclif nach Böhmen schickte. »Es gereicht mir zu großer Freude, dass Gott in eurem Lande wie auch anderswo die Herzen einiger so gefestigt hat, dass sie nicht nur Gefängnis und Verbannung, sondern auch den Tod mit Freuden erdulden, um des Wortes Gottes willen. Bis auf dies habe ich nun nichts weiter zu schreiben, sehr Geliebter; ich bekenne aber, dass ich sehr gern Dich und euch alle, die ihr das Gesetz Christi liebt, in dieser Liebe bestärken möchte.«

Hus über Wyclif: »Es zieht mich zu ihm der Ruf, den er hat – bei den guten Priestern, bei der Universität Oxford und im Allgemeinen beim Volk, hingegen nicht bei den schlechten, habsüchtigen, prachtliebenden, schwelgerischen Prälaten und Priestern. Mich ziehen seine Schriften an, durch die er alle Menschen zum Gesetz Christi zurückzuführen sucht, und besonders die Geistlichen, dass sie die Pracht und die Herrschaft der Welt fahren lassen und mit den Aposteln leben gemäß dem Leben Christi.«

Auch Hus sah sich als Verfechter des wahren, apostolisch einfachen, auf Prachtentfaltung verzichtenden Christentums, als Feind bestechlicher, spielsüchtiger, ausschweifend lebender Priester. Seine Grundforderungen wollte er in Konstanz propagieren; so brach er freiwillig zur Reise auf.

Kritik, weithin berechtigte Kritik am Klerus wurde seit Jahrzehnten geübt. Herausragend unter den Kritikern war Francesco Petrarca (geboren ein Dreivierteljahrhundert vor dem Wolkensteiner, gestorben etwa drei Jahre vor dessen Geburt).

Nun kann hier, seinen Darstellungen folgend, kein Panorama klerikalen Fehlverhaltens entworfen werden. Solch ein Verfahren würde auch kaum damaliger Wahrnehmung entsprechen: es wurden jeweils nur Einzelfälle realisiert in einer Zeit, in der es noch keine Öffentlichkeit in unserem Sinne gab, noch keine Presse, die flächendeckend Missbrauchs-Skandale der Priesterschaft hätte aufdecken können. Man nahm in Dörfern und Städten nur den jeweiligen Priester wahr, der sich nicht an den urchristlichen, den apostolischen Codex hielt; in Klosternähe registrierte man prassende, saufende, hurende, zockende Mönche (sie vor allem wurden zu Witzfiguren, reif für schwankhafte Erzählgedichte); in Residenzen hörte man fallweise vom unmoralischem Treiben höherer Geistlichkeit. Was man da jeweils erfuhr, war mehr oder weniger ungenau, doch schien es auszureichen, um Vorurteil und Urteil zu bestätigen.

Was Oswald später beim Bischof von Brixen monieren wird, sarkastisch, das kritisierte Petrarca pauschal an fünf Päpsten (und ihrer Gefolgschaft) in Avignon, das er zum Sündenbabel deklarierte, zur Weltzentrale unzüchtigen Treibens: Verfall der Sitten, Korruption in jeder Hinsicht. Vor Wiederholungen scheute er so wenig zurück wie vor Übertreibungen. Die Frage, wie weit seine Dauerkritik berechtigt war, kann hier nicht erörtert werden – dass die Annalen der damaligen Kirche weithin Skandalgeschichte waren, steht außer Zweifel.

Ein charakteristischer Ausschnitt aus dem 17. Schreiben des Briefkompendiums, das Petrarca in einem Buch *Sine nomine* (»Ohne Titel«) edieren wollte: Kritische, zuweilen satirische Briefe, bei denen sicherheitshalber die Namen der Adressaten wie der Name des Absenders weggelassen wurden – es gab damals schon (sporadische) Briefzensur, es waren Repressalien zu befürchten, womöglich Racheakte. »Ist die Wahrheit schon immer verhasst gewesen, so ist sie jetzt todbringend.«

Einer der (zumindest nachträglich anonymisierten) Briefe war an den Augustinerprior Francesco Nelli gerichtet, der (sicherlich dienstlich) von Florenz nach Avignon gezogen war.

»Jetzt siehst Du mit den Augen und greifst Du mit den Händen, welcher Art dieses letzte Babylon ist. (...) Was man irgendwo an Treulosigkeit und Hinterlist, was an Rauheit und Hochmut, an Schamlosigkeit und zügelloser Wollust gehört und gesehen hat, was überhaupt an Pflichtvergessenheit und schlechtesten Sitten auf dem Erdenrund verstreut zu haben ist oder war, das kann man hier zusammengeballt und aufgehäuft finden. (...) Ein Volk hartherzig, gottlos, stolz, verfressen, trunksüchtig, mit aufgerissenem Rachen, spitzen Zähnen, gekrümmten Nägeln, flüchtigen Füßen, steinerner Brust, stählernem Herzen, bleiernem Willen, honigfließender Stimme.«

Der Text, einige Druckseiten lang, ist eher Suada als Analyse. Die Frage, ob hier eventuell an Realitäten vorbeiformuliert wurde, sie wird im Petrarca-Diskurs kontrovers beantwortet. Für Paul Piur, Herausgeber der *Sine nomine*-Briefe, steht indes fest, »dass Petrarcas Material ohne Zweifel aus langjähriger Kenntnis und langjährigem vertrautem Verkehr mit führenden Persönlichkeiten der Kurie geschöpft ist«. Was Petrarca kritisiere, sei dem Historiker auch aus anderen Quellen bekannt.

Zur Ergänzung ein Beitrag von Giovanni Boccaccio, dem (neun Jahre jüngeren) Kollegen und Freund Petrarcas.

In einer der Geschichten des *Decamerone* lässt er einen Juden nach Rom reisen, um »aufmerksam das Betragen des Papstes und der Kardinäle und der anderen Prälaten und aller Höflinge zu beobachten; und aus dem, was er als sehr scharfsichtiger Mann selbst wahrnahm, und ebenso aus dem, worüber er von anderen unterrichtet wurde, fand er, dass sie alle miteinander, vom Obersten bis zum Niedrigsten, in der schändlichsten Art der Wollust frönten, nicht nur der natürlichen, sondern auch der sodomitischen [homosexuellen], ohne Gewissensbisse oder Schamgefühl, so dass der Einfluss der Dirnen und der Knaben für jeden, der etwas Wichtiges erlangen wollte, von nicht geringer Bedeutung war. Überdies erkannte er offenbar, dass sie allesamt Schwelger, Säufer und Trunkenbolde und, wie die unvernünftigen Tiere, nächst der Wollust am meisten dem Bauche untertan waren. Und indem er weiter beobachtete, sah er sie alle so geizig und habgierig, dass sie Menschenblut, ja Christenblut ebenso wie kirchliche Dinge, wie immer die beschaffen waren, ob sie den Gottesdienst oder Pfründen betrafen, für Geld verkauften und einhandelten, dass das Gefeilsche darum ärger und die Zahl der Makler größer war als in Paris beim Tuchhandel oder in einem andern Geschäft.«

Durchgreifende Reform der Kirche, ja eine neue Form der Kirche: die Generalperspektive des Jan Hus.

König Sigmund ließ in (der zeitweiligen Residenz) Speyer dem Reformer einen Geleitbrief ausstellen. Der wird bei Verhören und Gerichtsverhandlungen eine wichtige Rolle spielen, also lege ich, in adaptierter Übersetzung, die entscheidende Sequenz des Dokumentes vor.

»Ehrwürdige, Erlauchte, Edle und geliebte Getreue! – Wir empfehlen euch allen und jedem von euch mit ganzer Teilnahme den ehrsamen Magister Johannes Hus, Bakkalar der heiligen Theologie und Magister der Künste, der gegenwärtiges Schreiben vorlegt, da er demnächst vom Königreich Böhmen zu dem in der Stadt Konstanz stattfindenden Generalkonzil reist. Wir haben ihn auch in Unseren und des Heiligen Reiches Schutz und Schirm aufgenommen und wünschen, dass ihr ihn, wenn er zu euch kommt, freundlich aufnehmen, fürsorglich behandeln und ihm in allem, was Schnelligkeit und Sicherheit seiner Reise über Land und auf dem Wasser betrifft, Entgegenkommen zeigen möchtet und schuldet. Ihr sollt ihm freimütig gestatten, mit seinen Dienern, Pferden, Mantelsäcken, Satteltaschen und seinen anderen Sachen durch alle Durchgänge, über Brücken, durch die Länder, Herrschaftsgebiete, Ämter, Gerichtsbezirke, Städte, Flecken, Burgen, Dörfer und alle eure anderen Orte hindurchzuziehen, zu wohnen, zu verweilen und zurückzukehren ohne jegliche Zahlung einer Abgabe, eines Wegezolls, einer Steuer und sonstiger Belastung einer Zahlung und überhaupt ohne jegliche Behinderung. Soweit es nötig sein sollte, seid ihr verpflichtet, euch für ihn und seine Leute um sicheres und freies Geleit zu kümmern, zur Ehre und Achtung Unserer königlichen Majestät.«

Und wieder Pirenne, die Perspektive erweiternd: Jan Hus als »Apostel« des John Wyclif, doch Hus wurde für die Kirche weitaus gefährlicher. Zum religiösen Impetus kam (heute würde man sagen: als Brandbeschleuniger) das neu erwachte »Nationalgefühl«. Wachsende Spannungen zwischen Slawen und (früher) eingewanderten Deutschen; bei Slawen fand Hus besonders starke Resonanz, der gebürtige Tscheche als »Befreier von einer Kirche, in der sie hauptsächlich eine Kirche der Deutschen sahen«.

Ich ergänze: Hus veröffentlichte eine *Orthographia bohemica*, mit der die einheitliche Rechtschreibung des Tschechischen eingeführt wurde. Selbstverständlich predigte Hus in tschechischer Sprache. Es entwickelte sich eine hochbrisante Mischung von religiösen und nationalen Gefühlen bei der rasch anwachsenden Zahl von Anhängern in Böhmen.

Hier ist der Zeitpunkt gekommen, Peter von Mladoniowitz einzuführen, einen (um 1390 geborenen) Theologen aus Prag, der zum Gefolge des Jan Hus gehörte, der in Konstanz die Wohnung mit ihm teilte, der nach dessen Verhaftung half und vermittelte, der an Sitzungen teilnahm, bei denen die Sache Hus einer der Tagesordnungspunkte war, der später einen Bericht (»relatio«) über Hus in Konstanz verfassen wird – eine Sammlung von Dokumenten und Protokollen, wobei sich der Adlatus nur mit kurzen Überleitungen und Kommentaren einbringt. Doch immerhin ein zeitgenössischer Text! So verzichte ich auf eine aus verschiedenen Quellen gespeiste Darstellung, halte mich an diesen Bericht – hier wird mehr als nur Atmosphärisches vermittelt über die Zeit, in der Oswald lebte, über die Konstellation, in der er agitierte und agierte.

Vor dem Aufbruch schrieb Hus einem befreundeten Magister einen Brief, in dem Person und Position Konturen gewinnen.

»Augustinus sagt: ›Glaube nicht der Frömmigkeit, denn je frömmer, desto unzüchtiger, und unter dem Vorwand der Frömmigkeit verbirgt sich im Innern die Leimrute der Lust.‹ (…) Wisse auch, dass ich der Habsucht und einem zügellosen Klerikerleben abgeschworen habe, weshalb ich jetzt aus Gottes Gnade Verfolgung erleide, die sich bald an mir vollenden wird. (…) Du weißt, dass ich leider vor meinem Priestertum gern und oft Schach gespielt, die Zeit geringgeschätzt und mich durch dieses Spiel unglücklicherweise zum Zorn habe reizen lassen.«

Kurz nach seiner Ankunft sprachen zwei Herren in der Wohnung in der St.-Pauls-Gasse vor: spätere Wortführer der Anklage. Offenbar ein Sondierungsgespräch. Der Begleiter und Chronist, in Anspielung auf die Nebenbedeutung des Namens Hus (tschechisch »husa«: die Gans): »Die Gans ist noch nicht gebraten, und sie fürchtet sich auch nicht wegen des Gebratenwerdens.«

Drei Wochen später wurde Hus verhaftet – unter Begleitumständen, die heutige Polizeiaufmärsche vorwegnahmen: »Das Haus der Herberge des Magisters Hus und einige andere in der Nachbarschaft gelegene Häuser wurden mit Bewaffneten der genannten Stadt gesichert. (…) Nachdem der Magister auf ein kleines Pferd aufgesessen war, ritt er mit den Boten und Herren zum Palast des Papstes und zu den Kardinälen. Und als er zu den Kardinälen gekommen war und sie gegrüßt hatte, sprachen sie zu ihm: ›Magister Johannes, man redet vieles und Merkwürdiges über Euch, dass Ihr zahlreiche Irrtümer im Königreich Böhmen ausgesät habt. Deshalb ließen wir Euch rufen, weil wir mit Euch sprechen möchten, wenn dem so ist.‹

Und er antwortete: ›Ehrwürdige Väter! Seht, ich bin freiwillig hergekommen zu diesem Konzil, und auf die Belehrung hin, dass ich irgendwo geirrt habe, bin ich bereit, demütig die Strafe auf mich zu nehmen und mich zu bessern.‹

Und die Kardinäle sagten: ›Das ist gewiss eine gute Rede.‹ Und nach diesen Worten gingen sie nach Hause, den Magister aber hatten sie daselbst unter Bewachung der Bewaffneten zurückgelassen.«

Eine erste Konfrontation sodann mit dem Papst. »Und Magister Johannes blieb, von Bewaffneten bewacht, im Palast des Papstes. Darauf wurden ihm durch Peter [dem Begleiter und Chronisten] sein Pelz und eine Stärkung gebracht. Und gleich in derselben Nacht – wie es hieß, um neun Uhr – wurde der Magister in das Haus des Kantors der Konstanzer Kirche geführt (in diesem Hause wohnte ein Kardinal) und war dort acht Tage hindurch unter Bewachung von Bewaffneten. Dann aber brachte man ihn zum Kloster der Prediger, das im Rhein oder im genannten See liegt, und setzte ihn dort in einen dunklen und finsteren Kerker, und zwar in unmittelbarer Nähe einer Kloake.« Man ließ ihn hungern und frieren.

Um in Konstanz mit größerem Ansehen auftreten, das Konzil entschiedener beeinflussen zu können, wollte sich Sigmund zuvor krönen lassen – er war immerhin das vierte Jahr im Amt!

Mit riesigem Gefolge zog er in Aachen ein: seine Frau Barbara, ungarische Prälaten, Barone, Ritter, Herren. Und es trafen ein, rechtzeitig zum Festakt: sieben Bischöfe, acht Fürsten, ungefähr hundert Grafen, etwa sechshundert Ritter. Theoderich von Köln krönte Sigmund am 8. Dezember. Gleich am nächsten Tag reiste der Römische König nach Köln, ließ sich dort huldigen, bestätigte Privilegien.

Am 16. Dezember ritt Sigmund auf schnellstem Weg nach Konstanz. Am Christabend erreichte er Überlingen. Die Stadt Konstanz schickte Boote über den See, König und Gefolge setzten über, Sigmund traf vier Uhr morgens in der Konzilsstadt ein – eine sehr kalte Winternacht. In feierlicher Messe wurde ihm von Papst Johannes ein Schwert überreicht: der König als Schutzherr des Konzils.

Nun trafen in rascher Folge weitere Konzilsteilnehmer ein, geistliche und weltliche. Die Gesamtzahl der geistlichen Würdenträger: 3 Patriarchen, 29 Kardinäle, 33 Erzbischöfe, über 300 Bischöfe. Fast ebenso zahlreich die weltlichen Würdenträger: Fürsten, Barone, Grafen, ausländische Delegierte.

Am 4. Februar traf auch Herzog Friedrich (mit offenbar berechneter Verspätung) in Konstanz ein. Man zählte bei einem Gefolge damals meist die Pferde, hier sollen es sechshundert gewesen sein. Damit wäre sein berittenes Gefolge so groß gewesen wie das von Papst Johannes, wie das vom französischen König.

Dem Landesfürsten folgten die Gemahlin, zwölf Grafen, zahlreiche Edelleute, vorwiegend aus Tirol. Es sind Namen überliefert: Graf von Montfort ... Hans Truchsess von Diessenhofen, wegen seiner Korpulenz »Molli« genannt ... Herren von Brandis, von Schlandersberg (unter ihnen Heinrich) ... Herren von Freundsberg, von Villanders (unter ihnen Hans, der sich später an Oswald bereichern wird) ... Herren von Wolkenstein: Oswald und sein Bruder Leonhard; dazu Hans, ein Onkel. (Michael traf offenbar etwas später ein.)

Die Stadt, die auch Oswald beherbergte, sehe ich aus der Vogelperspektive des Matthäus Merian auf einem Kupferstich des Jahres 1657, also knapp zweieinhalb Jahrhunderte später. Und doch lässt sich kaum vorstellen, dass die Konzilsstadt noch kleiner gewesen sein sollte als dieses überschaubar gegliederte Städtchen an See und Fluss. Vielleicht war in der Zwischenzeit das eine oder andere Gebäude außerhalb der Stadtmauern dazugekommen, wurde die eine oder andere Baulücke geschlossen, aber noch immer sind bei Merian freie Flächen in der Stadt zu sehen, besonders im erweiterten Mauerbereich mit seinen einzelnen Häusern und Bäumen; ein Dörflein in diesem Stadtbezirk heißt Paradies.

Konstanz war Reichsstadt, hatte also eigene Verwaltung, eigene Gesetzgebung, eigene Münze. Die Einwohnerzahl zwischen 6000 und 8000; etwa 1500 dieser Einwohner wurden namentlich in Steuerlisten geführt. Und die Steuererträge waren nicht gering in Konstanz: es wurde vor allem Leinwand produziert, nach Italien exportiert – »tela di Constanza«. Viel Geld wurde auch mit dem Fernhandel verdient.

Die verkehrstechnisch günstige Lage der Stadt am Rhein, am Bodensee, in der Nähe der Alpenübergänge war ja (neben der Sicherheit) einer der Hauptgründe, weshalb sie von Sigmund zum

Tagungsort bestimmt worden war. Außerdem: hier war weites Hinterland für die Beschaffung von Lebensmitteln und Futter.

Über die Zahl der Konzilsteilnehmer und Besucher gibt es phantastische Zahlenangaben; ein zeitgenössischer Chronist schreibt von 60 000 bereitgestellten Doppelbetten in Konstanz und näherer Umgebung. Aber solch eine Bettenkapazität ist völlig unmöglich in einer so kleinen Stadt; wahrscheinlich war die Gesamtzahl der Gäste im Zeitraum der vier Konzilsjahre gemeint. Diener, Boten, Knechte wurden nicht einmal bei diesen hohen Zahlen berücksichtigt: sie schliefen nicht in Betten, sondern meist in Ställen.

Der Rat der Stadt hatte vorsorglich Höchstpreise festgesetzt für Doppelbetten, für Pferdefutter und Brennholz, für Fisch und Fleisch, für Getreide und Brot, für Gemüse, für Wein. Allerdings schien die Kontrolle nicht recht zu klappen; mit der unerwartet lebhaften Nachfrage stiegen die Preise.

Auch die Preise der Prostituierten, die in die Stadt zogen, in ihrer gelben Berufskleidung. Ich lese von 700, sogar von 1500 Prostituierten. Aber auch hier: damit war kaum die Zahl der gleichzeitig anwesenden und angemeldeten Huren gemeint, sondern, bei der allgemeinen Fluktuation, die Gesamtziffer während der Konzilsjahre. Hinzu kam natürlich auch eine Dunkelziffer.

Oswald scheint die lokalen Angebote der Branche genutzt zu haben – nach seiner Anreise wurde ein Besuch im Freudenhaus fällig. Zumindest passt der Liedtext in diese Phase: Oswald im Puff. (Der Dichter nahm Kl 123 nur in die erste Liederhandschrift auf, nicht jedoch in die repräsentative zweite Sammelhandschrift.)

Wer sich so recht erleichtern und
rasieren lassen möchte, trocken,
der reise mal nach Konstanz/Rhein,
sofern sich diese Fahrt ergibt.
Dort hausen zarte junge Dämchen,
die gehen einem um den Bart –

ob man noch ein gutes Haar
an ihm lassen wird?
Ich verlustierte mich mit einer,
das nahm jedoch ein böses Ende –
sie lehrte mich, so nett zu lächeln,
als wenn man mich erschlagen wollte.
In meinem Bart vergaß sich ihre Hand,
sie riss dort lange Haare aus,
die sie wohl für Stricke hielt.
Ich zog dabei den Kürzeren.

»Hör mal, Freundchen, was ich sage:
wer naschen will, bezieht hier Prügel!«
Und eine führte mir das vor
mit einem Fausthieb an das Ohr –
mein bessres Auge sah schon schwarz!
Als der ›Ehrentrunk‹ geschluckt
und mein Flunsch das deutlich machte,
hielt man mich noch mehr zum Narren –
wer einen austeilt, kriegts zurück!
Die schöne Elsa, schöne Elli –
die beiden Pferdchen tanzten schräg,
da haben wir denn was verpasst!
Mich aber hat man doch beglückt,
zu spüren kriegte das mein Bart:
flog durch die Stube, kreuz und quer,
wie die Körner bei der Saat!

Denk ich an den Bodensee,
so tut mir gleich der Beutel weh!
Ich zahlte dort im Haus »Zur Weide«
Schillinge fürs ABC …
Was man dort sang: »Los, gib das Geld
dem Steinbrecher von Nesselwang!«
Und man brüllte auf mich ein,
weshalb ich nicht zu Hause bliebe?

Ich war für ihn nur eine Flasche,
er nahm das Geld, ließ mir die Tasche.
Der soll doch gleich in seinem Haus
das bisschen Naschen untersagen!
Ich bin schon weit herumgekommen –
nach Preußen, Russland, übers Meer –
und hab doch nirgendwo erlebt,
dass man derart scharf balbiert!

Viel Getue, wenig Glanz,
vornehm tun, kaum Eleganz –
wir sparten Geld ein bei dem Tanz
in Konstanz, dort in Schwaben.
Hätt ich des öftren Angebote
so ›kostengünstig‹ vorgefunden,
mein Beutel wäre nicht so häufig
mit Verlust geöffnet worden.
Was ich an Renommee gewann,
das schien den Dämchen gar nichts wert.
Sie sagte mir, ich sei ihr schnurz
und zeigte mir die kalte Schulter.
Ich: »Mädchen, spielt euch nicht so auf,
ihr seid doch nichts Besonderes.
Seid ihr vielleicht aus Gold geformt?
Das wird man wohl mal fragen dürfen …«

Ein paar Sätze zum Stichwort *Bart*. Wie sich aus dem Liedtext unschwer schließen lässt, stand das Wort nicht primär für stilvolle Gestaltung der Gesichtsbehaarung. In einer Kulturgeschichte des Bartes finde ich den Hinweis, ein voller, langer Bart werde soziokulturell mit Dominanz und Potenz gleichgesetzt. Auf eine schlichte Formel gebracht: üppiger Bartwuchs = große Potenz. Männer, die auf Bartwuchs verzichten, stellen das selbstverständlich in Frage.

Mück weist mich darauf hin, dass der (stellvertretende) Griff in den Vollbart üblich war im Bordellgewerbe; vor allem für das späte Mittelalter ist das ikonographisch fixiert als Zeichen der Anmache von Freiern. Beim Freier Oswald schien der Zugriff sehr direkt gewesen zu sein; die Folge: es ward »gestreuet in die stuben hin und her«.

Offenbar ein Vorspiel. Und der Freier wollte die Angebote prüfen, schon dafür wurde Geld verlangt, Oswald weigerte sich, zu zahlen, das führte zum Krach mit dem Bordellwirt, dem Steinbrecher von Nesselwang.

Der Steinbrecher, so ergänzt Mück, war ein Bader, der Geschlechtskrankheiten behandelte durch Einsatz von Bimsstein auf der Eichel. Dass dieser Bader, Puffwirt, Rausschmeißer den Wolkensteiner eine »Flasche« nennt, ist keine verbale ›Modernisierung‹, das steht so im überlieferten Text.

Ein »Frauenhaus« stand damals meist an der Stadtmauer, in einem Viertel, in dem auch Gerber und Schmiede arbeiteten. Das Haus wurde meist von der Stadt gepachtet; die Leitung hatte der Bordellwirt; hier und dort wurden Bordelle auch von Frauen geführt.

Prostitution war vielfach erzwungen. Als Beispiel: ein Handwerker hat hohe Schulden gemacht, vor allem bei (verbotenen) Glücksspielen im Frauenhaus; um von den Schulden befreit zu werden, versetzt er seine Frau an den Bordellwirt, obwohl das Verkaufen, Verpfänden von Frauen streng untersagt war. Wenn auch Frauen Schulden machten, blieb ihnen oft nichts anderes übrig, als sich selbst zu verpfänden. Die Frauen durften aber nicht eingesperrt werden, sie konnten zwischendurch mal das Frauenhaus verlassen, sollten draußen allerdings nicht weiter Prostitution betreiben.

Dafür war die Gemeinde, die das Freudenhaus eingerichtet hatte, verpflichtet, freie Prostitution zu verbieten. Die ließ sich aber kaum unter Kontrolle bringen. In Wäldern vor einer Stadt wurden »viele und mancherlei Sünden und Übel der Unkeuschheit ganz unverhohlen und ohne Scham geübt und vollbracht«. Man versuchte das zu unterbinden, indem man in einer Zone von einer halben Meile rings um die Stadt »leibliche Werke der Unkeuschheit« verbot. »Zur Vermeidung weiteren Übels« wurde Prostitution im Frauenhaus institutionalisiert.

Oswald von Wolkenstein ist im Teilnehmerverzeichnis des Konzils aufgeführt, und zwar als »servus«, als »Diener«. Diese Bezeichnung hatte damals eine andere Bedeutung, sie entsprach ungefähr dem englischen »knight«: Mann gehobenen Standes, der sich profilieren, sich positionieren will, als Herr, als Ritter. Der konnte freilich weiterhin »Diener« bleiben. Oswald als Diener des Fürstbischofs von Brixen, bald auch des Königs, das bedeutete: Mitarbeiter zu sein in einer Vertrauensstellung, »consiliarius« in höherer Verwaltungsposition.

Michael von Wolkenstein wird im Verzeichnis bald schon als »Herr« aufgeführt. Doch es war Oswald, der bald nach seiner Ankunft in das königliche Gefolge aufgenommen wurde – bei Michael dauert es zwei Jahre länger.

Auffällig, wie schnell der recht spät in Konstanz eingetroffene Oswald und der sicherlich vielbeschäftigte König zusammenfanden: kannten sie sich bereits? Mitte 1413 war Sigmund etwa eine Woche lang in Meran und Brixen gewesen, hatte den Bischof und Reichsfürsten belehnt; an diesem Festakt hatte, mit weiterer Prominenz des Landes, im Gefolge des älteren Bruders womöglich auch Oswald von Wolkenstein teilgenommen – war man bei dieser Gelegenheit ins Gespräch gekommen?

Am 16. Februar wurde die Bestallungsurkunde ausgestellt. »Wir, Sigmund, von Gottes Gnaden Römischer König, zu allen Zeiten Mehrer des Reiches und König von Ungarn, Dalmatien, Kroatien etc., geben hiermit allen, die diese Urkunde lesen oder denen sie vorgelesen wird, kund und zu wissen: In Anerkennung loyaler, williger, unermüdlicher und willkommener Dienste, die Uns der ehrenwerte Oswald von Wolkenstein, Unser lieber Gefolgsmann, oft nutzbringend geleistet hat, täglich leistet und künftig leisten will und wird, haben Wir ihn als Unseren Diener und als Mitglied des Hofgefolges aufgenommen und nehmen ihn auf kraft dieser Urkunde. Damit er Uns noch bereitwilliger und eifriger diene, haben Wir ihm ein Jahresgehalt von 300 ungarischen roten Gulden versprochen. Es wird (vom jüngsten St. Valentinstag an gerechnet in einem Jahr zum ersten Mal und daraufhin jedes weitere Jahr am St. Valentinstag) von Unserer Kammer ausgezahlt, bis auf Widerruf. Bekundet mit diesem Dokument, versiegelt mit Unserem königlichen, anhängenden Siegel. Gegeben zu Konstanz im Jahre 1415 nach Christi Geburt, am Sonnabend vor Invocavit, im 28. Jahre Unserer königlichen Herrschaft zu Ungarn und im 5. Jahre Unserer Römischen Königswürde.«

Auf den ersten Blick erscheint diese Ernennung (mit Jahresgehalt) als besondere Auszeichnung. Ein Blick in die Regesten der königlichen Urkunden wirkt allerdings leicht ernüchternd: Im folgenden Monat werden weitere Herren in das »Hofgesinde« aufgenommen (heute würden wir sagen: in die Entourage). Unter ihnen ist nur ein zweiter, der ein »Jahrgeld« in gleicher Höhe wie Oswald erhält; ein anderer »Diener« bezieht ein Jahresgehalt von 400 Dukaten, für drei weitere Herren werden jeweils 500 Dukaten angesetzt. Ein Herzog, später in das Hofgefolge aufgenommen, soll sogar ein Jahresgehalt von 3000 Gulden erhalten. Die Zahlen scheinen den jeweiligen Grad der Wertschätzung wie der Nützlichkeit im Königsdienst (servitium regis) zu markieren. Zugleich aber: »Das *servitium* war mit einem immensen Zeit- und Kostenaufwand verbunden und konnte, etwa im Falle der Teilnahme an militärischen Einsätzen oder an den Italienzügen der Herrscher, auch Gefahren mit sich bringen.« (Berndt)

Und Oswald? Er wurde offenbar ›z. b. V.‹ eingestellt. Es wird sich bald zeigen, worin die »besondere Verwendung« vorrangig bestehen soll: Oswald von Wolkenstein als Sonderbeauftragter, als Mittelsmann zwischen König und Tiroler Adligen, die reichsunmittelbar werden wollten. Oswald sollte damit helfen, die Grafschaft Tirol unter das königliche Zepter zu bringen. (Später werden weitere Aufgaben hinzukommen in der Administration wie bei der Repräsentation.)

Es dominierten aber wohl nicht nur Verpflichtungen, es ergaben sich auch Erleichterungen. Oswald im Gefolge, in der Entourage des Königs, das hieß auch: er hielt sich vielfach in Räumen auf, die entschieden größer waren als die Räumlichkeiten der kleinen Burg Hauenstein und der winzigen Burg Wolkenstein. Für den König stand, in einer Pfalz, wie schon erwähnt, die Aula regia zur Verfügung, hier wurden Audienzen gewährt, wurden Anordnungen erteilt, hier fanden Festakte statt, etwa zur Verleihung oder Bestätigung von Lehen. Da dürfte auch Oswald von Wolkenstein zur Staffage gehört haben.

Auch die Räume, in denen die Entourage übernachtete: Assoziationen eher an Kloster-Dormitorien als an Burgkammern. Und er saß und aß an größeren Tischen. War ›in Augenhöhe‹ mit Amts- und Würdenträgern. Und es wurde (auch) über wichtige Fragen gesprochen. Vielleicht wurde er schon bei Beratungen hinzugezogen.

König Sigmund hatte ein klares Ziel: Die drei Päpste werden der Reihe nach abgesetzt, anschließend wird vom Konzil ein neuer Papst gewählt.

Damit fand er mehr und mehr Zustimmung, ja Unterstützung. So legte bereits Januar 1415 Kardinal Fillastre ein Gutachten vor, in dem der Rücktritt aller drei Päpste gefordert wurde; das Konzil sei befugt, im Interesse der kirchlichen Einheit, einen Papst zur Abdankung zu zwingen.

Johannes und sein Gefolge opponierten gegen das Gutachten: Wenn man bereit sei, den Beschluss des Konzils von Pisa aufzuheben, so wäre denkbar, ja zu erwarten, dass eines Tages auch der Beschluss des gegenwärtigen Konzils aufgehoben würde – und dann gäbe es womöglich *vier* Päpste! Aus recht verstandenem Kircheninteresse sei es unumgänglich, Johannes als alleinigen Papst anzuerkennen; man hätte ja auch nicht Jesus Christus zumuten können zurückzutreten, wären in seiner Zeit zufällig noch zwei andere Messiasse aufgetreten.

Und überhaupt: dieses Konzil, nicht von ihm als Papst einberufen, sondern von Kardinälen, es habe keinerlei Entscheidungsbefugnisse. Doch man wusste sich gegen solche Einwände zu wappnen; die »Konstanzer Dekrete« schrieben fest: Als rechtmäßiges allgemeines Konzil erhalte die Synode ihre Legitimation unmittelbar von Gott; jeder Christ, auch der Papst, müssten ihr Gehorsam leisten; der Papst dürfe die Synode weder auflösen noch verlegen.

Solche Argumentation fand bei Johannes wenig Resonanz. Er setzte auf Stimmenmehrheit, und hier hatte er vorgesorgt: sein italienischer Anhang war numerisch so groß, dass Johannes nicht abgewählt werden konnte. Doch man wollte auch ihn abwählen, und so kam der Vorschlag auf, den Abstimmungsmodus zu ändern. Einer der energischsten Promoter, vielleicht sogar Urheber dieses Vorschlags war König Sigmund: Erhalten die deutsche, englische, französische und italienische Nation jeweils die gleiche Zahl von Wahlstimmen, lässt sich der Rücktritt auch des Johannes erzwingen. Durch geschickte Verhandlung erreichte Sigmund, dass dieser Modus von der Mehrheit der Konzilsteilnehmer akzeptiert wurde.

Und man ging über zur Offensive gegen den martialischen Papst: achtzehn Anklagepunkte wurden zusammengestellt. Unter anderem wurden ihm unsittlicher Lebenswandel und wucherischer Handel mit Kirchenämtern vorgeworfen; er wurde als Schismatiker und Häretiker bezeichnet.

Die achtzehn Punkte wurden allerdings nicht veröffentlicht, das Papier wurde intern als Druckmittel eingesetzt. Johannes, der Gründe genug hatte, eine Publikation der Anklage zu fürchten, erklärte sich am 16. Februar 1415 zur Abdankung bereit; gleichzeitig stellte er jedoch Bedingungen. Es folgten zwei Wochen zäher Verhandlungen; am 1. März gab er die gewünschte Erklärung vor der Generalkongregation ab, am nächsten Tag leistete er einen Eid auf die Rücktrittserklärung.

Dies alles hatte Oswald in Konstanz noch miterlebt. Zumindest wird er gehört haben von den Verhandlungen mit dem Papst, dem man nicht traute; man befürchtete, er werde das Konzil auflösen, die Rücktrittserklärung widerrufen. Sigmund ließ die Stadttore schließen: niemand durfte ohne Sondergenehmigung hinaus, nicht einmal zu einem Spaziergang. Die Italiener drohten mit Abreise – in dieser Situation paradox. Die Generalkongregation verlangte vom Papst, er solle *allen* Teilnehmern verbieten, das Konzil eigenmächtig zu verlassen; er selbst musste versichern, er werde sich nicht aus Konstanz entfernen. Und: er werde das Konzil nicht auflösen, bevor die Einheit der Kirche wiederhergestellt sei.

Jetzt war die Falle zugeschnappt! Doch der Fuchs suchte einen Ausweg. Geheime Unterhandlungen mit Herzog Friedrich, den er zum Generalkapitän, zum persönlichen Schutzherrn ernannt hatte – der musste nun den Geheimvertrag von Meran erfüllen.

Herzog Friedrich lud ein zu einem Turnier vor den Toren der Stadt, zum 20. März, kündigte seinen persönlichen Auftritt an, lieferte einen ausgedehnten, offenbar spannenden Schaukampf – zahlreich und aufmerksam das Publikum. Währenddessen floh Johannes aus der Stadt, als Reitknecht verkleidet, mit einer Armbrust bewaffnet. Er ritt nach Schaffhausen, das zu den österreichischen Vorlanden gehörte, somit zum Herrschaftsgebiet von Herzog Friedrich. Der wurde während des Turniers von der gelungenen Flucht informiert, ließ seinen Gegner siegen und setzte sich mit kleinem Gefolge gleichfalls nach Schaffhausen ab.

Panik in Konstanz: platzt das Konzil? Sigmund blieb Herr der Lage. Erneut bestätigte sich, was Kardinal Fillastre bereits konstatiert hatte: »Der König scheint so zu handeln, als wäre er das Haupt und der Weisungsbefugte des Konzils.« Dabei zog Sigmund viele Register: spontane oder inszenierte Wutanfälle … türenschmetternde Abgänge … angedrohte Abreisen … ein Fausthieb für einen Würdenträger … Und er wurde respektiert, setzte sich durch. Was sich auch in dieser kritischen Phase bestätigte.

Mehreren Kardinälen soll er zugerufen haben: »Lasst ihn nur laufen, meine Herren, ich werde ihn selbst von der Zinne seines Palastes in Avignon am Rockzipfel herunterziehen.« Und er schwang sich aufs Pferd, ritt, von Pfalzgraf Ludwig begleitet, von Herolden gefolgt, durch Konstanz, rief aus und ließ ausrufen, niemand werde die Stadt verlassen, bei allen sei Leben und Gut geschützt.

König Sigmund forderte sodann die Reichsstände (Adel und

Reichsstädte) auf, ihn zu unterstützen. Friedrich wurde vorgeladen, mit einer Frist von drei Tagen; doch der Herzog ließ sich entschuldigen.

Der König berief ein Fürstengericht ein, zum 30. März. Hier wurde gegen Herzog Friedrich die Reichsacht erklärt, wegen »Verrates an Kirche und Reich«. Die Folge: alle seine »Lande und Leute« wurden des Gehorsams gegen ihn entbunden, seine Lehen fielen an das Reich zurück, es wurde verboten, ihn zu »hausen«, zu »hofen«, Frieden mit ihm zu halten. Und die Herren und Städte des Römischen Reiches wurden aufgefordert, sofort in das Herrschaftsgebiet des Herzogs einzumarschieren; sämtliche Friedensverträge und Bündnisse, die mit ihm geschlossen waren, wurden für null und nichtig erklärt. In wenigen Tagen sagten etwa vierhundert Herren und Städte dem Herzog die Fehde an: Massensendung von Fehdebriefen. Eine Truppe wurde zusammengestellt und Richtung Schaffhausen in Marsch gesetzt.

Dem Papst wurde die Lage brenzlig, bei Wind und Wetter verließ er am Karfreitag Schaffhausen, fuhr den Rhein hinab nach Laufenburg.

Herzog Friedrich blieb vorerst in Schaffhausen; er hoffte, die Kriegserklärung wäre letztlich nur formell. Doch der Burggraf von Nürnberg belagerte umgehend Stein am Rhein, besetzte die Stadt, marschierte am Ostermontag Richtung Schaffhausen. Nun folgte der Herzog dem Papst nach Laufenburg. Schaffhausen ergab sich, die Truppen marschierten weiter. Johannes fühlte sich auch in Laufenburg nicht mehr sicher, setzte sich ab nach Freiburg, nach Breisach.

Am 30. März widerrief Johannes seine Rücktrittserklärung: sie sei erzwungen worden, somit ungültig. Erneut forderte er seine Anhänger auf, das Konzil zu verlassen, und zwar unverzüglich. Eine Reihe von kirchlichen Würdenträgern zeigte sich bereit, der Anweisung zu folgen. Doch auch mit dieser kritischen Situation wurde König Sigmund fertig, er berief auf den 5. April eine Generalkongregation ein, in die Münsterkirche. Hier wurde das Verhalten des Papstes scharf gerügt als Hinterhältigkeit und bewusste Irreführung. Und es wurde der Beschluss bekräftigt, niemand dürfe ohne spezielle Erlaubnis die Stadt verlassen. Trupps bezogen demonstrativ Stellung vor den Stadttoren.

Eine Gesandtschaft wurde zum Papst geschickt mit einer Vorladung; für den Fall der Weigerung wurde ihm ein Prozess angedroht. Der Papst ließ sich entschuldigen, er fühle sich nicht wohl, empfing am nächsten Tag die Herren aber doch, Verhandlungen über zwei Klauseln. In der folgenden Nacht verließ er das Schloss auf einer Leiter, floh zum Rhein, wollte sich übersetzen lassen, das gelang ihm nicht, er musste nach Breisach zurückkehren; die Delegation hatte inzwischen die Rückreise nach Konstanz angetreten. Bei einem erneuten Versuch, nach Frankreich zu entkommen, wurde er festgenommen und in Radolfzell inhaftiert. Für kurze Zeit wurde er auch im Schloss Gottlieben eingesperrt, dem Sitz des Bischofs von Konstanz. Am 29. Mai wurde Papst Johannes als »unwürdig, unnütz und gefährlich von seinem päpstlichen Rang und jeder geistlichen und zeitlichen Verwaltung entfernt, ausgeschieden und abgesetzt«.

Und wieder der Fall Hus! Sigmund zeigte sich erst einmal empört über die Verhaftung des Geistlichen, des Professors aus Böhmen – schließlich hatte er für ihn den Geleitbrief ausstellen lassen!

Aber hier war offenbar einiges schiefgelaufen. Der 5. Oktober 1414 als Ausfertigungsdatum. Drei Tage später wurde von der Kanzlei zu Speyer ein weiteres Schreiben auf den Weg gebracht: Die Absicht des Jan Hus, zum Konzil zu kommen, wird gelobt; der Geleitbrief werde ihm zugestellt. Zehn Tage später wurde, wiederum in Speyer, erneut ein Geleitbrief für Hus ausgefertigt. Administratives Chaos? Verwirrungstaktik?

Der Geleitbrief wurde von vornherein kritisch beurteilt: Sollte der etwa auch gültig sein für die Rückreise nach Böhmen? Es traten Sophisten, Kasuisten auf: Ein Geleitbrief gilt nur für die Reise selbst. Und überhaupt verliert er seine Gültigkeit bei Ketzern. Mittlerweile war sogar, inoffiziell, die Rede von der »Ausrottung der Sekte« der Wyclif-Anhänger. Gutachten und Gegengutachten wurden ausgearbeitet; Voten für den Gefangenen wurden von Mladoniowitz vorgetragen. Viel Hin und Her, viel Pro und Kontra.

Charakteristischer Ausschnitt aus einer der Ehrenerklärungen: »Ich bin zu wiederholten Malen mit Magister Johann Hus zusammengewesen, habe mit ihm gegessen und getrunken, war öfter bei seinen Predigten dabei, habe mehrfach Gespräche über verschiedene Themen der Heiligen Schrift geführt, fand bei ihm aber nie eine Irrlehre oder Häresie.«

König Sigmund indes geriet unter Druck. Einer der Scharfmacher war Ferdinand, König von Aragón – Sigmund und Oswald werden sich, ein knappes halbes Jahrzehnt später, in dessen Reich treffen. März 1415 schickte Ferdinand dem Kollegen Sigmund einen eigenhändig verfassten Brief.

»Durchlauchtigster Fürst! Mir sind düstere Worte zu Ohren gekommen, dass nämlich ein falscher Christ mit häretischen Überlieferungen die Kirche Gottes untergraben hat. Gleichwohl wurde mir berichtet, dass dieser Frevler zwar schon lange in Euren Kerkern, aber noch nicht hingerichtet ist. Und ich bin sehr erstaunt, dass, falls es sich so verhält, von einer so erhabenen Majestät der nicht gestraft wird, den Gott gerichtet hat.«

Mit frommen Zitaten des betont christlichen Königs gespickt, setzte sich der Brief seitenlang fort; hier nur der Schluss, bezugnehmend auf den Geleitbrief. »Sicherlich verdient er [Hus] eine Bestrafung, denn es bedeutet keinen Wortbruch gegen den, der Gott gegenüber die Treue bricht.«

In der Chronik des Adlatus Peter schließt sich der dritte Teil an mit der Überschrift: »Es folgen die sogenannten Audienzen, in Wirklichkeit aber nicht Audienzen, sondern Verhöhnungen und Gotteslästerungen.«

Audienz: eine Euphemie für Verhör. Das verlief, in der Darstellung des böhmischen Begleiters, etwa so: »Inzwischen rief einer die Artikel und die Zeugenaussagen aus. Als der Magister darauf antworten wollte, schrien sofort viele einstimmig auf ihn zu gleicher Zeit ein. Als er denen zu antworten suchte, die da und dort, bald rechts, dann links, bald von hinten auf ihn einschrien und ihn bekämpften, verwirrte er sich. (…) Sogleich schrien andere auf ihn ein und sagten: ›Siehe, du schweigst bereits; ein Zeichen, dass du diesen Irrtümern zustimmst.‹ (…)

Am Freitag, dem siebenten des schon genannten Monats Juni [1415], führte man eine Stunde nach der fast totalen Sonnenfinsternis den Magister Johannes wieder zur Audienz zum genannten Refektorium [des Franziskanerklosters], um das viele Bewaffnete während der Audienzen mit Schwertern, Ballisten, Hellebarden und Spießen herumstanden. Und als der König kam, brachte er (…) den Bakkalar Peter mit.« Der Chronist als Augen- und Ohrenzeuge; dies auch für die folgende Protokoll-Sequenz. »Der Kardinal von Cambrai, damals Kommissar und Richter, sprach: ›Als ich auf einer Reise von Rom hierher war, begegneten mir etliche Prälaten aus Böhmen, und als ich sie fragte, was es dort Neues gäbe, antworteten sie: ›Hochwürdigster Vater, Schlimmes! Den ganzen Klerus beraubt man seiner Praebenden und seines Besitzes und behandelt ihn übel.‹ Und der Kardinal von Cambrais sagte zum Magister: ›Magister Johannes! Als man dich zur Pfalz [Burg] gebracht hat, damals fragten wir dich, wie du hierhergekommen seist, und du hast gesagt, du seist freiwillig hierhergekommen, und wenn du nicht hättest gehen wollen, hätten weder der König von Böhmen noch der hier anwesende Römische König dich zwingen können, hierherzukommen.‹

Und der Magister antwortete: ›Ja, ich habe gesagt, dass ich freiwillig hierhergekommen bin, und hätte ich nicht hierherkommen wollen – es gibt so viele und so mächtige Herren im Königreich Böhmen, die mich lieben. Auf ihren Burgen hätte ich versteckt bleiben können, so dass weder der dortige König noch der hier mich hätten zwingen können, hierherzukommen.‹

Und der Kardinal schüttelte sein Haupt, sein Gesicht veränderte sich zu einem Ausdruck des Unwillens, und er sprach: ›Seht, wie groß die Verblendung ist!‹ (…)

Und der König sprach: ›Höre, Johannes Hus! Einige haben gesagt, dass ich dir erst fünfzehn Tage nach deiner Gefangennahme den Geleitbrief gegeben hätte. Ich sage, dass es nicht wahr ist, ich will mit den Fürsten und möglichst vielen anderen beweisen, dass

Oswald von Wolkenstein mit Notenblatt, Orden, Wappen: Rekonstruktionskopie des schadhaften Frontblatts der ersten Sammelhandschrift (A)

Der Wolkensteiner, hochdekoriert:
Brustbild der zweiten Liederhandschrift (B)

Neue Südtiroler Ganzkörper-Rekonstruktion, detailgetreu nachgeformt; Fotografie des Kopfes

Die Burgruine Wolkenstein und das Langental:
Zeichnung von 1837

Die Trostburg; im Vordergrund der Eisack: Zeichnung von 1825

Burg Hauenstein, ohne Santnerspitze und Schlern:
Zeichnung des 19. Jahrhunderts

Oswald auf dem Marmor-Gedenkstein von Brixen aus dem Jahr 1408

Oswald von Wolkenstein neben dem 17. »Sine nomine« Brief des Francesco Petrarca. Ausschnitt einer Seite einer Wolfenbütteler Handschrift

ich dir den Geleitbrief sogar gegeben habe, bevor du Prag verlassen hast (...), auch wenn andere sagen, ich könnte einem Häretiker oder Häresieverdächtigen keinen Geleitbrief geben. Und wie dir hier der Herr Kardinal rät, so rate auch ich dir, nichts halsstarrig festzuhalten, sondern in dem, was hier gegen dich bewiesen ist und was du zugegeben hast, dich ganz der Gnade des heiligen Konzils zu überlassen, und man wird dir Unseretwegen, um Unserer Ehre und um des Königreichs Böhmen willen, Gnade in irgendeiner Form erweisen und dafür mögest du Buße auf dich nehmen. Wenn du aber an jenen Irrtümern verstockt festhalten willst, wahrhaftig, dann wissen sie wohl, was sie mit dir tun müssen. Ich habe ihnen gesagt, dass ich keinen Häretiker schützen will, ja, wenn jemand in seiner Häresie verstockt sein sollte, dann wollte ich allein ihn anzünden und verbrennen.‹ (...)

Am Samstag nach Marcellus – es war der achte Tag des Monats Juni – hat man Magister Johannes Hus wieder zur Audienz an den Ort des oben genannten Refektoriums geführt, wo der König zwischen etlichen Kardinälen, Erzbischöfen, Bischöfen und anderen Prälaten den Vorsitz führte. Der Bakkalar Peter war dort ebenfalls zugegen. Man hat dort ungefähr neununddreißig Artikel verlesen, die, wie es hieß, den Büchern des Magisters entnommen waren.«

Diese Artikel waren nicht immer wortgetreu exzerpiert, sondern zum Teil verfälscht, wiederholt sogar gefälscht worden. Hus korrigierte, stellte richtig.

Bei Artikel 11 konnte er noch einmal festhalten, weshalb er, im Sinne des Wyclif, für eine Reform der Kirche plädiert hatte, in Briefen, Schriften, Predigten. »Missbrauch der Macht treiben auch diejenigen, die heilige Weihen verkaufen oder kaufen, Bischofsämter, Domherren- und Pfarrstellen simonistisch erwerben oder verkaufen, die für die Sakramente rücksichtslos Geld eintreiben, in Geiz und Verschwendung oder sonst wie lasterhaft leben und das Amt des Priestertums beflecken.« (...)

»Und nach vielen anderen weitläufigen Erörterungen sprach der König wiederum: ›Höre, Johannes Hus! Wie ich dir gestern sagte, so sage ich noch – ich muss es dir nicht wiederholen, du bist alt genug, wenn du wolltest, du hättest es gut verstehen können. Du hörst bereits, dass dir die Herren zwei Wege in Aussicht gestellt haben: Entweder, dass du dich dem heiligen Konzil in allem auf Gnade auslieferst, und zwar je schneller, desto besser, und dass du alle Irrtümer widerrufst, die in deinen Büchern geschrieben stehen und zu denen sie ein ausreichendes Zeugnis gegen dich angeführt haben – oder, wenn du die Artikel hartnäckig festhalten und verteidigen willst, dann dürfte das Konzil gegen dich gewiss nach seinen Rechten vorgehen.‹ (...)

Darauf übernahm der Bischof von Riga den Magister Hus, um zur Kerkerstätte zu gehen. Da zogen auch die Bewaffneten ab, die hinten Wache hielten. (...) Und der König sprach: ›Hochwürdigste Väter! Falls er jene Irrtümer nicht widerrufen, ihnen abschwören und ihr Gegenteil formulieren will, dann soll er also verbrannt werden. (...) Und macht auch Schluss mit seinen anderen geheimen Schülern und Anhängern, da ich in Kürze abreisen möchte. Und besonders mit diesem, diesem‹ – dabei wiederholte er das Wort ›diesem‹ - ›den man hier festhält.‹

Und sie fragten: ›Mit Hieronymus?‹

Und er: ›Ja, mit Hieronymus.‹

›Mit dem werden wir innerhalb eines Tages Schluss machen. Das wird schon leichter gehen, weil der da sein Lehrer ist‹ – sie meinten den Magister Hus – ›und jener Hieronymus sein Schüler.‹

Und der König wiederum: ›Ich war doch wirklich noch ein junger Mann, als diese Sekte aufkam, und seht, zu welchem Umfang sie angewachsen ist und sich ausgebreitet hat.‹

Während jeder Audienz umstanden viele Bewaffnete mit Schwertern, Armbrüsten und Hellebarden das genannte Refektorium.«

Wahrscheinlich hat Oswald in jenem Zeitraum sein Lied gegen Jan Hus geschrieben; ich hebe die fünfte Strophe von Kl 27 hervor:

He, Hus, das Leid schlag um in Hass auf dich!
Und Luzifer, auf den Pilatus hört,
er soll dich holen. Offen ist sein Haus,

wenn du aus fremden, fernen Ländern kommst.
Und wenn dich friert, er heizt dir ein
in einem Bett, das du nicht mehr verlässt.
So manches Freundchen, reich und arm,
das wirst du finden auf dem Weg dorthin,
wenn du dem Wyclif nicht entsagst –
die Lehre wird dir Hass einbringen!

Oswald als Scharfmacher. Dabei hatte er nicht immer eine entschiedene Gegenposition zum Reformdenken etwa eines Jan Hus eingenommen. Zumindest während seiner Zeit im Orden der Begarden hatte er – wenigstens formell – die propagierte Lebensform apostolischer Schlichtheit akzeptiert. So hätte die eine oder andere Formulierung und Forderung von Wyclif und Hus zumindest theoretisch Resonanz bei ihm finden können. Immerhin hatte er teilgenommen an einer frühen Reformbewegung – und nun plädierte er für die Ächtung, ja Liquidierung eines Reformators. Wurde er sich dieser Diskrepanz bewusst, in ruhigen Minuten?

Fast simultan mit Hus wurde der Fall Friedrich erledigt. Der Herzog hatte sich mittlerweile dem Konzil gestellt; am 7. Juni musste er sich König Sigmund unterwerfen.

Weltliche und geistliche Repräsentanten der vier Nationen fanden sich ein im Refektorium des Franziskanerklosters. Es waren nur geladene Gäste: Gesandte, Fürsten, ranghohe Geistliche. Der König erklärte der Versammlung, er habe Herzog Friedrich von Österreich den Krieg erklären müssen, weil er sich an der zu Konstanz versammelten Kirche vergangen habe.

Der Herzog wurde hereingerufen. Der König, erhöht sitzend, drehte ihm den Rücken zu, schien ein Gespräch mit einigen Italienern zu führen, tat so, als würde er das verabredete Erscheinen des aufsässigen Herzogs nicht wahrnehmen. Eins der bewährtesten Machtmittel von Herrschenden: andere warten (später: antichambrieren) lassen. Der Herzog kniete an der Schwelle nieder, ging, mit zwei ranghohen Begleitern, in die Mitte des Saals, kniete nochmals nieder, näherte sich dem König, kniete ein drittes Mal nieder. Nach einiger Zeit setzte sich der König zurecht, sein Blick fiel auf den Herzog und seine Begleiter, heuchlerisch fragte er, was ihn denn herführe, so, als hätte er vor lauter Regierungsgeschäften einen derartigen Bagatellfall aus dem Blick verloren: von Anfang an die Relationen klarstellen ...! Einer der Begleiter, ein Herzog, bat in Friedrichs Namen den König um Vergebung; er unterwerfe sich mit Landen und Leuten der königlichen Majestät; auch sei er bereit, den Papst auszuliefern. Das bestätigte der zweite, ranghohe Begleiter, bat seinerseits um Gnade, um Verzeihung, um Barmherzigkeit. Friedrich musste eine Unterwerfungsurkunde verlesen, musste sie beeiden. Das schloss die Erklärung ein, er werde in Konstanz bleiben, als Gefangener, bis seine Untertanen dem König gehuldigt hätten. Nun erst reichte ihm Sigmund die Hand, half ihm hoch. Und wendete sich an eine Gruppe des geladenen Publikums: »Ihr Herren aus Italien, ihr wisst, dass die Herzöge von Österreich die mächtigsten sind in Deutschland; so erkennt, wozu ich fähig bin!«

Herzog Friedrich wurde eingesperrt. Umgehend schickte er die Ordre nach Tirol, König Sigmund den Treueid zu leisten, doch die Tiroler weigerten sich. So musste der Herzog bis auf weiteres in Haft bleiben.

Oswald von Wolkenstein wird kaum zu den geladenen hohen Gästen der perfekten Inszenierung gehört haben, bestimmt aber hat er sich davon erzählen lassen, ausführlich. Bei späteren Auseinandersetzungen mit Friedrich könnte er sich gelegentlich gesagt haben: Und *dem* sollen wir uns unterwerfen?! Einem Mann, der sich derart erniedrigen musste?! *Der* will verhindern, dass wir Adligen uns mit dem König kurzschließen?

Ende des heiligen Mannes und ehrwürdigen Magisters Hus, des Eiferers für die Wahrheit Jesu Christi, und sein Leiden, das er demütig ertragen hat.«

Im fünften und letzten Teil seiner »relatio« berichtet Peter Mladoniowitz, wie Bischöfe den Angeklagten »zu degradieren begannen. Zuerst nahmen sie ihm den Kelch aus den Händen und sprachen folgendes Fluchwort: ›Du verfluchter Judas, warum hast du den Rat des Friedens verlassen und hast Rat gepflogen mit den Juden? Wir nehmen von dir diesen Kelch der Erlösung.‹

Und in der Folge nahmen sie die anderen Kleidungsstücke von ihm: die Stola, das Messgewand und andere usw., und bei den einzelnen Teilen stießen sie auf ihre Weise eine Verfluchung aus.

Als die Gewänder von ihm genommen waren, gingen die genannten Bischöfe über zur Verletzung seiner Tonsur. Da sie aber untereinander stritten – einige wollten, dass man ihn mit einem Rasiermesser rasiere, andere aber sagten, es genüge, seine Tonsur allein mit einer Schere zu verunstalten –, sprach der Magister, zum König gewendet, der auf dem Thron den Vorsitz führte: ›Siehe, diese Bischöfe können noch nicht einmal bei solch einer Lästerung einig sein.‹

Und als sie ihm die Tonsur von vier Seiten, nämlich von rechts und links, vorn und rückwärts mit einer Schere zerstörerisch angeschnitten hatten, sprachen sie zum Schluss folgende Worte: ›Jetzt hat die Kirche bereits alle kirchlichen Rechte von ihm genommen und hat weiter nichts mehr mit ihm zu schaffen. Deshalb übergeben wir ihn dem weltlichen Gerichtshof.‹

Bevor sie aber eine Schandkrone aus Papier auf sein Haupt setzten, sagten sie, unter anderem, zu ihm: ›Wir überantworten deine Seele dem Teufel!‹

Und der Magister sagte mit gefalteten Händen und mit zum Himmel gerichteten Augen: ›Und ich überantworte sie dem gütigsten Herrn Jesus Christus.‹

Die Papierkrone war rund und ungefähr eine Elle hoch. Es waren drei schauerliche Teufel daraufgemalt, wie sie gerade die Seele mit ihren Krallen zerren und festhalten wollen. Und auf dieser Krone war der Titel seiner Prozess-Sache aufgeschrieben: ›Dies ist ein Erzketzer.‹

Als der so gekrönte Magister aus der genannten Kirche geführt wurde, verbrannte man auf dem Friedhof der Kirche zur gleichen Stunde, wie es hieß, seine Bücher. Als er es im Vorübergehen sah, lächelte er über ihr Tun. Unterwegs aber forderte er die Umstehenden und Nachfolgenden auf, sie sollten nicht glauben, dass er die ihm durch falsche Zeugen aufgebürdeten Artikel irgendwie gehalten, gepredigt oder gelehrt habe.

Fast die gesamte Bürgerschaft war in Waffen und geleitete ihn in den Tod. Die Hinrichtungsstätte war auf einer Wiese zwischen den Toren und den Vorstadtgräben.

Als sie ihm das Gewand ausgezogen hatten, banden sie ihn mit Tauen an eine Säule, mit den Händen rückwärts. (…) Holzbündel, die mit Stroh vermischt waren, legten sie rings um den Körper bis an sein Kinn. (…) Dann zündeten die Henker den Magister an. Er sang darauf mit lauter Stimme zuerst: ›Christus, Sohn des lebendigen Gottes, erbarme dich meiner!‹ Zum zweiten Mal: ›Christus, Sohn des lebendigen Gottes, erbarme dich meiner!‹ Und als er zum dritten Male begonnen hatte zu singen, schlug ihm alsbald der Wind die Flamme ins Gesicht, und also, in sich betend und Lippen und Haupt bewegend, verschied er im Herrn.

Als das Holz der Bündel verbrannt war und immer noch eine Körpermasse dastand, an der Kette um den Hals, stießen die Henker die Masse, zusammen mit der Säule, zu Boden, belebten das Feuer weiter und zwar mit einer dritten Holzfuhre und verbrannten die Masse vollständig. Sie gingen herum und schoben die Knochen mit Stangen zusammen, damit sie schneller zu Asche würden. Und als sie sein Haupt fanden, schlugen sie es mit einer Stange in Stücke und warfen es wieder ins Feuer. Und so luden sie alles auf einen Wagen und versenkten es im nahen Rheinfluss.«

Eine Zeitlang hatte ich gezögert: Soll ich auch das folgende Dokument aufnehmen? Eigentlich kann die öffentliche Verbrennung des Hieronymus hier ausgeklammert bleiben; zum Zeitpunkt, an dem dieser öffentliche Akt von Grausamkeit zelebriert wurde, befand sich der Wolkensteiner nicht mehr im Lande. Nun zeigt sich hier aber, mit Flammenzeichen, in welchem gesellschaftlichen Ambiente Oswald lebte und wirkte: eine Gesellschaft ohne die geringste Toleranz, christlicher Fundamentalismus in schärfster Ausprägung.

Ulrich von Richenthal, Zeitzeuge vor Ort, berichtet (hier in der Übersetzung von Gernentz), wie Hieronymus, von König Sigmund zur Verbrennung freigegeben, auf brutalste Weise öffentlich ermordet wurde. Auch sein Tod wird die theologisch-sozial-militärischen Aktivitäten der Hussiten forcieren, wird damit auf Oswalds Lebenslauf einwirken – später.

»Am Sonnabend vor dem Tage des heiligen Kreuzes (…) wurde er ebenso wie Hus hinausgebracht, nur dass nicht so viele Bewaffnete mitgingen. Als er draußen war, fing er an, das Bittgebet und dann nochmals das Glaubensbekenntnis zu singen. An der Stelle, an der Hus verbrannt worden war, wurde auch er verbrannt. Man hörte von ihm, wie von Hus, keine Beichte. Im Feuer lebte er noch etwas länger als Hus und schrie grauenvoll, denn er war ein stämmiger und starker Mann mit einem schwarzen, dichten und langen Bart. Als er verbrannt war, wurde ebenfalls die Asche und alles, was bei ihm lag, in den Rhein geschüttet. Viele Gelehrte weinten.«

Zu dieser Zeit war Oswald längst unterwegs – als Mitglied oder Leiter einer Delegation? Mayr vermutet, die Gesandtschaft sei zuerst nach England und Schottland gereist. Und dann, so ergänze ich, nach Irland – falls Oswalds Hinweise in Kl 26 der Reisechronologie entsprechen: »Auf England hatt ich große Lust, / auf Schottland, Irland … / Übers Meer nach Portugal auf großen Handelsschiffen …«

Und der Zweck der Mission, vor der Weiterfahrt nach Portugal? Sollte Sigmunds spätere Reise nach England diplomatisch vorbereitet werden? Auch in Irland …?! Dorthin reiste man damals bestimmt nicht, um wilde Landschaften zu begehen, so was hatte man reichlich in Tirol. Eine Reise nach Irland hieß damals wohl: eine Fahrt nach Dublin. Auch dort könnten, ja dürften Verhandlungen stattgefunden haben.

Kommunikation klappte offenbar damals über weite Distanzen hinweg. So war in Irland oder England zu erfahren, dass in Portugal ein Feldzug, ein Kreuzzug vorbereitet werde.

Eher in London als in Dublin dürfte der Delegierte aus Tirol ein Schiff bestiegen haben mit Kurs auf Portugal. Gegen wen der Feldzug gehen sollte, das wusste man nicht einmal in Lissabon, das Ziel wurde vom Königshof geheim gehalten – der Gegner sollte überrascht werden. Doch egal, wohin und gegen wen es ging – Oswald von Wolkenstein wollte mit von der Partie sein: irgendwo gab es wieder mal was zu erleben, womöglich zu erbeuten!

Er reiste, mal wieder, ins Ungewisse. Für uns hingegen ist eine klare Linie vorgezeichnet: Lissabon–Ceuta–Perpignan.

Flug über die Biskaya. Geschlossene Wolkendecke über Westeuropa, bis dicht vor die nordspanische Küste. Gestaffelte Gischtlinien der Brandung wie fixiert auf der elefantenhäutigen See mehr als zehntausend Meter unter dem Sitz; hellbraune, rotbraune Strandlinie; Bergketten, Hügelreihen; hohe Gipfel und Kuppen schneebedeckt. Das Inland kaum besiedelt.

Hinüberwechselnd zum rechten Fenster im fast völlig leeren Heck des Europa-Jet, sehe ich weiterhin die Küste: Buchten; Meeresarme tief ins Land hinein; Halbinseln. Kap Finisterre, ein Hinweis über Lautsprecher. Dort unten also, am Ende der nach Süden eingekrümmten Halbinsel, hat Oswald gestanden. Mit welchem Bewusstsein, welchen Gefühlen? Schaudernd, weil jetzt horizontweit nur das Meer zu sehen war, dem man damals wenig traute, schon gar nicht als Tiroler? Das westliche Ende der damaligen Welt.

Lissabon. Warmer, sonniger Januartag, Blick vom Burghügel hinab auf den Tejo, der Fluss zugleich Meeresarm. Wahrscheinlich ist Oswald hier oben in der Burg empfangen worden, die jetzt Ruine ist, von Pfauen umschritten, von Gänsen umschnattert, und er hat hinuntergeblickt auf die Bucht zwischen Flussmündung östlich und Meeresöffnung westlich, hat hier die ankernde Flotte gesehen, und auf einem der Schiffe, das wusste er nach einer Audienz beim König, würde er mitfahren. Bangigkeit, weil es nun ins völlig Ungewisse, Fremde ging? Freudige, mit ein wenig Bangigkeit vermischte Erregung, weil es nun noch weiter hinausging ins Fremde? Unvermischte Vorfreude: weil es nun etwas zu erleben gab, und damit, für später, etwas zu erzählen, eventuell zu besingen?

Die Fahrt der Flotte südwärts vorbei am Cabo Espichel, das wir von Setúbal aus erreichen. Dann Cabo de São Vicente: Felsvorsprung, fünfzig, sechzig Meter über dem Meer, ein Leuchtturm, eine Gebäudegruppe, auf einem Dach zwei mächtige Nebelhörner. Der Himmel blankgefegt, der Atlantik lichtüberschüttet, Brecher schäumen zehn, zwanzig Meter hoch an der Steilküste; Gischtfontänen. Nachts noch einmal zu diesem Leuchtturm, vom nahen Sagres aus: überdeutlich gestirnter Himmel; am Südhorizont eine sternschluckende Gewittermasse, in der es pulst, zuckt, quecksilberhell; Scheinwerferstrahlen – alle fünf Sekunden wischt es über uns hinweg, weit ins Land hinein, ostwärts; über dem Meer jedoch, über dem Felsabbruch, werden die Strahlen gekappt; keine Brechung und Streuung.

Cabo de São Vicente, südwestlichster Punkt Europas: hier war Oswald, bestimmt in Sichtnähe, vorbeigefahren.

Der Wolkensteiner auf hoher See, vor der Teilnahme am ersten Feldzug, der nicht in einer Niederlage oder Katastrophe enden wird: die Erstürmung und Eroberung der nordafrikanischen Hafenstadt Ceuta.

Unter welchen Konditionen wird er dort teilnehmen? In der kämpfenden Truppe? Als Schlachtenbummler?

Höchste Zeit, das Handicap des Ritters Oswald zu thematisieren: die Einäugigkeit. Es wurde bereits konstatiert: Bei jedem Wehrpflichtigen wird vom Militärarzt die Sehfähigkeit geprüft; ein Soldat muss scharf, muss räumlich sehen können; wer diesen Anforderungen nicht genügt, wird freigestellt.

Nun also: Warum ist Oswalds rechtes Auge geschlossen? Auf dem Porträtgemälde der Handschrift B (reproduziert auf dem Buchumschlag) ist besonders deutlich zu erkennen: Die Lidspalte ist vollständig geschlossen; die Lidwölbung ist erhalten; der Unterlidrand ist gerötet.

Eberhard Kleeberger, Ophtalmologe, in einer Briefexpertise: Der »vollständige Lidschluss« beruhe eindeutig auf »einer völligen Lähmung des Lidhebermuskels«. Keine angeborene Ptosis, sondern eine »erworbene«. Mögliche Ursachen: Rheuma oder Syphilis. Häufigste Ursache: eine Verletzung.

Das »Familienhistörchen« von der Augenverletzung auf der Trostburg besitzt für Kleeberger einen hohen Grad an Wahrscheinlichkeit. Der Bolzen oder Pfeil schlägt im Augenwinkel auf; das Kammerwasser läuft nach der Verletzung aus; nach dem Verheilen der Hornhaut bildet sich erneut Kammerwasser, der Augapfel füllt sich wieder. Nur nach »einer sehr starken, innerlich zerstörenden Verletzung« oder einer »durch sie ausgelösten chronischen Entzündung« wird kein Kammerwasser mehr produziert; »in diesem Fall wäre das Lid nicht mehr vorgewölbt«.

Zusammenfassend: »Das Lid ist durch Verletzung gelähmt, das Auge verletzt und dadurch mehr oder weniger blind, aber nicht geschrumpft, jedoch mit chronischer Reizung der Bindehaut und Lidränder.«

Eigentlich war der Wolkensteiner mit solch einer Behinderung zum Kampfeinsatz nicht geeignet. Hat er das ignoriert oder respektiert? Risiken, so lässt sich vermuten, wurden wahrgenommen, aber nicht ernstgenommen – der Drang mitzumachen, blieb offenbar entscheidend.

Wieder mal ein Feldzug, der als Kreuzzug legitimiert werden sollte – diesmal als Kreuzzug gegen Muslime. Kreuzzüge als christliche Version des Dschihad!

»Die Zeichen der Zeit standen auf Abgrenzung und Vernichtungskrieg im Zeichen des Kreuzes«: so Frank Meier über den *Umgang mit dem Fremden im Mittelalter*. Wer »nicht dem abendländisch-christlichen Kulturkreis angehörte«, galt als Fremder. Es werden aufgelistet: Antipoden, Ketzer, Schismatiker, Heiden, Juden, Moslems, Zigeuner, Hunnen, Mongolen. Die Kreuzfahrer nun hätten gar nicht erst den Versuch unternommen, die jeweils fremde Kultur zu verstehen: »Juden und Muslime, orthodoxe Christen und Heiden wurden ohne Unterschied erbarmungslos niedergemetzelt.«

Da war man schon mal weiter – in der literarischen Artikulation, nicht jedoch in der gesellschaftlichen Entwicklung. Aus dem *Willehalm* des Wolfram von Eschenbach nun die »Toleranzrede« der Heidentochter Gyburc, die sich taufen ließ und einen Christen heiratete.

> Hört das Gebot einer Laien-Frau:
> Verschont Geschöpfe aus Gottes Hand!
> Ein Heide war der erste Mensch,
> den Gott erschaffen hat.
> Und glaubt mir, dass Elias, Enoch
> als Heiden *doch* errettet wurden.
> Auch Noah zählte zu den Heiden:
> er überlebte in der Arche.
> Hiob: zweifellos ein Heide –
> kein Grund für Gott, ihn zu verstoßen.
> Denkt auch an die drei Könige:
> Balthasar und Melchior
> und der dritte namens Kaspar –
> wir müssen sie als Heiden sehn:
> sind nicht verdammt zur Höllenstrafe.
> Gott selbst, noch an der Mutterbrust,
> Er nahm die ersten Gaben an
> von ihnen. Nicht alle Heiden sind
> bestimmt zur ewigen Verdammnis.

Der Feldzug gegen Ceuta war, laut Malyn Newitt, die erste Etappe portugiesischer Expansion. Es sollte ein Brückenkopf gebildet werden auf dem afrikanischen Kontinent.

Ceuta, in der Nähe der Meerenge von Gibraltar: eine damals noch kleine Festungs- und Handelsstadt auf schmaler Landzunge, nordwärts beendet von einem 200 Meter hohen Felsmassiv, dem Monte Almina, Pendant zum berühmten Affenfelsen von Gibraltar. In der Antike galten beide Felsmassive als Säulen des Herakles: dort endete die (mediterrane) Welt.

Handelsschiffe, die durch die Meerenge von Gibraltar fuhren, mussten im Hafen von Ceuta anlegen, Ankergeld zahlen, Seezoll entrichten; kreuzende maurische Segler sorgten dafür, dass sich kein Schiff dem Zugriff entzog. Nach der Eroberung wollte Portugal den Seezoll kassieren und die Meerenge von Gibraltar unter Kontrolle bringen.

Weitere Motivation: Fernhändler wollten südwärts expandieren – von Ceuta, vom Maghreb-Gebiet aus führte eine der Hauptrouten der Kamelkarawanen durch die Sahara Richtung Kongo. So hofften die Invasoren vor allem auf Gold aus dem Innern Afrikas – der Staatshaushalt Portugals musste dringend saniert werden. Und man war speziell interessiert an den Import von Elfenbein und Sklaven.

Kam noch hinzu als lockender Faktor: Das fruchtbare Hinterland von Ceuta, vor allem mit dem Anbau von Weizen – Getreide wurde knapp in Portugal. Potentiell ergiebig auch die Zucht edler Pferde (»Araber«) im Hinterland. So galt die Küsten- und Handelsstadt als »Schlüssel zu Afrika«. (Mohamed Cherif in seiner Monographie über Ceuta: »Par sa valeur stratégique énorme, par sa richesse et sa proximité, Ceuta était un objectif principal.«)

Bevor die Armada der Portugiesen und ihrer Alliierten die Anker hebt, kurz zur Vorgeschichte des amphibischen Unternehmens, und damit: Koordinaten der Aktion, an der Oswald teilnehmen wird – einer der Hauptgewinner des Unternehmens.

Das lief mühsam an. So wird das bezeugt durch Gomes Eanes de Zurara (auch: Azurara), portugiesischer Verfasser von vier Chroniken. Wichtig für uns: die »Chronik der Eroberung von Ceuta durch König Johann I.«, abgekürzt: *Crónica da Tomada de Ceuta.*

Der Chronist war erst 15, als Ceuta erobert wurde; er wurde später zum Hofhistoriographen, zum Verwalter des königlichen Archivs in Lissabon, bezog sein Gehalt aus königlicher Kasse. Er wurde so etwas wie der Leibbiograph von Heinrich dem Seefahrer, der mit seinen Brüdern teilgenommen hatte an diesem Unternehmen. Wie Zurara selbst bezeugt, lebte er, auf Weisung des Königs, »einige Zeit« im Hause des Infanten Dom Henrique, der ihn ausführlich über die Eroberung unterrichtete und später über seine »Conquista da Guiné«. Zurara war also zu loyaler Berichterstattung verpflichtet; dennoch ist seine Chronik höchst aufschlussreich, auch mit Blick auf Oswalds spektakuläre Einzelaktion.

In der »Crónica da tomada« wird auftragsgemäß vermerkt, König Johann hätte sich sechs Jahre lang auf das militärische Unternehmen vorbereitet. Es waren aber eher sechs Jahre des Zögerns und Zauderns. Der Chronist nennt auch – indirekt – die Gründe, indem er Argumente des Königs wiedergibt.

So verfügte Portugal nicht über genügend Schiffe für die Amphibien-Landung, konnte auch nicht genug Soldaten stellen, die finanziellen Ressourcen reichten nicht aus – Portugal kurz vor dem Staatsbankrott. So war man angewiesen auf Hilfe aus dem Ausland, auf Schiffe, die zur Verfügung gestellt wurden, auf Männer, die bereit waren mitzukämpfen – ohne Aussicht auf Sold, doch mit der (lizenzierten) Hoffnung auf Beute.

Die Bedenken des Königs wurden verstärkt durch Spannungen mit dem benachbarten Königreich Kastilien. Er hatte die Sorge, Kastilien könnte während des Feldzugs die Lage auf der Iberischen Halbinsel gewaltsam arrondieren und das Sultanat Granada erobern. Der Vorschlag von König Johann, dies gemeinsam zu unternehmen, war vom jungen König Kastiliens abgelehnt worden, man bestand hier auf Priorität.

Kurzum, König Johann hielt eine Eroberung von Ceuta für sinnlos, für aussichtslos: Ceuta galt als besonders mächtig, weil besonders reich. Zurara weiß zu berichten, der König hätte nur gelacht, wenn das Stichwort Eroberung fiel. Für ihn kam ein gewichtiger Punkt hinzu, und dies durchaus berechtigt, wie sich erweisen sollte: Falls die Eroberung von Ceuta gelingen sollte – würde man die Stadt auch halten können? Und konnte man ernsthaft daran denken, vom Brückenkopf aus das Sultanat Marokko zu erobern?

Nun wurde die Kaufmannslobby aktiv, repräsentiert durch den

königlichen Schatzmeister Afonso. Er wendete sich an die drei jugendlichen Söhne des Königs: Dom Henrique, Dom Pedro, Dom Duarte. Er berichtete ihnen, einer seiner Angestellten sei kürzlich noch in Ceuta gewesen, und es hätte sich wieder einmal erwiesen, wie ungeheuer reich die Hafenstadt sei. Und er schwärmte den jungen Herren vor, welch glanzvolles, welch verdienstvolles Unternehmen die Eroberung dieser Stadt sein werde, wie sehr man sich dabei auszeichnen könne, sie würden da auf ehrenvollste Weise (»mais honrradamente«) den Ritterstatus erringen.

Das hatte zündende Wirkung. Das Infantentrio bedrängte den Vater, das Unternehmen doch zu starten. Beim ersten Anlauf hielt er das für einen Scherz, doch dann fügte er sich dem direkten und indirekten Druck, gab sein Plazet.

Scheinbar plausible Gründe ließen sich rasch zusammenstellen. Mit der Eroberung der beherrschenden Hafenstadt am Mittelmeer sei gewährleistet, dass christliche Korsaren den muslimischen Seehandel unterbinden würden. Außerdem sollten durch die Aktion maurische Überfälle auf Häfen der Algarveküste verhindert werden, ja letztlich eine Invasion in Portugal. Dabei waren die Marokkaner wichtige Handelspartner: vor allem Gemüse und Obst aus Portugal wurden teuer bezahlt. Dafür verdiente man am Export von Getreide, das in Portugal dringend benötigt wurde.

Entscheidend war letztlich: Der portugiesische Fernhandel wollte expandieren. Das wurde freilich kaschiert. Dom Henrique, später Heinrich der Seefahrer, gab kund, jeder kluge Mensch werde vom Wunsch beseelt, die Stärken seines Gegners kennenzulernen. Generell wurde die bewährte Parole ausgegeben, der Feldzug sei ein Kreuzzug. Ob sich Oswald als ehemaliger Kaufmann davon täuschen ließ?

Vorbereitungen im Raum Lissabon: Handelssegler wurden in Truppentransporter umgerüstet; zusätzlich wurden Schiffe gemietet, englische, deutsche. Und es brachen zahlreiche Ritter auf Richtung Portugal, vor allem Deutsche, Franzosen, Engländer. Ein stehendes Heer gab es auch in Portugal noch nicht, man war auf Söldner angewiesen, auf Freiwillige. Sie alle hofften auf Bewährung, Auszeichnung und Beute.

Während der Mobilisierung des ›Expeditionskorps‹ starb Philippa, die Gemahlin des Königs, an der Pest. Zahlreiche weitere Todesfälle; die versammelten Kriegsteilnehmer wollten nicht länger als nötig im heißen und verseuchten Lissabon bleiben, man drängte zum Aufbruch.

Bereits eine Woche nach dem Staatsakt der Beerdigung der Königin begann das Unternehmen, unter persönlicher Führung von König Johann, flankiert von seinen kampfbegierigen Söhnen Henrique, Pedro, Duarte.

25. Juli 1415: ein Trompetensignal vom königlichen Flaggschiff, das Signal wurde von Trompetern auf anderen Schiffen weitergegeben. Und es hoben die Anker: 33 Großsegler, 59 Galeeren, dazu kleinere Schiffe. Auf den insgesamt 100 bis 120 Schiffen zwischen 20 000 und 40 000 Mann.

Erst am nächsten Tag, auf offner See, an einem Sonntagmorgen, gab König Johann das Ziel des amphibischen Unternehmens bekannt: Ceuta. Pfarrer an Bord predigten, teilten das Abendmahl aus.

Wer war eigentlich der Feind? War das eine Frage, die Oswald überhaupt interessiert hat? Dennoch:

Ceuta war Teil des Sultanats Marokko. Wobei festgehalten werden muss: »Sultan« war nicht nur Herrschertitel im Osmanischen Reich, diese Bezeichnung für »Herrscher« war üblich in islamischen Ländern. Stellvertreter eines Sultans war ein Emir.

Der Sultan von Marokko mit Sitz in Fes war, nominell, Abu Said Uthman III., dies in den Jahren 1399 bis 1420. Ich vermute, Oswald hat den Namen nie gehört, auch nicht in verballhornter Version. Auch ihm wird egal gewesen sein, wie der amtierende Sultan hieß.

Es war in der Tat auch nicht sehr wichtig, denn: Der Sultan in Fes und der Sultan in Granada hatten wechselweise das Sagen. Auch kämpften in Marokko regionale Adelsfamilien hartnäckig um die Vormacht. Bürgerkriegsähnliche Verhältnisse, letztlich

Anarchie – was auch erklärt, weshalb das Landungsunternehmen so rasch zum Erfolg führte.

Schon kurz nach dem Aufbruch ging es erst mal nicht weiter: Windstille. Die Flotte dümpelte herum. Hitze setzte den Seeleuten, den Söldnern zu. Erst am zehnten August erreichte man die Meerenge von Gibraltar, sie wurde nachts durchfahren. Dabei hatten einige der Kapitäne Navigationsprobleme, der Flottenverband begann sich aufzulösen. Hinzu kam ein Sturm, der vor allem die Segelschiffe vom geplanten Ziel wegtrieb Richtung Malaga. Nur die Galeeren, unter Führung des Königs, konnten den Kurs halten, näherten sich von Norden der kleinen Halbinsel.

Dies war die Stunde von Sâlah Ben Sâlah, »le gouverneur« der Stadt, der Provinz. (Mohamed Cherif gibt den Namen mit Cedilles wieder: Câlah Ben Câlah. Phonetisch also: anlautendes scharfes S.)

Der Stellvertreter des Sultans, der Emir, der oberste Befehlshaber (und Richter), ließ, sobald die Galeeren gesichtet wurden, die Stadtmauern besetzen und so weit wie möglich verstärken, ließ abends in allen Fenstern seewärts Lichter aufstellen, um abschreckende Wirkung zu erzielen.

Doch die Invasion fand vorerst nicht statt: sie sollte erst erfolgen, wenn der Flottenverband geschlossen zum Einsatz gelangen konnte. Die Galeeren wurden ein Stück an der Küste entlanggerudert und gingen vor Anker. In Ceuta weithin Aufatmen, und Sâlah Ben Sâlah beging den ersten Fehler: er forderte keine Hilfstruppen an.

Intensive Beratungen indes zwischen dem König, seinen Söhnen, den Kommandeuren. Johann tendierte dazu, das Unternehmen abzublasen: etliche Seeleute, Söldner hatten sich in Lissabon infiziert, lagen darnieder. (Modernes Liedzitat, assoziativ: »Und hatten die Pest an Bord …«) Die Söhne jedoch drängten darauf, gleich nach Zusammenführung der Flotte den Angriff zu wagen. Sich kampflos zurückzuziehen nach den enorm kostspieligen Vorbereitungen, es wäre eine Blamage gewesen vor europäischen Herrscherhäusern. Und sie wollten sich ja nun im Kampf bewähren, wollten nach dem Sieg zu Rittern geschlagen werden.

Segelschiffe und Galeeren fanden schließlich wieder zusammen. Erneut auffrischender Sturm. Zur Pest an Bord weithin Seekrankheit – wurde es auch Oswald übel? Er wird übrigens auf einem der Handelssegler mitgefahren sein – die Galeeren waren Kriegsschiffe mit fester Besatzung. Die Armada nahm erneut Kurs auf die Stadt.

Inzwischen war die portugiesische Taktik geändert worden: Erst sollte der Monte Almina mit seiner krönenden Festungsanlage erobert werden, dann, von der Höhe herab, die Stadt.

Sâlah Ben Sâlah beging den zweiten Fehler: Er rief fast alle Truppen von der Bergfestung in die Stadt. So konnte das Massiv rasch und leicht besetzt werden, die Attacke von der Höhe herab konnte mehr Vehemenz entwickeln.

Die Erstürmung der Stadt wurde vorbereitet mit dem Feuer von Bombarden (Mörsern) zahlreicher Schiffe. Oswald mit Geschützdonner in den Ohren. Der Angriff begann.

Wie wurde damals ein Landungsmanöver durchgeführt? Hier bietet sich wieder der (oft realitätsnahe) Roman des Joanot Martorell an. Zwar heißt bei ihm die belagerte, die erstürmte Stadt Tripolis (in Syrien), doch lassen sich etliche Details auf die Eroberung von Ceuta übertragen.

»Als die Sarazenen eine so gewaltige Flotte anrücken sahen, gaben sie Alarm mit vielen Rauchzeichen, die sie da und dort aufsteigen ließen, so dass eine Unmenge von Moslems zusammenströmte und sich an der Küste postierte, um den Christen die Landung zu verwehren. In geschlossener Formation schossen alle Galeeren gleichzeitig los, um den Strand anzulaufen. So dicht an dicht fuhren sie, dass sie einander fast in die Quere kamen.

Als sie dem Ufer ganz nahe waren und man schon daranging, die Strickleitern auszuwerfen, drehten sich alle Fahrzeuge, damit man, rückwärtsrudernd, mit dem Heck anlegen würde, um die Leute an Land zu lassen. (...) Die Strickleitern wurden ausgeworfen. Aber wer würde den Mut haben, nun hinabzusteigen angesichts einer solchen Masse von Moslems? Die Tapferkeit, die Tüchtigkeit, die

Kraft und die Erfahrung waren aufseiten des Königs und der Seinigen. Mit ritterlicher Tollkühnheit kletterten sie die Strickleitern hinab, und sie hatten es so eilig, den Sarazenen auf den Leib zu rücken, dass viele vor lauter Hast in die Brandung stürzten.

Als alle Kämpfer an Land gegangen waren, sowohl aus den Galeeren wie aus den Segelschiffen, lieferten sie den Sarazenen eine große Feldschlacht, bei der auf beiden Seiten viele Mannen ums Leben kamen.«

Gomes Eanes de Zurara in der *Crónica da Tomada*: »Der erste Mann, der an Land sprang, war Ruí Goncalves. Aber die Mauren fanden ihn nicht leicht zu besiegen, denn sowie er unter sie sprang, begann er, so energisch auf sie einzuhauen, dass er sie von der Stelle vertrieb, wo die Boote anlanden sollten. Und Prinz Heinrich warf sich, weil sein Schiff etwas weitab vom Land war, in ein dort vorbeifahrendes Boot. Und er ließ die Trompeten energisch Signal blasen, damit alle an Land gingen. Und sobald der Prinz seinen Fuß auf den Strand setzte, wuchs dort die Zahl der Männer. Und Ruí Goncalves war schon vornan mitten unter den Mauren, und ein deutscher Edelmann mit ihm.«

Doch wohl nicht Oswald ...?! Von Kopf bis Fuß in Stahl mitten im Kampfgetümmel ...? Oder als einäugiger Schlachtenbummler eher am Rande des Geschehens ...? Der Mann ging auf die vierzig zu – da zählte man damals (wie im heutigen Leistungssport) längst zu den Senioren.

Überhaupt, ein Schlachtengemälde der Eroberung von Ceuta: wie ließe sich das ausführen? Ritter in schimmernden Rüstungen, Schwerter und Streitkolben schwingend, rücken vor gegen malerisch bunte Scharen von Mauren?

So ein Bild müsste übermalt werden. Denn es lässt sich kaum vorstellen, dass die Angreifer komplette Rüstungen trugen in der Augusthitze – da hätte man ja (wie später auf Rommels Panzern in Nordafrika) Spiegeleier braten können auf dem Brustharnisch.

Träger von Plattenharnischen wären zusätzlich aufgeheizt worden durch den (in mehreren Stofflagen) gesteppten Gambeson unter der Stahlarmierung – zum Abdämpfen von Schwerthieben, Lanzenstößen, Armbrustbolzen. Bei derart kompletter Rüstung wäre Hitzschlag programmiert gewesen. Wahrscheinlich verließ man sich auf das seit Jahrhunderten bewährte Kettenhemd und den Helm. Das wäre bei der Hitze immer noch zu viel gewesen – eine fast legendäre Figur unter den Verteidigern kämpfte, laut Zurara, ganz nackt. Der wird gewusst haben, warum.

Und Oswald? Möglicherweise war er erst mal wieder als Militärmusiker im Einsatz: Hatte sich in Lissabon Pauke und Trompete besorgt, feuerte mit martialischen Signalen einen Trupp kämpfender Herren an? Dies in sicherer Distanz zum Nahkampf auf breiter Front? Damit auch fern vom nackten Mauren, der »nur mit Steinen bewaffnet« war?

Der Chronist soll wieder das Wort führen: »Sein Körper war so schwarz wie ein Rabe, und die Zähne sehr groß und weiß, und die Lippen sehr dick und aufgeworfen. Vasco Martins schwang die Lanze mit beiden Händen und stieß sie ihm durch den ganzen Leib. Und sobald der Mohr tot war, wandten sich die anderen gleich zur Flucht und suchten Schutz in der Stadt.«

Portugiesen und weitere Kriegsteilnehmer setzten sofort nach, ein Stadttor konnte nicht mehr rechtzeitig geschlossen werden, das Infantentrio drang mit etwa fünfhundert Mann in die Stadt ein, man kämpfte sich vor, weitere Trupps drängten nach; Straßenkämpfe.

Der Oberbefehlshaber und Gouverneur gab auf. »Sâlah Ben Sâlah streifte durch die Straßen, erhob seinen Blick immer wieder gen Himmel und schluchzte wie einer, der sehr viel verloren hat, bis er schließlich auf einem Berberhengst aus der Stadt hinausritt.«

Das Bild könnte zutreffen: flieht durch das landseitige Tor, setzt sich ab ins Hinterland. Und löst damit eine Massenflucht aus. Man gab alles auf.

Am Abend war die Stadt besetzt; dreizehn Stunden hatten die Kämpfe gedauert.

Zurara leiht den Besiegten seine Stimme, macht damit die Bedeutung der Stadt, die weiträumige Vernetzung jener muslimischen Welt bewusst. Ein Auszug:

»Oh Ceuta, du Blume unter den Städten Afrikas, wo werden deine Einwohner einen Ort finden, um eine ähnliche Stadt zu gründen? Wie können sie ohne Erbitterung einen solchen Verlust ertragen? Wohin werden sich von nun an die Mauren wenden, die aus der Ferne kamen, aus Äthiopien, aus Alexandria, aus Syrien, aus dem Land der Berber, aus Assur, das im Land der Türken liegt, oder aus dem Osten, den Ländern jenseits des Euphrat, aus Indien oder aus all den vielen Ländern, die sich jenseits des Horizonts befinden? Denn sie alle kamen zu dir, beladen mit so vielen und so reichen Waren. (...) Wer von uns wird jetzt, wenn er aufsteht, die Tragesel mit Seidenstoffen aus Damaskus sehen, die Häuser voller Edelsteine aus Venedig, oder die großen Säcke mit Gewürzen, die aus der libyschen Wüste zu uns kommen? Welche Reichtümer und Werte könnten wir sonst noch aufzählen?«

Es begann die große, vom Historiographen bezeugte Plünderung – an der sich auch Oswald von Wolkenstein beteiligte, und zwar maßgeblich. Reiche Schätze in Häusern und Moscheen ...! Breite Palette von Beutestücken ...! Einige seien hier entworfen nach Formulierungen des Katalogs der Bonner Byzanz-Ausstellung (der Fernhandel sorgte damals für regen Austausch).

Vase: Silber, gehämmert, getrieben, ziseliert, graviert ... Diadem: Kupfer, versilbert ... Seidengewebe mit Jagdszene: geflügelte Greife gegen Löwen und Raubkatzen ...Halbmondförmige Ohrringe: Gold ... Wasserkrug: Silber, gehämmert, graviert, vergoldet ... Löffel: Silber, gegossen, ziseliert, graviert ... Armreif: Gold, gegossen, geschmiedet, getrieben, graviert, gelötet, mit leuchtend rotem Mastix gefüllt ...

Und als lockende Trophäe: ein Prunksäbel arabischer Ausführung. Zeichen eines Sieges über den Islam ...! Damit von hohem Interesse für einen der christlichen Monarchen der Iberischen Halbinsel ...! Dabei als preissteigernde Begleitstory: Dies ist der Säbel, den Emir Sâlah Ben Sâlah bei der Flucht durch das Hintertor der Stadt zurücklassen musste. Ein besonders wertvolles Werkstück islamischer Waffenschmiede und Juweliere, gezogen, geschmiedet, gegossen, geprägt.

Die Klinge aus Damaszenerstahl, und dies, wie in islamischen

Gebieten fast üblich: geschwungen ... Die Klinge im oberen Drittel mit Goldschmelz auf blauem Grund ... Eingraviert arabische Schriftzeichen mit geheimer Bedeutung ... Die Parierstange vergoldet ... Der Griff aus Elfenbein geschnitzt ... Der krönende Knauf in Gold, mit Edelsteinen, mit Diamanten besetzt ...

Zurara deutet an, dass bei der kollektiven Plünderung viel zerstört wurde: Männer schlichter Herkunft hätten dies zuweilen beklagt, Personen von Rang und Namen hingegen scheine dies eher gleichgültig gewesen zu sein. Jedenfalls: »Man füllte die Galeeren und Segler mit einer Unmenge erbeuteter Schätze.«

Am ersten Sonntag nach Eroberung und Plünderung wurde an die Parole »Kreuzzug« erinnert, wurde die Hauptmoschee in eine Kirche umgewidmet; Aufführung eines Tedeums mit etwa 200 Trompeten und zahlreichen Pauken: »weitschallend der Triumph des Christentums über den Islam«. Befand sich auch Oswald unter den Paukisten, den Fanfarenbläsern?

Nach dem Gottesdienst traten die Infanten in ihren Rüstungen auf, festlicher Zug durch die Stadt, die Königssöhne zufrieden voran, irgendwo hinter ihnen wahrscheinlich auch Oswald von Wolkenstein aus Tirol. An der Kirche angekommen, knieten die Infanten vor dem Vater nieder, zogen die Schwerter, küssten sie, reichten sie ihm, und er schlug sie zu Rittern. Die zu Rittern Geschlagenen schlugen daraufhin andere zu Rittern, das war so üblich. Anschließend wohl ein Festmahl, Festgelage. Dom Henrique hatte sich bei den Kämpfen besonders ausgezeichnet, ihm wurde vom Vater der Oberbefehl übergeben. Ein neuer, selbstverständlich portugiesischer, Gouverneur wurde ernannt.

(Blick in die Zukunft. Es war überraschend leicht, Ceuta zu erobern, doch die Befürchtungen von König Johann sollen sich bewahrheiten: Es wird sich als schwierig erweisen, die Stadt zu halten – der Druck der Mauren verstärkt sich, Ceuta wird belagert. 2700 Mann bleiben in der Garnison stationiert – für damalige Relationen eine enorm große Zahl. Damit: eine hohe fiskalische Belastung für das ohnehin finanzschwache Portugal.

»From Exploration to Exploitation« überschreibt Gallagher ein Kapitel seiner Monographie über *Prince Henry the Navigator*. Doch die Ausbeutung erreicht nicht das erwartete, das erhoffte Ausmaß, maurische Truppen blockieren weithin den Zugang zum reichen Hinterland, der »Schlüssel zu Afrika« bleibt im Schloss stecken.)

Kurz nach den Siegesfeiern, so Zurara, erfolgte der Aufbruch einer »Gesandtschaft, die dem König von Kastilien und Aragón die Siegesbotschaft überbringen sollte«. Der Hofhistoriograph vergaß leider zu erwähnen, dass Oswald von Wolkenstein Mitglied der Delegation war. Und dass Ihr Reiseziel letztlich nur der Königshof von Aragón sein konnte.

Mich an neueren englischen Forschungsergebnissen orientierend, halte ich es für unwahrscheinlich, dass Kastilien und Aragón gleichrangig mit der Siegesbotschaft beehrt werden sollten. Kastilien gegenüber hätte es nur eine Geste des Triumphs sein können, mit einer Beimischung von Häme: Seht her, wir Portugiesen haben es geschafft! Gemeinsame Zukunftsperspektiven konnten sich damals nur zwischen Portugal und Aragón entwickeln, das ebenfalls expandierte, vor allem Richtung Süditalien, Sizilien. Mit einer Allianz, zumindest Interessengemeinschaft von Portugal und Aragón wäre Kastilien gleichsam umklammert worden.

In Aragón sollte nicht nur der Sieg mitgefeiert, es sollte die künftige Strategie im Kampf gegen den Islam erörtert werden – wortführend dabei Herren, die – laut Zurara – »das Königreich Granada bekriegen möchten«.

Sultanat Granada: letzte »Bastion« der Mauren auf der Iberischen Halbinsel. Das Küstenland reichte von Gibraltar bis in die Region von Almería. Es war im Norden abgeschirmt durch die Sierra Nevada, war zusätzlich geschützt durch zahlreiche Burgen – zentral die Alhambra. Granada war mächtiger denn je, dank Yusuf III., der von 1408 bis 1417 regierte, in der Zeitphase also, die für Oswald relevant war. Er konnte sich nicht, wie erhofft, auch noch an einem Feldzug gegen Granada beteiligen.

Planungen für einen Kreuzzug gegen das Sultanat, damit für den Schlussakt der Reconquista, waren zu jener Zeit allerdings eher rhetorisch. Militärische Operationen wurden angedacht und wieder zurückgestellt. Das Sultanat schreckte ab durch ein stehendes Heer – damals eine Seltenheit.

Abgesehen von militärischen Fakten und Faktoren – in den katholischen Königreichen der Halbinsel dachte man weithin pragmatisch: Das Sultanat als bewährte Zwischenstation für den Fernhandel mit Afrika. So wurde Granada verbal attackiert und faktisch akzeptiert, zumindest respektiert. Wenigstens vorläufig.

Gleich noch ein paar Anmerkungen zu den Gebieten, die Oswald, als Mitglied der Delegation, nun wohl durchreiten, zumindest tangieren wird – oder fuhr man, in Küstennähe, auf einem Schiff Richtung Perpignan? Wohl kaum, dazu hätte man nicht dreieinhalb Wochen gebraucht, es sei denn, Flauten hätten sich wiederholt oder Stürme hätten aufgehalten.

Vier nominell christliche Königreiche auf der Iberischen Halbinsel: Portugal; das Doppelreich Kastilien/León; Navarra; Aragón.

Das aragonesische Königreich war erheblich größer als die heutige Provinz gleichen Namens: von Valencia reichte das Territorium bis zu den Pyrenäen und, an der Küste entlang, weiter nordwärts – auch die Grafschaft Montpellier gehörte zur Monarchie. So war Perpignan Hauptstadt von Aragón; erst später wurde es von Frankreich vereinnahmt.

Die Landessprache war, vor allem im Küstenbereich, Altkatalanisch. Die Sprache, in der Martorell, in Valencia geboren, den rund tausend Seiten langen Roman schrieb, der gelegentlich Oswalds Zeit und Welt zusätzliche Präsenz verleiht – zuletzt beim Landemanöver der Armada.

Siebenundzwanzig Tage nach dem Sieg war (auch) Oswald in Perpignan. Dort wurde die Eroberung von Ceuta als Triumph gefeiert.

Hier stellt sich gleich die Frage: Welche Bedeutung konnte die

Erstürmung der nordafrikanischen Stadt für Regierung und Bevölkerung von Aragón haben? Das Reich der Berber war topographisch weit entfernt, blieb als Faktor der Bedrohung jedoch nah. Wahrscheinlich befürchteten auch Aragonesen, das Sultanat Granada könnte, unterstützt von der maurischen Berberei, die Iberische Halbinsel »aufrollen« (was ja schon versucht worden war): Unter dem Zeichen des Halbmonds die Rückeroberung der Gebiete, die man im Verlauf der Reconquista verloren hatte – aber nicht verloren geben wollte. Also Erleichterung in Aragón? Ein drohender Schatten ist (vorerst) gewichen?

Oswald von Wolkenstein, Mitüberbringer der Siegesnachricht, wurde ausgezeichnet durch die junge und schöne Witwe des aragonesischen Königs Martin, durch Margaretha von Prades. In Oswalds Lebenslied wird dieser Episode eine komplette Strophe gewidmet – ein Siebtel des gesamten Textes!

> Die Königin von Aragón war schön und zart;
> ich kniete nieder, bot ergeben meinen Bart,
> mit edlen Händchen flocht sie einen Ring hinein,
> huldvoll, und sprach: »Non mai plus disligaides.«
> Die Ohrläppchen hat sie mir eigenhändig dann
> durchbohrt mit einer kleinen Messingnadel;
> nach Landessitte führte sie zwei Ringe ein.
> Ich trug sie lang; man nennt sie dort »raicades«.
> Ich suchte König Sigmund auf und trat vor ihn,
> er riss den Mund auf, schlug ein Kreuz, als er mich sah,
> und rief mir zu: »Was zeigst du mir denn hier für Tand?!«
> Sodann vertraulich: »Tun die Ringe dir nicht weh?«
> Die Damen, Herren schauten mich da an und lachten –
> allein schon neun im Königsrang, zu jener Zeit
> in Perpignan; ihr Papst von Luna, namens Pedro,
> als zehnter König Sigmund; auch die Frau von Prades.

Oswald präsentiert hier zwei Zitate aus dem Katalanischen. »Non mai plus disligaides«, zu Deutsch: »Binde das nicht mehr los.« Und »raicades« sind Ohrringe, so, wie Oswald das übersetzt.

Ulrich Müller hat für einen Dissertations-Exkurs Informationen zu dieser Episode gesammelt. Demnach gab es zu jener Zeit auf der Iberischen Halbinsel die Sitte, Goldfäden einzuflechten in einen langen Bart – als Schmuck, nicht als Auszeichnung. Dagegen Ringe im Vollbart …? Im deutschsprachigen Bereich war solch eine Auszeichnung unbekannt. Demnach war zu erwarten, dass Oswalds Zuhörer an dieser Stelle des Liedvortrags lachen würden: Ein Mann wie er mit Ringen im Bart, sogar mit Ohrringen! Fing Oswald diese Wirkung ab oder verstärkte er sie, wenn er sang, dass auch an allerhöchster Stelle huldvoll über ihn gelacht wurde?

Wäre es Oswald darum gegangen, ernsthaft bewundert zu werden, er hätte in dieser Strophe von der zweiten, der hochoffiziellen Auszeichnung berichtet: ihm wurde ein respektabler Orden verliehen.

Eigentlich wäre es Aufgabe des Königs gewesen, (auch) den bärtigen Adligen aus Tirol auszuzeichnen, doch Ferdinand I., genannt »el Justo«, war sehr krank; er wird im folgenden Jahr sterben. So war es Eleonore Uracca von Kastilien (drei Jahre älter als Oswald, Mutter von acht Kindern), die ihm den Orden verlieh, den Ferdinand wenige Jahre zuvor gestiftet hatte: die »devisa della stola e jarra« oder »devisa del collar de las jarras y Gryfo«, der Kannen- oder Greifenorden.

Das Abzeichen (»Devise«): eine weiße Stola, über die linke Schulter und diagonal über die Brust gelegt (so, wie Oswald das später auf dem Porträtbild malen lässt); eine goldene Kette aus Henkelkrügen (jarras) mit jeweils drei Lilien; an dieser Kette ein Greif, in seinen Klauen ein Band mit dem Wahlspruch »por su amor« – ihr zuliebe; gemeint war Nuestra Señora. In einem Aufsatz von Anna Coreth lese ich, die Verehrung der Muttergottes, die Erhöhung des Festes Mariä Himmelfahrt sei Motiv der Stiftung dieses Ordens gewesen. Und, hier wichtig: Die Ehrung zugleich als Verpflichtung zur Verteidigung der katholischen Religion gegen den Islam, zum Kampf gegen die Mauren.

Ein Orden war damals zugleich Zeichen der Zugehörigkeit zu einer Ordensgesellschaft. So gab es eine Ordenstracht: Männer mussten sonntags ganz in Weiß gekleidet sein oder zumindest die weiße Stola tragen. Die Ordensmitglieder feierten das Stiftungsfest mit einem Gottesdienst zu Mariä Himmelfahrt; wer nicht teilnehmen konnte, musste zehn Ave-Maria, zehn Paternoster beten. Außerdem sollte jedes Mitglied am Ordensfest fünf Armen ein Mahl bereiten.

König Sigmund und sein Sonderbeauftragter Wolkenstein waren ungefähr zur gleichen Zeit, im September, in Perpignan eingetroffen: Sigmund mit Gefolge, geschützt von einer Söldnertruppe.

Ihm wurde ein pompöser Empfang bereitet, bei dem auch Oswald eine Rolle spielte, auf seine Weise.

Wer von beiden zuerst in Perpignan eintraf, das ist unter diesem Aspekt gleichgültig: Wahrscheinlich fand der feierliche Empfang nicht simultan mit der Ankunft des Königs statt, man warf sich erst mal in Schale, das Gefolge musste herausgeputzt werden. Sigmund könnte also bei der Gestaltung des Empfangs ein Wörtchen mitgeredet haben, speziell mit Blick auf die Rolle, die Sonderberater von Wolkenstein dabei spielen sollte – oder wollte.

Ich nehme eine kurze Strophe vorweg aus einem langen Lied (das folgen wird).

> Ein hoher Rang ward mir verliehn:
> »Vicomte von der Türkei«.
> So mancher glaubte in der Tat,
> ich sei ein nobler Herr der Heiden.
> Die Robe, maurisch, rot von Gold,
> gewährte König Sigmund mir;
> damit bin ich herumscharwenzelt,
> sang heidnisch, hab dabei getänzelt.

Was war da los? Sieglinde Hartmann hat eine Chronik aufgespürt, die ein Zeitgenosse (drei Jahre jünger als Oswald) verfasst hatte: Alvar García de Santa Maria. Hier zeigt sich mehr als nur Kontext!

Vorweg drei Anmerkungen. Erstens: König Sigmund war noch nicht Kaiser, die Krönung zu Rom stand weiterhin aus.

Zweitens: der aragonesische König war, wie erwähnt, todkrank, ließ sich vertreten durch Sohn Alfons, den Kronprinzen.

Drittens: anwesend bei den Festlichkeiten war der Letzte der drei konkurrierenden Päpste, Petrus de Luna (»Papa Luna«), nominell Benedikt XIII., der halsstarrige Greis – Sigmund war angereist, um ihn abzusetzen.

Nun der Chronist: »Kronprinz Alfons hatte Befehle, auf dem Feld viele und sehr prächtige Zelte aufzubauen, wo der Kaiser speisen und schlafen würde; der Kronprinz traf dort am Dienstag, dem 17. September, ein, und mit ihm kamen einige Prälaten, Edelleute und Ritter aus dem Gefolge des Königs; des Weiteren schickte der Heilige Vater dem Kaiser seinen Kardinalkämmerling mit vielen Bischöfen, hohen Geistlichen, Doktoren und Äbten; so kam der Kaiser in Canet an, begleitet von vielen hohen Herren; und dort veranstaltete der Kronprinz ein sehr großes Fest für ihn, und mit ihm speisten der Kaiser und alle die hohen Herren, die mit ihm gekommen waren.

Am nächsten Tag brach der Kaiser von Canet nach Perpignan auf; zu seiner Begrüßung zogen ihm von dort entgegen: die Gesandten, die vom König von Kastilien dorthin gekommen waren, sowie der Großmeister von Montesa mit seinen Rittern vom Johanniterorden; sodann folgte der Erstgeborene von Aragón [Alfons] mit allen hohen Herren, Prälaten und Rittern, sowohl Kastilier als auch Aragonesen, die in Perpignan weilten; und so zog der Kaiser in Perpignan ein, wo alle Straßen mit ganzen Tuchbahnen überdacht waren; dazu hingen vor den Türen viele französische Tücher und sehr prächtige Paramente; des Weiteren war im Innern des Stadttores ein Schaugerüst mit einem mit Brokat gedeckten Thronsessel sehr reich hergerichtet, den man nach aragonesischer Sitte den Königen aufstellt, wenn sie erstmals in die Städte einziehen, wo sie so lange Platz nehmen, bis sie geschworen haben, ihre guten Gewohnheiten, Gebräuche und Gesetze zu bewahren.

Der Kaiser hatte außer Mitgliedern seiner Kanzlei und seines Rates dreihundert Ritter mitgebracht, die alle bewaffnet mit ihm in

Perpignan einzogen. Dazu führte der Kaiser sechs sehr gut gekleidete Pagen auf sechs sehr großen und sehr schönen Pferden; auf diese folgten vierzig recht gut gekleidete Pagen der Ritter, die mit ihm gekommen waren, plus sechs Trompeter mit Standarten, auf denen das Reichswappen war; so gelangte der Kaiser zum Kloster des Hl. Franziskus, wo er anhalten musste, wo ein Ritter vor ihm das Schwert mit der Spitze nach oben erhob, und zwar, weil er ein Land betrat, das ihm nicht untertan war, und man sagte, dass derjenige, der das Schwert getragen hatte, König der Türkei gewesen sei.«

Hier stellt Hartmann mit Recht die Frage, »ob es sich bei diesem Türken wirklich um einen ehemaligen König der Türkei gehandelt« oder ob Oswald hier eine Rolle übernommen hat.

Es wäre dies ein Akt protokollgerechter Begrüßung eines Herrschers durch einen Fürsten gewesen, der das Schwert präsentiert, Spitze nach oben: Oswald in der Rolle »des salutierenden Türkenkönigs«. Es könnte ein Vorschlag des aragonesischen Herrscherhauses, aber auch des königlichen Gastes gewesen sein, mit solch einer Geste der Unterwerfung begrüßt zu werden. Selbstverständlich der Unterwerfung eines maurischen oder türkischen, eines jedenfalls heidnischen Herrschers. Und da waren einem die Türken doch näher als die Mauren. Sigmund wird noch nicht vergessen haben, was er 1396 vor Nikopolis hatte erleben müssen.

Rückblende: Vergangenes mit Nachwirkungen. Klaus Schulz fasst knapp zusammen: »Im Jahre 1396 konnte der junge König [Sigmund] schließlich seinen mit Ausdauer verfolgten Plan eines Kreuzzuges verwirklichen. Ein großes Heer von Rittern, vor allem aus Frankreich, Deutschland und Polen, sammelte sich in der Ebene von Buda/Ofen. Unter dem Oberbefehl von Sigismund zog das Kreuzfahrerheer nach Bulgarien, wo es die an der Donau gelegene türkische Festung Nigbolu/Nikopolis (heute Nikopol, Bulgarien) belagerte. Sultan Bayezid I., Yildirim (der Blitz), der gerade Konstantinopel belagerte, rückte in Eilmärschen heran und traf am 25. September 1396 auf die Kreuzfahrer.«

Von hier an soll Hans Schiltberger berichten, der bereits mit seiner pseudo-authentischen Story vom Riesenritter zu Wort gekommen war, hier aber einigermaßen zuverlässig berichtet; auf seine Zahlenangaben ist allerdings auch diesmal kein Verlass, in dieser Hinsicht war man zu jener Zeit äußerst großzügig.

Sigmund belagerte die Stadtfestung »von der Wasser- und der Landseite her 16 Tage lang. Während er vor Nikopolis lag, kam der türkische König, Bayazid genannt, der Stadt mit zweihunderttausend Mann zu Hilfe. (…) Als der König hörte, dass der Herzog von Burgund den Feind schon angegriffen hatte, da nahm er das übrige Heer und ritt gegen zwölftausend Fußsoldaten an, die die Türken vorgeschickt hatten. Die wurden dabei alle erschlagen oder niedergetrampelt.

In diesem Kampf wurde mein Herr, Leinhart Richartinger, vom Pferd geschossen. Als ich, Hans Schiltberger, sein Knappe, das sah, ritt ich in das Heer und half ihm auf mein Pferd. Ich selbst nahm das Pferd eines Türken und kehrte zu den anderen Knappen zurück.

Wie die Fußtruppen alle vernichtet waren, zog der König gegen einen anderen – berittenen – Heerhaufen. Als der Türkenkönig sah, dass König Sigismund gegen ihn zog, wollte er sich zur Flucht wenden. Der Herzog von Serbien, genannt Despot, erkannte dies und kam dem türkischen König und den anderen Bannerherren mit fünfzehntausend guten Soldaten zu Hilfe.

Der Despot ritt mit seiner Streitmacht gegen das königliche Banner und eroberte es. Als König Sigismund sah, dass sein Banner untergegangen und die Stellung nicht mehr zu halten war, da wandte er sich zur Flucht. Der von Cily und Hans, Burggraf zu Nürnberg, nahmen den König in ihre Mitte, führten ihn aus dem Heer und brachten ihn auf ein Schiff.

Wie aber die Ritter und Soldaten sahen, dass der König geflohen war, da flohen auch sie. Viele von ihnen flüchteten zur Donau, und etliche unter ihnen erreichten die Schiffe. Sehr viele wollten auf die Schiffe, doch waren diese bald so voll, dass kein Platz mehr war. Versuchten doch noch welche, auf ein Schiff zu gelangen, so schlugen ihnen die, die schon darin saßen, die Hände ab, so dass sie ertranken. Bei der Flucht an die Donau waren an den Abhängen auch sehr viele zu Tode gestürzt.

Ein Teil des Heeres war also gefallen; mächtige Herren, Ritter und Knechte, darunter ich, gerieten in Gefangenschaft.«

Diese Gefangenschaft dauerte an. Türkische Offensiven, Invasionen wiederholten sich. Es wuchs die Angst vor der Kavallerie und Artillerie der Osmanen.

Und in dieser Konstellation salutiert eine renommierte Person in der Rolle eines türkischen Machthabers vor König Sigmund? Diese Aufgabe übernommen von einem Gefolgsmann, der soeben von einem »Kreuzzug« zurückgekehrt war? Das setzte die Fiktion voraus: Der türkische König, der Sultan ist Kriegsgefangener. Somit: der protokollgerechte Salut als Geste der Unterwerfung eines Heiden vor einem dezidiert christlichen Herrscher. Dieses Wunschbild präsentiert in angemessen prunkvoller Kostümierung.

Und die komische Nummer danach? Oswald, noch im kostbaren Brokatgewand, beginnt vor der Entourage mit dem »swanzen und haidnisch singen tanzen«? Imitiert demnach türkisch halbtöniges Singen, führt ein Tänzchen vor, das womöglich Moriskentänze imitiert?

Oswald alla turca: Hat er bewusst veralbert? Ein unterhaltsames Kapitelchen vorweggenommener psychologischer Kriegsführung? Oder eine Zwischenphase der Befreiung von Druck und Belastung, der inneren Distanzierung, der Entspannung, des befreienden Gelächters?

Wie auch immer: Zu Auftritten vor standesgemäßem Publikum hatte (auch) Oswald in Perpignan reichlich Zeit und Gelegenheit. Der Chronist: »Nach diesem Fest [der Begrüßung] blieb der Kaiser fünfzig Tage in Perpignan, an denen der König von Aragón die Kosten für den Kaiser und sein gesamtes Gefolge in sehr großzügiger Weise übernahm, wobei er alle mit abwechslungsreich zubereitetem Geflügel und Fisch sowie mit kastilischen, griechischen und Malvasierweinen in solcher Weise bewirten ließ, dass sich die Deutschen und alle anderen Fremden über die übermäßigen Ausgaben wunderten, die der König machte.«

Oswald hat seine Erlebnisse zwischen Ceuta, Perpignan und Paris in einem Lied von sage und schreibe achtundzwanzig Strophen dargestellt: Kl 19. Vieles klingt hier wie in einem Gassenhauer, speziell am Schluss jeder Strophe. Also habe ich in der Übertragung die Schlusszeilen gereimt. Diese Reime sind zum Teil recht kalauerhaft – ich wollte Oswald hier weder nachstehn noch ihn karikieren.

Die Lehre, die ist altbekannt,
seit mehr als hundert Jahren:
Wer niemals Leid erfahren hat,
wie kann der Lust empfinden?
Ich hab den vollen Preis gezahlt
dafür, dass es mir gut erging
in Katalonien, Spanien –
dort isst man gern Kastanien.

Doch was von ›zarter Damenhand‹
mein Bart in Konstanz leiden musste,
und wie man mir den Siegelring
aus meinem Beutel rausgeluchst,
das steht auf einem andren Blatt,
das passt sehr wenig nur zu dem,
was ich erlebt in Aragón,
in einer Stadt wie Perpignan.

Wer einen Vogel fangen will,
der ihm nicht mehr entfliegt,
der muss ihm eine Falle stellen,
ihn locken und dann überlisten.
Mit Netzen, mit dem Fangholz
wird mancher Vogel ausgetrickst;
dem Täuscher fällt er in die Hände –
und das ist schon sein Ende!

Trompeten, Flöten, Saitenspiel,
die Mohren schlugen Trommeln.
Dazu viel Volk, hübsch aufgereiht;
im Festzug ›Burgen‹, dazu ›Türme‹,
auch ›Engel‹ – himmlisch kostümiert!
Die ließen manches Lied erklingen:
ein jeder sang für sich allein,
doch stimmte all dies überein.

Entgegen kam uns arm und reich;
vor Staub ward ich ganz heiser!
Sehr ehrenvoll war der Empfang
für Sigmund, recht bald Kaiser,
zu Perpignan, der ganzen Stadt.
Zum Bad hat man ihm eingeheizt –
hätte man ihm Dampf gemacht,
das hätt uns Ärger eingebracht!

Von Königen Begrüßungsküsse,
auch von den beiden Königinnen –
nur nach der jungen, wie ich sah,
hat er sich nicht den Mund gewischt!
Ein Schisma zwischen diesen Damen –
viel leichter hätten wirs beendet
als das mit Peter Schräufel
und seinem Knecht, dem Teufel.

So lange Schwänze sah ich nie
an Löwen und an Pfauen,
wie sie in diesem Land die Frauen
an ihren Röcken hinten tragen.
Und Ohrenringe, Nagelrot!
Auch reichten sie nicht gern die Hand,
sie gaben lieber einen Kuss
und das recht spürbar mit Genuss.

Der König Sigmund hatte Mühe
(dies täglich, achtzehn Wochen lang)
mit Papst und Bischof, Kardinal.
Wenn man die erstochen hätte,
die mit ihm falsches Spiel getrieben
und die das Schisma unterstützten –
ich würde sie ›beklagen‹
mit Flötenspiel auf einem Wagen.

So manchen faulen Trick gabs dort,
wobei man sich devot verhielt.
Drum habe ich gar manche Nacht
auf einer Pritsche wachen müssen –
auf der Bespannung lag ich schlecht.
Die war von einer alten Kuh:
die hörte auf den Namen »Mumme«,
verriet im Vorjahr eine Stumme.

Und der von Ötting hat den Tag
an meinem Schädel eingeläutet,
grad so, als ob ein Rabe
den toten Stier am Schädel hackt.
Dafür hab ich ihm was verpasst:
nahm einen gar nicht weichen Schuh,
den ich an seine Pelle schmiss –
man sah an ihr den Riss!

Der Herr von Brieg, der war nicht dumm,
der lag und dachte nach –
ich streckte mich denn hinten hoch,
entbot ein »Guten Morgen!«
Viele harte Schuhe flogen
auf mich zu, mit wilden Flüchen!
So ergriff ich schnell die Flucht,
hab unterm Deckbett Schutz gesucht!

Ja, solche Schwänke reihten sich –
hätt ich sie alle nur behalten!
Der Baumgartner gab dem Herrn Fritz
›geweihtes Wasser‹ eines Morgens
aus einem Kübel voll Gestank:
Gesicht und Joppe, auch das Laken,
war alles gelb bespritzt –
da putzte denn Herr Fritz!

Wenn ich die große Glocke dort
zum Sturm hab läuten hören,
so ging mir nichts mehr schnell genug
und mir verging das Singen.
Ich dachte: Du verdammtes Glöckchen,
wär ich jetzt bloß auf Wolkenstein
mit Herren, Kameraden,
du könntest mir nicht schaden.

Das Sturmgeläute dieser Glocke,
es hatte mich so aufgeschreckt,
dass ich die Treppe runterfiel
mit herrlichstem Gepolter.
Dort unten stand mein Herr,
im Harnisch wie ein wahrer Mann,
mit einem Schwert am Gürtel –
der Kampf ging los im Viertel!

Mein edler Stoff gefällt mir sehr,
von Gulden war sein Name,
seit in Narbonne die Christenheit
erneut gerettet wurde.
Herzog von Brieg, Bischof von Riga,
Herr Großgraf: König Sigmunds Sieg,
der war auch eure Freundesgabe –
der Lohn, er folge euch im Trabe!

Und allen, die da Harnisch, Ross
verpfänden mussten in der Stadt,
(auch wenn von denen keiner
den Straßenkot durchwaten musste),
für alle zahlt es sich da aus,
wenn sie den Weg zum Bittgang machen.
Von meinen Rössern, schön und falb,
behielt ich da noch zweieinhalb.

Ja, Peterle, du böse Katz,
lunatisch, kindisch, tückisch,
dein alter Kahlkopf ward nicht klug.
In Avignon, dort hörte ich
von dem Vertrag der Könige –
die früher an dich glaubten,
sie lassen dich als Schranzen
nach ihrer Pfeife tanzen!

Wir traten an zur Prozession
zuhauf und mit Gedränge,
mit Glockenklang, Trompeten, Flöten
und feierlichem Dankgesang.
Zur Nacht begann der Tanz, und seht:
Pedros Kahlheit war vergessen
bei vielen Frauen, schön und jung,
bei Honneurs, bei Tanz mit Sprung.

Ja, alles ändert sich wie toll!
Der Stoff liegt mir am Herzen:
Jemand nahm mir zweifach ab,
doch jenes ließ ich drunter,
das trug ich rund um meinen Leib.
Gar mancher, der sich fein liiert,
der wäre glücklich, jede Wette,
wenn er so große Mitgift hätte.

Doch zählt das alles für mich kaum,
seit mir die schöne Margarethe
die Ohrläppchen durchstochen hat
mit einer Nadel, wie's der Brauch,
und diese edle Königin
zwei goldne Ringe an sie hing
und einen auch noch in den Bart:
»Nun zeig dich so, auf deine Art!«

Ein hoher Rang ward mir verliehn:
»Vicomte von der Türkei«.
So mancher glaubte in der Tat,
ich sei ein nobler Herr der Heiden.
Dic Robc, maurisch, rot von Gold,
gewährte König Sigmund mir;
damit bin ich herumscharwenzelt,
sang heidnisch, hab dabei getänzelt.

Viel tausend Leute in Paris,
in Häusern, Gassen, Straßen –
Mann, Frau und Kind, sie drängten sich
auf einer Strecke von zwei Meilen.
Und alle starrten sie auf ihn,
den König Sigmund aus dem Reich.
Mich aber hat man ausgelacht
in meiner ganzen Narrenpracht.

Vertreter aller Fakultäten,
die ihre goldnen Stäbe trugen,
die ehrten ihn, auf seinem Thron,
weit mehr als einen Engel.
Und jede Fakultät für sich
sang dort auf ihn ihr Loblied ab.
Das war in einem weiten Saal;
Studenten, Lehrer – Riesenzahl!

Ich lernte auf den Knien gehn
in meinen alten Tagen,
denn aufrecht durfte ich nicht stehn,
wenn ich ihr Reverenz erwies:
Frau Els von Frankreich meine ich,
die Königin, so hoch verehrt;
sie hängte mir mit eigner Hand
in meinen Bart den Diamant.

In großen Wassern fischt sichs gut,
legt man die Netze richtig aus.
Man tischte mir an Geldern auf:
vier große Säcke und nen halben!
König Sigmund reicherte
den Stoff mit barer Münze an –
das kriegt' ich nur mit aller Kraft
sowie zwei andren fortgeschafft!

Ein Rechtsfall, äußerst relevant,
zwang mich, dort wegzureiten.
König Sigmund, hochgeboren,
wollte keinen Aufschub dulden.
Er gab die Hand mir, in Paris,
und segelte nach England rüber:
Vermittlung zwischen Königen –
ich will da nichts beschönigen.

Weit mehr als andere Franzosen
da preis ich, par ma foi,
den noblen, den loyalen Mann:
es ist der Edle von Savoyen.
Der Kaiser hat in Seiner Gnade
die Herzogswürde ihm verliehn.
So manchem ward das Kreuz gewürzt,
als die Tribüne eingestürzt!

Was ich auch höre, singe, sage,
den Lauf der Welt bedenkend:
Es bleibt am Jüngsten Tage
vom Reisesack bloß noch ein Riemen,
vom Weinhaus nur ein Essigkrug.
Doch unser Seelenheil bewahren –
ach, wär uns dies gelungen,
ich hätte gut gesungen!

Dieser Liedtext ist in seiner lockeren, fast beliebigen Reihung nicht nur charakteristisch für den Dichter Oswald von Wolkenstein, hier zeigt sich auch Zeittypisches. So waren zu jener Zeit Abenteuergeschichten sehr beliebt, vielfach als Prosa-Auflösungen alter Heldensagen. Dort hatten »aventiuren« vielfach noch ihren Stellenwert im Entwicklungsschema des Helden; solche Motivationen aber lösten sich auf in Prosafassungen des späten Mittelalters – nun reihte sich Abenteuer an Abenteuer. Dies wird Vorstellungen über abenteuerliche Lebensläufe beeinflusst, wird sich bei Oswald auf die Selbstdarstellung in Lebensliedern ausgewirkt haben.

Auch in anderer Hinsicht ist der Text symptomatisch: Die zahlreichen Andeutungen, Wortspiele, Verschlüsselungen stellen uns erneut vor die Frage, für welche »Zielgruppe« Oswald Lieder geschrieben, vertont und gesungen hat.

Ulrich Müller zeigt auf, wie viele Informationen Oswald bei seinen Zuhörern bezeichnenderweise voraussetzte – ich hebe einige Punkte hervor.

Wenn das Publikum von Peter Schräufel hörte und seinem Knecht, dem Teufel, so musste es sofort schalten: Damit ist Pedro de Luna gemeint, also Papst Benedikt – »lun« als kleine Schraube: ›Schräubchen-Peter‹. In dieser kabarettistischen Anspielung schwingt auch mit: luna, der Mond, und so habe ich das Adjektiv »lunatisch« benutzt: eine Schraube locker … Oswald setzte voraus, dass sein Publikum Wortspiele dieser Art verstand.

Dieses Publikum musste auch wissen, wer »der von Ötting« war: Graf Ludwig XII. von Öttingen, der Hofmeister Sigmunds. Und »der von Brieg« war Herzog Ludwig II. von Brieg, ein hoher

Diplomat. Das Jugendherbergs-Treiben fand also unter Herren des königlichen Gefolges statt!

Oswald macht dabei offenbar den Hauptmacker: Kniet sich hin auf dem Bett oder der Liege, reckt den Hintern hoch, lässt einen fahren, und das mit einem Geräuschvolumen, das die Mannschaft empört, scheinbar empört, man bewirft ihn mit Schuhen, sicherlich unter Gejohle.

Und die Sturmglocke in der dreizehnten und vierzehnten Strophe? Dazu Eberhard Windecke, Zeitgenosse, Mitarbeiter und Biograph des Königs: »Zur gleichen Zeit fing es in Perpignan an zu brennen, und der Römische König und alle seine Leute dachten nicht anders, als dass sie erschlagen werden sollten, und legten sich die Harnische an, denn die Spanier und Katalanen kämpften hart miteinander in der Stadt.«

Oswald besingt in diesem Riesenlied nicht nur Verwunderliches, es wird auch, nach seiner Heimkehr, höchst Erstaunliches dokumentiert zum Stichwort Geld. Die fünfundzwanzigste Strophe:

In großen Wassern fischt sichs gut,
legt man die Netze richtig aus.
Man tischte mir an Geldern auf:
vier große Säcke und nen halben!
König Sigmund reicherte
den Stoff mit barer Münze an –
das kriegt' ich nur mit aller Kraft
sowie zwei andren fortgeschafft!

Ich habe das – fast bis zum Imprimatur dieser Neufassung – für einen der Scherze gehalten, wie sie für den Dichter Oswald bezeichnend sind: Ausgerechnet *er*, der sich ständig abplagte, um seine Lebenskosten abzudecken, *er* will plötzlich säckeweise über Geld verfügen …?! Was tischt er uns hier auf?, fragte ich mich und mir schien die Antwort klar: Wenn er uns weismachen will, man hätte zu drei Mann hoch das Geld kaum wegschleppen können, so ist das blanker Hohn.

Eine Biographie schreiben, heißt auch: vernetzen ... Hinweisen nachgehen ... Angaben und Fakten kombinieren ... Sind die Säcke voller Zahlungsmittel womöglich doch keine Fiktion? »Mein Sack ist voll, lässt mir nun Ruh, / *von Gulden* ist sein Name.«

Ich nehme andeutend vorweg, was ich, der Chronologie folgend, noch ausführen werde: Oswald wird im Sommer 1418 auf Burg Hauenstein ein Rechnungsbuch anlegen, gemeinsam mit einem schreibkundigen Diener. Hier wird eine frappierend umfangreiche Liste von Schuldnern aufgestellt, denen der Burgherr in äußerst großzügiger Weise Geld geliehen hat.

Im Nürnberger Wolkenstein-Archiv hatte ich das Doppelheftchen vor mir auf der Tischfläche, hatte die schmalen, hochformatigen Blätter fotokopieren lassen, hatte später transkribiert. Verwunderung, das ja, aber keine Schlussfolgerungen. Denn mir schien festgeschrieben: Oswald befand sich ständig in Geldnöten. Das sah ich in der Oswald-Exegese oft betont, das bestimmte meine Optik. Sehr spät erst fallen mir die sprichwörtlichen Schuppen von den Augen.

Was sie löste: meine Versuche, damalige Geldbeträge in heutige Kaufkraft umzurechnen. Ich fragte mich: Was sagt uns etwa der Vermerk, Oswald hätte dem König tausend Gulden geliehen? Ja insgesamt dreitausend Gulden?! Ich werde das detailliert ausführen, zu passendem Zeitpunkt, muss hier aber vorwegnehmen: Sämtliche von Oswald vergebenen Kredite summieren sich, grob addiert, auf beinah 7000 Gulden. Wie viel Geld wäre das heute? Je nach Umrechnungsmodus: zwischen 350 000 und 550 000 Euro. Damit hat er noch längst nicht das Limit erreicht, wie sich im weiteren Verlauf des Lebens-Krimis erweisen wird.

Hier stellt sich gleich die Frage: Wie könnte Oswald an die immensen Geldmittel gekommen sein? Heute würde man sagen: Er hat den Jackpot geknackt. Lotteriespiele aber gab es damals noch nicht. Jedoch –

Erstes Erklärungsmodell: Oswald hat (auch) in Perpignan erfolgreich gezockt – eine Glückssträhne bei Karten- oder Würfelspielen mit hohen und höchsten Herrschaften. Aber selbst bei einer magischen Glückssträhne oder bei trickreichster Manipulation hätte sich Oswald kaum in die Zahlenregion der heute sechsstelligen Beträge hinaufwürfeln können. Der höchste Spielgewinn, von dem ich im Kontext seiner Zeit gelesen habe, es waren, bei jenem Spiel in Königsberg, 600 Gulden.

Noch höhere Spielgewinne wären am ehesten mit manipulierten Würfeln möglich gewesen: ein winziges Metallgewicht im Knochenwürfel implantiert auf der Seite mit der »Six«. Was allerdings voraussetzte – und das schien damals üblich gewesen zu sein –, dass jeder Spieler eigene Würfel warf. Also konnte man davon ausgehen, dass auch Mitspieler manipulierte Würfel in den Lederbechern schüttelten, auf die Spielfläche kippten. Also der permanente Verdacht, man würde vom anderen betrogen – Würfelwürfe begleitet von Wutschreien.

Betrug im Spiel forderte als Konsequenz die Bereitschaft zu fluchtartigem Ortswechsel. Beim langen Aufenthalt in Perpignan hingegen hätte man sich fortgesetzten Betrug kaum leisten können, da hätte König Sigmund seinem Sonderberater eventuell auf die Finger geklopft: Nicht hier, Oswald!

Drittes Erklärungsmodell: Im Verlauf der allgemeinen Plünderung von Ceuta hat sich Oswald in den Besitz von Pretiosen gebracht, die leicht (und sicher!) zu transportieren waren und die er am aragonesischen Königshof gewinnbringend verkaufen konnte.

Ein Seitenblick: König Sigmund wird aus London Kleinodien mitbringen, vom englischen König als Staatspräsent überreicht; kaum auf dem Festland, beauftragt Sigmund seinen Kanzler Schlick, die Pretiosen zu verkaufen; immerhin bringt das 18 000 Gulden ein – Kleinodien waren hoch im Kurs!

Abgesehen vom Materialwert – eine Trophäe des Sieges über die Heiden, die Mauren hätte im christlichen Aragón besonders hoch dotiert werden können. Vor allem, da man sich hier im Schatten des benachbarten Königreiches Kastilien sah, das seinen *Cid* als großen Helden feierte. Also einen aragonesischen Gegenakzent setzen mit einem Objekt von repräsentativer Bedeutung in reicher Ausführung? Fachsprachlich: einem »mobilen Repräsentationsmittel«?

Wie wäre es da etwa mit einem Schmuckgehänge in feinster Ausführung, mit edelsten Materialien? Gold, Filigran, gezogener Draht, Bergkristall, Amethyst, Perlen …? Gold, mehrere Kettenstränge, kleines Mittelmedaillon, drei Palmettenanhänger mit Vogelköpfen …?

Die Vermittlung solch eines Prunkstücks könnte die Gunstbezeugungen der königlichen Damen erklären, jedoch: Hier fehlt das passende Stichwort.

Während ich diese Textsequenz wieder einmal kritisch gegenlese, frage ich mich, ob ich mit der Einführung eines kostbaren islamischen Beutestücks nicht zu weit gehe. Ob mir nicht allzu leicht, allzu rasch der Vorwurf gemacht werden könnte, das wäre romanhaft, Ausrufezeichen. Schließlich wird mit solch einer Rekonstruktion des Geschehens Abschied genommen vom Bild, das wir uns vom ›armen‹ Wolkensteiner gemacht und an das wir uns gewöhnt haben. Man muss aber Risiken eingehen, wenn man einem Oswald näherkommen will, der keine Risiken gescheut hat. Und so sage ich mir und schreibe es nieder: Letztlich gibt es keine andere plausible Erklärung für Oswalds plötzlichen Reichtum als der Verkauf eines kostbaren Objekts.

Und das muss *besonders kostbar* gewesen sein. Zu den etwa 7000 Gulden, die Oswald verleihen wird, kommen im Verlauf späterer Jahre drei weitere Geldtransfers in jeweils vierstelliger Höhe.

Nun ist offenbar (auch) Oswald zwischen Granada und Perpignan von Straßenräubern überfallen und beraubt worden.

Selbst König Sigmund wird später, obwohl von seiner Schutztruppe begleitet, in Oberitalien von einer Bande bewaffneter Straßenräuber angefallen. Da wird im europäischen Ambiente des totalen Verlustes von öffentlicher Sicherheit auch eine Delegation auf dem langen Weg von Granada nach Aragón nicht sicher gewesen sein. So wurde offenbar auch Oswald beraubt. Folgende Zeilen könnten darauf hinweisen: »Jemand nahm mir zweifach ab,/doch jenes ließ ich drunter,/das trug ich rund um meinen Leib.«

Das dürfte so verstanden werden: Zwei Objekte wurden Oswald von einem der Straßenräuber abgenommen. (In alternativer Übersetzung: »Einer von den beiden zog zwei hervor.«) Ein drittes Objekt, »drunter« gelassen (also wohl unter der Reisekleidung): um den Körper geschlungen. So wurde es im Getümmel des Überfalls nicht bemerkt.

Was könnte dieses gut versteckte Beutegut gewesen sein? Doch wohl kaum ein sperriger Prunksäbel ... Und so lang war keine Goldkette, dass man sie um den Leib schlingen konnte ... (Womöglich wurde solch ein Schmuckstück denn auch »hervorgezogen« – eins der beiden Objekte der Begierde.)

Also Fortsetzung des Versuchs der Annäherung an das Objekt, das Oswalds Leben, das zumindest seine Finanzlage entschieden verändern wird, mit Auswirkungen, Nachwirkungen bis in die letzten Lebensjahre.

Ein Zufall hilft weiter! Ich blättre in einem Londoner Ausstellungskatalog des Jahres 1976, *The Arts of Islam*: bietet sich ein alternatives Objekt an?

Ja, tatsächlich! Katalogsparte Textilien, Abbildung 32 ... Ein Kaftan, ottomanisch, 18. Jahrhundert ... Ich lese im Begleittext, dieses Respräsentationsgewand sei getragen worden von einem Mitglied des Gefolges von Friedrich dem Großen bei einer Audienz für den ottomanischen Sultan.

Unabhängig davon, wie es damals ablief – hier ist ein Erklärungsmodell: *So ähnlich muss es gewesen sein!* Wie bei einer Kristallbildung in gesättigter Lösung schießt assoziativ zusammen, was bisher kryptisch isoliert schien in Liedtexten Oswalds.

Zitate, nun zu einem Sinnmuster gruppiert! Da ist die erst einmal rätselhafte Erwähnung der »liberei« in der Eröffnungsstrophe von Kl 26. Liberei (heutige Sprachform: livrée) hatte noch nicht die Bedeutung: Dienstkleidung von Personal. Gemeint war vielmehr: ein Habit oder Ornat, eine Robe, eine Zeremonialkleidung.

> (…) Übers Meer sodann
> nach Portugal auf großen Segelschiffen …
> Ich sehnte mich nach einem Schätzchen:
> Die Robe wollte ich erobern
> bei einer edlen Königin
> und fest im Griff behalten …

So wird auf neue Weise relevant, was Zurara berichtet: Sâlah Ben Sâlah ritt niedergeschlagen, ja schluchzend aus der Stadt – Flucht, auf die niemand vorbereitet war, der Gouverneur konnte offenbar nur Pferd und Leben retten. Und viele folgten ihm überstürzt.

Nun die spannende Frage: Wie kam Oswald an das spektakuläre und kostbare Beutestück? Im Alleingang, sicherlich, aber dies mit erheblicher Konkurrenz: Jeder der drei Infanten wäre zuhöchst daran interessiert gewesen, ein materiell hochwertiges und symbolisch hochrangiges Beutestück zu ergattern. Wie konnte ihnen Oswald zuvorkommen?

Zurara führt mich einer Antwort näher. Die Paläste der Ceuta-Prominenz lagen außerhalb der engen Stadtfestung. Es waren Paläste mit Wehrmauern und Türmen, also Burgen. Zwischen den Burgen und der Stadt eine Zwischenzone von Gartenland. Die portugiesische Truppe, die in die Stadt eingedrungen war, wurde sicherlich angeführt von den Infanten, sie wollten den Hauptfeind besiegen, den Gouverneur.

Und nun dürfte sich alles Weitere konsequent entwickelt haben: Während in der Stadt gekämpft wurde, zog Oswald draußen zur Palastburg des Sâlah Ben Sâlah, dies mit sicherem Gespür oder gut informiert, und er überraschte, überrumpelte die zurückgelassene Gemahlin des Regionalherrn, die »künigin«, stellte mit raschem und sicherem Zugriff eine überaus kostbare Robe (»liberei«) sicher – wahrscheinlich war dabei Gewalt notwendig. Er muss dann, um nicht aufzufallen und Begehrlichkeiten zu wecken, an Ort und Stelle den Oberkörper entblößt, das »rotgoldene maurische Gewand« um sich geschlungen und sogleich die Reisekleidung drübergestreift haben. Bei seiner eher bauchigen Konstitution dürfte das im späteren Verlauf nicht weiter aufgefallen sein. Sonst hätte man ihn sicherlich gezwungen, die Brokatrobe gefälligst denen zu überlassen, die sie allein schon von ihrem Rang her verdient hätte. Die beiden zusätzlichen Beutestücke hätte man ihm vielleicht überlassen, schließlich war das Plündern lizenziert als indirekte Form der Soldzahlung.

(Das riecht nach Roman, ich gebe das zu, *es kann aber nicht anders gewesen sein*. Der plötzliche Reichtum des Wolkensteiners ist dokumentiert und für das Beutestück hat er mehrere Stichworte eingeschmuggelt in Liedtexte für einen Insiderkreis.)

Nun setzt sich alles folgerichtig fort: Auch bei der Reise nach Aragón wird Oswald die Textiltrophäe rund um den Leib getragen haben, unter der Reisekleidung, konnte so das »plümlin«, das »Schätzchen« vor dem Zugriff der Straßenräuber retten, denen er allerdings zwei weitere Beutestücke überlassen musste – die wurden »hervorgezogen«. Aber er wurde nicht ausgezogen.

Sodann sehe ich Oswald in goldgewirktem maurischem Gewand zur Begrüßung bereitstehen beim Einzug seines Königs in Perpignan. Angemessene Ehrung des hohen Gastes und zugleich Simulation der Unterwerfung eines heidnischen Herrschers unter den König, der die gespaltene Christenheit zu einigen versuchte.

Und nun die Schlussfolgerung: Die goldgewirkte Robe kann nur ein »caftan« gewesen sein, ein »quftan«. (Ich bleibe bei diesen Transkriptionen aus dem Persischen, aus dem Arabischen – die gewohnte Schreibweise »Kaftan« assoziert alles andere als Prachtentfaltung.)

Was Oswald in Ceuta »erlangt«, sprich: geraubt hatte, es wird, mit einem anderen Wort, die Zeremonialrobe des Sâlah Ben Sâlah gewesen sein – Emir, Befehlshaber, oberster Richter, ranghoher Priester in Personalunion. Nur ein Würdenträger höchsten Ranges durfte einen goldgewirkten quftan tragen. In islamischen Reichen war es zumeist ein verpflichtendes Geschenk aus der Hand eines Sultans an seinen Stellvertreter.

Ein quftan aus dem Gouverneurspalast von Ceuta: allzu gewagte

Hypothese? Gefragt, gefordert sind Erörterung und Begründung; das findet im Anhang statt. Das Ergebnis, hier vorweggenommen: Oswald hatte eine Trophäe von höchstem materiellen und symbolischen Wert erfolgreich erbeutet und verkauft.

Stichwort »symbolisch«: Der quftan als Repräsentationsgewand eines maurischen Machthabers, entmachtet mit der Eroberung von Ceuta! Allerdings: in Granada war Nordafrika mit den Berbern des stehenden Heeres weiterhin auf der Iberischen Halbinsel präsent; irgendwann aber sollte die Reconquista siegreich zu Ende geführt werden; so war dieses Zeichen, dieses Symbol eines Anspruchs, einer erwünschten Dominanz (des Christentums) hochwillkommen. Es konnte triumphierend präsentiert, zelebrierend exponiert werden!

Stichwort »materiell«: In einen quftan aus Brokat waren meist mehrere Kilo Goldfäden eingewebt. Die Kette aus seidenen Doppelfäden, der Schuss in Gold. Was solch ein prunkvolles Gewebe meist noch wertvoller machte: Applikationen.

Oswalds »maurische Robe, rot von Gold«, sie wird nun frei ausgestaltet in einer Sequenz von Formulierungen nach Vorlagen: Goldener Seidentaft … damastartig wirkende Webmuster … Ornamentstreifen, vertikal … in die Bänder eingewebte Applikationen: Medaillons … zwischen Medaillons jeweils: Mondsicheln, Sonnenscheiben und vor allem: Blumen (»plümlin«) in verschiedenen Formen, intarsiert … in einem geperlten Medaillon arabische Schriftzüge: izz li-mawlana al-sultan al-Malika … in einem Kreismedaillon weitere Schriftzüge: »Allah, der Siegverleihende, Allah« …

Eventuell hat König Sigmund während seines langen Aufenthalts den Verkauf der Trophäe an den Königshof vermittelt – zumindest könnte er Oswald dabei unterstützt haben. Dies sicherlich nicht selbstlos. Einen Teil des Ceuta-Fundus wird Oswald seinem König wohl gleich in Perpignan überlassen haben.

Noch einmal die bereits zitierte Strophe, nun aufgeladen mit neuem Kontext:

In großen Wassern fischt sichs gut,
legt man die Netze richtig aus.
Man tischte mir an Geldern auf:
vier große Säcke und nen halben!
König Sigmund reicherte
den Stoff mit barer Münze an –
das kriegt' ich nur mit aller Kraft
sowie zwei andren fortgeschafft!

Als Assoziation hier gleich wieder: »Mein Sack ist voll, lässt mir nun Ruh, / *von Gulden* ist sein Name.«

Wahrscheinlich wurde Oswald, als plötzlich schwerreicher Mann, auch in Tirol mit der Frage konfrontiert, wie er an all das Geld gekommen sei. Da hätte »Oswald von Gulden« eine Ausrede parat gehabt, wie sie im Liedtext formuliert ist: Mein Herr, der König, hat es mir gewährt. Oswald ließ damit offen: Geschenkt …? So was hätte sich der ständig insolvente König wahrlich nicht leisten können.

Also: konzediert …? Besitzrecht eingeräumt …? Das war dann sicherlich an Konditionen geknüpft, an eine Zahlung als ›Kredit‹.

Fünfzig Tage Perpignan! König Sigmund verschwendete viel Zeit, um Papst Benedikt, den störrischen Mittsiebziger (für damalige Relationen steinalt) zum Rücktritt zu bewegen. Benedikt glaubte sich vom aragonesischen König in fortgesetzter »Obedienz« protegiert, wollte von »Zession« nichts hören, die Entscheidung des Konzils interessierte ihn nicht, für ihn war es sowieso kein Konzil, bloß eine Versammlung – auf der Bezeichnung »Versammlung« beharrte er denn auch bei den Verhandlungen mit Sigmund.

Der machte ihm klar, dass dieses Konzil durchaus das Recht und die Macht habe, auch einen Papst abzusetzen; bei Johannes sei das bereits geschehen, Gregor sei freiwillig zurückgetreten, nun sei *er* an der Reihe: Rücktritt ohne Konditionen.

Das war für Benedikt nicht akzeptabel, er stellte Bedingungen:

Falls er zurücktrete, so habe er das Recht, den nächsten Papst zu wählen.

Sigmund aber wollte ihm keinerlei Rechte zugestehen, forderte ihn auf, umgehend zurückzutreten, doch Benedikt blieb beim Nein. Wütend verließ Sigmund Perpignan, grollend zog sich Benedikt südwärts zurück in die Festung von Peñicsola auf dem Felsklotz vor der Küste (seine »Arche Noah der wahren Kirche«). Dort berief er ein Allgemeines Konzil ein und erklärte, alle Fürsten, die seiner Einladung nicht folgten, würden abgesetzt.

Das wurde den Herrschern von Aragón, Kastilien und Navarra doch zu bunt, sie nahmen Kontakt auf mit Sigmund in Narbonne; Verhandlungen. Dabei setzte Sigmund durch, dass die drei Regenten dem Letzten der schismatischen Päpste die Gefolgschaft aufkündigten.

Am 13. Dezember 1415 wurde ein Vertrag unterzeichnet: Benedikt wurde nach den Regeln des kanonischen Rechts für abgesetzt erklärt; Konstanz wurde als Tagungsort des Konzils bestätigt; Delegationen der drei Königreiche sollten am Konzil teilnehmen. Die Abmachungen wurden feierlich beschworen und in einem Edikt der Öffentlichkeit verkündet.

Jubel in Konstanz, als dort einen Monat später die Nachricht eintraf. In einer Generalkongregation wurde der Vertrag ratifiziert; sechzig Einladungen wurden zur Iberischen Halbinsel geschickt; Benedikt wurde aufgefordert, nach Konstanz zu kommen, dort offiziell seinen Rücktritt zu erklären. Und Sigmund wurde gebeten, möglichst rasch nach Konstanz zurückzukehren.

Doch er hatte es nicht eilig. Weihnachten und erste Hälfte Januar 1416 verbrachte er in Avignon. Hoensch berichtet von einem triumphalen Empfang, von festlicher Bewirtung, von Turnieren und Bällen. Zu all dem übernahmen die Stadtväter die Aufenthaltskosten und machten dem König ein großzügiges Geldgeschenk: dreitausend Gulden.

Oswald von Wolkenstein kam also auch nach Avignon. Dort könnte, dort dürfte er während der festlichen Wochen zeitgenössische Musik kennengelernt haben – heute als »Ars subtilior« bezeichnet, spezifisch für Avignon.

Der König zog weiter, Richtung Lyon, mit großer Entourage, riesiger Schutztruppe. Was Oswald sicherlich nutzte für den Transfer des Ceuta-Fundus.

Unterwegs im Königskonvoi: da dürfte es, auch in der Nähe des reitenden Königs, auf langen Strecken kaum sehr formell zugegangen sein. Es ist ja überliefert, dass Sigmund unterwegs gern sang. Da lässt sich vorstellen, dass Oswald sein Pferd näher an das Ross des Königs heranführte und homophon einstimmte oder die zweite Stimme improvisierte. Denkbar auch, dass er den König schon mal auf der Maultrommel begleitete – oder dass er reitend auf der Maultrommel vor sich hin spielte.

Oswald und eine Maultrommel?! Die gehörte gewiss nicht zum höfischen Instrumentarium! Und doch, das Stichwort ist nicht aus der Luft gegriffen, bei einer Ausgrabung an der Burg Hauenstein wird man allein zwei Maultrommeln finden – ich werde noch davon berichten.

Und wenn sich herausstellt, dass die beiden Maultrommeln aus der Zeit nach ihm stammen? Das wird nichts daran ändern, dass es damals »on the road« kaum sehr formell zugegangen sein dürfte. So sah man auch nicht aus bei langen Ritten, man erreichte das Ziel schon mal in ramponierter Kleidung, selbst im Königskonvoi. Es ist bezeugt, dass König Sigmund, vor allem auf Reisen, zuweilen recht abgerissen wirkte. Er wird in Basel, später, mit sichtlich ramponiertem Schuhwerk eintreffen, da müssen die Honoratioren schnell, schnell passende Schuhe für ihn besorgen.

Und Oswald? Vor allem, wenn er allein reiste oder nur von Knechten begleitet? Er wird in einem Lied besingen, wie er von einer Dame scheel angesehen wird wegen seiner vergammelten Reisekleidung. Und Ludwig, Pfalzgraf bei Rhein, wird ihn in Heidelberg erst mal ausstaffieren: der Wolkensteiner sah auf Reisen offenbar schon mal abgetakelt aus.

Vielleicht spielte hier auch Berechnung mit: Sollte Straßenräubern signalisiert werden, dass bei ihm nichts Lohnendes zu holen war?

Am 22. Januar traf man in Lyon ein. Ich lese bei Hoensch, dass Sigmund von Abgesandten des französischen Königs (Charles VI.) aufgesucht wurde; sie baten Sigmund, nach Paris zu kommen, um im Dauerkonflikt mit England zu vermitteln.

Sigmund und seine rund tausend Begleiter erreichten Paris am 1. März 1416. Vor den Mauern ein feierlicher Empfang durch Duc de Berry mit repräsentativem Anhang; Quartier im Louvre; Begrüßung durch Vertreter des Adels, der Stadt, der Universität.

Oswald von Wolkenstein war denn auch in Paris. Er wird dort nicht auf seinen Geldsäcken gehockt, auch er wird sich umgeschaut, umgetan haben.

Ritter Arnold von Harff war ebenfalls in Paris; er vermittelt uns eine Skizze der Metropole, wenn auch unter reichlichem Gebrauch des Adjektivs »schön«.

»Paris ist eine schöne, große, runde und dicht bebaute Stadt, wo der König von Frankreich sein Parlament abhält. Diese Stadt ist nicht besonders stark mit Gräben, Türmen und Mauern befestigt, da ich an vielen Stellen meine Hand, auf der Erde stehend, auf die Mauern legen konnte. In dieser Stadt zählt man 250 Gassen und große Straßen, von denen viele schön mit Brücken über einen Fluss an beiden Ufern angelegt sind. In dieser Stadt gibt es 115 Kirchen und Kapellen, große und kleine, darunter den Dom oder das Münster, Notre-Dame genannt, das sehr schön und prachtvoll gebaut ist und zwischen zwei Wasserläufen liegt.

Ungefähr in der Mitte der Stadt steht des Königs schön und prächtig gebautes Palais, in dem ein schöner Saal liegt, wo man das Parlament abhält und alle Rechtsangelegenheiten täglich behandelt. Aus diesem Saal geht man durch eine Galerie, die voll von Juwelieren und Geschäften ist, die vielerlei Kostbarkeiten feilhalten. Dann gelangt man in eine sehr schöne, kleine, kostbar geschmückte Kapelle, Sainte Chapelle genannt.«

Nach bald einem Jahrhundert Krieg sollten Frankreich und England versöhnt werden. Sigmunds Interventionen hatten letztlich die Perspektive: eine Allianz zu schaffen gegen das expandierende Osmanische Reich.

Die Situation war allerdings ungünstig für Unterhandlungen: erhebliche innenpolitische Spannungen in Frankreich, die mussten erst abklingen, und so verharrte man in Paris bis Mitte April.

Und nun erreichte, mit der damals üblichen Reisezeitverzögerung, den König die Nachricht, Herzog Friedrich sei aus dem Gefängnis in Konstanz entwichen.

Nach der spektakulären Unterwerfung hatte Friedrich mittlerweile zehn Monate lang gesessen; in der Zwischenzeit hatte sein Bruder, Herzog Ernst von der Steiermark, die Regentschaft von Tirol übernommen, protegiert von der Tiroler Adelsfronde – Herzog Ernst musste dafür Privilegien bestätigen. Je länger Friedrich wartete, desto geringer wurden seine Chancen für die Rückeroberung der Macht – durch Besucher wurde er über die Entwicklung informiert. Friedrich bestach einen Wächter, verkleidete sich, floh am frühen Morgen des 28. März aus Konstanz.

Wieder einmal eine kritische Lage. Eigentlich hätte Sigmund umgehend in die Konzilsstadt zurückkehren müssen, doch er wollte erst die Friedensmission in England beenden. So schickte er Oswald, seinen »getreuen Diener und Rat«, nach Konstanz, mit einem Teil des Gefolges. (Das auch wieder Schutz bot für den Ceuta-Fundus.) Eine königliche Botschaft an die Konzilsteilnehmer war zu überbringen; auch wollte Sigmund genauer über die jüngsten Vorgänge, die weitere Entwicklung informiert werden.

Am 1. April 1416 stellte »Sigismundus dei gracia Romanorum Rex semper Augustus« (etcetera) einen Geleitbrief aus »quia Nobilis Oswaldus de Wolkenstein familiaris et fidelis noster dilectus de Curia nostra Imperiali versus propria intendit dirigere gressus suos.«

Eines der Dokumente, die ich im Wolkenstein-Archiv des GNM Nürnberg in Händen halten konnte. Ich frage mich nun wieder: Wer von denen, die Oswald unterwegs kontrollieren oder womöglich aufhalten konnten, dürfte Latein verstanden haben? Sollte allein schon das Schriftbild Eindruck machen und den Weg freiräumen? Aber es war Schrift auf Papier, nicht auf Pergament. Immerhin mit königlichem Siegel.

Vom lateinischen Schutzspruch begleitet, traf Oswald sicherlich noch im Verlauf des April 1416 in Konstanz ein. Er war also ein Jahr unterwegs gewesen. Und wird ein knappes Jahr in Konstanz bleiben: ein erfolgreicher, steinreicher Mann von Reputation.

ICH WOLKENSTEIN – diese Formel klingt nicht eben bescheiden: ein Mann, der sich standesbewusst, selbstbewusst beim Namen nennt, etwa auf Urkunden – hier siegelt Oswald von Wolkenstein, Ritter!

In seinen Liedtexten finden wir die Formel recht häufig: Ich Oswald Wolkenstein … ich Wolkensteiner … mich Wolkensteiner … mir Wolkensteiner … von Wolkenstein … ich Wolkenstein … Vorschnell könnte man hier Schlüsse ziehen: Der Mensch an der Wende zwischen Spätmittelalter und Frührenaissance setzt sich autonom; das Erwachen individuellen Selbstbewusstseins …

Ich Wolkenstein – in dieser Formel zeigt sich aber kein Anschwellen von Stolz, hier zeigt sich eher Demut. Der Wolkensteiner nennt sich fast nur in geistlichen Liedern beim Namen, wenn er Sünden bekennt, wenn er Maria und Jesus um etwas bittet, wenn er geistliche Ratschläge erteilt. Hier bläht Oswald nicht den Brustkorb auf, hier schlägt er sich an die Brust, reuevoll: Ich, der Wolkensteiner, diese sündige Kreatur …

Freilich: auch diese Selbstaussage wird mitgesteuert von literarischen Mustern. Wenn Oswald geistliche Lieder schreibt, in denen weltliches Treiben verurteilt, christliche Lebensform, himmlisches Leben gepriesen wird, so ist damit traditionell verbunden die Selbstdarstellung als reuiger Mensch. Hätte sich Oswald aber nicht auch ohne Zerknirschung, ohne Sündenbewusstsein in weltlichen Liedern beim Namen nennen können?

Dies geschah damals sehr oft in Schlusszeilen weltlicher Liedtexte. Beispielsweise baute Peter Suchenwirt, eine Generation vor Oswald, (übrigens Teilnehmer und reimender Chronist eines frühen Feldzugs gegen Litauen) seinen Namen wiederholt in Schlussformeln ein: »Den Rat gibt euch der Suchenwirt ... Das klag ich, Peter Suchenwirt«. Und Muskatblüt, Zeitgenosse Oswalds, konnte sich seinen Namen gegen Liedschluss kaum mal verkneifen: »Ach, Muskatblüt, wie wahr hast du gesungen!« Selbst der Nürnberger Büchsenmacher Hans Rosenblüt brachte seinen Namen ein in selbstgeschmiedeten Reimwerken – so, wie er Waffen eigener Herstellung sein Markenzeichen eingraviert haben wird. Und Beheim eröffnete ein Lied mit der Zeile: »Ich, Michel Beheim aus Weinsberg-Sulzbach« ... Nichts von Devotion; hier signierten Handwerker ihre Artikel.

Diese Praxis war Oswald sicherlich bekannt. Erstaunlicherweise hat er sich aber nur in einem einzigen weltlichen Text beim Namen genannt, in einer späten Reimpaar-Rede zu Fragen der Rechtsprechung. Wollte er sich als standesbewusster Adliger nicht mit Praktiken von Berufsdichtern identifizieren? Konnte er sich den Luxus leisten, seinen Namen nur in Bescheidenheitsformeln zu präsentieren?

Eine Tour d'horizon starten, um Oswalds Selbsteinschätzung präziser zu bestimmen, in Koordinaten seiner Zeit? Das würde zu weit über die Biographie hinausführen, also nur drei Namen: Markierungen im neuen Koordinatensystem.

Mehr als ein halbes Jahrhundert vor Oswalds Geburt war Dante gestorben, fast ein Jahrhundert vor Oswalds Geburt hatte Dante gedichtet, in verschiedensten Schattierungen »Ich« sagend. Der Dante-Forscher Bruno Nardi betont, die *Commedia* sei durchweg ichbetont. *Ich*, Dante Alighieri, der Florentiner, *Ich*, Dante, Sohn des Alighiero, *Ich*, der Nachkomme eines Cacciaguida, *Ich* und die Festung Caprona, *Ich* und der Taufbrunnen in San Giovanni, an dem *Ich* ein hineingefallenes Kind rettete ...

Kurt Leonhard, Dante-Biograph, gibt Nardi im Prinzip Recht, betont aber, dieses Ich sei retuschiert, stilisiert, idealisiert.

Doch das literarische Ich befreit sich in den folgenden Jahrzehnten mehr und mehr von Idealisierungen und Stilisierungen.

Der zweite Name, bereits genannt: Francesco Petrarca. Er ließ sein Ego nicht hinter einem Rollen-Ich verschwinden, er trat hervor, *Ich* sagend, und das nicht nur im Bericht über die Erstbesteigung des Mont Ventoux am 26. April 1336.

»Den höchsten Berg dieser Gegend, den man nicht zu Unrecht Ventosus, ›den Windigen‹, nennt, habe ich am heutigen Tag bestiegen, allein vom Drang beseelt, diesen außergewöhnlich hohen Ort zu sehen. Viele Jahre lang hatte mir diese Besteigung im Sinn gelegen; seit meiner Kindheit habe ich mich nämlich …« – in diesem Ton setzt sich das fort.

Eine Textprobe noch aus einem der »Poetischen Briefe« Petrarcas (hier in einer Übersetzung aus dem Jahre 1903): Im metrischen Lobgesang auf den Hund ist das Ich ein unüberhörbar, unübersehbar autobiographisches Ich.

Wenn erschöpft
In stiller Kammer ich die Glieder strecke
Und Schlaf mir auf die müden Augen sinkt,
So hält er draußen Wache. Schlaf ich länger,
Als sichs gebührt, so macht er Lärm, erinnert,
Laut scheltend, dass die Sonne schon erwacht,
Und kratzt die Tür mit ungeduldgem Fuß.
Tret ich heraus, ruft er mir freudig Beifall,
Läuft mir voran den wohlbekannten Weg,
Schaut oft zurück. Hab ich an Baches Rand
Mich weich gebettet, Träumen nachzuhängen,
Macht er die Runde, mustert jeden Zugang.
Zur Erde streckt er dann die weiße Brust,
Weist mir den Rücken, fremdem Volk die Zähne!

Laut Gerhard Regn ist Petrarca »für die Genese frühneuzeitlicher Subjektivität« von herausragender Bedeutung. Individualisierung sei hier an den Willen zur Selbstformung gebunden, die Selbstformung wiederum an Selbstdarstellung. Kaum ein anderer Autor habe in seinem Werk derart insistent und extensiv von sich gesprochen wie Petrarca. Dies vor allem in den großen Briefsammlungen.

Ergänzend dazu Paul Piur, der Petrarca-Forscher: »Sein ungeheurer Subjektivismus, der alle Dinge am Ende stets um sein eigenes Ich kreisen lässt …«

Als dritter Name: Geoffrey Chaucer, fast ein Vierteljahrhundert lang Oswalds Zeitgenosse. An Chaucers Werk lässt sich weithin ablesen, wie sich das neue Selbstbewusstsein, das gesteigerte Ichgefühl artikulierend umsetzte.

In Formulierungen des Chaucer-Interpreten Heinz Bergner: Sichtbar persönliches, eigenes Profil … in allen späteren Werken stets als Person präsent … Hinwendungen des Dichters an seine Hörer … Drang zum Individuell-Einmaligen, Porträthaften … Freude an wirklichkeitsnaher Darstellung … stark ausgeprägte Autorpersönlichkeit, die überall gegenwärtig zu sein scheint …

Schlussfolgerung: Wenn Oswald von Wolkenstein sich in Liedtexten als Person betonte, so lag er im Trend einer europäischen Entwicklung; der Wolkensteiner als Dichter in einer Zeit, in der es längst selbstverständlich geworden war, sich mehr oder weniger direkt in literarische Texte einzubringen.

Dort, wo ich den Wagen abstelle, war früher, schon zu Oswalds Zeit, die westliche Stadtmauer und vor ihr der Stadtgraben: die Stadt Konstanz war also von Wasser umgeben, westlich und südlich von Stadtgrabenwasser, östlich von Bodenseewasser, nördlich von Rheinwasser: eine Stadtinsel. Die westliche Stadtmauer wurde samt Befestigungstürmen, Tortürmen im 19. Jahrhundert abgerissen, der Stadtgraben zugeschüttet, wohl auch mit dem Steinmaterial von Mauern und Türmen, soweit man es nicht für Neubauten verwendete. So ist nun dort, wo Stadtmauer und Stadtgraben waren, eine breite Allee, mit doppelter Baumreihe in der Mitte; die Untere Laube, die Obere Laube.

Ich gehe in die Stadt hinein, Richtung Münster, das ich nach hundert, hundertfünfzig Metern vor mir sehe. Auf dem Münsterplatz verharre ich, registriere: Das Münster steht auf der Kuppe einer leichten Erhebung. Ich gehe weiter. Nach hundert oder zweihundert Metern bereits das Ufer. Die Stadt war in ihrer Ost-West-Ausdehnung also recht klein.

Vor mir die Seefläche, graubraun, mit Lichtreflexen. Die grün bewachsenen Seeufer rücken voneinander ab: die Konstanzer Bucht, auch Konstanzer Trichter genannt. Vor mir quirlen Tretboote, dazwischen Ruderboote, Gewipp und Geschrei. Herumschnellend, schrill die Möwen. Weit draußen ein weißes Passagierschiff.

Ich gehe an Blumenrabatten, Kurparkbänken entlang zum Konzilsgebäude, in dem keine Sitzungen stattfanden, allein das Konklave, November 1417; das über fünfzig Meter lange Lagerhaus, Handelshaus wurde mit provisorischen Zellen versehen, wurde verschlossen, versiegelt, bewacht, und nach drei Tagen war er gewählt: Papst Martin V.

(Was Enea Silvio Piccolomini über die Wahl des Papstes Wilhelm schreibt, es könnte auch in Konstanz eine Entsprechung gefunden haben: »Die meisten Kardinäle versammeln sich bei den Latrinen; hier, an diesem der Diskretion und Geheimhaltung günstigen Ort, verabredeten sie Mittel und Wege, um den Papst zu wählen.«)

Ich setze mich auf eine Bank, das Gebäude nun hinter mir, vor mir die Seefläche: weithin Lichtreflexe, ein fast hochsommerlich heißer Maitag, keine Sicht auf die Alpen, die mir Postkarten zeigen. Das Passagierschiff verschwimmt im Dunst. Angler in Ruderbooten. Ein Rheinschlepper scheucht mit Getute Tretboote, Ruderboote auseinander, fährt dicht an Markierungsstangen entlang.

Der Bodensee, »podemsee«: für Oswald nur eine topographische Angabe? Eine Wasserfläche, die an die Stadt grenzte, wie Feldflächen, Wiesenflächen bei anderen Städten? Oder eine Symbiose von Stadt und See, eine bewusst wahrgenommene Besonderheit?

Ich vergegenwärtige mir: Diese Stadt war zu seiner Zeit von der Wasserfläche abgeschlossen; das sehe ich so auf Merians Vedute, die ich in einer Ablichtung mitgenommen habe. Und in einem Stadtführer lese ich, dass man die Stadtbefestigung seewärts abgerissen hat, als Konstanz an das Eisenbahnnetz angeschlossen wurde; Bahntrasse, Schrankenübergänge zwischen Altstadt und Seeufer. Wenn Oswald Richtung See ging, hatte er eine Mauer vor sich. Wohl nur an der Landebrücke, am Verladekai vor dem Kaufhaus konnte man auf die Seefläche blicken – aber ging man damals zur Brücke, zum Kai, um auf die Wasserfläche zu schauen, bei Dunst oder Föhn?

Die Stadt: wie weit bestehen noch Ähnlichkeiten, Entsprechungen zwischen dem Konstanz damals und dem Konstanz heute? Wie viel Identität im Straßenraster, in der Bausubstanz? Ich habe gelesen, diese Stadt sei im vorigen Krieg nicht bombardiert worden; sie liegt zu nah an der Schweiz, an Kreuzlingen, wurde nachts nicht verdunkelt, musste aus der Luft demnach als Schweizer Region erscheinen. Aber wie viel wurde nach dem Krieg geändert, umgebaut, abgerissen?

Ich schlendre zum Münster zurück, das in Grundriss und Mauerwerk identisch ist mit dem Münster, in dem die Vollversammlungen des Konzils stattfanden. Aber ich gehe noch nicht hinein, suche mir erst mal ein Hotel, finde eins ganz in der Nähe, das Domhotel in der ehemaligen Stiftskirche St. Johann, erbaut 1266; man hat nach der Säkularisation Zwischenböden eingezogen, Räume abgeteilt. Der Vorraum, das Treppenhaus weit und kirchenkühl, bald aber wird die Treppe enger, mein Zimmer im dritten Stock, Einrichtung wie in einem alten Dorfgasthof, eine Flügeltür zur Terrassenfläche, Eternitplatten als Sichtblenden zwischen jedem Balkonabschnitt.

Ich setze mich auf den Biergartenstuhl, schaue hinüber und hinauf zum Münster. Wenn ich den Stuhl zur Eternitplattenwand rechts rücke, kann ich einen schmalen Ausschnitt des Münsterplatzes sehen, vor dem Hauptportal: Dort unten, aus dieser Steinöffnung, waren 1417 mehrfach Kardinäle und Bischöfe herausgetreten, hatten jeweils dreimal in die Menge gerufen, Papst Benedikt oder seine Bevollmächtigten sollten sich melden, aber diese Aufrufe blieben vergeblich, und so wurden Steine, brennende Kerzen auf den Boden geworfen, der Papst wurde verflucht, die Herren kehrten in das Münster zurück. Ich schaue auf eine nun leere Bühnenfläche, rücke den Biergartenstuhl wieder in die Sonne. Taubengurren. Viertelstundenschläge vom Münster, gleich darauf von der Stephanskirche. In der Gasse unten werden leere Weinflaschen verladen. Auf dem Münsterplatz fahren vereinzelt Autos, Mopeds. Schritte. Eine alte Frau, die sich im Nebenzimmer mit einer anderen alten Frau unterhält, kriegt einen Hustenanfall, dreht danach kurz den Wasserhahn auf. Die letzten Flaschen verladen, das Auto fährt ab. Taubengurren, Taubenflattern. Viertelstundenschläge.

Mein Körper sättigt sich mit Sonnenwärme, Sonnenhitze. Cognac, der zusätzliche Wärme erzeugt, im Magen, im Kopf. So muss sich schon eine weite Wolkenbank vor die Sonne schieben, damit ich aufstehe.

Die Kirchenkühle im Treppenhaus, im Vorraum, und durch die gestaute Wärme des Münsterplatzes gehe ich wieder in Kirchenkühle, stehe im Münster. Insgesamt 45 Plenarsitzungen hier. Wenn ich mir den Sitzungsraum vorzustellen versuche, muss ich sehr viel abschirmen, ausräumen, beispielsweise die Seitenkapellen, auch gab es damals noch nicht die Kanzel, auch nicht die Orgelbühne, nach einem Renaissance-Entwurf, auch nicht die Orgel. Bleibt eigentlich nur die Fläche des Langhauses zwischen den Säulen, die neun Meter hoch sind; zwischen diesen monolithischen Säulen waren Bretterwände errichtet, an diesen Bretterwänden entlang Holzbänke, auf der obersten der drei Reihen saßen Kardinäle, Erzbischöfe, weltliche Fürsten, auf der mittleren Reihe Bischöfe und Äbte, auf der untersten Reihe Theologen, Gelehrte und auf der Fläche zwischen diesen Säulenreihen, Bankreihen die Schreiber, Konzilsbeamten. Debatten fanden hier kaum statt, meist Erklärungen, feierliche Proklamationen. Ob Oswald mal in diesem Säulen- und Bretterrechteck war, als Gast? Hat er wenigstens, aus Neugier, in den Bretterbereich hineingeschaut, als keine Plenarsitzung stattfand: den Ort sehen, an dem wichtige Entscheidungen getroffen, verkündet wurden?

Ich verlasse den hohen, weiten, stillen, kühlen Raum, gehe zur Insel, auf der das Dominikaner-Kloster lag, später Kattunfabrik, nun Hotel: eine schmale Verbindungsbrücke, früher die »Predigerbrücke«. Ich schlendre auf dem Hotelgelände umher, bleibe stehen vor einem recht kleinen Nebengebäude; ein Schild, teilweise überwachsen, informiert mich darüber, dass hier die französische Delegation gewohnt hatte – ich nehme an, ein Teil der Delegation. Hier werden Verhandlungen stattgefunden haben, hier wurden Direktiven bestimmt für Ausschuss-Sitzungen, und eins der Ergebnisse war, dass im Dominikanerkloster Hus eingesperrt wurde. Gibt es in diesem Gebäude einen Raum, der als Gefängniszelle des Jan Hus ausgewiesen wird?

Ich verlasse die kleine Insel, gehe weiter an der Seegrenze der Altstadt, komme an den Rhein, erreiche, indem ich Eisenbahntrasse und vierspurige Straße unterquere, den Rheintorturm, schaue hinüber nach Petershausen; von diesem Torturm führte damals die Holzbrücke über den Rhein, es rumpelten Karren hinüber und herüber, und Hufschlag, Schrittgeräusch. Jetzt aber: Hinausströmen, Hereinströmen vierspurig, auf der Rheinbrücke seewärts.

Ich drehe Rhein und Petershausen den Rücken zu, schaue in die Rheingasse, die vom Tor stadteinwärts führte; ich kann freilich nicht direkt in diese Richtung gehen, muss wieder die Straße unterqueren, bin dann, nach einigen Schwenks, in der Gasse, die in ihrem Verlauf noch identisch sein wird mit der Rheingasse, in der Oswald geritten oder gegangen ist – wie oft?

Dieser in ihrem Richtungsverlauf zweimal leicht abgeknickten Gasse folgend, gehe ich auf die ehemalige Stiftskirche St. Johann zu, schwenke nach links ab und wieder nach rechts, überquere den Münsterplatz, gehe in die ehemalige Blattengasse, die heutige Wessenbergstraße, schaue in Seitengassen, notiere Namen, die auf Hauswände gemalt sind: Zum blauen Sattel, Zur Salzscheibe, Zum weißen Bär, Zum vorderen Kranich, komme in die ehemalige St.-Pauls-Gasse, die heutige Hussenstraße, bleibe stehen vor dem Hus-Haus, eine Marmorgedenktafel, »gewidmet von seinen Landsleuten«. Wenn ich vor diesem Häuschen stehend nach links schaue, sehe ich das Schnetztor; hier war, soweit ich weiß, Papst Johannes in die Stadt eingezogen, mit stattlichem Gefolge.

Ich beschaue mir das Tor von außen; war auch Oswald hier in die Stadt gezogen, Anfang 1415 und wieder April 1416?

Oswald nun als Stadtbewohner, für ungefähr ein Jahr. Es war nicht sein erster längerer Stadtaufenthalt: wochenlang, monatelang weilte er bereits in verschiedenen Städten.

Was man, sich einer Stadt (im deutschen Sprachraum) annähernd, als Erstes sah, war meist der »Rabenstein«, demonstrativ an der Landstraße: zwei oder drei gemauerte Steinsäulen, miteinander verbunden durch Balken, an denen gewöhnlich ein Gehängter baumelte oder gleich mehrere; man nahm sie nicht ab nach der Hinrichtung, sie blieben zur Abschreckung hängen, bis sie verfault, vertrocknet waren; nur wenn hoher Besuch zur Stadt kam, wurden sie abgehängt und verscharrt. Köpfe, die auf Pfählen steckten, gewöhnlich über den Stadttoren, die nahm man selbst zu feierlichen Empfängen nicht ab, die blieben oben, bis sie von selbst herabfielen. Man spießte sogar die Stücke von Gevierteilten auf, um Herumstreifenden zu zeigen: hier wird scharf gerichtet.

Innerhalb der Stadtmauern vor allem: Dreck. Erst mit Beginn des 15. Jahrhunderts begann man hier und dort zu pflastern, aber meist nur den Marktplatz, die eine oder andere Gasse, dann vielfach »Steinerne Gasse« genannt. In den gewöhnlich noch ungepflasterten Gassen: die Gosse. Hier und dort hölzerne Übergänge oder kleine, aufgeschüttete Dämme, an den Häusern entlang. Bei Regen konnte man in den Gassen kaum noch gehen – Schlamm, Schlick. Wiederholt wird berichtet, dass Pferde bis über die Kniegelenke im Dreck einsanken, manchmal bis zum Bauch.

Dass es nicht bloß Schlamm war, in dem man einsank, dies zeigen zeitgenössische Berichte. Sehr viele Stadtbewohner hielten Schweine, die sich in den Gassen suhlten. Die Behörden versuchten hier und dort, die Sauerei einzudämmen, indem sie eine Höchstzahl von Schweinen pro Haushalt ansetzten: in der Reichsstadt Nürnberg waren es Anfang des 15. Jahrhunderts immerhin noch zehn Schweine pro Haushalt, in der Messestadt Frankfurt acht; in Breslau wurde erst mit Beginn des 16. Jahrhunderts verboten, Schweinekoben in den Gassen anzulegen, Schweine frei herumlaufen zu lassen.

In den Gassen tote Ratten, Katzen, Hunde; Innereien von geschlachteten Tieren; aus Fenstern wurden Fäkalien geschüttet. Es galt als erstaunliche Neuerung, als Ende des 15. Jahrhunderts von der Stadt Nürnberg ein Knecht angestellt wurde, der mit einer Bütte umherzog und die toten Ratten, Hühner, Hunde, Katzen aufsammelte, die er gleich vor dem nächsten Stadttor wieder auskippte. Wie viele Fliegen während der Sommermonate in diesen Städten?

Durch die Gassen zogen Hausierer und Korbmacher, Lumpensammler und Kesselflicker, Kaminfeger und Abdecker, Kuppler und Schweineschneider, Baderknechte, Kuchenverkäufer, Zahnbrecher. Und Landstreicher, Suppenfresser genannt, auch: Suppenlecker, Schmalzbettler, Faltenstreicher, Schlegelwerfer. Zahlreiche Bettler, die sich auf das Simulieren verschiedener Krankheiten spezialisiert hatten: Gelbsucht oder Epilepsie; andere verbanden sich die Augen mit blutigen Tüchern und klagten, sie seien von Räubern überfallen, geblendet worden.

Armut – sie prägte entschieden das Bild einer spätmittelalterlichen Stadt. Theoretisch galt Armut als christliche Tugend; aber dieses Leitbild hatte in der damaligen Gesellschaft wenig Auswirkungen. Nur die Reichen hatten etwas zu sagen in der Stadt, die Patrizier, die Aufsteiger unter den Bürgern. Sie wohnten in eigenen Vierteln, trugen spezifische Kleidung; soziale Stufen sichtbar gemacht. Ein Geselle durfte nicht wie ein Meister gekleidet sein, ein Bürger nicht wie ein Patrizier; zahlreiche Gesetze, Durchführungsbestimmungen zur Kleiderordnung.

Abgrenzungen, Abstufungen überall; wo sich Metzger von Gerbern distanzierten, distanzierten sich Gerber wiederum von Abdeckern. Die zünftigen Berufe streng getrennt von den »unehrlichen«; zu denen gehörten Henker, Schinder, Büttel, Totengräber, Turmhüter, Bader, Spielleute. Von Mitgliedern dieser unterprivilegierten Berufe wiederum abgesetzt die Personen mit sehr geringem oder gar keinem Einkommen – die Armen und Siechen, die Witwen und Waisen, die auf Almosen, Spenden, auf Suppengeld, Brotgeld, Spitalkost angewiesen waren.

Wie hoch war die Zahl derer, die kaum das Existenzminimum verdienten – und weniger? Die Zahlen unterscheiden sich nach Städten und Jahren, aber einige Richtwerte lassen sich doch angeben, für Oswalds Zeit: Zur sozialen Unterschicht gehörten etwa 25 bis 30 Prozent der Stadtbevölkerung; 4 bis 10 Prozent lebten in Kellerwohnungen. Die Vorstellung, dafür hätten wenigstens die Handwerker stattliche Häuser besessen, trifft insgesamt auch nicht zu; Handwerkerfamilien wohnten oft eng und ärmlich zur Miete.

Einer der Hauptgründe: Die reichen Händler (mit dem Handel, nicht mit der Herstellung wurden damals die lukrativen Geschäfte gemacht!) steuerten vielfach die Produktionskapazitäten der Handwerksbetriebe durch Kontingentierungen – etwa der Tuchmengen, die jährlich hergestellt wurden; das war auch so in Konstanz. Weber, die 36 Tücher (eine Maßeinheit) im Jahr herstellen durften, waren recht gut dran; Weber, denen nur ein Kontingent von 4 Tüchern zugestanden und abgekauft wurde, konnten die Familie nur knapp ernähren. Die armen Leinenweber wohnten in den Randgebieten von Konstanz, in Hütten.

Einen (meist nur kleinen) Teil ihrer Einkünfte stellten die Reichen den Armen zur Verfügung. In Köln beispielsweise wurden etwa zehn Prozent der Bevölkerung in Spitälern abgefüttert. Die Spenden wurden vielfach nur gemacht, um die Armen ruhig zu halten: das »Werk des Friedens« sollte »fest und sicher bestehen« – so wurde das (schon) damals formuliert.

Zum Rosgartenmuseum: das Gebäude war ursprünglich Zunfthaus der Metzger, war einige Jahrhunderte später: Trinkhalle, Kaserne, Kommissbrotbäckerei, Judenschule, Beschäftigungsanstalt für Frauen, Seifensiederdepot. Und nun ist es Museum.

Hier interessiert mich nicht der Schlitten, den Louis Napoleon in Arenenburg benutzte, auch nicht der Fundkomplex aus der Höhle Kesslerloch bei Schaffhausen, ich will vor allem das Stadtmodell sehen, das im 19. Jahrhundert »in minuziöser Kleinarbeit« nach einer Graphik des Matthäus Merian hergestellt wurde, ein Konstanz zu Beginn des 17. Jahrhunderts – bei den langsamen Veränderungen, Erweiterungen der Städte zum größten Teil noch identisch mit dem Konstanz der Konzilsjahre.

Das Stadtmodell (ringsum von Glasplatten geschützt, brusthoch) ist schätzungsweise zwei mal fünf Meter groß. Der komplette Mauerring, seewärts, rheinwärts, landwärts. Schnetztor,

Augustinertor, Rheintor, Schottentor, Geltingertor. In ziemlich regelmäßigem Abstand Befestigungstürme: an der Nordwestecke der Ziegelturm, gleich neben dem Kaufhaus der Aberhakenturm, und so weiter. Das Münster noch ohne den (neugotischen) Dachaufsatz, stattdessen ein Holzaufbau, zwei kleine Kugeldächer rechts und links. Und die Johanneskirche noch mit Turm. Petershausen, durch die Rheinbrücke mit der Stadt verbunden, ist ebenfalls von einem Mauerring umschlossen: ein Kloster, wenige Häuser.

Ich steige zur kleinen Galerie hoch, sehe das Stadtmodell aus der Vogelperspektive des Vaters von Maria Sibylla Merian. In einem all der Häuschen wird Oswald gewohnt haben. Fensterkreuze weiß auf schwarz gemalt, zu Tausenden – eine Totenstadt.

Ich gehe ein Stockwerk höher, in einen Saal mit alter Holzdecke, sehe mir, über Glasplatten gebeugt, Urkunden, Siegel, Münzen an aus der Zeit des Konzils, spaziere zum »Haus zur Katz«, in der Katzgasse, gleich am Münsterplatz: dieses Haus hat während des Konzils noch nicht gestanden, aber als Oswald 1431 erneut in Konstanz war, für ungefähr einen Monat, da war es gerade ein paar Jahre alt, und er nahm hier mit König Sigmund an einer Tanzveranstaltung teil.

In diesem Haus, einem Zunfthaus, ist heute das Stadtarchiv, und hier schaue ich mir die Faksimileausgabe der Chronik des Konstanzer Konzils von Ulrich Richenthal an, sehe auf den Zeichnungen beispielsweise Papst Johannes, dessen Reisewagen auf der Anreise umgekippt war, am Arlberg, er schaut vorn aus dem schrägliegenden Wagen heraus, unverrückt die Tiara auf dem Kopf, die Hände zum Beten aneinandergelegt, zwei geistliche Herren hinter dem Wagen beten ebenfalls, zwei Knechte vor dem Wagen werfen die Hände in die Luft, noch packt keiner zu. Und ich sehe ein Bild vom Einzug des Papstes in Konstanz, ein Baldachin wird über ihn gehalten, er sitzt auf einem Pferd, segnet die Menge, Münzen werden geworfen wie heute Bonbons bei Karnevalszügen. Und ein riesiger Papsthut, den hält ein Reiter an mächtiger Stange wie einen übergroßen Regenschirm. Und Klerus im Münster, eine Sitzung. Und Marktszenen; auf einem Tisch wird ein Hirsch zerhackt, ein

Käufer trägt einen Hasen weg, ein Hund unter dem Tisch nagt an einem Knochen; auf einem anderen Tisch ein Schweinskopf, ein Hund auch unter diesem Tisch, und auf einem dritten Tisch Fische, gewiss aus dem Bodensee, einige Fische armlang, andere karpfendick, Fässer voller Fische. Und in gestrecktem Galopp der Papst bei seiner Flucht aus Konstanz. Und Hus auf dem Scheiterhaufen: schwarzes Gewand, Papierhut. Eine Karre, aus der zwei Männer mit Holzschaufeln seine Asche schippen, wohl ins Wasser. Und mehrfach Bilder von Belehnungen.

1417, während der Sommerpause der Sitzungen, nahm König Sigmund eine Reihe von Belehnungen vor, wie ich im Kommentarband der Chronikausgabe lese; besonders wichtig war die Belehnung des Burggrafen Friedrich von Hohenzollern mit der Mark Brandenburg. Dieser Festakt begann mit einem Umritt von Posaunenbläsern und Herzogsgefolge durch die Stadt, dann wurden König und Herzog aus ihren Herbergen geholt. Auf dem oberen Markt eine Tribüne, laut Richenthal mit goldenen Tüchern behängt, alles schien in Gold zu brennen. Pfeifer- und Bläserklänge zur Eröffnung des Festakts. Während der Lehnsverleihung trat Pfalzgraf Ludwig hinter den König, hob das königliche Schwert hoch, als wolle er es dem König in den Nacken rammen: das sollte die »jetzt wirksame göttliche Herrschaftsachse« symbolisieren. Kniend der Burggraf, er hatte sein Banner dem König übergeben, empfing es nun wieder aus seiner Hand.

Mehrere solcher Belehnungsszenen in dieser Handschrift, und eine, die als weniger wichtig gilt, wird für mich außerordentlich wichtig: die Belehnung von Herzog Ludwig von Bayern, Pfalzgraf bei Rhein. Der König auf dem Thron überreicht dem jungen Herzog ein Banner: das Fahnenlehen; unterhalb dieser Szene eine Gruppe fähnleintragender Ritter, und hier entdecke ich einen bulligen Kopf mit einem geschlossenen Auge.

Ich schaue vom Buch auf, blicke in den leeren Leseraum, Tische vor mir, Faszikel gestapelt, schaue wieder ins Buch: Ein Mann mit Doppelkinn, kräftiger Nase, betonter Unterlippe, einem geschlossenen Auge. Es ist das linke Auge; ich sähe das geschlossene Auge lieber rechts, aber auch so habe ich wenig Zweifel, dass Oswald dargestellt ist; selbst ein Zeichner kann rechts und links schon mal verwechseln, Oswald hat ja nicht Porträt gesessen, als das Bildchen entstand, das wurde eher aus der Erinnerung gestaltet. Vielleicht ist die Verschiebung aber auch eine ikonographische Form der Betonung: besonders Charakteristisches ist dem Betrachter zugewendet.

Jedenfalls, die Physiognomie ist stimmig wiedergegeben. So ist Oswald von Wolkenstein plötzlich wieder präsent, im gleichen Gebäude, in dem er fünfhundertfünfundvierzig Jahre vor mir war.

Hat sich Oswald nun eingehend nach dem Verlauf des zurückliegenden Konzilsjahres erkundigt? In England, Irland, Portugal, Nordafrika, Aragón werden ihn wohl kaum Meldungen aus der Konzilsstadt erreicht haben. Holte er jetzt nach, arbeitete auf? Oder war für ihn die »causa unionis«, die Aufhebung des Schismas, mehr oder weniger erledigt mit dem Fall Benedikt, der zwar noch immer nicht offiziell zurückgetreten, doch längst abgeschrieben war? Es wird bis 1418 dauern, ehe das Papsttrio durch einen neugewählten Papst abgelöst wird – verfolgt Oswald die Vorgänge bis zur Lösung dieses Problems? Bei der »causa fidei«, der Bekämpfung der Häresie, hatte er sich noch eingemischt, gegen Wyclif und Hus agitierend, die »causa unionis« aber löste keine Textreflexe aus. Kann ich Oswald nachträglich dienstverpflichten zur gewissenhaften Wahrnehmung der Verhandlungen im Münster? Oder hat ihn das alles nicht sonderlich interessiert und schon gar nicht tangiert? War es ihm wichtiger, dass man *ihn* wahrnahm? Ihn, den Dichter, den Komponisten, den Sänger?

Auch dies ist ein Wunder: Der Mann des Renommees und der Ressourcen blieb weiterhin künstlerisch tätig. Das muss hervorgehoben werden! Er sackte nicht ab ins Bequeme, er führte fort, was für ihn offenbar Priorität besaß: Dichten, Vertonen, Singen.

Wie viele Lieder und: welche Lieder hat Oswald im Konstanzer Jahr geschrieben? In seiner (nicht immer überzeugenden) chronologischen Anordnung kommt Werner Marold auf beinah vierzig Lieder, Walter Salmen setzt die Zahl sogar noch etwas höher an. Das hieße: Oswald hätte im Konstanzer Jahr rund ein Drittel seines überlieferten Liederwerks geschaffen! Selbst wenn Oswald in dieser Zeit keine vierzig, sondern ›nur‹ etwa dreißig Lieder geschrieben hätte oder ›bloß‹ zwei Dutzend – es wäre immer noch Anlass genug zum Staunen, zur Bewunderung, denn wie *weit* ist das Spektrum dieser Lieder und wie *hoch* die Qualität und wie *oft* wird hier Neues gewagt!

Noch ein Faktor, der ihm Auftrieb verleihen konnte: In Konstanz hatte er, wie in Perpignan, reichlich Publikum. Hunderte von Edelleuten und Gelehrten, von geistlichen Herren und Gelehrten in der Stadt, darunter Bekannte, auch Freunde aus Tirol, und diese Herrschaften waren gewiss nicht ausgelastet mit Aktenstudien, Besprechungen, Sitzungen, pausenlos huren und saufen konnte man nicht, Turniere und Feste gab es auch nicht täglich, so war man dankbar für jedes Unterhaltungsangebot.

Auch für ihn selber! Es traten Liedermacher aus verschiedenen Ländern auf, auch Gruppen, die Liedsätze der *Ars nova* aufführten, in italienischen, französischen oder englischen Varianten.

Ja, auch in englischen. Der Konzils-Chronist von Richenthal schreibt vom »englischen süßen Gesang«, verweist damit auf eine dreistimmige Komposition mit Orgel und Posaunen, dargeboten zum Fest des heiligen Thomas von Canterbury. Das war am 29. Dezember 1416 – zu dieser Zeit weilte Oswald noch in Konstanz.

Am liebsten würde ich nun ein gutes Dutzend der Liedtexte vorlegen, die Oswald höchstwahrscheinlich in Konstanz geschrieben und sicherlich auch vorgetragen hat: Liebeslieder, Trinklieder, geistliche Lieder, Reiselieder, mundartliche Liedtexte, Sprachcollagen … Doch ich werde die Auswahl wichtiger und charakteristischer Texte auf verschiedene Kapitel verteilen: begleitende Präsenz des Dichters.

Der wohl bedeutendste Text dieser Phase ist das Lebenslied Kl 18. Die ersten Strophen habe ich sukzessiv bereits vorgestellt, nun endlich der gesamte Liedtext: Rückblick und Ausblick eines Mannes von beinah vierzig.

Mit vierzig war man in damaligem Bewusstsein ein Mensch zumindest an der Schwelle des Alters, und so war es kein Kokettieren, wenn Oswald dieses Lied als Altersklage schrieb, selbst wenn er subjektiv alles andre als ein alternder Mann war – er wird ein für seine Ära erstaunlich hohes Alter erreichen. Dennoch, mit vierzig war der Scheitelpunkt überschritten, in damaliger Erfahrung, nach damaligem Verständnis.

Der Liedtext ist spröde: Zeilen sind scheinbar ausgetauscht, Aussagen wie ineinander verkeilt, extrem verknappt: »bis das mir starb mein vatter zwar wol vierzen jar nie ross erwarb«. Als wären die autobiographischen Angaben Versatzstücke, über die Oswald so verfügte, wie ihm das vom Sprachklang (Binnenreime!) oder vom Metrum her richtig schien. Damit erscheinen Gesetze der chronologischen Reihenfolge, auch der logischen Verbindungen zweitrangig.

Lassen sich daraus Schlüsse ziehen? Etwa, dass Oswald den Eindruck vermitteln wollte, sein bisheriges Leben sei eine Reihung punktueller Ereignisse gewesen? Keine ›Entwicklungsgeschichte‹, in der jedes Ereignis seinen Stellenwert hat, Vergangenes aufnehmend, auf Zukünftiges vorausweisend, vielmehr: Fakten, deren Reihenfolge sich umstellen lässt, weil ohnehin keine Zusammenhänge bestehen?

Freilich ist der Text gleichsam getönt, eingefärbt: Das Lebenslied phasenweise als Lebensbeichte. Die muss nicht chronologisch entwickelt werden, hier werden (auch heilsgeschichtlich) relevante Punkte hervorgehoben.

Was Oswald hier erzählt, es ist, bei näherem Hinsehen, größtenteils die Wahrheit, wenn auch für seine Zuhörer standesgemäß stilisiert und für uns Nachkommen streckenweise verschlüsselt. Je genauer es gelingt, den literarischen Text mit dem historischen Kontext parallel zu schalten, desto zahlreicher die Punkte, an denen nur konstatiert werden kann: Ja, das muss so gestimmt haben.

Doch er mischt auf mit Fiktionen, etwa mit dem Männermärchen von vierhundert schönen Frauen auf Nios. Wir können das teils autobiographische, teils schein-autobiographische Lebenslied also nicht immer wörtlich nehmen.

Unter welchem Vorzeichen auch immer der Liedtext interpretiert wird: Hier ist eine Form der Artikulation, für die es zu jener Zeit im deutschen Sprachraum keine Vorlagen gegeben hat. Auch hier entwickelte Oswald ein neues Schreibverfahren. Das sicherte seinem Werk Zukunft.

Es kam dazu, dass ich, im Alter von zehn Jahren,
mir ansehn wollte, wie die Welt beschaffen sei.
In Not und Armut, manchem heißen, kalten Land
hab ich gehaust bei Christen, Heiden, Orthodoxen.
Drei Pfennige im Beutel und ein Stückchen Brot,
das nahm ich mit daheim, auf meinem Weg ins Elend.
Bei falschen Freunden ließ ich manchen Tropfen Blut,
ich glaubte mich zuweilen schon dem Tode nah.
Ich lief zu Fuß (ein Weg der Buße!), bis mein Vater
starb. Ich war schon vierzehn – noch kein eignes Pferd.
Nur eins geraubt, halbwegs gestohlen – es war ein falb.
Auf gleiche Weise ward ichs leider wieder los!
War Laufbursch, war sogar mal Koch und Pferdeknecht,
und auch am Ruder zog ich, es war reichlich schwer,
bei Kreta und auch anderswo, und dann zurück.
So mancher Kittel war mein bestes Kleid.

Nach Preußen, Litauen, zur Tatarei, Türkei, zum
Heilgen Land,
nach Frankreich, Spanien und Italien. Mit zwei
Königsheeren
(ich zog umher im Liebesdienst, doch zahlte selbst!),
mit Ruprecht, Sigmund: beide mit dem Adlerwappen.
Französisch, maurisch, katalon-, kastilisch, deutsch,
latein-, ladinisch, slowen- und russisch, italienisch –
zehn Sprachen habe ich benutzt, wenns nötig wurde.

Auch konnt ich fiedeln, flöten, pauken und trompeten.
Ich habe Inseln, Halbinseln, so manches Land umfahren
auf Schiffen, deren Größe Schutz bot vor dem Sturm,
der mit seinem Rauf und Runter Meereskörper attackierte.
Das Schwarze Meer, es lehrte mich ein Fass umklammern,
als (großes Pech!) der Handelssegler unterging.
Da war ich Kaufmann, konnte meine Haut noch retten,
ich und ein Russ; mein Sachwert sank in dem Getose
mitsamt Profit zum Meeresgrund. Ich schwamm zum
  Ufer.

Die Königin von Aragón war schön und zart;
ich kniete nieder, bot ergeben meinen Bart,
mit edlen Händchen flocht sie einen Ring hinein,
huldvoll, und sprach: »Non mai plus disligaides.«
Die Ohrläppchen hat sie mir eigenhändig dann
durchbohrt mit einer kleinen Messingnadel;
nach Landessitte führte sie zwei Ringe ein.
Ich trug sie lang; man nennt sie dort *raicades*.
Ich suchte König Sigmund auf und trat vor ihn –
er riss den Mund auf, schlug ein Kreuz, als er mich sah,
und rief mir zu: »Was zeigst du mir denn hier für Tand?!«
Sodann vertraulich: »Tun die Ringe dir nicht weh?«
Die Damen, Herren schauten mich da an und lachten –
allein schon neun im Königsrang, zu jener Zeit
in Perpignan; ihr Papst von Luna, namens Pedro,
als zehnter König Sigmund; auch die Frau von Prades.

Ich wollt mein wildes Leben ändern (ja, das stimmt!);
zwei volle Jahre war ich halbwegs ein Begarde.
Die Andacht machte hier den Anfang, ganz gewiss,
doch hielt ich hier nicht durch, Liebe kam dazwischen.
Ich zog sehr viel umher, war aus auf Ritterspiel
und diente willig einer Dame (verlier dazu kein Wort).
Sie wollte mir kein Quäntchen Gunst gewähren,
eh eine Kutte mich zum Narren machte.

Ich drehte denn so manches Ding – ging alles leicht,
solange ich den Lappen mit Kapuze trug.
Davor, danach hat kaum ein Mädchen mir so viel gewährt,
da fanden meine Worte nicht so freundliches Gehör.
Schnurstracks floh die Andacht aus dem Oberstübchen,
als ich die Kutte von mir warf, umnebelt.
Seither hab ich in Liebesdingen manchen Kampf
verloren; die Liebeslust ist halbwegs abgekühlt.

Erzählen, was ich alles litt, das führte wohl zu weit.
Ach, hörig bin ich einem schönen, roten Mund;
das bricht mir fast das Herz, bin nah am bittren Tod.
Ich kriegte mehrfach vor ihr Schweißausbrüche –
sehr rot und bleich ward wechselweise mein Gesicht,
wenn ich der Schönen meine Aufwartung gemacht.
Vor Zittern, Seufzen war ich oft nicht mehr bei mir,
ich fühlte mich, als wär ich ausgebrannt.
Verzweifelt lief ich von ihr weg, zweihundert Meilen
weit
und mehr, und habe nirgends Trost gefunden.
Kälte, Regen, Schnee und Frost, sie taten nicht so weh
wie jener Sonnenbrand, erhitzt von der Geliebten.
Wohn ich ihr bei, so bin ich ohne Maß und Ziel.
Es jagt mich diese Frau ins Ungewisse,
in die Fremde – bis Liebe ihre Aversion beendet.
Ach, hülf sie mir: aus Trübsal würde Glück.

Ich sah weit mehr als vier mal hundert Frauen
(ohne jeden Mann!) auf Nios, jener kleinen Insel.
So schönen Anblick bot noch keine je
im Saal
und doch: es reichte keine an die Frau heran,
die mir die schwere Bürde aufgehuckt.
Ach Gott, wär ihr nur halbwegs meine Last bewusst,
viel leichter wäre mir zumut, bei allem Schmerz,
ich hätte Hoffnung, dass sie sich erbarmt.

Wenn in der Fremde ich so oft die Hände ringe,
wenn ich mit Schmerzen misse ihren Gruß,
wenn früh und spät ich keine Ruhe find in süßem Schlaf,
so traure ich den zarten, weißen Armen nach.
Verliebte Burschen, Mädchen, denkt an dieses Leid!
Wie gings mir gut, als mir die Liebste ihren Segen gab.
Ja, glaubt es mir: Wüsst ich, wir treffen uns nicht mehr,
da würden meine Augen oft von Tränen nass.

Ich habe vierzig Jahre (etwa minus zwei) gelebt
mit wüstem Treiben, Dichten, vielem Singen;
es wär nun an der Zeit, dass ich als Ehemann
mein Kind in einer Wiege schreien hörte.
Doch niemals werde ich die Frau vergessen können,
die mir den Mut zum Leben machte in der Welt.
Ich fand auf dieser Welt noch keine, die ihr gleicht.
Auch fürcht ich ziemlich das Gekeif von Ehefrauen.
Als Richter wie als Rat hat mancher Weise mich geschätzt,
dem ich gefiel, solang ich freche Lieder sang.
Ich Wolkenstein, ich leb gewiss nicht sehr vernünftig –
zu lange schon will ich der Welt gefallen
und seh doch wohl: Ich weiß nicht, wann ich sterben muss.
Und: dass nichts höher zählt als Lohn für gute Taten.
Hätt ich doch nur das göttliche Gebot befolgt –
ich bräucht die Höllenflammen kaum zu fürchten.

Beim folgenden Liedtext könnte man den Eindruck gewinnen, Oswald übertreibe ein bisschen; so bunt, so wild sei es in damaligen Gasthäusern wohl kaum zugegangen! Aber Berichte aus jener Zeit wie aus Jahrzehnten danach zeigen: es ging hoch her! Vor allem wurde gefressen und gesoffen; wer sich dabei speziell hervortat, das waren die sogenannten Edelleute. Beispielsweise Delegierte eines Reichstags in Worms, die fraßen an einem Abend in einem Gasthaus »rohe Gänse mit Federn, Fleisch und anderem und tranken und verdarben 174 Maß Wein«. So wurde das in einer Chronik vermerkt.

Man soff aber auch reichlich Bier. Die Biernamen hatten eine erheblich stärkere Stammwürze als heute: Kuhschwanz, Kälberzagel, Büffel, Flitscherling, Schlippschlapp, Batzmann, Gluckelzahn, Fertzer, Muckensenf, Reißkopf. Beliebt war diese Trinksitte: man stellte ein Leiterchen in den Bierpott und nötigte seinen Nächsten, bis zu einer bestimmten Sprosse hinunterzusaufen, aber hopphopp. Gäste, die hierbei nicht mitmachten oder mitkamen, wurden nicht selten bedroht, zuweilen sogar mit Dolchen, und mancher wurde angestochen. Bei entsprechender Wein- oder Bierlaune wurde auch schon mal eine Frau auf einer Bank flachgelegt. Oswald besingt im folgenden Lied (Kl 54) also durchaus Geläufiges, besingt es knapp, pointiert.

Wir wollen uns nun amüsieren, delektieren, verlustieren,
und alle foppen, die uns nicht gefallen!
»Fräulein, sind die Eier abgezählt?«
»Haut ab, ihr großen Helden,
und esst sie ungeschält!«
Frau Krug, wo bleibt der kühle Wein?
»Recht so«, rief die Pächtersmagd
ganz hinten auf der Bank,
»mach weiter, Freundchen, danke sehr,
dein Orgeln,
dein Besorgen,
dein tolles Raus und Rein
verschafft mir große Lust.«
»Wie ists?«, rief meine Dame,
»wer fiedelt nun auf meinem Saitenspiel?«
»Ich«, rief Heinzel, »ich!«, rief Jäckel
und schon wurde aufgespielt.
Da stöhnte sie: »Ach, Schneckerl,
Heinz, kannst nicht mehr?
Komm her, mein Jäckelino,
lieber amigo,

lehr mich das ABC,
doch tu mir bloß nicht weh!
Ite, venite!«

Der folgende Liedtext (Kl 21) hat weithin Resonanz gefunden; das lässt sich in der Streuüberlieferung nachweisen, in Aufzeichnungen außerhalb seiner späteren Sammelhandschriften.

Jede der drei umfangreichen Strophen mündet in eine Engführung. In der dritten Engführung kommt es zu einer Art Sprachexplosion – ich zitiere vorab den Originaltext.

Da zissli müssli
fissli füssli
henne klüssli
kompt ins hüssli
werfen ain tüssli
sussa süssli
niena grüssli
wel wir sicher han
Clerli Metzli
Elli Ketzli
tünt ain setzli
richt eur letztli
vach das retzli
tula hetzli
trutza trätzli
der uns freud vergan

Oswald hat sich hier anregen lassen durch einen Kinder-Abzählvers, der auch sexuelle Bedeutung hat. Hier ist also beides zugleich: semantische Information (wenn auch nur fragmentarisch) und freie Klangbewegung. Und dies zu Beginn des 15. Jahrhunderts!

Ihr alten Frauen, freut euch mit den jungen!
Was uns der kalte Winter abgetötet,
das will der Mai mit Feldgeschrei befruchten,

mit süßer Kraft: er gibt den Würzlein Saft.
Den kalten Schnee mag er nicht länger dulden.
Was sich verkrochen hat und eingemummelt,
das wird er wecken, aus der Trübsal lösen:
Laub, Blümlein, Blüten, Gräser, Würmchen, müde Tiere.
Ihr Vögel, schmiert die rauen Kehlen ein,
schwingt euch empor, singt hell!
Erneuert jetzt das Fell, ihr wilden Tiere,
wälzt euch mit Schwung im Blütengelb!
Ihr Mädchen, freut euch, seid hübsch locker!
Und Bauer: streu die Saat für neues Mehl,
mit dem du backen willst im Herbst.
Und Hang und Aue, Tal, Forst, Feld –
die gute Erde lässt es sprießen.
Und alle Kreatur, ob wild, ob zahm,
hat große Lust, sich zu befruchten:
der Nachwuchs soll den Eltern gleichen.
Mein Ross schreit nach der Frühlingsweide,
das lässt den Esel lachen.
Tanzen, springen,
laufen, ringen,
fiedeln, singen,
Freude bringen,
lärmen, klingen,
Kuss erzwingen,
Lust erbringen
bei schönen Mädchen.
Höchst erquicklich
und vergnüglich:
Blätter grünlich,
Blumen fröhlich,
Wangen lieblich,
Arme zärtlich,
Zungen zünglich –
das streicht mir um den Bart!

Und wenn der Kuckuck nicht sehr schön in Quinten singt
und der Franzose im Diskant nach Hofmanier,
so hör ich lieber: »Kuckuck, rück an meine Seite!«
Das schätz ich mehr als Jöstlins Saitenspiel.
Und Hetzjagd, Beizen, Pirschen, Taubenschießen,
vor grünem Wald nach Pfifferlingen klauben
mit einem Mädchen, abgeschirmt von einem Busch –
den Spaß, den preis ich mehr als höfisches Plaisir!
Dein Festzelt, Mai, gefällt mir sehr –
taufrisch ist dort jedes Gräslein.
Ein jedes Tier sucht seine Höhle auf,
dort soll der Nachwuchs sicher sein.
»Trink den Trunk, du Spanier, Katalonier!«
Gesang der Art, und: »Paga! Geld her!« –
da ist der Drosselklang doch schöner!
Was ich in jenem Land erlebte –
seht ihr graues Haar an mir,
so sinds die jungen Damen schuld:
die schöngeformten, weißen Beinchen
verstecken sie in roten Hosen,
und ihre hellen, klaren Augen
ummalen sie mit schwarzer Farbe!
Ach, die eine,
die ich meine,
lieb alleine,
süße Kleine,
Brüste, Beine:
so vereine
dich alleine
doch mit mir!
Wär verschwunden,
was gebunden,
fest gewunden –
würd gesunden
an den Wunden,
hätts gefunden!

Und kaufte ihr Schuhe
in London, Paris!

Sehr schwungvoll wirbelt sie im Reihentanz,
die hohen Sprünge passen nicht zu einer Frau.
Auch schminkt sie sich gewöhnlich das Gesicht,
dazu trägt sie noch Ringe an den Ohren.
Mein langer Bart, er brachte mich
um manchen Kuss von zarten, roten Lippen:
wenn freundlich sie Besuch empfangen,
so reichen sie die Wängchen statt der Händchen!
Die roten Fingernägel machen mich ganz krank,
und wie sie eingekrümmt sind, viel zu lang!
Es zieht sie nieder auf den Boden,
sie rührt sich nicht mehr, wenn sie sitzt.
Gerne preise ich den Vorhang
an den Betten – weitaus lieber
als den Stundenschlag der Glocken.
Spanien, Preußen, Sultansland,
Russland, Dänmark, Ostseestrand,
England, Frankreich und Navarra,
Flandern, Pikardie, Brabant,
Zypern, die Romania, Neapel, die Toskana,
das Rheinland – wer *dich* hingegen kennenlernt,
für den bist du das schönste Püppchen!
Ja, Zieselmäuschen,
Fieselfäuschen,
kommt ins Häuschen,
Henneklӓuschen,
leckre Mäuschen,
su-sa-säuschen:
gar kein Päuschen
wollen wir da machen!
Klärli, Mätzli,
Elli, Kätzli,
süße Frätzli –

zeigt das Fötzli,
steift das Rättzli,
tu-la-hätzli!
Faules Säckli,
wer uns das nicht gönnt!

Es ist an der Zeit, über den Komponisten Oswald von Wolkenstein zu schreiben. Zwar habe ich gelegentlich eine Musiksendung im Funk moderiert, mir fehlt jedoch eine musikwissenschaftliche Ausbildung. So bin ich auf Vermittlung angewiesen.

Ich habe musikwissenschaftliche Abhandlungen, Bücher zu diesem Thema, eher: Themenkomplex gelesen. Dabei zeigte sich, dass der Wolkensteiner als Komponist sehr unterschiedlich bewertet wird. Für den einen Musikwissenschaftler, Bruno Stäblein, ist Oswald der geniale Erfinder des »Individualliedes«. Einem anderen Musikwissenschaftler, Theodor Göllner, fällt es nach der Entdeckung einiger Vorlagen für mehrstimmige Liedsätze »schwer, Wolkenstein weiterhin als selbständigen Komponisten anzusehen«. Walter Salmen schließlich setzt ein generelles Fragezeichen hinter Oswald von Wolkenstein als Komponist.

Während Oswald sonst recht gern seine Fähigkeiten und Fertigkeiten herausstellt, erwähnt er nie, dass er Melodien komponiert (hat); andere Dichterkomponisten haben das durchaus getan, wie Salmen betont. Dass Oswald sich hier nicht weiter äußert, lässt allerdings keine Rückschlüsse zu auf seine Selbsteinschätzung als Musiker, als Komponist.

Josef Wendlers *Studien zur Melodiebildung bei Oswald von Wolkenstein* zeigen, wie er komponierte: er fügte Melodien aus »Bausteinen« zusammen. Diese »Bausteine sind in ihren Umrissen fest bestimmte, tonal und metrisch-rhythmisch selbständige Gestalten«. Aus ihnen werden neue Melodien kombiniert wie »Bausätze«. Diese Kompositionstechnik sei für das späte Mittelalter typisch. Und: Melodien konnten mit mehreren, oft recht unterschiedlichen Texten kombiniert werden.

Wie sehr sich die Texte unterscheiden konnten, die Oswald auf *eine* Melodie maßschneiderte, das zeigen die Eröffnungsstrophen zweier Lieder (Kl 30 und 31 – ich werde sie später in vollständiger Übertragung einbringen). Zuerst der Beginn eines Reiseliedes.

Mit Rechtsansprüchen unterwegs
im Ausland – nichts plagte mich da mehr
als eine Unterkunft mit vielen Kindern.
Ihr Schreien hat mich oft betäubt,
dass ich mein eignes Wort nicht mehr
verstehen konnte. Ganz speziell im Winter,
wenn ich den ganzen Tag nur fror,
mich müderitt – da war das abends kein Genuss!
Die größte Stube ward mir oft zu eng!
In mehr als einer Wiege lag ein Kindchen
mit Gebrüll, hat mir die Ohren vollgegellt!
Da hör ich lieber doch die Nachtigall.

Ein balladenhafter Song also. Und gleich die Eröffnungsstrophe des geistlichen Liedtextes, der – nach einer »Nota« der Leithandschrift – zur selben Melodie gesungen wurde.

Der oben schwebt, der unten trägt,
der vorne, hinten, seitlich stützt,
der ewig lebt, der ohne Anfang ist,
der alt und jung, von Anbeginn
dreifältig einbeschlossen in ein Wort,
in Harmonie, in unauflöslicher Verflechtung,
der schmerzhaft starb, nie tot gewesen,
der keusch empfangen, ohne jeden Schmerz
geboren wurde, rot und weiß, von reiner Magd,
der viele Wunder hat vollbracht,
die Hölle aufgesprengt, dem Teufel zugesetzt,
der aus den Wurzeln Saft in Stängel, Dolden bringt –

Lässt sich ein größerer Kontrast vorstellen? Dabei ist dies kein Sonderfall. So hat Oswald nach *einer* Melodie ein Weihnachtslied, ein Marienlied und ein Lied über einen Zustand sexueller Erregung geschrieben!

So wird im Weihnachtslied (Kl 35) besungen, dass der Sohn der reinen Jungfrau geboren wird, und der Herr aller Königreiche wird gepriesen, und die Jungfrau, die in einer ärmlichen Herberge ihr Kind gebar, und Ochs und Esel friedlich beisammen, das Kind in der Krippe, und er, Wolkenstein, bittet um Hilfe in der Todesstunde. Dieselbe Liedmelodie nun hat Oswald mit einem Marienlob betextet, Kl 34.

Das Grau durchschimmert zart Azur,
luzide eingeschmolzen;
blick durch die Wimpern, reine Kreatur,
in deinem Glanz der Schönheit.
Gebenedeit im Ährenkleid – nicht mal ein Füßlein
wär ein Sujet für peintres, denke ich,
so sehr ist sie vollkommen. Erhielte ich
von ihr ein freundlich Grüßlein,
so wöge meine Last recht leicht,
ich würde ganz und gar befreit, durch sie,
der sich allein lobsingen lässt,
der schönen Jungfrau über allen.

Der Tag strahlt jubilierend hell,
das lässt die Auen klingen,
dort singt so manche Vogelschar
im Dienst der schönen Herrin
arpeggierend, schön im Text, hoffnungspendend,
die hellen Stimmen dicht versträhnt.
Und Blumenblüte, Maienkranz und Sonnenglanz,
des Firmamentes hohe Kuppel –
die ganze Schönheit preist die Krone,
die keusch den Sohn gebar, zu unserm Heil.
Wo hätte eine Jungfrau je
mit Recht so hohes Lob verdient?

Und Wasser, Feuer, Erde, Lüfte, Wind,
Glanz, Magie der Edelsteine,
und alle Wunder, die man sieht –
nichts gleicht der reinen Jungfrau,
die mich erlöst, mich täglich tröstet: ja, sie ist
die Höchste hier im Herzenskloster.
Unbefleckt ihr zarter Leib. Ach, schöner Garten,
lass das österliche Heilkraut
ein Schutz sein vor dem Höllentor.
Wenn sich mein Kopf einst neigen wird
zu deinem schönen, roten Mund –
gedenke meiner, Liebste!

Den dritten Text (Kl 33) auf die gleiche Liedmelodie spare ich für später auf – hier nur eine charakteristische Sequenz.

Dein schöner Leib hält mich gebannt,
das singe ich ganz unverblümt.
Komm, bester Schatz, mir schnellt
der Rammler hoch, voll Kraft,
das macht mich immer wieder wach,
von früh bis spät gönnt er mir keine Ruh;
Liebes, tu jetzt was,
damit das Bettlein kracht!
Die Lust erreicht den höchsten Punkt,
sobald ich mir vor Augen führe,
wie liebevoll die schöne Frau
zur Morgenstunde mich umarmt.

Reiselied und Preis Gottes, Weihnachtslied und Lustgesang – dass Oswald solche Gegensätze musikalisch vereinte, ist nicht die Gleichgültigkeit oder Verlegenheit eines Komponisten, dem nichts Besseres einfiel, als einen weltlichen Text auf die Melodie eines geistlichen Liedes zu schreiben oder umgekehrt, hier lassen sich eher Schlüsse ziehen auf Musik im Allgemeinen als auf Oswalds Kompositionen im Besonderen.

Hier muss freilich ein Punkt mitbedacht werden: Dieselbe Melodie konnte munter-rasch gesungen werden oder feierlich-getragen, je nachdem, ob sie mit einem weltlichen oder geistlichen Liedtext kombiniert war. In der damaligen Notationstechnik einstimmiger Lieder wurden nur die (relativen) Tonhöhen angegeben.

Hinzu kam in Oswalds Zeit: ein erheblicher Spielraum in der Besetzung der Singstimme, eine gewisse Freiheit in der Auswahl der Begleitinstrumente – zumindest bei monophonen Liedern. Hier ist nur die Gesangsmelodie notiert, und die kann, beispielsweise, von einem Tenor wie von einem Bassisten gesungen werden. Keine Hinweise zur Begleitung.

Beispielsweise das Lebenslied: Hier kann der Sänger von Lyra oder Laute begleitet werden, ebenso von einer Knieharfe; denkbar wäre auch eine Flöte; sehr geeignet ist eine Fiedel. Mit jedem Instrument ändert sich die Technik der Begleitung, und dies hat wiederum Rückwirkungen auf Artikulation und Phrasierung des Sängers.

So konnte das melodische Material im Charakter stark verändert, konnte die Neutralität der Melodie überspielt werden. Verständlich, dass in Oswalds Œuvre (und nicht nur in *seinem* Werk) die Mehrzweckmelodien oder, wie Stäblein es formuliert, die »Mustermelodien neutraler Grundhaltung« eine quantitativ große Rolle spielen.

Soweit scheint alles klar. Bleibt nur die Frage: Wie kommt es, dass dennoch Kompositionen entstanden, die heute (nach vielhundertjähriger Inkubation) höchst lebendig wirken? Es muss etwas geschehen sein, das zu einer qualitativen Veränderung quantifizierbaren Materials führte. Zwei der Fermente: Spontaneität, Intensität. Selbst Oswald-Melodien mit einem gewissen Anteil von Floskel-Material können heute emotionale Wirkung auslösen, können sogar nachwirken als ›Ohrwürmer‹.

Oswald und seine Musik – sie hat mich während der Arbeit am Buch begleitet. Wiederholt hatte ich mir Lieder und Liedsätze angehört, die auf Oswald-LPs eingespielt waren. Wie schon erwähnt, war bereits 1956 eine Langspielplatte der Archiv-Produktion der DG erschienen mit elf Liedern des Wolkensteiners: vor allem das Tagelied »Wach auff mein hort!« wurde zu einem Ohrwurm.

Sehr intensiv sodann die Beschäftigung mit Oswalds Musik bei Vorarbeiten zu einem Workshop, den ich der Literaturredaktion des Westdeutschen Rundfunks vorgeschlagen hatte: Einige Lieder aufnehmen, von denen noch keine Aufzeichnungen vorlagen … Ausprobieren, welche Unterschiede entstehen, hörbar, wenn auf die gleiche Melodie ein geistlicher und ein weltlicher Text gesungen werden …

Ich kann hier nicht detailliert über alle Phasen der Vorarbeiten berichten – nur einige Erfahrungen und Wahrnehmungen.

Schon bei den ersten Arbeits-Besprechungen mit dem Sänger Wilfrid Jochims lernte ich, mit welchem Kunstverstand Oswald arbeitete, etwa in musikalischen Akzentuierungen. Durch besonders hohe (und tiefe) Notenwerte wird die Aufmerksamkeit der Zuhörer intensiviert – und hier kann man bei Oswald sicher sein, dass er solche Akzente jeweils auf Schlüsselwörter setzt.

Zum Beispiel das Lied, in dem nautisch so exakt die Reise ins Heilige Land beschrieben wird (Kl 17): Hier verbindet Oswald in der ersten Strophe den höchsten Notenwert mit »räten«, also Rat geben, in der zweiten Strophe wird dieser Akzent kombiniert mit »gíphel«, das Segel soll zur Spitze des Mastes hochgezogen werden; in der dritten Strophe wird die Akzentuierung verbunden mit einem wichtigen Hinweis zur Navigation.

Sehr bewusst hat Oswald auch Melismen eingesetzt. Etwa wenn das Sänger-Ich nach seiner Liebsten seufzt – hier wird »beseuffte« in der zweiten Silbe auf fünf, in der dritten auf drei Noten gesungen; das gleiche Melisma bei »kla~a~a~ge« am Ende der zweiten Strophe.

Nächste Arbeitsphase: Abstimmung des Sängers mit den beiden Instrumentalisten, mit Michael Schäffer, Laute, und mit Tom Kannmacher. Er spielte, neben anderen Instrumenten, die Drehleier: Die rechte Hand dreht die Kurbel, auf der Achse eine Holzscheibe, etwa einen Zentimeter stark, an diesem Rad liegen Saiten an, die permanent in Schwingung versetzt werden können: der Bordun (zum Beispiel eine permanent durchklingende Bassquinte, über der die Melodie gesungen wird). Mit Tasten lassen sich, zusätzlich zum konstanten Grundklang, melodische Figurationen spielen: die Chanterelle. Außerdem lässt sich mit diesem Instrument auch rhythmisieren, durch ruckhaftes Beschleunigen beim Drehen.

Bei den ersten Proben von Sänger und Instrumentalisten verschiedene Detailfragen: Soll von der Drehleier nur der Bordun gespielt werden, mit oder ohne Schnarrsaite, oder sollen Figurationen den Sänger begleiten? Soll im Refrain ein Tamburin geschlagen werden oder eine größere Trommel? Wie soll diese Trommel gestimmt werden, damit sie nicht klingt wie ein Instrument aus dem Orff'schen Schulwerk? Soll in der ersten Strophe nur die Laute den Sänger begleiten, in der zweiten nur die Drehleier, und in der dritten beide Instrumente gemeinsam, oder soll in der ersten Strophe bereits die Drehleier hörbar werden, mit zurückhaltend gespieltem Bordun, und in der zweiten Strophe begleitet die Laute mit Bassakkorden die Drehleier? Besonders spannend wurde es für mich, wenn die Musiker einen Vorschlag von mir ausprobierten – und akzeptierten. Allzu oft geschah das nicht, aber: hier war Kommunikation.

Zuweilen, bei den Proben, dann bei der Aufnahme: Momente, in denen ich ein wenig stolz war – eine Idee, ein Impuls, nun die Realisierung. Einige der Lieder wurden nach mehr als einem halben Jahrtausend zum ersten Mal wieder zum Klingen gebracht!

Musiker, soweit sie nicht bloß Musik-Beamte sind, probieren gern andere Instrumente aus, zumindest Varianten des eigenen Instruments. Etwa in Ensembles für alte Musik: statt der gewohnten Laute eine chitarra sarazenica spielen … Oder unter Jazzmusikern: das Sopransaxophon zur Abwechslung ersetzen durch eine indische Oboe …

Ähnliches hat Oswald sprachlich gemacht: in einer fernen Variante der eigenen Sprache schreiben, in niederrheinischem Idiom.

Der Begriff Mundart lässt sich hier, strenggenommen, nicht anwenden: Es gab Regionalsprachen, beispielsweise die bayerische oder niederrheinische, und es gab die langsame Entwicklung einer überregionalen deutschen Sprache, in der Literatur wie in der Verwaltung. Oswald schrieb, wissenschaftlich formuliert, in der »mittelbairisch-wienerischen Herrensprache«. Er übernahm zuweilen auch Wörter aus dem Volksidiom; damit wollte er aber nicht volkstümlich werden; wenn er ein Wort etwa aus der Kastelruther Gegend zitierte, so war das für ihn und seine Zuhörer eine kleine, rustikale Extravaganz.

In zwei Fällen aber nun hat Oswald bewusst seine Sprache verlassen und in der Literatursprache einer Region geschrieben, in der er nicht aufgewachsen war, nicht lebte. Außergewöhnlich für seine Zeit: ein Tiroler, der rheinisch schreibt! Ein Sprung, aber ich nehme an, mit kurzem Anlauf.

Vorstellbar ist folgende Situation: Unter den vielen ›fahrenden‹ Musikern, die nach Konstanz kamen, hörten Oswald und sein Kreis einen Sänger, der ganz selbstverständlich, weil er es nicht anders kannte, die Sprache seiner Region sang, Niederrheinisch, und das wirkte auf Oswald als etwas Besonderes, fast schon Exotisches, es wurde zur Herausforderung: Wetten, das kann ich auch? Und er schrieb beispielsweise:

> Grasselick lif war hef ick dick verloren
> all dise lange sütten summertit
> dat gi mi komt tu vorn
> so left min hert in grot jolit

Eigentlich, so stand für mich längere Zeit fest, darf hier nur der Originaltext zitiert werden. Wie soll man da aber, als nicht-spezialisierter Philologe, herausschmecken, was für Oswald besonderes Sprachgewürz war? Wir haben nicht den Klang der Sprache im Ohr, mit der Oswald beispielsweise dieses Lied ansagte – und dann, als Kontrast, der völlig andere Sprachklang! Also doch eine Übersetzung?

Nach einer Prosa-Paraphrase von Okken habe ich einen Text

geschrieben in der Mundart meiner (damaligen) Region: im Dürener Platt. Aber Düren liegt ein Stück entfernt von der Region, deren Sprachklang Oswald im Ohr hatte, den er seinen Zuhörern ins Ohr setzen wollte, und so nahm ich Verbindung auf mit Ludwig Soumagne, der in landkölnischer Mundart schrieb; diese Sprache ist in Schriftbild und Klang dem Niederdeutschen recht nah, wie es Oswald reproduzierte oder zu reproduzieren versuchte.

Ich besuchte Soumagne in Norf bei Neuss, gab ihm Textvorlagen und Prosaübersetzungen, wir sprachen schwierige Punkte durch. So hatte ich mir von Okken Wörter zeigen lassen, an denen erkennbar wird, dass Oswald aus Tirol stammt und nicht vom Niederrhein: Ungenauigkeiten, kleine Patzer. So mussten in den neuen Text ebenfalls ein paar Ungenauigkeiten, kleine Patzer eingebaut werden – diesmal bewusst produziert!

Und damit die erste Strophe von Kl 90. Das Lied ist insgesamt drei Strophen lang, aber bei der zweiten und dritten Strophe lohnen sich die Mühen des aufwändigen Übersetzungsverfahrens kaum noch.

Leev Häär, wör ech ne Piljer,
wie ech vür Johre eene wor,
dann piljerden ech no ming Schwestre
e Broderhätz von Hass net schwor.
Vüll Abenteuer un noch mieh
wüed ech verzälle
direk en et Ührche un dobee
mech leev anstelle.
  Zwei Bälkches hätt ech bahl jenieht
  op minge Ömhang wie ens draan
  dronger wör ech jrad su aan
  wie ne Klosterbroder
  dä sin Schwestre leever söekden
  wie de Mötter.

Der Text des zweiten Liedes (Kl 96) ist nach einem recht konventionellen Muster geschrieben – aber es ging Oswald ja primär um den Sprachklang. Wie zum Beweis, dass er hier keineswegs volkstümlich werden wollte (auch nicht, stellvertretend, im Niederrheinischen), hat er diesen Text mit einem dreistimmigen Liedsatz kombiniert.

Hätzliebche fein, wo hann ech dech verlore
hee en der lange, söße Summerzick?
Lett mech dech fenge wier,
dat Freud wier en mieh Hätz entrick.

Glöcksieligkeet un koom ne Gronk zom Truure
du mahs, dat nicks wie Freud ech hann em Senn.
Nie well ech dech verberje
wie jäär det ech di Ein un alles bön.

Du leevste Schatz, dat Schloss muss sin verbonge
wie ene Kaisersetz su joot un secher sin.
Hück hann die Freud ech fonge,
di trick mi Hätz no dech bloß hin.

Der Liedtext als reizvoll-fremdartiger Sprach-Klangkörper: dies hat Oswald noch konsequenter realisiert in seinen beiden polyglotten Liedtexten Kl 69 und 119. Wieder ein Originalzitat:

Do fraig amors
adiuva me
ma lot mein ors
na moi sercce
rennt mit gedanck
frau puräti
Eck lopp ick slapp
vel quo vado
wesegg mein krap
ne dirs dobro
ju gslaff ee franck
merschi vois gri

Oswald hat zu diesem Liedtext eine »exposicio« geliefert, eine Übersetzung, die ich wiederum übersetze, denn hier zeigt sich, dass diese Sprachzitate nicht einfach zusammengestoppelt, sondern sinnvoll geordnet sind, wenn auch wieder nach einem konventionellen Grundmuster.

Wenn du mich liebst,
so steh mir bei.
Mein Pferd, mein Ross,
sowie mein Herz:
ihr Ziel ist nur
bei dir, Madame.
Im Schlaf, im Lauf,
und wo ich geh:
mein armer Kopf ist
mir verdreht.
Ich bin versklavt,
ich war mal frei –
ich fleh um Gnad!

Ein kurzer Blick auf die Elemente, aus denen Oswald sein Sprachpuzzle zusammengesetzt hat – schriftliche Hinweise informieren den Leser seiner Handschriften, aus welcher Sprache sie jeweils stammen. So ist »fraig amors« als »frantzos« deklariert, und gemeint ist die wahre Liebe, l'amour vrai; »ma lot« ist ungarisch, »min ors« flämisch, »puräti« wird als »welsch« bezeichnet.

Wie dieses Sprachkunststück gemeint war, als Imponiergeste oder als Jux, das lässt sich aus dem Refrain schließen. Der lautet im Original so:

Teutsch welchisch mach
franzoisch wach
ungrischen lach
brot windisch bach
flemming so krach
latein die sibend sprach

Die Übersetzung ist schwierig. Erstens das halbe Dutzend gleicher Reime, zweitens das knappe metrische Schema: aus »welchisch« muss das silbenreichere »italienisch« werden, und das erzwingt eine Erweiterung des metrischen Schemas.

Aus deutsch mach italienisch,
erweck es auf Französisch,
lass es magyarisch lachen,
und treib es auf slowenisch,
lass es denn flämisch krachen;
Latein: die siebte Sprache!

Bei ersten Übersetzungsversuchen hielt ich diesen Refrain für ein frühes Beispiel von Nonsense-Literatur, aber eine Untersuchung von Plangg hat mich zurückgepfiffen. Er weist darauf hin, dass der Refrain so etwas wie ein Kommentar zum polyglotten Text ist: Was man aus der deutschen Sprache, was man mit der deutschen Sprache alles machen, kurz, wie man es mit ihr treiben kann!

Und gleich eine weitere Sprachcollage: Kl 119. Auch diesem Text hat Oswald eine Übersetzung beigefügt, die ich wiederum übersetze.

Sei willkommen! Was führt dich her?
Sei unbesorgt, ich dank dir sehr.
Ich freue mich, dass ich dich seh.
Mit großer Liebe bin ich dein.
Mein ganzes Hoffen gilt nur dir,
denn du bist Glanz und Lust dazu.
Ich steh dir gänzlich zur Verfügung,
ich diene dir, so gut ich kann.

Ein konventionelles Grundmuster für einen viersprachigen Flickenteppich. Ein Freund bezeichnete den Liedtext als »Kellnergedicht«: Jemand, der diverse Fremdsprachenbrocken anbringen will.

Diese erste Strophe nun transformiert – die »windischen« und

»welschen« Zitate übertrage ich nach einer Untersuchung von Wachinger in heutiges Slowenisch und Französisch.

Bog te sprimi! Was führt dich her?
Grand merci à toi, sine cura.
Ich freue mich, quod video te.
Cum bon amour jaz sem tvoje.
Tout mon espoire na te strojiti,
denn du bist Glanz cum gaudeo.
Opera mea – ich steh dazu,
na dobri si služba baš kâjti.

Philologen, die auf diese Texte eingehen, nehmen an, dass Oswald die Lieder in Konstanz geschrieben hat; man weist zur Begründung gern hin auf das »Sprachengemisch« der Konzilsstadt – das finde sein Echo in diesem Text.

Der Kreis lässt sich enger ziehen, mit König Sigmund als Mittelpunkt. Hoensch weist hin auf dessen Vielsprachigkeit und »fundiertes Wissen«, auf »seine Fähigkeit, bruchlos von einem Idiom in ein anderes überzuwechseln und sich gewählt sowohl auf Latein, Deutsch, Tschechisch, Ungarisch, Französisch, Italienisch und in einer weiteren slawischen Sprache – Kroatisch oder Polnisch – auszudrücken«. Freilich legte Sigmund dabei nicht allzu großen Wert auf »grammatikalische Feinheiten«.

So lässt sich annehmen, dass Oswald – weniger an grammatikalischen Feinheiten, eher an Klangformen interessiert – diesen Liedtext maßgeschneidert hat für seinen König. Eine Lach- und Erfolgsnummer!

Ein (ge)wichtiges Kapitel sind in Oswalds Werk die mehrstimmigen Kompositionen, oder, wie es Marc Lewon vorsichtiger formuliert: Lieder, die »als mehrstimmig notiert gedeutet werden können«. In den beiden (später vorgestellten) Handschriften des Gesamtwerks sind nominell mehr als drei Dutzend polyphoner Liedsätze aufgezeichnet.

Hier muss gleich betont werden: Oswald war nicht nur Dichter, Komponist, Sänger vorwiegend einstimmiger Lieder, der *auch* mehrstimmige Liedsätze in sein Programm aufnahm. Dieser Eindruck wird zuweilen vermittelt durch falsch akzentuierte Zahlen: 126 Lieder sind in der Leithandschrift B überliefert, 37 von ihnen sind polyphon. Ein beträchtlicher Anteil am einstimmigen Liedwerk besteht indes aus Mehrzweckmelodien, die bis zu sieben Mal mit selbständigen ›Gedichten‹ kombiniert wurden. Den 37 mehrstimmigen Kompositionen stehen so 57 einstimmige Melodien gegenüber.

Auch dies ist eine biographische Aussage: Oswald hat nicht nur das tradierte Muster des einstimmigen Liedes (überwiegend mit erzählendem Inhalt) adaptiert, variiert, er hat Neues und Allerneustes der europäischen Musikentwicklung aufgegriffen. (Die wurde gefördert von Berufsmusikern wie Guillaume de Machaut oder Francesco Landini – erhebliche Vorgaben bei ihnen, verglichen mit den Voraussetzungen des militärisch und politisch tätigen Dichterkomponisten des Tiroler Landadels.)

Wie groß die Distanz ist zwischen einstimmigem Lied und mehrstimmigem Liedsatz, dies zeigen bereits Voraussetzungen und Techniken der Aufführung.

Etwa ein Satz für zwei Singstimmen und ein Instrument: hier konnte man nicht mehr Zufall mitentscheiden lassen, welch ein Instrumentalist gerade zur Verfügung stand, ob ein Flöten-, Harfen- oder Psalteriumspieler, hier musste man »das Instrument auswählen, das nach Charakter und Eignung der bereits [aus]geschriebenen Stimme am ehesten gerecht wird«. So Thomas Binkley, seinerzeit Leiter des Studios der frühen Musik. Er hat die Erfahrung gemacht, dass sich Aufführungen eines mehrstimmigen Liedsatzes weniger voneinander unterscheiden als Aufführungen eines einstimmigen Liedes.

Denn: eine mehrstimmige Komposition muss im Ensemble so aufgeführt werden, wie der Komponist sie notiert hat; dieser Notwendigkeit muss sich alles unterordnen. Hier sind an Musiker also ganz andere Anforderungen gestellt als bei weithin improvisierender Begleitung einstimmiger Lieder. Hier konnten sich Spielleute frei entfalten; bei der Aufführung polyphoner Liedsätze hingegen mussten Musiker aufeinander eingespielt sein. Gefordert waren intonationssichere, taktfeste Sänger und Instrumentalisten. Eine der Voraussetzungen für die Entwicklung der *Ars nova* zu Beginn des 14. Jahrhunderts waren Hofkapellen, wie sie in Frankreich begründet wurden.

Nun wird hier nicht – das muss gleich betont werden – (ab)wertend unterschieden zwischen einer ›bloß‹ improvisierenden Liedbegleitung und dem Ensemblespiel bei mehrstimmigen Sätzen. Für den Musiker kann die improvisatorische Begleitung kreativer sein als die Mitwirkung bei der Aufführung einer durchnotierten Komposition (Musica composita, musica figuralis). Ein Musiker, der in einer polyphonen Komposition mitspielte, brauchte eine andere Ausbildung als ein zumeist improvisierender Kollege. (Bei dem nicht einmal vorausgesetzt werden musste, dass er Noten lesen konnte: viele lernten nach Gehör und spielten aus dem Gedächtnis ...)

Im Verlauf der Arbeitsjahre an diesem Buch habe ich mir wiederholt Tonträger mit früher polyphoner Musik beschafft. Ich hörte mehrstimmige Chansons von Guillaume de Machaut, der zu Beginn des vierzehnten Jahrhunderts geboren wurde, auf Reisen und Kriegszügen weit in der damaligen Welt herumkam, eine angesehene kirchenmusikalische Stellung erhielt und 1377 starb. Hörte »Ballaten« von Francesco Landini, der 1335 geboren wurde, nach einer Pockenerkrankung früh erblindete, dennoch verschiedene Instrumente erlernte, zahlreiche weltliche Kompositionen hinterließ. Hörte Musik von Johannes Ciconia, dessen Werke zumeist auf das erste Jahrzehnt des 15. Jahrhunderts datiert werden; er war derart angesehen, dass man von einer »Epoche Ciconia« schreibt.

Beim Anhören polyphoner Kompositionen jener Ära hatte ich den Eindruck: hochstilisierte Kunst für ein Publikum von »highbrows«. Oder, wie Lewon es formuliert: »Musik für einen hochgebildeten, elitären Insiderkreis«.

Oswald dürfte mit ersten mehrstimmigen Liedsätzen sein Publikum überrascht und gefordert haben. Nicht bei allen Zuhörern wird er Resonanz gefunden haben, sie werden sich gefragt haben:

Was macht er denn *jetzt*?! Polyphone Liedsätze werden manche eher gelangweilt als begeistert haben. Wie diskret, wie subtil verflochten diese gesungenen, diese gespielten Melodielinien – gleichsam schwebeleicht …

Auch dies also fand Resonanz in Oswald, auch dies griff er auf, setzte er auf seine Weise um! Ob er nun polyphone Liedsätze der *Ars nova* aus Italien oder burgundische *Chansons* in Bearbeitungen übernahm, ob er sie bearbeiten (arrangieren) ließ oder ob er das selbst realisierte – das Spektrum polyphoner Kompositionsweisen war erstaulich weit: zwischen der nicht mehr ganz so neuen *Ars nova* und den allerneusten Entwicklungen der Polyphonie in Burgund. Hinzu kamen einige (»organale«) Spielarten, die sich nicht genau zuweisen lassen.

Marc Lewon hebt die herausragende Bedeutung von Oswalds Mehrstimmigkeit hervor; nach den wenigen, noch schlichten polyphonen Liedsätzen des Mönchs von Salzburg sei hier »das erste große mehrstimmige Œuvre in deutscher Sprache«.

So sind die beiden Handschriften des Wolkensteiners in dreifacher Hinsicht bedeutend: als »Zeugen eines sehr individuellen Œuvres«, als Dokumentation »der frühesten, umfangreichen deutschen Polyphonie«, als »wichtige Quelle für ein überregionales Repertoire und dessen Rezeption fern der Zentren seiner Entstehung und Hauptüberlieferung«. Gemeint sind hier seine Übernahmen, seine Bearbeitungen von italienischen und französischen Werken der Polyphonie.

Der Wolkensteiner musste sich musikalische Techniken des Trecento erst einmal durch Adaptationen erarbeiten: sechzehn Vorlagen sind bereits nachgewiesen, und es ist nicht auszuschließen, dass weitere Kontrafakturen entdeckt werden. Müssen wir Angst haben vor jedem weiteren Fund einer Vorlage, weil Oswald als vermittelnder Komponist der Mehrstimmigkeit an Bedeutung verlieren könnte?

Zuerst einmal, grundsätzlich: Kontrafazieren war im Mittelalter ein legitimes Verfahren. Dennoch: war es bequemer, war es letztlich nicht ›schöpferisch‹? Auch Großmeister der Musik haben durch das Studium von Vorlagen gelernt – Bach etwa kopierte und bearbeitete Kompositionen vor allem von Vivaldi. Und: wie viele berühmte Maler haben Werke von Vorgängern studiert, mit dem Anfertigen von Skizzen, dem Malen von Kopien! Was Wunder, dass sich Oswald erst einmal mit Werken der neuen Entwicklung vertraut machen, sie sich, auf seine Weise, aneignen musste. Er hat polyphone Sätze anderer Komponisten kaum mal unverändert übernommen, sie ›bloß‹ neu betextend, er hat Vorlagen (selbst wenn sie von einem Landini stammen) modifiziert, etwa indem er einen Liedsatz von drei auf zwei Stimmen reduzierte. Lewon betont denn auch, »dass es sich nicht um schlichte Neutextierungen, sondern um grundlegende Neuaneignungen fremder Werke durch Oswald handelt«.

Man hält in der Sekundärliteratur daran fest, dass Oswald einstimmige Liedmelodien komponiert hat, doch wird schon mal in Frage gestellt, ob seine musikalische Ausbildung genügte, um polyphon komponieren zu können, ob er hier nicht auf fachliche Beratung angewiesen war oder auf bereits bearbeitete Vorlagen. Aber *wer* sollte in seinem Ambiente wegweisend vermittelt haben, quasi als Ghost-Composer? Ein Kantor in Brixen …? Ein Chorleiter in Neustift …? Solche Berater hätten also bereits kennen müssen, was Oswald neu einführte. Sehr unwahrscheinlich!

Ich sage mir: Jemand, der in der Lage war, verschiedene Spielarten mehrstimmiger Liedsätze zu registrieren, zu rezepieren, zu adaptieren, der musste über hohes Können und große Souveränität verfügen. In ein Bild übertragen, das zu Oswalds Reiterleben passt: Wenn er für den deutschsprachigen Raum *Vorreiter* war in der Vermittlung polyphoner Kompositionen, so war er wohl kaum angewiesen auf richtungsweisende Beratung aus dem Tross.

Bleibt festzuhalten: Oswald von Wolkenstein war nachweislich der Erste, der polyphone Liedsätze (italienisch, französisch oder lateinisch) übernommen, bearbeitet, mit deutschen Texten verbunden hat. Wobei er eine deutliche Vorliebe zeigte für ›zündende‹ Kompositionen.

Und damit wieder eine Aussage von biographischer Relevanz: Auch als Komponist war der Wolkensteiner offen, griff verschiedenartigste Einflüsse auf, realisierte höchst unterschiedliche Formen. So gilt (mit aller gebotenen Relativierung!) im Grundsatz auch für ihn, was Robert Craft über Strawinsky schrieb: »Seine Aufnahmefähigkeit ist ein Teil seines Entwicklungsvermögens.«

Und wie wirken sich polyphone Kompositionstechniken auf Texte aus? Anders formuliert: Welche Textstrukturen setzen mehrstimmige Liedsätze voraus?

Ich konsultiere den Aufsatz von Siegfried Beyschlag *Zu den mehrstimmigen Liedern Oswalds von Wolkenstein*. Und versuche, die Analysen umzusetzen bei zwei Liedsätzen.

Zuerst Kl 48, ein Tagelied, jedoch in eigenwilliger Textversion. Als Kompositionsvorlage ein (dreistimmiges) französisches Rondeau, »Jour à jour la vie«.

Um die Bauform des Textes zu verdeutlichen, lege ich den Beginn in vereinfachter Version vor.

(Bäuerin:)
Steh auf, Maredl! Liebes Gredl, reiß die ›Rübe‹ raus!
Mach Feuer, setz Fleisch auf, Kraut! Beeil dich was!
Nun los, du faules Stück, die Schüssel abgespült!
Wer hält die Magd umarmt? Der Künzl-Knecht?
Aus dem Haus, verdammter Spitzbub!
(Magd:)
Frau, ich mag nicht. Ist noch längst nicht Tag.
Wann find ich schon den Schlaf, den ich so brauch?
Ah, hetzt nicht so! Man ist ja auch noch wer …
So lauf nicht weg, bleib hier!
Mein trauter Künzl-Spezi ist mir sehr, sehr lieb.

Und gleich der Text (näherungsweise) in der Form, in der Oswald ihn konzipiert, komponiert hat.

Steh auf, Maredl! Liebes Gredl, reiß die ›Rübe‹ raus!
»Frau, ich mag nicht. Ist noch längst nicht Tag.«
Mach Feuer, setz Fleisch auf, Kraut! Beeil dich was!

»Wann find ich schon den Schlaf, den ich so brauch?«
Nun los, du faules Stück, die Schüssel abgespült!
»Ah, hetzt nicht so! Man ist ja auch noch wer …«
Wer hält die Magd umarmt? Der Künzl-Knecht?
Aus dem Haus, verdammter Spitzbub!
»So lauf nicht weg, bleib hier!
Mein trauter Künzl-Spezi ist mir sehr, sehr lieb.«

Los, Gredl, lauf zum Stadl, such die Nadl!
Nimm den Rechen mit!
»Und wer kommt dann, ders mir besorgt
so urig, burig, pfundig?«
Gabel, Flegel, Sieb und Sichel findst du dort.
»Arbeit ist Schinderei …«
Nimm Hans mit und Kathrina. Der Künz zu mir!
»Kathrina taugt nichts, Hansl hab ich satt!«
Halts Maul, du Luder, hör auf mit dem Geschrei!
»Mit sattem Schmatz schenk ich mich ganz
dem Künzl aus dem noblen Zillertal.«
Deine Schande wächst, es schrumpft dein Ruf!

Gredl, Schande über dich!
»Herrin, schimpfen nützt jetzt nichts.«
Rühr dich, spinn und kehr!
»Spinnen, kehren mag ich nicht.«
Lauf nicht zum Bock,
bläh nicht den Rock.
Nimm dir einen Ehemann
und du Racker kriegst ein Sackerl Geld.
»Mein Liebestrachten gilt dem Künzilein,
der gehört mir ganz und gar.
Und schenkt mir Lust, nach der ich giere.«

Noch einmal, als Basso ostinato: Oswalds Liedtexte waren nicht für einen Gedichtband verfasst, sondern für musikalische Praxis. Und die verwandelt Sprache vielfach in Klangmaterial.

Hier nun: Herrin und Magd singen ihre Sequenzen gleichzeitig; wie Protuberanzen schießen aus dem Stimmenkontinuum Reimwörter heraus, Wortakzente. So genau man da auch hinhört, man nimmt letztlich nur wahr: Zwei Frauenstimmen, die sich überlagern. Was im Text lustbetonend herausgearbeitet wurde, das wird im polyphonen Gewebe gleichsam in die Schwebe gebracht.

Musikalische Struktur prägt auch den folgenden Liedtext, Kl 72. Ich übersetze (zur Abwechslung ein auftaktloses Schema wählend) den Text zuerst in der Fassung, in der er meist gedruckt wurde.

Keiner kommt beim Lieben dran,
der da nichts zu bieten hat.
Man kann hingehn, wo man will,
ständig heißt es: »Blöder Kerl,
was erwartest du von mir?
Los, verdufte, aber schnell!
Wer nichts hat, kriegt auch nichts!
Also pack dich und verschwinde!
Deine Wünsche stehn dir schlecht.«

Borgen will der Wirt uns nichts,
und das ist mein größtes Leid.
Triezt mich ständig, Tag und Nacht,
will nur Geld. Schnöde Welt,
pfui! so ruf ich. Dräng mich nicht,
vollgefressner Wirt!
Ja, so keift und so kreischt
Wirtin, Knechte, Dirnen, Kinder –
Winter fickt mich in den Beutel!

Trinken wir gleich aus dem Flascherl,
lassen wir den Becher stehn,
ja, dann kreiselt uns der Kopf.
Schenk schon ein, lieber Hans,
volle Kanne! Ach, wie wohl

das doch unsrer Gurgel tut!
Nur herein, mein Herr Wein!
Frisch gepichelt, durchgeflossen
bis zum Blasensturz!

Lieben wollte ich die Hausmagd,
doch die Wirtin protestierte –
musste dann dieselbe bohren!
Hab gerammelt, hab gerammt
und den groben Klotz gespalten –
ach, bin ich ein armer Hund!
Und schon flog hoch das Stroh,
unser Stadel hat geschwankt –
hei, war das ein Hochzeitsfest!

Hier entsteht der Eindruck: jede Strophe als folgerichtiger Textablauf, und insgesamt: ein freches ›Gedicht‹. Aber so, wie er hier steht, wollte Oswald den Text nicht vermitteln. Geschrieben hat er eine »Fuga«, beziehungsweise einen Kanon, und zwar mit einem Hoquetus-Einschub.

Gesungen wird von zwei Männern; die erste Stimme hat drei Zeilen Vorlauf, dann setzt die zweite Stimme (im Text eingerückt) mit dem gleichen Text ein (»Überlagerung eines Textes mit sich selbst«); nach kurzem Ruhepunkt ein echohafter, rascher ›Schlagabtausch‹, ein Hoquetus (übersetzt: Schluckauf oder Rülpsgesang). Zuletzt singen beide Stimmen synchron, wenn auch mit verschiedenen Texten.

Wie die Form zugleich Inhalt schafft, zeigt die Zweistimmigkeit der letzten Strophe.

Lieben wollte ich die Hausmagd
doch die Wirtin protestierte
musste dann dieselbe bohren
    Lieben wollte ich die Hausmagd
Hab gerammelt hab gerammt
    doch die Wirtin protestierte

und den groben Klotz gespalten
musste dann dieselbe bohren
Ach bin ich ein armer Hund
Hab gerammelt
und schon flog
hab gerammt
hoch das Stroh
unser Stadel hat geschwankt
und den groben Klotz gespalten
hei, war das ein Hochzeitsfest

Als Hörer dieses Liedsatzes macht man folgende Erfahrung: Die ersten drei Zeilen jeder Strophe sind klar verständlich; der rasche, rhythmische Wortwechsel der Hoquetus-Passage ebenfalls; sobald aber die beiden Sänger simultan verschiedene Textsequenzen singen, ist fast nichts mehr zu verstehen. Es findet gleichsam ein Quantensprung statt in einen anderen Aggregatzustand. Das muss betont werden, sonst wird Oswald in anzüglichen Texten falsch beim Wort genommen. So wortwörtlich hat er vieles gar nicht vermittelt, wie es in einer Druckversion scheint.

Beim folgenden Liedtext (Kl 70) wird es für den Hörer noch schwieriger – der hocherotische Ringelpiez der Gruppe wird, als Kanon, konsequenterweise von einem Trio vorgetragen.

Herr Wirt, wir haben Riesendurst:
Trag Wein auf / trag Wein auf / trag Wein auf!
Damit dir Gott das Beste gönne:
bring Wein her / bring Wein her / bring Wein her!
Und Er deinen Umsatz fördre:
schenk schon ein / schenk schon ein /
schenk schon ein!

»Willst du mein Liebchen werden, Gretl?
So sag es, sags / so sag es, sags / so sag es, sags!«
»Ja, wenn du mir ein Säckel schenkst:
vielleicht dann / vielleicht dann / vielleicht dann.

Und mir das Häutchen nicht zerreißt:
Stoß richtig, stoß! / Stoß fester, stoß! / Stoß, Hansl, stoß!«

»He, Hansl, willst du mit mir tanzen?
So komm schon / so komm schon / so komm schon!
Böckisch wollen wir hier hopsen.
Fall nicht, Hans / fall nicht, Hans / fall nicht, Hans!
Geh schonend um mit meinem Schlitz:
steck mirs, steck / steck mirs, steck / steck mirs, steck!«

Heinrich, Lippl, spielt die Flöte, blast den Sack!
Frei, frisch, frech / frei, frisch, frech / frei, frisch, frech!
Tanzt in Paaren, rührt die Becken,
Jan, Lucia / Kunz, Kathrina / Benz und Klara!
Mach den Bocksprung, los jetzt, Jäckel!
Juchhu, juchhei / juchhu, juchhei / juchhu, juchhei!

So tanzt den Reigen! Schäume, Most!
Nun reckt ihn / reckt ihn / reckt ihn!
Leg Hand an, Heinrich, lass es kommen –
mach schon, Bursch / mach schon, Bursch /
mach schon, Bursch!
Schluckt den Gespritzten, Metze, Diemut:
Ran, ran, ran / ran, ran, ran / ran, ran, ran!

Nun tummelt euch, im Dorf gibts Essen!
So fackelt nicht / so fackelt nicht / so fackelt nicht!
Konrad, lahme Ente, nichts wie hin,
du Dummian / du Dummian / du Dummian!
Und glotz nicht wie ein Karpfen:
schnell, Kerl, schnell / schnell, Kerl, schnell /
schnell, schnell, schnell!

In einem Oswald-Spielfilm würde möglicherweise dies in Szene gesetzt: Ein zwielichtiges Etablissement, halb Kneipe, halb Bordell, und hier stimmen drei angeheiterte Herren den Kanon an: Oswald von Wolkenstein, König Sigmund, Kanzler Schlick. Oswald intoniert, versteht sich; Sigmund, wieder mal in schönster Feierlaune, stimmt freudig ein; der Kanzler lässt sich nicht lange bitten.

Die Musik allerdings verbietet solch ein Szenario: dafür ist sie zu kompliziert. Hier ist Präzision gefordert. Also eine Komposition für Oswald und begleitende Berufssänger oder: für Oswald und geübte Laien. Es wurde viel gesungen in seiner Zeit, nicht nur in Kirchen, da hätten sich taktfeste Mitwirkende schon finden lassen …

Für sich genommen, gleichsam isoliert, ist der Text stellenweise eindeutig, erotisch und sexuell. Eindeutiges aber wird auch hier durch die polyphone Struktur aufgehoben, gleichsam neutralisiert: Verständlichkeit wird erheblich erschwert durch versetzte Textsequenzen; Wortfolgen werden weithin zu Klangmaterial, das sich durch Binnenreime und Endreime selbst betont. So weit sich phasenweise die Linien der drei Stimmen auch voneinander entfernen – es finden punktgenaue Landungen statt auf gemeinsamen Reimklängen, strukturbildend.

Wir können Oswald also nicht, mit einem Teil seines Werks, ganz einfach, zu einfach unter die erotischen Autoren der Ära eingliedern: er hat einige Texte dieses Genres geschrieben, die einstimmig verständlich sind, aber gerade seine anzüglichen Texte wurden weithin als sinnlich-akustisches Klangmaterial eingesetzt für mehrstimmige Kompositionen. Was er inhaltlich festschreibt, setzt er musikalisch wieder frei – Sprache als Spielmaterial. Der Begriff »Aussage« wird damit obsolet.

Freilich, auch hier muss gleich wieder relativiert werden. Die mehrstimmigen Liedsätze waren nicht als Partitur notiert, sondern als Folge von Einzelstimmen. So lässt sich vorstellen: Falls Oswald keine geeigneten Partner für die adäquate Aufführung eines Liedsatzes fand, löste er eine Stimme, den Ténor, aus dem Geflecht heraus und sang den Text monophon. Womit alles wieder akustisch verständlich wurde …

Schon mehrere Abschnitte über Oswalds Dichtungen und Kompositionen und keine Informationen mehr über das Konzil, das weiterhin tagte.

Oswald war ja nun, sicherlich mit einer Gruppe, aus Paris nach Konstanz geritten, weil Herzog Friedrich aus der Haft entflohen war; der Wolkensteiner wurde damit mehr in Landespolitik als in Kirchenpolitik involviert.

Als man Anfang Mai 1416 in Tirol von der Flucht des Herzogs erfuhr, schlossen Adelsfamilien in Brixen einen Bund zur Verteidigung des Landes gegen den Landesherrn. Tirol wurde in fünf Kreise aufgeteilt, für jeden Bezirk wurde ein Hauptmann ernannt: Ulrich, der Bischof von Brixen, Peter von Spaur, Hans von Freundsberg, Ulrich von Starkenberg, Michael von Wolkenstein. Jeder dieser Hauptleute sollte alle Herren, Ritter, Knechte, Städte, Märkte und Gemeinden in seinem Gebiet zur Bündnistreue verpflichten. Auch Herzog Ernst schloss sich an.

Und Friedrich? Der zog vorerst inkognito im Land umher, auf Nebenwegen. Darüber wurde fabuliert: Der vom Adel, noch dazu von seinem leiblichen Bruder Ernst verratene, verlassene Landesfürst, »Friedel mit der leeren Tasche«, erfährt in der Stunde der Not die Liebe der einfachen Leute seines Landes … So wurde erzählt von einem Hof hoch droben im Ötztal, und wie dort der Herzog Unterschlupf fand bei wackeren Bergbauern … Es wurde erzählt von braven Bauersleuten auch bei Meran, die den verkleideten Landesherrn bei sich aufnahmen, ihm weiterhalfen … Es wurde erzählt von einem prächtigen Müller, der ihn gleichfalls beherbergte, und als eines Morgens die Müllerin das schöne Haar des Fremden kämmte, entdeckte sie am Hals eine goldene Kette, so etwas wie eine Amtskette, und sofort wusste sie: Dies ist der Landesherr! Welch wunderschöne Ballade hätte sich im 19. Jahrhundert dazu schreiben lassen: Die Müllerin als Frau wie aus dem Bilderbuch, drallbusig, mit mehlhellen Armen, und der männlich schöne Landesfürst auf einem Hocker vor ihr, der Kamm stockt in seinem Haupthaar, ein Ausruf, halb unterdrückt, der Landesfürst dreht sich um, schaut hinauf zur – und so weiter …

Die Geschichten über seine Rückkehr sind weniger wichtig als die Tatsache, dass solche Geschichten erzählt wurden. Sie zeigen Polarisierung an: Auf der einen Seite der Adel, die »Herren vom Pfauenschwanz«, protegiert vom Römischen König, auf der anderen Seite der Landesherr und die vorwiegend ländliche Bevölkerung, die in Friedrich ihren Verbündeten sieht.

Der Herzog trat immer offener auf, sein Anhang, seine Truppe wuchs – in Tirol drohte Bürgerkrieg. Sogleich wurde ein Landtag nach Meran einberufen, die feindlichen Brüder sollten miteinander versöhnt werden. Der Versuch blieb erfolglos, Mitte Juni fanden die ersten Kämpfe statt.

Doch schon fünf Wochen später wurde in Bozen Waffenstillstand geschlossen. Pfalzgraf Ludwig und der Erzbischof von Salzburg als Vermittler; es gelang ihnen, die Brüder zusammenzubringen – der Ausgleich vom 4. Oktober.

Die Versöhnung wurde am 1. Januar 1417 dokumentiert in einem Teilungsvertrag: Herzog Friedrich erhielt Tirol zurück, Herzog Ernst durfte die Stadt Hall mit dem lukrativen Salzbergwerk behalten, dazu einige Burgen, Ortschaften.

Oswald blieb während der kritischen Phase in Konstanz. Nur, weil er – als getreuer consiliarius – auf die Rückkehr seines Dienstherrn wartete, der sich wieder einmal Zeit ließ?

Erst im Verlauf des Januar traf Sigmund in Konstanz ein. Ungefähr anderthalb Jahre lang war er unterwegs gewesen.

König Sigmund wurde nun doch aktiv in der Unterstützung der Tiroler Adelsbündner. Am 1. März ernannte er drei Adelsherren, die sich in der Opposition gegen Herzog Friedrich besonders hervorgetan hatten, zu seinen »Dienern«: Georg von Spaur, Wilhelm von Starkenberg, Michael von Wolkenstein. Und er sorgte dafür, dass das Konzil den Kirchenbann über den Herzog aussprach: die Bannbulle vom 3. März. Außerdem verkündete er öffentlich, der Herzog, wegen vielfacher Frevel dem Kirchenbann verfallen, sei ab sofort seiner Lehen verlustig; er forderte alle Lehnsträger des Herzogs auf, am 1. Mai die Lehen von ihm, dem König, zu empfangen.

Um diese Zeit schickte Michael von Wolkenstein einen langen Brief an König Sigmund, schmeichelte ihm (ausgeschrieben und auch abgekürzt) wiederholt mit dem Schmuckwort »kaiserlich« – eine entschiedene Vorwegnahme, denn die Kaiserkrönung wird erst 1433 stattfinden.

»Allerdurchlauchtigster Herr König Sigmund, König von Ungarn und des Römischen Reiches, dazu künftiger Kaiser! Meiner Dienstwilligkeit könnt Ihr jederzeit sicher sein! Ich teile Euer kaiserlichen Gnaden mit, was mir mein Bruder durch meinen Diener übermitteln ließ: Ich sollte mit mehreren Landesherren, zu denen ich in dieser Sache genügend Vertrauen habe, darüber sprechen, dass sie Euer Gnaden Gefolgsleute würden, dass E. G. sich ihnen gegenüber dann gnädig erweisen würden. Das habe ich getan und habe zuerst mit Herrn Peter von Spaur verhandelt, mit Ulrich von Starkenberg, mit Bartholomäus von Gufidaun, mit Sigmund von Gufidaun, mit Hans von Villanders, mit Ulrich von Freundsberg. Sie haben mir zur Antwort gegeben, sie wollten Eure Gefolgsleute werden, sie stünden Euch zur Verfügung mit allen ihren Burgen. Daraufhin habe ich sie gebeten, sie möchten mir das schriftlich bestätigen. Dazu erklärten sie, das sei bei ihnen nicht angebracht, ich solle jedoch E. G. mit Nachdruck versichern, dass sie E. G. gegenüber dienstwillig seien. Das haben sie mir auch bei ihrer Treue an Eides statt versichert, und zwar dahingehend, dass sie zu E. kaiserl.-königl. G. stehen werden. Sollte sich aber nun E. G. mit denen von Österreich, mit Herzog Friedrich, versöhnen und sollte Herzog Friedrich im Lande bleiben, so werden sich E. königl. G. ja wohl dessen bewusst sein, dass dies unser Untergang wäre. Trifft es aber zu, dass E. kaiserl. königl. G. das Land in Besitz nehmen wollen, so führt das rasch durch. Ihr habt keine günstigere Gelegenheit, dieses Land zu unterwerfen, als jetzt, denn die Berge sind voller Schnee, so dass sich die Bauern in ihnen nicht aufhalten können. Auch sind die Flüsse noch niedrig in diesem Land, man kann sie überall durchreiten. Eure beste Aufmarschroute führt durch das Engadin; die Engadiner wollen mir das noch genau zeigen. Marschiert hier mit dem großen Fußvolk durch. E. kaiserl. königl. G. wollen mir bitte mitteilen, wann E. G. den Feldzug durchzuführen gedenken, ich würde dann sofort zu E. G. kommen. Ich wüsste dann, wie man am besten alle Pässe überquert. (...) Ferner: lasst auch den Kirchenbann unverzüglich ins Land schicken, sobald es Euch nur möglich ist. Ich habe hier allgemein festgestellt, dass man von nichts so sehr beeindruckt würde und dass man E. G. dann um so eher folgen würde. (...)

Weiter, gnädiger Herr: Ich wäre bereit, von hier aus E. G. entgegenzureiten und E. G. zu unterweisen – teilt mir das bitte mit, und ich will mich mit drei Pferden so bald wie möglich zu E. G. begeben. Aber E. G. müssen meinen Bruder Oswald hierher zurückreiten und ihn die Botschaften von E. G. überbringen lassen, und zwar an die richtigen Adressen. Es geht auch darum, dass unsere Burgen auf die Weise ein wenig versorgt wären; es würde E. G. nichts nützen, wenn wir beide bei E. G. wären.«

Im Namen des Königs diktierte Oswald am 14. März 1417 einen Brief an Michael.

»Zuvor entbiete ich, Euer Diener, meine freundlichen Empfehlungen. Wisset, lieber Bruder, Ihr sollt wissen, dass unserem Herrn, dem König, Euer Schreiben wohl gefallen hat, und er wird Eurer Dienste gnädig gedenken, wie auch alle hier, die ihn zu dieser Zeit unterstützen. Auch schicke ich Euch die schriftliche Instruktion unseres Herrn, des Königs, in der alle aufgezählt und gnädig akzeptiert sind, die Ihr seinerzeit in Eurem Brief unserem Herrn, dem König, aufgezählt habt. Und diese Instruktion sollt Ihr den bewussten Herren des Landes zeigen, und zwar so, dass das aufgedrückte Siegel nicht beschädigt wird.

Auch ist in diesem Schreiben eingeschlossen eine Abschrift, die sollt Ihr mit der Instruktion meines Herrn, des Königs, ebenfalls den Herren des Landes zu Ohren bringen. Weiter schicke ich Euch eine Kopie, die von Anfang bis Ende den gleichen Wortlaut hat wie der originale Acht- und Bannbrief. Und lasst Euch dies als Beglaubigung dienen, so dass Ihr und die anderen Diener meines Herrn an diesem Wortlaut nicht zweifeln sollt.

Mit anderen Worten: Unser Herr, der König, will keinen ruhigen Schlaf finden, solange er das Land an der Etsch nicht besetzt hat, und er trifft hier täglich seine Vorbereitungen, mit ganzer Kraft; er will zuverlässig am St. Georgstag mit großer Heeresmacht von vier Seiten her in das Land einziehen. Auch wird man die Reichsacht dann ins Land schicken.

Bewahrt die Instruktion und die Kopie, die ich Euch schicke, gut auf, damit Ihr sie nicht verliert. Ihr sollt keinen Zweifel haben, Ihr und alle, die meinem Herrn, dem König, wohlgesonnen sind: mein Herr wird sie in keiner Weise im Stich lassen. Folglich tut in jeder Hinsicht, was mein Herr diesbezüglich von euch allen erwartet.«

Oswald in höchst brisanter Mission, als Geheimnisträger, als Mann hinter den Kulissen, als Verbindungsmann zwischen dem König und dem Kreis der Adligen, die sich Sigmund unterstellen wollten und damit zu Gegnern des Landesherrn wurden. Konspiration!

Oswald nahm seinen Brüdern gegenüber eine deutlich gestärkte Position ein: Ich in Verbindung mit dem König, ich als Überbringer von Parolen und Anweisungen, die unsere Situation erheblich verändern können, zu unseren Gunsten. Wird er vom Bodensee zum Schlern zurückkehren im Bewusstsein insgeheim gesteigerter Bedeutung?

Trotz feierlicher Versprechen: die »Reichsexekution« fand nicht statt, Sigmund verlor den ersten Schwung. Herbst 1417 aber sollte es doch mal ernst werden. Ende September schickte König Sigmund »dem edlen Oswald von Wolkenstein, unserem Diener und lieben Gefolgsmann« ein paar Zeilen aus Konstanz: »Lieber Gefolgsmann, du sollst sicher und völlig zweifelsfrei sein, dass Wir uns definitiv dazu entschieden haben, mit einer Ritterschaft aus verschiedenen Reichsstädten, dazu mit Fußvolk, mit Gottes Hilfe einmarschieren werden, und somit am Sonntag vor Simon und Judas in Feldkirch sein wollen. Stelle dich darauf ein und gib die Information weiter.« Der Einmarsch der Reichstruppen war demnach auf den 24. Oktober angesetzt.

Oswalds Rolle als Verbindungsmann zwischen König und Adel wurde durch diesen Brief bestätigt. Oswald hat Freunde und Gesinnungsgenossen sicherlich umgehend informiert. Damit wurden alte Diskussionen wohl neu aktiviert: Konnte man diesmal der Zusicherung des Königs trauen, nach der Enttäuschung einige Monate zuvor? Gewiss ist Oswald mehrfach befragt worden, und er dürfte jedes Mal den Satz zitiert haben: »Du sollst hier ganz sicher sein und ohne jeden Zweifel.« Man hörte denn auch, in Ungarn träfen die Grafen von Cilli Kriegsvorbereitungen gegen Friedrich, auch habe der König die Zürcher zu einem Etsch-Feldzug aufgerufen.

In den *Regesta Imperii* zeigt sich, dass Sigmund am 28. September wegen des geplanten Feldzugs nicht allein an Oswald geschrieben hatte, es wurde eine Serie von Schreiben abgeschickt. Eins davon an die Stadt Frankfurt: Er, Sigmund, stehe im Begriff, gegen Herzog Friedrich, der dem sogenannten Papst Johannes zur Flucht verholfen habe, einen Kriegszug zu unternehmen; er forderte die Stadtväter nachdrücklich auf, zum 24. Oktober fünfzig bewaffnete Reiter nach Feldkirch zu schicken. Gleiche Schreiben gingen, unter anderem, nach Colmar, Mülhausen, Straßburg, Freiburg.

Von diesen Kriegsvorbereitungen wusste man in Tirol nichts, und so bestanden Zweifel, ob der König sein Wort halten werde. Einer aber wollte nicht länger zögern: Heinrich von Schlandersberg. Entweder glaubte er, der König meine es diesmal wirklich ernst, oder er wollte ihn durch Eröffnung der Kampfhandlungen zwingen, seine Zusagen einzulösen.

Ausgangspunkt der Aktionen waren Burgen, die der Schlandersberger im Münstertal besaß, im damals westlichsten Winkel von Tirol – von Westen her, über Feldkirch, wollte der König denn ja auch in Tirol einmarschieren.

In der *Geschichte Tirols* von Brandis wird lediglich hingewiesen auf »räuberische Ausfälle auf die Untertanen des Herzogs«. Demnach könnte der Schlandersberger Feldzug und Raubzug kombiniert haben; das war im damaligen Bewusstsein keineswegs ›unsaubere‹ Kriegsführung, war offiziell anerkannte Praxis der Fehde: Den Gegner schädigen, wo und wie es nur geht. Verpönt war nur das Verwüsten von Feldern und Weingärten, das Abholzen von

Obstbäumen. Sonst galt jede Art der Kampfführung als legal, auch Plündern, Brandschatzen, Mordbrennen.

Überhaupt dürfen wir die militärische Opposition des Tiroler Adels gegen Herzog Friedrich nicht mit heutigen Kategorien beurteilen, etwa als Rebellion einer Verschwörergruppe gegen den legitimen Landesherrn. Es gab damals noch nicht, was man heute als souveräne, legale Staatsmacht bezeichnen würde; die Macht war aufgeteilt.

Es gab die legitime Macht des Landesherrn, es gab die legitime, wenn auch stark reduzierte Macht des Adels in Tirol. Der wollte dem energischen und zielstrebigen Landesfürsten nicht noch mehr Macht und Privilegien zugestehen, so kam es zum offnen Kampf. Also Standesinteressen. Vielleicht aber verbanden die sich mit einer politischen Konzeption: Bekämpfung des Regionalismus, Stärkung der Königsmacht (damit wiederum der eigenen Macht).

In anderen europäischen Ländern, das dürfte Oswald auf Reisen erfahren haben, war der Prozess der Zentralisierung schon recht weit gediehen, vor allem in Frankreich, auch in England: dort besaßen die Könige, in den Hauptstädten Paris und London, zentralistische Macht. Zumindest theoretisch konnte man in Tirol also ein hohes Ziel proklamieren: Gemeinsam mit dem König die politisch notwendige Einheit des Reiches herstellen.

Friedrich rief auf zur militärischen Unterstützung seines Kampfes gegen den Schlandersberger, der das »Land gegen alles Recht« bekriege, zog mit der »Mannschaft des Burggrafenamtes« in das Münstertal, belagerte die Burg Rotund. Heinrich von Schlandersberg war vorgeprescht, ohne die Unterstützung seiner Adelskollegen zu finden. Eine gemeinsame Truppe aufzustellen und gegen den Herzog ins Feld zu führen, das war dem Adel offenbar nicht gelungen – hatte man es überhaupt geplant?

Offenbar bestand in den politischen Zielen keine Übereinstimmung unter den aktiven Adligen. Nach Noggler war es nur eine verhältnismäßig kleine Gruppe unter Oswald von Wolkenstein, die reichsunmittelbar werden wollte; andere Adlige wollten sich nicht vom Hause Habsburg lösen, wollten nur den allzu energischen, zielstrebigen Friedrich ersetzen durch seinen Bruder Ernst, der ihnen mehr Freiheiten, größere Privilegien gewähren sollte.

Der Herzog eroberte Rotund, ließ anschließend Galsaun belagern.

Für Oswald und Michael wird nun die Lage prekär, sie müssen rächende Übergriffe des Herzogs befürchten – Leonhard scheint sich in jener Zeit zurückgehalten zu haben, scheint demnach nicht bedroht. Und Oswald? Er wird erst in der gut befestigten Trostburg Schutz suchen, zieht es dann aber vor, sich abzusetzen, »außer Landes«.

Michael erfährt, dass sich ein Mann namens Neithart, begleitet von zwei Männern, im Bezirk herumtreibt – womöglich ein Kundschafter, ein Spion? Sollen nach den Schlandersbergern die Wolkensteiner an die Reihe kommen? Sobald Galsaun erstürmt ist, wird der Belagerungstrupp Richtung Trostburg in Marsch gesetzt?

Michael ist irritiert, ja alarmiert, er wünscht schriftliche Aufklärung vom Landesherrn und erhält ein Schreiben aus Bozen. »Wie Du Uns kürzlich geschrieben hast bezüglich des Neithart, der sich heimlich in den Gerichtsbezirken aufhält und dass Du deshalb in Sorge bist, so sollst Du wissen, dass Wir ihn selbdritt mit einem besonderen Auftrag ausgeschickt haben, der aber weder Dich noch Deinen Bruder Oswald oder sonst einen der Euren betrifft, und euch in keiner Weise Schaden bereiten kann. Insofern verlangen Wir, dass Du und Dein Bruder für sein Leib und Gut bürgt; dafür werden Wir ihn anweisen, dass er euch und den Euren gegenüber keine bösen Absichten hegt. Wie Du und Dein obengenannter Bruder Oswald euch in dieser Angelegenheit zu verhalten gedenkt, das teilt Uns schriftlich mit.«

Das geschieht drei Tage später in einem Schreiben aus der Trostburg: Weder er, Michael, noch der (ohnehin abwesende) Bruder Oswald hegen böse Absichten gegen Neithart, er muss keineswegs um sein Leben fürchten.

Am 28. Dezember bestätigt dies auf Hauenstein der mittlerweile heimgekehrte Oswald. Ein kurzes Schreiben. Die Verspätung seiner Zusage, nichts gegen den Neithart zu unternehmen, entschuldigt er damit, er sei außer Landes gewesen. Dass er sich zum Jahresende in der Burg aufhält, bedeutet allerdings nicht, dass er sich nicht mehr bedroht fühlt – er nutzt den »Weihnachtsfrieden«, um zu Hause nach dem Rechten zu schauen.

So setzt er am 28. Dezember einen Pachtvertrag auf für ein kleines Weingut »mit der Bedingung, dass mir, dem obengenannten Oswald von Wolkenstein, jedes Jahr jährlich sechseinhalb Yhren Zinswein geliefert werden, und zwar von guter Qualität, vor der Torggel«. Also rund 650 Liter »Herrenwein«. Zumindest unter dem Aspekt regelmäßiger Weinlieferungen wird also Tiroler Zukunft eingeplant.

Hier muss aber noch einige Monate aufgeschoben werden, denn nach Ablauf des Weihnachtsfriedens verlässt Oswald wieder die Burg, entzieht sich damit dem potentiellen Zugriff des Landesherrn.

So kann er auch nicht die Gerichtstermine wahrnehmen, zu denen er vorgeladen wird – seine Schwester Martha hat ihn verklagt. Offenbar hat er ihr Gelder vorenthalten. Er wird sich beim Landeshauptmann entschuldigen, später: Dass er in Sachen Martha vorgeladen wurde, dies habe er nicht rechtzeitig erfahren, er sei damals außer Landes gewesen. Zudem sei ja in der Grafschaft durchaus bekannt, wie für einige Zeit seine Lage gewesen sei, als er sich in Ungnade befunden habe beim gnädigen Herrn von Österreich.

Oswald auf der Flucht, Oswald außer Landes: Wo mag er sich aufgehalten haben? Möglicherweise, ja mit einiger Wahrscheinlichkeit hat er in Schwaben, in Schwangau Schutz gesucht und gefunden.

Es bestanden bereits seit längerem nachbarschaftliche Beziehungen zwischen Tirol und Schwangau; hinzu kamen direkte Bindungen zwischen Wolkensteinern und Schwangauern. So lebte Oswalds Schwester Barbara seit etwa 1402 in der Nähe von Hohenschwangau, als Frau eines Heinrich von Freyburg. Und später heiratete Michael in zweiter Ehe eine von Schwangau. Oswald war also eingeführt.

Kommt er in dieser Phase der Landesflucht Margarete von Schwangau näher, seiner künftigen Frau?

Hans Pörnbacher hat ein Büchlein über die Schwangauer, über Margarete geschrieben; es ist Grundlage dieses Kapitels.

»Reichsunmittelbare Herrschaft Hohenschwangau«: die Bezeichnung suggeriert Rang und Größe, doch hielt die damalige Realität hier nicht mit. Das Territorium von etwa vier Quadratmeilen grenzte an die Alpen, an den Lech, an das Gebiet um Füssen, ragte ein wenig hinein nach Tirol.

Der Sitz der Herren von Schwangau war entsprechend bescheiden. Ein Bericht aus dem Jahre 1523: »So hat Vorder-Schwangau einen dicken, gemauerten Turm und darauf zwo Stuben, drei Kammern, alles von Holz; Hinter-Schwangau ist nichts als ein viereckiger, zuunterst ein tiefer, guter Keller, zum Teil in Fels gehauen, mit Gefängnisverlies; im anderen Gaden [Geschoss] ein Gefängnis und eine zerbrochene Handmühle, im dritten Gaden nur eine Kammer, und danach von Holzwerk Zimmer (darin drei Stuben, vier Kammern). Und sind beide Gebäude zerfallen an Stiegen und allem Ingebäude ganz baufällig, auch Hinter-Schwangau nur mit schlechten Schindeln gedeckt. Das dritte Schloss Schwanstein liegt herunten zwischen zwei Seen auf einem niedern Schroffen, ist zu keiner Not noch Wehr dienlich, sondern von ganz dünnem Gemäuer; es ist inwendig auch alles von Holzwerk und übel erbaut, an Dachung, Stiegen, Ingebäuden und anderm ganz zergangen. Das vierte Schloss, Frauenstein genannt, liegt beinächst bei Schwanstein, auf einem niedern Schroffen, ist ganz zergangen und verfallen, auch keine Wohnung mehr darin, und darum für nichts zu achten.« (Zwölf Jahre nach Erstellung dieses Berichts war die Familie von Schwangau ausgestorben.)

Wenn auch zu Beginn des fünfzehnten Jahrhunderts die Dachschindeln noch gut, die Stiegen noch begehbar, die wenigen Räume noch bewohnbar waren, großartig war der Besitz gewiss nicht, in dem Margarete aufwuchs, als Tochter der Adelheid Schwelcher und des Ulrich II. von Schwangau.

Die Schwangauer in ihren renovierungsbedürftigen, zumindest ausbaufähigen Minimalburgen waren ein armer Clan, viel war von den Pächtern ihrer Liegenschaften nicht zu holen, nicht einzuziehen, also wurde Wert gelegt auf regelmäßige Einkünfte über Handelsverkehr: Abschöpfen, abknöpfen …!

Einer der wichtigen Handelswege jener Zeit, die Ettaler Bergstraße, führte ein Stück durch Schwangauer Gebiet. Es wurde vor allem Salz transportiert, und Salz wurde zu jener Zeit in riesigen Mengen gebraucht – alles, was sich über längere Zeit hinweg halten sollte, wurde eingesalzen, gepökelt. Fleisch wie Fisch – in Salz gebettet, meist in Fässern.

Für die Passage von Händlern, für den Transfer von Salz und anderen Handelswaren durch das Fleckerl-Territorium wurde Maut kassiert, Zoll eingezogen. In welcher Höhe dies geschah, das wurde generell nach dem Befinden der lokalen Herren festgesetzt. Ich werde dies noch ausführen, bei späterem Stichwort, nehme hier nur vorweg: Für das hohe wie für das späte Mittelalter ist vielfach Willkür dokumentiert im Erheben von Zöllen. Um sich davor zu schützen, verkleideten sich Händler zuweilen als Pilger. Das fiel aber schwer, wenn sie Waren begleiteten. Es kam aber auch vor, dass echte Pilger zahlen mussten. Eine Atmosphäre der Bedrohung: Nur wer zahlt, kommt hier durch, sonst sollt ihr uns mal kennenlernen …

So brauchten die Schwangauer (beispielsweise) Nürnberger Kaufleuten nur die Fehde anzusagen, schon hatten sie ein Zwangsmittel zur Erhebung von (überhöhten) Zöllen. Es gab keine übergeordnete Instanz, die nachprüfte, keine königlichen Zollinspektoren, jeder war Herr im eigenen Territorium. Und wenn man nicht sein Recht bekam (wie auch immer man das definierte), so ging man über zum Faustrecht.

Die Schwelle zur Anwendung von Gewalt war bei Schwangauern ohnehin sehr niedrig. Selbst in jener Zeit rüder Umgangsformen – die Schwangauer fielen auf. Sie waren nicht nur streitlustig, sondern streitsüchtig. Dies vor allem in der (weitverzweigten) Familie; Auseinandersetzungen wurden nicht nur (lautstark) verbal geführt, auch handgreiflich. Den Schwangauern gegenüber mussten strenge gerichtliche Auflagen gemacht werden: Wer nach formellem Familien-Friedensschluss doch mal wieder handgreiflich wurde, dem sollte zumindest ein Finger, gegebenenfalls eine Hand abgehackt werden.

Oswald kam hier also in durchaus vertrautes Ambiente. Heiraten wird er Margarete aber wohl erst 1418. Der Ehevertrag könnte bereits früher besiegelt worden sein. Damit war auch die Höhe der Mitgift festgelegt, rechtsverbindlich: 500 Gulden.

Auf die Auszahlung des Betrags wird Oswald allerdings lange warten müssen.

Kurzer Rückblick. November 1417 war, nach dreitägigem Konklave, ein neuer Papst gewählt worden, und dies einstimmig: Martin V. Damit wurde das Schisma entschärft, aber nicht beendet, denn im Palast auf dem Felsklotz der Halbinsel Peñiscola verharrte Pedro de Luna im Amt, auch kam ein weiterer Gegenpapst hinzu. Dennoch, das Schisma war ein auslaufendes Modell.

Der neue Papst übernahm sogleich die Leitung des Konzils. Und trat in Erscheinung als Vermittler. 1418 bahnte sich eine Verständigung an zwischen Herzog Friedrich und König Sigmund. Mit der Eroberung auch der Burg Galsaun zeigte sich, dass der Herzog wieder Herr im eigenen Lande war – das musste der König im politischen Kalkül berücksichtigen.

Papst Martin führte Friedrich und Sigmund in Münsterlingen zu einem Versöhnungsgespräch zusammen. Man einigte sich in einem Vergleich.

Ein Festakt sodann auf dem Marktplatz von Konstanz: In Anwesenheit von Vertretern der Reichsstände, vieler Ritter, zahlreicher Zuschauer erhielt der Herzog vom König als Lehen sein Land zurück, abzüglich verlorener Gebiete. Der letzte Staatsakt des Konzils.

Mitte Mai 1418 verließ Papst Martin die Stadt. König Sigmund führte dessen Pferd, vier Reichsgrafen hielten über dem fünfzigjährigen Würdenträger einen Baldachin in der Schwebe, Herzog Friedrich und Pfalzgraf Ludwig hielten die Enden der Satteldecke des Oberhaupts der (zumindest formell) wieder geeinten Kirche. Bei Gottlieben bestieg der Papst ein Rheinschiff.

Das »Bündnis« zwischen König und Herzog wird schriftlich fixiert, in zeittypischer Ausführlichkeit. So werden auch Oswald und Michael von Wolkenstein im Vertragswerk erwähnt und berücksichtigt. In einer Auflistung von Geschädigten heißt es: »Was der oben genannte Friedrich dem Heinrich von Schlandersberg, Oswald von Wolkenstein und seinem Bruder von ihren Burgen, Dörfern, Leuten und Gütern abgenommen hat, soll er ihnen in der Gesamtheit zurückgeben; soweit er verschiedene Burgen erobert und niedergebrannt hat, soll er ihnen den Grund und Boden zurückgeben, damit sie wieder bauen können, falls sie es wünschen.«

Die Konditionen der Versöhnung werden vom Herzog in einem ebenso ausführlichen Schreiben Punkt für Punkt bestätigt – auch hier werden »Oswald Wolkenstein und sein Bruder« genannt: Was bei ihnen konfisziert wurde, soll in vollem Umfang zurückerstattet werden; eventuelle Schäden an Gebäuden dürfen sie beheben.

Die Gebrüder Wolkenstein können aufatmen. Im Frühsommer 1418 wird Oswald wohl zurückkehren in die heimatliche Region.

Wir verbringen einen Teil der Sommerferien 1976 in Südtirol: bei Meran, oberhalb von Algund, haben wir eine Ferienwohnung gemietet, im Schloss Plars. Vor der Buchung hatte ich auf einer Karte gesehen, dass Schloss Plars sehr nah bei der Burg Forst liegt, in der Oswald etwa vier Jahre nach seiner Rückkehr eingesperrt wird; diese Burg könnte, so hatte ich ausgerechnet, in Sichtweite von Schloss Plars liegen; auch dies hatte meine Ortswahl beeinflusst.

Und in der Tat: von Schloss Plars aus kann ich den efeugrünen Turm der Burg Forst sehen, dicht neben der Brauerei Forst, von der meist eine Dampfwolke aufsteigt, die sich vor fichtengrünem Hang in immer gleicher Höhe auflöst. Ortsteil, Brauerei und Burg

Forst nur schätzungsweise zwei Kilometer Luftlinie entfernt, südöstlich. Und östlich Meran, in der Etschtal-Senke, vor dem Hafling, dem Ifling: in der entschieden kleineren Stadt am Fuße des Küchelbergs ist Oswald wiederholt gewesen, vor allem in späteren Jahren, als Mitglied des Landtags; in dieser Stadt ist er auch gestorben. Nordöstlich, vielleicht in drei Kilometer Luftlinie, die Burg Unterbrunn, die dem Kanzler und Bischof Ulrich Putsch gehörte, mit dem Oswald verfeindet war.

Eine Bergtour an einem herbstklaren Tag im August: von der Leiteralm zum Hochgang, zweieinhalbtausend Meter, ein kleiner Sattel in der Texelgruppe.

Wir setzen uns auf einen Felsbrocken, dem kaltblauen Bergsee die Rücken zudrehend: südwestlich der Schnee- und Eiskegel des Ortler, etwas näher der heilige Angelus, nach Osten hin baut sich die Ortlergruppe ab, wir schauen in das Etschtal, Alto Adige, südlich weitere Bergspitzen, Bergketten, südöstlich die Dolomiten, gezackt, gezahnt, und vorgelagert der Schlern – bei Oswald: »Saleren«.

Man weiß nicht genau, woher der Name kommt, vielleicht aus dem Ladinischen, hier bieten sich die Formen Salara, Salera, Saljera an; dies alles bedeutet: Wasserlauf, und das könnte durchaus zum Schlern passen, der bekannt ist für die Vielzahl von Wasserläufen, Wasserfällen an seinen Flanken, in seinen Schluchten; der ganze Berg rausche, so heißt es, bei Regen – der »Wasserberg«.

Das langgezogene Massiv mit dem beinah ebenen Rücken bricht nordwärts scharf ab; vorgelagert eine Felsspitze: früher die Teufelsspitze, der Schlernzacken, heute die Santnerspitze. Von ihrem Sockel abwärts eine waldbewachsene Geröllschräge, und mittendrin die Burg Hauenstein, die man vom Hochgang aus freilich nicht sehen kann, aber ich weiß, wo sie ungefähr zu lokalisieren ist, hinter dem vorgelagerten Ritten. Links vom Schlern die Seiser Alm, von dort lässt sich der Schlern leicht besteigen, auf seinen grasbewachsenen Rücken wird seit Jahrhunderten Vieh getrieben; Botaniker rühmen die Vielfalt der dortigen Flora. Hinter der Seiser Alm der Plattkofel, daneben der Langkofel, früher: der Wolkenstein.

Der Schlern dominierend auf der Hochebene oder Bergstufe von Völs, Seis, Kastelruth. Wir fahren dorthin, weil ich diesmal (unter anderem) die Burg Aichach sehen will, die Leonhard gekauft hatte. Wir biegen ab von der Straße Völs – Seis, fahren auf einem Sandweg hinunter nach St. Vigil, eine Kirche in einer Mulde, ein paar Häuser, der Sandweg steigt nach der Brücke wieder an, wir stellen neben einer Scheune den Wagen ab, gehen zu Fuß weiter.

Links von uns eine Talsenke, tief unten der Schwarzgrießbach, vor uns die Talkerbe des Eisack, dahinter der Ritten mit Wiesen, Waldflächen, Häuserpunkten. Einzelne Häuser auch hier, und Heustadel, Obstbäume; ziemlich mickrige Äpfel, Birnen. Ein Kreuz, ein Votivbild für einen Bauern, der vor rund anderthalb Jahrhunderten von einem Birnbaum gefallen und wenige Tage später gestorben war – der fromme Wandersmann soll seiner im Gebet gedenken. Wir gehen weiter, blicken über die linke Schulter mehrfach zurück zum Schlern; an seinen zerklüfteten Steilwänden zeigen sich den Geologen Formationen von Korallenfelsen des Triasmeeres.

Bald vor uns, etwas unterhalb, die Burgruine Aichach: eine Mauer, ein Turm, mehr ist nicht zu sehen. Auch nicht, als wir Aichach erreichen. Vor der Ruine nun eine alte, riedgedeckte Scheune; zwei Kinder schaufeln Apfelmaische in eine Schubkarre, schieben sie abwechselnd in das Scheunendunkel; das Apfelaroma verdichtet durch Fäulnis und Gärung. Neben der Scheune ein neues Bauernhaus, zumindest frisch verputzt: »Pflegerhof«. An dieser Stelle wird früher das Haus des Verwalters gestanden haben.

Zwischen Pflegerhof und Scheune zur Ruine; in einer Ecknische Gartenzwerge. Eine offenbar sorgfältig gebaute Mauer aus behauenen Steinen, das zeigt sich auch, als ich die Burgkulisse von hinten, von ›innen‹ sehe. Vorturm, Rundbogen-Fenster, Zinnen. Leonhard hatte den erstaunlich hohen Betrag von 2000 Gulden zahlen müssen, als er die Burg übernahm, samt Ländereien.

An der Mauer eine Weinpergola, ein langer Holztisch darunter, zwei Holzbänke: ich setze mich. Sonnenwärme. Das Rauschen des

Bachs. Fern ein Hund. Ein Schuss, irgendwo. Gelegentlich Vogelsignale. Fern ein Traktor.

Weiter nach St. Oswald; der Weg schwenkt ein nach Norden. Kein Seitenblick, Rückblick mehr zum Schlern, der wird von einer Wiesenkuppe verdeckt. Ein paar Bauernhöfe, ein Gasthof, die kleine Oswald-Kirche. Keine asphaltierte Straße, noch nicht, ein heller, sandiger Weg.

Stille in St. Oswald: kein Moped, kein Auto. Eine alte Frau stapelt Brennholz. Eine Katze an einem Teich, wohl hungrig auf Fisch. Am Gasthof eine Holzveranda, ein paar Tische, wir trinken Erfrischendes. Die einzigen Gäste. Wenn wir nicht reden, hören wir die Fliegen an den Scheiben. Zuweilen ein Arbeitsgeräusch aus dem Haus, das hellblau gestrichen ist und Blumenkästen hat vor jedem Fenster. Wir gehen weiter zur Kirche St. Oswald. Eine alte Kirche, in ihrer früheren Bauform wird auch Oswald gewesen sein, um zu seinem Namensheiligen, seinem Schutzpatron, zu beten: Heiliger Oswald, bitt für mich. An einem Fenster am Chor eine Inschrift, auf Glas gemalt: Gewidmet von Anton Wilhelm und Engelhart Grafen von Wolkenstein-Trostburg, 1900. Fortführung einer Familientradition: Bekenntnis zum hl. Oswald – im Gedenken an Oswald?

Oswald und Oswald der Jüngere, Oswald I, Oswald II: von Brixen nach Mühlbach am Eingang ins Pustertal; von Mühlbach südwärts nach Rodeneck, schon aus größerer Entfernung sehen wir die Burganlage, weitgestreckt, auf dem südwestlichen Vorsprung des Rodenecker Felsens: Rodenegg bei Rodeneck. Mittagsstille im Dorf, selbst die Hunde scheinen zu schlafen. Ein Viertelstündchen stehen wir auf der Brücke über dem früheren Festungsgraben; sonnenheiße Holzplanken, sonnenheiße Holzbrüstung – wozu sich jetzt bewegen?

Pünktlich um drei wird eine kleine Türe im Tor geöffnet: das Mannsloch. Oswald wird auf der damaligen Burg Rodenegg höchstens zu Besuch gewesen sein, aber sein Sohn war Verwalter dieser Burg, jahrhundertelang gehörte sie seinen Nachkommen. Einer von ihnen hat schließlich auf dieser Burg den Roman *Sabina Jäger* geschrieben und ein Vierteljahrhundert später eine Biographie über Oswald. Ich habe einige Stichwörter zu Fragen über Arthur von Wolkenstein-Rodenegg notiert, will sie nach der Führung loswerden. Zuvor: die Stallungen; die vordere Bastei; Pechnase und Schwungrute; Fallgitter; der halbrunde Veitsturm; der alte Rodanker Turm: Herren von Rodank als Erbauer der Burg.

Die Sakristei der Schlosskapelle. Eine Steintreppe: wir sind im alten Rodanker Wohnturm. Arthur hat ihn renovieren lassen. An die Wand gemalt ein riesiger Stammbaum: Linien, die zu Oswald führen, Oswald als Stammvater dieses Familienzweiges. Auf einer Holzempore Bilder von Schlossherren, gemalt auf schwarzem oder schwarz gewordenem Grund; Perücken, höfische Kleidung. Ein Andreas-Venerand von Wolkenstein oder ein Michael-Fortunat von Wolkenstein oder ein Josef-Maria-Bernardin von Wolkenstein oder ein Peregrin-Theodor von Wolkenstein.

Genaueres wüsste ich gern über Arthur von Wolkenstein-Rodenegg oder: von Rodank, aber die Frau mit Kopftuch und Kittel erinnert sich nur daran, dass der alte Herr 1939 gestorben ist, und Baronin Call, die mir Auskunft geben könnte, macht einen Ausflug. Ankündigung der wenige Jahre zuvor entdeckten Iwein-Fresken, wir gehen über den Schlosshof.

Ich sehe eine Frau die Außentreppe herunterkommen, blaues Leinenkleid, zwei Bücher, einen Schnellhefter unter dem Arm, spreche sie an. Und sie weiß Bescheid über Arthur: keinerlei Verwandtschaft mit denen von Rodank, nur sein Schriftstellername, es gibt noch ein Archiv im Haus, Buch-Manuskripte, ich könne sie mir gern mal anschauen, nur vorher bitte ein paar Zeilen an die Baronin Call. Aber ich will kein Arthur-Forscher werden, meine Fragen sind rasch beantwortet.

Und wir sprechen über Oswald, über die Veranstaltungen, die in Seis und auf der Trostburg »anlässlich der 600. Wiederkehr des Geburtsjahres Oswalds von Wolkenstein in feierlichem Rahmen« durchgeführt werden sollen, Vorträge, Lesungen, Konzerte. Und eine Gedenkmünze, mal in Gold, mal in Silber, mit Oswald vorne drauf, und die Österreichische Bundespost bringt eine Sondermarke heraus.

Bei diesem Gespräch erfahre ich, dass sie die Frau des Leonhard von Wolkenstein-Rodenegg ist, der in Innsbruck wohnt, ein Beamter, und sie haben einen Sohn, sie ruft: Ossi!

Das schmale, blonde, blauäugige Kerlchen, das nun heraneilt, heißt komplett Oswald von Wolkenstein-Rodenegg, ein direkter Nachkomme Oswalds. Ich bin baff, hatte nie von einem kleinen Oswald von Wolkenstein gehört, da steht er nun.

Oswald von Wolkenstein wird wohl im Sommer 1418 mit Margarete die Ehe schließen.

Und wo soll das Paar wohnen? Er durfte keine Frau mitnehmen in das Pfründnerhaus im Klosterbereich. Und ein (wenn auch ansehnlicher) Bauernhof, ein (wenn auch repräsentatives) Stadthaus hätten seinem Stand nicht entsprochen. Oswald brauchte eine standesgemäße Behausung in der Nähe seiner wichtigsten Besitzungen. Hier bot sich an: Hauenstein.

Wie schon ausgeführt, besaß Oswald lediglich den Drittel-Anspruch auf diese Burg. Sollte er Familie Jäger die zwei Drittel abkaufen? Nach dem Deal von Perpignan hätte er Burg und zugehörige Liegenschaften locker bezahlen können – offenbar fühlte er sich dazu nicht recht motiviert. Martin Jäger wäre womöglich auch gar nicht darauf eingegangen. Was tun? Oswald löste das Problem mit einem Handstreich: er besetzte Hauenstein.

Mit ein paar Mann wird er sich Einlass verschafft haben, unter einem Vorwand, wird den Verwalter vor die Tür gesetzt, wird erklärt haben: Hier bleibe ich.

Das konnte Martin Jäger im fernen Tisens nicht hinnehmen, für ihn konnte es nur *ein* Ziel geben: Oswald aus Hauenstein rauszuwerfen. Damit waren die oft dramatischen Vorgänge der nächsten Jahre vorprogrammiert.

Oswald von Wolkenstein als (teil-legitimer) Burgherr und Grundherr! Er ließ nun, wie es sich für einen Mann seines Standes, seines Status gehörte, ein Verzeichnis seiner (geringen) Pachteinnahmen und seiner (enormen) Ausgaben anlegen. Letzteres unter dem Vorzeichen des Friedensschlusses zwischen König und Herzog: »Item das ist das man aus dem haws gelihn hat nach dem frid.«

Noch im 19. Jahrhundert hätte man so ein »Einkünfteregister«, solch eine Auflistung von verliehenen Geldern als Hauptbuch bezeichnet. Im Kontext mit einem Dichter, der in zwei großen Handschriften für Bewahrung und Tradierung seines Werkes sorgen wird, klingt das unpassend. Also eher: Rechnungsbuch.

Es liegt in Faszikel 7 des Wolkenstein-Archivs im GNM. Auffällig das Format: zwölf mal zweiunddreißig Zentimeter, wie eine Fliegenklatsche. Der Umschlag aus Pergament; hier wurde eine alte Urkunde verwendet: die Innenseite des Umschlags ist dicht beschrieben. Die unbeschriebene Außenseite speckig abgegriffen. Auf der Rückseite ist eine Schnur befestigt, also konnte das Heft zugebunden werden. Dies alles zeigt, dass Oswald (oder sein Verwalter) das Verzeichnis häufig bei sich trug.

Das Schriftbild ist so disparat wie der Inhalt. Keine Schönschrift-Lettern auf Pergament, vielmehr: verschiedene Schreiber haben (meist flüchtig-rasche) Eintragungen auf Papier gemacht; zahlreiche Zusätze, Änderungen. Erledigte Punkte sind durchgestrichen – und wie! In vorbildlichen Urbaren wird beispielsweise der Name eines verkauften Hofes schön waagrecht durchgestrichen; häufig sind auch Rasuren: Eintragungen vom Pergament abgeschabt. Hier aber wurde aus dem Handgelenk gestrichen, schräg, senkrecht, zack über mehrere Zeilen hinweg.

Ich hatte Mitte der siebziger Jahre das Heft in den Händen, hatte exzerpiert. Die enorme Bedeutung für die Biographie des Wolkensteiners aber hatte ich damals nicht erkannt: die Zahlen sagten mir nicht viel. »Mein Herr der Romisch kunig tenet Tawsend guldein«: klingt nach rundem Betrag, na schön … Und zwei Personen schulden ihm zwanzig Mark? Sicherlich, die Mark war damals mehr wert als die D-Mark, aber sehr hoch kann die ausstehende Rückzahlung wohl nicht gewesen sein … Weiter führten meine Überlegungen damals nicht. Auch ich hielt fest am Bild des armen Wolkensteiners, der sich sein Leben lang – und so weiter.

Nun erst, da auch dieses Dokument ediert vorliegt, auf den

kleinsten Beistrich genau, nun erst wird mir bewusst, welch enorme Summen »aus dem Haus geliehen« wurden (und wie wenig von den Darlehen offenbar zurückkam). Aber auch im Druckbild sagen die Angaben von Mark, Pfund, Gulden, Schilling, Kreuzer, Pfennig nichts, solange nicht umgerechnet wird – zumindest für die Hauptzahlungsmittel Mark und Gulden (Dukat). Diese Währungseinheiten tauchen in der Buchführung am häufigsten auf.

Es würde über den Rahmen der Biographie allzu weit hinausführen, würde ich mich nun mit dem Münzwesen, der Münzgeschichte jener Zeit befassen. Pfund, Schilling, Kreuzer, Pfennig – lassen sich erwähnen, werden aber nicht weiter umgerechnet. Denn von biographischer Aussagekraft ist vor allem Oswalds Disponieren mit Mark und Gulden. Mit den »Pfunden«, die er von Pächtern erhielt, ließ sich, insgesamt, kaum wuchern. (Obwohl man für ein »Pfund« vier Spanferkel oder vier Gänse oder vier Kitze oder vier Kapaune kaufen konnte.) Verglichen mit Oswalds Gesamtetat sind dies indes nur Kleckerbeträge.

Ebenso interessant wie aufschlussreich ist nun, wem Oswald Kredite eingeräumt hatte: es ist so etwas wie ein Bevölkerungs-Querschnitt, dies vom Fürsten bis zum Handwerker, vom König bis zur »Messerschmiedin«. Im Reigen der Kreditnehmer durfte auch die Geistlichkeit nicht fehlen.

Nicht immer freilich lässt sich in der Auflistung unterscheiden zwischen Darlehen und Schulden; die Schulden konnten in Geldbeträgen wie in Naturalien bestehen. Beispielsweise »einer von Mittenwald«: schuldet soundsoviele Yhren Wein, hat nach Rückzahlung von 30 Pfund noch drei Kreuzer Schulden. Notierte Rückzahlungen (»dedit«) haben allerdings Seltenheitswert in jener Ära minimaler Zahlungsmoral.

Ich zähle nun allerdings nicht die einzelnen Posten auf, die ich bereits überschlägig addiert hatte, verdeutliche nur das breite Spektrum von Kreditnehmern, von Schuldnern der Privatbank Wolkenstein, beginne an der Basis der sozialen Pyramide, folge der hierarchischen Ordnung.

Item: Bauern, zumeist Pächter. Unter ihnen der Pösaier mit 6 Gulden, Hermann Winterklaub mit 8 Mark – also, umgerechnet, zwischen 800 und 1200 Euro.

Item: Handwerker und Gewerbetreibende wie Fuhrknecht, Schuster, Maurer. Hier, zum Beispiel: Friedel, der Zimmermann aus Brixen, bleibt 20 Mark schuldig.

Item: Bürger. »Die Hausmannin schuldet 25 Dukaten« und mehrere Pfund und Kreuzer. Herr Hans, »Kanzler des von Görz«: 24 Gulden.

Item: geistliche Herren, vom Benefiz-Kaplan über Pfarrer, Chorherren, bis hinauf zum Domprobst. Die hohe Geistlichkeit der Region schuldet Oswald 119 Mark, das wären zwischen 12 000 und 18 000 Euro.

Item: Herren aus Oswalds Gesellschaftschicht, unter ihnen Gufidauner und Starkenberger. Und Hans von Villanders übt sich schon mal im Kassieren ein mit 32 Dukaten.

Item: Adlige von Rang. Graf Ulrich von Matz »tenet« 22 Dukaten. Graf Hans von Görz hingegen erscheint in der Schuldnerliste mit einem Kredit erstens von 600 Dukaten, zweitens von 998 Gulden; das wären, zusammengerechnet und umgerechnet, zwischen 80 000 und 130 000 Euro.

Summa: fast eine Hundertschaft von Schuldnern und Kreditnehmern. Mal sind es 10, mal 20 Mark, mal 14, mal 350 Gulden – so summiert sich das.

Schließlich, als Krönung des Ganzen: Sigmund. Bevor ich die Zahlen rekapituliere, muss erst mal angemerkt werden, dass die Buchführung für zwei Jahrgänge gilt: erst 1418, sodann, angehängt und eingeschoben, 1417.

Anno domini 1418 wird notiert, dass der König dem Wolkensteiner noch das Jahresgehalt schuldet sowie einen Zelter, also ein besonders kostbares Reitpferd. Dann, für 1417: »Mein Herr, der Römische König, schuldet tausend Gulden.« Wiederum für das Hauptrechnungsjahr wird notiert: »Mein Herr, der Römische König, schuldet mir für alle meine Ansprüche bis auf den vergangenen St. Georgstag dreitausend Gulden. Im 1418. Jahr.«

Waren hier die tausend Gulden des Vorjahrs inbegriffen? Also zweitausend Gulden insgesamt? Oder waren das zwei Positionen? Demnach runde viertausend Gulden? Nachforderungen von Gehaltszahlungen oder Reisekosten oder Aufwandsentschädigungen subsumiert?

Bleibe ich bei einem Mittelwert von dreitausend Gulden, so wären das heute, umgerechnet, zwischen 150 000 und 240 000 Euro.

Trotz aller Darlehen, aller Außenstände in einer Gesamthöhe von etwa 7000 Gulden: Oswald hatte sich finanziell noch längst nicht verausgabt, er wird in den nächsten Jahren erhebliche Beträge auszahlen, und das offenbar problemlos: keine Klagen, keine Proteste …

Ich zögere noch ein wenig, die weiteren Beträge zu nennen, doch es führt nichts daran vorbei, auch wenn mich die anwachsenden Summen noch weiter vom Bild entfernen, das ich mir bisher gemacht habe vom Dichterkomponisten und kleinen Adligen in ständigen Geldnöten. Vor allem mit Blick auf dessen Finanzen muss das Bild des Wolkensteiners neu angelegt und ausgeführt werden.

Nun denn: Oswald wird einem erpresserischen Verwandten insgesamt 3200 Gulden auszahlen müssen (und nie zurückerhalten – dieses Kapitel des Lebenskrimis steht uns noch bevor). Und im vorletzten Jahr seines Lebens wird Oswald so etwas wie eine Kriegsanleihe zeichnen in Höhe von 2200 Gulden. Damit kämen wir auf insgesamt etwa 12 500 Gulden. Dennoch wird Oswald liquide bleiben, wir können den Betrag also ein wenig aufrunden: Etwa 13 000 Gulden dürfte das Beutestück, die Trophäe aus Ceuta eingebracht haben. (Immer noch 5000 Gulden weniger, als Kanzler Schlick mit dem Verkauf der königlich-englischen Pretiosen erzielte.)

Folgt die mittlerweile obligatorische Umrechnung in heutige Kaufkraft. Beim niedrig angesetzten Umrechnungskurs erscheint auf dem Display meines Taschenrechners die Zahl 625 000. Tippe ich den höheren Betrag von 80 Euro pro Gulden ein, so nähern wir uns rapide der Million.

Eine Million …?! Für einen Arbeitslosen wäre das heute, Januar 2011, eine unvorstellbar hohe Summe; ein erfolgreiches Mitglied des gehobenen Mittelstandes hingegen würde eher mit einem gelassenen »Naja« reagieren.

Also: neuer Ansatz der Umrechnung? Am naheliegendsten: über den Goldpreis? Dukat wie Gulden: Goldmünzen von etwa gleichem Gehalt, und das lässt sich an Fundstücken überprüfen. Dreizehntausend Gulden ergäben demnach ein Gesamtgewicht von etwa 48 Kilo Feingold. Nun wäre es witz- und sinnlos, den Tageskurs für das Kilo Feingold in den Taschenrechner einzutippen und hier mit einer scheinbar präzisen Zahl aufzuwarten – der Goldpreis schwankt sehr. So kann ich nur pauschal festhalten: Derzeit wären die 48 Kilo Gold etwa anderthalb Millionen wert. Aber ich muss gleich relativieren: Noch vor fünf Jahren wäre es bloß eine halbe Million gewesen. Diese Methode der Umrechnung führt also nicht weiter.

Dann ein dritter Ansatzpunkt: Sachwerte, hier Immobilien. Dazu sind für Oswalds Zeit und Ambiente mehrfach Preise dokumentiert. Ich erinnere an die Häuser im Stadtkern von Brixen: das eine für dreißig, das andere für vierzig Mark. Das wäre eine Spannweite zwischen 3000 und 6000 Euro, und das kann nicht stimmen! Selbst, wenn ein Stadthaus damals und ein Stadthaus heute sich erheblich unterscheiden in Größe und Ausstattung – derart gering kann der Kaufpreis, umgerechnet, schließlich doch nicht gewesen sein! Auch nicht bei den erheblich gesunkenen Preisen nach den Pestepidemien. Trotz allen Leerstands: Das Zehnfache der genannten Tausenderbeträge scheint eher angemessen.

Das hieße aber, Oswald hätte mit der Trophäe sechs oder zehn Millionen ergattert, in heutiger Kaufkraft. Solche Zahlen will ich unserem Dichterkomponisten wiederum nicht anlasten.

Am verlässlichsten erscheint mir nun doch wieder der direkte Vergleich mit einigen (mittlerweile bewährten) Standard-Vergleichszahlen.

Hier die rund 13 000 Gulden, die sich nicht aus einer Hochrechnung oder Schätzung ergeben, sondern aus der Addition dokumentierter Zahlen. Ein Faktum also, festgeschrieben: dreizehntausend.

Die Dimension wird ablesbar an folgenden Vergleichszahlen von hoffentlich geballter Überzeugungskraft (die im Anhang noch gefördert werden soll): Die große Handelsstadt Nürnberg zahlte 2000 Gulden jährlich an Reichssteuer; die Grafschaft Feldkirch (usw) wurde für 2000 Gulden verpfändet; die Jahreseinnahmen sämtlicher Zollstätten Tirols lagen bei 2700 Gulden; die reiche Stadt Avignon vermachte dem königlichen Gast eine Schenkung in Höhe von 3000 Gulden; Würzburg kaufte sich von einer drohenden Belagerung frei mit 5000 Gulden.

Und nun: Oswald von Wolkenstein mit insgesamt etwa *dreizehntausend Gulden*! Der goldgewirkte quftan von Emir Sâlah Ben Sâlah muss dem hohen Käufer in der Tat *sehr* viel wert gewesen sein!

Hatte Oswald eine Schatzkammer angelegt im Keller der Burg Hauenstein? So etwas wie Tresore gab es damals noch nicht; der Ceuta-Perpignan-Hort war wohl in einer massiven Truhe thesauriert.

Hier gab es damals mächtige Exemplare, aus umfangreichem Baumstamm mit Säge und Axt herausgearbeitet wie ein Einbaum: Exponat der Burgen-Ausstellung des GNM. Der bis zu anderthalb Metern lange Klotz eingefasst von Eisenbändern, ebenso der Deckel (aus dem selben Stamm). Die Bänder schützten vor gewaltsamen Eingriffen von Dieben ohne Schlüssel und wegschleppen konnte man das Trumm auch nicht so ohne weiteres.

Hauenstein – unter den Burgen, in denen Oswald lebte, ist sie am engsten mit seinem Namen verbunden; etwa ein Jahrzehnt dauerte der Streit um Hauenstein. Gleich bei der ersten Südtirol-Reise schaue ich mir die Burgruine an.

Ich fahre von Seis in Richtung Ratzes, Bad Ratzes, halte an einem Schnittpunkt von Waldwegen. Ein Wildbach. Ich schaue auf der regionalen Wanderkarte nach: der Frötschbach. Er fließt, unterhalb der Ruine Hauenstein, westwärts, mündet in den Schwarzgrießbach, und der mündet, unterhalb der Burgruine Aichach, in den Eisack.

Ich falte die Karte zusammen, laufe los. Fichtenwald. Ein Weg schräg hoch in die Richtung, in der die Burg liegen muss, im Hauensteiner Wald zwischen Seis und dem Sockel der Santnerspitze. Im Kopf ein Verspaar, es beginnt sich mechanisch zu wiederholen: »Ich hör die Vögel groß und klein In meinem Wald um Hauenstein.« Ich sage dieses Zeilenpaar halblaut vor mich hin, rasch gehend: »Ich hör die Vögel groß und klein In meinem Wald um Hauenstein«, komme nicht frei von diesem Zweizeiler: »Ich hör die Vögel groß und klein IN MEINEM WALD UM HAUENSTEIN«. Schon bestimmt dieser Satz meine Wahrnehmung: Ich horche auf Vögel, als könnte sich das durchschnittliche Vogelgeräusch eines Fichtenwaldes vom durchschnittlichen Vogelgeräusch dieses Fichtenwaldes unterscheiden.

Vom Weg führt ein Pfad ab; auf orangerotem Schild wird die Burg in der zweiten Landessprache der Autonomen Provinz Bozen als »castel vecchio« bezeichnet, als Alte Burg; dem Übersetzergremium war offenbar nichts Besseres eingefallen.

Plötzlich, nach einer Pfadwendung: vor mir, über mir Gemäuer, auf einem Felsblock – HAUENSTEIN! Stehenbleiben, hochgucken: Hauenstein, tatsächlich HAUENSTEIN! Wie oft habe ich mittlerweile diesen Namen gelesen, in Liedtexten Oswalds, in Arbeiten über Oswald, wie oft schon habe ich diesen Namen geschrieben, in Kapitelentwürfen – nun sehe ich HAUENSTEIN.

Der Pfad führt an den Felsklotz heran: ein »isolierter Dolomitblock«, wie ich gelesen habe, und diese Bezeichnung ist im Bewusstsein geblieben: isolierter Dolomitblock. Dieser isolierte Dolomitblock nun dicht vor mir, Realität, in die ich einen Meißel schlagen könnte: ISOLIERTER DOLOMITBLOCK. Der steigt senkrecht auf vor mir, über mir, und dieser senkrechte Fels setzt sich unmittelbar fort in Mauerwerk; verschiedene Fensteröffnungen über mir, ein Abtritterker.

Ich gehe um den isolierten Dolomitblock herum, den Oswald als »kofel« bezeichnete. Ein Pfad, der eine steile Schräge hinaufführt, zickzack – dort muss schon zu seiner Zeit der Pfad gewesen sein, der zum Burgeingang führte. Ich steige noch nicht hinauf, will erst den Felsklotz, den Kofel umkreisen. Steinbrocken. Gebüsch. Mauerreste: vielleicht Stallungen, Wirtschaftsgebäude, seinerzeit oder später.

Nach der Pfad-Rampe steigt der Fels wieder senkrecht auf, im Schnitt zwölf Meter hoch. Talwärts, nördlich hängt der Fels sogar über, düster, feucht; auf dieser Seite war die Burg absolut sturmsicher. Richtung Osten steigt er auch wieder senkrecht auf.

Wie kam dieser Felsklotz hierher? Diese Frage hatten sich offenbar schon andere gestellt, früher, viel früher, sonst hätte sich nicht diese Fabel entwickelt: Es war einmal ein kleiner See hier in der Nähe, ein inzwischen verschwundener See, und in sternklaren und mondhellen Nächten fuhr auf diesem See eine Wassernymphe umher in einem silberglänzenden Kahn. Nein, das ist zu grob gesagt: schwerelos glitt sie in ihrem silbrigen Kahn über die sternlichtschimmernde, mondlichtkühle Wasserfläche. So fiel sie einem Berggeist auf, einem Kobold, sicher oben am Schlern, am steilen Zacken, und dieser Kobold wollte die schöne Nymphe besitzen, er zog sich ein prachtvolles Gewand an, stieg herunter, stellte sich ans Seeufer, umwarb die Nymphe. Doch sie wies ihn ab. Da packte den Berggeist der Zorn, er tobte die Bergwaldschräge hinauf, entwurzelte zahlreiche Bäume, brachte Felsbrocken zum Rollen. Und auf den größten dieser Brocken bauten die Hauensteiner ihre Burg, Generationen von Hauensteinern bewohnten sie, bis schließlich die Wolkensteiner kamen.

Ich gehe weiter am Felskofel entlang, schaue hoch: diese Burg konnte nur von einer Seite her angegriffen werden, an der steilen Schräge westlich, an der schon damals der Pfad hinaufführte, vielleicht in den Fels geschlagen, aber nun ist dort viel Schutt herabgerutscht, inzwischen überwachsen. Ich steige hoch, ein Holzgeländer, drei Kehren, stehe vor der Maueröffnung: Eingang Hauenstein. Durch die Türöffnung gehend, bin ich gleich wieder im Freien, auf einer kleinen Rampe, mit einer Bank, Blick ins Tal, Richtung Seis und Kastelruth, zwischen Bäumen hindurch, Fichten. Die Wiesenhänge, die meist einzeln liegenden Häuser, kleine Feldscheunen und als Bildabschluss die Bergzüge auf der westlichen Seite des Eisacktals: der Ritten.

Das registriere ich kurz, will mich erst einmal im Burgbereich umschauen, steige zum höchsten Punkt, zum Turm, von dem bloß noch zwei Mauern stehen, Südmauer, Westmauer. Kein Bergfried, so habe ich gelesen, der lag üblicherweise an der Hauptangriffsseite einer Burg; unterhalb dieses Turms gab es keine Angriffsmöglichkeit, also war dies ein Wohnturm, ein Palas. Mauerlöcher zeigen an, wo die Deckenbalken eingesetzt waren: drei Stockwerke. Die Balken längst verschwunden, verbrannt oder verfault, nur noch Holzreste in einigen Mauerlöchern. Und Nischen: was stand darin? Ganz oben ein Gewölbefenster.

Talwärts sind die Mauern erheblich niedriger, und recht groß die Fenster: waren dort auch Wohnräume? Wurden sie in späterer Zeit angelegt? Ich steige in eine dieser Fensteröffnungen: der Hang auf der anderen Talseite, Wiesen, Waldflächen, Bauernhöfe. Nach Südosten verengt sich das Tal, hinter Ratzes. Und ringsumher Wald. Wenig Vogelgeräusch. Fern der Frötschbach. »Mir tost der Bach mit Hurlahei / den Kopf entzwei.« Das Rauschen ist nicht stärker als der Geräuschpegel des fernen Verkehrs, in Seis, die Straße hinauf zur Seiser Alm. Nun wird im Winter, vor allem im Frühjahr das Wasser entschieden stärker und rascher geflossen sein zwischen den Steinbrocken – trotzdem frage ich mich, ob Oswald in seinem Lied nicht übertrieben hat. Nach seiner Darstellung hatte ich mir vorgestellt, der Bach laufe unmittelbar an der Burg vorbei, von Felsen herab. Aber der Bach ist einige hundert Meter entfernt, in der Talsohle.

Ich gehe langsam umher, ertappe mich dabei, wie ich diese Burg zu rekonstruieren versuche, Wände hochziehend, Decken einsetzend, Figuren in den Räumen verteilend – als ginge es darum, sich in einem Erzähltext auszumalen, wie Oswald gelebt, und womöglich: wie er in dieser Burg einige seiner Liedtexte ausgearbeitet hat. Ich ermahne mich dazu, nur Fakten zu registrieren, Informationen zu verifizieren: das Gemäuer des Wohnturms unten zwei Meter dick, oben einen Meter, nach oben hin werden die Fenster größer, nach Osten der Rest eines kleinen Balkons; grobes Bruchsteinmauerwerk mit viel Mörtel, in den kleine, scharfkantige Steinbrocken gemischt sind; kaum behauener Stein, für den Türsturz wurde meist Holz verwendet, eine billig gebaute Burg.

Verteidigungsanlagen vor allem nach Westen, sehr starkes Mauerwerk aus behauenem Stein, Schießscharten, aber diese Fortifikation wurde erst später gebaut, Ende des 15., Anfang des 16. Jahrhunderts. Zu Oswalds Zeit waren hier gewiss auch schon besonders starke Mauern, die Erbauer von Burgen dachten zugleich als Angreifer, und denen bot sich, einen schwachen Steinwurf weiter westlich, ein Fels an, auf den man ein Wurfgerät hätte postieren können: die Burg auf gleicher Höhe.

Ich steige weiter aufwärts: der Hang beleuchtet von der Morgensonne dicht neben der Santnerspitze; Felsbrocken, kahl und überwachsen, sind plastisch hervorgehoben. Die Vögel im Wald um Hauenstein. Auch Pilze im Wald um Hauenstein. Mein beschleunigter Atem im Wald um Hauenstein. Auf gleicher Höhe, dann unterhalb: das helle Gemäuer der Burgruine auf dem Felsklotz.

Ich war 1977 erneut in Seis, war wieder zur Burg Hauenstein hinaufgestiegen, und hier hatte sich in der Zwischenzeit einiges geändert: Ausgrabungen und Konservierungsarbeiten zum Oswaldjahr. Man hatte einen Teil des Schutts entfernt, der tiefergelegene Räume füllte, hatte Büsche und Bäume abgesägt, hatte Mauerkronen etwas höher gezogen und mit Spezialzement konserviert. Noch war und ist der Kellergrund nicht erreicht, aber schon jetzt zeigt sich, dass in der Burg mehr Raum war, als der Nichtfachmann vor lauter Schutt und Bäumen sah.

Aber: wie viel Wohnraum hatte hier Oswald von Wolkenstein mit seiner Familie, seinem Personal? Eine Grundrisskarte im vierten Band des Tiroler Burgenbuchs zeigt es, und der Text bestätigt es: nur der Wohnturm stammt aus dem hohen Mittelalter.

Im 15. Jahrhundert war an der Südseite ein Anbau errichtet worden; heute zeigt dies eine Mauernaht an. Auch war in dieser Zeit der Wohnturm aufgestockt worden – eine Mauerfurche markiert »die ehemalige Lage eines Pultdaches«. Erst im 16. Jahrhundert, so bestätigt das Kapitel von Helmut Stampfer, waren die massiven Wehranlagen im Westen gebaut worden, mit »vier gewölbten Geschützständen«. Auch im Osten wurde erst zu dieser Zeit die Burg erweitert, mit einem zweiten Turm, von dem freilich nur Fundamentmauern erhalten sind.

Von diesen Erweiterungsbauten im Westen und Osten des Felsplateaus muss man also absehen, will man sich Oswalds Wohnstätte vergegenwärtigen. Ihm stand letztlich nur der Wohnturm zur Verfügung. Und damit: drangvolle, ja qualvolle Enge, auch für den Burgherrn, den Familienvater? Ein Klagelied, das er einige Jahre später schreiben wird, es suggeriert: Es war so eng, dass ein temperamentvoller Mann wie der Wolkensteiner einfach mal um sich schlug. Keine Möglichkeit, auch nicht für ihn, sich in ein eigenes Zimmer zurückzuziehen? Offenbar doch: In einem späteren Inventar wird vom Schreiber »meins hrrn kamer« abkürzend erwähnt, also: Ein separates Zimmer für den Burgherrn. Eine Ausnahme?

Ulrich Großmann weist mich in einem Telefonat darauf hin, dass es, nach neueren Forschungsergebnissen, bereits seit dem 13. Jahrhundert und häufiger im 14. und 15. Jahrhundert so etwas wie Apartments gab in damaligen Burgen, selbst wenn die klein waren. Laut Anja Grebe war ein Apartment etwa so angelegt: ein Zimmer mit Ofen oder Kamin; ein Schlafraum, ein eigener Abtritt(erker). Dieses Refugium mit separatem Zugang.

Und: es gab auf Hauenstein eine Burgkapelle. Sie war den Heiligen Martin und Sebastian geweiht. Sie wurde offenbar auch genutzt. Noch in seinem Testament wird Oswald einen Betrag von hundert Gulden für sie bereitstellen. Heute zeigen nur noch geringe Spuren ihre Position an: kleine Fragmente von Fresken, eine Steinplatte.

Das Bild, das man sich von Hauenstein machen kann, wird auch durch Funde verändert, die bei den Ausgrabungsarbeiten gemacht wurden, vorwiegend im Bereich des Wohnturms: Bruchstücke von Scharnieren und Türbeschlägen, Keramikscherben, Glasscherben, elf Armbrustbolzen, achtundfünfzig handgeschmiedete Nägel, eine ganze und eine halbe Kugel einer Steinbüchse, ein Mühlstein, eine Silbermünze aus Meran. Unter den Keramikscherben: eine aus der frühen oder mittleren Bronzezeit – dieser Felsklotz war also schon (mal?) in vorgeschichtlicher Zeit bewohnt.

Einige Überraschungen unter den Funden! Scherben von grün glasierten Ofenkacheln mit figürlichen Darstellungen – eine Frau mit gelocktem Haar, faltenreichem Gewand; zwei Engel halten ein Tuch. Der Kachelofen muss aus der Mitte des fünfzehnten Jahrhunderts stammen. Im Wohnturm einige hundert Freskenfragmente: ornamentale Motive, in Rot, in Hellblau, mit breiten Pinselstrichen, kreisförmig, kreuzförmig, vor allem aber: Freskenfragmente mit Darstellungen von weltlichen und geistlichen Personen. Anderthalb Augen, plus Tonsurschädel ... ein Männergesicht mit roter Kappe ... zwei Augen, eine Nase ... ein Auge, eine Kappe ... ein Ohr, Tonsurhaarkurve ... eine Hand, vor Faltenwurf ... zwei einzelne Augen ... Hand-Bruchstücke ... Die Fragmente handtellergroß bis briefmarkenklein.

Die Funde werden datiert auf die erste Hälfte des fünfzehnten Jahrhunderts. Demnach ist es, laut Stampfer, wahrscheinlich, dass die Fundstücke aus Oswalds Zeit stammen.

Er muss ein gutes Auge gehabt haben für Bildende Kunst. Das zeigt die Wahl der Künstler, die er beauftragte: für den Gedenkstein in Brixen, für das Porträtgemälde. So ist auch denkbar, dass er einen guten Maler engagiert hat, der auf Hauenstein die Fresken ausführte.

Während ich zum Endspurt ansetze in wiederholter Revision dieser Neufassung, wird, Oktober 2010, an der Burgruine Hauenstein eine archäologische »Sondierung« durchgeführt: Am Fuß des Felsblocks wird, vor der steilsten Felswand, eine Abfallhalde »angeschnitten«. Gegraben wird auf einer Fläche von 15 bis 18 Quadratmetern. Und man hat Glück: Es werden erstaunliche Funde gemacht!

Christiane Ganner, wissenschaftliche Mitarbeiterin des Landesmuseums für Kultur- und Landesgeschichte im Schloss Tirol, hat mich per E-Mail informiert, hat mir sodann Fotos der Fundstücke geschickt. Die Auswertung durch den Landeskonservator steht noch aus, doch sind die Objekte bereits identifizierbar.

Abfallgruben, Abfallhalden des Mittelalters sind archäologisch oft recht ergiebig, sie können, wortwörtlich, Fundgruben sein – ich habe das im Parzival-Begleitbuch ausgeführt. Was nun aber auf den paar Quadratmetern in wenigen Wochen gefunden wurde, übersteigt Erwartungen, die sich an bisherigen Erfahrungen orientieren.

Das zeigt sich bereits beim ersten Stichwort: Münzen. Allein fünfzehn Münzen wurden gefunden, sämtlich aus Silberlegierungen. Darunter ein »Vierer« aus der Ära des Herzogs Friedrich IV., der zwar als »Friedel mit der leeren Tasche« zur Legende wurde, aber einen überaus reichen Staatsschatz hortete. Ein »Vierer« war von geringem Nominalwert, das Gewicht lag generell zwischen einem drittel und einem halben Gramm, »Kleingeld« also, aber immerhin: eine Münze aus Oswalds Zeit.

Weitere Münzen (meist Vierer) aus Tirol, aus der Ära von Sigmund dem Münzreichen, somit aus der Zeit nach Oswald. Sodann zwei Münzen aus Lienz, unter dem Zeichen von Kaiser Maximilian I. Und Prägungen aus den Münzstätten Ancona, Bologna, Verona, Mailand: Trillinos, Quattrinos. (Die Bestimmungen erfolgten durch Helmut Rizzolli.)

Jedenfalls: erstaunlich weite Streuung! Dies mit einem hohen Anteil an italienischen Münzen – ein Drittel der Funde! Was rückschließen lässt auf weitreichende Verbindungen der Söhne und Nachkommen des Herrn auf Burg Hauenstein. Und ich frage mich: Wenn schon so viele Münzen in der Abfallhalde landeten, wie viele Geldstücke (auch höherer Nominalwerte?) mögen da etwa im Keller gelegen haben? Konnte man sich den wahrlich lockeren Umgang mit Geld leisten, weil Oswald einen (immer noch) reichen Fundus hinterlassen hatte – der nach und nach konvertiert wurde?

Erstaunlich, was sonst noch alles »über Bord« flog: Zehn silberne, kugelförmige Objekte – zum Teil perforiert, demnach als Silberperlen auf Fäden gezogen. Andere Kugeln oder Halbkugeln mit Nippel statt Loch – das Sammelfoto lässt Funktionen nicht immer erkennen. Was in diesem Kontext aber nicht notwendig ist; das Entscheidende: silberne Schmuckelemente landeten im Abfall!

Dazu noch drei silberne Hohlformen, eine mit gefiederähnlichem (?) Ornament. Offensichtlich Teile von Schellen, die Jagdfalken an die Läufe gebunden wurden – Stichworte zu einer späteren Textsequenz!

Ebenfalls aus Silber: einer der vier Eckbeschläge eines Buchdeckels (meist aus Holz mit Textilüberzug). Ornamente in Treibarbeit und Ziselierung; Buchstaben eines Schriftbandes, über Eck geführt: VIRGO MARIAE JOS. Beschlag eines Messbuchs aus der Hauskapelle?

Und weiter: erstaunlich viel Schmuck! Schnüre, die von hauchdünnen Silberstreifen umwickelt waren ... Schnüre, mit Silberfaden durchwirkt ... Teil einer Bronzekette mit Glasperlen – eine von ihnen in besonders kunstvollem, farbigem Guss ... ein Armreif aus geflochtenem Bronzedraht ...

Aus Bronze auch eine wahre Mikadopartie von Gewandnadeln, also Stecknadeln zum Fixieren auch von Hauben ...Und aus jeweils zwei Bronzedrähten gedreht die Stiele von Toilettenbesteck, dies gleich in zweifacher Ausführung. Eins der Bestecke mit zwei kleinen Spateln; das andere, in weithin üblicher Ausführung, mit einer Bronzelanzette zum Reinigen von Fingernägeln, sowie, am anderen Ende, einem Löffelchen zum Entfernen von Ohrenschmalz.

Und weiter: Glasfragmente von (kostspieligen) Nuppengläsern ... ein Stück Glas in erlesenster Farbmischung ... ein gläserner Stöpsel ... eine Flaschenmündung mit Glasverschluss ...

Und eine mehrfach zerbrochene Ofenkachel, die Bruchstücke lassen sich fast komplett zusammensetzen. Die Glasur hat sich fleckenweise von der Keramik gelöst, doch erkennbar bleibt das Halbrelief einer weiblichen Figur, die ihre Hände in einer Geste der Überraschung anhebt: Mariä Verkündigung?

Zumindest der Erwähnung wert: Der Rest eines Kettenhemds ... ein kunstvoll ausgeführtes Beschlagstück aus Eisen ... zwei Maultrommeln ... ein Messerfragment ... zwei filigrane Bronzespieße ... Zierplättchen aus Knochen ... ein Beinwürfel ... eine Venusmuschel.

Ich muss die Fundstücke nicht weiter auflisten; ich wollte nur einen Eindruck vermitteln vom Luxus in der Burg. Besonders überraschend dabei die zahlreichen Fundstücke aus Silber: die Münzen, die Kugeln, die Schellen, der Buchbeschlag …

Hier liegt die Schlussfolgerung nah: Es war reichlich Silberhaltiges in der Burg, auf ein paar Münzen, Perlen etcetera kam es nicht weiter an, solche Verluste wurden nicht bemerkt, es wurde keine Suche eingeleitet. Um etwas salopp zu resümieren: Es war ganz offensichtlich Geld im »Hause«!

Und ich frage mich: Wie viel könnte bei einer systematischen Grabung eventuell noch zutage gefördert werden, mit ähnlichem Glück im Anschnitt? Doch aus Schloss Tirol erfahre ich: Weitere Grabungen sind nicht vorgesehen. Schade!

Wie lebte man damals, weithin, auf einer Burg? War einigermaßen Platz vorhanden, wurden innerhalb der Ringmauer Ställe und Wirtschaftsgebäude zusammengepfercht, meist Holzbauten, mit Stroh und Schindeln gedeckt – sie sind spurlos verrottet. Das Wiehern von Pferden, das Brüllen von Kühen, das Schreien von Eseln, das Bellen von Hunden, das Gackern von Hühnern, das Kreischen von Pfauen, deren Fleisch als Delikatesse galt.

Wirkt das fiktiv? Dann gleich eine Variante: Zitat aus einem Brief des Ulrich von Hutten an Willibald Pirckheimer, etwa ein Jahrhundert später – in der Zwischenzeit scheint sich nicht viel verändert, schon gar nicht verbessert zu haben.

»Mag die Burg auf einem Hügel errichtet sein oder in der Ebene, sie ward nicht zur Lust errichtet, sondern zur Wehr, umgeben von Gräben und Wall, innen eng, belastet mit Ställen für Rinder und Kleinvieh, mit dunklen Kammern für die Bombarden, mit Vorratslagern für Pech und Schwefel, mit Räumen für die Waffenlager und Kriegsmaschinen; über allem der Gestank von Pulver; und dann die Hunde und der Hundekot – fürwahr, ein lieblich Gedüft! Man hört Schafe blöken, Kühe muhen, Hunde bellen, Menschen auf den Feldern rufen, Karren und Fahrzeuge kreischen und klappern, ja an unserem Hause Wölfe heulen, da der Wald nicht fern ist. Jeder Tag bringt aufs Neue Mühe und Sorgen, der Betrieb muss weitergehen, die Jahreszeiten wechseln, der Acker ist zu pflügen und zu bestellen, der Weinberg zu bearbeiten, Bäume sind zu pflanzen, die Wiesen zu wässern, man muss rechen, säen, düngen, ernten, dreschen; es kommt die Zeit der Ernte, es kommt die Zeit der Weinlese. Und so fehlt es nie an etwas, das einen bewegt, das einen beschäftigt, einen ängstigt, einen bedrückt, einen betrübt, einen zum Wahnsinn treibt – oder in die Flucht.«

Drangvolle, für unsere Verhältnisse qualvolle Enge! Dies auch, dies erst recht für das Vieh, das innerhalb (oder unterhalb) der Burgmauern Platz finden musste. Birgit Friedel im GNM-Ausstellungskatalog: Die meist kleinen Burgen waren eigentlich »befestigte Landwirtschaftsbetriebe mit Tierhaltung«. In einem späteren Inventar der Burg Hauenstein werden denn auch sechs Kühe aufgeführt.

Ob der Stall auf dem Kofel war oder am Fuß des Felsblocks, das muss offenbleiben. Ob droben oder drunten: ein Kuhstall war äußerst eng. Unter welchen Bedingungen man Kühe stallen musste, speziell im Winter, darauf lässt sich rückschließen aus Berichten über Zustände im 19., sogar noch im 20. Jahrhundert, etwa aus der Eifel. So suggeriert ein Bericht aus dem Jahre 1938 schlimmste Rückschlüsse auf Bedingungen ein halbes Jahrtausend früher: klein, feucht, dunkel! Reichlich Kohlensäure und Ammoniak in der Stickluft, es tropft von der Decke, Urin fließt kaum ab. Trotz der Enge: meist noch ein Bretterverschlag für Schweine, Stangen für Hühner. Nicht eingeplant: zahlreiche Ratten.

Im Winter kam nur sehr wenig Luft in den Stall – zum Schutz gegen Kälte wurden oft noch Strohpacken an die Stalltür gelehnt. Und man ließ den Mist liegen, er galt als wärmespendend. Ausmisten sparte man bis zum Frühjahr auf, es wurde nur immer wieder Stroh gestreut. Ein Altbauer: »Dadurch kamen die Kühe der Stalldecke immer näher.« (Dabei waren Kühe in früheren Jahrhunderten erheblich kleiner als heutige Turbo-Rinder!)

Oswald könnte bei gelegentlichem Aufenthalt in der Burg schon mal nach den Kühen geschaut haben. Selbst er, mit einssiebenundsechzig, wird den massigen Schädel eingezogen haben, wenn er sich in die Viehhöhle begab. Hat ihn der Ammoniakgestank gestört? Wie geruchsempfindlich war man damals überhaupt? Geräuschempfindlich war er ja, das hat er in Liedtexten bezeugt, aber wie stand es mit seiner Geruchswahrnehmung in jener Welt weithin dominierenden Gestanks?

Oswald von Wolkenstein, nun in den Familiengründerjahren, er wird, standesgemäß, auch Personal geführt haben: Diener, Knecht, Koch oder Köchin. Die Namen zweier Diener sind überliefert: Schöberlin und Hans Kraft.

Diener höherer Herren wurden auch als Renner bezeichnet. Das war wörtlich zu verstehen: sie begleiteten den reitenden Herrn per pedes. Sicherlich mussten sie nicht permanent rennen, der Herr ritt im Schritt, das erforderte schon der meist miserable Zustand von Wegen und sogenannten Straßen; auch waren die Entfernungen, die man bewältigte, oft immens, also mussten Ross und Renner geschont werden wie der Reiter. Es gab allerdings auch Strecken, die in lockerem Trab bewältigt wurden, im Sommer, auf trocknen Pisten, da durfte ein Renner nicht hinterherhinken.

Ein Renner musste besonders gut in Form sein, um bei einem Dienstherrn wie dem Wolkensteiner mithalten zu können, diesem Mann von geradezu furchteinflößender Konstitution. Gereist wurde nicht nur während Schönwetterlagen, sondern bei jedem »Wind und Wetter« – in einer Zeit, in der es noch keine regenfeste Kleidung gab. Auch Oswald war sicherlich des Öfteren bis auf die Haut durchnässt, und in Quartieren konnten Kleidungsstücke meist nicht recht trocknen über Nacht, dies schon gar nicht im mitgeführten Zelt, also: morgens weiterreiten in klammen Klamotten.

Und im Winter? Da blieb man ja am besten zu Hause, doch Oswald war mehrfach zu Fernreisen im Winter gezwungen. Da war er sicherlich in (standesgemäßen) Pelz gehüllt, doch wie erging es den Füßen in den Steigbügeln? Frostbeulen …? Der eine oder andere Zeh abgefroren …? Selbst so was wird einen Oswald kaum angefochten haben. Und Renner mussten derartigen Herausforderungen gewachsen sein.

Bei der Vielzahl von Reisen, bei der Länge der Ritte – soziale Abgrenzung zwischen Herr und Knecht ließ sich kaum durchhalten. Gemeinsam saß man am Feuer, gemeinsam war man in (Zufalls-)Quartieren, falls man nicht das Zelt aufschlagen musste. So hätte ein Renner viel über seinen Herrn erzählen können, doch vermarkten ließ sich so was damals noch nicht.

Wurde unterschieden zwischen Rennern und Dienern? Diener waren zugleich Sekretäre – sie führten den Schriftverkehr. Ein hoher Herr schrieb nicht gern selbst, daraus lassen sich indes keine zwingenden Rückschlüsse ziehen. Sollte man in späteren Jahrhunderten die Geschäftskorrespondenz eines heutigen Managers ausgraben, so könnte man (ebenfalls) den Eindruck gewinnen, er hätte den Schriftverkehr grundsätzlich anderen überlassen, hätte womöglich gar nicht schreiben können, höchstens die Unterschrift hätte er grade mal geschafft …

Oswald, als selbsternannter Herr der Burg Hauenstein: er hat sich etliche Übergriffe geleistet auf fremdes Eigentum, hat Bauern auf Höfen des Martin Jäger zu Zahlungen und Lieferungen von Pachtzins gezwungen, und das sicherlich mit Nachdruck. Fast schon eine Familientradition: Vater Friedrich und Schwiegervater Ekhard, sie hatten im Gerichtsbezirk Kastelruth, im Bereich von Hauenstein bereits vorgeführt, wie man so was durchzieht.

Als Burgherr konnte Oswald wiederum seine Bauern besser gegen ähnliche Praktiken von Adelskollegen schützen: die Methoden, Bauern fremder Grundherrschaften zu Zahlungen und Leistungen zu zwingen, sie waren damals fast standesüblich. Wir werden noch sehen, wie beispielsweise Anton von Thun gegen Pächter Oswalds vorgeht.

An das Rechnungsbuch von 1418 angekoppelt ist Oswalds Urbar, die Auflistung von bäuerlichen Liegenschaften und deren Erträgen, soweit vereinbart in Absprachen oder Verträgen.

Dieses »Einkünfteregister« muss hier nicht vollständig wiedergegeben werden, als Beispiele genügen Pachteinnahmen aus dem Gerichtsbezirk Rodeneck.

Hans auf der Leite: 1 Schilling, 1 Kitz, 2 Schinken, 10 Hühner, 40 Eier. Dietel vom Eck: 6 Pfund, 1 Kitz.

Entschieden mehr als Dietel »zinste« Heinrich Huber: 3 Mut Roggen, 2 Mut Gerste, 1 Mut Hafer, 6 Pfund Berner, 1 Schaf, 2 Schinken, 1 Kitz, 3 Hühner, 60 Eier.

Was Kunz Zimmermann, Hans von Untergassen und andere namentlich aufgeführte Bauern dem Herrn auf Hauenstein zu liefern und zu zahlen hatten, das muss nicht weiter aufgezählt werden, ich rechne die Abgaben der ersten zehn Pächter bei Rodeneck zusammen: Etwa 35 Pfund Weizen, rund sechs Zentner Roggen, fünfeinhalb Zentner Gerste, 70 Pfund Hafer, 13 Schinken, 5 Schafe, 13 Kitze, 20 Hühner, 1500 Eier. Dazu in bar: 43 Pfund.

Oswald hat offenbar streng, sehr streng darauf geachtet, dass ihm die Pächter auch anderer Gerichtsbezirke pünktlich zahlten und lieferten.

In früheren Phasen der Annäherungen an den Wolkensteiner war ich davon überzeugt, dass er mit seinem wachsenden Familienanhang, mit seinem Personal, mit all seinen gesellschaftlichen Verpflichtungen dringend auf die Pachteinnahmen angewiesen war. Nun sehe ich das völlig anders: Oswald hatte in jeder Hinsicht ausgesorgt. Im Keller die postulierte Truhe mit dem Ceuta-Fundus, dem Perpignan-Hort. Und die Speicher waren gefüllt. Das Urbar auch als Inventar: »Summa: das ist das Korn, das auf Hauenstein liegt.« Das sind etwa zwölfeinhalb Zentner Weizen, zwölfeinhalb Zentner Gerste, sechsundzwanzig Zentner Roggen. Und reichlich Bohnen.

Siegfried de Rachewiltz, Gründer des landwirtschaftlichen Museums auf Schloss Unterbrunn, weist darauf hin, dass zum Zeitpunkt der Auflistung die in der Burg gelagerten Fleischvorräte auffällig groß waren: Sechs Ochsen, dazu etwa ein Dutzend Schweinehälften! Offenbar wurde auf Hauenstein geschlachtet – sechs Ochsenhäute sind gleichfalls im Urbar erfasst. Wozu die Fleischberge? »Es ist anzunehmen, dass OvW auch in diesem Fall mit dem Überschuss seiner Einnahmen Handel trieb.«

Auch wenn auf Hauenstein ein Mühlstein gefunden wurde (angeschafft für den Fall einer Belagerung?), gemahlen wurde nachweislich in der Mühle des Winterklaubhofs, der zur Grundherrschaft des Wolkensteiners gehörte.

Auch bei den Stichworten Korn und Mehl lerne ich von Rachewiltz. Beispielsweise wurde 1417/18 Zins-Roggen im Volumen von rund dreitausend Litern (also von etwa 30 Zentnern) von Hauenstein zur Mühle transportiert und Mehl im Volumen von etwa viertausend Litern abgeholt (das Volumen nimmt beim Mahlen zu). Der Müller vom Hof Winterklaub wurde für die Arbeit nicht in bar entlohnt, hatte allerdings Anspruch auf einen (sicherlich rechtsverbindlich vereinbarten) Teil des Mehls. Andererseits musste er dem Wolkensteiner, quasi als Grundsteuer der Mühle, ein Schwein liefern, das zum Teil mit der anfallenden, ebenfalls angelieferten Kleie gefüttert wurde, den Schalen also, die nach dem Aussieben des Mehls zurückbleiben. Beim Trennen der Kleie vom Mehl legte der Wolkensteiner sicherlich Wert auf den Gebrauch feiner Siebe (Seide statt Leinen). Das Mehl wurde in der Burg in Säcken oder Kästen aufbewahrt.

Der größte Teil wurde generell für Mus und Brei verwendet. Zum Frühstück gab es meist Mus: Weizenmehl, mit Milch angerührt. Später dann Suppe oder Brei: Gerste, Hafer, Hirse »mit Wasser verkocht«. Roggenmehl wurde zum Backen verwendet: haltbares, fladenförmiges Hartbrot (das, ebenso wie Käse, weithin Lohnzahlungen ersetzte). Nur bessere Herrschaften konnten sich Wecken aus Weizen leisten – der war rarer und teurer.

Reichlich Geld und ausreichend Vorräte in der Burg, dennoch erweckt Oswald von Wolkenstein den Eindruck, er sei hinter jedem Huhn, jedem Ei her gewesen. Auch hinter Hühnern und Eiern fremder Pächter. Raffgier? Prinzipienreiterei? Charakterfehler?

Es war eine Zeit sozialer Unruhen: In Städten (wie Magdeburg!) demonstrierten und demolierten Unterprivilegierte, auf dem Land rotteten sich Bauern zusammen. Oswald wird später, im Greifenstein-Lied, von Bauern singen, die gegen die Herren der Burg aufmarschieren.

Ich sehe keine Möglichkeit, Oswalds Verhalten anders zu interpretieren: Das (sicherlich delegierte) Einsammeln selbst von Hühnern und Eiern war (auch!) ein Ablenkungsversuch – die reale Lage sollte ebenso kontinuierlich wie konsequent vertuscht werden. Der Wolkensteiner wollte keine Begehrlichkeiten wecken. Man hatte damals nicht nur Diebstahl und Straßenraub zu fürchten, auch privaten Krieg – nach einer Fehdeerklärung aus fingiertem Anlass. Das hätte bedeuten können: es kommt womöglich zu einer Belagerung der Burg Hauenstein, etwa durch den Clan der Gufidauner. Wie sich bei einer späteren Inventarisierung zeigen wird, war Oswald hochgerüstet. Allein tausend Armbrustbolzen lagen bereit, um Fort Knox bei Kastelruth zu verteidigen. Und ein ganzes Arsenal von Büchsen, von Geschützen.

Zu deren Einsatz wollte es Oswald, der Familienvater, aber nicht kommen lassen; bei einer Belagerung wäre er mit Familie und Personal womöglich über einen langen Zeitraum zerniert gewesen. Also wird er versucht haben, den Anschein zu erwecken: Vom einstigen Reichtum ist nichts mehr übrig geblieben. Viel Geld außer Haus gegeben (weitflächig zur Aufbewahrung verteilt …) und nichts für das Haus ausgegeben, wie man sehen und hören kann. Als weitere Vortäuschung, eventuell: Hohe Aufwendungen auswärts … enorme Spielverluste … wie gewonnen, so zerronnen … Ergo, ich bin auf jeden Käselaib angewiesen, auf jeden Schinken, auf jedes Kitz. Auf Wein sowieso. Und auf Roggen, Gerste, Hafer. Auf Erbsen und Bohnen. Auch auf Geld in kleiner Münze. Das alles ist mir willkommen, auf all das bin ich angewiesen, das lasse ich von Knechten einkassieren, sofern nicht fristgerecht angeliefert wird.

Er dürfte sich gesagt haben: Wenn ich bei diesem oder jenem Anspruch nachgebe, wenn ich in irgendeiner Form nachgiebig wirke, tanzt man mir bald auf der Nase herum. Also her mit Huhn und Ei! Bei mir wird auf pünktlicher und vollständiger Lieferung bestanden, niedergeschriebene Vertragskonditionen werden gefälligst befolgt, und zwar auf den Punkt genau!

Also wohl weniger eine Frage des Charakters als der gesellschaftlichen Rolle. Ein Grundherr musste auf seinen Rechten bestehen. Um nicht schwach, damit angreifbar zu erscheinen, fühlte er sich verpflichtet, Härte zu zeigen – allerdings nicht nur bei der Durchsetzung von Recht, auch von Unrecht.

Themenwechsel! Stichwort Körperlichkeit! Und gleich ein Vorspiel zu Oswalds Lobpreisungen des Körpers seiner Grete.

Der italienische Schriftsteller Poggio, Sekretär und Begleiter von Papst Johannes auf dem Weg nach Konstanz, er verabschiedete sich 1416 vom Konzil, unternahm eine Reise nach Baden bei Zürich, suchte ein öffentliches Bad auf und kam aus dem Staunen kaum heraus: Welche Weiträumigkeit, welche Freizügigkeit!

(Sein Enthusiasmus lässt sich am besten im Zitat nachvollziehen, übernommen aus der *Geschichte der Privatheit*. Ein längeres Zitat, also eine Anmerkung zum Verfahren: Oswald selbst und seine Zeitgenossen kommen möglichst ausführlich zu Wort, in überlieferten, übersetzten Dokumenten: Stimmen aus jener Zeit, auch Atmosphärisches vermittelnd. Bei späteren, begleitenden Texten fasse ich eher zusammen, es wird referiert.

Und damit öffne ich die Klammer wieder, lasse Poggio zu Wort kommen:)

»Baden ist eine recht blühende Stadt; sie liegt in einem Tal, das von sehr hohen Bergen beherrscht wird, an einem breiten, rasch strömenden Fluss, der sechstausend Schritte von der Stadt entfernt den Rhein gewinnt. Nicht weit von der Stadt, vier Stadien entfernt, befindet sich am Flussufer eine prachtvolle Badeeinrichtung. Ein riesiger Innenhof wird von großartigen Gebäuden umgeben, die enorme Menschenmengen aufnehmen können. In diesen Gebäuden sind Bäder, zu denen jedoch nur gewisse Leute Zutritt haben. Einige der Bäder sind öffentlich, andere privat; insgesamt sind es dreißig.

Öffentlich sind zwei Bäder, die von jeder Seite des Hofes her zugänglich sind. Sie sind für das gemeine Volk und die breite Masse, für Männer, Frauen, Kinder und junge Mädchen, die hier in großer Zahl zusammenkommen.

Es ist wahrhaft lächerlich, hinfällige alte Weiber neben jungen Schönheiten baden zu sehen. Sie steigen nackt ins Wasser, unter den Augen der Männer, und weisen ihnen den Hintern oder ihre Schamteile. Im Innersten musste ich die Unschuld der Menschen bewundern, die all dies anstarren und nichts Böses denken oder sprechen.

Die Bäder in Privathäusern sind recht stilvoll und werden ebenfalls von Männern und Frauen gemeinsam benutzt. Einfache Gitter trennen die Geschlechter; sie weisen zahlreiche Fenster auf, so dass die Menschen miteinander trinken und sprechen und einander ansehen und sogar berühren können, wie es der Brauch ist. Über den Bädern sind Galerien, wo die Männer sich niederlassen, um sich zu unterhalten und die Badenden zu beobachten. Denn jeder darf in das Bad der anderen gehen, sinnieren, plaudern, spielen und den Kopf auslüften. Die Männer bleiben auch sitzen, wenn die Frauen das Becken betreten oder verlassen und jedermann ihre Nacktheit präsentieren. Kein Wächter passt auf, wer kommt, kein Tor verhindert den Zutritt, und von Lüsternheit keine Spur. Meist benutzen Männer und Frauen sogar denselben Eingang, und die Männer begegnen halbnackten Frauen, während die Frauen nackten Männern begegnen. Die Männer tragen bestenfalls eine Art Badeanzug, während die Frauen Gewänder tragen, die oben oder an der Seite offen sind und weder Hals noch Brüste, weder Arme noch Schultern verhüllen. Oft nehmen die Leute im Wasser auch eine Mahlzeit ein, für die sie beim Eintritt bezahlen; man stellt Tische im Wasser auf. (…) Sie baden jeden Tag drei- bis viermal und verbringen einen guten Teil des Tages mit Singen, Trinken und Tanzen. Sie singen sogar im Wasser, zum Klang der Harfe, indem sie leicht in die Hocke gehen. Und es ist bezaubernd, die jungen Mädchen zu sehen, bereits reif für die Ehe, in der Fülle ihrer mannbaren Formen, das Gesicht von Adel gezeichnet, mit Gebärden und Bewegungen wie Göttinnen. Beim Singen treiben ihre Gewänder wie eine schwimmende Schleppe auf dem Wasser, so dass man sie leicht für geflügelte Venusse halten könnte.«

Und nun Oswald! In dem sonst recht konventionellen Frühlings- und Liebeslied Kl 75 gibt es eine Passage, in der er mächtig aus sich herausgeht, sprachlich.

Begrün dich, Büschli,
streck dich, Kräutli!
Auf ins Bädli,
Ösli, Gretli!
Blumenblüte
macht uns frisch!
Bau ein Dach
aus Blättergrün. Hürli,
bring den Bottich,
lass uns schäkern.
Wasche, Maidli,
mir das Scheitli.
»Reib mich, Knäbli,
hier ums Näbli.
Hilfst du mir,
pack ich gern dein Schwänzli!«

Was bei seinen Tageliedern unübersehbar, unüberhörbar ist, das bestätigt sich bei Liedtexten rund um den Namen Gret: Oswald variiert konsequent das literarische Muster. Ich kann auch anders!, scheint er vor jeder neuen Variante zu betonen. Er wollte nicht nur das gesamte Spektrum tradierter und neuer Liedmuster durchspielen, er wollte Novitäten bieten auch innerhalb der Liedtypen. Dabei legt er Namensköder aus und zieht sie gleich wieder weg, sein Spiel mit uns treibend. Es kam ihm weniger auf verlässliche Aussagen an als auf befreiendes Spiel mit Fakten und Formen. Er hob ab in einen Freiraum der Artikulation. Das wiederum geschah vielfach in Sichtverbindung mit Realitäten. Auch in Kl 61.

Jede Menge Glück und Segen
wünsch ich dir, Frau, zum Neuen Jahr!
Ich werde es auch weiterhin
an meinem Dienst nicht fehlen lassen,
du wirst es schon bemerken!
Dein schönes Mündchen ist dran schuld,
das Liebes-Paar der roten Wänglein,
von hellen Äuglein überstrahlt;
die Öhrchen klein; sodann das Haar:
gelegt, gewellt, gelockt, gekraust,
goldblond und hell durchsträhnt.

Von Nase, Zähnchen, Kinn und Kehle,
vom Hals führt es harmonisch weiter
zum Sitz der beiden festen Brüstlein;
das Tal dazwischen preise ich!
Ein rechtes Maß hat jedes Glied;
Arme, Finger: lang, Hände: schmal,
das Bäuchlein hell und glatt,
der Pelz vor allem ist famos!
Das Hinterteil ist groß und fest,
hier ist sie drall bestückt.
Die Füßchen zierlich ausgeformt.

Die Schönheit ihres Körpers ist
vollendet. Gute Herkunft, Tugend,
Erziehung, Anstand, Adelsglanz –
dies zeigt beständig ihr Verhalten,
hier ist sie schlicht vollkommen!
In jeder Hinsicht: ganz perfekt!
Geliebte Freundin, denk an mich!
Der Deine bin ich ganz und gar:
drum lass dir, Liebste, abgewinnen,
worauf ich schon so lange warte –
das weckt Verlangen, Lustgefühl.

Hier nun der Liedtext (Kl 33), der bereits anzitiert wurde: Oswald in sexueller Erregung, fern von Margarete.

Es dunkelt ein im Okzident –
da wacht gleich mein Verlangen auf,
weil sie mir fehlt; ich lieg allein
des Nachts, bin unbedeckt.
Die mir zuliebe liebevoll
mit weißen Armen, hellen Händen
mich sonst so fest an sich gepresst,
die ist so weit entfernt,
dass ich, verstört, im Lied
den Schmerz nicht unterdrücken kann.
Vom Strecken knacken die Gelenke,
wenn ich nach meiner Liebsten ächze,
die mir allein die Lust erweckt,
den alten Adam hier.

Ich wende, wälze mich im Bett,
find in den Nächten keinen Schlaf,
ich habe starke Lustvisionen,
dagegen bin ich nicht gewappnet!
Wenn ich hier meinen Schatz
an seinem Platz nicht finde,
so oft ich nach ihm greife,
so ist da, ach,
gleich Feuer unterm Dach:
als würd mich Frost verbrennen!
Sie braucht kein Seil, um mich zu fesseln,
zu quälen bis zum Morgen.
Ihr Mund weckt dauernd Lust in mir
und sehnsuchtsvolle Klage.

Auf diese Weise, liebe Grete,
verbringe ich hier meine Nacht!
Dein schöner Leib hält mich gebannt,
das singe ich ganz unverblümt.

Komm, bester Schatz, mir schnellt
der Rammler hoch, voll Kraft,
das macht mich immer wieder wach.
Von früh bis spät gönnt sie mir keine Ruh:
Liebes, tu jetzt was,
damit das Bettchen kracht!
Die Lust erreicht den höchsten Punkt,
sobald ich mir vor Augen führe,
wie liebevoll die schöne Frau
zur Morgenstunde mich umarmt.

Umwerbung, nun wiederum höchst formell: Kl 68. Ein Lied, in dem literarische Spielregeln der hohen Gesellschaft penibel eingehalten werden: Anbetung der Herrin; es wird betont, von welch guter Herkunft sie ist, die Lady Grete, wie groß ihre Ehre ist, ihr Anstand! Alles, was sie tut, um dem guten Oswald das Leben zu verschönern, es ist und bleibt höchst tugendhaft. Nur an wenigen Stellen zeigt sich im konventionellen Textmuster etwas von der Originalität des Dichters, etwa wenn er, in der zweiten Zeile, der Schwangauerin zuliebe ein schwäbisches oder schwäbelndes Wörtchen einbringt.

Zur folgenden Lesefassung einer dieser Strophen: ich mache das dominierende Buchstabenspiel deutlich durch Fettdruck; das in der Handschrift durch eine Initiale betonte O wird an den Anfang gerückt; in der damals oft stark variierenden Schreibweise von Namen wird Gret ausnahmsweise mit doppeltem T geschrieben.

O: Auf Ehre, auserwähltes **G**,
erfreust *mi* sehr im Herzens**G**rund!
Danach das **r** und **e**, das **e**dle –
beglücken mich mit **r**otem Mund,
der immer heiter ist.
Am Ende dieses Namens haben **t** und **t**
die **st**e**t**e Treue zwischen dir und mir besiegelt.
Mein liebster Schatz, mach dir das täglich klar;
ich will es gleichfalls tun
und weiche niemals davon ab.

Die gern gestellte Frage nach dem »Zielpublikum« eines Künstlers, sie lässt sich in der Werkgruppe der Grete-fixierten Liedtexte auch hier mit einiger Sicherheit beantworten: Diese Lieder wurden im (erweiterten?) Familienkreis der Wolkensteiner vorgetragen. Er wird seine Grete kaum, Namen und Körperformen feiernd, in Konstanz oder Köln besungen haben – keiner dort hatte die geliebte, die begehrte Frau vor Augen. Im Kreis von Vertrauten hingegen dürfte Oswald solche Lieder also am ehesten vorgetragen haben, zumindest im Zeitraum nach Eheschließung und Hochzeit – in späteren Jahren hingegen wird er nur selten eine Gelegenheit finden, Grete-Lieder anzustimmen, da ist er entweder eingesperrt oder unterwegs.

Folgt ein weiterer Liedtext (Kl 110), der sich auf Margarete bezieht: diesmal wird nicht Namensbuchstabe nach Namensbuchstabe, sondern Körperregion nach Körperregion gepriesen.

Ich hör, dass mancher allgemein
die Frau von Adel schätzt, ganz gleich,
aus welchem Land, aus welcher Stadt
und Burg sie stammen mag. Im Grunde
meines Herzens fühl ich völlig anders.
So viele Länder ich auch kennenlernte –
mich lockt weit mehr ein roter Mund
aus Schwaben, lockt Gebärde, Wort
und insgesamt: Figur, Person.

Die stolze Schwäbin macht das wahr,
an der ich keinen Makel fand;
die schloss ich fester in mein Herz
als alle, die ich sonst noch kannte.
An Auge, Nase, Mund, Kinn, Hals
ist sie sehr schön geformt. Die Haut
ist weiß und rot, ganz zart getönt.
Die Arme, Hände, Brüste – größte Lust!
Ganz straff und hell im Teint.

Die Taille schmal, der Hintern dick
und rund gewölbt, schön unterteilt,
die Schenkel voller heißer Glut,
die Waden schlank zur Fessel hin
und ihre Füßchen klein und schmal,
hübsch modelliert. Ihr Lebenswandel:
gibt zu keinem Tadel Anlass.
In Tun und Lassen rechtes Maß.
Sie hat mich ganz in der Gewalt!

Oswald stimmt sogar mal das Thema Treue an. Dies wenigstens im folgenden Dialoglied: Kl 77.

Ja, Gretchen, Grete, Gretilein,
du schöne Freundin und Geliebte,
bleib mir und deinem Ansehn treu.
»Das liegt an dir, mein Ösilein,
für immer will ich bei dir lernen,
was Festigkeit der Treue heißt.«
Was jetzt dein roter Mund gesagt,
das werde ich nie mehr vergessen,
das wird im Herzen eingraviert.
»Mein Schatz, dasselbe wünsch ich mir.
Schwanken ist mir fremd.«
Daran werd ich immer denken!
»Ja, denk an mich, liebs Ösilein,
dein Gretchen wird dich dann erfreun.«

Die schönste Freude ist für mich,
wenn ich in deinen Armen liege,
ganz allein, und fest umschlossen!
»Dabei werd ich nicht träge sein,
sehr rührig heize ich dir ein,
das ist mir wahrlich keine Last!«
Sehr gut, du mein Verbündeter,
das werde ich dir nicht vergessen;
ich liebe ja nur dich allein.

»Nichts Schlimmes brauchst du, Liebster,
von mir je zu befürchten.«
Dank sei dir, mein Gutes.
»Mein lieber Mann, mir ist so wohl,
wenn ich die Arme um dich lege.«

Dein Herz verschafft mir höchste Freude,
dazu dein wunderschöner Körper,
wenn er sich zärtlich an mich schmiegt.
»Mein Freund, ich jauchze vor Vergnügen,
dein einzig Weib, es ist voll Lust,
wenn deine Hand das Brüstlein drückt.«
Ach Frau, das gibt dem Affen Zucker,
das fährt mir süß in alle Glieder –
bewahr mir deine Liebesgunst!
»Du kannst mir fest vertrauen,
Öslein, und für immer.«
Gretchen, bleibe auch dabei!
»Es soll sich zwischen uns nichts ändern;
nur so hält sich das wahre Glück.«

Liegt es außerhalb des Spielraums der Wahrscheinlichkeit, dass Margarete hier die zweite Stimme übernommen hätte – fundierte Ausbildung in einer Klosterschule vorausgesetzt? Dieser Liebeszwiegesang von »Ösilein« und »Gretilein« in seiner kompositorischen Verflechtung der Stimmen – ich kann mir nicht vorstellen, dass eine Dritte den Part übernommen hätte.

In welchem Kreis hätte das auch geschehen können? Ich gehe davon aus, ich bleibe dabei: Solch ein Liedsatz wurde vorgetragen in einer Runde, in der Anspielungen nicht als Anzüglichkeiten missverstanden wurden.

Januar 1419: Oswald macht einen Abstecher nach Innsbruck, nach Zirl, zu Parzival von Weineck auf der Burg Fragenstein. Parzival, der Burgherr, war mit Magdalena, einer Schwester Margaretes, verheiratet; er hatte für die Zahlung der Mitgift in Höhe von 500 Gulden gebürgt durch Verpfändung; nun wurde die vertragliche Garantie für die Mitgift modifiziert. Woraus sich schließen lässt: Das Geld war noch nicht transferiert worden, es musste nachgehakt werden. Hier muss noch einmal an den Umrechnungsmodus erinnert werden: in der Kaufkraft ging es um einen Betrag zwischen 25 000 und 40 000 Euro.

Wurde diese Heimsteuer ausgezahlt, so konnte die Braut, die Frau keine späteren Ansprüche auf das Familienerbe stellen, das galt in dem Fall als pauschal abgegolten. Die Zahlungen oder Ratenzahlungen aber liefen nicht an. Der Verwandte der Ehefrau musste mit seinem immobilen Besitz bürgen; das Pfand konnte nur zurückerstattet werden, wenn die Schuldscheine vorlagen.

In jener Zeit mit ihrer Vorliebe für schriftliche Vereinbarungen wurde auf Burg Fragenstein also ergänzend nachgearbeitet. Offenbar wird es auch danach mit den vereinbarten Ratenzahlungen (über ein halbes Jahrzehnt hinweg!) nicht klappen. Werfen wir einen Blick in das Dokument vom Zirler Berg.

»Ich, Oswald von Wolkenstein, erkläre für mich und meine Erben und gebe mit dieser Urkunde allen bekannt, die sie lesen werden oder vorgelesen bekommen: Mein lieber Schwiegervater, Ulrich von Schwangau, und sein Bruder Bartholomäus haben mir als Mitgift für Margarete, meine Ehefrau, fünfhundert rheinische Gulden versprochen; zur Absicherung dieses Versprechens hat mir mein lieber Schwager Parzival von Weineck eine Anweisung gegeben: Er hat mir sein Eigengut zu Bozen verpfändet, das nun von Jakob Stäbel bewirtschaftet wird, nach Inhalt und Wortlaut der Urkunde, die ich diesbezüglich innehabe. Ich, obengenannter Oswald von Wolkenstein, gelobe und verspreche: Sobald mein lieber Schwiegervater Ulrich von Schwangau und Konrad, Markhart, Bartholomäus, alle vier Gebrüder von Schwangau, sowie der edle Herr Ulrich von Ahalfingen, Wilhelm von Törringen, Wieland Schwelcher und Parzival von Weineck gemeinschaftlich einen Schuldschein ausstellen, auf den sie mir oder meinen Erben die besagten fünfhundert rheinischen Gulden auszahlen und aushändigen werden (100 Gulden am kommenden St. Martinstag, gewissenhaft acht Tage vorher oder nachher, und weiter in den folgenden vier Jahren am St. Martinstag 100 rheinische Gulden, zahlbar wie die besagte erste Rate, so dass die 500 rheinischen Gulden im Laufe von fünf Jahren vollständig ausgezahlt werden, ohne jede Schmälerung und ohne jeglichen Missbrauch), sobald mir der besagte Schuldschein in diesem Sinne ausgestellt und ausgehändigt wird, werden ich oder meine Erben dem genannten Parzival oder dessen Erben den Pfandschein über das obengenannte Gut zu Bozen wieder aushändigen und übergeben, und zwar unverzüglich, ohne jeden Widerspruch.«

Eine Woche später war Oswald in Neustift, bei einem Schlichtungstermin, als einer von sieben »Sprechern« (zu denen auch Michael zählte). Bald danach dürfte er zum Ritt nach Ungarn aufgebrochen sein, zu einer der Winter-Residenzen seines königlichen Dienstherrn, nach Pressburg (heute Bratislava).

Die Reise muss auch für einen Dauerreiter wie Oswald strapaziös gewesen sein: mindestens 600 Kilometer, weithin durch Gebirgsregionen. Also einige Wochen Reisezeit. Und das auch noch im Winter.

Eine Europakarte betrachtend mache ich mir wieder einmal bewusst, welch riesige Distanzen Oswald auf dem Pferderücken durchquert hat: etliche tausend Kilometer.

Hier stellt sich erneut die Frage nach seiner Konstitution. Diese Frage kann eine klare Antwort finden, denn: 1973 wurden Teile von Oswalds Skelett in einem der Gräber im Chorraum des Klosters Neustift aufgefunden. Wie das geschah, wie die Fundstücke gerichtsmedizinisch identifiziert wurden, davon werde ich gegen Schluss des Buchs berichten; hier nur einige Anmerkungen zum Knochenbau des vielreisenden, vielreitenden Wolkensteiners.

Gefunden wurden die Skelettreste eines Mannes, der, laut Untersuchungsbericht, in seinen sechziger Jahren gestorben war – erste Übereinstimmung mit der Überlieferung. Rückschlüsse sind weiter möglich auf Statur und Größe des Toten. Er maß etwa 167 cm, war demnach mittelgroß, in den Relationen jener Zeit. Und: sein Knochenbau war von »besonderer Kräftigkeit«. Also: ein untersetzter, robuster Mann.

Nach dem Vermessen wurden die Knochen genauer untersucht. Eins der Ergebnisse: Der Verstorbene hatte sich als Kind das linke Schienbein gebrochen – Mediziner schreiben und sprechen in so einem Fall von »Grünholzfraktur«. Was damals am grünen Holz geschah, war rasch wieder verheilt.

Weiter: an den Oberschenkelknochen zeigen sich Aufrauungen und Verformungen, wie sie typisch sind für Menschen, die einen beträchtlichen Teil ihres Lebens im Sattel verbracht haben: das »Reitermerkmal«.

Weiter: am linken Wadenbein deutet eine zweieinhalb Zentimeter lange »Knochenauflagerung« auf eine Verletzung hin. Auch am linken Schienbein hatte der Verstorbene eine schwere Verletzung – eine Entzündung der Knochenhaut hinterließ eine mehr als zehn Zentimeter lange Spur. Dieser Mann hat oft die Knochen hinhalten müssen!

Ein weiteres Detail: Pfanne und Kopf der Hüftgelenke waren nicht optimal koordiniert, das führte zu Verschleißerscheinungen, zur Arthrose. Zumindest in höherem Alter dürfte der Mann Gelenkschmerzen gehabt haben: beim Gehen, beim Reiten?

Der Wolkensteiner: »vom Leben gezeichnet«? Einer Werksärztin, die es vor allem mit äußeren Verletzungen zu tun hat, legte ich ein plakatgroßes Blow-up einer Farbfotografie des Porträtgemäldes vor. Sehr deutlich nun die Narbe an der Unterlippe links: eine Schnitt- oder Stichverletzung, wahrscheinlich durch eine Klingenspitze, die von unten in die Lippe gestoßen wurde, einen Hautlappen ablöste. Weil nicht genäht, auch kein Pressverband angelegt wurde, ist dieser Hautlappen locker aufliegend wieder angeheilt, wulstig angewachsen.

In dieser eindrucksvollen Gesichts-Landschaft zeigt sich eine weitere Narbe, als Kreissegment über der Oberlippe. Durch eine Hieb- oder Stichwaffe kann diese wie gezirkelte Narbe nicht entstanden sein, nur durch einen scharfrandigen, runden Gegenstand. Also wohl durch ein Gefäß – ein Trinkgefäß? Ein irdener Krug oder Becher kann es nicht gewesen sein, dessen Rand ist zu dick. Ein Glas auch nicht – die Glasränder waren damals ebenfalls recht dick, auch wäre das Glas wahrscheinlich zersplittert, und das würde man der Narbe ansehen. So war es wohl ein Zinnbecher, der Oswald beim Anheben oder Ansetzen hart gegen das Gesicht geschlagen wurde, und so schnitt sich der recht scharfe Rand des Bechers in das Fleisch ein.

Noch einmal: Oswald als Einaug – musste er kompensieren? Oder ist schon diese Frage eine Projektion aus unserer Zeit in jene Ära? Wir leben, in Zentraleuropa, in einer Gesellschaft, die körperliche Gebrechen so gut wie vollständig kaschiert – auch, weil sie (noch) das Geld dazu hat. Amputierte Gliedmaßen werden durch Prothesen ersetzt; in leere Augenhöhlen werden Glasaugen eingesetzt; bei störend sichtbaren Verletzungen erfolgt, soweit möglich, kosmetische Chirurgie – wer allzu sehr verunstaltet ist, lebt meist in sozialer Quarantäne.

Das war völlig anders zu Oswalds Zeit: Krankheiten, Seuchen, Unfälle, Kriege hinterließen so viele Spuren, dass Kaschieren fast aussichtslos war. In Beschreibungen jener Zeit wie auf Bildern: sehr viele Krüppel! Amputierte Beine wurden höchstens durch Holzstempel ersetzt, sonst half man sich mit Krücken und Wägelchen. Von den zahlreichen Bettlern wurden Gebrechen marktschreierisch zur Schau gestellt; und wie viele Gesichter waren von Blatternarben gezeichnet?

Da wird Oswald von Wolkenstein mit dem geschlossenen Lid kaum besonders aufgefallen sein. Wahrscheinlich war ihm die Ptosis lästig: der rote Unterlidrand zeigt an, dass er mit verstärktem Tränenfluss zu kämpfen hatte, wohl auch mit kleineren Entzündungen. Hätte ihn das geschlossene Auge jedoch psychisch verunsichert, so wäre er nicht wiederholt öffentlich aufgetreten, Lieder singend!

Und wieder das Stichwort: Oswald als Reiter. Warum hat er den langen Ritt nach Pressburg unternommen?

Um sein Jahresgehalt abzuholen? Um wenigstens einen Teil des enormen Kredits loszueisen, von dem, wie offenbar üblich, der König noch nicht die kleinste Rate zurückgezahlt hatte? Unter pekuniärem Aspekt konnte er sich kaum Hoffnung machen, er wird von verschiedenen Seiten gehört haben, hatte es ganz direkt ja auch selbst erfahren, wie es um die Finanzen des Königs stand: Insolvenz in Permanenz.

Was auch für jenen Zeitraum dokumentiert ist! Im April des folgenden Jahres ist Sigmund gezwungen, Kleinodien für 1170 Gulden zwei Breslauer Bürgern zu verpfänden. Dies unter den üblichen Konditionen: Löst er die Pfänder nicht termingerecht ein, dürfen die Pfandnehmer sie behalten und verkaufen; eventueller Mehrerlös sollte anstandshalber an den König weitergeleitet werden. Wenige Monate später, August 1420, ist es schon wieder so weit: Der Herzog von Bayern muss ihm 6000 Gulden leihen.

Hier stellt sich denn gleich die Frage: Hatte sich Oswald hinreichend vor Verlusten geschützt? Kredite, erst recht in solchen Volumen, mussten abgesichert werden. Schriftsätze aus der königlichen Kanzlei zeigen, wie das üblicherweise geschah: Entweder wurden Kleinodien oder Liegenschaften verpfändet bis zur Rückzahlung des Darlehens oder es wurde eine Reichsstadt angewiesen, fällige Reichssteuer an den Gläubiger zu überweisen – Zahlungsausgleich. Keins der Verfahren ist im Fall Oswald von Wolkenstein erfolgt (zumindest ist so etwas nicht dokumentierbar). War er gutgläubig oder gleichgültig in Geldfragen?

Zu den Krediten kommen ja noch die ausstehenden Jahresgehälter – sollten die auch künftig nicht ausgezahlt werden (und da wäre Oswald keine Ausnahme!), so käme bald ein weiterer vierstelliger Gulden-Betrag zu den Außenständen.

Vielleicht hatte Oswald das Darlehen bereits abgeschrieben.

Oder sah es investiert in die Absicherung seiner sozialen Position, seiner Stellung am Königshof. So dürfte er nach Pressburg geritten sein, weil er als Berater gebraucht wurde oder sich als Berater gebraucht fühlte.

Themen gab es genug, droben in der Burg mit Blick auf die Donau! Die noch immer nicht konsolidierte Lage in Tirol: Die Starkenberger haben den Widerstand gegen den Landesherrn nicht aufgegeben, harren trutzig aus in Burg Greifenstein – und die Wolkensteiner gelten als Gesinnungsgenossen, als Sympathisanten der Starkenberger. Erneute Gefährdung?

Erheblich gewichtiger, damit in der Erörterung gewiss vorrangig, das Hussiten-Problem: die wachsende Zahl von »Aufrührern« in Böhmen.

Oswald am mobilen Königshof der Machtrepräsentation – wie hätte er dort seine Identität definieren können? Sah er sich als Rechtsexperten, wurde auch so angesprochen, einbezogen? Sah er sich als fachkundigen Berater für militärische Unternehmungen? Und nur gelegentlich war er als Liedersänger gefragt? Oder sah er sich eher als Liedkomponisten, als Sänger, der nebenbei Dienst leistete als consiliarius?

Ob als Ratgeber oder als Liedermacher: er war am mobilen Königshof wohl kaum pausenlos in Beschlag genommen. Geregelte Dienstzeiten gab es in jener Ära noch nicht, es wurde nach Bedarf gearbeitet. Was trieb Oswald in dienstfreien Stunden in Nürnberg oder Ulm oder Schaffhausen oder nun in Pressburg? Spielte er mit anderen Herren um Geld? Unternahm er, in freundlicher Jahreszeit, schon mal einen Ausritt? Suchte er sich eine Frau?

Gleich weitergefragt: In den Wochen, ja Monaten bei einer der Wanderresidenzen – hatte er ein eigenes Zimmer? Und er konnte sich zur Arbeit an Wörtern und Noten zurückziehen? Doch wohl kaum – er wird einen Schlafraum mit anderen geteilt haben, in der jeweiligen Königsburg. Oder wohnte in einem Gasthof – dort war es ebenfalls eng. Und laut ging es überall zu.

Der Königshof zog am 23. April 1419 wieder einmal um; diesmal erneut nach Blindenburg (Wissegrad). Sehr wahrscheinlich schloss sich Oswald der Entourage an. Ritt man die Donau entlang oder fuhr man mit einem Schiff?

In Blindenburg residierte der »Herzog und Herr zu Troppau«. Sigmund und Przemko waren alte Bekannte; so dürfte der König auch seinen Tiroler Berater in der Herzogsresidenz vorgestellt, eingeführt haben. Oder kannten sich die Herren bereits? Der Grazer Kommentar deutet zwei Möglichkeiten an: Przemko und Oswald hatten an Litauenfeldzügen teilgenommen. Und: Beide waren sich einig in der rigiden Ablehnung der Hussiten. Gründe genug, das Wolkenstein'sche Wappen anzureichern?

Für die Vergabe oder Erweiterung von Wappen war grundsätzlich der König (oder Kaiser) zuständig. In Urkunden taucht dieses Stichwort wiederholt auf. Freilich, auch in der zeitweiligen Residenz Blindenburg war Sigmund stark in Anspruch genommen: Das Verfassen von Schriftsätzen riss in der Kanzlei kaum ab. Der offiziöse Akt der »Wappenverbesserung« konnte denn stellvertretend übernommen werden von einer ranghohen Persönlichkeit mit gebührender Reputation. Vorausgesetzt war zudem: besonderes Vertrauen zur Person, die geehrt wurde.

Dokumentiert ist: Am 5. Mai verlieh der Herzog »dem edlen Oswald von Wolkenstein, unserem lieben, getreuen Freund, das Wappen, den Kohlkorb«. So heißt es in der Verleihungsurkunde. Oswald durfte in sein Wappen von nun an das Bildsymbol eines kleinen Kohlkorbs aufnehmen. Ein nicht gerade rittergerechtes Emblem …

Im November 1419 ist Oswald wieder nachweisbar in Tirol, und zwar in einer Urkunde, die eine weitere fromme Stiftung besiegelt: Er widmete Mieteinnahmen aus seinem Haus in der Nähe des Brixener Friedhofs der Margaretenkapelle am Friedhof in Neustift; jährlich sollte für fünf Pfund Berner (ein üblicher Betrag) Öl zur Beleuchtung der Kapelle gekauft werden; der Mesner, der (auch) für die Beleuchtung zuständig war, sollte ein sechstes Pfund erhalten.

Wollte sich Oswald den geistlichen Herren von Neustift wieder in Erinnerung bringen, nach längeren Abwesenheiten? Wurde von einem Pfründner erwartet, dass er sich gelegentlich durch eine Spende, eine Stiftung erkenntlich zeigte? Hatte die Stiftung familiäre Gründe?

Die heilige Margareta von Antiochien war in jungen Jahren eine Hirtin, wurde von einem römischen Präfekten begehrt, verweigerte sich, da Christin, wurde gefoltert und enthauptet. Die im Mittelalter hochverehrte Heilige galt als Patronin von Bauern und Soldaten, vor allem aber von schwangeren Frauen.

Die Stiftung als Dank für die Schutzpatronin, etwa für Hilfe bei einer schwierigen Entbindung? Im Verlauf ihrer Ehe wird Margarete von Wolkenstein zwei Töchter und fünf Söhne zur Welt bringen.

Im Sommer, im Frühherbst 1420 weilt Oswald in seiner Region, doch selbst in dieser Zeit ist er des Öfteren unterwegs. Denn er ist gefragt als Rechtskundiger, nimmt teil an diversen Prozessen, mal in Zams, mal in Neustift, mal in Brixen – kleine Abstecher.

Auf der kleinen, engen Burg Hauenstein zu residieren, womöglich häusliche Gefühle zu entwickeln, das schien ihm nicht gepasst zu haben. Er machte sich nützlich – ehrenamtlich? Sein Name wird vermerkt in Rechtsurkunden, die hier aber nur erwähnt werden müssen.

Hinzu kam: als Grundherr mit Streubesitz dürfte er bei Ausritten nach dem Rechten geschaut haben: Werden alle Pachtverträge eingehalten, werden vereinbarte Zinsabgaben pünktlich erbracht?

Einer der Verträge, die Oswald mit Pächtern seiner Liegenschaften geschlossen hat, blieb erhalten. Ich lege die Urkunde ungekürzt vor, hier wird ablesbar: Nicht ein Herr von Wolkenstein diktiert einem Untertanen Bedingungen, vielmehr wird ein Vertrag geschlossen zwischen zwei rechts- und geschäftsfähigen Partnern.

»Ich, Oswald von Wolkenstein, erkläre mit dieser Urkunde öffentlich als Verpflichtung für mich und alle meine Erben und tue jedermann kund, dass ich recht- und ordnungsgemäß die Nutzungsrechte des Hofs mit Namen Siessler, gelegen in der Villanderer Pfarre, in der Sektion St. Jakob zu Barbian, dem vollberechtigten Mitglied der Bauerngemeinde, Erhard dem Sighart, verliehen und eingeräumt habe sowie allen seinen Erben oder wem auch immer er die obengenannten Nutzungsrechte zuweist oder verleiht.

Dies geschieht unter folgenden Bestimmungen und Bedingungen: Der Obengenannte soll eine Raute Land roden binnen fünf Jahren, und sie soll in diesen fünf Jahren als Weingarten ausgebaut sein, soweit ihm das Grundstück ausgewiesen ist bis hin zum Feld des Hofers und bis zum ständig eingezäunten Grundstück, das sich vom Burgacker abwärts erstreckt und das ebenfalls zum obengenannten Hof des Siessler gehört.

Um ihn darin zu unterstützen, habe ich ihm ein Stück Weingarten verpachtet, das mir, dem obengenannten Oswald, bisher die Hälfte des Weinertrages eingebracht hat und das unterhalb des Hofgebäudes zum Siessler liegt. Auch habe ich ihm sonstige Unterstützung angedeihen lassen, unter der Bedingung, dass er mir, dem obengenannten Oswald von Wolkenstein und allen meinen Erben, oder wem ich den Besitz des obengenannten Hofes einräume oder rechtsgültig übertrage, nach Bestimmung der vorliegenden Urkunde an Dienstleistung und Zins an einem alljährlich wiederkehrenden Jahrestermin die Hälfte des Weinertrages und zusätzlich sechs Yhren Zinswein geben soll, und zwar aus erster Kelterung, bevor die Torggel angesetzt wird. Weiter soll er auch den obengenannten Weinanteil und -zins abliefern von all den Weingärten, auf denen jetzt angebaut wird oder auf denen angebaut werden soll.

Aus dieser Zinspflicht ausgenommen ist das geplante Stück Weingarten. In Bezug darauf ist mir, dem obengenannten Oswald von Wolkenstein, ebenso wenig wie irgendeinem meiner Erben der obengenannte Erhard und irgendeiner seiner Erben oder sonst jemand, der dieses Grundstück als Acker oder als Weingarten nutzt, künftig irgendetwas schuldig.

Darüber hinaus mag der obengenannte Erhard und alle seine Erben mit den oben aufgeführten Nutzungsrechten, wie beschrieben, tun und lassen, wie es ein anerkannter Landwirt mit seinen Nutzungsrechten tun und lassen darf, gemäß dem Recht der Bauerngemeinde und des Landes.

Zur Bekundung dessen, dass dies der Wahrheit entspricht, gebe ich, Oswald von Wolkenstein, ihm diese Urkunde, gesiegelt mit meinem eigenen anhängenden Siegel.«

Oswald als Besitzer und Verpächter von Weingärten, Weingütern – der Siessler-Hof war nicht sein einziges Weingut! Wir können voraussetzen: ein (großer?) Teil des Zinsweins war zum Eigenverbrauch bestimmt. Hier legte Oswald offensichtlich Wert auf Qualität. Das zeigt die Vertragsformel von der »ersten Kelterung, bevor die Torggel angesetzt wird«.

Der Ablauf, damals: Nach der Lese wurde die Maische (gequetschter, zerquetschter Traubenbrei) aus Trögen in die Kelter, die Torggel gekippt. Oswald bestand nun darauf, dass er nur Most erhielt, der aus der Maische sickerte, der »Vorlauf«.

So wird das auch später festgehalten: Pächter Süß muss sechs Yhren Zinswein liefern, »aber nur aus gutem Vorlauf und kein Torggler nicht«. Auch einem anderen Pächter wird vorgeschrieben: »guter Vorlauf, kein Torggler«. Am Most, der beim Pressen in der schwergewichtigen Baumkelter oder Baumtorggel ergiebig floss, war Oswald nicht interessiert; nur Traubensaft aus dem Vorlauf konnte zu »Herrenwein« vergoren werden.

Das war ihm so wichtig, dass er nach Möglichkeit in der Phase der Mostgewinnung *vor* der Pressung anwesend sein wollte. Nun ließe sich vorstellen, dass hier Gewohnheitsrechte bestanden, lockere Absprachen: Ich komme zum Weinhof geritten, begleitet von ein oder zwei Knechten, und da versteht es sich wohl von selbst, dass ich, als Grundherr, zu essen und zu trinken bekomme, ebenso meine Knechte, und dass unsere Pferde Futter kriegen. Aber nein, auch so etwas musste vertraglich festgeschrieben werden, wie das Urbar von 1427 zeigt.

Man sicherte sich in jeder Hinsicht ab. Ist dies charakteristisch für den Rechtsexperten Oswald oder dokumentiert sich hier eine regulierungswütige Epoche, in der keiner dem anderen traute und so musste alles vertraglich geregelt werden? Oder auch hier: Wechselspiel zwischen Person und Zeitambiente?

Interessiert an möglichst guter Qualität des Weines, wird der Wolkensteiner das ABC des Weinbaus gekannt haben, von **A**brebeln (dem Abkämmen der Weintrauben) bis **Z**umm (der hölzernen Bütte). Er hatte dafür Wörter seiner Zeit und seiner Region, diese historischen Termini werde ich allerdings nicht übernehmen: Oswald soll ja für *uns* als Weinbauer und Weinhändler, als Weintrinker und Weinkenner präsent werden.

Wortdurstig ziehe ich das Buch eines Mannes heran, der Weinbauer, zugleich Philologe war: Franz Tumler, *Herkunft und Terminologie des Weinbaues im Etsch- und Eisacktale*. Ich lese, dass es bereits zu Römerzeiten die in jener Region typische Baumziehung gab, und so wurden gewiss auch zu Oswalds Zeit »Pergeln« angelegt, die Gerüsthölzer, Laubengänge.

Die erste Arbeit im Jahr der Weinbauern: das Aufstellen, Befestigen der Pergeln, mundartlich: »stoaßen«. Dem »stoaßen« folgt das »firmen«, der Rebschnitt. Schließt sich an das Aufbinden der Reben an die aus Eichenholz oder Kastanienholz gefertigten Pergeln. Folgt das Hauen; wenigstens dreimal im Jahr soll der Boden gelockert werden: wenn die Rebe zu treiben beginnt, zur Zeit der Blüte, kurz vor der Reife. Zu dieser Zeit auch das »Abschweben«, das »Wegschneiden der am Wurzelstock der Rebe seitwärts wachsenden Schweb- oder Tauwurzeln«.

Ich will nicht lückenlos das Weinjahr in Wortfolgen umsetzen, nur dies noch zum Abschluss: Wenn sich an der Oberfläche des Weins Schimmelpilz bildet, so »kunt« der Wein; wenn er einen Essigstich hat, so »zickt« er; hat er Fassgeruch, so »töbelt« er; hat er Hefegeschmack, so »peggelt« er. Wahrscheinlich hat Oswald ein saures Gesicht gemacht, wenn er erfuhr, sah oder roch, dass ein Fass Wein im Keller gekunt oder gezickt, getöbelt oder gepeggelt hat.

Der Wolkensteiner als Weingutbesitzer, als Verpächter von Bauernhöfen: er musste, schon zur Kontrolle, mehr als nur theoretische Kenntnisse der Agronomie besitzen.

Wenn er eine (weitere) Kuh kaufte oder beim Kauf mit dabei war, so musste er sie begutachten. Dabei wird er weniger auf ein schönes Fell geachtet haben als auf Euter und Striche, auf dicke Milchadern und tiefen Bauch. Und weil er gelegentlich Bauernhöfe verkaufte und andere, für ihn günstiger gelegene Höfe erwarb, musste er Bodenqualitäten einschätzen können. Etwa bei einem Viehhof: feuchte, moosige Wiesen, »Faulwiesen«? Zu viele Kälberblumen, Disteln, zu viel roter Hennrich? Entscheidend für die Erträge seiner Viehhöfe war die Futterquote.

Besonders schwierig war damals die Winterfütterung – bis ins 18. Jahrhundert wiederholten sich Berichte, nach denen das Stallvieh im Frühjahr so matt war, dass es sich kaum auf den Beinen halten konnte. Dauerte ein Winter länger als gewöhnlich, wurde die Situation bedrohlich: War das Winterfutter (trotz allen Streckens) aufgefressen, musste man das Vieh austreiben, selbst wenn es draußen kaum was zu fressen fand, außer Knospen an Büschen.

In solch einem Jahr gingen die Einkünfte auch seiner Pächter zurück; nach einem Gesetz aus dem Jahre 1406 entschied in Härtefällen eine Kommission, um welchen Prozentsatz der vertraglich vereinbarte Grundzins ermäßigt wurde.

Was sich auf die Einnahmen von Pächtern und damit ihres Grundherrn gleichfalls negativ auswirken konnte, waren die (bis ins 18. Jahrhundert sehr häufigen) Viehseuchen: von der Maul- und Klauenseuche bis zur Rinderpest.

Hat Oswald mal seine Einstellung gegenüber Bauern dokumentiert? Direkte Aufschlüsse könnten private Briefe oder Tagebuchaufzeichnungen vermitteln; solche »Textsorten« waren damals noch nicht entwickelt – private Tagebücher gab es kaum, Briefe waren meist Geschäftskorrespondenz.

Dann wenigstens ein Text mit starker literarischer Stilisierung:

Kl 79. Hier wird ein Muster variiert: Der tumbe Jungbauer, der sich einbildet, eine hohe Dame würde ihn erhören. Eine Witzfigur, mit der unser Dichter seinen Spott treibt.

»Frisch und fröhlich will ich wieder
die schöne Hohe Frau besingen …«
Heinrich, Heinz, da hab ich aber Glück,
dass du mich so sehr verehrst.
»Ach, Herrin, ist das nur zum Spaß gesagt?«
Nein doch, Heinrich, Gott behüte!
»Gestern wohl und heute weh. Mein Leben gäb ich her,
könnt ich Eure Gunst erwerben.«
Tut's dir so weh? Du musst nicht furchtbar leiden,
und schon gar nicht musst du sterben.

»Euer Leib erfreut mich so! Dazu: die goldnen Spangen
vorn an Euren feinen Ärmeln.«
Je nun, ich bin, dies zeigt der Damengürtel,
von adligem Geschlecht …
»Ihr gleicht ganz einer Falkenkehle …«
Nein, so schnell fliegen kann ich nicht.
»Die Ernte, die kann warten. Zwei Ochsen gäb ich hin,
wenn ich nur einen Kuss erhielte.«
Was sagt dein Schwein dazu, mein Heinzl Ochsensepp,
falls du das erzwingen könntest?

»Das blonde Haar von Euch, dazu die weißen Hände
versetzen mich in Hochgefühle.«
Du verulkst mich! Wenns dir recht ist,
verwett ich dafür deine Zähne.
»Mit meinen Zähnen beiße ich für drei.«
Ach, meinst du, Heinzl Brei-ums-Maul?
»Nehmt mich nicht hoch! Sonst springe ich
vor Wut sofort ins Wasser!«
Wenn du begossen vor mich trätest,
wie gern würd ich das sehn!

»Edles Fräulein, ach, was müsst Ihr mich verspotten?
Da werde ich gleich richtig wild!«
Ein rechter Quark – der steht dir zu,
von meiner roten Geiß.
»Bah, Topfen hab ich selbst genug!«
Alle Achtung, Heinzl Führ-den-Pflug!
»Das werd ich meiner lieben Mama sagen,
dass Ihr mich so arg verkohlt.«
Geh, schmier den Wagen, häcksel Futter für die Gäule!
Bleib bei deinen Leisten!

Oswald hat einen weiteren Liedtext geschrieben (Kl 82), in dem eine Dame und ein Bauer einen Dialog führen, im Wechselgesang: Variationen zum angespielten Thema, zum beliebten Muster. So wird von Oswald noch einmal das Bäuerlein heranzitiert, das sich (getragen vom wachsenden Selbstbewusstsein seines Standes) an eine Lady heranmacht, von sich selbst und seinem Erfolg überzeugt, das jedoch eine herbe Abfuhr erleidet, zum Vergnügen des damaligen Hörerkreises. Ein wenig von diesem Vergnügen überträgt sich wohl heute noch, stimuliert durch punktuellen Sprachwitz.

»Grüß Gott. Und: schönen, guten Morgen,
Ihr sehr verehrte Kaiserin!
Mir taucht just der Gedanke auf:
Ihr seid ein Fräulein, derart schön,
dass jeder hier euch kennen muss.«
In diesem Punkte bin ich sicher.
Und wisst: ich bin verliebt
in einen Burschen, schön und stark.
Sein Wohnsitz, der ist ›Unter Kraa‹ –
so heißt der Hof bei Kastelruth.
»Ja, da schau her! Und dankeschön!
Da hat er ja Verpflichtungen …
Der junge, dienstbereite Mann,
er soll sich etwas sputen,
dass Ihr ihm nicht entwischt.«

Kein Weg, der würde mir zu lang,
da wäre nicht mal Wien zu weit,
um diesen hübschen jungen Mann
vom Liebeskummer zu befrein;
er kann da völlig sicher sein.
Frisch und fröhlich, frei,
juchhu, juchhe, juchhei,
narrisch, närrisch, Narretei,
lustlich, lüstlich, Rangelei,
holterpolter, Knall auf Fall,
Rumpeln, Bumsen überall –
ja, mein Schmerz ist gleich vorbei,
sehe ich sein Konterfei!

»Ohweh, ohwei! Mein schönes Goldstück,
wie toll könnt Ihr doch sprechen!
Das ist geradezu erschreckend,
das macht mich toll vor Freude,
wenn Ihr so klug artekoliert.«
Mein guter Bauer, wer mich liebt,
dem macht mein Sprechen keine Angst.
Auch nicht ein Tröpfchen Gift
braut sich in meinem Herz zusammen,
gerat ich aus dem Gleichgewicht.
»Ja, numerdum in numini!
Pardon, war mir so rausgerutscht …
Ich hätte da ein fettes Rind,
ich geb es Euch, wann Ihr mi liabt
und leucht dem Burschen hoam.«
Herr Landwirt, nein, das wird nicht gehn;
ich bin hier durch Vertrag gebunden.
Dafür erquickt mich denn mein Schatz,
mein Freund, mein Bübchen, schön gelockt,
wenn es die Mähne kämmt.
Frisch und fröhlich, frei,
juchhu, juchhe, juchhei,

narrisch, närrisch, Narretei,
lustlich, lüstlich, Rangelei,
holterpolter, Knall auf Fall,
Rumpeln, Bumsen überall –
ja, mein Schmerz ist gleich vorbei,
sehe ich sein Konterfei!

»Er steh uns bei, der Heilge Geist,
Sankt Hedwig, auch Sankt Jennewein!
Was seid Ihr bloß so arg fixiert
auf diesen aufgeblasnen Kerl?
Wenn ich bloß wüsste, wie er heißt!«
Der Allerliebste ist er mir,
der Name bleibt in meinem Herzen.
Niemand bringt ihn von mir ab.
Ich möcht ihm dienen, ganz nach Lust,
mit meinem roten Mund …
»He! Ha! Wohl bekomms dem Helden!
Wie soll ich Euch noch danken,
wo Ihr so grob verfälscht,
was ich mit Euch parliere
in wohlgesetzten Worten?«
Los, Holz gehackt – und schwitz dabei!
Heiz ein mit Reisigbündeln!
Das Korn drisch Tag und Nacht!
Erspar mir dein Getue!
Rode, mähe! Marsch, aufs Feld!
Frisch und fröhlich, frei,
juchhu, juchhe, juchhei,
narrisch, närrisch, Narretei,
lustlich, lüstlich, Rangelei,
holterpolter, Knall auf Fall,
Rumpeln, Bumsen überall –
ja, mein Schmerz ist gleich vorbei,
sehe ich sein Konterfei!

So arrogant der Schluss auch ist – vorher vermittelt der Text einigen Spaß. Vor allem im Refrain: eine Sprachklang-Ejakulation! Im Originaltext:

> Frisch frei fro frölich
> ju jutz jölich
> gail gol gölich gogeleichen
> hurtig tum tümbrisch
> knaws bumm bümbrisch
> tentsch krumb rümblisch rogeleichen …

Hier erhält der Text eine klanggesteuerte Eigenbewegung, die Leser, Hörer, Interpreten fortführt von der ernsthaften Erörterung einer soziologisch pointierten Situation.

Wenn uns der Text dennoch helfen soll, Oswalds Einstellung zu ›seinen‹ Bauern zu erkennen, müssen wir die Form in Material zurückverwandeln, und das ist nur begrenzt möglich. Zwar wird der Vorgang lokalisiert durch den Namen des Hofs, auf dem der junge Mann wohnt, ein Hof im Bereich von Hauenstein, zugleich aber wird distanziert durch literarische Stilisierung. Denn der Bauer, der über seine Verhältnisse hinaus redet und dabei immer wieder auf seine vier Buchstaben fällt, er ist eine Variante der literarischen Standardfigur.

Bezeichnendes Beispiel: der versuchte Aufschwung ins Lateinische. »In nomine domini, amen«, will der Bauer sagen, aber heraus kommt eine groteske Verballhornung. Ein literarisches Klischee auch hier – so liest man bei Oswalds Zeitgenossen Wittenwiler (im *Ring*) ein entsprechendes »numer dumen amen«. Ein Sprichwort, das von Adligern gern auf Bauern angewendet wurde: »Wenn eine Mücke ein Hühnerei legen will, ist es ihr Tod.«

Wir dürfen also (auch) diesen Liedtext nicht direkt beim Wort nehmen, dürfen hier nicht eine Selbstdarstellung Oswalds im Verhältnis zu ›seinen‹ Bauern herauslesen – zu viel hat das literarische Muster mitformuliert! Aber: dass Oswald dieses Bauernschwank-Muster verwendet, es für seine Intentionen umgewandelt hat, diese Tatsache zeigt wiederum eine soziale Situation an: Dass der Adel die relativ gute Lage der Bauern in Tirol nicht akzeptieren wollte, dass man versuchte, durch Spott und Hohn zu kompensieren. In diesem Liedtext ließ er eine Standesperson so artikulieren, selbstherrlich-grundherrlich, wie man sich das in der Realität kaum noch leisten konnte. Zumindest nicht bei eigenen Pächtern …

Und wieder einmal ritt Oswald zu einem Kriegsschauplatz – diesmal Richtung Böhmen, Zielpunkt Prag. Auch er sah sich genötigt, gegen die Hussiten zu kämpfen – nicht nur mit Versen. Der Einäugige schloss sich einer (königlichen) Truppe an, die gegen eine Truppe ins Feld zog, die von einem Einäugigen geführt wurde: Jan Ziska.

Auch dieser Feldzug wurde zum Kreuzzug erklärt. Als die »Kreuzzugsbulle« in Böhmen bekannt wurde, war dort die Empörung groß: König Sigmund wurde zum »deutschen Erbfeind«, zum »Unterdrücker der böhmischen Sprache«, zum »König Holofernes«, wurde (in Anspielung auf seine Gründung des Drachenordens) zum »Drachen der Apokalypse«. So etwas könnte auch Oswald zu Ohren gekommen sein. Irritationen …? Innere Turbulenzen …?

Noch einmal die Frage: Hatte sich Oswald über die Hussiten kundig gemacht, bevor er gegen sie literarisch vom Leder und nun auch noch in den Kampf zog? Eher vermute ich: Der Wolkensteiner machte mit; der Kampf gegen Hussiten stand auf dem Programm, wie zuvor der Kampf gegen Litauer und Mauren auf dem Programm gestanden hatte – und für viele weiterhin auf dem Programm stand. Über die Reformbewegung in Böhmen wird Kriegsteilnehmer Wolkenstein kaum gesprochen haben, da hätte er in seinen Kreisen wohl auch lange nach kundigen Gesprächspartnern suchen müssen. Hussiten waren Ketzer, also auf in den Kampf!

Wir können es uns, post festum, nicht ganz so leicht machen. Ich konsultiere noch mal Henri Pirenne.

»Die Volksmassen Böhmens zogen die äußersten Konsequenzen aus den Lehren von Wyclif und Hus.« Es herrschte die Überzeugung vor, Tschechen seien »das auserwählte Volk Gottes«. So fühlten sie sich legitimiert, katholische Geistliche zu verjagen, Kirchengüter zu beschlagnahmen, Klöster zu zerstören. Und es wurde die heilige Stadt Tabor gegründet – im Gebiet, in dem Hus zuletzt gelebt hatte. Der böhmische Furor war weiter angefacht worden, als August 1419 König Wenzel von Böhmen starb und Sigmund sein Nachfolger wurde, »der Judas« von Konstanz. Nun ließ die »revolutionäre Religion ihre glühende Lehre wie Lava überall hinfluten«.

Im Feldzug gegen die Hussiten verbindet sich Oswalds Name mit dem Namen einer Burg bei Prag: Vyshehrad. Der die Verbindung herstellt, ist Eberhard Windecke, ein Geschäftsmann, ein Finanzier, der die erste Biographie über König Sigmund verfasste: *König Sigmunds Buch.* Oswald dürfte den Altersgenossen kennengelernt haben – falls nicht schon auf dem Konzil zu Konstanz, so während der höchst abwechslungsreichen Wochen in Perpignan. Auch Windecke gehörte zum engeren Beraterstab des Königs, auch Windecke nahm teil an den militärischen Aktivitäten des Frühjahrs und Sommers 1420.

Sigmund versuchte vergeblich, die Hussiten aus Prag zu vertreiben, die Stadt musste belagert werden. Das wurde jedoch bald schon aufgegeben, dem König ging wieder mal das Geld aus. Das konnte nur kurzfristig überbrückt werden, als er »Kopf- und Armreliquiare sowie Monstranzen und alle anderen Kleinodien aus Gold und Silber der Prager Kirche und des Georgs-Klosters an sich [nahm], sie zerschlagen und als Sold« verteilen ließ. Bald darauf musste er einen größeren Teil der Söldnertruppe entlassen und zog sich zurück nach Kuttenberg. (Hier wurden gefangene Hussiten im Silberbergwerk als Zwangsarbeiter eingesetzt.)

Drei »Königsburgen« vor Prag leisteten indes weiter Widerstand – besonders wichtig war dabei Vyshehrad. Windecke schreibt, ich übersetze: »Im weiteren Verlauf marschierten die Hussiten vor Vyshehrad auf, eine Burg bei Prag, und belagerten sie mit großem Druck. Darüber erreichte den König die Nachricht von denen, die sich in der Burg aufhielten: Herr Heinrich von Schlandersberg, der Wolkensteiner, der Trostburger von der Etsch.« Hier war Michael gemeint, als Herr der Trostburg.

Eine (wohl auf Pump zusammengekaufte) Söldnertruppe sollte den Belagerungsring um die Burg durchbrechen. »Also mobilisierte der König viertausend Pferde mit Böhmen und Ungarn und wollte die Burg retten. Daraufhin brachen die Prager Hussiten und Ketzer hervor, wollten fechten und kämpfen. Das taten sie denn auch.«

Eigentlich hatten die schlecht bewaffneten Scharen der »Partei der Armut« kaum eine Chance gegen die Söldnertruppe, dennoch trugen sie den Sieg davon. Dafür wurde der übliche Grund vorgeschoben: Verrat! Ein Mischko hatte sich mit tausendfünfhundert Reitern abgesetzt ... Der Rest der Königstruppe wurde vernichtend geschlagen. »Also übergaben die oben genannten Ritter und Knechte die Burg Vyshehrad den Hussiten und Pragern, denn sie konnten sie nicht mehr halten.«

Offenbar gewährten die Hussiten Anfang November 1420 den Anführern der Verteidiger freien Abzug; von einer Gefangenschaft der Tiroler Ritter ist jedenfalls nichts bekannt.

Im folgenden Jahr wird Oswald in Tirol wieder einmal aktenkundig, als Schiedssprecher in einem Prozess, der einen Streit zwischen adligen Vettern beenden sollte: Wer von beiden darf im Wohnturm weiter oben residieren?

Der Rechtskundige, ja Rechtsexperte Oswald von Wolkenstein wird Mitte August 1421 bei einem weiteren Prozess hinzugezogen – auch darüber muss hier nicht weiter berichtet werden.

Erwähnt werden muss hingegen, dass sich Oswald September 1421 wieder einmal in der Grafschaft Görz aufhält, als Hauptmann der kleinen Burg Neuhaus (»ze den zeiten Haubtman auf dem Newenhaus«). Was bedeutete der Titel?

Philippe Contamine berichtet zur Situation im damaligen Frankreich, was übertragbar ist: Dass adlige Familien vielfach »mehrere Residenzen besaßen – Gutshäuser, Burgen, sogar herrschaftliche Stadthäuser –, von denen nicht alle vermietet waren; manche standen einen Teil des Jahres leer«. Da wurde denn ein Hausmeister, ein Pförtner, am besten ein Burgvogt eingestellt, der die Immobilie vor Dieben und Plünderen schützte, auch vor (allzu raschem) Verfall, somit dem »bisweilen irreparablen Verlust von Wohnraum«.

Oswald sollte als zeitweiliger Bewohner nicht nur das Gebäude schützen, der Rechtsexperte hatte auch öffentliche Aufgaben zu erfüllen. So musste er Kaufverträge, Geschäftsabschlüsse mit seinem Siegel (nun als Amtssiegel) »verpetschaften«, also rechtskräftig machen. Auch war er als »Niedergerichtsherr« zuständig für leichtere Kriminalfälle, etwa von Beleidigungen oder Körperverletzungen.

Oswald wird die Verwaltung von Burg und Gerichtsbezirk wohl kaum übernommen haben, um ein (geringes) Gehalt beziehen zu können. Das hätte in kurioser Relation gestanden zu den sechshundert Dukaten plus tausend Gulden, die ihm das Haus Görz bisher wohl kaum zurückgezahlt hatte. (Um noch mal die Dimensionen von Oswalds Kreditwesen anzudeuten: Je nach Umrechnungsmodus würden den Görzer Außenständen in heutiger Kaufkraft zwischen 80 000 und 130 000 Euro entsprechen!)

Warum also nistete er sich ein in der kleinen, offenbar leerstehenden Burg? Recht hypothetisch: Wollte er in Ruhe an Liedern und Liedsätzen arbeiten? Rein hypothetisch: Wollte er lesen, studieren? Falls das der Fall war – was hätte das sein können? Höchst hypothetisch: Schriften von Petrarca? Dies ist der einzige Name eines Dichterkollegen, den Oswald im Liedwerk nennt! Nicht Walther (von der Vogelweide), nicht Wolfram (von Eschenbach), nicht einmal Neidhart (aus dem Reuental), sondern einzig und allein: Petrarca.

Aus der ersten Hälfte jener zwanziger Jahre ist eine Kombination von Text und Bild überliefert, die auf den ersten, zweiten, dritten Blick rätselhaft erscheint: Oswald von Wolkenstein neben einem lateinischen Textblock. (Das Rätselbild, in Wolfenbüttel archiviert, es ist – als Ausschnitt – im Bildteil reproduziert.)

In der früheren Fassung der Biographie begnügte ich mich mit dem Hinweis: Der Wolkensteiner ist neben einem Text von Petrarca abgebildet. Ich registrierte: es war Brief 17 aus dem Konvolut

Sine nomine. Das sagte mir nichts. Auch hier muss ich nacharbeiten. Dies mit der Frage: Erscheinen Petrarca-Text und Oswald-Bild rein zufällig kombiniert oder wird hier eine Verbindung, womöglich Beziehung angezeigt?

In mittelalterlichen Handschriften ist häufig der Textrand beschrieben, ja bekritzelt – meist Schriftproben: die jeweils neue (oder frisch zurechtgeschnittene) Feder wurde ausprobiert mit Buchstabenfolgen oder Skizzen. Die sind zahlreich in der Wolfenbütteler Handschrift: Karikaturen unter spezieller Betonung von Nasen ... ein Finger im Fingerzeig ... eine Chimäre, ein Fabeltier ... ein Raubvogel, ein Löwe ... Wahrhaftig nur Randerscheinungen. Hingegen das Oswald-Bild: professionell ausgeführt.

Oswald, auch hier einäugig: nicht in Metallverschalung, sondern in zivilem Textil. Ein »Rock« mit halblangen Ärmeln, »gezaddelt«; eine Kopfbedeckung, »Schaube«. Nur ein paar Haare wagen sich stirnwärts darunter hervor. Was darauf schließen lässt: die meisten Haare lockten sich über den Ohren, auf der Schädeldecke jedoch könnte es dürftig gewesen sein. Wie zum Ausgleich wird der Bart, den Oswald gern betont hat, optisch zur Geltung gebracht: Kombination von Schnurrbart, Kinnbart, Backenbart, alles in allem zwei Spannen lang.

Schild und Schwert sind zwar nicht abgelegt, aber in Höhe der Unterschenkel gleichsam in die Schwebe gebracht. Auf dem Schild das Wolkenstein-Signet: der diagonale Wolkenschnitt. Damit jeder Irrtum ausgeschlossen bleibt, die Aufschrift, unten: OSWALD' D/WO. Der Apostroph signalisiert: ausgeschrieben müsste es OSWALDUS heißen. Für den klerikalen Skriptor oder Illuminator wohl eine Selbstverständlichkeit: Oswaldus der Wolkensteiner neben einem der lateinischen Texte des Francesco Petrarca.

Die Handschrift besteht aus zwei später zusammengefügten Partien. Der erste Teil trägt so etwas wie ein Schlussdatum: 15. August 1421. Der zweite Teil wurde etwa vier Jahrzehnte später geschrieben: Miszellaneen. Beispielsweise ein Schreiben von Papst Pius II. (Piccolomini) an Kaiser Friedrich III. ... Fragmente aus Petrarcas Traktat *De vita solitaria* ... Briefe von Cicero und Plinius ... Zwei Schreiben von Brixener Chorherren an Pius II. Ein Skriptor außerhalb von Neustift oder Brixen hätte keinen Anlass gehabt, Texte dieser Herren in das Konvolut aufzunehmen!

So sind Zeit und Ort bestimmbar: eine Sammelhandschrift aus Brixen oder Neustift; der frühe Teil aus Oswalds Zeit.

Das Randbild des Wolkensteiners könnte, ja dürfte durchaus mit Wissen des Dichters gezeichnet worden sein. Dies eventuell sogar auf seinen Wunsch. Hingegen lässt sich kaum vorstellen, dass er nichts davon gewusst hätte. Die Welt war sehr klein in Brixen, erst recht im nahen Neustift, man wurde nicht aller Tage gezeichnet, so was wurde bekannt in der Region. Also: wahrscheinlich wusste der Wolkensteiner von vornherein Bescheid, ja erteilte den Auftrag. War das der Fall, so wollte er damit ein Zeichen setzen. Bloß: welches? Hilft uns hier Oswalds Erwähnung des Dichters im Lied Kl 10?

Hier heißt es: »Er zeucht sein wän zu torheit, als Petrarcha spricht«. Die Rede ist von Personen, die sich Weise nennen, im (Irr)Glauben, sie würden »der werlde curs«, den Lauf der Welt, klar erkennen. Und was schreibt der Wolkensteiner über die Pseudo-Weisen? Bei der Übersetzung lasse ich dem Petrarca-Forscher Knapp den Vortritt: »Er übertreibt seine Einbildung bis zur Torheit.« Zu ergänzen: Wie Petrarca sagt.

Das Zitat konnte bisher im Werk Petrarcas nicht verifiziert werden. Daraus lässt sich freilich nicht der Schluss ziehen, Oswald hätte nur eine Floskel aufgeschnappt.

Denn: der Wolkensteiner hatte durchaus Gelegenheiten, zumindest Werksegmente des großen Repräsentanten der Frührenaissance kennenzulernen, oder wenigstens: zur Kenntnis zu nehmen.

Achim Aurnhammer bezeichnet Tirol und Böhmen als »Zentren der frühhumanistischen Petrarca-Rezeption«, dort seien bereits um 1400 lateinische Texte Petrarcas ins Deutsche übertragen worden. Hier nun: »Aus Tirol um 1400 datiert die älteste deutsche Petrarca-Übersetzung, ein Fragment aus *De remediis utriusque fortunae*.«

Es gab in Tirol nur wenige Stätten, an denen umfangreichere Abschriften und Übertragungen ausgeführt werden konnten – Brixen und Neustift gehörten mit Sicherheit dazu. Einem Mann wie Oswald, allem Neuen aufgeschlossen, dürfte das Übersetzungsprojekt bekannt gewesen sein, zumindest generell. So lässt sich festhalten: In seiner Zeit, wohl auch in seiner Nähe, wurden erstmals Teile eines Werks des Francesco Petrarca ins Deutsche übertragen. (Das Buch über Glück und Unglück ist bis heute präsent geblieben, allerdings in neuen Übersetzungen.)

Hinzu kommt ein Vermittler: Pietro Paolo Vergerio. Der Mann aus Istrien war in präzisem Sinn ein Zeitgenosse des Wolkensteiners: Vergerius lebte von 1370 bis 1444. Der päpstliche Sekretär, Magister artium, Doktor der Medizin und der Rechte, der entschiedene Kritiker des Kirchenschismas, der Begleiter eines Kardinals wurde von König Sigmund in Konstanz etwa zeitgleich mit Oswald ins engere Gefolge aufgenommen, offenbar als Sekretär.

So könnte Oswald von Vergerio auf Petrarca hingewiesen worden sein. Dazu dürfte es reichlich Gelegenheiten gegeben haben, bereits in Konstanz. Auch wird Oswald den Kanzleikollegen in Perpignan wieder getroffen haben: Vergerio war Mitglied der 15-köpfigen Delegation, die, begleitet von mächtigem Schutztrupp, mit König Sigmund ins Königreich Aragón zog, um den starrsinnigen Papst Benedikt zum Rücktritt zu bewegen.

Vergerio war der Verfasser der (nach Boccaccio) frühesten Petrarca-Biographie: *Petrarcae vita.* Der Wolkensteiner und Vergerio in der Entourage von König Sigmund, und dies längere Zeit beim Konzil zu Konstanz, beim Gipfeltreffen in Perpignan – recht unwahrscheinlich, dass die beiden »consiliarii« nicht auch privat ins Gespräch gekommen wären und dass die Sprache dabei nicht auf Petrarca gekommen wäre.

Bei einem dieser Gespräche könnte Vergerio den Satz zitiert haben (etwa als kritischen Kommentar zu einem aktuellen politischen Vorgang), den Oswald in den Liedtext aufnahm. Und wie könnte Vergerio weiter über Petrarca gesprochen haben?

Wahrscheinlich wurde zu jener Zeit noch nicht über die italienische Lyrik des Petrarca gesprochen, über den *Canzoniere* mit Laura als perspektivischem Fluchtpunkt, eher ging es um lateinische Schriften, und es wurde von Vergerio gerühmt die Kunst des Diskurses, die Eleganz des Lateins, es wurde möglicherweise aber auch hingewiesen auf die Schärfe von Invektiven des Mannes aus Arezzo.

Virtuelle Stichworte im Spielraum der Wahrscheinlichkeit! Und damit Angebote, Oswald von Wolkenstein in Beziehung zu setzen zu Petrarcas Werk – zumindest punktuell. Was in jener überschaubaren Welt einander dicht überschneidender Kreise dem Schreiber (Skriptor) oder Zeichner (Illuminator) auch in Brixen bekannt gewesen sein dürfte.

Warum aber wurde Oswald ausgerechnet neben Nummer 17 der Briefe aus dem »Buch ohne Titel« gezeichnet? Paul Piur hielt diesen Brief für den »bedeutendsten der ganzen Sammlung«; die »Einzelstimmen des Avignon-Themas« hier als »gewaltige Fuge«.

Das »Avignon-Thema«: Damit ist das Lamento ostinato der über Jahre und Jahrzehnte (bis zur Besessenheit) fortgesetzten Kritik Petrarcas am irdischen Treiben der dortigen Kurie gemeint, dokumentiert in der Briefsammlung *Sine nomine.* Aus diesem Pamphlet habe ich bereits zitiert, hier nur noch, zur Erinnerung: Avignon als zweites Babylon, der Papstpalast als Lasterstätte, Sündenpfuhl.

Kritik am Klerus als Klammer? Ende der zwanziger Jahre wird Oswald Verfehlungen des Bischofs Ulrich rügen. Dass er seinen Dienstherrn kritisch beurteilte, war aber schon vorher bekannt – auch der Ansatzpunkt seiner Kritik, seiner Verurteilung.

> Dies stünde eher Riesen zu:
> dass man in ein verrufnes Haus
> zu seiner Nutte geht, wie er,
> und alle jene Gassen fegt
> mit seinem Mantel. Gabriel,
> dir faul deshalb so manches ab!
> Ich wäre äußerst überrascht
> (als würde Straßburg mir geschenkt!),
> wenn mit einem Feuerbesen
> sie alle würden fortgefegt,
> die offen Hurerei betreiben
> in wüster Ausgelassenheit.

Hier noch ein Ausschnitt aus der Textsequenz, neben der Oswaldus bildhaft in Erscheinung tritt. »In der Tat, schon brauchst Du weder von mir noch von einem anderen darüber unterrichtet zu werden, was Babylon an der Rhône bedeute und wie es um die Fremdlinge aus Sion an den Flüssen Babylons bestellt sei, von denen kürzlich Dein Brief an mich so großartig berichtet hat, dass mir scheint, Du habest die Schlupfwinkel dieses Pfuhls bis in die Tiefen durchforscht und alle Verstecke seines Labyrinths bis ins Innerste besichtigt. Mit viel Abscheu und – wie ich vermute – mit vielen Qualen hast Du die Kenntnis dieser Wahrheit erworben.«

Dass im Jahre 1421 in Brixen von einem versierten Skriptor der lateinische Text aus dem Jahre 1357 kopiert wurde, dies dürfte fortgesetzte Aktualität signalisieren. Denn wäre Kritik am Klerus nach dem Konzil von Konstanz überflüssig geworden, so hätte man nicht auf Petrarcas Text zurückgreifen müssen. Weiterhin dominierte der (populäre) Vorwurf, Priester und Mönche wären vor allem sexuell aktiv.

Hier muss angemerkt werden: Es waren nicht nur Geistliche auf Frauen aus, es waren auch Frauen scharf darauf, mit Priestern zu schlafen. Paradigmatisch die Aktivitäten einer Dame jenes 15. Jahrhunderts, der Béatrice de Planissoles (in der Nacherzählung von Georges Duby und Philippe Braunstein).

»Nachdem sie wieder geheiratet hatte, gab sie sich eines Tages einem Priester hin, im Keller und während eine Dienerin Wache hielt. Zum zweiten Male verwitwet, bezirzte sie in ihrem Haus einen anderen Priester, dem sie sich, diesmal bei Nacht, im Eingang nahe der Haustür hingab; als sie diese Sünde am nächsten Tag zu wiederholen gedachte, wartete sie, bis ihre Tochter und die Dienerinnen aus dem Hause waren.«

In der ersten Hälfte der zwanziger Jahre hat Oswald zumindest eins seiner beiden Kalendergedichte ausgearbeitet, das erste möglicherweise bereits 1422.

Ich hatte mit den Kalendertexten nichts weiter anfangen können, bis ich die Dissertation von Wolfgang Kersken las: *Die Kalendergedichte und der Neumondkalender des Oswald von Wolkenstein.* Und es zeigten sich (wieder einmal) neue Facetten des Oswald von Wolkenstein.

Bevor ich einige Punkte hervorhebe, jeweils ein kurzer Ausschnitt aus den Kalenderliedern Kl 28 und Kl 67. Ich setze jeweils an beim ersten September.

Ägidius schenkt ein den frischen Most. St. Magnus,
Regina und Maria, Corbinian, Jacinthus.
Der kleine Protus sang zur Kreuzerhöhung.
Euphemia, Lambertus, so erhört mich doch!
Matthäus und Mauritius und Rupert,
Vigilius und Cosmas, Wenzeslaus und Michael, Hieronymus.
Remigius, kennst du Franziskus
mit dem faulen Käse?

Die gleiche Phase nun im zweiten, späteren Kalender*lied*. Das muss betont werden: Selbst diese Texte sollten gesungen werden! Kl 28 wurde intoniert nach einer (insgesamt vierfach verwendeten) Mehrzweckmelodie. Konvertierbare Musik …

Und im September schenkt Ägidius frischen Most ein.
St. Magnus, gib Maria doch davon zu kosten!
Das wundervolle Fest der Kreuzerhöhung.
Euphemia, Lambertus, gebt uns Schutz.
Matthäus und Mauritius, erbarmt euch meiner Seele.
Vigilius und Cosmas, Wenzeslaus und Michael,
Hieronymus, Remigius. Oktober. Spring denn, Franz,
mit deiner Kutte auf zum Tanz!

Ich habe Textphasen gewählt mit verhältnismäßig geringer Namensdichte. Sonst sind Namen meist enger gereiht, stärker komprimiert. Dies ist das Organisationsprinzip eines Kalendergedichts: Jedem Tag entspricht in der Auflistung der Name des zuständigen Heiligen, entspricht zumindest die Abkürzung des Namens. So wurde Agatha auf Ag reduziert, aus Dorothea wurde Dor und Math stand für Mathias. Andererseits Ausschmückungen, Umschreibungen. Dennoch musste jeder Heiligenname auf den Namenstag fallen: Oswald als Präzisionstüftler!

Der erste Kalendertext war mit einem Neumondkalender gekoppelt. Ich kann dieses mathematisch-astronomische System nicht weiter erläutern, deute nur an: Mit Hilfe der Goldenen Zahl 19 ließ sich in 19 Jahreszyklen jeweils auf die Minute genau das Erscheinen des Neumonds berechnen. Damit wiederum konnten auf Jahrzehnte hinaus die beweglichen kirchlichen Feiertage vorherbestimmt werden. »Wenn Ihr wissen wollt, wann Fastnacht ist, so …« und es folgen Angaben zur Berechnung. Natürlich ging es nicht bloß um die (fiebernde) Vorausberechnung der Fastnacht oder die (fromme) Erwartung des Pfingstfestes, das Kalendersystem wurde auch benutzt zum Datieren eines Briefs, zum Entschlüsseln eines Termins, an dem ein Vertrag geschlossen worden war – damals gab man nicht einfach die Tageszahl an.

Kersken weist darauf hin, »dass Kalender dieser Art sehr neu und sehr aktuell waren; immerhin stammen die frühesten von Ende 1420!« Diese »Weltneuheit«, an der Wiener Universität entwickelt vom Mathematiker Johannes de Gamundia, wurde von Oswald also umgehend aufgegriffen!

Johannes Krafft von Gmund, Altersgenosse, Mathematiker und (später) Theologe, er war mehrere Jahre lang Dekan der Wiener Universität. In einem Aufsatz von Christa Binder lese ich, dass Gamundia eine Reise-Sonnenuhr entwickelt hat, eine Sonnenuhr in Zylinder-, in Säulenform, dass er den Quadranten weiter präzisiert, dass er insgesamt an die 300 Schriften hinterlassen hat. Populär wurden seine Planetentafeln und Kalender. Er war, das sollte mit Blick auf das nächste Kapitel festgehalten werden, ein Naturwissenschaftler, der Astronomie und Astrologie strikt getrennt hielt. Zwar hat er auch astrologische Schriften verfasst, aber sie wurden, gemäß testamentarischer Verfügung, in der Universität unter Verschluss gehalten, durften nur mit besonderer Genehmigung genutzt werden.

Oswald dürfte den hohen Herrn Dekan, den Leiter des Neubaus der Universität wohl kaum persönlich kennengelernt, wird eins der kursierenden Exemplare des Neumondkalenders aufgegriffen, adaptiert haben. Auch die Übernahme des Kalenderschemas lässt schließen auf (weiterhin) waches Interesse des Wolkensteiners an Neuerungen – sogar auf *diesem* Gebiet. Ich sehe ihn nun (auch) als jemanden, der eine kalendarisch-astronomische Wortmaschinerie zur Zahlentabelle adaptiert.

Trotz der strikten Trennung bei Gamundia: Astronomie war damals noch überwiegend Astrologie. Man wollte wissen, wie Planeten das Leben des Menschen beeinflussen, wenn nicht prägen. Und: wie weit wird man durch das jeweils zuständige Tierkreiszeichen charakterisiert?

Oswald hat auch zu diesem Thema einen (160 Zeilen) langen Liedtext verfasst: Kl 22. Ich konnte mir auch hier nicht vorstellen, dass man solch einen Text »volsingen mag«, doch er wurde maßgeschneidert für eine der Mehrzweckmelodien.

Die Wunder, die Der Herr vollbracht,
keiner kann sie sämtlich rühmen,
so will ich denn nur *eins* von ihnen
erhellen wie es sich gebührt:
Wie sich der Mensch konstituiert
im Zeichen des Planeten,
der ihn fördert oder schmälert,
ihn prägt in der natura.
Zwölf distinkte Tierkreiszeichen
wirken gleichfalls auf ihn ein
mit den Planeten, all den sieben.
Jeden Tag, ob früh, ob spät –
sie senken sich ganz tief
ins Menscheninnere, bestimmend,
und man muss sich danach richten
mit Leib, Verstand, Gemüt.

Ich nenne jeden der Planeten.
Vorab die Sonne, glühendheiß;
der Mond in seiner Umlaufbahn;
Mars und Mercurius;
Jupiter und Venus, beide klug,
denen man sich fügen muss;
geordnet, wie es sich gebührt,
kommt Saturnus noch hinzu;
der Leo seines Zeichens
ist einer von den zwölfen;
der Krebs in seinem Kriechen
ist dem Skorpion verwandt;
Stier, Steinbock, Jungfrau,
Zwilling, Fisch und Schütze
kommt zur Waage, aufgepasst!
Begieß den Steinbock, Wassermann!

Als Beispiel nun die Charakterisierung des Planeten Mars, der in großen und kleinen Kriegen auch Oswalds Zeit beherrschte.

Leitstern böser Menschenkinder
ist Mars – dürr, erschreckend heiß.
Skorpion und Steinbock
hausen in dem selben Kreis.
Ich stimme hier kein Loblied an
auf deren menschliche Natur;
in Leib, Erscheinungsbild, Verstand
sind sie übel ausgestattet,
ein Völkchen, durch und durch verlogen,
bekriegt, bestiehlt, beraubt,
betrügt in schlimmster Form;
schändet Frauen, brave Priester.

Als erstes Tierkreiszeichen stellt Oswald den Löwen vor. Das überrascht nicht weiter, schließlich wurde er Anfang August geboren oder getauft, am Oswaldstag. Leo kommt in der Charakterisierung sehr gut weg, verglichen mit Typisierungen anderer Tierkreiszeichen. Oswald vermittelt hier, ironisch stilisierend, eine allgemeine Charakterisierung, zugleich aber auch Züge eines Selbstporträts, vor allem in den letzten Zeilen.

Und wer im Zeichen: Aszendenz
der Sonne auf die Welt kam,
dem schenkt Leo wahres Glück:
Zu allen Zeiten kräftig, wendig,
klug und findig, feurig, mutig,
ehrlich, überaus gesund,
schläft gern, bleibt wohlgemut
und ist ständig unterwegs.
Klein die Füße, schlank die Taille,
breit das Antlitz, weit die Brust,
kleiner Kopf und klare Äuglein,
schöne Nase – dazu passend.
Reichlich Sinn für Katastrophen,
hören gerne Neuigkeiten,
nicht gern im Dienst, doch gern am Hof,
und geben nichts auf Drohungen.

Hauenstein, so zeigt sich immer deutlicher, wurde für Oswald zum Nebenwohnsitz. Der nominelle Burgherr war fast ständig unterwegs: kleine Abstecher, längere Ortswechsel, weite Reisen. Dabei wird er seine Frau wohl kaum mitgenommen haben.

Wie später dokumentiert wird, hat sie in kurzen und langen Phasen, in denen Oswald ortsfern war, die Verwaltung der Burg übernommen. Eine Aufgabe, die auch anderen Frauen ihres Standes zufiel, solange die Männer an einem Kreuzzug oder Feldzug teilnahmen. Margarete wird für die wachsende Kinderschar gesorgt, wird die Aufsicht geführt haben über das Personal, wird die Kontrolle der Pächter Hauenstein'scher Liegenschaften übernommen haben. Bei diesem Stichwort muss ich kurz verweilen.

Ich zähle nicht noch einmal auf, wie viele Star Roggen, Star Weizen, Star Gerste dieser oder jener Hof zu liefern verpflichtet war, wie viele Schultern (also wohl Schinken), wie viele Kitze, wie viele Hühner, wie viele Eier, ich resümiere nur: Es war vielfältig, aber nicht übertrieben reichhaltig, was Margarete in Oswalds Namen in den so zahlreichen Höfen einzog, insgesamt.

Andererseits, wenn ich das Urbar durchblättre, original in Nürnberg, auf Ablichtungen zu Hause, so summieren sich die vielen Einzelangaben, und ich sehe, im Zeitraffer der Lieferwochen, Gruppen nach Hauenstein ziehen, Bauern, Bäuerinnen, Bauernkinder, Knechte, Mägde, die Hühner und Eier tragen, die Lämmer, Hammel, Kitze treiben, und auf Eseln, Mulis, Pferden, auf Karren: Säcke voller Getreide oder Bohnen, Fässer Wein …

Zum großen Teil waren die Lieferungen für den eigenen Gebrauch bestimmt: die wachsende Familie. Und wie viel Personal war auf Hauenstein mit zu versorgen, vom Sekretär bis zum Stallknecht? Und wie hoch war der Anteil an Lohn, der in Hartbrote und Käselaiber umgerechnet und als Naturalien ausgezahlt wurde?

Was man nicht verbrauchte oder einlagerte, das wurde verkauft. Ich nehme an, vor allem in Brixen, zum Teil vielleicht auch in Neustift, sofern die Küchenmaier nicht genug lieferten. Die Einnahmen aus dem Verkauf der Naturalabgaben dürften gering gewesen sein. Der Lebensmittelmarkt war regional begrenzt. Und es gab Konkurrenz.

Ich kann jetzt nicht, Posten für Posten, zusammenrechnen, was vom Verwaltungssitz Hauenstein an Pacht insgesamt eingezogen wurde. Das ist wahrscheinlich auch nicht nötig: auf dem leeren Pergamentvorblatt eines späteren Urbars fand ich einen Zusatz, der unscheinbar wirkt: winzige Buchstaben und Zahlen, mehrere Kürzel.

Die zweite Zeile zuerst: demnach »bringt der Wein 55 Mark«, und zwar für das Jahr 1446. Also ein Jahr nach Oswalds Tod – die Erben ließen ausrechnen, was die Liegenschaften insgesamt einbrachten.

In der ersten Zeile steht, für dasselbe Jahr: Die »Gülte«, also die gesamte Pachteinnahme, betrage 72 Mark. Weil sich diese Einnahmen kaum geändert haben, schließe ich: Oswalds Jahreseinkünfte aus lieferpflichtigen Liegenschaften lagen auch im gegenwärtigen Zeitraum bei insgesamt etwa 150 Gulden, aufgerundet. Das wären, in der Kaufkraft, etwa sieben- bis zwölftausend Euro im Jahr. Nicht übertrieben viel.

Aber wie sich einige Jahre später zeigen wird: Oswald bleibt durchaus liquide, auch mit erheblichen Beträgen. Die Pachteinnahmen waren nur zusätzliche Posten im Gesamtetat.

Vor diesem Hintergrund muss berichtet werden: Der Wolkensteiner zog Naturalabgaben und Zahlungen auch von Pächtern des Martin Jäger ein; mit der Besetzung von Hauenstein übernahm er mehr und mehr die Rolle des Grundherrn von Liegenschaften anderer Besitzer.

Martin Jäger wohnte in Tisens bei Meran, also – nach damaligem Maßstab – zwei bis drei Tagesreisen entfernt. Das machte Oswald die Übergriffe gewiss leichter – die Bauern konnten sich nicht unmittelbar an den Pachtherrn wenden, Hilfe suchend.

Trotz der Entfernung zwischen Kastelruth und Tisens – es wird kaum genügt haben, wenn Oswald den Pächtern des Martin Jäger erklärte oder ihnen ausrichten ließ: Von nun an werden bei *mir*, dem Wolkensteiner, der Getreidezins, Weinzins, Hühnerzins, Eierzins geliefert, wird *mir* das Bargeld ausgezahlt – Oswald muss Gewalt zumindest angedroht haben.

Vielleicht hat er zuerst ein paar Knechte zu einem Pächter geschickt und die kündigten an: Falls man nicht ab sofort zahle und liefre, werde eine Scheune brennen, womöglich das Haus? Falls so eine Drohung nicht den gewünschten Eindruck hinterließ, wurden Prügel angedroht? Oder: Man werde im Verlies von Hauenstein eingesperrt? So oder ähnlich *könnte* es abgelaufen sein.

Martin Jäger wird Anfang 1422 eine Verlustliste aufstellen, als Vorbereitung auf den Prozess gegen den Wolkensteiner; das Sündenregister ist erhalten geblieben. Es erhielt die Überschrift: »Dies sind die Güter, die mir Oswald der Wolkensteiner ohne Recht, mit Gewalt genommen hat.« Die Verluste motivierten, ja zwangen Martin Jäger etwas später zum Übergriff, zum rabiaten Versuch juristischer Selbsthilfe – er wird Oswald verschleppen und foltern lassen.

Gleich zu Beginn der Liste, in Position vier, berichtet er: Einem der Pächter auf Jäger'schem Boden tat der Wolkensteiner Unrecht an – er ließ dessen »neues Haus abbrechen und einen Weg anlegen zu deren eigenen Nutzen«. So wurde der Pächter vertrieben.

Und Jäger führt Posten um Posten auf, wie er beraubt wurde. Die Hofnamen, die er jeweils angibt, spare ich (meist) aus – sie wären nur dem Heimatkundler nützlich.

Widerrechtlich und gewaltsam zog Oswald ein: 18 Pfund Geldrente jährlich von einem Bauernhof oder den Gegenwert in Käse; 6 Pfund Geldrente jährlich von einem anderen Hof; Einkünfte aus einem Gut, das »zu Hauenstein, unterhalb der Burg liegt«: 5 Pfund jährlich, 1 Kitz, 30 Eier, 2 Hühner. Martin Jäger merkt an, dass der Wolkensteiner ihm solche Einkünfte »ohne Recht abgenommen hat, solange er die Burg innehat und bewohnt«. Weiter: Pachteinnahmen von 5 Pfund jährlich aus einem »Gütlein« und noch mal 5 Pfund aus einem Hof, »der auch bei Hauenstein liegt«, dazu als Zinsabgaben: ein knapper Zentner Roggen, ein guter Zentner Gerste, ein Kitz und dreißig Eier – Oswald als Eierräuber?!

Ein Bauer bei Kastelruth wurde vom Wolkensteiner ebenfalls beraubt: drei Zentner Gerste im Jahr. Und Hänsel, Mesner zu Kastelruth, musste Jäger pro Jahr zwei Hühner liefern – selbst dieser geringe Zins war Oswald einen Übergriff wert – Oswald von Wolkenstein als Hühnerräuber?!

Ein weiteres Opfer: »Die Frau, die gelegentlich Brot buk, mit Namen Schwärzlin, sie zinst pro Jahr 4 Hühner von einem Hof mit zugehörigem Acker.« Auch die Hühner eines Schusters mit Namen Schmätzer zog Oswald zwangsweise ein: 6 Stück im Jahr. Weiter: ein Star Hafer von zwei kleinen Gütern. Und Erben des Mutzenbauern, wohnhaft in einem Turmhaus bei Lamatz, mussten Oswald jährlich ein Dutzend Hühner abgeben. Von einem Weinhof im Tal unterhalb von Kastelruth zog er die Hälfte der Weinproduktion ein, in drei Jahren waren es nach Jägers Berechnung 6½ Fuder, Klausener Maß. Also etwas über viertausend Liter.

Dann zählt Jäger auf, was ihm Oswald an Einkünften von Besitzungen im Gebiet Völs abnahm. Wein auch hier, und zwar 9 Yhren jährlich, also abgerundet neunhundert Liter. Einem weiteren Weinhof zapfte Oswald in drei Jahren etwa zweitausend Liter ab. Von diesem Hof auch noch zwölf Pfund jährlich und vom selben Pächter, der zusätzlich einen anderen Hof bewirtschaftete, ein knapper Zentner Weizen, ein guter Zentner Roggen, sechs Hühner. Und eine Yhr Wein jährlich von einem anderen Bauern. Und 8 Groschen im Jahr vom Mayer in Obervöls. Und 6 Groschen als Zins für eine Wiese. Und vom Huber in Niedervöls 1 Star Roggen, 1 Star Gerste, 1 Star Hafer, 1 Star Hirse und 30 Groschen noch dazu. Von einem anderen Bauern 1 Star Weizen, 2 Star Roggen, 2 Star Gerste und 5 Pfund in bar. Von einem weiteren Bauern 3 Star Weizen und Roggen und Gerste und 3 Groschen. Von einem weiteren Bauern fast zwei Zentner Weizen jährlich, ebenso viel Roggen und Gerste, dazu 6 Groschen. Und so weiter, immer so weiter …

Die Burg Hauenstein wird von Jäger auf der Verlustliste nicht genannt – das überrascht, ist aber verständlich, denn: Einkünfte brachte die Burg nicht, im Gegenteil, sie kostete Geld für Unterhalt und Erhaltung. Es ging Jäger allein um die Pachteinnahmen aus landwirtschaftlichen Liegenschaften, die seine Frau, geb. Hauenstein, in die Ehe eingebracht hatte.

Noch einmal: die kleinen Raubzüge in der näheren Nachbarschaft, der weiteren Umgebung waren gewiss nicht nötig zur Aufbesserung der Einkünfte. Warum dann aber die Übergriffe, speziell auf Einnahmen und Lieferungen, die Martin Jäger zustanden? Purer Hass: Den lass ich zur Ader, den mach ich fertig!?

Hier ein Erklärungsversuch: Oswald von Wolkenstein wollte mit den Raubzügen sein Image verändern – zum Selbstschutz. Mit den Übergriffen auf Lieferungen und Zahlungen fremder Pächter wollte er in der Umgebung möglicherweise demonstrieren, dass er mittlerweile doch angewiesen war auf zusätzliche Einkünfte. Vom großen Geld, von dem in der Region sicherlich viel die Rede war, ist nichts übrig geblieben, was schon meine verzweifelten Versuche beweisen, den Etat aufzubessern; wenn ich nicht hinter jedem Heller und jedem Ei her bin, darben Mutter und Kinder, nagt mein Personal am Hungertuch …

Ein geschickt inszeniertes und brutal realisiertes Ablenkungsmanöver also? Um sich vor einem Raubüberfall auf Hauenstein zu schützen? Oder vor der Geiselnahme eines Familienmitglieds und der Erpressung von Lösegeld?

Also: Oswald mit seinem noch immer vollen ›Geldsack‹ stellte sich fortlaufend dar als Oswald mit der leeren Tasche? Der Mundraub in Tateinheit sollte wohl vergessen lassen, dass auf Hauenstein noch immer ein Teil des Ceuta-Fundus, des Perpignan-Horts thesauriert war?

Oswald hat auch ein Beichtlied geschrieben, Kl 39. Es dürfte in diesen Kontext passen – inhaltlich, nicht chronologisch.

Oswald stellt sich dar als exemplarischen Sünder, wie er im Buche steht. Beispielsweise im *Decamerone* des Giovanni Boccaccio. Hier wird ein Sünder namens Cepparello wie folgt beschrieben: »Falsches Zeugnis legte er auf Verlangen oder ohne Verlangen mit dem größten Vergnügen ab. (…) Eine außerordentliche Freude machte es ihm und er verwandte viel Mühe darauf, zwischen Freunden oder Verwandten oder anderen Leuten Unheil und Feindschaften und Ärgernis zu stiften, und je größer das Unglück war, das er daraus erfolgen sah, desto größer war seine Lust. Wurde er zu einem Morde oder zu einer andern Verruchtheit aufgefordert, so weigerte er sich nie, sondern ging herzlich gern daran; und zu mehreren Malen hatte er sich willig finden lassen, mit eigener Hand zuzustoßen und Leute umzubringen. Im Lästern Gottes und der Heiligen war er groß, auch schon um jeder Kleinigkeit willen, weil er an Jähzorn nicht seinesgleichen hatte. Die Kirche betrat er nie, und ihre Sakramente verspottete er mit den abscheulichsten Worten als Plunder! Dafür suchte er die Schänken und die verrufenen Häuser gern und häufig auf. Nach den Frauen gelüstete es ihn wie den Hund nach Prügeln; an dem Entgegengesetzten aber tat er sich mehr als irgendein Schandbube gütlich. Gestohlen und geraubt hätte er mit derselben Seelenruhe, mit der ein Frommer Almosen spendet. Im Essen und Trinken übernahm er sich so, dass ihm dann und wann auf eine ekelhafte Art übel wurde. Wenn er spielte, tat er es nur mit falschen Würfeln.«

Und nun spricht Sünder Wolkenstein!

Ich klag Euch, Priester, meine Sünd und Schuld,
Euch, Stellvertreter des Allmächtigen.
Ich sage offen, klar, voll Scham und Furcht,
die Augen von Zerknirschung nass:
Ich hab den Vorsatz, willentlich nie mehr
zu sündigen, wo immer es auch sei.
Mit Demut und aus freiem Willen, Herr,
bekenne ich mich schuldig in der Beichte:
Ich hege Zweifel an dem Glauben,
ich fluche oft bei Gottes Namen,
und meinen Eltern, die ich ehren sollte,
hab ich das Leben schwergemacht.

In Rauben, Stehlen, Töten bin ich groß,
will Leben, Ehre und Besitz von anderen,
beachte nie die Fast- und Feiertage,
falsch Zeugnis geben fällt mir leicht.
Im Spielen, Raffen bin ich unersättlich,
bin untreu, falsch, benutze Zauberei,
Verrat begehe ich und lege Feuer.
Voll Hoffart ist mein Leben.
Die Habgier lässt mir selten Ruh,
und Spott, Zorn, Unzucht kenn ich gut,
und Prassen, Saufen, früh und spät.
Bin eselsträge, hundescharf.

Zur Sünde treibe und verleite ich,
begehe Sünden, schaff Gelegenheiten,
verhindre nicht die Sündentaten,

ich nehme teil, verschweige sie.
Den Nackten hab ich ignoriert,
dem Armen Durst und Hunger nicht gestillt.
Wer krank, gefangen, sterbend, heimatlos –
ich habe ihm Erbarmen nie gezeigt!
Vergossen habe ich unschuldig Blut,
den Armen bürd ich schwere Lasten auf.
Auch Sodomie ist mir nicht fremd.
Verdienten Lohn entrichte ich nur halb.

Erkenntnis, Weisheit, Wissen Gottes,
Sein Rat und Seine Stärke, Seine Inbrunst,
und Gottesfurcht, die Gottesgaben
und Gottes Liebe, Güte: alles ist mir fremd.
Den Priester höhne ich und brech die Ehe,
gedenke nicht der Taufe und der Firmung,
das Sakrament empfang ich ohne Würde,
verachte Ölung, Beichte, Buße.
Ertrage keine Armut, tue Böses,
vergeude so die Lebenszeit.
Ich hass die göttliche Gerechtigkeit,
reagier mit Zorn auf Freundlichkeit.

Mein Sehen, Hören brauche ich zur Sünde,
mein Schmecken, Riechen zum Genuss,
missbrauch Berühren, Gehen, Denken,
dem Herrn erweis ich nicht Tribut.
Der Himmel, Erde einst erschuf,
und was sich darin eingerichtet,
Der gab mir, Wolkenstein, den Rat,
ich sollt ein Beispiel geben in der Beichte
in meinem Lied für viele dort am Hof,
und manchen Menschen, die, verwirrt,
die Richtung ganz verloren haben,
so wie in Böhmen die Hussiten.

Hier wird in der Tat Schuld bekannt: eine vollständige Bestandsaufnahme. Oder sollte versehentlich eine Position ausgelassen worden sein? Fast mit Stolz schlägt man sich hier an eine durch und durch sündige Brust. Weiter kann man es in dieser Hinsicht kaum bringen, auch hier steht Oswald ganz groß da: Ich Wolkenstein, Sünder von Format! Sehen wir ihn jetzt deutlicher?

George Fenwick Jones hat eine kleine Untersuchung über dieses Lied und die Beichtlied-Tradition geschrieben. Diese Arbeit verhindert falsche, weil allzu direkte Rückschlüsse.

Zuerst einmal macht der Aufsatz bewusst: Dies ist keine Beichte, die jemand, überwältigt von Sündenbewusstsein, für sich schreibt, diese Beichte hat einen didaktischen Zweck, sie soll dem Publikum zeigen: So wird's gemacht!

Ich will nicht Sündenpunkt für Sündenpunkt erörtern, will nur auf das »Rauben und Stehlen« eingehen: erweist sich Oswald hier nicht als durchaus schuldbewusst? Können wir demnach schließen, er habe mit schlechtem Gewissen die Bauern anderer Verpächter gezwungen, ihm die Pacht zu zahlen, zu liefern?

Die Übernahme fremden Eigentums wurde – so lese ich bei Jones – nach folgender Faustregel beurteilt: Wer stiehlt, nimmt einem anderen etwas weg, ohne dass der es bemerkt, ohne dass der sich wehren kann; dieses Verhalten ist eines aufrechten Mannes nicht würdig, entspricht nicht seinem Ehrenkodex; also muss man fremdes Eigentum *direkt* wegnehmen, auch mit Gewalt; so hat der Besitzer wenigstens die Chance, sich zu wehren.

Dies – leicht pointiert – zur Ideologie des Standes, dem Oswald angehörte. Es lässt sich also voraussetzen, dass er keine Schuldgefühle hatte, als er Hauenstein besetzte, und keine Reue zeigte, solange er die Burg bewohnte – all das geschah ja ganz offen! Ebenso direkt zwang er Bauern, den Zins an *ihn* zu zahlen und nicht an ihren Grundherrn – Androhung und Anwendung von Gewalt als Alibi. So war vor der Welt, deren Wertmaßstäbe immer noch vom Adel gesetzt wurden, alles in Ordnung.

Nur gab es aber auch die Forderungen und Maßstäbe der Kirche: sie stellte solche Selbstverständlichkeiten in Frage. Oswald nimmt also das Rauben in die Sündenregisterarie auf: »Roub stelen töten ist mir gach«. Diebstahl, ja Raub kamen bereits zur Sprache bei seinem Pferdediebstahl, Pferderaub: »aines roupt, stal ich halbs zu mal«. Und den rotgoldenen quftan des Emirs von Ceuta dürfte er eher geraubt als gestohlen haben. Woraus sich schließen lässt: Nicht jede Position im Sündenregister ist Erfüllung eines Schemas, ist Formalität, hier werden auch biographische Fakten genannt.

Wiederum: es sollte eine vorbildliche Beichte werden, fiktiv vor einem Priester, faktisch vor Publikum, und das setzte voraus: Vollständigkeit. Also wurde auch einbezogen das Spielen um Geld, um Besitz. Also auch Völlerei. Also auch Sodomie – darunter verstand man damals ja praktizierte Homosexualität. Fehlt noch was?

Oswald im Beichtspiegel, im Spiegelbild: schillernde Erscheinung. Ambiguität, die sich zuweilen auf Liedtexte überträgt.

Zum Beispiel Kl 12: wird hier die Himmelskönigin oder eine Königin des Herzens besungen, Jungfrau Maria oder eine junge Frau? Es dominieren Hinweise auf die Himmelskönigin, aber sie ist keine abgelöste Erscheinung, wird vielmehr einbezogen in ein Spiel mit autobiographischen (oder scheinbar autobiographischen) Elementen.

Nach Frankreich und
Hispanien, Aragón, Kastilien, England,
nach Dänemark und Schweden, Böhmen, Ungarn,
Apulien und Navarra,
Sizilien und Zypern,
Granada, Portugal, ins Sultansland –
die sechzehn Königreiche
hab ich durchzogen und erkundet, bis ich
den *einen* Schatz fand, dessen Wert beständig ist.
Der wird sich als loyal erweisen,
solange ich ihm diene, unbeirrt,
und ganz nach seinem Willen lebe.
Ich weiß ja: Falls ich ihre Huld

verliere oder ihre Kindschaft,
so wird sie meine Schuld nicht ahnden,
wie es die andren Damen tun,
sie wird mir gnädig bleiben –
bis ich die Freundschaft überziehe.

Kein schönres Weib
hat je ein Mensch gesehen; wer sie kennt,
muss mir mit Recht bestätigen:
An ihr ist alles makellos.
Ihr Antlitz leuchtet wie die Sonne,
und klar die hellen Augen, rot der Mund.
Wie könnte ich
bekümmert sein, wo ich doch weiß: Überall
werd ich die Reine sehen,
vor mir, so schön bekrönt.
Die Zarte schenkt mir Freude, Glück;
und wär ich krank, sie würde rasch mich heilen.
Zufrieden wäre ich auch sehr,
wenn ich bei ihr erschmeicheln könnte,
dass sie mich in ihr Gärtlein ließe,
wo sie zwischen Rosen wandelt.
Und gäb sie mir den grünen Kranz
als Gunsterweis – ich wäre überglücklich!

Vier Königinnen,
gekrönt, die hohe Ehren mir erwiesen,
die ich doch wahrlich nicht verdiente,
dazu manch schöne Fürstin,
die mich ermunterte, mit ihr zu singen –
auf einem Knie erwies ich die Honneurs.
Bedenk ichs recht,
so überragt sie *meine* Dame an Kultur,
geschaffen nach dem Musterbild des Adels.
Kein Mensch hat je so schönen Klang
aus einem Mund vernommen,

wenn sie die Stimme lieblich hören ließ:
sie spielt denn jede musica
mit schönster Resonanz
in der mensura apposita;
die weißen und die schwarzen Noten
lässt sie in der Kehle schwingen,
dass es im Herzen widerklingt.

Und wär Paris,
Venedig, Brügge, Damaskus, wär Tripolis im Berberland
bedeckt mit Perlen und mit Gold,
und mit Karfunkeln Genua,
mit Diamanten Barcelona,
mit Goldgeschmeide Montpellier –
so wäre sie, in allen Ehren,
doch weitaus mehr als diese Schätze wert.
Schon oft hat sie mich aufgeheitert;
auch wenn mich, lustlos und verdüstert,
tausend Schlingen niederziehn –
sie hilft mir aus der Tiefe wieder hoch.
Ganz ohne Makel, voller Demut,
in wahrer Tugendfülle,
in jeder Hinsicht tadelsfrei
regiert die schöne Jungfrau!
Kummer ficht mich nicht mehr an;
will sie mir wohl, so fürcht ich keine Drohung.

Ihr vielen Frauen,
es wär nun an der Zeit, dass ich mich von euch trenne;
ihr habt mir übel mitgespielt,
nach meinem Glück, da fragt ihr nicht.
Im Kavaliersdienst hink ich etwas nach,
seit weiße Haare sich im Bartbraun zeigen.
Ich hoffe nun:
Die hell, zart, rein ist, lieblich schön,
wird sich als weiblich treu erweisen

(falls ich ihr keinen Ärger mache),
und wird mein Elend liebevoll beenden.
Mit Recht beherrscht mich diese Liebe.
Ob Kaiser, König, Herzog, Graf,
Gefolgsmann, wer auch immer:
an meiner Herrin kann ich mich
erfreuen, kann sie preisen,
denn: ihre Treue hält sie mir,
wenn ich ihr recht ergeben diene.

Ein schillernder Liedtext: wie mag Oswald ihn vorgetragen haben? »Nota: dieses Lied wird nach der Melodie von Oh schnöde Welt gesungen.« Also wohl: feierlich. Oder doch so, dass sein Publikum nicht heraushören konnte, ob hier die Jungfrau Maria gepriesen wird oder eine Dame, in deren »Gärtlein« man eindringen möchte, auch, um mit einem grünen Kranz beehrt zu werden. Ein literarischer Hochseil-Balanceakt – und Oswald stürzt nicht ab.

Es folgen dramatische Vorgänge: eine Fehde wird ausgetragen. Bevor ich davon berichte, ein Blick in das *Kleine Lexikon des Mittelalters*: Fehde »wurde nicht als ungerechtfertigte Selbsthilfe empfunden; durch die Fehde sollte vielmehr der vom Gewalttäter gebrochene Rechtsfrieden wiederhergestellt werden«.

Josef Fleckenstein, ergänzend, weiterführend: Fehde wurde damals verstanden als »Rechtsinstrument«; es sollte »das verletzte Recht durch Gewalt wiederherstellen«. Was aber mehr und mehr in Kleinkrieg überging, mit der Folge, dass »auch der durch Raub und Plünderung verursachte Schaden immer schlimmere Formen annahm«.

Mit Beendigung der Fehde (der Urfehde) erfolgte allerdings, in der Regel, kein Schadenersatz.

Martin Jäger zog, wohl im Herbst 1421, einen Schluss-Strich unter die Verlustliste und addierte. In Bargeld: über 13 Mark. Hinzu kamen etwa vier Zentner Weizen, sechs Zentner Roggen, an die sieben Zentner Gerste.

Der Hauptposten allerdings waren in Jägers Abrechnung 14 Fuder Wein. Demnach hat ihm der Wolkensteiner etwa 8700 Liter Wein abgezapft!

Unter dem Strich wird Jäger zum Schluss gekommen sein: Nun reicht es! Alles, was er bisher versucht hatte, um den Wolkensteiner dem Gericht vorzuführen, war gescheitert, sämtliche Briefe, Petitionen umsonst, er musste eine entschiedenere Methode wählen, um an sein Recht zu kommen. Und das war damals die Fehde.

Allerdings, so muss gleich hinzugefügt werden: Eine Fehde wurde nur als rechtsgültiges Verfahren anerkannt, wenn sie form- und fristgerecht angekündigt wurde. Das hat sich Martin Jäger offenbar erspart, und damit wurde seine Aktion anfechtbar.

Suchte Martin Jäger Helfer? Oder schlossen sich ihm andere an, denen Oswald ebenfalls Unrecht angetan hatte und die in Jäger den langjährig erfahrenen Experten sahen im Kampf mit Vater und Sohn Wolkenstein? Es bildete sich eine Interessen- und Aktionsgemeinschaft; ihre Mitglieder werden in Dokumenten wiederholt genannt: Jäger und die Hausmannin, Neithart und Frey.

Die »Hausmannin«: hier kann nur Anna Hausmann gemeint sein, die Schulmeisterstochter aus Brixen. 1409, um daran zu erinnern, hatte Oswald, Verwaltungsmann der Diözese, eine Stiftungs- und Schenkungsurkunde der Hausmann besiegelt; seit dreizehn Jahren, so wird er bald dichten, ist sie seine Geliebte. Was trieb sie auf die Seite von Oswalds Fehdegegnern?

Die Hausmann, so zeigt sich im Verzeichnis von 1418, hatte Schulden bei Oswald, zumindest die notierten 25 Dukaten. (Das wären heute, je nach Modus, zwölfhundert oder zweitausend Euro.) Konnte Anna Hausmann den Betrag nicht zurückzahlen, hielt sich Oswald daraufhin schadlos bei Bauern auf Liegenschaften der alleinstehenden Frau? Ein Streitobjekt, vielleicht sogar das eigentliche Streitobjekt ist dokumentiert: der Grotthof. Die Hausmann hatte Besitzansprüche auf diesen Hof; Oswald jedoch ließ ihn aufnehmen in das Verzeichnis seiner Pachtgüter.

Nun der Neithart. Er könnte identisch sein mit dem Kundschafter, der sich, mit zwei Begleitpersonen, auf verdächtige, ja alarmierende Weise umgeschaut, umgetan hatte im Gerichtsbezirk Wolkenstein – ein Mann, der für den Landesherrn arbeitete, in prekären Missionen. War er Martin Jäger schon deshalb willkommen: ein Mann mit direkter Verbindung nach oben? Der Herzog womöglich als »Drahtzieher« im Hintergrund?

Und der Frey? In der Schuldnerliste von 1418 steht der Name Frey dreimal. Hatte Oswald im Gegenzug Besitz des Hans Frey geschmälert?

Offenbar haben Neithart & Frey mit einigen Knechten das Kidnapping durchgeführt – so ist es jedenfalls protokolliert. Wollte der alternde oder schon alte Martin Jäger nicht selber Hand anlegen?

Und die Hausmann? Oswald deutet als Liedermacher an, er sei durch die Freundin, die Geliebte in die Falle gelockt worden, und zwar habe sie zu erkennen gegeben, sie wolle mit ihm eine Wallfahrt unternehmen. Das hieß damals, bei einem Verhältnis: eine Reise machen ins private Glück. Oswald ritt – nach seiner zum Singen bestimmten Version – zum verabredeten Ort, doch hier wartete die Frau nicht allein auf ihn: er wurde überwältigt, verschleppt, eingesperrt.

Ich nehme an, Oswald hat hier stilisiert. Dennoch: seine Fiktionen umspielen stets Fakten. Was könnte der Kern gewesen sein? Denkbar wäre: Anna Hausmann bot ihm an, über eine gütliche Einigung zu sprechen, und das war denn – mit oder ohne ihr Wissen – eine Falle.

Das letzte Dokument, das Oswald für das Jahr 1421 als freien Mann ausweist, ist auf den 14. September datiert. »Im Herbst«, wie Oswald schreibt, wurde er gekidnappt, verschleppt, eingesperrt – offenbar zuerst in einer Burg bei Prissian.

Die Spur, die nach Prissian führt, ist nur eine Zeile, eigentlich nur eine Silbe breit.

Unter sieben Liedern, die alle auf *eine* Melodie geschrieben sind und die meist um Erfahrungen aus der Gefangenschaft kreisen, Klagelieder, Entsagungslieder, in dieser Serie gibt es einen Liedtext (»Hör, Christenheit!«), in dem Oswald Gottesliebe predigt, Abkehr von der trügerischen Welt, Verzicht auf Fleisch und Wein, und man solle auf Stroh liegen.

Die letzte Zeile dieses Liedes Kl 4 könnte eine Spur legen: »des lig ich Wolkensteiner inn der fall«. Die direkteste Übersetzung wäre: »Darum stecke ich, Wolkenstein, in der Falle«. Gemeint sein kann zugleich: »Darum stecke ich, Wolkenstein, ›in der Fall‹.« Werner Marold hat nachgewiesen, dass »in der Vall« die damalige Bezeichnung war für die Fahlburg zu Tisens, Fraktion Prissian. In einem Dokument heißt es: »Jaeger in der Vall«. In einer Regeste wird geschrieben von »Barbara Jägerin« und dem »Thurm auf Tisens zu Prissian, genannt Die Vall«. Die Burg muss demnach Barbara Jäger gehört haben. Die Anschrift lautete denn: Tisens, Ortsteil Prissian, Fahlburg.

Wir fahren von Plars über die Etsch nach Lana, Richtung Gampenpass; recht bald schon biegt eine Straße ab nach Tisens und Prissian auf dem Zwischensockel des Tisener Mittelgebirges, ein paar hundert Meter über dem Etschtal.

Wir parken in der Nähe der Kirche. Nur noch Reste der Bausubstanz der Kirche, in der Ulrich Putsch, später Bischof von Brixen, als Pfarrer amtiert hatte: Vom romanischen Bau stehe noch der Turm mit vertieften Feldern und Rundbogenfriesen, lese ich, und aus dem 17. Jahrhundert der achteckige Aufbau mit Kuppelhaube.

Auf dem Friedhof, der die Kirche umgibt, beschauen wir uns Grabsteine, meist marmorweiß, mit Goldbeschriftung, mit Medaillonfotos der Verstorbenen, braunviolett. Erstaunlich viele Wirte, überwiegend aber Bauern mit ihren Frauen – jeder für sich in seinem Medaillon. Die Frauen haben meist großflächige Gesichter, von Backenknochen betont; jedes Jahr werden diese Frauen ein Kind geboren haben, ein Dutzend wohl insgesamt, im Durchschnitt, und Arbeit, Arbeit, Arbeit, sonntags eine saubere Schürze, die gleiche Arbeit. Die oft schnurrbärtigen Männer werden auch kaum anderes gekannt haben als Arbeit, Arbeit, Arbeit; einige von ihnen sehen freilich aus, als hätte es, von Zeit zu Zeit, wüste Ausbruchsversuche gegeben, durch Suff, Prügelei.

Ziemlich gegen Schluss dieses Rundgangs wird plötzlich Oswald präsent: auf einem der Medaillonfotos der Gassbauer, 1956 verstorben, massiger, runder Schädel, das Fleisch unter dem Kinn weich auslappend, das rechte Auge geschlossen. Er ist etwas älter, wabbeliger als Oswald, den das Porträtgemälde zeigt, dennoch: wie aus Oswalds Gesicht geschnitten. Ein Zufall, aber frappierend. Im Dorf nachfragen, wann der Gassbauer sein rechtes Auge verloren hat? Womöglich als Kind? Oder im Ersten Weltkrieg, bei Kämpfen in den Dolomiten? Ich fotografiere die Fotografie, über das Grabrechteck vorgebeugt, will das Bild vorzeigen können, unter Freunden, Bekannten: so hätte, fotografiert, der alte Wolkensteiner aussehen können.

Spaziergang durch den Ort und hinaus in Richtung Prissian, an Apfelbäumen vorbei, die so dicht und schwer tragen wie in der Flussebene: Äste heruntergebogen wie Angelruten beim Hechtbiss.

Prissian: ein, zwei Kilometer südlich von Tisens. Auf einer Holztafel mit dem buntgemalten Panorama des Dorfs und seiner Umgebung sehe ich vier Burgen und Schlösser: südöstlich Schloss Katzenzungen und westlich Zwingenstein, südlich die Werburg, in der Mitte des Dorfs die Fahlburg.

Diese Fahlburg ist ein Hotel, und das ist geschlossen. Die schmutzige Hofmauer, das Tor. Von einem Seitenweg aus sehen wir einen Turm, der ein alter Turm sein könnte.

In der Fahlburg wollte Jäger die Geisel wohl zwingen, möglichst rasch Verzicht zu erklären auf Hauenstein und: eine Ausgleichszahlung für die zwangsweise eingezogenen Pachtzinsen zu garantieren. Hier war allerdings Nachdruck notwendig; Oswald besingt mehrfach, dass er gefoltert wurde.

Können wir aus Liedtexten Rückschlüsse ziehen auf die Foltermethode? Oswalds Hinweise sind hier nicht sehr exakt, und das ist kaum verwunderlich: Wohl jedem Zuhörer waren damalige Folterpraktiken bekannt; hier genügten Stichworte.

Oswald wurde mit Eisenringen (und Seilen) gefesselt: ein Eisenring um den Hals, Eisenringe um die Gelenke, und zusätzlich waren die Daumen umschlossen. Hier konnte es sich nur um Daumenzwingen handeln, und dies hatte mit der strengen, damals üblichen Fesselung nichts zu tun, das war Folter.

Sarkastisch berichtet Oswald in einem der Lieder: »Des ward ich hübschlich aufgedrät / mit füssen an die stange«. Und Geld plus Hauenstein wurde von ihm gefordert, »do mich der smerz / macht kerren an dem strange«. Er hat also vor Schmerzen geschrien, als er am Seil hochgezogen wurde, Füße an der Stange.

Doon, Okken, Cox haben einen kleinen Beitrag publiziert zur Frage: *Wurde Oswald von Wolkenstein gefoltert?* Ja, das wurde er, und zwar wurden ihm »die Handgelenke auf dem Rücken zusammengebunden und die Füße der gespreizten Beine an einer Stange befestigt«. Dann wurde er an den Handfesseln, den zurückgedrehten Armen hochgezogen, in die Schwebe gebracht und eventuell auch noch schmerzhaft gereckt. Wahrscheinlich hat man ihm dabei nicht auch noch – wie das weithin üblich war – die Arme ausgerenkt.

Weiter berichtet Oswald, dass die Frau ihm »mit ainer boien michel swer / die schienbain freuntlich hin und her / hiess reiben ane sitten«. Hier könnte ein Fußblock gemeint sein; ein Fußblock bestand vielfach aus zwei miteinander verbundenen Eisen- oder Schraubstiefeln.

»Entwurff der Anlegung der Schraubstiefeln«: Abbildungen dazu, aus dem 17. und 18. Jahrhundert, sehe ich im kleinen Burgmuseum in Salzburg, in einer Ausstellung zu früherer »Rechtspflege«. Diese Schraubstiefel fassten nicht die Füße ein, sie schlossen sich um die Unterschenkel: etwa 25 Zentimeter lange, ungefähr zwölf Zentimeter breite Eisenplatten, eingewölbt, und in diesen

Einwölbungen »stumpfige Knöpfe«, laut Bilderläuterung, also Eisennoppen. Zwei dieser miteinander verbundenen Platten wurden unter den Waden, zwei auf den Schienbeinen angelegt, wurden miteinander verschraubt: damit waren zugleich die Beine gefesselt, parallel gehalten.

»Entwurff der Anlegung der Schraubstiefeln«: das Opfer auf einem Stuhl mit Rückenlehne – hier ein älterer Mann mit bloßem Oberkörper, halblanger Hose. Hinter der Stuhllehne ein Knecht, er soll die kreuzweise auf der Brust verschränkten Arme des Opfers festhalten. Vor dem Stuhl ein »Schemerl«. Hier sollen, laut damaligem Erläuterungstext, die Fersen des Opfers aufliegen. Ein zweiter Knecht hält die Füße fest – sie könnten trotz der Eisenstiefel hochgerissen werden.

Detaillierte Angaben zur »Anlegung der Schraubstiefel«: die sollen bis zu einem »Mannszoll« an die Kniescheiben heranreichen; werden sie höher angelegt, so werden lateinisch benannte Muskeln und Sehnen beschädigt, es wird eine »Steifigkeit« erzeugt, ein bleibender Schaden.

Für eine Folterung mit Spanischen Stiefeln gibt es ein klares Indiz: Indikationen an den Schienbeinen. Bei der Untersuchung der Skelett-Teile, die in Neustift freigelegt worden sind, zeigte sich: Auf beiden Schienbeinen sind linsenförmige »flachlappige bis zu einem Millimeter hohe Auflagerungen knöcherner Art«. An diesen Stellen ist demnach die Knochenhaut verletzt worden, sie hat als Reaktion Knochensubstanz nachgebildet in schützenden »Auflagerungen«.

Als ich dies telefonisch erfuhr, vom Gerichtsmediziner in Bern, war für mich klar: Man hatte Oswald in der Tat »Schraubstiefel« angelegt. Und das dürfte in der Fahlburg geschehen sein. Danach wurde er in die Burg Forst verbracht, die Martin Jäger verwaltete: Besitz der Familie Starkenberg.

Also musste Jäger vorsichtig sein: er wartete mit der Überführung der Geisel einen Zeitpunkt ab, an dem der Burgherr, Ulrich von Starkenberg, verreist und dessen Frau in Meran war. Jäger wird gewusst haben, dass er trotzdem Schwierigkeiten bekommen würde, hatte sie wohl einkalkuliert: Nachdem alle anderen Mittel versagt hatten, wollte er auf diese Weise erzwingen, dass Oswald endlich vor Gericht gestellt und verurteilt wurde.

An einem Sonntagnachmittag fahren wir zur Burg Forst: nun ebenfalls ein Hotel, und auch dies ist geschlossen, nur ein Gartencafé ist geöffnet, aber wir wollen in die Burg. Eine alte Frau, die zufällig aus dem ein wenig geöffneten Tor herausschaut, jemanden erwartend, aber nicht uns, sie lässt uns hinein. Ein Innenhof, der bestimmt schon als »lauschig« bezeichnet wurde; Renaissance-Hofgalerie, Brunnenplätschern, Forellen in einem Glasbassin, Topfpflanzengrün, Rankengrün: Burghotelromantik.

Ein Barraum, leer, halbdunkel; es geht einige Stufen hinunter zu einer Oswald-Taverne, das steht so in der Türöffnung, und in dieser Taverne, nachdem das Licht angeknipst ist, sehen wir an die Wand gemalt einen Oswald, der aussieht wie ein bleicher, magerer Pirat, auf dem Fresko an die Wand gefesselt mit einer Kette und mit einem eisernen Halsband, die genau der Kette und dem eisernen Halsband entsprechen, die man zur Demonstration an der Wand befestigt hat, an der Oswald, laut Inschrift, angekettet gewesen sein soll. Auch wenn man die Kette anpacken, das sichtbare, fühlbare Eisenhalsband vergleichen kann mit dem gemalten Eisenhalsband: diese Verdoppelung der Fiktion erzeugt noch nicht Realität.

Wir gehen durch die Türöffnung neben dem bleichen Piraten, steigen ein paar Stufen hinunter in einen runden Raum, in dem Tische und Stühle stehen, Erweiterung des Restaurants, der Taverne, und dies hier, so erklärt die Frau, war das Verlies, in das man Oswald geworfen hatte, wortwörtlich geworfen; schon als Kind habe sie in dieser Burg gelebt, der Boden dieses Verlieses sei ursprünglich mehrere Meter tiefer gewesen, sie könne sich noch daran erinnern; mittlerweile sei er angehoben worden. Und sie knipst das Licht aus in der Taverne nebenan, knipst es aus in diesem runden Raum: kein Fenster, nur ein Luftschlitz in Kreuzform, durch dieses Schlitzkreuz habe Oswald hinausgesungen …

Auch nach mehreren Sekunden: das Licht durch den Luftschlitz reicht nicht aus, um den Raum aufzuhellen. So können wir uns vorstellen, wie zappenduster es war, als Oswald in diesem Loch hockte, einige Meter tiefer – ein wahrscheinlich pissfeuchtes, sickerwasserfeuchtes, strohfauliges, scheißestinkendes Loch. Die alte Frau knipst das Licht an, wir stehen wieder in einem leeren Restaurant.

Sobald Michael (und damit auch Leonhard) erfuhr, dass Oswald auf Forst eingekerkert war, protestierte er vehement beim Besitzer der Burg.

Dass man Oswald zuvor in der Fahlburg eingesperrt und gefoltert hatte, werden die Brüder kaum gewusst haben, das hatte Jäger bestimmt geheim gehalten, aus Angst vor den wilden Wolkensteinern. ›Offiziell‹ begann Oswalds Haft erst auf der Burg Forst. Martin Jäger hatte den Gefangenen vielleicht auch deshalb auf die Burg seines Dienstherrn bringen lassen, weil er hier sicherer war vor Rache-Aktionen der Wolkensteiner: die Burg eines Freundes würden sie wohl nicht gleich anstecken …

Die Brüder Wolkenstein konnten auf der fernen Trostburg, im fernen Aichach auch nicht wissen, dass der Hausherr in Wien, seine Frau in Meran war. So konnten es sich die Brüder nicht erklären, dass Oswald ausgerechnet in der Burg eines Mannes eingesperrt war, mit dem (und mit dessen Bruder Ulrich) sie besonders eng kooperierten; vielleicht bestanden sogar freundschaftliche Beziehungen zwischen den drei Wolkensteinern und den beiden Starkenbergern. Um so entschiedener forderte Michael eine Aufklärung des Vorfalls.

Ursula von Starkenberg handelte rasch, wartete nicht erst die Rückkehr ihres Mannes ab: sie schickte von Meran aus zwei Vertraute zur Burg. Ludwig von Sparrenberg und Jakob Murrentein nahmen einige Bürger mit; in einer so unklaren, brisanten Situation war es besser, man trat als Gruppe auf.

Was ihr die beiden Vertrauten nach der Rückkehr berichteten, fasste Ursula von Starkenberg (vermutlich unterstützt von einem Rechtsberater) in einem Schreiben zusammen, das sie an das Ratskollegium des Landesfürsten schickte. Ich übersetze:

»Ihr sollt wissen, was Ihr meinem gnädigen Herrn zu berichten habt: Martin Jäger hat den Oswald Wolkensteiner gefangen und auf unsere Burg Forst gebracht und hält ihn dort weiterhin fest, gemeinsam mit den Knechten, die ihm den Wolkensteiner überliefert haben. Ich habe in dieser Angelegenheit Ludwig Sparrenberger und Jakob Murrenteiner zu dem Jäger geschickt und habe durch sie untersuchen lassen: Als er den Wolkensteiner gefangen und auf unsere Burg gebracht hat, hatte er dazu die Erlaubnis durch meinen Mann oder dessen Bruder? Darauf gab er zur Antwort, er habe dies ohne Auftrag, Einverständnis und Wissen meines Mannes, dessen Bruders und meiner selbst getan; wenn dafür Rechenschaft verlangt würde, so wolle er in dieser Angelegenheit tun, was sich für einen Ehrenmann gebühre. Darauf haben die Obengenannten erklärt, er solle den Wolkensteiner aus der Burg führen und außerdem alle diejenigen, die mit ihm dorthin gekommen seien; ich gestatte es nicht, dass er auf der Burg gefangen und zu Zahlungen gezwungen werde; er werde ja wohl selbst einsehen, dass dies gegen meine gnädige Herrschaft etc., gegen Land und Leute und gegen den genannten Wolkensteiner gerichtet sei, sowie gegen alle seine Brüder und gegen seinen Anhang; dadurch könnte uns eine große und empfindliche Schädigung durch Wort und Tat entstehen.

Darauf rechtfertigte sich der oben genannte Jäger so: Der erwähnte Oswald Wolkensteiner habe seiner Frau die Burg Hauenstein, die sie vom Vater geerbt hatte, mitsamt den Lebens- und Rechtstiteln widerrechtlich abgenommen, habe ihm auch viele seiner eigenen Güter entrissen und seine Bauern zinspflichtig gemacht. Er habe sich zu wiederholten Malen bei meinem Herrn, Herzog Friedrich, und bei allen Bischöfen, die seither in Brixen waren, beklagt, aber es konnte weder ihm noch seiner Frau Abhilfe zuteilwerden. Weil der Wolkensteiner sich seines Besitzes bemächtigt habe, habe er sich seiner Person bemächtigt, und er halte ihn fest und werde ihn auch weiterhin festhalten und wolle mit ihm verfahren wie mit einem Gefangenen seiner selbst und seiner Mithelfer, sei es in der Burg oder außerhalb.

Darauf antworteten die Obengenannten, was es denn mit uns

zu tun habe, dass der Neithart und seine Partner ihn auf unseren Burgen gefangen halten und zu Zahlungen zwingen? Sie wüssten doch, dass der gefangene Wolkensteiner nicht allein stehe. Darüber hinaus verlangten der Sparrenberger und der Murrenteiner vom Jäger, dass er von der Verwaltung des Hauses zurücktrete und ein Inventar all dessen anfertige, was er darin zurücklasse, oder er solle es abschließen. Ich würde daraufhin die Burg in eigene Verwaltung nehmen und mit unseren Leuten besetzen und innehalten, bis seine Angelegenheit mit meiner Herrschaft und dem genannten Wolkensteiner und seinem Anhang gerichtlich geregelt sei; erst danach könne er das Haus wieder in seine Verwaltung nehmen und behalten bis zur Rückkehr meines Mannes oder meines Schwagers; die wüssten die Angelegenheit dann schon mit ihm zu klären. Nach viel Rede und Gegenrede antwortete der Jäger, er wünsche in dieser Sache eine Bedenkfrist von acht Tagen, er werde mir dann eine Antwort geben.

Bei all diesen bisher genannten und folgenden Verhandlungen waren anwesend die gerichtsfähigen und rechtskundigen Leute Heinrich vom Turm, Ambrosius Spetzger, Albrecht Gottlieb, Heinrich Zischk, allesamt Bürger von Meran, und Konrad Kellner, seinerzeit Richter auf Schenna.

Als die Verhandlungen so weit gediehen waren, gingen sie allesamt zum Wolkensteiner. Und als sie zu ihm kamen, da wollte er den Sparrenberger und Murrenteiner allein sprechen und erklärte: Er habe gehört, dass sie dem Jäger und seinen Helfern nicht gestatten wollten, dass er in dieser Burg gefangen gehalten und zu Zahlungen gezwungen werde, und er bat sie, mich und alle, die sich in dieser Sache verwendeten, zu bitten, dass ich ihn nicht aus der Burg holen ließe, denn erst jetzt sei er zu anständigen Menschen gekommen, und er habe Anlass zur Sorge, dass es ihm an Leben und Besitz gehe, falls er weiter weggebracht werde; er sei nicht in einer Ehrensache gefangen, sondern allein in einer Besitzfrage, und es wäre ihm am liebsten, wenn in unseren Burgen in dieser Sache verhandelt würde. Sollte er aber weiter weggebracht und von den Burgen weggeführt werden, so würde uns das mehr ins Gerede bringen, als wenn er dabliebe und gefangen gehalten würde; und wenn er je wieder freikommen sollte, so würde er darüber Klage führen, dass ihm von uns Unbill widerfahren sei.

Darauf antworteten sie, sie wüssten sehr wohl: Wenn mein Mann und mein Schwager über seine Gefangenschaft informiert würden, so würde ihnen das ehrlich leid tun, denn ihrer beider Vorfahren und sie selbst seien so sehr in Güte und Freundschaft miteinander verbunden, dass es ihnen nicht recht sei, wenn er auf unseren Burgen gefangen gehalten und zu Zahlungen gezwungen würde. Ganz besonders Herr Michael habe sich in dieser Sache hart und grob geäußert, und er nehme uns diese Angelegenheit sehr übel. Dazu antwortete der Wolkensteiner, er wisse sehr wohl, dass ihnen das an die Ehre ginge und dass sie in dieser Sache keine Mitwisser seien und folglich keine Schuld trügen. Aber er wisse wohl, dass ihn seine Brüder mit scharfen Worten allein nicht befreien und ihn mit ihrem Besitz auch nicht auslösen könnten; er wollte aber sein eigenes Gut zum Lösepfand machen. Und er verlangte daraufhin vom Jäger, er solle ihm einen gerichtlichen Termin setzen.

Darauf wurde ihm der Rat gegeben, er solle an meinen gnädigen Herrn schreiben und ihn bitten, dass er mir schreibe. Und er solle in dieser Sache auch seinen Brüdern, den Herren Michael und Leonhard, schreiben, dass sie mir schrieben und mich bäten, ihn gefangen zu halten. Wenn das geschähe, so sei es mir leichter, in dieser Angelegenheit tätig zu werden. Damit war er einverstanden.«

In der Burg des Freundes konnte er sich in der Tat sicherer fühlen, hier würde man dem Verwalter auf die Finger schauen; Frau Ursula hatte sich ja als sehr resolut erwiesen. Aber sie war auch vorsichtig: Um jeden Irrtum auszuschließen, wünschte sie schriftliche Bevollmächtigung dafür, dass Oswald, seinem eigenen Willen entsprechend, vorerst auf Forst blieb. Was er fürchtete, war wohl weniger ein Rücktransport zur Fahlburg, eine Fortsetzung der Folterungen, er war offenbar in Sorge, Jäger würde ihn dem Landesfürsten ausliefern. Konnte Friedrich bei dieser Gelegenheit Rache an ihm nehmen? Oswald sah nur eine Möglichkeit in dieser Lage: In Forst bleiben und mit dafür sorgen, dass möglichst bald ein Rechtstag angesetzt wurde.

Sobald ihn Nachrichten über Jägers Aktion erreichten, schaltete sich auch Ulrich von Starkenberg ein. Schwob hat undatierte Aufzeichnungen des Starkenbergers gefunden, so etwas wie Aktennotizen. Ich übersetze: »Anschließend kam der Sparrenberger nach Bozen, kam zu Herrn Michael und zu Leonhard, den Wolkensteinern, und informierte sie über den Vorgang. Sie forderten ihn daraufhin auf, mich zu bitten, ich solle auf den Jäger dahingehend einwirken, dass er ihren Bruder in der Burg lasse, damit er dort für sie erreichbar bleibe. Falls das nicht geschehe, so sei das, ihrer Meinung nach, ein unfreundlicher Akt meinerseits. Ich habe mich auch entsprechend verhalten. Daraufhin hat der Jäger dem Sparrenberger in Gegenwart des obengenannten Murrenteiner und der erwähnten Bürger als meinen Stellvertretern versprochen, den Wolkensteiner in der Burg zu belassen und ihn vor dem nächsten Sonntag in drei Wochen nicht wegzubringen. Eine längere Frist wollte er dieser Sache nicht einräumen, denn er ist der Meinung: Falls sein Anhang oder sonst jemand für ihn einen Gerichtstermin anberaume, so habe man Zeit genug dafür; während dieser Frist sei er dort auch erreichbar. Sollte es während dieser Frist in seiner Sache nicht zu einem Schiedstermin kommen, so wolle er, nach Ablauf der drei Wochen, nach eigenem Ermessen verfahren, würde ihn entweder noch länger dort behalten oder ihn woandershin schaffen.«

Als die Frist abgelaufen war und Oswald nicht freigelassen wurde, sah Leonhard von Wolkenstein die Stunde der Rache gekommen – sein Bruder Michael befand sich auf Dienstreise in Mailand. Am 20. November kidnappte Leonhard mit mehreren bewaffneten Knechten Heinrich Millauner (Propst von Neustift, Kanzler des Landesherrn), als der zu einem Rechtstag nach Bozen ritt; wahrscheinlich hat ihm Leonhard unterhalb seiner Burg am Hangweg aufgelauert. Der Propst wurde in Aichach eingesperrt.

Damit war Leonhards Wut noch nicht verraucht, er kam erst so richtig in Fahrt: Auf Millauners Pferd ritt er in das Nachbardorf Völs, wohl wieder begleitet von seinem Trupp, drang in das Pfarrhaus ein. Hatte der Pfarrer es gewagt, etwas gegen die Wolkensteiner zu sagen oder für ihre Opfer?

Über Leonhards Aktion in Völs berichtet Herzog Friedrich: »Er hat da den Pfarrer gefangen, Sackmann in seinem Haus gemacht und alles auf Aichach geführt.« Sackmann machen – das hieß damals: plündern. Dabei hat Leonhard auch den Pfarrer eingesackt.

Diese Aktion reichte ihm noch immer nicht, er lauerte Ulrich Putsch auf, dem Erzpriester von Tirol, ebenfalls Kanzler des Landesherrn. Putsch aber war an diesem Tage krank, er verschob die Reise.

Was den Herzog besonders ärgerte: Leonhard hatte diese Aktionen ohne Ankündigung oder Vorwarnung unternommen, ohne form- und fristgerechte Ansage einer Fehde.

Es zeigte sich auch hier wieder: die Gebrüder Wolkenstein rasteten schon mal aus. Kriegten den Rappel, den Koller. Blindwütig legten sie los, ohne Rücksicht auf Verluste. Schäumten, schrien, kriegten sich nicht ein, drehten durch – ich muss das umgangssprachlich ausdrücken, höflichere Formulierungen greifen hier zu kurz. Also: die wollten mit dem Kopf durch die Wand. Die setzten auf schlagende Argumente. Leonhard, knallhart wie Michael: Wir lassen nicht lange mit uns reden, wir lassen die Fäuste, die Waffen sprechen.

Ulrich und Wilhelm von Starkenberg, die sicherlich rasch von den Racheaktionen des jüngsten Wolkensteiners erfuhren, schrieben am 25. November aus Wien einen Brief an ihren Verwalter auf Burg Forst.

»Zuvor unser Gruß. Martin Jäger, uns ist geschrieben und mitgeteilt worden, dass du den Oswald Wolkenstein gefangen genommen und ihn auf unsere Burg Forst gebracht hast, die du für uns verwaltest. Es wundert uns sehr bei dir und erregt unser entschiedenes Missfallen, dass du auf diese Weise vorgehst und ihn auf unsere Burg überführst, ohne unsere Zustimmung. Dadurch können für uns nur Schwierigkeiten und Feindschaften entstehen, obwohl wir in dieser Angelegenheit völlig schuldlos sind. Wir sind der Auffassung, dass du in dieser Angelegenheit den Diensteid, den du uns wegen unserer erwähnten Burg leisten musstest, entschieden verletzt hast. Deshalb fordern wir dich auf und legen es dir dringlich nahe, den obengenannten Oswald freizulassen und ihn auf eine Weise zu behandeln, dass wir in dieser Angelegenheit nicht in Verruf kommen. Gib deine schriftliche Antwort diesem Boten mit.«

Martin Jäger, vom Wolkensteiner jahrzehntelang geplagt, sicherlich von Hass auf den hohen Herrn erfüllt, er darf hier nicht zur Opferfigur stilisiert werden, die letztlich aus Notwehr agierte, mit dem Mut der Verzweiflung. Jäger hat selber zugelangt. So zog er den Zorn seiner Dienstherren auf sich, weil er überzogene Zollgebühren erhob von durchreisenden Händlern – wiederholt wurde darüber geklagt. Jäger brachte die Region, brachte die Burgbesitzer in Verruf. Der Pächter wurde streng zurechtgewiesen.

Was war geschehen? Martin Jäger war Vogt der Burg Forst. Hier galt es nicht bloß einen Leerstand zu hüten, hier waren Aufgaben zu erfüllen – wozu sonst die beiden zusätzlichen Knechte? Die Burg war klein, sie brauchte keine zwei Hausmeister, zusätzlich zum Verwalter, die Aufgaben lagen eher außerhalb der Immobilie. Diese Burg war, wie die meisten Burgen (außer Hauenstein, zum Beispiel) nominell angelegt zum Schutz einer Straße, und das hieß durchweg: einer Handelsstraße. Deren Schutz musste bezahlt werden: Zoll. Das »Zollgeleit« sicherte, theoretisch, den Handelsverkehr. Es konnten »Beförderungsgeleitbriefe« ausgestellt werden: schriftliches Geleit, wo es keinen Begleitschutz gab. Dies im jeweiligen Zollbezirk. Der war auch Jäger zugewiesen. Die Topographie des Bezirks muss hier nicht näher bestimmt werden, es geht um charakteristische Abläufe.

Jäger erhielt, wie bereits erwähnt, als Burgvogt ein Jahresgehalt von 40 Mark, umgerechnet zwischen 4000 und 6000 Euro. Damit kam man auch zu jener Zeit bei größter Sparsamkeit und Bescheidenheit nicht aus – offenbar mussten von diesem Betrag auch noch die beiden Knechte bezahlt werden. Von den Besitzern der Burg wurde demnach vorausgesetzt, dass ihr Verwalter zusätzliche Einkünfte bezog. Hier gab es nur die eine Möglichkeit, passend zur Lage der Burg: Dass er Zölle kassierte (oder von den Knechten kassieren ließ), die nicht abgerechnet, nicht weitergereicht werden mussten.

Schon das Stichwort Schwangau zeigte: Beim Erheben von Zoll gab es keine bindenden Vorschriften, hier war noch nicht reglementiert und reguliert. Also boten sich Ansätze für Willkür. Das nutzte Martin Jäger. Er war damit keine Ausnahmeerscheinung. Der Übergang von Zoll zum Raub war gleitend. Ein Thema, über das zuweilen gearbeitet wird, etwa von Timothy Reuter.

Ich hebe aus seinem Beitrag einige Formulierungen hervor – auch damit wird die Welt skizziert, in der Oswald lebte und wirkte, tobte und sang: »Besonders fließend waren die Übergänge zwischen Zoll und Raub«. Wer ohne Berechtigung Zölle erhob, konnte allerdings wie ein Wegelagerer, ein Räuber bestraft werden – »wobei dahingestellt bleiben darf, ob diese Bestimmung je Anwendung gefunden hat«. So wurde die zunehmende Reisetätigkeit »durch den routinierten Raub in Form von Zollabgaben begleitet«.

Hier also wird das Problem gewesen sein, das die Starkenberger mit ihrem Angestellten hatten: Jäger kassierte so rabiat ab, dass die Besitzer der Burg noch mehr als bisher um ihren Ruf fürchten mussten. Konnten ihnen womöglich Fehdebriefe zugestellt werden? Konnte sich das Problem ausweiten? Die Starkenberger werden Martin Jäger bald entlassen.

Was Oswald befürchtet hatte, traf ein: Dezember 1421 schaltete sich der Landesfürst ein. Er ließ Martin Jäger und den Nebenklägern folgende Rechtsgarantie zustellen: »Wir, Friedrich von Gottes Gnaden Herzog zu Österreich, zu Steir, zu Kärnten und zu Krain, Graf zu Tirol etc., erklären hiermit: Martin Jäger (in Wahrung seiner eigenen Interessen und als Rechtsvertreter seiner Ehefrau), die Hausmann, der Neithart und der Frey haben Oswald von Wolkenstein gefangen und in ihren Gewahrsam genommen. Nun ist aber mit Wissen und Willen der Brüder, Verwandten und Anhänger des genannten Oswald ein Verhandlungstermin anberaumt worden. Dies schließt ein, dass Wir ihnen einen Geleitbrief hin zum Gerichtsort und von dort zurück bis zu ihrer sicheren Behausung aushändigen lassen, wie es die Urkunden, die dazu ausgefertigt wurden, detailliert beinhalten. So verbürgen Wir auch den Obengenannten, dem Jäger, seiner Ehefrau, der Hausmann, dem Neithart und dem Frey und all denen, die mit dieser Sache zu tun haben, samt allen, die sie zur Gerichtssitzung mitbringen, Unser gutes Sicherheitsversprechen und das freie Geleit; dies gilt vom Ausstellungsdatum dieser Urkunde bis zum Tag der Gerichtssitzung.«

Besonders wichtig war für Jäger diese Zusage am Ende der Erklärung: »Auch wenn dem Recht Genüge geleistet ist, so dürfen Wir ihn [den Wolkensteiner] dennoch nicht freilassen, außer wenn er die Genannten (Jäger, dessen Frau, die Hausmann, der Neithart und der Frey und alle, die in dieser Angelegenheit mitverantwortlich oder die mit ihnen verwandt sind) mit einer verbindlichen, rechtskräftigen Urfehde in dieser Sache zufriedengestellt hat, und zwar uneingeschränkt.«

Urfehde, das hieß, wie schon angedeutet: Die Fehde ist beendet, man legt ein Friedensgelöbnis ab. Was hier jedoch einschließt: Das Opfer erkennt an, dass Verschleppung und Folterung formal rechtmäßig waren und dass man auf jede Form der Vergeltung verzichtet.

Mit der offiziellen Erklärung des Landesherrn war die Partei Jäger/Hausmann/Neithart/Frey sicherlich einverstanden; nachdem alle Einwirkungsversuche in der Fahlburg wie in der Burg Forst ergebnislos geblieben waren, konnten sie jetzt nur noch auf Herzog Friedrich hoffen.

Die Höhe der finanziellen Forderungen Martin Jägers und seiner Nebenkläger/Helfer ist hier noch nicht dokumentiert; es scheint aber, als sei ein Streitwert von 6000 Gulden angesetzt worden – jedenfalls muss bald für eine Kaution in dieser Höhe Bürgschaft geleistet werden.

Sechstausend Gulden – ein damals eminent hoher Betrag! Umgerechnet wären das heute zwischen dreihunderttausend und knapp einer halben Million Euro. Dass Oswald von Wolkenstein ein schwerreicher Mann war, dürfte sich bei der fast flächendeckenden Vergabe von Darlehen herumgesprochen haben bis in die Residenz zu Innsbruck. Und so könnte der Herzog gedacht haben: Da setzen wir noch einen drauf …! Der wird hoch veranlagt …! Falls Oswald den Betrag bei Fälligkeit nicht aufbringen kann, muss er sich halt an ›seinen‹ König wenden, der soll ihm ja ein paar tausend Gulden oder Dukaten schulden …

Und wie hoch hätte die Schadenersatzforderung des Martin Jäger sein können? Generell: er wird mehr gefordert haben, als er im Detail addiert hatte, jedes Ei verbuchend – wie hoch aber waren seine realen Außenstände?

Runde ich beim Addieren seiner Positionen auf, so komme ich auf etwa 60 Mark, also 120 Gulden. Dagegen eine Kaution in Höhe von 6000 Gulden? Solch einen Betrag konnte nur der Landesherr ansetzen, als Souverän. Eine Imponiergebärde des Habsburgers, der einem Untertan zeigen wollte, zu welchen Donnerschlägen er in der Lage ist. Lange genug hatte er keine Initiative entwickelt in dieser misslichen Angelegenheit, trotz aller Briefe, Mahnungen, Petitionen – nun trumpfte er auf.

Auch konnte hier mitwirken: Der Herzog wollte mit dieser Summe einen Vorwand schaffen für harte Maßnahmen gegen den Wolkensteiner: Seht, der ist nicht nur politisch aufsässig, der ist auch ein Verbrecher von Format. Kriminalisierung politischer Opposition?

Jäger mag, im ersten Reflex, dem Votum des Landesherrn begeistert zugestimmt haben: Rache für den mittlerweile jahrzehntelangen Ärger mit Vater und Sohn Wolkenstein! Zugleich wird Jäger geahnt haben, dass der Herzog den privatrechtlichen Fall zur Landessache gemacht hatte: Aus der Schuldforderung war eine Waffe geworden, mit der Herzog Friedrich eine renitente Adelsfamilie zur Raison bringen, zur Loyalität zwingen wollte. Martin Jäger hatte Grund zur Befürchtung, dass unter solchen Aspekten mit einem raschen Abschluss des Rechtsstreits nicht mehr zu rechnen war.

Auch wenn sich Oswald bei der Befragung in der Burg Forst skeptisch geäußert hatte über seine Brüder: Michael protestierte nicht bloß und Leonhard lief nicht nur Amok, sie nahmen Verhandlungen auf mit dem Herzog. Wirkte auf den jüngeren Bruder ein, dass ihn Bischof Berchtold von Brixen mit dem Kirchenbann bestraft hatte?

Bei den Verhandlungen diente Millauner als Faustpfand. Michael erklärte, als Wortführer, der Propst werde freigelassen, sobald Oswald freigegeben sei. Zugleich bot er dem Herzog an, er wolle für ihn Fürsprache einlegen beim König, der über sein Verhalten sehr erbost sei. Dieser Hinweis auf Beziehungen zum König war Herausforderung und zugleich (indirekte) Drohung: Falls Friedrich nicht zu Konzessionen bereit ist, könnte man durchaus königlichen Zorn schüren ...

Herzog Friedrich jedoch ließ sich nicht unter Druck setzen: Der Propst wurde von den Brüdern freigegeben, Oswald aber blieb in Haft.

Der Landesherr setzte einen Rechtstag an auf den 8. März 1422, teilte dies rechtzeitig, am 31. Januar, Martin Jäger und den Nebenklägern mit: »Wir, Friedrich, von Gottes Gnaden Herzog zu Österreich, zu Steir, zu Kärnten und zu Krain, Graf zu Tirol etc., vermitteln Unseren Getreuen, Martin Jäger, seiner Ehefrau, der Hausmann, dem Frey, dem Neithart Unser Wohlwollen und alle guten Wünsche. Ihr habt Oswald von Wolkenstein in Haft genommen. Indessen ist er mit Wissen und Willen seiner selbst und seiner nächsten Anhänger in Unsere Verfügungsgewalt übergeben worden, kraft einer Vereinbarung, nach der er sich wegen der Forderungen, die ihr ihm gegenüber zu haben meint, vor Uns und Unseren Räten zur gerichtlichen Schlichtung bereit erklärt. Wir sollen ihn festhalten, bis er euch gegenüber erfüllt hat, was von euren Forderungen gerichtlich bestätigt wurde. Wir setzen hiermit einen Rechtstag an auf den nächstfolgenden Sonntag Reminiscere in der Fastenzeit und fordern euch nachdrücklich auf, an diesem genannten Tage zu Uns hierher oder dorthin, wo Wir zu diesem Zeitpunkt im Lande sein werden, zu Uns und Unseren Räten zu kommen. Wir werden euch dann gegenüberstellen und anhören und jeder Partei das zusprechen, was ihr rechtmäßig gebührt. Versäumt diesen Termin nicht. Wir haben dem genannten Wolkensteiner die gleiche Anweisung erteilt.«

Auf diesem Rechtstag wurde freilich keine Einigung erzielt. Dennoch wurde Oswald zehn Tage später freigelassen, bis zum nächsten Rechtstag am 24. August. In der Zwischenzeit sollte er offenbar versuchen, eine Einigung mit Martin und Barbara Jäger, Anna Hausmann, Frey und Neithart in die Wege zu leiten.

Der Herzog hatte vor der Entlassung eine Kautionsgarantie gefordert in Höhe von sechstausend Dukaten. Üblich wäre schon damals gewesen: Oswald zahlt die Kaution und erhält den Betrag zurück, sobald er die Rahmenbedingungen erfüllt, sich also pünktlich zum Rechtstermin in der Burg Tirol eingefunden (und damit in Haft begeben) hat. Die Kaution musste in diesem Fall freilich nicht in bar hinterlegt, für die musste Garantie geleistet werden, und zwar durch Bürgen. Die waren zur Zahlung verpflichtet, falls Oswald sich nicht an die Auflagen hielt.

Hier die Kautionsgarantie, übersetzt. »Ich, Michael von Wolkenstein, ich, Hans von Freundsberg, ich, Hans von Villanders und ich, Hans Velseck, geben mit dieser Urkunde öffentlich die Erklärung ab: Seine Durchlaucht, der hochgeborene Fürst Herzog Friedrich, Herzog von Österreich, etc., unser gnädiger, lieber Herr, hat Oswald von Wolkenstein von Martin Jäger und seinem Anhang, die ihn gefangen genommen hatten, selbst übernommen, um eine rechtliche Entscheidung herbeizuführen nach Ausweis der Urkunden, die hierüber in vollem Wortlaut und Umfang ausgestellt worden sind. Auf unsere wiederholten Bitten hin hat dieser unser gnädiger Herr für den erwähnten Oswald einen Rechtstag angesetzt auf den nächsten St. Bartholomäustag. Wir haben dem erwähnten, unserem gnädigen Herrn Herzog Friedrich gelobt und versprochen, in vollem Frieden und kraft dieser Urkunde, dass wir den obengenannten Oswald zwischen jetzt und dem genannten Bartholomäustag auf der Burg Tirol als Gefangenen zu seinen Händen wieder ausliefern werden; wir werden das dem Burggrafen von Tirol oder seinem Stellvertreter acht Tage vorher ankündigen, ohne Täuschungsabsicht. Tun wir das nicht und stellen wir den obengenannten Oswald nicht in der oben festgelegten Weise, so sind wir alle vier gleichermaßen dem obengenannten unserem gnädigen Herrn sechstausend Dukaten schuldig, innerhalb der nächsten drei Monate, um seinen Schaden zu begleichen. Bezahlen wir dies innerhalb der bezeichneten Frist allerdings nicht, so kann und soll er sich an uns und an unserem gesamten Besitz schadlos halten; die Vollstreckung kann auf dem Rechtsweg oder unter Ausschluss des Rechtswegs erfolgen, ganz nach seinem Belieben und Gefallen, ohne dass wir dagegen Einspruch erheben und Rechtsmittel einlegen können.«

Der Schriftsatz ist datiert auf den 18. März 1422. Am selben Tag wurden zwei weitere Urkunden ausgestellt. So verpflichteten sich die Herren Michael von Wolkenstein, Hans von Villanders und Hans Velseck, alle drei auch im Namen der Herren Bartholomäus von Gufidaun und Leonhard von Wolkenstein, dafür zu sorgen, dass alles gesetzlich einwandfrei geregelt werde; dies solle mit gebührendem Nachdruck geschehen.

Die dritte Urkunde wurde vom Landesherrn ausgestellt. Ich übersetze sie, weil sie ganz klar festlegt, was nach Oswalds »Gestellung« mit der Kautions-Bürgschaft geschehen sollte – hier wird es später erhebliche Probleme geben!

»Wir, Friedrich von Gottes Gnaden Herzog von Österreich etc., verkünden hiermit: Wir geben nunmehr Oswald von Wolkenstein frei. Unsere lieben Getreuen Michael von Wolkenstein, Hans von Freundsberg, Hans von Villanders und Hans Velseck haben für ihn gebürgt und haben sich verpflichtet, dass sie diesen Oswald am nächstkünftigen St. Bartholomäustag wieder stellen werden, und zwar Unserem Burggrafen auf der Burg Tirol oder dem, der sonst zu dieser Zeit in Unserem Auftrag die Verwaltung führt. Wenn die obengenannten Bürgen den obenerwähnten Oswald innerhalb der festgesetzten Frist zurückbringen und stellen wollen, so sollen sie das acht Tage vorher dem Burggrafen oder seinem Stellvertreter auf Tirol mitteilen, unter Berufung auf diese Urkunde. Man soll ihn dann unverzüglich an Uns ausliefern. Sobald er sich wieder in Unserer Gewalt befindet, werden die obengenannten Bürgen von der Bürgschaftsleistung in Höhe von sechstausend Gulden freigestellt, und zwar gänzlich. Der Bürgschaftsbrief, den Wir in Höhe dieses Betrags erhalten haben, wird ihnen daraufhin wieder ausgehändigt. Auch werden Uns die Bürgen dann dieses Dokument zurückgeben, ohne Täuschungsversuch.«

Warum diese Bürgschafts-Garantie für die Kaution, warum nicht gleich die Zahlung der Kaution? Und zwar durch Oswald selbst?

Merkwürdigerweise bleibt der Perpignan-Hort ausgeklammert. Dabei wird der ältere Bruder durchaus gewusst haben, welche Rücklagen immer noch verfügbar sein mussten. Sollte der Hort geschont bleiben, eventuell als geheime Kriegskasse?

Theoretisch hätten die avisierten Bürgen durchaus von Oswald fordern können: Zahle die Sicherheitsleistung gefälligst aus deinem Fundus; sollte der nicht mehr ausreichen, so leih dir irgendwo den noch offenstehenden Betrag und hinterleg die Kaution.

Von solch einer Verpflichtung hat sich Oswald befreit, irgendwie. Und ich frage mich, weshalb beispielsweise Hans von Villanders einen großen Teil der Bürgschaft übernommen hat – ihn verbanden mit Oswald nicht eben freundschaftliche Beziehungen, wie sich bald zeigen wird. Und der Grad von Verwandtschaft war nicht verpflichtend.

Vetter Hans kann hier nicht näher vorgestellt werden, zu wenig ist über ihn bekannt. Er dürfte ein Altersgenosse von Oswald gewesen sein, war erst einmal Verwalter (»Hauptmann«) der Burg Bruneck und leistete später (wie Oswald!) Verwaltungsdienst bei den Herren von Görz. Hätte er seinen Anteil an der Kautions-Bürgschaft (weit mehr als ein Viertel) notfalls überhaupt zahlen können, aus eigener Kasse? Noch einmal: es ging um eine Kaution von umgerechnet dreihunderttausend bis knapp fünfhunderttausend Euro! Warum wollte Hans von Villanders dennoch für den Wolkensteiner bürgen? War da von Anfang an der Hintergedanke, Oswald abzuschöpfen? Er wird in der Tat bald beweisen, dass er durchaus weiß, wo und wie er satte Geldbeträge von Oswald einfordern kann.

Wie und warum auch immer: Die Kautionsgarantie war besiegelt, Oswald wurde freigelassen, nach mehreren Monaten Haft. Eine Woche später, am 25. März, musste er (sicher nach harten Vorverhandlungen, die wohl gleich auf der Rückreise begannen und die wahrscheinlich auf der Trostburg weitergeführt wurden) mit den beiden Hauptbürgen einen Vertrag schließen. Sie wollten die Bürgschaft nicht ohne Rückversicherung übernehmen, sie forderten Sicherheiten. Vorwegnehmend zusammengefasst: Wurde die Zahlung der Kaution fällig, so konnten sie sich, rechtlich abgesichert, bis zum Limit an Oswalds Besitz schadlos halten.

»Ich, Oswald von Wolkenstein, erkläre öffentlich in dieser Urkunde für mich und meine Erben: Die Ritter, mein lieber Bruder Herr Michael von Wolkenstein und Hans von Villanders, haben mich von Seiner Durchlaucht, dem hochwohlgeborenen Fürsten Herzog Friedrich von Österreich etc., meinem gnädigen Herrn, durch eine Kaution in Höhe von sechstausend Dukaten befreit, laut Urkunde, die sie darüber ausgestellt haben; auch haben andere mitgebürgt. Dafür habe ich ihnen versprochen und zugesagt all meinen Besitz, den ich jetzt habe und künftig hinzuerwerbe, es sei zu Lehen oder als Eigentum; Schlösser und Burgen davon nicht ausgenommen. Ich habe ihnen dies als rechtmäßiges Pfand ausgehändigt aus meiner und meiner Erben Verfügungsmacht mit der Zusicherung, dass sie wegen der genannten Bürgschaft für mich keinerlei Schaden erleiden sollen. Im Schadensfall genügt schlechthin ihre Erklärung, ohne Eid und sonstiges Beweismittel, und sie können sich für den Schaden gänzlich an den obengenannten Besitz halten; auch dürfen sie dieses Gut so lange besitzen, bis sie, diesbezüglich, in einem Klageverfahren unterliegen, eingeleitet von mir und von meinen Erben und von sonst jemand, der mit meiner Vollmacht handelt.«

Oswald hatte den beiden Hauptbürgen somit die Verfügung über seinen Besitz zugestanden. In heutigem Juristenidiom: »Besitzeinräumung«. Laut BGB bedeutet dies: »Herrschaftsverhältnis über die Pfandsache«. Das heißt: Michael von Wolkenstein und Hans von Villanders hatten das Recht, aus Oswalds Besitz gegebenenfalls sämtliche Einkünfte zu »ziehen«. Was wiederum heißt:

Oswald hätten bis zur endgültigen Regelung keinerlei Einkünfte aus seinen Liegenschaften, aus seiner Grundherrschaft zugestanden, weder in Bargeld noch in Gülten, in Naturalien. Konkret: kein »Dienstfisch«, kein »Herbsthuhn«, kein Schilling! Und so weiter.

Außerdem: der (sicherlich noch respektable) Rest vom Perpignan-Hort wäre von den Bürgen legal eingezogen worden.

Für dieses Jahr (1422) ist ein Kuriosum dokumentiert: Im April schließen die Brüder Wolkenstein ein Bündnis, das man zu wilhelminischer Zeit wohl als Schutz- und Trutzbund bezeichnet hätte.

Vorstellbar wäre, aus heutiger Sicht: Die drei ›Musketiere‹ treffen sich in der Trostburg und versprechen sich in die Hand: Wir stehen uns bei in der Not, halten unbedingt zusammen, agieren geschlossen. Aber nein, in jener dokumentensüchtigen Zeit musste auch der Bruderbund schriftlich festgehalten werden, sogar auf Pergament – es lässt sich im Nürnberger Archiv noch befühlen. »Ich Michael, Ich Oswald, und Ich Leonhard, die Gebrüder Wolkenstein, beurkunden öffentlich mit diesem Dokument, dass wir uns vereinigt und verbündet haben.« Als Brüder wollen sie zusammenhalten, und zwar in Treue fest, wollen nicht voneinander lassen, wollen ohne Zustimmung der jeweils anderen keine wichtigen Entscheidungen treffen, und so weiter.

Auf der Rückseite des Pergaments wurde stichwortig vermerkt – wohl um das Blatt in der Dokumententruhe notfalls leichter auffinden zu können: »Bündnis Michael, Oswald und Leonhard zu Wolkenstein, allzeit zusammenzuhalten«. Ursprünglich hatten die Brüder zur Beglaubigung wohl noch ihre Siegel angehängt.

Die Belastungen, die trüben Zukunftsaussichten übten auf Oswald offenbar keine lähmende Wirkung aus – er schrieb erst einmal Liedtexte über Haftzeit und Folterung. Das dürfte singulär sein: Folterung wird *besungen*!

Das Konstanzer Jahr war so etwas wie eine Explosion gewesen:

in jener verhältnismäßig kurzen Zeit dürfte Oswald einen erheblichen Teil seines Liedwerks verfasst haben. Nun eine zweite ›Explosion‹, oder eher: eine Implosion? In Konstanz hatte ihn auch die äußere Situation stimuliert zu vielfältiger Produktion; bei diesem posttraumatischen Schub nun blieb das Artikulationsspektrum vergleichsweise schmal; eine schmerzhafte Erfahrung wurde wiederholt beschrieben. (Auch hier gleich wieder die Vorbehaltsklausel: Ich kann nicht davon ausgehen, kann schon gar nicht festschreiben, dass die folgenden Liedtexte in der Phase zwischen der vergangenen ersten und der künftigen zweiten Verschleppung verfasst wurden, aber sie passen hier in den Kontext.)

Der folgende Liedtext (Kl 1) steht am Anfang der beiden Handschriften Oswalds – wohl auch, weil die Eröffnungszeile das Stichwort dazu bringt. Auf dem Notenblatt, das Oswald auf dem Vollbild der ersten Handschrift hochhält, ist der Beginn dieses Liedes erkennbar: »Ain anefangk«.

Als Anfang dies:
auf Dauer keine Gottesfurcht,
Gewissen schwach und Sünden ohne Zahl –
was hier Gelehrte auch erdenken,
mit viel Verstand, doch ohne Gott,
das Ende macht es nicht mehr gut!
So bin ich krank
an meiner Seele, habe Angst vor meinem Tod
und bitt dich, heilge Jungfrau Katharina,
verwende dich für mich
beim Sohn Mariens,
dass Er mir Seinen Schutz gewähre.
Ich dank dem Herrn, dem Preis gebührt,
dass Er sich darin zeigt:
Mit der ich mich versündigt habe,
durch die lässt Er mich büßen.
Woraus ein jeder schließen kann:
Es gibt auf Dauer Glück nicht ohne Leid.

Die schöne Frau –
ich hab ihr sehr viel Zeit gewidmet,
wohl dreizehn Jahre und noch mehr,
war ihr stets treu gesonnen,
war ihr zu Willen, wie sies wünschte;
kein Mensch auf Erden war mir lieber.
Gebirge, Wald und Feld
hab ich in manchem Lande oft durchritten
und mich doch nicht von ihr entfernt.
Ich habe viel durch sie gelitten,
im Hass, zugleich voll Sehnsucht.
Ihr roter Mund hat mir das Herz gebrochen.
Sie gab mir Anlass, wiederholt
die lieben, schönen Händchen zu betrachten.
Mit Lust hat sie so manche Nacht
mir ihren nackten Leib geschenkt.
Es tut mir weh, wenn ich dran denk –
an Armen, Beinen bin ich hart gefesselt!

Nur Liebe wars,
wenn wir uns kaum ein Leid ersparten,
die Liebe löste es nicht auf:
ich liege hier ja äußerst fest
von ihrem Liebesband gefesselt!
Nun steht mein Leben auf der Kippe.
Mit Haut und Haar
hat Gott mich nun zu Fall gebracht, durch sie.
Weil allzu schwer die Sünde wog,
da sank ich auf der Waage ab.
Sie lässt mich büßen, schmerzhaft leiden –
nur halbwegs reicht hier meine Sprache aus.
Ich liege vor ihr, streng gefesselt
mit Eisen, mit dem Seil;
sie hat mich allzu schlimm behandelt,
das raubte mir die Lebensfreude.
Oh Herr, im Richten zeigst Du oft Geduld –

die Zeit ist reif, dass Du mich sühnen
lässt!

Kein kluger Mann
darf sagen, ist er bei Verstand,
dass er den Weg nicht gehen wird,
der für die Zukunft ihm bestimmt.
Die Zeit bringt Unglück wie das Glück;
was vorbestimmt ist, wurde nie umgangen.
Des Sünders Weg
ist oft auf abenteuerliche Weise
verstellt mit raffinierten Fallen.
Kein Meister kann so was erfinden,
nur Gott, Der jedem seinen Anteil
zuwiegt mit Seiner heilgen Hand.
Voll Eifersucht ist Er auf Männer, Frauen
und alle Kreatur:
Er will die größte Liebe haben
in Seiner höchsten Würde.
Wer das versäumt, versündigt sich:
Er lässt ihn frei, bis ihn die Falle schnappt.

Die Liebe ist
ein hohes Kapital, legt man es richtig an;
die Liebe überwindet alles,
die Liebe zwingt auch Gott, den Herrn,
dass Er dem Sünder aus Bedrängnis hilft,
ihm Aussicht gibt auf Heil.
Ach Liebe, höchstes Gut,
wie hast du, lieblos, mich geblendet,
dass ich mit Liebe Dem nicht dankte,
der Seinen Tod erlitten hat
für mich und viele Sünder kalten Herzens.
So lieg ich hier nun in der Glut der großen Ängste.
Hätt ich nur halbwegs, wie es sich gebührt,
bei Gott die Liebe angelegt,

die ich, voll Zärtlichkeit, der Frau geschenkt,
die mich so hart behandelt –
ich ginge sündenfrei dahin!
Oh, Liebe dieser Welt, wie schwer sind deine Fesseln!

Mich reut erst recht,
dass ich, derartig frevelnd, Den erzürnte,
Der mir so lange Frist gesetzt,
dass ich mir abstoß meine Hörner
der allzu schlimmen Missetat.
Fünf Eisenfallen wurden mir gestellt:
nach Seinem Willen
fiel ich in zwei hinein mit beiden Füßen,
in eine mit dem linken Arm,
die Daumen mussten büßen,
ein Stahlring meinen Hals umschloss –
so wurdens fünf, wie ich zuvor gesagt.
So hielt mich meine Liebste eng
umschlungen, mit allzu hartem Druck.
Ah, brrrr, wie kalt war die Umarmung!
Ihr Schmiegen: ohne Liebe!
Wie sehr ich ihr mein Leid auch klagte –
erbarmungslos verweigerte sie Trost.

Mein Herz wird schwach
in mir, es bricht vor Sorge, Furcht,
wenn ich den bittren Tod bedenke,
bei Tag, bei Nacht, am Morgen –
ach, wie beklemmend ist die Angst!
Ich weiß ja nicht, wohin die arme Seele fährt.
Oh Sohn Mariens,
steh mir, dem Wolkensteiner, bei in der Bedrängnis,
sei gnädig meinem Tod.
Hilf allen, die mich töten,
dass sie gleich hier den Frevel büßen,
den sie an mir so hart begangen haben.

Bei meinem schweren Tod
beschwöre ich, mit Nachdruck,
dass ich der Frau stets loyal
gesonnen war, mit ganzem Herzen.
Wenn ich aus dieser Welt nun scheide,
so bitt ich Gott, sie möge wegen mir nicht büßen.

Im Lied Kl 59 werden Gefangennahme und Folterung in einer Art Ballade, fast in einem ›Bänkellied‹ besungen: eine völlig andere Tonlage! Das wird in der Übertragung noch betont: ausnahmsweise entfällt jeweils der Auftakt.

Macht mir Kummer graues Haar,
werde ich durch Schaden klug,
verdanke ich das einer ›Wohltat‹,
die meine Liebste mir erwies.
Nur für sie hatt ich getragen
einst ein Kettchen, golden, fein,
unterm Ärmel, gut verschlossen –
offenbar hat sies vergessen …
Seit in deutlichem Kontrast
nun ein Eisen, breit: drei Finger,
schmerzhaft fest, um mich zu strafen,
diese Stelle eingenommen,
sie mich auch noch dadurch triezte,
dass sies mit nem andren trieb,
der mir übel mitgespielt –
da kam mir doch die Suppe hoch!

Eilte zu ihr, voll Vertrauen
(meine Liebe war zu groß!),
hab so manchen harten Stoß
auf dem Weg zu ihr erhalten!
Hatt die ›Wallfahrt‹ falsch verstanden,
hieß es doch: sie wolle reisen …
Den Verzicht auf solche Tour

nähm kein Heiliger ihr krumm!
Diese Sache sah ich so:
Meinem Heile dient die Reise ...
Wär es himmelwärts gegangen,
müsste ich für sie dort bitten,
weil sie höllisch grob
mit einem Noppeneisen
in ›liebevollem‹ Auf und Zu
beide Schienbein maltraitierte.

Schön, auch so was wird geschluckt!
Wohlgetan, was Liebe tut ...
Gutes Kind kriegts hinten drauf!
Leidenschaft mich eng umschlang –
hab gespürt, wie scharf sie ist!
Kluge Liebe schaut auf Kosten:
wurde ganz schön hochgezurrt,
beide Füße an der Stange.
Viertausend Mark verlangte sie plus
Hauenstein, das war ihr Preis!
Habs gespürt, als mich der Schmerz
aufschreien ließ am Seil!
Sie fauchte Rache, diese Katze,
und ich sang aus dem Mauseloch.
Fünf Eisen haben mich umfasst,
sehr fest und lang: es war ihr Wunsch.

Was gaukelt Oswald uns hier vor? Eine Frau, sogar eine (frühere) Geliebte, forderte von ihm Hauenstein und zusätzlich viertausend Mark? Das wären ja, umgerechnet, zwischen (etwa) 400 000 und 600 000 Euro! Wenn jemand Hauenstein zurückverlangen und zusätzliche Geldforderungen stellen konnte, so war das Martin Jäger, nun im Bunde mit Herzog Friedrich! Aber eine Frau? Sollte das die Hausmann sein? Es wird sich bald zeigen, dass der Wolkensteiner Anna Hausmann in der Tat Geld schuldete, das er auch bei ihr widerrechtlich eingezogen hatte, doch das sind keine 4000, sondern, insgesamt, 16 Mark. Mit der monströsen Zahl wollte Oswald seinen Zuhörern wohl signalisieren: Die verschmähte Geliebte sinnt auf Rache, die Frau ist übergeschnappt. Mit so einer Spielfigur ließ sich literarisch besser verfahren als mit einem Landesherrn, der einen mit überzogener Zahlungsdrohung unterwerfen will.

Sehr wahrscheinlich hat Oswald die Lieder über Kidnapping, Haft und Folter einem engen Kreis vorgetragen, Familienmitgliedern, Freunden – und die kannten die Fakten! So hätte sie eine wahrheitsgetreue Wiedergabe kaum sonderlich unterhalten; der Witz lag in der Verquickung von Fakten und Fiktionen. Zu dieser Umformung hat Oswald ein altes literarisches Muster aufgegriffen, wie sich am Schluss dieses Kapitels zeigen wird: Der Mann, der seiner Geliebten hörig ist, er wird von ihr ins Unglück gestürzt.

Dieses literarische Muster benutzte Oswald konsequent noch jahrelang: er flunkerte mit System. So wird er 1424 König Sigmund in einem Lied sagen lassen, an seinem Unglück sei nur eine Frau schuld. 1427 wird Oswald noch einmal behaupten, eine Frau, und zwar die Hausmann, habe alles Unglück über ihn gebracht. Dabei wusste König Sigmund ebenso gut wie Oswalds Zuhörer, dass eine Verflechtung von zivilrechtlichen und landespolitischen Vorgängen der Grund war für Oswalds eminente Schwierigkeiten. Aber wie lassen sich derart komplexe Vorgänge unterhaltsam gestalten? Oswald löste das Problem, indem er rabiat vereinfachte, rigoros veränderte; dass eine Frau zur Gläubigergruppe, zur Aktionsgemeinschaft gehörte, war für ihn Motivation genug, sie zur Hauptfigur zu machen, die ihn fesseln und foltern ließ. Jeder Zuhörer wusste, dass so was Männersache war, dass Oswald sich hier etwas ganz Tolles ausgedacht hatte, etwas mit Hautgout. Dies aber wiederum mit Sichtkontakt zur harten Realität.

Etwa zu den fünf Eisen, die ihn umfassten. Darunter hatte ich mir Genaueres nicht vorstellen können, bis ich auf der Reproduktion eines Bildes einer Handschrift der Benediktinerabtei Maria Laach den armen Pilger Arnold von Harff in Gefangenschaft sah.

»Sobald wir nach Gazera kamen, ließ uns dort ein Mamluk ergreifen und drei Wochen lang in ein Eisen gefangen setzen mit Hals, Händen und Füßen, ohne aufzuschließen, in dieser Gestalt«:

Arnold sitzt auf einer Kiste oder Truhe, vor ihm eine senkrechte, fast mannshohe Eisenstange mit zwei Querstangen und einem Ring. In der unteren Querstange zwei Eisenschließen um die Fußgelenke; in der mittleren Querstange zwei Eisenschließen für die Handgelenke; der Eisenring umschließt Hals und Nacken.

Ähnlich war offenbar auch Oswald in Eisen geschlossen – bis auf den rechten Arm. Der wurde freigelassen, um die Daumenschraube leichter ansetzen zu können.

Nun wird erneut auf Kontrast gesetzt: es folgt ein geistlich-meditativer Text (Kl 2). Auch hier: sollte er sich nicht in eine Werkchronologie einreihen, so fügt er sich doch ein in den biographischen Kontext.

Oswald beginnt mit üblichen Formeln des Gotteslobs, lässt die Darstellung seiner Erfahrungen folgen, versucht schließlich, beides in einer Synthese zusammenzufassen. Heuchelt Oswald in diesem Meditations- und Klagelied? Ich glaube durchaus, dass ihn Kidnapping, Gefangenschaft, brutale Behandlung geschockt haben, aber auch in diesem Liedtext: Fakten und Stilisierungen.

Erwach, du Menschentier!
Kommt zur Vernunft, ihr Frauen und ihr Männer!
Bist du so tief gesunken
in deinen Sündenpfuhl,
dass du nicht Furcht hast vor dem Zorn des Herrn,
der dir den Leib, die Seele lieh?
Lauf, such Ihn rasch,
solange du noch siehst – es dunkelt bald.
Wenn einer dich erlösen kann,
es muss durch Ihn geschehn.
Die Hölle brach Er auf, die keine Kälte kennt,
mit Seiner Macht durchdringt Er schlechthin alles.
Ob Sonne, Mond, die Sternenwelt,
die Blümlein auf der Heide –
dem allen gibt Er Farbe, Glanz.

So manche Schönheit der Natur
bezeugt Sein Dasein – auch für den,
der sonst an Gott nicht glauben will.

Wer trägt den Himmel
und die Erde, Gewässer und Gebirge?
Was schickt den Donner, Schnee und Sturm?
Das Firmament: alleine
Gottes Sohn kann es erhellen,
der Gatte, Vater seiner Mutter ist.
In Tiefenfinsternis
beschützt Er Fische, lässt sie nicht ertrinken.
Er hält die Vögel in der Luft,
auf dass sie nicht herunterfallen.
Den Berg, das Tal, den Wald verschönert Er
mit Schmuck, den so kein Mensch erdenkt!
Wer schützt das Würmchen in der Erde,
den Raben jung und zart,
verlassen von den Eltern,
die seine weißen Federn fürchten?
All dies bewirkt nur Gottes Kraft!
Ja, Seine Macht ist ohne Anfang, ohne Ende.

Der alles Wesen,
Der Mensch und Vieh und Wild divers gestaltet,
dass eins dem anderen nicht gleicht,
Der sei mir gnädig, lass mich leben,
und weise jener Frau den Weg zur Buße,
die meine Schienbeine zerbrechen lässt!
Rücksichtslos
liegt sie mir ständig in den Ohren,
will mir die Barschaft rauben.
Sie macht mich noch verrückt –
auch wenn sie wie ein Zeisig singt.
Ja, mein Vermögen reißt sie bald an sich.
Doch sprech ich von den Liebesworten,

die sie mir einstmals zugeraunt,
und dass sie dieses Eisenstück
von meinen Füßen nehmen soll
(die Liebesbande mag sie lassen)
so kann ich sie damit nur jagen!

Erkenn daran,
du Sinnenliebe: rasch verblüht dein Glanz.
Wär ich einst hundert Meilen fort gewesen,
sie hätte mich auch dann erreicht –
auf dass ich mit ihr glücklich würde.
Nun fügt sie mir das Schlimmste zu.
Die strammen Beine
spannt sie härter ein als einem Gaul;
ich kann auf ihnen nicht mehr stehn.
Mit gemeiner Hinterlist
machte sie mich zum Gefangnen;
vertrauenselig nahm ich ihre ›Wallfahrt‹ ernst.
Den Daumen, Arm, dazu den Hals
hat sie mir fest umschmiedet.
Ach, Frau, wie ätzend ist dein Saft!
Sie macht den Körper schwach.
Einst fand ich, was ich suchte,
nun helf mir Gott, Der mich umhüllte.

Erneut ein Wechsel der Perspektive, der Tonlage, damit eine Erweiterung des Spektrums: das Fastnachtslied Kl 60. Hier zeigt sich wieder einmal: Oswald spielt mit Lebensmaterial, versetzt es in einen anderen Aggregatzustand, bringt es in die Schwebe. Kein besungenes biographisches Datengerüst, vielmehr wird Belastendes spielbar, singbar gemacht.

Es geht nun auf die Fastnacht zu,
da wollen wir toll, närrisch sein!
So rückt zusammen, Paar um Paar,
wie Turteltäubchen, liebevoll.

Ich freilich hab mich hübsch liiert –
mit meiner Krücke!
Hat mir mein Liebchen zugedacht –
statt Liebeshoppeln.
  Ich zieh die Krücke dicht heran,
  ich schmiege sie ins Achselloch,
  ich presse sie voll Leidenschaft,
  da muss sie ächzen!
  Vor der Fastnacht könnt es mir
  kaum besser gehn …
  Äh, hört doch auf zu quengeln!

Nun, da die wilden Vögel schon
gepaart sind, voller Zärtlichkeit,
was sollen brave, junge Leute
noch fackeln (wo der Mai doch naht!)
beim Küssen, Kosen schöner Frauen?
Schmatz, lass dich vernaschen!
Bring deinen jungen Körper ein –
diskret, mit Lust!
  Ich zieh die Krücke dicht heran,
  ich schmiege sie ins Achselloch,
  ich presse sie voll Leidenschaft,
  da muss sie ächzen!
  Vor der Fastnacht könnt es mir
  kaum besser gehn …
  Äh, hört schon auf zu quengeln!

Die Fastnacht und die Maienzeit
sie pfeifen laut aus einem Sack.
Was sich im Jahr verborgen hielt,
gelangt nun an das Tageslicht.
Doch meine Dame schob den Streich,
sich verstellend,
hinaus zum Herbst. Ihr Dreh: zum Schreien –
hinken muss ich nun!

Hier stellt sich gleich wieder die Begleitfrage nach dem Publikum, vor dem Oswald beispielsweise dieses Lied sang. Es muss ein spezieller Kreis gewesen sein, in dem man alle Anspielungen verstand: Voraussetzungen für Resonanz, womöglich für Applaus.

Von Oswalds »Zielpublikum« lässt sich generalisierend nicht schreiben; seine Zuhörer müssen sich jeweils neu gruppiert haben. Das mit nautischen Fachwörtern gespickte Lied von der Fahrt auf dem Mittelmeer brauchte Mitreisende an Bord als Resonanzverstärker; mehrsprachige Liedtexte konnten Resonanz finden im Sprachenkontinuum der Konzilsstadt Konstanz; Lieder auf Margarete konnten Resonanz finden in einem (erweiterten) Familienkreis; ein Lied über einen Bordellbesuch konnte am ehesten Resonanz finden bei einem angesäuselten König Sigmund und bei trinkfreudiger Entourage; mehrstimmige Liedsätze konnten am ehesten Resonanz finden bei Kennern. Nein, für ein Zufallspublikum konnte Oswald nicht arbeiten, vor einer beliebigen Hörerschar konnte er nicht auftreten, er hätte sonst von vornherein auf Resonanz verzichtet. Das wäre fast eine Selbstkasteiung des extrovertierten Sängers gewesen.

Auch im geistlich-meditativen Lied ist Oswalds Spektrum weit. Zur Erinnerung: Geistliche Lieder des Oswald von Wolkenstein waren von kirchlich-liturgischen Funktionen abgelöst. Der Grad der Loslösung differiert jedoch: Die geistlichen Lieder in Oswalds Werk unterscheiden sich jeweils durch ihren Anteil an objektiven oder subjektiven Inhalten und Formulierungen.

Zwei Beispiel-Strophen sollen die Gegenpositionen markieren. Sodann wird ein Liedtext zeigen, wie Oswald in einer fast aberwitzigen Pointe Gotteslob und private Bitte verbindet.

Zuerst das damals häufig angestimmte Lob Gottes, das Preislied seiner Schöpfung; hier äußert sich der Autor als Mitglied einer Gruppe, hier dient er einer höheren Aufgabe, dominiert nicht im Text.

Du schwacher Mensch, bereue innig deine Sünden!
O heilger Geist, vermittle uns des Vaters Lehre,
lass mich ein wenig von der Macht und Würde zeigen
in meinem Lied von Gott, Dem hier nichts gleicht.
Neun Engelschöre preisen Gott beständig,
ihn preisen Sonne, Mond und Sternenglanz,
ihn preist der Himmel, alle Existenz umschließend:
was sich dort zeigt, verherrlicht Seinen Namen.
Der Berg, das Tal, der Fisch im Wasser, Vogelsang,
und was da kriecht und läuft – so glaubt mir, was ich
sage –
und Laub, Gras, Felder, wilde Wasser, Nacht und Tag,
sie ehren, loben Gott, vor dem der Teufel weicht.

Dies war die Eröffnungsstrophe des Liedes Kl 8. Nun die zweite Strophe des Liedes Kl 9: »O Welt, o Welt«.

Was hilfts mir nun, dass ich in fremde Länder reiste,
in manches Königreich, das ich so kennenlernte,
was hilft mein Dichten und mein Singen
von mancher schönen Königin?
Was hilft mir Kenntnis der Kulturen fremder Länder,
seit ich so hilflos wurde wie ein Kind
und mich belastende Gedanken
zu Klageliedern zwingen?
Was hilft mir Silber oder Gold,
seit ich mir selbst
nicht mehr gefallen mag?
Dass mich die Welt mit ihrem Schein so arg betrogen
hat!
Ach großer Gott, kraft deiner heilgen Trinität
komm mir zu Hilfe, fang mich auf
mit meinem Schmerz und Leid.

Ein subjektiver Ansatz: nicht Gottes Schöpfung wird besungen, sondern eins von Gottes Geschöpfen singt über sich selbst. Dass sich eine subjektive, ja private Beziehung zwischen einer Person (namens Wolkenstein) und dem Herrn der Schöpfung artikulierte, war damals etwas Neues.

Wie unorthodox Oswald als Dichter geistlicher Texte war, zeigt auch das folgende Beispiel: Kl 31. Hier wird ein Vorschlag gemacht: Ich singe dir, Gott, (mit deiner Hilfe!) ein Preislied, leiste du mir dafür Beistand gegen meine persönlichen Feinde.

Das formal Außerordentliche an diesem Liedtext: er ist ein einziger Satz, nicht einmal von den Strophen-Enden unterbrochen. Oswald holt sehr weit aus, eine Sprachbewegung von kosmischer Weite, und landet, in einer für uns überraschenden Pointe, bei sich selbst.

Der oben schwebt, Der unten trägt,
Der vorne, hinten, seitlich stützt,
Der ewig lebt, Der ohne Anfang ist,
Der alt und jung, von Anbeginn
dreifältig einbeschlossen in ein Wort,
in Harmonie, in unauflöslicher Verflechtung,
Der schmerzhaft starb, nie tot gewesen,
Der keusch empfangen, ohne jeden Schmerz
geboren wurde, frisch und stark, von einer Magd,
Der viele Wunder hat vollbracht,
die Hölle aufgesprengt, den Teufel eingeengt,
aus Wurzeln Saft in Stängel, Dolden bringt,

Dem alle Herzenskammern offenstehn,
ob bös, verderbt, schwach, sündig, gut,
Der darin allerlei Gedanken liest,
Dem Tun und Lassen unterstehn,
auch Himmelssterne, Sonne, Mond
und Erde, Mensch und Tier, die Wasserläufe,
Der Ursprung allen Wissens ist,
der aller Kreatur mit großem Können stets
ein schönes Äußeres verleiht,
Dem alle Tiere, zahm und wild,

hier dankbar sind, weil Er die Saat erschuf
zur Nahrung, sie so reichlich ausgestreut,

Der Himmel, Erde fest gefügt
den Grund schuf, ohne Fundament,
geheimnisvoll das Wasser fließen lässt –
von Seinen Wundern wär noch mehr
zu singen, tausendfach und überall,
mit vollem Klang, doch reicht hier meine Kunst nicht aus:
Der mir, in reiner Form, die Seele gab,
Leib, Ehr und Gut, Vernunft und Christentum,
Der helfe mir, dass ich Ihm danken kann für alles,
womit ich mich vor meinen Feinden schütze,
hier ringsumher, auf dass sie mich nicht schlagen.
O keusche Frau, so leiste mir dabei auch Hilfe!

Ja, Oswald brauchte Schutz und Hilfe: Hans von Villanders, der für einen beträchtlichen Anteil der Kautionsgarantie gebürgt hatte, setzte ihn unter Druck.

Als Bürge war er mit dafür verantwortlich, dass der Angeklagte gerichtlichen Vorladungen termingerecht Folge leistete; kam der Bürge hier seinen Verpflichtungen nicht nach, musste er für eventuell entstehenden Schaden einstehen. Im Fall Oswald hieß das: Die Kaution wurde nur fällig, wenn Oswald nicht pünktlich zum Gerichtstermin auf Burg Tirol erschien (notfalls von den Bürgen dorthin eskortiert); solange jedoch die Konditionen eingehalten wurden, stand die Forderung von 6000 Gulden auf dem Papier.

Doch Hans von Villanders war entschlossen, aus der Bürgschaft Geld zu machen. So musste Oswald schon wenige Wochen nach der befristeten Entlassung einen hohen Geldbetrag bei ihm hinterlegen und weitere Sicherheiten leisten.

Am 17. April 1422 stellte ihm der Verwandte eine Quittung aus: »Ich, Hans von Villanders, erkläre öffentlich mit dieser Urkunde, dass mir mein lieber Verwandter und Schwager Oswald von Wolkenstein zweitausend Dukaten zur Aufbewahrung übergeben hat und einen Pfandbrief über Neuhaus in Höhe von sechshundert Mark sowie drei Schuldbriefe der Starkenberger über eine Summe von insgesamt zweihundertsechzig Mark, so dass ich für die Bürgschaft oder das Bürgschaftsversprechen gegenüber dem durchlauchtigen, hochgeborenen Fürsten Friedrich von Österreich etc., meinem gnädigen Herrn, keinerlei Schaden erleiden werde; wird die Kaution fällig, so kann ich mich an den obengenannten Besitz halten sowie, ohne jede Einschränkung, an seine sämtlichen Besitzungen. Dies habe ich, ohne Arglist, bei Ausstellung dieser Urkunde mit meiner eigenen aufgedrückten Petschaft besiegelt.«

Hier die entscheidende Formulierung des Dokuments: »Das mir mein Lieber vetter vnd Swager Oswald von Wolkenstain ein geantwurt vnd zu behaltn geben hat zway tawsent ducat.«

Bei einem armen Mann hätte der Vetter einen derart hohen Betrag nicht einfordern können! Oswald zahlte, offenbar unverzüglich, einen Betrag aus, der heute etwa 100 000 (womöglich 160 000) Euro entsprechen würde. Hinzu kamen ein Pfandbrief und ein Schuldbrief im Wert von insgesamt 860 Mark, also, abgerundet, von 85 000, hoch angesetzt von 137 000 Euro. Indem Oswald den immensen Gesamtbetrag in bar und in Papieren aushändigte, übernahm er letztlich selbst die Hälfte der Kautionsgarantie – die zu jenem Zeitpunkt noch gar nicht eingelöst werden musste! Wieso nun die Sonderregelung?

Ausgezahlt und ausgehändigt wurde die Summe, wie bereits vermerkt: am 17. April. Keinen Monat später, am 11. Mai, bittet der gierige Verwandte um ein Darlehen in Höhe von 200 Gulden, also, umgerechnet, von zehn- bis etwa fünfzehntausend Euro. »Lieber Oswald, ich bitte dich herzlich, dass du von deinem Geld zweihundert Gulden meiner Frau übergibst und sie mir leihst.« Von deinem Geld! Der Zuschlag wurde Ehefrau Klara anstandslos ausgezahlt. Zuschlag? Zwangskredit?

Oswald war kein »Weichei«, das alles mit sich machen ließ. Der geldgierige Vetter muss zumindest eine scheinplausible, eine pseudorechtliche Begründung oder Erklärung für die exorbitanten Forderungen gehabt haben. Ich versuche, das zu entwerfen.

Für Hans war Oswald Angehöriger eines Familienzweiges, der dem Stamm der Herren von Villanders entsprossen war. Eine neu etablierte Familie mit bereits ziemlich schlechtem Ruf: Wie der Vater (Friedrich), so der Sohn (Oswald). Hans von Villanders hatte allen Grund, zu befürchten, ja, zu erwarten, dass Oswald sich nicht an die diktierten Auflagen halten, sich dem Schiedsgericht des Herzogs nicht fristgerecht stellen würde. In diesem Fall musste auch Vetter Hans zahlen. Der war aber nicht gewillt, mit eigenem Besitz für den notorisch unzuverlässigen und aufmüpfigen Vetter einstehen zu müssen. Ja, er hätte womöglich Kredit aufnehmen müssen, um seinen Anteil an der Kaution dem Herzog auszuzahlen.

Hans von Villanders wird sich weiter gesagt haben: Wenn (fast) sicher ist, dass Ossi sich nicht an die vereinbarten Bedingungen hält, so wird die verbürgte Zahlung der Kaution fällig, also ist es sinnvoll, den mit aller Wahrscheinlichkeit fälligen Betrag schon mal vorab einzuziehen – dies, formell, zur Aufbewahrung. Die in Bargeld und Papieren hinterlegte Sicherheitsleistung in Höhe von insgesamt 3600 Dukaten (oder Gulden): weit mehr als die Hälfte der gesamten Kautionsgarantie! Eigentlich hätte es höchstens die Hälfte sein können – schließlich hatten sich, wenn auch mit offenbar geringeren Anteilen, neben Michael noch zwei weitere Herren zur Bürgschaft verpflichtet. Vielleicht aber befürchtete der Bürge, es könnten, über den nominellen Anteil hinaus, etwaige Zusatzforderungen auf ihn zukommen.

Als Bürge, der mal übel reingefallen war, lernte ich Sprüche kennen, die zu Oswalds Zeit vielleicht schon ihre Entsprechungen fanden, etwa: »Den Bürgen sollst du würgen.« Oder, als nachgereichter Rat: »Eine Bürgschaft?! Da verschenk dein Geld lieber gleich!« Mehr als die Hälfte des Bürgschaftsbetrages musste ich einer Berliner Bank zusätzlich überlassen. Konnte man damals schon so austrickst werden? Kleingedrucktes gab es zu Oswalds Zeit allerdings noch nicht.

Auch, wenn Hans dem Oswald nicht traute – es gab ein (kurz zuvor ja bewährtes) Aktionsmodell: Oswald mit einem Trupp zu überrumpeln und den Gefangenen auf Burg Tirol termingerecht vorzuführen. Dann hätte das Dokument der Kautionsgarantie mit einem »Kassationsschnitt« entwertet werden müssen.

Nach der sehr bitteren Erfahrung des Kidnapping könnte Oswald selber an solch eine potentielle Aktion gedacht haben. Warum überließ er dem Vetter dennoch mehr als die Hälfte des Betrags, um den es *möglicherweise* ging? Wirkte hier Erpressung mit? Aber womit hätte ihn der Verwandte erpressen können? Kein Stichwort für Spekulationen – schon die Annahme der Erpressung ist Spekulation. Wie auch immer: Hans von Villanders muss am ›längeren Hebel gesessen‹ haben.

August 1422: Oswald hat wieder einmal auf der Burg Neuhaus Quartier bezogen. Musste er als »Hauptmann«, somit als Verwalter, erneut Präsenz zeigen oder fühlte er sich in der Grafschaft Görz sicherer? Es wird sich zeigen: Burg Neuhaus dient als Refugium.

Die Grafen von Görz waren mächtige (wenn auch zerstrittene) Herren zwischen Tirol und Adria und weit hinein nach Slowenien und hinüber zur heutigen Ukraine. Vom nahen Tirol aus gesehen, war die Grafschaft Ausland. Hier konnte Oswald Unterschlupf finden. Er hatte Gründe, das wahrzunehmen.

Die Frist von fünf Monaten wurde Oswald wohl zugestanden, um in Vorverhandlungen mit der Partei Jäger/Hausmann/Neithart/Frey dafür zu sorgen, dass man sich auf dem anstehenden Rechtstag einigen konnte. Dann hätte er sich dem strafenden, dem rächenden Zugriff des Landesherrn vorerst (vielleicht) entziehen können.

Die Vermittlungsversuche blieben allerdings erfolglos. Es lässt sich vorstellen, dass Martin Jäger abblockte: Von einem Schiedsgericht, für das sich Oswald-Freunde einsetzten, konnte er kaum eine entschiedene Vertretung seiner Interessen erwarten.

Ob Schlichtung oder nicht, Oswald musste sich auf jeden Fall am 24. August auf der Burg Tirol einfinden; acht Tage vorher sollte dies von seinen Bürgen angekündigt werden, rechtsverbindlich. Doch Oswald hielt sich nicht an den Termin, er blieb einfach weg.

Und seine Bürgen? Sie waren doch dazu verpflichtet, notfalls mit Nachdruck dafür zu sorgen, dass Oswald sich rechtzeitig dem Burggrafen auf Tirol stellte! Hans von Villanders wird allerdings kaum darauf gedrängt haben – er wollte nicht wieder herausrücken, was er Oswald abverlangt, abgepresst hatte. Er war der einzige der vier Bürgen, so vermute ich, der keinen Eigenbesitz zu riskieren hatte. Bei Michael, der sich nicht durch finanzielle Vorleistungen abgesichert hatte, dürfte es anders ausgesehen haben, der setzte Besitz aufs Spiel. Vorstellbar ist aber, dass er – wie Oswald – Sturheit gezeigt hat: Ein Wolkensteiner erscheint nicht zu vorgegebenem Termin unterwürfig beim Stellvertreter des Landesfürsten, mit dem man ständig Ärger hat.

Als sich Oswald nicht termingerecht stellte oder pünktlich eingeliefert wurde, forderte Herzog Friedrich die Auszahlung der Kaution. Doch Michael wies in einem Schreiben die Forderung des Landesfürsten zurück und erklärte ihm die Fehde: »Deswegen will ich Euer Feind sein und mit Euren Feinden im Bündnis bleiben.« Ängstlich waren die Wolkensteiner gewiss nicht!

Unterwerfen, nein, unterwerfen wollte sich Oswald dem Herzog nicht. In Konstanz hatte er sich wohl erzählen lassen, auf welche Weise sich Herzog Friedrich dem König Sigmund unterwerfen musste – sollte er sich einem Mann unterwerfen, der eine so schmähliche Unterwerfung hinter sich hatte?

Oswald erschien auch nicht mit Verspätung auf Schloss Tirol, er zog es vor, das Land zu verlassen. Er ritt nach Ungarn, zu seinem König.

Offenbar ritt er nicht allein; Ulrich von Starkenberg wird ihn begleitet haben, in eigener Sache. Die Starkenberger, wir sahen es mehrfach, gehörten neben den Schlandersbergern und Wolkensteinern zu den zähesten, härtesten Gegnern des Herzogs, und der versuchte ab 1420, die Starkenberger wirtschaftlich zu schwächen, verlangte die Auslieferung der Herrschaft Ehrenberg und des Gerichtes Schlanders (einem Pfand). Die Starkenberger weigerten sich, Friedrich bestand auf seinen Forderungen, die Starkenberger drohten mit bewaffnetem Widerstand.

Dass sich Ulrich von Starkenberg nun an den König wandte, war gleichfalls Flucht nach vorn. Denn dies warf der Herzog den Gebrüdern Starkenberg ja gerade vor: dass sie in Verbindung standen mit dem König. Der Starkenberger: »Auch wies er mich darauf hin, dass ich und mein Bruder des allerhöchsten Herrn, des Römischen Königs, Diener seien, seitdem unser Herr, Herzog Friedrich, von Konstanz an die Etsch zurückgekehrt war, und ebenfalls, dass unsere Häuser unserem Herrn, dem Römischen König, offen gestanden haben sollen, als er auf sie ziehen wollte, und dass ich ihn weiterhin unserem Herrn, dem Römischen König, gegenüber verleumdet haben soll.«

Das streitbare Duo also auf dem Weg nach Ungarn, zur Winterresidenz von König Sigmund. Für Oswalds Ankunft und Anwesenheit in Pressburg gibt es indirekte Beweise und einen direkten: am 21. November wurde ihm in der königlichen Kanzlei ein Schutz- und Geleitbrief ausgestellt, »Ad mandatum domini Regis«.

»Wir, Sigmund, von Gottes Gnaden Römischer König, allzeit Mehrer des Reiches und König zu Ungarn, zu Böhmen (etc.) entbieten allen und jeglichen Fürsten, geistlichen wie weltlichen, Grafen, Freiherren, Rittern, Knechten, Amtsleuten, Bürgermeistern, Räten und Gemeinden aller und jeglicher Städte, Marktflecken und Dörfer, sowie allen, die zu Uns und dem Reich gehören, aber auch Untertanen und Gefolgsleuten in unseren Königreichen, denen dieses Dokument vorgelegt wird, Unseren gnädigen Gruß. (…) Der Ehrenwerte Oswald Wolkensteiner, Unser Berater und lieber Gefolgsmann, muss in Rechtssachen und anderen Angelegenheiten in verschiedenen Länden umherreisen und tätig werden; so sehen wir es nicht gern, wenn er beleidigt oder belastet wird. Wir befehlen denn euch allen und euresgleichen besagten Oswald an, und verlangen mit besonderem Nachdruck, dass ihr ihn, wenn er zu euch kommt, freundlich aufnehmt und euch gewillt zeigt, ihn zu unterstützen, und ihn mitsamt seinen Gesellen, Knechten, Pferden und seiner gesamten Ausrüstung durch euer Land, [eure] Städte, Burgen und Gebiete zu Wasser und zu Land frei, sicher und unbehindert ziehen und seine Angelegenheiten ausführen zu lassen.«

Das zweiundddreißig Zentimeter lange, zweiundzwanzig Zentimeter hohe Pergamentblatt musste sicherlich zahlreichen Personen verschiedenster Ränge und Positionen vorgelegt werden. Hoffentlich konnten die auch alle lesen! Für Analphabeten dürfte allerdings schon das Großformat mit angehängtem königlichem Siegel so etwas wie ein Passepartout gewesen sein.

Noch etwas: Die königliche Kanzlei ging davon aus, dass der Sonderbeauftragte nicht allein ritt, sondern mit Begleitern, mit Knechten – ein kleiner Trupp auf Pferden, zusätzlich wohl mit Lastpferden für die Ausrüstung.

Oswald trat, nach Ausfertigung dieses Dokuments, nicht gleich die Rückreise an, er wollte sich wohl erst mal davon überzeugen, dass wirklich etwas zu seinen Gunsten, zu seiner Unterstützung geschah.

Und es geschah einiges. Am 6. Dezember gab der König in Pressburg eine Erklärung ab.

»Wir, Sigmund, von Gottes Gnaden Römischer König, allzeit Mehrer des Reiches und König von Ungarn, Böhmen, Dalmatien, Kroatien etc., geben mit dieser Urkunde allen bekannt, die sie sehen oder sie vorgelesen bekommen: Unser Diener und lieber und treuer Oswald von Wolkenstein war grundlos in die Haft Unseres lieben Freundes und Fürsten Friedrich von Österreich gekommen. Für sein rechtzeitiges Erscheinen vor Gericht musste sein Anhang eine Bürgschaft leisten in Höhe von 6000 Gulden; diese sechstausend Gulden glaubt der obengenannte Friedrich von Oswalds Bürgen nun fordern zu dürfen. Ein solcher Anspruch besteht aber weder nach Unserer Meinung noch nach dem Vertrag, den der obengenannte Oswald mit seinen Bürgen geschlossen hat. Zu diesem Befund sind Wir und die Unsrigen in Übereinstimmung mit bisherigen Rechtsgepflogenheiten gekommen; diesem Gutachten haben beigestimmt der hochgeborene Herzog Ernst, Unser lieber Schwager, und Unser Schwiegersohn, Herzog Albrecht, sowie ihre beiden Räte, ebenso Wir selbst und Unsere Räte. Wir sind zu der Erkenntnis gekommen, dass Friedrichs Verhalten herrührt von den Auseinandersetzungen und dem Streit, der sich seinerzeit zwischen Uns und dem obengenannten Friedrich abgespielt hat und in dem der oben genannte Wolkensteiner Unser Helfer und Diener gewesen ist. Nun ist allerdings Friedrichs Groll Uns gegenüber vollständig beigelegt worden, gemäß den Urkunden, Eiden und Gelöbnissen, die Wir vonseiten Friedrichs erhalten haben. Kraft dieser Urkunde untersagen Wir, dass Friedrich oder irgendeiner in seinem Auftrag zukünftig an den Wolkensteiner oder an seine Bürgen, wie sie auch heißen mögen, irgendwelche Forderungen oder Ansprüche wegen jener Sache stellt; Friedrich soll ihm und seinen Bürgen alle Urkunden betreffs der Gefangenschaft und der Sicherheitleistungen unverzüglich übergeben und aushändigen, ohne jedes Wenn und Aber. Geschieht das nicht, so kann sich der obengenannte Oswald zukünftig als der Unsrige nach Ausweis der Dokumente und Artikel verhalten, die Wir von Friedrich diesbezüglich innehaben. Wir gebieten jedermann – er heiße, wie er wolle –, dass man ihn in dieser Sache nicht behindere, sondern ihm vielmehr Hilfe leiste, weil Wir das so wünschen; dies gilt so lange, bis ihm Genugtuung widerfahren ist. Das ist Unsere ganz entschiedene Meinung und Unser Befehl.«

Am 18. Dezember 1422 sodann diktierte Sigmund ein Schreiben an Michael und Leonhard. Er wies hin auf frühere Ungerechtigkeiten, Übergriffe, Untaten des Herzogs; nur »mit Macht« habe man ihn dazu bringen können, dem abzuschwören.

Es heißt weiter: »Nun werden Uns von verschiedenster Seite, besonders vom edlen Ulrich von Starkenberg und von Oswald von Wolkenstein, Unseren lieben Gefolgsleuten, gravierende Beschwerden vorgetragen darüber, dass er ihnen Gewalt antue, ihre Rechte schmälere, ihnen Unrecht zufüge, und zwar gegenüber ihrem Besitz und ihren Leuten, und dies gegen Gott, die Gerechtigkeit und alle guten Sitten, und dass von ihm in keiner Form Gerechtigkeit zu erwarten sei, ja dass er, insbesondere, den obengenannten Oswald inhaftiert hatte und ihn zu Zahlungen zwingen will, obwohl keine Schuld vorliegt. (...) Diese und andere Verhaltensweisen erscheinen Uns nicht gerechtfertigt und machen Uns große Sorgen; Wir gedenken so etwas in keiner Weise mehr hinzunehmen. Darum bitten Wir euch mit Entschiedenheit, ja weisen euch in diesem Schreiben mit vollem Nachdruck an: Wenn euch die genannten Ulrich und Oswald, einzeln oder beide gemeinsam, in Unserem Namen bitten, sie vor Unrecht zu schützen, dass Ihr ihnen dann beisteht, ihnen in jeder Form Unterstützung gewährt, so dass ihnen nicht wieder unrechtmäßig Zwang auferlegt wird. Damit würdet Ihr Uns zu besonderem Dank verpflichten.«

Der König, dem Oswald und Ulrich wohl entschieden ›einheizten‹, ging noch weiter. Er ließ vorsorglich die Erklärung der Reichsacht gegen Herzog Friedrich ausfertigen. Und bereitete einen Reichskrieg gegen Tirol vor, zumindest nominell: Das Land am Inn und an der Etsch sollte als verfallenes Lehen eingezogen werden. Am 12. Januar 1423 wandte sich Sigmund an den Herzog Filippo Maria Visconti und bat ihn – nach Altmanns Inhaltsangabe in den *Regesta Imperii* – »um Hilfe gegen den Reichsfeind Herzog Friedrich von Österreich und um Aufnahme seiner Bevollmächtigten Ulrich und Wilhelm von Starkenberg und Oswald Wolkenstein in des Herzogs Schlössern, damit diese von dort aus gegen Herzog Friedrich vorgehen können«.

Ob Sigmund das ganz ernst gemeint hat? Herzog Visconti (nicht nur Regent eines Stadtstaates, sondern eines weiten, bis nach Tirol reichenden Flächenstaates) war verschwägert mit Herzog Friedrich, war ohnehin nicht einer der treuesten Gefolgsleute des Königs, bei Visconti war Sigmund an der falschen Adresse. So blieb letztlich undenkbar, dass Mailänder Truppen unter der landeskundigen Führung der Gebrüder Starkenberg und des Oswald von Wolkenstein in Tirol einmarschierten, um Rache zu üben.

Nun ein Reiselied (Kl 30), dessen erste Strophe ich bereits vorgestellt habe. Auch bei diesem Liedtext: Oswald wollte kein gereimtes Reisetagebuch vorlegen, er verfasste ein Lied, das seine Clique amüsierte.

Erschreckend für uns die Ratschläge zur Kindererziehung – pädagogische Reflexion setzte freilich erst in einer späteren Epoche ein. Oswald artikulierte sicherlich Methoden, nach denen er selbst erzogen worden war – und nach denen er auf Hauenstein seine Kinder zurechtstauchte.

Mit Rechtsansprüchen unterwegs
im Ausland – nichts plagte mich da mehr
als eine Unterkunft mit vielen Kindern.
Ihr Schreien hat mich oft betäubt, so sehr,
dass ich mein eignes Wort nicht mehr
verstehen konnte. Ganz speziell im Winter,
wenn ich den ganzen Tag nur fror,
mich müderitt – da war das abends kein Genuss!
Die größte Stube ward mir oft zu eng!
In mehr als einer Wiege lag ein Kindchen
mit Gebrüll, hat mir die Ohren vollgegellt!
Auf Dauer schätz ich mehr die Nachtigall.

Die Schreierei, dies Hurlahei!
Da lob ich mir den grünen Mai,
besonders, wenn sich zwei in Liebe finden.
Mir wirds zu viel, wenn so ein Kind
mir lästig wird mit dem Geplärr
und mich beim Singen irritiert, verwirrt
mit mancher schlimmen Dissonanz,
und falsettierend, nichts von schöner Harmonie!
Was da erklang, das hat mich arg verdrossen!
Mal schweigen ist zu viel verlangt.
Sind widerspenstig wie so manche böse Katz.
Mit meiner Pratze kriegen sies zu spüren!

In Pressburg, Ungarn, war ein Kind,
das machte manches Haar mir grau,
nur zweieinhalb wars, ließ mich kaum mal schlafen,
die ganze Nacht gings durch.

Auch Flöhe hielten mich auf Trab –
was ich erwischte, hussa!, musste büßen.
Das Kind schrie oft: »Ich hab so Durst!«
Man trug ihm Met auf, Wein, als wärs ein Fürst,
und Fisch, Huhn, Wurst – grad, was sein Herz begehrte.
Und trotzdem gab es selten Ruh.
Ich hab so manches Mal es in die Haut gezwickt,
ganz heimlich, fest – das änderte den Klang.

Mich wundert sehr, dass mancher Mann
sein Kind nicht recht erziehen kann,
nur alles hinnimmt, ohne Rute –
da zeigt sich wahrlich kein Verstand,
das ist wie Schliddern auf dem Eis,
so macht man sich um Nachwuchs nicht verdient.
Ihr lieben Mütter, habt ihr nie vernommen,
was altbekannt ist: »Wer sein Kind liebt, schlägt es«?
Den Herrn im Himmel macht ihr nur zum Spott,
wenn ihr sie frei gewähren lasst,
das bringt euch auf die Dauer nichts als Ärger, Last,
das wird sich rächen, hat nur schlimme Folgen.

Herzog Friedrich ließ sich von den Deklarationen aus Pressburg offenbar nicht beeindrucken; am 16. Januar schrieb er dem König, er bleibe bei seinen Maßnahmen gegen die Starkenberger, sie seien ungehorsam. Wieder einmal eine Krise zwischen dem König und dem Tiroler Landesherrn.

Die Lage wurde Juli 1423 erneut brisant: Der König rief zu den Waffen gegen Herzog Friedrich; er sei König und Reich gegenüber ungehorsam; Hauptmarschall von Pappenheim wurde mit der Leitung des militärischen Unternehmens betraut: im Reichskrieg das Reichsbanner gegen den Reichsfeind führen …

Am folgenden Tag bildete sich in Tirol erneut ein militanter Adelsbund. Die Gründung war allerdings keine unmittelbare Reaktion auf den Kampfaufruf von König Sigmund in Ungarn – diese

Nachricht brauchte schließlich ein paar Wochen, ehe sie in Tirol eintraf. Es war aber mit den Wolkensteinern und Starkenbergern abgesprochen, dass es Mitte Juli endgültig losgehn sollte.

Die Kampforganisation konstituierte sich als Bund der Herren, Ritter, Knechte, Städte, Märkte, Gerichte und Täler der Grafschaft Tirol, der »Landschaft an der Etsch« wie im Inntal und der drei Bistümer Trient, Brixen und Chur – eine Adelsvereinigung mit scheinbarer bürgerlicher Beteiligung. Nur: welche Stadt, welcher Marktflecken war schon daran interessiert, Adelsinteressen verteidigen zu helfen?

Worum es zumindest führenden Köpfen bei diesem Kampf ging, darüber konnte es bald keinen Zweifel mehr geben: Hauptleute der Starkenberger wurden bei Greifenstein festgenommen und befragt, ihre Aussagen sind in einem Protokoll zusammengefasst; hier die wichtigsten Punkte.

»Item: man wird den Starkenbergern den gesamten Besitz wiedergeben [den der Herzog eingezogen hatte].

Item: Was die Mitglieder des Bundes in ihren Besitz bringen, soll der Königskrone unterstellt werden, das ganze Land also.

Item: Alle Lehen, die von der Landesherrschaft ausgehen, werden zukünftig von der Königskrone empfangen und als Lehen von ihr abhängig sein.«

Der entschiedene Versuch also, den Landesfürsten auszuschalten und reichsunmittelbar zu werden! Aber auch hier wieder: Mehr Rhetorik als Motorik. Der Reichskrieg, der erneut ausgerufene, gegen Herzog Friedrich fand nicht statt.

Zu berichten ist von einem Kompromiss, den Oswald, zurück aus Ungarn, erkämpft hat, vor allem gegenüber dem erpresserischen Verwandten Hans von Villanders: Oswald schloss mit den beiden Hauptbürgen einen neuen Vertrag.

»Ich, Oswald von Wolkenstein, erkläre öffentlich mit dieser Urkunde für mich und alle meine Erben: Der Ritter, Herr Michael von Wolkenstein, mein lieber Bruder, und Hans von Villanders, mein lieber Verwandter, haben eine Bürgschaft für mich übernommen, und ich habe ihnen wegen dieses Bürgschaftsversprechens eine Anweisung auf meinen Besitz gegeben, laut Urkunden, die sie diesbezüglich von mir besitzen. Dafür haben sie mir aus besonderem Freundesdienst zugestanden, die Einkünfte aus diesem Besitz einzuziehen, unter der Bedingung, dass ich ihnen ebenfalls das Einziehen zu ihrer Versorgung gestatte und dass ihnen der Prozess gegen mich und meinen Anhang künftig keinen Schaden bringen soll.«

Das Datum: 5. Oktober 1423. Was bedeutete die Abmachung? Im ersten Vertrag (mit beiden Partnern kurz nach seiner Freilassung geschlossen) hatte Oswald ihnen sicherheitshalber die Verfügung über seinen Besitz einräumen müssen, sprich: das Recht, Einkünfte aus seinen Liegenschaften zu ziehen – offenbar so etwas wie (indirekte) Zinsen für Beträge, die sie noch gar nicht auszahlen mussten! Oswald hat es nun erreicht (nach mittlerweile anderthalb Jahren), dass er wenigstens teilweise das Verfügungsrecht, das Nutzungsrecht über seinen Besitz zurückerhielt.

Auch nach diesem Teilerfolg – Oswald zwang weiterhin Pächter des Martin Jäger, ihm Pachtzins zu zahlen, »Gülte« zu liefern. Am 20. Oktober dieses Jahres beschwerte sich Martin Jäger beim Landesfürsten.

»Durchlaucht, hochgeborener Fürst, Herzog Friedrich, Herzog von Österreich, von Steir, Kärnten und Krain, Graf von Tirol etc., gnädiger Herr! Ich, Martin Jäger, entbiete Euren Fürstlichen Gnaden als meinem gnädigen Herrn meine willigen, untertänigen Dienste.

Oswald von Wolkenstein hat sich in meiner Haft befunden wegen etlicher Forderungen, die ich als Rechtsvertreter meiner Frau an ihn zu stellen habe; dieser Oswald hat gemeinsam mit seinen Brüdern und seinem weiteren Anhang mit Euren Gnaden eine Abmachung getroffen: In Eurer Haft hat er sich verpflichtet, die Sache gerichtlich entscheiden zu lassen, den Gerichtsbeschluss auszuführen und zu erfüllen. Nun haben mir Eure Gnaden versprochen, diesen Oswald nicht aus Eurer Haft zu entlassen, ehe der Prozess zwischen ihm und mir beendet ist; so weisen es die Urkunden aus, die ich von Euren Gnaden diesbezüglich innehabe.

Entgegen dem Wortlaut dieser Dokumente ist mir noch nicht

Genüge geleistet worden; ich habe darüber hinaus schwere Schäden erlitten und erleide sie täglich weiterhin. Obendrein bin ich weder meines Lebens noch meines Gutes sicher.

Edler Fürst und gnädiger Herr! Ich wende mich hilfesuchend an Eure Gnaden und erinnere Euch an die besiegelten Urkunden, die ich von Euren Gnaden in dieser Sache erhalten habe; Eure fürstliche Gnaden mögen sich in dieser Angelegenheit vornehmen, mögen anweisen, regeln, verordnen, dass mir Erfüllung und Genugtuung zuteilwerde, nach Wortlaut und Ausweis Eurer Urkunden. Ich weiß nicht, an wen ich mich wegen dieser Schädigungen sonst wenden sollte, außer allein an Eure Gnaden. Und so bitte ich Eure Fürstliche Gnaden, Euer Gnaden mögen es nicht ungnädig aufnehmen oder mir übel vermerken; mich zwingt die Notlage zu dieser Bitte; ich würde diese Sache gern endgültig hinter mich bringen. Ich habe Euer Gnaden gegenüber volles Vertrauen darin, dass diese Sache nicht länger hinausgezögert wird, sondern dass von Euren Gnaden gehalten wird, was beurkundet und besiegelt ist.«

Und der Kampf zwischen den aufsässigen Adligen und dem Herzog ging weiter, allerdings auf letzte Brennpunkte begrenzt. Besonders spektakulär und langwierig: der Kampf um die Burg Greifenstein – mittlerweile die letzte Bastion der aufsässigen Starkenberger.

Sie demonstrierten hier mal wieder, zu welchen Härten sie fähig waren. So hatte Wilhelm zusätzlich zur Burgbesatzung die seinerzeit gefürchteten Mordbrenner und Räuber Jacomel senior und junior engagiert; der Burgherr wollte durch die Aktionen der Jacomels offenbar so viel Schrecken verbreiten, dass sich die Bauern nicht weiter an einer Belagerung beteiligten.

In einem Aufsatz von Luis Oberrauch finde ich einige Materialien hierzu. Demnach rühmte sich vor allem Jacomel junior seiner Mordtaten; er warf die Leichen in das »Moos«, also in die Sümpfe des Etschtals. Dem Starkenberger gefiel das, er erteilte »dem Jacomel den Auftrag, anzugreifen, so viel er Lust hatte, bei Tag und Nacht, mit Gewalttaten und anderen Verbrechen«.

Daraufhin quittierte Burghauptmann Ortner den Dienst: »Wollt Ihr Krieg führen, so führt einen ehrlichen Krieg. Ihr bekriegt nicht Hirten, sondern einen Fürsten.« Die Stelle des Burghauptmanns wurde neu besetzt, mit einem Schiltberger, und der wird sich kaum über Aktionen von Jacomel junior beschwert haben. Unter seinem Kommando kam es auf Greifenstein zu einem Mord an einem Gesandten der Stadt Bozen, dem reichen Bürger Nikolaus Hochgeschorn. Als man ihm den »blauen Mantel« herunterreißen und die Sporen abschnallen wollte, flehte er um sein Leben, bot 400 Gulden an, er wolle das Geld am nächsten Tag bei St. Cosmas übergeben, der Wallfahrtskirche unterhalb von Greifenstein. Das Angebot half dem Bürger nichts, er wurde umgebracht.

Die Gebrüder Wolkenstein nahmen, zumindest kurzfristig, teil an der Verteidigung der Burg. Vor allem Oswald riskierte damit das Äußerste. Mit der weiterhin drohenden Forderung von 6000 Gulden war ihm (über die Bürgen) die Garotte angesetzt – der Herzog brauchte das Würgegerät nur zuzudrehen ... War Oswald, waren seine Brüder sicher, dass der König endlich doch mal Truppen zur Unterstützung der Adelsfronde in Tirol einmarschieren ließ, nach all den Ausflüchten und Rückziehern der Jahre zuvor? Hier war die Wahrscheinlichkeit mittlerweile fast null – dennoch, sie machten sich zu Kumpanen eines Desperados. Irgendwie gelang es den wilden Brüdern, durch die Belagerer hindurch oder an ihnen vorbei in die Burg zu gelangen. Dort verschanzten sich die Wolkensteiner nicht hinter Mauern und Zinnen, sie gingen in die Offensive.

Oswalds Lied über den Ausfall aus Burg Greifenstein ist heute noch besonders beliebt: mehrere Einspielungen auf Tonträgern. Kl 85: ein Lied im Zweivierteltakt eines raschen, energischen Marschs.

»Packt zu!«, rief Michael von Wolkenstein,
»Die hetzen wir!«, rief Oswald von Wolkenstein,
»Los, schnell!«, rief Herr Leonhard von Wolkenstein,
»die jagen wir gleich weg vom Greifenstein!«

Da stob auf Gewirbel aus Funkenglut,
die Felsen hinunter, dort blühte es rot.
Rüstungen, Armbrüste, Helme dazu,
die ließen sie zurück: das pulverte uns auf!

Wurfmaschinen, Hütten, sowie ihre Zelte
Die wurden eingeäschert, am oberen Plateau.
Ich hör: Wer übel austeilt, kriegt es bös zurück.
So zahlen wir jetzt heim, Herzog Friederich!

Der Liedtext wurde offenbar in zwei Phasen geschrieben – die folgenden vier Strophen haben ein anderes Reimschema. Den beiden Sequenzen könnten zwei Etappen der Befreiungsaktion entsprechen. Zuerst wurde am Gegenhang abgeräumt und niedergebrannt. Danach wohl eine ›Verschnaufpause‹, der Sieg wurde gefeiert – mit den ersten drei Strophen, von Oswald vorgetragen. Die nächste Aktion sodann gegen die ›Etappe‹ der Belagerer, gegen die Burg Raubenstein über dem Eisacktal. Zu dieser Zeit erst werden sich die Bauern zusammengerottet haben – es dauerte, ehe man in den Höhen- und Berggemeinden der näheren und weiteren Umgebung von der militärischen Aktion erfuhr.

Scharmützel, Gemetzel, keiner gab nach –
das war dort vorm Raubenstein, drunten im Ried.
Ein spannlanger Nagel ward manchem reingehaun:
ein Bolzen, von der Armbrust abgeschnellt.

Die Bauern von St. Georgen, der ganze Verein,
sie brachen, im Meineid, beschworenen Dienst.
Auch kamen ›gute Freunde‹ herab vom Raubenstein.
»Gott grüß euch, ihr Nachbarn, Treue kennt ihr nicht!«

Ein Werfen, ein Schießen, ein Sturmangriff
begann unverzüglich: »Schlag Krach und schlag zu!
Los, rühr dich, Herr Edelmann, setz alles aufs Spiel!«
Ob Hüttendach, ob Schutzschirm: alles brannte ab!

Aus Bozen, vom Ritten sowie von Meran,
vom Hafling, aus Mölten zogen sie heran,
Särntner, Jenesier, rebellisches Volk:
die wollten uns kassieren – doch kamen wir davon!

Greifenstein – da stehen wir im Tal, an der Straße, staunen: ein Waldhang, recht steil, und aufgesetzt ein Felsklotz mit senkrechten Wänden und obendrauf Mauern: vierhundert, vierhundertfünfzig Meter über der Talsohle. Entschieden eindrucksvoller, als ich mir das nach Fotos und Beschreibungen vorgestellt habe.

Der Wagen an einem Weingut abgestellt; eine Frau gibt uns Auskunft: erster Anstieg auf einem Wirtschaftsweg, bald werden uns Markierungen weiterhelfen – Schnittpunkt mit dem Pfad herauf vom Ortskern Siebeneich. Ich nehme die Spiegelreflex mit.

In weiten Wegschwingungen geht es hinauf zu einer Kirchenruine, dicht neben einem verlassenen Bauernhaus: St. Cosmas und Damian. Der Weg, der von hier aus weiterführt, muss der alte Burgweg sein: grobe, stellenweise zerstörte Pflasterung. Ein Weg für Mulis oder Esel – zu Fuß werden die Herren von Starkenberg, von Wolkenstein kaum hinaufgestiegen sein. Auf diesem Weg sicherlich die Versorgung der Burg: die kürzeste Verbindung zum Tal. Also wird man diesen Weg bei der Belagerung abgeriegelt haben, damit keiner der Belagerten, durch einen geheimen Ausschlupf die Burg verlassend, hier herunterstieg, um Proviant zu besorgen. Geschah es bei der Belagerung, die Oswald miterlebte, dass man ein feistes Schwein über die Burgmauer schmiss, um den Belagerern zu zeigen oder vorzutäuschen, man sei bestens versorgt, könne die Belagerung noch sehr lang aushalten? Auf Italienisch heißt Greifenstein: Castel del Porco.

Während des Aufstiegs sehen wir vorerst nichts vom »Sauschloss«; ringsum Wald. Es hat in der Nacht geregnet, Sonne scheint wieder, dämpfige Luft, schweißtreibend: ab und zu stellen wir uns unter einen tropfnassen Baum, schütteln ihn – Naturdusche. Weiter auf dem gepflasterten Weg, der uns endlich an den Felssockel führt. Wir müssen die Köpfe noch weiter zurücklegen, denn senkrecht steigt das Felsmassiv auf, und ganz oben, als könnte es jeden Moment abrutschen, das Mauerwerk.

Wie hoch ist dieser Felsklotz? Kann ich schwer schätzen, aber hundert Meter werden es gewiss sein. Der Weg führt, weiterhin steil, südöstlich um den Felsklotz herum. Hier kämen nur Alpinisten hoch, die alle paar Meter einen Haken ins Gestein schlagen. Schließlich erreichen wir den kleinen Erdsattel östlich der Burg; sie ist nun von Bäumen verdeckt.

Gleich weiter auf dem Pfad, der dicht an der Felswand entlangführt, die hier zehn, zwanzig Meter hoch ist. Im Norden, Westen, Süden war die Burg also sturmsicher, im Osten war sie zumindest gut gesichert, die Felswand auch hier beinah senkrecht, man hätte schon sehr hohe Sturmleitern anlegen müssen.

Der Pfad führt um den Felsblock herum, die Burgöffnung im Nordosten: nicht größer als eine Haustür und drei Meter über uns. Wir steigen das Mauerwerk hoch, stehen im Eingang der Burgruine Greifenstein. Damals war diese Türöffnung bestimmt noch ein, zwei Meter höher über der Bodenfläche, die Schutt abgeschrägt hat im Lauf der Zeit; man wird auf einer Leiter heraufgestiegen sein, oder es wurde eine Rampe herabgelassen, für die Reiter, und gleich wurde sie wieder hochgezogen.

Mauerwerk rechts und links, trichterförmig erweitert es sich: wir sind im Innenbereich der Burg, die größer ist, als das eine Rekonstruktionszeichnung suggerierte. Bevor wir uns dieses Ruinenareal anschauen, wollen wir zum höchsten Punkt: die Südostecke der Burg. Fast völlig senkrecht unter uns die Felswand, zerklüftet; der recht steile Waldhang; die Obstbaumflächen des Etschtals; die Festung Sigmundskron; Ausläufer von Bozen; westlich des Etschtals ein schräger Waldsockel, darauf eine lange, hellgraue Felswand, Grepa Laures, 1800 Meter, dominierend.

Ich schaue nun nach Südosten, zum »oberen Feld«, »oberen Plateau«. Ja, so ähnlich habe ich mir das vorgestellt, nur habe ich nicht erwartet, dass es so nah liegt: ein schmaler Sattel zwischen dem Felsklotz hier und dem Naifer Bühel drüben, die Burg 737 Meter, die runde Kuppe gegenüber 827 Meter hoch, eine Weide an der Flanke, Kühe grasen mit Glockengebimmel, zwischen ihnen ein

Pferd – dort drüben also haben die Belagerer ihre Wurfkatapulte aufgebaut, die Bliden. Man suchte hierzu stets einen höhergelegenen Punkt – da ist er. In dieser Richtung sicher auch die stärksten Mauern, die höchsten Verteidigungsanlagen der Burg, die meisten Soldaten. Kuhglockengebimmel, gelegentliches Pferdeschnauben, fast kann man in der Windstille das Grasrupfen der Kühe hören – hier dürfte manches Wortgefecht stattgefunden haben!

Genauere Inspektion des Burggeländes: das noch ziemlich hohe Mauerwerk des Hauptgebäudes. Diese Burg hatte keinen Burgfried, keinen Wohnturm: auf der Rekonstruktionszeichnung ein langgestrecktes Gebäude, eine Zinnenmauer Richtung Etschtal, und in der dicken Ostmauer, lese ich, seien Schießscharten gewesen.

Ich gehe auf dem Sockel dieser Mauer, sie ist gut einen Meter stark. Schaue hinab auf Raumgrundrisse. Gehe hinüber zur Westmauer, setze mich in eine Fensternische, auf eine Steinbank, blicke ins Etschtal. Gehe wieder zum höchsten Punkt dieser nach Süden schräg ansteigenden Kuppe, falte die Karte auseinander, lege sie, eingenordet, auf eine Felsplatte, versuche, mir Belagerung und Ausfall zu vergegenwärtigen.

Zuerst einmal wurden sämtliche Bäume gefällt zwischen Burg und Hügel, auch alle Büsche abgehackt, niedergebrannt: keine Überraschungsangriffe! Und man wird Lebensmittel gelagert, Waffen präpariert haben. Vielleicht recht bald schon das Auftauchen der ersten Belagerungseinheit, dort drüben, wo jetzt die Kühe bimmeln, das Pferd schnaubt. Und es wurde bestimmt ein Sperrriegel gelegt auf dem Weg hinab nach Siebeneich. Die Posten hier bauten sich Hütten, aus Steinen, aus Bäumen, denn solch eine Belagerung dauerte Monate; bei dieser Burg konnte es noch länger werden. Hütten, auch Zelte östlich der Burg, am Weg nach Glaning, hinter der Hügelkuppe. Waren es schon die eigentlichen Belagerer, die Vorbereitungen zum Sturm auf die Burg trafen, oder kam hier erst so etwas wie eine Pioniereinheit?

Der Ausfall, da bin ich sicher, wurde durchgeführt zu einem Zeitpunkt, als der Trupp des Herzogs noch nicht die volle Kampfstärke erreicht hatte. Sonst hätten die Gebrüder Wolkenstein mit ihren paar Mann kaum Chancen gehabt, sie wären zurückgeschlagen oder eingeschlossen und aufgerieben worden.

Ein Ausfall von Belagerten aus einer Burg – hier assoziiert man Filmbilder: das Herausdrängen von berittenen Gewappneten aus einem plötzlich geöffneten Tor, Schreien, Trompeten, Wimpelschwenken, Waffenblitzen, Losgaloppieren, ein Keil wird hineingetrieben in den Ring der Belagerer. Was vor Greifenstein geschah, war eher ein Stoßtruppunternehmen. Wir wissen, aus späteren Dokumenten, wie groß ungefähr die Besatzung der Burg war: etwa zwanzig Mann. Selbst wenn die Wolkensteiner zusätzlich Knechte und Soldaten mitgebracht hatten – mehr als insgesamt dreißig Kämpfer werden es kaum gewesen sein, zu viele Fresser konnte man in der Burg auf längere Zeit nicht durchbringen.

Die drei Wolkensteiner und selbstverständlich die Gebrüder Starkenberg werden mit dem Trupp die Burg durch eine Ausfallpforte (Poterne) verlassen, dann das »obere Plateau« erstürmt haben, um hier in das Feldlager einzudringen und möglichst viele Belagerer niederzumachen, dann den roten Hahn zu setzen auf Zelte und Hütten. Die nächste Aktion war die Zerstörung der Wurfmaschinen und Büchsen, der vielleicht schon vorbereiteten Sturmleitern. Dann vielleicht Rast und Triumph.

Und die Wolkensteiner/Starkenberger zogen am nächsten oder an einem späteren Tag ostwärts auf dem Weg, auf dem die Belagerer sehr wahrscheinlich die Geräte herangeschafft hatten, und von Glaning aus in Richtung Rafenstein (696 Meter), sodann zur Flussebene unterhalb dieser Burg, mehr als 400 Meter tiefer, das »Ried«.

Ich muss mir vergegenwärtigen, dass die größeren Flusstäler bis in neuere Zeit vorwiegend Überschwemmungsgebiete der Flüsse waren: Sümpfe, Auwälder. Reisende früherer Jahrhunderte berichten von »fauligen«, von »bösen Dämpfen«, von »verpesteten Sümpfen«, von fieberkranken Talbewohnern. Straßen, Wege hatten denn auch nicht durch die Talsenken geführt, sondern meist an Hängen entlang, etwa in einer Höhe, wie sie bei Meran die Burg Tirol anzeigt und im Eisacktal die Burg Stein am Ritten und schräg gegenüber die Burg Prösels und weiter nördlich die Burg Aichach und die Trostburg, und im Grödner Tal die Felsenburg Wolkenstein und hier bei Bozen: Raubenstein.

In der Nähe dieser Burg also, im Ried, fand das Scharmützel statt. Dabei wurde von den drei Wolkensteinern vor allem die Armbrust eingesetzt. Diese Fernwaffe gehörte nominell nicht zur Ausrüstung eines Ritters, wurde aber ganz selbstverständlich benutzt.

Die Bolzen, die ich später in einer Ausstellungsvitrine aufgereiht sehe, sie sind etwa daumendick und zwischen dreißig und vierzig Zentimeter lang, sind hinten leicht geflügelt zur Stabilisierung des Flugkurses; auf langer Tülle die massive Eisenspitze. Solch ein Geschoss hatte durchschlagende Wirkung, da half kein Schild, kein Harnisch, kein Helm.

Unseren lieben Gefolgsleuten Michael, Oswald und Leonhard, Gebrüdern von Wolkenstein« wird am 21. April 1424 aus Innsbruck ein Schreiben zugestellt: »Friedrich, von Gottes Gnaden Herzog zu Österreich« lädt sie ein zum Landtag, und zwar am 7. Mai. In den wenigen Zeilen wird der Hauptpunkt der Tagesordnung genannt: Vergehen gegen Land und Leute – »auch von Greiffenstain wegen«. Und, allgemeiner formuliert: Missstände sollen beseitigt, der Friede im Land soll hergestellt werden.

Eher eine Vorladung als eine Einladung. Die Gebrüder werden dankend verzichtet haben, sie konnten damit rechnen, dass ein strenges Urteil über sie gesprochen und die Vollstreckung umgehend eingeleitet wurde.

Dass sie, höchstwahrscheinlich, der Ladung nicht Folge leisteten, wird kaum beigetragen haben zur Entspannung.

Die Herren des militanten Adelsbundes hatten offenbar die Vorstellung, sie würden im Kampf gegen Herzog Friedrich breite Unterstützung finden. Dieser Star war den Herrschaften gestochen worden; der Herzog konnte sich auch jetzt auf seine Bauern und Bürger verlassen.

Militärisch erfolgreich, berief er einen Landtag ein nach Meran, erklärte hier am 30. November 1424 in einer Rede, dass etliche in seinem Lande einen Bund geschlossen hätten, gegen ihn und die »Landschaft« [die institutionelle Repräsentanz der Bevölkerung, der Landstände], dies wissentlich und willentlich, dadurch sei Ihm und den Seinen sowie dem ganzen Land erheblicher Schaden entstanden. Und er betonte, der Bund sei gegen geschriebenes und gesetztes Recht, sei ein Verbrechen, der Bund solle sich auflösen, der Bundesbrief dürfe niemanden mehr binden.

Über diesen Antrag sollten die 72 Räte diskutieren und entscheiden. Neben Hans von Villanders spielte hier eine wichtige Rolle der Bischof von Brixen. Nach dem Vortrag des Herzogs erklärte er, diese Angelegenheit sei zu wichtig, als dass er sich ohne vorhergehende Beratung äußern könne. Er zog sich mit zwanzig Abgeordneten zurück, ließ bei Wiedereröffnung der Plenarsitzung erklären: Nach reiflicher Überlegung habe er erkannt, dass dieser Bund – vor allem, weil er ohne Wissen und Willen des Landesfürsten geschlossen worden war – gegen alle geschriebenen und gesetzten Rechte, ja ein Verbrechen sei, er solle deshalb nicht weiter bestehen, der Bundesbrief müsse herausgegeben werden. Eine Bedingung stellte der Bischof allerdings: Der Herzog müsse die Freiheiten der Landschaft (der Repräsentation der Landstände) bestätigen. Also ein politisches Geschäft. Der Herzog war zu dieser Erklärung bereit, der Landtag nahm seinen Antrag an.

Damit waren die militanten Adligen isoliert. König Sigmund hatte seine Zusage, ihre Aktionen durch Truppen zu unterstützen, auch diesmal nicht gehalten.

Am 17. Dezember geben gut zwei Dutzend Adlige eine feierliche Erklärung ab: Versöhnung mit dem Herzog. Unter anderen sind in der Kapitulationsurkunde genannt: Michael von Wolkenstein von der Trostburg, Kaspar von Gufidaun, Heinrich von Schlandersberg, Konrad von Schlandersberg, Leonhard von Wolkenstein, Parzival von Weineck – Oswalds Schwager.

Diese Herren bekennen, dass sie ein Bündnis geschlossen hatten gegen den durchlauchtigen, hochwohlgeborenen Fürsten Herzog Friedrich, ihren gnädigen Herren, und es werden

Kampfhandlungen erwähnt, »vor Greiffenstein«, im Vinschgau und Inntal, »mit brannt mit angriffen« durch die Adelsbündner. Nun aber kündigen sie ihren Bund auf, das Vergehen wird eingestanden, hier sei indes gerichtet und geschlichtet worden. Man werde sich fürderhin so verhalten, wie man durch den Eid verpflichtet sei. Folgt die vertragsübliche Erklärung, man hege keine bösen Hintergedanken.

Am Schluss wird festgestellt, von der Erklärung seien »ausgenommen« Ulrich und Wilhelm von Starkenberg. Auf Greifenstein hat man noch immer nicht kapituliert – das wird noch Jahre dauern! Nicht einmal erwähnt ist in diesem Schriftsatz Oswald von Wolkenstein: der wird als allerletzter Adliger in Tirol den Kampf aufgeben.

Oswald, der sich mal wieder selbst in die Enge getrieben hat, schickt einen Bitt- und Hilfsbrief an seinen König. Und der antwortet rasch, aber knapp.

»Edler und lieber Gefolgsmann. Dein Brief, den du uns jetzt zugeschickt hast, ist wohlbehalten hier eingetroffen. Du bittest darum, dass Wir an dich denken, wenn der hochgeborene Friedrich, Herzog von Österreich, zu uns kommt. (...) Das wollen wir gerne tun; trage aber bitte Sorge dafür, dass Uns jemand daran erinnert.«

Die subkutane Mitteilung: So wichtig bist Du mir auch nicht mehr, ich habe anderes zu tun, man möge mich bitte rechtzeitig an dein Anliegen erinnern.

Das muss Oswald flau erschienen sein, und so blieb ihm nichts anderes übrig, als seinem Brief persönlich zu folgen. Dies mitten im Winter, unter härtesten Bedingungen.

Was ihn erwartete, war, nach all der Kälte unterwegs, ein kühler Empfang in der Residenz. Ja, Oswald musste seinem Dienstherrn richtiggehend einheizen, ehe der sich aus dem Arbeitsraum herauslocken und zu einem Gespräch bewegen ließ.

Das dürfte recht unergiebig gewesen sein. Sigmund wird darauf hingewiesen haben, dass er für den 15. April einen klärenden

Schiedstermin (»Rechttag gen Wienn«) angeordnet habe in Sachen Herzog Friedrich/Oswald von Wolkenstein.

Für den Berater wird am 14. Februar 1425 ein Geleitbrief (»unser frey vnd sicher geleyt«) ausgefertigt; Gültigkeitsdauer drei Monate.

Es folgt ein Liedtext, der sicherlich während dieser Reise geschrieben (und vorgetragen?) wurde: Kl 55. Es scheint charakteristisch für den Dichter und Komponisten, dass er nicht viel Zeit verstreichen ließ zwischen Ereignis und Umsetzung. Nur so konnten Anspielungen gebührende Resonanz finden, konnten Namen Reflexe auslösen.

Womit mein Schatz mich je beglückt –
ich habe daran arg gewürgt!
Mit manchem Eisenstück voll Rost
setzte sie mich streng auf Kost!
Ich gebe hier nicht alles wieder!
Mich ließ das Glück doch recht im Stich,
seitdem sie mich, o große Qual,
voll Liebe aufzog, Füße an der Stange.
Dazu kam andere Tortur,
der mich die Liebe unterwarf.
Falls sie dafür ein Danklied wünscht,
so wird sie noch ein Weilchen warten müssen!
  Nur wegen ihr
  da leide ich
  in Ungarn hier
  an Flöhen, kinderreich:
  die zwicken mich
  und zwacken mich
  und zippen mich
  und zoppen mich –
  als müsst ich meine Sünden büßen!

In Pressburg vor dem Ofenloch,
da hielt ich mit dem Ebser Rat.
Ja schüren, heizen konnt ich doch –
hab so den König rausgejagt!
Ich machte auf mich aufmerksam.
Er sagte mir: »An deinem Leid
ist die nur schuld, die dich verließ,
weil du nicht richtig aufgespielt.«
Ich gab zur Antwort, ganz naiv:
»Hätt ich nen vollen Sack gehabt,
verstehn Sie, Hoheit, was ich meine,
so hätt ich auf sie zählen können!«
  Nur wegen ihr
  da leide ich
  in Ungarn hier
  an Flöhen, kinderreich:
  die zwicken mich
  und zwacken mich
  und zippen mich
  und zoppen mich –
  als müsst ich meine Sünden büßen!

Ich hoffe, mein Prozess läuft gut –
gäb Herzog Friedrich nur mal nach!
Falls er den Streit doch weiterführt,
so endet dieses Spiel sehr bös.
Sechstausend Gulden fordert er –
die Liebschaft stieße mir sauer auf.
Hätt ich erfüllt, was sie verlangt,
mein Rücken müsste auf der Bank nicht knacken,
in Ungarn hier, in langer Nacht,
wo man statt Kissen Sättel nimmt.
Ein Mann der Liebe sei darauf bedacht:
Er treib es so, dass er als Letzter lacht.

»In Pressburg vor dem Ofenloch«: Hier hatten Oswalds Zuhörer die Situation sicherlich gleich vor Augen. Das Zimmer, in dem der König sich aufhielt, war mit einem Kachelofen beheizt. Der war, wie damals üblich, ein geschlossenes System im Raum des privilegierten Nutzers, wurde von einem Flur oder Vorraum aus geschürt (und gesäubert). So wurde man von Personal nicht gestört, wobei auch immer.

Hier nun: gemeinsam mit (Wilhelm?) Ebser, (der gleichfalls gegen die Hussiten gekämpft hatte), schob Oswald reichlich Brennholz nach, heizte so dem König ein, wortwörtlich, und es wurde im Verlauf einiger Zeit derart knuffig im Zimmer, dass der König herauskam, womöglich mit dickem Kopf und sicherlich auch mit dickem Hals. (Offenbar wurde nicht einfach mal ein Fenster aufgemacht, wenn es im Zimmer zu heiß wurde, es gab noch keine schwenkbaren Fensterflügel, es musste ein mit halbwegs transparenter Folie bespannter Rahmen aus der Fensteröffnung gehoben werden oder ein Rahmen mit schwerem, blasenreichem Fensterglas – da ließ man die kostbare Wärme wohl eher durch die Tür in ein Nebenzimmer oder gleich hinaus auf den Gang.)

Es fand in Vorraum oder Flur eher ein kurzes Geplänkel statt als ein ruhiges Gespräch. Doch dies ist schon Liedtext.

Selbst das halsstarrige, hartnäckige Duo Michael und Oswald zeigt gelegentlich – aber nur erhöhtem Druck nachgebend – so etwas wie Einsehen: Zurück in Tirol überträgt Oswald, gemeinsam mit Michael, der seit mindestens 1418 geplagten und hingehaltenen Schwester Martha (von Liechtenstein) das ihr zustehende Erbteil in Form von landwirtschaftlichen Liegenschaften, und zwar im Gesamtwert von 450 Mark.

Das wird am 15. März 1425 beurkundet (verbrieft) mit einer langen Liste von Pachthöfen, die jeweils soundsoviel Roggen, soundsoviel Gerste, soundsoviel Hühner, soundsoviel Eier und so weiter zu liefern verpflichtet sind – hochgerechnet Einnahmen von 18 Mark jährlich. Immerhin, der Schwester wurde nach Jahren des Gezerres endlich zu ihrem Recht verholfen. Aber nur formell, bloß theoretisch – Oswald wird sich durch das Zugeständnis, durch die Vereinbarung nicht gebunden fühlen.

Wieder einmal und weiterhin zeigt sich die enorme Sturheit, in der sich Oswald und sein Bruder einig waren, einig blieben bei der Behandlung der Schwester: Die kann lange warten! Wie hartnäckig die Hinhaltemanöver waren, dazu ein (chronologisch vorwegnehmender) Hinweis: Noch anno 1430 wird Herzog Friedrich den »getrewen« Oswald dazu verpflichten, die Angelegenheit endlich im Sinne der Schwester zu regeln: »Ich werde nicht gestatten, dass ihr jemand in dieser Angelegenheit mit Winkelzügen komme.«

Auch Martin Jäger wird fortgesetzt Unrecht zugefügt – dies sogar wenige Wochen vor dem Termin des Schiedsgerichts zu Wien! Diplomatisches Verhalten lässt sich dem Wolkensteiner gewiss nicht attestieren. Bis zu seinem Lebensende zeigt sich: Vorhaltungen, Ermahnungen nützen nichts. Wir haben also keinen Anlass, uns im Wolkensteiner etwa des Jahres 1425 einen konziliant gewordenen Grundherrn vorzustellen – rabiat ließ er Bauern des Martin Jäger Gelder und Naturalien abnehmen. Die Schuldforderung des Kontrahenten lag ja fest, höher konnte sie kaum werden; vielleicht hatte sich Oswald vorgenommen, den Raubgewinn der Schuldforderung ein wenig anzugleichen.

Jäger aber hatte offenbar das Gefühl, es gehe ihm an den Kragen. Mit Blick auf den Gerichtstermin stimmte er noch mal seine Klage an: Was mir der Wolkensteiner alles wegnimmt und was er mir antut! Am 31. März 1425 schrieb er aus seinem Wohnsitz Meran:

»Durchlaucht, hochgeborener Fürst, mein gnädiger, lieber Herr, ich entbiete euch wie stets meine untertänigen und dienstwilligen Grüße. (…)

Gnädiger Herr! Ich wäre gern selbst zu Euren Fürstlichen Gnaden geritten, denn die Notwendigkeit dazu ist dringlich; die Gewalt und all das Schlimme, das sie mir angetan haben und weiterhin antun, kann ich Euren Gnaden schlechterdings nicht beschreiben! Weil sie mich derart mittellos gemacht haben und weil ich von ihrer Seite aus an Leib und Leben nicht sicher bin, bitte ich Euer Fürstliche Gnaden: Lasst mich Euren Fürstlichen Gnaden anempfohlen sein, gedenkt der Notlage und Bedrängnis, in der ich mich befinde. Ihr seid mir Eure Hilfe schuldig (wie überhaupt Euren Untertanen, gemäß den Versprechen, die Eure Gnaden vor Land und Leuten gegeben haben), und so habe ich volles Vertrauen zu Euren Gnaden und erwarte, dass mir mein und meiner Frau Besitz zurückgegeben wird, den sie mir mit Gewalt und ohne Recht genommen und vorenthalten haben. (…)

Gnädiger Herr! Hättet Ihr mir den Oswald Wolkensteiner überlassen, so wäre ich von ihm und seinen Brüdern wohl mit einer anderen Regelung auseinandergegangen, die mir den großen, verderblichen Schaden erspart hätte, den ich seither habe hinnehmen müssen.«

Jäger wollte also Dampf machen, schließlich musste endlich mal das Urteil gefällt werden! Mehr als drei Jahre waren bereits seit dem ersten gescheiterten Rechtstag vergangen! Und mehr als ein halbes Jahrhundert dauerte schon sein Streit mit Vater und Sohn Wolkenstein – wie lange sollte das noch so weitergehen?

Oswald hatte zwar einen Schutz- und Geleitbrief für die Reise nach Wien, zum Gerichtstag, doch er ließ ihn verfallen. Nach der Versöhnung zwischen König und Herzog fühlte er sich wohl nicht mehr ausreichend protegiert. Er erschien nicht vor Gericht.

Wahrscheinlich 1424 oder bereits 1423 ließ Oswald seine erste Ausgabe gesammelter Lieder und Liedsätze anlegen; nun, im Frühjahr 1425, wird sie offiziell für abgeschlossen erklärt. »Mit der Jahreszahl tausendvierhundert, im fünfundzwanzigsten Jahr, ist dieses Buch niedergeschrieben und trägt den Titel: Summa des Wolkensteiners.«

Auch hier ist der Wolkensteiner an der Spitze einer Entwicklung: Als erster Dichter und Komponist im deutschen Sprachraum gibt er eine Sammelhandschrift in Auftrag, will damit sein Nachleben sichern.

Wiederholt wird erörtert, wo die »Summa« niedergeschrieben wurde. Sukzessive in der königlichen Kanzlei, somit von verschiedenen Schreibern an verschiedenen Orten …? In der privaten Kanzlei auf Hauenstein, mit fallweise herangezogenen Schreibern …? Im Skriptorium des Klosters Neustift …? In Wien, wo er sich mehrfach aufhielt …?

Wo auch immer erstellt, die Handschrift ist überliefert, zum Glück. Sie liegt in der Österreichischen Nationalbibliothek, Wien. Das Format 37 mal 27 Zentimeter; insgesamt 61 Pergamentblätter; der Ledereinband, rissig und wurmstichig, stammt aus dem 15. Jahrhundert; die Texte sind mit brauner und schwarzer Tinte geschrieben, Notenlinien und technische Anmerkungen mit roter Tinte, die Initialen sind meist blau und rot; auf Blatt 38 das Inhaltsverzeichnis für die ersten 42 Lieder. Starke Gebrauchsspuren.

Vorn eingepasst ein Bild des Wolkensteiners: Ganzfigur vor hellblauem Hintergrund. Deckfarben auf Pergament. Das Gemälde ist leider in sehr schlechtem Zustand, die Bildfläche ist durchzogen von zahllosen Bruchlinien, das Gesicht ist nur schemenhaft erkennbar, als Reproduktionsvorlage ist das Bild nicht mehr geeignet, wir müssen uns, auch in diesem Buch, begnügen mit einer Rekonstruktion des 19. Jahrhunderts. Was sich von der ramponierten Vorlage noch ablesen lässt, hat Hans-Dieter Mück vorformuliert.

Oswald, dargestellt als Adliger, mit den Wappen Wolkenstein und Villanders-Pradell, mit dem aragonesischen Ritterorden des Greifen an der Halskette, mit Pelzmütze und pelzbesetztem, knielangem braunem Rock. So steht er breitbeinig da, die Wappen rechts und links der Unterschenkel. Der statusgerechte Helm mit pompösem Aufsatz ist abgestellt; nun reicht er vom Fußgelenk hinauf bis in Gürtelhöhe.

Oswald, zugleich als Künstler »in Mi-Parti-Strumpfhosen, mit Heroldshorn am Gürtel und mit einer Schelle an der Pelzmütze«. Ich ergänze: beim modischen Mi-Parti ist ein Beinling weiß, der andere dunkelbraun, ist somit abgestimmt auf den Rock.

Oswald, zugleich als Dichter, Komponist und Sänger. Er hält ein Notenblatt hoch mit dem Anfang seines Liedes »Ain anefang an gotlich«. Mit diesem Lied wird auch die Handschrift eingeleitet.

Sie enthält insgesamt 108 Lieder. Mehrere von ihnen sind als Nachträge aufgezeichnet, darunter auch ältere Texte. Der letzte

Eintrag von (etwa) 1441 – zu diesem Zeitpunkt war die zweite Liederhandschrift längst fertig. Für Oswald war die erste Handschrift also keineswegs überholt, als er die zweite anfertigen ließ.

König Sigmund und Herzog Friedrich als Verbündete: für Oswald keine erfreuliche Allianz. Falls der Herzog wieder mal eine Maßnahme gegen ihn ergriff – wie würde sich der König verhalten? Es war durchaus damit zu rechnen, dass der Herzog etwas gegen Oswald unternahm, schließlich war er nicht zum Gerichtstag in Wien erschienen. Wie oft konnte sich der Herzog solchen Affront noch bieten lassen? Musste Oswald mit der Möglichkeit rechnen, dass der Herzog ihn festnehmen ließ? Falls so etwas geschah – würde der König das achselzuckend hinnehmen? Oswald hatte lange genug aus der Nähe beobachten können: Der König war in seinem Verhalten weithin unberechenbar, sprunghaft, von Stimmungen abhängig.

Wieder einmal setzte sich Oswald von Tirol ab in die nahe Grafschaft Görz, setzte die Verwaltung der Burg Neuhaus und des zugehörigen Gerichtsbezirkes fort. So siegelte er Mai 1425 den Verkaufsvertrag eines Bauern zu Gais im Taufterertal.

Weil an der Mühlbacher Klause das Territorium und die Macht von Herzog Friedrich endete, war Neuhaus, wie schon erwähnt, für Oswald ein Refugium, fast eine Stätte des (zeitweiligen) Exils. Er wohnte hier nicht nur als Verwalter, er besaß auch (eine Zeitlang) einen Pfandschein über Neuhaus.

Zur Erinnerung: In Oswalds Schuldnerliste von 1418 war auch ein Hans von Görz aufgeführt. Erst schuldete er Oswald 24, dann 600 Dukaten, schließlich knapp 1000 Gulden. Man war im Hause Görz also nicht immer liquide, musste sogar diese Burg verpfänden. Für den Betrag von 600 Mark wird Oswald die kleine Burg samt Liegenschaften übernommen haben, das heißt: er konnte hier Einkünfte ziehen, bis er das Pfandobjekt an den Verpfänder zurückgeben musste. Bis zur Einlösung konnte man einen Pfandschein an Dritte abtreten. Oswald hatte diesen Pfandschein denn auch als zusätzliche Sicherheitsleistung bei Hans von Villanders hinterlegen müssen. Eigentlich hätte der Verwandte daraufhin Neuhaus übernehmen können, pfandweise, er saß jedoch schon als Verwalter in einer anderen Burg der Herren von Görz.

Die Burg Neuhaus, so habe ich gelesen, ist um 1914 restauriert, ja umgebaut worden: die Burg, zu der ich hinaufgehe, ist also nicht mehr identisch in ihrer Bausubstanz mit der Burg, in der Oswald zeitweise gewohnt hat. Von jener Burg sind nur ein paar Sockelreste erhalten; was heute zu sehen ist: eine Inszenierung des 19. Jahrhunderts.

Aber die Lage! Ähnlichkeiten mit der von Schöneck: Wiesen und reichlich Fichtenwald, auf gleicher Höhe und noch höher hinauf. Ein dominierender Turm, mit spitzem Dach; rot und weiß gestrichene Fensterläden; Querstangen halten sie offen, kein Fallwind oder Steigwind soll sie zuschlagen; ein Erker mit Butzenscheiben; ein rotes Holztor, es ist geschlossen. Keine Tafel mit Hinweisen.

In einem alten Bauernhaus nebenan eine Schänke: ein tonnenartig gemauerter Ofen im Schankraum, Stühle auf den Tischen. Ich erfahre, dass die Burg Privatbesitz ist, keine Besichtigungen. Ich gehe wieder hinaus, in den Biergarten, die Stühle schräg an die Tische gelehnt. Nachsaison, Ende September.

Am Biergarten eine kleine Kirche. Über dem Eingang zwei Terrakotta-Putten, wahrscheinlich aus der Barockzeit, ihre Gesichter verwittert. Die beiden halten eine Schrifttafel: Buchstaben abgeblättert, verwischt. Ich stelle mich ans Geländer neben der Kirche: die Talsohle etwa hundert Meter tiefer. Wiesen- und Waldhänge gegenüber, die Berge sind verhängt: Hochnebel. Gelegentliche Wolkenlöcher zeigen an, dass die Umgebung imposanter ist als bei Schöneck: Felsgrau oberhalb der Vegetationsgrenze.

Die für diese Umgebung kennzeichnenden Bergkonturen, wie Oswald sie gesehen hat, ich sehe sie nicht. Die Burg, die er gesehen hat, wenn er von dort unten heraufritt, von der ist nichts mehr zu sehen. Dennoch: Neuhaus, das ist jetzt mehr für mich als ein Burgzeichen auf einer Landkarte, mehr als ein sich wiederholender Name.

Zu Neuhaus, heute Ortsteil von Gais, kommt ein zweiter Name: »Fraktion« Lanebach.

Im Liedtext, den ich gleich vorstelle, wird ein Abenteuerchen mit einem Mädchen der »Feldgraswirtschaft« besungen. Ort der Begegnung, des Geschehens: ein steiler, wilder Berghang, an einem Lanebach. Diesen Namen hielt ich, wie den gesamten Liedtext, für Fiktion: irgendein Lawinenbach in einer nicht näher lokalisierbaren Bergregion. Bis ich realisierte: Es gibt den Lanebach wirklich, er lässt sich von der Ruine Neuhaus erreichen, bergauf – zu Fuß oder mit dem Auto.

Kleine Siedlung am Berghang. Die Steilheit und Rauheit des Gebiets wird charakterisiert durch einen früher kursierenden Spruch: »In Lanebach stirbt kein Bauer im Bett, den einen nimmt die Lahn [Lawine] mit, den andern erschlagt's Holz, und der dritte verkugelt.«

Die Spielfigur des Liedtextes hätte sich freilich eher vor Lachen, vor Freude überkugelt: Kl 83, ein Lied über das Vogelfangen (und Vögeln). Ein literarisches Spiel mit Sichtverbindung zu einem topographisch genau bestimmbaren Geländepunkt.

Ein Beerenmädchen, frisch, keck, frech,
auf steilem Hang in wilder Höh,
das macht mir Lust, schwellt mir den Kamm
zur Frühlingszeit, wenn sich der Wald
mit hellem Grün belaubt.
Ich laure auf sie wie ein Fuchs,
bin gut versteckt, man hört mich nicht,
späh aus der Staude (duck dich, Luchs!),
bis ich bei ihr ans Braune komm:
auf allen vieren kriechen,
sie nicht verscheuchen …
  Ihr roter Mund, ihr edler Schlund
  ist innen wahrhaft zuckersüß!
  Die Füße klein, die Beine hell,
  die Brüstlein fest. Doch was sie sagt
  und tut, ist reichlich berglerisch!

Der Amsel geh ich an den Balg,
auch mancher hübschen Drossel
hoch oben dort, am Lanebach,
mit einem Kloben, der sie packt,
wenn ich das Schnürchen reiß
in einer Hütte, abgeschirmt
von lecker grünem Laubgeäst.
Sie kommt gleich her, ermuntert mich
mit Übermut und frechem Spaß:
schlüpft durch die Lücke,
macht sich klein …
  Ihr roter Mund, ihr edler Schlund
  ist innen wahrhaft zuckersüß!
  Die Füße klein, die Beine hell,
  die Brüstlein fest. Doch was sie sagt
  und tut, ist reichlich berglerisch!

Sobald mein Vogelfänger steht
und alles gut beisammen ist,
da hört man – heda! – süßes Locken
und bald darauf ein groß Geschnauf.
Die Hübsche hat gut lachen:
sie hat mir abgeschaut die Kunst,
die ich beim Vogeln zeig;
bei mir setzt sie ihr Schlitzholz ein,
mein Piepmatz macht sie allzu scharf.
Das lässt die Hütte krachen:
ich kam zur Sache!
  Ihr roter Mund, ihr edler Schlund
  ist innen wahrhaft zuckersüß!
  Die Füße klein, die Beine hell,
  die Brüstlein fest. Doch was sie sagt
  und tut, ist reichlich berglerisch!

Bei Oswald ist die Bergbauern-Schöne »ain jetterin«. Ein Mädchen also, das Pilze, Kräuter, Beeren, vor allem Futterlaub sammelte. Weil auch Vögel Beeren suchen, habe ich eine doppeldeutige Bezeichnung eingesetzt: »Beerenmädchen«. Ebenso habe ich für den »Kloben«, den heute niemand mehr kennt, die Bezeichnung »Schlitzholz« und »Spaltholz« erfunden: damit ist einerseits das historische Vogelfanginstrument beschrieben, andererseits deutet sich in diesen Bezeichnungen an, worauf sich das Interesse des Vogelfängers versteifte.

Technisch lief Vogelfang so ab: Man baute eine Abschirmung, ein wigwam-ähnliches Ast- und Laubgehäuse, hielt den Kloben hinaus, lockte Vögel an durch Pfiffe auf kleiner Knochenpfeife: oft ein Röhrenknochen, vielfach von der Vogelart, auf deren Fang man sich kaprizierte – Magisches spielt mit.

Sobald sich ein Vogel auf den hinausgehaltenen Kloben setzte, wurde mit einer Schnur das aufgespreizte Fangholz zusammengeklappt, der Vogel wurde am Kopf, am Gefieder oder an den Läufen festgeklemmt, wurde in die Hütte geholt und getötet – rund zwei Dutzend Amseln oder Drosseln brauchte man für die damals sehr beliebte Vogelpastete.

Eine Schwester des Beerenmädchens, der »jetterin«, ist die »graserin« des Liedes Kl 76 – eine Schwester im Fleische.

Graserin: das Wort ist historisch geworden. Graserinnen waren Mägde, die frühmorgens das damals wertvolle, weil rare Futtergras rupften oder mit der Sichel schnitten. So lässt sich »ain graserin« in der Übertragung eigentlich nur umschreiben: »Schneidet Futtergras im kühlen Tau …« Aber da ist »Graserin« knapper und klingt schöner.

Graserin in kühlem Tau,
nackt die Füßchen, weiß und zart,
schuf mir Lust im Erlengrund
mit der Sichel, braun behaart,
als ich half, das Gatter heben,
vor die Öffnung rücken;
hab den Zapfen in der Kerbe

festgepflockt, damit das Kind
keine Angst hat,
dass die Gänslein ihm entwischen.

Als ich sie beim Zäunen sah,
wurde mir die Zeit zu lang,
bis ich ihr denn das Problem
löste zwischen beiden Pfosten.
Hatt das Beilchen mir zuvor
rasch zur Arbeit hochgewichst,
nass und scharf gemacht. So stands.
Harken half ich ihr das Gras.
Zuck nicht, Schätzchen.
»Ha, gewiss nicht, lieber Hansl!«

Als ich abgemäht den Klee,
ihr die Lücke zugerammt,
wünschte sie, dass ich noch mal
Gräser rupf im Unterland.
Rosen würde sie zum Dank
winden, binden mir als Kranz.
»Streichle, striegle mir den Flachs,
kraul ihn, willst du, dass er wachs!«
Allerliebstes Gänselein,
wie herrlich ist dein Schnabelschlund!

Das landwirtschaftlich-sexuelle Doppelspiel ist exakt durchgeführt: Ende April, Anfang Mai ist das Winterfutter verbraucht, man sucht erstes Grünfutter, etwa in den Auen, den meist mit Erlen bestandenen Überschwemmungszonen von Bächen und Flüssen. Auch wird zu dieser Zeit der Austrieb des Stallviehs vorbereitet: Gatter, die im Herbst ausgehängt und an den Zaun gelehnt waren, werden nun wieder eingehängt, dabei wird der Drehzapfen in eine Kerbe gesenkt; auch schließt man nun Durchgänge: drei, vier Stangen werden in ausgestemmte Löcher der Zaunpfähle geschoben.

Etwa Mitte 1425 starb Anna Hausmann, schätzungsweise fünfunddreißig Jahre alt. Arthur von Wolkenstein-Rodenegg, erfahrener Trivialromanautor, formuliert dieses Ereignis in seiner Oswald-Biographie so: »Mit dem Tode dieser Frau sank jenes dämonische Weib ins Grab, welches für Oswalds Schicksal so unheilvoll geworden.«

Die Hausmann ist zum Phantom der Oswald-Sekundärliteratur geworden, zur Femme fatale diverser Oswald-Romane. Je zahlreicher die Fiktionen, desto unwirklicher wurde sie; so ist man fast perplex, wenn ihr Name in Dokumenten auftaucht. Beispielsweise in einem Brief des Landesfürsten vom 25. Juli dieses Jahres.

»Getreuer Wolkensteiner. Was du Uns jetzt geschrieben hast, haben Wir genau zur Kenntnis genommen. Dir dürfte bekannt sein, dass Wir im Auftrag und auf Geheiß des allerdurchlauchtigsten Fürsten, unseres gnädigen Herrn, des Römischen etc. Königs, und des hochgeborenen Fürsten, Unseres lieben Verwandten Herzog Albrecht etc., zum Sonntag Quasimodogeniti einen Rechtstag in Wien anberaumt haben, wegen dir und den Starkenbergern. Wir haben dir einen Schutz- und Geleitbrief ausgestellt und bei Unseren obengenannten Verwandten hinterlegt. Wir haben die Abmachungen gehalten und Unsererseits nicht gebrochen. Ja, Wir haben sogar, auf Bitte Unserer Verwandten, das Stillhalteabkommen nochmals bis heute verlängert und Uns zu anderen Verhandlungsterminen bereit erklärt. Inzwischen aber sind durch die genannten Starkenberger und durch dich verschiedene Übergriffe Uns gegenüber erfolgt und erfolgen noch täglich. Ganz besonders enthältst du Martin Jäger und anderen der Unsrigen das Ihre vor und schädigst sie ohne jedes Recht. Und das Gut, das Wir von der Hausmann eingelöst haben und das Unser Erbe ist, hast du in Besitz genommen; auch anderes, was Wir beanspruchen, behältst du für dich. Über all das haben Wir bisher geschwiegen. Jedermann kann hier erkennen, ob du dich Uns gegenüber so anständig verhältst, wie Wir Uns dir gegenüber verhalten haben.«

Im Nürnberger Wolkenstein-Archiv liegt das Konzept eines Briefs, in dem Oswald die Vorwürfe und Anklagen seines Landesherrn zu entkräften, zu widerlegen versucht. Hier die Übersetzung.

»Durchlaucht, hochgeborener Fürst. Untertänig und willig stehe ich Euren Fürstlichen Gnaden stets zu Diensten. Was mir Eure Fürstliche Gnaden kürzlich geschrieben haben, das habe ich sehr wohl zur Kenntnis genommen. (…)

Bezüglich des Martin Jäger: Hier ist der gesamten Landschaft wohlbekannt, dass ich von Euren Fürstlichen Gnaden zum nächstmöglichen Termin eine Verhandlung vor dem Landtag in Meran erbeten habe, zu der ich auch heute noch gern erscheinen will.

Weiter schreiben mir Eure Fürstliche Gnaden, ich hätte mir die Güter angeeignet, die Ihr als Erbsitz von der Hausmann eingelöst habt. Dazu teile ich Euren Fürstlichen Gnaden mit, dass mir gegenüber weder durch Eure Gnaden noch durch andere je ein Anspruch darauf erhoben worden ist, weder mündlich noch schriftlich, nachdem ich das Gut zu Lebzeiten der Hausmann in meinen Besitz gebracht hatte, mit dem Recht, das man sich einem erklärten Feind gegenüber nehmen darf – aber ich will in diesem Punkt nicht unnötig ausführlich werden.

Da aber nun gemäß dem Wortlaut Eures Schreibens ein Anspruch darauf erhoben wird, so will ich den Euren Fürstlichen Gnaden bereitwillig abtreten; ich wäre dazu längst bereit gewesen, wenn mir Eure Fürstliche Gnaden zu erkennen gegeben hätten, dass ich dies abgeben soll.

Weiter entnehme ich Eurem Schreiben, dass ich vor kurzem, namentlich aber nach der Verständigung, die zwischen meinem allerdurchlauchtigsten gnädigen Herrn, dem Römischen König etc., und Euren Fürstlichen Gnaden zustande gekommen ist, gegen Eure Fürstliche Gnaden gehandelt habe. Davon ist mir nichts bekannt. Ich will meine Schuldlosigkeit unter Beweis stellen, gemäß dem Privileg, das die gesamte Landschaft von Euren Fürstlichen Gnaden und allen Fürsten in Tirol innehat, und bitte Euer Fürstliche Gnaden, in mir künftig den Euren zu sehen.«

Herzog Friedrich versuchte Ende 1425 in neuem Anlauf, den Landfrieden wiederherzustellen, leitete militärische Aktionen ein gegen Adlige, die sich weiterhin aufsässig zeigten – trotz der Loyalitätserklärung vom Dezember 1423.

Der Kampf wurde vor allem um Greifenstein geführt. War die Burg mittlerweile Symbol geworden für den Widerstand gegen Herzog Friedrich? Auch Ende des Jahres 1425 hatte die Mannschaft noch immer nicht kapituliert: demnach blieben Beschießungen ebenso wirkungslos wie Sturmangriffe, die Burg konnte nur ausgehungert werden, aber man hatte auf Greifenstein offenbar reichlich Proviant eingelagert. Hauptmann Ortner, der einige Jahre zuvor den Befehl niedergelegt hatte, er war inzwischen wieder Kommandant.

Ich nehme an, es ist nicht ununterbrochen gekämpft worden – wahrscheinlich geschah wochen- oder monatelang gar nichts. Nun aber, Ende 1425, wurde Friedrich wieder aktiv, wollte die Opposition endgültig niederschlagen, gab entsprechende Erklärungen ab, stieß Drohungen aus an ›bestimmte Adressen‹ – und die Adressaten horchten auf. Januar 1426 unterwarf sich Michael von Wolkenstein formell, wurde daraufhin am 28. Januar wieder als Diener und Rat des Herzogs akkreditiert.

Das machte offensichtlich Eindruck auf Oswald; auch er signalisierte Friedensbereitschaft, wenn auch nur indirekt. Einsicht oder die Angst, der Herzog könnte wirklich mal mit aller Härte durchgreifen?

Anton Noggler hat in einem Aufsatz über *Die Starkenbergische Streitschrift* Oswalds Friedensbemühungen dokumentiert, nach einem Dossier, das die Starkenberger anlegen ließen.

Oswald wandte sich nicht direkt an seinen Landesherrn, obwohl er sich während des Vermittlungsversuchs in dessen Nähe aufhielt: auf der Burg Fragenstein (bei Zirl), dem Sitz seines Schwagers Parzival von Weineck. Der Burgherr, so setze ich voraus, war mit Oswalds Initiative einverstanden. Durch einen Boten schickte Oswald am 11. Februar ein Schreiben an den Bischof von Brixen, der sich zu dieser Zeit am Hof des Herzogs zu Innsbruck aufhielt.

»Hochwürdiger Fürst! Willig und untertänig stehe ich Euer Gnaden stets zu Diensten. Ich habe im Lande erzählen hören, dass Seine Durchlaucht, der hochgeborene Fürst, Herzog Friedrich, Herzog von Österreich etc., mein gnädiger Herr, vor einiger Zeit dem Landtag erklärt habe, er wolle den Streitfall unterbreiten, der sich aus der Feindschaft entwickelte, als es zu einer Konfrontation Seiner Gnaden mit den Starkenbergern gekommen war. Falls es Seine Fürstliche Gnaden nicht verschmähen oder ablehnen, so würde ich mich, mit Seinem Einverständnis, in dieser Angelegenheit gern in voller Loyalität einsetzen, als sein untertäniger, abhängiger Landesbewohner, um Frieden und Ruhe zu schaffen für seine Lande und Leute. Ich hoffe, ich kann meinen Einfluss auf den Starkenberger und auch auf seine Helfer so geltend machen, wie es zum Besten vor allem meines Herrn und auch der Landschaft sein dürfte. Falls Euer Gnaden damit einverstanden sind, könnte ich diese Angelegenheit durchaus meinem gnädigen Herrn von Österreich vortragen. Falls Seine Gnaden darüber verhandeln lassen wollen, so würde ich mich gern zu Seinen Gnaden begeben. Bitte teilt mir durch diesen Boten umgehend mit, was Ihr in dieser Angelegenheit erfahren habt.«

Dieses Schreiben lässt Rückschlüsse zu auf Oswalds Situation: keine direkte Verbindung mehr mit dem Herzog, keine Teilnahme an Sitzungen des Landtags – sonst hätte er die Erklärung des Herzogs ja direkt gehört. Oswald wandte sich an den Bischof in der Hoffnung, es könnte sich ein direktes Gespräch mit dem Herzog ergeben, bot hierzu eine Vorleistung an. Um seine eigene Unterwerfung ging es hier nicht, konnte es in seiner vertrackten Situation auch nicht gehen, aber er wollte offenbar dokumentieren, dass er prinzipiell friedenswillig war.

Noch am selben Tag antwortete der Bischof. »Edler und lieber Gefolgsmann. Wir haben zur Kenntnis genommen, was Ihr Uns geschrieben habt, und haben die Angelegenheit sofort Unserem Herrn von Österreich etc. vorgetragen. Er teilte Uns mit, er habe auf Bitten Unserer und auch Seiner Räte einen Schlichtungstermin angesetzt, den er nicht verschieben wolle. Damit Ihr diesbezüglich informiert seid, sende ich Euch in der Anlage dieses Briefes eine

Abschrift; unter Bezug auf sie könnt Ihr mit dem von Starkenberg verhandeln, oder tut sonst, was Ihr Förderliches in dieser Sache erreichen könnt, damit die Angelegenheit zu einem guten Ende kommt. Dabei wollen Wir Euch gern mit ganzer Kraft helfen.«

Kein Wort davon, dass der Herzog an einer Besprechung mit Oswald interessiert sei. Der Vermittlungsversuch wurde zwar akzeptiert, Oswald wurden Unterlagen zur Verfügung gestellt, sonst aber demonstrierte der Herzog Zurückhaltung. Wahrscheinlich war Friedrich in diesem Fall auf Oswalds Vermittlung angewiesen: nur er wusste, wie man an die Starkenberger, zumindest, wie man an Wilhelm herankam.

Noch an diesem 11. Februar 1426 schrieb Oswald an Jörg von Tor, einen Freund der Starkenberger: drei Vermittler also zwischen dem Herzog und den rebellischen Starkenbergern!

»Ich bitte dich als Freund, den Vorgang und die Willenskundgebung, wie sie hiermit schriftlich vorliegen, Wilhelm von Starkenberg zu unterbreiten und dich darüber mit ihm und seinen Herren und seinem Anhang zu besprechen und zu beraten. Übermittle mir bitte in einer schriftlichen Antwort durch diesen meinen Boten, wie Ihr in dieser Angelegenheit denkt und wie Ihr Euch verhalten werdet. Das will ich dann wieder dem Rat meines gnädigen Herrn von Österreich vortragen oder wahrscheinlich sogar ihm selber. Ich will alles, soweit es in meinen Kräften steht, tun, um die Sache zu einem guten Abschluss zu bringen. Es scheint mir überdies ratsam, dass Wilhelm von Starkenberg und du in der nächsten Zeit zusammenkommt, sei es in München, sei es auf Hornstein oder anderswo; dies für den Fall, dass ich, aufgrund der Antwort, die Ihr mir auf dieses Schreiben geben werdet, selber komme oder einen Boten schicke; ich müsste Euch dann in erreichbarer Nähe finden. Ich rechne damit, dass in dieser Sache wahrscheinlich weitere Verhandlungen und Aktionen nötig sein werden, damit es überhaupt zu einer Verständigung und Einigung kommt; ich will dazu alles tun, was in meiner Kraft und in meinem Vermögen liegt. Wenn du es wünschst, so kannst du diesen meinen Diener Ulrich so lange bei dir behalten, bis du mir deine und Wilhelm von Starkenbergs Willensäußerung schriftlich übermitteln kannst. Beeile dich, so gut es geht, denn alle Räte und die Landschaft sind sehr bereit, an einer Friedensregelung mitzuwirken.«

Dieser Brief erreichte Wilhelm von Starkenberg; er schickte am 28. Februar ein Schreiben an Oswald. Er habe sich seinen Brief angehört, habe auch die Anlagen zur Kenntnis genommen; nach dem Rat seiner Herren und Freunde scheine es ihm aber nicht richtig, den angesetzten Schlichtungstermin wahrzunehmen. Der Starkenberger schlug aber sogleich einen anderen, etwas späteren Termin vor, den 7. April. Und betonte, ihm liege sehr an einer Versöhnung mit dem Herzog; er bat um freies und sicheres Geleit für die Anreise zum Rechtstag sowie für die Rückreise.

Abschließend heißt es in seinem Brief: »Lieber Freund, ich bitte dich, die Sache unverzüglich meinem Herrn, Herzog Friedrich von Österreich etc., vorzutragen und dich mit Unterstützung der oben genannten Fürsten, Herren, Ritter, Knechte und gerichtsfähigen Personen diesbezüglich einzusetzen und keinerlei Mühe zu scheuen, damit die Zwistigkeiten und Streitereien beendet werden und ich und mein Bruder, falls er noch lebt, sowie seine Kinder wieder die Gnade meines Herrn von Österreich genießen können und er uns wieder ein gnädiger Herr und Fürst wird. In dieser Sache bin ich bereit, mich zukünftig als loyaler Untertan und als abhängiger Untergebener um Seine Fürstliche Gnaden mit Leib und Gut nachdrücklich verdient zu machen.«

Der Kontakt mit dem Bruder war zu dieser Zeit offenbar abgerissen. Ich schließe daraus, dass Wilhelm wirklich nur aus technischen Gründen um Aufschub bat. Oswalds Vermittlungsversuch schien (vorerst) erfolgreich; zumindest einer der beiden Starkenberger zeigte Friedensbereitschaft. Das wird sich rasch herumgesprochen haben unter den wenigen Adligen, die noch immer nicht die Opposition gegen Herzog Friedrich aufgegeben hatten.

Am 3. April folgte Leonhard dem Beispiel seines Bruders Michael, auch er wurde rehabilitiert. Der Pfarrer von Kastelruth sorgte nun sogleich dafür, dass Leonhard, der zu dieser Zeit krank war, vom Kirchenbann des Bischofs von Brixen befreit wurde.

Margarete übertrug im April 1426 Oswald ihren Anteil am väterlichen Erbe. Das setzt voraus: die Heimsteuer war von der Familie zu Schwangau noch immer nicht ausgezahlt worden! Eine Auszahlung wäre zwingend verbunden mit einem Verzicht auf die Teilhabe am Erbe.

Ich stelle die Überschreibungs-Urkunde (aus Bruneck) vor; einmal, weil sie eine der wenigen Urkunden von Oswalds Frau ist; zum anderen, weil sich am Schluss eine höchst irritierende Pointe ergibt.

Den Anfang raffe ich – zu viele Rechtsformeln, die für uns nicht weiter relevant sind. »Ich, Margarete von Wolkenstein, geborene Schwangau, gebe für mich und meine Erben mit vorliegender Urkunde öffentlich allen bekannt, denen sie vorgelesen wird oder die sie sehen, dass ich – im vollen Besitz meiner Gesundheit und meiner geistigen Fähigkeiten – aus eigenem Antrieb alle meine Rechte, Forderungen und Ansprüche, die ich von meinem lieben verstorbenen Vater Ulrich von Schwangau geerbt habe und die ich noch zukünftig erhalten mag, seien es Häuser, Burgen, herrschaftliche Güter, Eigenbesitzungen, Lehen, Zölle, Wildbann, Fischwaid, Leute und Güter, mobiler und immobiler Besitz, Barschaften, dass ich all dies dem Ritter, meinem lieben Gemahl, Oswald von Wolkenstein vermacht habe, damit er sie zu Lebzeiten nutznieße, wie es zu seinem Lebensunterhalt notwendig ist.« Ein Widerruf sei ausgeschlossen. Es folgen Bestimmungen für den Fall, dass Oswald vor ihr stirbt, und für ihren eigenen Todesfall – von Juristen formulierte Textpassagen.

Und nun die Überraschung! Am Schluss des Dokumentes heißt es: »Auf mein fleißiges Bitten hin« wurde die Urkunde versehen »mit den anhängenden Siegeln des Ritters Hans von Villanders und danach des Ritters Heinrich von Liechtenstein«.

Dass Margarete ausgerechnet Hans von Villanders darum bat, (zusammen mit einem anderen Verwandten) eine Aufgabe zu übernehmen, die heute Notaren zusteht, das will mir nicht in den Kopf. Wollte man diesem Vampir zeigen, dass man, bitte sehr, durchaus noch Reserven hatte? Zu erwarten wäre eher, dass man ihm die Überschreibung verschwieg, damit er nicht gleich wieder neue

Forderungen ausheckte. Margarete wird kaum gegen den Willen ihres Mannes gehandelt haben – sie wollte ihm ja helfen. Und es gab genügend andere Adlige, die in solch einem Fall siegeln konnten – in Bruneck beispielsweise die Gufidauner. Warum nun ausgerechnet Hans von Villanders?

Im Sommer des Jahres 1426 wurde Oswald von Pfalzgraf Ludwig aufgefordert, ihn auf der Pilgerreise ins Heilige Land zu begleiten.

Oswald, in prekärer politischer und persönlicher Situation, sagte höflich ab. Sein Brief an Ludwig ist im Konzept erhalten. Der Schluss des Schreibens lautete: »Gegeben zu Neuhaus, am 19. August 1426. Und helfe mir der allmächtige Gott und das Heilige Grab, in dem Gott selber gelegen hat, dass Eure Fürstliche Gnaden fröhlich und glücklich und gesund wieder heimkehren. Dieser Wunsch, Euer Gnaden, ist ganz ehrlich gemeint.

Gnädiger Fürst! Eure Fürstliche Gnaden mögen sich im Heiligen Land, wo Gott Eure Gesundheit erhalten möge, ordentlich vorsehen, dass Euer Gnaden nicht auffallen und angezeigt werden. Dem Sultan und seinen Befehlshabern ist in ganz Syrien nicht zu trauen; sie werden sich bei einem Fürsten, der nicht mehr inkognito ist, weder an die Immunität noch an einen Geleitbrief halten.

Könntet Ihr eine eigene, gut gebaute Galeere nehmen, so scheint mir das ratsamer, als auf einem Handelsschiff zu reisen. Auch wäre es standesgemäßer und sicherer und komfortabler und auch gesünder auf der ganzen Reise. Weiter sollten Eure Gnaden sich nicht dazu überreden lassen, zum Jordan oder nach Jericho zu reisen, denn dort liegen viele gaunerische Heiden auf der Lauer, um Christen zu überfallen und zu ermorden. Mit denen halten es heimlich die Dolmetscher und die Begleiter. Nach Bethlehem freilich ist der Weg sicherer. Aber wenn Ihr die Heiligen Stätten zu Jerusalem besuchen werdet, so sollten Eure Gnaden sich ebenfalls vorsehen und dies ganz besonders im Tal zu Josaphat, in dem Unsere Liebe Frau begraben ist.

Oswald von Wolkenstein«

Wahrscheinlich im Herbst desselben Jahres ist ein Schreiben anzusetzen, das leider unadressiert und undatiert ist: Oswald wehrt sich dagegen, das Pfandobjekt Neuhaus wieder zurückzugeben. Dieser Brief kann nur an einen Grafen von Görz gerichtet sein.

Waren die Besitzer nun wieder zahlungsfähig, wollten die Burg einlösen? Oder gab es politische Motive: Keine Schwierigkeiten kriegen mit dem mächtigen Nachbarn Friedrich? Konnte der Herzog es den Görzern nicht eventuell verübeln, dass sie dem Rechtsbrecher, dem ›Landesverräter‹ Asyl gewährten? Wenn Oswald pfandweise die Burg Neuhaus besaß, so konnten sie ihn nicht einfach rauswerfen. In solch einem Fall musste man die Pfandverschreibung zurückkaufen. Dagegen wehrte sich Oswald.

»Hochwohlgeboren! Mit untertänigem, willigem Dienst stehe ich Euer Gnaden allzeit zur Verfügung.

Bezüglich der Einlösung von Neuhaus haben sich Euer Gnaden kürzlich in schriftlicher Form auf etwas unklare Weise geäußert, in der Öffentlichkeit jedoch verlautet, dass Euer Fürstliche Gnaden mit Entschiedenheit die Einlösung wünschen.

Nun ist meine Lage so, dass ich derzeit mit Leben und Besitz nicht mehr sicher bin vor meinem Herrn von Österreich; auch ist mein Geleitbrief mit dem vergangenen St. Georgstag erloschen. Ich bitte Euer Fürstliche Gnaden, mir von der Urkunde, die Euer Gnaden von mir noch in Besitz haben, möglichst rasch eine Abschrift schicken zu lassen, aus der hervorgeht, ob ich nach dem Wortlaut des Dokumentes zur Rückgabe des Pfandes zu diesem Zeitpunkt überhaupt noch verpflichtet bin. Ich werde mich in diesem Fall danach zu richten wissen, um mein Leben und meinen Besitz so in Sicherheit zu bringen, dass mir nichts Abträgliches widerfährt. Sollten Euer Fürstliche Gnaden mich hier im Stich lassen und sollte durch meinen Herrn von Österreich ein Übergriff auf mein Leben und meinen Besitz erfolgen, so hätte ich das von Euren Fürstlichen Gnaden nicht verdient, und darum, gnädiger Herr, verhaltet Euch mir gegenüber so, wie es meinem Vertrauen und meinen Verdiensten gegenüber Euer Gnaden entspricht.«

Die Einlösung setzte voraus, dass Oswald überhaupt erst wieder über die Pfandverschreibung verfügen konnte. Hätte er Hans von Villanders gebeten, ihm die Urkunde wieder auszuhändigen, so hätte der Vetter wohl sofort den Gegenwert in bar verlangt, als weitere Sicherheitsleistung. Also suchte Oswald nach einer rechtlichen Möglichkeit, die Einlösung zu verhindern: gab es eine Frist, nach der er nicht mehr verpflichtet war, das Pfand zurückzugeben? Selbst wenn diese Chance nur gering war – er wollte zumindest Zeit gewinnen.

Doch die Zeit arbeitete gegen ihn: sein Antrag auf Verlängerung der Amtszeit als Verwalter der Burg wurde nicht erfüllt, er musste das Refugium verlassen – Ende eines Asyls auf Raten. Und die Schutzfrist durch den Geleitbrief war abgelaufen. Oswald, in die Enge getrieben, sah sich zur Rückkehr nach Tirol gezwungen. Last Exit: Ratzes am Schlern.

Der Winter 1426/27 war für Oswald offenbar deprimierend. Alle anderen Mitglieder der Adelsgruppe hatten sich mittlerweile mit dem Herzog versöhnt, versöhnen müssen, er aber war isoliert, politisch, vielleicht auch gesellschaftlich – manchem, der sich erneut mit dem Landesherrn arrangiert hatte, mochte der Umgang mit ihm für die nächste Zeit nicht opportun erscheinen.

Die Lage mies, die Aussichten düster, dazu noch Winter – in dieser Situation dichtete Oswald einen seiner bedeutendsten Liedtexte: Kl 44.

Durch Berberei, Arabia,
Armenia nach Persia,
durch Tatarei nach Syria,
durch Romanei ins Türkenreich,
Kaukasia –
die Sprünge kann ich längst vergessen!
Durch Preußen, Russland, Eiffenland,
nach Litaun, Livland und zur Nehrung,
nach Schweden, Dänemark, Brabant,
durch Flandern, Frankreich, Engeland

und Schottenland –
so hoch gehts nicht mehr raus!
Durch Aragón, Kastilien,
Granada und Navarra,
von Portugal und von León
hinaus zum Cabo Finisterre,
durch die Provence bis nach Marseille –
in Ratzes vor dem Schlern,
da sitz ich fest, im Ehestand,
da mehre ich mein Missvergnügen
höchst verdrossen,
auf einem Felsklotz, rund und steil,
von dichtem Wald umschlossen.
Ich seh hier zahllos, Tag um Tag:
nur Berge, riesig, Täler tief,
Gestein, Gestrüpp, Stubben, Schneestangen.
Und noch etwas bedrückt mich hier:
das Brüllen kleiner Kinder
betäubt mir längst die Ohren
und wird sie bald durchbohren.

Was mir an Ehrung ward zuteil
von Fürsten, all den Königinnen,
und was ich so an Schönem sah,
das büß ich ab in diesem Bau.
Mein Unheil hier –
es zieht sich lange hin!
Ich bräuchte sehr viel Mutterwitz:
muss täglich sorgen für das Brot!
Dazu werd ich noch oft bedroht.
Kein rotes Mündlein tröstet mich!
Die früher auf mich hörten,
sie lassen mich im Stich.
Wohin ich schau: es stößt der Blick
auf Schlacke all der Herrlichkeit.
Kein feiner Umgang mehr, stattdes:

nur Kälber, Geißen, Böcke, Rinder
und grobe Leute, hässlich, schwarz,
im Winter ganz verrotzt.
Die stimmen froh wie Sackwein, Läuse …
Im Koller treib ich meine Kinder
oft mit Schlägen vor mir her.
Da kommt die Mutter angewetzt,
beginnt sogleich zu zetern.
Gäb sie mir eines mit der Faust,
ich müsst auch das erdulden!
Sie schreit: »Die Kinder hast du ja
fladenflach geschlagen!«
Vor ihrem Zorne graust mir sehr,
ich spür ihn wahrlich oft genug,
scharf, mit Scheiten!

An Unterhaltung fehlts mir nicht:
viel Eselschreien, Pfauenkreischen –
davon hab ich die Nase voll!
Mir tost der Bach mit Hurlahei
den Kopf entzwei –
er ist schon völlig wund!
So schlepp ich meine Last …
Nur Sorgen täglich, schlechte Nachricht,
davon wird Hauenstein nicht leer!
Ja, könnte ich das gütlich schlichten!
Oder, wenn mir einer hülfe –
ewig wäre ich ihm dankbar.
Mein Landesfürst ist bös auf mich,
weil schlechte Menschen mich nicht mögen,
mein Dienst ist ihm nun unerwünscht:
das ärgert mich und schadet mir.
Mich hat ja sonst – auf Ehrenwort! –
kein Fürstenhaus geschädigt
an Leib und Gut, an Ehre, Renommee
in Dero Herrlichkeit,

im Fürstenglanz!
Dem Freundeskreis bin ich verhasst
ganz ohne Grund; das macht mich grau.
So bitte ich denn jedermann,
den Noblen wie den Weisen,
und all die edlen, hohen Fürsten,
die sich so gerne preisen lassen,
dass sie mich armen Wolkenstein
von Wölfen nicht vertreiben,
gar zerreißen lassen.

Nach diesem Liedtext hatte ich mir eine erste, skizzenhafte, sicherlich etwas naive Vorstellung von Oswald gemacht; dieser Text als Impuls, mich genauer über Oswald von Wolkenstein zu informieren und, irgendwann einmal, über ihn zu schreiben.

Bewunderung! Allein schon ein Wort wie »sneestangen« – es hatte mich beim ersten Lesen überrascht, die Schneestangen waren seither in meiner Erinnerung stecken geblieben: »Gestein, Gestrüpp, Stubben, Schneestangen« sieht er, sieht sie täglich: »Gestein, Gestrüpp, Stubben, Schneestangen« – kein literarisches Muster wirkt ein auf diese Beobachtung, diese Benennung, hier wurde eine neue Marke gesetzt.

Und das Treiben in der Burg? Stilisierung hin, Stilisierung her – hier kommt Autobiographisches zur Sprache. Der Burgherr, der in der engen, düsteren, kalten Behausung den Rappel kriegt, den Koller, der durchdreht, auf die Kinder losgeht – Assoziationen hier an »cabin fever«, von Polarforschern artikuliert, dokumentiert: In der Enge des Winterbaus knallt es schon mal unter Männern, die zu eng und zu lang beisammenleben.

Ebenso im Spielraum der Wahrscheinlichkeit: die Intervention der Ehefrau. Ich weiß, hier zeigt sich der literarische Topos vom bösen Eheweib. Zugleich aber zeigt sich hier Margarete von Schwangau: Die Frau an der Seite des Raubeins musste offenbar schon mal energisch, sehr energisch werden. Ein gleichsam doppelt belichtetes Bild. Oder: Fiktives und Faktisches als Amalgam.

Oswalds familieninternes Publikum dürfte beim Liedvortrag

etwa so reagiert haben: Typisch Schwangauer Clan, die sind ja bekannt, beinah berüchtigt dafür, dass sie Familienfehden handgreiflich austragen, denen mussten schon mal per Schiedsspruch Körperstrafen angedroht werden für den Fall, dass sie weiterhin aufeinander losgehn. Also, die liebe Gret wird böse, interveniert als Racheengel, ein (Brenn)Holzscheit schwingend.

In diesem SOS aus Hauenstein geht Oswald entschieden über literarische Artikulationen seiner Zeit hinaus.

Zwei Stichworte stellen sich hier ein: Produktion und Rezeption. Zum ersten: bei vielen Liedtexten habe ich den Eindruck, sie wurden »al fresco« geschrieben, gedichtet. Hier denn: das Hauensteinlied dürfte auf Hauenstein entstanden sein. Aktuelle Anspielungen suggerieren das.

Zum zweiten Stichwort, wieder einmal aufgegriffen: die Zuhörer. Dieses Lied wurde sicherlich in einem Kreis vorgetragen, der auf Details und Namen reagieren konnte. Bereits in Bozen, erst recht in Innsbruck hätte man mit dem Namen eines Weilers wie »Ratzes« nichts anfangen können, der Schlern wäre dort auch nicht weiter bekannt gewesen, es gab noch keine Wanderer, die Namen von Bergen kannten und behielten – im Gegenteil, man hasste die Alpen, sie waren ungeheuerliche Verkehrshindernisse. Eine Burg namens Hauenstein am Fuße des Schlern war also nur in der näheren Umgebung der Lokalität bekannt.

Und die persönliche Situation des Dichters, Tonsetzers, Sängers? Sie wäre schon für Zuhörer in Meran kommentarbedürftig gewesen. Oswald sang aber keine Fußnoten und Randbemerkungen mit.

Also: Noch in diesem ›Winter des Missvergnügens‹ dürfte er das Hauenstein-Lied einem kleinen Publikum vorgetragen haben – etwa der Familie und Besuchern aus Brixen oder Neustift. Dieser Innere Kreis dürfte sich eher auf der Trostburg als auf Hauenstein eingefunden haben – ein wenig Distanz zum Ort des traurigen Geschehens?

Den folgenden Liedtext rücke ich ein, weil er in den Kontext dieser eher niederdrückenden Lebensphase passt. Und gleich meine notorische Vorbehaltsklausel: Mit dieser Positionierung soll nicht suggeriert werden, der folgende Liedtext sei in diesem Zeitraum entstanden. Was allerdings auch nicht ausgeschlossen werden kann.

Hier nun des Wolkensteiners Klagelied über die Falschheit der Welt, über die Eitelkeit menschlichen Treibens – auch des eigenen. Bei diesem Liedtext (Kl 11) stellen sich anachronistische Assoziationen ein an eine spätere literarische Epoche: Dichtungen des Barock mit den fast stereotypen Klagen über die Eitelkeit und Vergänglichkeit alles Irdischen – vanitas … memento mori …

O schnöde Welt –
wie lange mich auch Leib und Gut mit dir verbinden,
ich sehe nur, dass du ganz nichtig bist
in Worten, Taten und Verhalten.
Du bist so unbeständig,
dass ich dich vorn und hinten nicht versteh!
Mit Lug und Trug
kannst du allein entgelten;
mit Mühe, Mühsal, großer Last,
mit Winkelzügen, Tücke
machst du den Weg zur Hölle kurz.
Darüber klagt, ihr tumben Frauen, Männer!
Wir streben täglich, Tag und Nacht,
nach Ansehn und Besitz –
erreichen wir, was wir gewünscht,
so haben wir zuletzt nicht mehr
als magre Speise, dünnes Kleid –
und was an guten Taten droben für uns spricht.

So mancher sagt,
er wäre mir für immer treu verbunden,
er diene mir mit Leib und Gut,
das würde sich nicht ändern …

Doch käme ich als armer Mann zu ihm,
da wünschte er, ich wäre, wo der Pfeffer wächst!
Zu Adams Kindern
darf man nicht viel Vertrauen haben,
nur *einem* soll man dienen: Gott.
Die Welt besteht aus Dreck.
Drum wende dich mit Grauen ab
und hoff auf Den, Der Hilfe bringen kann.
Manch guter Mann, er tut mir leid,
und ich mir selber auch,
weil man doch nicht erkennt,
dass wie ein Rauch vergeht,
was man so angestrengt der Welt zu Diensten tut.
Wo ist der Lohn, wenn es mal heißt: Nun ist er tot?

Kein ärmres Tier
hab ich gefunden unter allen Kreaturen,
als eines, das dem Hofe dient.
Mit Haut und Haar verkauft man sich
an seinen Herrn für kleinen Lohn –
das tät ein Esel nicht, und wär er frei!
Reit, schlag und stich,
stiehl, raub und brenn und schone nicht die Menschen,
nimm Ross und Wagen, Huhn und Hahn,
zeig keine Rücksicht mehr –
du weißt, dein Herr hat Spaß an dir,
wenn er dich sieht bei solchem Treiben.
Ja, lauf ihm nach und wart auf ihn,
(vor allem: ist er Fürst!)
schau ständig nach ihm aus, umdiene ihn,
damit er dich bemerkt;
und falls er huldvoll mal ein Wörtlein sagt,
so nimm es als Geschenk des Himmels!

Ihr Vögelchen
und auch ihr andren Tiere, wild und zahm,

ihr zeigt die wahre Liebe:
Gleich und Gleich gesellt sich gern,
ein jedes Männchen hat sein Weibchen,
wenn Not ist, helft ihr gegenseitig.
Hingegen meine Freunde –
ich würd vor ihnen krumm und lahm,
eh mich mal einer unterstützte.
Auch wenn man selber nichts verliert,
um mich noch ganz gesund zu machen –
ich würde eher wie der Schnee vergehn!
Die Liebe, die ein Mensch dem anderen erweist,
sie wär ein Nichts,
gäb es nicht Aussicht auf Geschenke
und Hoffnung auf Besitz.
Dem eignen Kind wär ich zu viel,
wenn es auf Dauer keinen Nutzen von mir hätte.

Und könnte ich
mir ganz nach Lust, recht wie es mir gefällt,
das Leben selbst gestalten,
mit allem Philosophenwissen –
ich könnte es nicht richtig planen,
ich wär auf Dauer unzufrieden.
Was hilft denn meine Gier
nach viel Besitz, gesellschaftlichem Rang,
was hilft mir Silber oder Gold,
was hilft die Frauenliebe,
wenn Weltlust rasch entwertet wird,
und ich längst weiß, dass ich bald sterben muss.
Mach nur Turniere, lauf, tanz, spring
auf einem weiten Platz,
sorg nur für Kurzweil, Hofplaisir,
mach Sprünge wie die Katz –
sobald der Spaß vorüber ist,
geh noch mal hin: da ist die Stätte öd.

Mich wundert sehr,
dass wir so fest auf diese Erde bauen
und sehn genau, wie es vergeht.
Wo sind denn meine Freunde und Gefährten?
Wo meine Eltern und die Ahnen?
Wo sind wir alle denn in grad mal hundert Jahren?
Mich wundert außerdem,
dass ich nie loskam von der Herrin,
die mich so lang betrogen hat
und mir nur Unglück brachte;
mich hat mein tumber Sinn verblendet,
ich sah nicht, dass sie mir gefährlich war.
Wir türmen hohle Räume auf
an Häusern, schönen Burgen –
dabei reicht schlichtes Mauerwerk,
das wird uns überdauern.
Hör, Bruder, Schwester, arm und reich:
Bau nur auf Den, Der dich auf ewig schützt.

Ist es nicht das alte Lied: Dass sich jemand einsichtig äußert und uneinsichtig verhält? Dass einer moralische Erwägungen anstellt und unmoralische Handlungen vollführt? Nähme man den Autor dieses Liedtextes beim Wort, so müsste er sich wundersam verwandelt haben: als hätte er, sich durchschauend, sein rücksichtsloses Besitzstreben aufgegeben – einer, der weise wird. Oswalds künftiges Verhalten lässt auf solche Selbstläuterung jedoch nicht schließen. Hat er also literarisch geheuchelt? Oder gab es bei ihm zumindest Ansätze zur Einsicht? Wie auch immer: ein großartiger Text!

Am 27. November 1426 hatte Wilhelm von Starkenberg offiziell den Kampf gegen den Herzog aufgegeben: Die dreijährige Belagerung der Burg Greifenstein war beendet.

Drei Tage nach dem Starkenberger unterwarfen sich auch die Brüder von Spaur dem Landesfürsten. Der wollte endlich auch den

Fall Oswald von Wolkenstein zum Abschluss bringen. Am 22. Februar 1427 schickte er »Unserem lieben Gefolgsmann Oswald Wolkenstein« eine Vorladung zum nächsten Landtag in Bozen, angesetzt auf den 16. März. Auch dieses Schreiben hatte ich als Original vor mir liegen im Nürnberger Wolkenstein-Archiv, und ich machte mir bewusst: Nun halte ich in den Händen, was Oswald in den Händen gehalten hatte.

»Lieber Gefolgsmann. Wir erteilen hiermit allen Unseren Rittern und Knechten der allgemeinen Landschaft die schriftliche Anweisung, sich zum kommenden Sonntag Reminiscere in Bozen einzufinden, wohin Wir Uns selbst begeben oder einen bevollmächtigten Rat schicken werden. Es geht um verschiedene Vorgänge und Missstände, die Unsere Lande und Leute erheblich belasten. Wir legen dir auf das Dringlichste nah, dich zum genannten Termin ebenfalls dorthin zu begeben und dabei mitzuhelfen, jenen Missständen ein Ende zu setzen, sowie eine Regelung zu treffen, mit der Wir und Land und Leute Friede und Ruhe erlangen. Unterlasse es nicht! Dies ist Unser Wille.«

Ungefähr gleichzeitig mit dieser Vorladung wird auf Hauenstein die Nachricht eingetroffen sein, dass Parzival von Weineck dem Herzog die Burg Fragenstein (samt Ländereien) verkaufen und Urfehde schwören musste. So verlor Oswalds Schwager Statussymbol und Aktionsbasis.

Oswald war damit der Allerletzte, der mit dem Herzog noch nicht Frieden geschlossen hatte. Die Schlüsselrolle, die er in den vergangenen zehn Jahren gespielt hatte, war der »Landschaft« bekannt – würde Friedrich in seinem Fall eine exemplarische Unterwerfung fordern, vor Herren des Landes? Womöglich in dem Stil, in dem König Sigmund in Konstanz ein Exempel an Herzog Friedrich statuiert hatte?

Oswald floh, wie er schreibt, Richtung Wasserburg. Welches Wasserburg könnte gemeint sein? Das Städtchen auf der Halbinsel im Bodensee? Das Städtchen auf der Halbinsel in der Schleife des Inn? Wasserburg/Bodensee: lockte Schwaben? Wasserburg/Inn: wollte er zu seinem König reiten? Bei Wasserburg hier oder dort wurde er festgenommen, wurde nach Innsbruck eskortiert und in der Burg Vellenberg eingesperrt, dem damaligen Landesgefängnis.

Götzens, Ortsteil Vellenberg: eine Hügelkuppe, ein ausgebauter Turmstumpf, ein Dach aufgesetzt. Die Burg Vellenberg muss zwei Türme gehabt haben – ist der zweite Turm spurlos verschwunden? Aber wo hätte auf dieser Graskuppe ein zweiter Turm stehen können?

Auf der Kuppe umherschlendern, über das Inntal hinweg zur Nordkette schauen, vor der Segelflieger kreisen; am Sockel dieser Bergkette, etwa auf gleicher Höhe: Zirl, die Burg Fragenstein. Wo aber sind hier nun die Reste von Vellenberg?

Am Nordrand des Hügels eine halb eingefallene Kuppel. Ein Pfad, der hinunterführt. Hohes, graues Gemäuer. Ein Kellereingang: steil, keine Stufen, nur Geröll und Sand. Etwas oberhalb zwei Räume: Fensternischen nach Norden, kein Kamin – hier muss es im Winter sehr kalt gewesen sein. Hinuntersteigen, dicht am Gemäuer entlanggehen: Vellenberg als Mauermasse, hineingeschoben in einen Hügel. Am Ostende des Ruinenkomplexes die Hügelflanke hochklettern, Äste packend: wieder, nun von der anderen Seite her, die beiden Räume mit den Fensternischen nordwärts. War Oswald hier eingesperrt? Oder in einem der Kellerräume mit Luftschlitz?

In Bescheid, Spruch, Begründung des Bundesdenkmalamtes Wien, das Vellenberg unter Schutz stellte, lese ich später, dass die Burg in der Tat zwei Türme besaß, dass die Grundmauern eines der Türme im »heutigen kleinen Wohnhaus stecken«, dass ein Mauerzug im südlichen Teil »schön geschichtetes Mauerwerk der ältesten Anlage« zeigt, lese: Zwinger … Rondellrest … Futtermauern … Futtermauerreste … Fluchtgang … lese, die »großteils erhaltenen schönen gewölbten Kellerräume« seien »nach Ausweis des Mauerwerks im wesentlichen maximilianisch«. Anlagen also vom Beginn des 16. Jahrhunderts – in den hier sichtbaren Räumen hat Oswald demnach nicht gesessen …

Vellenberg: Gegenwart des Vergangenen in einer Strophe eines Liedes (Kl 7), das Oswald bezeichnenderweise auf die Melodie der meditativen Klagelieder nach der Haft in Prissian geschrieben hat – erneut Aussichtslosigkeit.

Der Angstring
hält mich fest umschlossen;
große Angst bläht mir das Herz auf;
in Furcht und Angst bin ich versetzt;
Angst durchhallt den ganzen Kopf;
schlimme Angst raubt mir den Schlaf.
Vier Mauern, stark,
umfassen mich; eingekerkert ist mein Elend.
O lange Nacht, verfluchter Tag –
eure Zeit bringt nur Verdruss!
Erschreckendes muss ich beklagen,
dem ich mit nichts begegnen kann.
Ich fühle mich, so sehr verängstigt,
nur wenig schuldig vor der Welt,
jedoch vor Gott, Der seinerzeit
mich, Wolkenstein, erschuf;
Er sei mir Hilfe, Schutz.
O Vellenberg, wie kalt sind deine ›Freuden‹.

Ein Wechsel nun der Tonart: die Verhaftung auf der Flucht, der Rückritt in Fesseln als eine von sieben (mehr oder weniger grotesken) Episoden beinah tödlicher Gefahren, intoniert in Kl 23.

Was immer ich auch dichte, singe
vom schlimmen Lauf der Welt,
es kommt mir alles nichtig vor,
bedenk ich meinen Tod.
So weit ich mich von ihm entferne,
er lässt nicht von mir ab,
trachtet mir nur nach dem Leben,
ist mir schon reichlich nah gekommen!

Ohne formgerechte Fehde
rafft er unsereins dahin;
den Fallstrick legt er uns
mit skrupelloser Hinterlist.
Den Frieden hat er längst gebrochen;
sein Raubzug: überraschend schnell.
Wäre ich ihm nicht entwischt,
er hätt mich längst hinweggerafft.
Zu Wasser und zu Lande,
zu Pferd, zu Fuß: schon oft
warf er nach mir die Schlinge aus,
schlug er mich rasch in Fesseln.
Besäß ich alle Schätze,
die je ein Sultan requirierte,
mir hätt der Tod sie nehmen dürfen,
wäre ich bloß freigekommen!
Mit Stürzen, Wasserbädern,
mit schweren, tiefen Wunden
gedenk ich seiner siebenfach.
Er hat mir nicht verbrieft,
dass er mir eine Frist gewährt
auf Dauer, Zeit, Minute, Quart –
er sitzt bei mir zu Tisch!
Gott weiß, wie er mich fand.

Ich erzähle nur, was wahr ist,
beginn beim ersten Missgeschick.
Es war ein Lanzenstechen
auf hohem Ross, ich stieß daneben,
und eine Türe, klafterhoch
und drei Fuß breit,
durchsauste ich mit Schwung –
noch schlug nicht meine Stunde!
Rund vierundzwanzig Stufen,
die fiel ich mit Gepolter
hinab zum Kellergrund;

mein Ross brach sich den Hals.
Ich dacht, ich würd ersaufen
in einem Fass voll Wein,
doch lud ich dann stattdessen
zum Trunk die Freunde ein.
  Und wieder, Wochen später,
hat mich der Herr beschützt:
Ich hatte einen Schiffbruch
auf wilder, hoher See,
umarmte rasch ein Fass
mit edlem Malvasier;
das trug mich mit zur Küste –
ich hätte mich fast aufgegeben!
  Im Anschluss an die Reise
bedachte man mich so:
Man setzte mich gefangen
und nahm mir alles ab.
Mein Schädel hat gedröhnt,
er wurde taub von Schlägen;
auch bohrte man in mich
ein Schwert – die halbe Klinge!

Auch schwimmen wollt ich lernen
in einem tiefen See;
ich schoss zum Grund hinab
und blieb dort unsichtbar
für mehr als eine Stunde –
ich kam aus großer Hitze!
Ich suchte drunten Fische
mit meiner Nasenspitze.
  Gefangen, abgeführt
ward ich einst wie ein Dieb,
mit Seilen fest verschnürt.
Mein Liebchen war dran schuld –
sie hat mir etwas angetan
woran ich schwer zu tragen habe.

Ach, wär sie da schon tot gewesen!
Sie gefährdet mich noch immer!
Das wurde mir ganz klar,
als ich nach Ungarn ritt:
ich kam durch ihre ›Liebe‹
vom Regen in die Traufe –
Wetter, Wasser, Pisten
brrr, bläuten mir Magyarisch ein.
Ich ging da beinah drauf.
Das Nass, es stand mir bis zum Hals:
Die Rede ist vom Wasserfall
den hohen, steilen Fels herab.
Ich bin hineingeplumpst,
das Purzeln wurde mir zu viel!
Ich wett um jeden Stein,
zum Edelstein geschliffen:
von hundert überlebts nur einer,
purzelt er mir nach.

Zwei Jahre und ein halbes später
erlebte ich sehr Trauriges.
Ich wollte von zu Hause
in ferne Länder reisen,
nach Portugal, Granada,
León, die Berberei –
dort boten sich Gelegenheiten
zu manchen krummen Touren.
Ein Herzog, Wohlgeboren,
Friedrich ist sein Name,
erwies sich als höchst ungehalten,
ich zog dabei den Kürzeren.
Er setzte mich gefangen –
ich bin mir keiner Schuld bewusst.
Ich hatte das Gefühl, es wäre
mein Erdenleben schon beendet.
Gott, auf höchstem Richterstuhl,

Er lässt nichts ungestraft,
also wurde ich gezüchtigt.
Dank sei meiner Ex-Geliebten,
auf deren Winke wurden mir
reichlich Qualen zugemutet,
obwohl sie vor geraumer Zeit
der herbe Tod hinweggerafft.
Ihr ›Erbteil‹ werde ihr verhagelt;
es stieß mir stets schon sauer auf,
ich will das gar nicht haben,
der wilde Bär zerfetze es.
Hätte ich auf heißer Glut
ihre Liebe ganz verkocht,
ich hätte viel mehr abgeschöpft
für Leib und Seele, Ehr und Gut.

Hier ließe sich noch viel erzählen,
doch unterlasse ich das lieber:
Wie ich in meiner Jugendzeit
das Abenteuer suchte
bei Christen, Preußen, Heiden,
und eine Zeitlang bei Byzanz.
Solchen Wirbel bin ich leid,
seit mich das Alter reitet.
Wer weiß, wann der mich holen wird,
den ich bereits erwähnte,
der mich zurechtstutzt, niedermacht –
ob ich drauf vorbereitet wäre?
Wenn mich der Richter schlägt
mit seiner strengen Peitsche,
– ach, das schiere Grauen –,
wem würd ich ausgeliefert?
Darum, ihr Fürsten, Herren,
kommt von selber zur Vernunft;
ich muss euch nicht belehren,
ihr seht ja selber, wie es läuft.

Ihr alle, arm und reich,
macht euch von der Sünde los,
damit euch nicht der Tod
mit Donnerschlägen überrascht.
Welt, ich frag mich wiederholt,
wer dich so sehr verblendet hat,
wo du doch täglich siehst, genau,
dass der Tod uns scheiden wird.
Heute frisch und stark, morgen krank
und übermorgen tot.
Dein Ruhm hilft dir nicht mehr,
denkst du nicht an die Todesnot.

Eine Moritat, eine geistliche: O Mensch, sei dessen eingedenk, dass du unablässig in Todesnähe lebst ... Wie Oswald die diversen Todesgefahren darstellt, dies entspricht freilich kaum der Ernsthaftigkeit eines geistlichen Liedes, es ist weithin Slapstick. Und doch: jede dieser Episoden hat einen Kern biographischer Realität. Vorsichtiger formuliert: *kann* einen Kern biographischer Realität haben.

Ein literarisch kaum relevanter, indirekt jedoch aufschlussreicher Liedtext. Hier fallen sogleich Bruchstellen, fast Sollbruchstellen auf, vor allem zwischen der feierlichen Intrada und der ersten Todesgefahr-Groteske. In einem anachronistischen Vergleich: Als würde einer sinfonischen Intrada, einem feierlichen Adagio ein Hüpftanz folgen. In einem angemesseneren Vergleich: Als würde mit Kircheninstrumenten eingestimmt und jäh ein Wechsel des Instrumentariums, etwa vom Psalterium zum Dudelsack. Dieser Liedtext kann nur durch die (wieder einmal verwendete) Mehrzweckmelodie zusammengehalten werden.

Uns Lesern hingegen stellt sich die Frage: Wie hält es Oswald mit autobiographischen oder pseudo-autobiographischen Materialien in diesem Liedtext? Das erste Beispiel (die Turnierattacke, die im Weinkeller endet) wurde bereits kommentiert: die Sichtverbindung zu biographischen Realitäten reißt, trotz feierlicher Einstimmung, gleich zu Anfang ab.

Sodann: Oswald in Seenot – kennen wir schon. Fall drei: ihm wird eine halbe Schwertklinge in den Leib gerammt, als Schlussakt eines unentwirrbaren Durcheinanders. Letztlich kann hier nur der Schwertstich des ausgerasteten älteren Bruders gemeint sein. Sollte sich am Ende der zweiten Strophe doch einmal ein chronologischer Hinweis verstecken, so wäre die Auseinandersetzung unter Brüdern »nach derselben raise« erfolgt, was wiederum hieße: das Lebensabenteuer Kaufmann fand vor der Erbteilung statt. Eine Vermutung, kein Indiz.

Oswald sodann als Schwimmer, ohne tragfähige Schwimmhilfe: offenbar von einem Hitzschlag getroffen, sank er ab auf den Seegrund, und das für eine Stunde – da wäre er aber eine dicke Wasserleiche geworden!

Die Message auch dieser Sequenz: Es mag noch so toll kommen, ich überstehe, ich überlebe alles! Sogar einen Todessturz in einem Wasserfall. Oswald als Aufschneider.

Aber dann, weitere Sollbruchstelle, eine Textbewegung hinüber ins scheinbar Nachvollziehbare, scheinbar Koordinierbare. Als Signal dazu die Erwähnung von Herzog Friedrich, aber dies in gleitendem Übergang zur mysteriösen jungen Frau, die dem armen Wolkensteiner arg zusetzt. Weitere Sollbruchstelle: Sprung in eine Predigtsequenz.

Wie frei der Wolkensteiner literarisch verfahren kann, zeigt eine weitere Groteske – diesmal bewusst und betont mit einer Spielfigur im Mittelpunkt, einem Hans Maler. Ein Mann, der seiner Frau vortäuscht, er würde eine kurze Wallfahrt unternehmen, sich stattdessen mit einer jungen Frau verkuppeln lassen will und aus unbekannten Gründen Prügel bezieht von einem Trupp mit fremdländischer Artikulation – erneut das Stichwort »Ungarn«. Auch in Kl 102 wird, wenn auch unter anderen Vorzeichen, dem Sänger-Ich »magyarisch eingebläut«. Und das auf dem Weg nach Sankt Lorenzen (beherrschend dort die Michelsburg im Besitz des Bischofs von Brixen).

Gar mancher freut sich übers Jahr
schon auf den Glanz des lichten Mai;

so war es auch bei mir der Fall.
Hört, wie es mir erging!
Ich traf auf eine alte Frau –
die hat mir Schlimmes eingebrockt!
Erfüllte sich mein Wunsch nur halb,
sie müsste hinken – wehes Knie!
Frau Ruppig ist ihr Name.
Mein Rücken kriegt das zu spüren,
als sie mich zu dem Liebchen brachte
und ich nicht mehr entwischen konnte –
ruppig sprang man mit mir um!
Ich wusste nicht, wie mir geschah.
Gegen Krämpfe, gegen Steine
wurde ich denn durchmassiert
von vieren, die's nicht müde wurden.
Weiß Gott, wie ich das überstand.
Mich reut nun sehr, dass mir die Greisin
so oft gefällig war.

Ich ritt an ihrem Haus vorbei,
mit einem Finger winkte sie –
ich wollt gleich wissen: Was ist los?
Die Neugier, sie war allzu groß!
Ganz harmlos fing sie an wie folgt:
»Hans Maler, hör, was ich dir sag:
Das Dörle hat dich nicht bloß gern,
sie ist auch richtig scharf auf dich!«
Das hörte ich nur allzu gern,
mein Herz, es schlug gleich höher.
Ich sagte ihr: »Wenn dem so ist,
dass ich den Mädchen noch gefalle,
so wüsste ich, woran ich bin.«
Ich fühlte mich so richtig stark.
Der Handel war nicht ganz reell.
Das wurde mir so richtig klar,
als es da knüppelhageldick

auf mich hereinbrach, Schlag um Schlag.
Noch nie ergings mir derart schlimm
bei einer solchen Tour.

Ich brach den Ehekrieg vom Zaun –
dabei ging's bloß um *einen* Tag!
Ich sah hier selber nicht recht klar –
ich musste einfach weg von ihr.
Nach St. Lorenzen wollte ich,
das stand für mich längst fest!
Die ›Wallfahrt‹ brachte mir nichts Gutes,
zum Reinfall wurde sie!
Ich darf euch das erläutern:
Sehr freundlich wurde ich empfangen,
man führte mich ins Kämmerlein,
es lief da erst mal alles glatt –
mir schwoll sogleich der Kamm
und frische Triebe schlugen aus.
Man legte mich zu einer ›Braut‹.
Bett und Kissen, weiße Laken:
das alles war hübsch arrangiert.
Ich sollte da Hochwürden spielen,
doch traten dann vier Ungarn auf –
der Teufel soll sie adoptieren!

Es hieß: »Nun amüsiert Euch schön!«
So hat das Aas mich animiert –
und machte gleich die Türe auf,
ließ sie in das Zimmer kommen.
»Vigy' az anyádat« hieß ihr Gruß –
ein Deutsch, das ich nicht recht verstand.
Die Ungarn stürzten sich auf mich –
ein Wasserfall von Eichenprügeln!
Die Liebschaft wurde so belohnt
mit Knüppeln und mit Eisenstangen.
Dass jedermann die Beulen sah,

das ließ sich nicht verhindern.
Der mich am schlimmsten maltraitiert,
war einer von den Ungarn –
ich wünsche mir, man würde ihn
enthäuten und zerfleischen,
auf dass er ganz und gar verstummt.
Der Galgen, stünde er bereit,
es wäre ein Gewinn fürs Land,
wenn alle daran baumeln würden.

Ich sprach zu ihnen honigsüß,
doch war mein Herz nicht mit dabei –
sie hatten mich in der Gewalt!
Das schien mir nicht das Schlimmste:
sie wollten mich brutal berauben –
das ging mir denn zu weit!
Jedoch verhielt ich mich noch so,
wie ihnen das genehm war,
bis sie mich endlich laufen ließen –
geschunden war mein Leib.
Ich kehrte nach Bruneck zurück,
direkt zu meinem Eheweib –
sie starrte mich erst an
als trüg ich ein Visier, in Blau.
Und sie segnete mein Bad
mit Schimpfen und Verfluchen.
Herzlich, dringlich bat ich sie,
es keinem zu erzählen.
Drauf sie: »Wieder mal die alte Leier!
Und ständig gehts von Neuem los!«

Wer alten Weibern sehr vertraut,
teilt mit dem Teufel Tisch und Bett.
Seht, so ist es mir ergangen
und vielen andren ebenfalls.
Wenn man die mit Zangen zwackt

und daraufhin im See versenkt,
das wär ein wahres Freudenfest,
das brächte weltweit Ehre ein!
Denn Zauberei und Kuppelei,
das treiben die ganz nebenbei.
So manche wird ja ohnehin
mit Feuersglut traktiert –
mir scheint es darum angebracht,
dass man auch so mit *der* verfährt.
Wohin sie auch die Segel setzen,
sie kriegen nirgendwo genug,
wie ihre Taten das beweisen.
Die gehören doch geblendet,
auch die Helfer, dieses Pack!
Das wäre mir ein Herzenswunsch.

In seinen *Notizen zur Familie Wolkenstein* äußert Karl Gruber die Vermutung, Hans Maler könnte identisch sein mit Hans von Bruneck, einem Freskenmaler, Zeitgenosse Oswalds. Auch sein Leidensgenosse? Haben sich in der Slapstick-Story zwei Fälle überlagert?

Und die vier Ungarn? Sie werden von Philologen gern in distanzierende Anführungsstriche gesetzt: Ungarn im Pustertal …? Ich nehme an: »Ungarn« nannte man damals Personen, die in Sprache und Habitus fremd und damit verdächtig wirkten. (Im Rheinland würde man sie als Pimocks bezeichnen.)

Nach einigen Wochen in Vellenberg, dies offenbar unter verschärften Haftbedingungen, wurde Oswald nach Innsbruck überführt. Der Herzog ließ Martin Jäger und Heinrich Hausmann kommen; am 1. Mai 1427 wurde der Rechtsstreit beendet.

Fünf Urkunden wurden an diesem Tag besiegelt, sie alle sind erhalten. Die ersten drei betreffen den zivilrechtlichen Fall. Hier das wichtigste der Dokumente.

»Ich, Oswald von Wolkenstein, erkläre und gebe öffentlich mit dieser Urkunde bekannt: ich war kürzlich reisefertig, um außer Landes zu reiten; da aber mehrere Leute des Landes, namentlich Martin Jäger und die Gebrüder Heinrich und Hans Hausmann, wegen ihrer und ihres Bruders Kindes, des verstorbenen Georg Hausmann, Ansprüche hatten auf Einnahmen und Besitzungen, weshalb bereits Vorladungen vorlagen und unerledigte Prozesse zwischen uns anhängig waren, haben sich diese Kläger an Durchlaucht den Fürsten, den Herzog Friedrich, Herzog zu Österreich, meinen gnädigen Herrn, gewendet und ihn gebeten, mich im Lande zurückzuhalten, bis ihnen von meiner Seite aus völlige Genugtuung widerfahren sei, und dass ihnen das Recht nicht verweigert würde – er sei ihnen das als Landesfürst schuldig.

Dies hat denn auch mein gnädiger Herr von Österreich getan, und ich bin nach seiner Anweisung wieder zu seinen Gnaden zurückgeritten, um mich ordnungsgemäß den Prozessgegnern zu stellen. So habe ich mich, mit gebührendem Beistand des Ritters Herrn Michael von Wolkenstein, meines lieben Bruders, und mit meinem sonstigen Anhang dem Gericht gestellt, und es wurde beschlossen und verkündet, was im Folgenden aufgeführt wird.

So habe ich erstens für alle Einnahmen und Güter, wie sie benannt und der Lage nach bezeichnet sind, die ich dem obengenannten Martin Jäger ohne Recht vorenthalten und für längere Zeit in Besitz gehalten habe, und für die Einkünfte, die ich davon in dieser Zeit eingezogen habe, und für alle Schäden, die dieser Jäger an diesen Besitzungen und durch diesen Besitzentzug erlitten hat, und für all die Rechte, die er auf die obengenannten Güter beanspruchte und die er bisher auf keine Weise durchsetzen konnte – dafür habe ich ihm fünfhundert Golddukaten Entschädigung gezahlt.

Ich soll in Zukunft diejenigen Güter behalten, gemäß dem Wortlaut der Urkunden, die wir gesondert miteinander ausgetauscht haben. Ich soll und werde auch den vorgenannten Herren Hausmann ihren Weinhof im Gericht Prösels, Grotthof genannt, dessen Besitz ich ihnen ohne Recht entzogen habe, unverzüglich zurückgeben und hier zukünftig keinerlei Ansprüche mehr erheben, gemäß dem Wortlaut der Verzichterklärung, die ich diesbezüglich ausgestellt habe. Weiter soll jede Feindschaft, Feindseligkeit und Schädigung zwischen den vorgenannten Jäger und Herren Hausmann und mir und dem beiderseitigen Anhang insgesamt, soweit man auf beiden Seiten an diesen Vorgängen beteiligt war, vom heutigen Tag an definitiv unterbleiben.«

In der zweiten Urkunde bestätigte Martin Jäger, er habe 500 Dukaten von Oswald erhalten für die Einkünfte, die ihm Oswald widerrechtlich entzogen hatte.

In der dritten Urkunde bestätigten Martin Jäger und Heinrich Hausmann dem Herzog, dass er, wie versprochen, den Rechtsstreit beendet hätte; er habe ihnen gegenüber somit keine weiteren Verpflichtungen.

Oswald war also schuldig gesprochen worden. Der Geldbetrag, den er Martin Jäger auszahlen musste, lag entschieden über der Summe seiner Verluste – in diesen 500 Dukaten ist der Kaufpreis eingeschlossen für die zwei Drittel Hauenstein samt zugehörigen Liegenschaften. Oswald durfte sie jetzt, als Burgherr, rechtmäßig nutzen.

Im vierten Dokument (»Wolckenstain Hussen rais«) musste Oswald geloben, an einem Feldzug gegen die Hussiten (»ain Rays an die hussen« oder anderswohin) teilzunehmen. Damit wollte sich Herzog Friedrich wohl ein kleines Alibi verschaffen: ihm war schon mehrfach vorgeworfen worden, er verhalte sich im Kampf gegen die Hussiten passiv. Friedrich fühlte sich in Tirol (noch) nicht unmittelbar bedroht, also dispensierte er sich. So hieß es denn: Oswald voran! Allerdings mit einer Klausel: Sollte er körperlich nicht in der Lage sein, den Auftrag zu erfüllen, so kann, so darf er einen der Freunde als Stellvertreter in den Krieg schicken.

Die fünfte Urkunde schließlich war der Kern des Vertragswerks, die Urfehde: Wiederherstellung des Landfriedens, Verzicht auf Rache.

An der Zahl und am Rang der aufgeführten Zeugen wird erkennbar, dass so etwas wie ein Staatsakt stattfand. Es ›zeichneten‹ Hugo von Montfort, zeitweiliger Hofmeister des Herzogs, Graf Eberhard von Kirchberg, ein Rat König Sigmunds, Hans von

Hornstein, Wilhelm von Knörigen – die drei Letzteren aus Schwaben. Aus der Schweiz: Ulrich Fülhy und Johann Truchsess von Diessenhofen, genannt »Molli«. Aus Tirol Sigmund von Schlandersberg und Hildebrand von Schrofenstein. Und schließlich: Oswald, Veit und Konrad von Wolkenstein.

Nach der formellen Unterwerfung im formelhaften Text eine wichtige Vertragsbedingung: »Ich soll und werde, solange ich lebe, keinen Kontakt suchen zu anderen Fürsten, Herren oder Gemeinden, werde ihnen auch nicht meine Dienste zusagen noch irgendein Bündnis mit ihnen schließen, ohne Wissen und Willen meines hier genannten gnädigen Herrn von Österreich. Vielmehr soll und werde ich ihm und seinen Verwandten, die ebenfalls meine gnädigen Herren sind, und all ihren Erben willig und dienstbar, getreu, gehorsam und behilflich sein. (...)

Falls aber ich, der genannte Wolkensteiner, oder ein anderer in meinem Dienst, dieses Versprechen in seiner Gesamtheit oder zu einem Teil irgendwie übertreten sollte, und dies würde bekannt, und falls ich den Eid, den ich geschworen habe, vergessen oder verharmlosen oder verniedlichen sollte – wovor Gott sei! –, so soll und werde ich als ein pflichtvergessener und ehrloser Mann gelten allerorts und vor aller Welt und vor allen Gerichten, geistlich oder weltlich. In diesem Fall kann mein gnädiger Herr von Österreich oder derjenige, dem er das schriftlich aufträgt, mit mir als einem solchen oben bezeichneten Mann verfahren, mit oder ohne Anwendung des Rechts, allein nach seinem Belieben, wovor mich kein Rechtsmittel in Schutz nehmen wird, das irgendwer irgendwie ersinnen oder vortragen kann. Vielmehr verzichte ich hiermit auf alle Hilfe, auf alles Wohlwollen, auf jeden Rechtsschutz und auf alle Privilegien ausnahmslos aller Fürsten, Herren, Landschaften und sonstiger Rechtspersonen.

Insbesondere sollen vorbenannte Vereinbarung und Schlichtung bezüglich der Bürgschaft und der Kaution, die einige Mitglieder meines Anhangs meinem obengenannten gnädigen Herrn von Österreich um meinetwillen geleistet haben, diesem meinem Herrn zur Abwendung jedes Schadens zur Verfügung stehen; diese Bestimmung darf nicht durch Arglist entkräftet werden. Zum Zeugnis dessen habe ich mein Siegel an diese Urkunde gehängt.«

Oswald verpflichtete sich letztlich, Rechtsstreitigkeiten nur vor dem landesherrlichen Gericht auszutragen – damit waren auch Kontakte mit der vom König unterstützten Feme untersagt. Und es wurde ihm generell verboten, was er jahrelang praktiziert hatte: Mit Fürsten außerhalb Tirols zu kooperieren, speziell mit dem König; Oswald wurde zu ungeteilter Loyalität verpflichtet, musste seinem Landesfürsten den Huldigungseid leisten.

Nach dem feierlichen, offenbar auch emotional bewegenden Abschluss der Fehde hatte Herzog Friedrich kein Recht mehr, die Urkunde mit der Kautionsgarantie zu behalten, er hätte sie einem der Hauptbürgen aushändigen oder hätte sie entwerten müssen, indem er die obere Ecke des letzten Blattes wegschneiden ließ – der Kassationsschnitt. Was aber nicht geschah. Vielmehr fand so etwas wie Umwidmung statt: Erst Bürgschaft für eine Kaution, die termingerechtes Erscheinen vor dem Schiedsgericht garantieren sollte, und nun – ein Akt der Willkür? Juristen würden hier zumindest von »Sittenwidrigkeit« sprechen. Wie aber sah das der Herzog? Was konnte, was mochte er sich gedacht haben?

Dies ist eine Biographie, kein Roman, auch keine »Romanbiographie«. Wenn ich nun, ansatzweise, so etwas wie Rollenprosa entwerfe, ist das keine Illustration, sondern der Versuch, zu verstehen. Dies, auch hier, im Spielraum der Wahrscheinlichkeit.

Also: Oswald hat diese Kaution nicht selber gezahlt, wie das eigentlich üblich ist, andere haben Bürgschaft geleistet für die eventuell fällige Sicherheitsleistung. Oswald sollte zu künftig korrektem, zu loyalem Verhalten gezwungen werden. Hat er das inzwischen realisiert? Nein. Ist zu erwarten, dass dies wenigstens künftig geschehen wird? Wohl kaum. Also halte ich das Instrumentarium zurück; bei weiterhin aufmüpfigem Verhalten kann ich ihn damit zur Zahlung von sechstausend Gulden zwingen. Da dürfte selbst er in die Knie gehen, so viel wird in seiner Schatztruhe nach all den Ausgaben und Auslagen wohl doch nicht mehr liegen. Und dann soll sein König Sigmund mal zeigen, wie viel ihm der consiliarius wert ist, soll ein paar tausend Gulden zuschießen – in ähnlicher Höhe sollen die Darlehen seines »Dieners« ja liegen, wie aus zuverlässiger Quelle verlautet. Wer so viel verleihen kann wie Oswald, der muss noch mehr besitzen! Es würde also keinen armen Mann treffen, wenn ich dieses Dokument wieder hervorhole, dann aber als Zahlungsbefehl. Und er zahlt endlich mal für all die Aktivitäten, die gegen ihn notwendig wurden. Wie viele Personen, die in meinem Sold stehen, mussten sich mit ihm beschäftigen, wie viel Zeit hat er mich persönlich gekostet, dafür müsste er ohnehin mal zur Kasse gebeten, nein, gefordert werden – das dürfte auch anderen eine Lehre sein. Kurzum, wenn er sich nicht korrekt und loyal verhält, halte ich Oswald das Dokument unter die Nase und sage: Heut ist Zahltag!

Über die Vorgänge zwischen März und Mai 1427 hat Oswald ein langes, balladeskes Lied geschrieben, Kl 26. Auch hier vermischen sich biographische Realitäten und literarische Muster.

Die Flucht wird verschwiegen; Oswald täuscht vor, er sei aufgebrochen, um nicht zu »verliegen«. Ein zentraler (in Oswalds Ära bereits antiquierter) Begriff der hochmittelalterlichen »aventiure«-Literatur: Ein Ritter darf nicht in bequemem, häuslichem Leben die Impulse zu Kampf und Selbstbewährung verliegen, er soll statusgemäß Abenteuer bestehen.

Ich war auf Abenteuer aus, zog los
durch Täler, über Berge, um nicht zu ›verliegen‹.
Zum Rhein hinüber und nach Heidelberg …
Auf England hatt ich ziemlich Lust,
auf Schottland, Irland … Übers Meer sodann
nach Portugal auf großen Segelschiffen …
Ich sehnte mich nach einem Schätzchen:
Die Robe wollte ich erobern

bei einer edlen Königin
und fest im Griff behalten …

Von Lissabon zur Berberei,
nach Ceuta, das ich erobern half …
(So mancher Maure, stolz und frei,
verschwand dort durch das Hintertürchen!)
Auch für Granada hätt ich gerne was getan,
wenn mich der Rote König nur empfangen hätte …
Ich war zum Ritterkampf gerüstet:
vor meinen Knappen wär ich einmarschiert …
Stattdessen – musste ich bei Tisch
mit einem Stubenheizer thronen!

Man hat mir ja schon manches Mal
recht übel mitgespielt – es kam noch schlimmer:
An meinen Steigbügeln wurde ich
mit beiden Sporen rigoros verzurrt.
Die Technik war mir unbekannt,
zu meinem Nachteil lernte ich sie kennen.
So hab ich Gott mein Leid geklagt.
Warum hab ich auch Hauenstein verlassen!
Ich hatte Angst vorm Weg nach Wasserburg,
als sich die Nacht bestirnte.

Auf Vellenberg im Loch: man zeigte mir
zwei Blöcke für die Füße, eng und schwer!
Ich schwieg und machte nichts daher,
aufs Schlimmste war ich da gefasst.
Mit solchen Sporen hätte ich
›geglänzt‹ bei ritterlichem Auftritt.
Mein Frohsinn, meine Heiterkeit,
das schlug hier um in trauriges Gestöhne.
Was ich als Ablass da gewährte –
ich habs für mich behalten!

So lag ich viele Tage lang – nicht mal mein König
hätt mir die Angst dort nehmen können:
ich wusste nicht, wann mirs Genick
gebrochen würd – wiewohl ich schuldlos war.
Ja, oben, unten, ringsumher
war ich von Wächtern streng bewacht!
»He, Peter Märkel, marsch, ans Tor!
Der ist gerissen, darf uns nicht entwischen!«
Wie schlau ich sei, das hat der Fürst
dort lautstark ausposaunt.

Zum Hof von Innsbruck hatt ich ein Gefolge
wie bei einem Preußen-Feldzug.
Nach unten war ich auf dem Pferd
dezent gefesselt, dass es niemand sah …
Ich Ärmster ritt durchs Hintertor –
und hatte nicht des Kaisers Schatz gestohlen!
Das Sonnenlicht entzog man mir.
Statt tanzen: zwanzig Tage lang im Loch.
Was ich auf Knien abgerutscht,
das sparte ich an Sohlen ein.

Ein alter Schwabe namens Plank,
der saß mir ständig auf der Pelle!
Mein Gott, wie grauenhaft der stank!
Der hatte mir die Lage nicht verbessert.
Am Bein ein offenes Geschwür,
der Atem kam ihm faulig aus dem Maul,
dazu hat er die Luft versaut
von unten hinten raus – war säuisch!
Brächt er den Rhein zum Überschwappen,
es wär mir durchaus recht.

Der Peter Heizer und sein Weib,
der Plank, ein Schreiber (jeden Tag besoffen!),
in der Gesellschaft kams mir hoch,

wenn wir das Brot gemeinsam tunken mussten.
Buäh, der eine kotzte, der andre dröhnte
wie die Bombarde mit dem langen Lauf,
wie ein Büchsenrohrkrepierer
bei zu starker Pulverladung.
Auf seine Weise machte jeder
in den Hof, mit vollem Schwung.

Verfinstert ward mein heitrer Sinn,
schon die Erinnrung brachte mich ins Schwitzen:
Wie ich vor kurzem noch als Gast
am Ehrenplatz bei Pfalzgraf Ludwig saß …
Der Falke und das Kalb: von gleichem Rang?
Der König Sigmund hat mich ganz vergessen;
ich war doch auch bei ihm zu Gast
und half das Kraut aus seiner Schüssel essen!
So bin ich denn von hohem First
zu tief hinabgestürzt.

Noch einen kenn ich dort im Bau:
der Kopp. Der ließ sich nie zum Schweigen
bringen!
Er schnarchte wie ein Kesselflicker,
sobald ihn der Traminer flachgelegt.
So was an Schlaf hab ich noch nie gehört,
ich musste beide Ohren fest verstopfen.
Er setzte meinem Kopf so zu,
er wär mir fast geplatzt!
Wär ich ein Weib – um keinen Preis
ließe ich mich ein mit dem.

Der Herr von Kreig, der Greisenegg
und »Molli« Truchsess traten für mich ein,
der Salzmeier und Neidegger,
auch Seldenhorn, und Grafen, Fremde, Freunde.
Mit großem Nachdruck baten sie

den wohlgebornen und erlauchten Fürsten,
er möge mir doch gnädig sein,
nur ja im ersten Zorn nichts übereilen.
Er sagte: »Männer solchen Schlages
wachsen hier nicht auf den Bäumen!«

Was er gesagt, war meine Rettung:
Versöhnung mit dem Partner meiner Freundin.
Vor Jahren ließ sie mich beschlagen
mit starken Eisen an den Unterschenkeln.
Was sie an ›Liebe‹ mir geschenkt,
das kriegen meine Kinder noch zu spüren,
wenn ich dort im Grabe liege –
sie werden noch die Hände ringen,
weil ich sie näher kennenlernte,
besagte Hausmannin …

Es sprach der Fürst (der Zorn verraucht!)
zu seinen Räten, nun recht freundlich:
»Wie lang soll ich ihn schmoren lassen?
Wann legt ihr diesen Fall ad acta?
Was nützt es mir, dass er dort leidet?
Wir könnten unsre Zeit so schön vertreiben,
wir würden singen: fa, sol, la,
und höfisch dichten über schöne Frauen.
Die Urfehde: ist sie noch nicht fertig,
so lasst sie schleunigst schreiben!«

Der Kanzler wurde gleich beauftragt;
versiert hat er mich aus der Haft befreit,
mit Brief und Siegel wars perfekt.
Dem Herzog Friedrich dank ich immerdar.
Der Marschall sprach: »Nun folge mir,
mein Herr wünscht dringlichst, dass du singst.«
Ich trat vor ihn, er lachte vor Vergnügen –
ach, nun wurde ungeniert geschluchzt.

So mancher sprach: »Dein Ritt,
der führte dich erst recht ins Unglück.«

Der große, unsichtbare Gott,
Der sich in Auserkornen offenbart,
Er gab auf Dauer mich nicht frei:
so hab ich manches Spiel verloren …
Den Übermut, der in mir schwelte,
Er hat ihn, ohne Wasser, oft gelöscht.
Wenn ich *dies* will, will Er *das* –
bei diesem Streit bezieh ich Prügel.
Die Strafe für die Liebschaft ist verdient:
sie kostet mich so manche Mark.

In der ersten Liederhandschrift hat Oswald einen Nachsatz schreiben lassen: »Ultimus versus est verissimus. Per Oswaldum Wolckenstainer.« Also: »Der letzte Vers ist nur allzu wahr. Gez. Oswald von Wolkenstein.«

Hier noch eine Zusatzstrophe, die vorletzte in der Version der ersten Handschrift; für die zweite Handschrift hat Oswald die Strophe gestrichen, der Fall war erledigt. Dennoch ein kleiner Nachtrag, der Oswald zusätzlich charakterisiert.

Acht Tage nach dem Gerichtstag zu Innsbruck reicht er eine Petition ein für Aldriget von Castelbarco. Im Grazer Kommentar lese ich, dass Oswalds Großmutter eine Castelbarco war. Und: die Mutter des Freigelassenen starb am 11. Mai 1427. »Aldriget von Castelbarco hat demnach gerade rechtzeitig zu ihrem Begräbnis heimkehren dürfen.«

Ich bat in aller Freundlichkeit
für einen Freiherrn, der mir nah ist:
acht Jahre und ein halbes lag er schon
im Kerker dieses edlen Fürsten.
Der sagte: »Nimm ihn mit, sieh zu,

Porträt König Sigmunds,
möglicherweise aus der Werkstatt des Antonio Pisanello

Herzog Friedrich IV. von Österreich.
Ausschnitt aus einem Stifterbild
in der Basilika Wilten

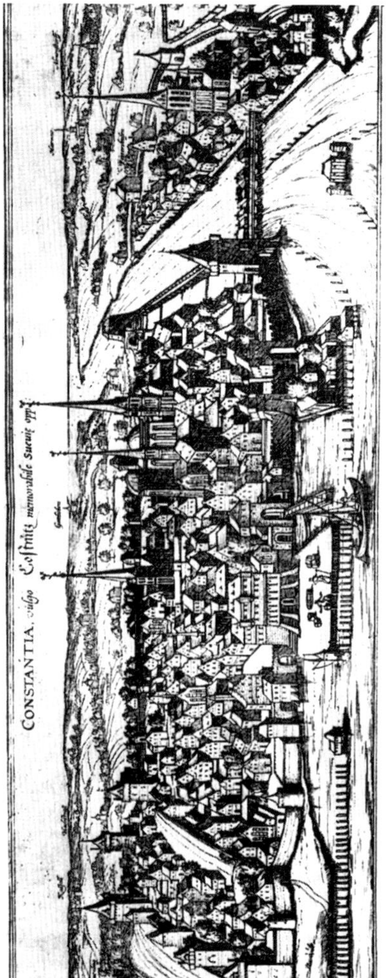

Die Stadt Konstanz,
auf einem Holzschnitt von 1570

Umschlagzeichnung des Urbars,
das Oswald nach 1440 anlegen ließ

Die Belehnung des Pfalzgrafen Ludwig durch König Sigmund,
Mai 1417 in Konstanz

Bildausschnitt: Reiter des Gefolges,
unter ihnen Oswald von Wolkenstein, zweiter von rechts

Oswald, links, mit anderen Herren
an einem Fischstand in Konstanz

Oswald mit halbiertem Fisch,
hervorgehoben durch Vergrößerung

dass sein Gesuch um Gnade Helfer findet.«
So kam ich heim nach Hauenstein.
Ich werde diesen Fürsten nie mehr schmähen –
er schenkte mir so viel Vertrauen.
Gott helfe mir, das gutzumachen.

Noch in diesem Jahr des Herrn 1427 ließ Oswald ein neues Urbar- und Zinsbuch anlegen. Er war nun endlich, rechtlich unanfechtbar, Besitzer der Burg Hauenstein, und so wollte der Burgherr seine weitverstreuten, seine verpachteten Liegenschaften in aktualisierter Fassung aufgelistet sehen.

Dieses Urbar ist allerdings nur in einer Abschrift überliefert, dies in einem Papier-Sammelcodex des 16. Jahrhunderts. Wie mag das Original ausgesehen haben? Vielleicht hat der Wolkensteiner bereits 1427 Rang und Reichtum sichtbar machen wollen in der Aufmachung auch des Urbars – etwa wie im dritten Urbar zu Beginn der vierziger Jahre seiner Ära.

(Ein Seitenblick voraus: Der alternde Grund- und Burgherr wird jenes Verzeichnis wohl für seine Erben anlegen lassen. Die Liegenschaften samt Pachteinnahmen werden auf Pergament eingetragen in sorgsam ausgeführten Buchstaben zwischen dünn gezogenen Zeilenlinien, rot die Ortsnamen von Gemeinden, in denen Oswalds Güter lagen.

Repräsentanz auch schon auf dem Umschlag! Dominierend auf hellem Pergament schwarz aufgetragene Embleme: Visierhelm mit hohem Aufsatz von Büffelhörnern und Pfauenspiegeln.

Über dem Büffelhornhelm eine Inschrift: »Es schiede gar nicht«, darunter, kleiner: »von«, dann sehr groß, von unten nach oben, genau vertikal: OSWALD VON WOLKENSTEIN, Ritter. Die Inschrift soll offenbar bedeuten, dass dieses Buch und damit: dieser Besitz sich nicht von Oswald trennen soll – im Namen seines Herrn, der in jedem Urbar genannt wird, hier gleich zweimal: zu Beginn der Aufzeichnungen sowie auf der Heftrückseite. »Nota das ist meines herrn herr Oswaldens von wolckhenstains vrbar vnd zinß Buech.«)

Das Urbar '27 nun wird eröffnet mit der Kapitelüberschrift:

»Das Erste buech zu Castlruth«. Da bringt der Schwaighof Runsal pro Jahr einen Ertrag von sechs Zentnern Käse und dazu, offenbar durch Unterpacht: fünf Pfund Berner und drei Pfund »Holzgeld« – Brennholz im Wert von drei Pfund. Der Hof Kalkadin liefert vier Star Roggen, vier Star Bohnen, vier Star Gerste – also jeweils mehr als einen Zentner. Dann der Mutzenhof: vier Pfund in bar, sechs Star Weizen, ein Mut Roggen, zwei Star Bohnen, zehn Star (also drei Zentner) Gerste, ein Kitz, vier Hühner, sechzig Eier, drei Pfund Holzgeld. Einer der größten, für Oswald ergiebigsten Höfe!

Und wie sieht es aus bei den Pächtern im Gebiet von Rodeneck? Hans von Untergassen, zum Beispiel, liefert wie im Jahr 1418 und sicher auch weiterhin: ein Mut Weizen, drei Mut Roggen, anderthalb Zentner Gerste, ebenso viel Hafer, sechs Pfund Berner, einen Hammel, vier Schinken, ein Kitz, ein Lamm, sechs Hühner, hundertzwanzig Eier – einer der größten Pächter des Gebiets.

Dagegen ist nur ein Klacks, was Dietel aus dem Anger oder Kunz Zimmermann abliefern und auszahlen. Auch sonst bringen die Höfe der Region nur wenig ein. Fünf Höfe, der eine wie der andre: ein Schaf, ein Kitz, ein Lamm, zwei Star Futter …

Ertragreich wiederum die Weingüter. Der Österreicher-Hof: pro Jahr sieben Yhren Klausener Maß, also etwas mehr als 700 Liter. Der Hof Walpun: zirka 300 Liter. Macht zusammengerechnet, zusammengegossen schon wieder einen Hektoliter!

Nun ins Grödnertal, nach Lajen. Dort bringen zwei Höfe jeweils fünf Pfund pro Jahr, ein dritter acht Pfund, ein vierter zwei Pfund. Reichere Einkünfte beim Hof »Zum Sabadyn«: achtzehn Pfund, zwei Schinken, Schmalz für sechs Kreuzer, ein Lamm, ein Kitz, dreißig Eier, dazu drei Pfund Pacht für eine Wiese.

Nächstes Kapitel: Tisens. Ein Dörfchen, das – wie Tagusens – an der Nordwestkante des Hochplateaus von Kastelruth-Seis liegt. Tagusens denn auch als drittes Kapitel: zweieinhalb Seiten allein hier. Dabei als letzte Position, nun also offiziell: »Aus des Jägers hoff«.

Unter der Kategorie »Weingelt«: insgesamt zwölf Positionen! Yhren, Yhren, Yhren … Wein auch fuderweise …

Und Einkünfte von Villanders ... Von Lajen im Grödnertal ... Von Brixen ... Von Rodenegg ... Und so weiter, immer so weiter ...

Gesammelte Besitzungen, aufgezeichnet in einer repräsentativen Aufstellung: Oswald von Wolkenstein als Herr von etwa hundert Höfen – sie alle zu Abgaben oder Zahlungen verpflichtet.

Allerdings: restlos waren die Besitzverhältnisse noch immer nicht geklärt – Michael verwaltete und nutzte weiterhin gemeinsamen Besitz! Gleich als erste Position: die Trostburg und die Burg zu Wolkenstein.

Und wieder wurden Außenstände aufgelistet: Schwester Barbara: 30 Mark; Michael: 1050 Gulden; Schwester Ursula: 30 Mark; Schwester Martha: wiederum 30 Mark. Und noch mal 30 Mark verliehen und 60 Mark und 550 Mark ... Privatbank Wolkenstein auf Hauenstein?

Erneut Anteile an Liegenschaften: ein Gut bei Brixen, »von dem mir ein Drittel gehört und das mein Bruder Michael einzieht«; ein Hof, den Michael verkauft hat, ohne Oswald ein Drittel abzugeben; ein Hof, »den mein Bruder Michael übernommen hat und von dem mir ein Drittel zusteht«.

Sodann hat die Frau des bösen Bruders auch noch 30 Kirchenkerzen verkauft, die eigentlich der Kapelle zu Waidbruck gehören! Wovon sich ablesen lässt: ein Oswald vergisst nichts. Abgesehen von den Immobilien geht es um Gelder in Höhe von etwa 150 000 Euro, über den Daumen gepeilt, aber dreißig Kerzen verliert er deshalb noch lange nicht aus dem Blick. Der Hüter des Perpignan-Horts achtet auf jede Kleinigkeit, zählt jedes Zins-Huhn und jedes Zins-Ei, Ordnung muss sein.

Andererseits: er musste weiter hinnehmen, worauf der ältere Bruder insistierte. Dass Oswald auf einem Drittel-Anteil der Trostburg beharrte: ein Punkt, über den Michael nicht mit sich reden ließ. Ich bin hier und ich bleibe hier, wird er betont haben. Die Burg Wolkenstein betrachtete er wohl auch als seinen persönlichen Besitz.

Hauenstein! Wir sollten einmal hineinschauen in die Burg: wie war sie eingerichtet?

Im Jahr nach Oswalds Tod wurde sein beweglicher Besitz (damals »fahrendes Gut« genannt) inventarisiert; das Verzeichnis (»zedl«) ist erhalten geblieben: »das geschloß zu Hawenstain mit sampt dem zeug und hausgerecht«. Ich gehe davon aus, dass sich bis zur Inventarisierung der Besitzstand nicht wesentlich geändert hat.

Als erster Posten der Liste: ein rotes Seidenpolster, vier rote Seidenkissen. Dann drei kleine Kissen, ein »Kölner« Polster: ein mit Kölner Leinwand bezogenes Kissen. Insgesamt zehn Kissen. Weiter: ein türkisches Messer mit Beschlägen (auf dem Griff). Zwei Silberschalen; zwei Orientteppiche.

Schauen wir weiter: zehn große und kleine Betten. Für Vater, Mutter, mehrere Kinder, Besucher? In großen Betten schliefen normalerweise zwei Personen – demnach waren dies die Betten für die Familie des Hausherrn und die höheren Ränge des Personals; die anderen schliefen auf Strohsäcken. Elf Schafsfelldecken, eine Lammfelldecke. Ein neues Tischtuch, drei gesäumte Handtücher und fünf aus Werg. Vier Paar feine Leinenlaken, sechs Paar grobe, eine dicke, zwei dünne Bettdecken. Nicht viel, wenn man sich vorstellt, wie saukalt es in einer Burg im Winter war. Für die Beleuchtung: vierhundert Unschlittkerzen.

Nun zur Küche: neun metallene Töpfe, ein Eisenrost, ein Dreifuß, ein Bratspieß, noch ein Rost, sechs Pfannen, »gute und schlechte«, ein Mörser, vier große Kessel, ein kleiner, vier Haferln, drei gute Becken, ein schlechtes. Vier Kesselhaken. Drei neue Kannen. Ein großer, flaschenähnlicher Behälter aus Zinn. Zwei große Holzgefäße.

Die Waffenkammer, damals meist Harnischkammer genannt. Sechs Brustpanzer. Sechs Hundsgugeln: Helme mit spitz vorspringendem Visier, das einer Hundeschnauze glich. Vier Harnisch-Schurze, zwei Panzer-Kragen. Eine Mailänder Harnisch-Brustplatte, wohl für den Hausherrn, denn aus Mailand wurden meist die guten und teuren Rüstungsstücke importiert. Zwei Vorderpanzer, ein Rückenpanzer, ein Schulterharnisch: der bedeckte die Schulter und den halben Oberarm, war festgehakt am Eisenkragen, bestand aus Eisenlamellen. Weiter: zwei Streitäxte, ein Beinschutz, zwei kleine Helme, vierzehn Paar Armröhren, ein englischer Helm, zwei kleine Schulterharnische, zwei Ellbogenkacheln. Weiter ein Helm mit einem Visier, sieben Helme mit Nackenschutz. Fünf Eisenhüte, fünf Eisenhauben. Sechs Paar Metallhandschuhe. Fünf Lederschilde, zwei »ungarische Tartschen«, also Holzschilde, und noch mal zwei Schilde, fünf Bärenspieße. Ein türkischer Helm, zwei türkische Schuhe (Lamellenschuhe?), zwei Hosen aus Fischhaut, wohl als Regenschutz. Ein türkischer und ein ungarischer Streitkolben, zwei türkische Sporen, eine türkische Kampfjoppe (mit eingenähten Eisenplättchen?). Acht hellebardenähnliche Waffen und dreißig Armbrüste aus Eibenholz. Dazu: eine Winde, samt Haken zum Spannen der Sehnen der Armbrustbögen. Etwa tausend Armbrustbolzen! Eine Waffenkammer also für eine größere Burgbesatzung.

Und reichlich Feuerwaffen! Wobei ein Teil wohl erst in den Jahren nach 1427 erworben wurde. Eingesetzt hatte die Entwicklung von Feuerwaffen allerdings schon zu Beginn des fünfzehnten Jahrhunderts – es lässt sich voraussetzen, dass Oswald auch hier die Entwicklung wach verfolgte.

Zehn neue, neun alte Handbüchsen: Das gegossene Bronzerohr maß in der Regel ungefähr 30 Zentimeter; Kaliber etwa 15 Millimeter; Vorderlader; man hielt eine Lunte ans Zündloch, und der Schuss ging los, meistens.

Weiter: sieben Büchsen, mit denen Steinkugeln abgeschossen wurden. Eine eiserne Steinbüchse »mit einem Haken«: der vorn unter dem Rohr angeschmiedete Haken wurde an einem Prellholz der Schießscharte festgemacht, so wurde beim Abschuss der Rückstoß abgefangen.

Zwei Schirmbüchsen: nach Zingerle Geschütze »mit einem (aufziehbaren) Holzschirm zur Deckung für die Bedienungsmannschaft«. Oswald, natürlich Oswald als der wohl einzige Dichter und Komponist (zumindest) unseres Sprachbereichs, der Kanonen besaß!

Neunundzwanzig Feuerwaffen: eine beachtliche Feuerkraft! Ich habe zum Vergleich in andere Burginventare reingeschaut: Hauenstein lag über dem Schnitt.

Mit seinem Waffenarsenal hätte man auch eine längere Belagerung durchstehen können. Auch für Proviant war gut vorgesorgt: Drei Kästen Mehl, zwanzig Säcke Salz, zwei Zentner Käse, fünf Fässer alter Wein, zwei Fässer Essig. Und eine halbe Tonne Weizen. Ach ja, und das schon erwähnte halbe Dutzend Kühe – zum Melken und Schlachten?

Unschlittkerzen: überraschendes Stichwort im Burginventar! Gleich eine Frage, die sich hier von selbst stellt: Wie sah es an Winterabenden eigentlich mit der Beleuchtung aus in der Burg Hauenstein – und in anderen Burgen?

Für unsere Augen, an knipsschnell erhellte Räume gewöhnt: überaus kümmerliche Beleuchtung. Dies nicht einmal mit duftenden Wachskerzen, deren Docht sich von selbst verkürzt, gleichbleibendes Licht spendend, sondern mit tropfenden, rußenden, stinkenden Unschlittkerzen: Talg von Rind oder Hammel. Bis zum Beginn des neunzehnten Jahrhunderts das übliche Brennmaterial, und so wünschte sich auch Goethe eine auf Dauer bessere Lösung, aber sie war noch nicht entwickelt, nicht einmal für das Hoftheater zu Weimar – Dramen der Weltliteratur beim blakenden Licht von Unschlittkerzen, von einem erfahrenen Lichtputzer ständig gewartet. Wurde der Docht zu lang, rußte und stank die Kerze besonders stark, so musste der Docht gekappt, verkürzt, »geschneuzt« werden, und das in kurzen Zeitabständen. So gehörte, in Weimar wie in Ratzes, die Lichtputzschere, Dochtschere zum Talglicht.

Neues aus Brixen, September 1427: Bischof Berchtold segnete das Zeitliche. Als Nachfolger wurde Ulrich Putsch nominiert und, mit Unterstützung des Landesherrn, auch gewählt. Ein Mann, auf den Oswald später in Feindschaft fixiert sein wird.

Ulrich Putsch stammte aus einer schwäbischen Bürgerfamilie, wurde wohl in der Diözese Augsburg zum Priester geweiht, zog, wie andere Schwaben, nach Tirol, dort sollte es besonders üppige Pfründen geben. Putsch wurde zuerst Pfarrer von Tisens, wird dort Kontakt mit der Familie Jäger aufgenommen haben. Für Oswald wohl der erste Minuspunkt in seiner Bewertung des Ulrich Putsch.

Der zweite: die enge Kooperation zwischen Herzog Friedrich und Pfarrer Putsch. Der Landesfürst hatte seinem Schützling offenbar als Nächstes die Pfarre von Tirol-Meran vermittelt, eine reich dotierte, sehr angesehene Stelle: fünf Pfarrer von Tirol wurden im Lauf der Jahrhunderte Bischöfe von Chur, drei von Brixen – also ein Sprungbrett. Ab 1416 war Putsch auch noch Erzpriester im Vinschgau.

Und er war Kanzler des Landesfürsten. Mit Entschiedenheit unterstützte er den Kampf seines Herrn gegen die Adelsgruppe – weiterer Minuspunkt. Als Friedrich in Konstanz eingesperrt wurde, reiste Putsch dem König bis Perpignan nach, um Fürsprache einzulegen für seinen Herrn, aber Sigmund empfing ihn gar nicht erst.

Als Friedrich nach seiner Flucht aus dem Gefängnis, nach dem Fußmarsch durch Ötztal und Schnalsertal in Meran eintraf, sich dort rasch wieder etablierte, war eine seiner ersten Handlungen, dem Kanzler ein Weingut zu überschreiben, bei Meran.

Drei Jahre später, 1419, ernannte er Putsch zum Inspektor der Bergwerke Tirols: Vollmachten für Organisation und Kontrolle des Abbaus von »Edelsteinen, Gold, Silber, Kupfer, Blei, Eisen und was sonst an Erz in den Bergen gefunden werden mag«. Zwei Jahre später kaufte Putsch die Burg Unterbrunn.

Bei der Wahl zum Bischof wurde der Kanzler, der Bergwerksinspektor, der Erzpriester von Herzog Friedrich protegiert.

Putsch brauchte durchaus Protektion, denn einige Herren schlossen sich zusammen zur Opposition gegen den Kandidaten – Gründe hatten sie genug. Zählte auch Oswald zu den Opponenten? Er war wohl grundsätzlich gegen diesen Mann, erst recht in diesem Amt im allzu nahen Brixen. Freilich: sollte Oswald, wenige Monate nach der Urfehde, schon wieder mitgemischt haben, kirchenpolitisch?

Die Gegenseite, mit oder ohne Oswald, war jedenfalls aktiv, konnte die Wahl des Schwaben aber nicht verhindern.

Ulrich Putsch führte ein Tagebuch über seine Amtszeit in Brixen. Hier berichtete er: »Im Jahr des Herrn 1428, am 19. Tag des Monats Januar, bin ich vom Apostolischen Stuhl in meinem Amt bestätigt worden, dies aber nur gegen erhebliche Widerstände, weil mir meine Neider alle möglichen Hindernisse in den Weg legten; als ihnen gar nichts mehr einfiel, ließen sie dem Herrn Papst Martin V. hinterbringen, ich leide an einer Krankheit, nämlich der Epilepsie; das trifft aber nicht zu.«

Sobald die Bestätigungs-Bulle eingetroffen war, zog Putsch in die bischöfliche Burg von Brixen. Ein Bischof, der seine Residenz bezieht: Glanz kirchlicher Macht? Putsch berichtet: »Ich fand die Residenz – Wein und Korn ausgenommen – von Geld und Kleinodien glattweg ausgeplündert.« Allein bei den Beamten sei der verstorbene Bischof mit rund 1000 Dukaten im Zahlungsrückstand gewesen. Zusätzlich habe er, Putsch, etwa 2000 Dukaten aufwenden müssen aus seiner Privatschatulle. »Auch habe ich an Hausgerät, Betten und Einrichtungsgegenständen acht vollbeladene Wagen mit mir hierhergebracht.«

Bischof Ulrich hielt auch schriftlich fest, wie er die Residenz ausbauen ließ, diese Wohnfestung am Stadtrand: Der Burghof gepflastert, ein Brunnen angelegt, ein Pförtnerhäuschen und eine Kanzlei gebaut, ein eingestürztes Dach ersetzt, Türme errichtet ... Und er ließ in der Diözese Fischteiche und Weinberge anlegen, ließ Straßen pflastern, ließ Burgen renovieren, ausbauen, erweitern. Auch als Mann der Verwaltung entwickelte er Initiativen.

Ulrich und Oswald – schon äußerlich unterschieden sie sich sehr: Der Grabstein, den Ulrich zu seinen Lebzeiten herstellen ließ (heute im selben Hof wie Oswalds Gedenkstein), zeigt einen Mann mit schmalem Gesicht, tief eingekerbten Falten, spitzem Kinn, betonter Nase.

(Sein Nachfolger wird vom »putschischen Kopf« schreiben und damit wohl dies meinen: typischer Fall von Querkopf.)

Schon recht bald nach der Rückkehr von Innsbruck wird der Wolkensteiner Hans von Villanders aufgefordert haben, die hinterlegten Bargelder, die Schuldbriefe, den Pfandbrief auszuhändigen, und zwar unverzüglich. Seit bereits mehr als vier Jahren behielt der Verwandte die Gelder und Papiere! Dabei war mit der Urfehde die Kautionsgarantie nominell erloschen, waren die Verpflichtungen der Bürgen annulliert, war der Vorgang abgeschlossen.

Oswalds Rückforderung ist nicht dokumentiert, auch nicht die Antwort des Verwandten: vielleicht fand eine mündliche Auseinandersetzung statt. Auf die Antwort des Hans von Villanders lassen sich indes Rückschlüsse ziehen aus den bald folgenden Vorgängen: er weigerte sich strikt, auch nur einen einzigen Gulden zurückzugeben.

Sein Verhalten lässt sich nur umgangssprachlich formulieren: Sitzt auf dem Geld, rückt nichts heraus ... In diesem Punkt lässt er nicht mit sich reden ... stellt sich bockig ... schaltet auf stur ... agiert knallhart ... da kann man Sturm laufen ... da kann man Himmel und Hölle in Bewegung setzen ... da kann man bei ihm nur auf Granit beißen ... Für seine mehr als unfeine Art fallen mir keine feinen Wörter ein.

An den Herzog konnte sich Oswald in dieser Angelegenheit nicht wenden. So geschah Paradoxes: Indem Herzog Friedrich die erloschene Kautionsgarantie damals nicht, wie üblich, durch Kassationsschnitt entwerten ließ, zwang er Oswald, den Vertrag vom 1. Mai 1427 in zentralem Punkt zu brechen: Der Wolkensteiner musste sich an eine Rechtsinstitution außerhalb Tirols wenden. So fasste er den abenteuerlichen Entschluss, Kontakt aufzunehmen mit der Feme.

Bevor ich berichte, rasch ein Blick ins *Kleine Lexikon*: »Im 15. Jh. gewann im ganzen Reich die von den Freigerichten in Westfalen ausgeübte Femegerichtsbarkeit als besondere Form der hohen Jurisdiktion Bedeutung. (...) Die Femegerichte hielten sich in allen schweren Kriminalfällen, die mit der Todesstrafe bedroht waren, für zuständig.«

Den raffgierigen Verwandten durch die Geheimorganisation der Feme in die Knie zwingen, ihn womöglich erhängt zu sehen – diese Vorstellung wird Oswald Auftrieb verliehen haben. Ob die massiven Unterschlagungen, dies auch noch südlich der Alpen, wirklich als todeswürdiges Verbrechen galten im Sinne der Femegerichtsbarkeit, diese Frage wird sich Oswald kaum gestellt haben. Vielmehr lässt sich vorstellen: er hat sich die Hände gerieben, als er auf den Einfall kam, sich an ein Femegericht zu wenden. Kein Wunder, wenn er gleich in der ersten Zeile seines Liedberichtes über die Reise nach Westfalen schreibt, er sei gutgelaunt gewesen beim Aufbruch.

Kl 41 soll die Reise skizzieren. Der erste Liedtext übrigens (so stellte schon Mayr fest), der den Verlauf einer Reise folgerichtig beschreibt – kein Zertrümmern mehr der chronologischen und logischen Ordnung. Obwohl Oswald die Reiseroute ziemlich genau wiedergibt – das Reiseziel nennt er nicht; er belässt es bei zwei geheimnisvollen Andeutungen.

Von Wolkenstein brach ich nach Köln auf, gutgelaunt,
und kam nach Salzburg; mein Gastwirt, der hieß Braun.
Er hatte eine hübsche, tugendhafte Frau,
fröhlich, doch mit Anstand, höfisch im Benehmen.
Sehr freundlich war sie mir gesonnen, nichts
vergab sie sich dabei. Der Schönen meinen Dank!
Aus ganzem Herzen wünsche ich ihr viele gute Jahre;
der Herr in Seiner Güte schenke ihr das Heil.
Von meiner Ankunft hörte, bestens informiert,
der Bischof dort, Hochwürden Eberhard.
Der lud mich ein; gleich fuhr ich zu ihm hin.
An seiner Tafel haben wir uns müdgegessen.
Wohin ich kam: viel Spaß und hübsche Lustbarkeiten,
die wurden mir geboten, nicht zu knapp,
bei dem und jenem. Ich pflichte ganz dem Ritter bei,
der viel gesehn hat von der Schönheit dieser Welt.

Ich reiste bald darauf nach München, mit freiem
Geleit. Mein Dank der edlen Ritterschaft,
die mich dort einlud zu den schönen, edlen Damen.
Nach Lust und Laune haben wir gesungen, uns vergnügt.
Aus besten Lagen ward mir reichlich Wein kredenzt
in Augsburg, Ulm – dafür will ich mich gern bedanken.
In Ulm sah ich beim Tanz zu: schön der Reigen
kultivierter Mädchen; sie sangen hofgerecht.
Ein Edelmann, der führte seine Ehefrau
zu mir heran: »Nun heiße freundlich ihn willkommen!«
Sie gab zurück: »Das höre ich nun gar nicht gern!
Mir will der Tippelbruder nicht gefallen.«
So musste ich denn büßen, dass ich nur ein Auge habe.
Dem fehlt Verstand, der nur auf die Erscheinung achtet.
Schon oft erregte meine schlichte Kleidung Anstoß.
Mein Mantel sprach: »Warum musst du auch immer reisen?«

Ich ritt nach Heidelberg zu meinem hohen Herrn.
Fünf Kurfürsten traf ich dort in allen ihren Würden,
drei Bischöfe von hohem Rang, aus Köln, Mainz, Trier,
den Pfalzgrafen bei Rhein, Markgrafen von Brandenburg.
Und hoch am Hang schritt ich zum Hofportal
von Herzog Ludwig; der überragt die andren Fürsten
an Trefflichkeit und Generosität. Man ließ mich vor –
er hat mich gütigst ins Gespräch gezogen.
Und bald schon musst ich singen, manches Lied vortragen.
Vergnügt und unbelastet ging ich in sein Zimmer,
ich durfte darin schlafen; solchen Lohn
und solche Ehre hat keiner meiner Freunde je erlebt.
Ich wurde wie ein Geck bekleidet mit Mantel, Jacke
aus Fuchs und Marder. Die Reisekleidung warf ich fort.
Ein Hut, gefüttert, landete auf meinem Kopf.
Ich schwor dann, dass ich seinen Rat für mich behalte.

Auf meinem Pferd und auf dem Schiff nach Köln,
von dort nach Aachen nahm ich einen Rumpelkarren,

im Zickzack fuhr er über Stock und Stein;
ich fühlte mich ganz jämmerlich zerstoßen.
Mein Herr zu Köln und der von Berg, zwei gute Fürsten,
die haben mir sehr gnädig ihre Gunst erwiesen.
Was ich dort wünschte, wurde mir gewährt;
in meiner Sache ward ich gütig unterstützt.
Ich sage nicht, worin ich danach eingeweiht …
Am Rhein denn hab ich guten Wein verkostet. Zurück
von Fürstenberg nach Heidelberg, zum Bärtigen,
zum Herzog, Pfalzgraf, kurfürstlich im Rang.
Für Reisekosten und Verpflegung kam er völlig auf;
wohin ich kam: ich hatte frei mit Knecht und Pferd.
Nun bin ich hier und weiß schon, wie ichs deichsle,
dass ich das Ziel erreich im Schoße meiner Frau.

Ende 1427 oder Anfang 1428 dürfte Oswald zu dieser Reise aufgebrochen sein. Sie ging nicht von Hauenstein, nicht von Neuhaus, sondern von Wolkenstein aus: demnach hielt sich Oswald, zumindest gelegentlich, in diesem Felsennest auf. Hatte er hier noch mal alles überdacht, war mit sich im Reinen? Jedenfalls: gutgelaunt brach er auf.

Die gute Laune hielt offenbar an auf dieser Reise, alles verlief nach Wunsch. Er wurde besonders freundlich behandelt im Hause Braun in Salzburg. Wer war dieser Herr Braun? Oswald nennt ihn einen »wiert«. Damit war nicht gesagt, dass Oswald in einem Wirtshaus Braun unterkam, in dem sich die Wirtin entgegenkommend verhielt – »wiert« war damals der Gastgeber allgemein. Um Genaueres zu erfahren, schrieb ich an das Salzburger Landesarchiv und erhielt vom Stadtarchiv die Auskunft, es sei »mit ziemlicher Wahrscheinlichkeit anzunehmen«, dass »Hanns Prawn« der »wiert« gewesen sei. Dieser Hans Braun besaß Stadtämter, war am Handel mit Venedig beteiligt. Oswald demnach im Kontakt mit einem Vertreter des reichen Bürgertums.

Weiterreise nach München. Oswald ist es wichtig zu betonen, dass die dortigen Vergnügungen, auch mit jungen Damen, hochkultiviert waren. Dies dann auch in Augsburg, in Ulm.

Pure Ironie? Oder war das Reiselied für ein Publikum bestimmt, das sich von der »Zielgruppe« der folgenden Liedversion deutlich unterschied? Erst Honoratioren, dann Kumpane, wenn auch gehobenen Standes?

Hier gleich die Alternativ-Version des Damenzirkels zu Augsburg: Oswald besingt (in Kl 122), wie man in Schwaben auf das lange Männlichkeitssymbol seines Bartes reagierte. Oswald nicht eben auf der Höhe seiner Kunst, aber auf der Höhe seines frechen und derben Witzes. (Auch dieses Lied wird er nicht in die zweite Handschrift aufnehmen.)

Los gehts, Freunde, auf die Reise
nach Augsburg, zu den schönen Dämchen!
Wem der Bart lang runterhängt,
der wird dort sicher preisgekürt!
Doch wer da nichts zu bieten hat,
der bleib daheim, das rate ich,
er wird sonst völlig mattgesetzt,
wird grau, auf einen Schlag.
So richtig los geht erst der Spaß,
sobald der Tanz eröffnet wird
mit all den Damen, die so schön sind
und so äußerst – kultiviert!
Ich kriegte das zu spüren,
als ich in das Tanzhaus kam;
ich trug da einen prächtgen Bart,
der wirklich großen Beifall fand.

Nur eine sagte, nie zuvor
hätt sie solch ein Ding gesehn,
höchstens mal bei einem Geißbock.
Das schien mir denn zu arg:
als Geißbock eingestuft zu werden!
Mir dünkte, sie wär schief gewickelt,
hätt Füchsen Gute Nacht gesagt.
Ja, so schätze ich das ein …

Wir hopsten denn herum, possierlich,
in die Ecken ging der Tanz.
Mir schien, ich hätte mehr erreicht,
wär nur mein Bart zu Haus geblieben!
Man hätt ihn abrasieren sollen,
als ich reiten wollt nach Schwaben,
zu den Frauen, zu den Knaben –
doch diese Einsicht kam zu spät!

Und die Reise ging, wie von Oswald besungen, weiter nach Heidelberg! Schenkt man seinem Reiselied Glauben, so ging es dort höchst fidel zu – auch wieder eine Stilisierung? Hat er Realitäten ignoriert oder retuschiert?

Ludwig und Oswald werden sich, trotz all der hohen Besucher, auch mal zu einem Gespräch unter vier Augen zurückgezogen haben – der Liedtext deutet es an. Bei dieser Gelegenheit wird Oswald nach der Pilgerfahrt gefragt haben, zu der ihn der Kurfürst (vergeblich) eingeladen hatte.

Ludwig hatte sich im Heiligen Land, oder, wie man damals sagte: in »Syrien« infiziert, eine Augenkrankheit; er sah immer schlechter, wurde später blind. Auch soll er von dieser Reise eine schmerzhafte Fußgicht mitgebracht haben – zumindest war sie unterwegs schlimmer geworden.

Anfang 1428 waren Kurfürsten und Bischöfe in Heidelberg zusammengekommen, weil Ludwig zu dieser Zeit nicht reisefähig war; Beratungen über die politische Lage. Auch hier war Ludwigs Situation deprimierend: nach der Pilgerreise hatte er seine (früher starke) politische Position nicht zurückerobern können – Sigmund hatte sich als stärker, als geschickter erwiesen.

Die beiden Männer haben vielleicht nur kurz über die Pilgerreise und womöglich überhaupt nicht über die politische Situation der rheinischen Pfalz gesprochen; *ein* Punkt jedoch wurde bestimmt ausführlich erörtert: Oswalds Absicht, den Verwandten vor der Feme anzuklagen. Ludwig war hier der richtige Gesprächspartner, er war Freischöffe. Er ließ sich gewiss über den

Rechtsstreit berichten, wird dann wohl bestätigt haben, dass es in diesem Fall sinnvoll sei, Unterstützung bei der Feme zu suchen. Das war nur möglich, wenn Oswald Mitglied wurde, Freischöffe, und dazu brauchte er zwei Empfehlungen. Wahrscheinlich hat ihn Ludwig an zwei Herren zu Köln und Jülich verwiesen – sie nahmen wichtige Positionen ein in der Feme.

Und es wurde gefeiert. Oswald wohl in bester Laune: er war wieder einmal in der Südwestregion des Reichs, hatte hilfreiche Hinweise erhalten, hatte ein prominentes Publikum – er wird mächtig aus sich herausgegangen sein beim Liedersingen.

Der Erfolg jedenfalls muss ›rauschend‹ gewesen sein: Oswald wurde geehrt, beschenkt. Dass er mit dem Kurfürsten von der Pfalz in *einem* Zimmer schlafen durfte, war in der Tat eine besondere Auszeichnung – einem fahrenden Berufssänger wäre so etwas nicht angeboten worden! Selbst unter Adligen: ein besonderer Gunsterweis!

Nur ein einziges Huldigungslied hat Oswald auf eine Person des öffentlichen Lebens geschrieben: auf Ludwig.

Piccolomini skizziert ihn: »Pfalzgraf Ludwig war von friedsamem Geist und ernstem Urteil, er war klein von Person, von wohlwollender Ansprache, großem Verstand, hilfsbereit gegen seine Nachbarn, gefürchtet bei seinen Feinden, mit schönem Gesicht, weder für Geiz noch Freigebigkeit bekannt. Er hatte kluge Ratgeber. (…) Ludwig heiratete Margareta aus dem Haus Savoyen.«

Oswalds Preislied auf Ludwig (Kl 86) ist zugleich ein Loblied auf Heidelberg, auf die Kurpfalz. Dennoch bleibt erstaunlich, dass Oswald solch ein Preislied kreiert hat; so was blieb sonst lohnabhängigen Hausdichtern vorbehalten.

> O Pfalzgraf Ludewig
> bei Rhein – dein Preis
> tönt weit, verbreitet sich,
> denn keiner deinesgleichen,
> er reicht an dich heran.

Vernimm, was ich dir sage!
Ganz offenkundig, offenbar
zeigt sich dein Adelsstand:
erweist, beweist ihn, zeigst ihn vor
durch Mut und Klugheit, Generosität.
Auch freun dich, par ma foi, die Frauen –
so hörte ich von deiner treuen
Gemahlin aus Savoyen.

Ich preis dich, Heidelberg,
dort oben auf dem Hügel,
weil dort die hübschen Mädchen
das Brot, die Müschen mümmeln –
sie übertreiben nichts im Übermut.
Und werden gut behütet:
das Mechthle, Käthche, Katharinche,
und Agnes, Ingelche –
sie zeichnet Jugend aus und Tugend;
im Handeln, Wandeln sind sie tadelsfrei.
Ich lob den guten Gott mit aller Kraft
dafür, dass Er erschaffen kann
so wunderschöne Kinnerche.

Als ich auf dem Neckar reiste,
da floss das Flüsschen reißend rein
zum Rhein, dazu der Main, die Nahe
bei Bingen. Neckarau jedoch:
dort wird man übers Ohr gehaun,
dort angelt, hangelt man nach Geld!
Mir ging es wirklich herzlich gut
in Mannheim, Bacharach.
Winterfest und elegant hat mich
der liebe Bart denn ausstaffiert:
hat mich in schönen Fuchs gehüllt,
hat mich mit Marderpelz frappiert –
ich spielte nicht umsonst!

Hat Oswald in diesem Lied gemogelt? Der Pfalzgraf war ja längst nicht mehr die glanzvolle Erscheinung, die hier gepriesen wird – es wäre eher ein Klagelied als eine Jubelarie zu erwarten gewesen. Wurden Schwung und Lust vorgetäuscht? Lassen sich so die unüberhörbaren Textbemühungen erklären?

Merkwürdig auch: Oswald spielt in diesem Liedtext den fahrenden Liedersänger, der froh sein darf, wenn er vor hohen Herrschaften auftreten kann und der sich als dankbar erweist für jedes honorierende (womöglich auch noch praktische) Geschenk. Hier stellt sich die Assoziation ein an Walther von der Vogelweide, dem vom hohen Herrn in Passau ein Pelz geschenkt wurde. Dagegen war Oswald von Wolkenstein standesbewusstes Mitglied des Tiroler Adels, wenn auch nicht höchsten Ranges, und er besaß immer noch Geld genug, um sich, theoretisch, reihenweise Fuchs- und Marderpelze leisten zu können.

Denkbar, dass Oswald auch das folgende Trinklied (Kl 84) in Heidelberg geschrieben und gesungen hat – dann wohl mit einem taktfesten Partner für die zweite Stimme, den discantus.

Nun los, wir wollen schlafen!
Hausknecht, zünd ein Lichterl an!
Es ist jetzt an der Zeit,
sonst sehn wir nicht mehr klar –
den Letzten beißt der Hund.
Wenn Laien, Mönche, Pfaffen
zu unsern Frauen stiegen –
das gäbe böses Blut!

Hoch die Becher, lasst uns trinken!
Da wird die Trennung leichter
von diesem edlen Tropfen.
Und lähmt er uns die Schinken –
der wird jetzt noch getrunken!
Herr Becher, lasst Euch grüßen!

Wenn wir zu Bette stolpern,
was macht das uns schon aus!

Ganz sachte jetzt zum Türli.
Passt auf, dass wir nicht torkeln –
der Schritt kommt aus dem Takt.
Was kost vom Stoff ein Fässchen?
Herr Wirt, nun sauft doch mit!
Wir werden schon nicht maulen,
wenn Ihr Euch übergebt
nach polnischer Manier.

Tragt sanft den Fürsten her,
damit er uns nicht stürzt
auf Gottes Erdenreich!
Ich singe gern sein Lob,
er macht uns freudevoll.
Los, einer führt den andern!
Rutsch auf dem Eis nicht aus,
Herr Wirt, hier schwankt es sehr!

Wir tapsen jetzt zur Kammer.
Fragt bei der Hausmagd an:
Hat sie ihr Bett gemacht?
Das Kraut hat sie versalzen,
dazu den guten Brei,
hat auch am Schmalz gespart –
was sollen wir da meckern?
Drei Patzer sind zwar viel …

Kraut, Brei und Schmalz: drei charakteristische Stichworte nicht nur für die Küche des (offensichtlich nicht eben noblen) Lokals.

Die Breispeise wurde schon erwähnt: Gerste, Hafer, Hirse nicht nur zu Suppe verkocht, sondern auch zu Brei eingedickt! Und das Kraut? War damals ein weiter Begriff, umfasste letztlich alles, was nicht Unkraut war: diverse Kohl- und Gemüsesorten. Dominierend das Rübenkraut: Saure Rüben, geschnetzelt, gesalzen, im Fass gestampft, abgedeckt, gegoren. Ebenso wichtiger Bestandteil der Ernährung: Schmalz. Eine standesgemäße Mahlzeit musste »wohlgeschmalzen« sein. Fett und Fleisch galten als besonders wichtig. (Gelegentlich wurde Schmalz auch von Hauenstein aus zum Verkauf angeboten; üblich war der Verkauf von Laiben des ausgelassenen Schweinefetts.)

Fortsetzung der Reise: zu Pferd, dann per Schiff nach Köln. Details über diesen Reiseabschnitt hat uns Oswald nicht vermittelt. So ziehe ich einen Bericht von Thomas Coryate heran, der 1608 eine Rundreise durch Europa unternahm – zu Fuß, zu Pferd, im Wagen, per Schiff. In seinem Bericht finde ich Details, die sich übernehmen ließen: die nur sehr langsamen Veränderungen früherer Jahrhunderte.

Von Süden her war der Engländer nach Heidelberg gewandert, durch Waldgebiete, die so weit und menschenleer waren, dass man fürchten musste, sich zu verlaufen: Wege, keine Hauptroute. In der näheren Umgebung von Heidelberg registrierte Coryate großen Reichtum an Wild und Vieh, sah sogar Reiherkolonien. Staunend betrat er die Stadt, die schon damals gepriesen wurde.

Richtung Mainz ging es weiter auf dem Rhein, gesegelt, gerudert. Ab Bingen begann der Engländer zu staunen: »steile und felsige Berge« mit »ungezählten Türmen, Burgen und Festungen«!

Oswald wird hier kaum gestaunt haben, wohnhaft unter einem Berg von mehr als 2400 Metern Höhe, gewöhnt an den Anblick von Burgen auf Felsspornen, an Felswänden. Eine Besonderheit dürfte aber auch für ihn die Burg bei Kaub gewesen sein, mitten im Fluss, etwas Besonderes auch die Stromschnellen zwischen Oberwesel und St. Goar. Wahrscheinlich wurde auch auf seinem Schiff von den Wirbeln, Strudeln dieses Flussabschnitts erzählt; bei Sturm wagte kein Schiffer, diese Zone zu passieren – man konnte verschlungen werden vom Strudelschlund!

Zwischenlandung in St. Goar. Zu diesem Städtchen erzählt der Engländer: Gleich hinter dem Stadttor hing an einer Kette ein großer, eiserner Kragen, den hob man jedem Besucher, der zum ersten Mal nach St. Goar kam, über den Kopf, und man wurde erst wieder davon befreit, wenn man eine Kanne Wein spendiert hatte, die von den Umstehenden geleert wurde, auf das Wohl des Reisenden. Gab es das schon zu Oswalds Zeit? Schlimme Assoziationen, falls ihm der Eisenring aufgehalst wurde?

Weiter nach Lahnstein. Und Koblenz, überragt von der mächtigen, als uneinnehmbar geltenden Festung. Übernachtung in Oberwinter; man erzählte sich Geschichten, meist lustige; um drei Uhr morgens ging es weiter.

Vor allem im letzten Reiseabschnitt fiel Coryate auf: am Rhein standen die Galgen und Räder so dicht wie nirgendwo sonst auf seiner Rundreise. Es gab in dieser Region auch besonders viele Räubertrupps; sie plünderten die Reisenden auf den Straßen nicht bloß aus, sie schnitten ihnen meist auch die Gurgeln durch. Und schnell setzten sie sich ab in die nahen Wälder. Wurden Räuber gefasst, so hängte man sie oder flocht sie aufs Rad: mannsgroße Räder mit eisernen Kuppen und Spitzen, und die zerbrachen die gestreckten Arme und Beine, zuletzt wurde der Rumpf zerstört. Die kaputtgemachten Körper blieben erst mal gerädert; Leichen, Skelette als Abschreckung. Impressionen einer Rheinfahrt ...

Und die führte schließlich nach Köln; diese Stadt bewunderten alle Reisenden, vor allem, wenn sie per Schiff kamen. Die hohen und starken Stadtmauern bis unmittelbar an den Rhein, die riesige Zahl an Kirchtürmen: gab es in Köln wirklich so viele Kirchen wie Tage im Jahr? Das wurde erzählt, der Engländer wollte es nicht so recht glauben, aber unvergleichlich groß war die Zahl der Kirchen durchaus, kein Zweifel. Und staunenswert die Größe der Plätze, beispielsweise des Heumarkts. Und der unfertige Dom: dass dieser Kirchbau nicht vollendet war, beklagte der englische Reisende sehr.

Piccolomini: »Was soll man von Köln sagen? Man wird in Europa nichts Großartigeres finden: prachtvoll an Kirchen und Gebäuden, bedeutend an Einwohnerzahl, reich an Schätzen, die Dächer mit Blei gedeckt, von Palästen geschmückt, von Türmen beschirmt und vom Rheinstrom und üppigen Auen ringsum herrlich umrahmt.«

Hier suchte Oswald den Erzbischof Dietrich von Moers auf, einen Freischöffen. Beim ersten Reichskrieg oder »Kreuzzug« gegen die Hussiten, 1421, hatte sich Dietrich besonders hervorgetan. Das war von König Sigmund honoriert worden mit der Vollmacht, alle Freigrafen der Feme in Westfalen versammeln und ihre Handlungen, ihr Verhalten überprüfen zu können; wer seiner Ladung nicht folgte, galt als meineidig und fiel in Ungnade von König und Reich. Im Namen des Königs konnte Dietrich auch Belehnungen vornehmen mit Freigrafschaften – der Erzbischof als Statthalter über alle »heimlichen Gerichte«.

Möglicherweise legte ihm Oswald eine Legitimation oder Empfehlung von Pfalzgraf Ludwig vor. Der Erzbischof wird sich daraufhin bereit erklärt haben, dem Wolkensteiner ein günstiges Zeugnis auszustellen.

Oswald mietete einen Karren Richtung Aachen, sprach unterwegs vor bei Herzog Adolf von Jülich und Berg, Stuhlherr einiger Freigerichte; der wird wohl die zweite Ehrenerklärung abgegeben haben. Beide Herren mussten unter Eid bestätigen, dass der Antragsteller »echt und frei« sei, dass man von keiner Missetat wisse, die ihn unwürdig mache – da war es für Oswald ja günstig, dass Tirol so weit von Westfalen entfernt lag …

Führten ihn die beiden Männer persönlich vor einen Freistuhl oder ließen sie sich durch Bevollmächtigte vertreten? Von Köln aus wandte man sich vorzugsweise an den Freistuhl Neustadt, im Bergischen. Vielleicht war Oswald mit den Fürsprechern oder ihren Stellvertretern auch zu einem anderen Freistuhl geritten.

Oswalds Vereidigung fand nicht zu nächtlicher Stunde statt – und nicht in einem der finsteren Gewölbe, vor denen man sich im 19. Jahrhundert so angenehm gruselte: Freistühle tagten meist morgens bis mittags, unter freiem Himmel. Sie wurden nach den nächstliegenden Ortschaften benannt, trugen vielfach Zusatznamen, die den Sitzungsort genauer bezeichneten: Auf dem Grashof ... Unter der Linde ... Unter der großen Eiche ... Unter der breiten Eiche ... An der Steinbrücke ... Vor dem Klüppelberg ... Unter den vierzehn Eichen ...

Vor solch einen Freistuhl also wurde Oswald geführt. Er legte zwei Finger der rechten Hand auf Schwert und Strick, sprach den Schöffeneid. Er gelobte, die Feme geheimzuhalten, gelobte, vor den Freistuhl alle Kapitalverbrechen, von denen er selbst wusste oder durch zuverlässige Personen erfuhr, in die heimliche Acht zu bringen, gelobte, bei der Hinrichtung eines Verfemten mitzuwirken, beschwor das bei Torf und Zweig, bei Stock und Stein. Danach wurden dem neuen Schöffen heimliche Lose und Zeichen zugeteilt.

Zuerst, so nehme ich an, hatte Oswald eindrucksvoll Ungenaues gehört über eine Rechtsmethode, mit der man auch den stärksten Kontrahenten aufs Kreuz legen kann. In Heidelberg, Köln, Aachen hatte er Genaueres erfahren. Nun, als Freischöffe, war er »wissend«. Was müssen wir wissen von dem, was er jetzt wusste?

Wie diese besondere Art der Rechtsprechung funktionierte und auf welchen Voraussetzungen, darüber informiert das Buch *Die Feme* von Theodor Lindner.

Femegerichte waren oder erklärten sich für zuständig in Fällen von Diebstahl, Verrat, Kirchenschändung, Notzucht, Raub, Mord, und zwar dann, wenn der zuständige Richter den Kläger abwies. Außerdem war die Feme zuständig oder erklärte sich für zuständig bei der »Handtat«: ertappten Mitglieder der Feme einen Dieb, Kirchenschänder oder Räuber auf frischer Tat, so hängten sie ihn am nächsten Baum auf: Standrecht. Erhängen beispielsweise für einen Diebstahl: hier war die Feme nicht strenger als die offizielle Rechtsprechung des Mittelalters. »Den Dieb soll man hängen«, lautete ein allgemein anerkannter Rechtsgrundsatz. Auch wer Felddiebstahl beging, Holz stahl, wurde gehängt. Ein Reisender durfte unterwegs für sein Pferd nur so viel Hafer schneiden, wie er mit einem Fuß im Steigbügel, mit dem anderen Fuß auf dem Boden erreichen konnte – schnitt er mehr und wurde dabei erwischt, so verurteilte man ihn zum Tode. Die mittelalterliche Rechtsprechung kannte verschiedene Todesarten, für die Feme gab es nur eine: Hängen. Der Hanfstrick, die Weidengerte als Symbole der Fememacht. Drei Freischöffen mussten die Hinrichtung gemeinsam vollziehen. Ein Grundsatz, der wohl private Racheaktionen verhindern sollte; zugleich eine technische Notwendigkeit, denn ohne Gegenwehr ließ sich kaum ein Dieb am nächsten Baum aufknüpfen.

Jeder Freischöffe also ein potentieller Henker, und davon liefen in Westfalen mindestens zehntausend herum. Das ständige Drohen mit Strick und Weidenrute blieb allerdings wirkungslos: Lindner weist darauf hin, dass in der Blütezeit der Feme die öffentliche Sicherheit in Westfalen geringer war als je zuvor.

Das lag auch daran: die wenigsten Todesurteile wurden vollstreckt. Je weiter der Verurteilte von Westfalen entfernt wohnte, desto sicherer war er. Südlich des Mains, südlich der Donau, erst recht südlich des Inn – wo waren denn dort die Freischöffen, die ein Todesurteil ausführen konnten, ausführen wollten?

Wie man Drohungen Nachdruck verleihen sollte, dies wurde für die Feme schließlich zur Überlebensfrage. Im Lauf der späteren Jahrzehnte, Jahrhunderte wurden Femegerichte zu bloßen Rügegerichten.

Die Todesstrafe konnte bei finanziellen Rechtsstreitigkeiten allerdings nicht angewendet werden. Hier lagen im Prinzip Grenzfälle vor; die Feme sollte ja vor allem bei Kapitalverbrechen zuständig sein, also Blutgerichtsbarkeit üben. Dennoch waren es vorwiegend Geld- und Besitzfragen, mit denen sich Freistühle befassten – und mit denen sie reich wurden, durch hohe Gebühren: die Methode des ›kurzen Prozesses‹ war meist langwierig und kostspielig.

Was konnte Oswald von einem Feme-Prozess gegen Hans von Villanders also letztlich erwarten? Bei Rechtsstreitigkeiten um Geld und Gut sprach ein Freistuhl einem anklagenden Freischöffen meist das Recht zu, sich am Angeklagten schadlos zu halten, und zwar bis zur Höhe des eingeklagten Betrages. Bei dieser Eintreibung durfte man auch »Gut und Leute« des Prozessgegners »belasten«, mit frei gewählten Methoden, konnte sie also legal berauben, mit Helfern.

Auf der Rückreise hat Oswald noch einmal den Pfalzgrafen besucht. Der wird ihm jetzt erst das Dokument vorgelegt haben, das er Oswald vor dem Schöffenschwur nicht hatte zeigen dürfen: ein Frage- und Antwortkatalog zur Rechtspraxis der Feme.

Gestellt hatte die Fragen König Ruprecht, und zwar 1408; die schriftlich formulierten Fragen hatte sein Hofschreiber Johann Kirchen (ebenfalls Mitglied der Feme) vier original-westfälischen Freischöffen vorgelegt, die zu dieser Zeit im Heidelberger Rebstockhaus logierten. Einer von ihnen war Landadliger, ein anderer Knappe, sie kamen aus Volmarstein oder aus der Gegend von Unna. Die vier formulierten schriftliche Antworten auf die Fragen, erteilten auch mündlich Auskunft, der Sekretär stellte aus Fragen und Antworten ein Protokoll zusammen.

Lindner, der es ediert und kommentiert hat, betont, es handle sich hier nicht um ein »offizielles Rechtsbuch«, sondern um eine »gewissermaßen private Aufzeichnung«. König Ruprecht hatte sie seinem Sohn Ludwig vererbt, der zeigte sie Oswald, ließ für ihn offenbar eine Abschrift anfertigen, Oswald nahm sie mit nach Tirol.

Ein kleines Heft aus fünf in der Mitte gefalteten Blättern. Auf der Rückseite ein Siegel aus dunkelgrünem Wachs, allerdings nicht mit dem Wolkenstein-Wappen. Einige Reste von Hanffäden unter dem Siegel zeigen, dass dieses Protokoll mit einer Schnur verschlossen worden war: geheime Verschlusssache. Auf der Rückseite zusätzlich der Vermerk, das Dokument dürfe nur von Freischöffen gelesen werden. Später wurde hinzugefügt: »Man soll es verbrennen, wenn ich sterbe.« Auf der ersten Seite eine Federprobe des Schreibers, quer über das Blatt: »Heidelberg«. Auf der Rückseite ist die Jahreszahl der Abschrift vermerkt: 1428.

Dieses Protokoll ist nicht verbrannt worden, es wurde im Wolkenstein-Rodenegger Familienarchiv aufbewahrt. In Verbindung mit den »Ruprechtschen Fragen« taucht der Name Oswald von Wolkenstein auch in der Rechtsgeschichte auf, in Untersuchungen zum Femewesen.

Hatte die Feme überhaupt Einfluss, Wirkung, Macht in Tirol? War die Feme jenseits des Brenner mehr als ein Gerücht?

Ich ziehe einen Aufsatz heran von P. Justinian Ladurner: *Das Hereinragen des Fehmgerichtes in Tirol.* Hier finde ich aufschlussreiche Details. Zum Beispiel, dass Kaspar von Gufidaun, Hauptmann zu Bruneck, Freischöffe war; mit ihm stand Oswald in Verbindung, vor allem in seinen späteren Rechtskämpfen mit der Gemeinde Am Ritten. Und ein Landrichter zu Gries, Verwalter auf Hoch-Eppan, Bürger aus Bozen, er war ebenfalls Freischöffe. In einer Urkunde, in der sie sich nannten, stellten sie beide fest, sie seien als Freischöffen aktiv geworden, »ohne Willen und Wissen« ihres gnädigen Herrn, des Herzogs Friedrich von Österreich. Verständlicherweise, denn Friedrich musste die Feme (»Reichsgerichtsbarkeit«) ablehnen, weil sie sein Hoheitsrecht als Landesherr umging oder unterlief; er konnte nicht zulassen, dass Rechtsprechung exportiert, Rechtsvollzug importiert wurde.

Um so erstaunlicher: auch Ehrwürden Bischof Ulrich II. von Brixen war Freischöffe! Wusste Friedrich davon, oder half er, das zu vertuschen?

Interessante Hinweise, doch die entscheidende Information finde ich nicht: wie tief »ragte« die Feme in Tirol »herein«? Da es hier um geheime Gerichte geht, werden sich kaum zuverlässige Angaben machen lassen.

Aber die Konstellation kann rasch skizziert werden. Es gab, auch in Tirol, nur so etwas wie eine Landes-Gerichtsbarkeit, und die war weithin von Gewohnheitsrechten bestimmt. König Sigmund setzte zwar nicht alles, aber viel daran, dass auch hier zentralisiert wurde. Regionalherren wie Herzog Friedrich waren strikt dagegen – eine Machtfrage. Die Feme wurde von König Sigmund (selber Freischöffe!) unterstützt, um die Zentralisierung der Rechtsprechung zu fördern; er arbeitete hin auf eine Kanonisierung von

Kaiserrecht, von verbindlich kodifiziertem Recht. Oswald, als Königstreuer, wird das später propagieren, in Reimform.

Mit der Umsetzung der Feme-Urteile allerdings wurde es schwierig, auch in Tirol. Angenommen, Oswald wäre von der Feme das Recht zugesprochen wurde, dem verurteilten Vetter abzunehmen, was der einbehalten hatte, so hätte der Kläger nur wenig aktive Unterstützung zu erwarten gehabt bei einer Zwangsvollstreckung.

Zusätzlich noch diese Schwierigkeit: Hans von Villanders hielt sich viel im Ausland auf, als Verwalter und Richter im Dienst der Görzer Grafen; einer der Sitze war Burg Heinfels bei Sillian, wichtiger militärischer Stützpunkt der Görzer. Wie dort an Vetter Hans herankommen, um das Urteil zu vollstrecken?

Der Rechtsstreit zwischen Oswald von Wolkenstein und Hans von Villanders: Im Nürnberger Archiv liegt ein Faszikel hierzu mit etwa vierzig Dokumenten.

Dennoch bleibt offen, ob sich Oswald nach der Rückkehr vom Feme-Trip bewusst oder gezwungenermaßen Zeit gelassen hat, ehe er gegen Hans von Villanders vorging – erst in der zweiten Jahreshälfte 1428 oder zu Beginn des darauffolgenden Jahres schickte er einen Bevollmächtigten nach Westfalen.

Die erste Aktion blieb ohne Erfolg; Hans von Villanders reagierte nicht auf die befristete Vorladung aus Westfalen. Entstanden für Oswald erste Zweifel an der Wirksamkeit der Feme? Im Frühjahr 1429 fand denn eine Briefkampagne statt: Schreiben, in denen Hans von Villanders die Fehde erklärt wurde, mal mit zwei, mal mit vier, mal mit mehr als zwanzig Absendern – das muss organisiert worden sein!

Als Beispiel ein Brief der drei Brüder von Schwangau. Sie verzichten auf die üblichen Ergebenheitsfloskeln des Briefbeginns, es heißt betont knapp: »Wisse, Hans von Villanders …« Als Erstes wird festgestellt, dass ihm die drei aus Schwaben schon einmal geschrieben hatten »wegen unseres Schwagers Oswald von Wolkenstein« und »dass wir in dieser Angelegenheit keine Antwort von dir erhalten haben«. Weiter heißt es, Oswald habe sich mit Nachdruck über ihn beklagt, »weil du ihm seine Urkunden und sein Geld vorenthältst, gegen Gott und alles Recht, die er dir treuhänderisch übergeben hat«. Dadurch sei ihm und »unserer Schwester und ihren Kindern erheblicher Nachteil und Schaden entstanden und entsteht täglich weiterhin«. Und nun die Ansage der Fehde: »Darum wollen wir deine Feinde sein und alle, die wir sonst noch dazu bringen können, bis er und unsere Schwester und ihre Kinder Genugtuung durch dich erhalten.« Der Brief ist besiegelt durch Heinrich, Hans und Thomas von Schwangau, »alle drei Brüder«; es folgen 18 weitere Namen – wohl Bürger der näheren Umgebung.

Ob dieser Brief den Adressaten beeindruckt hat? Wahrscheinlich war ihm gleichgültig, wie man in der Schwangauer Region über ihn dachte – er würde kaum jemals dorthin reisen und sich damit in Gefahr bringen. Mochten sie im schwäbischen Ausland also drohen und toben ...

Oswald wandte sich nach dieser erfolglosen Briefkampagne erneut an die Feme. Zwei Regesten des Wolkenstein-Rodenegger Archivs zeigen, dass die Sache in der Zwischenzeit nicht geruht hatte. So schrieb am 4. April der Freistuhl von Arnsberg an einen (namentlich nicht genannten) »hochgeborenen Fürsten« wegen einer Klage Oswalds von Wolkenstein. Und am 29. August schickte König Sigmund aus Wien ein Schreiben an einen Freigrafen des heimlichen Gerichts, kündete Oswald von Wolkenstein an, forderte den Adressaten auf, ihm behilflich zu sein. Die Fäden waren gezogen.

Zur (erneuten) Anklageerhebung reiste Oswald nicht selbst nach Westfalen. War es ihm zu riskant, weil er damit gegen die Abmachung der Urfehde verstoßen hätte? Oder erschien es ihm überflüssig, war ihm die lange Reise zu unbequem? Hier die Vollmacht, die er seinem Stellvertreter ausstellen ließ (durch einen Schreiber, der Mitglied der Feme sein musste).

»Ich, Oswald von Wolkenstein, Freischöffe, des allerdurchlauchtigsten Römischen Königs vereidigter Diener, entbiete allen Freigrafen der Freistühle des Femegerichts, die Gott und dem Heiligen Reich einen Schwur geleistet haben und denen diese Urkunde gezeigt wird, meine freundlichen Grüße.

Ich habe Eitel Volmar, diesem meinem Diener, den Auftrag erteilt, etwas an meiner Stelle am Freistuhl vorzutragen, das vor allem den Grafen Hans Meinhart von Götz, den Bischof von Brixen und Hans von Villanders betrifft. Zu welchem Freigrafen dieser mein obengenannter Diener kommt, man kann ihn in dieser Sache als meinen Stellvertreter betrachten, als wenn ich selbst an seiner Stelle stünde. Und ich verlange in dieser Sache eine gebührende gerichtliche Behandlung.

Ihr sollt wissen, dass mir der obengenannte Herr von Görz nicht gehalten hat, was er mir mit Brief und Siegel versprach. Eine Abschrift wird euch vorgetragen werden. Hans von Villanders hat mir nachgesagt, ich hätte mein Ehrenwort gebrochen in einer Angelegenheit, worüber den beiden vom Freigrafen zu Arnsberg einst etwas Schriftliches zugegangen ist, und zwar: sie sollen sich wegen dieser Bezichtigung binnen sechs Wochen mit mir vergleichen. Das ist aber nicht geschehen, zu meinem Schaden.

Mein Diener ist in der genannten Angelegenheit unterrichtet, und Ihr werdet die Sache vorgetragen bekommen, wer auch immer der Freigraf ist, vor den der Kläger gelangt. Ich wünsche in dieser Sache eine gerichtliche Verhandlung.

Versiegelt mit meinem eigenen aufgedrückten Siegel. Gegeben zu Brixen, am 5. September 1429.«

Diese Vollmacht enthält zwei erstaunliche Informationen: dass Oswald zugleich auch Bischof Ulrich und einen der Görzer Grafen verklagt hatte. Zum ersten Mal? Oder war mit dem »hochgeborenen Fürsten« des Schreibens vom 5. April auch schon Graf Meinhart von Görz gemeint?

Hier ist einer der Punkte, an denen ich nicht klarsehe. Weshalb klagte Oswald diesen Grafen an? Hans von Villanders war, wie schon erwähnt, Verwalter und Richter in der Vorderen Grafschaft Görz – welcher der Görzer Grafen war sein Dienstherr? In der Urkunde vom 8. Juli 1426 lese ich in der Eröffnungszeile: »Ich, Hans von Villanders, derzeit Lehensrichter des hochgeborenen Fürsten, meines gnädigen Herrn, Graf Heinrich, Graf zu Görz und Tirol«.

Mir hätte entschieden besser gepasst, wäre er Lehensrichter des Grafen Hans Meinhart gewesen, so ließe sich eine Beziehung zwischen zwei Gegnern Oswalds dokumentieren. Dass Hans von Villanders ausgerechnet für den Görzer Grafen arbeitete, der Oswald zeitweilig protegierte, das macht die Sache noch undurchsichtiger.

Und der Bischof von Brixen? Welche Rolle spielte er hier? Es musste schon Gravierendes vorliegen, wenn Oswald sogar den Bischof anklagte! Gewiss hatte Oswald zuvor noch einmal den Ruprecht'schen Katalog konsultiert. Und da lautete die 18. Frage: »Wenn einer geweiht ist, kann man ihn dann nicht vorladen und verfemen?« Die Antwort der Experten: »Wer geweiht ist, so gering auch sein Rang sei, der gehört vor seinen Vorgesetzten; man soll ihn, bei einem Vergehen, seinem Bischof überantworten.« Knifflige Frage: wem aber soll man einen Bischof überantworten?

Als Oswald erfuhr, der neue Bischof sei ebenfalls Freischöffe, war dies für ihn die Lösung des Problems, nun konnte er ihn vor der Feme verklagen, Freischöffen unter sich. Das Verfahren lief in solchen Fällen meist so: Der angeklagte Freischöffe legte vor einem Freistuhl seine Version dar, erklärte sich für unschuldig, leistete seinen Eid darauf, gemeinsam mit drei Eideshelfern; der anklagende Freischöffe überbot ihn mit sieben Eideshelfern; der angeklagte Freischöffe »antwortete« mit vierzehn Schwurhänden; der anklagende Freischöffe bot einundzwanzig Eideshelfer auf – höher ging es nicht. Dieses Spiel nannte sich das Übersieben.

Worauf ließ Oswald sich hier mal wieder ein?! Offenbar hat er seine Nebenklagen zurückgezogen, denn nach dem Dokument vom 5. September finde ich den Görzer Grafen und den Brixener Bischof nicht mehr erwähnt.

Am 3. Oktober wurde an Hans von Villanders ein Mahnbrief vom Freistuhl zu Volmarstein geschickt – neben Arnsberg einer der bekanntesten, offenbar am häufigsten konsultierten Freistühle.

»Sehr geehrter Herr. Bei mir ist, am Freistuhl vor der Burg zu Volmarstein, vor dem öffentlichen Femegericht, ein bevollmächtigter Kläger namens Eitel Volmar gewesen, der Klage erhob im Auftrag des wohlgeborenen Herrn Oswald von Wolkenstein. Diese Klage stellt Euren guten Leumund und Eure Ehre in Frage. Ihr sollt dem obengenannten Herrn Oswald gegenüber getan haben, was ihn an Leib und Ehre trifft. Und zwar geht es um die Urkunden und sein Geld, die er euch in gutem Glauben anvertraut hat und die Ihr ihm gegen Gott, Ehre und Recht vorenthaltet.

In dieser Sache ist Euch zuvor schon einmal ein Mahnbrief geschrieben und zugestellt worden. Ihr habt darauf weder eine schriftliche noch eine mündliche Antwort erteilt. Dies ist ungebührlich. Darum erfüllt nun binnen vierzehn Tagen dem obengenannten Herrn Oswald gegenüber, wozu Ihr durch Ehre und Recht verpflichtet seid. Geschieht dies aber nicht und klärt Ihr diese Angelegenheit nicht und kommt obengenannter Oswald von Wolkenstein oder der obengenannte Eitel Volmar wieder hierher und fordert, dass ein Richtspruch über Euch gefällt wird, so bin ich verpflichtet, aufgrund der Anklage ein Urteil zu fällen, wie es dem Rechtsbrauch entspricht: ich kann dies, gebunden an meinen Eid, nicht unterlassen. Richtet Euch danach, so gut es geht.

Wir warnen Euch mit diesem Brief: lasst es nicht so weit kommen, sonst wird mit der ganzen Härte des Gesetzes geurteilt.

Wie Ihr Euch in dieser Angelegenheit zu verhalten gedenkt, darüber verlange ich eine schriftliche Auskunft, und zwar durch den Boten und Überbringer dieses Briefes. Ich werde mir dann entsprechende weitere Schritte vorbehalten. Gott sei mit Euch.«

Offenbar ist Hans von Villanders bei seiner Taktik geblieben: gar nicht erst antworten.

Am 27. November wurde das nächste Schreiben an ihn geschickt, diesmal vom Freigericht im Baumgarten zu Arnsberg. Nun ist der Wortlaut entschieden westfälisch! »Hans von Flanders« wird darüber informiert, dass bereits zum zweiten Mal ein Kläger vorstellig geworden ist; der Angeklagte soll sich zum schriftlich mitgeteilten Termin im Baumgarten von Arnsberg einfinden; der Name des Klägers ist Oswald von Wolkenstein; der Angeklagte soll den Gerichtstermin nicht versäumen; die Klage geht an Leben und Ehre.

Wieso wurde Hans von Villanders nun aus Arnsberg angeschrieben – und das zum zweiten Mal? Das vorherige Schreiben war doch aus Volmarstein gekommen!

Dieses zweite Schreiben konnte noch keine Reaktion sein

auf das Schweigen des Hans von Villanders zum Schreiben vom 3. Oktober. Man brauchte damals knapp vier Wochen für die Reise von Westfalen ins südliche Tirol, dort kam der Mahnbrief also erst Anfang November an; dann zwei Wochen Bedenkzeit, sicherheitshalber vielleicht um eine weitere Woche verlängert: Ende November; wieder die Rückreise eines Boten nach Westfalen: Ende Dezember. Zu dieser Zeit erst konnte man sich auf den Brief vom 5. Oktober beziehen. Die Schreiben aus Volmarstein und aus Arnsberg können demnach keinen direkten Zusammenhang haben, zeitlich nicht und grundsätzlich auch nicht: Freistühle als Konkurrenzunternehmen. Oswald hat also Hans von Villanders gleich vor zwei Freistühlen verklagt, und zwar vor den beiden bekanntesten!

Hans von Villanders hatte dennoch wenig Grund, beunruhigt zu sein. Denn in dieser Zeit kam Oswald eine ganz andere Geschichte dazwischen – eine aberwitzige Verknotung, wieder einmal!

Oswald war im Oktober dieses Jahres beteiligt, und zwar entschieden, an einer Aktion gegen Bischof Ulrich. Dieser energische Mann hatte die Rechte des Domkapitels nicht respektiert, hatte offenbar selbstherrlich Entschlüsse gefasst, für die eigentlich das Gremium zuständig war. Worum es dabei ging, konnte noch nicht geklärt werden; über den Ablauf der Ereignisse jedoch sind wir informiert. Bischof Ulrich hat in seinem Tagebuch ausführlich (wenn auch subjektiv) berichtet; Peter Beier (Theologe, viel zu früh verstorbener Freund) hat mir den Text übersetzt; ich kam mit dem stellenweise krausen (Küchen)Latein nicht zurecht.

»Es folgt hier der Streitfall zwischen mir und den Domherren, und zwar wie sie mich gemeinsam mit einigen Amtsleuten, die ihnen Helfershelferdienste leisteten, gefangen setzten und ohne verständliche Ursache zur Abfassung unrechtmäßiger Schriftsätze zwangen, wobei alles andere als die reine Wahrheit zum Vorschein kam.

Es ist festzuhalten, dass an einem Tag im Oktober das ganze Domkapitel zur Burg kam, um von mir einen Rat zu erbitten in einer Angelegenheit, die ihnen als Vorwand diente. Ich erteilte ihnen gutgläubig meinen Rat, so dass sie wohl zufriedengestellt waren. Danach habe ich ihnen gesagt: ›Meine Brüder, ich hege den Verdacht, dass ihr irgendeinen Anlass zum Streit mit mir sucht. Wenn das so ist, sagt es mir, und ich bin jederzeit bereit, mich mit euch in Freundschaft zu verständigen.‹

Sie gaben sich darüber hocherfreut, dankten mir sehr und sagten: ›Ihr sprecht freundlich. Es wäre in der Tat nötig, dass wir mit Euch eine Unterredung hätten.‹

Darauf antwortete ich ihnen: ›Setzt mir einen Termin. Ich komme zu euch und will alles tun, was ich aus Billigkeitsgründen zu tun verpflichtet bin.‹ So trennten wir uns freundschaftlich.«

Aber das war erst der Beginn des Streits, bei dem Oswald schließlich handgreiflich wurde gegenüber dem Bischof. Was hatte er eigentlich zu tun mit den Auseinandersetzungen zwischen Domkapitel und Bischof? Er war kein Mitglied des Leitungsgremiums, er war »geborener Gotteshausmann«, zu dieser Zeit freilich ohne Amtsfunktionen im Hochstift. Wahrscheinlich bestanden persönliche Beziehungen zwischen Oswald und dem Dompropst, dem Magister Seldenhorn.

Wo war hier also die Motivation? Oswald als Verteidiger verbriefter Rechte: auch ein Bischof darf sich nicht über Zuständigkeiten eines Gremiums hinwegsetzen – selbst wenn es vorwiegend aus (studierten) Bürgern besteht? Oder ging es weniger um Prinzipielles als um Privates? Sah Oswald eine Gelegenheit, gegen Bischof Ulrich vorzugehen, und zwar direkt, ohne Umweg über die Feme in Westfalen?

Zur Fortsetzung des Berichts nun wieder Ulrich Putsch: »Weiter ist festzuhalten, dass die Domherren mich am sechsten Festtag vor Allerheiligen [28. 10. 1429] bitten ließen, zur Kapitelversammlung zu kommen, die sie im Hospital hielten. Als ich dort ankam, legten sie mir ein Dokument vor, in dem einige Artikel enthalten waren, die ich seinerzeit abfassen musste und die zu ändern sie mich baten. Nachdem ich sie durchgelesen hatte, antwortete ich: ›Liebe Brüder, diese Abänderung ist diskriminierend und entspricht weder eurer noch meiner Würde. Wenn wir uns hier gegenseitig verklagen, so könnten daraus üble Konsequenzen entstehen. Ihr solltet jetzt eines tun: Eure Meinung in einem Abänderungsvorschlag niederschreiben, der weder ehrenrührig ist noch verdächtig wirkt. Was immer ich dann mit Gott und der Ehre vermag und was immer ich tun oder lassen muss, ich werde es tun.‹

So sprachen mir alle einmütig ihren Dank aus und versicherten mir, einen anderen Abänderungsvorschlag zu verfassen. Inzwischen aber (als ich mir bereits sicher war, dass ich von diesen Leuten nichts Gutes erwarten durfte) hatten sie den Dompropst Andreas Kobrill, den Oswald von Wolkenstein und den Magister Heinrich Seldenhorn zum herzoglichen Hof geschickt. Diese Herren warfen mir mannigfache Verbrechen vor, und zwar mit derartigem Nachdruck, dass der Herzog ihnen seine Zustimmung gab, mich gefangen zu nehmen und entweder dem Papst oder dem Erzbischof von Salzburg vorzuführen. Dazu händigte er ihnen auch ausreichende Bevollmächtigungen aus. Und so bildeten diese drei mit zweiunddreißig Amtsleuten ein Komplott und kamen am Sonntag vor Allerheiligen nach Sterzing. Dort trafen sie Vorbereitungen, wie sie mich in die Hände der Sünder überlieferten.«

Peter Beier wies mich darauf hin, dass Putsch hier eine Formulierung aus der Passionsgeschichte zitiert, ohne Anführungsstriche: so wird hochstilisiert! Die Fakten aber werden nicht genannt. Sie müssen gravierend gewesen sein, sonst hätte der Herzog gewiss nicht die Genehmigung erteilt, seinen Kanzler und Protegé zu verhaften und einer anderen Rechtsinstanz vorzuführen! Allein schon, dass Oswald von Wolkenstein zu den Wortführern der Oppositionsgruppe gehörte, hätte Friedrich warnen müssen.

Putsch hat bezeichnenderweise eine zweite Version der Unterredung diktiert, hat sie aber wieder streichen lassen: »Inzwischen waren der Dompropst, Oswald von Wolkenstein und Magister Heinrich Seldenhorn nach Innsbruck gekommen und tischten dem Herrn Friedrich, Herzog von Österreich, lang und breit Lügen über mich und meine Person auf. Dabei führten sie derartig Klage und informierten den Herzog durch Lug und Trug, dass dieser ihnen erlaubte, mich entweder gefangen zu setzen oder zur Abfassung unerlaubter Verfügungen zu erpressen. Aber trotz geringer Befugnisse taten sie mehr, als ihnen grundsätzlich zustand. Sie beachteten nämlich nicht, dass der Dompropst mir, als seinem Bischof, durch Eid verpflichtet war und dass Oswald mein Vasall war, der gute Verträge besaß.«

Am 30. Oktober kam es zum Zusammenstoß. »Genau an diesem Tag schickte ich Kaspar von Gufidaun und Heinrich Müller zu den erwähnten Amtsleuten, weil man mich aufgefordert hatte, mich zu rechtfertigen, und weil ich meine Bereitschaft zu einem gerichtlichen Verfahren vor dem Papst, vor dem König, vor dem Salzburger Herrn oder vor einem geheimen Gericht unter Beweis stellen wollte. Dies aber lehnten sie rundweg ab mit der Begründung, dass sie mich viel lieber selbst vernommen hätten.

So standen nun die Dinge; ich hatte keine weitere Sorge oder Angst, schon gar nicht fürchtete ich die Domherren, weil ich in der Vergangenheit mit einigen von ihnen gespeist hatte und sie auch mit mir.

Die Domherren und die erwähnten Amtsleute versammelten sich im Hospital und schickten zu mir einen Domherrn namens von Freiberg mit der Anfrage, ob ich zu ihnen kommen wolle oder ob sie zu mir kommen sollten, weil sie mir vonseiten des Herzogs einiges mitzuteilen hätten. So veranlasste ich sie, zu mir zu kommen, weil ich ihnen guten Malvasier vorsetzen wollte. Und so kamen sie alle, in einer Gruppe. Und der Magister Heinrich Seldenhorn ging (wie weiland Judas) allein (abgesehen von einem Begleiter) voraus und schlug an die Tür, die nach Sitte und Herkommen sowieso nicht verschlossen war. Er machte Drohgesten zu den anderen, die noch nicht herangekommen waren, sondern noch weiter hinten standen; auf seine Anweisung hin eilten sie herbei, zuerst die Amtsleute und nach ihnen die Domherren. Die Amtsleute betraten sofort den Flur, während die Domherren vor der Tür blieben. Da es an mir war zu reden, hieß ich sie willkommen und nahm sie freundlich auf. Sie dankten, und einige streckten mir sogar die Hände entgegen. Sogleich ließ ich Malvasier holen und führte sie mit mir nach oben in mein Gemach. Als sie aber mein Gemach betraten und ich ihnen Konfekt bringen wollte und dabei in die Nähe der Tür geriet, versetzte mir Oswald von Wolkenstein einen gewaltigen Schlag, indem er mich von hinten mit der Faust stieß und rief: ›Hiergeblieben! Dein Blättchen hat sich gewendet!‹

Ich antwortete: ›Was machst du da? Ich glaube, du bist nicht ganz bei Trost!‹

Darauf er: ›Setz dich sofort hin, sonst passiert was!‹ Da setzte ich mich hin. Dann zeigten sie mir einen Abänderungsvorschlag, in dem geschrieben stand, welche Forderungen das Kapitel an mich stellte – und das überstieg nun wirklich alles Maß! Dann übergaben sie mir im Auftrag des Herzogs ein beglaubigtes Schreiben, das ihre Forderungen enthielt und mich zur genauen Erfüllung der Auflagen verpflichtete. Als ich nun sah, dass ich nichts anderes tun konnte, als mich ihrem Willen zu fügen, setzte ich mich hin und verfasste zwei Schreiben, ein Dokument für die Domherren und ein anderes für die Amtsleute. Ich durfte nicht einmal von ihnen etwas zu essen oder zu trinken erbitten, bevor die Schreiben eigenhändig von mir fertiggestellt und gesiegelt waren.«

Die Bischofsburg muss erfüllt gewesen sein von Geschrei, Gebrüll. Es muss sich sehr viel Potential angesammelt haben in der Zeit davor, aber was war eigentlich der Sprengstoff? Der Bischof hatte Wahlversprechen nicht gehalten. Nun, so was kennen wir. Nur: *was* hatte er versprochen, und *was* hatte er nicht gehalten? Es muss einschneidend gewesen sein. Für abstrakte Werte dringt keiner in eine Burg ein, und das offenbar, weil bewacht, durch einen Hintereingang. Und in diesem Tumult der ruppige Wolkensteiner, gewaltbereit. Respekt vor einer Person der hohen Geistlichkeit war den Beteiligten offenbar fremd, ein Fürstbischof war ja nun auch irdisch engagiert. Ein Bischof – das wird sich auch hier bestätigen – konnte einen Feldzug anführen, der musste also auch schon mal das Eindringen eines Stoßtrupps hinnehmen. Der kleine Schwabe wich zwar der Gewalt, er sah keinen anderen Ausweg, aber das geschah nur auf inneren Widerruf bei allernächster Gelegenheit. Er besiegelte erst mal, was man ihm vorlegte.

Diese Kapitulations-Urkunde ist überliefert. Aufschlussreich, dass Oswald hier an erster Stelle der Aktionsgruppe genannt wird. Ich übersetze zwei Abschnitte.

»Wir, Ulrich, von Gottes Gnaden Bischof zu Brixen, erklären

hiermit: die renommierten und reputierten Edelleute Oswald von Wolkenstein, Jakob Trautson, Heinrich Seldenhorn, Leonhard Stösser, Hans Erber und Ulrich Raderer haben im Auftrag Seiner Durchlaucht, des hochgeborenen Fürsten Herzog Friedrich, Herzog zu Österreich etc., Unseres gnädigen Herrn, mit Uns unterhandelt: ihm sei von verschiedener Seite über Verfehlungen und Übertretungen Unsererseits berichtet worden, insbesondere dies: Was Wir in verschiedenen wichtigen Paragraphen und Artikeln bei Unserer Wahl Unserem Kapitel hier zu Brixen beschwören mussten, das haben Wir nicht gehalten.«

Worum es bei diesem Streit ging, lässt sich erschließen aus folgendem Gelöbnis. »Erstens: was wir dem Kapitel geschworen haben, werden Wir loyal und vorbehaltlos einhalten und ausführen; den Städten und Landgemeinden werden Wir ihre Privilegien, ihre geschriebenen und ungeschriebenen Rechte lassen, wie Wir ihnen das versprochen und beurkundet haben; ganz besonders aber geloben und versprechen Wir – worauf sie großen Wert legen – dass Wir von jetzt an stets bei Unseren eigenen Rechtsstreitigkeiten und denen Unseres Bistums (sei es gegenüber Geistlichen oder Laien, Adligen oder Nichtadligen, Reichen und Armen, Männern und Frauen) nur verfahren und handeln gemäß den verbindlichen Empfehlungen der ehrsamen Herren –«

Und es werden drei Amtspersonen genannt: der Dompropst, die Magister Gebhard und Seldenhorn. Ulrich Putsch über die drei Herren in seinem Tagebuch: »Keiner von ihnen war richtig im Kopf. Einer mondsüchtig, der andere rasend, der dritte ein wortbrüchiger, treuloser Betrüger.« Später wird er Seldenhorn auch als »gerissenen Verräter und Straßenräuber« bezeichnen. Diesen dreien sollte er sich von jetzt an unterordnen.

Während er »mit eigener Hand« diesen Text schrieb, hatten, so berichtet er im Tagebuch weiter, »die Amtsleute die Burg eilig verlassen und suchten einen Adligen namens Johannes von Annenberg. Den fanden sie auch und hängten ihn mit einem Strick auf. Sie kehrten mit Ungestüm zurück und nahmen alle Hausschlüssel an sich. Der Dompropst nahm mir mit besonderer Frechheit die Schlüssel meines Gemachs ab und verschloss mit einem Strick eigenhändig die hintere Tür, indem er zusätzlich noch eiserne und hölzerne Querriegel vorlegte. Während der ganzen Nacht bewachten mich die Domherren und Amtsleute in voller Rüstung und mit Langschwertern bewaffnet. Auch am Tage zogen sie sich nicht von mir zurück, sondern Domherren und Amtsleute samt ihrer wohlbewaffneten Mannschaft bewachten mich pausenlos. Am dritten Tag zwangen sie mein ganzes Personal, ihnen den Treueid zu leisten und mir den Gehorsam zu versagen. (…)

Und so schüchterten sie mich mit vielen verschiedenen Quälereien zehn Tage und Nächte lang derart ein, dass ich meines Lebens nicht mehr sicher war.

Dennoch weiß ich eigentlich nicht, warum, weil sie mir niemals Einzelheiten über das, was ich getan haben sollte, mitteilten, sondern mir nur allgemein Vorwürfe über viele Übeltaten machten.«

Man merkt diesem Tagebuch deutlich an, dass Ulrich Putsch sich nicht selbst belasten wollte: eine gewiss einseitige Darstellung, aber doch aufschlussreich und interessant genug, um hier (nur geringfügig gekürzt) vorgelegt zu werden. Der lateinische Text dieses Tagebuchs ist übrigens von Victor Schaller veröffentlicht worden, in seinem Aufsatz über Putsch und sein Tagebuch; eine Arbeit, der ich viele Informationen verdanke.

Für Oswald hatten diese Vorgänge Konsequenzen: sie verhakten sich mit den gleichzeitig laufenden Feme-Aktionen. Denn sechs der Männer, die den Annenberger kurzerhand aufknüpften, waren Freischöffen der Feme; einer von ihnen wiederum war Eitel Volmar, Oswalds »Diener« und Bevollmächtigter bei der Feme, kurz zuvor aus Westfalen zurückgekehrt. Wurde hier rasch mal ein Feme-Urteil vollstreckt? Ganz so eindeutig scheint es nicht gewesen zu sein – Volmar wurde recht bald schon vor der Feme angeklagt.

Hauptschuldiger an diesem Mord war Jakob Trautson; für ihn war Hans von Annenberg nicht irgendein Höfling, der im allgemeinen Durcheinander aufgehängt wurde, die beiden Männer kannten sich, gehörten zu den Adligen, die sechs Jahre zuvor Herzog Friedrich ihre Loyalität erklärt hatten. Um so erstaunlicher die Tat: hier wurde wohl eine private Rechnung beglichen.

Nach diesen Vorfällen zitierte der Herzog Domkapitel und

Bischof nach Innsbruck, auf den 16. November. Bei diesem Schlichtungstermin stellte das Domkapitel klipp und klar die Forderung, Bischof Ulrich solle zurücktreten, sich auf die Lamprechtsburg bei Bruneck zurückziehen, mit einer Jahrespension von 400 Dukaten.

Darauf wollte Putsch nicht eingehen: er war immerhin bereit, die Verwaltung des Hochstifts dem Domkapitel zu überlassen, stellte jedoch die Bedingung, dass er sein Amt in Brixen behalte. Dies akzeptierten die Herren des Domkapitels nicht.

In dieser Zeit schaltete sich König Sigmund ein – steckte Oswald dahinter? Sigmund forderte jedenfalls die Verurteilung des Bischofs. Am 20. November ein neuer Verhandlungstermin. Der Schiedsspruch des Herzogs lautete: Bischof Ulrich wird unter Vormundschaft gestellt. Dass es zu diesem Urteil kam, lässt erkennen, wie stark die ›pressure group‹ unter Oswald war und wie belastend die Vorwürfe.

Ulrich gab sich freilich nicht geschlagen. In einem Aide-Mémoire ließ er seine (nicht gerade bescheidenen) Forderungen zusammenstellen.

»Erstens forderte er den Sitz zu Brixen, weil dort der rechtmäßige Bischofsstuhl ist; er kann es nicht mit seiner Ehre vereinbaren, anderswo seinen Amtssitz zu haben. Zudem verlangte er an Bargeld 1500 Dukaten, damit er von den Chorherren unabhängig sei und sie von ihm. Weiter verlangte er 1000 Star Roggen, 1000 Star Hafer, 3000 Käse, 24 Fuder vom besten Wein und 20 Fuder Heu.«

Die Auseinandersetzungen zogen sich hin bis Januar 1430. König Sigmund, inzwischen wohl von anderer Seite informiert, setzte sich nun für den Bischof ein. Herzog Friedrich wurde von beiden Parteien als Schiedsrichter für die nächste Verhandlung anerkannt. Vor dem Schlichtungstermin gab Ulrich am 2. Januar die schriftliche Erklärung ab, Herzog Friedrich sei nicht daran schuld, dass er vom Domkapitel gefangen genommen worden sei, vielmehr habe ihm der Herzog die Freiheit verschafft. Dies wurde am nächsten Tag in einem Briefbericht der Aktionsgruppe bestätigt und beglaubigt durch Oswald von Wolkenstein, Heinrich Seldenhorn und andere.

Am 24. Januar der Schiedsspruch des Herzogs: Bischof Ulrich

erhielt seine Rechte und Würden zurück. Und es wurde eine Erklärung folgenden Inhalts besiegelt: Alle Feindschaft soll ein Ende haben, keine Partei darf der anderen wegen des Vergangenen etwas nachtragen; der Bischof soll – wie seine Vorgänger – ungehindert das Amt ausüben, jedoch unter Beachtung der Gelöbnisse und Erklärungen, die er bei der Wahl und Amtsbestätigung dem Kapitel, den Städten und Gerichten gegeben habe; beide Seiten sollen bei ihren Privilegien und Freiheiten bleiben; gerate man wegen irgendeiner Sache wieder in Streit und könne sich nicht einigen, so solle man sich an Herzog Friedrich als den Vogt, Herrn und Landesfürsten wenden.

Bischof Ulrich kehrte nach Brixen zurück, in die Bischofsburg. Oswald hatte die Partie verloren.

Oswald nach seiner Niederlage: erneut ein Winter des Missvergnügens. Mit Bischof Ulrich hatte er sich nicht wieder versöhnt, das sollte noch Jahre dauern. Und der Landesfürst dachte nach der fehlgeschlagenen Aktion gegen seinen Kanzler und Vertrauten bestimmt nicht freundlicher über den ständig renitenten Wolkensteiner. Blieb jetzt nur noch politische, ja sogar kirchenpolitische Abstinenz? Und Oswald beschränkte sich auf die Verwaltung seines Besitzes, ritt gelegentlich zur Trostburg, zur Burg Wolkenstein, zur Burg Neuhaus, zum Landtag in Bozen oder Meran – aber sonst: keine fundamentalen Änderungen, keine Aufschwünge mehr?

Oswald war unzufrieden, mit allem, einschließlich Familie. Das zeigt sich im folgenden Liedtext (Kl 104) mit der letzten Strophe: Oswald wiederholt Klagen des Hauenstein-Lieds, das er zwei Jahre zuvor geschrieben hatte, wiederholt die Klagen mit ähnlichen Formulierungen. Dennoch: der Liedtext ist nicht bloß Reprise, Remake, in den ersten drei Strophen artikuliert sich Oswald auf neue Weise.

Von Kummer werd ich fast betäubt,
seit der alte Winterklaub

wieder mal Quartier gemacht
in seinem angestammten Wohnsitz.
Der liegt so nah vor meiner Tür,
vielfach schnüffelt er mir nach,
das gefällt mir ganz und gar nicht.
Er sieht aus wie ein Grobian ...
Viel Kälte, Reif und tiefer Schnee,
der Bach von Eis bedeckt –
das kommt von dem »Böseier«-Hof.
Den Namen preis ich nicht,
denn: schöne Brut aus bösem Ei
hat noch kein Vogel ausgebrütet.
Das Gras, die Blumen, grüner Klee,
sind leider ganz verschwunden,
die Vögelchen sind fortgeflogen,
dem Walde ist das Laub entrissen,
der Sonne nahm er mit Gekrächz
bei Hauenstein den Glanz.

Der Bauer treibt mich in die Enge,
nach Brixen trau ich mich nicht mehr,
ich hab ihn nämlich sehr erzürnt,
den kleinen Herrn Anonymus –
nur einen sanften Rippenstoß
hab ich dem ›großen Held‹ verpasst.
Mich reut nicht, was ich dem gewünscht,
der mir den Spaß verdorben hat.
Dies stünde eher Riesen zu:
dass man in ein verrufnes Haus
zu seiner Nutte geht, wie er,
und alle jene Gassen fegt
mit seinem Mantel. Gabriel,
dir faul deshalb so manches ab!
Ich wäre äußerst überrascht
(als würde Straßburg mir geschenkt!),
wenn mit einem Feuerbesen

sie alle würden fortgefegt,
die offen Hurerei betreiben
in wüster Ausgelassenheit.

Ich dachte, mein Prozess läuft gut,
doch fehlte leider Redlichkeit –
das bewies mir ein Gerücht,
das aus üblem Mief entstand.
Hier schien mir Schweigen angebracht!
Für alle Hilfe dank ich Gott:
Man hätte mich gern eingesperrt
und fest den Riegel zugestoßen!
Noli me tangere ...!
Leg mich nicht rein, Purzel, Üli!
Was man gerecht nicht schlichten kann,
das kommt dort vor ein Richterstühli,
wo man auf welsche Art
in neuem Stil kaschiert.
Es tut mir wirklich weh,
dies Bücken und dies Ducken.
Ach, hätte ich noch etwas Mumm,
ich stünde dem gern bei,
der diese Bude mit Vergnügen
ganz tief ins Meer versenkt!

Ach, Köln und Wien und Mainz, Paris,
und Konstanz, Nürnberg, Avignon –
was ich an Schönem dort erlebt,
das bleibt mir hier recht fern!
Denn statt im Flachland hause ich
zu oft auf hohem Berg. Dran schuld
ist meine Frau von Schwangau;
wir leben unter einem Dach.
Dazu noch eine Kinderschar,
die raubt mir völlig den Verstand,
ich überlege hin und her,

wie ich sie beschützen soll,
damit die Wölfe ihnen nicht
die Brötlein und den Wein entreißen.
Und einer Mühe folgt die nächste,
sobald man sich um alles kümmert.
Dies tu mein Herr von Österreich –
er hält ja einen Schatz verborgen.
Auf Dauer richtet, schlichtet viel
der Tod, macht Krummes grad.

Evident, dass mit »Purzel« und »Üli« der kleinwüchsige, schwäbische Bischof von Brixen gemeint ist. Doch was könnte die Anspielung, zuletzt, auf Herzog Friedrich bedeuten? »Friedel mit der leeren Tasche« hatte, wie sich nach seinem Tod erweisen wird, fässerweise Geld gehortet; er hätte also Rücklagen und Rückhalt genug, um etwas für seinen Gefolgsmann zu tun, ihm etwas von der Last zu nehmen. In diesem Punkt glichen sich die Kontrahenten: sie galten als mittellos und waren schwerreich.

Und wer ist der alte Winterklaub? Er dürfte identisch sein mit dem Besitzer der Mühle, in der Oswald sein Getreide mahlen ließ. Auch er war Schuldner von Oswald, aufgeführt im Rechnungsbuch. Heute noch gibt es bei Seis einen Hof mit diesem Namen.

Ein alter Bauernhof mit Schindeldach und seitlich ausbuchtendem Backofen. Selbstverständlich ist dies nicht das Bauernhaus, das Oswald gesehen hat, das war bestimmt kleiner, aber dieser Winterklaubhof steht an der Stelle des damaligen Winterklaubhofs. Ganz in der Nähe die zugehörige Mühle am Frötschbach, in der, seit alters her, im Winter Holz gesägt wurde, wie mir ein Bauer erzählte. Und in der Oswald sein Getreide mahlen ließ.

Vom Winterklaubhof aus die alte Blickperspektive – westlich, am Berghang: Hauenstein, hellgrau im Fichtendunkelgrün. Von der Burg aus sieht man ostwärts wiederum den kleinen, gedrungenen, schindelgedeckten Winterklaubhof.

Und der Böseier-Hof? Der Pächter Hans Pschaier hatte seinen Hof an der Straße, die hinaufführt zur Seiser Alm – einer der höchstgelegenen Bauernhöfe dieses Gebiets und eines der ältesten

Gebäude dazu: gotischer Türbogen, ein Gewölbegang und im Keller ein Verlies mit einer Säule, an die früher Gefangene gekettet wurden.

Der Pschaier (auch Posayer, Psayer geschrieben, und weil die Palette der Namensschreibungen noch größer war, hat Oswald, pointierend, seine Variante vom Böseier hinzugefügt), er ist aufgeführt in der langen Schuldnerliste von 1418: seine Außenstände betrugen 19 Pfund, 6 Gulden.

Darum ging es aber nicht. Oswald war gezwungen, einen langen Prozess mit dem »Böseier« zu führen – insgesamt vier Termine wurden anberaumt. Es ging um eine Wiese mit der Flurbezeichnung »Matz« – ein offenbar großes Areal (es warf, umgerechnet, knapp tausend Euro jährlich ab), auf dem der Pschaier, als könnte er frei darüber verfügen, ein Haus errichten wollte. Die »Matz« aber gehörte zu den Liegenschaften, die Oswald seinerzeit in Innsbruck mit der Pauschalzahlung von 500 Dukaten in seine Grundherrschaft übernommen hatte. 1428 endlich ließ sich Oswald nicht mehr durch einen Bevollmächtigten (»Hans der Panzer«!) vertreten, sondern rafffte sich dazu auf, persönlich vor dem Landgericht zu erscheinen, um die leidige Affaire endlich zum Abschluss zu bringen. Was ihm auch gelang. So konnte er die »Matz« entspannt heranzitieren im folgenden Frühjahrslied (Kl 116).

Ich blase keine Trübsal mehr,
seit der Schnee geflossen kommt
vom Flack und von der Seiser Alm:
der Mosmair hat es mir berichtet.
Die Erde fängt schon an zu dampfen,
die Wasserläufe schwellen an
von Kastelruth hinab zum Eisack –
das lasse ich mir gern gefallen!
Ich hör die Vögel groß und klein
in meinem Wald um Hauenstein
den Klang melodisch modulieren;
sie singen in den höchsten Tönen
vom c bis hin zum a

und wieder abwärts dann zum f
mit schönen, hellen Stimmen:
da freut euch drüber, gute Leute!
  Was geht dies Lied den Plätscher an?
  Mein Singen werde ich nicht lassen!
  Wem es missfällt, der hör nicht hin,
  der ist und bleibt mir wurst.
  Wenn schlechte Leute mich nicht mögen,
  so halte ich mich an die guten –
  obwohl ja heuer falsche Münze
  recht hoch bewertet wird.

Mein ganzer Kummer war verflogen,
als ich die erste Nachtigall
aufs allerschönste singen hörte
in der Matze, hinterm Pflug.
Dort sah ich vierfach zwei und zwei
im Joch vereint, im gleichen Takt,
die kratzten brav die Erde auf –
der Mutzenbauer wies sie an.
Wer sich im Winter eingekuschelt
und vor der bösen Welt verdrückt,
der freu sich auf die grüne Zeit,
die uns der Mai bescheren wird.
Ihr armen Tiere, räumt die Höhlen,
geht, sucht euch Weiden. Alles Gute!
Hang, Tal, Aue kriegen Farbe!
Bestimmt gefällt euch das!
  Was geht dies Lied den Plätscher an?
  Mein Singen werde ich nicht lassen!
  Wem es missfällt, der hör nicht hin,
  der ist und bleibt mir wurst.
  Wenn schlechte Leute mich nicht mögen,
  so halte ich mich an die guten –
  obwohl ja heuer falsche Münze
  recht hoch bewertet wird.

Auf, auf, ihr Guten, und seid froh!
Wer Ehre hat, der wünscht uns Glück!
Was schändlich ist, das ändert auch
kein Deuteln, keine Rechtsverdrehung.
Es wird seit alters her gesagt:
Das Rechte tun, es zahlt sich aus,
denn alles kommt mal an den Tag –
nur hört man kaum darauf!
Herr Krischan in der Ober-Pfarre,
Er lässt sich nicht düpieren:
Wer glaubt, er könnt Ihn hintergehn,
der muss sehr früh aufstehn!
Ein Weilchen wartet Er, doch dann
firmt er mit dem Backenstreich:
der treibt die böse Absicht aus,
da gibts nichts mehr zu lachen!
    Was geht dies Lied den Plätscher an?
    Mein Singen werde ich nicht lassen!
    Wem es missfällt, der hör nicht hin,
    der ist und bleibt mir wurst.
    Wenn schlechte Leute mich nicht mögen,
    so halte ich mich an die guten –
    obwohl ja heuer falsche Münze
    recht hoch bewertet wird.

Auch bei diesem Text: topographische Angaben sind verifizierbar, Namen nachweisbar, mit einiger Sicherheit. Der Mutzenhof liegt östlich von Hauenstein – der Name steht in Oswalds Urbaren.

Und der Mosmaier? Es gibt Belege für mehrere Mosmaiers der Umgebung, gemeint ist sicherlich Heinrich Mosmaier, Bürger von Brixen, Beamter des Domkapitels; ein Mann also, mit dem Oswald dienstlichen, wohl auch privaten Kontakt hatte.

Und der Plätscher, der Oswald beinah das Singen vermiest hätte? Er dürfte identisch sein mit Hans (dem) Plätscher. Das Grazer Team hat eruiert: »Hans der Plätscher, ein Brixner Hochstiftsadeliger, der von 1396 bis 1427 beziehungsweise 1429 urkundlich bezeugt ist.« Er galt in der Region als Parteigänger des Herzogs, war damit für Oswald schon mal per se verdächtig. Möglicherweise aber war er kurz vor der Entstehung des Frühjahrsliedes verstorben; dann hätte der Seitenhieb einem Nachkommen auf dem Plätscher-Hof gelten könnnen. Auf jeden Fall: Oswald erfindet keine Namen, bezieht sich jeweils auf reale Personen.

So wird auch kaum erfunden sein, was Oswald in einem weiteren Liedtext (Kl 81) dem Heinz Mosmair zuschreibt.

»Schluck es runter, Freund, nimm's leicht.
Gib nichts auf Beleidigungen!
Krummen Touren halt dich fern.
Steck zurück, wo etwas stockt.«
Schreibt uns Heinz Mosmair, gut deutsch!
»Wer seinen Richter zeitig schmiert,
mit dem Pfarrer sich gut stellt,
dies beides auch noch mit Erfolg,
der scheint mir keineswegs beschränkt,
der ist, fürwahr, ein kluger Mann.«
  Wer Nesseln pflanzt und Lilien kappt,
  dem schießt der Garten bald ins Kraut;
  wer seine Tauben nicht beschützt
  vor Raben, Geiern, die stets kreisen,
  der wird nicht mehren, was ihm nützt.

Ich hatte mir vorgenommen, halte das auch weithin so: Nur vollständige Liedtexte einzubringen. Hier ist indes eine der wenigen Ausnahmen, es bleibt bei der ersten Strophe. Denn in diesem Liedtext findet ein abrupter Themenwechsel statt, dies sogar mit Ankündigung: »Ich sprach hier ohne Hinterlist./Nun singe ich von edlen Damen.«

Die Ermordung des Johann von Annenberg bei der Aktion gegen Bischof Ulrich hatte Konsequenzen nicht nur für Oswald, auch für Michael: als Verwandter und Freund des Ermordeten machte er Jakob Trautson als dem Hauptschuldigen Vorwürfe; Trautson ließ ihn warnen, drohte; es kam zum Showdown im Eisacktal.

Oswalds Bruder soll selbst darüber berichten – seine Aussagen sind zusammengefasst in einem Gerichtsprotokoll

»Sigmund und Viktor Trautson traten vor und erhoben Anklage: Herr Michael von Wolkenstein habe ihren Verwandten Jakob Trautson erschlagen und vom Leben zum Tode befördert; sie wüssten nicht, aus welchem Grund er dies getan habe.

Darauf entgegnete Herr Michael, er leugne diesen Totschlag nicht ab; Jakob Trautson habe ihm gegenüber jedoch so viel Feindseligkeit gezeigt, dass er dies aus Selbstachtung nicht länger habe hinnehmen können; außerdem habe der ihm seinen lieben Verwandten und Freund Hans von Annenberg gehängt; weiterhin habe er auch ihm selbst nach Leib und Leben getrachtet, so dass er nicht mehr wusste, wo er sich vor ihm in Sicherheit bringen sollte; er sei auch von vielen angesehenen Personen gewarnt worden: er solle auf der Hut sein, sonst werde es ihm ergehen, wie es dem Annenberger ergangen sei, oder es werde sonst etwas mit ihm passieren, das ihm nicht lieb sei.

Und er legte eidesstattliche Erklärungen vor, nach denen Jakob Trautson auf dem Ritten erklärt hatte: Herr Michael hat allen Grund, vor mir auf der Hut zu sein!

Auch legte er Urkunden gerichtsfähiger Personen vor, in denen sie bezeugten, Jakob Trautson und Vigilius von Thun hätten ihnen einen höflichen Brief geschrieben: Herr Michael habe in Gegenwart unseres gnädigen Herren von Österreich sehr harte Worte fallen lassen, so dass sie nicht gewusst hätten, ob sie an Leib und Leben vor ihm sicher wären. Darauf habe er, Herr Michael, durch ihre Boten ausrichten lassen: Sie brauchen mir nicht so höflich zu schreiben, das ist der reinste Hohn, sie haben mir meinen Freund aufgehängt und mich wollen sie gleichfalls hängen, wozu da diese Ergebenheitsfloskeln! Sie müssen mich freilich erst mal töten; lebendig werden sie mich nicht hängen! Sie haben Grund, sich vor mir zu hüten – und ich mich vor ihnen! (...)

Er, Herr Michael, wäre dann im Auftrag unseres gnädigen Herrn von Österreich nach Trient geritten. Er sei gewarnt worden: Jakob Trautson und andere würden sich auf Salurn treffen, sie hätten vor, ihn dort anzugreifen, ihn aufzuhängen oder zu erstechen. Als er nun unterhalb von Salurn ankam und auf dem Steig oberhalb des Sees ritt, hatte Jakob Trautson oben auf dem Weg bereits Stellung bezogen, um zu verhindern, dass Herr Michael, schneller reitend, diese Angriffshöhe einnehme – der Trautson hätte ihm im Tal nichts anhaben können! Als er nun nach oben kam, hätte der Trautson bereits das blanke Schwert in den Händen gehabt, und sie seien auf beiden Seiten zum Angriff übergegangen. Dabei habe Gott Herrn Michael geholfen, dass er und seine Knechte den Trautson getötet und einen Knecht verwundet hätten.«

Im Gerichtsprotokoll wird vermerkt, dass es nun Auseinandersetzungen gab, ein offenbar erregtes Hin und Her. Schließlich wurde Michaels Tat als Notwehr ausgelegt: »redlicher Totschlag«. Nach der Urteilsverkündung wurden beide Parteien gebeten, im Namen des Herzogs, den Streit gütlich beizulegen, schließlich seien sie Verwandte. Nach einigen Diskussionen erklärte sich Michael zur Sühne bereit. Das hieß: er trat hervor und bat die Mitglieder der Familie Trautson demütig um Verzeihung. Und ließ für Jakob Trautson eine Seelenmesse plus acht stille Messen lesen von insgesamt zehn Priestern. Michael und seine drei Knechte standen währenddessen an der Bahre mit blakenden Kerzen.

Michael stiftete für den Ermordeten ein ewiges Licht in der Frauenkirche zu Sterzing. Und musste geloben, mit zwei der Knechte eine Wallfahrt nach Rom zu unternehmen; dem dritten wurde eine Wallfahrt nach Aachen auferlegt. Außerdem musste sich Michael dazu bereit erklären, der Familie Trautson in eigener Person zu dienen, sobald es gewünscht werde. Erst mit Erfüllung dieser Auflagen galt der Totschlag als gesühnt.

Im Juli 1430 suchte Oswald von Wolkenstein den König in Wien auf. Er brauchte Unterstützung in Sachen Feme. Abgesehen davon wird den Tiroler die schon damals glanzvolle Stadt angelockt haben.

Nur acht Jahre später schreibt Piccolomini: »Die Häuser der Bürger sind geräumig und reich ausgeschmückt, dabei in der Anlage solide und fest. Überall findet man gewölbte Torgänge und breite Höfe. Anstelle der Halle hat man hier heizbare Zimmer, welche ›Stuben‹ genannt werden. Glasfenster lassen von allen Seiten das Licht einströmen, die Tore sind meist von Eisen. Die Häuser tragen hohe Giebel und gewähren einen prächtigen Anblick. Unschön ist nur, dass man die Dächer mit Holz deckt, nur wenige mit Ziegeln. Im Übrigen sind die Häuser aus Stein gebaut, Malereien schmücken sie innen und außen. Die Weinkeller sind so tief und ausgedehnt, dass man sagen könnte, es gäbe unter der Erde ein zweites Wien.«

In diesem Wien also gewährt König Sigmund so etwas wie Flankenschutz für Oswalds Vorstöße Richtung Westfalen; seine Kanzlei stellt ein Empfehlungsschreiben an alle Freigrafen aus: »Es kommt zu euch der Ehrenwerte Oswald von Wolkenstein, unser Berater und geschätzter Gefolgsmann; er hat euch Fälle vorzutragen, die das Heimliche Gericht betreffen.« Und: »Es ist in Unserem Sinne, dass ihr besagtem von Wolkenstein in seinen Rechtsfragen, die er euch vortragen wird, behilflich und förderlich sein werdet.«

Dieses Schreiben konnte Oswald nicht mehr viel nützen. Denn nun zeigten sich Nachwirkungen der Ermordung des Johann von Annenberg bei der Aktion gegen Bischof Ulrich. Parzival von Annenberg klagte Eitel Volmar, Oswalds Bevollmächtigten, vor dem Freistuhl Villigst an, weil er an diesem Mord beteiligt gewesen war. Und Volmar wurde (gemeinsam mit Heinrich Seldenhorn und anderen) verfemt, das hieß: Niemand mehr durfte mit ihm Umgang haben – daran hatte sich auch Oswald zu halten!

Ich nehme an, dieser Fall hat seine Berechnungen, Erwartungen, Hoffnungen zumindest gestört: Oswald als Freischöffe, der einen Freischöffen zum Stellvertreter ernannt hatte, der sich bald darauf an einem Mord beteiligte – das wird sich bis zu den Freistühlen herumgesprochen haben.

Unabhängig davon hatte sich längst gezeigt, dass sich bei Hans von Villanders durch Mahnbriefe und Vorladungen der Feme nichts erreichen ließ: er gab Oswald keinen einzigen der treuhänderisch anvertrauten zweitausend Dukaten (oder Gulden) zurück, auch keins der werthaltigen Dokumente! Bis an sein Lebensende: er gibt keinen Pfennig zurück!

Ein Fall von extremer Dickfelligkeit, Sturheit, Hartnäckigkeit. Alle Rechtskenntnisse nützen Oswald in dem Fall gar nichts, alles Taktieren bleibt vergebens, noch seine ältesten Söhne werden Sturm laufen gegen die Bastion Villanders.

Als würde für den Erzähler alles nach Wunsch arrangiert, kündigt sich nun eine Wende an, ein neuer Aufschwung für Oswald! König Sigmund als Retter aus der Misere.

August 1430 reiste er aus Ungarn ins Reich: acht Jahre lang war er hier nicht gewesen! Höchste Zeit, endlich wieder die Reichsstände einzuberufen, nach Nürnberg.

Piccolomini gerät bei diesem Stichwort ins Schwärmen, ja in Verzückung. »Was für ein Anblick für jene, die aus dem unteren Franken kommen und von der Ferne diese Stadt erblicken! Welche Majestät, welcher Schmuck für die Betrachter schon von außen! Und innen – welcher Glanz der Straßen, welche Eleganz der Häuser! Was wäre großartiger als die Kirche St. Sebald, was glänzender als die Kirche St. Lorenz? Was prächtiger oder besser befestigt als die Königsburg, was berühmter wegen der Gräben und Stadtmauern? Wie viele Gebäude von Bürgern kannst du hier finden, die für Könige würdig wären? Die Könige der Schotten würden sich wünschen, so zu wohnen wie die mittleren Bürger Nürnbergs.«

Zum Reichstag kamen viele Herren, unter ihnen Oswald von Wolkenstein. Im Schenkbuch der Stadt Nürnberg wurde Mitte September eine kleine Dotation für »Oswald Wolkenstein von der Etsch« notiert.

Dass hier nicht nur Anwesenheit honoriert wurde, dass auf den

Mann von etwa 53 ein sehr spezieller (somit geheimer) Sonderauftrag wartete, deutet der Geleitbrief an, den Kaspar Schlick am 20. September »Ad mandatum domini Regis« ausstellte – lateinischer Text auf Pergament.

Dieser Geleitbrief war gültig für »nonnullas regiones provincias et terras exteras (...) pro exercitiis et militaribus actibus exercendies«. Das Dokument war also nicht ausgestellt für die Rückreise nach Tirol, vielmehr sollten diverse Regionen, Provinzen, Fremdländer »durchstreift und besichtigt« werden im Rahmen einer militärischen Aufgabe.

Dass der Geleitbrief in lateinischer Sprache verfasst wurde, war nicht nur Imponiergehabe, sondern wohl auch Berechnung. Nicht jede Wache auf einer Brücke oder an einem Stadttor sollte erfahren, weshalb dieser Mann mit seinen berittenen Begleitern unterwegs war – nur wer die lateinische Sprache beherrschte, war wert, dies zu erfahren, zumindest ansatzweise.

Worum es ging: Oswald, der bereits im Unterwerfungsvertrag von 1427 die Teilnahme an einem weiteren Feldzug gegen die Hussiten hatte geloben müssen, er sollte das Aufmarschgebiet für einen erneuten Feldzug gegen die Hussiten auskundschaften. Das wäre nicht ganz ungefährlich gewesen.

Böhmen gehörte zwar seit 1420 zum Herrschaftsgebiet des Königs, also konnte mit Fug und Recht erwartet, ja vorausgesetzt werden, dass man ein Geleitschreiben des Monarchen respektierte. Aber nun gab es Hussiten nicht nur in Prag, also konnte der umherreitende Mann, sichtlich kein Händler, verdächtig erscheinen, und ein Übergriff durch ein Hussiten-Kommando war nicht auszuschließen. Hätten sich solche ›Milizionäre‹ einschüchtern, gar abschrecken lassen durch ein Stück Pergament, auch wenn es so sorgfältig beschrieben und mit einem baumelnden Siegel der Beglaubigung versehen war? Wie schnell man damals in den Verdacht geraten konnte, Spion zu sein, das hatte sich im Fall Neithart gezeigt, dem Michael Wolkenstein so gern das Handwerk gelegt hätte. Und nun dieser Mann, der sich womöglich für Position und Belastbarkeit von Brücken interessierte?

Der Wolkensteiner brach mit seinem Spähtrupp (so rasch) allerdings nicht auf, und das war womöglich seine Rettung. Oswald begleitete Sigmund auf der Reise zum Bodensee – über Ulm nach Überlingen.

Dort traf der König mit Gefolge am 21. November ein. Und am 25. November sollte die Eröffnung des Reichstags stattfinden. Dennoch ließ sich der König Zeit, viel Zeit: einen guten Monat blieb man in Überlingen, dann erst ging es hinüber nach Konstanz. Dort wurde Weihnachten gefeiert, dort blieb man auch wieder einen Monat, während die versammelten Herrschaften in Nürnberg (unter ihnen der eigentlich reiseunfähige Pfalzgraf Ludwig) immer ungeduldiger wurden.

Es wird berichtet von Festen, von Tanzveranstaltungen in Konstanz, etwa im neuerbauten Zunfthaus »Zur Katz«.

In dieser Zeit schrieb Oswald ein Lied über den Aufenthalt in Überlingen: Kl 45.

Die freie Reichsstadt Überlingen kommt hier schlecht weg: die alte Gattung des Scheltliedes in neuem Glanz, mit neuer Wucht. Präzision der Beschreibung, aber auch: Übertreibung bis zur Karikatur. Hinzu kommt Stilisierung durch das Rollenspiel des erzählenden Sängers – als wären die Herren vom Wirt behandelt worden wie hessische Fuhrleute.

Bevor ich die Übersetzung vorlege, eine doppelte Danksagung: Bert Okken hat mir erneut beim Übersetzen geholfen; für die alemannischen Zitate, die Hans Moser nachwies, hat mir Günter Herburger schwäbische Versionen geschrieben. Und damit: der Überlingen-Song!

Wer sein Geld verplempern will,
dabei ganz sicher gehen möchte,
der frag sich durch nach Überlingen:
dort kosten vierzehn Pfifferlinge
fünfzehn Schilling
Konstanzer Prägung,
sechzehn Heller für ein Ei,

zweiunddreißig kosten zwei.
Fleisch nur mickrig, Kraut in Haufen,
klein die Schüssel für die Runde,
die sehr groß ist,
mancher Magen knurrt danach.
Wassermus aus einer Pfanne,
Bratenstücke knapp bemessen,
Wildbret, Fisch »sind aus:
Dösch ischt scho zviel für euch!
S'Maul zua und gloffe wird,
wer hockt, braucht nüatz zum Esse!
Jeder zahlt zwei Silbergroschen –
so was wird hier nicht vergesse!
Itzt verschlupft, ihr Hesse!
Länger warte ich nicht mehr.
Macht schon eure Beutel locker.
Keine Diskussion, ihr Herren,
augenblicklich wird gezahlt.
(Lange Zahlfrist steht nur mir zu!)
Lasst die Mäuse springen!
Zahlt und blecht, nun los! Ich rat es,
helf sonst mit der
Kelle nach.«

Wein, gar ›süß‹ wie Schlehensaft,
raut mir so die Kehle auf,
dass es den Gesang vergrätzt!
(Sehnsucht hab ich nach Traminer ...)
Scharf sein Zubiss –
sauer stößt er auf,
gibt mir Schwung und gute Laune
wie das Sackgewicht dem Esel.
Seine Säure lässt mein Blut gerinnen,
macht mich schlapp und missgestimmt.
Dieses raue Nass
zieht das Maul mir schief!

Reichlich Unterhaltung gibt es dort
mitten auf dem Markt:
Tanz, Gesang und Saitenspiel –
gefaucht von einer Katze!
Ich fahre nicht nach Überlingen,
weil ich einen Schatz dort suche –
kaufe mir zum Rammlerpreis
einen Hammerstiel,
zeig es ihnen!
Sehr geschickt war dort der Wirt,
schied das Gold vom Beutelleder;
auch am Bett hat sichs gezeigt:
nahm zwölf Pfennige pro Feder!
Käm zu ihm ein alter Karren,
Räder müsste er dort lassen!
Ich stimme hier kein Loblied an
wie auf einen Zedernbaum –
er ist von krummem Holz!

Registriert hab ich an Schönheit:
alte Weiber, Haufen Mist,
feiste Schweine, Kleie fressend,
viele Flöhe, wenig Spaß.
Diese Bauern –
konnt sie nicht mehr riechen!
Schmerzhaft war nur *der* Verlust:
eine Perle, Magd mit Locken.
Ihre Brüstlein vor dem Herzen
hingen wie die Fledermäuse.
Hat mit Kratzen und mit Zausen
schon so manchen rasch vergrault.
Schmale Füßlein wie ein Schild
in den breitgetretnen Schuhen.
Drüber schlanke Beinchen,
dick wie Buchenstämme.
Ärmchen, Händchen dicht behaart,

weiß wie Krähenschwarz.
Schläge teilte sie gern aus –
dies durchaus verbunden mit
Flüchen und Verwünschungen.
Keine Spur von Perlenschimmer,
Spangenglanz
bei dem Tanz in Überlingen –
damit konnte man nicht glänzen!
Lob entfällt für Maienkränze
über rosenroten Wangen.
Nur der Ofen blieb als Zuflucht –
Kindsgeschrei umgab ihn dicht,
angst und bange wurde mir!

Eine Anmerkung zur Schüssel, die reihum, rundum geht. Selbst mit König Sigmund aß der consiliarius aus einer Schüssel, jedenfalls besang er das so.

Die Gabel (Hildegard von Bingen: ein »teuflisches Instrument«) wurde kaum benutzt, mit der wurde nur vorgelegt. So werden die Herren wohl gemeinsam gelöffelt haben – meist war Suppe oder Brei in der Schüssel.

Nach dem Schimpflied auf Überlingen nun ein Preislied auf Konstanz: Kl 98. In der ehemaligen Konzilsstadt: wieder ein höchst erfreulicher Aufenthalt!

O wunderschönes Paradies,
fürwahr, in Konstanz find ich dich!
Ich höre, sehe, lese viel –
doch du erfreust mich weitaus mehr!
Hier drinnen, draußen, überall,
in Münsterlingen, ringsumher,
hört man von dir das Beste nur.
Wer soll da graue Haare kriegen?
  Viel Augenweide
  in buntem Kleide
  mit Geschmeide –

in Konstanz prangen
die Mündlein rot;
vergess die Not,
bin hübsch bedroht
von sanften Wangen.

In Körperhaltung, Lebensart,
beim Sprechen, Gehen – makellos
erblickt man viele Schöne dort.
St. Peter sei dafür mein Zeuge!
Lobsingen werde ich ihm stets
mit tiefer Andacht im Gebet –
er ist für mich ein Ehrenmann.
Wer anders denkt, dem nehm ichs krumm.
Viel Augenweide
in buntem Kleide
mit Geschmeide –
in Konstanz prangen
die Mündlein rot;
vergess die Not,
bin hübsch bedroht
von sanften Wangen.

Die Frauen zart und engelhaft,
so schimmernd schön und licht im Glanz,
sie haben völlig mich betört
beim Tanz im Haus »Zur Katz«.
Vergessen kann ich sie wohl nie –
so schön bei jeder die Figur!
In Ehren: Freude, Spiel und Spaß –
zu Konstanz gibts davon genug!
Viel Augenweide
in buntem Kleide
mit Geschmeide –
in Konstanz prangen
die Mündlein rot;

vergess die Not,
bin hübsch bedroht
von sanften Wangen.

Beim Stichwort »Paradies« wieder eine der für Oswald typischen Doppelbelichtungen: das Paradies als siebter Himmel und zugleich als Vorort von Konstanz.

König Sigmund war nicht bloß in Überlingen und Konstanz geblieben, um ausführlich zu tanzen oder weil ihm womöglich die Gegend gefiel, er verhandelte mit Vertretern der Adelsorganisation St. Jörgenschild sowie mit Delegierten des Schwäbischen Städtebundes.

Hermann Mau nennt in seiner Untersuchung *Die Rittergesellschaften mit St. Jörgenschild in Schwaben* das Verhandlungsziel des Königs: Er wollte in Schwaben einen Zusammenschluss des Ritterbundes und des Städtebundes erreichen, wollte danach in weiteren Gebieten die verfeindeten Reichsstände aussöhnen, die Zentralisierung fördern. Das hieß, in der Generalperspektive: Einführung einer einheitlichen Reichssteuer, eines Reichsheeres, eines Reichsgerichts, einer Reichsregierung, womöglich mit festem Sitz.

Für Sigmund gab es in dieser Situation zwei dringliche Anlässe, noch einmal das eigentlich Unmögliche zu versuchen. Erstens wurde es höchste Zeit, den Landfrieden wiederherzustellen – überall Fehden, Regionalkriege, dazu eine bedrohliche Zunahme von Räuberbanden (meist ehemalige Söldner). Zweitens musste er nach mehreren militärischen Niederlagen in Böhmen ein schlagkräftiges Reichsheer gegen die Hussiten aufstellen.

Sigmunds Verhandlungen blieben erfolglos. Einziges Ergebnis des langen Aufenthalts in Ulm, Überlingen, Konstanz: er schloss sich enger mit dem Adel zusammen, besonders mit dem St. Jörgenschild, dem neun Zehntel des schwäbischen Adels angehörten.

Offiziell in einer Mitgliederliste geführt ist Michael von Wolkenstein. Oswald ließ sich in einem Verzeichnis (bisher) nicht nachweisen, dürfte aber gleichfalls dieser Standesorganisation angehört haben: die Ziele des Ritterbundes waren auch seine Ziele. Außerdem stammte seine Frau aus schwäbischem Hochadel.

Im Sommer 1431, nun wieder zu Hause, wurde Oswald durch Hans von Villanders noch einmal zur Ader gelassen, finanziell. Konnte Oswald zum Ausgleich damit rechnen, zumindest darauf hoffen, dass ihm König Sigmund wenigstens einen Teil der ihm gewährten Darlehen zurückzahlen würde? Davon konnte die Rede noch immer nicht sein.

Vielmehr: der König hatte sich von der Stadt Nürnberg Geld ausleihen müssen, vor dem Ritt zum Bodensee: »Wir haben dem obengenannten Unserem gnädigen Herrn, dem Römischen etc. König Sigmund, aufgrund seiner großen, flehentlichen Bitte, die er mehrfach dem Rat gegenüber geäußert hat, in bar 9000 Gulden Landeswährung geliehen; darüber haben wir von Seinen königlichen Gnaden einen Schuldschein mit dem Siegel Seiner Majestät; er liegt in der großen Truhe bei den anderen Schuldscheinen.«

In dieser (bereits am 13. September 1430) dokumentierten Notlage war von Sigmund keinerlei Rückzahlung zu erwarten. Also mussten wieder einmal die Reserven des Perpignan-Horts herhalten für die massive Forderung des Hans von Villanders: er verlangte 600 Mark in bar (!) für den Pfandschein über Neuhaus. Keine Umrechnung hier, sie würde nach dem bisherigen Modus wohl zu gering ausfallen, denn: für diese 600 Mark hätte man in Brixen etwa zwanzig Häuser kaufen können, oder, in der Umgebung, ebenso viele Bauernhöfe samt ausgedehnten Ländereien.

Wieso konnte Hans die Einlösung verlangen? Oswald hatte ihm Burg und Ländereien Neuhaus keineswegs verpfändet, dazu hätte der Verwandte die Pfandsumme zahlen müssen, der Pfandschein über Neuhaus war ihm nur hinterlegt worden. Eine »Rückgewährspflicht« bestand also nur gegenüber dem Verpfänder, dem zuständigen Grafen von Görz. Dennoch, Hans von Villanders forderte Bargeld für den Pfandschein. Erfolgreiche Erpressung, wieder einmal?

Ich übersetze auch dieses Dokument der erneuten Niederlage Oswalds. »Ich teile mit: Ich, Hans von Villanders, hatte von meinem lieben Verwandten Oswald von Wolkenstein einen Pfandschein in Verwahrung genommen über einen Betrag von 600 Mark Berner Meraner Münze für das Pfandobjekt Neuhaus. Ich erhielt diesen Schein aufgrund der Bürgschaft, die ich gegenüber dem hochgeborenen Fürsten Herzog Friedrich, Herzog von Österreich etc., meinem gnädigen Herrn, leistete. Ich erkläre hiermit, dass mir die 600 Mark übermittelt und ausgezahlt worden sind; daraufhin habe ich den Pfandschein zurückgegeben.«

Diese Bestätigung ist ausgestellt »am Freitag vor St. Oswald«, also am 3. August. Oswald hat offenbar ohne Ausreden, ohne Protest, ohne Androhung rechtlicher Schritte die geforderte Summe ausgezahlt, und der Verwandte stellte in Lienz (und dort sicherlich im Schloss Bruck der Grafen von Görz) die Quittung aus.

Ich frage mich, wie Hans von Villanders es geschafft hat, die Zahlung einer Summe zu erzwingen, die mehreren Jahreseinkommen des Herrn der hundert Bauernhäuser und Bauernhöfe entsprach. Vielleicht war es so: Der Besitzer der Burg Neuhaus wollte das Pfand einlösen; dazu brauchte Oswald den Pfandschein, forderte ihn von Hans zurück; der erklärte: Solange sich der Pfandschein in meiner Hand befindet, habe ich rechtlich den vollen Anspruch auf das Pfandobjekt Neuhaus; falls du den Pfandschein zurückhaben willst, musst du ihn einlösen, und zwar in Höhe der Pfandsumme. So musste Oswald den Pfandschein zurückkaufen, für den der Verwandte keine einzige Mark ausgelegt hatte.

Auch hier wieder: Oswald konnte den Zusatzbetrag offenbar auszahlen, ohne selbst Schuldner zu werden. Die Ressourcen aus dem Ceuta-Perpignan-Fundus müssen noch immer erheblich gewesen sein!

Hans von Villanders hatte mittlerweile, zusammengerechnet, etwa 3200 Gulden eingezogen, heute wären das zwischen 160 000 und 250 000 Euro. War Oswald in Geldfragen naiv oder fahrlässig oder fatalistisch oder erpressbar? Ja, erpressbar?

Er war nicht das einzige Opfer des Geldvampirs: auch Bischof Ulrich hatte er hohe Summen abgeluchst, abgefordert. Putsch wird im folgenden Jahr im Tagebuch notieren: »Hans von Villanders trieb mich so weit, dass wir unsere Rechtshändel vor neun adlige Schiedsrichter brachten. Da erhielt ich nun mit vollem Recht einen Pfandschein über 500 Mark zurück, den Hans in Händen hatte. Auch musste er seine Forderung von 600 Dukaten aufgeben, die er von mir verlangte; ebenso über 30 Mark und weitere Beträge. Der Schiedsspruch war also völlig positiv für mich und gegen ihn.«

Der Bischof hatte sich vor Gericht durchsetzen können, sein temporärer Mitarbeiter von Wolkenstein hingegen hatte nachgeben müssen, erst einmal. So leicht aber nahm Oswald nicht hin, was ihm gegen den Strich ging. Er wendete sich an seinen obersten Dienstherrn und fand Unterstützung.

Am 12. August schickte Kanzler Schlick im Namen des Königs einen Mahnbrief an Herzog Friedrich: »Freund und Fürst, Wir haben dir früher schon wiederholt und kürzlich noch einmal geschrieben, haben dir auch durch deine Räte, die bei Uns waren, diesen Wunsch übermitteln lassen, dass du Unseren lieben Gefolgsmann Oswald von Wolkenstein gnädig behandelst und ihm – Uns zuliebe – seine Urkunde zurückgibst. Dies ist bisher nicht geschehen, obwohl Wir stets darauf vertraut haben, du würdest dich Unserem Willen gemäß verhalten. Wir wünschen nun, und bitten dich sehr nachdrücklich darum, dass du Uns zuliebe dem oben erwähnten Oswald die Urkunde zurückgibst, und zwar unverzüglich. Wir werden Uns in wichtigeren Belangen dankbar erweisen, wenn du Uns in dieser Angelegenheit freundlicherweise so viel Entgegenkommen zeigen würdest, dass Wir deswegen nicht noch einmal schreiben müssen. Damit würdest du Uns einen besonderen Gefallen tun.«

Oswald wäre nun, theoretisch, verpflichtet gewesen, am bevorstehenden (fünften!) »Kreuzzug« gegen die Hussiten teilzunehmen.

Eine moralische Verpflichtung: Sigmund hatte Oswald in Nürnberg in den Drachenorden aufgenommen. 1408 hatte der König, gemeinsam mit seiner Frau Barbara, die ›societas draconica‹ gegründet. Als Ordensmedaille ein Lindwurm, der unter einem Kreuz hängt; das Ende seines Schweifs ist dreimal um den Hals geschlungen, aus dem offenen Maul hängt spitz eine Zunge.

Zum Kreis der Ordensträger gehörten vornehmlich Ritter, aber auch Geistliche, sogar Frauen. Die verbindende Devise war der Kampf gegen die »im Verborgenen wütenden falschen Christen«, gegen Heiden und Schismatiker, also in erster Linie gegen Hussiten. Auch sollten die Träger des Drachenordens den Frieden im Königreich fördern, Gutes tun für die Armen, sollten Witwen und Waisen unterstützen.

Oswald war offenbar in die Erste Klasse des Ordens aufgenommen worden, der nur etwa zwei Dutzend Auserwählte angehörten. Eberhard Windecke, der zeitgenössische Biograph Sigmunds, betonte: Wem der König diesen Orden verlieh, »dem hatte er seine besondere Liebe erwiesen«.

Zweiter Punkt: Oswald hatte vier Jahre zuvor mit der Urfehde folgende Verpflichtung übernommen: »Ich soll und werde für diesen meinen gnädigen Herrn oder (im Falle seines Ablebens) für seine Verwandten oder Erben persönlich an einem Feldzug gegen die Hussiten teilnehmen oder wohin sie mich sonst schicken mögen. Falls ich aus zwingenden Gründen diese Auflage persönlich nicht erfüllen kann, soll und werde ich einen meiner Verwandten als Stellvertreter entsenden.«

Dritte moralische Verpflichtung: An diesem Feldzug nahm, nach Mayr, die gesamte Gesellschaft vom St. Jörgenschild teil. Ich setze voraus, dass Oswald – vor allem nach der neuen Schwabenreise – mit dieser Gesellschaft liiert war (heute würde man wohl von »korrespondierender Mitgliedschaft« sprechen), dass er ihr vielleicht sogar als Mitglied angehörte.

Auf den Kampf gegen die Hussiten hatte sich Oswald bereits 1415 eingestimmt mit seiner Hohn- und Hass-Strophe auf Hus, der vorletzten Strophe seines Spott-, Hohn-, Schimpf- und Kampfliedtextes gegen die Hussiten.

Unseren Vorstellungen von einem Kampflied entspricht Kl 27 kaum, vor allem ist uns die allegorische Verschlüsselung fremd. Sie ist freilich recht simpel: die Hussiten sind die Gänse. Dabei nutzte man die slawische Klangform des Namens Hus: er selbst hatte zuweilen mit diesem Angebot seiner Sprache gespielt. Das griffen seine Feinde gern auf: als man ihn lebendigen Leibes verbrannte, da wurde »die Gans gebraten«. Doch aus der einen Gans wurden viele, viele Gänse; diese Gänsescharen sollen vernichtet werden.

Hier bleibt Oswald bei der Vogel-Metapher: auf der eigenen Seite nur edle Greif- und Beizvögel. Damit hat Oswald nichts Neues erfunden, bezeichnend ist freilich die Insistenz, mit der er von Adlern, Falken, Habichten, Sperbern schreibt. Hingegen die Gänse: haben zwar Flügel, aber keine Schwingen, mit denen sie zum Flug abheben können, dennoch ergeht es den feineren Vögeln schlecht im Kampf mit den Gänsen. Oswald übernimmt Details aus der Beizjagd: Die Schellen an den Läufen (»Ständern«) hört Oswald viel zu nah, die Beizvögel wollen nicht so recht zum Jagdflug abheben, und so sind die Hussiten weiterhin erfolgreich. Zur Stärkung der Kampfmoral der Verlierer werden Vorbilder genannt: die Wander- oder Pilgrimfalken, klerikal gefeiert. Und weitere noble Beizvögel, Saker und Blaufuß, Prachtexemplare der Falknerei, sie werden zur Jagd, zum Kampf aufgerufen.

Ich hörte aus so manchem Schnabel
den Spruch, der Narren an der Nase führt:
»Ja, Bauernhansl wär ein tolles Gansl –
wenn er nur Schwingen hätte, fliegen könnte …«
Hieran zeigt sich jedermann,
wie eine Zeit sich ändern kann.
Das sieht man deutlich an den Gänsen:
sie steigern ihre Einfalt ganz gezielt

in Böhmen wie auch andernorts –
dort sollen sie auch Federn lassen.

Die Jägervögel: eingeschüchtert!
Adler, Falke, Habicht, Sperber, Zwergfalk
sind mir nicht scharf genug im Beizen,
ich höre ihre Schellen viel zu nah.
So wird denn manches hohe Tier
von einer groben Gans geschlagen,
wird wild verbissen, plattgemacht!
Ihr dürft nicht fragen, wie das möglich ist,
nur: »Alte Sünd bringt neue Schand«,
so höre ich die Weisen sagen.

Ihr edlen Falken, Wanderfalken,
der Klerus feiert euch mit Recht.
Im Flug steigt ihr viel höher auf
als andre Falken – führt sie an!
Der große Meister aus dem Oberreich
hat eure Schnäbel, Fänge horngepanzert,
furchterregend: kommt schon zur Besinnung,
ihr habt den Meister sehr erzürnt!
Werft die alten Federn ab –
dann wird die Gans rasch eingedornt!

Ihr Saker-, Blaufußfalken aufgepasst,
ihr edlen Vögel unter wahren Christen:
Es scharen sich die Gänse gegen euch
in jenem Land – ihr werdet staunen!
Man hört dort oft ein Gänselein
aus feistem Halse höhnisch lachen.
Hebt ab, ihr edlen, starken Vögel!
Hilf großer Adler, reg die Schwingen!
Im Sturzflug attackiert die Gänse,
dass ihre Rücken krachen!

Hier ist ein kleiner Exkurs angesagt, bevor das Stichwort Hussiten erneut aufgegriffen wird: die Reihung der Bezeichnungen verschiedener Beizvögel ist auffällig! Überhaupt taucht das Wort Falke in Oswalds Liedtexten des Öfteren auf.

Noch kurz vor dem Imprimatur dieser Neufassung war ich davon ausgegangen, dass Oswald sich kundig gemacht hat – was bei all den Jägern unter seinen Standesgenossen nicht schwer gewesen sein dürfte. Aber nun sind im Oktober 2010 in der Abfallhalde am Fuß des Kofels der Burg Hauenstein auch drei Fragmente von Silberschellen freigelegt worden – höchstwahrscheinlich Schellen, wie sie an den Läufen von Beizvögeln befestigt wurden, um sie, nach dem Abheben von der Faust des Falkners, leichter orten zu können. Wobei Oswald im Liedtext suggeriert, dass er die Schellen lieber in der Ferne hört, also bei (oder nach) weiträumigem »Jagdflug«. So ziehe ich den Schluss, dass Oswald nicht nur an Treibjagden teilgenommen hat, auch an der Beizjagd. Ja, dass er womöglich einen, zumindest einen Falken besaß, auf Hauenstein.

Nun ließe sich leicht einwenden: Noch rund ein Jahrhundert nach Oswalds Tod landete Silberhaltiges auf der Abfallhalde, die Datierung der Münzfunde belegt das, also könnte einer der Söhne, der Nachkommen die Silberschellen verloren haben. Dagegen spricht der Liedtext: wie verfasst für einen Kreis von Falknern (und zugleich Anti-Hussiten).

In Tirol, nördlich wie südlich der Alpen, gibt es heute noch Falkner, ja Falkner-Organisationen, und man begrüßt sich mit Falknersheil!, spricht Falknersdank! aus, preist schon mal den »ewigen Falkenkaiser«. Üblich ist Beizjagd im »Niederwildrevier«: Rebhühner und Fasane, Hasen und Karnickel. Beizjagd fand und findet also statt in offenem Gelände. Wann und wo auch immer – zur Beizjagd gehören Treiber und Hunde, die Feder- und Haarwild »aufstöbern«.

Ja, ich sehe Oswald von Wolkenstein mit einem Falken auf der linken Faust, geschützt von einem Handschuh aus Hirschleder – damit die »Klauen nicht durchgreifen«. Das Bild setzt sich fest; hoffentlich überträgt es sich auch. Die Sprachspur ist deutlich genug; die Schellen kommen klanglos hinzu.

Das Bild wird zum bewegten Bild: Oswald nimmt einem Falken die sichtverwehrende Haube ab, lässt den »jagdbereiten« Falken aufschwingen, hochschwingen. In der Sondersprache der Falkner: Er wirft den Falken (einen Gerfalken oder anderen Beizvogel) aus der Haube auf die Beute, hört, wie sich das Schellenklingen entfernt beim Verfolgen der Beute, die schließlich im Sturzflug mit Fängen gegriffen und mit Schnabelhieben getötet wird. Auch Oswald wird, spähend und lauschend, zum Beizvogel getrabt, galoppiert sein, der ein Rebhuhn oder einen Fasan »geschlagen«, einen Hasen »gebeizt« hat und mit ausgebreiteten Schwingen über dem Opfer kauert.

In einem Städtchen lebend, in dem Erinnerung an einen großen Beizjäger wachgehalten wird, an den Kurfüsten Clemens August (Bauherr [auch] des architektonisch kostbaren Rokoko-Jagdschlosses Falkenlust), hier fliegt mir ein Zitat zu, das zum Schellen-Fund der jüngsten Ausgrabung, somit in den Kontext passt, ein Zitat aus einem Jagdbuch des Jahres 1725, dies in einer Sequenz zur Austattung eines Falken und hier zum »Geschüh, woran zwey hell klingende Schellen seyn müssen, damit man ihn weit hören und finden könne«.

Und wieder das Stichwort Hussiten. Der Beizjagdsequenz schließt sich die bereits vorgestellte (fünfte) Strophe an: »He, Hus, das Leid schlag um in Hass auf dich!« Hat Oswald diese Strophe noch 1431gesungen, Jan Hus heraufbeschwörend? Eher dürfte er die Strophe ausgelassen haben: Hus ist tot, die Hussiten sind überaus aktiv. Es folgt die letzte der neun überlieferten Strophen.

Ihr edlen Christen, lasst euch mahnen:
Inständig fleht mit uns den Himmelsfürsten an,
auf dass Er Seinen Zorn besänftigt,
der sich in Menetekeln zeigt
in Frankreich, England, Katalonien,
der Lombardei, zentral in Böhmen
mit Seuchen, Morden, großem Sterben,

dazu der Ketzerei im Glauben.
Maria hilf! Zeig deinem Sohn den Weg!
Ich Wolkenstein, ich bitt darum. (Amen)

Oswald und die Hussiten: analysierte er die Verbindung von sozialen Antrieben und religiösen Argumenten, erkannte er die revolutionären Impulse der Hussiten? Auf solche Gedanken wäre man damals kaum gekommen. Das Hussitenlied zeigt: Auch bei Oswald dominierten religiöse Vorstellungen – die Hussiten erheben sich gegen die göttliche Ordnung, also müssen sie als Ketzer bekämpft werden.

Die Hussiten waren gefürchtet – nicht nur als Bedrohung des Glaubens, sondern auch, ja vor allem: militärisch.

Sie hatten neue Taktiken entwickelt, Stichwort: Wagenburgen. Zuerst waren es Bauernwagen, kreisförmig zusammengestellt; im zweiten Jahrzehnt aber nun hatte man in Böhmen gepanzerte Wagen entwickelt: von mehreren Pferden gezogene Karren mit kastenförmigen Aufbauten aus soliden Bretterwänden mit Schießscharten. Die Wagen wurden kreisförmig oder im Karree aufgestellt und aneinandergekuppelt. Innerhalb der oft weiträumigen Wagenburgen war Kavallerie aufgestellt; auf ein Zeichen wurde eine Wagenbresche geöffnet, der Trupp galoppierte hinaus. Wurde die Wagenburg angegriffen, verteidigte man sich mit Schwert, Axt und Hellebarde, mit Bogen, Armbrust und Büchse. Diese frühe Handfeuerwaffe bestand aus einem etwa dreißig Zentimeter langen Bronzerohr, vorn auf eine Stange gesetzt zum besseren Zielen. Ein Vorderlader. Auch mit dieser Neuerung kamen Ritter in ihrem veralteten Kampfstil nicht zurecht, die Hussiten lehrten sie das Fürchten.

Ein Zeitgenosse: »Sie kampierten gemeinsam mit Frauen und Kindern auf offenem Feld, mit vielen befestigten Wagen. Wenn sie in die Schlacht zogen, bildeten sie zwei parallele Kolonnen, zwischen denen die Infanterie marschierte, während Reiter sie von außen in geringer Distanz schützten. Kam es zur Schlacht, fuhr eine

Kolonne auf ein Zeichen des Anführers um den Feind herum, bis sie auf das Ende der anderen Kolonne stieß. Der Feind war damit umringt und und wurde Opfer der Infanterie oder der von Männern wie Frauen abgefeuerten Geschosse. Die Kavallerie kämpfte außerhalb der Wagenburg, zog sich jedoch in die Burg zurück, wenn sie bedrängt wurde, und kämpfte dort wie von den Mauern einer belagerten Stadt herab. Auf diese Weise gewannen sie viele Schlachten und feierten zahlreiche Siege. Diese Art der Kriegsführung war den benachbarten Völkern unbekannt. (...) Zizkas Heer lässt sich mit vielarmigen Ungeheuern vergleichen, die ihre Opfer schnell und unerwartet packen, überwältigen und dann die Teile verschlingen.«

König Sigmund ernannte Kurfürst Friedrich von Brandenburg zum Befehlshaber des Reichsheeres. Er selbst hatte zwar mal erklärt, er werde an diesem »Kreuzzug« persönlich teilnehmen, aber nun hatte er sich bei einem Sturz verletzt und bedauerte. Sein consiliarius Oswald von Wolkenstein blieb beim König, erneut ›zur besonderen Verwendung‹. Dennoch soll von diesem militärischen Unternehmen kurz berichtet werden – Oswald wird reimend darauf reagieren.

Aktivität, Initiative entwickelte vor allem der Kardinallegat Julian Caesarini: er mahnte, munterte auf, schloss sich dem Heer an, das sich an der böhmischen Grenze sammelte. Es war viel kleiner als erwartet, dennoch, so erklärte er, mit einiger Entschlossenheit könne der Kriegszug gewagt werden; kehre das Heer unverrichteter Dinge zurück, sei es um den christlichen Glauben in jenen Ländern geschehen.

Den ganzen Juni blieb das Reichsheer vor dem Böhmerwald liegen; jenseits des Waldgebietes die Hussiten. Weil sie weit und breit alles wegfouragiert hatten und weil Verhandlungen ergebnislos blieben, zogen sie sich zurück. Dadurch ermutigt, brach das Reichsheer auf, marschierte Richtung Tachau.

Obwohl man beschlossen hatte, sich diesmal nicht weiter mit Belagerungen aufzuhalten, blieb das Haupttheer eine Woche lang vor Tachau – die Umgebung wurde geplündert, verwüstet. Am 8. August zog man weiter, in drei Marschsäulen. Wohin man auch kam – Bevölkerung wurde niedergemetzelt. »Sie hatten sich vorgenommen, die böhmische Nation auszurotten«, heißt es in einem tschechischen Bericht. Keine Strategie: Verheeren, Vernichten, Liquidieren. Beginnende Auflösung der Disziplin.

Wieder blieb das Heer vor einer befestigten Stadt liegen: Taus. Kurfürst Friedrich plante freilich keine Eroberung, er stellte sich eher auf Rückzug ein. So ließ er Gepäck- und Proviantwagen hinter der Gefechtslinie aufstellen, die Deichseln Richtung Westen. Das fiel auf, sprach sich herum, hob nicht eben die Stimmung im Heer. Am nächsten Tag sah der Kardinallegat von einem Hügel aus, wie sich lange Wagenkolonnen zum Wald bewegten, aus dem sie gekommen waren; er wollte wissen, was dies zu bedeuten habe, erfuhr, was man bei solchen Fragen stets erfährt: Es handle sich um einen Befehl. Die ersten Absetzbewegungen, und noch war kein Hussit in Sicht.

Schon als man von ihrem Aufmarsch erfuhr, wichen die Fürsten »ein wenig hintan«. Erneut wurden Kundschafter ausgeschickt, sie hatten Erschreckendes, Einschüchterndes zu berichten über das heranrückende Hussitenheer. Nun begann bei den hohen Herren das große Schlottern. Fern hörte man Trompetensignale, hörte das berüchtigte Hussitengebrüll, das Taboritenlied »Die ihr Gottes Krieger seid«. Die Schlusszeile, von der man schon gehört hatte, sie war nun wieder zu vernehmen: »Schlagt zu, schlagt tot, lasst keinen leben.« Die akustische Demonstration reichte: Panik im Reichsheer, einsetzende Flucht, bald Massenflucht.

Die Hussiten nahmen sofort die Verfolgung auf. Fußsoldaten, die so rasch nicht vorankamen, wurden von nachsetzenden Reitertrupps scharenweise niedergemacht. An der Grenze des Böhmerwalds versuchte der Kardinallegat die Flüchtenden aufzufangen, ließ Kampfeinheiten zusammenstellen, eine Wagenburg aufbauen, doch ehe man damit fertig war, griffen die Hussiten an, stachen nieder, schlugen mit Streitkolben zu, die gesamte Leibwache des Legaten fiel, er selbst konnte gerade noch fliehen. Flucht und Verfolgung in den Waldgebieten, fast alles Kriegsgut blieb zurück, Kanonen und Wagen: von 4000 Wagen sollen nur 300 über die Grenze zurückgekehrt sein – und die wurden sogleich von Soldaten des Reichsheers geplündert.

Am Abend konnten die Hussiten den Sieg feiern: zahlreiche Gefangene, enorme Beute. Sie soffen eroberten Wein, sprengten Pulverwagen in die Luft. Was den Siegesjubel steigerte: die Erbeutung der päpstlichen Fahne, des Kardinalshuts, Kardinalsmantels. Hohn und Spott: Insignien der verhassten päpstlichen Macht!

Am nächsten Morgen wurde die Verfolgung fortgesetzt in den weiten Waldgebieten. Hochklettern auf Bäume nützte Fliehenden nichts: die Bäume wurden gefällt, Feuer wurde gelegt. Wieder Gefangene, wieder Beute, wieder Liquidierungen. »Sie zergingen wie Rauch und zerflossen wie Wachs«, hieß es bald darauf in einem Hussitenlied.

Oswald befand sich zu diesem Zeitpunkt noch in Nürnberg, im Gefolge des Königs. Am 14. August fand das Debakel in Böhmen statt; zwei Tage zuvor stellte die königliche Kanzlei dem Sonderbeauftragten Wolkenstein ein Beglaubigungsschreiben aus, das er Herzog Friedrich vorlegen sollte, zusammen mit Briefen des Königs.

Ist Oswald sofort aufgebrochen? Oder erst, als die Nachricht vom Debakel auch Nürnberg erreichte? Und die für den Herzog bestimmten Schriftsätze sollten ergänzt werden durch mündliche Mitteilungen? Rasche Reaktionen in Tirol lassen darauf schließen, dass Oswald den Herzog über die aktuelle Lage informieren und entsprechende Schutzmaßnahmen vorschlagen sollte.

Im Tagebuch des Reichsfürsten, Kanzlers, Bischofs Putsch finde ich folgende Notiz: »Noch einmal reiste ich zum Herzog und blieb vierzehn Tage bei ihm. Auf seine Anordnung habe ich sämtliche Pässe besetzt und befestigt, alle Klausen, Städte und Burgen, gegen die Ungarn und andere Feinde, die das Land mit ihrem Einmarsch bedrohten.« Diese »Ungarn« konnten nur Hussiten sein.

Befürchtete man also, der Verfolgung des geschlagenen Reichsheeres könnte sich eine Invasion anschließen?

Die Teilnahme am Feldzug war Oswald erspart geblieben, sein fortgesetztes Engagement in der Hussitenfrage dokumentierte sich in einer polemischen Stellungnahme.

Auf dem ersten Blatt einer Pergamenthandschrift des 15. Jahrhunderts, der Regensburger Goldschmiede-Zunftordnung, ist folgende Notiz eingetragen, nachträglich: »Vierzehnhunderteinunddreißig nach Christi Geburt, am St. Hippolyttag, ereignete sich eine schmähliche Flucht aus Böhmen. Und es bewahrheitete sich das alte Wort Daniels aus dem 13. Kapitel: A senioribus qui videantur rege populum egressa est iniquitas. [Von den Würdigen, die das Volk regieren sollen, ist Ungerechtigkeit ausgegangen.] Über diese Flucht hat der edle Wolkensteiner ein Klagelied geschrieben mit folgendem Anfang:

Gott muss für uns fechten,
solln die Hussiten weichen;
mit Herren, Rittern, Knechten
lässt sich da nichts erreichen.
Die schmieden große Pläne
doch hobeln keine Späne;
das weckt in offnen Herzen
Sorgen, die sehr schmerzen.«

Ausnahmsweise reimte ich die Übersetzung, geriet damit in Reimzwang mit üblichen Folgen. Bei einem derart holzschnittartigen Text lässt sich das aber rechtfertigen.

Zur militärischen Bedrohung kam eine Pestepidemie. Gegen Schluss der Aufzeichnungen des Jahres 1431 ließ Putsch notieren: »In diesem Jahr brach in Brixen eine große Pest aus, und ich floh nach Bruneck und blieb dort drei Monate mit hohen Aufwendungen für meine Diener und weiteres Gefolge.«

Dieses Zeitphänomen fordert Textpräsenz. Hier freilich nicht als Panoramabild, wie es Boccaccio im Eröffnungskapitel des *Decamerone* gestaltet, hier genügt der folgende Auszug:

»Vorher war's üblich gewesen – und auch heute noch sehn wir's – dass sich die verwandten und benachbarten Frauen im Hause des Verstorbenen versammelten und dort mit seinen nächsten weiblichen Angehörigen klagten; vor dem Hause wiederum versammelten sich die Nachbarn des Toten und viele andere Bürger mit seinen männlichen Verwandten, und dem Stande des Verstorbenen gemäß kam auch die Geistlichkeit hinzu, und nun wurde er auf den Schultern von seinesgleichen mit einem Trauergepränge an Wachskerzen und Gesängen in die von ihm vor seinem Tode bestimmte Kirche getragen.

Als nun die Heftigkeit der Pest überhandzunehmen begann, ging das alles gänzlich oder zum größeren Teile verloren, und neue Gebräuche traten an die Stelle der alten. (…) Selten kam es vor, dass eine Leiche von mehr als zehn oder zwölf Nachbarn zur Kirche geleitet wurde, und es waren nicht ehrbare und angesehene Bürger, die die Bahre trugen, sondern eine Art Totengräber, die der Hefe des Volkes entstammten und sich Leichenknechte nennen ließen; und diese Leute, die das nur für Geld taten, trugen den Toten mit hastigen Schritten nicht zu der Kirche, die er vor seinem Tode bestimmt hatte, sondern zur nächstgelegenen, und vier oder sechs Geistliche gingen voraus mit wenig Lichtern und manchmal überhaupt ohne Lichter und ließen den Toten, ohne sich mit einer langen Feierlichkeit zu plagen, von den besagten Leichenknechten in das erstbeste Grab legen, das offenstand.«

Und Oswald? Achtete er besorgt, ja alarmiert auf eventuelle Symptome? Dies wusste man damals, dies hörte man immer wieder: Es fängt an mit Schüttelfrost, Fieber, mit Kopfschmerzen, Rückenschmerzen, mit Schmerzen in Armen und Beinen, man fühlt sich apathisch, schlapp, schwindlig, der Puls wird schwach, die Haut wird heiß, die Augen werden lichtempfindlich, die Zunge, erst weißlich belegt, sie wird trocken, rot, rissig. Dann Übelkeit, Erbrechen, Galle beigemischt, Blut, der Unterleib aufgetrieben, Blut aus dem Darm, Blut aus der Blase, und Druck, Schmerz unter dem Brustbein, Atemnot, blutig gefärbter Schleim beim Husten, auch Blut. Und kleine Drüsengeschwulste unter der Haut, sie schwellen rasch an, werden weich, platzen auf: Eiter, Gewebsfetzen, jaucheartiger Gestank. Noch größer die Angst, wenn sich die Pestbeulen in der Leiste, unter den Achseln, an den Oberschenkeln nicht öffnen, wenn sie wachsen und hart bleiben, da stirbt man sehr rasch. Ebenso, wenn aus dem Körper schwarze Stippchen hervorbrechen: Zunge und Schlund beinah schwarz, brennender Durst, Sprechstörungen, Zungenlähmung, Verstummen, Bewusstlosigkeit, Tod.

Gefahr für das Land, Gefahr für die eigene Person: Motivationen dafür, dass Oswald noch 1431 seine zweite Sammelhandschrift in Auftrag gab? Dokumentiert sich hier die Sorge, die Angst, sein Werk könnte vergessen werden?

Oswald selbst gibt dieses Stichwort: er hat in einem Liedbeginn die Angst vor dem Verstummen, dem Vergessenwerden artikuliert.

Und würde ich auf Dauer schweigen,
so wäre ich recht bald vergessen:
paar Jährchen noch – und keiner dächt an mich!
So mach ich einen neuen Anfang nun
mit Singen – falls ich das noch kann!

Der dichterische Potenzerweis wird in diesem didaktischen Lied über zwölf Formen der Trunkenheit (Kl 117) nicht in voller Höhe erbracht; wichtig aber sind diese ersten fünf Zeilen: Oswald, der ein neues Lied schreibt, um nicht vergessen zu werden – ließ er die neue Handschrift aus dem gleichen Grund erstellen?

Die erste Handschrift war in der Zwischenzeit nicht verloren gegangen, hier wurden weiterhin Lieder nachgetragen. Wenn Oswald nun eine zweite Handschrift in Auftrag gab, so lässt sich daraus schließen: Er wollte nicht riskieren, dass sein Nachleben als Dichter und Komponist abhing vom Schicksal einer einzigen Handschrift.

Diese neue Sammelhandschrift: für Oswald so etwas wie eine ›Ausgabe letzter Hand‹? Dem Schreiber der besonders repräsentativen Ausgabe wurde wohl kaum die erste Ausgabe vorgelegt mit der Generalanweisung: Mach das besser und schöner. Auch diesmal wurden Blattvorlagen vermittelt – auch von Liedtexten, die in der ersten Werkausgabe noch nicht berücksichtigt worden waren. Dafür wurden andere Liedtexte gestrichen.

Selbst bei dieser Kompilation: Oswald wird nicht dauernd hinter dem Schreiber gestanden oder womöglich neben ihm gesessen haben, er war in der Folgezeit fast ständig unterwegs; so wird er Anweisungen hinterlassen haben. Und hier war die Verständigung vereinfacht: Hatten an der ersten Handschrift insgesamt acht Schreiber mitgewirkt, so wurde die zweite Handschrift von nur *einem* Skriptor hergestellt, identisch mit dem letzten Schreiber der ersten Handschrift – eine Spitzenkraft.

Oswald im Spätherbst, im Winter 1431: Dokumente aus jener Zeit lassen erkennen, dass er weiterhin Einkünfte aus Besitzungen zog, die ihm nicht gehörten, und dass er sich davor drückte, Schulden zu begleichen.

Der Erste, der sich in dieser Zeitphase über Oswald beschwerte, war Michael. Ich habe nirgendwo gelesen von Übergriffen Oswalds auf das Eigentum des jüngeren Bruders Leonhard, mehrfach hingegen von Übergriffen auf das Eigentum des älteren, des mächtigeren Michael – nur eine Überlieferungslücke?

Michael, so hatte es sich bereits im Jahre 1404 gezeigt, besaß Anrechte auf Liegenschaften aus der Erbmasse der Barbara Jäger. Für die widerrechtliche Nutzung von Jäger'schem Besitz fühlte sich Oswald aber wohl allein zuständig – er kassierte weiterhin Einkünfte aus solchen Pachthöfen, auch wenn die seinem Bruder zustanden. Michael wandte sich nicht direkt an Oswald, jedenfalls nicht mehr in dieser Phase, er beschwerte sich beim Landesfürsten.

Der diktierte am 15. November einen Brief an Oswald. »Unser getreuer und lieber Michael von Wolkenstein, Unser Rat, dein Bruder, hat Uns berichtet, dass du ihm seinen Anteil der Jäger vorenthältst und dass er ihn nicht von dir bekommen kann. Wir wünschen mit Nachdruck, dass du heute in drei Wochen vor Uns erscheinst und dich in dieser Angelegenheit deinem Bruder gegenüber verantwortest; wir werden euch jeweils in Gegenwart des anderen aussagen und jeder Partei dann ihr Recht widerfahren lassen.«

Folgte Oswald, nach den schlimmen Erfahrungen vom Februar 1427, der Vorladung? Er ignorierte auch diesen Gerichtstermin!

Dezember 1431: eine weitere Beschwerde, diesmal vermittelt durch Ulrich von Matsch junior. Johann Kellner, Schreiber in Meran, hatte seinerzeit von Barbara Jäger den Dörrhof übernommen, Oswald aber hielt den Hof weiter in seiner Gewalt. Ein Schlichtungstermin wurde angesetzt – von Oswald aber sicherlich ignoriert.

Thema mit Variationen: Oswald wollte nicht zurückgeben, worauf andere berechtigte Ansprüche erhoben. So blieb auch Herzog Friedrichs Vermittlungsversuch ohne Ergebnis. Am 4. Dezember, nach Ablauf der gesetzten Frist, diktierte der Herzog erneut einen Brief an Oswald, der Wortlaut ist weithin identisch mit dem vorherigen Schreiben; auch diesmal wurde ein Rechtstermin angesetzt. Ob Oswald ihn wahrgenommen hat?

Januar 1432; auch Bischof Ulrich von Brixen musste eine Beschwerde über Oswald entgegennehmen: Kunz Kamrer aus Brixen beklagte sich darüber, dass Oswald eine Schuldsumme noch immer nicht zurückzahlte. Der Bischof erteilte Oswald den entschiedenen Rat, die Sache möglichst rasch zu klären, sonst müssten Rechtsmittel eingelegt werden. Vergebliche Drohung?

Der sehr kalte Winter 1431/32: die Kälte setzte ein im November, wurde erst gebrochen nach Lichtmess. Auf Rhein und Donau fuhren Lastkarren, überall im Reichsgebiet verhungerten, erfroren Menschen. Bischof Ulrich im Tagebuch: »Der Winter dieses Jahres war sehr heftig, und eine so schneidende Kälte, dass unzählige Menschen erfroren und die Wölfe sehr viele Leute aufgefressen haben.«

Oswald auf Hauenstein: heulten auch in seinem Wald die Wölfe, sah er sie vorbeihuschen? Was er ganz bestimmt gesehen hat, auch in diesem Winter: Felsbrocken, Stauden, Schneestangen, Felsbrocken, Stauden, Schneestangen; die Berge; Stubenheizer in Holzschuhen. Die Familie musste wahrscheinlich noch enger zusammenrücken als sonst im Winter – wie viele Kinder waren es inzwischen? Alle sieben? Oswald jr., Michael, Leo, Gotthart, Friedrich, Ursula und Maria? Vielleicht noch andere Kinder dazwischen, die aber vor dem sechsten, siebten Jahr starben?

Am Ende der monatelangen Frostperiode wird auf Hauenstein das Schreiben eingetroffen sein, das König Sigmund am 10. Januar 1432 in Piacenza in der Lombardei diktiert hatte: »Edler und lieber Gefolgsmann. Deine Anwesenheit in diesem Lande ist erforderlich, denn Wir brauchen dich für verschiedene Sonderaufgaben. Darum wünschen Wir dringlich, dass du dich so bald wie möglich zu Uns begibst; Wir dulden darin keinerlei Aufschub.«

Oswald machte sich sofort auf den Weg.

Schon seit mehreren Jahren hatte König Sigmund geplant, sich in Rom zum Kaiser krönen zu lassen; im Herbst 1431 war er endlich aufgebrochen.

Amtsvorgänger früherer Jahrhunderte waren mit oft riesigen Heeren über den Brenner gezogen, um sich den Weg zur Kaiserkrönung freizukämpfen, Sigmund aber hatte einen nur kleinen Trupp zur Verfügung. Denn die Reichsstände unterstützten seinen »Romzug« nicht, sie sahen nicht ein, weshalb Sigmund ausgerechnet in einer so kritischen Situation nach Italien wollte: im August noch die Massenflucht bei Taus, weiterhin die Gefahr einer erneuten Invasion der Hussiten. Außerdem war wenige Monate zuvor das neue Konzil in Basel eröffnet worden: eins der wichtigsten Verhandlungsthemen sollte die Lösung des Hussitenproblems sein. Sigmund aber ernannte einen stellvertretenden Schirmherrn, ließ sich in Basel gar nicht erst blicken.

Um an Geld zu kommen, berief er einen Reichstag nach Frankfurt, doch die Vertreter der Reichsstände blieben vorsichtshalber fern, sie wussten, der König würde eine Beisteuer fordern – so blieb er auf dem Reichstag allein mit seinem Anhang. Kein Geld also. Und erst recht keine Truppen für einen Marsch nach Italien – zu groß war reichsweit die Angst vor den Hussiten. So hatte Sigmund nur ein geringes Reisebudget, als er aufbrach; etwa 800 Reiter begleiteten ihn, meist Ungarn.

Sigmund hoffte auf Unterstützung, vor allem durch den Herzog von Mailand. Mit ihm hatte er ein Bündnis geschlossen zum gemeinsamen Kampf gegen Venedig und Florenz. Filippo Maria Visconti hatte dabei zugesichert, er werde Sigmund mit allen Ehren in Mailand empfangen, werde dafür sorgen, dass er die Eiserne Krone der Lombardei erhalte, werde ihm Truppen mitgeben auf den weiteren Weg nach Rom.

Sigmund, manchmal allzu optimistisch, zog von Nürnberg über Donauwörth, Augsburg und Lindau nach Feldkirch. Hier blieb er mehr als einen Monat; er hoffte, die Reichsstände würden ihm doch noch Gelder und Truppen schicken – was aber nicht geschah. So brach er in der zweiten Novemberwoche wieder auf, überquerte die Alpen, erreichte Mailand am 21. November.

Hier begann ein eigentümliches Versteckspiel: Visconti ließ grüßen, übermittelte gute Wünsche, sehen aber ließ er sich nicht, obwohl er sich in der Stadt aufhielt. Der Mailänder Erzbischof setzte König Sigmund die Eiserne Krone auf; der Herzog ließ dazu gratulieren. Sigmunds eigentliches Ziel war freilich die Kaiserkrone, er brauchte dringend Truppenverstärkung, um nach Rom zu kommen: in Italien wurden wieder einmal regionale Kriege geführt.

Dies war auch der Grund, weshalb der Herzog von Mailand sich nicht sehen ließ; er hätte sich einen König gewünscht, der ihn mit ausreichendem Truppenaufgebot unterstützte, dieser Sigmund aber war kein militärischer Faktor, das ließ ihn der Herzog spüren: wochenlang hielten sie sich in derselben Stadt auf, noch immer keine Begegnung, so oft auch Sigmund darum bat.

Der Herzog wollte den nutzlosen Gast aus Deutschland loswerden, und so ließ er den Vorschlag überbringen, man solle sich südlich von Mailand treffen, in Piacenza. Sigmund zog hoffnungsvoll dorthin, aber nun ließ sich der Herzog erst recht nicht blicken. Und erst recht keine Gelder und Soldaten. So saß Sigmund fest in Piacenza. Und mit ihm bald auch Oswald.

Während des Aufenthalts in Piacenza schrieb Oswald ein Lied: Kl 103. Es lässt erkennen: in Piacenza herrschte mehr Galgenhumor als Frohsinn. Ein offenbar kalter, nasser Frühling.

Wer seine Augen beizen will mit Ofenqualm,
wer lebensmüde ist, mit guten Zähnen
schlecht essen will, auf Stroh sich betten,
der reis mal in die Lumpardei –
dort wird ihm gleich die Lust vergehn!
Tief ist der Kot, teuer das Brot!
Bigotterie und Perfidie –
dies findet man dort täglich neu.
Doch solche Kröten schluck ich nicht!

Wer schlecht gewogne Hechte kaufen will
(musst feilschen, Freund, sonst fällst du rein!)
und einen, dessen Leber steinschwer ist,
der frage nach in der Kaiserkanzlei,
wo man an solche Fische kommt.
»Mann aus Jülich, sag, was kost ein Pfund?«
»Cinque soldi, tre zecchini« –
so viel ist wert das feine Leberchen
von diesem »leeven Heschtelchen«.

Hermann, Marquart: In Konstanz, Ulm, ja das
wär Leben, wir fänden Lust an schönen Lippen,
da säß mein alter Freund noch hinterm Ofen.
Das wär, wie eine Estampie, viel schöner,
als sich den Beutel leeren lassen
in Piacenza; meine Zahlmoral

lässt derart nach (ich lach da nur!),
dass mir mein Schreiber reichlich oft
von seinen Sorgen jammern muss.

Sebastian, wärst du ein Ochs in Florenzola
oder ein »caniola« und zögst »cum dola«
täglich Mist auf einem schweren Wagen –
das ging mir ein wie Honigseim!
Fürwahr, ich wünsch dir einen Schlag
an deine Brust, wie du ihn mir verpasst,
voll böser Raublust, grob wie ein Stier.
So geige ich dir gerne heim!
Und kriegst du mehr ab, mir wärs recht!

Der Text dieses zweistimmigen Liedsatzes wurde wieder einmal für eine Gruppe geschrieben, die alle Namen kannte, alle Anspielungen verstand. Wir aber sind mehrfach vor die Frage gestellt: Wovon, bitte, ist die Rede? Was ist beispielsweise mit dem Hecht los? Vom Einkauf eines Hechtes auf einem Fischmarkt wird gewiss nicht berichtet, hier wird wohl mit einem Namen gespielt. Bei Norbert Mayr lese ich, dass der königliche Sekretär und Protonotar Hermann Hecht gemeint ist.

Und was ist mit der Leber dieses Mannes? Oswald bezeichnet sie als »ain staine leber«, das heißt, nach Mayr: eine Leber, die einen Stein schwer ist – eine Gewichtsangabe. Dieser Sekretär Hecht war also ein Mann mit einem Trumm von einer Leber. Was aber soll die Frage nach dem Preis für ein Pfund Leber? Achselzucken, auch unter Fachleuten.

Sonst hat man schon allerlei herausgefunden. Zum Beispiel: der »Mann aus Jülich« muss Peter Kalde aus Stetternich bei Jülich sein, ein geistlicher Würdenträger. Auf das heimische Idiom dieses Mannes spielt Oswald mit einem kurzen Zitat an – ein original rheinischer Diminutiv.

Marquart, neben Hermann Hecht angesprochen, ist der Registrator Marquart Brisacher aus Konstanz, oft nachweisbar in königlichen Urkunden jener Zeit. Und der Freund hinterm Ofen war wohl Matthias Schlick: königlicher Sekretär, Bruder des »supremus cancellarius«.

Der hatte die dringliche Einladung, beinah Vorladung aus Norditalien im Auftrag des Königs ausgefertigt. Kaspar Schlick wird im Liedtext aber nicht erwähnt: fehlte dem Dichter das Stichwort zu einer leicht spöttischen Bemerkung?

Und noch etwas: Oswald schreibt von »des kaisers canceleie«, und das ist verwunderlich, denn zu jenem Zeitpunkt trug Sigmund noch immer nicht die Kaiserkrone. In Dokumenten wird klar unterschieden zwischen »rex« und »imperator«. In diesem Punkt war Oswald gewiss kein Versehen unterlaufen, es muss Absicht gewesen sein: Für uns, unter uns, ist er längst schon Kaiser; wir jedenfalls haben das Gefühl, in einer kaiserlichen, nicht bloß königlichen Kanzlei zu arbeiten ... Kleine Aufmunterung für Sigmund, der gewiss unter den Zuhörern saß?

In der letzten Strophe wird ein Italiener genannt, auf den man sich bisher keinen Reim machen konnte. Ich vermute: Sebastiano war ein Wegelagerer, ein Straßenräuber, der Oswald gegenüber handgreiflich wurde – wahrscheinlich, weil der sich nicht widerspruchslos, widerstandslos berauben ließ.

Zu den Klischees des Mittelalters über Italien gehörte: Dort werden Reisende aus dem Norden betrogen, beraubt, vergiftet, erschlagen. Dabei gelten als allergrößte Landplage die Straßenräuber. Nur selten dürften es Einzeltäter gewesen sein, Banden waren weithin üblich.

Das Vorurteil hatte einen harten, einen realen Kern: In der Tat waren Überfälle auf Reisende südlich der Alpen fast obligatorisch; nördlich der Alpen waren sie häufig. Dabei, statistisch relevant, hüben wie drüben: der Raubmord. Die für Räuber sicherste Methode, Anzeigen zu verhindern, Nachforschungen zu unterbinden, Hinrichtungen zu vermeiden. In flagranti erwischte und überwältigte Straßenräuber wurden auf der Stelle gehängt, zur Abschreckung – die aber kaum wirkte.

Also: auch Oswald wurde überfallen, wurde ausgeraubt oder

zumindest beraubt. Im nächsten Geleitbrief wird sich der König darüber empören. Doch, wie schon angedeutet: Bei seiner Rückreise nordwärts wird Sigmund, trotz Begleittruppe, ebenfalls einen Überfall erleben – die Räuberbande dann gewiss als Truppe ehemaliger Kriegsteilnehmer.

Oswald nun als Opfer eines Straßenraubs: klare Verteilung der Rollen? Dort die bösen Räuber, hier das arme Opfer? Damit: eindeutige, einhellige Verurteilung der Untat?

Raub geschah nicht nur überfallartig aus einem Hinterhalt heraus, Raub wurde auch verübt von sesshaften Personen, etwa von Burgherren. Schon mehrfach mussten wir registrieren, dass es Oswald mit dem Eigentum von Mitmenschen nicht immer genau genommen hat – er neigte zu Übergriffen, wohl auch zu Überfällen.

Timothy Reuter unterscheidet »zwischen Räubern ohne Wohnsitz und sozialer Position und ›Räubern‹, die von einem Wohnsitz oder sogar Herrschaftszentrum aus agierten, und im eigenen Selbstverständnis vielleicht gar keine Räuber waren«. Reuter übernimmt die Formulierung »Pelzkragenkriminalität«.

So wurde mit Oswald ein zeitweilig sesshafter Räuber auf seiner Reise (mal wieder) zum Opfer eines Raubüberfalls.

Oswald wird kaum sehr lange mit der Textfassung seines Piacenza-Liedes gerungen haben, es dürfte al fresco kreiert worden sein.

Und die musikalische Umsetzung des Liedtextes? Naheliegende Vorstellung bei diesem forschen Text: Wurde bänkelsängerhaft vorgetragen, locker improvisierend begleitet. So wird es auch gern präsentiert auf dem Phonomarkt. Hier liegt aber, als Kontrafaktur, ein zweistimmiger Tonsatz vor.

Bei der Funk- und Plattenaufnahme, die ich initiiert hatte, wurde der Sänger (Tenor) von einer Laute begleitet, sie übernahm die zweite Stimme. Eine Annäherung, doch heute würde ich vorschlagen: auch die zweite Stimme sollte gesungen werden.

Verbal lässt sich das schwer vermitteln, ich kann nur schematisieren. Die beiden Sänger setzen monophon ein; dann entfernt sich die Gesangslinie der zweiten Stimme (discantus) vom ténor, gleichsam echohaft und phasenweise zeitversetzt; rasch aber werden die beiden Gesangslinien punktgenau zusammengeführt auf einem monophon gesungenen Reimwort, um sich gleich wieder voneinander zu entfernen, bis sie wieder in einem Reimwort zusammenzufinden.

Trotz dieses artifiziellen Verfahrens – der Text bleibt weithin verständlich, wenn auch mit vorlaufenden oder nachwirkenden »Echos«. Oswald war eben *kein* Bänkelsänger, er schrieb seine Liedtexte für oft anspruchsvoll sublimierende Kompositionen.

Auch hier erfolgte eine Übernahme, eine Adaptation, ein »contrafactum«: das Rondeau »La plus jolie« des Nicolas Grenon. Ein Hymnus auf eine Frau der großen Liebe: »La plus jolie et la plus belle, / la plus gaie, la plus novelle, / la mieul garnie de doulcour, / c'est celle en qui de jour en jour / mon couer ein joye renovelle.«

Das wurde von Oswald in Piazenca frei umgearbeitet – hat er die Notation auf die Reise mitgenommen? Wohl kaum; er hatte sie im Kopf, nehme ich an. Man lernte und konnte vor der Ära externer Datenspeicher erheblich mehr auswendig. Kleine Abweichungen von der Vorlage mussten nicht geplant sein, hier schlichen sich eventuell Gedächtnisfehler ein – kein Wunder in jenen unruhigen, oft turbulenten Jahren.

Generell: so etwas wie Urheberrecht, Urheberschutz gab es noch längst nicht, man konnte sich umstandslos einen Liedsatz der bereits ›klassischen‹ *Ars nova* aneignen oder ein zeitgenössisches, ja aktuelles Werk aus dem Burgund, konnte umarbeiten, modifizieren, wie es eigenen Intentionen entsprach.

Wie nun könnte der Wolkensteiner diesen Liedsatz kennengelernt haben? Erst einmal: der Mann aus Tirol und der Mann aus Burgund waren Zeitgenossen; Grenon wurde etwa 1385 geboren und überlebte Oswald um elf Jahre – sein Tod im Jahre 1456.

Von Grenon sind (wie von Vaillant) nur wenige Kompositionen überliefert. Zuweilen taucht einer seiner Liedsätze auf einem Tonträger auf, der Werke diverser Komponisten der *Ars nova* und der *Ars subtilior* präsentiert. (Ars subtilior: kein historischer Begriff, erst in der Neuzeit eingeführt als Bezeichnung der Epoche nach Guillaume de Machaut, dem letzten Meister der Ars nova. Kennzeichend, unter anderem: Polyrhythmik und weitgehender Verzicht auf Verständlichkeit der Texte in Liedsätzen.)

Grenon besaß großes Ansehen als Chorleiter, als magister puerorum, war Vorsänger in Ensembles von etwa sechs jungen Sängern, die er auch zu betreuen hatte. Sein Dienstherr war zeitweilig Johann Ohnefurcht, einer der vier »Grands Ducs d'Occident« (Philipp der Kühne, Johann Ohnefurcht, Philipp der Gute, Karl der Kühne – sie alle aus dem Hause Valois). Hauptstadt des Herzogtums Burgund war Dijon. Hier wurde nicht nur harte Machtpolitik (territoriale Expansion!) betrieben, hier wurden Künste gefördert, dabei vorrangig: Musik und Malerei.

Die diversen Wirkungsstätten des Grenon (auch) im damaligen Herzogtum Burgund müssen nicht aufgelistet werden, für uns ist nur wichtig: Könnten sich Oswald von Wolkenstein und Nicolas Grenon begegnet sein, hätte ein Austausch von Erfahrungen der Musiker, hätte die womöglich direkte Übernahme solch eines Liedsatzes erfolgen können, sodann in der Erinnerung gespeichert oder als Nachschrift aufbewahrt?

Eins der geistlichen Werke Grenons war dem Gegenpapst Johannes gewidmet. Es wurde offenbar aufgeführt zur Begrüßung des geistlichen Würdenträgers in Konstanz. Dabei dürfte Grenon mitgewirkt haben – die Aufführung eigener Werke wurde damals noch nicht delegiert.

Wenn Grenon schon mal in Konstanz war, so wird er, wie andere auch, einige Zeit geblieben sein. Vielleicht wurde auf einer der zahlreichen Veranstaltungen des weltlich-geistlichen Gipfeltreffens auch dieses Rondeau aufgeführt, mit nachhaltiger Wirkung auf Oswald. In Piazenca verwandelte er den Jubelgesang allerdings in ein Klagelied, wenn auch ironisch gebrochen und durch Zweistimmigkeit abgehoben von der Vermittlung kruder Realitäten, gleichsam in die Schwebe gebracht.

Längst schon stellt sich die Frage nach Oswalds Aufführungspraxis. Ich kann hier keine Beschreibung liefern, kann nur Modelle entwickeln.

Erstes Modell: Wenn Oswald, wie in Piazenca, einem kleineren Kreis ein (neues) Lied präsentieren wollte, ad hoc, so rückte das Grüppchen wohl zusammen oder bildete einen Kreis. Hier wäre es der »Inner Cercle« der Königskanzlei gewesen; Personen, auf die angespielt wurde, waren sicherlich anwesend, auch der König. (Wer in dieser Runde war musikalisch versiert genug, um die zweite Stimme zu übernehmen?)

Das könnte auch außerhalb von Piazenca so verlaufen sein: Oswald sitzt mit Standesgenossen beisammen, und wenn die Stimmung gut, wenn Resonanz vorgegeben ist, greift er zu seinem Instrument, stimmt ein Lied an, das zu Situation und Konstellation passt.

Zweites Modell. In Walter Salmens *Musikgeschichte in Bildern* entdecke ich die Reproduktion eines italienischen Holzschnitts von 1500: Ein Sänger, sich selbst auf einem Saiteninstrument begleitend, »cantore alla viola«, sitzt auf einem Podest; auf langen Bänken ohne Rückenlehnen dicht gedrängte Zuhörer; sie folgen, offenbar konzentriert, der Präsentation auf dem Podium. Meist wurden hier längere, heroisierende Erzählgedichte vorgetragen, bei der sich die Solisten mit der »Lira da braccio« begleiteten.

Ist das Arrangement rückwirkend übertragbar auf Oswalds Zeit? Die Entwicklungen waren gemächlich, vieles zog sich über Jahrhunderte hin, und so schließe ich von diesem Holzschnitt zurück: Auch der Wolkensteiner könnte, dürfte (zuweilen) auf einem Podest, einem Podium gesessen haben, sein Publikum zusammengerückt auf Bänken. Dies zumindest, wenn seine Zuhörerschaft groß genug war, in Konstanz oder Perpignan.

Solch ein Arrangement hätte ein bestimmtes Programm vorausgesetzt. Etwa: der Sänger zelebriert einige seiner geistlich getönten Lieder von rund sechzig, achtzig oder hundert Zeilen: »Hör, Christenheit … Wenn ich bedenke …«: Solche, wie Brahms gesagt hätte: Ernsten Gesänge wurden sicherlich in entsprechendem Rahmen vorgetragen. Also Podium frei für Oswald von Wolkenstein?

Drittes Modell, ebenfalls von Salmen vermittelt: Vier Personen sitzen an einem Tisch, jeder hat ein Stimmheft vor sich liegen; einer der vier schwingt einen Stab, wohl taktschlagend. Ein Holzschnitt von 1516. Salmen: »Auch der polyphone Liedsatz war vorzüglich Liebhabermusik.« Galt das erst für das 16. Jahrhundert oder gab es schon zu Oswalds Zeit ähnliche Formen der Aufführung?

Wenn ja, so mussten es, neben dem routinierten Sänger Wolkenstein, nicht unbedingt Berufssänger sein (cantores), die mit ihm am Tisch saßen, Stimmauszüge vor sich. Voraussetzung war: die Mitwirkenden konnten Noten lesen. Voraussetzung hierzu wiederum: eine musikalische Ausbildung. Die war, sofern sie stattfand, durchweg fundiert – Musik meist als Hauptfach an geistlichen Schulen (wie das Beispiel Neustift zeigte).

Sigmund in Italien: Dass er so lange auf die Kaiserkrönung warten musste (wobei Oswald ihm eine Zeitlang Gesellschaft leistete), es hing auch, direkt und indirekt, zusammen mit dem Konzil von Basel.

Die dominierenden Probleme der damaligen Kirche, Ketzerei und Reformstau, sie sollten dort endlich gelöst werden.

In Konstanz waren die Beschlüsse zur Frage der Kirchenreform eher unzureichend gewesen, und die böhmische »Ketzerei« hatte man mit dem Märtyrertod von Hus und Hieronymus erst richtig aktiviert.

Das nächste Konzil, 1423 in Pavia, musste wegen einer Pestepidemie nach Siena verlegt werden, wurde dort aber bald aufgelöst – zu geringe Beteiligung. Man hatte aber noch den Beschluss gefasst, auf dem nächsten Konzil in Basel Beschlüsse zu fassen zur Bekämpfung der Ketzerei, zur Reform der Kirche »an Haupt und Gliedern«.

Thema Ketzerei: Die Niederlagen von Reichstruppen in Böhmen hatten gezeigt, dass das Hussitenproblem militärisch nicht mehr zu lösen war; man wollte durch Verhandlung eindämmen, ehe sich die ›Irrlehre‹ in Europa durchsetzte. Die Führung der

Hussiten zeigte Verhandlungsbereitschaft; der Krieg dauerte bereits zwölf Jahre, der Aufwand für die Truppen war enorm hoch. Dazu kam 1431 ein sehr trockener Sommer, gefolgt von einem extrem kalten Winter: erst Missernten, dann Hungersnot. Auch dies machte die bisher siegreichen Hussiten kompromissbereit.

Nicht verhandlungsbereit hingegen waren die Türken. Deshalb wollte sich die griechisch-orthodoxe Kirche des bedrohten Stadtstaates Byzanz mit der römischen Kirche arrangieren, in der Hoffnung, militärisch unterstützt zu werden; Konstantinopel musste osmanischem Druck standhalten.

Höchst aktuelle Probleme also, brisante Lage! Die Voraussetzungen zu gemeinsamem Handeln europäischer Mächte waren indes minimal. England und Frankreich setzten ihre jahrzehntelange wechselseitige Zerfleischung fort. Dazu: der fortdauernde Krieg zwischen dem Ordensland Preußen und dem Großherzogtum Litauen; der Handelskrieg zwischen skandinavischen Ländern und der Hanse; Kriege zwischen Fürsten in Italien; selten Ruhe auf der Iberischen Halbinsel; das Reich zersplittert, Spannungen zwischen Regionalmächten.

So setzte man auf ein neues Konzil der geistlichen und weltlichen Mächte Europas. Dort sollte die Hussitengefahr durch Verhandlungen gebannt werden, sollte auf wundersame Weise ein Zusammenschluss gegen die Türken erfolgen, sollten (längst überfällige) Kirchenreformen beschlossen werden.

Das Konzil machte einen kümmerlichen Anfang im Februar 1431. Erneute Einladungen an säumige Teilnehmer … Beginn der Diskussionen über Kirchenreformen … Unterhandlungen mit Hussiten über eine Teilnahme am Konzil: die Verhandlungspartner forderten Geiseln, der Betrug von Konstanz sollte sich nicht wiederholen.

Entschiedenen Widerstand fand das Konzil beim neuen Papst Eugen. Es wiederholte sich die alte Konstellation: Das Konzil verstand sich als höchste kirchliche Autorität, der Papst sah hingegen in seiner Person, in seinem Amt die höchste kirchliche Autorität etabliert, also lehnte er das Konzil ab, wollte es auflösen. Dies teilte er aus Rom dem König Sigmund mit, dem Schutz- und Schirmherrn auch des neuen Konzils – er hielt sich während der Eröffnungsphase freilich in Mailand auf.

Papst Eugen führte mehrere Gründe an für die Notwendigkeit einer Auflösung. Erstens: die Zahl der Teilnehmer in Basel sei zu gering, deshalb könnten dort Entscheidungen über die Kirche nicht getroffen werden. Zweitens: diese Stadt sei zu weit von Rom entfernt, die Winterreise über die Alpen könne ihm nicht zugemutet werden. Drittens: für die Gespräche mit Vertretern von Byzanz sei eine italienische Stadt geeigneter. Viertens: mit Erstaunen habe er vernommen, in Basel solle mit Hussiten verhandelt werden – dies sei eine Missachtung des apostolischen Stuhls und der heiligen Kirche, mit Ketzern werde nicht verhandelt! Eugen schickte eine Auflösungsbulle nach Basel, nannte als neuen Tagungsort Bologna.

Sigmund erklärte ihm, er missbillige die Auflösungsbulle. Nach Basel schrieb er, das Konzil stehe weiter unter seinem Schutz. Der Ton verschärfte sich. Sigmund ließ durch eine Delegation dem Papst unmissverständlich klarmachen, er sei entschlossen, mit allen Kräften das Konzil zu unterstützen; der Papst möge sich überlegen, ob er sich und seinen Kardinälen mit einer Auflösung des Konzils nicht letztlich den Untergang bereite. Zugleich gab er nach Basel den Wink: hart bleiben, der Papst wird schon weich werden.

Das geschah denn auch: die Versammlung erneuerte die Konstanzer Dekrete: Das allgemeine Konzil hat mehr Entscheidungsbefugnis als der Heilige Vater. Der wiederum bezeichnete das Konzil als »sogenanntes« Konzil und bestand darauf, es solle sich auflösen. Und er machte Sigmund die Spielregeln klar: Erst Auflösung des Konzils, dann Kaiserkrönung. So dauerte Sigmunds Aufenthalt in Italien schließlich zweieinhalb Jahre! Aber man dachte damals in anderen Zeitdimensionen: das Konzil von Basel wird sich insgesamt siebzehn Jahre lang hinziehen! (Und als Zwischenergebnis: es wird wieder einmal ein Gegenpapst gewählt, nun aber der Letzte in der Kirchengeschichte.)

Sigmund zog mit seiner Entourage im März von Piacenza nach Parma. Der Herzog von Mailand hatte sich noch immer nicht blicken lassen; als äußerste Konzession hatte er 600 Reiter zur Verfügung gestellt, aber keine Gelder. Sigmund musste weiterhin Schulden machen, wollte sie aber wenigstens auf verschiedene Städte verteilen, nun war Parma an der Reihe.

Zuweilen wird die Vermutung geäußert, Oswald hätte sich, damals in Italien, von Pisanello malen lassen: Das Porträt, das als Frontispiz mit Falz an ein Vorsatzblatt der zweiten Liederhandschrift geklebt wurde.

Wie es zu dieser Vermutung kam, lässt sich leicht erklären: Irgendwann, irgendwo während seines langen Aufenthalts auf der italienischen Halbinsel ist König Sigmund von Antonio di Puccio, genannt Pisano oder Pisanello, (im Profil) gezeichnet und (en face) wohl auch gemalt worden. So liegt es nah, sich vorzustellen, dass Sigmund einen Termin vermittelt hätte für seinen consiliarius. Leider kann es so aber nicht verlaufen sein; die Wege des Pisaners und des Wolkensteiners führten aneinander vorbei.

Immerhin aber: Oswald von Wolkenstein hat, wo auch immer, ein Porträtgemälde in Auftrag gegeben, das im Stil von Meistern der *Ars nova* der Malerei ausgeführt wurde. Hier war er also gleichfalls auf der Höhe von Entwicklungen seiner Zeit. Auch dies ist biographisch relevant.

Anfang 1432 schickte Sigmund kurz nacheinander zwei Delegationen zum Vatikan. Sprecher der zweiten Gesandtschaft war Dr. Nikolaus Stock; Oswald von Wolkenstein wird ihn begleitet (und beschützt) haben – ein Brief aus Rom lässt diesen Schluss zu.

Die Gesandtschaft brach auf am 20. Februar. Der Papst gewährte eine Audienz am 17. März. Stock gab die Erklärung ab, der König werde eher die Kaiserkrone als das Konzil aufgeben. Der Papst äußerte sich noch nicht dazu, wollte erst mal die Rückkehr einer eigenen Delegation abwarten.

So fand die nächste Audienz erst am 24. April statt. Der Papst, so leise sprechend, dass man ihn nur in unmittelbarer Nähe hören konnte, äußerte sich abfällig über die dubiose Haltung des Königs zur Hussitenfrage, über Sigmunds Einmischung in italienische Angelegenheiten. Und kündigte an, er werde eine Gesandtschaft nach Basel schicken; je nach Rückmeldung werde er über Fortsetzung, Auflösung, Verschiebung oder Verlegung des Konzils entscheiden. Als darüber eine Diskussion entstand, erklärte der Heilige Vater, er sei nicht gewillt zu disputieren. Die Gesandten reisten am 1. Mai ab, trafen etwa Mitte des Monats in Parma ein.

Mit Dr. Stock kamen dort auch Mitglieder der ersten Delegation an: sie war in Ronciglione überfallen worden. Solch ein Überfall war nicht zum ersten Mal erfolgt. Sigmund berichtete dem stellvertretenden Protektor in Basel: »Du sollst auch wissen, dass keine Gesandtschaft sicher nach Rom kommt; man überfällt sie, tut Gewalt an, prügelt – und das alles tun die Leute des Papstes; es geschieht mit seiner schriftlichen Billigung.«

Bei Marold finde ich einen Auszug aus einem Brief, in dem am 24. April 1432 Kaspar Stange, Prokurator des Deutschen Ordens, in Rom dem Hochmeister hauptsächlich über die Papst-Audienz vom gleichen Tag berichtete, doch auch dies erwähnte: »Etliche Höflinge aus den deutschen Landen, die mit sechzehn Pferden nach Rom zogen, unter ihnen der Bruder des Herrn Kaspar Schlick und der Kanzler des Erzbischofs von Mainz, wurden in einem Kastell in der Nähe von Rom aufgehalten und geschlagen.«

Es wurde also ein berittener Trupp überfallen – zusätzlich zu den sechzehn berittenen Herren etliche Knechte, wie üblich. Und alle waren bewaffnet, wie üblich. Das lässt Rückschlüsse zu auf die Größe der Straßenräuberbanden. Wie schon mal angedeutet, bestanden sie vielfach aus Söldnern, die nach Feldzügen entlassen worden waren – ohne Abfindungen, versteht sich. Die rotteten sich denn oft zusammen.

Oswald setzte Berichte von Betroffenen um in ein Lied (Kl 105), das er einer Runde vorsang, in der gewiss auch einige der Blessierten saßen.

Neues kommt hier angesaust
von einem Grafen, *Süß* genannt:
sauer wurde seinen Gästen
der Empfang in Ronciglione.
Sogar der Papst erfuhr davon,
auch mancher Kardinal zu Rom;
großes Echo fand der Fall
zudem in der Bevölkerung.
  Bauern, Knappen nahmen teil
an jener Kirchweihprügelei.
Das Gasthaus nahmen sie im Sturm,
rannten dort die Treppen hoch.
Ihre Waffen: Keulen, Spieße.
Ihre Absicht: gar nicht gut.
Zahl der Gäste: sechzehn Mann.
Schon begann der ›Weiheakt‹.
Wer noch keine Beule zeigte,
kriegte sie sogleich verpasst;
wer da *eine* Beule schlug,
bekam, aus Rache, vier zurück.

In der ersten Runde flog
der Gastherr zu dem Fenster raus:
was er andren eingebrockt,
das löffelte er selber aus.
Dietrich Fannauer, Knappe Janko
riss man an den Haaren
rücksichtslos die Treppe runter –
sie hatten wirklich großes Pech.
Und mein Freund Matthias Schlick:
wie die Katz zum Fenster raus
und aufs Dach gestiegen!
Er rief: »Hier ist ja schwer was los!
Ich wär jetzt lieber auf dem Lech
bei einer hübschen Kahnpartie.«
Schon wurde ihm ein Hieb versetzt,

mitten auf den Nasensattel;
vierzehn Tage lang in Rom
zeigte er die Muschelform …
Knecht German, ein Fels von Mann –
senkrecht flog er in die Luft.

Herr Gottschalk und Herr Mörth aus Speyer:
je ein Arm war, leierkrumm,
von der Achsel bis zum Daumen
bandagiert in Bindenweiß.
Dass man sie so nett behandelt,
haben sie denn sehr beklagt –
ich persönlich hörte das
von den beiden, war ganz Ohr.
Hans von Dänemark, ein Herr,
flog durchs Bretterbodenloch
stracks hinunter in den Stall;
es dröhnte ihm der Schädel
als läge er im Traum
allzu nah an heißem Feuer.
Rigo, diesen Klotz aus Wien,
stieß man gleich noch hinterdrein.
Hans rief laut: »Ist einer hier?!
Was hab ich einen Schreck gekriegt!
Dachte schon, du wärst ganz platt.
So wird man grau vor Angst …«

De la Stella schlug man blau,
er schrie: »Misericordia!«
Doch das half ihm nicht die Bohne,
er kriegte seinen Anteil ab.
Sieben andre noch dazu,
die ich nicht persönlich kenne,
haben in dem Hurlahei
ihre rechte Weih empfangen.
Rücken, Hüfte, Arm und Bein:

blau vom Bischofssegen.
Wen es dorthin verschlagen hat,
der hat es schwer bereut.
Conte Dolce blies zum Tanz,
sauer war die Resonanz.
Mancher kam ins Ächzen
wie ein alter Karren,
dem das Schmierfett fehlt,
mancher sah recht närrisch aus,
als man ihn bei dem Krawall
eingefärbt mit rotem Saft!

Bei der Kirchweih ging es rund:
Wer da nicht drei Stiegen fiel,
oder aber zwei, zumindest –
tja, der war nicht recht geweiht.
Wer die Keulen nicht verspürte,
die man dort mit Fäusten schwang
(was ja keinem recht bekommt …),
der hat nicht recht ›gebeichtet‹.
Als die Kirmes denn vorbei war
und es schließlich Morgen wurde,
schlugen sie einander vor
hold vereint im Schmerzgesang:
»Kriechen wir nun aus dem Stroh,
eh es uns noch härter trifft.«
Keiner stieg da auf sein Pferd
ohne schwer dabei zu stöhnen.
Vielfach sah man Arm und Bein
eingehüllt in hellen Flachs.
Ohne Zweifel wird man sich
von ganzem Herzen dran erinnern.

Oswald von Wolkenstein in Rom. Oder, wie er in einem Brief vom 29. März 1432 schreibt: »geben zu Roma«.

Fern der Heimat (zu der er offenbar nur wenig Heimatgefühle entwickelte in seinem unsteten Leben) sorgt er vor für seine Zukunft: er bittet Georg Künigl, einen Freund, um Vermittlung beim Grafen (Heinrich) von Görz. Was Oswald sich wünscht, was er aus Gründen der Sicherheit wohl weiterhin braucht: einen Verwaltungs- und Wohnsitz wieder einmal in der Grafschaft Görz. Er nennt zwei Burgen, für die er alle Aufgaben übernehmen könnte, die »ain pfleg« für einen Burgvogt mit sich bringt, eingeschlossen die Niedergerichtsbarkeit.

Für die freundliche (letztlich allerdings erfolglose) Empfehlung bietet er dem Freund private Vermittlung an: »Auch schicke ich Dir und Deiner Frau einen Beichtbrief, da ich genau weiß, wie sehr Du ihn brauchst, insofern als Du ein großer Ehebrecher bist und ich nicht gern sehen würde, wie die schwarzen Wölfe über Dich herfallen.«

Oswald in Italien: was sah er in Piacenza, in Parma, nun in Roma?

In einem Museumsbüro sehe ich eine Originalausgabe der Rom-Radierungen von Piranesi, schaue sie mir genau an: In jenem Italien des 18. Jahrhunderts ist noch viel vom Italien des 15. Jahrhunderts zu sehen. Eine Welt mit rauer, rissiger, faltiger, schrundiger, knotiger Oberfläche, der Blick verhakt sich an zahllosen Details, gleitet nicht ab, tastet sich langsam voran. Auf den Straßen, den Plätzen noch keine Pflasterung, nur auf dem Petersplatz, sonst Rinnen, Mulden – die Straßen sind bei Regen aufgeweicht, tief ausgefahren, und Staub wirbelt hoch bei Trockenheit. Auf einem Platz Säulentrommeln – liegen dort seit Jahrhunderten, niemand kommt auf den Gedanken, sie wegzuschaffen: man setzt sich drauf, lehnt sich dran, und wer zu Fuß, zu Pferd, im Wagen kommt, weicht vor solchen Säulentrommeln gelassen aus. Und Grün auf Hausdächern, Kirchendächern, Grün aus Mauerschrunden, Mauerrissen, Mauerfugen, Grün auf Sockeln, Gesimsen, Kanten, wuchs dort heran, also wächst es weiter. Und mitten auf den Straßen, Plätzen: Stände, Verschläge, Buden von Händlern. Und Bäume, Büsche auf einem Platz vor einer Kirche, Bäume und Büsche in den Außenwinkeln von Kirchenbauten. Und ein alter Torbogen vor einem neuen Kirchengebäude und vor dem Torbogen ein Felsbrocken. Kein Begradigen, Planieren, Plattieren, kein Glätten, Kaschieren, Polieren, noch nichts funktionsgerecht gemacht für rasches, leichtes Dahingleiten.

Nun wird Rom für den Wolkensteiner nicht nur Ziel einer Dienstreise gewesen sein: Immerhin war er, höchstwahrscheinlich, in Santiago de Compostela und, mit Sicherheit, in Jerusalem gewesen, also könnte sich auch der Aufenthalt in Rom mit Heilserwartungen verbunden haben. Er hat allerdings kein Wort darüber verloren.

Damit hier nicht eine Leerstelle bleibt, zitiere ich erneut aus dem Pilgerbericht des Arnold von Harff, verfasst nur wenige Jahrzehnte nach Oswalds Aufenthalt in Rom.

Arnold suchte auch in Rom systematisch alle Kirchen auf. Hier der Bericht über die erste Besichtigung, ein Textzeichen setzend für Oswald.

»In Rom gibt es sieben Hauptkirchen, die wir vier oder fünf Mal besuchten, wo sehr großer Ablass zu verdienen ist. Die erste Kirche ist San Giovanni in Laterano, das ist die Hauptkirche der Christenheit. Diese Kirche ist ein Palast des Kaisers Konstantin gewesen. In dieser Kirche gibt es eine goldene Pforte, die man nur in dem gnadenreichen Jahr eröffnet. Dort stehen auch drei weitere Pforten nebeneinander; wenn man nicht weiß, welche von den dreien die richtige ist, so geht man durch alle drei. Wer das mit Andacht und Reue tut, dem werden alle Sünden vergeben.

Über dem Hochaltar ist ein eisernes Gitter, hinter dem die beiden Häupter der Apostel St. Peter und St. Paul stehen. Unter dem Hochaltar befindet sich das Grab des Evangelisten St. Johannes. Als er sich selbst hineingelegt hatte, da erschien eine helle Wolke um das Grab. Als sie vergangen war, fand man himmlisches Brot an seinem Platz liegen. Vor diesem Altar werden alle Sünden vergeben.

Nebenbei steht ein Altar, der St. Maria Magdalena zu Ehren geweiht ist. Über dem Altar befindet sich ein Purpurgewand, das Christus trug, als Pilatus sprach: ›Ecce homo, siehe, welch ein Mensch‹, und derselbe Schleier, den ihm seine liebe Mutter umlegen ließ, als er vom Kreuze genommen wurde. Auch ein Hemd Christi und die Handtücher sind da, mit denen er seinen Jüngern am Gründonnerstag zu Jerusalem auf dem Berge Sion die Füße trocknete. (…)

Danach kamen wir in eine Kapelle, in der ein Altartisch ist, auf dem fünf Fingermale abgebildet sind. Auf diesem Stein ist die Muttergottes in Ohnmacht gefallen, als ihr verkündet wurde, dass ihr Kind gefangen worden sei; da hat sie sich an dem Stein festhalten wollen, und der Abdruck der Hand ist darauf geblieben.

Bei dieser Kapelle kamen wir an eine Marmortreppe, die 28 Stufen hoch ist und zu Jerusalem am Haus des Pilatus gestanden hat, auf der Christus zu Pilatus geführt und auf der er verurteilt wurde. Wir krochen auf dieser Treppe auf unseren Knien hoch und sprachen dabei auf jeder Stufe ein Paternoster. Auf einer Stufe steht ein Kreuz hinter einem Eisengitter. An dieser Stelle ist Christus vor Schwäche auf seine Knie gefallen. Man sagte uns, wer diese Treppe hinaufginge, der habe bei jeder Stufe neun Jahre Ablass verdient, und wer sie auf den Knien hinaufkrieche, der erlöse eine Seele aus dem Fegefeuer.«

Am 19. Mai 1432 ließ König Sigmund in Parma einen Schutz- und Geleitbrief ausstellen für (den mittlerweile aus Rom zurückgekehrten) Oswald von Wolkenstein. Auch dieses Dokument liegt im Nürnberger Archiv: ein sehr repräsentatives Stück! Auseinandergefaltet ist es gut einen halben Meter breit, einen viertel Meter hoch. Dieses Pergamentblatt war mehrfach zusammengefaltet worden, ungefähr auf Passgröße.

Zuerst entbietet der König den Fürsten, Grafen, Rittern, Amtsleuten, Bürgermeistern, Zöllnern und so weiter aller Städte und

Gemeinden und sonst allen Untertanen, denen dieser Brief vor Augen oder zu Ohren kommt, seine gnädigen Grüße und Wünsche. »Den Ritter Oswald von Wolkenstein, Unseren Diener und lieben Gefolgsmann, haben Wir als besonderen Gnadenerweis mit Leib und Gut in Unseren und des Heiligen Reiches Schutz und Schirm genommen und ihm, kraft dieser Urkunde und Römisch Königlicher Macht, sicheres und freies Geleit zugesichert. Wir haben vernommen, dass dieser Oswald auf mancher Reise gegen alles Recht überfallen und rücksichtslos beraubt worden ist. Das befremdet Uns aufs höchste und erscheint Uns ungebührlich; Wir sind nicht geneigt, so etwas hinzunehmen.«

Und noch einmal wird gefordert, mit besonderem Nachdruck: Keine Übergriffe auf Oswald und dessen Diener, auf sein Hab und Gut! Und keinerlei Behinderungen! Versiegelt mit anhängendem (inzwischen leider abgeschnittenem) Siegel.

Dr. Nikolaus Stock sollte dem Konzil von den jüngsten Unterhandlungen mit dem Papst berichten. In einem Schreiben an seinen Stellvertreter in Basel, den Herzog von Bayern, kündigte Sigmund den »ehrbaren Magister Nikolaus Stock, Lehrer des Kirchenrechts«, und Oswald von Wolkenstein an. »Mittimus honorabilem magistrum Stock, decretorium doctorem, adiuncto sibi nobili viro Oswaldo de Wolkenstein fideli nostro« – die Herren würden über verschiedene Punkte näher Bericht erstatten, man möge ihnen glauben wie ihm selber.

Ein ehrenvoller Auftrag für Oswald, nun Mitte fünfzig: als adliger Würdenträger begleitete er den Bürger – so erhielt die königliche Delegation größere Akzeptanz. Zudem sollte Oswald (mit bewaffneten Knechten) den Gesandten unterwegs beschützen.

Wohl am 19. Mai brach die Delegation auf, erreichte am 4. Juni die Konzilsstadt. Der Empfang war ehrenvoll: die Bischöfe von Como und Lausanne kamen ihnen vor dem Stadttor mit ansehnlichem Gefolge entgegen.

Noch einmal das Stichwort: Konzil von Basel. Es sollte auch dazu beitragen, den allseits ersehnten Frieden in Europa wiederherzustellen: die »causa pacis«.

Das Konzil fand statt zu einer Zeit, in der sich England, Frankreich und Burgund seit mittlerweile 96 Jahren bekämpften – der bald Hundertjährige Krieg. Der wurde, wie wir sahen, begleitet von kleinen Kriegen, von Kleinstkriegen, von lokalen Kämpfen, Fehden – Oswaldus in tempore belli.

Es folgt ein Zitat aus einer der Predigten des berühmten Bernardo da Siena (drei Jahre jünger als Oswald, fünf Jahre vor ihm gestorben). »Wenn ich mich dem ›Frieden‹ zuwende, so sehe ich, wie Waren transportiert werden, sehe Tänze, sehe, wie Häuser ausgebessert werden; ich sehe, wie in den Weinbergen und auf den Feldern gearbeitet wird, sehe säen und zu Pferde zum Bad reiten, sehe Mädchen unterwegs zu ihrem Angetrauten, ich sehe Schafherden und anderes.

Wenn ich mich der anderen Seite zuwende, so erblicke ich keine Waren und keine Tänze; vielmehr sehe ich, wie Menschen einander umbringen, Häuser nicht instand gesetzt, sondern zerstört und niedergebrannt werden; Felder werden nicht bestellt, Reben nicht geschnitten, nichts wird gesät; niemand ist zum Bad oder anderen erfreulichen Dingen unterwegs. Ich sehe weder Frauen noch Männer die Stadt verlassen, vielmehr sieht man einen Mann erschlagen, einer Frau Gewalt angetan (l'uomo morto, la donna sforzata); es gibt keine Herden, allenfalls geraubte; die Menschen ermorden einander meuchlings; alles, was geschieht, geschieht voller Furcht.«

Wachsende Sehnsucht nach Frieden gab für das Konzil eins der Hauptthemen vor (causa pacis). Allerdings, das muss gleich betont werden, ging es (auch) in Basel nicht um Frieden an sich: Für hohe Geistlichkeit war Friede in Europa notwendige Voraussetzung für weitere ›Kreuzzüge‹, gegen wen auch immer. So wurde Friede gepredigt und Krieg geplant.

Ich nehme an, Oswald hat sich in Basel ein paar angenehme Wochen gemacht. Das Konzil selbst wird auch ihn nicht sonderlich interessiert haben, das war, bei nur langsam wachsender Beteiligung, vor allem mit der Erörterung einer neuen Geschäftsordnung befasst. So wurden wohl eher Begleiterscheinungen wahrgenommen: In Gassen, auf Plätzen die Tische, die Stände, die Buden von Schneidern und Goldschmieden, von Schustern und Kürschnern, von Juwelieren und Geldwechslern, von Metzgern und Fischern, von Pastetenbäckern und Kerzenziehern. Delegationen, Verhandlungsteilnehmer zu Fuß oder beritten. Zwischendurch ein festlicher Umzug. Viel Glockenläuten.

Vielleicht nahm Oswald an Tanzveranstaltungen teil, vielleicht besuchte er eins der beiden neu eingerichteten Bordelle an der Stadtmauer, vielleicht sang er Lieder vor herrschaftlichem Publikum, vielleicht stimmte er solidarisch ein in die allgemeinen Klagen über allzu hohe Preise – das Fleisch, die Eier, das Brot, der Wein, die Quartiere, die Frauen: alles überteuert.

Im Sommer oder Frühherbst 1432 dürfte Oswald nach Tirol zurückgekehrt sein. Hat er gleich das Skriptorium oder die Schreibstube aufgesucht, um die zweite, die prachtvolle Sammelhandschrift zu inspizieren, die in der Zwischenzeit fortgeführt, ja beendet worden war?

Der Holz- und Ledereinband stammt offensichtlich aus dem 15. Jahrhundert, wurde irgendwann einmal restauriert, das helle, fast weiße Leder unterlegt mit braunem Leder; eine Schnalle, die ebenfalls aus der Gotik stammt – »ave« steht auf ihr und »Yhs«; die Eckbeschläge sind verloren gegangen, aber ich sehe noch die kleinen Nagellöcher.

An das Vorsatzblatt geklebt das berühmte Porträtgemälde: Temperafarben auf Pergament, 48 Zentimeter hoch, 34 breit – Vorlage für zahllose Reproduktionen im Printmedium.

Während der Arbeit an der Erstfassung dieser Biographie hatte ich das Bild gegen das Licht halten können und es zeigte sich: die Pinselvorzeichnung ist noch realistischer als das ohnehin naturalistische Gemälde – Bartstoppeln, eine waagrechte Narbe über der Oberlippe. Das Doppelkinn wulstiger, zusätzlich Halsfalten, tiefe Kerblinien zwischen Nasenflügeln und Mundwinkeln, noch betonter die vorgeschobene Unterlippe mit der Narbe, und auf der Nasenspitze so etwas wie eine Warze. (Das Rekonstruktionsmodell im Bildteil zeigt härtere Konturen.)

Betonend herausgearbeitet wurden zugleich Zeichen von Reputation: Rotes, golddurchwirktes Prunkgewand mit Pflanzen- und Tierornamentik ... Rundkragen, mit braunem Pelz besetzt ... violette Samtmütze mit weißem Pelzrand ... Ordenskette des aragonesischen Ritterordens von der Kanne, den Lilien und dem Greifen ... aragonesisch auch die weiße, breite, diagonal über die Brust gehängte Ordensstola des Drachenordens ...

Über dem Inhaltsverzeichnis ließ sich Oswald in stolzen Lettern als RITTER bezeichnen, als DES ALLERDURCHLAUCHTIGSTEN KÖNIGS SIGMUND RAT IM 18. JAHR. Im Originaltext: »ist diss buch geticht vnd volbracht worden durch mich Oswalten von wolkenstein Ritter des [...] Rómischen kúnigs sigmund (etc.) Rat iar. 18«.

Das Inhaltsverzeichnis ist mit wenigen Titeln fortgesetzt auf der folgenden Seite. Gegenüber wieder das erste Lied: »Ain anefangk«. Darunter das Beglaubigungsschreiben, fragmentarisch, das König Sigmund seinem »Rat und lieben Gefolgsmann« an Herzog Friedrich mitgegeben hatte. Viel Repräsentation!

Ich blättre weiter: drei Seiten lang die Texte der sieben Lieder überwiegend geistlicher Prägung. Die Strophen sind jeweils durchgehend geschrieben, mit dunkelbrauner Tinte. Zäsuren, Zierstriche, die meisten Notenlinien, auch technische Anmerkungen in roter Tinte. Die Noten braunschwarz, manchmal rot. Die Initialen blau und rot. Das sehe ich mir an, Blatt um Blatt: 48 Blätter insgesamt, doppelt so viele Seiten also.

Die Innsbrucker Wolkenstein-Handschrift B: Jahrhundertelang die Gefahr, dass sie beschädigt wurde, durch Ratten, durch Wasser, dass sie zerstört wurde, durch Feuer, dass sie verräumt, verschlampt wurde von Nachkommen, die sich längst an Buchdruck gewöhnt hatten, sich nicht mehr für eine alte Schwarte interessierten, das Bild rausgerissen, der Rest weggeworfen – die Texte verstand man ja kaum noch, und was sollte man mit dieser altmodischen Musik anfangen? Doch die Handschrift blieb erhalten, die längste Zeit wohl im Familienbesitz, bis sie Graf Arthur schließlich an Kaiser Franz Joseph I. verkaufte, für 6000 Gulden – mittlerweile allerdings Silbergulden von geringerer Kaufkraft. Dennoch: hatte die Zahl 6000 symbolische Bedeutung – kleine Familienrache am Habsburger? Der Kaiser überreichte sie der Universitätsbibliothek Innsbruck.

Als ich 2010 im GNM die Handschrift wieder sah – diesmal nicht vor mir auf einem Tisch, sondern unter Vitrinenglas –, da war ich erstaunt über das Riesenformat. Meine Erinnerung hatte während all der Zwischenjahre die Handschrift in der Größe reduziert in Annäherungen an das Format der Buchausgaben mit Oswald als Coverman, aber nun bestaunte ich (wieder) die aufgeschlagene Handschrift: rechts die Seite mit den Anfängen der Liedtexte, links das Porträtgemälde – fast lebensgroß! Die Handschrift misst in der Höhe etwa einen halben Meter! »Oswald von Gulden« überbot mit diesem Format fast alle (literarischen) Handschriften, die ich zuvor gesehen hatte. Er konnte sich das ja auch leisten, finanziell.

Ein schlauer Abt: taucht auf in dieser Handschrift und verschwindet wieder, fast spurlos …

Ich spiele an auf einen Liedtext mit der Einleitungszeile: »Ain klügen abt«. Text und Melodie wurden in die Werkausgabe aufgenommen und wieder vom Pergament weggeschabt. Die leere Fläche wurde untersucht: UV-Reflektographie. Auch mit diesem Verfahren: es wurden nur kleine Initialen sichtbar und Zufallsfunde von Wörtern und Wortfolgen. Zwei Textreste lassen jedoch ahnen, welchen Charakter der Liedtext sehr wahrscheinlich hatte: ein Hinweis auf »den Herzog« und auf einen der Herren von Trautson. Also einer der Liedtexte mit konkreten, seinerzeit aktuellen Bezügen, damit von der Entwicklung wahrscheinlich überholt. Oder nicht mehr opportun. So erfolgte bei einem Kontrolltermin in der Schreibstube Oswalds Anweisung, den Text wieder zu entfernen. Das Blatt mit dem Liedtext war wohl versehentlich im Konvolut der Textvorlagen geblieben, nun erfolgte die Revision.

Die wichtigste Aussage des eliminierten Liedtextes indes lautet: Oswald hat die Erstellung der Handschrift kritisch sichtend verfolgt. Die neue Werkausgabe sollte mehr sein als eine etwas noblere, kostspieligere Variante der ersten Handschrift – die ja noch weitergeführt wurde, über den zeitlichen Abschluss der Prachthandschrift hinaus. Die frühere Handschrift, das zeigen zahlreiche Benutzerspuren, war zum Gebrauch, zur musikalischen Praxis bestimmt; die zweite Handschrift sollte das Liedwerk in optisch angemessener Form präsentieren und repräsentieren.

Das heißt: einige Liedtexte, noch in die erste Handschrift aufgenommen, sie waren nun gesperrt. Zugleich wurden Liedtexte aufgenommen, die in Handschrift A nicht aufgezeichnet worden waren. Was mit der ersten Handschrift kanonisiert schien, wurde in der zweiten Handschrift demnach wieder zur Disposition gestellt. Der Dichter der Liedtexte verharrte nicht auf dem Standpunkt: Was ich geschrieben habe, das habe ich geschrieben, punktum. Vielmehr: Was ich geschrieben habe und in Reinschrift übertragen wurde, das kann wieder zum Verschwinden gebracht werden. Und was ich früher weggelassen hatte, aus welchen Gründen auch immer, es kann nun aufgenommen werden. Er sah den Corpus seines Werks mittlerweile unter anderen Aspekten, und so fiel dort etwas weg, kam hier etwas hinzu.

Und was ließ er weg, was nahm er auf? Eine Frage, die einen neuen Zug im Bild des Liedermachers erkennen lässt.

Der königliche Rat wollte beispielsweise folgenden Liedtext nicht mehr in der neuen Werkausgabe sehen: »Wol auf gesellen an die vart« – die turbulente Puffgeschichte von Augsburg. Zur Erinnerung ein paar Zeilen – es ging mal wieder um des Dichters Bart.

Nur eine sagte, nie zuvor
hätt sie solch ein Ding gesehn,

höchstens mal bei einem Geißbock.
Das schien mir denn zu arg:
als Geißbock eingestuft zu werden!
Mir dünkte, sie wär schief gewickelt,
hätt Füchsen Gute Nacht gesagt.
Ja, so schätze ich das ein …

Unter künstlerischem Aspekt war es sicherlich eine richtige Entscheidung, diesen Text zu streichen. Nur konnte der Selbstherausgeber nicht mit späteren Philologen rechnen, die solch einen Text denn doch edieren, auf Vollständigkeit bedacht. Nun liegt er vor, kann nicht mehr ausgeklammert werden im Diskurs.

Der Teilnehmer am Konstanzer Gipfeltreffen, der Sonderberater des Königs, er wollte sich auch nicht mehr im Textambiente eines der Etablissements der Konzilsstadt sehen.

»Hör mal, Freundchen, was ich sage:
wer naschen will, bezieht hier Prügel!«
Und eine führte mir das vor
mit einem Faustschlag an das Ohr –
mein bessres Auge sah schon schwarz!
Als der ›Ehrentrunk‹ geschluckt
und mein Flunsch das deutlich machte,
hielt man mich noch mehr zum Narren –
wer einen austeilt, kriegts zurück!

Um es gleich festzuhalten: Oswald hat nicht den Charakter der Handschrift verändert, er hat nur neue Akzente gesetzt. Die aber sind charakteristisch. Sogar den folgenden, kryptischen Text hat der Wolkensteiner in die Sammelhandschrift aufgenommen:

Ich klag ich klag ich klag
Ain engel ain engel wunniklich innerklich
O Tag erlös die minniklich
Verjag die alden die kalden gevalden
swiger wunderlich gemelich

Eher das Notat von Binnenreimen, Endreimen als Text; es dominiert die Klanggestalt: Vorgabe für einen geplanten Liedtext. Dennoch, ich riskiere eine Übertragung von Kl 108, auch in Annäherungen an die Klanggestalt.

Ich beklage, beklage, beklage
den Engel, den innigen, inneren Engel.
O Tag, erlöse die Sinnige,
vertreibe die Falten, die alten, die kalten.
Schweigen: beglückend, entrückend.

Während der Text erste Skizze blieb, ist die Komposition vollständig ausgeschrieben: ein dreistimmiger Liedsatz. Könnte Oswald bei der Vorauswahl oder bei der kritischen Sichtung der (bisherigen Arbeit an der) Handschrift gedacht, gesagt haben: Der Text ist zwar noch nicht ausgeführt, aber die Komposition ist mir wichtig? Oder sollte ein Blatt mit diesen Notaten versehentlich in die Sammelhandschrift geraten sein? Das hätte man genauso rückgängig machen können wie beim »schlauen Abt«. Eine Anweisung an den Schreiber hätte genügt: Schab das auch weg. Doch die fünf Zeilen blieben stehen. Wollte Oswald einen kurzen Blick in die Schreibwerkstatt gewähren? Wollte der Meister demonstrieren: Auf solcher Sprach-Klangbasis baut ein Liedtext auf, der für eine überlieferte Komposition geschrieben wird? Sprachferment für ein geistliches Lied?

Vor gleiche Fragen stellt ein zweites Beispiel: die Schlusszeile des fünfstrophigen Liedtextes von Kl 118: »nach verdienen haisser lene ran pran.« Ein Reimpaar zu Liedzeilen, die nicht mehr geschrieben wurden. Oswald hätte den Schreiber anweisen können: Hör auf mit der Strophe davor, in der habe ich mich, erstens, beim Namen genannt, und es bietet sich, zweitens, eine schöne Schlusszeile an: »dorumb fürchtet gotes zorn ergan.« Doch nein, Oswald ließ den Liedtext zuletzt zerfasern. Und wollte das auch so fixiert sehen: lene ran pran …

Nicht mehr überliefert werden sollte hingegen einer der polyglotten Liedtexte aus dem Konstanzer Jahr.

Bog de p[ri]mi was dustu da
gramersi ty sine cura
Ich fraw mich zwar q[uod] video te
cu[m] bon amor jassem toge

Für solch einen Flickerltext fehlte, etwa zwei Jahrzehnte nach dem Konzil, jeglicher Kontext, und so wurde das Elaborat eliminiert. Da es hier nur auf den Sprachklang ankam, lege ich keine Übersetzung vor.

Bezeichnend wiederum, dass Oswald in die neue Sammelhandschrift die Lauda, sein lateinisches Marienlob aufnahm (aufnehmen ließ), zusammen mit dem Ansatz eines volkssprachigen Pendants. Hier die siebte Strophe der Hymne (die übrigens schon mehrfach auf Tonträgern aufgezeichnet wurde). Ich hebe diesmal im Kursivdruck das virtuose Reimschema hervor.

Fructus tuus est *cunctorum*
consolacio *sanctorum*
et est cibus *beatorum*
in celi convivio.
Ventris aula, vas *beatum*,
soli Cristo *deputatum*
gessit illud *occultatum*
in tuo sancto flasculo.

Nach wie vor gehe ich davon aus, dass Owald diese Hymne gedichtet hat, solange die Schulkenntnisse noch einigermaßen frisch waren – die überwiegend turbulenten Jahre danach waren zu Lateinstudien, waren zum Dichten einer lateinischen Hymne kaum geeignet. Oder soll ich mir vorstellen, er hätte etwa in der kleinen Burg Neuhaus gesessen, nur gering ausgelastet mit dem Amt als Burgvogt, und so hätte er lateinische Verse ›geschmiedet‹? Wann und wie auch immer entstanden, in der Prachtausgabe des Gesamtwerks setzt diese Hymne ein Zeichen: Der Dichter war auch Lateiner.

Die Handschrift war nicht bloß Text- und Notenarchiv; die Anmerkungen signalisieren: Ich, Wolkenstein, will jetzt und später nicht (nur) gelesen, ich will gehört werden; ich bin, ich war Dichter, Komponist, Vortragskünstler, ich bitte das zu respektieren, auch wenn ich persönlich nicht mehr zu vernehmen sein werde. Dies ist ein Kompendium für die Aufführungspraxis.

Dabei war offenbar an Sänger gedacht, die nicht zum schlichten, zum »fahrenden« Volk der Musikunterhalter gehören, vorausgesetzt waren Musiker gehobenen Standes, die Hinweise in lateinischer Sprache umsetzen können. Oswald hegte also die Hoffnung, hatte zumindest den Wunsch, sein Werk könne lebendig bleiben in späteren Aufführungen.

Das hat sich ein halbes Jahrtausend lang nicht bewahrheitet, erst in der zweiten Hälfte des zwanzigsten Jahrhunderts wurden Lieder des Wolkensteiners in Konzerten zu Gehör gebracht und auf Tonträgern aufgezeichnet. Meist »Nischenprodukte«, kurz auf dem Markt auftauchend und rasch wieder aus dem Sortiment genommen. Doch immerhin, alle paar Jahre erscheint eine neue CD. Auch Oswald der Komponist: sein Nachleben scheint gesichert.

König Sigmund in Italien: sieben Wochen Parma, die Verhandlungen mit dem Vatikan weiterhin ergebnislos. Papst Eugen ließ ausrichten: Sigmund hätte erst einmal den Krieg gegen die Hussiten beenden sollen, ehe er sich in italienische Angelegenheiten einmische! Und was das Verhältnis zur Kirche betreffe: Sigmund habe dem Papst und der Kirche zu gehorchen, habe sie zu verehren. Und er drohte: Schon viele hätten versucht, der Kirche Gottes und seinem Statthalter zu schaden, doch Gott habe sie erniedrigt.

Die Wut des Königs wuchs; er brach mit seinem kleinen Heer auf. Als der Papst das erfuhr, ließ er Truppen sammeln und an der Nordgrenze des Kirchenstaates aufstellen. Der König, nun vollends in Rage, forderte das Konzil auf, diesen Papst abzusetzen. Das geschah (noch) nicht, immerhin aber wurde vom Konzil Anklage erhoben gegen den Heiligen Vater, wegen Ungehorsams. Zugleich forderte man den König auf, endlich nach Basel zu kommen, eine Kaiserkrönung sei in der gegenwärtigen Situation nicht mehr zu erwarten.

Sigmund aber wollte nicht aufgeben, um keinen Preis. Er wartete, verhandelte in Lucca, jedoch ergebnislos, zog weiter nach Siena. Dort musste er weitaus länger bleiben als geplant: die Stadt wurde von Florentinischen Truppen belagert. Von Juli 1432 bis zum Mai des folgenden Jahres saß Sigmund hier fest; er verglich sich mit einem wilden Tier im Eisenkäfig.

Und versuchte zugleich, die Regierungsgeschäfte weiterzuführen: empfing Gesandtschaften, schickte Gesandtschaften aus, diktierte Schreiben. Hoensch: »Wieder einmal in größter Geldverlegenheit, ohne ausreichenden Begleitschutz mehrfach in Gefahr und umgeben von korrupten, in Liebeshändel verstrickten Mitgliedern seines Hofstaates, wird der König diese lange Wartezeit als beschämend und eines Monarchen unwürdig empfunden haben.«

Liebschaften ... Gelage ... Briefe und Anordnungen aus seiner Kanzlei. Dies nun endlich mit Erfolg: Aus Basel wurde dem Papst mitgeteilt, falls er nicht binnen sechzig Tagen die Auflösungsbulle zurücknehme, werde ihm der Prozess gemacht.

Nun wurde Eugen klar, dass er die Partie verloren hatte; am 16. Februar erkannte er das Konzil von Basel an – offiziös, noch nicht offiziell. Ein Erfolg für Sigmund. Der aber saß noch immer fest in Siena. Kanzler Schlick verhandelte mit dem Papst, mit dem Ergebnis: Sigmund wird gekrönt, sofern er sich verpflichtet, den Papst in allen seinen Rechten zu schützen; die Kosten der Krönung trägt der Papst. Der Gegenspieler nun als Schutzherr des Heiligen Stuhls – Politik!

Papst und König trafen sich Ende April 1433 in Viterbo. Laut Piccolomini (der fünf Jahre später den letzten Gegenpapst unterstützen wird) verhandelten die Herren nicht bloß, sie unterhielten sich auch. Charakteristisches Zitat: »Dreierlei gibt es, heiligster Vater, worin wir nicht übereinstimmen, und wiederum dreierlei, worin wir übereinstimmen: Du schläfst morgens, ich stehe vor Tagesanbruch auf; du trinkst Wasser, ich trinke Wein; du meidest die Frauen, ich laufe ihnen nach. Aber wir stimmen in folgenden Punkten überein: Weil du die Schätze der Kirche freigebig verteilst, behalte ich auch nichts für mich; du hast kranke Hände, ich habe schlimme Füße; du richtest die Kirche zugrunde, ich das Reich.«

Von Du zu Du wurden Geheimklauseln ausgehandelt. Und Sigmund forderte vom Konzil mehr Nachsicht gegenüber diesem Papst – man möge den Frieden der Kirche nicht stören.

Konnte Oswald an der endlich bevorstehenden Kaiserkrönung teilnehmen? Noch für den 29. April 1433 ist seine Anwesenheit in Brixen dokumentiert: der Wolkensteiner mal wieder als Zeuge in einem Rechtsakt. Gut einen Monat später findet die Krönung statt. Da hätte Oswald, frühzeitig informiert, gleich nach dem Rechtstermin losreiten müssen. Aber es wäre knapp geworden, auch für den routinierten Reiter: einen Monat musste man schon rechnen für die riesige Distanz.

Wann genau die Krönung stattfinden sollte, das lag Ende April aber noch gar nicht fest – zu viele Unwägbarkeiten. Oswald hätte nur auf gut Glück losreiten können. So ist die Wahrscheinlichkeit gering, dass er einer der vielen hundert Ehrengäste war, die Augenzeugen wurden der prunkvollen Inszenierung. Sicherlich aber wird sich Oswald, irgendwo irgendwann einmal, von der Krönung berichten lassen – in gebotener Ausführlichkeit?

Zu Christi Himmelfahrt, am 21. Mai, ritt Sigmund auf weißem Zelter unter goldenem Baldachin in die Stadt ein, gefolgt etwa 800 Soldaten zu Fuß und von 600 Berittenen – die mittlerweile offenbar übliche Repräsentationszahl! Bei Hoensch lese ich weiter, dass zahlreiche Römer an der Route Spalier bildeten, Palmzweige schwenkend. Der Papst erwartete Sigmund vor der Petersbasilika, auf der obersten Treppenstufe, umgeben von seinen Kardinälen. Eugen erhob das Schweißtuch der Veronica und begrüßte den König demonstrativ herzlich mit Umarmung und Bruderkuss. Man einigte sich rasch auf einen Termin für die Krönung: Pfingstsonntag, 31. Mai 1433.

Über den Ablauf der Zeremonie werden von Eberhard Windecke tolle Dinge erzählt: Sigmund kniend vor dem thronenden Papst, Eugen hatte ihm die Kaiserkrone nicht genau waagrecht aufgesetzt, sie hing leicht nach rechts, der Papst schob sie mit dem Fuß zurecht, erteilte Sigmund den Segen. Bei der Schwertübergabe richtete Seine Heiligkeit die Spitze auf Sigmund – der Marschall griff zu, drehte das Schwert so, dass Sigmund nicht in die Schneide greifen musste, das Ritual wurde fortgesetzt. Spätere Forscher fragen sich, ob Augenzeuge Windecke hier richtig gesehen hat.

So halte ich mich weiter an den Historiker, greife nun allerdings bloß Details auf: Ein kostbarer Thronhimmel … Gesänge und Gebete … Krone, Schwert, Zepter und Reichsapfel auf dem Hauptaltar abgelegt … Der König vor dem Papst knieend … Der setzte ihm ein rotes Barett, eine weiße Mitra auf, krönte ihn mit dem goldenen Kaiserdiadem, gab ihm das Zepter in die linke, den Reichsapfel in die rechte Hand … Sigmund, wieder einmal unter einem Gichtschub leidend, musste gestützt, musste aufgerichtet werden, als er dem Papst eine Schale voller Dukaten überreichte.

Absingen von Litaneien … Sigmund küsste dem Papst die Füße … legte Krone und Mantel ab, assistierte als Subdiakon bei der Messe … empfing das Abendmahl, erhielt den Friedenskuss … half Eugen auf ein Maultier, begleitete ihn beim Ritt Richtung Engelsburg … schlug auf der Engelsbrücke mehrere Herren zu Rittern … Festmahl in S. Giovanni in Laterano …

Kurzer Nachtrag zum Gichtleiden Sigmunds. Es macht kontrastierend deutlich, welch ein Ausbund an Gesundheit unser Dichterkomponist gewesen sein muss; in Bayern würde man sagen: er war ein Urviech. Es wird noch einige Jahre dauern, ehe bei ihm das Stichwort Krankheit auftaucht.

Dagegen der zähe, robuste, dennoch phasenweise leidende König: Jahr um Jahr unter dem Zeichen von Gichtschmerzen. Die waren zu jener Zeit weithin üblich.

Überhaupt Krankheiten! Auch Piccolomini entwirft ein Gegenbild zum urgesunden Wolkensteiner: »Es gibt keine Unannehmlichkeiten und Gefahren für den Körper, die ich nicht erduldet hätte. Ich bin Experte in tausend Arten von Fieber. Zudem bin ich mit dem Husten als täglicher Krankheit behaftet. Das Stein-Leiden ist mir vertraut. Eingeweideschmerzen haben mich in Rom an zwölf Tagen gequält. An den Augen litt ich in Padua. Die Zähne habe ich im hintersten Teil Britanniens, den man jetzt Schottland nennt, nicht ohne Qual verloren. Die Gicht folgt mir, in welche Länder auch immer ich mich aufmache. Was soll ich schreiben über Schwäche des Magens oder Bauchschmerzen? Mir ist jede Körperbeschwerde bekannt.«

Oswald versuchte im August noch einmal, wenigstens an einen Teil des Vermögens zu kommen, das er zehn Jahre zuvor bei Hans von Villanders hatte hinterlegen müssen. Wo freilich Fehde- und Femeaktionen erfolglos blieben, ebenso ein Schreiben »ad mandatum dominis Regis«, da war mit bloßen Bitten oder Forderungen nichts zu erreichen. Hans von Villanders schickte am 22. August 1433 ein Absageschreiben an Oswald.

»Meinen Gruß. Lieber Herr Oswald, bezüglich Eurer Forderung von fünfhundert Mark und Eurer Mahnung, ich solle meine Zusage bei Eurer Schwester einlösen: meine Zusage und Euer Wunsch sind nicht vereinbar. Ungeachtet Eurer Bitte werde ich diesen Geldbetrag nicht auszahlen.«

Knapper und härter geht es kaum. Keine Ergebenheitsfloskeln zu Beginn des Briefs, nur ein Minimalgruß, und Oswald wird distanzierend als Herr Oswald angeredet. Im Originaltext lautet der Schluss: »Nu wil ich auf solleich wegerung daz gelt nicht ausgeben.«

Herzog Friedrich hatte dem geldschneiderischen Verwandten in die Hände gearbeitet, als er »gegen Gott und alles Recht« die Kautionsgarantie einbehielt, trotz formellen Friedensschlusses. Wenn Hans von Villanders durch Freunde Oswalds aufgefordert wurde, die hinterlegten Gelder und Papiere endlich zurückzugeben, wird er wohl erklärt haben: Solange der Herzog das Dokument nicht aus der Hand gibt oder den Vertrag annulliert, muss ich, zu meiner Sicherheit, die hinterlegten Gelder und Dokumente behalten.

Nach der Kaiserkrönung war Sigmund einige Wochen in Rom geblieben, hatte versucht, Papst und Konzil zu versöhnen: Botschafter hin und her zwischen den Städten. Die Kirchenversammlung zeigte auch jetzt nicht die gewünschte Konzilianz, forderte den Papst vielmehr auf, ultimativ, sich in Basel einzufinden; er solle seine Auflösungsbulle zurücknehmen, das Konzil, damit die kirchliche Autorität der Versammlung formell anerkennen. Als Eugen diese Forderungen mitgeteilt wurden, wollte er sämtliche Bewohner und Gäste der Stadt Basel bis ins vierte Glied verfluchen, ließ sich das aber ausreden.

In Basel wurde als Gipfelgespräch der 11. Oktober 1433 angesetzt, doch an diesem Tag erschienen nicht (wie vorausgesetzt) Kaiser und Papst gemeinsam, es traf nur Sigmund ein mit kleinem Gefolge. Gleich als Erstes soll Sigmund die Ratsherren um ein Paar Schuhe gebeten haben: sein Schuhwerk war nach der Reise verschlissen, ein zweites Paar besaß er nicht, schnell wurden ihm drei Paar zur Auswahl vorgelegt.

Und er schritt, obwohl gichtgepeinigt, zum Münster. Dort begannen die Glocken zu läuten, zugleich in allen anderen Kirchtürmen der Stadt. Feierlicher Empfang auf dem Münsterplatz. Danach hielt der Kaiser eine Rede vor der Konzilsversammlung.

Wieder zeigte sich seine rhetorische Begabung, sein Verhandlungsgeschick: In wenigen Wochen erreichte er, was vorher undenkbar schien – die Einigung zwischen Konzil und Papst. Das Konzil unterwarf sich der Autorität des Heiligen Stuhls unter den bekannten Bedingungen: Eugen muss Dezember 1433 das Auflösungsdekret zurücknehmen, muss das Konzil in seiner Rechtmäßigkeit anerkennen.

Die geistlichen Konzilsteilnehmer stimmten das Te Deum an, alle Glocken läuteten, es folgte eine glanzvolle Prozession durch die Stadt, Sigmund voran mit den Insignien und Emblemen kaiserlicher Macht.

Am 8. Mai 1434 verabschiedete er sich vom Konzil mit einer langen Rede, reiste ab.

Sigmund hatte nach der Rückkehr von Rom und Basel wieder Zeit, auch an Oswald von Wolkenstein zu denken. Das tat er mit Dankbarkeit; zwei Verfügungen lassen darauf schließen. Im Juni 1434 wurde Oswald auf dem Ulmer Reichstag zum ›Vollstreckungsbeamten‹ (executor) des Klosters Neustift ernannt. Also eine Art Schirmherrschaft über das Kloster.

»Wir, Sigmund, von Gottes Gnaden Römischer Kaiser, allzeit Mehrer des Reiches, König zu Ungarn, Böhmen, Dalmatien, Kroatien etc., erklären und verkünden mit dieser Urkunde allen, die« – folgen die stereotypen Einleitungsformeln. Sodann heißt es, das Kloster und Gotteshaus Neustift bei Brixen habe von seinen Vorfahren im Reich, von Römischen Kaisern und Königen, zahlreiche Gunst- und Gnadenerweise erhalten, und es sei in entsprechenden Urkunden niedergelegt worden, dass sich gegen diese Sonderrechte und Privilegien niemand ungestraft vergehen dürfe. »Man hat jedoch darüber Klage geführt, und Uns berichtet, dass die Freiheiten und Privilegien des genannten Klosters und Gotteshauses, seine Sonderrechte und Rechte von zahlreichen Personen wiederholt verletzt und übertreten wurden, wodurch dem Propst, dem Konvent und dem Kloster erheblicher Schaden widerfährt; dies werden Wir im Namen des Reiches weder dulden noch zulassen, und Wir wollen die Strafgelder eintreiben, die beim Übertreten solcher kaiserlichen Freiheiten fällig werden.«

Welche Übergriffe hier gemeint sind, weiß ich nicht; bei Arthur von Wolkenstein-Rodenegg lese ich nur, das Kloster sei »infolge damals herrschender widriger Umstände von verschiedenen Adligen und ihren Anhängern mehrerer Stiftsgüter beraubt worden«.

In der Urkunde folgt die eigentliche Ernennung, ich kürze ab: »Da Wir besonders großes Vertrauen zum Ritter Oswald Wolkenstein haben, Unseren Rat und lieben Gefolgsmann, haben Wir nach reiflicher Überlegung, nach bestem Wissen und Gewissen dem genannten Oswald Wolkenstein und allen seinen männlichen Erben die Anweisung gegeben und ihm dazu jede Vollmacht erteilt, an Unserer Stelle die Strafgelder einzutreiben, die aufgrund solcher Übertretungen fällig werden.« Auf seine Anforderung hin solle ihn jedermann dabei unterstützen.

Oswald hat sicherheitshalber eine Abschrift der Urkunde anfertigen lassen: »Ich, Oswald von Wolkenstein, Ritter, gebe hiermit bekannt« – und nun folgt eine kurze, einleitende Zusammenfassung, in der er sich als »bevollmächtigter Exekutor und Vollstrecker« bezeichnet.

Dies war die erste wichtige Entscheidung für Oswald auf dem Reichstag zu Ulm. Hier gleich die zweite: Graf Heinrich von Görz ernennt Oswald von Wolkenstein zu seinem Berater und Beauftragten, allerdings nur auf Basis von Jahresverträgen (»dienste auff ein yedes jahr«). Ihm sollen dafür jährlich hundert Dukaten gezahlt werden, »doch nur so lange, wie es Unserem Willen und Gefallen entspricht«, also auf Widerruf.

Piccolomini weiß auch einiges über Graf Heinrich zu berichten: nur kursierender Klatsch? Rückschlüsse auf Umgangsformen auch in jener High Society sind freilich nicht auszuschließen.

»Heinrich Graf von Görz, ein Frauenverführer, hatte mit seiner ungarischen Ehefrau, einer edlen und klugen Frau, zwei Söhne, die er, bevor sie ihre Kindheit beendet hatten, bei sich in seinem Schlafzimmer hatte und die er öfter mitten in der Nacht, während sie schliefen, laut zu rufen und zu fragen pflegte, ob sie Durst hätten. Wenn sie schwiegen (denn der tiefe Schlaf hatte sie umfangen), so erhob er sich und brachte selbst Wein herein; wenn jene sich weigerten und den Wein wieder ausspien, wandte er sich an seine Frau: ›Die hast du von einem anderen empfangen, Dirne! Das sind nicht meine Söhne, die die ganze Nacht schlafen und keinen Durst haben!‹ (…) Als derjenige, der den Schlüssel zum Weinkeller hatte, abwesend war, trat Heinrich Graf von Görz, der Durst hatte, die Tür mit den Schuhen ein. (…) Mit Hirten und Knechten zeigte er sich öfter als mit Adligen. Er spielte auf dem Eis mit den Kindern. Er badete sehr oft mit einer bekannten Dirne. Selten frühstückte er in seinem Hof. Alleine zum Koch gehend, verschlang er die Happen direkt in der Kneipe. Er trug billige und schmutzige Kleider. Er zeigte eine nackte und offene Brust. Seine Augen tränten immer.«

Weshalb begab sich Oswald in die Dienste dieses Herrn? Hätte er nicht abwiegeln, sich herausreden können?

Der Kommentar der Grazer Edition von Lebenszeugnissen bringt uns einer Antwort näher. So sprach sich unter Teilnehmern des Ulmer Reichstags herum, dass Sigmund sich bis auf weiteres nach Ungarn zurückziehen werde, um dort anstehende Probleme zu lösen. Damit war Oswalds Beratertätigkeit beendet, auf ihn warteten keine weiteren Aufträge. »Die damit freiwerdenden Energien hat Graf Heinrich mit raschem Zugriff für sich verbucht.« Allerdings unter teilweise wenig schmeichelhaften Konditionen; so wurde im Dienstvertrag ein Pauschalsatz für die Verpflegung des neuen Beraters in Wirtshäusern festgeschrieben.

Auch das Grazer Team zeigt sich verwundert über den Wechsel, hält Oswald aber zugute, dass er bei Sigmund nur einer unter vielen consiliarii war, in der Grafschaft Görz hingegen zu einem der führenden Berater vor allem in Rechtsfragen wurde.

Für Oswald bedeutete der Wechsel des Dienstherren: verstärkte Anforderungen, vermehrter Arbeitsaufwand. Dennoch erhielt er nur ein Drittel des bisherigen königlichen Salärs: mehr Ehrensold als Gehalt (umgerechnet zwischen fünf- und achttausend Euro im Jahr). Hinzu kamen allerdings ›Aufwandsentschädigungen‹ für Kost und Logis.

Dritter Tagesordnungspunkt am Rande des Reichstags zu Ulm, Juli 1434: Kaiser Sigmund ließ für Oswald einen Lehnsbrief ausstellen über den Anteil seiner Frau am Schwangauer Reichslehen. Ein letztlich nur formaler Akt, denn Margarete hatte Oswald bereits acht Jahre zuvor ihren Anteil übertragen; an den Einkünften änderte sich nichts, sie wurden lediglich abgesegnet.

Kurzer Blick ins Dokument: Kaiser Sigmund gab kund, dass sich der edle Ritter Oswald von Wolkenstein, »Unser Rat, Diener und lieber Gefolgsmann«, mit der demütigen Bitte an ihn gewandt habe, ihn als Lehnsträger seiner »ehelichen Hausfrau Margarete von Schwangau« einzusetzen für – und nun wird im Detail der Lehnsbesitz aufgelistet.

Dieses Dokument konnte Oswald vorzeigen: Ich, Oswald von Wolkenstein, Reichsritter und kaiserlicher Lehnsträger zu Schwangau.

Und Oswald machte, Anfang 1435, wieder eine fromme Stiftung, diesmal aber blieb sie bescheiden: Für die St.-Christophorus-Kapelle, die er am Kreuzgang des Brixner Doms hatte errichten lassen, stiftete er ein Ewiges Licht, das heißt, er sicherte die Finanzierung des Unterhalts. (Christophorus, einer der Nothelfer, galt als Patron der Reisenden, und die waren zahlreich in Tirol zwischen Nord und Süd – entsprechend oft wurde er dargestellt.)

In der Stiftungsurkunde beteuerte der Wolkensteiner, formgerecht, dass er die Stiftung wohlüberlegt und in geistig wie körperlich guter Verfassung vorgenommen habe. Sodann wurden die Liegenschaften aufgelistet, deren Einkünfte transferiert werden sollten »für meine Kapelle, die ich zu Ehren von Sankt Christophel und zu Nutz und Frommen aller Seelen im Kreuzgang zu Brixen erbaute, für ein Ewiges Licht, das jede Nacht angezündet werden soll mit den anderen Ewigen Lichtern, die in besagtem Münster zusätzlich gestiftet worden sind. Die oben aufgelisteten Abgaben und Gelder der genannten Weingärten und Höfe sollen jährlich meinen Kaplänen von St. Oswald zugeführt werden, die das dortige Benefizium innehaben.« Folgen weitere Regelungen, sie können hier ausgespart werden.

Eher von biographischer Relevanz ist die Frage, warum der Stifter nicht das Oswald-Benefizium erweitert, sondern im Namen des heiligen Christophorus, dem er ohnehin eine Kapelle anlegen ließ, auch noch ein Ewiges Licht stiften will. Wieder einmal Dank für Rettung aus höchster Not? Etwa für die Genesung von der

Krankheit, die im Vorjahr in einem der Dokumente erwähnt wurde? Kaiser Sigmund hatte darauf hingewiesen, dass Oswald einen Termin nicht wahrnehmen konnte, weil er »vnderwegen krangk worden vnd seyd in leibs not« gewesen sei.

Dieser Ausbund an Gesundheit und Robustheit war also, auf die 60 zugehend, doch mal schwer erkrankt. Und dankte nun wohl dem Heiligen für die Genesung.

Der Wolkensteiner könnte in dieser Zeit seine Altersklage angestimmt haben. (Möglicherweise hat er Kl 5 aber schon früher gedichtet.)

Ich sehe, höre,
dass mancher klagt, wenn er Besitz verliert;
ich freilich traure meiner Jugend nach,
dass ich die Leichtigkeit verlor,
mit der ich früher so dahingelebt,
und kaum bedachte, dass die Welt mich trug.
Geschwächt, gebrechlich
verkünden Kopf und Rücken, Beine, Hände, Füße
nun das Alter.
Was ich gefrevelt habe, ohne Not,
Herr Leib, den Mutwill lasst Ihr büßen
mit fahlen Farben, roten Augen,
mit Runzeln, Grau – gemessen sind nun Eure Sprünge.
Mir werden schwer Gemüt und Hirn, die Zunge und der Schritt.
Gebeugt ist nun mein Gang.
Zittern schwächt mir alle Glieder.
»Ohweh!«, so geht nur noch mein Lied,
das stimm ich an bei Tag und Nacht.
Brüchig ist schon meine Stimme.

Krauses, helles Haar
hat früher meinen Kopf bedeckt, in dichten Locken –

das wird nun scheckig: grau und schwarz,
durchsetzt von kahlen Stellen.
Die roten Lippen werden blau –
das hat die Freundin abgestoßen.
Hässlich, wacklig
sind meine Zähne, taugen kaum zum Kauen;
würd ich die ganze Welt besitzen,
ich könnte sie nicht mehr erneuern,
noch mir die Lässigkeit erkaufen –
allein im Wunschtraum will mir das gelingen.
Beim Raufen, Tanzen, Rennen
falle ich zurück.
Und statt Gesang nur Husten in der Kehle;
der Atem wird mir knapp.
Nach kühler Erde sehn ich mich,
seit ich so schwach bin, so verächtlich.

Ja, junger Mann,
lern dies hieraus: Bau nicht auf deine Schönheit,
auf Wuchs und Stärke. Richte dich empor
mit geistlichem Gesang.
Wie du jetzt bist, so bin ich einst gewesen.
Folgst du mir nach, so wird dich gute Tat nicht reuen.
Dies täte not:
ein Leben, das Gott wohlgefällig ist,
mit Fasten, Beten, Kirchbesuch,
mit Kniefall zum Gebet.
Doch halte ich das nicht mehr durch,
seit Alter meinen Körper schwächt.
Ich sehe immer vier statt einen,
ich höre wie durch Steingemäuer,
die Kinder lachen mich bald aus,
die hübschen Mädchen ebenfalls.
Die Unvernunft hat mir das eingebracht.
Mädchen, junger Mann: verspielt nicht Gottes Gnade!

Der amerikanische Literaturwissenschaftler G.F. Jones hat einen Aufsatz über dieses Lied geschrieben, und hier stellt er fest: Was Oswald an Alterserscheinungen benennt, das stammt aus der literarischen Tradition. Jones führt zum Beleg eine Revue von Alterserscheinungen vor, wie sie im Mittelalter immer wieder genannt wurden: Das Augenlicht wird schwach, man hört schlecht, Haare fallen aus, auch Zähne, Haut wird trocken, Atem stinkt, Brust sinkt ein, Lachen schlägt um in Husten, Knie werden weich, Gelenke und Fesseln schwellen an. Und stereotyp heißt es, lateinisch wie deutsch: Wie ihr jetzt seid, so waren wir; wie wir jetzt sind, so werdet ihr.

Literarische Katalogisierung. Sind hier aber nicht zugleich auch Alterserscheinungen aufgeführt, die sich in der Realität wiederholen? Oswald nennt einige Punkte, für die Jones keine Textparallelen aufgespürt hat. Er muss überhaupt eingestehen, dass sich dieser Liedtext von den weithin üblichen, vielfach allegorischen Altersbeschreibungen unterscheidet durch betont subjektive Position und Perspektive. Darum sollte sich die Suche nach literarischen Mustern und Entsprechungen nicht allzu selbständig machen. Zwar dürfen wir in diesem Liedtext insgesamt kein realistisches Selbstporträt eines alternden Mannes sehen, doch in einigen Punkten könnten durchaus konkrete Erfahrungen formuliert sein.

Zum Beispiel: wenn Oswald schreibt, er sehe immer vier statt einen – ist das eine rhetorische Figur oder eine spezifische Erkrankung des alternden Auges? Ein Ophtalmologe weist mich in einem ausführlichen Schreiben darauf hin, dass es, in der Tat, solche »Mehrfachbilder« zuweilen gebe, sie würden »je nach Beleuchtung, Kontrast usw. ungleichmäßig und wechselnd in Erscheinung treten. Sie beruhen auf speichenartigen Trübungen der Linsenrinde und Wasserspalten zwischen ihren Fasern, die bei beginnendem grauen (Alters-)Star auftreten.«

Und nun: Oswalds Stimme – wurde hier das Alter hörbar? Seine Zuhörer waren der Antwort näher: bestätigten Stimmführung und Stimmklang die Klagen über Hinfälligkeit?

Oswald weist hin auf Qualitätsverluste seiner Singstimme,

schreibt hier vom »ténor« – damit ist die melodieführende Stimme gemeint. Ob ténor oder Tenór – wurde die Stimme im Alter brüchig? »Meine Singstimme ist mit Runzeln gut überdeckt« – so Oswalds Symptombeschreibung, wörtlich übersetzt. Seine Klage lässt sich präzisieren: Zunehmende Verknöcherung (Ossifikation) der bis dahin weichen Kehlkopfknorpel, die Bänder zwischen den Knorpeln sind nicht mehr so elastisch, die höchst diffizile Muskulatur des Organs nicht mehr so flexibel – die Singstimme verliert an Qualität, vor allem in den Höhen. Hat Oswald so etwas gemeint?

Zunehmende Einschränkung der Stimmentfaltung ist ein normaler physiologischer Vorgang, und so war es wohl kaum Stilisierung, wenn Oswald sang, seine Singstimme werde brüchig. Als erfahrener Sänger hatte er freilich Techniken, das (so bald) nicht hörbar werden zu lassen. Beispielsweise konnte er die Schlüssel tiefer ansetzen, und er sang baritonaler; der (bei Oswald erstaunlich große) Tonumfang blieb damit erhalten, nur vermied er allzu riskante Tonhöhen. Falls Oswald die Transpositionsschlüssel nicht senkte, hatte er eine andere Möglichkeit: er sang hohe Partien nicht mehr mit Brust-, sondern mit Kopfstimme. Auf einer Opernbühne oder einem Konzertpodium trägt eine Kopfstimme nicht genügend, aber in den damals kleineren Räumlichkeiten reichte Kopfstimme durchaus.

Wenn Oswald sang, seine Stimme werde brüchig, so konnte er das durchaus hörbar werden lassen, ohne zu karikieren, er konnte das aber auch übersingen, durch Transposition oder Registerwechsel. So lässt sich voraussetzen, dass der Sänger Oswald von Wolkenstein noch in dieser Zeit und auch in den folgenden Jahren Beifall fand.

Ja, er wurde alt; dennoch gab er weiterhin Anlass zu Beschwerden. So nahm er Juni 1435 den »Meister Peter, Arzt, Diener und Hofmann« des Bischofs von Brixen gefangen und steckte ihn auf Hauenstein ins Verlies.

Ulrich beschwerte sich darüber beim Landesfürsten, der schickte Oswald ein knappes Schreiben: Er habe Meister Peter aus dem

Gerichtsbezirk Feldthurns in seine Burg verschleppt und halte ihn dort weiterhin gefangen. »Das missfällt Uns sehr und erscheint Uns ungebührlich. Wir empfehlen dir mit Nachdruck, den obengenannten Meister Peter zu Unseren, des Landesfürsten, Händen freizugeben. Auch sollst du dich am kommenden Margaretentag hier bei Uns einfinden und dich in dieser Sache vor dem Genannten von Brixen verantworten.«

Derselbe Oswald, gegen den wiederholt Klagen erhoben wurden, er trat auch richtend und schlichtend auf, vor allem im Auftrag des Grafen Heinrich von Görz: Vermögensfragen, Erbfragen.

1437 dann ein überraschender Auftrag: Oswald wird von seinem Erzfeind, dem Bischof von Brixen, mit der Führung eines Prozesses beauftragt – Bischof Ulrich kann diese Aufgabe nicht selbst übernehmen, er ist todkrank, wird zwölf Tage später sterben. Die Übertragung der Aufgabe als eine seiner letzten Amtshandlungen.

Der Wolkensteiner nun als Richter! In seinem Namen wird auch das Urteil formuliert. »Ich, Oswald von Wolkenstein, Ritter, gebe mit diesem Schriftsatz offiziell und öffentlich bekannt, dass ich am heutigen Tage [Datum der Ausfertigung] in Stellvertretung und im Auftrag des hochwürdigen Fürsten, des Herrn Ulrich, Bischofs zu Brixen, meines gnädigen Herrn, am Hofgericht zu Bruneck als Richter den Vorsitz geführt habe.« Es geht um eine Forderung der Gebrüder Georg und Eckart von Villanders an den Bischof: Streitpunkt ist eine Burghut, gekoppelt mit dem Anspruch auf 30 Mark aus der Zollstation Klausen. Die Forderung kann nicht hinreichend begründet und belegt werden, die Klage wird abgewiesen. Die Urteilsbegründung wird vom Wolkensteiner besiegelt.

Oswald ist schon mehrfach als Rechtskenner in Erscheinung getreten – nun erfolgte so etwas wie eine Krönung des Juristen. Wie war er an die Kenntnis der Materie gekommen? Sicherlich wird er in den Jahren der Administration in der Diözese Brixen viel gelernt haben, das er später anwenden, umsetzen konnte, sicherlich hat er so manchen Rat aufgegriffen. Auch eigene Erfahrungen in diversen Rechtshändeln machten ihn zum rechtskundigen Mann, fast zum Rechtsexperten – diese Ansicht, diese Einschätzung scheint sich in Tirol weithin durchgesetzt zu haben. Mehrfach wird er zum Schiedssprecher, mehrfach ist sein Name genannt unter den Zeugen, die schriftlichen Urteilen Rechtskraft verleihen.

Mittlerweile war rund ein Dutzend Jahre vergangen, seit Oswald bei Hans von Villanders Gelder und Papiere hatte hinterlegen müssen, und noch immer hatte er das Vermögen nicht zurückerhalten. Nur in einem Punkt hatte man sich in der Zwischenzeit geeinigt: Anfang Juli 1434 hatten sie einen Vergleich geschlossen wegen der 600 Mark. Die Schuldscheine und Bargelder gab Hans von Villanders allerdings auch jetzt nicht zurück.

Im Lauf des Jahres 1435 scheint man in der Familie Wolkenstein folgenden Entschluss gefasst zu haben: Nun tritt nicht mehr Oswald als der Fordernde auf, sondern Michael, der Kämpfer.

Er wird die Rückforderung erst mal schriftlich erhoben haben; die Antwort des Hans von Villanders war selbstverständlich abschlägig; darauf erklärte ihm Michael die Fehde, leitete Aktionen ein, vor allem gegen Pächter des Verwandten, der in der Vorderen Grafschaft Görz wohnte, offenbar noch immer in einer der Burgen seines Herrn.

Oswald wollte vermeiden, dass der Streit eskalierte und damit vor den Landesfürsten gebracht wurde; Ende August bat er Georg von Villanders, auf Hans dahingehend einzuwirken, dass die Auseinandersetzungen in Freundschaft beigelegt würden; in gleichem Sinne wolle er sich bei Michael verwenden.

Der Vermittlungsversuch scheiterte; noch im selben Jahr fand ein Schlichtungstermin statt vor Herzog Friedrich.

Die Verhandlung wurde zur Farce, als Hans von Villanders erklärte, er habe die Urkunden über die Hinterlegung von Geldern und Papieren nicht bei sich. Die Taktik des Herrn ist deutlich zu erkennen: Zeit gewinnen! Und die war für ihn im genauen Wortsinn: Geld, Oswalds Geld. Das brachte ihm womöglich noch (indirekte, aber üppige) Zinsen ein all die Jahre über.

Hinter drei Namen, schon oft genannt, müssen nun Kreuze gemacht werden. Als Erstes hinter dem Namen Martin Jäger; der war bereits einige Jahre zuvor gestorben, hatte sich über den Scheinsieg also nicht lange freuen können.

Nun, am 29. August 1437, starb Ulrich Putsch. Oswald wird ihm nicht nachgetrauert, wird zu diesem Zeitpunkt aber auch kaum noch triumphiert haben.

Am 9. Dezember des gleichen Jahres verschied Sigmund, in Znaim. Auf dem Thron sitzend, soll er nachmittags entschlafen sein, »nachdem er 50 Jahre in Ungarn, 27 Jahre im Reich und – nominell – 18 Jahre in Böhmen regiert und über vier Jahre das kaiserliche Diadem getragen hatte.« Wie Hoensch weiter berichtet, wurde Sigmund in einer seit dreißig Jahren für ihn bestimmten Gruft beigesetzt: »In goldgesäumten Brokat gekleidet, mit einer silbernen Krone auf dem Haupt, in der Hand einen Reichsapfel haltend und mit dem Abzeichen des von ihm gegründeten Drachenordens auf der Brust.«

Die Nachfolge trat Albrecht an, Sigmunds Schwiegersohn. Doch er regierte nur etwa ein Jahr. Damit wurde erneut die Frage der Nachfolge akut. Ein Habsburger, auch wieder mit Namen Friedrich, machte sich Hoffnungen und sorgte dafür, dass sie sich erfüllten. Damit begann das »ewige Habsburgische Königtum«.

Oswald von Wolkenstein, Rechtsberater in der Grafschaft Görz, er verfasste (dort?) einen umfangreichen, gereimten Exkurs zu Grundfragen der Rechtsprechung. Der Rechtsexperte, der Richter will seine Zuhörer auf das römische Recht, auf kaiserliche Jurisdiktion einstimmen, ja verpflichten. Das heißt: Eigenständige regionale Gerichtsbarkeiten sollen abgelöst werden mit dem Fernziel einer Zentralisierung.

Offensichtlich war dem Wolkensteiner die Arbeit so wichtig, dass er das Entstehungsjahr festhielt: 1438. Eine »Spruchdichtung«, also ausnahmsweise keine Vorlage für Gesang. Mit rund vierhundert Zeilen der längste gereimte Text Oswalds. In vollständiger Übersetzung wären das etwa ein Dutzend Druckseiten.

Wenigstens in Ausschnitten soll Kl 112 vorgestellt werden. Hier gleich der Beginn.

Ein Ritter konsultierte mich
ganz frank und frei. Viele Jahre
hatte er die Welt erkundet
(in Königreichen, Ländern, Städten,
zu Fürstenhöfen hier und dort,
kreuz und quer auch unter Heiden),
wie sich's gehört für einen Ritter.
  In einem Punkt sah er nicht klar,
er bat mich um Erläuterung.
Er stellte mir wie folgt die Frage:
»Erkläre mir, mein lieber Freund,
welchen Grund es haben mag,
dass göttliche Gerechtigkeit,
die ohne jeden Unterschied
in der gesamten Christenheit
für jeden Menschen ohne Abstrich
Geltung hat vor den Gerichten,
sich doch nur selten offenbart,
insbesondre dergestalt,
dass man die Leges nicht befolgt,
gemäß dem kaiserlichen Codex,
und Arm und Reich betrogen wird.«
  Ich sprach: »Wenn ich das richtig sehe,
sind viele Herren daran schuld.
Wer nur nach eignem Kopf entscheidet,
so klug er sei, der geht doch fehl,
beruft er nicht den Rat der Weisen
(was Herrin Ehre ja nun zusteht)
und leistet gottesfürchtig Folge.
In einem Land, das dies negiert,
dort schränkt Gewalt die Rechte ein.«
(...)
Falsch Zeugnis, Meineid, Winkelzüge –

das ist dem Teufel sehr willkommen.
Das Recht setzt man nur selten durch
ohne dass man sich versündigt.
Dies vor allem aus dem Grund,
dass jedermann, obwohl vereidigt,
nur nach dem eignen Kopf verfährt.
Dabei ist mancher so beschränkt,
dass er bis fünf nicht zählen kann.
Was soll der schon vom Recht verstehn?
Er spielt sich auf beim Textverlesen
als wär er Salomo gewesen. (…)
Ein Bauer ohne Bücherkenntnis,
der dumm ist wie ein Ochs,
was soll der mehr vom Recht verstehn
als weitgereiste Edelmänner,
als ausgebildete Juristen?
Wo kriegt er denn sein Wissen her?
(…)
Die Geistlichkeit und ihr Gefolge
bringt mehr an Unheil in die Welt
als es die Laien fertigbringen.
So hat es Gott doch nicht gewollt!
Von denen wird das Recht gebeugt
weit mehr als von den anderen.
Das wurde mir in Rom noch klarer
als anderswo, in knappen Jahren:
Recht wird Unrecht, Unrecht Recht,
sie biegen grade, machen krumm.
Kniffe, Tricks und Loica
lernt man in Rom so viel man will
bei der Prälaten-Kasuistik.

Das Riesengedicht ist auch von Juristen analysiert und kommentiert worden, beispielsweise von Peter Lamberg. Er zeigt auf, wie präzis der Dichter gearbeitet hat in formgerechter Abfolge von quaestio, distinctio, disputatio. Er heißt gut, dass Oswald, nach kritischer Sichtung, für das »Kaiserrecht« plädierte – »die richtigere Rechtsform«. Er resümiert: »Rechtsgeschichtlich betrachtet war Oswalds Werbung für das Kaiserrecht durchaus progressiv.«

Oswald war also in seiner Konzeption der Rechtsprechung »durchaus progressiv«. Zugleich erwies er sich, in der selben Reimpaar-Rede, mit seiner Skizze des Gesellschaftsbildes als erzkonservativ: Gott hat »Klerus, Adel, Dienstbarkeit« erschaffen und jedem Stand spezifische Aufgaben übertragen.

> Dem Klerus ist es zugewiesen,
> dass er betet, Tag und Nacht,
> um Gottes Kraft für beide Stände.
> Der Ritterschaft obliegt der Kampf
> für beide vorgenannten Stände.
> Dem Bauernstand ist auferlegt,
> dass er sein Tagewerk vollbringt
> für unsre Nahrung und für sich.

Oswalds metrisch geordnete Antwort auf die vielfach dramatischen, durch Gewaltexzesse akzentuierten Veränderungen der Gesellschaft, mit ihren Bauernaufständen, ihren Revolten von Handwerkern, und, resultierend: mit dem sozialen Aufstieg von Agrar-Pächtern, mit dem Machtverlust des Ritterstandes.

Die jahrhundertealte Ständelehre – ohne jede Einschränkung, ohne jede Korrektur reproduziert! Hier wird das Bürgertum nicht einmal erwähnt. Dass es an politischer und ökonomischer Macht gewann, war für Oswald offenbar nicht vorgesehen, weil gegen die (vom Adel entworfene, Gott zugeschriebene) Ordnung. Was auch immer geschah – Oswald blieb beim mittlerweile recht einfältigen Gesellschaftsbild vom schützenden Ritter, betenden Geistlichen, arbeitenden Bauern.

Dabei wurde jene Welt längst umgekrempelt. Ritter schützten kaum noch Geistliche und Bauern, eher mussten sie sich selber schützen, etwa gegen aufständische Bauern im Gebiet der heutigen

Schweiz. Oswald aber tut so, als sei die gruppenspezifische Gesellschaftsordnung für alle Zeiten festgeschrieben. (Was auch daran liegen kann, dass er die sozialen Veränderungen nicht schmerzhaft direkt zu spüren bekommt: er ist in finanzieller Hinsicht hinreichend abgepolstert.)

Während Oswald sehr wach verfolgt, wie sich in Kompositions- oder Waffentechniken Neues entwickelt, das er rasch aufgreift und umsetzt, stellt er sich sozialen Entwicklungen gegenüber taub und blind. Pointierend: literarisch und musikalisch war er progressiv, gesellschaftspolitisch hingegen blieb er reaktionär.

In den Jahrhunderten nach ihm wird sich dieses Muster wiederholen – bis hin zu einem Ezra Pound.

Oswald sorgte vor für die Zukunft der Familie, setzte sich, zum Beispiel, für seinen Sohn Michael ein, 1439.

Michael sollte Theologie studieren und Domherr in Brixen werden. Wahrscheinlich sollte das Studium durch eine Domherren-Pfründe mitfinanziert werden. Das Domkapitel verhielt sich da allerdings reserviert. Oswald wandte sich an den neuen Bischof, bat ihn, sich für Michael einzusetzen. Und hatte Erfolg: ein Jahr später war Michael Domherr in Brixen und Student an der Wiener Universität!

Ein Sohn Oswalds als Theologiestudent – keine Selbstverständlichkeit! Denn Michael kam nun in eine soziale Gruppe, die vorwiegend aus Bürgern bestand. Doch Oswald wollte den Ältesten nicht partout als Ritter sehen, er unterstützte Neuansätze der nächsten Generation.

Nach dem kurzen Kapitel über Sohn Michael ein etwas längeres Kapitel über Tochter Maria, Nonne. Sie setzte die Auseinandersetzungen ihres Vaters mit Bischof Ulrich von Brixen auf ihre Weise fort. Kontrahent der Maria von Wolkenstein war ein (heute) berühmter Theologe: Nikolaus von Kues.

Hermann Hallauer hat einen Aufsatz über diesen Streit verfasst:

Nikolaus von Kues und das Brixener Klarissen-Kloster – Grundlage des nun folgenden Berichts über die Streitigkeiten zwischen dem Cusaner und der Wolkenstein-Tochter.

April 1452 wurde Nikolaus von Kues Bischof in Brixen. Er begann sofort mit Visitationen und Reformen der Klöster seiner Diözese; vieles war lax geworden, besonders im Klarissen-Konvikt.

In Übereinstimmung mit anderen Reformern seiner Zeit stellte Cusanus einige Grundforderungen. Erstens: Observanz, also die erneute Befolgung alter Klosterregeln. Zweitens: strikte Einhaltung der Klausur – in diesem Punkt war man sehr großzügig geworden, man korrespondierte, empfing Besucher. Drittens: Gehorsam gegenüber den Oberen; als wichtiger Zusatz: ohne Unterschied der Herkunft. Viertens: Leben in Demut. Einer der Leitbegriffe des Cusanus: vita contemplativa.

Als der neue Bischof zum ersten Mal das Klarissen-Konvikt visitierte, stellte er fest, dass sich zwei Gruppen gebildet hatten, die sich zankten, stritten, bekämpften. Auf der einen Seite Äbtissin Agnes Rasner mit Anhang, auf der anderen Seite Maria von Wolkenstein, die Opposition anführend.

Die hatte vorerst nur ein Ziel: Die Rasner muss weg. Nikolaus von Kues in einem Brief, der protokollierend die wichtigsten Ergebnisse seiner Visitation zusammenfasst: »Auch hat keinen geringen Eindruck auf Uns gemacht, was Schwester Maria von Wolkenstein, die Wir in vieler Hinsicht sehr achten, eidesstattlich ausgesagt hat, dass die Rasner diesem Amt nicht gewachsen sei.«

Maria setzte sich durch, die Äbtissin wurde abgesetzt, eine neue Äbtissin wurde gewählt, Barbara Schwäbin. Hallauer vermutet: Maria hat sich Hoffnungen auf dieses Amt gemacht, war nun enttäuscht, ging deshalb gleich wieder in Opposition, nun gegen die neue Äbtissin.

Cusanus: »Entgegen ihrer Zusage ist besagte Maria dieser Äbtissin (der sie loyalen Gehorsam gelobt hatte) und auch Uns gegenüber ungehorsam geworden. Auch nimmt sie Uns gegenüber kein Blatt vor den Mund. Und schon gar nicht ist sie sparsam mit Drohungen.« Der Bischof forderte vom Konvikt: »Wir wünschen von euch, dass ihr Schwester Maria klarmacht, sie solle die Gelöbnisse einhalten und gehorsam sein, wie es die Klosterregel gebietet; dazu hat sie sich selbst verpflichtet. Und wenn sie das in diesem Kloster nicht tun will, soll sie das woanders tun – freilich nur mit Genehmigung, gemäß der Klosterregel. Außerdem soll sie ihre Drohungen unterlassen, denn sie gehören sich nicht für eine Schwester, die sich Gott ergeben hat.«

Die Aufforderungen, Ermahnungen nützten nichts. Maria eröffnete mit drei anderen Nonnen den Kampf gegen die neue Äbtissin, es kam sogar zu Handgreiflichkeiten: schlug auch Oswalds Tochter zu?

Das Nonnenquartett opponierte zugleich immer entschiedener gegen die Reformversuche des Bischofs. Maria in einem Brief an Oswald (jr.), ihren ältesten Bruder: »Auch teile ich dir mir, dass es mir, dank Gottes Gnade, gesundheitlich gut geht. Aber sonst geht es mir und allen Frauen nicht gut; schuld daran ist der Kardinalbischof von Brixen. Mein herzenslieber Bruder: ich und alle Klosterfrauen beklagen sich bei dir über die ungerecht massive Macht, die der Bischof uns gegenüber ausübt. Er will Getreidelieferungen und Geldrenten nicht weiter dem Kloster zukommen lassen und erklärt, dies sei ein bischöfliches Kloster. Und er hat uns das Fleisch auf der Schlachtbank verboten. Und sooft er predigt, kritisiert er uns heftig.«

Hier zeigt sich, dass mehr stattfand als Nonnen-Mobbing – bei diesem Streit spielten soziale Spannungen mit. Auf der einen Seite der Bischof bürgerlicher Herkunft (in einer Chronik der Klarissen bezeichnet als »Nicolaus von Cusa bey Trier gebirtig eines schneiders sohn«), auf der anderen Seite Maria von Wolkenstein und zwei adlige Mitkämpferinnen. Maria an ihren Bruder Friedrich: »Auch hat der Bischof erklärt, er gebe weder etwas auf die Wolkensteiner noch auf andere Landherren. Und wenn man ihm auch nur einen Bauern angreift, werde unser Kloster das Erste sein, das er seinerseits angreifen werde. Mein herzenslieber Bruder: im Namen aller anderen Frauen führe ich darüber Beschwerde. Lass es dir zu Herzen gehen. Und ich bitte dich bei deiner Bruderliebe sehr nachdrücklich, und alle Frauen schließen sich dieser Bitte an, dass du hierherkommst mit unserem sonstigen Anhang, wie es dir unser lieber Bruder Oswald ausrichten wird.«

Die Gebrüder Wolkenstein ließen ihre Schwester nicht im Stich. Sie erteilten ihr taktische Ratschläge, die sie auch befolgte. Friedrich von Wolkenstein schickte etwas später einen knappen Drohbrief an den Bischof. Noch Jahre später wollen Oswald junior und Leo nicht nach Brixen, weil sie sich als des Bischofs »erklärte Feinde« sehen.

Bischof Cusanus hatte sich für den Kampf mit den Klarissen unter Führung von Schwester Maria sogar Unterstützung in Rom geholt: er brachte, nach einer Besprechung mit dem Heiligen Vater, eine Bulle mit, die ihm freie Hand gab in der Durchführung notwendiger Reformen.

Und Cusanus berief einen Bevollmächtigten als Mithelfer, den Franziskaner Albert Büchelbach. Der hatte in Nürnberg bereits ein Klarissen-Kloster erfolgreich reformiert, anschließend in Bamberg, Amberg, Neustadt, Berg und Eger, war also Experte. In Brixen jedoch stieß der »Guardian« auf ungewohnt heftigen Widerstand – Maria hatte ihren Anhang im Kloster inzwischen verstärkt. Der »lange Mönch aus Nürnberg« wollte schließlich die vier Rädelsführerinnen vor die Klostertür setzen. Doch sie folgten nicht seiner Anweisung: sie würden sich von ihren Schwestern nicht trennen lassen, erklärte Maria.

Es wurde immer dramatischer. Maria berichtete den Brüdern Oswald, Leo und Friedrich: »Dann, am Montag, verlangte der Guardian, wir sollten alle an die Stufen treten, und stellte uns die Frage, ob wir jetzt gehorsam sein wollten. Da haben wir uns alle an Eure Antwort gehalten und sagten weder Ja noch Nein. Indessen drangen Knechte des Bischofs ein, und wir waren in der Kirche nicht mehr sicher, und sie kamen herein über Balkone und durch Türen, mit Schwertern und Armbrüsten, als ginge es gegen Verbrecher, und sie brachen die Zellentüren auf, und ein junger Kerl stieß eine dahin, die andere dorthin, und ich war als Erste an den Glocken, aber sie hatten die Glocken blockiert, so dass wir sie nicht mehr läuten konnten. Danach verlangten sie, dass eine nach der anderen aus der Kirche herauskomme, und sie wollten nicht zulassen, dass wir beieinanderblieben, und sie trennten uns gewaltsam von den lieben Schwestern und führten sie zum Tor hinaus in das Bruderkloster. Das hat er getan, um sie zum Gehorsam zu zwingen. Aber auch jetzt wollen sie sich nicht von uns trennen.«

Bald aber brach der Widerstand zusammen. Das Kloster erhielt eine neue Äbtissin. Den vier Rädelsführerinnen wurde angedroht, man werde über sie in Rom Bericht erstatten; dies machte selbst auf Maria von Wolkenstein Eindruck – sie unterwarf sich, unter Protest. Ganz besonders ärgerte sie, dass sie alles verkaufen sollte, »Wiesen und Äcker und was wir besitzen«. Und es störte sie sehr, dass nun Ernst gemacht wurde mit der Klausur. »Wisse auch«, schrieb sie Leo, »dass sie hinten und vorn alles zumauern und sogar die Löcher verrammeln, von denen wir nie etwas gewusst haben, und das Dach, das du ja kennst, das wollen sie auch dichtmachen.« Briefe konnten nur noch wie Kassiber hinausgeschmuggelt werden.

Diese Art von Klosterleben gefiel Maria ganz und gar nicht, sie stritt sich weiter mit dem Bischof herum. Einige Jahre später zieht sie in das Meraner Konvent, dort ist die Lebensart nobler. Hier wird Maria von Wolkenstein 1478 als Äbtissin sterben.

Am 24. Juni 1439 starb Herzog Friedrich IV. Setzten auch bei Oswald Überlegungen ein, wie im Interesse seines Standes die Landespolitik künftig weitergeführt werden könnte?

Der Wolkensteiner wird in die oft dramatischen Vorgänge und Ereignisse der folgenden Jahre involviert sein, als einer der Hauptakteure. Deshalb ein kurzer Bericht über die neue politische Konstellation.

Der verstorbene Herzog war viermal Vater geworden: zwei Töchter, zwei Söhne. Die Töchter starben früh, von den Söhnen überlebte nur einer; König Sigmund war sein Taufpate gewesen, so trug er dessen Namen. Dieser einzige Sohn war dazu bestimmt, das Amt des Herzogs von Tirol zu übernehmen, doch als Friedrich starb, war Sigmund erst 12 Jahre alt. Bevor er die Nachfolge antrat, musste er volljährig werden, mit 16.

Wer sollte die Vormundschaft und damit – kommissarisch – das Amt des Verstorbenen übernehmen? Herzog Friedrich hatte keine Bestimmung hinterlassen. Zwei junge Männer, Vettern des Verstorbenen, stellten Ansprüche: Der »steirische Friedrich«, Jahrgang 1415, und sein Bruder Albrecht, Jahrgang 1418. Der Ältere hatte das Vorrecht, der Jüngere (»Albrecht der Verschwender«) forderte einen gehörigen Anteil an der Macht über das lukrative Tirol (mit seinen Silberbergwerken!). Er stellte sich die Teilung der Macht offenbar so vor: Friedrich, wie vorgegeben, als kommissarischer Herzog, er selbst als Vormund des künftigen Herzogs.

Der »steirische Friedrich« setzte sich durch: Nach etwa vier Wochen Verhandlungen wurde er in Hall von den Landständen auch zum Vormund des kleinen Sigmund ernannt. Friedrich, ein konstitutionell athletischer, jedoch mental weithin lethargischer Mann von 25 als Vormund des konstitutionell kräftigen, jedoch mental weichen 12-Jährigen …

Selbstverständlich sicherten sich die Vertreter der Landstände ab: Friedrich musste zwei Verträge besiegeln. Oswald von Wolkenstein wird sie später offiziell in Verwahrung nehmen.

Der erste Vertrag: »Wir wollen und sollen Unseren Vetter Sigmund in der Luft, in welcher er erzogen wurde und bisher gewohnt hat, nämlich hier im Inntal, und zwar in jenem Schlosse oder in jener Stadt, die je nach der Jahreszeit die geeignetste sein wird, bleiben lassen und ihn weder selbst noch durch andere aus dem Lande führen.« Nach Ablauf der vier Vormundschaftsjahre werde der steirische Friedrich alle Lande, die er als Vormund in Besitz genommen, ferner alle Schätze und Urkunden ohne Verzug und Widerrede dem mündig gewordenen, damit regierungsfähigen Herzog Sigmund überantworten.

Im zweiten Vertrag ging es um die reiche Hinterlassenschaft des verstorbenen Friedrich, einst »Friedel mit der leeren Tasche« genannt. In dessen Schatzkammer lagen Goldgeschmeide und Silbergeschirre, lagen Halsbänder und Gürtel, Ringe und Becher, Kannen und Becken aus Silber und Gold, auch Perlen, Saphire, Smaragde, Türkise, Amethyste, Korallen, Diamanten. Allein das Silbergeschirr hatte einen Wert von 1272 Mark. Dazu Silber in sieben Fässern, im Gesamtgewicht von 16 Zentnern. Friedrich hatte außerdem 14 000 Dukaten, 54 500 rheinische Gulden hinterlassen.

Der steirische Friedrich besichtigte den Schatz, musste in doppelter Ausfertigung die Auflistung des Inventars besiegeln, musste vertraglich garantieren, dass der ›Staatsschatz‹ in Tirol bleiben werde.

Herzog Friedrich behielt ein Exemplar des Inventars, Bischof Georg von Brixen bekam das zweite. Für Friedrich wurde das Inventar zur Wunschliste.

Kaum hatte Herzog Friedrich V. kommissarisch die Regierung (auch) von Tirol übernommen, wurde er von Oswald über das renitente Verhalten des Hans von Villanders informiert: Nach dem Tode Friedrichs IV. hätte besagter Vetter umgehend die hinterlegten Gelder und Schuldscheine zurückgeben müssen, es bestand nicht mehr der allergeringste Vorwand für eine Fortsetzung der Sicherheitsleistung. Doch der Verwandte rückte auch jetzt das Geld nicht heraus. Oswald wird dies dem kommissarischen Landesherrn berichtet, wird zugleich angefragt haben, ob er den Unrechtsakt seines Vorgängers fortzuführen gedenke.

Nein, Friedrich diktierte am 15. September in Hall einen Brief an Hans von Villanders: Er halte einen Geldbetrag zurück, den ihm Oswald von Wolkenstein (»Unser getrewer«) ausgehändigt habe für die Bürgschaft gegenüber dem verstorbenen Herzog Friedrich; er empfehle ihm mit allem Nachdruck, diesen Geldbetrag unverzüglich zu erstatten, in seinem wie im Auftrag des (kleinen) Herzogs Sigmund (»den wir inn haben«). Auch dieses Schreiben nützte nichts.

Wenige Tage nach Ausfertigung dieses Schreibens verließ Herzog Friedrich V. Tirol. Durch den Vormundschaftsvertrag fühlte er sich nicht gebunden: er ließ Sigmund aus Innsbruck entführen und an den Hof in Graz bringen. Und ließ auch noch den Schatz abholen.

Enttäuschung, Verbitterung, Wut in Tirol! Doch Friedrich hatte weder Lust noch Zeit, auf Anfragen und Anwürfe zu reagieren, er hatte Höheres im Sinn: er wollte die Krone. König Albrecht hatte die Türken geschlagen, in einer wichtigen Schlacht, war aber bald darauf gestorben – nach etwa einem Jahr im Amt. Der steirische Friedrich kandidierte sogleich. Was auch hieß, wie üblich: er zahlte enorme Bestechungsgelder an die Kurfürsten als Wahlmänner. Am 2. Februar 1440 wurde der Mittzwanziger denn auch König des Römischen Reiches, nun als Friedrich III.

Ein König als Gegner, das war nicht günstig für die Tiroler Landstände, die sich mit einem Monarchen lieber kurzschließen wollten, am Herzog vorbei. Man wartete ungeduldig auf den letzten Tag der auf vier Jahre befristeten Vormundschaft.

Auch Oswald setzte seine Hoffnung auf die Rückkehr des entführten Sigmund. Der junge Herzog wurde in den Residenzen Graz und Wiener Neustadt streng isoliert, systematisch bevormundet.

Achtzehn Jahre sind es mittlerweile her, seit Oswald Bargelder und Schuldscheine bei Hans von Villanders hatte hinterlegen müssen. Nun nahm die nächste Generation den Kampf auf: Oswald junior schickte einen Brief an Hans von Villanders. Leider ist das Schreiben in der Datierungszeile beschädigt, es dürfte 1440 diktiert worden sein.

»Meinen Gruß, lieber Hans. Es geht um das Hab und Gut, das mein Herr Vater seinerzeit in vollem Vertrauen bei dir treuhänderisch hinterlegt hat; ich bin diesbezüglich im Besitz deiner besiegelten Urkunden, seitdem unser Herr Vater mir und meinen Brüdern die Aufgabe übertragen hat, von dir zurückzufordern und einzuziehen, was du ihm aufgrund der Rechtslage längst schon hättest aushändigen müssen, insbesondere nach deinem Versprechen, du würdest ihm und auch uns gegenüber – bevor wir in eine wirtschaftlich bedrohliche Lage gerieten – so handeln, dass wir dir zu Dank verpflichtet wären; auch hierfür habe ich rechtsgültige Beweise. Ich verlange nun von dir, für mich und meine Brüder, dass du uns – um allzu empfindliche Vermögensverluste zu vermeiden – jenen Besitz, den dir unser Herr Vater treuhänderisch übergeben hat, unverzüglich zurückgibst und übermittelst, einschließlich der Jahreszinsen, die du ebenfalls widerrechtlich einbehalten hast. Solltest du dies jedoch unterlassen und wieder einmal aufschieben (was wir aber nicht hoffen wollen!), so dürfest du wohl selbst einsehen, dass wir solch ein Verhalten Deinerseits nicht länger hinnehmen können. Lass uns in dieser Angelegenheit eine schriftliche Antwort zukommen.«

Im folgenden Jahr, am 14. Februar 1441, wurde erneut ein Brief an Hans von Villanders geschrieben; es siegelten »Oswald junior und Gotthart, Gebrüder von Wolkenstein«.

»Hans von Villanders! Der Sachverhalt ist dir wohl bekannt: Es handelt sich um das Hab und Gut, das dir unser Herr Vater treuhänderisch zur Verwahrung übergeben hat und wovon er bisher nie etwas von dir zurückerhalten konnte. Er hat sich auf dein Wort und Versprechen verlassen, du würdest – wenn er dir nur Vertrauen entgegenbrächte – ihm und auch uns gegenüber so handeln, dass wir dir zu Dank verpflichtet wären; dieses Versprechen hast du nicht abgeleugnet. Daraufhin hatte er dir, wie gesagt, seinen Besitz anvertraut. Ein Freundschaftsdienst im obengenannten Sinne wurde uns gegenüber bis dato nicht erwiesen; wir können keine entsprechende öffentliche Erklärung abgeben – es sei denn, du änderst jetzt dein Verhalten; dafür wäre dir unser Dank sicher.

Da unser Herr Vater alle seine Ansprüche auf uns und unsere Brüder übertragen hat (er hat dir das korrekterweise mündlich mitgeteilt), verlangen wir nun von dir, dass du jetzt dein Versprechen, wie es urkundlich besiegelt ist, zwischen dem Datum dieses Schreibens und dem kommenden Freitag vor Pfingstsonntag bei uns einlöst und erfüllst und uns, sowie unsere Brüder, in Bezug auf das Kapital und die entgangenen Vermögenserträge zufriedenstellst, und zwar so, wie du es dir selbst und uns gegenüber sowie den Geboten der Ehre und des Rechtes schuldig bist.

Solltest du dies in genannter Weise jedoch nicht tun, so nimm zur Kenntnis: Nach Ablauf der Frist können und wollen wir bezüglich unseres Besitzes nicht länger in Güte und Freundschaft

Außenstände hinnehmen, weder von dir noch von deinem Sohn; wir wollen uns hier mit ganzer Kraft einsetzen. Wir können allerdings nur wünschen, für uns, für unsere Helfer und Diener und überhaupt für alle, die wir gegen dich werden aufbieten müssen, dass uns diese Aktion erspart bleibe, dass auch ohne sie dem schweren Übergriff, der Willkür und der Schädigung, die du dir unserem Vater und auch uns gegenüber jahrelang erlaubt hast, ein Ende gesetzt wird.«

Beim Lesen dieser Briefe könnte der Eindruck entstehen: Oswald ist des Kampfes, ist überhaupt müde geworden. Doch der Eindruck täuscht. Er wird sich weiterhin aneignen, was ihm nicht zusteht; Klagen und Anklagen von Geschädigten werden sich fortsetzen.

Im folgenden Kapitel zeigt sich auch, dass er zwar im Fall Villanders die Söhne zu Mitstreitern machte, sich sonst aber durchaus noch zu helfen, zu wehren wusste.

Zu berichten ist von einem Rechtsstreit, der ab 1441 zu eskalieren begann: Auseinandersetzungen des Wolkensteiners mit der Gemeinde Am Ritten. Es ging um Vorweiderechte.

Zu diesen Vorgängen ist erstaunlich viel Material überliefert: Faszikel 18 des Wolkenstein-Archivs im GNM enthält etwa achtzig Schriftsätze. Ich habe sie gelesen, zumindest angelesen, habe dabei einen aufregenden Fund gemacht.

Schauplatz der Auseinandersetzungen, für Leser skizziert, die Südtirol oder jene Region Südtirols nicht genauer kennen: Der Ritten ist ein von der Bozener Ebene zwischen Sarntal und Eisacktal nach Norden hin sanft ansteigendes, heute reich bewaldetes, dünn besiedeltes Hügel- und Bergmassiv, das am Rittner Horn eine Höhe von 2260 Meter erreicht. Auf der weitflächigen Kuppe, der Hochebene des Ritten, Ausblicke auf ein weites Gebirgspanorama – dafür hatten Hirten zu jener Zeit allerdings kaum ein Auge, hohe Berge waren eher verhasst. Wiederum: von der Seiser Bergstufe, von der Burg Hauenstein aus kann man Wälder und Wiesen des Ritten sehen, über das Eisacktal hinweg.

Worum es bei diesem Streit letztlich ging, darüber hat mich ein Aufsatz von Nikolaus Grass informiert. Oswald besaß auf der Villanderer Alpe, einem nördlichen Sektor des Rittenmassivs, mehrere Almwiesen, wohl aus dem Erbteil seiner Mutter, der von Villanders. Diese Almwiesen (in Streulage!) grenzten vor allem an Weidegebiete der Gemeinden Ritten und Wangen, ja, sie waren mit ihnen »völlig durcheinander vermischt« – weitere Voraussetzung für Komplikationen.

Entscheidend war nun, dass Oswalds Mahdwiesen in einer Region lagen, in der die Gemeinden Wangen und Ritten das Vorweiderecht besaßen. Das heißt, die Gemeinden trieben jedes Jahr Herden (bis zu tausend Rinder) auf die Alm, ließen sie dort vierzig bis fünfzig Tage lang »sömmern«. Dabei fraßen sie auch Gras auf den Mahdwiesen des Herrn Oswald von Wolkenstein. Das war weder Nachlässigkeit noch Provokation, dazu besaß man ein altverbrieftes Recht, eben die Vorweideberechtigung: Erst nach dem Abtrieb der Herden durfte auf den Mahdwiesen Gras geschnitten, Heu geerntet werden. Wenn schließlich die Senner mit ihren Herden wieder abzogen, war nicht allzu viel Gras übrig geblieben. Aber Oswald brauchte Heu, um sein Vieh über den Winter zu bringen.

Also letztlich Streit um Winterfutter. Ein Streit übrigens, der schon lange vor Oswald begonnen hatte und erst Jahrhunderte nach ihm beigelegt wurde: 1823 wurden die Weideberechtigungen der Gemeinden und Besitzer klar abgegrenzt. Mehr als ein halbes Jahrtausend Krach um den Ritten also; dabei war Oswald gewiss einer der härtesten Kontrahenten.

Ich kann die Vorgänge nicht in allen Verfilzungen darstellen, hebe nur einige Phasen hervor.

Am 14. Februar 1441 bestätigte König Friedrich den Gemeinden Auf dem Ritten ihre (sowieso schon verbrieften) Vorweiderechte auf der Alm. Das konnte Oswald nicht akzeptieren. Er schrieb einen Brief, gemeinsam mit dem gleichfalls betroffenen Kaspar von Gufidaun, Hauptmann von Bruneck. Das Schreiben ist zwar dort verfasst worden, am 26. Juni 1441, aber Oswald war offenbar der federführende Partner, er nennt sich auch jeweils zuerst.

»Der gesamten Bauerngemeinde Am Ritten und dazu allen anderen, die mir, Oswald von Wolkenstein, Ritter, und mir, Kaspar von Gufidaun, unser väterliches Erbe, gelegen auf der Villanderer Alpe, lange Zeit mit Gewalt, gegen Gott und alles Recht genommen und genutzt haben, nutzen und vielleicht auch noch zukünftig zu nutzen vorhaben – wovor Gott sei! –, stellen wir beiden Obengenannten nachdrücklich folgende Forderung: Ihr sollt uns den bisherigen Schaden wiedergutmachen und euch künftig von unserem Boden, unseren Wiesen- und Heuflächen, soweit sie zu unseren Höfen und Gütern gehören oder durch Marksteine abgegrenzt sind, fernhalten und davon wegbleiben, so dass ihr mit eurem Vieh und auch sonst keinerlei weitere Schäden mehr anrichtet, weder Uns noch den Unsrigen, und dass ihr künftig auf die Gewalt, wie ihr sie bisher angewendet habt, verzichtet. Geschieht dies aber nicht in der obengenannten Weise und müssen wir durch euch noch länger Schäden hinnehmen, so merkt euch Folgendes: Wir tun es nicht gern, aber wir werden alles in unserer Kraft Stehende tun, damit uns für unseren Teil, sofern unser Grund und Boden davon berührt ist, solche Übergriffe und Schädigungen von eurer Seite erspart bleiben. Überdies wollt ihr bitte bemüht sein, uns beiderseits weitere Belästigungen, Verärgerungen und Schädigungen zu ersparen.«

Dieser Beschwerdebrief löste einen Beschwerdebrief der Gemeinde Auf dem Ritten aus, gerichtet an den Sohn des Landeshauptmanns; Ulrich von Matsch junior schrieb daraufhin die beiden Herren an, wies auf die neue (die bestätigte alte) Rechtslage hin.

Oswald diktierte ein Antwortschreiben – auch dieser Brief ist im Konzept erhalten. Nach den Begrüßungsfloskeln heißt es: »Euer gegenwärtiges und vorheriges Schreiben bezüglich der Bauerngemeinde Am Ritten habe ich zur Kenntnis genommen. Ich weise darauf hin, dass ich und der Gufidauner den obengenannten Personen unsere Meinung schriftlich dahingehend mitgeteilt haben, dass sie unser väterliches Erbe, die Wiesen- und Heuflächen auf der Villanderer Alpe, soweit sie zu unseren Höfen und Gütern gehören oder durch Marksteine abgegrenzt sind, künftig mit ihrem Vieh meiden und sich dort fernhalten sollen, damit wir und unsere Bauern von ihnen nicht weiter geschädigt werden; auch sollen sie uns für den bisherigen Schaden aufkommen, so, wie das im Schreiben ausführlicher niedergelegt wurde. Von all dem haben sie bisher nichts erfüllt, und sie haben sich auch nicht bereit erklärt, in Zukunft auf solche Behelligungen zu verzichten. Ja, sie haben vielmehr in aller Öffentlichkeit erklärt, sie würden sehr wohl mit Gewalt, gegen Gott und alles Recht, unsere Güter nutzen, ob es uns passe oder nicht. Daraus mögt Ihr und andere schließen, ob die Verletzung von Anstand und Recht bei uns oder bei denen liegt. Denn hätten sie irgendwelche Ansprüche an mein väterliches Erbe zu stellen, so hätten sie die ja vor Gericht geltend machen können, dort, wo es rechtens gewesen wäre, gemäß dem Landrecht, und ich hätte das von meiner Seite aus nicht abgelehnt.«

»Wir und unsere Bauern«: Oswald sprach, schrieb, handelte als Grundherr, der daran interessiert war, dass seine Pächter genug erwirtschafteten, um ohne Abstriche die Grundrente zahlen und liefern zu können. Zugleich war Oswald in dieser Sache wohl auch direkt betroffen. Im Inventar der Burg Hauenstein wird ja als letzter Posten angegeben: sechs Kühe. Hier muss gefragt werden: besaß Oswald im Schnitt nicht mehr?

Etwa ein Vierteljahrhundert nach seinem Tod kam es, so lese ich bei Nikolaus Grass, zu Rechtsstreitigkeiten zwischen der Gemeinde Kastelruth und Besitzern von Weiden auf der Seiser Alm. Oswalds Sohn Oswald, als Gerichtsherr von Kastelruth, vernahm mehrere Zeugen, die zu Oswalds Lebzeiten als Hüter auf der Seiser Alm gearbeitet hatten. Es wurde zu Protokoll genommen, dass die Familie Wolkenstein im Jahr durchschnittlich 24 bis 32 Ochsen auf die Seiser Alm treiben ließ. Wie viele Ochsen davon gehörten Oswald? Jennewein Schmelzl berichtete, der selige Oswald von Wolkenstein habe zwei Ochsen auf der Seiser Alm gehabt, zu Rechtsstreitigkeiten sei es nicht gekommen. Mathes Runnsoler bestätigte: er habe des Öfteren zwei Ochsen des Herrn Oswald selig gesehen; an Schwierigkeiten, Rechtsstreitigkeiten könne er sich nicht erinnern. Ulrich von Cost sagte aus, zu seiner Zeit habe Herr Oswald selig vier Ochsen auf der Alm gehabt. Die Eigenwirtschaft des Oswald von Wolkenstein war also in der Tat recht klein: zwei bis vier Ochsen jährlich auf der Seiser Alm.

Es muss klar abgegrenzt werden: Beim Streit mit der Gemeinde Auf dem Ritten ging es allein um Heu; Oswald ließ seine Rinder nicht auf dem Ritten sömmern. Da wäre der Weg auch ziemlich weit gewesen: das Vieh hätte erst nach Waidbruck hinuntergetrieben werden müssen, über oder durch den Eisack, dann den Ritten hinauf. Er ließ seine Kühe und Ochsen auf der Seiser Alm sömmern – dort auch nicht auf Mahdwiesen der Hochebene, sondern, wie Rachewiltz hervorhebt, »in den Almwaldungen«.

Probleme gab es damals für ihn allein auf dem Ritten. Und dies sind die Relationen: Hier kämpfte nicht der Besitzer einer großen ›Ranch‹ gegen eine kleine Bauerngemeinde, sondern: ein ›Hörndlbauer‹ namens Oswald von Wolkenstein, der über ein paar Kühe oder Ochsen verfügte, kämpfte an gegen eine selbstbewusste Gemeinde von Bauern, die sich mit anderen Bauerngemeinden zusammengeschlossen hatte zu einem Interessenverband, der Protektion fand bei höchsten Tiroler Instanzen, sogar beim neuen König – den die Tiroler eigentlich ablehnten.

Von diesen Voraussetzungen her ist Oswalds folgendes Schreiben zu verstehen: Das konspirative Getuschel zeigt, dass er sich bei diesem Kampf keineswegs sicher und mächtig fühlte, vielmehr musste er seinen Helfern glaubhaft versichern, sie würden keinerlei Nachteile erleiden, er allein werde notfalls den Kopf hinhalten …

Der Brief an Michael ist nicht datiert, muss aber nach den beiden vorherigen Schreiben diktiert worden sein: die Aktionsgemeinschaft zwischen Oswald von Wolkenstein und Kaspar von Gufidaun war inzwischen zerfallen; Oswald suchte einen neuen Kampfgefährten.

»Zuvor meine freundlichen Grüße, mein lieber Herr Bruder. Wie Ihr wissen werdet, bin ich mit dem Gufidauner darin übereingekommen, dass wir den Rittnern unsere Meinung schriftlich dahingehend klarmachen wollen, dass sie von unserem Grund und

Boden, unseren Wiesen- und Heuflächen, soweit sie als Teil unserer beiden Güter und Höfe mit Marksteinen gekennzeichnet sind, künftig fernbleiben und nicht weiter ihr Vieh darauf treiben sollen. Wenn sie dazu nicht imstande sind, dann sollen sie gänzlich von der Alm fernbleiben! Sollte unsere Forderung nicht erfüllt werden, dann würden wir nach besten Kräften das Unsrige vor ihnen schützen und behüten. Und diese Absicht möchten wir auf diese Weise verwirklichen (mit der geheimen Unterstützung durch Euch und andere bergberechtigte Leute), dass man sich nur an uns beide halten kann und sonst an niemand. Der Bischof von Brixen ist damit einverstanden; mit dieser Verabredung haben wir uns getrennt.

Nun höre ich aber, dass die Rittner danach beim Gufidauner gewesen sind und dass er in dieser Sache nun eine Haltung einnimmt, mit der ich nicht einverstanden sein kann; er macht jetzt Vorbehalte. Wenn ich sicher wäre, dass ich wenigstens auf Euch rechnen könnte und dass Ihr mich heimlich mit dem Bischof von Brixen in der besprochenen Weise unterstützen würdet, so würde ich den Streit, wie oben beschrieben, ganz allein auf mich nehmen und durchführen, so dass einzig und allein ich dafür grade zu stehen habe.

So ist es denn auch nicht ratsam, dass wir uns an irgendeinem Tag zu einer gemeinsamen Beratung zusammensetzen. Denn wenn danach die Aktion beginnt, sei es durch einen oder durch mehrere, so würden die anderen mit hineingezogen.

Ich habe mich in dieser Angelegenheit auch mit Herrn Veit verständigt, und ich habe diesbezüglich keinen Zweifel, dass er wie ein Freund handeln wird. Das Gleiche bei Herrn Oswald von Säben. Wir verstehen uns also: Wenn die Aktion jetzt beginnt, in der oben beschriebenen Weise, so wird man hier niemand außer denen wahrnehmen, die den Streit anfingen und durchführten. Es ist sehr darauf geachtet worden, dass sonst keiner dafür geradezustehen hat und dadurch Schaden erleidet. Gebt mir dazu bitte schriftlich Nachricht.«

Kaspar von Gufidaun ist von der Rittner Delegation also nachdrücklich belehrt worden, sprang daraufhin ab. Und Oswald fühlte sich bedroht, bat den Bischof von Brixen um einen Schutz- und

Geleitbrief für Tirol, um beim »derzeit gefährdeten Frieden besser geschützt zu sein«. Das Dokument wurde am 9. August in Bruneck ausgestellt.

Geschützt von diesem Dokument, brach Oswald den »derzeit gefährdeten Frieden«, ließ von Knechten ein paar Ochsen stehlen auf der Alm. Sollte das schon die konspirativ beraunte Aktion gewesen sein? Eine Fehde-Aktion? Oswald wurde umgehend eine schriftliche Vorladung des Landeshauptmanns zugestellt. Am 26. August schrieb er zurück.

»Dem wohlgeborenen Herrn Vogt, Ulrich von Matsch, Graf zu Kirchberg und Hauptmann an der Etsch, entbiete ich, Oswald von Wolkenstein, meinen Gruß.

Ihr habt mir kürzlich geschrieben wegen der vier Ochsen, die meine Knechte aus dem Gericht Sarnthein fortgetrieben haben sollen. Dazu gebe ich folgende Erklärung ab: Diese Ochsen haben meinen erklärten Feinden gehört. Ich hatte nicht erwartet, dass irgendeiner von den Särntnerm die Weidegebiete meiner Feinde in nächster Nähe meiner Alm benutzen würde; dadurch wurde mir täglich Schaden zugefügt.

Wenn nun die Rittner den seit langem erlittenen Schaden wieder gutmachen würden, mir und meinen Bauern, so würde ich auch meinerseits einen Ausgleich mit den Rittnern schaffen.

Ich höre ferner, falls ich die vier Kühe nicht wieder in das Gericht Sarnthein zurückbrächte, so würdet Ihr die Rechtsvertreter unseres gnädigen Herrn, des Römischen Königs, sowie der Landschaft ein Urteil darüber fällen lassen, inwieweit ich in dieser Sache schuldig sei; so stellt das in ausführlicheren Worten die besagte Vorladung dar – ich habe das schriftlich von Euch früher schon einmal vernommen. Dabei habe ich niemals etwas gegen die Ehre getan, habe also keinen Anlass, solch eine Beleidigung hinzunehmen. Wenn mir nun dieses Unrecht widerfährt, so zweifle ich nicht, dass der allerdurchlauchtigste Römische König etc., Majestät und Gnaden geruhen werden, weder mich noch sonst jemand aus irgendeinem Grund ungnädig zu behandeln.

Nehmt weiter zur Kenntnis, dass ich diese Beleidigung, die mir unverdient und wegen einer Lappalie zugefügt wird, nicht auf mir ruhen lassen werde; ich will rechtmäßig verklagt werden und mich entsprechend verteidigen, um meiner Ehre Genüge zu tun, wie das ein Ehrenmann und Ritter beanspruchen darf. Gegeben zu Hauenstein.« Und zwar am 26. August 1441.

Die Almsaison ging langsam aufs Ende zu, im Winter ruhte der Streit, im Frühjahr ging es mit frischen Kräften weiter. Wieder griff König Friedrich ein. Auf seiner Reise von Graz nach Aachen, zur Krönung, machte er Station in Innsbruck, zitierte Oswald von Wolkenstein auf den 18. März in die Residenz: er solle sich wegen der Beraubung mehrerer Personen rechtfertigen.

Die Rittner hatten bereits eine Delegation nach Innsbruck geschickt, in der Erwartung, dass Oswald wegen des Ochsendiebstahls verurteilt werde. Der löste das Problem auf altbewährte Weise: er erschien nicht beim Verhandlungstermin. In seinem Entschuldigungs- und Absageschreiben wies er darauf hin, dass dieser Termin in der heiligen Osterzeit liege, das sei ungebührlich. Der König konnte nicht auf einen neuen Termin warten, er reiste weiter.

Enttäuschung, Wut unter den Rittnern in Innsbruck. Nach der Rückkehr der Delegation fanden Bauernversammlungen auf dem Ritten statt, mit dem einzigen Tagesordnungspunkt: Rache am Wolkensteiner! Oswald soll zahlen, Oswalds Burg soll brennen, Oswald soll umgelegt werden!

Wie er dieses Bauernkomplott aufdeckte, rechtzeitig, ist noch nicht bekannt – jedenfalls, es gelang ihm, den Hauptakteur zu fassen und auf Hauenstein einzusperren. Dieser Kunz Widmer wurde verhört, dabei auch gefoltert, es wurde ein Protokoll angefertigt. Es liegt im Ritten-Dossier: Entdeckerfieber, als ich es las!

Kunz Widmer berichtete einleitend, wie er mit mehreren Bauern des Ritten in Kontakt kam und von ihnen angeworben wurde; er suchte zu dieser Zeit Arbeit auf einer der Burgen, aber nun bot man ihm 100 Gulden (plus anfallende Beute) für eine spezielle Aufgabe an, bei der ihn zwei Helfer unterstützen sollten, ebenfalls für 100 Gulden pro Kopf. Ein üppiges Angebot! Widmer schloss daraus, dass dies ein gefährlicher Auftrag sein müsse, er fragte, ob sich das etwa gegen die Herrschaft richte?

Darauf teilten ihm die Verhandlungspartner beruhigend mit, sie wüssten den König auf ihrer Seite, also müsse sie auch der Landeshauptmann unterstützen; der König sei den Wolkensteinern feind, weil sie gegen die Regierung und das ganze Land seien.

Widmer erklärte daraufhin, ihm sei es egal, wem er diene, und fragte, wo er hingehn solle.

Darauf erhielt er zur Antwort, er solle mit den beiden anderen (Sengeisen und Kühleisen!) nach Kastelruth gehen und ausspionieren, wie viele Leute auf der Burg Prösels, auf Hauenstein, auf der Trostburg und auf Wolkenstein seien und welche Gewohnheiten sich auf den Burgen zeigten. Man solle versuchen, sich dort, gemeinsam mit anderen Knechten, zu verdingen; werde man in eine Burg (der Wolkensteiner) nicht reingelassen oder aufgenommen, so solle man es gleich bei einer anderen versuchen; bei Hauenstein solle man den Anfang machen.

Widmer erklärte den Rittnern, man werde ihn dort nicht reinlassen.

Der Bürgermeister von Siffian und »einer mit einem langen Bart, der dem Spital zu Bozen zinspflichtig sei«, hätten daraufhin vorgeschlagen, Widmer solle sagen, ihn schicke Veit von Wolkenstein, er solle sich bei Oswald von Wolkenstein verdingen.

»Also gingen wir alle drei auf den Berg zu den Burgen und sollten auch den Berg Kastelruth ausrauben helfen, sobald die Friedensregelung demnächst am St. Georgstag abgelaufen ist.«

Man hatte sich demnach viel vorgenommen für die Zeit nach Ablauf des Waffenstillstands, der Fehde-Ferien: Aktionen gegen Oswald, Aktionen auch gegen Michael, seinen Verbündeten im Almstreit. Ihm gehörten ja die Trostburg, die Burg Wolkenstein, auch die Burg Kastelruth (von der heute nur noch der Sockel des Bergfrieds übrig geblieben ist, auf der bewaldeten Hügelkuppe nördlich des Dorfes). Und die Burg Prösels? Für den minderjährigen Kaspar von Völs, Sohn einer Wolkenstein-Cousine, hatte Michael die Verwaltung übernommen, für die Zeit der Vormundschaft.

Die Hauptaktion sollte sich, selbstverständlich, gegen Hauenstein richten. Kunz Widmer, dem man einschärfte, er solle sich dabei höflich und friedfertig verhalten, sollte ausspionieren, wie man am leichtesten in die Burg hinauf- und hineinkam. Ein spezieller Hinweis dabei auf die »Rohre«. Es muss sich da um ein Zuleitungsrohr handeln: die Quelle oberhalb der Burg, am Sockel des »Wasserbergs« Schlern. Auf solch einem (entsprechend abgestützten) Rohr vom Hang zur Burg hinüberrutschen, rittlings? Und dann? Entscheidend bleibt: man wollte die Burg Hauenstein angreifen und besetzen. Diese Aktion sollten Widmer, Sengeisen & Kühleisen durchführen.

Es heißt nun im Protokoll: »Auch habe ich gestanden, dass der Kühleisen und der Sengeisen das Haus Hauenstein erstiegen haben sollten, und wenn sie hinaufgekommen wären, so sollten wir dann in dem Haus ein Feuer angezündet haben, da wären dann die Nachbarn hingelaufen und wenn sie dann hineinlaufen wollten, so sollten wir unter das Tor gegangen sein und die Nachbarn getäuscht haben, und es sollten dann die Rittner mit ihnen hineingelaufen sein. Hätten sie das aber nicht ersteigen können, so sollte ich ihnen ein Signal mit einem Stab aus dem Erker bei der Stube geben, und wenn ich das getan hätte, so sollte ich danach ein Feuer in dem Haus gemacht haben, so wären dann die Nachbarn ebenfalls herbeigelaufen und die Rittner mit ihnen hinein, wie es oben beschrieben wurde.

Weiter habe ich gestanden, dass ich und meine Gesellen Herrn Oswald bespitzeln sollten, wo auch immer, und wenn wir das getan hätten, so sollten wir ihnen das mitteilen; sie wollten uns dann genug Leute zuschicken, damit man ihn gut überwältigen könnte. Denjenigen, die ihn so brächten, denen wollten sie tausend Gulden geben, und sie sollten ihn nach Stein am Ritten bringen oder anderswohin; wenn sie ihn dahin brächten, würde der Thun den Rittnern die tausend Gulden dazu leihen, bis sie die untereinander gesammelt hätten.

Auch habe ich gestanden, dass wir zu den Rittnern sagten: Wenn wir ihn nicht von dorther bringen könnten, wie wir dann mit ihm verfahren sollten. Da rief ein Kunz Päurlen: So erschießt oder ersticht ihn und bringt ihn um! Da sprach der Bürgermeister von Siffian, dies solle man nicht tun, damit würde uns der Schaden nicht vergolten, und mit diesem Ratschlag setzte er sich durch.

Und er sagte noch Weiteres: Wenn es uns auf der einen oder anderen Tour nicht gelingt, seiner habhaft zu werden, so gelingt es uns auf der dritten, und sobald wir seiner habhaft werden, muss er uns 6000 oder 10 000 Gulden geben, damit uns unser Schaden entgolten sei.«

Es folgt eine Aussage, die wieder gestrichen wurde, ich übersetze sie trotzdem: (»Seine Frau und sein Bruder, die lassen ihn wegen des Geldes nicht fallen, die werden das für ihn erledigen.«)

Und das Protokoll wird fortgesetzt: »Mit den anderen Burgen Prösels, Trostburg und mit Wolkenstein sollte man auf gleiche Weise verfahren haben, wie man es mit Hauenstein getan haben wollte. Weiter habe ich ihnen gestanden, dass die Rittner zu uns gesagt haben, dass ihnen die Särntner und Möltner auf St. Jenesienberg, die wollen ihnen mit vier- oder mit sechshundert Knechten zu Hilfe kommen.

Weiter habe ich gestanden, dass die Rittner gesagt haben, sie wollten oberhalb von Hauenstein eine Holzrutsche anlegen und Baumstämme hinablassen, um den Graben vor dieser Burg zu füllen, und wenn er gefüllt wäre, so wollten sie das Haus stürmen; wenn ihnen das aber nicht gelänge, so wollten sie es anzünden. Ebenso habe ich gestanden, dass sich Herr Oswald und Herr Michael mit Leib und Gut vor den Rittnern sehr vorsehen sollten. Auch habe ich gestanden, dass die Rittner gesagt haben: Mein Bester, die Frau ist heute vor acht Tagen nach Hauenstein geritten, und Herr Oswald ist jetzt auch von Taufers nach Bruneck geritten.«

So fand die Aktion denn doch nicht statt. Es wurden Alternativlösungen erörtert unter den Rittnern: Oswald und Michael vor Brixen auflauern, sie einfangen – und so weiter. Auf jeden Fall: man wollte mit Oswald und seinem Bruder abrechnen.

Oswald wird dieses Verhör bald auswerten: Ist das Protokoll dafür schon ›frisiert‹ worden? Die Wirrheit der Aufzeichnungen lässt kaum darauf schließen; auffällig ist nur, dass mehrere Aussagen gestrichen wurden – sie sollten in das Abschlussprotokoll nicht aufgenommen werden.

Selbst wenn wir in der Beurteilung dieser Aussagen sehr vorsichtig sein müssen – erkennbar wird doch, welche Emotionen damals geweckt waren. Man meint die Teilnehmer der Versammlung der Bauerngemeinde toben zu hören: Bringt ihn um, erstechen und erschießen! Nein, er soll zahlen, sechstausend, zehntausend Gulden! Eine absurde Forderung, denn so viel Schaden hätten nicht einmal grasende Dinosaurier anrichten können. Heute würde ein radikalisierter Bergbauernbund von einem Herrn wie Oswald im Überschwang gleich eine halbe oder ganze Million fordern! Die Forderung lässt in ihrer exorbitanten Höhe allerdings den Schluss zu: Auch auf dem Ritten war man davon überzeugt, dass in der Burg Hauenstein jede Menge Geld deponiert sei.

Aufschlussreich ist übrigens, dass sich die Bauern aus dem Sarntal, von Mölten und Jenesien mit einigen Hundertschaften dieser Aktion anschließen wollten: Vor allem Bauern aus dieser Region waren 1423 aufmarschiert, als die Gebrüder Wolkenstein die Belagerer von Greifenstein überrannt hatten – war die Kampfbereitschaft dieser Bauern auch motiviert worden durch langwierige Almstreitigkeiten?

Oswald, in direkten Aktionen offenbar unterlegen, versuchte es nun mit einer Propaganda-Aktion: Auf der Grundlage des Verhörs verfasste er eine öffentliche Erklärung und ließ sie in Brixen anschlagen. Auch diese Bekanntmachung ist im Konzept erhalten, glücklicherweise; hier lässt sich einiges über Oswald ablesen und auch darüber, wie er weithin eingeschätzt wurde.

»Allen Herren, Rittern, Knechten, Bürgern und selbständigen Bauern, die diese Bekanntmachung lesen oder sich vorlesen lassen, teile ich, Oswald von Wolkenstein, Folgendes mit: Eine große Untat haben einige gegen mich und auch gegen meinen Bruder, Herrn Michael, in einer fehdefreien Zeit ausgeheckt. Ich halte seit einiger Zeit einen Verbrecher in Gewahrsam, sein Name ist Kunz Widmer; er hat – zur Hauptsache ohne Anwendung von Folter – eine Aussage gemacht und ein Geständnis abgelegt. Er wird dies auch heute noch vor gerichtsfähigen Personen wiederholen.

Ich habe ihn am Leben gelassen für den Fall, dass eine unter den Personen, die er belastet hat (es handelt sich um namentlich bekannte und anonyme Leute, darüber gleich Näheres), so ehrenhaft war und immer noch ist, dass er (einzeln oder in der Gruppe) entgegen den Aussagen des Kunz Widmer seine Unschuld unter Beweis stellen will. Dergleichen ist bisher aber nicht geschehen.

Ich beziehungsweise mein Bruder haben uns wegen jener Frevel vor dem Hauptmann und dem Hofgericht durch öffentliche Aussage und auch angemessen schriftlich beklagt; wir haben verlangt, dass auf solch unerhörte Vorgänge in gebührender Weise reagiert wird! Ich will hinzufügen, dass ich für mein Teil noch nie gehört habe, dass man Leute ungeschoren lässt, einzeln oder alle miteinander, die sich auf eine offene Anschuldigung hin noch nicht der Vorwürfe entledigt haben; von Rechts wegen müssten solche Leute verhört werden.

Es geht hier um den Kühleisen und den Sengeisen und einige, die zu ihrer Kumpanei gehören. Nach allem, wie sich die Rittner bisher aufführten, habe ich nicht den geringsten Zweifel daran, dass die Anschuldigungen, die der genannte Kunz Widmer in seinem Geständnis gegen sie vorgebracht hat und das untenstehend zu lesen ist, durchaus glaubwürdig sind; jeder Ehrenmann kann das deutlich erkennen und sehen. Gott sei Dank ist ihnen der Plan nicht gelungen!

Jeder Ehrenmann und jeder, der etwas auf sich hält, gleichgültig, ob er von Adel ist oder nicht, ob reich, ob arm – jedermann soll sich davor hüten, denen, auf welche Weise auch immer, zu helfen, denn sie sind die Unterstützung durch anständige und ehrenhafte Männer nicht wert. Im Gegenteil: von Rechts wegen sollten sie und ihre Kindeskinder von aller Welt wegen dieses Frevels geächtet und ausgerottet werden!

Nun wird in Bozen in aller Öffentlichkeit Folgendes dahergeredet: Es gäbe den und jenen, der sich aus purem Eigennutz um unseren gnädigen Herren und Landesfürsten, Herzog Sigmund, verdient gemacht hätte, und der und jener hätte seinen Untertanen auf dem Ritten Schaden zugefügt und hätte es erreicht, dass den Rittnern trotz rechtskräftigen Urteils nicht zurückgegeben würde, was er ihnen abgenommen hatte. Keiner wird wohl je erfahren, was ich alles für meinen gnädigen Herrn, den Herzog Sigmund, im bescheidenen Rahmen meiner Fähigkeiten tue oder getan habe. Die ganze Mühe hat mir bisher überhaupt nichts eingebracht; ich habe im Dienst für meinen Herrn und Landesfürsten aus Pflichtbewusstsein nur getan, was meiner Ehre förderlich war (…) Ich gönne jedem seinen Besitzstand – mir selber übrigens auch –, nur nicht den falschen Rittnern. Zu dieser Auffassung haben sie mir wahrhaftig allen Grund gegeben.«

Und es geht weiter mit Vorwürfen! Bleiben wir aber noch einen Moment bei der Bekanntmachung. Die Formulierung »zur Hauptsache ohne Anwendung der Folter« will einschränken, offenbart zugleich aber die Tatsache: Es wurde gefoltert auf Hauenstein, zumindest in diesem Fall. Wie weit man in der Anwendung von Foltermethoden ging, weiß ich nicht. Oswald hält sich, zumindest rhetorisch, einiges darauf zugute, dass er den Gefangenen immerhin am Leben gelassen hat. Folgt aber auch gleich die drohende Formulierung, Widersacher sollten »geächtet und ausgerottet« werden.

Aufschlussreich an diesem Dokument ist auch, wie Oswalds landespolitische Aktivität beurteilt wurde: Alles nur zu eigenem Nutzen und Vorteil! Oswald verteidigt sich gegen diesen Vorwurf auffällig larmoyant; wir werden uns im nächsten Kapitel zu fragen haben, aus welchen Gründen er sich für den noch minderjährigen Herzog Sigmund einsetzte.

Wie viele Faktoren bei diesem Rechtsstreit zusammenwirkten, lässt sich weiter an einem Schreiben Oswalds an Anton von Thun ablesen. Er war von Kunz Widmer als Drahtzieher und Geldgeber für die Aktion gegen Hauenstein und andere Wolkenstein-Burgen genannt worden; Kühleisen war einer seiner Knechte. So verzichtete Oswald auf einleitende Ergebenheitsfloskeln.

»Anton von Thun! Du schreibst mir sinngemäß, dass nach deiner Meinung der Kühleisen ein anständiger Mensch ist. Nun ist aber längst bekannt, dass ich vor dem Hauptmann und der gesamten Landschaft Anklage gegen ihn erhoben habe. Auch habe ich zu Brixen auf dem Marktplatz durch Anschlag den Frevel bekannt gegeben, den er nach der Aussage des Kunz Widmer begangen hat. Der Anschlag erfolgte zu einer Zeit, als der Hauptmann, du selber und andere Ritter und Knechte aus der Landschaft dort waren; sie haben gehört und gesehen, dass der genannte Kühleisen mir gegenüber nie die Anklage widerlegt hat, weder persönlich noch durch andere Leute. Deswegen hätte er gemieden werden müssen; er kannte seine Schuld sehr wohl.«

Mit diesem Anton wird Oswald später harte Auseinandersetzungen haben. Hier aber nun: Die erwähnten Herren mussten Oswalds Bekanntmachung in der offenbar nur kurzen Zeit gesehen, gelesen, von ihr gehört haben, in der sie am Marktplatz von Brixen ausgehängt war; recht bald schon wurde sie entfernt, und zwar vom erwähnten Hauptmann. Wieder reagierte Oswald mit einer schriftlichen Stellungnahme.

Verständlicherweise wird gern aus dieser Bekanntmachung zitiert. Erstens weil hier Oswalds Selbstbewusstsein als Dichter zum Ausdruck kommt, zweitens wegen eines drastischen Satzes. Das Konzept lässt erkennen, wie Oswald auch an dieser Formulierung gearbeitet hat. Zuerst hatte er diktiert, die Rittner und ihre Sympathisanten sollten alle miteinander zur Hölle fahren. Dann hatte er hinzufügen lassen, am Rand des Konzepts: »dem schwarzen Teufel hinten in sein Arschloch«. Danach hatte er das Adjektiv umstellen lassen: »dem Teufel hinten in sein schwarzes Arschloch«. Nun erst war er mit der Formulierung zufrieden.

Es folgt die erste Hälfte der Erklärung, die er wohl ebenfalls in Brixen anschlagen ließ:

»Ich, Oswald von Wolkenstein, gebe jedermann bekannt, der diesen Anschlag lesen oder hören wird: Ich hatte eine Bekanntmachung in der Stadt Brixen öffentlich anschlagen lassen, als Anklage gegen schweres Unrecht, das mir in einer fehdefreien Zeit widerfahren ist. Ein Verbrecher, den ich in Gewahrsam halte, hat diesen Frevel vor gerichtsfähigen Zeugen eingestanden, zur Hauptsache ohne Anwendung von Folter – siehe das Protokoll des Verhörs dieses Verbrechers mit Namen Kunz Widmer.

Diese Bekanntmachung hat nun der Hauptmann abgerissen und an sich genommen. Dazu soll gesagt worden sein, vor jedermann, wie ich gehört habe: Mein Schreiben sei eine Erfindung, die sich niemals bestätigen würde – außer durch die Erklärung des genannten Verbrechers. Wer nun aber meiner Darstellung nicht glauben wollte und will, der kann den Verbrecher noch heute in dieser

Sache befragen, denn er bleibt bei seiner Aussage, wie sie seither und auch früher viele gerichtsfähige Ehrenmänner von ihm gehört haben und noch heute hören können, wie oben erwähnt.

Deshalb wünsche ich, dass mir ein jeder das erspart, was er sich gerne selbst ersparen möchte: ich will nicht ins Gerede kommen. Nur dies noch: Ich ließe die Rittner und ihre sämtlichen Freunde alle miteinander eher zur Hölle und dem Teufel hinten in sein schwarzes Arschloch fahren, ehe ich mir grundlos solch eine Geschichte ausdenken wollte – obwohl ich durchaus dichten kann!«

Wenn man in Bozen (und gewiss nicht dort allein!) kritisch fragte, aus welchen Motiven Oswald sich für den jungen, den künftigen Herzog Sigmund einsetzte, so ist das kein Wunder: er hatte schließlich eine Kehrtwendung vollzogen!

Bisher hatte man bei ihm nur *eine* Haltung gekannt: gegen den Landesfürsten und für den König. Hätten sich mit der neuen politischen Konstellation nicht seine Wünsche erfüllen müssen? Mit Sicherheit würde man nach 1443 in Jung-Sigmund einen schwachen Landesfürsten haben, und das könnte die Verbindung des Tiroler Adels mit dem König erleichtern, verkürzen. Theoretisch also geradezu ideale Voraussetzungen für eine Realisierung der Standespolitik des Adels! Und trotzdem: Oswald bekämpfte den König, unterstützte den Landesfürsten. Warum?

Ich nehme an, Oswalds Traum von einer mächtigen Monarchie, die auch den reichsunmittelbaren Adel stark macht, war ausgeträumt. Was Kaiser Sigmund nicht geschafft hatte, dieser phasenweise energische Mann, das würde ein König Friedrich erst recht nicht erreichen, dazu kannte man den jungen Mann mittlerweile gut genug.

König Friedrich sah zwar robust, also tatkräftig aus, doch der äußere Eindruck täuschte. Nur wenn es um seinen Vorteil ging, brachte er Energie auf, sank aber bald zurück in Apathie. Er galt im Allgemeinen als schwunglos, bedächtig, träge, wurde später als des Römischen Reiches Erzschlafmütze bezeichnet.

Die deutschen Kurfürsten und Fürsten hatten sich (auch!) aus politischem Kalkül für ihn entschieden: sie wünschten sich wieder einen König, gegen den sie ihre Machtansprüche durchsetzen konnten. Und Friedrich erwies sich, im Sinne seiner Wahlmänner, als geradezu idealer Monarch. Erst zwei Jahre nach der Wahl kam er über die Donau, um sich in Aachen krönen zu lassen. Und nach seiner ersten Schlappe (beim Versuch, Schweizer Gebiete zurückzuholen) zog er sich hinter die Steirer Berge zurück, verharrte dort für die nächsten Jahre.

Kompensierend aber träumte er von einem letztlich weltweiten Habsburgerreich. Seine Lieblingsformel: Austria est imperare orbi universo. Diese Weltherrschaft Österreichs setzte beispielsweise voraus, dass sich Tirol nicht selbständig machte.

Es bestanden Kontakte zwischen einigen Tiroler Adligen und dem noch immer nicht mündigen Herzog Sigmund. Hans von Knörigen beispielsweise hatte sich mit einem (selbstverständlich geheimen, dem Herzog zugeschmuggelten) Schreiben über Willkürakte des Königs beschwert.

Am 31. Januar 1443 antwortete Jüngling Sigmund (in ebenfalls geheimem, geschmuggeltem, möglicherweise abgefangenem Brief): Er könne bekanntlich nicht so handeln, wie er wolle; »Wir sind so überwacht und beengt, dass Wir in keiner Weise weder für Unsern eigenen Nutzen noch den der Unsrigen zu sorgen in der Lage sind, oder auch nur davon sprechen dürfen.«

Und Sigmund kündigte, allzu optimistisch, an: »Auf dem künftigen St. Jakobstag wollen Wir mit Gottes Hilfe und mit Eurer und aller der Unsrigen Unterstützung zu Unserem väterlichen Erbe zu kommen trachten. Wir begehren mit großem Verlangen Unseres Herzens, ihr wollet die Unsrigen darauf vorbereiten, damit sie nach ihrem Vermögen Uns dazu verhelfen, denn Wir wollen Uns zu keiner längeren Verschiebung weder durch Liebe noch durch Leid bewegen oder nötigen lassen.«

Jung-Sigmund wendete sich an Oswald, schickte aus Graz einen Boten, genannt »der Sachse«. Im mitgeführten Beglaubigungsschreiben hieß es freilich nur, der Bote solle eine Angelegenheit mit ihm besprechen, Oswald möge ihm Glauben schenken. Und zum Schluss: Er, Sigmund, habe besonderes Vertrauen zu Oswald.

Was berichtete »der Sachse«? Wurden Klagen des Jung-Herzogs über entwürdigende Bevormundung wiederholt und anschließend die Bitte, ihm zu seiner Freiheit, zu seinen Rechten zu verhelfen?

Bevor man handelte, musste man freilich den Stichtag abwarten, an dem die Vormundschaft ablief. An diesem Tag geschah nichts. Auch in den nächsten Wochen: keine Ankündigung aus Graz, dass Sigmund nach Tirol kommen werde. Die Nachricht, die schließlich eintraf, überraschte selbst Pessimisten: Aufgrund eines Abkommens zwischen Herzog Sigmund und König Friedrich sei die Vormundschaft um weitere sechs Jahre verlängert worden!

Ende August kamen zwei Schreiben aus Graz, die das bestätigten, eins von Friedrich, eins von Sigmund. Friedrich ernannte seine Stellvertreter in Tirol für die kommenden sechs Jahre: Bischof Georg von Brixen, Vogt Ulrich von Matsch, Hans Spaur, Wolfhart Fuchs, Wolfgang von Freundsberg und Parzifal von Annenberg; alle Beamten Tirols wurden zum Gehorsam gegenüber den kommissarischen Regenten verpflichtet.

Das Schreiben des Herzogs bestätigte: Er habe seinen Vormund gebeten, ihn, in Anbetracht seiner Jugend und der schwierigen Zeitläufte, auf weitere sechs Jahre gnädig in seiner Vormundschaft zu behalten. In einem besonderen Vertrag hatte er den König überdies von der Rechnungslegung über Einnahmen aus Tirol freigestellt. Damit schrieb er Friedrich das Recht zu, den Innsbrucker Schatz sowie weitere Einkünfte zu behalten.

Als einer der Initiatoren des Vertragsbruchs wurde bald Hans von Ungnad genannt, königlicher Kammerherr. Er hatte Kaspar Schlick verdrängt, der als Kanzler von Kaiser Sigmund und König Albrecht auch von König Friedrich übernommen worden war. Ungnad strebte offenbar eine hohe Machtstellung an.

Als zweiter Hintermann: Piccolomini. Nach diversen Stellungs- und Positionswechseln war er nun Berater von König Friedrich (er versuchte, etwas größere Eloquenz in seinem Dienstherrn zu erwecken und ihn zum Studium des Lateinischen zu bewegen). Zudem war Piccolomini zuständig für die Erziehung des jungen Herzogs. Er vor allem soll es gewesen sein, der den Jüngling zum Verzicht bewog für die nächsten sechs Jahre. Mit welchen Argumenten? Predigte Piccolomini Weisheit? Bestärkte er seinen Schüler im Gefühl, er sei zum Herrschen nicht geboren, sei dafür zumindest noch nicht reif genug? Stilisierte er Vormund Friedrich zum Vorbild? Also: sich lieber zurückziehen statt hervortreten, lieber nachgeben statt vorpreschen, lieber abwarten statt zuschlagen, lieber Obst beim Reifen betrachten statt Gegner in die Knie zwingen? Wie auch immer: Es muss vieler Worte bedurft haben, um Jung-Sigmund plausibel zu machen, dass ein Jahrzehnt im Zustand der Unmündigkeit besser sei als sechs Jahre Führung des politischen Amtes. Spekulationen … Gerüchte …

In Tirol wurde ein Landtag einberufen, nach Meran. Die Initiative dazu ging in erster Linie aus von Städten und Bauerngemeinden.

In dieser Situation zeigte sich, dass der Tiroler Landtag nicht bloß Vollzugsorgan der Regierenden war, sondern weithin eigenständige Instanz. König Friedrich hatte das falsch eingeschätzt.

Sein Vertragsbruch wurde gerügt. Er wurde aufgefordert, Herzog Sigmund freizugeben. Es wurde beschlossen, von den königlichen Bevollmächtigten keinen Befehl mehr entgegenzunehmen. Und: alle Burgherren, alle Verwalter, alle Amtsleute und Beamten in höheren Positionen sollten klar zu erkennen geben, ob sie für den König oder für den Herzog seien.

Besonders wichtig war in dieser Situation die Haltung des Bischofs von Brixen: Würde er weiterhin die Sache des Königs vertreten oder sich doch der Landschaft anschließen?

Der Landtag benannte eine Delegation, die den kommissarischen Regenten aufsuchen und politisch bekehren sollte. Ihre Mitglieder: Oswald von Wolkenstein, Diepold von Wolkenstein (ein Sohn Michaels), Oswald von Säben und vier Bürger. Die Delegierten erhielten klare Instruktionen: Lehne es der Bischof ab, sich der Landschaft anzuschließen, so solle man sich an das Domkapitel wenden; sei auch hier die Antwort negativ, so müsse mit Entschiedenheit klargestellt werden: Wer nicht gehorche, den werde man »vertreiben und ächten mit Leib und Gut«.

Der Landtag beschloss zudem Verteidigungsmaßnahmen gegen einen (möglichen) Angriff durch ein königliches Söldnerheer, zugleich gegen Unruhen im Land, ausgelöst von Anhängern des Königs: man teilte Tirol in fünf Distrikte auf, unterstellte sie jeweils einem Verweser.

Oswald wurde »Verweser am Eisack und im Pustertal«, war damit (unterstützt von Kaspar von Gufidaun) verantwortlich für den zu jener Zeit wichtigsten Verteidigungsdistrikt des Landes. Denn erstens war Brixen Hochburg der kommissarischen königlichen Regentschaft, hier waren Unruhen am ehesten zu befürchten. Und zweitens: wenn der König mit einem Heer in Tirol einmarschierte, so am ehesten durch das Pustertal – die einzige direkte Verbindung zwischen Steiermark und Tirol.

Die Mühlbacher Klause, eine Zollburg, wenige Kilometer östlich von Neustift, erhielt damit strategische Bedeutung (auch im Zustand vor dem Neubau um 1460). Falls der König versuchte – von Norden her, über Salzburg – in Tirol einzumarschieren, so war der Wolkensteiner ebenfalls verantwortlich für die Verteidigung: sein Distrikt reichte bis zum Brenner.

Nach diesem Landtag in Meran war Oswald von Wolkenstein einer der wichtigsten und mächtigsten Männer des Landes! Welches Ansehen, welche Bedeutung er nun besaß, lässt sich ablesen an Erklärungen, die ihm zugeschickt wurden. So schrieben Heinrich von Mörsberg und andere, sie wollten getreulich zu ihm und zu Herzog Sigmund halten. Zu *ihm* und zu Herzog Sigmund – ja, das war nach Oswalds Meinung wohl richtig akzentuiert!

Auch in Zweifelsfällen wandte man sich an Oswald von Wolkenstein. Joachim von Montani schrieb ihm, auch er sei der Ansicht, Herzog Sigmund solle ins Land kommen, es herrsche freilich auch eine Gegenstimmung, und er fragte Oswald, wie er sich künftig verhalten solle. Die Antwort liegt nicht vor, sie dürfte klar und entschieden gewesen sein.

Oswald wohnte in der nächsten Zeit vorwiegend in Neustift, gewiss im Pfründnerhaus. Neustift hatte mehrere Vorteile für ihn, in dieser Situation. Vor allem; er war hier leichter zu erreichen als auf Hauenstein. Und er konnte von hier aus rasch zur Mühlbacher Klause reiten. Außerdem befand er sich nun in der Nähe des Bischofs von Brixen. Den hatte er mit der Delegation aufgesucht, Georg aber hatte auf Verpflichtungen und Verbindlichkeiten gegenüber dem König hingewiesen. Hatte Oswald weisungsgemäß die massiven Drohungen ausgesprochen? Hat er in weiteren Unterredungen versucht, den Bischof politisch umzupolen?

Seine Aufmerksamkeit blieb nicht allein auf diesen kirchlichen Würdenträger und weltlichen Machthaber fixiert; Ende November wurde am Ritten – das heißt also wohl: auf der Nord-Süd-Straße, die am Hang des Ritten entlangführte – Hans von Ungnad festgenommen, der königliche Kammerherr, der mit dazu beigetragen hatte, dass Friedrich den Vormundschaftsvertrag von Hall gebrochen hatte. Was tun mit dem Mann?

Bürgermeister und Rat der Stadt Bozen wandten sich mit Schreiben vom 2. Dezember an Oswald, baten um Weisungen. Und: Oswald solle die (Mühlbacher) Klause gut versorgen – hatte man Angst nach der Verhaftung des königlichen Amtsträgers?

Am 4. Dezember schrieben Bürgermeister und Rat der Stadt Bozen erneut an Oswald, diesmal nicht mehr anfragend, sondern auffordernd: Oswald möge dafür sorgen, dass Ungnad und Friedrich von Thun samt Gesellen des Landes verwiesen würden.

Am 5. Dezember wandten sich Bürgermeister und Rat der Stadt erneut an Oswald: Man sei geteilter Meinung darüber, ob man Ungnad und Thun im Lande lassen oder ausweisen solle; Oswald möge seinen Rat dazu geben und tun, was das Beste für Herzog Sigmund sei.

Mit einem Schreiben vom selben Tag kündigten Bürgermeister und Rat der Stadt Meran Geld an für den Ausbau der Mühlbacher Klause und die Einstellung von Söldnern für die Grenzbefestigung.

Wenige Tage später, am 9. Dezember, schrieben Bürgermeister und Rat der Stadt Meran erneut an Oswald, teilten ihm mit, Anton von Thun habe sich bereit erklärt, Herzog Sigmund in seinen Schlössern und Burgen zu empfangen und aufzunehmen. Man wolle ihm dies zur Kenntnis bringen, er möge in allen Dingen das Beste tun.

Oswald, nun etwa sechsundsechzig: ein damals biblisches Alter! Doch der Patriarch blieb bis ins letzte Lebensjahr aktiv, und das nicht allein im politischen Bereich!

Dass Oswalds ›Lebensabend‹ nicht ruhig verlief, dafür sorgte, unter anderen, auch Anton von Thun. Zur Erinnerung: Oswald hatte ihm einen knappen, bösen Brief geschrieben wegen des Kühleisen, der – wohl in Thuns Auftrag – an den Vorbereitungen von Aktionen gegen Hauenstein und andere Familienburgen beteiligt gewesen war. Die Auseinandersetzungen kulminierten in der zweiten Jahreshälfte 1443.

Anton von Thun war (in zweiter Ehe) mit Dorothea von Gufidaun verheiratet: so war er nach Gufidaun gekommen. Zeitweise wohnte er mit Frau und Kindern auf der Burg Stein am Ritten. Stein war Gerichtssitz. Eine der Rechtssachen, mit denen sich Anton von Thun befassen musste: Am 25. August 1443 hatten sich sieben Bauern vom Ritten schriftlich über »Herrn Oswalds Knechte« beschwert, die sie und ihr Vieh drei Tage zuvor »erheblich misshandelt« hätten …

Oswald, über den hier Beschwerde geführt wurde, er beschwerte sich wiederum bei Anton, und das offenbar nicht zum ersten Mal: »der Thuner« raubte ihm Grundrenten, Zinsabgaben von Höfen in und bei Laien – Methoden also, die Oswald anderen gegenüber angewendet hatte, offenbar auch weiterhin anwandte!

Solche Übergriffe waren für den Thuner freilich naheliegend: Vom Ritten aus sieht man, jenseits des Eisack, am Gegenhang die kleine Ortschaft Gufidaun, sieht auf etwa gleicher Höhe und nicht weit entfernt die noch kleinere Ortschaft Laien – sichtlich im Einflussbereich, Machtbereich der Herren der Burg Gufidaun (Summersberg), und das hat Anton von Thun offenbar ausgenutzt. Oswald protestierte und forderte die Gemeinde Laien auf, ihn in dieser Angelegenheit zu unterstützen.

»Ich, Oswald von Wolkenstein, Ritter, entbiete den Hofbesitzern von Laien und der ganzen Bauerngemeinde des dortigen Gerichts meine freundlichen Empfehlungen. Ich habe vor einiger Zeit wiederholt Klage geführt über mehrfache Belästigungen, die mir und den Meinen täglich durch den Thuner widerfahren. Nun kommt euch dies zur Kenntnis: Dass er mir und meinem Bruder unsere Bauern weggefangen hat und sie nicht, wie das rechtens wäre, herausgeben will. Ich bitte euch, Ihr möget euch mit Entschiedenheit in dieser Sache verwenden und ihm die Anweisung erteilen, er solle vor Gericht seine Ansprüche an unsere Bauern unter Beweis stellen. Dafür wäre ich euch sehr verbunden.«

Oswald erhielt eine beruhigende Zusicherung, aber es geschah nichts. Er musste einen weiteren Brief nach Laien schicken.

»Den Hofbesitzern und der gesamten Bauerngemeinde von Laien entbiete ich, Oswald von Wolkenstein, meine Grüße. Ihr habt mir schriftlich mitgeteilt, mit ausführlicheren Worten, dass mir von der Burg Gufidaun her kein Schade mehr zugefügt werden soll. Ich teile euch hierzu mit, dass mir der Thuner in Laien die Zinseinkünfte und auf Villanders die Wein-Einkünfte entzogen hat. Solche Anweisungen und Übergriffe gehen alle von der Burg Gufidaun aus. Hätte er diese Burg nicht, so könntet Ihr sicher sein, dass ich solche Übergriffe, sei es zu Laien oder auf Villanders, von ihm nicht hingenommen hätte. Ich bitte euch im Guten, euch in dieser Sache einzuschalten: falls er Ansprüche an mich zu stellen hat, so möge er mich in dieser Sache vor Gericht verklagen. Ich habe mich ganz auf euer Schreiben verlassen und bin auch nie darüber informiert worden, was er mir vorwirft und warum er mir meinen Besitz entzieht. Lasst mir eure schriftliche Antwort binnen kürzester Frist zukommen.

Er hat eine gute Bürgschaft von mir gehabt, nach Wunsch, und doch hat er mir die Wein-Einkünfte entzogen und gedroht, er werde meine Bauern erschießen.«

Auch dieses Schreiben blieb erfolglos; Oswald schickte dem Gegner am 11. Dezember eine Art Kriegserklärung, erweckte dabei den Eindruck, er hätte angesichts des himmelschreienden Unrechts (ausgerechnet einige jener Höfe zu berauben, deren Einkünfte er, über das Benefizium, dem hl. Oswald gewidmet hatte!) die gesamte Landschaft Tirol gegen ihn mobilisiert.

»Anton von Thun, eigentlich bin ich dir keine Fehdeerklärung schuldig, weil kein ehrlicher Friede zwischen mir und dir vereinbart ist. Aber nun hast du gegen Gott und alles Recht meiner Kapelle die ihr zustehenden Einkünfte entzogen – entgegen deiner Zusage, die mir unterstehenden Kapläne nicht unbillig zu belasten. Diese Zusage hast du nicht eingehalten. Ich meinerseits will aber meine Ehre dir gegenüber bewahren, gemeinsam mit all denen, die ich zum Kampf gegen dich mobilisiert habe, mit Genehmigung meines gnädigen Herrn, des Herzogs Sigmund und der ganzen Landschaft, stellvertretend für unseren obengenannten gnädigen Herrn, nach Anweisung des Auftrags, der in Hall ausgestellt und der Anordnung, die zu Meran erteilt worden ist. Stelle dich darauf ein.«

Viel konnte der Thuner auf den Höfen von Laien nicht abkassiert haben – in den Urbaren zeigt sich, wie wenig sie im Schnitt einbrachten. Nun hatte Anton von Thun wohl auch einige Pächter Oswalds eingesperrt, sie massiv bedroht; aber auch das waren landesübliche Praktiken. Deshalb gleich eine Strafexpedition gegen Anton von Thun, mit spezieller Genehmigung des Landesfürsten im fernen Graz? Hat Oswald geblufft?

Etwa am 10. Dezember traf in Graz eine Tiroler Delegation ein. Der Landtag hatte ihr schriftliche Instruktionen erteilt: Die Freilassung Herzog Sigmunds und die Rückgabe des Innsbrucker Schatzes verlangen, sich nicht auf Verhandlungen einlassen, keine weiteren Erklärungen von König Friedrich entgegennehmen, die Antwort Ja oder Nein fordern.

Die Antwort des Königs war nicht ganz so knapp, doch eindeutig: Er sei nicht verpflichtet, diese Forderungen zu erfüllen; Herzog Sigmund sei in diesem Punkte einer Meinung mit ihm.

Sigmund selbst erklärte den Herren, er könne ihrer Aufforderung nicht Folge leisten, er sei noch nicht so reifen Alters, dass er die Regierung des Landes zu übernehmen imstande sei.

Die Gesandten waren enttäuscht und empört – sie merkten sehr wohl, dass dies eine erzwungene Antwort war. Enttäuschung und Empörung in Tirol, als die Gesandtschaft zurückkehrte, das Ergebnis sich herumsprach. Man bereitete sich entschiedener vor auf eine Verteidigung des Landes, ging noch schärfer vor gegen Anhänger des Königs: Wer nicht die geforderte Loyalitätserklärung für Landschaft und Sigmund abgab, wurde des Amtes enthoben. Dem Bischof von Brixen wurde erklärt, falls er sich nicht endlich mit aller Klarheit für die Landschaft entscheide, werde er aus dem Land gejagt.

Staunen in Graz. Piccolomini schrieb an Freund und Mentor Kaspar Schlick: »Das Land Tirol ist in voller Aufregung, die Verschwörung eine allgemeine. Adel und Volk machen gemeinsame Sache; alle, die im Namen des Königs das Land verwalten, sind abgesetzt, andere Beamte an ihre Stelle berufen. Jeder Eingang in das Land ist gesperrt.«

Piccolomini kurz darauf, am 28. Dezember: Der König gehe tagein, tagaus mit einem Marmorgesicht umher; keine Entschlüsse, keine Aktionen. Weiter berichtete er, einer königlichen Gesandtschaft habe man die Einreise nach Tirol verwehrt, die Gesandten säßen in Rottenburg am Inn, würfelnd, Fische zählend. »Das Bauernvolk steht in ganz Tirol unter den Waffen und bewacht die Pässe wie das Grab des Herrn, doch schlafen sie nicht wie die Anhänger des Pilatus, sondern Tag und Nacht setzen sie den Humpen zu.« Überall höre man die Forderung, man solle sich den Herzog »erobern«.

König Friedrich weiterhin wie gelähmt – sobald eine Lage kritisch wurde, tat er nichts mehr. Eigentlich hätte er längst schon zum Reichstag nach Nürnberg reisen müssen, doch er verschob den Aufbruch Tag um Tag, Woche um Woche.

Inzwischen war in Brixen Bischof Georg gestorben, in der Tat ›plötzlich und unerwartet‹. Oswald wurde vom Dompropst schriftlich aufgefordert, als Gotteshausmann an der Neuwahl teilzunehmen. Diese Wahl war in der gegenwärtigen Situation ein Politikum, denn der König besaß das Recht, den Kandidaten für dieses reichsfürstliche Bischofsamt zu benennen; Oswald und seine Freunde aber wollten in Brixen nicht wieder einen Vertreter des Königs sitzen haben, sondern einen Mann, der ihre Politik unterstützte, und zwar energisch. Piccolomini an Schlick: »Ich bin der Ansicht, dass die Führer der herrschenden Partei in Tirol nicht gesäumt haben werden, nach Brixen zu eilen, um dort eine Bischofswahl in ihrem Sinne vorzunehmen.«

Er hatte recht; am 4. Januar 1444 wurde Domherr Dr. Johannes Röttel zum neuen Bischof gewählt. Er gab sogleich die Erklärung ab, er werde die Politik der Landschaft unterstützen, soweit sich das mit seinem Amt als Bischof und seiner Position als Reichsfürst vereinbaren lasse. Er schloss mit der Landschaft einen Vertrag zur gemeinsamen Verteidigung des Landes: politisches Novum, demonstrativer Akt.

Selbstverständlich akzeptierte König Friedrich diese Wahl nicht, hintertrieb die kirchliche Anerkennung, und so dauerte es etliche Zeit, ehe Johannes Röttel vom Heiligen Stuhl in seinem Amt bestätigt wurde.

Von Streitfall zu Streitfall wurde die Lage brisanter: würde es zum Krieg kommen? Mehrfach Gerüchte über einen Aufmarsch im Pustertal. Und die Stadt Trient – im südlichsten Bereich von Tirol sowieso schon recht selbständig – erklärte sich offen für König Friedrich. Neue Gerüchte: König Friedrich befinde sich gemeinsam mit dem Grafen Ulrich von Cilli im Anmarsch auf Trient.

In Brixen bildete sich ein Verteidigungsausschuss: Ulrich von Matsch, Oswald von Wolkenstein, einige weitere Herren. Sie beschlossen, ein Heer aufzustellen zur Eroberung von Trient.

Allgemeine Nervosität. Am 20. Januar 1444 wurde Oswald von Wolkenstein von Bürgermeister und Rat der Stadt Meran darüber informiert, dass zwei Bürger von Trient zum König geritten seien, man habe daraufhin alle Pässe und Straßen Richtung Trient besetzt. Und Oswald wurde aufgefordert, die Mühlbacher Klause mit Soldaten zu besetzen, die sich alle 14 Tage abwechseln sollten. Das klingt so, als wären in der Klause bisher nur Zöllner gewesen; die Anlage wird aber bereits von Soldaten besetzt gewesen sein; der Name des Kommandanten ist überliefert: Erhart Zollner, Landrichter von Gries bei Bozen. Gewünscht, gefordert wurde in dieser Situation also wohl eine militärische Verstärkung der wichtigen Grenzbefestigung.

Oswald, mittlerweile im vorletzten Lebensjahr, schickte einen Brief an den Kommandanten der Klause: eins seiner letzten überlieferten Schreiben. Es informiert über die wirre Situation zu Beginn des Jahres 1444 und über Oswalds diplomatische Mission: Wie er sich mit dem Grafen Ulrich von Cilli treffen sollte und sich davor drückte.

Die Grafen von Cilli: energische Herrschaften, die konsequent ein Ziel verfolgt, schließlich auch erreicht hatten – die Reichsunmittelbarkeit; 1436 waren Friedrich von Cilli und sein Sohn Ulrich in einem Festakt zu Prag von Kaiser Sigmund in den Reichsfürstenstand erhoben worden. Mit Ulrich erreichten Macht und Ansehen der Familie den Höhepunkt, er war Herr mehrerer Provinzen.

Bei so viel Macht und Selbstbewusstsein waren Auseinandersetzungen mit König Friedrich vorprogrammiert. Der regierte nominell auch über Kärnten, doch hier saßen die reichsunmittelbaren Herren von Cilli auf ihren weit ausgedehnten Ländereien und ließen sich von ihm nichts mehr sagen. Es kam zu beiderseitigen Übergriffen und Überfällen, wechselseitig wurden Burgen besetzt. Der Konflikt drohte sich auszuweiten. Verhandlungen und Verträge bannten die Gefahr.

Ein Blick in die digitalisierten Regesten des mächtigen Clans. Am 16. August 1443 wurde in Wiener Neustadt (zu jener Zeit königliche Residenz) so etwas wie ein Friedensvertrag geschlossen zwischen König Friedrich und den Grafen Cilli: Burgen und Liegenschaften, die man sich gegenseitig abgenommen hat, sollen zurückerstattet werden.

Politisch gewichtiger war der zweite Vertrag: König Friedrich und die Herzöge Albrecht und Jung-Sigmund verpflichten sich, den Grafen Cilli Beistand zu leisten – allerdings nicht im Kampf gegen Kirche und Reich.

Ende 1443 traf sich denn König Friedrich in St. Veit mit Ulrich von Cilli und Heinrich von Görz, um über eine gemeinsame militärische Aktion gegen Tirol zu beraten. Anfang 1444 kam das Gerücht auf, König Friedrich befinde sich, verbündet mit Ulrich von Cilli, auf dem Vormarsch Richtung Trient.

Die Tiroler Landschaft wollte, verständlicherweise, Klarheit gewinnen über die politische Einstellung des Grafen – konnte man eventuell mit seiner Unterstützung rechnen? Schließlich hatte er vor kurzem noch gegen König Friedrich angekämpft. Von den Neustädter Verträgen wird man in Tirol nichts Genaueres, ja wahrscheinlich überhaupt nichts gewusst haben.

Oswald erhielt den Auftrag, mit Ulrich von Cilli zu verhandeln – eine prekäre Mission! Der Wolkensteiner solle, so ließ Graf Ulrich ausrichten, zur Besprechung nach Lienz kommen – also befand er sich doch nicht auf dem Vormarsch Richtung Trient. Ein Hoffnungsschimmer?

In der Landschaft wurde man ungeduldig, weil Oswald sich nicht prompt auf den Weg machte: schriftliche Aufforderung vom 17. Februar. Und bald darauf noch einmal: Er solle mit der Botschaft der Landschaft unverzüglich zu Graf Cilli nach Lienz reiten.

Wenige Tage später berichtete Oswald in einem Schreiben an Zollner: »Meine Grüße, lieber Erhart. Mir schreibt die Landschaft, ich hätte es unterlassen, in einer bestimmten Mission zu dem von Cilli zu reiten. Dazu erkläre ich Folgendes: Der von Cilli hat es unterlassen, nach Bruneck zu reiten. Hätte man mir stattdessen anbefohlen, mich mit dem von Cilli in Lienz zu treffen, so hätte ich sofort schriftlich eingewendet, dass mir dieser Auftrag nicht passt. Kein Mensch wollte mir dazu raten (so viele ich auch darüber befragt habe!), vor die Lienzer Klause zu reiten. Insbesondere waren es mächtige Leute, die ich nicht nennen will, die mir insgeheim im Vertrauen abgeraten haben, obwohl mir [wohl von Cilli] ein Geleitbrief zugesichert wurde, wie ich belegen kann.«

Dass ursprünglich verabredet war, Graf Ulrich solle Oswald bis Bruneck entgegenkommen, dürfte kaum stimmen: eher ließ ein großer Reichsfürst einen kleinen Landedelmann zu sich kommen. Die Schreiben zeigen auch klar, dass Lienz als Verhandlungsort anberaumt war.

Oswald brach trotz aller Bedenken und Einwände schließlich doch auf, ritt erst einmal bis Toblach, sah hier Soldaten des Heinrich von Görz. Noch konnte er sich einigermaßen sicher fühlen, er war Lehnsrichter des Grafen, und der hatte Schwierigkeiten (Erbfragen!) mit den Herren von Cilli.

Oswald ritt etwa zwanzig Kilometer weiter, bis Sillian. Noch weiter aber wollte er auf keinen Fall – bis Lienz waren es noch mal vierzig Kilometer. Standen dort schon Soldaten des Königs? Traf das Gerücht zu, dass König und Graf gemeinsame Sache machten? Oswald schickte einige Mitglieder der Delegation weiter. Und diktierte einen Brief, enttäuscht, verärgert.

»Nun habe ich der Landschaft meine Befürchtungen mitgeteilt, und trotzdem haben sie mir mit Nachdruck den schriftlichen Befehl gegeben, nach Lienz zu reiten – das hätte ich von einigen Herrschaften nun nicht erwartet, dass sie mich derart in Gefahr bringen würden! Ich habe es nicht verdient, dass man mich so leichtfertig aufs Spiel setzt! Ich würde mit Fug und Recht zu diesem Zeitpunkt im Dienst der Landschaft und vor allem unseres gnädigen Herrn, des Herzogs Sigmund, lieber nach Frankreich oder nach England reiten als nach Lienz, wo doch Herr Graf Heinrich selbst sich von Lienz zurückgezogen hat nach Toblach und das Land diesseits der Klause mit großer militärischer Macht besetzt hält. Ich hoffe aber nun, dass es mir die gesamte Landesgemeinde nicht zumuten wird, mich auf ein derartiges Risiko einzulassen, und dass man meine bisherige Pflichterfüllung anerkennt, die ich dem gnädigen Herrn, Herzog Sigmund, und der Landschaft bisher erwiesen habe und auch weiterhin erweisen möchte.

Unter diesen Umständen bin ich immerhin bis Sillian geritten und habe meinen Neffen, Herrn Diepold, den Vintler, den Nocken und den Staudacher nach Lienz zu dem von Cilli geschickt, um seine Wünsche zur Kenntnis zu nehmen und sie mir auszurichten, gemäß meinem Auftrag.

Nun ist aber der Markgraf von Rötlan einen halben Tag vorher dort angekommen, so dass die Entgegennahme und Übermittlung des Auftrags dennoch richtig erfolgte und nichts unerledigt bleibt. Falls diesen Männern Unannehmlichkeiten widerfahren wären, so hätten sie mich ohne weiteres zum Verantwortlichen machen können, und das wäre weniger riskant gewesen, als wenn ich dort gewesen wäre. Immerhin bin ich so nah, dass man mich in vier Stunden leicht erreichen kann, sei es der von Cilli persönlich oder seine Räte oder unsere Boten. Das ist für die Landschaft ehrenhafter als meine Anwesenheit in Lienz; sie werden in dieser Angelegenheit weniger kritisiert. Warum sollten wir uns ihnen gegenüber unterwürfig verhalten, so, als würden wir gerne ihre Anweisungen entgegennehmen! Außerdem, es bleibt in dieser Sache ja nichts unerledigt.

Gegeben zu Sillian, am 22. Februar 1444. Oswald von Wolkenstein, Ritter.«

Krieg! Die Stadt Trient wurde von etwa 3000 Soldaten belagert, aufgeboten von der gesamten Tiroler Landschaft; Befehlshaber war Heinrich von Mörsberg.

Als Erstes hatte man die Umgebung der Stadt verwüstet; dann wurde der Belagerungsring geschlossen; reiche Bürger der Stadt konnten sich rechtzeitig absetzen. Mehrere Ausfälle der Belagerten, jeweils hohe Verluste unter den Tiroler Truppen, aber der Belagerungsring wurde nicht durchbrochen. Immer ungeduldiger wartete man in Trient auf ein Entsatzheer unter König Friedrich, der aber tat wieder einmal nichts, blieb in Graz. Sein Wahlspruch soll gelautet haben: Die Zeit verwaltet das Amt der Rache.

Die Belagerung dauerte insgesamt ein Vierteljahr, entsprechend hoch waren die Kosten. Einige Herren zeichneten am 4. März einen Zuschuss zur Kriegskasse – insgesamt waren das 1300 Dukaten. Oswald von Wolkenstein investierte hingegen (wie bereits angekündigt) 2200 Dukaten – das entspräche heute mindestens 110 000, eher 170 000 Euro. Im Keller der Burg Hauenstein waren demnach erhebliche Reserven vom Perpignan-Hort gebunkert.

Am 5. April erfolgte die Kapitulation von Trient; ein Sieg, der von der Tiroler Landschaft im Triumph gefeiert wurde.

Der König zeigte nun Verhandlungsbereitschaft, wurde aber von Hofleuten mit Entschiedenheit aufgefordert, hart zu bleiben: Man kenne die Tiroler, »sie halten nicht aus, sie bleiben nicht beisammen«. Der König, wieder aufgerichtet, erklärte, er werde denen von der Etsch noch einen Strick um den Hals legen, dass sie vor ihm auf die Knie fallen müssten!

Sympathisanten der Tiroler sorgten dafür, dass die Äußerung bekannt wurde: kollektive Trotzreaktionen! Weiterhin blieben taktisch wichtige Pässe, Klausen, Burgen besetzt. Und die Distriktkommandanten trafen sich zu einer Besprechung: Koordination der Verteidigungsmaßnahmen.

Hier in Meran erhielt Oswald eine weitere – nicht mehr gefahrvolle, sondern ehrenvolle – Aufgabe: Für die sichere Aufbewahrung der beiden zu jener Zeit wichtigsten Urkunden des Landes zu sorgen, des Vormundschaftsvertrages von Hall und der Inventarliste des ›Staatsschatzes‹. Man wollte die Dokumente von der Bischofsburg in Brixen nach Meran bringen, dort schienen sie sicherer, ein Angriff aus Süden war kaum noch zu befürchten, eher durch das Pustertal. Oswald suchte einen Turmraum aus, erteilte den Auftrag, zwei Eisentüren einzubauen.

Im Juli berichtete ihm Konrad Vintler »betreffs des Gemachs, wie Ihr es besichtigt habt«, und informierte Oswald darüber, »dass die eine Eisentür völlig fertig ist; mit der anderen dauert es auch nicht mehr lange«.

Am 14. August 1444 versammelte sich der Rat der Landschaft noch einmal in Meran; Oswald wieder unter den Teilnehmern. König Friedrich drohte weiterhin mit Krieg; obwohl das mittlerweile nicht mehr ganz ernst zu nehmen war, blieb man in Alarmbereitschaft.

Vor Ostern 1445 war Margarete von Wolkenstein in Meran, schickte von dort einen Brief nach Hauenstein, an »meinen hochgeschätzten Diener Jörg«. Ich lege eine Übersetzung des Briefes vor: er vermittelt uns (trotz einiger Texträtsel) ein wenig Einblick in die häuslichen Verhältnisse.

Zuvor eine Anmerkung: an zwei Stellen des Briefs (Okken wies mich darauf hin) hat Margarete schwäbische Sprachformen diktiert; das habe ich in der Übersetzung berücksichtigt.

»Lieber Jörg, ich habe zur Kenntnis genommen, dass ich während der Osterfeiertage *no* Hauenstein zurückkehren soll. Du weißt ja selbst, dass ich nicht im Kopf habe, wem wir noch Geld schulden; das soll nun alles bereinigt werden, damit man nichts Schlechtes über uns redet. Am liebsten wäre mir, dein Herr würde dich selber hierherschicken, damit alles ordnungsgemäß erledigt wird. Übrigens, die Anweisungen, die mir dein Herr erteilen lässt, für meinen Aufenthalt hier und *au* für Hauenstein, die will ich sehr gern ausführen. Und richte deinem Herrn aus, ich hätte hier keinen Aufseher außer Christel, diesen Narren, wenn der Schneider nicht länger bliebe. Und der Geyer gibt reichlich an! Und wenn der Wein alle ist, soll ich dann den roten anzapfen? Gib mir auch hierüber Bescheid, lieber Jörg. Und kümmere dich gut um deinen Herrn, ich werde es dir anständig lohnen. Und schicke mir den Ring, der von Oswald dem Goldschmied stammt, und zwar schicke ihn mir zu Händen des Richters von Meran. Und lass dir den Bächle anempfohlen sein, dafür wäre ich dir sehr dankbar. Ferner teile ich dir mit, dass mir der Burggraf von Tirol während der Osterfeiertage die Pferde nicht leihen kann, weil er und seine Frau nach Villnöss wollen. Wenn er mir ein Maultier schicken würde, egal, ob groß oder klein, so wäre mir das schon recht. Und, lieber Jörg, informiere mich genau und umfassend darüber, was ich tun und lassen soll, ich will mich danach richten. Schicke die Antwort bitte zu Händen des Richters.«

Margaretes Bitte an den Diener, sich um seinen Herrn zu kümmern – ist sie bemerkenswert? Dass ein Diener für seinen Herrn sorgte, galt als selbstverständlich, musste damals kaum erwähnt werden – und dieser Jörg scheint ein zuverlässiger Diener gewesen zu sein, besaß offenbar eine Vertrauensstellung. Sonderlich beunruhigt klingt Margaretes Brief nun allerdings nicht: Personalprobleme, ein Weinfass wird leer, sorg für deinen Herrn … Freilich folgt nun Margaretes Zusicherung, sie werde ihn dafür belohnen. Also doch Aufgaben für diesen Diener, die über seine sonstigen Tätigkeiten hinausgingen, deshalb zusätzlich honoriert werden sollten?

Der Streit zwischen König Friedrich und der Landschaft dauerte mittlerweile drei Jahre. Reichsfürsten versuchten zu vermitteln; in Salzburg sollten Gespräche stattfinden, das war aber nur ein Gerücht. Dennoch, der König sah ein, dass er verhandeln musste; er forderte die Landschaft auf, eine bevollmächtigte Delegation nach Wien zu entsenden.

Daraufhin wurde erneut ein Landtag nach Meran einberufen, auf den 16. Mai 1445. Oswald befand sich unter den Teilnehmern. Es ging vor allem um die Bestimmung der Verhandlungsrichtlinien. An den beiden Hauptforderungen hatte sich freilich nichts geändert, konnte sich auch nichts ändern: Freigabe von Herzog Sigmund, Rückgabe des ›Staatsschatzes‹. Siegessicher erörterte man bereits Einzelheiten für den feierlichen Empfang des jungen Landesfürsten, überlegte schon, wer ihn durch das Pustertal bis zur Tiroler Grenze geleiten sollte: Heinrich von Götz und Ulrich von Cilli?

Am 28. Mai diktierte Margarete auf Hauenstein einen Brief an ihren Mann in Meran, ließ ihn durch einen Knecht überbringen.

»Zuvor meine freundlichen und dienstwilligen Empfehlungen. Herzliebster Herr, dass Euch nichts fehlt und dass es Euch gut geht, das wäre mir eine große Freude. Und ich will Euch berichten, dass verschiedene Leute in Kastelruth herumgeredet und Euch schwer verflucht haben wegen aller Bedrohung und Verwirrung, die nun im Lande sind, und weil man nach Trient marschiert ist und weil man den Brettlein gefangen und beraubt hat und desgleichen den Gerhart. Und weiter heißt es, niemand sei so schuld daran wie Ihr, dass man sich nicht für Herrn Theobald verwendet hat, und wo Ihr ihm nur schaden könntet, da würdet Ihr das mit Vergnügen tun; falls Euch diese Sache zum Guten ausschlage, so würde einen das aber äußerst wundern! Und man hoffe, Ihr würdet nicht länger im Landrat bleiben. Und es würden keine acht Tage vergehen nach Eurer Rückkehr vom Landtag, und es würde sich schon zeigen, wie es Euch dann ergeht! Auch hat Herr Theobald erklärt, er werde Euch nicht über seine Bauern rechtsprechen lassen, wie es urkundlich festgelegt ist, eher würde er die Fälle dem Landesherrn oder der Landschaft zur Erledigung übergeben. Ich bitte Euch, herzliebster Herr, seid in jeder Hinsicht sehr vorsichtig, damit Euch keine Schande und kein Schaden widerfahre; Ihr müsst hier wirklich aufpassen!

Lieber Herr, traut dem Gufidauner nicht, denn er und der Thuner und Herr Theobald, die stecken unter einer Decke. Auch möchte ich Euch berichten, dass hier gesagt wurde, Ihr wärt zu gut protegiert; wäre dies nicht der Fall, so würde man durchaus dafür zu sorgen wissen, dass Ihr die Leute nicht weiter schädigt.

Seid so gut, herzliebster Herr: Solltet Ihr noch länger im Landrat bleiben, so lasst mich kommen. Ich werde es Euch zu danken wissen, denn ich will nicht von Euch getrennt sein, wo immer Ihr auch seid.

Lieber Herr, ich habe gehört, dass der Herr Bischof aus Brixen nicht nach Meran gekommen ist. Ich habe Seine Gnaden so verstanden: Könntet Ihr nicht zu ihm kommen, um Euch mit ihm wegen der Urkunden zu verständigen, so wird er Euch (falls ihn der Rat schriftlich beauftragt) die Urkunden übergeben; er sei gern dazu bereit, auf Eure Bürgschaft hin.

Lieber Herr, solltet Ihr mit dem Jost reden können, so sagt ihm, er solle zurückkommen. Oder schickt sonst einen anderen guten Knecht, damit Euer Besitz in guter Hand ist; wir brauchen so jemanden dringend hier in der Burg.

Weiter lasse ich Euch wissen, dass ich zwei Ochsen gekauft habe, für 10 Dukaten und 1 Pfund; der Passeier [»Böseier«] hat die neun Dukaten dazu vorgestreckt. Eine andere Sache: Weder der Propst noch der Hauser wollen das Butterfett haben. Wollt Ihr es aber dem Großkopf überlassen, so will er es gerne abnehmen, ein Pfund für neun Vierer, aber nicht mehr. Der Fräl allerdings meint, er würde es zu Tramin günstig loswerden, falls Ihr es ihm übergebt. Lasst mich bitte schriftlich wissen, wie Ihr das geregelt haben möchtet, auch schreibt zu dieser und jener Angelegenheit, und wie es Euch geht und was Ihr vorhabt; der Geyer soll das übermitteln. Und schickt ihn mir gleich zurück, ich kann ihn in der Burg nicht entbehren. Sonst kann ich nur sagen, es ist alles in Ordnung auf Hauenstein. Und damit behüte Euch der allmächtige Gott.

Gegeben zu Hauenstein, am Freitag nach Fronleichnam, anno domini 1445, Margarete von Wolkenstein.«

Der Brief zeigt erst einmal: Margarete hat in Oswalds Abwesenheit die Burg Hauenstein verwaltet, Oswald wollte jedoch über Details informiert sein – sonst hätte sie ihn kaum mit der Frage behelligt, wie viel Butterschmalz man wem zu welchem Preis verkaufen solle.

Weiter lässt sich aus diesem Brief schließen: Oswald hatte Feinde in seiner näheren Umgebung. Sie sahen äußerst ungern, dass er eine so wichtige Position besaß, sie fürchteten, er werde nun seine privaten Interessen noch rücksichtsloser wahrnehmen.

Und warum wollte Oswald die Wahl des Theobald von Wolkenstein zum Bischof von Trient hintertreiben? Margarete deutet einen der Gründe an: Theobald stand in Verbindung mit dem Gufidaun. Mit Kaspar von Gufidaun? Der war für Oswald ein unsicherer Kantonist, seit dem Streit mit der Gemeinde Ritten. Außerdem der Thuner: Anton von Thun? Wenn ja, so hätte dieser Theobald Umgang mit Leuten gehabt, die Oswald suspekt, ja verhasst waren.

Noch zur Frau, die den Brief diktierte: Mittlerweile war sie mehr als ein Vierteljahrhundert mit dem Wolkensteiner verheiratet, und das will viel heißen. In wie vielen Jahren, zusammengerechnet, war er außer Haus, außer Landes gewesen? Dies wohl kaum bei rigider Enthaltsamkeit. Wird Margarete so etwas erwartet haben? Für die umsichtige, liebevoll besorgte Frau war dies offenbar mehr als nur eine Frage des Kompromisses: viel Mitgefühl, viel Zuneigung schwingt mit in ihrem Brief.

Margarete hatte Grund, besorgt zu sein: bald nachdem ihr Schreiben in Meran eingetroffen war, schickte Oswald einen Boten nach Neustift, bat um eine Begräbnisstätte in der Stiftskirche; sie wurde ihm am 14. Juni schriftlich zugesichert.

Dachte Oswald in dieser Zeit über das Sterben nach, wie schon einmal, rund zwanzig Jahre zuvor, nach Gefangenschaft und Folterung? Damals hatte er antizipierend ein Lied über sein Sterben geschrieben, Kl 6; es gehört also nicht chronologisch, aber doch thematisch hier in das Kapitel.

Ich spür ein Tier:
die Füße breit, sehr spitz sind seine Hörner;
das will mich in den Boden stampfen,
mit einem Stoß durchbohren.
Den Rachen hat es vor mir aufgerissen,
als sollt ich ihm den Hunger stillen.
Es kommt heran,
die Mordlust auf mein Herz gerichtet –
ich kann der Bestie nicht entfliehn!
Wie ist die Not so groß,
seit alle Jahre, die von mir vergeudet wurden,
zu einem Tage aufgehäufelt sind.
Zum Tanz bin ich nun aufgefordert,
und aller meiner Sünden großer Kranz,
er wird mir präsentiert –
ich muss die Rechnung dafür zahlen.
Doch wills der Herr, der Eine Gott,
so wird mir bald ein Strich durch sie gemacht!

Nun seh ich klar:
Wenn ich nur mal für eine Jahreslänge

vernünftig leben würde in der Welt,
so könnt ich meine Schuld verringern,
da zahlte ich mit kleiner Münze,
wo ich nun, leider, alles geben muss.
Drum ist mein Herz
voll Sorge und Beklemmung –
der Tod fällt hier nicht ins Gewicht.
Seele, ach, wo bist du morgen?
Wo wirst du Zuflucht finden,
wenn du im Fegefeuer büßen musst?
Ach, Kinder, Freunde und Kumpane –
wo bleibt denn eure Hilfe, euer Rat?
Den Besitz ergreift ihr, lasst mich allein
eintauchen in das Scheidewasser,
das alles Geld entwertet, bloß bestehen lässt
die guten Taten. Ach, hätt ich sie gemehrt!

Allmächtiger,
ohne Anfang, ohne Ende, sei mein Geleit,
zeig Dein Erbarmen, göttlich groß,
damit der Luzifer und sein Gehilfe
mich nicht einfach übertölpeln,
mich nicht der Höllenschlund verschlingt.
Maria, Jungfrau,
erinnere Dein liebes Kind doch an sein großes Leid.
Er, Der die Christenheit erlöste,
Er schließe mich nicht aus,
sein Martertod sei Hoffnung auch für mich,
wenn meine Seele aus dem Körperkerker flieht.
O Welt, nun gib mir schon den Lohn,
trag mich zu Grab, vergiss mich rasch.
Hätt ich statt deiner nur dem Herrn
gedient im wilden Wald,
so wär ich auf dem rechten Wege.
Schöpfer, Gott: erleuchte mich, den Wolkensteiner!

Oswald erholte sich noch einmal, wenigstens so weit, dass er der Bitte eines Konrad Öttinger Folge leisten konnte, als Zeuge einen Schriftsatz zu siegeln: »der edel streng und vest herr Oswald von Wolkenstain ritter«. Dies geschah am 6. Juli 1445.

Am 2. August starb er, in Meran. Seine Frau war bei ihm. Noch am selben Tag übergab sie Ulrich von Matsch, dem »obersten Verweser Herzog Sigmunds«, die beiden Schlüssel des Turmraums, in dem Vormundschaftsvertrag und Inventarliste deponiert waren; Oswald hatte die Schlüssel der beiden Eisentüren bei sich getragen. Ulrich von Matsch ließ Margarete eine Empfangsbescheinigung ausstellen.

In einer Handschrift mit geistlichen Spielen wurde auf der letzten Seite flüchtig notiert, Oswalds Leichnam sei unter erheblichen Mühen überführt worden und das bei großer Hitze. (Im Abkürzungslatein: »mgno labo z in calo vect 1445«.) Wenn das speziell vermerkt wurde, so muss es eine Hitzewelle gewesen sein.

Die letzte Reise wird am Tag nach seinem Tod begonnen haben. Zuvor: das Waschen, Anziehen, Aufbahren des Leichnams; Gebete, die Totenwache. Ein Hitzestau wohl auch im Sterbezimmer. Es muss feuchte Hitze gewesen sein – Sümpfe in der Ebene vor der Stadt. Und wenig Wind im August. Zahllose Fliegen. So konnte bereits nach zwei Stunden eine Leiche verfärbt, aufgequollen sein. Man wird deshalb, nach den kirchlichen Ritualen, den Leichnam in einen Keller getragen haben. Hat ihn vielleicht mit essiggetränkten Tüchern umwickelt. Oder hat ihn ein Bader eingerieben mit einer Alaunlösung, die gerbend einwirkt auf die Haut? Damals eine teure, seltene Konservierungsmaßnahme. Was man in der kurzen Zeit auch unternahm: der Verwesungsprozess konnte nur verzögert, nicht verhindert werden, beim langen Transport in großer Hitze.

Man wird drei Tage gebraucht haben für den Weg über Bozen und Brixen, ein bis zwei Tage für die Route über den Jaufenpass. Schon innerhalb des ersten Tages treten bei Hitze diese Veränderungen ein: Grünfärbung, rasches Auftreiben des Bauchs, zugleich des Hodensacks – »das sieht grotesk aus«, sagte der Pathologe, den ich befragte. Und an den »abhängenden Körperpartien«, also seitlich und am Rücken, bilden sich Blasen, wachsen, platzen, ein Aufreißen bald auch des prall geblähten Körpers, es tritt ein gelbliches »sirupartiges« Sekret aus: das »Abtropfen«. »Wenn ich bedenck den bittern tod.« Das schmierige Grün der Oberfläche verwandelt sich in schmutziges Rosa; der »Schaumpilz« vor dem Mund; Sekret sickert aus den Winkeln der blau aufgetriebenen Lippen, aus den Augenhöhlen, aus der Nase, aus allen Körperöffnungen: Blutflüssigkeit, verflüssigtes Bindegewebe, verflüssigte Muskulatur. Zusätzlich wohl auch Madenfraß. »Got schepfer leucht mir Wolkensteiner klar.«

Anfang der siebziger Jahren des zwanzigsten Jahrhunderts wurden in der Basilika von Neustift Reparatur- und Restaurierungsarbeiten durchgeführt, vor allem am Fußboden. Ein kleiner Bagger legte dabei November 1973 ein mittelalterliches gemauertes Grab frei; Teile des Skeletts wurden mit Schutt abtransportiert; der Stifts-Bibliothekar konnte im letzten Moment verhindern, dass sämtliche Knochen weggeschafft wurden, er barg die Reste des Skeletts. Er vermutete, dies seien möglicherweise Gebeine Oswalds von Wolkenstein: das Grab wurde in einem Bereich freigelegt, in dem nach der Überlieferung der »sargofagus domini Oswaldii Wolkenstainer« in den Boden gesenkt worden war. Die Knochen wurden in einen Karton gelegt, und den – so erzählt man – schob der Bibliothekar in der Zelle unter sein Bett.

Der Karton mit den Knochen blieb dort etwa vier Jahre. 1977 kam ein hoher Beamter nach Neustift; dieser Besucher war (und ist) davon überzeugt, mit den Wolkensteinern verwandt zu sein – so ergab sich ein Gespräch über Oswald; der Pater berichtete von den Knochen und holte die Schachtel hervor; der Besucher bot an, die Skelettreste mitzunehmen und einem Anthropologen zu übergeben, mit dem er gut bekannt sei. So kamen die Knochen nach Linz. Dort ruhten sie erst mal wieder. Schließlich begann ein Medizinstudent, sie zu vermessen. Als der Anthropologe Amilian Kloiber davon erfuhr, übernahm er die Knochen, untersuchte sie. Zur

Identifizierung wurde die Mitarbeit eines Gerichtsmedizinischen Instituts notwendig – hier ergab sich ein Kontakt zwischen den Universitäten Linz und Bern.

Zur Identifizierung ist vor allem der Schädel notwendig; er wurde von der Frau des Anthropologen auf eine Reise in die Schweiz mitgenommen und auf einem Bahnsteig des Bahnhofs Basel dem Gerichtsmediziner Dr. Glowatzki übergeben. In diesem Karton befand sich allerdings nur die Hirnschale; den Unterkiefer hatte der Anthropologe in den Weihnachtsurlaub mitgenommen, nach Saarbrücken. Dieser Knochen (abgekürzt UK) war zur Identifizierung allerdings sehr wichtig – die Zusammenführung von Hirnschale und Kiefer fand ein halbes Jahr später statt. Über die Untersuchung im Gerichtlich-medizinischen Institut der Universität Bern werde ich gleich berichten, ich nehme hier das Ergebnis vorweg: Mit an Sicherheit grenzender Wahrscheinlichkeit liegen die sterblichen Überreste des Oswald von Wolkenstein vor. Auf dem Internationalen Symposion 1982 in Seis am Schlern wurden seine Skelettreste ausgestellt auf einem Tisch mit grünem Tuch; sie wurden vom ORF gefilmt.

Danach wurden die Knochen erneut aufgeteilt: Hirnschale und Unterkiefer kehrten nach Bern zurück; die Knochen von Rumpf und Beinen kamen wieder nach Linz; die Beinknochen machten von dort einen Abstecher nach Würzburg. Nach den Reisen der Skelettreste des vielgereisten Wolkensteiners werden die Rumpf- und Beinknochen im Institut zu Linz aufbewahrt und die beiden Kopfstücke im Institut von Bern.

Bevor ich zu den anthropologischen und kriminologischen Untersuchungen komme, müssen zwei Vorfragen erörtert werden.

Die erste: lässt sich genau bestimmen, wie alt die Knochen sind? Hier scheint sich die Radiokarbonmethode anzubieten, aber nach diesem Verfahren können nur größere Zeiträume eingegrenzt werden, so hörte ich aus Bern; sie ist nicht empfindlich genug, um beispielsweise messen zu können, ob Knochen aus dem 13. oder 15. Jahrhundert stammen. Auch können Boden-Beimengungen die Ergebnisse beeinflussen. Die Knochen stammen jedenfalls aus einem Grab des Mittelalters.

Zweiter Punkt: es hat eine kurze öffentliche Diskussion stattgefunden über die Position des Grabes. Dieses »gemauerte Grab« liegt im nördlichen Seitenschiff, wenige Meter westlich vom Taufstein, an der Öffnung zur Gnadenkapelle. Nun haben auch Marx Sittich und Engelhard Dietrich von Wolkenstein berichtet, Oswalds Grab liege »vor dem Taufstein« beziehungsweise »bei dem Taufstein«. Zur Ergänzung: Marx Sittich hat auch überliefert, dass die Grabplatte aus weißem Marmor bestand, mit den Wappen der Wolkensteiner und Schwangauer. Und oberhalb, an der Kirchenwand (»droben an der Mauer«) war ein Gemälde (Fresko?) des Verstorbenen mit seiner Frau, mit zwei Töchtern und fünf Söhnen. (Ist das Gemälde überkalkt worden, später? Wie wäre es mit einer Infrarot-Untersuchung?!)

Erörtert wurde die Frage, ob bei einer der Umgestaltungen der Basilika der Taufstein versetzt worden ist: die romanische Kirche wurde gotisiert; die romanisch-gotische Kirche wurde umgebaut im Stil des Rokoko. Was dabei mit dem Taufstein geschah, eventuell, das müsste baugeschichtlich untersucht werden.

Weiter: es wurde erörtert, ob beim zweiten Umbau die Gräber unter dem Fußboden ausgeräumt worden sind. Dafür liegen keine Belege vor. Wohl mit Recht weist Glowatzki, Gerichsmediziner zu Bern, darauf hin, dass es bei einer Erneuerung des Fußbodens nicht notwendig war, alle Gräber auszuheben. So konnte es durchaus das Grab des Wolkensteiners sein, das 1973 freigelegt wurde. Es liegt, genau wie es die Wolkensteiner berichteten, »vor dem Taufstein« oder »bei dem Taufstein«.

Nun zu den Untersuchungen. Es konnten ungefähr zehn Knochen vor dem Klein-Bagger gerettet werden, dazu die Hirnschale ohne Oberkiefer; dafür aber blieb, wie schon erwähnt, der Unterkiefer erhalten. Ich fasse die wichtigsten Ergebnisse der anthropologischen und anthropometrischen Untersuchungen durch Professor Kloiber zusammen – sein Bericht wurde publiziert im zweiten Jahrbuch der Oswald von Wolkenstein-Gesellschaft.

Zum Unterkiefer, von dem nur ein kleines Stück fehlt: Die fünf erhaltenen Zähne sind in relativ gutem Zustand. Ich zitiere aus dem zahnärztlichen Befund (der Klinik für Zahnerhaltung) der Universität Bern: Die »Zähne zeigen keine Schmelzkaries, jedoch kann an drei Zähnen eine Zahnhalskaries beobachtet werden, die sich in späteren Lebensjahren entwickelte. (...) Sicher verursachte die eine oder andere Knochenentzündung Zahnschmerzen. Der Parodontalzustand kann für jene Zeit dem Sterbealter entsprechend als durchschnittlich bezeichnet werden.«

Weiter wurde diagnostiziert: die Zähne sind kürzer geschliffen. Im Fachidiom: Abrasion dritten Grades. Ich habe im ersten Band des Mittelalter-Quartetts beschrieben, wie Mühlstein-Partikel in Schrot und Mehl die Zähne kürzer schliffen. Bei diesem Mann, der in damals hohem Alter starb, sind die Zähne entsprechend abgeschliffen. Konklusion: unsere Dichter des Mittelalters zeigten beim Sprechen und Singen verkürzte Zähne.

Unterkiefer und Schädel: diese Knochenfunde machen eine Identifizierung möglich. Im Gerichtlich-medizinischen Institut der Universität Bern wurden hierzu die üblichen Methoden der Kriminologie angewendet.

Eins der wichtigsten, bewährtesten Verfahren der »Identitätsprüfung«: man fotografiert einen aufgefundenen, nicht identifizierten Schädel, projiziert und kopiert die Schädelaufnahme auf eine Porträtfotografie des mutmaßlichen Toten – das Foto des Kopfes und das Foto des Schädels selbstverständlich im selben Sichtwinkel. So kann man in einer Doppelbelichtung feststellen, ob fotografierte Kopfform und fotografierte Schädelform übereinstimmen; die völlige Kongruenz als Beweismittel.

Das Porträt der Handschrift B wurde fotografiert; man setzte Hirnschale und Unterkiefer »in anatomisch richtigen Positionen« zusammen, fotografierte sie aus dem Blickwinkel des Malers; dann wurde die Aufnahme des Schädels in die Aufnahme des Porträts hineinkopiert, selbstverständlich ohne Retuschen – und siehe da, beide Fotos waren in allen Konturen deckungsgleich. Das Schädel-Foto wurde weiter in die Infrarot-Aufnahme der Vorzeichnung dieses Porträts hineinkopiert – es ergab sich ebenfalls »eine gute Kongruenz ohne Überschneidungen bzw. Verzerrungen«. Diese Kongruenz sogar beim besonders auffälligen, charakteristischen Unterkiefer. Oswald hat, wie das Porträt zeigt, ein außerordentlich

›energisches‹ Kinn. Das machen die beiden »Kinnhöcker«, die das Gemälde wiedergibt; charakteristisch für den Neustifter Unterkiefer sind ebenfalls »außerordentlich betonte Kinnhöcker« mit einer »relativ starken Einziehung in der Mitte«. Auch in diesem Detail zeigt sich bei der Fotomontage Kongruenz zwischen der Fotografie dieses Knochens und der Fotografie des Porträtgemäldes. Ich habe die Doppelbelichtungen bereits vor der Veröffentlichung gesehen: die Aufnahmen passen genau ineinander.

Die gerichtsmedizinischen Untersuchungen sind abgeschlossen. Bei einer Nachuntersuchung durch Glowatzki ergab sich ein weiteres Indiz, das für eine Identität des Toten mit Oswald spricht. Schon bei der Röntgenaufnahme des Schädels war eine Anomalie aufgefallen: »Linksseitig sind drei normale Stirnhöhlen ausgebildet, rechtsseitig nur eine, die auch noch nach links abgeknickt ist.« Im Gerichtlich-medizinischen Institut wurde nun eine Abformung, ein »Ausguss« der Stirnhirnpartie hergestellt, und es zeigte sich eine weitere Anomalie: »verstärkte Knochenbildung an der Innenseite des rechten Stirnbeins«. Wie kam es dazu, was bedeutet das? Ich kann keine schlüssige Antwort vorlegen, vermerke nur: die Anomalie der fehlenden Stirnhöhlen rechts; die Anomalie der verstärkten Knochenbildung am rechten Stirnbein; die Anomalie des geschlossenen rechten Auges – könnten hier Zusammenhänge bestehen?

Die Knochen, die also mit größter Wahrscheinlichkeit von Oswalds Skelett stammen, wurden im Berner Institut auch toxikologisch untersucht. Dabei ergab sich ein auffälliger Befund: der Bleigehalt beträgt etwa das Fünffache der Normen des Mittelalters. Als ich dies aus Bern telefonisch erfuhr, fiel mir sofort der Brief ein, in dem Margarete von Wolkenstein ihren Mann in Meran vor einem Anschlag durch den »Gufidauner« warnt. Ist Oswald vergiftet worden? Dazu wurden im Mittelalter meist Thallium oder Arsen verwendet, beide Gifte ließen sich jedoch nicht nachweisen. Wie also kam das Blei in Oswalds Knochen?

Der Wolkensteiner, als Dichter auch sehr suggestiver Trinklieder, dürfte in seinem langen Leben viel pokuliert haben – die damals üblichen Zinnbecher enthielten auch Blei, und das war zum

Teil löslich. Oswald könnte auf diese Weise etliches Blei zu sich genommen haben, das sich in den Knochen anlagerte.

Zweite potentielle Ursache: die wahrscheinlich chronische Entzündung des Unterlids seines geschlossenen Auges; die übliche Wundsalbe bestand damals aus Bleiweiß; wurde sie regelmäßig angewendet, drang etliches Blei in den Körper.

Dritte und letzte Möglichkeit: bevor Oswalds Leiche während der Hitzewelle von Meran nach Neustift transportiert wurde, hatte man sie bestimmt präpariert; dabei konnte, laut Glowatzki, auch »Bleiwasser« oder »Bleiessig« verwendet worden sein; in dem Fall konnten während der Verwesung Blei-Ionen in den Körper eindringen und sich in den Knochen anlagern.

Ich hatte mir mehrfach überlegt, ob ich nach Linz und vor allem nach Bern fahren soll, um mir die sterblichen Reste des Wolkensteiners anzuschauen. Ich sah mich, vorwegnehmend, in einem Raum des Gerichtlich-medizinischen Instituts mit Oswalds Schädel in der Schreibhand. Was würde ich in diesem Moment empfinden, fühlen, denken? Dass unter dieser Knochenschale die grandiosen Lieder entstanden? Und bevor ich den Schädel in das Behältnis zurücklege (das ich als Karton vor mir sehe), küsse ich die Schädeldecke? Ich habe Oswald von Wolkenstein als einen meiner literarischen Väter ›adoptiert‹ (sein breites Spektrum literarischer Artikulation!), und so ist er mir nah geblieben; Anblick und Berührung seines Schädels könnten diese Nähe, diese Präsenz kaum intensivieren – so sagte ich mir und verzichtete auf die Reise.

Über Oswalds ›Weiterleben‹ erzählt eine Sage; ich gebe sie wieder nach der Vorlage von Wolffs *Dolomitensagen*.

Der König des Rosengartens besitzt einen Jagdforst mit zahlreichen Goldfasanen, mit weißen Hirschen und in den Bergen Hunderte von Gämsen. Königlicher Jagdaufseher, Forstaufseher ist Partschótt. Er mäht Wiesen am Rand des Rosengartens, lagert das Heu in Stadeln, füttert damit im Winter die Gämsen und die weißen Hirsche. So ist alles gut und schön.

Doch plötzlich die Wende: Der König lässt den paradiesischen

Rosengarten versteinern, schickt seinen Hofstaat in Felsensäle, Felsenhöhlen – nur den Jagdaufseher Partschótt draußen, den vergisst der König.

Und Partschótt sieht erschrocken, wie der Rosengarten zu einem wüsten Felsgebirge wird. Partschótt ruft, Partschótt läuft umher – alles ausgestorben, alles tot. Da baut er sich eine Hütte am Grünser Bühel, mäht weiterhin Gras, füttert im Winter mit Heu die Gämsen und die weißen Hirsche; tut, was er immer getan hat.

Aber nun, da der König des Rosengartens seine Herrschaft aufgegeben hat, kommen Fremde aus den Tälern herauf, dringen in den Wald ein, jagen das Wild. Und andere folgen mit Viehherden. Der alte Jagdaufseher versucht, den Wildbestand zu retten, doch alles Bitten, alles Mahnen bleibt vergebens, die Gämsen und die weißen Hirsche werden gejagt, weite Flächen Wald werden abgeholzt, niedergebrannt, die Eindringlinge brauchen Weideflächen für ihre Viehherden: die Seiser Alm. Dem alten Partschótt nimmt man sogar die Heustadel ab. Und hilflos sieht er zu, wie mehr und mehr Wald vernichtet wird, wie die Gämsen und die weißen Hirsche ausgerottet werden; der Letzte der weißen Hirsche flieht hinunter in den Hauensteiner Forst.

Man beginnt den alten Partschótt zu vergessen. Wer ihn noch einmal sieht, der traut ihm nicht mehr, hält ihn für ein gefährliches Wesen. Der Alte wird immer scheuer, zieht sich tief in die Restwälder zurück. Alte Hirten sehen in ihm einen Berggeist.

Erst wenn im Herbst die Viehherden wieder zu Tal getrieben sind, wenn keine Menschen mehr auf der Hochfläche sind, kommt der Alte aus den Waldgebieten heraus, schaut über die Hochebene, geht zum Schlernmassiv, verschwindet in Felsschroffen. So wiederholt sich das jeden Herbst.

Aber eines Tages, wenn der alte Partschótt über die Seiser Alm zum Schlern geht, wird er hoch auf dem Grünser Bühel den Sänger Oswald von Wolkenstein sehen, in schimmernder Rüstung. Und Partschótt wird einen Jubel- und Jodelschrei ausstoßen, den man weit, weit hören wird, über das Grödnertal hinweg bis zum Raschötz, und hundertfach das Echo in den Bergen. Und dann wird Oswald erneut seine Lieder anstimmen, und aus dem kargen, schroffen Felsgebirge Rosengarten wird wieder ein paradiesisch schöner Rosengarten, blühend, blühend, und die alten Bergpaläste entstehen neu, und die schlafenden Zwerge erwachen, und der Wald wird wieder über die Seiser Alm wachsen, und der alte Partschótt wird wieder das Wild hegen, die Gämsen und die weißen Hirsche.

Anhang

Berichte und Exkurse

Kleiner Werkbericht 1977. Bei meiner ersten Fahrt nach Südtirol machte ich Zwischenstation in Innsbruck, kaufte einen (sehr wichtigen) Sammelband, den es nur im dortigen Institut für Deutsche Philologie gab: *Oswald von Wolkenstein*, »Beiträge der philologisch-musikwissenschaftlichen Tagung in Neustift bei Brixen 1973«. Bei diesem Besuch im Seminar lernte ich den Dozenten Anton Schwob kennen, unser Gespräch über den Wolkensteiner wurde fortgesetzt durch einen Briefwechsel. Der brach auch nicht ab, als Schwob später von einem Bozener Verlag die Anregung erhielt, seine biographische Skizze von OvW auszuarbeiten zu einer Biographie.

Weiter: ein erst schriftlicher, dann telefonischer Kontakt mit Professor Ulrich Müller, den ich schließlich in Stuttgart besuchte, zwei Tage lang. Wir sprachen ausführlich über OvW, vor allem über Interferenzen zwischen literarischen Mustern und biographischen Fakten.

Bei Müller lernte ich Hans-Dieter Mück kennen, der bei ihm promovierte, selbstverständlich über OvW. Mück hatte die wohl umfangreichste Sammlung von Sekundärliteratur über OvW, meist in Ablichtungen. Er postierte den Pulk von Aktenordnern auf einem Tisch und fragte: Was wollen Sie haben? Nach einer Bibliographie, die er zusammengestellt hatte, gab ich die Titel etlicher Arbeiten an, und bald wuchs der Stoß von Fotokopien, die er für mich ablichtete.

Im nächsten Jahr erneut ein Besuch in Stuttgart, bei Müller, und in Kornwestheim, bei Mück. Auch in der Zwischenzeit, der Zeit danach: Briefwechsel und Telefongespräche zwischen Kornwestheim und Düren. Mück wies mich auf aktuelle Publikationen hin, schickte sie mir zum Teil auch gleich in Ablichtungen.

Weil mir die Übersetzungen von Liedtexten immer wichtiger wurden, schrieb ich Lambertus Okken an, Dozent an der Rijksuniversiteit Utrecht. Er hatte in Fachzeitschriften einige Wortschatzuntersuchungen zu Liedtexten des OvW veröffentlicht, Arbeiten, die ich für meine Übertragungen genutzt habe. Okkens Spezialität ist das Entschlüsseln schwieriger Texte, er arbeitet hier wie ein Codebrecher. Ein langes Wochenende in Bilthoven, schwierige Textstellen wurden erörtert, manche Texte systematisch durchgearbeitet; mir rauchte der Kopf. Im Sommer 1976 eine zweite Arbeitssitzung in Düren, im Herbst eine dritte in Bilthoven; hier hat mir Okken vor allem beim Übersetzen von Urkunden geholfen. Okken hat seine Großzügigkeit so motiviert: Was er durch die Universität gelernt habe, das könne er nun, zum Teil, zurückgeben an eine größere Öffentlichkeit. Okken hat, neben Mück, am entschiedensten bei der Arbeit am Buch geholfen.

Die Bereitwilligkeit, mit der man meine Arbeit unterstützte, war für mich ebenso erstaunlich wie erfreulich. Als ich einem Rundfunkredakteur davon erzählte, meinte er: Ich würde andere doch nicht an meinen Zettelkasten ranlassen!

* * *

Kleiner Werkbericht 1980. Als ich Februar 1977 die Arbeit an diesem Buch abschloss, wusste ich: Spätere Informationen können Modifikationen, vielleicht sogar Revisionen notwendig machen. Wenn ein Buch gedruckt vorliegt, ist damit nicht immer ein Schlusspunkt gesetzt – einige meiner Bücher habe ich denn auch für Taschenbuchausgaben überarbeitet.

Neue Forschungsergebnisse machten für die Neuausgabe 1980 Revisionen notwendig vor allem in drei wichtigen Punkten: das Hus-Hussiten-Lied des Wolkensteiners ... seine erste Ungarnreise ... die Belagerung der Burg Greifenstein. Hier lassen sich jeweils neue Schlüsse ziehen auf Charakter und Verhalten des Wolkensteiners.

Einige berichtende, erzählende Abschnitte wurden neu eingefügt; es entstanden Doppelbelichtungen, etwa der Trostburg, der Burg Hauenstein. Trotz der Änderungen – die Struktur, der Duktus der Biographie blieben erhalten. Es kam mir nicht allein an auf umfassende Vermittlung von Informationen über OvW und seine Zeit, ich versuchte eine neue Form der Biographie zu entwickeln: Vielfalt von Ansätzen und Aspekten, in klaren Zäsuren; das Buch als großes Facettenauge.

* * *

Kleiner Werkbericht 2010. Nie wieder werde ich an diesem Buch arbeiten, sagte ich mir, als nach meinem Verlagswechsel 1996 die revidierte Ausgabe als Taschenbuch neu erschien. Und doch habe ich, gleichsam hinter meinem Rücken, in einen leeren Weinkarton gelegt, was eventuell ... was vielleicht ... was doch eigentlich gar nicht ...

Und es wuchs eine kritische Masse heran. Plötzlich der Entschluss: Ich mache mich noch mal an die Arbeit. In den drei Jahrzehnten seit der Erstausgabe ist viel geforscht worden über den Wolkensteiner, und vor allem: Es liegen (bisher) drei Bände vor mit kommentierten Editionen von Lebenszeugnissen des Wolkensteiners, herausgegeben von Anton Schwob, kommentiert vor allem von Ute Monika Schwob. Erstmalig konnte hier, zum Beispiel, nachgewiesen werden, dass OvW an zwei der Feldzüge des Ordenslandes Preußen gegen Litauen teilgenommen hat. Und: dass er tatsächlich in Rom war – was bisher nur angenommen werden konnte. Viele Datierungen lassen sich nun präzisieren.

Weiterer Motivationsschub: Das Verständnis etlicher Liedtexte ist philologisch gefördert worden – in Textauswahl von Burghart Wachinger, in vollständiger Prosa-Übersetzung von Wernfried Hofmeister. So habe ich sämtliche Liedtexte und Texte von Tonsätzen noch einmal überarbeitet, habe Liedtexte ergänzt, von denen ich bisher nur Strophen vorgelegt hatte, habe weitere Liedtexte übertragen. Mit den Büchern über Neidhart, Wolfram, Gottfried habe ich dazugelernt; das ließ sich einbringen, umsetzen.

Zusätzlicher Motivationsschub: neue wissenschaftliche Arbeiten über die Zeit, in der OvW gelebt, gewirkt, gedichtet, komponiert hat. Zum Beispiel: englische Literatur über die portugiesische Expansion in Nordafrika, Stichwort Ceuta.

Als weiteres Ferment: stimulierende Telefonate mit Hans-Dieter Mück und Ulrich Müller. Beide Namen sind schon im ersten Werkbericht genannt. Nachdem die Erstausgabe der Biographie erschienen war, entstand eine lange, von eher beiläufigen Telefonaten unterbrochene Kommunikationspause. Ebenso erstaunlich wie erfreulich: Nach mehr als drei Jahrzehnten setzte sich der OvW-Diskurs lebendig fort! Hans-Dieter Mück wies mich auf neue Arbeiten hin, schickte Ablichtungen, half, als versierter Ausstellungsmacher, mit beim Bildteil, vermittelte digitale Vorlagen, präzisierte Bildnachweise.

Und Ulrich Müller versorgte mich mit OvW-Tonträgern aus Salzburg und Wien, auch, zum Beispiel, mit dem (damals noch ungedruckten) Essay von Marc Lewon über polyphone Liedsätze des Wolkensteiners. (Mit Marc – Laute, Fiedel und Diskurs – nahm ich nach der Lektüre Kontakt auf; es schlossen sich gemeinsame Auftritte an.)

Das Porträt des Dichterkomponisten, das ich 1977 vorstellte, es ist mit dieser Neufassung nicht bloß hier und dort revidiert, nicht nur unter dem und jenem Stichwort erweitert worden, ich habe es partienweise übermalt – um bei der Porträtmetapher zu bleiben. Ich sehe OvW in wichtigen Aspekten mittlerweile entschieden anders. Es entstand ein weithin neues Buch. Schon der erheblich erweiterte Umfang zeigt das an.

* * *

Zu den Übertragungen. Kurz vor und kurz nach der Wende vom 19. zum 20. Jahrhundert waren erste Versuche unternommen worden, eine jeweils größere Zahl von Liedtexten (›Gedichten‹) des Wolkensteiners zu übersetzen. Auf verschiedene Weise lässt sich an diesen (wie an späteren) Übersetzungen ablesen, warum sich OvW als Dichter seiner Liedtexte in unserem Sprachraum vor der Mitte des zwanzigsten Jahrhunderts nicht recht durchsetzen konnte. Ich will nun nicht Übersetzungen von Eduard Passarge und Nachfolgern rezensieren, hier könnte ich befangen wirken, ich weise nur auf drei Punkte hin.

Der erste: Die OvW-Philologie hatte damals noch nicht so viel dechiffriert, die Übersetzungen sind zum Teil falsch.

Der zweite Punkt: Das Sprachspektrum der Übersetzer (meist Gelehrte) war zu eng.

Der dritte Punkt: (auch) Passarge versuchte, das metrische Schema, noch dazu das Reimschema (Endreime, Binnenreime, Schlagreime) im Neuhochdeutschen zu rekonstruieren, das hatte zuweilen groteske Folgen.

Was OvW in der Sprache seiner Zeit artikulierte, muss in der Sprache unserer Zeit neu formuliert werden. Das heißt: Der Übersetzer, der die (zuweilen sehr vertrackten, aufwendigen) Reimschemata des Wolkensteiners übernehmen will, er muss neue Reime suchen; die wiederum wirken verformend zurück auf Auswahl und Reihenfolge der Wörter des Liedtextes. Pointiert: Man baut das jeweilige Reimschema mit heutigem Sprachmaterial nach und weicht damit zwangsläufig vom Wortsinn des Liedtextes ab.

Einige Übersetzer ziehen nun diese Konsequenz: Unter Verzicht auf die Reproduktion der Form geben sie den Inhalt wieder, in Prosa. So hat Wachinger in einem Auswahl-Band dem Originaltext jeweils eine Prosa-Paraphrase zur Seite gestellt. Auch Okken fasste die Ergebnisse seiner Wortschatz-Untersuchungen in Prosa-Übersetzungen zusammen. Ich hatte in einer ersten Arbeitsphase vor, diese Methode zu übernehmen, habe mich dann aber entschlossen, einen Schritt weiterzugehen.

Denn: bei Prosa-Übersetzungen wird zwar der Inhalt der Liedtexte ablesbar, doch was für OvW bezeichnend ist, geht verloren: der oft enorm hohe Grad an Sprachverdichtung. Die Zahl der Silben und Wörter ist in einer Prosa-Übersetzung erheblich größer als in den Vorlagen. So habe ich in den Übertragungen von Liedtexten durchweg die vorgegebene Zahl der Silben pro Zeile übernommen, im metrischen Schema.

Dass ich die Zahl der Silben pro Zeile einhielt, bei gelegentlichem Verzicht auf die Auftakt-Silbe auch unterschritt, dies hatte Rückwirkungen: Der Text geriet durch die erzwungene Verdichtung in einen anderen Aggregatzustand. Aber, das muss gleich eingestanden werden: Damit ist noch nicht erreicht, was OvW schuf! Nur verhältnismäßig selten habe ich Liedtexte (zumindest ihre Refrains) gereimt, und so fehlt den meisten Übertragungen, was formal bezeichnend ist: die Reimstruktur.

Wie sehr sie dominieren kann, zeigt der zweite Teil der zweiten Strophe von Kl 20: Hier bringt es Oswald fertig, jeweils Sequenzen von 14 Reimen scheinbar mühelos zu realisieren.

Zwar liebste frau deins herzen qual
mich freuden ant zu manchem mal
wie wol dein er mit lieber zal
mich hat erfreut an argen val
so ist so vil der merker schal
die uns verdencken uberal
mit snoedem ticht in schanden tal
das ich wolt sein ain animal
jo wesen gleich der nachtigal
da mit deins zarten leibes sal
an schuld nicht flur der eren gral
doch hoff ich das kain boeser gal
sich an dir freu in neides pal
o wachter dein verswigen hal
mit treuen hat gewichen

Das lässt sich mit ähnlicher Eleganz und Stringenz im Neuhochdeutschen nicht unbeschadet nachformen. Die semantische Bedeutung der Liedtexte in unserer Sprache wiedergeben, die metrischen Muster beibehalten, Klangqualitäten reproduzieren, dazu auch noch die Reimschemata rekonstruieren – das erscheint mir in den meisten Fällen als Quadratur des Kreises.

Denn OvW war ein unersättlicher Feinschmecker von Reimen. Sicher, er geriet zuweilen in Reimzwang, das sieht und hört man einigen Texten an, aber was er an

Klangpaarungen nur herausholen konnte aus der Sprache seiner Zeit, das brachte er ein in seine Liedtexte, gab sich dabei oft nicht zufrieden mit Endreimen, präsentierte auch noch Binnenreime, Schlagreime!

* * *

Stichwort Werkstatt. Die ersten sieben Liedtexte der Handschrift A sind geistlich getönt. Sind damit wohl programmatisch an den Anfang gesetzt. Nach dem siebten Liedtext dieses Blocks eine der Anmerkungen, der »nota« zur Aufführungspraxis: Die zuvor niedergeschriebenen sieben Lieder werden sämtlich nach der Melodie des Liedes »Ain anefang« gesungen.

Das setzt präziseste Abstimmung voraus, Zeile um Zeile – die Strophen sind jeweils 18 Zeilen lang, wobei die Zahl von Hebungen und Senkungen wiederum zeilenweise variiert. Alle sieben Strophen des ersten Liedes müssen silbengenau nach diesem Schema gearbeitet sein, sonst gerät der Sänger ins Stolpern. Das Schema gilt auch für das folgende halbe Dutzend von Liedtexten – sie müssen Strophe um Strophe silbengenau die Vorgaben einhalten. Die erste Zeile der Strophen jeweils mit zwei Hebungen, die zweite mit fünf, die nächsten beiden Zeilen mit jeweils vier Akzentuierungen – so setzt sich das variabel fort. Und, zur Betonung noch einmal wiederholt: in *allen* Strophen der sieben Liedtexte! Jedes der Lieder beginnt mit einem Textimpuls: Ain anefang ... Wach menslich tyr ... Wann ich betracht ... Hör kristenhait ... Ich syech und hör ... Ich spür ain tier ... Lobleicher got ...

Ich kann mir nicht vorstellen, dass diese Liedtexte gleichsam in *einem* Set geschrieben wurden – so, wie Haydn oder der junge Beethoven jeweils ein halbes Dutzend Streichquartette unter einer Opusnummer zusammenfassten. OvW dürfte zu verschiedenen Zeitpunkten das kompositorische Schema aufgegriffen und den neuen Text jeweils silbengenau der Melodie angepasst haben. Dennoch wirken die Texte nicht konstruiert, die Sprache bleibt im Fluss. Das dürfte selbst für den Sprachvirtuosen ein hartes Stück Arbeit gewesen sein.

In meinen Übertragungen sehen die Liedtexte allerdings aus wie Gedichte. Müssten hier nicht Gegenzeichen gesetzt werden, graphisch? Vor allem für die zahlreichen Melismen?

Zum Beispiel im großen Hauenstein-Lied Kl 44: präzis gesetzte Melismen an Textstellen besonderer Betonung! So klingt »vergessen« wie »verge~e~e~e~ssen«, und das findet sechs Zeilen später sein Echo in »me~e~e~e~ssen«.

Die Präzionsarbeit des Wolkensteiners dokumentiert sich ebenso in den beiden folgenden Strophen: auch hier Akzentuierung durch Melismen an jeweils wichtigen, mit Recht betonten Wörtern! In der zweiten Strophe: »langes e~e~e~e~nde«; damit korrespondierend, sechs Zeilen weiter, das Schlüsselwort »elle~e~e~e~nde«. (Hier wird eine Kompositionstechnik etwa eines Johann Sebastian Bach vorweggenommen: auch er wird ein Wort wie »Klage«, ein Verb wie »seufzen« auszieren, mit Melismen.)

Noch deutlicher wird dieses Verfahren bei einem Liedtext, den ich nicht übertragen habe: Kl 13. Der Beginn der zweiten Strophe:

We~e~e~er kan die magt volzieren
nach adeleicher art?
A~a~a~auf erd kain lieber dieren
zwar nie geboren wart.
ei du traut minnikliche, keusche creatu~u~u~ur!

Eigentlich müsste ich Melismen in den Übertragungen drucktechnisch sichtbar machen. Die graphischen Andeutungen könnten bewusstmachen: Hier ist kein Gedicht, das stumm gelesen oder halblaut vorgelesen wird, hier ist ein Text, der mit hohem technischem Anspruch gesungen wird. Jedoch, systematisch durchgeführt würde das eher pedantisch wirken, und so bleibt es hier beim Hinweis.

* * *

Stichwort Stilisierung (zu Seite 41). Wie sich autobiographisch Faktisches und literarisch Fiktives amalgamieren lassen, zeigt sich auch im *Roman vom Weißen Ritter* aus dem Jahre 1490. Über ein Kapitel im vierten Buch setzte Joanot Martorell folgende Überschrift: »Wie Tirant eine halb wahre, halb erdichtete Geschichte von seinen Erlebnissen erzählte.« Die »halb wahre, halb erdichtete Geschichte« liest sich streckenweise wie ein Paralleltext zum Lebenslied (Kl 18) des Wolkensteiners.

»Nicht verschweigen möchte ich Euch, dass ich von adliger Herkunft bin, freilich kein Fürst oder großer Herr. Doch als junger Mann, den es nach Ehre und Ruhm verlangt, habe ich mich auf die Suche gemacht und die Welt durchstreift. (...) Und so reiste ich davon mit einem Schiff, um nach Syrien zu fahren; und von dort zog ich weiter nach Jerusalem, wo das Heilige Grab Jesu Christi ist, um dort Buße zu tun für meine Sünden. Auf der Rückreise bestieg ich jene Galeere, deren Scheitern mein Unglück vollends besiegelte. Aller Habe beraubt, splitternackt, bin ich den Gefahren der stürmischen See entronnen und dank der Barmherzigkeit Gottes an den Strand der Berberküste gelangt.«

* * *

Stichwort Geld (zu Seite 54). Hier muss der Exkurs relativ ausführlich werden, das Monetäre ist von großer Relevanz für die Biographie. Die finanzielle Lage des Wolkensteiners: in neuem Licht!

Autoren der OvW-Sekundärliteratur verharren auf der sicheren Seite: stets werden, etwa für Urbare, damalige Geldwerte auf den Pfennig genau wiedergegeben. So bleibt man unanfechtbar, kommt aber nicht weiter. Wir brauchen zumindest Anhaltspunkte für den Geldwert, die Kaufkraft.

Allerdings gab es damals keine landesweiten Normierungen, selbst Elas schreibt vom »Wirrwarr des Geldwesens« zwischen dem 15. und 18. Jahrhundert. Dennoch darf die Frage nach OvW und dem Geld nicht ausgeklammert werden. Sonst bliebe es bei der recycelten Aussage, der Wolkensteiner hätte lebenslang um Geld und Auskommen kämpfen müssen. Das ist zum Klischee erstarrt. Es kann nur zerbrochen werden, wenn wir uns die Frage stellen: Wie viel wäre eine Mark oder ein Gulden in heutiger Kaufkraft wert, ungefähr wenigstens?

J. K. Hoensch hat im Anhang seiner Sigmund-Biographie eine Tabelle eingerückt: »Das Währungssystem in der ersten Hälfte des 15. Jahrhunderts«. Ich konzentriere mich auf die Verrechnungseinheit »Mark« und die Goldmünze »Gulden«.

Die Mark wurde nicht geprägt, sie war ein kleiner Silberbarren. Das Standard-Markgewicht der Kölner Mark lag bei 234 Gramm Feinsilber. Die Krakauer Mark wog einige Gramm weniger, die Wiener Mark ein paar Gramm mehr, aber, grob berechnet, entsprach einer Mark stets ein halbes Pfund Feinsilber.

Bei Elas finde ich eine Erklärung für dieses Zahlungsmittel: Münzen waren rasch abgeschliffen bei damaligen Legierungen und Prägetechniken, so lief der finanzielle »Großverkehr« über »Barrenzahlung«.

Gemünzte Leitwährung war der Gulden. Laut Untersuchungen zur Münzgeschichte galten Dukat und Gulden als »gleichwertig« – zumindest für die Ära des Wolkensteiners. Später wird der Gulden an Wert verlieren, der Dukat gewinnen. Was sich zu Beginn des 15. Jahrhunderts allerdings schon andeutet: Der (ungarische) »rote« Dukat besaß etwa ein Viertel mehr Kaufkraft als der (rheinische) Gulden. Bei der Gesamtberechnung des Wolkenstein-Etats fällt das freilich kaum weiter ins Gewicht.

Entscheidend nun: eine Mark war pari mit zwei Gulden. Genauer: Der Kölnischen Mark entsprachen 512, dem Rheinischen Gulden 240 Heller (oder Silberpfennige).

Und gleich die Frage nach der möglichen Umrechnung. Hoensch setzte damals 80 DM als »ungefähre heutige Kaufkraft« ein für den Gulden. Für die Mark demnach das Doppelte.

Nun könnte ich den offiziösen Wechselkurs nehmen und dem Gulden eine heutige Kaufkraft von 40 Euro zuschreiben, der Silbermark von 80. Das wäre einfach aber nicht realistisch, schließlich ist die Kaufkraft des Euro relativiert worden, vielfach wurde, vor allem in der Gastronomie, die Mark dem Euro gleichgesetzt – während Einkünfte nicht verdoppelt wurden. Auch wenn ich behutsam vorgehe und für Gulden oder Dukaten jeweils eine Kaufkraft von 50 Euro ansetze, für die Mark demnach von 100 Euro – der Umrechnungsmodus dürfte immer noch zu niedrig sein.

Einige Hinweise auf die damalige Kaufkraft von Gulden und Mark. Silvio Enea Piccolomini nennt in seiner Autobiographie, den *Commentarii*, eine aufschlussreiche Zahl. Der spätere Papst berichtet, von sich in der dritten Person schreibend: »Bekam Enea durch Vermittlung des Kaisers die Pfarrstelle im Sarntal, die ihm jährlich 60 Gulden einbrachte.« Das wären, nach bisherigem Modus, heute etwa 3000 Euro. Gewiss, ein Pfarrer wurde damals von seiner Gemeinde auch mit Naturalien versorgt, von Honig bis zu Brennholz, dennoch: ein außerordentlich niedriger Ansatz. Selbst, wenn ich den Gegenwert eines Gulden auf etwa hundert Euro ansetze, es bliebe bei 500 Euro monatlich. Nicht übertrieben viel, auch wenn man ein erheblich niedrigeres Lohn- und Gehaltsniveau ansetzt für jene Zeit.

Die Frage nach dem Umrechnungsmodus stellt sich auch, wenn wir mit Preisen für Immobilien konfrontiert werden, aus der Region, aus der Zeit des Wolkensteiners. 1437 werden in Brixen zwei nebeneinanderliegende Häuser in guter Lage für insgesamt 59 Mark verkauft. Ein Haus also mit einem Kaufwert von heute dreitausend Euro? Waren Immobilien derart billig (auch, weil nach den Epidemien viele Häuser leerstanden) oder zeigt sich auch hier, dass die Umrechnungen zu gering angesetzt sind?

Weil die Finanzen von gravierender biographischer Bedeutung sind, weitere Angaben. Markus J. Wenninger bietet in seiner Untersuchung zur »Finanzkraft des Adels« eine richtungsweisende Umsetzung in damalige Kaufkraft an. »Für die 100 fl [Gulden] Jahressold konnte sich Oswald etwa vier bis sieben zinsbare Güter (= landwirtschaftliche Kleinbetriebe), einen Hof oder maximal 5 Streitrosse kaufen. Auch eine Rüstung kostete ihn bei ganz normaler Ausführung den Preis wenigstens eines guten Pferdes.«

Zu weiterem Vergleich ein Sprung in höhere Zahlendimensionen. Im 15. Jahrhundert zahlt die Hafenstadt Ragusa (heute Dubrovnik) laut zeitgenössischem Bericht »dem König von Ungarn jedes Jahr fünfhundert Dukaten als Tribut«.

Wieder der deutschsprachige Raum: eine Stadt wie Weissenburg entrichtete jährlich 80 Gulden an Reichssteuer. Bei der großen Handelsstadt Nürnberg waren es 2000 Gulden jährlich.

Weitere Vergleichszahlen finden sich in den *Regesta Imperii* des Königs Sigmund. Etwa unter dem Datum 31. Mai 1415. Der König »verpfändet Feldkirch, Fussach, Höchst, Dornbirn, Rankweil, das Vorder-Walgau, die Walliser, die zur Herrschaft Feldkirch gehören, Rheineck, Altstetten, den inneren Bregenzerwald, Langenegg und das Rheintal dem Gr. Eberhard v. Nellenburg für 2000 rhein. Gulden«.

Noch deutlicher werden die Relationen und Dimensionen in der Regeste vom 1. Juli 1415: Der König »verspricht der Stadt Diessenhofen, dass sie niemals vom Reiche entfremdet werden soll, und überschreibt ihr, da sie ihm 1000 rhein. Gulden geliehen, die Vogtei, die jetzt Molli Truchsess innehält, sowie die 60 Gulden auf den Rheinzoll; erlaubt der Stadt auch die Einlösung von 50 Gulden, die Ulrich von Landenberg auf dem Rheinzoll hat, von 120 Gulden, die Ritter Hans Schwarz auf demselben Zolle hat, sowie ihrer Stadtsteuer (41 Mark Silber), die z.Zt. an Heinrich Truchsess, Molli Truchsess und Götz Schultheiß von Schaffhausen verpfändet ist.«

Eine letzte Vergleichszahl: 1428 marschiert vor Würzburg eine Truppe auf, bereit zu Belagerung und Erstürmung der Stadt. Die aber erkauft sich den Abzug der Truppe für 5000 Gulden.

Fünftausend Gulden: in solchen Zahlendimensionen also bewegte sich der Wolkensteiner bei seinen Transaktionen. Mindestens so hoch wurde er denn auch von seinen Widersachern evaluiert.

Sollten meine Belege und Beweise noch immer nicht genügend Überzeugungskraft besitzen, hier gleich weitere Vergleichszahlen.

Wichtiger Einnahmeposten im Haushalt der Grafschaft Tirol waren Zollgebühren. Die einträglichste Zollstation war seit jeher Lueg am Brenner. Hier wurden 1415 etwa 720 Mark eingezogen, also rund anderthalbtausend Gulden. Zwanzig Jahre später: 1260 Mark, rund zweieinhalbtausend Gulden. Im Jahre 1432 wird die landesfürstliche Kammer über die sieben Hauptzollstätten des Landes insgesamt

2700 Mark einnehmen, 5400 Gulden – weniger als die Kaution, die der Landesherr vom Wolkensteiner fordern wird, indirekt.

Doch selbst mit der Zwangszahlung von 6000 Gulden wäre OvW nicht insolvent geworden – mehrfach setzt er, selbst in scheinbaren Notzeiten, erstaunlich hohe Geldbeträge frei. Noch in seinem vorletzten Lebensjahr wird er so etwas wie eine Kriegsanleihe zeichnen in Höhe von 2200 Dukaten, also, nach bisherigem Modus umgerechnet, von 110 000 (bis 150 000) Euro.

So weit, so gut? Eigentlich noch immer nicht. Ich muss erneut ansetzen bei den Immobilienpreisen. Wie schon angedeutet, lässt sich davon ausgehen, dass die Preise für Häuser und Liegenschaften gefallen waren nach diversen Epidemien. Dennoch, wenn ein Haus in zentraler Lage zu Brixen nur auf etwa dreißig Mark taxiert war, so wäre das, nach bisherigem Modus, ein fast lächerlich geringer Betrag. Selbst bei extremer Baisse auf dem damaligen Immobilienmarkt – in der Umrechnung muss offenbar nachgebessert, muss aufgestockt werden.

Und warum setze ich nicht gleich einen höheren, ungefähr adäquaten Umrechnungsmodus an? Ein retardierendes Moment: Ich möchte OvW den Umgang mit allzu hohen Geldern gleichsam ersparen. Dies mit Rücksicht auf sein Image damals und weithin noch heute. Was auf solch ein Image einwirkt: Die weitverbreitete Vorstellung, ein Künstler müsse anstandshalber arm sein und arm bleiben. Schon deshalb fasst man überlieferte Geldangaben in biographischen Arbeiten über Künstler nur mit spitzen Fingern an, unterlässt am liebsten jede Form der Umrechnung.

Auch ich muss hier Bedenken überwinden, gleichsam überspringen. Ich riskiere den Sprung und setze den Umrechnungsmodus versuchsweise höher an, mache es dabei wie heute weithin üblich: setze den Euro mit der D-Mark gleich. Hoensch hatte 80 DM für einen Gulden angesetzt, ich setze, auf Probe und Widerruf, den Gulden in heutiger Kaufkraft gleich mit 80 Euro. Und die Mark, abgerundet, mit etwa 150 Euro.

Dies aber in einer Kompromissform. Bei biographisch relevanten Geldangaben gebe ich jeweils die Spanne an zwischen dem bescheidenen und dem eher angemessenen Umrechnungsmodus.

Beim Gesamtbetrag der von ihm vergebenen Kredite und sonstiger Barauszahlungen von 7000 Gulden komme ich in der Kompromissform der Umrechnung auf eine Summe, die zwischen 350 000 und 560 000 Euro liegen dürfte. Selbst damit bleibe ich im *Spielraum der Wahrscheinlichkeit.*

* * *

Stichwort Latein (zu Seite 173). Es verbindet sich mit dem Stichwort Streuüberlieferung. Die signalisiert, generell: OvW, der für bestimmte Kreise dichtete, komponierte, arrangierte, er wurde über seine Zirkel hinaus bekannt mit einzelnen Texten. (Meist mit konventionelleren Liedtexten ohne topographische und autobiographische Stichworte – mit denen verbanden sich, in der Ferne, keine Assoziationen, die konnten also keine Resonanz wecken.) So fand er Beachtung beispielsweise auch in Rostock.

Weiter signalisiert Streuüberlieferung: Wahrnehmung seiner Liedtexte war nicht gebunden an Wahrnehmung seiner Person. Die wurde in diversen Handschriften nicht mal beim Namen genannt. Man nahm also die Person nicht (mehr) wahr, es ging allein um Texte, die standen für sich – und nicht für ihn.

Mit doppelten Zertifikaten versehen sind hingegen Übertragungen des Wolkensteiners aus dem Lateinischen. Er hat sie nicht in die Sammelhandschriften aufgenommen, sie sind in der Tegernseer Handschrift (L) der Bayerischen Staatsbibliothek überliefert: »Sequitur sequencia mittit ad virginem secundum textum walkchenstainer.« Sinngemäß: Es folge die Sequenz *Mittit ad virginem*, nach der Version des Wolkensteiners.

Hier eine Probestrophe – die siebte der Sequenz. Die Vorlage: »Accede, nuncia, / Dic Ave cominus, / Dic plena gratia / Dic tecum ominus / Et dic, ne timeas.«

Erst ein eigener, wortnaher Übersetzungsversuch: »Botin, flieg heran, / sprich: Ave, sei gegrüßt, / sprich: Du Hochbegnadete, / sprich: Der Herr mit dir / und sprich: Hab keine Furcht.«

Die Version der Übersetzung des Wolkensteiners, wiederum übersetzt: »Herr Engel, richtet aus: / Ave, rufe ich dir zu, / Jungfrau voll der Gnaden. / Richtet aus: Gott sei mir dir / und nehm dir alle Furcht.«

Näher am Original ist seine Übertragung des Hymnus mit den einleitenden, titelgebenden Worten *Mundi renovatio*. Wieder ein Zertifikat: »Item sequitur eadem sequencia secundum textum wolkenstain' mundy renouacio«.

Eine Probestrophe, die dritte. »Coelum fit serenius, / Et mare tranquillius, / Spirat aura levius, / Vallis nostra floruit; / Revirescunt arida, / Recalescunt frigida, / Quia ver intepuit.«

Hier erst wieder, die knappe Silbenzahl so weit wie möglich respektierend, mein Übersetzungsversuch – der Vergleich mit der Vorlage soll erleichtert werden. »Heitrer wird der Himmel, / ruhiger wird das Meer, / leichter wehn die Lüfte, / unser Tal erblüht, / grüner wird das Kahle, / wärmer wird das Kalte, / Frühling wird es, mild.«

Ein stark komprimierter, fast lakonisch wirkender Text, den OvW ausgeschmückt, oder, wie es in der Musik heißen würde: verziert hat. Seine Übertragung dieser Strophe wird gleichfalls übersetzt, auch hier so textnah wie möglich.

»Himmelsglanz hat sich geklärt / und das Meer ist flachgefallen; / nehmt die linden Lüftchen wahr; / unser Berg und unser Tal: / voller Blumen, überall, / nur der Frost macht sie noch fahl; / Todesfrost hat sich verzogen.«

In der Handschrift werden die beiden Übertragungen auch im Register dem Wolkensteiner zugeschrieben: »Mittit ad virginem / hat der *Oswald wolkchenstainer* gemacht ... Mundi renovacio des / *wolkenstainer*.«

Beide Texte sind in einer weiteren Handschrift (y) tradiert. Dies mit gemischtem Inhalt: Kaiser Sigmunds Reform der Christenheit ... Schachzabelbuch ... Offenbarung Johannis, auf Deutsch ... Und schließlich: die deutschen Übersetzungen der beiden lateinischen Lieder »s(ecundu)m textu walkchenstain«.

Weitere Indikatoren für die Latinität des OvW: Randnotizen zur Aufführungspraxis – und das werden wohl kaum Zusätze eines klerikalen Scriptors, eines Ghosttranslators gewesen sein! Repeticio … finis istius … secunda pars … clausula … fuga, secundus ab initio … exposicio … repeticio ut supra … Lateinisches Granulat, über den Sprachcorpus gestreut …

Item: Ein Liedtext ist auf Latein gleichsam beglaubigt – ich wiederhole das Zitat: »Ultimus versus est verissimus. Per Oswaldum Wolckenstainer.«

Item: Eine Anmerkung, die ebenfalls vom Meister stammen dürfte: »Passio domini nostri Jhesu Christi completa Anno 36.« Und gleich ein weiterer lateinischer Titel: »Compassio beat[a]e virginis Mari[a]e.«

Item: Nach einer der Zeilen, in denen sich der Wolkensteiner wieder einmal beim Namen nennt, heißt es: »Confundantur omnes qui nos persecuntur« …

Item: Eine weitere Anmerkung, die wohl kaum auf Initiative des Schreibers eingebracht wurde: »Anno MCCCCXXXVIII h[a]ec fabula completa per me Oswaldum militem.«

* * *

Stichwort Kontrafaktur (zu Seite 190) Jean Vaillant: Vom Dichterkomponisten ist (bisher) lediglich bekannt, dass Vaillant in der Zeit zwsichen 1360 und 1380 aktiv war. Nur ein halbes Dutzend Liedsätze ist von ihm überliefert, in Zuschreibungen.

Ich schaue mir die Vorlage der Kontrafaktur genauer an: Öffnet sich ein Blick in die Dichterwerkstatt?

In wechselnden Kombinationen sind in einigen Handschriften drei Strophen überliefert – die erste Strophe wird abrundend zum Schluss wiederholt. Ich bleibe bei dieser einen Strophe.

Par maintes foys ay oy recorder / du rosignol la douce melodie / mais ne s'i veult le cucu acorder / ains veult chanter contre ly par envie /

»Cucu, cucu, cucu« toute sa vie / car il veult bien a son chant descourder. / Et pourtant dit le reusignol et crie / »Je vos comant qu'on le tue et ocie / Tue, tue, tue, tue, oci, oci / oci, oci, oci, oci, oci / fi de li, fi de li, fi de li, fi / oci, oci, oci, oci, oci, oci, oci / oci, oci, oci, fi, fi / fi du cucu qui d'amours veult parler«. Ich riskiere eine Übersetzung.

Ich hörte schon so oft die Nachtigall
die süße Melodie harmonisch singen,
doch stimmt der Kuckuck hier nicht ein,
er ruft dagegen an, von Neid erfüllt:
»Kuckuck, kuckuck, kuckuck«, sein Leben lang.
Er will partout nicht harmonieren.
So klingt und singt deshalb die Nachtigall:
»Ich will, dass ihr ihn kalt macht, tötet!
Macht kalt, macht kalt, macht tot, macht tot!
Macht tot, macht tot, macht tot, macht tot!
Ich rufe: Pfui dir, pfui dir, pfui dir!
Macht tot, macht tot, macht tot, macht tot,

pfui und pfui, macht tot, macht tot.
Ein Pfui dem Kuckuck, der von Liebe reden will!«

Noch heute heißt »occire« töten, »tuer« gleichfalls. Also: kein Klangfestival von Vogelstimmen sondern ekstatisch-brutaler, zugleich ästhetisierter Aufruf zum Mord. Denn für die Nachtigall, Königin der Singvögel, ist der ostinate, nicht weiter modulierfähige Ruf des Kuckucks eine primitive, letztlich todeswürdige Artikulationsform.

Die Nachtigall entwickelt in ihrer Suada Besessenheit, ja gerät fast in Trance bei ihren Wiederholungen des Mordaufrufs. Ob die heranzitierten Singvogel-Gehilfinnen dem Appell folgen, bleibt allerdings offen, wenn die erste Strophe zuletzt wiederholt wird. Wie auch immer: eher bedrückende als entzückende Vogelwelt.

Hat der Wolkensteiner mit der wahren Wortbedeutung von »occire« und »tuer« gespielt oder wurde er hier gleichsam überspielt? Hat er schlichtweg nicht verstanden, welch makabres Klangspiel die Vorlage bietet? Oder hat er bewusst umgewertet, allein den Sprachklang übernehmend in der Erwartung, dass der Aufruf zum Kuckucksmord in wohltönenden Singvogellaut transponiert wird? Wiederum: konnte er, wollte er voraussetzen, dass in der damals weithin frankophilen Welt das »Ozi ozi ozi« richtig verstanden wurde, so wie man heute, in der weithin anglophilen Welt, auch ohne umfassende Bildung aus einem »kill, kill, kill« nicht eben bezaubernden Vogellaut heraushören würde? Das Tanzlied eher ein virtueller Totentanz für den Kuckuck?

Oswald liebte literarische Balanceakte: Das Maienlied als herausragendes Beispiel dieser Art oder eher ein Fall von eklatantem Missverständnis? (Was zu eher skeptischen Rückschlüssen führen würde auf seine Kenntnisse der französischen Sprache.)

Schließt sich gleich die Frage an: Wie könnte Oswald diesen Liedsatz kennengelernt haben? Auch hier dürfte der Zugriff recht direkt gewesen sein: Das Virelais gehörte zum musikalischen Repertoire, wie es der päpstlichen Kurie zu Avignon präsentiert wurde – und in Avignon hat sich Oswald ebenfalls aufgehalten. Dort wird er den Liedsatz allerdings kaum als Ehrengast bei einem Konzert im Papstpalast gehört haben, es gab in der Stadt sicherlich diverse Möglichkeiten, neue Musik kennenzulernen: Sänger und Instrumentalisten dürften vor diversen Amts- und Würdenträgern aufgetreten sein.

Überhaupt muss betont werden, dass sich Oswald von Wolkenstein zeitweilig in den wichtigsten Zentren (auch) des musikalischen Austauschs aufgehalten hat, in Konstanz, in Perpignan, in Avignon, in Paris, in London – reichlich Gelegenheiten, neue musikalische Entwicklungen zu verfolgen. Europa war damals kulturell eng vernetzt: Musik der italienischen Ars nova in London … neue englische Musik in Konstanz …

* * *

Stichwort maurisches Gewand (zu Seite 270). Vom Beutestück, das wahrhaftig Gold wert war, darf nicht nur berichtet, der Casus muss erörtert werden. Das geschieht am besten hier – die Erörterung würde den Textfluss allzusehr stauen.

Noch einmal das Zitat aus Kl 26: richtungsweisende Zeilen! »Auf hölggen gross gen Portugal zu siglen; / nach ainem plümlin was mir we, / ob ich die liberei da möcht erstiglen / von einer edlen königin, / in mein gewalt verriglen.«

Text und Kontext machen klar: Es ging um die portugiesische Militäraktion gegen Ceuta. Und noch einmal: Liberei (heutige Sprachform: livrée) hatte noch nicht die Bedeutung: Dienstkleidung von Personal. Gemeint war vielmehr: ein Habit, ein Ornat, eine Robe, eine Zeremonialkleidung.

Weiter: Ein »mörisch gewant von golde rot« trug OvW während des feierlichen Empfangs, bei dem er in der Tat eine repräsentative Rolle gespielt haben dürfte, wie das von der Chronik suggeriert, vom Kontext souffliert wird:

Ein Titel wurde mir verliehn:
»Vicomte von der Türkei«.
So mancher glaubte in der Tat,
ich sei ein nobler Herr der Heiden.
Die Robe, maurisch, rot von Gold,
gewährte König Sigmund mir.

Kleine Stilisierung? Sigmund wird seinen Einzug in die gastgebende Stadt wohl kaum selber inszeniert haben, OvW hat vielmehr paratgestanden. Dies sicherlich voller Stolz: Schau her, hier bin ich wieder, in der Staatsrobe eines besiegten »türkischen«, eines osmanischen Machthabers.

Im notwendig detektivischen Kombinationsverfahren erscheinen auch die folgenden Liedzeilen in neuem Licht: »der strich leit mir im sinne / ein ander füret zwen hinaus / so liess ich ainen dinnen / der gieng zu rund umb meinen leib«.

Entscheidend das Stichwort »der strich«. Wort mit mehreren Bedeutungen; eine von ihnen, laut Lexers Wörterbuch: »die richtung der fäden eines gewebes der länge nach« – also die Kette. Assoziativ die heutige Formulierung: Strich und Faden. Bevor die beiden Wörter mit dem Wort Lüge in fixe Verbindung gebracht wurden, war die Wortpaarung »Strich und Faden« ein Terminus der Webtechnik: Fäden, die sich kreuzen – der vertikale Strich, der horizontale Faden. Pars pro toto: mit »strich« ist Gewebe gemeint, Stoff.

Der Stoff liegt mir am Herzen:
Jemand nahm mir zweifach ab,
doch jenes ließ ich drunter,
das trug ich rund um meinen Leib.
Gar mancher, der sich fein liiert,
der wäre glücklich, jede Wette,
wenn er so große Mitgift hätte.

Was der Wolkensteiner, wohl sicherheitshalber, unter der Reisekleidung getragen hatte, das könnte, dürfte, müsste jenes goldgewirkte maurische Gewand gewesen sein, in dem er sich beim Festakt des Staatsbesuchs präsentierte. OvW liefert gleich eine Alibi-Erklärung für das erst einmal Unerklärliche: König Sigmund hat es mir verehrt (»kunig Sigmund mirs köstlich bot«).

In großen Wassern fischt sichs gut,
legt man die Netze richtig aus.
Man tischte mir an Geldern auf:
vier große Säcke und nen halben!
König Sigmund reicherte
den Stoff mit barer Münze an –
das kriegt ich nur mit aller Kraft
sowie zwei andren fortgeschafft!

Die Verbindung zwischen dem äußerst wertvollen Beutestück und den bereits in Perpignan bereitgestellten Geldsäcken kann nur ein erfolgreicher Verkauf der Trophäe sein, und wer sonst als der König von Aragón, als der aragonesische Königshof hätte den Kauf eines Objekts von derartigem materiellem und symbolischem Wert finanzieren können?

Dass OvW nicht nach Strich und Faden lügt, beweisen Zahlenreihen in seinen Rechnungsbüchern. Sie dokumentieren: Seit Mitte des zweiten Jahrzehnts des fünfzehnten Jahrhunderts ist er ein »gemachter« Mann. Das wird, etwa zwei Jahre nach Perpignan, Posten um Posten verbucht: Geldbeträge in insgesamt enormer Höhe, die er äußerst großzügig verleiht im gesamten Spektrum der Gesellschaft seiner Zeit, zwischen Messerschmiedin und König.

* * *

Stichwort Petrarca (zu Seite 278). Im Rückblick auf den Dichter der Frührenaissance lassen sich Kontur und Position des Wolkensteiners deutlicher herausarbeiten.

Die Konturen des Italieners wurden häufig (wenn auch oft unterschiedlich) nachgezogen, seine Position zwischen Rückwendung und Neuanfang wurde wiederholt beschrieben. Kein Rekapitulieren hier, kein Recycling, nur einige Stichworte, die zur Beurteilung, Bewertung literarischer Äußerungen des Wolkensteiners relevant sein können. Vieles von dem, was er zeittypisch artikulierte, war im Grundgestus bereits vorgegeben. Auch ein Petrarca löste (indirekt!) OvW die Zunge, vor allem im Gebrauch des Wortes »Ich«. Betonung des ICH war zur Zeit des OvW längst gängig, auch in literarischen Formen; eine Zeitströmung.

Erstes Zeichen: Die literarische Entdeckung des Ich. Ein Brief Petrarcas aus dem Jahre 1352 demonstriert und dokumentiert die neue Selbstverständlichkeit, mit der »Ich« gesagt werden konnte. So schreibt er dem Augustinerprior Nelli in Florenz: »Ich will, dass mein Leser, wer es auch sei, nur an eines denkt: an mich, nicht an die Verheiratung seiner Tochter, nicht an die Nacht bei der Freundin, nicht an die Intrigen seiner Feinde, nicht an Bürgschaften, nicht an sein Haus oder Feld oder an seine Geldkasse, und dass er, solange er mich liest, bei mir ist. (...) Wenn ihm diese Bedingung nicht passt, soll er von diesen unnützen Schriften fernbleiben. Ich will nicht, dass er sich zugleich mit Geschäften befasst und sich mit mir abgibt, ich will nicht, dass er völlig ohne Mühe in sich aufnimmt, was ich nicht ohne Mühe geschrieben habe.«

Hier wird eher ungeniert als stilisiert »Ich« gesagt. Nun muss allerdings gleich betont werden: Ich will nicht suggerieren, auch nicht subkutan, OvW hätte solche Texte, zumindest solche Textsequenzen gekannt und sich zum Vorbild genommen. Er wusste, wer Petrarca war, aber hatte er sich eingelesen in dessen Werk? Das kann ich mir nicht recht vorstellen. Eher dürfte osmotische Einwirkung gewesen sein: Fast ein Jahrhundert vor OvW war es bereits selbstverständlich geworden (zumindest bei einem Petrarca, bei einem Boccaccio), literarische Texte in der ersten Person zu schreiben, ohne sich hinter Stilisierungen, hinter Topoi zu verbergen. Die Zitate dieses Exkurses sollen, können, dürfen nur demonstrieren, was bereits Jahrzehnte vor OvW fast selbstverständlich geworden war in literarischer Artikulation: Das Ich literarischer Texte konnte durchaus schon autobiographisches Ich sein.

Mit der neuen Artikulierung und Akzentuierung des Ichs gleich das zweite Zeichen: Die literarische Entdeckung des Autobiographischen.

Auszug aus einem Brief an einen Freund in Avignon, 1350: »Ich bin in der Verbannung gezeugt, in der Verbannung geboren, und meine Mutter hatte dabei so schwere Mühsal und solch äußerste Gefahr zu bestehen, dass nicht nur die Hebammen, sondern sogar die Ärzte sie lange für bereits entseelt hielten. So begannen für mich die Gefahren schon, ehe ich geboren war, und ich trat an die Schwelle des Lebens im Zeichen des Todes. Daran erinnert sich Arezzo, eine nicht unedle Stadt Italiens, wo mein aus dem Vaterland verbannter Vater mit einer großen Schar Wohlgesinnter Zuflucht gefunden hatte. Von dort wurde ich im siebten Monat weggeführt, und ein sehr kräftiger junger Mann trug mich durch ganz Toskana.«

Zwischenbemerkung Gerhard Regn: »Was wir von Petrarca wissen, wissen wir zum größten Teil aus seinen eigenen Schriften. Diese wiederum stehen unverkennbar im Dienst der Selbststilisierung, so dass in unserem Petrarca-Bild bis heute Wirklichkeit und Inszenierung untrennbar miteinander verwoben sind.« Dennoch, der Anteil an nicht inszenierten, nicht stilisierten Elementen des Autobiographischen ist zuweilen hoch.

In seinem *Brief an die Nachwelt*, demnach zur Publikation bestimmt, schrieb Petrarca: »Mein Körper war in der Jugend nicht allzu kräftig, aber von großer Gewandtheit, mein Aussehen nicht hervorragend schön, aber so, dass ich in jungen Jahren gefallen konnte. Meine Hautfarbe war frisch, vom Weißen ins Bräunliche spielend; meine Augen lebhaft und lange Zeit von größter Sehkraft, die mich aber gegen alle Hoffnung nach meinem sechzigsten Jahre verließ, sodass ich leider zur Brille greifen musste.«

Alles Briefzitate – wenn auch in erster und zweiter Linie für eine größere Öffentlichkeit bestimmt! Es stellt sich indes die Frage: Wo lässt sich die *literarische* Entdeckung des Ich bei Petrarca nachweisen? In seinen Gedichten, im *Canzoniere*? Hier wird »ich« geschrieben, auch »Laura«, beides aber in höchster Stilisierung (wenn auch mit autobiographischen Einsprengseln). Präsenz des Autoren-Ich im Versepos über Scipio Africanus? Wohl kaum. In den zahlreichen philosophischen und moraltheologischen Schriften? Schon eher. Doch in seinen Briefen? Ja, hier am deutlichsten! Für Petrarca waren die *Epistolae* literarische Artikulation.

Das allein schon ist höchst erstaunlich und symptomatisch: Private oder als privat intendierte Mitteilungen an Freunde sind vorgesehen für eine umfangreiche Edition. Deutlicher, auch wenn es nicht ständig von sich selbst (*ad me ipsum*) spricht, deutlicher kann ein Ich kaum in Erscheinung treten.

Die Entwicklung der Ich-Artikulation wird in Kindlers Literaturlexikon kommentiert: »Petrarcas mehr als sechshundert Briefe begründen eine eigene literarische Gattung ... Rigorose Überwindung mittelalterlichen Denkens, dem Dante noch weitgehend verhaftet war ... Durchbruch eines Selbstbewusstseins, das der Persönlichkeit zum ersten Mal seit der Antike wieder eine subjektive Entscheidungsgewalt einräumt ... Exemplarisch die Situation des Renaissancemenschen, der aus der mittelalterlichen Hierarchie, in der alles auf Gott hin geordnet ward, ausbricht, sich selbst entdeckt ...«

Hiermit korrespondierend das dritte Zeichen: Die literarische Entdeckung eigener Lebenswelt.

Mailand 1355: Petrarca berichtet Lello di Pietro Stefano dei Tosetti von der Einladung zu einem Gespräch mit Kaiser Karl IV. in Mantua. Die Einladung schmeichelt ihm und belastet ihn. Denn er ist damit zu einem mehrtägigen Ritt gezwungen zu einer Jahreszeit, in der man besser zu Hause bleibt. Ein realistischer Bericht, der Assoziationen weckt zu Ritten, die OvW zu ungarischen Winterresidenzen seines Königs unternahm.

Eine Textprobe: »Niemals vorher habe ich klarer erkannt, was das Wort des Augustin bedeutet: *Italiens eisiger Boden.* Am 12. Dezember brach ich von hier auf, der Weg war aber nicht Erde, sondern Stahl und Demant, und die Furcht vor dem Eis wurde höchstens durch eine Schneedecke gemildert, die aber auch etwas außergewöhnlich Erschreckendes hatte. Dennoch ritten wir mühsam dahin auf Pfaden, wo die Pferde mit ihren gegen das Glatteis nicht wirksam genug beschlagenen Hufen gerade noch Fuß fassen konnten, und die ständige Angst, zu stürzen, ließ uns die Mühe des Weges nicht fühlen.«

Das sich selbst betonende Ich in Texten mit literarischem Anspruch: lange vor der Zeit des Wolkensteiners also schon festgeschrieben. Was in früheren Texten des deutschsprachigen Raums gelegentlich zart aufkeimt, ist in Italien bereits voll entfaltet.

In konsequenter Erweiterung der Perspektive: Die literarische Entdeckung zeittypischer Erfahrungen.

In einem Brief aus Venedig, 1367, artikuliert Petrarca den fast völligen Verlust öffentlicher Sicherheit, dies mit den damals (und später!) beinah ostinaten Stichworten: Räuber, Räuberbanden. Das auch in der Region seines Refugiums, »in dem sehr kleinen, einsamen und lieblichen Tal, Vaucluse genannt, 15 000 Schritt von Avignon entfernt, wo die Königin aller Bäche, die Sorgue, entspringt«.

»Müsstest Du Dich nicht wundern, dass, als ich noch dort weilte, fremde Wölfe in Scharen sogar in Häuser der kleinen Ortschaft einbrachen, unter den Herden ein Blutbad anrichteten und die Einwohner des Ortes selbst in Furcht und Schrecken hielten? Das war nicht bloß ein Schaden, es war, glaube ich, ein Vorzeichen, ja eine prophetische Ankündigung der bewaffneten Wölfe, die noch kommen sollten. Denn gar nicht lange, nachdem ich weggegangen war, kam eine kleine abscheuliche und schändliche Diebesbande, die sich aber auf die Feigheit der Umwohnenden verlassen konnte. Nachdem sie die ganze Umgebung durchstreift und geplündert hatten, griffen diese Diebe (...) den arglosen Gutshof an, schleppten fort, was sie wegtragen konnten, und ließen alles Übrige in Flammen aufgehen, und selbst an das kleine Häuschen, von dem aus ich die Königreiche des Krösus verachtet hatte, wurde Feuer gelegt.«

Das Ich einer ganz bestimmten Person in einer ganz bestimmten Zeit an ganz bestimmten Orten mit ganz bestimmten Erfahrungen! Hier wird nicht von einem Rollen-Ich formuliert, sondern vom Ich einer biographisch identifizierbaren Person.

* * *

Stichwort Polyphonie (zu Seite 322). Wie konsequent und rigoros OvW gearbeitet hat, wird besonders deutlich an Kl 93. Das Beispiel ist im Schwierigkeitsgrad schon grenzwertig. Hier wird, in extremer Verdichtung, Sprache zu Klangmaterial. Selbst professionelle Musiker haben zuweilen hörbare Probleme mit der Präsentation dieser polyphonen Komposition; zuweilen weicht man vor ihren Tücken aus und besetzt die Singstimmen mit Instrumenten, macht den Liedsatz zum Tonsatz.

Der Text wurde maßgeschneidert auf einen französischen Liedsatz. Dabei hat OvW das übliche Material eines Liebeslieds des Mittelalters benutzt: Formeln für die Abhängigkeit des Mannes von der umworbenen, der angebeteten Frau, sie allein kann ihn erlösen. Dieses Formelmaterial hat der Dichter komprimiert: OvW-Sprachextrakt.

Herz, brich! Räch! Schau:
Scherz wird hier Schmerz.
Mich bedrängt, bezwingt
ach, Sinnenlust.
Nach Rache schreie ich, enttäuscht.
Setz frei, Geliebte,
sei mir zugeneigt, und tu's.

Mein Schatz: dein Wort
übt Mord an meiner Lust.
Kein Hort, nur Tort:
Ich sag ich das ohne Schutz und Schild.
Ein Wild, nicht wild, befiel mein Herz.

Erdrück den Druck. Glück,
mach schnell, rück mir auf den Leib!

Leid, Not, Tod: setz dem
ein Ende, Liebes. Dein roter Mund
kurier den wunden Hund,
der noch nicht Laut gab mir zum Glück.
Ich, freudlos, will nun Freude!
Man blies noch nie mir Halali,
zur Strecke bracht mich nie die Lust.

Die adaptierte (kontrafazierte) musikalische Form prägt den Text; hier wird Klangmaterial organisiert für die zweistimmige Komposition mit Hoquetus-Einschub; die musikalische Form verfügt rigide über das Sprach-Klangmaterial.

Das muss hier in der Sprache der Leithandschrift wiedergegeben werden. Dabei werden Sequenzen des discantus *kursiv* gedruckt. (Was sich musikalisch überlagert, kann auch hier allerdings nur sukzessiv wiedergegeben werden.) Die Satzzeichen der Editoren lasse ich weg. Was sprachlich zu zerfallen scheint, wird durch die Komposition verbunden.

Herz prich *rich* sich
smerz *scherz* hie *dringt*
ser *zwingt* und pringt
natürlich lieb in immer ach
nach *rach* ich grimmiklichen schrei
ei frei gesell
wenn *kenn* dein treu bedencken

Oswald ist hier sehr weit gegangen, auch in den Anforderungen an seine Zuhörer. Damit auch an uns.

* * *

Stichwort Vergerio (zu Seite 396). Als Mitglieder der königlichen Entourage, als Mitarbeiter der königlichen Kanzlei werden OvW und Vergerio nicht nur Dienstliches besprochen haben, auch von Petrarca könnte man gesprochen haben, ja Vergerio könnte von seiner (ausgeführten oder geplanten) Vita des italienischen Dichters berichtet haben. Solch eine perspektivensetzende Konstellation darf nicht bloß erwähnt werden.

Es ist naheliegend, ist beinah zwingend, in dieser Biographie die Frage zu stellen, wie zur Zeit des Wolkensteiners biographisch gearbeitet wurde. Hier hilft ein Glücksfall weiter: die Petrarca-Vita des Vergerius ist überliefert, ist Ende des 19. Jahrhunderts sogar übersetzt worden, nach einer Pergament-Handschrift des 15. Jahrhunderts, »im Besitz der Königlichen Universitäts-Bibliothek zu Greifswald«. Es war nicht ganz leicht, diese Übersetzung aufzuspüren: sie ist abgedruckt im »Magazin für die Literatur des Auslandes«, dreiundachtzigster Band.

Hier zeigt sich: Diese Vita ist, nach unseren Relationen, eher ein biographischer Essay. Aber hochkarätig! Auch in der Übersetzung ist die Latinität der Vorlage zu spüren: konzis, knapp, konkret. Wie bei einem Palimpsest schimmern Textmuster der römischen Antike durch.

Die Vita besteht aus zwei Teilen. Erster Teil: das Leben, zweiter Teil: das Werk. Im Umfang sind beide Teile ungefähr gleich. Ich sehe hier eine nachträgliche Bestätigung meiner Methode, in der Biographie auch das Werk vorzustellen, zu vermitteln. Dies allerdings nicht in genereller Zweiteilung, sondern: verflochten, versträhnt, vernetzt.

Es wäre unangemessen, die Vita nur zu erwähnen, sie soll in zwei Zitaten zumindest ansatzweise Präsenz gewinnen. Schon die Eröffnung (in der Übersetzung von Herrmann Müller) zeigt den entschiedenen Zugriff des Paulus Vergerius.

»Francesco Petrarca, Florentiner von Abkunft, aus alter Familie und von angesehenen Eltern, wurde nach Verbannung seiner Eltern, welche in politische Parteiungen verwickelt gewesen waren, in den Frühstunden des 1. August 1304 in Arezzo geboren, wohin seine Eltern ihre Zuflucht genommen hatten. Von nicht gerade großer Körperkraft, aber ganz besonderer Gewandtheit, hatte er eine feine, edle Gestalt, in welcher sich eine angeborene gewisse Erhabenheit aussprach, war von mittlerer Statur, vollem Gesicht, abgerundeten Gliedern, in späteren Jahren Neigung zur Beleibtheit, blühender, gesunder Gesichtsfarbe, lebhaften, geistvollen Augen und bewahrte sich lange Zeit ein so ausgezeichnetes Sehvermögen, dass er noch im 62. Jahre seines Alters im Stande war, die kleinste Schrift ohne Zuhülfenahme eines Augenglases bequem zu lesen.«

Und gleich eine Sequenz aus dem zweiten, eher kommentierenden Teil der Vita. »Eine seiner Haupt- und Lieblingsbeschäftigungen war die Erkenntnis des Altertums, und auf das Studium der Historiker und die eigene Abfassung historischer Schriften verwendete er viel Zeit und Mühe. Nur waren die abweichenden, oft geradezu sich widersprechenden Angaben der Geschichtsschreiber über ein und denselben Punkt ihm nicht selten anstößig; in solchen Fällen bildete er sich ein eigenes Urteil aus Gründen der Wahrscheinlichkeit, oder er folgte der Ansicht desjenigen Schriftstellers, für dessen Glaubwürdigkeit und Autorität die Umstände sprachen. Sein Stil ist, wie die hinterlassenen Schriften bezeugen, klar, kräftig, um es schlagend auszudrücken: einzig; er hat die lange Zeit hindurch verloren gewesene und beinah ganz unbekannt gewordene gute und richtige Ausdrucksweise gewissermaßen aus der Verbannung zurückgerufen und zu Ehren gebracht; er steht als Mensch, als Gelehrter, als Stilist gleich hoch.«

Eigentlich hätte ich das Wort »Wahrscheinlichkeit« durch Kursiv- oder Fettdruck hervorheben müssen: ein gleichsam vorlaufendes Echo auf meine Leitkategorie der Wahrscheinlichkeit, den Spielraum der Wahrscheinlichkeit.

* * *

Stichwort Kanzler (zu Seite 607). Der Chef der königlichen Kanzlei war offenbar mit Piccolomini befreundet; Schlick (für Piccolomini ein »doctus homo«) wird ihm später eine Stelle vermitteln in der kaiserlichen Kanzlei. So finden sich in den Erinnerungen des späteren Papstes auch einige Zeilen über Schlick: »Er war von gewandtem Verstand, von angenehmer Beredsamkeit, ein Freund der Gelehrsamkeit, wie geboren zu allem, was er tat.«

Schlick stellte nicht nur (sicherlich nach Vorlagen) lateinische Geleitbriefe aus, er war auch in der Lage, Kanzlei-Korrespondenz in lateinischer Sprache zu führen. Ja, »magnificus dominus Gaspar Slik« wird später ein lateinisches Schreiben des Piccolomini mit lateinischen Ergänzungen versehen. Nicht weiter überraschend, dass Piccolomini »splendido et magnifico viro, domino Gaspari Schlick, imperiali cancellario« Briefe in lateinischer Sprache schicken wird.

Über Kanzler Schlick könnte OvW, zeitweilig ja nun ebenfalls tätig in der Kanzlei, den jungen Mann aus Pienza und Siena kennengelernt haben. Zumindest dürfte er von Schlick (oder vom mitamtierenden Bruder) dies und jenes über den »piccolo uomo« gehört haben. Ein Grund mehr, Enea Silvio Piccolomini gelegentlich zu zitieren.

* * *

Stichwort Porträtgemälde (zu Seite 615) Auch wenn OvW leider nicht von Pisanello porträtiert wurde, hier einige Sätze über ihn.

Der Kunsthistoriker Erwin Panofsky hat aus der Musikgeschichte den Begriff *Ars nova* übernommen und auf jene Ära der niederländischen und italienischen Malerei übertragen. Charakteristisch für die Ars nova der Malerei sind realistische Porträtgemälde.

Pisanello (der noch, wie andere Zeitgenossen, für Ritter der Artus-Runde schwärmte) hatte eine Spezialität entwickelt: Porträts auf Medaillen, in Blei oder Bronze gegosssen. Auf einem Durchmesser von acht bis zehn Zentimetern wurde das durchweg prominente Modell im Profil dargestellt. Mit dem Metallguss schien ewiger Bestand garantiert – auch für den ausführenden Künstler. Der verewigte sich vielfach auf der Rückseite der Medaille, in Großbuchstaben: OPUS PISANI PICTORIS. Selbstverständlich hat er sich auch selbst dargestellt (oder darstellen lassen) in seinem bäuerlichen Profil: PISANUS PICTOR.

Dieser Bronzeguss von knapp sechs Zentimetern Durchmesser ist doppelt zeittypisch. Der Eigenname wurde betont. Und: man wollte nicht stilisierend, gar idealisierend dargestellt werden, sondern realistisch. Vorbei die Zeit, in der eine Person eher als Zeichenträger erschien, eher Inkorporation als Körper – nun wurde Individuelles herausgearbeitet, wurde Unverwechselbares gleichsam porenscharf gemalt. Gesichter von erstaunlicher Präsenz; auch winzige Details wurden mit geradezu rückhaltloser Genauigkeit wiedergegeben, und sei es mit einer Warze auf der Nasenspitze.

Abbildungen solcher Porträts betrachtend, sehe ich OvW auch unter diesem Aspekt in neuem Licht: Nicht mehr als einen der letzten Dichter und Komponisten des

Mittelalters, eher als einen der ersten Dichter und Komponisten der beginnenden Neuzeit – dies in unserem Sprachraum. Wenn er sich in Liedtexten selbst darstellte (oft ironisch, zuweilen sarkastisch), so sehe ich ihn in Osmose mit Malern seiner Zeit, die sich vom Mittelalter längst verabschiedet hatten. OvW lebte in einer Epoche, in der Charakteristisches einer Person deutlich herausgearbeitet wurde, nicht nur in der Malerei.

Ich würde dies kaum betonen, hätte der Wolkensteiner nicht wiederholt demonstriert und dokumentiert, wie intensiv er teilnahm an neuen Entwicklungen. Dies vor allem, indem er aufgriff und auf seine Weise umsetzte, was (italienische) Komponisten der *Ars nova* geschaffen hatten, ebenso, was Zeitgenossen (etwa in Burgund) komponierten.

Also wieder das Stichwort: *Ars nova* der Bildenden Kunst, der Malerei in Italien. Und da zeigt sich: Innovationen begleiteten OvW fast synchron.

Filippo Brunelleschi (1377–1446) konstruierte geometrisch exakt die Zentralperspektive der Malerei, entwickelte die Doppelschalen-Konstruktion der Kuppel des Doms in Florenz.

Masaccio, »Begründer der Renaissance-Malerei«, lebte und wirkte von 1401 bis etwa 1428, also in der Phase der wohl intensivsten Entfaltung des Dichters und Komponisten OvW.

Donatello (1386–1466): »berühmtester Bildhauer der Frührenaissance«. Was für dessen kreative Arbeit charakteristisch ist, könnte auch für den Zeitgenossen OvW gelten: »Bei Werken Donatellos spielt die Datierung nicht eine solche Rolle wie bei Arbeiten vieler anderer Künstler. Seine Stilentwicklung ging nicht in eine bestimmte Richtung. Donatello war sehr vielseitig und wechselte zwischen den Stilrichtungen.«

Und gleich ein weiteres Zitat von Stützer: »Hinsichtlich der Kunst kann man das Wort *Renaissance* nicht einfach im Sinne von Wiedergeburt der Antike verstehen. Im Gegensatz zu jedwedem Klassizismus, der sich die Formenwelt der Antike zum Vorbild nimmt, war die Renaissance-Kunst ganz in der Kunst der damaligen Gegenwart verwurzelt, die sich seit geraumer Zeit um die naturgetreue Wiedergabe von Menschen, Dingen und Landschaften bemühte und darum als naturalistisch bezeichnet wird.«

In diesem Kontext noch ein weiterer Name: Jan van Eyck. Er wurde etwa 1390 geboren und starb 1441, vier Jahre also vor OvW. Seine Porträts, etwa des Kardinals Niccolo Albergati oder des Kanonikus van der Paele: Gesichter von stupender Präsenz, auch winzigste Details sind präzis und prägnant wiedergegeben.

Perspektivischer Fluchtpunkt des kleinen Exkurses: Im Kontext seiner Zeit sehe ich OvW noch als Repräsentanten des Spätmittelalters und schon der Frührenaissance. Metaphorisch: Oswald von Wolkenstein mit dem Standbein im (Spät)Mittelalter, mit dem Spielbein in der (Früh)Renaissance.

Bibliographie

I. Primärliteratur

Die Lieder Oswalds von Wolkenstein. Unter Mitwirkung von Walter Weiß und Notburga Wolf hrsg. von Karl Kurt Klein. Musikanhang von Walter Salmen. 3., neubearbeitete und erweiterte Auflage von Hans Moser, Norbert Richard Wolf und Notburga Wolf. Tübingen 1987 (= Altdeutsche Textbibliothek 55).

Oswald von Wolkenstein. Handschrift A. In Abbildung hrsg. von Ulrich Müller und Franz V. Spechtler. Stuttgart 1974.

Oswald von Wolkenstein. Abbildungen zur Überlieferung I: Die Innsbrucker Wolkenstein-Handschrift B. Hrsg. von Hans Moser und Ulrich Müller. Göppingen 1972 (= Litterae. Göppinger Beiträge zur Textgeschichte 12).

Oswald von Wolkenstein. Abbildungen zur Überlieferung II: Die Innsbrucker Wolkenstein-Handschrift C. Hrsg. von Hans Moser, Ulrich Müller und Franz Viktor Spechtler. Mit einem Anhang zum ›Wolfenbütteler Porträt‹ und zur Todesnachricht Oswalds von Wolkenstein von Hans-Dieter Mück. Göppingen 1973 (= Litterae. Göppinger Beiträge zur Textgeschichte 16).

II. Sekundärliteratur

Abel, Wilhelm: Geschichte der deutschen Landwirtschaft vom frühen Mittelalter bis zum 19. Jh. Stuttgart 1962.

Abel, Wilhelm: Die Wüstungen des ausgehenden Mittelalters. 2. Aufl. Stuttgart 1955.

Ariès, Philippe: Geschichte der Kindheit. Mit einem Vorwort von Hartmut von Hentig. Aus dem Franz. von Caroline Neubaur und Karin Kersten. München/Wien 1975.

Aurnhammer, Achim: Die übersetzerische Rezeption Petrarcas in Deutschland. In: Kat. Francesco Petrarca.

Außerer, Karl: Castelrotto – Siusi. Ein Bild ihres geschichtlichen Werdens. In: Der Schlern. 8. 1927.

Bergner, Heinz Hg.: Geoffrey Chaucer. The Canterbury Tales. Die Canterbury-Erzählungen. Stuttgart 1996.

Berndt, Guido M., Hrsg.: Vita Meinwerci episcopi Patherbrunnensis. Text, Übersetzung, Kommentar. München 2009.

Bertau, Karl: Oswalds von Wolkenstein ›Es ist ain altgesprochen rat‹ als gesungenes Lied. In: Germanistik in Forschung und Lehre. Vorträge und Diskussionen des Germanistentages in Essen, 1964. Hrsg. von Rudolf Henss und Hugo Moser. Berlin 1965.

Beyschlag, Siegfried: Zu den mehrstimmigen Liedern Oswalds von Wolkenstein. Fuga und Duett. In: Literatur und Geistesgeschichte. Festgabe für Heinz Otto Burger. Hrsg. von Reinhold Grimm und Conrad Wiedemann. Berlin 1968.
Binder, Christa: Johannes von Gmunden. In: Internationale Mathematische Nachrichten, Nr 201 (2006), Wien.
Boccaccio, Giovanni: Das Dekameron. Deutsch von Albert Wesselski. Frankfurt 1972.
Boockmann, Hartmut: Der Deutsche Orden. 12 Kapitel aus seiner Geschichte. München 1981.
Bösch, Hans: Wundsegen. In: Anzeiger für Kunde der deutschen Vorzeit. N. F. 25. 1878. Sp. 67.
Brall-Tuchel, Helmut und Folker Reichert: Rom Jerusalem Santiago. Das Pilgertagebuch des Ritters Arnold von Harff (1496–1498). Köln Weimar Wien 2008.
Kat. Byzanz. Pracht und Alltag. Kunst- und Ausstellungshalle der Bundesrepublik Deutschland. Bonn 2010.

Cherif, Mohamed: Ceuta aux époques almohade et mérinide. Paris 1996.
Contamine, Philippe: Bäuerlicher Herd und päpstlicher Palast: 14. und 15. Jahrhundert. In: Geschichte des privaten Lebens 2. Frankfurt 1990.
Coreth, Anna: Der ›Orden von der Stola und den Kanndeln und dem Greifen‹ (Aragonischer Kannenorden). In: Mitteilungen des Österreichischen Staatsarchivs. 5. 1952.
Coryace, Thomas: Die Venedig- und Rheinfahrt 1608. Stuttgart 1970 (= Bibliothek klassischer Reiseberichte).

Diffie, Bailey and George D. Winius: Foundations of the Portuguese Empire 1415–1580. Minnesota 1977.

Elas, Moritz John: Umriß einer Geschichte der Preise und Löhne in Deutschland. Vom ausgehenden Mittelalter bis zum Beginn des 19. Jahrhunderts. Bd. 1, 2. Leiden, 1936–49.

Feldges, Mathias: Lyrik und Politik am Konstanzer Konzil. Eine neue Interpretation von Oswald von Wolkensteins Hussitenlied. In: Literatur – Publikum – historischer Kontext. Hrsg. von Gert Kaiser. – Bern/Frankfurt/Las Vegas 1977 (= Beiträge zur Älteren Deutschen Literaturgeschichte 1).
Fleckenstein, Josef: Rittertum zwischen Krieg und Frieden. In: Träger und Instrumentarien des Friedens im hohen und späten Mittelalter. Sigmaringen 1996.

Gallagher, Aileen: Prince Henry the Navigator. Pioneer of modern exploration. New York 2003.
Gesammelte Vorträge der 600-Jahr-Feier Oswalds von Wolkenstein, Seis am Schlern 1977. Dem Edeln unserm sunderlieben getrewn Hern Oswaltten von Wolkchenstain. Hrsg. von Hans-Dieter Mück und Ulrich Müller. – Göppingen 1978 (= Göppinger Arbeiten zur Germanistik 206).

Göllner, Theodor: Landinis ›Questa fanciulla‹ bei Oswald von Wolkenstein. In: Die Musikforschung. 17. 1964.

Gernentz, Hans Joachim (Hg). Ritter, Bürger und Scholaren. Aus Stadtchroniken und Autobiographien des 13. bis 16. Jahrhunderts. Berlin 1980.

Grass, Nikolaus: Oswald von Wolkenstein und die Almwirtschaft. Ein Beitrag zur Kenntnis adeligen Landlebens im spätmittelalterlichen Tirol. In: Zeitschrift der Savigny-Stiftung für Rechtsgeschichte. Germanistische Abt. 92. 1975.

Grebe, Anja und G. Ulrich Großmann: Burgen in Deutschland, Österreich und der Schweiz. Petersberg 2007.

Großmann, G. Ulrich/Anja Grebe: Kunstdenkmäler in Tirol. Darmstadt 2004.

Hallauer, Hermann: Nikolaus von Kues und das Brixener Klarissen-Kloster. In: Mitteilungen und Forschungsbeiträge der Cusanus-Gesellschaft. 6. 1967.

Hartmann, Sieglinde: Sigismunds Ankunft in Perpignan und Oswalds Rolle als *wisskunte von Türkei*. In: *Durch aubenteuer muess man wagen vil.* Festschrift für Anton Schwob. Innsbruck 1997.

Herbers, Klaus: Der Jakobsweg. Ein Pilgerführer aus dem 12. Jahrhundert. Übersetzung und Kommentar. Stuttgart 2008.

Hoensch, Jörg K.: Kaiser Sigismund. Herrscher an der Schwelle der Neuzeit 1368–1437. München 1996.

Huizinga, Johan: Herbst des Mittelalters. Studien über Lebens- u. Geistesformen des 14. u. 15. Jhs. in Frankreich und in den Niederlanden. Hrsg. von Kurt Köster. Stuttgart 1969.

Jäger, Albert: Der Streit der Tiroler Landschaft mit Kaiser Friedrich III. wegen der Vormundschaft über Herzog Sigmund von Österreich von 1439–1446. In: Archiv für österreichische Geschichte. 49. 1872.

Jagt, Hendrik C. van der: Zum Wortschatz von Oswald von Wolkenstein 104: *Von trauren möcht ich werden taub.* In: Modern Language Notes. 88. 1973.

Jones, George Fenwick: Oswald von Wolkenstein's *Mein sünd und schuld and the Beichtlied tradition.* In: Modern Language Notes. 85. 1970.

Jones, George Fenwick: Oswald von Wolkenstein – Vogelsteller und Jäger (zu Klein Nr. 83 u. 52). In: Et multurn et multa. Beiträge zur Literatur, Geschichte und Kultur der Jagd. Festgabe für Kurt Lindner zum 27. Nov. 1971. Hrsg. von Sigrid Schwenk, Gunnar Tilander und Carl Arnold Willemsen. Berlin/New York 1971.

Jones, George Fenwick: The ›Signs of old age‹ in Oswald von Wolkenstein's *Ich sich und hör* (Klein No. 5). In: Modern Language Notes. 89. 1974.

Kersken, Wolfgang: *Genner beschnaid.* Die Kalendergedichte und der Neumondkalender des Oswald von Wolkenstein. Überlieferung – Text – Deutung. Göppingen 1975 (= Göppinger Arbeiten zur Germanistik Nr. 161).

Klein, Karl Kurt: Oswald von Wolkenstein, ein Dichter, Komponist und Sänger des Spätmittelalters. Forschungsergebnisse und Aufgaben. In: Wege der Forschung,

Band 526. Oswald von Wolkenstein. Hrsg. von Ulrich Müller. Darmstadt (Wissenschaftliche Buchgesellschaft) 1980.

Knapp, Fritz Peter: Die älteste deutsche Übersetzung von Petrarcas *De remediis utriusque fortunae* im Kontext der Tiroler Literatur zu Anfang des 15. Jahrhunderts. In: Francesco Petrarca in Deutschland. Hg. Achim Aurnhammer. Tübingen 2006.

Kramer, Hans: Das Leben des Marx Sittich Freiherrn von Wolkenstein. In: Marx Sittich von Wolkenstein. Landesbeschreibung von Südtirol, verfasst um 1600, erstmals aus den Handschriften hrsg. von einer Arbeitsgemeinschaft von Innsbrucker Historikern. Innsbruck 1936 (= Schlern-Schriften 34).

Kreuder, Werner (Bearb.): Tagebuch der Heilig-Land-Reise des Grafen Gaudenz von Kirchberg, Vogt von Matsch/Südtirol im Jahre 1470. Paderborn 1990 (= Essener Geographische Arbeiten 20).

Ladurner, Justinian: Das Hereinragen des Fehmgerichtes in Tirol. Zugleich ein Beitrag zur Culturgeschichte im 15. Jahrhundert. In: Archiv für Geschichte und Altertumskunde Tirols. 5. 1869.

Lamberg, Peter: Die Popularisierung des römischen Rechts durch Oswald von Wolkenstein. In: Zeitschrift der Savigny-Stiftung für Rechtsgeschichte. Hundertster Band, 1983.

Lexikon für Theologie und Kirche (vormals: Kirchliches Handlexikon). Hrg. Michael Buchberger. Freiburg 1930–1938.

Lewon, Marc: Oswald von Wolkenstein: Die mehrstimmigen Lieder. In: Oswald von Wolkenstein. Studienband. Hg. Von Ulrich Müller und Margarete Springeth. Berlin 2011

Lindner, Theodor: Die Fragen des Königs Ruprecht über die Vemegerichte. In: Mitteilungen aus dem Germanischen Nationalmuseum. 1. 1884–1886.

Lindner: Theodor: Die Veme. Münster/Paderborn 1888.

Loewenstein, Herbert: Wort und Ton bei Oswald von Wolkenstein. Königsberg 1932.

Macek, Josef: Die hussitische revolutionäre Bewegung. Ins Dt. übers. von G. Jarosch. Prag 1958.

Mader, Ignaz: Brixner Häusergeschichte. Ergänzt von Anselm Sparber. Innsbruck 1963 (= Schlern-Schriften 224).

Martorell, Joanot: Der Roman vom Weißen Ritter Tirant lo Blanc. 3 Bände. Frankfurt 2007.

Marx Sittich von Wolkenstein. Landesbeschreibung von Südtirol, verfasst um 1600. Erstmals aus den Handschriften hrsg. von einer Arbeitsgemeinschaft von Innsbrucker Historikern. Innsbruck 1936 (= Schlern-Schriften 34).

Mau, Hermann: Die Rittergesellschaften mit St. Jörgenschild in Schwaben. Ein Beitrag zur Geschichte der deutschen Einigungsbewegung im 15. Jahrhundert. Diss. Teildruck. Stuttgart 1941.

Mayr, Norbert: Die Reiselieder und Reisen Oswalds von Wolkenstein. Innsbruck 1961 (= Schlern-Schriften 215).

Meier, Frank: Gefürchtet und bestaunt. Vom Umgang mit dem Fremden im Mittelalter. Ostfildern 2007.

Mladoniowitz, Peter: Hus in Konstanz. Übersetzt, eingeleitet und erklärt von Josef Bujnoch. Graz, Wien, Köln 1963.

Moser, Hans: Durch Barbarei, Arabia. Zur Klangphantasie Oswalds von Wolkenstein. In: Germanistische Studien. Hrsg. von Johannes Erben und Eugen Thurnher. Innsbruck 1969 (= Innsbrucker Beiträge zur Kulturwissenschaft 15).

Moser, Hans: Wie sorgt ein spätmittelalterlicher Dichter für die Erhaltung seines Werks? Nachlese zur Oswald-Überlieferung. In: Oswald von Wolkenstein. Beiträge der philologisch-musikwissenschaftlichen Tagung in Neustift bei Brixen 1973. Im Auftr. des Südtiroler Kulturinstituts hrsg. von Egon Kühebacher. Innsbruck 1974 (= Innsbrucker Beiträge zur Kulturwissenschaft. Germanistische Reihe. Bd. 1).

Moser, Hans: Zur Vorzeichnung des Oswald-Porträts in der Handschrift B. In: Oswald von Wolkenstein. Beiträge der philologisch-musikwissenschaftlichen Tagung in Neustift bei Brixen 1973. Im Auftr. des Südtiroler Kulturinstituts hrsg. von Egon Kühebacher. Innsbruck 1974 (= Innsbrucker Beiträge zur Kulturwissenschaft. Germanistische Reihe. Bd. 1).

Mück, Hans-Dieter: Die Vernehmungsprotokolle eines geplanten vierfachen Mordanschlags auf Oswald von Wolkenstein im Jahre 1442. In: Wege der Forschung, Band 526. Oswald von Wolkenstein. Hrsg. von Ulrich Müller. Darmstadt (Wissenschaftliche Buchgesellschaft) 1980.

Mück, Hans-Dieter: Untersuchungen zur Überlieferung und Rezeption spätmittelalterlicher Lieder und Spruchgedichte im 15. und 16. Jahrhundert: Die ›Streuüberlieferung‹ von Liedern und Reimpaarreden Oswalds von Wolkenstein. Göppingen 1980 (= Göppinger Arbeiten zur Germanistik 263).

Mück, Hans-Dieter: Oswald von Wolkenstein, Streuüberlieferung. In Abbildung herausgegeben. Göppingen 1985.

Müller, Ulrich: ›Dichtung‹ und ›Wahrheit‹ in den Liedern Oswalds von Wolkenstein. Die autobiographischen Lieder von den Reisen. Göppingen 1968 (= Göppinger Arbeiten zur Germanistik 1).

Müller, Ulrich: Oswald von Wolkenstein. Die ›Heimatlieder‹ über die Tiroler Streitereien (Kl 81, Kl 104, Kl 116). In: Zeitschrift für deutsche Philologie. 87. 1968.

Müller, Ulrich: ›Lügende Dichter?‹ (Ovid, Jaufre Rudel, Oswald von Wolkenstein). In: Gestaltungsgeschichte und Gesellschaftsgeschichte. Literatur-, kunst- und musikwissenschaftliche Studien. In Zusammenarbeit mit Käte Hamburger hrsg. von Helmut Kreuzer. Fritz Martini zum 60. Geburtstag. Stuttgart 1969.

Müller, Ulrich: Beobachtungen und Überlegungen über den Zusammenhang von Stand, Werk, Publikum und Überlieferung mittelhochdeutscher Dichter: Oswald von Wolkenstein und Michel Beheim – ein Vergleich. In: Oswald von Wolkenstein. Beiträge der philologisch-musikwissenschaftlichen Tagung in Neustift bei Brixen 1973. Im Auftr. des Südtiroler Kulturinstituts hrsg. von Egon Kühebacher. Innsbruck 1974 (= Innsbrucker Beiträge zur Kulturwissenschaft. Germanistische Reihe. Bd. 1).

Kat. Mythos Burg. Hrsg. G. Ulrich Großmann. Germanisches Nationalmuseum Nürnberg. Dresden 2010.

Newitt, Malyn: A History of Portuguese Overseas Expansion 1400–1668. New York 2005.

Noe, Alfred: Kulturgeschichtliche Aspekte der Petrarca-Biographien. In: Francesco Petrarca in Deutschland. Hg. Achim Aurnhammer. Tübingen 2006.

Noggler, Anton: Der Wolkenstein-Hauensteinische Erbschaftsstreit und dessen Austragung unter Oswald von Wolkenstein. In: Zeitschrift des Ferdinandeums für Tirol und Vorarlberg. 3. Folge. 26. 1882.

Noggler, Anton: Die Starkenbergische Streitschrift gegen Herzog Friedrich von Oesterreich. In: Zeitschrift des Ferdinandeums für Tirol und Vorarlberg. 3. Folge. 27. 1883.

Nowak, Zenon Hubert: Waffenstillstände und Friedensverträge zwischen Polen und dem Deutschen Orden. In: Johannes Fried (Hg.), Träger und Instrumentarien des Friedens im hohen und späten Mittelalter. Sigmaringen 1996.

Oberrauch, Luis: Zur Belagerung von Greifenstein durch Herzog Friedrich (1423–1426). In: Der Schlern. 50. 1976.

Okken, Lambertus, Heinrich L. Cox: Untersuchungen zu dem Wortschatz der Lieder Oswalds von Wolkenstein 54, 55, 59 und 60. In: Neophilologus. 56. 1972, 1973.

Okken, Lambertus, Heinrich L. Cox: Untersuchungen zu dem Wortschatz der Lieder Oswalds von Wolkenstein 81 und 116. I. Lied 81. In: Modern Language Notes. 88. 1973.

Okken, Lambertus: Oswald von Wolkenstein: Lied Nr. 44. Wortschatz-Untersuchung. In: Oswald von Wolkenstein. Beiträge der philologisch-musikwissenschaftlichen Tagung in Neustift bei Brixen 1973. Im Auftr. des Südtiroler Kulturinstituts hrsg. von Egon Kühebacher. Innsbruck 1974 (= Innsbrucker Beiträge zur Kulturwissenschaft. Germanistische Reihe. Bd. 1).

Oswald von Wolkenstein. Beiträge der philologisch-musikwissenschaftlichen Tagung in Neustift bei Brixen 1973. Im Auftr. des Südtiroler Kulturinstituts hrsg. von Egon Kühebacher. Innsbruck 1974 (= Innsbrucker Beiträge zur Kulturwissenschaft. Germanistische Reihe. Bd. 1).

Oswald von Wolkenstein: Lieder. Ausgewählte Texte herausgegeben, übersetzt und kommentiert von Burghart Wachinger. Melodien und Tonsätze herausgegeben und kommentiert von Horst Brunner. Stuttgart 2007.

Oswald von Wolkenstein: Das poetische Werk. Gesamtübersetzung in neuhochdeutsche Prosa von Wernfried Hofmeister. Berlin/New York 2011.

Paravicini, Werner: Die Preußenfahrten des Europäischen Adels. 2 Bde. Sigmaringen 1989/1995.

Peintner, Martin: Schreibkunst, Studium und Musikleben im mittelalterlichen Kloster. Eine Darstellung am Beispiel der Musikgeschichte des Augustiner-Chorherrenstifts Neustift. In: Musikgeschichte Tirols, Band 1. Innsbruck 2001.

Petrarca, Francesco: Epistolae familiares XXIV – Vertrauliche Briefe. Übers., kommentiert und mit einem Nachw. von Florian Neumann. Mainz 1999.
Petrarca, Francesco: Aufrufe zur Errettung Italiens und des Erdkreises. Ausgewählte Briefe. Hg., übersetzt und eingeleitet von Berthe Widmer. Basel 2001.
Kat. Francesco Petrarca 1304–1374. Hrsg. Reiner Speck und Florian Neumann. Köln 2004.
Petzsch, Christoph: Text- und Melodietypenveränderung bei Oswald von Wolkenstein. In: Deutsche Vierteljahrsschrift für Literaturwissenschaft und Geistesgeschichte. 38. 1964.
Piccolomini, Enea Silvio: Europa. Hg. von Günter Frank und Paul Metzger, Übersetzung von Albrecht Hartmann. Heidelberg 2005.
Piccolomini, Enea Silvio: Commentarii. Ich war Pius II. Memoiren eines Renaissancepapstes. Ausgewählt und übersetzt von Günter Stölzl. Augsburg 2008.
Pirenne, Henri: Europa im Mittelalter. Von der Völkerwanderung bis zur Reformation. Frankfurt 1982, Nachdruck Köln 2009.
Piur, Paul: Petrarcas ›Buch ohne Namen‹ und die päpstliche Kurie. Ein Beitrag zur Geistesgeschichte der Frührenaissance. Halle 1925.
Plangg, Guntram: Romanisches in der Dichtung Oswalds von Wolkenstein. In: Weltoffene Romanistik. Festschrift für Alwin Kuhn zum 60. Geburtstag. Hrsg. von Guntram Plangg und Eberhart Tiefenthaler. Innsbruck 1963 (= Innsbrucker Beiträge zur Kulturwissenschaft 9/19).
Pörnbacher, Hans: Margareta von Schwangau. Weißenhorn 1983.

Rachewiltz, Siegfried de: »tranck, essen, wein und brot«. Zur Ess- und Trinkkultur auf Hauenstein. In: Oswald von Wolkenstein. Studienband. Hg. Von Ulrich Müller und Margarete Springeth. Berlin 2011.
Die Reisen des Ritters John Mandeville durch das Gelobte Land, Indien und China. Bearb. von Theo Stemmler nach der deutschen Übersetzung des Otto von Diemeringen. Stuttgart 1966 (= Bibliothek klassischer Reiseberichte).
Regn, Gerhard: Aufbruch zur Neuzeit. In: Kat. Francesco Petrarca.
Reuter, Timothy: Die Unsicherheit auf den Straßen im europäischen Früh- und Hochmittelalter: Täter, Opfer und ihre mittelalterlichen und modernen Betrachter. In: Träger und Instrumentarien des Friedens im hohen und späten Mittelalter. Sigmaringen 1996.
Richental, Ulrich: Das Konzil zu Konstanz. Bd. 1: Faksimileausgabe. Bd. 2: Kommentar und Text; bearb. von Otto Feger. Starnberg/Konstanz 1964.
Röhricht, Reinhold: Deutsche Pilgerreisen nach dem Heiligen Lande. Innsbruck 1900.

Salmen, Walter: Oswald von Wolkenstein als Komponist? In: Literaturwissenschaftliches Jahrbuch. N. F. 19. 1978.
Schaller, Viktor: Ulrich II. Putsch, Bischof von Brixen und sein Tagebuch. 1427–1437. In: Zeitschrift des Ferdinandeums für Tirol und Vorarlberg. 3. Folge. 36. 1892.
Schiltberger, Johann: Als Sklave im Osmanischen Reich und bei den Tataren. 1394–1427. Wiesbaden 2008.

Schmitt, Eberhard (Hg.): Die mittelalterlichen Ursprünge der europäischen Expansion. München 1986.
Schönach, Ludwig: Neue Beiträge zur Geschichte des Hereinlangens der Femegerichte nach Tirol. In: Forschungen und Mitteilungen zur Geschichte Tirols und Vorarlbergs. 14. 1917.
Schuckelt, Holger, Hg.: Restauriert für die Zukunft. Osmanische Textilien aus der Rüstkammer Dresden. München Berlin 2006.
Schwarz, Klaus: Vom Krieg zum Frieden ... das Reich und die Türken. In: Europa und der Orient. Kat. Berlin 1989.
Schwob, Anton: Historische Realität und literarische Umsetzung. Beobachtungen zur Stilisierung der Gefangenschaft in den Liedern Oswalds von Wolkenstein. Innsbruck: (Institut für deutsche Philologie) 1979.
Schwob, Anton: Oswald von Wolkenstein. Eine Biographie. Bozen 1977.
Schwob, Anton Hg.: Die Lebenszeugnisse Oswalds von Wolkenstein. Edition und Kommentar. Band 1–3. Wien-Köln-Weimar, 1999, 2002, 2004.
Sinnacher, Franz Anton: Beyträge zur Geschichte der bischöflichen Kirche Säben und Brixen in Tyrol. Bd. 6. Brixen 1828.
Smitmer, Franz Paul Edler von: Über den Drachen-Orden. In: Jahrbuch der k.k. heraldischen Gesellschaft ›Adler‹, N. F. 5/6. 1895.
Sommerfeld, Martin: Die Reisebeschreibungen der deutschen Jerusalempilger im ausgehenden Mittelalter. In: Deutsche Vierteljahrsschrift für Literaturwissenschaft und Geistesgeschichte. 2. 1924.
Spechtler, Franz Viktor: Beiträge zum deutschen geistlichen Lied des Mittelalters II: Oswald von Wolkenstein. In: Oswald von Wolkenstein. Beiträge der philologisch-musikwissenschaftlichen Tagung in Neustift bei Brixen 1973. Im Auftr. des Südtiroler Kulturinstituts hrsg. von Egon Kühebacher. Innsbruck 1974 (= Innsbrucker Beiträge zur Kulturwissenschaft. Germanistische Reihe. Bd. 1).
Spicker, Johannes: Oswald von Wolkenstein. Die Lieder. Berlin 2007.
Stäblein, Bruno: Das Verhältnis von textlich-musikalischer Gestalt zum Inhalt bei Oswald von Wolkenstein. In: Formen mittelalterlicher Literatur. Siegfried Beyschlag zu seinem 65. Geburtstag. Hrsg. von Otmar Werner und Bernd Naumann. Göppingen 1970 (= Göppinger Arbeiten zur Germanistik 25).
Stäblein, Bruno: Oswald von Wolkenstein, der Schöpfer des Individualliedes. In: Deutsche Vierteljahrsschrift für Literaturwissenschaft und Geistesgeschichte. 46. 1972.
Steinmann, Kurt Hg.: Francesco Petrarca, Die Besteigung des Mont Ventoux. Stuttgart 1995.
Stützer, Herbert Alexander: Die Italienische Renaissance. Köln 1977.
Syson, Luke and Gordon, Dillian: Pisanello. Painter to the Renaissance Court. London 2002.

Timm, Erika: Die Überlieferung der Lieder Oswalds von Wolkenstein. Lübeck 1972 (= Germanische Studien 242).
Timm, Erika: Ein Beitrag zur Frage: Wo und in welchem Umfang hat Oswald von

Wolkenstein das Komponieren gelernt? In: Oswald von Wolkenstein. Beiträge der philologisch-musikwissenschaftlichen Tagung in Neustift bei Brixen 1973. Im Auftr. des Südtiroler Kulturinstituts hrsg. von Egon Kühebacher. Innsbruck 1974 (= Innsbrucker Beiträge zur Kulturwissenschaft. Germanistische Reihe. Bd. 1).

Tumler, Franz, Karl M. Mayr: Herkunft und Terminologie des Weinbaues im Etsch- und Eisacktale. Innsbruck 1924 (= Schlern-Schriften 4).

Urkunden Kaiser Sigmunds (1410 bis 1437). Bd. 1: 1410–1424. Hrsg. von Wilhelm Altmann. Innsbruck 1896/97 (= Regesta Imperii XI).

Urkundenbuch des Augustiner Chorherren-Stiftes Neustift in Tirol. Hrsg. von Theodor Mairhofer. Wien 1871 (= Fontes rerum austriacarum. Österreichische Geschichts-Quellen. 2. Abr. 34).

Vergerius: Leben Petrarca's. Deutsch von Herrmann Müller. In: Magazin für die Literatur des Auslandes. Dreiundachtzigster Band, Nr. 37, Nr. 38. Berlin 1873.

Volkert, Wilhelm: Kleines Lexikon des Mittelalters. München 2000.

Wege der Forschung, Band 526. Oswald von Wolkenstein. Hrsg. von Ulrich Müller. Darmstadt (Wissenschaftliche Buchgesellschaft) 1980.

Weingartner, Josef: Die Trostburg. In: Der Schlern. 3. 1922.

Wendler, Josef: Studien zur Melodiebildung bei Oswald von Wolkenstein. Tutzing 1963.

Wenninger, Markus J.: Die Finanzkraft des Adels und die Finanzierung außergewöhnlicher Ausgaben mit besonderer Berücksichtigung Tirols um 1400. In: Jahrbuch der Oswald von Wolkenstein Gesellschaft, Band 2 (1982/1983).

Wolf, Gerhard: Die deutschsprachigen Reiseberichte des Spätmittelalters. In: Der Reisebericht, hrsg. von Peter J. Brenner. Frankfurt 1989.

Wolff, Karl Felix: Dolomitensagen. Sagen und Überlieferungen, Märchen und Erzählungen der ladinischen und dt. Dolomitenbewohner. 11. erweiterte deutsche Aufl. Innsbruck/Wien/München 1963.

Wolkenstein-Rodenegg, Arthur Graf von: Oswald von Wolkenstein. Innsbruck 1930 (= Schlern-Schriften 17).

Wolkenstein-Trostburg, Heinrich Graf: Das Greifenstein-Lied des Oswald von Wolkenstein. In: Der Schlern. 34. 1960.

Bildnachweise

1
Oswald von Wolkenstein. Ganzfigurenbild (nach 1425) der Wiener Liederhandschrift A. (Das durch Abrieb stark beschädigte Bild wurde im Jahre 1900 als Rekonstruktionskopie angefertigt.) Österreichische Nationalbibliothek.

2
Oswald von Wolkenstein. Das repräsentative Brustbild von (etwa) 1431 in seiner Innsbrucker Liederhandschrift (B). Universitätsbibliothek Innsbruck. Foto: Ursula und Ulrich Müller.

3
Oswalds Kopf als Rekonstruktionsmodell, fotografiert. © moving history GmbH.

4
Die Burgruine Wolkenstein und das Langental; Zeichnung von 1837. Bildarchiv: Tiroler Landesmuseum Ferdinandeum Innsbruck. Foto: A. Demanega.

5
Die Trostburg; im Vordergrund der Eisack. Zeichnung von 1825. Bildarchiv: Tiroler Landesmuseum Ferdinandeum Innsbruck. Foto: A. Demanega.

6
Burg Hauenstein, Zeichnung des 19. Jahrhunderts, ohne Santnerspitze und Schlern. Bildarchiv: Tiroler Landesmuseum Ferdinandeum Innsbruck.

7
Oswald auf dem Marmor-Gedenkstein von Brixen, aus dem Jahre 1408. Foto: Dieter Kühn.

8
Oswald von Wolkenstein neben dem 17. »Sine nomine« Brief des Francesco Petrarca. Ausschnitt einer Seite einer Wolfenbütteler Handschrift aus Südtirol. Bildarchiv: Herzog August Bibliothek Wolfenbüttel.

9
Porträt König Sigmunds. Möglicherweise aus der Werkstatt des Antonio Pisanello. Kunsthistorisches Museum Wien.

10
Herzog Friedrich IV. von Österreich. Ausschnitt aus einem Stifterbild in der Basilika Wilten.

11
Die Stadt Konstanz, auf einem Holzschnitt von 1570. Aus dem Bildarchiv der Österreichischen Nationalbibliothek.

12
Umschlagzeichnung des Urbars, das Oswald nach 1440 anlegen ließ. Bildarchiv: Germanisches Nationalmuseum Nürnberg, Wolkenstein-Archiv (Faszikel 27)

13
Die Belehnung des Pfalzgrafen Ludwig III. durch König Sigmund, Mai 1417 in Konstanz. Ulrich Richenthals Konzilschronik. Im Besitz des Rosgarten-Museums Konstanz.

14
Bildausschnitt: Reiter des Gefolges, unter ihnen Oswald von Wolkenstein, zweiter von rechts.

15
Oswald, links, mit anderen Herren an einem Fischstand in Konstanz. Vormals St. Petersburger Abschrift der Konzilschronik von Richenthal. Bildarchiv: Prag, Nationalbibliothek.

16
Oswald mit halbiertem Fisch, hervorgehoben durch Vergrößerung. Siehe Pos. 15.

Inhalt

Flug und Fahrt nach Wolkenstein · Zur Familiengeschichte · Wolkenstein und Burg Schöneck · Und die Burg Hauenstein? Geschichte einer Kindheit · Kinderspiele, ein Schuss geht ins Auge .... Seite 5

Besichtigung der Trostburg · Zweiter Ortstermin Trostburg · Vom Leben im alten Tirol · Wald damals, Wald heute .... Seite 21

Die Sage von Eisenhand · Erste Schuljahre · Die Märchenwelt der Fremde, vermittelt von Mandeville, Schiltberger und Piccolomini · Ein Aufbruch mit zehn · Oswald als Schildknappe in Litauen? Fortsetzung der Schulzeit .... Seite 31

Als Schildknappe auf dem Jakobsweg? Kein Geld für Oswald · Begarden-Zwischenspiel · Und danach Kaufmann? Der erleidet Schiffbruch · Ein Stück Byzanz · Oswald Richtung Berberei · Kontaktstelle Deutscher Orden? .... Seite 50

Oswald bekämpft Piraten · Und schreibt erste Liedtexte? Ritt nach Litauen · Zeitgefühl damals · Oswald in Königsberg · Der Einäugige als Kombattant? Der Kriegsschauplatz · Ablauf eines Feldzugs .... Seite 65

Der Vater stirbt · Ein Maienlied · Mit Ruprecht in Italien gescheitert · Oswald als Verwalter, Mutter als Klägerin · Reiseerzählungen auf dem Ritt nach Litauen · Aufstand in Magdeburg · Oswald als Militärmusiker .... Seite 83

Oswald wieder in Tirol, darbend? Mutter klagt, Sohn raubt · Ein Dialoglied des Wolkensteiners · Ein Schwert, tief in Oswalds Leib · Und er kauft einen Bauernhof · Wird Mitglied im Elefantenbund: wozu? Elefantenbund wird Falkenbund · Und wo hauste Oswald? Brixen, ein Stadtbild .... Seite 102

Oswald wird endlich Grundherr · Besichtigung eines seiner Höfe · Zur damaligen Wirtschaftslage · Nachbesserung des Teilungsvertrags .... Seite 120

Oswalds fromme Stiftung · Das Oswald-Benefizium · Kurzporträt des Namensheiligen · Oswalds Gedenkstein · Niedergang des Rittertums · Liebe und Begehren · Anna Hausmann, Geliebte · Eine Pilgerfahrt wird anberaumt · Wartezeit in Venedig · Bericht über die Schiffsreise zum Heiligen Land · Freudige Ankunft, unerfreuliche Erfahrungen · Jerusalem und Ritterschlag · Bethlehem, der Jordan, die Rückkehr · Und wo bleibt die Realität? Reiselied, nautisch aufgetakelt .... Seite 126

Ein Liedsatz verrät: Oswald war Jäger · Mutter Katharina stiftet · Krach mit dem Bischof · Oswald als Pfründner in Neustift · Ortstermin Neustift · Und geistliche

Lieder, auch lateinisch · Der Dichter wird Rechtsexperte · Zeitbild, skizziert · Ich an deiner Stelle · Drei Tagelieder · Sein Gehalt wird nicht ausgezahlt · Lieder und Kontrafakturen · Sein Instrumentarium · Die Stimmlage des Sängers .... Seite 160

Vor dem Konzil zu Konstanz · Skizze des Königs Sigmund · Ein Vorgespräch · Oswald füllt die Reisekasse · Ein Papst und Jan Hus treffen ein · Petrarca und Boccaccio erhoben Kritik · Erste Befragungen des Böhmen · Sigmund lässt sich krönen · Auch Oswald trifft ein · Die Stadt aus der Vogelperspektive · Oswald im Bordell · Der Wolkensteiner im Gefolge des Königs · Ein Kapitel Kirchengeschichte · Jan Hus wird verketzert · Oswald agitiert · Herzog Friedrich wird eingesperrt · Hus und Adlatus werden verbrannt .... Seite 196

Nach Irland und Portugal · Flug über die Biskaya · Kombattant mit einem Auge? Feldzug oder Kreuzzug? Portugiesische Expansion · Vorbereitungen zum Kriegszug · Die Eroberung von Ceuta · Oswald in der Siegesdelegation · Ankunft und Ehrung in Aragón · Oswald als Vicomte von der Türkei · Sigmund und der Schock von Nikopolis · Umfangreiches Lied, grotesk stilisiert · Riesenbeute in Ceuta · Der goldene quftan des Emirs Sâlah Ben Sâlah · Der große Deal · Fünfzig Tage Perpignan · Paris! .... Seite 231

Zurück nach Konstanz · Ich Wolkenstein! Das Ich wird längst großgeschrieben · Stadtspaziergang · Innenansicht der Stadt Konstanz · Ich finde ein Bild von Oswald · Das große Lebenslied · Zwischenspiel und Glanzstück · Melodien und diverse Texte · Ich rege Neuaufnahmen an · Allerlei Sprachspiele · Oswald und die Polyphonie · Musik- und Textformen .... Seite 275

Die Wolkensteiner planen Krieg · Die Brüder als Landesfeinde · Gefühl der Bedrohung · Oswald in Schwangau? Margarete von Schwangau · Ende des Konzils · Die Lage entspannt sich, vorläufig · Ein Urlaub in Tirol · Oswald heiratet · Burgbesetzung und Kassensturz · Privatbank Wolkenstein .... Seite 325

Aufstieg zur Burg Hauenstein · Zweiter Ortstermin · Ausgrabung anno 2010 · Vom Leben auf der Burg · Zur Landwirtschaft · Stichwort Diener · Das Urbar · Ein reicher Herr ist hinter jedem Huhn und Ei her – warum? .... Seite 348

Themenwechsel: Körper im Wasser · Lust- und Liebeslieder · Ergänzung des Ehevertrags · Zum Knochenbau eines Dauerreiters · Vom Leben gezeichnet · Muss der einäugige Wolkensteiner kompensieren? Ritt nach Pressburg · Wie sieht er sich selbst? Ehrung in Blindenburg .... Seite 364

Zweite fromme Stiftung · Und ein typischer Pachtvertrag · Oswald als Weinkenner · Zur Fachsprache eines Winzers und Agronomen · Bauernspott, gesungen .... Seite 379

Auch er kapituliert vor Hussiten · Verwalter auf fremder Burg · Im Schulterschluss mit einem Petrarcatext … Frauen und Priester · Ein neuer Kalender … Astrologisches . . . . Seite 390

Erneuter Blick auf Pachteinnahmen · Oswald mal wieder auf Raubzug · Modell der Motivation · Eine geradezu vorbildliche Beichte · Oswald in literarischem Schwebestütz . . . . Seite 403

Es wird ernst: offene Fehde! Martin Jäger zieht den Schluss-Strich · Die Spur nach Prissian · Oswald entführt und gefoltert · Ortstermin Burg Forst · Die Brüder drehen durch, der Burgherr lässt sich informieren · Entführer in Bedrängnis · Zoll und Raub · Der Landesfürst schaltet sich ein · Racheakt und Bürgschaft · Feierlicher Bruderbund · Weltliterarisches Novum: Lieder über Folterungen · Ernste, groteske und geistliche Lieder · Hans von Villanders kassiert ab · Oswald taucht unter · Ihn schert kein Rechtstermin · Flucht zum König in Ungarn . . . . Seite 415

Der König bezieht Stellung · Oswald singt ein Reiselied · Kein Reichskrieg gegen Herzog Friedrich · Kompromisse für Oswald · Er raubt weiter, kämpft mit · Greifenstein-Song · Besichtigung der Burg Greifenstein · Oswald wird isoliert · Erneuter Ritt nach Pressburg · Er heizt dem König ein · Er bleibt unnachgiebig gegenüber Schwester und Herzog . . . . Seite 459

Oswalds erste Werkausgabe · Rückzug nach Neuhaus · Ortstermin Neuhaus · Jetterin und Graserin · Die Hausmann stirbt · Oswald als Parlamentär · Margarete vermacht ihr Erbe · Der Pfalzgraf lädt ein · Oswald darf nicht in Neuhaus bleiben · Schlimmer Winter, großes Lied · Und seine Zuhörer? Ein besinnlicher Liedtext . . . . Seite 480

Auf der Flucht verhaftet · In Vellenberg eingesperrt · Erneutes Kontrastprogramm im Liedschaffen · Verträge zur Urfehde · Wieder ein langes Erzählgedicht · Erneut ein Urbar · Inventar Hauenstein · Trübe Innenbeleuchtung · Trübe Aussichten: ein neuer Bischof zu Brixen · Hans von Villanders bleibt hart . . . . Seite 505

Oswald sucht Hilfe bei der Feme · »Von Wolkenstein brach ich nach Köln auf« · Zwischensong zu einem Besuch im Freudenhaus · Abstecher nach Heidelberg · Liedreaktionen · Auf dem Rhein nach Köln? Kontakt mit der Feme · Macht und Ohnmacht der Feme · In Sachen Wolkenstein/Villanders . . . . Seite 537

Dichter boxt Bischof, Turbulenzen in Brixen · Erneuter Winter des Missvergnügens · Showdown im Eisacktal · Oswald sucht wieder Hilfe beim König . . . . Seite 559

Reichstag in Nürnberg, Reise nach Überlingen · Ein frecher Song, eine Hymne · Ein Kapitel Politik · Der Vampir von Villanders lässt nicht locker · Königliche Intervention · Noch einmal gegen die Hussiten? Zumindest ein Lied gegen sie · Hussiten besiegen Reichsheer · Knapper Kommentar Oswalds · Die Pest im Lande · Oswalds zweite Werkausgabe .... Seite 578

Befreiende Einladung · König Sigmunds Romzug · Oswald unterhält die Kanzlei mit einem Lied · Stichwort Straßenraub · Stichwort Kontrafaktur · Stichwort Aufführungspraxis · Das Konzil von Basel · Porträts von Pisanello? Oswald begleitet Delegierte nach Rom · Ein Brief aus Rom · Ein Überfall · Ein Bild von Rom · Kirchliches in Rom · Geleitbrief für Oswald, nordwärts · Das Konzil von Basel ...... Seite 602

Oswald zurück in Tirol; die zweite Handschrift · Neue Akzente werden gesetzt · Sigmund in Italien · Kaiserkrönung ohne Oswald · Hans von Villanders mauert · Konzil von Basel, fortgesetzt .... Seite 625

Oswald wird Schirmherr des Klosters Neustift · Ehrenamt im Nachbarland · Wieder eine fromme Stiftung · Eine Altersklage · Erneut Übergriffe · Hans von Villanders trickst · Todesfälle · Der Rechtsexperte dichtet · Sohn studiert, Tochter rebelliert · Ein neuer Landesfürst · Der alte Kampf ums Geld geht weiter · Dramatische Landespolitik .... Seite 638

Oswalds Rechtsstreit mit Bauern am Ritten · Es wird ein Attentat auf ihn geplant · Und Oswald macht Politik · Rückt auf in eine Schlüsselstellung · Wird trotzdem beraubt · Die politische Lage spitzt sich zu · Krieg! Oswald von Wolkenstein soll vermitteln · Er zahlt eine immense Kriegsanleihe · Margarete schreibt besorgt einem Diener und ihrem Mann · Ein Lied vom Tode · Oswald stirbt in Meran · Kondukt der Leiche · Oswalds Skelettreste werden untersucht · Die Sage von Oswalds Rückkehr .... Seite 661

Anhang: Berichte und Exkursionen · Bibliographie · Bildnachweise ...... Seite 709

Dieter Kühn

Der Parzival des Wolfram von Eschenbach

Band 13336

Wolfram von Eschenbach (vermutlich 1170–1220) hat mit seinem höfischen Vers-Roman »Parzival« eines der bedeutendsten Werke der deutschen Literatur verfaßt.

Dieter Kühn führt im ersten Band seines »Mittelalter-Quartetts« den Leser auf der Zeitachse zurück und erzählt Leben, Werk und Zeit Wolframs von Eschenbach. »Eine komplette Kulturgeschichte des mittelalterlichen Alltagslebens« (FAZ) rollt sich da auf und macht neugierig auf den – leicht gekürzten – Vers-Roman im zweiten Teil des Buches. Die Genauigkeit im Detail, die wissenschaftliche Fundierung und nicht zuletzt die vielgerühmte Übersetzung selbst machen Dieter Kühns »Parzival« zu einer lehrreichen und zugleich unterhaltsamen Lektüre.

Fischer Taschenbuch Verlag

fi 13336 / 1

Dieter Kühn

Neidhart und das Reuental

Eine Lebensreise

Band 13335

Über Neidhart (vermutlich 1170–1240), den großen Dichter, Sänger und Komponisten des Hohen Mittelalters, weiß man heute kaum mehr etwas. Herkunft, Lebensumstände und Aufenthaltsorte dieses berühmten Zeitgenossen W. von Eschenbach liegen im dunkeln. Seine vielen schillernden, frechen, erotischen Lieder, die die Jahrhunderte überdauert haben, bezeugen jedoch, wie groß Neidharts Erfolg schon zu seinen Lebzeiten war.

Im zweiten Band seines »Mittelalter-Quartetts« rekonstruiert Kühn die »Lebensreise« dieses Sängers, der von Auftritt zu Auftritt zog, um vor meist höfischem Publikum zu singen. Jeder Anspielung der eigens übersetzten Lieder folgend, spürt er den Möglichkeiten, ja Wahrscheinlichkeiten nach. Aus der Perspektive der »Fahrenden« schildert er, was Reisen damals bedeutete: auf schlechten Straßen und Wegen, bedroht von Krankheiten und Seuchen, konfrontiert mit Elend, Hunger und Schmutz. Anschaulich erzählt er über Wirtshäuser und Bordelle, Tischsitten und Bankette, Kreuzzüge, Pilgerfahrten, höfisches Leben und vieles andere mehr. Auf diese Weise »entsteht ein ungemein farbiges und lebendiges Panorama der mittelalterlichen Kultur« im 13. Jahrhundert (FAZ), vor dem auch Neidhart und sein Reuental sichtbar werden.

Fischer Taschenbuch Verlag

fi 13335 / 1

Dieter Kühn

Tristan und Isolde des Gottfried von Straßburg

Band 15499

Gottfried erzählt von Tristan, dem Panzerreiter, und dessen leidenschaftlicher Liebe zu Isolde, der jungen Frau seines Onkels; erzählt von Ehebruch, Eifersucht, Selbstbetrug, von Entfremdung, Versöhnung und Trennung. Dieter Kühn hat den grandiosen Versroman vollständig in heutiges Deutsch übertragen. Mit unvergleichlicher Formulierungskunst erschließt er Leserinnen und Lesern den Reichtum des mittelalterlichen Werks. Einleitend unternimmt Kühn einen Zeitsprung in das Straßburg des 13. Jahrhunderts, in dem Gottfried lebte und dichtete. Mit großer Erzählfreude eröffnet Dieter Kühn in diesem dritten Band seines berühmten »Mittelalter-Quartetts« einen ganz neuen Zugang zur Welt des Mittelalters und zur Literatur dieser Epoche. Er berichtet über das alltägliche Leben zu Gottfrieds Zeit und spürt den Geschichten nach, die Könige, Mönche, Händler und Handwerker sich erzählten. Und er lädt dazu ein, eine junge Frau, die Gottfrieds Liebesroman an den Fürstenhof nach Kraków holen soll, auf ihrer Reise von der Weichsel an den Oberrhein zu begleiten.

»Dieter Kühn hat Gottfrieds Tristan kongenial übersetzt.«
Johannes Saltzwedel, Frankfurter Allgemeine Zeitung

Fischer Taschenbuch Verlag

fi 15499 / 3

Dieter Kühn

Frau Merian!

Eine Lebensgeschichte

Band 15694

Die Lebensgeschichte einer selbstbewussten Frau, die Naturkundlerin, Malerin und wagemutige Reisende war. Dieter Kühn portraitiert Maria Sibylla Merian und entfaltet zugleich das lebendige Panorama einer Epoche.

»Mit seiner romanhaften Biographie hat Kühn ein in jeder Hinsicht herausragendes Werk vorgelegt, das Maßstäbe setzt.«
Deutsche Welle

»Was macht dieses Buch so sympathisch? Es ist Kühns fabelhafte Kunst, die Dinge so plausibel und persönlich, so bescheiden und begeisternd, so humorvoll und heiter vor dem Leser auszubreiten.«
Münchner Merkur

Fischer Taschenbuch Verlag

fi 15694 / 1

Dieter Kühn

Clara Schumann, Klavier

Ein Lebensbuch

Erweiterte Neufassung

Band 14203

Clara Schumanns Lebensgeschichte ist Legende geworden. Ihre entsagungsreiche Kindheit, ihr außergewöhnliches Talent, die frühe, gegen den Vater durchgesetzte Liebe zu Robert Schumann und die Erziehung von sieben Kindern geben genug Stoff für Mythen und Klischees ab. Clara Schumann gilt seither als musikalisches Wunderkind, Idol romantisch-verklärter Liebesvorstellungen, vorbildliche Mutter und oft verkannte Komponistin.
Dieter Kühn zeichnet, halb als Roman, halb als Biographie, den Lebensweg von Clara Schumann jenseits der tradierten Vorurteile nach, horcht auf feine Zwischentöne und entdeckt oftmals überraschende Disharmonien. Angeregt durch neueste Forschungsergebnisse gelingt es Kühn in dieser erweiterten Neufassung erstmalig, auch die Zeit nach Robert Schumanns Tod genauer zu beleuchten und so das Porträt einer hochsensiblen und selbstbewußten Frau zu vervollständigen, in deren Leben sich das 19. Jahrhundert aufs genaueste widerspiegelt.

Fischer Taschenbuch Verlag

fi 1008 / 7

Dieter Kühn

Ein Mozart in Galizien

Erzählte Geschichte

Band 17914

Franz Xaver Mozart – wie bitte, wer bitte? Ja, Franz Xaver Mozart, 1791-1844! Dieter Kühns grandioser biographischer Versuch berichtet und erzählt vom Pianisten und Komponisten, der als Mozarts Sohn gilt. Die Suche nach ihm führt ins ferne Galizien.

»Behutsam und voll reflektorischer Skrupel nähert sich Kühn seinem Erzählgegenstand an.«

Thomas Meissner,
Frankfurter Allgemeine Zeitung

Fischer Taschenbuch Verlag

fi 17914 / 1

Dieter Kühn
Gertrud Kolmar
Leben und Werk, Zeit und Tod
Band 18179

Dieter Kühns große, vielstimmige Biographie der Gertrud Kolmar erzählt die Geschichte einer der wichtigsten deutschsprachigen Lyrikerinnen und ihrer jüdischen Familie, die in die ganze Welt emigrieren musste. Präsent wird die literarische und politische Szene – das weite Panorama der Zeit.

»Kühn ist der Moderator der Dichterin, nie der allwissende Deuter. Er hat eine ›polyphone Biografie‹ geschrieben, in der Gertrud Kolmar nur mit ihrer authentischen Stimme zu Wort kommt. Damit bezeugt er seinen Respekt, seine Ehrfurcht.«
Herbert Wiesner,
Die Welt

»Dieter Kühn hat die Kunst des historischen Erzählens neu erfunden.«
Wolfgang Schneider,
Frankfurter Allgemeine Zeitung

Fischer Taschenbuch Verlag

fi 18179 / 1